HEYNE
BÜCHER

JOHN GALSWORTHY

MODERNE KOMÖDIE

Roman

WILHELM HEYNE VERLAG
MÜNCHEN

HEYNE ALLGEMEINE REIHE
Nr. 01/7738

Titel der englischen Originalausgabe
A MODERN COMEDY
Deutsche Übersetzung von Leon Schalit
Gänzlich neu bearbeitet von Erika Kaiser und Ilse Winger

Genehmigte, ungekürzte Taschenbuchausgabe
Lizenzausgabe mit freundlicher Genehmigung
des Paul Zsolnay Verlages Wien/Hamburg

Printed in Germany 1988
Umschlagfoto: Pictor International, München
Umschlaggestaltung: Atelier Ingrid Schütz, München
Gesamtherstellung: Presse-Druck, Augsburg

ISBN 3-453-02875-9

Die »Moderne Komödie«

widme ich so wie den ersten Teil der Forsyte-Chronik, »Die Forsyte Saga«,

meiner Frau

— ich weiß nicht, was ich überhaupt ohne sie hätte schreiben können.

Vorwort

Wenn ich den zweiten Teil der Forsyte-Chronik »Moderne Komödie« nenne, so ist der Ausdruck Komödie in seinem weitesten Sinn zu verstehen, genauso wie das Wort Saga im Titel des ersten Teils. Und dennoch: Muß man nicht eine so aufrührerische Zeit wie die Nachkriegsperiode mit den Augen des Komödiendichters betrachten, muß man nicht ihre komödienhaften Elemente herausfühlen? Muß eine Epoche, die nicht weiß, was sie will, und sich dennoch mit ganzer Kraft für die Erreichung ihres Zieles einsetzt, nicht ein Lächeln hervorrufen, wenn auch nur ein trauriges Lächeln?

Ein Zeitalter in allen seinen Farben und Formen künstlerisch darzustellen, übersteigt die Kraft jedes Schriftstellers und geht darum auch weit über die Kraft des Autors dieses Buches. Aber zweifellos wirkte ein gewisses Bestreben, etwas von dem Geist dieser Zeit einzufangen und zu gestalten, dabei mit, als er diese Trilogie zu Papier brachte. Es ist eine unmögliche Aufgabe, durcheinanderrennende Küchlein zu zählen, und ebenso unmöglich, die rasch abrollenden Ereignisse der Gegenwart in ihrer Gesamtheit zu erfassen; im besten Fall gelingt eine Momentaufnahme all dieses Drängens und Hastens, dieses Hastens einer Zukunft entgegen, ohne jede Vorstellung davon, wo sie zu suchen und zu finden ist und welcher Art sie sein wird.

Das England von 1886 — das Jahr, in dem »Die Forsyte Saga« beginnt — besaß ebensowenig eine Zukunft wie das von heute, denn das damalige England erwartete die Fortdauer seiner Gegenwart. England fuhr gemächlich auf seinem Zweirad wie in einem Traum, den nur zwei Schreckgespenster störten: Mr. Gladstone und die irischen Parlamentsmitglieder. Das England von 1926 — das Jahr, mit dem die »Moderne Komödie« schließt — steht mit einem Bein in der Luft und mit dem andern in einem Auto neuester Konstruktion. Es rennt im Kreis herum wie ein Katzenjunges, das nach seinem Schwanz hascht, und brummt vor sich hin: »Wenn ich nur wüßte, wo ich haltmachen möchte!«

Da heutzutage alles relativ ist, kann man sich nicht mehr vollkommen auf Gott verlassen, ebensowenig wie auf den Freihandel, die Ehe, auf Konsols, Kohle oder auf seine Stellung in der Gesellschaft. Und da ganz England übervölkert ist, kann niemand lange an einem Ort bleiben, ausgenommen in entvölkerten ländlichen Gegenden, die — wie man gestehen muß — allzu öde sind und zweifellos ihre Bewohner nicht ernähren können.

Jedem, der dieses vier Jahre währende Erdbeben erlebt hat, ist die Gewohnheit, stillzustehen, abhanden gekommen.

Und dennoch hat sich der englische Charakter vielleicht überhaupt nicht oder doch nur sehr wenig geändert. Das bewies der Generalstreik im Jahre 1926, mit dem der letzte Teil dieser Trilogie beginnt. Wir sind noch immer ein Volk, das sich nicht drängen läßt, jedem Extrem mißtraut, mit der Verteidigungswaffe eines gesunden Humors ausgestattet ist, wir sind temperamentvoll mit Maß, voll Abneigung gegen jedwede Einmischung, sorglos und verschwenderisch und mit einer gewissen genialen Fähigkeit begabt, uns wieder aufzuraffen. Wenn wir auch sonst fast an gar nichts glauben, so glauben wir doch immer noch an uns selbst. Diese hervorstechende Eigenschaft des Engländers ist wohl einer näheren Betrachtung wert. Warum, zum Beispiel, setzen wir uns beständig selbst herab? Einfach darum, weil wir keinen Minderwertigkeitskomplex haben und es uns gleichgültig ist, was andere von uns denken. Kein Volk der Welt scheint äußerlich weniger selbstsicher zu sein; und doch besitzt kein anderes Volk mehr innere Sicherheit. Im übrigen könnten diejenigen Persönlichkeiten, die sich der Dienste gewisser öffentlicher Fanfarenbläser der Nation versichert haben, daran denken, daß es schon einen versteckten Minderwertigkeitskomplex verrät, wenn man selbst seine Taten in allen Gassen ausposaunt. Nur wer stark genug ist, über sich selbst zu schweigen, wird stark genug sein, sich innerlich sicher zu fühlen. Die Epoche, in der wir leben, begünstigt eine falsche Beurteilung des englischen Charakters und der Stellung Englands. In keinem andern Land ist die Entartung der Rasse so wenig wahrscheinlich wie auf dieser Insel, weil kein anderes Land ein so wechselvolles, das Temperament mäßigendes Klima hat, das die Grundlage für ein mutiges und gesundes Leben bildet. Was hier weiter folgt, sollte von diesem Gesichtspunkt aus gelesen werden.

Im gegenwärtigen Zeitalter ist nichts mehr zu finden, das an den Frühviktorianismus gemahnt. Unter Frühviktorianismus verstehe ich die Epoche der alten Forsytes, die im Jahre 1886 schon im Schwinden begriffen war; was sich als lebensfähig erwiesen hat, ist der selbstbewußtere Viktorianismus Soames' und seiner Generation, der jedoch nicht selbstbewußt genug ist, um entweder selbstzerstörend oder selbstvergessend zu wirken. Vom Hintergrund dieses mehr oder minder feststehenden Ausmaßes von Selbstbewußtsein heben sich am klarsten Farbe und Gestalt der gegenwärtigen, außerordentlich selbstbewußten und alles in Frage stellenden Generation ab. Den alten Forsytes, dem alten Jolyon, Swithin und James, Roger, Nicholas und Timothy, kam es nie in den Sinn, zu fragen, ob das Leben auch lebenswert sei. Sie fanden es interessant, waren Tag für Tag vollständig davon in Anspruch genommen, und wenn sie auch nicht gerade an ein zukünftiges Leben glaubten, so glaubten sie doch felsenfest an die fortschreitende Besserung ihrer Position im Leben und an die Anhäufung von Schätzen für ihre Kinder. Dann kamen der junge Jolyon, Soames und ihre Zeitgenossen, und obzwar sie mit dem Darwinismus und dem Universitätsstudium auch bestimmte Zweifel an einem zukünftigen Leben eingesogen hatten und genügend Einsicht, sich zu fragen, ob sie selbst sich fortschrittlich entwickelten, so bewahrten sie sich doch den Sinn für Eigentum und den Wunsch, ihre Nachkommen zu versorgen und in ihnen weiterzuleben. Als das Viktorianische Zeitalter mit dem Tode der Königin zu Ende ging, kam eine neue Generation ans Ruder, mit neuen Ideen über Kindererziehung, eine Generation, die infolge der neuen Verkehrsmittel und des Weltkriegs sich für die Umwertung aller Werte entschied. Und da, wie es scheint, das persönliche Eigentum sehr wenig Zukunft hat und das Leben noch weniger, ist man um jeden Preis entschlossen, zu leben, ohne sich viel um das Schicksal etwaiger Nachkommen zu kümmern. Nicht daß die gegenwärtige Generation ihre Kinder weniger liebte als die frühere — in so elementaren Dingen ändert die menschliche Natur sich nicht —, sondern es scheint ganz einfach nicht mehr der Mühe wert, die Zukunft auf Kosten der Gegenwart zu sichern, wenn nirgends in der Welt mehr absolute Sicherheit zu finden ist.

Hierin liegt eigentlich der fundamentale Unterschied zwischen der jetzigen und den früheren Generationen. Die Menschen wollen nicht mehr für etwas vorsorgen, was sie nicht voraussehen können.

All das bezieht sich natürlich nur auf jenes Zehntel der Bevölkerung, das die besitzende Klasse ausmacht; unter den übrigen neun Zehnteln gibt es keine Forsytes, und es besteht daher kein Anlaß, sich in diesem Vorwort mit ihnen abzugeben. Und überdies, welcher Durchschnittsengländer mit einem Jahreseinkommen von weniger als dreihundert Pfund hat sich je über die Zukunft den Kopf zerbrochen, das Frühviktorianische Zeitalter mit inbegriffen?

Diese »Moderne Komödie« spielt sich also vor dem Hintergrund eines mehr oder minder ausgeprägten Selbstbewußtseins ab, das vor allem durch Soames und Sir Lawrence Mont, den Leichtgewichtler und neunten Baronet, und an zweiter Stelle durch einige Neu-Viktorianer, wie den selbstgerechten Mr. Danby, Elderson, Mr. Blythe, Sir James Foskisson, Wilfred Bentworth und Hilary Cherrell, verkörpert wird. Wenn man alles in allem nimmt, ihre Neigungen und Abneigungen, ihre Eigenschaften und Charaktere, so erhält man ein ziemlich feststehendes und umfassendes Bild der Vergangenheit, von der sich die Gestalten der Gegenwart, Fleur und Michael, Wilfrid Desert, Aubrey Greene, Marjorie Ferrar, Norah Curfew, Jon, der »Raffaelit« und andere Nebengestalten abheben. Selbst in der besitzenden Klasse ist die Mannigfaltigkeit der Menschentypen so groß, daß sie sich nicht einmal in zwanzig Romanen schildern ließe, so daß diese »Moderne Komödie« notwendigerweise eine arge Unterschätzung der gegenwärtigen Generation sein muß, aber vielleicht nicht unbedingt eine Verleumdung. Da Symbolismus langweilt, hoffe ich, daß eine gewisse Ähnlichkeit zwischen dem Schicksal Fleurs und dem ihrer Generation — die einem Glück nachjagt, dessen man sie beraubt hat — der Aufmerksamkeit des Lesers entgeht. Tatsache bleibt, daß wenigstens für den Augenblick die Jugend sich balancierend auf den Fußspitzen der Unsicherheit dreht. Wohin wird das führen? Wird man endlich doch das Glück erjagen? Wie wird sich alles klären? Werden sich die Dinge überhaupt jemals wieder klären, wer weiß es? Werden neue Kriege und neue Erfindungen kommen, brühheiß auf die früheren, die noch nicht verarbeitet und gemeistert sind? Oder wird das Schicksal ein zweites Intervall eintreten lassen, gleich der Viktorianischen Ära, währenddessen das Leben, in seinem ganzen Werte neu erkannt, feste Formen annehmen und der Sinn für Besitz mit allen damit zusammenhängenden Dogmen eine Wiedergeburt erleben wird?

Unabhängig davon, ob nun die »Moderne Komödie« den Geist dieses Zeitalters mehr oder weniger widerspiegelt, führt sie doch in der Hauptsache die Geschichte von Soames und Irene weiter, die mit ihrer ersten Begegnung in einer Gesellschaft zu Bournemouth im Jahre 1881 beginnt und nicht eher enden kann, bis Soames sechsundvierzig Jahre später von dieser Erde Abschied nimmt.

Wenn man den Autor, wie dies oft geschieht, über Soames befragt, so weiß er nicht genau zu sagen, wo er mit ihm hinauswollte. Alles in allem war Soames zweifellos ein ehrlicher Mann. Er lebte und handelte nach seiner besondern Art, nun ist er tot. Man wird seinem Schöpfer verzeihen, wenn er das Ende Soames' für berechtigt hält. Denn so weit wir uns auch von griechischer Kultur und Philosophie entfernt haben mögen, so gilt doch noch immer die Wahrheit des griechischen Spruches: »Was ein Mensch am meisten liebt, das wird ihn am Ende vernichten.«

John Galsworthy

ERSTES BUCH

Der weiße Affe

»Kein Zurück, kein Zurück!
Erobern oder sterben,
Denn es gibt kein Zurück!«

Max Beerbohm
zugeeignet

Erster Teil

1

Spaziergang

Als Sir Lawrence Mont, neunter Baronet, an jenem denkwürdigen Nachmittag Mitte Oktober 1922 die Stufen des konservativen Snooks-Klub hinunterstieg, hielt er seine feine Nase dem Ostwind entgegen und setzte seine dünnen Beine rasch in Bewegung. Der Politik eher durch Geburt als durch Naturell verbunden, beurteilte er die Revolution, die seine Partei wieder an die Macht gebracht hatte, mit einer Distanz, der ein gewisser Sinn für Humor nicht fehlte. Als er am Remove-Klub vorüberkam, dachte er: »Da drinnen herrscht jetzt wohl ein anderer Ton. Keine komplizierten Gerichte mehr. Zur Abwechslung einmal Schnepfe ohne Garnierung.«

Die führenden Größen hatten den Snooks-Klub verlassen, bevor er Mitglied geworden war, denn er war nicht »einer von den Konjunkturrittern, die ihr Schäfchen schon geschoren hatten, o nein; diesen Burschen, die ihrem Land im Moment, da der Krieg vorüber war, den Rücken kehrten. Pah!« Aber eine Stunde lang hatte er sich verschiedene Meinungen angehört, und sein wacher, beweglicher Geist, der in den Anschauungen der Vergangenheit verwurzelt war und sich zur Gegenwart und zu allen politischen Protesten und Aussagen skeptisch verhielt, hatte amüsiert die Konfusion von Patriotismus und Persönlichkeiten wahrgenommen, die diese schicksalsschwere Versammlung zurückgelassen hatte. Wie die meisten Grundbesitzer mißtraute er Doktrinen. Wenn er überhaupt eine politische Meinung hatte, dann war er für die Einführung einer Weizensteuer; soweit er erkennen konnte, stand er damit jetzt allein – aber er wollte ja auch nicht ins Parlament kommen; mit anderen Worten, sein Prinzip hatte nichts von den Stimmen jener zu fürchten, die ihr Brot bezahlen mußten. Prinzipien – so überlegte er – waren im Grunde genommen finanzielle Interessen; und, zum Kuckuck, die Leute sollten nicht so tun, als wäre es anders. Finanzielle Interessen natürlich im tieferen Sinn des Wortes, Selbsterhaltungstrieb für Mitglieder einer bestimmten Ge-

sellschaft. Und wie, zum Teufel, sollte diese Gemeinschaft, die englische Nation, existieren, wenn ihr Land nicht mehr bebaut wurde, wenn ihre Schiffe und Häfen Gefahr liefen, von Flugzeugen zerstört zu werden? In der vergangenen Stunde hatte er vergebens darauf gewartet, daß einer im Klub die Bodenfrage erwähne. Kein einziger! Das war keine praktische Politik! Zum Teufel mit diesen Burschen! Ihr einziger Gedanke war es, ihren Sitz im Parlament nicht zu verlieren oder einen zu erwerben. Ihre Sitzfläche war ihnen wichtiger als das Schicksal ihrer Kinder! O nein! Und bei den »Kindern« fiel ihm plötzlich ein, daß die Frau seines Sohnes noch immer keine Anzeichen zeigte. Zwei Jahre! Zeit, daß sie an Kinder dachten. Es war gefährlich, sich an Kinderlosigkeit zu gewöhnen, wenn davon ein Titel und ein Besitz abhingen. Ein Lächeln verzog seine Lippen und die buschigen Augenbrauen. Ein hübsches junges Ding, so attraktiv; und sie wußte es auch! Wen lernte sie eigentlich nicht kennen? Löwen und Tiger, Affen und Katzen – ihr Haus wurde zu einer richtigen Menagerie von mehr oder weniger berühmten Leuten. In dieser Art von Leben lag etwas Unwirkliches. Und als er zu einem der britischen Löwen am Trafalgar Square kam, dachte Sir Lawrence: »Bald wird sie die auch zu sich einladen! Sie hat die Sammelwut. Michael muß aufpassen – im Haus einer Sammlerin gibt es immer einen Raum für Gerümpel, und Ehemänner laufen leicht Gefahr, auch dort hineinzugeraten. Das erinnert mich: Ich habe ihr einen chinesischen Minister versprochen. Tja, sie muß warten, bis die Wahlen vorüber sind.«
In Richtung Whitehall wurden unter dem grauen östlichen Himmel einen Augenblick lang die Türme von Westminster sichtbar. »Auch das ist in gewisser Weise unwirklich«, dachte er. »Michael mit seinen Ideen! Ja, das ist modern – sozialistische Ansichten und eine reiche Frau. Selbstaufopferung mit Sicherstellung! Frieden verbunden mit Überfluß! Patentlösungen, zwölf auf ein Dutzend!«
Durch das Gewühl der Zeitungsverkäufer von Charing Cross, die wegen der politischen Krise einen Wirbel machten, wandte er sich nach links in Richtung Danby & Winter, den Verlag, in dem sein Sohn Juniorteilhaber war. Ein Thema für ein neues Buch beschäftigte eben seinen Geist, der schon eine Montrose-Biographie, eine Reisebeschreibung des Fernen Ostens und eine imaginäre Unterhaltung zwischen den Schatten Gladstones und Disraelis mit dem Titel »Ein Duett« geschaffen hatte. Mit jedem Schritt, den er vom Snooks-Klub nach Osten tat, stach seine aufrechte, schmale Gestalt im Mantel mit Astrachankragen, das hagere Gesicht mit dem grauen Schnurrbart und dem schildpattgefaßten Monokel unter den buschigen dunklen Brauen mehr von der Umgebung ab. In

dieser schäbigen Seitengasse, wo Karren herumstanden, Winterfliegen ähnlich, die an der Wand kleben, und Menschen mit Büchern unterm Arm vorbeigingen, als wären sie gebildet, wirkte seine Gestalt fast wie eine Erscheinung aus einer anderen Welt.

Knapp vor der Tür des Verlages begegnete er zwei jungen Männern. Einer von ihnen war eindeutig sein Sohn, der sich seit seiner Heirat besser anzog und eine Zigarre rauchte — Gott sei Dank —, statt dieser ewigen Zigaretten; der andere — ach ja — war Michaels junger Dichter und Trauzeuge, die Nase in der Luft, eine Künstlermähne unter dem Velourshut. Sir Lawrence rief: »He, Michael!«

»Hallo, Bart! Du kennst doch meinen Vater, Wilfrid? Wilfrid Desert. ›Kleingeld‹ — ein echter Dichter, du kannst mir glauben. Du mußt ihn lesen. Wir gehen nach Hause, komm mit!«

Sir Lawrence ging mit ihnen.

»Was war denn im Snooks?«

»*Le roi est mort.* Die Arbeiterpartei kann mit dem Lügen anfangen, Michael — Wahlen im nächsten Monat.«

»Vater wurde zu einer Zeit erzogen, Wilfrid, in der man Demos noch nicht kannte.«

»Nun, Mr. Desert, finden Sie in der heutigen Politik etwas Reales?«

»Findet man in irgend etwas Realität, Sir?«

»Vielleicht in der Einkommensteuer.«

Michael grinste.

»Für einen Adeligen«, sagte er, »gibt es so etwas wie einfachen Glauben nicht mehr.«

»Nimm einmal an, Michael, deine Freunde kommen an die Macht — in gewisser Hinsicht wäre es nicht einmal schlecht, es würde ihnen helfen, erwachsen zu werden —, was könnten sie denn schon tun, eh? Könnten sie den Geschmack der Allgemeinheit verbessern? Das Kino abschaffen? Den Engländern das Kochen beibringen? Andere Länder davon abhalten, mit Krieg zu drohen? Die notwendigen Lebensmittel im Land selbst erzeugen? Das Überhandnehmen der Verstädterung verhindern? Würden sie die Leute, die mit Giftgas herumspielen, aufhängen? Und Kampfflugzeuge im Krieg verbieten? Könnten sie den Besitzinstinkt schwächen — irgendwo? Oder, konkret gesprochen, irgend etwas anderes tun, als die Besitzverhältnisse ein wenig zu ändern? Jede Parteipolitik ist nur etwas Äußerliches. Wir werden von den Erfindern und der menschlichen Natur beherrscht; und jetzt sitzen wir in der Tinte, Mr. Desert.«

»Ganz meine Ansicht, Sir.«

Michael schwenkte seine Zigarre.

»Ihr seid zwei alte Pessimisten.«
Sie nahmen die Hüte ab, als sie am Kriegerdenkmal vorbeikamen.
»Auch das da ist symptomatisch«, sagte Sir Lawrence. »Hier hat man der Warnung vor dem Pomp ein Denkmal gesetzt — ganz charakteristisch. Und die Warnung vor dem Pomp —«
»Weiter, Vater«, sagte Michael.
»Das Schöne, Große, Blühende — alles aus. Kein Weitblick mehr, keine großen Projekte, keine großen Prinzipien, keine große Religion oder große Kunst — Ästhetizismus von Cliquen im Hinterzimmer, kleine Menschen mit kleinen Hüten.«
»Die Sehnsucht nach Byron, Wilberforce und dem Nelson-Monument — armer alter Vater! Was meinst du dazu, Wilfrid?«
»Ja, Mr. Desert — was sagen Sie dazu?«
Deserts düsteres Gesicht verzog sich.
»Es ist ein Zeitalter der Paradoxa«, sagte er. »Wir treten alle für die Freiheit ein, und die einzigen Institutionen, die mächtiger werden, sind der Sozialismus und die katholische Kirche. Wir bemühen uns schrecklich um die Kunst — und die einzige Weiterentwicklung der Kunst ist das Kino. Wir sind ganz verrückt nach Frieden — und alles, was wir dafür tun, ist die Vervollkommnung von Giftgasen.«
Sir Lawrence sah den bitteren jungen Mann von der Seite an.
»Und wie geht's dem Verlag, Michael?«
»›Kleingeld‹ verkauft sich wie warme Semmeln; und ›Ein Duett‹ geht auch nicht schlecht. Was hältst du vom Reklameslogan: ›Ein Duett von Sir Lawrence Mont, Bart. Das interessanteste Zwiegespräch, das je zwischen Toten stattfand.‹ Das sollte doch die Spiritisten ansprechen? Wilfrid hat ›G. O. M. und Dizzy — eine Direktübertragung aus der Hölle‹ vorgeschlagen. Was gefällt dir besser?«
Sie waren inzwischen bei einem Polizisten angelangt, der eben ein Pferdefuhrwerk stoppte, so daß alles stehenbleiben mußte. Die Automotoren surrten im Stand, die Gesichter der Lenker waren auf die Kreuzung konzentriert, die man ihnen vorenthielt, ein Mädchen auf einem Fahrrad schaute mit leerem Blick umher und hielt sich an der Rückwand eines Lastwagens fest, auf dem ein Bursche saß und die Füße herunterbaumeln ließ. Sir Lawrence sah wieder den jungen Desert an. Ein mageres, düsteres, bleiches Gesicht, ansprechend, aber irgendwie unharmonisch; nichts Auffallendes in Kleidung oder Benehmen, und doch, gesellschaftlich gesehen, ein Einzelgänger; weniger lebhaft als der lebenslustige Schlingel, sein Sohn, aber genauso haltlos und noch skeptischer — was er erlebte, ging ihm sicher sehr nahe! Der Polizist senkte den Arm.

»Sie waren im Krieg, Mr. Desert?«
»Ja.«
»Flieger?«
»Und Infanterist. Ein bißchen von beidem.«
»Schwer für einen Dichter.«
»Überhaupt nicht. Dichten ist nur dann möglich, wenn man jeden Augenblick in die Luft fliegen kann oder in Putney lebt.«
Sir Lawrence zog die Brauen hoch. »Ja, wirklich?«
»Tennyson, Browning, Wordsworth, Swinbourne — sie hatten die Möglichkeit, zu schreiben, *ils vivaient, mais si peu.*«
»Und gibt es nicht noch einen dritten dafür günstigen Umstand?«
»Und das wäre, Sir?«
»Wie soll ich sagen — einen gewissen geistigen Anreiz im Zusammenhang mit Frauen?«
Deserts Gesicht zuckte und wurde verschlossen.
Michael steckte den Schlüssel in das Schloß der Haustür.

2

Daheim

Das Haus am South Square, Westminster, das die jungen Monts nach ihrer Rückkehr von den Flitterwochen in Spanien vor zwei Jahren bezogen hatten, könnte man wohl mit dem Wort »emanzipiert« beschreiben. Es war das Werk eines Architekten, der von einem modernen, vollkommen alten und von einem alten, vollkommen modernen Haus träumte. Das Haus war daher an keine anerkannte Stilrichtung, keine erkennbare Tradition noch irgendwelche architektonische Vorurteile gebunden, nahm aber den Großstadtschmutz so bereitwillig in sich auf, daß seine Steinfassade schon nach kurzer Zeit an das ehrbare Aussehen der Bauten Wrens gemahnte. Türen und Fenster waren oben leicht gerundet. Das steile Dach mit seiner hübschen rußig-rötlichen Färbung sah fast dänisch aus — zwei niedliche kleine Fenster darin vermittelten den Eindruck, daß dort oben im Dachgeschoß besonders hochgewachsene Diener wohnten. Zu beiden Seiten der breiten, von Lorbeerbäumen in schwarz-goldenen Kübeln umrahmten Eingangstür waren die Wohnräume angeordnet. Das Haus hatte eine beträchtliche Tiefe, die breite, schmucklose Treppe begann erst am Ende einer Halle, in welcher Platz für eine stattliche Anzahl von Hüten, Mänteln und Visitenkarten war. Es gab vier Badezimmer, aber keinen Keller. Beim Erwerb dieses Hauses hatte der Forsytesche Instinkt für Häuser eine wichtige Rolle gespielt. Soames hatte es für seine Tochter in uneingerichtetem Zustand erworben, in dem psychologisch günstigen Augenblick, als die Seifenblase der Inflation geplatzt war und die Luft aus dem Ballon des Welthandels entwich. Fleur hatte sich jedoch sofort mit einem Architekten in Verbindung gesetzt — Soames hegte noch immer tiefen Argwohn gegen diesen Beruf — und beschlossen, ihr Haus in nicht mehr als drei Stilrichtungen einzurichten: Chinesisch, Spanisch — und in ihrem eigenen Stil. Der Raum links von der Eingangstür, der sich über die ganze Tiefe des Hauses erstreckte, war in chinesischem Stil gehalten, mit Elfenbeintäfelung, einem kupfernen Fußboden, Zentralheizung und Kristallüstern. Vier Bilder hingen darin, alle chinesischer Herkunft — die einzige Schule, mit der sich ihr Vater noch nicht befaßt hatte. Der breite offene Kamin war mit chinesischen Hunden, die auf chinesischen Kacheln standen, geschmückt. Die Seide war vornehmlich in Jadegrün gehalten. Zwei wunderbare alte schwarze Teekisten standen in diesem Zimmer — Soames hatte sie bei Jobson gefunden und einen recht ansehnlichen Preis dafür gezahlt. Klavier war keines vorhanden — teils weil Klaviere zu eindeutig westlich waren, und teils weil es zuviel Platz eingenommen hätte. Fleur wollte Platz in ihrem Haus, denn sie sammelte Menschen, nicht Möbel und Nippes. Leider war das Licht, das von zwei Seiten in den Raum fiel, alles andere als chinesisch. Manchmal stand Fleur mitten im Zimmer und dachte nach — wie sie ihre Gäste »arrangieren« könnte, wie man das Zimmer noch chinesischer gestalten könnte, ohne es unbequem werden zu lassen; wie man sich den Anschein geben könnte, alles über Politik und Literatur zu wissen; wie sie all die Dinge, die ihr Vater ihr gab, entgegennehmen könnte, ohne ihn spüren zu lassen, daß sein Geschmack veraltet war; wie sie den neuen Stern am literarischen Himmel, Sibley Swan, ihrem Kreis erhalten und gleichzeitig den alten, Gurdon Minho, dazugewinnen könnte; oder daß Wilfrid Desert sich allmählich ein wenig zu sehr in sie verliebte; was für einen Stil sie bei ihrer Kleidung eigentlich bevorzugte oder warum Michael so komische Ohren hatte; und manchmal stand sie und dachte überhaupt nichts, spürte nur etwas wie Sehnsucht.

Als die drei eintraten, saß sie eben vor einem roten Lacktischchen und hielt eine ausgiebige Teemahlzeit. Sie ließ sich den Tee immer ziemlich früh bringen, damit sie sich's in aller Ruhe und allein schmecken lassen konnte, ehe die andern kamen, denn sie war noch nicht einundzwanzig, und um diese Stunde dachte sie gerne an ihre Jugend. Neben ihr saß Ting-a-ling, hatte seine goldbraunen Vorderpfoten auf einen chinesischen Fußschemel gestützt, die schwarzbraune Stupsnase auf das Ziel all seines Sinnens und Trachtens gerichtet.

»Jetzt ist's genug, Ting. Schluß, Liebling. Ende!«

Ting-a-lings Gesichtsausdruck sagte unmißverständlich: »Nun, dann mach aber du auch Schluß und quäl mich nicht länger!«

Er war ein Jahr und drei Monate alt. Michael hatte ihn vor elf Monaten in einem Schaufenster der Bond Street gesehen und zu Fleurs zwanzigstem Geburtstag gekauft.

Nach zwei Ehejahren trug sie ihr kurzes dunkelkastanienbraunes Haar nicht länger als früher, aber ihr beweglicher Mund war etwas entschiedener geworden; in ihren nußbraunen Augen unter den hellen Lidern mit den langen dunklen Wimpern lag etwas mehr Verlockendes, in ihren Bewegungen etwas mehr Selbstsicherheit und Schwung; Brust und Hüften hatten sich etwas gerundet, Taille und Waden waren schlanker geworden, und die Wangen hatten ein wenig von ihrer Farbe verloren, wie ihre Stimme etwas von ihrer Süße eingebüßt hatte, doch schmeichelnder klang als früher.

Sie stand hinter dem Teetisch auf und streckte ihre runden weißen Arme aus, ohne ein Wort zu sprechen. Sie vermied unnötige Begrüßungen und Abschiedsworte – sie hätte sie zu oft wiederholen müssen; sie beschränkte sich lieber auf einen Blick, einen Händedruck, ein leichtes Neigen des Kopfes. Sie machte eine einladende Handbewegung und sagte: »Setzt euch! Sahne, Sir? Zucker, Michael? Ting hat schon zuviel bekommen, gebt ihm nichts mehr. Michael, bist du so gut und reichst die Sachen herum? Ich habe alles über das Meeting im Klub gehört. Du wirst doch nicht für die Labourpartei Propaganda machen wollen, Michael – Wahlpropaganda ist doch so stumpfsinnig. Wenn mich jemals einer beschwatzen wollte, würde ich bestimmt für die andern stimmen.«

»Sicher, Liebling, aber du bist eben nicht der Durchschnittswähler.«

Fleur blickte ihn an. Sehr hübsch gesagt! Sie bemerkte, daß Wilfrid sich auf die Lippe biß, daß Sir Lawrence das genau beobachtete, sie war sich genau bewußt, wieviel von ihrem seidenen Bein sie zeigte, sie sah die schwarz-cremefarbenen Teetassen vor sich – und brachte alles gleichzeitig in Ordnung. Ein leises Zucken ihrer weißen Lider, und Wilfrid hörte auf, sich auf die Lippe zu beißen; eine Bewegung ihrer Beine, und Sir Lawrence hörte auf, Wilfrid anzublicken. Sie bot den Tee an und sagte:

»Ich bin wohl nicht modern genug?«
Desert rührte mit einem glänzenden Löffel in seiner gesprenkelten Tasse und antwortete, ohne aufzublicken:
»Um so vieles moderner als die Modernen, als du altmodischer bist als sie.«
»Nur nicht so poetisch!« sagte Michael.
Doch als er dann mit seinem Vater hinausgegangen war, um diesem die neuen Karikaturen Aubrey Greenes zu zeigen, fragte sie: »Wie hast du das eigentlich vorhin gemeint, Wilfrid?«
Deserts Stimme hatte alle Zurückhaltung verloren.
»Was soll das jetzt? Ich möchte die Zeit nicht mit so etwas vergeuden.«
»Ich will es aber wissen. Es klang wie Hohn.«
»Hohn? Von mir? Fleur!«
»Dann erkläre es mir!«
»Ich meinte, du bist ebenso ruhelos und zielstrebig wie sie, aber du hast etwas, Fleur, was ihnen fehlt — die Fähigkeit, einem den Kopf zu verdrehen. Mir hast du das getan, Fleur, und du weißt es ganz genau.«
»Was würde Michael dazu sagen — ausgerechnet du, sein Brautführer!«
Desert trat rasch zum Fenster.
Fleur hob Ting-a-ling auf ihren Schoß. So hatten schon andere zu ihr gesprochen, aber bei Wilfrid war es ernst. Natürlich schmeichelte es ihr, daß sein Herz ihr gehörte, doch wo, um alles in der Welt, sollte sie es hintun, damit die anderen es nicht bemerkten? Er war unberechenbar und tat so verrückte Dinge!
Sie hatte ein wenig Angst — nicht vor ihm, aber vor seiner Unberechenbarkeit. Er kam zum Kamin zurück und sagte:
»Scheußlich, nicht? Tu den verdammten Hund weg, Fleur, ich sehe dein Gesicht nicht. Wenn dir an Michael wirklich etwas läge, dann würde ich nicht so reden, das schwöre ich dir. Doch ich weiß nur zu gut, daß du ihn nicht liebst.«
Fleur sagte kalt:
»Du weißt sehr wenig von mir. Ich liebe Michael.«
Desert lachte in seiner etwas hektischen Art.
»Oh, sicher, aber nicht in der Art, die zählt!«
Fleur schaute ihn an.
»Es zählt genug, um mir Sicherheit zu geben.«
»Also eine Blume, die ich nicht pflücken kann?«
Fleur nickte.
»Bist du sicher, Fleur — ganz sicher?«
Fleur schaute ihn unverwandt an; ihr Blick wurde etwas weicher, die

weißen Lider senkten sich. Sie nickte. Desert sagte langsam: »Wenn ich einmal völlig davon überzeugt bin, dann gehe ich weg, in den Osten.«
»In den Osten?«
»Es klingt nicht so abgedroschen, wie wenn ich sagte, ich gehe nach Amerika, doch es läuft auf dasselbe hinaus — ich verschwinde aus deinem Leben.«
Fleur dachte: »In den Osten? Ich würde so gern einmal in den Orient fahren! Schade, daß sich das nicht machen läßt, wirklich schade.«
»Mich wirst du nicht in deiner Menagerie halten, meine Liebe. Ich warte nicht auf die Brosamen, die von deinem Tisch fallen. Du weißt genau, wie es um mich steht — es gibt nur eine rasche Lösung.«
»Aber ich bin doch nicht daran schuld — oder doch?«
»Doch; du hast mich deiner Sammlung einverleibt wie all die anderen, die dir in die Nähe kommen.«
»Ich weiß nicht, was du damit sagen willst.«
Desert beugte sich über sie und zog ihre Hand an die Lippen.
»Sei nicht böse, Fleur, ich bin zu unglücklich.«
Fleur ließ ihre Hand an seinen heißen Lippen.
»Es tut mir wirklich leid, Wilfrid.«
»Ist schon gut, meine Liebe, ich gehe.«
»Aber morgen kommst du doch zum Dinner?«
»Morgen? Guter Gott — nein! Wofür hältst du mich?«
Er stieß ihre Hand weg.
»Ich mag Unbeherrschtheit nicht, Wilfrid!«
»Gut also, leb wohl. Es ist besser, wenn ich gehe.«
Die Worte »Und es wäre besser, du kämst nicht wieder« traten ihr auf die Lippen, doch sie sprach sie nicht aus. Sich von Wilfrid trennen, hieße, daß ihr Leben etwas von seiner Wärme verlieren würde. Sie hob die Hand. Er war gegangen. Sie hörte, wie die Tür ins Schloß fiel. Der arme Wilfrid! Es war nett, eine Flamme zu haben, an der sie sich die Hände wärmen konnte. Nett, aber auch gefährlich. Und plötzlich hob sie Ting-a-ling von ihrem Schoß, stand auf und ging im Zimmer auf und ab. Morgen! Morgen war ihr zweiter Hochzeitstag. Es tat noch immer weh, daran zu denken, wie es hätte sein können! Doch sie hatte nur wenig Zeit zum Denken — und sie tat alles, um nur noch weniger Zeit zu haben. Wozu auch nachdenken? Man hatte ja nur ein Leben zu leben, und das war ein Leben voll von Menschen, voll von Dingen, die man tun konnte, die man besitzen oder begehren konnte, ein Leben, in dem nur — eines fehlte — und dieses eine — nun, selbst wenn es Leute gab, die dieses eine hatten, so hatten sie es nie für lange. Zwei Tränen waren ihr in die

Augen getreten, doch sie trockneten, ohne zu fallen. Sentimentalität! Nein! Das wäre das Letzte — ein unverzeihliches Vergehen. Wen sollte sie beim morgigen Essen neben wen setzen? Und wen sollte sie statt Wilfrid einladen, wenn er wirklich nicht kam, der dumme Junge? Ein Tag — eine Nacht — was machte das schon aus? Wen sollte sie rechts und wen links neben sich setzen? Verdiente Aubrey Greene den Ehrenplatz oder Sibley Swan? Und war einer von ihnen überhaupt so berühmt wie Walter Nazing oder Charles Upshire? Ein Dinner für zwölf Personen, mit Ausnahme Michaels und Alison Charwells lauter Literaten oder Künstler. Oh! Vielleicht konnte Alison ihren Gurdon Minho mitbringen — wenigstens einen Schriftsteller der alten Schule —, ein Glas alten Wein zur Beruhigung der Gemüter. Er brachte seine Werke zwar nicht bei Danby & Winter heraus, aber er fraß Alison aus der Hand. Sie ging rasch zu einer der alten Teekisten und öffnete sie. Drin war ein Telefon. »Kann ich Lady Alison sprechen ... hier Mrs. Michael Mont ... ja ... Bist du's, Alison? ... Hier Fleur. Wilfrid hat für morgen abend abgesagt ... glaubst du, daß du eventuell Gurdon Minho mitbringen könntest? Ich kenne ihn zwar nicht, aber vielleicht ist er interessiert? Du wirst's versuchen? ... Das wäre wirklich reizend! Ist die Geschichte im Snooks-Klub nicht aufregend? Bart sagt, sie werden sich gegenseitig auffressen, jetzt, wo sie sich gespalten haben ... Ja, also was Mr. Minho anlangt ... Verständigst du mich? Vielen, vielen Dank und auf Wiedersehen!«
Und wenn Minho nicht kam, wer dann? Ihre Augen glitten über einige Namen in ihrem Adreßbuch. So knapp vorher mußte es jemand sein, der auf Zeremoniell keinen Wert legte; aber außer Alison wäre keiner von Michaels Verwandten vor Sibley Swan oder Nesta Gorse und ihren spitzen Bemerkungen sicher gewesen. Und was die Forsytes anlangte, so kamen die schon gar nicht in Frage. Sie hatten ihren eigenen bissigen Humor, wenigstens einige von ihnen, aber sie waren nicht wirklich modern. Außerdem sah sie sie möglichst selten — sie waren als Angehörige einer dramatischen Epoche abgestempelt und hatten keinen Sinn für ein Leben ohne Anfang und Ende. Nein. Wenn Gurdon Minho nicht kam, mußte es ein Musiker sein, einer, dessen Werke unverständlich waren und an Chirurgie erinnerten oder noch besser ein Psychoanalytiker. Sie blätterte weiter, bis sie zu diesen beiden Gruppen kam. Hugo Solstis? Eventuell — aber was würde geschehen, wenn er eines seiner neuesten Werke vorspielen wollte? Sie hatten doch nur Michaels Flügel und würden also ins Arbeitszimmer hinübergehen müssen. Da wäre Gerald Hanks schon besser — er und Nesta Gorse würden sich zwar in eine

Diskussion über Träume verlieren, aber selbst wenn das passierte, wäre es kein großer Verlust für die Unterhaltung. Ja, wenn Minho nicht kam, würde sie Gerald Hanks einladen. Er würde sicher Zeit haben, und sie würde ihn zwischen Alison und Nesta setzen. Sie schloß das Buch, ging zurück zum jadegrünen Sofa, setzte sich und starrte Ting-a-ling an. Die vorstehenden runden Augen des kleinen Hundes starrten zurück, leuchtend, schwarz, sehr alt. Fleur dachte: »Ich will nicht, daß Wilfrid davonläuft.« An keinem der Menschen, die im Hause aus und ein gingen, lag ihr etwas. Man mußte sie kennen, mitmachen, mit ihnen Schritt halten, natürlich. Und es war furchtbar amüsant und furchtbar wichtig. Nur ... nur ... wozu?

Stimmen. Michael und Bart kamen zurück. Dem Alten war Wilfrid aufgefallen. Ihm fiel überhaupt alles auf. Sie fühlte sich nie ganz wohl, wenn er da war — sehr lebendig und sehr beweglich, aber mit einer ruhigen, aristokratischen Überlegenheit — ein wenig wie Ting-a-ling, ein kritischer Beobachter, der ihr zu verstehen gab, sie sei jung und flatterhaft. Er war fest verankert, konnte nicht aus seinem Kreis hinaus — und besaß doch die Fähigkeit, Dinge zu durchschauen; er brachte einen aus der Fassung. Aber er bewunderte sie, das war ihr bewußt.

Nun, wie hatten ihm die Karikaturen gefallen? Sollte Michael sie veröffentlichen, und mit Text oder ohne? War die kubistische Zeichnung mit dem Titel »Stilleben« nicht wirklich komisch — die ganze Regierung, und vor allem der Premierminister als vertrocknete Bohne? Als Antwort hörte sie ein rasches, undeutliches Gemurmel; Sir Lawrence erzählte ihr von der Sammlung von Wahlkarikaturen, die sein Vater angelegt hatte. Wenn Bart ihr nur nicht immer von seinem Vater erzählen würde! Der war furchtbar vornehm gewesen und mußte schrecklich langweilig gewesen sein, wenn er alle seine Besuche im Stil des Kavaliers alter Schule hoch zu Roß absolvierte, mit über die Stiefel heruntergezogenen Hosen. Er, Lord Charles Cariboo und der Marquis of Forfar waren die letzten drei gewesen, die ihre Besuche auf diese Art abstatteten. Hätten sie's nicht getan — kein Mensch würde mehr von ihnen sprechen! Und sie mußte noch das Kleid anprobieren und sich um tausend Dinge kümmern, und Hugos Konzert begann doch schon um ein Viertel nach acht! Warum hatten die alten Leute immer so viel Zeit? Plötzlich blickte sie zu Boden. Ting-a-ling war damit beschäftigt, den Kupferboden zu lecken. Sie nahm ihn auf den Arm: »Pfui, Liebling, laß das!« Und der Bann war gebrochen. Bart empfahl sich, noch immer in Erinnerungen schwelgend. Sie wartete am Fuß der Treppe, bis Michael die Tür hinter ihm geschlossen hatte, und hastete dann hinauf. In ihrem Zimmer drehte sie alle

Lichter auf. Hier war alles nach ihrem eigenen Stil eingerichtet — ein Bett, das nicht wie ein solches aussah, und viele Spiegel. Ting-a-lings Polster lag in einer Ecke, von wo aus er sich gleich dreimal sehen konnte. Sie setzte ihn zu Boden und sagte: »Gib jetzt Ruh'.« Die anderen Hunde im Zimmer waren ihm längst gleichgültig geworden: Sie gehörten zwar derselben Rasse an wie er, und ihre Farbe war genau die seine, aber sie rochen nicht, und ihre Zungen konnten nichts ablecken — es war nichts anzufangen mit diesen Dingern, die ihn nur immer nachäfften, sonst aber keinerlei vernünftige Reaktion zeigten.
Fleur zog ihr Kleid aus und hielt sich die neue Toilette unters Kinn.
»Darf ich dich küssen?« fragte eine Stimme, und Michaels Spiegelbild trat hinter das ihre.
»Mein Lieber, dazu ist jetzt wirklich keine Zeit! Hilf mir lieber mit dem da!« Sie streifte das Kleid über ihren Kopf. »Mach die oberen drei Haken zu. Wie gefällt es dir? Oh — übrigens, Michael, vielleicht kommt morgen Gurdon Minho zum Dinner — Wilfrid hat keine Zeit. Hast du seine Sachen gelesen? Komm, setz dich her und erzähl mir was darüber. Lauter Romane, nicht? Wie sind sie denn?«
»Nun, er hat immer etwas zu sagen. Und seine Katzen sind gut geschildert. Natürlich — ein wenig romantisch ist er schon.«
»Oh! Habe ich vielleicht was Dummes gemacht?«
»Nein, ganz und gar nicht. Im Gegenteil, es war sehr gut, ihn einzuladen. Der Jammer mit unseren Leuten ist, daß sie, was sie zu sagen haben, ganz hübsch sagen — nur haben sie nichts zu sagen. Sie werden sich nicht halten.«
»Ebendeshalb werden sie sich halten — sie können nicht veralten.«
»Glaubst du? Du meine Güte!«
»Wilfrid wird sich halten!«
»Ah! Wilfrid kennt Gefühl, Haß, Mitleid, Sehnsüchte — wenigstens zuweilen. Und wenn, dann ist sein Zeug beachtlich gut. Wenn nicht, dann hat er genausowenig zu sagen wie die andern.«
Fleur zog ihr Unterkleid zurecht.
»Aber, Michael, wenn das stimmt, habe ich die falschen Leute eingeladen.«
Michael grinste.
»Mein liebes Kind! Diejenigen, die gerade en vogue sind, sind immer die Richtigen; du mußt nur achtgeben und sie rasch genug austauschen.«
»Aber willst du damit sagen, daß Sibley keine Zukunft hat?«
»Sib? Nicht die Spur!«
»Aber er ist so felsenfest davon überzeugt, daß fast alle anderen ent-

weder schon tot sind oder im Sterben liegen. Zumindest ist er doch als Kritiker ein Genie!«

»Wenn ich nicht mehr Urteilskraft hätte als Sib, würde ich das Verlagsgeschäft morgen an den Nagel hängen!«

»Du — mehr als Sibley Swan?«

»Natürlich habe ich mehr kritischen Verstand als Sib. Sibleys Urteilskraft beschränkt sich auf seine persönliche Meinung — und die ist schlicht und einfach: Intoleranz gegenüber allen anderen. Er liest sie ja nicht einmal! Er liest ein Buch von jedem Autor und sagt dann: ›Oh — der? Der ist langweilig oder moralinsauer oder sentimental, oder er ist antiquiert, oder er faselt dummes Zeug . . .‹ Ich habe das nur allzu oft von ihm gehört. Das heißt natürlich, solange sie am Leben sind. Sind sie einmal tot, dann ist die Sache ganz anders. Er gräbt unentwegt tote, vergessene Autoren aus und hebt sie in den Himmel. Und damit hat er sich einen Namen gemacht. Auf literarischem Gebiet gibt es immer Leute wie Sib. Er ist ein typisches Beispiel dafür, wie es manchen Leuten gelingt, den anderen die gute Meinung beizubringen, die sie von sich selbst haben. Aber er wird sich natürlich nicht halten; er hat keine eigenen Ideen, nicht einmal zufällig.«

Doch Fleur dachte schon längst an etwas anderes. Ja, das Kleid stand ihr zu Gesicht. Rasch ausziehen! Sie mußte noch die drei Briefe schreiben, bevor sie sich umzog.

Michael war noch immer beim Thema.

»Laß dir einen Tip geben, Fleur. Die wirklich großen Leute reden nicht so viel und bilden keine Cliquen — sie paddeln in ihren eigenen Booten in stillen Gewässern. Aber diese stillen Gewässer sind der gewaltige Strom unseres Lebens. Himmel — das ist ja ein Bonmot oder ein Paradoxon? Und kann ein Bonmot ein Paradoxon sein, oder ist ein Paradoxon unter Umständen ein Bonmot?«

»Michael, würdest du an meiner Stelle Frederic Wilmer mitteilen, daß er Hubert Marsland nächste Woche beim Lunch hier treffen wird? Glaubst du, daß er dann kommen wird, oder wird es ihn abschrecken?«

»Marsland ist eigentlich ein altes Schaf und Wilmer eher ein störrischer Ziegenbock — ich weiß nicht, ob das gutgeht.«

»Ach, sei doch einmal ernst, Michael — du hilfst mir nie, wenn ich etwas arrangieren muß. Nein, hör auf, meine Schultern zu malträtieren.«

»Nun, Liebling, ich weiß nicht. Ich bin in solchen Dingen nicht so begabt wie du. Marsland malt Windmühlen, Klippen und so weiter — ich frage mich, ob er schon etwas von der Zukunft gehört hat. Er ist fast wie Mathew Maris, wenn es darum geht, sich aus den Zeitströmungen herauszuhalten. Wenn du glaubst, daß er gerne mit einem Vertiginisten zusammenkommen wird –«

»Ich habe dich nicht gefragt, ob er gerne Wilmer treffen möchte, sondern ob Wilmer gerne ihn treffen würde.«

»Wilmer wird nur sagen: ›Die kleine Mrs. Mont gefällt mir – verdammt gutes Essen gibt's bei ihr‹ – und damit hat er vollkommen recht, Schätzchen. Ein Vertiginist ist auf gutes Essen angewiesen, weißt du, sonst steigt es ihm nicht zu Kopf.«

Fleurs Feder glitt wieder rasch über das Briefpapier – ihre Schrift begann bereits ein wenig unleserlich zu werden. Sie murmelte:

»Es wäre gut, glaube ich, wenn Wilfrid käme – du wirst ja nicht dasein. Eins – zwei – drei. Und welche Damen?«

»Vier Malerinnen, hübsch und mollig und möglichst ohne Verstand.«

Fleur sagte ärgerlich:

»Mollige Frauen kann ich keine finden, die gibt es heutzutage nicht.«

Und sie schrieb weiter:

»Lieber Wilfrid,

Mittwoch zum Lunch; Wilmer, Hubert Marsland, zwei Damen. Bitte hilf mir aus der Patsche!

Stets Deine

Fleur«

»Michael, dein Kinn kratzt wie eine Schuhbürste.«

»Tut mir leid, Schätzchen – deine Schultern sind eben zu zart. Bart hat Wilfrid auf dem Weg hierher einen Tip gegeben.«

Fleur hörte zu schreiben auf. »Oh!«

»Er erinnerte ihn daran, daß es für Dichter immer gut ist, verliebt zu sein.«

»Wie kam er darauf?«

»Wilfrid hatte sich beklagt, daß ihm nichts gelingen will.«

»Unsinn – seine letzten Sachen sind das Beste, was er je geschrieben hat.«

»Nun, das glaube ich auch. Vielleicht hat er den Tip gar nicht gebraucht. Weißt du vielleicht etwas darüber?«

Fleur wandte den Kopf und blickte in das Gesicht über ihrer Schulter. Nein, es sah ganz so aus wie sonst – offen, sorglos, fast wie das eines Fauns, mit den spitzen Ohren, den beweglichen Lippen.

Sie sagte langsam:

»Wenn du es nicht weißt, wer soll es sonst wissen?«

Michaels Antwort wurde durch ein Schnüffeln unterbrochen.
Ting-a-ling stand zwischen ihnen, langgestreckt, in der Mitte noch etwas niedriger als an den Enden, die schwarze Schnauze aufwärts gerichtet. »Mein Stammbaum ist lang«, schien er zu sagen, »aber meine Beine sind kurz – na, wenn schon!«

3

Musik

Fleur und Michael Mont besuchten grundsätzlich die Konzerte von Hugo Solstis; aber nicht, weil sie sich davon Vergnügen erwarteten, sondern weil sie Hugo kannten. Außerdem meinten sie, daß Solstis, ein Engländer russisch-holländischer Abstammung, einer der Erneuerer der englischen Musik war: Er befreite sie weitgehend von Melodie und Rhythmus und verlieh ihr gleichzeitig literarische und mathematische Reife. Man konnte nie ein Konzert eines Künstlers der neuen Schule besuchen, ohne beim Fortgehen das Wort »interessant« auszusprechen. Man konnte auch nie bei dieser erneuerten Musik einschlafen. Fleur, eine Frau mit gesundem Schlaf, hatte es nicht einmal versucht. Michael dagegen wohl; er hatte nachher darüber geklagt, es sei wie ein kurzes Eindösen am Bahnhof von Lüttich gewesen. Diesmal saßen sie auf den Ecksitzen der ersten Cercle-Reihe, für die Fleur sozusagen eine Art selbstverständliches Monopol hatte. Dort konnten sie Hugo und alle anderen ihren Platz in der englischen Erneuerungsbewegung ausfüllen sehen. Von dort konnte man auch leicht auf den Gang schlüpfen und das Wort »interessant« mit schnurrbärtigen Kennern austauschen; oder rasch eine Zigarette aus der kleinen goldenen Tabatiere, einem Hochzeitsgeschenk ihrer Cousine Imogen Cardigan, nehmen und sich ein paar Züge lang erholen. Insgeheim hatte Fleur ein natürliches Gefühl für Rhythmus, das ihr während jener langen und »interessanten« Passagen, die sozusagen Aufstieg und Fall des Komponisten von seinem Dornenlager symbolisierten, Unbehagen bereitete. Insgeheim liebte sie Melodien, und die Unmöglichkeit, dies je zuzugeben, ohne Solstis, Birdigal, MacLewis, Clorane und die anderen Komponisten erneuerter englischer Musik zu verlieren, erforderte manchmal selbst von ihrer im Grunde spartanischen Natur äußerste

Selbstüberwindung. Nicht einmal Michael gegenüber wollte sie das »beichten«; und es wurde noch schwerer für sie, wenn Michael mit seiner angeborenen Respektlosigkeit vor anderen, die das Leben im Schützengraben und im Verlag noch verstärkt hatte, vor sich hin murmelte: »Herrgott! Tut doch weiter!« oder »Teufel! Muß dem aber übel sein!« Dabei wußte sie, daß Michael das alles noch weit besser aushielt, da er mehr der Literatur zuneigte und es ihn weniger zum Tanzen reizte.
Der erste Satz von Solstis' neuem Werk – *Phantasmagorie Piémontesque,* der zuliebe sie eigentlich gekommen waren – begann mit etlichen langgezogenen Akkorden.
»Auweh!« hörte sie Michaels Stimme an ihrem Ohr: »Drei Möbelstücke, die gleichzeitig auf einem Parkettboden geschoben werden!«
In Fleurs unwillkürlichem Lächeln lag das ganze Geheimnis, warum ihre Ehe doch nicht unerträglich geworden war. Michael war ja so ein lieber Kerl! Tiefes Gefühl und rascher Witz – Sarkasmus und Loyalität –, diese Kombination erregte und rührte sogar ein Herz, das schon verschenkt gewesen war, bevor sie es ihm übertrug. Rührung ohne Erregung wäre langweilig, Erregung ohne Rührung störend gewesen. In diesem Augenblick erschien er besonders anziehend. Mit über den Knien verschränkten Händen, abstehenden Ohren, Augen, die vor Loyalität zu Hugo glasig waren, und seiner Bereitschaft zu gutmütigem Spott lauschte er dieser Einleitung in einer Art, die Fleurs Bewunderung erregte. Das Stück würde wieder einmal »interessant« sein, und sie verfiel in einen Zustand, der in diesen Tagen sehr häufig auftrat; sie verfolgte scheinbar aufmerksam alles um sich herum und hing innerlich ihren Gedanken nach. Dort drüben saß L. S. D., der bedeutende Dramatiker; sie kannte ihn nicht – noch nicht. Er sah eigentlich schrecklich aus mit seinem zu Berg stehenden Haar. Sie stellte sich ihn auf ihrem Kupferboden vor einem chinesischen Bild vor. Und dort – aber ja doch, Gurdon Minho! Daß er tatsächlich zu so etwas Modernem kam! Sein Profil war direkt römisch zu nennen – Aurelianische Periode! Und mit dem angenehmen Gefühl, daß diese Antiquität vielleicht schon morgen ihre Sammlung bereichern würde, ließ sie ihren Blick weiterschweifen und musterte das Publikum Gesicht für Gesicht – sie wollte niemand Wichtigen übersehen. Die »Möbel« wurden plötzlich nicht mehr verschoben.
»Interessant«, sagte eine Stimme über ihre Schulter. Aubrey Greene! Ein wenig unwirklich, wie vom Mondlicht beschienen, mit dem seidigen blonden Haar, das glatt zurückgekämmt war, und den grünen Augen, erweckte sein Lächeln in ihr immer den Eindruck, daß er sie durchschaute. Aber schließlich war er ja Karikaturist.

»Nicht wahr?«
Er schlängelte sich davon. Er hätte doch ein wenig länger bleiben können, für jemand anderen war vor den Liedern Birdigals sowieso keine Zeit mehr! Da kam auch schon der Sänger Charles Powls! Wie dick und tüchtig er aussah, als er den kleinen Birdigal zum Klavier schleppte.
Eine bezaubernde Begleitung – perlend, melodiös!
Der dicke, tüchtige Mann begann zu singen. Ganz anders als die Begleitung! Jede Note traf direkt den Plexus solaris – der Gesang verhinderte mit mathematischer Präzision, daß sie daran Vergnügen hatte. Birdigal mußte beim Komponieren eine Heidenangst gehabt haben, daß jemand seine Lieder als »sangbar« bezeichnen könnte. Sangbar! Fleur wußte, wie ansteckend dieses Wort war; es würde sich wie Masern durch die Reihen verbreiten, und Birdigal wäre erledigt! Armer Birdigal! Aber das hier war »interessant«. Nur, wie Michael sagte: »O du lieber Himmel!«
Drei Lieder! Powls war wunderbar – so loyal! Keine einzige Note so gesungen, daß sie wie Musik klang! Ihre Gedanken schweiften zu Wilfrid. Ihm allein von den jüngeren Dichtern sprach man das Recht zu, etwas auszusagen; es verschaffte ihm eine eigene Position – er schien aus dem Leben, nicht aus der Literatur zu kommen. Außerdem hatte er sich im Krieg ausgezeichnet, war ein Sohn Lord Mullyons, würde für »Kleingeld« wahrscheinlich den Mercer-Preis erhalten. Wenn Wilfrid sie im Stich ließ, dann würde ein Stern aus dem Firmament über ihrem Kupferboden fallen. Er hatte kein Recht, sie so im Stich zu lassen. Er mußte lernen, nicht so heftig zu sein, nicht so körperlich zu denken. Nein! Sie konnte sich Wilfrid nicht entgleiten lassen, aber genausowenig konnte sie Sentimentalität, brennende Leidenschaft, Sackgassen, Tragödien brauchen. Davon hatte sie genug gekostet; ein dumpfer Schmerz war zurückgeblieben und warnte sie noch immer.
Birdigal verbeugte sich, Michael sagte: »Komm hinaus, rauchen wir eine. Das nächste ist ein Blindgänger!« Oh – ah, Beethoven. Armer alter Beethoven! So unmodern – man genoß ihn richtig.
Der Gang und das dahinterliegende Buffet waren voll von Anhängern der Erneuerungsbewegung. Junge Männer und Frauen mit lebhaften und verschrobenen Gesichtern und Charakteren tauschten das Wort »interessant« aus. Etwas massigere Männer, nicht unähnlich zur Ruhe gesetzten Matadoren, blockierten den Weg. Fleur und Michael gingen ein wenig weiter, stellten sich an die Wand und zündeten sich Zigaretten an. Fleur rauchte mit großer Diskretion – eine kleine Zigarette in einem winzigen Spitz aus Bernstein. Sie tat so, als läge ihr mehr daran, den

blauen Rauch zu bewundern, als ihn zu erzeugen; es gab ja noch andere Kreise außer diesem, die man nicht vergessen durfte – man wußte ja nie, wen man treffen würde! Zum Beispiel der Kreis um Alison Charwell, politisch-literarisch, mit vielen Interessen, aber, wie Michael immer sagte: »Überzeugt davon, daß sie der einzig mögliche gesellschaftliche Kreis auf der ganzen Welt sind; denk doch einmal daran, wie sie immer Bücher schreiben, die sich nur mit Erinnerungen an ihresgleichen beschäftigen!« Diese Leute könnten, dachte sie, dagegen sein, daß Frauen in der Öffentlichkeit rauchten. Obwohl Fleur sich diskret zu den Bilderstürmern hingezogen fühlte, vergaß sie doch nie, daß sie mit ihren Beinen zumindest in zwei Welten stand. Während sie alles, was links und rechts um sie vorging, beobachtete, bemerkte sie an der Wand einen Mann, dessen Gesicht hinter dem Programm verborgen war. »Wilfrid«, dachte sie, »und er will mich nicht bemerken!« Sie sagte empört, wie ein Kind, dem man einen Groschen stiehlt:

»Dort ist Wilfrid! Hol ihn, Michael!«

Michael ging hinüber und berührte den Arm seines Trauzeugen; stirnrunzelnd tauchte Deserts Gesicht aus dem Programm auf. Sie sah, wie er die Achseln zuckte, sich umdrehte und in der Menge verschwand. Michael kam zurück.

»Wilfrid hat seinen üblichen Rappel; sagt, daß er heute für Gesellschaft nicht taugt – komischer Kerl!«

Wie vernagelt die Männer doch waren! Weil Wilfrid sein Freund war, fiel Michael nichts auf; und das war gut so! Also wollte Wilfrid ihr wirklich aus dem Weg gehen. Nun, man würde ja sehen! Sie sagte:

»Ich bin müde, Michael, fahren wir nach Hause.«

Seine Hand faßte nach ihrem Arm.

»Tut mir leid, Schatz; komm!«

Einen Augenblick blieben sie in einer Seitentür stehen und beobachteten, wie Woomans, der Dirigent, auf das Orchester zusegelte.

»Schau ihn dir an«, sagte Michael; »wie eine Marionette, mit ausgestopften Armen und Beinen, die nur herumrudern! Und schau dir die Frapka und das Klavier an – eine wilde Zusammenstellung!«

Ein seltsamer Ton erklang.

»Beim Himmel, Melodien!« sagte Michael.

Ein Saaldiener murmelte ihnen zu: »Ich schließe jetzt die Türen.« Fleur sah einen Augenblick lang L. S. D., der mit geschlossenen Augen genauso starr, wie seine Haare es waren, dasaß. Die Tür wurde geschlossen – sie standen draußen in der Halle.

»Warte hier, Kind, ich hole ein Taxi.«

Fleur vergrub das Kinn in den Pelz. Vom Osten kam ein kalter Wind. Hinter ihr sagte eine Stimme:
»Nun, Fleur, soll ich in den Orient fahren?«
Wilfrid! Sein Kragen bis zu den Ohren hochgeschlagen, eine Zigarette zwischen den Lippen, Hände in den Taschen, gierige Augen.
»Du bist wirklich albern, Wilfrid!«
»Wie du willst; fahre ich in den Orient?«
»Nein, Sonntag vormittag – um elf in der Tate Gallery. Wir sprechen darüber.«
»*Convenu.*« Und er war fort.
So plötzlich allein gelassen, spürte Fleur zum erstenmal die erschreckende Wirklichkeit. Würde Wilfrid sich am Ende nicht zur Vernunft bringen lassen? Ein Taxi bremste, Michael winkte ihr; Fleur stieg ein.
Als sie an einer grell beleuchteten Gruppe junger Damen vorbeifuhren, die den interessierten Londonern den Höhepunkt der pariserischen Kunst vorführte, angezogen zu sein, ohne etwas zu verbergen, spürte sie, wie Michael sich zu ihr neigte. Wollte sie Wilfrid behalten, mußte sie auch nett zu Michael sein. Nur:
»Du brauchst mich doch nicht ausgerechnet am Piccadilly Circus zu küssen, Michael!«
»Tut mir leid, mein Herz! Es war ein bißchen voreilig – eigentlich wollte ich's erst vis-à-vis vom Partheneum.« Fleur erinnerte sich, wie er während der ersten vierzehn Tage ihrer Hochzeitsreise auf einem spanischen Sofa geschlafen hatte; wie er immer darauf bestanden hatte, daß sie nichts für ihn ausgeben dürfe, ihm aber immer erlauben solle, ihr zu geben, was er wollte, obwohl sie im Jahr dreitausend und er nur zwölfhundert hatte; wie er sich aufregte, wenn sie erkältet war, und wie er immer zum Tee nach Hause kam. Ja, er war ein lieber Kerl! Aber würde es ihr das Herz brechen, wenn er morgen in den Osten oder in den Westen fuhr? Während sie sich an ihn schmiegte, war sie über ihre zynische Haltung erstaunt.
In der Halle fand sie einen Zettel mit einer telefonischen Nachricht. »Sagen Sie bitte Mrs. Mont, daß ich Mr. Gurding Minner erreicht habe. Lady Alison.«
Beruhigend. Eine echte Antiquität! Sie drehte das Licht in ihrem Zimmer an und blieb einen Augenblick stehen, um es zu bewundern. Wirklich hübsch. Ein leises Schnüffeln aus der Ecke – Ting-a-ling, ein brauner Fleck auf einem schwarzen Kissen, lag da wie ein chinesischer Miniaturlöwe; entrückt, fremd, erfrischt durch die allabendlichen Vergnügungen an den Laternenpfählen draußen auf dem Platz.

»Ja, du bist auch da!« sagte Fleur.
Ting-a-ling rührte sich nicht; seine runden schwarzen Augen sahen zu, wie sich seine Herrin entkleidete. Als sie aus dem Badezimmer zurückkam, hatte er sich zu einer Kugel zusammengerollt. Fleur dachte: »Sonderbar! Wieso weiß er, daß Michael nicht kommt?« Sie schlüpfte in ihr gutgewärmtes Bett, rollte sich auch zusammen und schlief ein.
Aber in der Nacht erwachte sie ganz gegen ihre Gewohnheit. Ein Schrei – lang, unheimlich, verhallend, von irgendwoher – vom Fluß – den Slums dahinter; Erinnerungen stiegen auf – stechend, schmerzend – an ihre Hochzeitsreise – Granada, mit seinen Dächern da unten, schwarz, elfenbein, golden; der Ruf des Wächters, die Zeilen in Jons Brief:

Ruf in der Nacht! Tief unten im Dunkel der alten
Schlafenden spanischen Stadt unter den weißen Sternen.
Was will der Ruf – sein angstvoll dauernd Klagen?
Ist's der Wächter, der sein zeitlos Lied der Ruhe singt?
Ist's nur ein Wandersmann, der Lieder singt dem Mond?
Nein, ein Beraubter ist's, des Herz die Liebe quält,
Es ist sein Schrei: Wie lange noch?

Ein Schrei, oder hatte sie ihn nur geträumt? Jon, Wilfrid, Michael! Sinnlos, ein Herz zu haben!

4

Dinner

Lady Alison Charwell, geborene Heathfield, Tochter des ersten Earl of Campden und Gattin von Lionel Charwell, Königlichem Rat, Michaels jungem Onkel, war eine erfrischende, liebenswerte Engländerin, in einem Kreis aufgewachsen, der als Seele der Gesellschaft anerkannt wurde; einem Kreis von Menschen, die Geist, Energie, Geschmack und Geld besaßen, deren Vorfahren Politiker oder Juristen gewesen waren und oft einen Schuß blauen Blutes beigesteuert hatten, Menschen, die sich aber dem Snooks-Klub und den langweiligen Zufluchtsstätten der durch Geburt oder Privilegien Begünstigten fernhielten.
Sie waren fröhlich, charmant, nahmen das Leben von der heiteren Seite

und waren nach Michaels Meinung »versnobt, altmodisch, vom Ästhetischen wie vom Intellektuellen her, aber das werden sie nie einsehen. Sie glauben, daß sie das Beste vom Besten sind — aufgeweckt, gesund, wohlerzogen, intelligent; etwas Gleichwertiges können sie sich einfach nicht vorstellen. Aber es fehlt ihnen an Vorstellungskraft. Was sie an wirklich schöpferischer Energie haben, füllt nicht einmal einen Fingerhut; man braucht bloß ihre Bücher zu lesen — sie schreiben immer etwas, über Philosophie, Spiritismus, Dichtkunst, Fischerei, über sich selbst; ja sogar ihre Sonette sind schon verdorrt, bevor sie noch fünfundzwanzig Jahre alt sind. Sie kennen alles — außer die Menschen außerhalb ihres eigenen Kreises. O ja, sie arbeiten — sie organisieren — sie müssen es ja; es gibt ja niemand anderen von ihrer Intelligenz, ihrer Energie, ihrem Geschmack. Aber sie drehen sich immer nur in ihrem eigenen verflixten Kreis herum. Für sie ist er die Welt — und es könnte schlimmer sein. Sie haben sich ihr goldenes Zeitalter patentieren lassen. Aber seit dem Krieg ist es ein wenig mottenzerfressen«.

Alison Charwell — ganz Dame der Gesellschaft, heiter, frei, gemütvoll — wohnte nur wenige Schritte von Fleur entfernt in einem Haus, dessen Architektur nicht mehr und nicht weniger ansprechend war als die der meisten Häuser in London. Sie war vierzig Jahre alt, hatte drei Kinder und noch etliches von ihrer Schönheit, wenn diese auch nun durch geistige und körperliche Anspannung langsam abgenützt worden war. Leicht zu begeistern, mochte sie Michael, trotz seiner sonderbaren Kritiken, und sein Ausflug in die Ehe hatte sie von Anfang an gereizt. Fleur war hübsch, von Natur aus mit rascher Auffassungsgabe bedacht — diese neue Nichte war wert, in ihren Kreis aufgenommen zu werden. Und doch hatte sich Fleur trotz ihrer Aufnahme- und Anpassungsfähigkeit seltsamerweise nicht angepaßt; noch immer reizte sie Lady Alisons Neugier, die an den engen Zirkel verwandter Seelen gewöhnt war und für die der Kontakt mit dem neuen Zeitalter auf Fleurs Kupferboden einen gewissen Anreiz bedeutete. Dort begegnete man ihr mit einem Mangel an Ehrerbietung, den sie nicht zu ernst nahm und als anregend empfand. Dort kam sie sich fast altmodisch vor. Es war richtig anregend.

Nach Fleurs telefonischer Anfrage wegen Gurdon Minho hatte sie den Schriftsteller angerufen. Sie kannte ihn, wenn auch nicht sehr gut. Anscheinend kannte ihn niemand gut; freundlich, höflich, schweigsam, recht langweilig und gesetzt; doch mit einem entwaffnenden Lächeln, das manchmal ironisch, manchmal freundlich war. Seine Bücher waren bald beißend, bald sentimental. Es war im Augenblick modern, ihn herunterzumachen, obwohl er immer noch zu existieren schien.

Sie rief ihn an. Ob er morgen abend zum Dinner zu ihrem jungen Neffen Michael Mont kommen und die jüngere Generation dort treffen wolle? Seine Stimme klang ziemlich hoch, als er antwortete:

»Doch, gern. Voller Staat oder Smoking?«

»Wie reizend von Ihnen! Das junge Paar wird sich ja so freuen! Soviel ich weiß, Frack. Es ist ihr zweiter Hochzeitstag.«

Sie hängte auf und dachte dabei: »Anscheinend schreibt er gerade ein Buch über diese Leute!«

Ihrer Verantwortung voll bewußt, traf sie zeitig ein. Ihr Mann hatte eine Sitzung in der Rechtsanwaltskammer, so kam sie mit dem Gefühl, ein Abenteuer zu erleben; recht angenehm nach einem Tag, den sie damit verbracht hatte, die Entscheidung im Snooks-Klub abzuwarten. Sie wurde nur von Ting-a-ling empfangen, der seinen Rücken am Feuer wärmte und sie nach einem kurzen Blick nicht weiter beachtete. Sie setzte sich auf das jadegrüne Sofa und sagte:

»Du komischer Kleiner, kennst du mich denn nach so langer Zeit noch immer nicht?«

Ting-a-lings schwarzer, glänzender Blick schien zu antworten: »Ich weiß, du kommst immer wieder; die meisten Dinge kommen immer wieder. Es gibt nichts Neues in der Welt.«

Lady Alison versank in Gedanken: die neue Generation! Wünschte sie, daß ihre eigenen Töchter daran teilhatten? Sie würde gerne mit Mr. Minho darüber sprechen — vor dem Krieg hatten sie sich in Beechgroves so anregend unterhalten. Vor neun Jahren — Sybil war erst sechs, Joan damals erst vier gewesen! Die Zeit ging dahin, die Dinge änderten sich! Eine neue Generation! Und worin lag der Unterschied? »Ich glaube, wir hatten mehr Tradition«, sagte sie leise zu sich.

Ein schwaches Geräusch ließ sie aufsehen. Ting-a-ling bewegte seinen Schwanz auf dem Teppich hin und her, als wollte er applaudieren. Hinter ihr sagte Fleurs Stimme:

»Verzeih, ich bin schrecklich spät dran. Es war wirklich nett, daß du Mr. Minho eingeladen hast; ich hoffe, daß sich alle zivilisiert verhalten werden. Er sitzt auf jeden Fall zwischen dir und mir; ich setze ihn an das eine Tischende und Michael an das andere, zwischen Pauline Upshire und Amabel Nazing. Links von dir sitzt Sibley, Aubrey rechts von mir, dann Nesta Gorse und Walter Nazing; ihnen gegenüber dann Linda Frewe und Charles Upshire. Zwölf. Du kennst sie alle. Oh — und entschuldige bitte, wenn die Nazings und Nesta zwischen den einzelnen Gängen rauchen. Amabel raucht auf jeden Fall. Sie kommt aus Virginia — es ist eine Reaktion. Ich hoffe nur, daß sie etwas anhat; Michael sagt

zwar immer, daß es ein Fehler sei, wenn sie etwas anhat; aber wenn Mr. Minho dabei ist, ist man doch etwas nervös. Hast du Nestas Skizze in *The Bouquet* gelesen? Schrecklich amüsant — eindeutig gegen L. S. D. gemünzt. Ting, mein Liebling, willst du dableiben, bei all den Leuten? Also gut, dann komm hier herauf, oder sie werden auf dich steigen. Ist er nicht richtig chinesisch? Er gibt dem Zimmer erst den richtigen Schliff.«
Ting-a-ling legte, mitten auf seinem jadegrünen Polster, die Schnauze auf die Pfoten.
»Mr. Gurding Minner!«
Der bekannte Romanschriftsteller sah bleich und gefaßt aus. Er schüttelte die beiden ihm entgegengestreckten Hände, sah Ting-a-ling an und sagte: »Wie reizend! Wie geht es dir, mein Kleiner?«
Ting-a-ling rührte sich nicht. »Sie halten mich für einen gewöhnlichen englischen Hund, mein Herr!« schien sein Schweigen zu sagen.
»Mr. und Mrs. Walter Nazon, Miss Linda Frewe.«
Amabel Nazing kam als erste herein, reinster nackter Alabaster von ihrem blonden Haar bis zu dem wenige Zentimeter über der Taille leuchtenden Rücken, verhüllter Alabaster unterhalb des Knies bis zu den glänzenden Schuhspitzen; der bedeutende Schriftsteller hörte ganz automatisch auf, sich mit Ting-a-ling zu unterhalten.
Walter Nazing, der seine Frau um einiges an Länge überragte, trug über einem riesigen schwarzen Faltenwurf ein winziges Stück Kragen zur Schau und ein Gesicht, das vor hundert Jahren geprägt worden war und irgendwie an Shelley erinnerte. Auch seine literarischen Produkte ähnelten oft den Werken dieses Dichters, manchmal auch der Prosa Marcel Prousts. »O weh!«, wie Michael sagte.
Linda Frewe, die Fleur sofort mit Gurdon Minho bekannt machte, war eine Frau, über deren Werke keine zwei Menschen dieselbe Meinung hatten. »Bagatellen« und »Wütender Don« hatten ganz widersprüchliche Meinungen hervorgerufen. Nach Ansicht mancher genial, nach Ansicht anderer leeres Geschwätz, riefen die beiden Bücher immer interessante Debatten über die Frage hervor, ob ein leichter Anflug von Wahnsinn den Wert eines Kunstwerks vergrößere oder vermindere. Sie selbst gab sehr wenig auf Kritik — sie schuf.
»D e r Mr. Minho? Wie interessant! Ich habe nie etwas von Ihnen gelesen!«
Fleur stöhnte leise.
»Was — Sie kennen Mr. Minhos Katzen nicht? Die sind doch wundervoll. Mr. Minho, ich möchte, daß Sie Mrs. Walter Nazing kennenlernen. Amabel — Mr. Gurdon Minho.«

»Oh – Mr. Minho – wie entzückend! Ich wollte Sie schon seit meinen Kindertagen kennenlernen.«

Fleur hörte den Schriftsteller ruhig sagen: »Ich wünschte, es wäre noch früher gewesen«, und ging zweifelnd weiter, um Nesta Gorse und Sibley Swan zu begrüßen, die hereinkamen, als ob sie zusammen lebten; sie stritten über L. S. D., wobei Nesta ihn wegen seiner *panache* herausstrich und Sibley die Ansicht vertrat, der Witz sei zur Zeit der Restauration ausgestorben; dieser Mensch aber lebe heute!

Michael folgte mit den Upshires und Aubrey Greene, die er in der Halle getroffen hatte. Die Gesellschaft war vollständig.

Fleur war Perfektionistin, und dieser Abend hatte etwas von einem Alptraum. War er ein Erfolg? Minho war eindeutig der am wenigsten brillierende Gast; sogar Alison sprach besser. Und doch hatte er einen so schönen Kopf! Sie hoffte nur, daß er nicht zu früh weggehen würde. Bestimmt würde ihn irgendwer, noch bevor die Tür hinter ihm zugefallen war, entweder eine »Antiquität« oder »dick und glatzköpfig« nennen. Er war fast bemitleidenswert freundlich, als versuchte er, Sympathien zu erringen oder zumindest nicht zu sehr verachtet zu werden. Und es mußte auf jeden Fall mehr an ihm dran sein, als es nach außen hin den Anschein hatte. Nach dem Krabbensoufflé schien er tatsächlich mit Alison zu sprechen, und zwar über die Jugend. Fleur hörte mit einem Ohr zu. »Die Jugend spürt ... Hauptstrom des Lebens ... gibt ihr nicht, was sie sucht. Vergangenheit und Zukunft im Glorienschein ... sicher! Das jetzige Leben sinnlos ... nein ... der einzige Trost für uns, eines Tages werden wir auch so veraltet sein wie Congreve, Sterne, Defoe ... und wieder unsere Chance haben ... Warum? Was sie aus dem Hauptstrom des Lebens treibt? Oh! Wahrscheinlich das Zuviel ... Zeitungen ... Fotos. Sehen nicht das Leben selbst, nur Berichte ... Reproduktionen davon; alles scheint schäbig, eklig, kommerzialisiert ... die Jugend sagt: ›Fort damit, wir wollen die Vergangenheit oder die Zukunft!‹« Er nahm einige Salzmandeln, und Fleur sah, wie sein Blick über Amabel Nazings Dekolleté schweifte. Dort unten lief die Konversation wie ein Fußballspiel ab – niemand blieb länger am Ball als für einen Schuß. Er flog von Kopf zu Kopf. Und nach jeder Aktion nahm irgendwer eine Zigarette und blies eine blaue Wolke über den blanken Eßtisch. Fleur liebte den Glanz ihres spanischen Zimmers – den gekachelten Boden, die bunten Porzellanfrüchte, das gepreßte Leder, die Kupfergeräte und Soames' Goya über dem maurischen Sofa. Sie gab den Ball rasch weiter, wenn er zu ihr kam, aber sie ergriff nie die Initiative. Ihre besondere Gabe war es, an allem gleichzeitig teilzuhaben. Mrs. Michael Mont »repräsentierte« die brillanten Nichtigkeiten Linda Frewes, die anregenden Sticheleien Nesta Gorses, die vieldeutigen Anspielungen Aubrey Greenes, die aufreizenden Schlagworte Sibley Swans, Amabel Nazings kleine, kühle amerikanische Gewagtheiten, Charles Upshires seltsame Geschichtchen, Walter Nazings subversive Entgegnungen, Pauline Upshires kritische Orakelsprüche; Michaels unbekümmerte Pfeile und Schleudern, sogar Alisons wissende Lebendigkeit und Gurdon Minhos Schweigen — sie präsentierte alle gleichzeitig, stellte sie ins rechte Licht und verfolgte in jeder Phase den Ball des Gesprächs, auf daß er nicht zur Erde fiele und liegenbliebe. Ein brillanter Abend! Aber — ein Erfolg?

Als der letzte von ihnen gegangen war und Michael Alison nach Hause brachte, dachte sie auf dem jadegrünen Sofa an Minhos »Die Jugend — sie bekommt nicht, was sie will!« Nein! Die Dinge paßten nicht zueinander. »Sie passen nicht zueinander, was, Ting?« Aber Ting-a-ling war müde, und nur die Spitze eines seiner Ohren zitterte. Fleur lehnte sich zurück und seufzte. Ting-a-ling streckte sich, legte seine Vorderpfoten auf ihren Oberschenkel und sah in ihr Gesicht auf. »Sieh mich an«, schien er zu sagen. »Bei mir stimmt es. Ich bekomme, was ich will, und ich will, was ich bekomme. Und jetzt möchte ich schlafen.«

»Aber ich nicht«, sagte Fleur, ohne sich zu bewegen.

»Nimm mich in den Arm!« sagte Ting-a-ling.

»Tja«, sagte Fleur, »ich glaube — er ist ein lieber Mensch, aber nicht der richtige, Ting.«

Ting-a-ling rollte sich in ihren nackten Armen ein.

»Schon gut«, schien er zu sagen. »Außerhalb Chinas gibt es viel zuviel Gefühl und so. Komm!«

5

Eva

Die Wohnung des Honourable Wilfrid Desert lag gegenüber einer Bildergalerie in der Nähe der Cork Street. Als einziges männliches Mitglied der Aristokratie, das Gedichte schrieb, die auch gedruckt wurden, hatte er die Zimmer mehr ihrer Abgeschiedenheit als ihrer Bequemlichkeit wegen ausgesucht. Seinem »Gerümpel« fehlte jedoch nicht der Geschmack und der Luxus, der in den großen Häusern Englands so reichlich vorhanden ist. Als Wilfrid einzog, hatte er zwei Wagen voll von Möbeln aus Hampshire, dem Landsitz Lord Mullyons in Cornwall, mitgebracht. Man fand Wilfrid jedoch selten in seinem Nest und hielt ihn allgemein für schwer zugänglich, vor allem wegen seiner besonderen Stellung im Kreis der jüngeren Schriftsteller, teils aber auch wegen des Rufs der Unstetheit, der ihm anhing. Er selbst wußte vielleicht kaum, wie er seine Zeit verbrachte oder seine Arbeit erledigte, da er an einer Art geistiger Platzangst litt, an einer Furcht, von Menschen in seiner Freiheit eingeschränkt zu werden. Als der Krieg ausbrach, hatte er Eton gerade verlassen; bei Kriegsende war er dreiundzwanzig und fühlte sich so alt wie nur je ein junger Mann, der Verse schrieb.

Seine Freundschaft mit Michael, die im Krankenhaus begonnen hatte, war abgeflaut und hatte sich plötzlich wieder erneuert, als Michael im Jahr 1920 in den Verlag Danby & Winter, Covent Garden, eintrat. Wilfrids Verse hatten die leicht zu erregende Begeisterung des aufstrebenden Verlegers erweckt.

Die vertraulichen Mittagessen mit einem Dichter, der festen Fuß fassen wollte, wurden schließlich dadurch gekrönt, daß die Firma Michaels beharrlichem Drängen nachgab. Die gegenseitige Euphorie, die das erste Buch, das Wilfrid geschrieben hatte, und das erste Buch, dem Michael zum Durchbruch verholfen hatte, in beiden hervorgerufen hatte, fand ihren triumphalen Abschluß bei Michaels Hochzeit. Trauzeuge! Seit damals fühlte sich Wilfrid, soweit er sich überhaupt an etwas binden konnte, diesen beiden verbunden; doch hatte er – um ihm Gerechtigkeit widerfahren zu lassen – erst vor einem Monat bemerkt, daß die Anziehung von Fleur und nicht von Michael ausging. Desert sprach niemals vom Krieg, man konnte nie und nimmer aus seinem Mund die Worte hören, die etwa folgendermaßen gelautet hätten: »Ich habe so lange mit Schrekken und Tod gelebt; ich habe die Menschen ohne Maske gesehen; habe jede Hoffnung so gänzlich aufgegeben, daß ich nie wieder auch nur den leisesten Respekt vor Theorien, Versprechen, Konventionen, Moralbegriffen und Prinzipien haben kann. Ich habe die Menschen, die darin schwelgten, während sich die anderen in Dreck und Blut wälzten, zu sehr gehaßt. Es gibt keine Illusionen mehr. Keine Religion und keine Philosophie kann mich befriedigen – Worte, alles nur Worte. Ich habe noch meine Vernunft – leider; kann noch – meiner Meinung nach – Leidenschaft empfinden; kann noch immer Zähne fletschen und grinsen; habe noch immer etwas von der Kameradschaft des Schützengrabens in mir, aber ob das echt ist oder nicht, weiß ich nicht. Ich bin gefährlich, aber nicht so gefährlich wie die, die mit Worten, Prinzipien, Theorien und allen anderen Arten von idiotischem Fanatismus handeln, der auf dem Blut und Schweiß anderer Menschen aufgebaut ist. Der Krieg hat mir ein Gutes getan — er hat das Leben zur Komödie gewandelt. Lachen wir darüber — etwas anderes bleibt uns nicht übrig!« Als er Freitag abend den Konzertsaal verlassen hatte, war er direkt nach Hause gegangen. Und als er sich auf einer Kirchenbank aus dem fünfzehnten Jahrhundert lang ausgestreckt hatte, die man mit Daunenpolstern und Seide des zwanzigsten Jahrhunderts restauriert hatte, verschränkte er die Hände hinter dem Kopf und überließ sich den folgenden Gedanken: »So geht es nicht weiter. Sie hat mich verzaubert. Ihr bedeutet es gar nichts. Aber für mich ist es teuflisch. Am Sonntag mache ich Schluß. Persien ist eine gute Gegend. Auch Arabien ist eine gute Gegend, viel Blut und Sand! Sie ist nicht fähig, irgend etwas aufzugeben. Wie sie mich verstrickt hat! Mit ihren Augen und Haaren, mit ihrem Gang, mit dem Klang ihrer Stimme — durch Wärme, Duft, Farbe! Sie wird nie die Brücken hinter sich abbrechen. Was also dann? Soll ich an ihrem chinesischen Kamin bei ihrem chinesischen Hund herumsitzen und diese Schmerzen, dieses Fieber erdulden, weil ich sie nicht küssen kann? Dann lieber wieder mitten durch die deutschen Geschosse fliegen! Sonntag! Wie es die Frauen doch lieben, den Todeskampf auszudehnen! Es wird genau wieder wie heute nachmittag sein! ›Wie häßlich von dir, fortzufahren, wenn mir unsere Freundschaft doch so teuer ist! Bleib und sei mein zahmes Kätzchen, Wilfrid!‹ Nein, meine Liebe, dieses eine Mal mußt du die Folgen tragen. Und — ich auch, bei Gott!«

Als sich die beiden »zufällig« am Sonntag vormittag in der Galerie trafen, die der britischen Kunst Asyl gewährt, vor der Eva, die im Garten Eden an den Blumen riecht, befanden sich dort noch sechs Handwerker in verschiedenen Stadien der Auflösung, ein Aufseher und ein Paar aus der Provinz; keiner von ihnen schien fähig, irgend etwas zu bemerken. Und dieses Treffen war auch wirklich unauffällig. Zwei junge Menschen, Anhänger der desillusionierten Klasse, verdammten gemeinsam die Vergangenheit. Desert mit seiner scheinbar gleichgültigen Sprache, seinem Lächeln, seiner eleganten Zwanglosigkeit zeigte kein Anzeichen eines wehen Herzens. Von den beiden war Fleur die bleichere und interessantere. Desert sagte sich immer wieder: »Nur kein Theater — etwas anderes wäre es ja nicht!« Und Fleur dachte: »Wenn ich ihn nur dazu bringe, so ruhig zu bleiben, verliere ich ihn nicht, denn ohne einen richtigen Ausbruch fährt er nie!«

Erst als sie sich ein zweites Mal vor der Eva befanden, sagte er: »Ich weiß nicht, warum du mich gebeten hast, hierherzukommen, Fleur. Es ist doch sinnlos, mit mir zu spielen. Ich verstehe deine Gefühle völlig. Ich bin ein Stück Ming-Porzellan, das du nicht verlieren willst. Aber das reicht nicht, meine Liebe; und mehr ist darüber nicht zu sagen.«

»Wie abscheulich von dir, Wilfrid!«

»Also — hier trennen sich unsere Wege. Gib Pfötchen.«

Seine Augen — schöne Augen — sahen sie über seinem Lächeln dunkel und traurig an, und sie sagte stammelnd:

»Wilfrid — ich — ich weiß nicht. Ich brauche Zeit. Ich ertrage es nicht, daß du unglücklich bist. Geh nicht fort! Vielleicht werde ich — werde ich auch unglücklich sein; ich — ich weiß es nicht.«

Desert durchfuhr ein bitterer Gedanke: »Sie kann nichts aufgeben — sie weiß nicht, wie man das tut.« Aber er sagte ganz leise: »Sei nicht traurig, mein Kind; in vierzehn Tagen hast du es überstanden. Ich schicke dir was zum Trost. Warum soll ich eigentlich nicht nach China — ein Ort ist ja so gut wie der andere! Ich schicke dir ein Stück echtes Ming, aus einer besseren Periode als ich.«

Fleur sagte leidenschaftlich:

»Du bist beleidigend! Hör auf!«

»Verzeih! Ich möchte nicht, daß du böse auf mich bist.«

»Was willst du von mir?«

»Ach, laß das! Ich will nicht wieder von vorn anfangen. Außerdem habe ich seit Freitag nachgedacht. Ich will nichts, Fleur, außer deinen Segen und deine Hand. Gib sie mir, komm!«

Fleur versteckte ihre Hand auf dem Rücken. Es war zu beschämend. Er hielt sie für eine kaltschnäuzige, raffgierige kleine Katze, die Mäuse ergriff und mit ihnen spielte und sie doch nicht fressen wollte!

»Du glaubst, daß ich aus Eis bin«, sagte sie, und ihre Zähne gruben sich in ihre Oberlippe. »Aber das bin ich nicht!«

Desert sah sie an, sein Blick war sehr unglücklich. »Ich wollte deinen Stolz nicht verletzen«, sagte er. »Lassen wir's, Fleur. Es hat keinen Sinn.«

Fleur drehte sich um und fixierte die Eva — ein üppiges Weib, sorglos, gierig, die sich mit dem Duft der Blumen vollsog. Warum nicht sorglos sein, alles nehmen, wie es kam? Es gab nicht so viel Liebe in der Welt, daß man sie fahrenlassen konnte, ohne ihren Duft einzuatmen, ohne sie zu pflücken. Fortlaufen! In den Osten! Natürlich konnte sie sich nichts so Ausgefallenes leisten! Aber, vielleicht — was machte es denn aus? Diesen oder jenen Mann, wenn man doch keinen wirklich liebte.

Unter ihren fast geschlossenen weißen Augenlidern mit den dunklen

Wimpern sah sie seinen Gesichtsausdruck, sah, daß er stiller als die Statuen dastand. Und plötzlich sagte sie: »Du bist ein Narr, wenn du gehst. Warte!« Und ohne ein weiteres Wort, einen weiteren Blick ging sie fort und ließ Desert atemlos vor der gierigen Eva zurück.

6

Der »alte Forsyte« und der »alte Mont«

Als Fleur verwirrt wegging, wäre sie fast einer nur allzu bekannten Gestalt auf die Zehen getreten, die vor einem Alma Tadema in finsterer Sorge stand, als grüble sie über die Veränderlichkeit der Marktwerte nach.

»Vater! Du hier in der Stadt! Komm mit zum Essen, ich muß rasch nach Hause.«

Sie hängte sich in ihn ein, während sie sich bemühte, zwischen ihm und der Eva zu bleiben, und führte ihn fort, wobei sie überlegte: »Hat er uns gesehen? Könnte er uns gesehen haben?«

»Bist du warm genug angezogen?« murmelte Soames.

»Mehr als genug!«

»Das sagt ihr Frauen doch immer. Ostwind, und so ein Ausschnitt. Na, ich weiß nicht.«

»Nein, mein Lieber, aber ich.«

Die grauen Augen musterten sie von Kopf bis Fuß.

»Was tust du hier?« fragte er. Und Fleur dachte: »Gott sei Dank hat er nichts gesehen. Er hätte nie gefragt, wenn er etwas gesehen hätte.« Und sie antwortete:

»Ich interessiere mich für Kunst, mein Lieber, genau wie du.«

»Ich wohne im Moment bei deiner Tante in der Green Street. Dieser Ostwind hat meine Gesundheit angegriffen. Wie geht es deinem — wie geht's Michael?«

»Oh, ihm geht's gut — das heißt, heute ist er nicht ganz auf der Höhe. Wir haben gestern abend ein Essen gegeben.«

Der Hochzeitstag! Der Realismus der Forsytes rührte sich in ihm, und er sah sie forschend an. Er schob seine Hand in die Manteltasche und sagte: »Ich wollte dir das bringen.«

Fleur sah einen flachen Gegenstand, der in rosa Seidenpapier eingepackt war.
»Liebling, was ist es?«
Soames steckte es in seine Tasche zurück.
»Später. Kommt noch wer zum Essen?«
»Nur Bart.«
»Der alte Mont! O Gott!«
»Magst du ihn nicht?«
»Ihn mögen? Er und ich haben nichts gemeinsam.«
»Ich habe gedacht, daß ihr eigentlich über die jetzige Lage so ziemlich gleicher Ansicht seid!«
»Er ist ein Reaktionär.«
»Und was bist du, mein Guter?«
»Ich? Was sollte ich sein?« Mit diesen Worten unterstrich er seine typische Haltung, sich nicht festzulegen, die er, je älter er wurde, als die einzig mögliche eines vernünftigen Menschen ansah.
»Wie geht's Mutter?«
»Sie sieht gut aus. Ich sehe sie überhaupt nicht – ihre Mutter ist zu Besuch – sie gehen viel miteinander aus.«
Er sprach von Madame Lamotte nie als von Fleurs Großmutter – je weniger seine Tochter mit der französischen Seite zu tun hatte, desto besser.
»Oh!« sagte Fleur. »Da ist Ting mit einer Katze!« Ting-a-ling, der sich auf einem Spaziergang befand und von einem Dienstmädchen an der Leine geführt wurde, schnaufte schrecklich und versuchte ein Gitter zu erklettern, auf dem eine schwarze Katze balancierte, nur Buckel und Augen.
»Gib ihn mir, Ellen. Komm zum Frauchen, Liebling!«
Ting-a-ling kam wirklich, allerdings nur, da ihm nichts anderes übrigblieb, mit gesträubtem Fell, schnaufend und immer wieder zurückblickend.
»Ich habe es gern, wenn er so natürlich ist«, sagte Fleur.
»Reine Geldverschwendung, so ein Hund«, bemerkte Soames. »Du hättest dir eine Bulldogge nehmen und in der Vorhalle schlafen lassen sollen. Es wird doch soviel eingebrochen. Deiner Tante hat man den Türklopfer gestohlen.«
»Ich würde Ting nicht für hundert Türklopfer hergeben.«
»Eines schönen Tages wird man ihn stehlen – ein Modehund!«
Fleur öffnete die Eingangstür. »Oh!« sagte sie. »Bart ist schon hier.«
Ein glänzender Hut lag auf einer Art Marmortruhe, einem Geschenk Soames', die für die Aufnahme von Mänteln gedacht war und die Motten

abhalten sollte. Soames legte seinen Hut neben den anderen und sah die beiden Hüte an. Sie waren sich nur allzugleich, hoch, glänzend, trugen den Namen desselben Herstellers. Nach dem Zusammenbruch des Generalstreiks und des Bergarbeiterstreiks im Jahre 1921 hatte Soames wieder begonnen, Zylinder zu tragen, da ihm sein Instinkt sagte, daß die Revolution nun wieder für längere Zeit in Mißkredit sei.

»Was dieses Ding da anlangt«, sagte er und nahm das rosa Paket heraus, »ich weiß nicht, was du damit machen wirst, aber hier ist es.«

Es war ein seltsam geschnittener und gefärbter Opal in einem Ring von kleinen Brillanten.

»Oh!« rief Fleur, »was für ein reizendes Ding!«

»Venus, die auf den Wogen schwimmt, oder so was Ähnliches«, murmelte Soames. »Ungewöhnlich. Man muß es in starkem Licht sehen.«

»Aber es ist herrlich. Ich werde es sofort anstecken.«

Venus! Wenn Vater nur gewußt hätte! Sie legte die Arme um seinen Hals, um ihr Gefühl der Betroffenheit zu verbergen. Soames ließ es mit der üblichen Gelassenheit geschehen, daß sie ihr Kinn an seinem gutrasierten Gesicht rieb. Warum seine Liebe ostentativ zeigen, wenn beide wußten, daß seine Zuneigung die ihre sicher um das Doppelte überwog?

»Dann steck es an«, sagte er, »und laß sehen.«

Vor einem alten lackgefaßten Spiegel steckte Fleur die Brosche an. »Herrlich. Danke, Liebes! Ja, deine Krawatte sitzt gut. Ich mag diese weiße Einfassung. Du solltest sie immer mit Schwarz tragen. Komm jetzt!« Und sie zog ihn in ihr chinesisches Zimmer. Es war leer.

»Bart muß mit Michael oben sein und über sein neues Buch sprechen.«

»Er schreibt in seinem Alter?« sagte Soames.

»Mein Lieber, er ist ein Jahr jünger als du.«

»Ich schreibe nicht. Bin kein solcher Narr. Hast du schon wieder neumodische Freunde?«

»Nur einen – Gurdon Minho, den Romanschriftsteller.«

»Wieder einer von der neuen Schule?«

»Aber nein, Liebes. Du hast doch sicher schon von Gurdon Minho gehört; er ist ja schon steinalt.«

»Für mich sind sie alle gleich«, murmelte Soames. »Hat man eine gute Meinung von ihm?«

»Also ich glaube, daß sein Einkommen größer als deines ist. Er ist fast schon ein Klassiker – er braucht nur noch zu sterben.«

»Ich werde mir eines von seinen Büchern besorgen und lesen. Wie war doch sein Name?«

»Kauf dir ›Große und kleine Fische‹ von Gurdon Minho. Das merkst du dir doch, nicht? Ah, da sind sie! Michael, sieh doch, was Vater mir geschenkt hat!«

Sie nahm seine Hand und führte sie zu dem Opal an ihrem Hals. »Sollen sie doch beide sehen«, dachte sie, »wie gut wir uns vertragen.«

Obwohl sie ihr Vater nicht mit Wilfrid in der Galerie gesehen hatte, sagte ihr das Gewissen doch: »Verstärke den Eindruck der Achtbarkeit, du weißt ja doch nicht, ob du nicht einmal eine Stütze brauchen wirst.« Und aus dem Augenwinkel beobachtete sie die beiden. Ein Treffen zwischen dem »alten Mont« und dem »alten Forsyte« — sie wußte, daß Bart ihren Vater so nannte, wenn er mit Michael von ihm sprach — reizte sie immer zum Lachen, obwohl sie nicht genau wußte, warum. Bart wußte alles, aber sein Wissen war schön eingebunden und sorgfältig von einem Geist revidiert, der noch im achtzehnten Jahrhundert verwurzelt war. Ihr Vater wußte nur, was für ihn von Vorteil war, aber sein Wissen war ungebunden und unterlag keiner Zensur. Wenn er auch der spätviktorianischen Epoche angehörte, so scheute er sich doch nicht, von späteren Epochen zu profitieren. Der »alte Mont« glaubte an Tradition; der »alte Forsyte« nicht. Fleurs Fähigkeit, Menschen zu durchschauen, hatte schon lange einen Unterschied festgestellt, der zugunsten ihres Vaters sprach. Und doch waren die Reden des »alten Mont« um soviel moderner, rasch, flüchtig, weitschweifig, erweckten den Anschein von genauem Wissen; die Sprechweise des »alten Forsyte« war knapp, nüchtern. Es war wirklich unmöglich, zu entscheiden, wer von den beiden das wertvollere Museumsstück war; und beide waren so gut erhalten!

Sie wechselten nicht gerade einen Händedruck; aber Soames sagte etwas über das Wetter. Und fast sofort begaben sich die vier zu dem Sonntagsessen, das Fleur durch konsequente Bemühungen endlich von jedem Hinweis auf den britischen Charakter befreit hatte. Sie nahmen Hummercocktail, einen leichten Hühnerleberrisotto, eine Omelette au rhum und ein Dessert zu sich, das sich so spanisch wie nur möglich gab.

»Ich war in der Tate«, sagte Fleur; »ich finde, sie ist so rührend.«

»Rührend?« fragte Soames und verzog die Nase.

»Fleur will sagen, Sir, daß diese Ansammlung von soviel alter englischer Kunst auf einem Fleck wie eine Babyschönheitskonkurrenz ist.«

»Da kann ich nicht folgen«, sagte Soames steif. »Dort hängen doch einige sehr gute Werke.«

»Aber nichts Erwachsenes, Sir.«

»Ah — ihr jungen Leute verwechselt eure idiotische Selbstsicherheit mit Reife.«

»Das ist es nicht, was Michael sagen will, Vater. Es stimmt schon, daß die englische Malerei noch keine Weisheitszähne besitzt. Man kann den Unterschied zwischen ihr und der kontinentalen Malerei auf den ersten Blick sehen.«

»Und dafür sei Gott gedankt!« fuhr Sir Lawrence dazwischen. »Die Schönheit der englischen Kunst liegt in ihrer Unschuld. Politisch gesehen sind wir das älteste Land der Welt, ästhetisch gesehen das jüngste. Was meinen Sie dazu, Forsyte?«

»Turner ist mir alt und weise genug«, sagte Soames kurz. »Kommen Sie zur Aufsichtsratssitzung der P. P. R. S., am Dienstag?«

»Dienstag? Da gehen wir doch auf Fasane, nicht, Michael?«

Soames stieß ein kurzes Brummen aus. »Lassen Sie die lieber warten!« sagte er. »Wir diskutieren den Jahresbericht.«

Er hatte durch den Einfluß des »alten Mont« einen Sitz im Aufsichtsrat dieses blühenden Unternehmens, der Providentia-Prämien-Rückversicherungs-Gesellschaft, erhalten, und, um die Wahrheit zu sagen, nahm er diesen Sitz mit gemischten Gefühlen ein. Obwohl das Havariegesetz vielleicht das verläßlichste in der Welt war, gab es da doch Umstände, die ihm langsam Unbehagen bereiteten. Er schielte über seine Nase hinweg. Etwas leichtsinnig, dieser Mensch mit dem schmalen Kopf und den buschigen Augenbrauen – ähnlich wie sein Sohn. Und plötzlich setzte er hinzu: »Ich mache mir Sorgen. Hätte ich gewußt, wie dieser Elderson die Sache führt, dann wäre ich wahrscheinlich nie in diesen Aufsichtsrat eingetreten.«

Das Gesicht des »alten Mont« nahm jäh einen anderen Ausdruck an.

»Elderson?« sagte er. »Sein Großvater war der Wahlwerber meines Großvaters zur Zeit der Reform Bill; er hat ihn durch die korrupteste Wahl gebracht, die je durchgeführt wurde – hat jede Stimme gekauft –, hat alle Bäuerinnen geküßt. Schöne Zeiten, Forsyte, schöne Zeiten waren das.«

»Vorbei«, sagte Soames. »Ich halte nichts davon, dem Urteil eines Mannes so zu vertrauen, wie wir das bei Elderson tun; ich mag diese ausländische Versicherung nicht.«

»Mein lieber Forsyte – ein erstklassiger Kopf, dieser Elderson; ich kenne ihn schon ein ganzes Leben lang, wir waren zusammen in Winchester.«

Soames stieß einen tiefen Laut aus. In dieser Antwort des »alten Mont« lag ein Gutteil der Ursache seines Unbehagens. Die Mitglieder des Aufsichtsrates hatten alle zusammen in Winchester studiert! Verflixt! Sie waren alle so ehrenwert, daß sie es nicht wagten, einander unter die Lupe zu nehmen, nicht einmal ihre gemeinsame Vorgangsweise zu untersuchen. Schlimmer als ihre Angst vor Fehlern oder Betrug war die Angst,

den Anschein zu erwecken, daß sie einander mißtrauten. Und das war nur natürlich, denn einander zu mißtrauen war ein offenkundiges Übel. Und Soames wußte, daß man die offenkundigen Übel gerne vermied. Schließlich hatte nur die von seinem Vater ererbte Gewohnheit, in den Morgenstunden zwischen zwei und vier wachzuliegen, in denen die Puppe des Mißtrauens so leicht zum Schmetterling der Panik wird, sein Unbehagen ausgelöst. Die P. P. R. S. war ein so imposantes Unternehmen, und er war erst so kurze Zeit mit ihr in Verbindung, daß es fast unverschämt schien, etwas Unlauteres zu vermuten; wo er noch dazu den Sitz im Aufsichtsrat und die tausend Pfund pro Jahr, die er dort verdiente, verlieren würde, wenn er ohne triftigen Grund seinen Verdacht laut werden ließ. Wie aber, wenn wirklich etwas nicht in Ordnung war? Das war das Problem! Und hier saß der »alte Mont« und sprach von Fasanen und von seinem Großvater! Dieser Mensch hatte eben zuwenig Hirn! Und von dem traurigen Gedanken übermannt: »Hier ist niemand, der etwas ernst nehmen kann, nicht einmal meine eigene Tochter«, bewahrte er Schweigen. Ein Geräusch neben seinem Ellbogen ließ ihn aufsehen. Dieses Äffchen von einem Hund, auf einem Sessel zwischen ihm und seiner Tochter, hatte sich aufgesetzt! Erwartete es, daß er ihm etwas gäbe? Eines Tages würden ihm noch die Augen herausfallen. Und er sagte: »Na, was willst du denn?« Wie ihn das kleine Biest mit seinen Knopfaugen anstarrte! »Da«, sagte er und hielt ihm eine Salzmandel hin. »Das frißt du ja doch nicht.«
Ting-a-ling fraß sie doch.
»Er liebt sie leidenschaftlich, Vater. Nicht wahr, Liebling?«
Ting-a-ling wendete seinen Blick Soames zu, den ein seltsames Gefühl überkam. »Ich glaube fast, das kleine Ding mag mich«, dachte er. »Er schaut mich immer an.« Er berührte die Schnauze des Hundes mit der Fingerspitze. Ting-a-ling leckte sie kurz mit seiner dunkelrosa Zunge.
»Armer Kerl!« murmelte Soames unwillkürlich und wandte sich dem »alten Mont« zu.
»Erwähnen Sie bitte nichts von dem, was ich gesagt habe.«
»Mein lieber Forsyte, was haben Sie denn gesagt?«
Guter Gott! Und mit so einem Menschen saß er zusammen im Aufsichtsrat! Was hatte ihn nur dazu bewogen, wo er doch das Geld nicht brauchte und auch sonst keine Sorgen hatte! Sowie er Aufsichtsrat geworden war, hatten Winifred und andere Mitglieder seiner Familie begonnen, Aktien zu erwerben, um ihre Einkommensteuer auszugleichen — sieben Prozent Zinsen für Vorzugsaktien, neun Prozent für die gewöhnlichen, statt der bewährten fünf Prozent, mit denen sie doch zufrieden

sein sollten. So war es: Er konnte nichts tun, ohne daß ihm jemand folgte. Er war immer so verläßlich gewesen, ein so perfekter Führer durch den Irrgarten der Finanzen. Sich in seinem Alter noch mit Sorgen zu belasten! Seine Augen suchten Trost bei dem Opal am Hals seiner Tochter – ein hübsches Ding, ein hübscher Hals! Nun ja! Sie schien recht glücklich zu sein – hatte die Geschichte, die vor zwei Jahren geschehen war, wohl schon vergessen! Dafür mußte man dankbar sein. Was sie jetzt brauchte, war ein Kind, das ihr in diesem modernen Getümmel von Schreiberlingen und Malern und Musikern Halt gab. Ein loses Volk, aber sie hatte einen klaren Kopf. Wenn sie ein Kind bekam, würde er ihr weitere zwanzigtausend überschreiben. Das war ein Plus ihrer Mutter – in Geldangelegenheiten war sie vernünftig, gute französische Art. Und Fleur konnte sich – soviel er wußte – wohl nach der Decke strecken. Was war das? Das Wort »Goya« hatte seine Aufmerksamkeit erregt. Eine neue Biographie kam heraus? Hm! Das bestätigte seine langsam wachsende Überzeugung, daß Goya wieder im Kommen war.

»Ich glaube, ich werde das verkaufen«, sagte er und deutete auf das Bild. »Ein Argentinier interessiert sich dafür.«

»Ihren Goya verkaufen, Sir?« Es war Michaels Stimme. »Bedenken Sie doch, wie sehr man Sie jetzt darum beneidet!«

»Man kann nicht alles haben«, sagte Soames.

»Die Reproduktion, die wir für *The New Life* machen ließen, ist großartig geworden. ›Im Besitz von Soames Forsyte, Esquire.‹ Lassen Sie uns wenigstens zuerst das Buch herausbringen.«

»Schein oder Wirklichkeit, eh, Forsyte?«

Machte er sich etwa gar über ihn lustig, dieser engstirnige Baronet?

»Ich habe keinen Familiensitz«, sagte er.

»Nein, aber wir«, murmelte Michael. »Sie könnten ihn ja Fleur vererben.«

»Nun«, sagte Soames, »wir werden ja sehen, ob sich das lohnt«, und er sah seine Tochter an.

Fleur wurde nur selten rot, jetzt aber nahm sie Ting-a-ling und erhob sich von dem spanischen Tisch. Michael folgte. »Kaffee gibt's im anderen Zimmer«, sagte er. Der »alte Forsyte« und der »alte Mont« standen auf und wischten die Schnurrbärte ab.

7

Der »alte Mont« und der »alte Forsyte«

Das Büro der P. P. R. S. war nicht weit vom Wappenamt entfernt. Soames wußte, daß sein Onkel Swithin dort in den sechziger Jahren des vorigen Jahrhunderts unter beträchtlichen Kosten das Recht erworben hatte, die »drei roten Schilde rechts im schwarzen Feld« und den Fasan als Wappentier führen zu dürfen, er hatte sich über dieses Gebäude immer lustig gemacht, bis er vor ungefähr einem Jahr auf den Namen Golding in einem Buch stieß, das er zufällig im Connoisseurs-Klub zur Hand genommen hatte. Darin hatte man sich zu beweisen bemüht, daß William Shakespeare eigentlich Edward de Vere, Graf von Oxford, gewesen war. Die Mutter des Grafen war eine Golding — und Soames' Mutter auch! Diese Übereinstimmung frappierte ihn; und er las weiter. Nachdem er das Buch durchgelesen hatte, war er zwar über die Kernfrage zu keinem klaren Urteil gekommen, doch hatte ihn eine ausgesprochene Neugier erfaßt, ob er nicht derselben Abstammung wie Shakespeare war. Selbst wenn der Graf mit dem Dichter nicht identisch war, hielt Soames eine solche Verbindung für ehrenvoll, obwohl dieser Oxford, soweit er das erkennen konnte, ein recht zweifelhafter Charakter gewesen sein mußte. Seit er vor kurzem zum Aufsichtsratsmitglied der P. P. R. S. ernannt worden war, ging er jeden zweiten Dienstag am Wappenamt vorbei und dachte: »Viel Geld werde ich nicht dafür ausgeben, aber ich könnte doch einmal hineinschauen.« Nachdem er das einmal getan hatte, war er selbst darüber erstaunt, wie ihn die Sache fesselte. Die Ahnenreihe seiner Mutter zu erforschen, war wie eine polizeiliche Untersuchung gewesen, fast so kompliziert und genauso teuer. Und weil er nun einmal begonnen hatte, ließ es die Forsytische Zähigkeit nicht zu, haltzumachen, bevor er zur Mutter Shakespeare de Veres gekommen war, obwohl sie nur einer Seitenlinie angehörte; doch kam er leider nicht über einen gewissen William Gouldyng, »Ingerer«, hinaus — Gott weiß, was für ein Beruf das sein mochte, und er hatte fast Angst, danach zu fragen —, der zur Zeit Oliver Cromwells gelebt hatte. Er würde sich noch immer durch vier Generationen hindurcharbeiten müssen und dabei Geld und jede Hoffnung verlieren, etwas dafür zu bekommen. Das war der Grund, weshalb er das stille Gebäude mit Mißtrauen betrachtete, als er an jenem Dienstag nach dem Essen bei Fleur daran vorüberging.

Zwei weitere Nächte, in denen er stundenlang wachlag, hatten ihn so weit gebracht, daß er wissen wollte, woran er mit der P. P. R. S. war; und die plötzliche Mahnung, daß er hier, dort und überall Geld ausgab, wenn auch nur die leiseste Möglichkeit bestand, daß er andernorts finanzielle Verluste erleiden könnte, spannte seine Nerven, die durch böse Ahnungen schon genug angegriffen waren, aufs äußerste an. Er benützte nicht den Aufzug, sondern stieg langsam die beiden Stockwerke hinauf und ging nochmals seine Kollegen im Aufsichtsrat zum xtenmal durch. Der alte Lord Fontenoy war natürlich nur wegen seines Namens dabei; er nahm selten an Aufsichtsratssitzungen teil und war das, was man als »Aushängeschild« bezeichnen konnte; der Vorsitzende, Sir Luke Sharman, schien sich unaufhörlich darum zu bemühen, nicht für einen Juden gehalten zu werden. Seine Nase war gerade, aber seine Augenlider ließen Zweifel aufkommen. Sein Familienname war untadelig, aber sein Vorname fragwürdig, seine Stimme beruhigend rauh, aber seine Kleidung war um eine Spur zu modisch. Alles in allem also ein Mann, der zwar schlau war, von dem man aber kaum erwarten konnte, daß er sich uneigennützig für die Sache anderer einsetze. Und der »alte Mont« — was für einen Sinn hatte ein neunter Baronet in einem Aufsichtsrat? Guy Meyricke, der Kronanwalt, der letzte der drei, die »zusammen studiert« hatten, war zweifellos ein guter Mann im Gerichtssaal, aber er hatte keine Zeit und keinen Sinn für Geschäftliches. Blieb der zu den Quäkern übergetretene alte Cuthbert Mothergill — sein Familienname war während des vergangenen Jahrhunderts fast sprichwörtlich für erfolgbringende Integrität geworden, so daß man auch heute noch fast automatisch Mothergills zu Aufsichtsräten wählte — ziemlich schwerhörig, ein netter, anständiger Mensch, und sehr höflich, aber sonst nichts. Zweifelsohne eine wirklich anständige Versammlung, aber oberflächlich. Keiner von ihnen war mit dem Herzen bei der Sache! Und noch dazu waren sie von Elderson beeinflußt, ausgenommen vielleicht Sharman, und auch auf den war kein Verlaß. Und Elderson selbst — ein kluger Kopf, ein wenig künstlerisch angehaucht, von Anfang an Generaldirektor, ein Mann mit einem sechsten Sinn fürs Geschäft! Ja! Das war das Unheil! Er stand im Ruf des Alleswissers, hatte Jahre des Erfolgs hinter sich, und so beugten sich alle vor seinem Urteil, und das war auch kein Wunder! Das Problem bei einem solchen Menschen war, daß er die Legende seiner Unfehlbarkeit zerstörte, wenn er einmal einen Fehler zugab. Soames fühlte sich selbst so unfehlbar, daß er erkannte, wie stark die Versuchung war, nie einen Fehler zuzugeben. Als er dem Aufsichtsrat beigetreten war, schien alles in bester Ordnung; man hatte allgemein angenommen, daß die Börsenkurse ihren Tiefstand erreicht hatten, und Eldersons Politik der »Rück-

versicherung der Auslandsverträge« schien angesichts der zu erwartenden Kurssteigerungen zu den schönsten Hoffnungen zu berechtigen. Und jetzt, zwölf Monate später, hatte Soames den düsteren Verdacht, daß sie nicht wußten, woran sie waren — und die Generalversammlung sollte in sechs Wochen stattfinden! Vielleicht wußte nicht einmal Elderson Bescheid; oder wenn er doch etwas wußte, dann behielt er dieses Wissen, das er allen Aufsichtsratsmitgliedern mitteilen sollte, ausschließlich für sich.
Er betrat den Saal. Alle waren da — sogar Lord Fontenoy und der »alte Mont« — der hatte also doch auf die Fasanenjagd verzichtet! Soames setzte sich auf seinen Platz neben dem Kamin. Als er Elderson ansah, wurde ihm plötzlich klar, wie stark die Position dieses Mannes war; und mit gleicher Klarheit erkannte er die Schwäche der P. P. R. S. Bei den ständig wechselnden Kursen konnten sie ihre Verpflichtungen nie genau einschätzen — es war ein Glücksspiel. Während er dem Verlesen des Protokolls zuhörte, das Kinn auf die Hand gestützt, schweiften seine Augen von Gesicht zu Gesicht — vom alten Mothergill, Elderson und Mont ihm gegenüber zu Sharman am Tischende, Fontenoy, Meyricke — die entscheidende Aufsichtsratssitzung des Jahres! Er konnte, er durfte sich nicht in eine zweifelhafte Position drängen lassen! Bei der ersten Generalversammlung dieses Konzerns, der er beiwohnte, durfte er den Aktionären nicht gegenübertreten, ohne genau zu wissen, woran er war. Wieder sah er Elderson an — ein verbindliches Gesicht, eine Glatze à la Julius Cäsar, nichts deutete Unregelmäßigkeit oder übertriebenen Optimismus an — ja, irgendwie erinnerte es an den alten Onkel Nicholas Forsyte, dessen Geschäftsgebarung der vorletzten Generation als leuchtendes Beispiel gedient hatte. Nachdem der Generaldirektor seine Ausführungen beendet hatte, lenkte Soames seinen Blick auf den verschlafenen alten Mothergill und sagte:
»Ich bin nicht davon überzeugt, daß diese Berichte unsere tatsächliche Lage wiedergeben. Ich beantrage die Vertagung der Sitzung auf heute in einer Woche, Herr Vorsitzender, und daß während dieser Woche jedes Aufsichtsratsmitglied die genauen Einzelheiten über alle Auslandsverpflichtungen, die im laufenden Geschäftsjahr nicht fällig werden, erhalten soll. Ich sehe, daß diese Verpflichtungen in einem allgemeinen Posten pauschaliert sind. Das genügt mir nicht. Sie müssen einzeln angeführt werden.« Und während sein Blick von Elderson zum »alten Mont« wanderte, fuhr er fort: »Tritt am Kontinent nicht eine deutliche Wendung zum Besseren ein, was nicht zu erwarten ist (viel eher das Gegenteil), dann bin ich überzeugt, daß uns diese Verpflichtungen im nächsten Jahr in eine Sackgasse führen werden.«

Ein Scharren von Füßen, ein Räuspern, eine Unruhe, die üblichen Zeichen von Erregung, begleiteten seine Worte »in eine Sackgasse führen«, und in Soames stieg etwas wie Genugtuung hoch; er hatte ihre Selbstgefälligkeit erschüttert, hatte ihnen etwas von dem Unbehagen mitgeteilt, unter dem er selbst litt.

»Wir haben unsere Verpflichtungen immer pauschal veranschlagt, Mr. Forsyte.«

Das glaubte Soames gerne.

»In meinen Augen war das falsch. Diese Sache mit den Auslandsverträgen ist etwas ganz Neues. Soviel ich sehe, sollten wir, statt Dividenden zu zahlen, die Gewinne dieses Jahres zur Abdeckung der zu erwartenden Verluste des kommenden Jahres einbehalten.«

Wieder Scharren und Räuspern.

»Verehrtester, das ist absurd!«

Die Bulldogge in Soames regte sich.

»Das sagen Sie!« sagte er. »Erhalte ich die gewünschten Einzelheiten?«

»Der Aufsichtsrat kann alle Einzelheiten haben, die er wünscht. Aber gestatten Sie mir die Bemerkung, daß es auf jeden Fall nur ein Überschlag sein kann. Wir haben immer auf konservativer Basis operiert...«

»Das ist Ansichtssache«, sagte Soames, »und meiner Meinung nach kann der Aufsichtsrat erst nach einer sehr eingehenden Prüfung der vorhandenen Zahlen zu einer solchen Ansicht gelangen.«

Der »alte Mont« ergriff das Wort.

»Mein lieber Forsyte, wir würden eine Woche brauchen, um jeden Vertrag durchzusehen, und keinen Schritt weiterkommen; wir können nur zu einem Durchschnittsüberschlag kommen.«

»Was aus diesem Bericht nicht ersichtlich ist«, sagte Soames, »ist das Verhältnis zwischen Auslands- und Inlandsrisiko — bei der derzeitigen Lage eine lebenswichtige Frage.«

Der Vorsitzende begann zu sprechen.

»Damit wird es doch, glaube ich, keine Schwierigkeiten geben, Elderson! Aber auf keinen Fall, Mr. Forsyte, wären wir berechtigt, den Aktionären im Hinblick auf eventuelle Verluste im nächsten Jahr, die hoffentlich nicht eintreten werden, ihren Gewinn für das laufende Jahr vorzuenthalten.«

»Das weiß ich nicht«, sagte Soames. »Wir sind hier, um unsere Geschäftspolitik nach unserem gesunden Menschenverstand festzulegen, und wir müssen alle Möglichkeiten haben, ihn auch anzuwenden. Das ist es, was ich sagen will. Wir haben keine ausreichenden Informationen.«

Elderson meldete sich wieder zu Wort.
»Mr. Forsyte will anscheinend sein mangelndes Vertrauen in die Geschäftsführung ausdrücken.« Packte er tatsächlich den Stier bei den Hörnern?
»Bekomme ich nun die Informationen?«
Die Stille wurde durch Mothergills sanfte Stimme unterbrochen. »Die Sitzung könnte vielleicht wirklich vertagt werden, Herr Vorsitzender; ich könnte zur Not nochmals nach London kommen. Wahrscheinlich könnten wir alle kommen. Die Zeiten sind eigenartig – wir dürfen uns auf kein unnötiges Risiko einlassen. Die Politik der Auslandsverträge ist zweifellos etwas Neues für uns. Bis jetzt haben wir keinen Grund, uns über die Ergebnisse zu beklagen. Und ich bin sicher, daß wir das größte Vertrauen in das Urteil unseres Generaldirektors haben. Aber da Mr. Forsyte nun um diese Informationen gebeten hat, meine ich, daß wir sie erhalten sollten. Was sagen Sie, Mylord?«
»Ich kann nächste Woche nicht kommen. Ich pflichte dem Vorsitzenden bei, daß uns der Rechenschaftsbericht keine Handhabe bietet, die Dividende für dieses Jahr zurückzubehalten. Es hat keinen Sinn, sich aufzuregen, bevor es notwendig ist. Wann werden die Berichte ausgeschickt, Elderson?«
»Normalerweise Ende dieser Woche.«
»Wir haben aber keine normalen Zeiten«, sagte Soames. »Um es ganz klar zu sagen, wenn ich nicht die notwendigen Informationen bekomme, muß ich meinen Rücktritt anmelden.« Er erkannte sehr gut, was in ihren Köpfen vorging. Ein Neuling, der lästig wurde – sie würden seinen Rücktritt bereitwillig annehmen –, nur würde das gerade vor der Generalversammlung sehr sonderbar aussehen, wenn sie nicht etwas wie »eine plötzliche Krankheit der Gattin« oder etwas anderes Überzeugendes als Erklärung vorbringen konnten; und er würde dafür sorgen, daß sie es nicht könnten.
Der Vorsitzende sagte kühl: »Gut, wir vertagen die Sitzung also auf heute in einer Woche; Sie werden uns doch die Zahlen beschaffen können, Elderson?«
»Sicher.«
Soames kam der Gedanke: »Ich sollte eine Überprüfung durch die Vertrauensmänner verlangen.« Aber er sah sich um. Das hieße zu weit gehen, wenn er die Absicht hatte, im Vorstand zu bleiben, und er wollte nicht zurücktreten – schließlich war es eine große Sache, und tausend Pfund im Jahr! Nein! Man durfte nicht übertreiben.
Als er fortging, kostete er seinen Triumph mit gewissen Zweifeln aus,

gar nicht davon überzeugt, daß er etwas erreicht hatte. Seine Haltung hatte die anderen nur enger um Elderson geschart. Der schwache Punkt war, daß er nichts Konkretes hatte, worauf er sich stützen konnte, außer ein Unbehagen, das, wenn er es näher betrachtete, nur in dem Gefühl bestand, daß er selbst nicht genügend Überblick hatte. Und doch, zwei Generaldirektoren konnte es nicht geben – man mußte dem einen vertrauen!

Hinter ihm plapperte eine Stimme: »Also, Forsyte, mit Ihrer Alternative haben Sie uns einen richtigen Schock versetzt. Das erste Mal, soweit ich mich erinnere, daß so was im Aufsichtsrat vorgekommen ist.«

»Verschlafene Gesellschaft«, sagte Soames.

»Ja, ich schlafe immer ein bißchen ein ... Es wird so heiß dort drinnen. Wäre ich doch bei meinen Fasanen geblieben. Herrliche Jagd dieses Jahr, obwohl es noch so früh ist!«

Unverbesserlich unseriös, dieser geschwätzige Baronet!

»Übrigens, Forsyte, eins wollte ich noch sagen: Bei dieser modernen Geburtenkontrolle und allem, was dazugehört, wird man langsam unruhig. Wir sind nicht die königliche Familie; aber glauben Sie nicht, daß es langsam an der Zeit für einen Erben wäre?«

Soames war zwar dieser Ansicht, aber er hielt es für taktlos, so etwas in bezug auf seine eigene Tochter zuzugeben.

»Noch genug Zeit«, murmelte er.

»Ich mag diesen Hund nicht, Forsyte.«

Soames starrte ihn an.

»Hund!« sagte er. »Was hat denn der damit zu tun?«

»Ich finde, ein Baby sollte vor einem Hund kommen, Hunde und Dichter lenken junge Frauen ab. Meine Großmutter hatte fünf Kinder, bevor sie siebenundzwanzig war. Sie war eine Montjoy; wunderbare Frauen zum Kinderkriegen. Sie erinnern sich – die sieben Montjoyschwestern – alle hübsch. Der alte Montjoy hatte siebenundvierzig Enkel. Das findet man heute nicht mehr, Forsyte.«

»Das Land ist übervölkert«, sagte Soames grimmig.

»Von den falschen Leuten – weniger von denen, mehr von uns. Das ist fast schon ein Anlaß, daß die Gesetzgebung einschreitet.«

»Sprechen Sie mit Ihrem Sohn«, sagte Soames.

»Ah! Aber die Jungen halten uns ja für dumm, das wissen Sie doch. Wenn wir ihnen nur einen Grund angeben könnten, warum man eigentlich lebt. Aber das ist schwer, Forsyte, das ist schwer.«

»Die beiden haben alles, was sie brauchen«, sagte Soames.

»Nicht genug, Forsyte, nicht genug; der Zustand der Welt geht den

Jungen auf die Nerven. England ist hin, sagen sie, Europa ist hin. Der Himmel auch, und dasselbe gilt für die Hölle! Nirgendwo liegt eine Zukunft, nur in der Luft. Und in der Luft kann man sich nicht vermehren; zumindest zweifle ich daran — die Schwierigkeiten sind beträchtlich.«

Soames zog die Nase kraus.

»Wenn nur die Journalisten aufhören wollten, ihre verdammten Schnäbel zu wetzen!« sagte er; denn in der letzten Zeit hatte er mit der abnehmenden Panikstimmung in der Presse das alte, gesunde Forsytesche Gefühl der Sicherheit wiedergefunden. »Wir dürfen uns nur nicht mit dem Kontinent einlassen!« fügte er noch hinzu, »nur die Finger davon lassen!«

»Forsyte, ich glaube, Sie haben es getroffen! Gute Beziehungen mit Skandinavien, Holland, Spanien, Italien, der Türkei — alle die Länder, die wir auf dem Seeweg erreichen können. Und die anderen sollen allein mit ihrem Schicksal fertig werden! Das ist eine Idee!« Wie dieser Mensch doch weiterquatschte!

»Ich bin kein Politiker«, sagte Soames.

»Gute Beziehungen mit den überseeischen Nachbarländern. Das neue Schlagwort. Wir sind ja schon unbewußt darauf losgesteuert. Und was den Handel angeht — zu sagen, daß wir nicht leben können, ohne mit diesem oder jenem Land Handel zu treiben — Unsinn, mein lieber Forsyte. Die Welt ist groß — wir können leben!«

»Davon verstehe ich nichts«, sagte Soames. »Ich weiß nur, daß wir diese ausländischen Versicherungsverträge lösen müssen.«

»Warum sie nicht auf die Küstenländer beschränken? Statt ›Kräftegleichgewicht‹ ›Zusammenarbeit der seefahrenden Nationen‹. Es ist wirklich eine Eingebung!«

Unter dem Eindruck dieses unverdienten Lobes sagte Soames hastig: »Ich muß mich verabschieden, ich gehe zu meiner Tochter.«

»Ah! Und ich gehe zu meinem Sohn. Schauen Sie sich diese armen Teufel an!«

Drunten am Kai bei Blackfriars lungerte eine Gruppe von Arbeitslosen mit Sammelbüchsen herum.

»Der Keim der Revolution! Eins vergißt man immer, Forsyte, und das ist schade.«

»Und was ist das?« sagte Soames düster. Der Mensch würde den ganzen Weg bis zu Fleurs Haus so weiterquatschen!

»Waschen wir die Arbeiterklasse, ziehen wir ihnen reine Hosen an, lehren wir sie, so wie wir zu sprechen, das wäre das Ende des Klassenbewußtseins. Es ist alles nur eine Sache des Geschmacks. Würden Sie nicht lieber mit einem sauberen, gutangezogenen Installateurgesellen ein Zimmer teilen als mit einem Kriegsgewinnler, der mir und mich verwechselt und nach Brillantine stinkt? Sicher wäre Ihnen das lieber.«

»Hab' ich noch nicht versucht«, sagte Soames, »und kann es also nicht beurteilen.«

»Pragmatiker! Aber glauben Sie mir, Forsyte — wenn sich die Arbeiterschaft auf Reinlichkeit und gute Aussprache anstatt auf politischen und wirtschaftlichen Quatsch konzentrieren würde, hätten wir in ganz kurzer Zeit völlige Gleichheit.«

»Ich will keine Gleichheit«, sagte Soames und nahm eine Fahrkarte nach Westminster.

Die geschwätzige Stimme verfolgte ihn, als er den Aufzug zur Untergrundbahn betrat.

»Wenn wir Gleichheit in den ästhetischen Anschauungen hätten, Forsyte, würde sie den Wunsch nach Gleichheit in anderen Belangen verdrängen. Haben Sie je einen armen Professor gefunden, der König sein wollte?«

»Nein«, sagte Soames und schlug seine Zeitung auf.

8

Bicket

Unter dem Anschein fröhlicher Sorglosigkeit hatte sich Michael Monts Charakter in den zwei Jahren stetigen und zielführenden Lebens gefestigt. Er hatte an andere denken müssen; und seine Zeit war ausgefüllt. Vom ersten Augenblick an hatte er erkannt, daß ihn Fleur nur duldete, hatte die Halbwahrheit *»Il y a toujours un qui baise, et l'autre qui tend la joue«* als vollgültig anerkannt und große Fähigkeiten entwickelt, sich zu Hause den Wünschen seiner Frau zu unterwerfen; und doch suchte er dafür keinen Ausgleich in seinem Auftreten in der Öffentlichkeit oder im Verlag. Die menschliche Seite seines Berufs überwog bei weitem die finanzielle. Danby & Winter hielten sich jedoch recht gut und zeigten bis jetzt keine Anzeichen des Bankrotts, den ihnen Soames prophezeit hatte, als er von den Prinzipien hörte, die sein Schwiegersohn einführen wollte. Auch im Verlagswesen fand Michael es —

wie in allen anderen Dingen — unmöglich, zu sehr nach Prinzipien zu arbeiten. In seiner Arbeit wurde er ständig mit Tatsachen konfrontiert — mit Tatsachen aus dem menschlichen, pflanzlichen und mineralischen Leben. An diesem Dienstagnachmittag hörte er, nachdem er sich lange mit den Preisen der pflanzlichen Tatsachen — Papier und Leinen — herumgeschlagen hatte, aufmerksam der Klage eines Packers zu, in dessen Manteltasche man fünf Bände von »Kleingeld« entdeckt und der eindeutig die Absicht gehabt hatte, diese fünf Bände zum eigenen Nutzen zu verkaufen.

Mr. Danby hatte ihn »gefeuert« — er leugnete ja nicht, daß er sie verkaufen wollte, aber was hätte Mr. Mont an seiner Stelle getan? Er war die Miete schuldig — und seine Frau brauchte nach einer Lungenentzündung gutes Essen — brauchte es sehr. »Zum Kuckuck!« dachte Michael, »ich würde auch Bücher klauen, wenn ich Fleur nach einer Lungenentzündung ernähren müßte!«

»Und ich kann von meinem Lohn bei den jetzigen Preisen nicht leben. Es geht nicht, Mr. Mont, bitte helfen Sie mir!«

Michael wirbelte seinen Stuhl herum. »Schauen Sie einmal her, Bicket, wenn wir Ihnen erlauben, Bücher zu klauen, dann klauen alle Packer; und wenn sie das tun, wo bleiben dann Danby & Winter? Im Dreck. Und wenn sie im Dreck stecken, was wird dann aus euch? Dann sitzt ihr auf der Straße. Ist doch besser, daß ihr nicht alle auf der Straße sitzt, sondern nur einer, nicht wahr?«

»Ja, Sir, ich versteh' schon, was Sie sagen wollen — es ist ja vernünftig; aber von Vernunft kann ich nicht leben, die kleinste Kleinigkeit haut einen um, wenn man von Almosen lebt. Bitten Sie Mr. Danby, daß er mir noch einmal eine Chance gibt.«

»Mr. Danby sagt immer, daß die Arbeit eines Packers eine besondere Vertrauenssache ist, weil es fast unmöglich ist, sie zu überprüfen.«

»Ja, Sir, das würd' ich mir auch in Zukunft merken; aber bei den vielen Arbeitslosen und keiner Empfehlung krieg' ich doch nie einen andern Posten. Und was wird aus meiner Frau?«

Für Michael war es so, als hätte er gesagt: »Was wird aus Fleur?« Er begann im Zimmer auf und ab zu gehen; und der junge Bicket sah ihn mit großen, schmerzerfüllten Augen an. Endlich blieb Michael stehen, die Hände in den Taschen vergraben, die Schultern hochgezogen.

»Ich werde ihn bitten«, sagte er, »aber ich glaube nicht, daß es etwas nützt; er wird sagen, daß es den anderen gegenüber unfair ist. Sie haben fünf Bücher genommen — schon ein ziemlich starkes Stück —, das heißt, Sie haben auch schon früher was genommen, nicht?«

»Ja, Mr. Mont, wenn ich nur eine Chance hab', macht's mir nichts aus, alles zuzugeben. Ich hab' schon vorher ein paar genommen, und die haben meine Frau gerade am Leben erhalten. Sie wissen ja nicht, was Lungenentzündung für arme Leute heißt.«

Michael fuhr sich mit den Fingern durch das Haar.

»Wie alt ist Ihre Frau?«

»Noch ein junges Mädchen — zwanzig.«

Zwanzig! Genauso alt wie Fleur!

»Ich weiß, was ich mache, Bicket; ich werde die Sache Mr. Desert schildern; wenn er für Sie ein gutes Wort einlegt, läßt sich Mr. Danby vielleicht bewegen.«

»Danke, Mr. Mont — Sie sind ein Gentleman, das sagen wir alle.«

»Ach, schon gut! Aber, Bicket, Sie haben doch mit den fünf Büchern gerechnet. Nehmen Sie das als Ersatz, und kaufen Sie Ihrer Frau, was sie braucht. Aber sagen Sie's um Himmels willen nicht Mr. Danby.«

»Mr. Mont, auf mich können Sie sich blind verlassen, ich verrat' nichts, Sir. Und meine Frau —«

Michael war allein, die Hände noch tiefer in den Taschen vergraben, die Schultern noch mehr hochgezogen. Und plötzlich lachte er. Mitleid! Mitleid war idiotisch! Es war so verdammt komisch. Da belohnte er Bicket dafür, daß er »Kleingeld« klaute. Er hatte plötzlich den Wunsch, dem kleinen Packer zu folgen und zu sehen, was er mit den zwei Pfund anfing — zu sehen, ob die »Lungenentzündung« echt oder nur eine Ausgeburt des Gehirns hinter den schmerzerfüllten Augen war. Aber das war unmöglich! Statt dessen mußte er Wilfrid anrufen und ihn bitten, beim alten Danby ein gutes Wort einzulegen. Seine Bitten hatten überhaupt keine Aussicht auf Erfolg — er hatte es zu oft versucht. Bicket! Wie wenig man von den anderen wußte, das Leben war dunkel und tief und ganz unberechenbar! Was war Ehrlichkeit? Der Druck des Lebens auf die Widerstandskraft des Menschen — und wenn der Mensch gewann, war der Erfolg Ehrlichkeit! Aber warum Widerstand leisten? Liebe deinen Nächsten wie dich selbst — aber nicht mehr. Aber mußte es Bicket mit zwei Pfund in der Woche nicht viel schwerer fallen, ihn zu lieben, als es für ihn mit vierundzwanzig Pfund pro Woche war, Bicket zu lieben? . . .

»Hallo! . . . Bist du's, Wilfrid? . . . Hier Michael . . . Einer von unsern Packern hat ein paar Bände von ›Kleingeld‹ gestohlen. Man hat ihn hinausgeworfen — armer Teufel! Könntest du vielleicht für ihn ein paar gute Worte einlegen — auf mich hört der alte Dan ja nicht . . . ja, hat eine Frau — so alt wie Fleur; er sagt Lungenentzündung. Deine Bücher stiehlt der nicht mehr. Du bist also durch Dankbarkeit abgesichert – was? . . . Danke, das ist wahnsinnig nett von dir – du schaust herein, ja? Wir können dann zusammen nach Hause gehen . . . Oh, gut! Du kommst auf jeden Fall herein. Wiedersehen!«

Ein anständiger Kerl, der alte Wilfrid! Ein ordentlicher Kerl, wirklich! Ordentlich – wann?

Als er den Hörer auflegte, fühlte sich Michael plötzlich von einer großen Wolke von Bildern, Gerüchen und Tönen eingehüllt, die den Prinzipien seiner Firma so fremd waren, daß er es sich zur Gewohnheit gemacht hatte, jedes Manuskript, das sich damit beschäftigte, sofort abzulehnen. Der Krieg mochte »aus« sein; aber für Wilfrid und für ihn war er noch »da«. Er nahm das Sprachrohr und sagte:

»Ist Mr. Danby in seinem Zimmer? Gut! Wenn Sie bemerken, daß er gehen will, sagen Sie's mir sofort . . .«

Zwischen Michael und seinem älteren Partner gab es eine Kluft, nicht weniger tief als die zwischen zwei Epochen, obwohl sie teilweise durch Winters gesetztes Alter und verträgliches Temperament überbrückt wurde. Michael hatte fast nichts gegen Mr. Danby einzuwenden, als daß er immer recht hatte, dieser Philip Norman Danby von Sky House, Campden Hill, ein Mann von sechzig und Familienvater, mit hoher Stirn, einem massigen Körper auf kurzen Beinen und einem ruhigen und nachdenklichen Gesichtsausdruck. Seine Augen standen vielleicht etwas zu dicht beisammen, und seine Nase war etwas zu dünn, aber in seinem gutproportionierten Zimmer machte er gute Figur. Als Wilfrid Desert eintrat, war er mit einer Werbeangelegenheit beschäftigt. Er blickte auf:

»Mr. Desert, was kann ich für Sie tun? Setzen Sie sich doch!«

Desert setzte sich nicht, sondern betrachtete die Kupferstiche, seine Finger, Mr. Danby und sagte:

»Mir geht's darum, daß Sie den Packer behalten, Mr. Danby.«

»Den Packer. Oh! Ah! Bicket! Mont hat Ihnen davon erzählt, nicht?«

»Ja. Er hat eine junge Frau mit Lungenentzündung.«

»Sie kommen alle mit irgendeiner Geschichte zu unserem Freund Mont, Mr. Desert, er hat ein so weiches Herz. Aber ich fürchte, ich kann diesen Mann nicht behalten. Das Ganze ist so abgefeimt. Wir haben schon eine Zeitlang versucht, der Sache auf den Grund zu kommen.«

Desert lehnte sich gegen den Kaminsims und starrte ins Feuer.

»Mr. Danby«, sagte er, »Ihre Generation bevorzugt zwar das Weiche in der Literatur, aber im Leben sind Sie recht hart. Unsere Generation hält nichts vom Weichen in der Literatur, aber wir sind um vieles weniger hart im Leben.«

»Ich halte das nicht für hart«, sagte Mr. Danby, »nur für gerecht.«
»Sind Sie der Richter über die Gerechtigkeit?«
»Das hoffe ich.«
»Machen Sie einmal vier Jahre Hölle durch, und dann probieren Sie's noch einmal.«
»Ich sehe da wirklich keinen Zusammenhang. Die Erlebnisse, die Sie durchgemacht haben, Mr. Desert, haben Ihre Ansichten wohl zwangsläufig verzerrt.«
Wilfrid drehte sich um und starrte ihn an.
»Verzeihen Sie, wenn ich das sage, aber hier zu sitzen und gerecht zu sein, verzerrt viel mehr. Das Leben ist nicht viel besser als ein Fegefeuer für alle, ausgenommen vielleicht für ein Drittel aller Erwachsenen.«
Mr. Danby lächelte.
»Mein lieber junger Mann, wir könnten einfach kein Geschäft führen, ohne von jedem restlose Ehrlichkeit zu fordern. Keinen Unterschied zwischen Ehrlichkeit und Betrug zu machen, wäre ganz unfair. Das wissen Sie ganz genau.«
»Ich weiß überhaupt nichts ganz genau, Mr. Danby; und ich mißtraue denen, die behaupten, daß sie es können.«
»Nun, formulieren wir es so: Es gibt eben Spielregeln, die befolgt werden müssen, wenn die Gesellschaft überhaupt funktionieren soll.«
Auch Desert lächelte: »Oh, zum Teufel mit Regeln! Tun Sie es mir zu Gefallen. Schließlich habe ich ja das verdammte Buch geschrieben.«
Auf Mr. Danbys Gesicht war kein Anzeichen eines Kampfes zu sehen, aber seine tiefliegenden, eng beisammenstehenden Augen leuchteten auf. »Ich würde es zu gerne tun, aber es ist eine Sache des — nun, des Gewissens, wenn Sie wollen. Ich lasse den Mann ja nicht gerichtlich verfolgen. Er muß gehen — das ist alles.«
Desert zuckte die Schultern.
»Dann auf Wiedersehen!« Und er ging hinaus.
Vor der Tür wartete Michael, von Zweifeln erfüllt.
»Nun?«
»Nichts. Der alte Narr ist zu gerecht.«
Michael fuhr sich durch das Haar.
»Warte nur fünf Minuten auf mich in meinem Zimmer, während ich dem armen Kerl Bescheid sage, dann komme ich auch.«
»Nein«, sagte Desert, »ich gehe in die andere Richtung.«
Nicht die Tatsache, daß Wilfrid in die andere Richtung ging — das tat er immer —, sondern etwas im Klang seiner Stimme und seinem Ausdruck beschäftigten Michaels Gedanken, als er hinunterging, um mit

Bicket zu sprechen. Wilfrid war ein komischer Kerl — er wurde ganz plötzlich so »geheimnisvoll«!

Unten im Packraum fragte er:

»Bicket schon weg?«

»Nein, Sir, dort ist er.«

Und dort stand er, in seinem schäbigen Mantel, mit dem dünnen schmalen Gesicht, den unverhältnismäßig großen Augen und den abfallenden Schultern.

»Tut mir leid, Bicket. Mr. Desert war da, aber es hat nichts genützt.«

»Nein, Sir?«

»Lassen Sie sich nicht unterkriegen, Sie bekommen schon wieder etwas!«

»Glaub' ich nicht, Sir. Aber schönen Dank auch; und auch an Mr. Desert. Gute Nacht, Sir, und auf Wiedersehen!«

Michael sah ihm nach, wie er den Korridor hinunterging und auf die dämmrige Straße hinauswankte.

»Lustig!« sagte er und lachte ...

Die nur natürliche Vermutung Michaels und seines Seniorpartners, daß man ihnen eine erfundene Geschichte aufgetischt hatte, war nicht gerechtfertigt. Weder die Frau noch die Lungenentzündung waren eine Übertreibung gewesen; und während Bicket auf die Blackfriars Bridge zutrottete, dachte er nicht an seine Missetat oder daran, wie gerecht Mr. Danby gewesen war, sondern was er ihr sagen sollte. Er würde ihr natürlich nicht sagen, daß man ihn beim Stehlen erwischt hatte; er mußte ihr sagen, daß man ihn hinausgeworfen hatte, weil er mit dem Oberpacker frech gewesen war; aber wofür würde sie ihn dann halten, wenn doch alles davon abhing, daß er mit dem Oberpacker nicht frech war? Er war eben so verhängnisvoll in seine Frau verliebt, daß er Tag für Tag mit dem Gefühl zur Arbeit gegangen war, er ließe sein halbes Herz in dem Zimmer zurück, in dem sie lag, und als ihm der Arzt schließlich gesagt hatte:

»Sie wird durchkommen, aber natürlich ist sie völlig entkräftet — Sie müssen sie wieder aufpäppeln«, hatte sich seine Angst zu dem Entschluß verdichtet, daß es so nicht weitergehen könne. In den folgenden drei Wochen hatte er achtzehn Stück »Kleingeld« auf die Seite gebracht, einschließlich der fünf, die man in seinem Mantel gefunden hatte. Er hatte nur deshalb Mr. Deserts Bücher geklaut, weil sie sich leicht verkauften, und jetzt tat es ihm leid, daß er nicht die Bücher eines anderen genommen hatte. Mr. Desert war sehr anständig gewesen. Er blieb an der Ecke des »Strand« stehen und zählte sein Geld. Die zwei Pfund, die ihm Michael gegeben hatte, und sein Lohn waren alles, was er besaß, fünfundsiebzig Shilling, und er ging ins Kaufhaus und kaufte Fleischsuppe und eine Dose Kraftnahrung, die man mit Wasser anrühren konnte. Mit vollgestopften Taschen stieg er in den Bus ein und fuhr bis zur Ecke seiner kleinen Gasse in Surrey. Seine Frau und er wohnten in zwei ebenerdigen Zimmern, um acht Shilling pro Woche, und er war die Miete für drei Wochen schuldig. »Zahl's!« dachte er, »damit wir wenigstens ein Dach über dem Kopf haben, bis es ihr wieder gutgeht.« Es würde ihm auch helfen, ihr die böse Nachricht mitzuteilen, wenn er ihr gleich die Bestätigung für die Miete zeigen und etwas Gutes zu essen geben könnte. Wie gut, daß sie aufgepaßt und kein Kind bekommen hatten! Er ging in den Keller. Die Vermieterin war beim wöchentlichen Waschtag. Sie hielt inne, überrascht über die vollständige und freiwillige Zahlung, und erkundigte sich nach seiner Frau.

»Es geht ihr gut, danke.«

»Also das freut mich, das muß doch eine Erleichterung für Sie sein.«

»Ist es auch«, sagte Bicket.

Die Hausfrau dachte: »Er ist so ein Zwirnsfaden – erinnert mich an einen Krebs, bevor man ihn kocht, mit diesen Augen.«

»Da ist Ihre Quittung, und danke. Tut mir leid, wenn ich ein bißchen nervös war, aber die Zeiten sind schwer.«

»Stimmt«, sagte Bicket, »auf Wiedersehen.«

Seine Frau saß vor einem sehr schwachen Feuer. Ihr kurzgeschnittenes schwarzes Haar, das sich an den Spitzen kräuselte, war während der Krankheit gewachsen; sie warf es zurück, als sie ihm lächelnd den Kopf zuwandte. Bicket kam dieses Lächeln – nicht zum erstenmal – seltsam, mitleiderregend, geheimnisvoll vor, als sähe sie Dinge, die man selbst nicht sah. Sie hieß Victorine, und er sagte: »Wie geht's, Vic? Da ist eine gute Suppe, und die Miete hab' ich auch bezahlt.« Er setzte sich auf die Armlehne, und sie legte ihre Hand auf sein Knie – ihr dünner, blaugeäderter Arm schaute aus dem dunklen Schlafrock hervor.

Ihr Gesicht – mager und bleich, mit den großen, dunklen Augen und den schöngeformten Brauen – war eines der Gesichter, die einen aus der Ferne anzublicken schienen; und wenn sie einen ansah – ja, dann ging es einem durch und durch!

So erging es ihm auch jetzt, und er sagte: »Wie geht's mit dem Atmen?«

»Gut – viel besser. Jetzt kann ich bald ausgehen.«

Bicket beugte sich über sie und küßte sie. Der Kuß dauerte geraume Zeit, denn er legte alle Gefühle, die er in den letzten drei Wochen weder ihr noch irgend jemand anderem hatte mitteilen können, hinein. Er setzte sich wieder auf, starrte ins Feuer und sagte:

»Keine guten Nachrichten – hab' meinen Posten verloren, Vic.«
»Oh, Tony! Warum?«
Bicket schluckte.
»Na ja, das Geschäft geht nicht gut, sie bauen ab.«
Er wußte, daß er lieber den Kopf in den Gasofen stecken, als ihr die Wahrheit sagen würde.
»Oh, du liebe Güte! Was werden wir denn machen?«
Bickets Stimme wurde härter.
»Mach dir keine Sorgen – ich krieg' schon was«, und er pfiff vor sich hin.
»Aber dir hat's doch dort gefallen!«
»Glaubst du? Ein paar von den Leuten dort waren nett; aber die Arbeit – was war denn das schon? Den ganzen Tag lang Bücher im Keller einpacken. Essen wir was und gehen wir zeitig schlafen – ich hab' das Gefühl, ich könnt' die ganze Woche schlafen, jetzt, wo ich's los bin.«
Während er mit ihrer Hilfe das Essen machte, bemühte er sich, ihr nicht ins Gesicht zu sehen, aus Angst, daß es ihm wieder »durch und durch gehen« könnte. Sie waren erst ein Jahr verheiratet, hatten sich in der Straßenbahn kennengelernt, und Bicket fragte sich oft, was sie eigentlich bewogen hatte, ihn zu nehmen, wo er doch acht Jahre älter als sie und im Krieg nicht diensttauglich gewesen war. Und doch mußte sie ihn gern haben, denn sonst würde sie ihn nie so ansehen, wie sie es tat.
»Setz dich und iß die Suppe.«
Er selbst aß Margarinebrot und trank Kakao, er hatte nur selten Lust auf etwas Besonderes.
»Soll ich dir sagen, was ich möchte?« sagte er; »ich möchte ins Innere von Australien. Wir haben einmal drinnen ein Buch drüber gehabt; es sollen viele dorthin auswandern. Ich möcht' ein bißchen Sonne. Ich glaub', wenn wir in der Sonne sind, werden wir zweimal so dick wie jetzt. Ich möcht' deine Wangen rosig sehen, Vic.«
»Wieviel kostet die Fahrt dorthin?«
»Viel mehr, als wir zusammenkriegen können, das ist es ja. Aber ich hab' nachgedacht. England ist am Ende. Es gibt zu viele wie mich.«
»Nein«, sagte Victorine. »Nicht genug.«
Bicket sah ihr ins Gesicht und dann rasch auf seinen Teller.
»Warum hast du eigentlich mich genommen?«
»Weil du nicht zuerst an dich denkst, deswegen.«
»Hab' ich aber getan, bevor ich dich kennengelernt hab'. Aber für dich würd' ich alles tun, Vic.«
»Dann iß ein bißchen Suppe, sie ist schrecklich gut.«

Bicket schüttelte den Kopf.

»Wenn wir nur eines Morgens in Australien aufwachen könnten«, sagte er. »Aber es ist ja nur eins sicher: daß wir in diesem verdammten kleinen Zimmer aufwachen werden. Aber lassen wir das, ich werd' mir einen neuen Job suchen und das Geld doch noch verdienen.«

»Könnten wir es nicht beim Rennen gewinnen?«

»Tja, ich hab' alles in allem nur siebenundzwanzig Shilling, und wenn wir die verlieren, was wird dann aus dir? Du mußt wieder aufgepäppelt werden. Nein, ich muß Arbeit finden.«

»Sie geben dir doch eine gute Empfehlung, nicht?«

Bicket stand auf und räumte Teller und Tassen weg.

»Das schon, aber dasselbe kommt nicht mehr in Frage – es gibt zu viele in dieser Branche.«

Ihr die Wahrheit sagen? Nie! Gott steh' ihm bei!

Im Bett, das für eine Person etwas zu groß und für zwei etwas zu schmal war, lag er da, ihr Haar dicht an seinem Mund, und dachte darüber nach, was er seiner Gewerkschaft sagen und wie er es anstellen sollte, einen neuen Posten zu finden. Und während die Stunden dahinschlichen, verbrannte er alle Schiffe hinter sich. Um die Arbeitslosenunterstützung zu bekommen, mußte er der Gewerkschaft sagen, was passiert war. Zum Teufel mit der Gewerkschaft! Denen war er keine Rechenschaft schuldig! Er wußte, warum er die Bücher geklaut hatte; aber sonst ging das niemanden etwas an, keiner sonst konnte seine Gefühle verstehen, wie er sie gesehen hatte, so atemlos, so bleich und dünn. Er mußte sich selbst helfen! Und eineinhalb Millionen Arbeitslose! Aber immerhin, er hatte genug, um vierzehn Tage zu leben, und etwas würde sich schon finden – und ein oder zwei Shilling könnte er ja riskieren, vielleicht gewann er was, man wußte ja nie. Sie drehte sich im Schlaf um. »Ja«, dachte er, »ich würd' es wieder tun.«

Am nächsten Tag, nach etlichen Stunden Fußmarsch, stand er unter einem grauen östlichen Himmel in einer grauen Straße, vor einem großen Schaufenster, in dem Früchte und Ähren, Metallbrocken und leuchtendbunte Schmetterlinge als Werbung für das Sonnenland Australien ausgestellt waren. Für Bicket, der nie außerhalb Englands und selten außerhalb Londons gewesen war, war es, als stünde er vor den Toren des Paradieses. Im Büro drinnen war die Atmosphäre zwar nicht so golden und die erforderliche Geldsumme beträchtlich; aber es brachte das Paradies näher, wenn man sich Broschüren mitnahm, die ihm fast die Hände verbrannten, so warm waren sie.

Später saßen er und sie gemeinsam in ihrem einzigen Lehnstuhl – ein

Vorteil, so dünn zu sein — und studierten eifrig die Seiten, die von einem goldenen Leben sprachen, und berauschten sich an ihrem Glanz.
»Glaubst du, daß das alles stimmt, Tony?«
»Wenn dreißig Prozent davon stimmen, reicht's mir noch immer. Wir müssen einfach irgendwie hinkommen. Küß mich.«
Das Rattern der Straßenbahnen und Karren, das von der Hauptstraße um die Ecke drang, und das Scheppern der Fensterscheibe im heftigen Ostwind verstärkte in ihnen das Gefühl, sie hätten in einem von Gaslampen erleuchteten Paradies Zuflucht gefunden.

9

Verwirrung

Zwei Stunden nach Bicket machte sich auch Michael auf den Heimweg. Der alte Danby hatte wie immer recht — wenn man seinen Packern nicht trauen konnte, konnte man gleich zusperren! Jetzt, da er Bickets Augen nicht länger vor sich sah, überkamen ihn Zweifel. Vielleicht hatte der Bursche gar keine Frau! Dann verdrängte der Gedanke an Wilfrids Benehmen sein Interesse an Bickets Moralbegriffen. Der gute Wilfrid war die letzten drei Male, die sie sich getroffen hatten, sehr kurz angebunden und sehr sonderbar gewesen. Gingen ihm vielleicht neue Gedichte im Kopf herum?
Er fand Ting-a-ling am Fuß der Treppe in abwartender Haltung sitzen. »Ich gehe nicht hinauf«, schien er zu sagen, »bis mich jemand trägt — und überhaupt ist es später als sonst.«
»Wo ist dein Frauchen, du kleines Wappentier?«
Ting-a-ling schnüffelte. »Ich hätte nichts dagegen«, gab er zu verstehen, »daß du mich trägst — diese Stufen sind so mühsam.« Michael hob ihn hoch. »Also gehen wir hinauf und suchen sie.«
Unter einen Arm gepreßt, der härter als der seiner Herrin war, starrte Ting-a-ling mit glasig schwarzen Augen vor sich hin; und die Schwanzspitze, die unter dem Arm hervorsah, wedelte.
Im Schlafzimmer ließ ihn Michael so gedankenverloren zu Boden gleiten, daß er mit hängendem Schwanz in seine Ecke ging und sich dort beleidigt niederfallen ließ.

Fast schon Essenszeit und Fleur noch nicht zu Hause! Michael überflog seine vagen Erinnerungen an ihre Pläne. Zum Mittagessen waren heute Hubert Marsland und dieser Vertiginist – wie war doch sein Name? – dagewesen. Da mußte man nachher wieder einen klaren Kopf bekommen. Vertiginisten erzeugten – wie Milch – Kohlensäuregas in der Lunge! Und doch! Halb acht! Was war denn heute abend los? Sollten sie nicht zu diesem Stück von L. S. D. gehen? Nein – das war morgen! War es denn die Möglichkeit, daß sie kein Programm hatten? Wenn ja, dann würde sie natürlich versuchen, die nicht ausgefüllte Zeit so gut wie möglich zu verkürzen. Er stellte dies fest, ohne sich Illusionen zu machen – er hatte keine, er wußte, daß er ein ganz gewöhnlicher Mensch war, daß nur eine gewisse Lebhaftigkeit zu seinen Gunsten sprach, und dann natürlich auch seine Zuneigung für sie. Er erkannte sogar, daß seine Zuneigung eine Schwäche war, die ihm sinnlose Ängste bereitete, wenn er sie auch grundsätzlich nicht zeigte. Es widersprach zum Beispiel ganz entschieden seinen Grundsätzen, Coaker oder Philips – den Diener oder das Mädchen – zu fragen, wann sie ausgegangen sei.

Die derzeitige Lage der Welt war so, daß Michael sich immer wieder fragte, ob es seine eigenen Angelegenheiten wirklich wert waren, berücksichtigt zu werden; andererseits aber war die Lage auch so, daß einem die eigenen Angelegenheiten oft als das einzige erschien, mit dem zu befassen sich überhaupt noch lohnte. Und doch liefen seine Angelegenheiten, praktisch gesprochen, auf Fleur hinaus; und wenn er sich zu sehr mit ihnen befaßte, hatte er Angst, sie zu verärgern.

Er ging in sein Ankleidezimmer und knöpfte die Weste auf.

»Aber nein«, dachte er; »wenn sie mich schon angezogen findet, dann sieht das zu deutlich aus.« So knöpfte er seine Weste wieder zu und ging hinunter. Coaker stand in der Halle.

»Mr. Forsyte und Sir Lawrence waren um sechs Uhr kurz da, Sir, Mrs. Mont war nicht zu Hause. Wann soll ich das Essen servieren?«

»Oh! Nun, ungefähr um Viertel nach acht. Ich glaube nicht, daß wir ausgehen.«

Er ging in den Salon, durchquerte die chinesische Einöde und zog die Vorhänge beiseite. Der Platz sah kalt und dunkel und zugig aus; und er dachte: »Bicket – Lungenentzündung – hoffentlich hat sie ihren Pelzmantel an.« Er nahm eine Zigarette heraus und steckte sie dann wieder zurück. Wenn sie ihn am Fenster sah, würde sie ihn für überängstlich halten; und er ging wieder hinauf, um nachzusehen, ob sie ihren Pelzmantel anhatte!

Ting-a-ling wedelte liegend und hielt plötzlich, wie enttäuscht, inne.

Michael öffnete den Kleiderschrank. Sie hatte ihn an! Gut! Er sah sich um, als Ting-a-ling an ihm vorübertrottete und ihre Stimme »Mein Liebling!« sagte. Michael wünschte, daß dieser Gruß ihm gegolten hätte, und kam hinter der Schranktür hervor. Himmel! Wie hübsch sie mit ihren vom Wind geröteten Wangen aussah! Nachdenklich blieb er stehen.
»Hallo, Michael! Ich hab' mich verspätet. War im Klub und bin zu Fuß nach Hause gegangen.«
Michael hatte ein ganz unerklärliches Gefühl, daß sie etwas verschwieg. So unterdrückte auch er, was er sagen wollte, und stellte nur fest: »Ich habe gerade nachgesehen, ob du deinen Pelzmantel anhast, es ist so grauenhaft kalt. Dein Vater und Bart waren da und sind wieder hungrig fortgegangen.«
Fleur warf ihren Mantel ab und fiel in einen Sessel. »Ich bin müde. Deine Ohren sind heute so lustig gespitzt, Michael.«
Michael kniete nieder und umfing ihre Taille. Ihre Augen hatten einen seltsamen Ausdruck, blickten ihn forschend an, so daß er, ein wenig erschreckt, wartete.
»Wenn du Lungenentzündung bekämst«, sagte er, »würde ich verrückt werden.«
»Warum, um Himmels willen, sollte ich denn?«
»Du kennst den Zusammenhang nicht — macht nichts, es würde dich nicht interessieren. Wir gehen nicht aus, oder?«
»Aber natürlich. Heute ist doch Alisons monatliche Soirée.«
»O du lieber Gott! Wenn du müde bist, könnten wir's doch sein lassen.«
»Mein Lieber — ausgeschlossen! Es kommen eine Menge Leute hin!«
Er unterdrückte eine abschätzige Bemerkung und seufzte: »Also gut. Volle Kriegsbemalung?«
»Ja, Frack. Ich mag dich im Frack.«
O diese schlaue kleine Schmeichelkatze! Er drückte sie kurz an sich und erhob sich. Fleur streichelte einmal leicht über seine Hand, und er ging getröstet in sein Ankleidezimmer ...
Aber Fleur saß noch mehr als fünf Minuten ruhig da — nicht gerade die »Beute widersprechender Gefühle«, aber das Opfer einer recht beträchtlichen Verwirrung. Zwei Männer hatten in der letzten Stunde dasselbe getan — hatten vor ihr gekniet und sie mit den Händen um die Taille gefaßt. Es war zweifellos unvorsichtig gewesen, in Wilfrids Wohnung zu gehen. Im Augenblick des Eintretens hatte sie erkannt, daß sie gegen eine körperliche Verbindung Abneigung empfand. Zwar war er nicht weitergegangen als Michael. — Aber sie hatte das Feuer gesehen, mit dem

sie spielte, hatte erkannt, wie er litt. Sie hatte ihm strikte verboten, Michael auch nur ein Wort zu sagen, aber instinktiv wußte sie, daß sie sich auf nichts verlassen konnte, da er sich verzweifelt bemühte, ihnen beiden gegenüber loyal zu sein. Verwirrt, erschreckt, gerührt, fühlte sie doch eine angenehme Wärme, daß sie von zwei Männern gleichzeitig so geliebt wurde, und eine gewisse Neugierde auf den Ausgang der Sache. Und sie seufzte. Ihre Sammlung von Erfahrungen hatte sie bereichert – aber wie sie sie weiter bereichern sollte, ohne die Sammlung und vielleicht auch den Sammler zu zerstören, wußte sie nicht.

Nach ihren Worten an Wilfrid vor der Eva: »Du bist ein Narr, wenn du gehst – warte!« war ihr klar, daß über kurz oder lang etwas geschehen müßte. Er hatte sie schon oft eingeladen, zu ihm zu kommen und seinen »Kram« zu besichtigen. Vor einem Monat, vor einer Woche noch wäre sie ohne Bedenken hingegangen und hätte über den »Kram« mit Michael gesprochen. Aber jetzt überlegte sie es sich lange, und wäre nicht diese Atmosphäre beim Essen aufgekommen und hätte sie nicht das Gefühl gehabt, das durch die Gesellschaft der »Vertiginisten«, durch Amabel Nazing und Linda Frewe hervorgerufen wurde, nämlich daß Skrupel »altmodisch« und Gefühle aller Art »die Masche« waren, so würde sie wahrscheinlich noch jetzt darüber nachdenken. Als sie gegangen war, hatte sie tief Atem geholt und den Telefonhörer vom chinesischen Teekästchen genommen.

Wenn Wilfrid um halb sechs zu Hause wäre, würde sie kommen und seinen »Kram« besichtigen.

Seine Antwort: »Mein Gott! Wirklich?« ließ sie fast davor zurückschrecken. Aber dann verscheuchte sie ihr Zögern mit dem Gedanken: »Ich werde pariserisch sein – Proust!« und fuhr in den Klub. Eine Dreiviertelstunde verbrachte sie ohne andere Anregung als drei Tassen chinesischen Tees, drei alte Nummern des »Modespiegels« und den Rückansichten von drei wie Leichen in den Stühlen liegenden Mitgliedern vom Lande, dann machte sie sich mit einer sorgfältig geplanten Viertelstunde Verspätung auf den Weg.

Im obersten Stock stand Wilfrid in der offenen Tür, bleich wie eine Seele im Fegefeuer. Er nahm sanft ihre Hand und zog sie hinein. Fleur dachte mit einem kleinen, angenehmen Schauer: »Ist es das? *Du côté de chez Swann?*« Sie entzog ihm ihre Hand und begann sofort, den »Kram« zu besichtigen, Stück für Stück.

Altenglischer »Kram«, vom ländlichen Herrensitz und hie und da ein Stück aus dem Osten oder aus der Empirezeit, von einem schon lang verstorbenen Desert gesammelt, der nomadische Anwandlungen gehabt hatte oder am französischen Hof gewesen war. Sie wollte sich nicht niedersetzen, aus Angst, daß dann geschehen könnte, was führende Literaten in solchen Situationen immer geschehen lassen; und sie wollte auch das leidenschaftliche Gespräch aus der Tate Gallery nicht fortführen. »Den Kram ansehen« war ungefährlich, und sie blickte Wilfrid nur in den kurzen Augenblicken an, in denen er sie nicht ansah. Sie wußte, daß sie das Spiel nicht nach den Regeln von *La Garçonne* und Amabel Nazing spielte; ja daß sie sogar Gefahr lief, fortzugehen, ohne ihre Gefühle bereichert zu haben. Und sie konnte nicht anders, Wilfrid tat ihr leid; seine Augen sehnten sich nach ihr, und wenn man seine Lippen ansah, waren sie bitter. Als sie sich schließlich, ehrlich erschöpft von der Besichtigung, niedersetzte, warf er sich ihr zu Füßen. Halb hypnotisiert stemmte sie ihre Knie gegen seine Brust, und so gesichert, ermaß sie Wilfrids ganze Tragödie — sein Entsetzen vor sich selbst, seine Leidenschaft für sie. Sie wurde schmerzlich davon ergriffen; es paßte nicht zu dem, was sie erwartet hatte; es paßte nicht in die gegenwärtige Zeit, und wie — wie sollte sie fortkommen, ohne ihm und sich selbst noch mehr weh zu tun? Als sie endlich — nach einem Kuß, den sie nicht erwidert hatte — gegangen war, hatte sie das Gefühl, eine Viertelstunde wirklichen Lebens erlebt zu haben, und war sich gar nicht sicher, daß es ihr gefallen hatte ... Aber jetzt, als sie sich, in ihrem eigenen Zimmer wieder in Sicherheit, für Alisons monatlichen Empfang umkleidete, fragte sie sich, was sie empfunden hätte, wären die Dinge so weit gegangen, wie es die Fachleute für angezeigt hielten. Ganz sicher hatte sie nicht ein Zehntel der Gedanken und Gefühle erlebt, die ihr in jedem Stück progressiver Literatur zugeschrieben worden wären! Es war desillusionierend gewesen, oder sie war nicht ganz *up to date*, und Fleur ertrug den Gedanken nicht, nicht ganz *up to date* zu sein. Und während sie ihre Schultern leicht puderte, wandte sie ihre Gedanken Alisons Empfang zu.

Obwohl Lady Alison hie und da auch mit Mitgliedern der jüngeren Generation zusammenkam, traten die Aubrey Greenes und Linda Frewes dieses Lebens nicht allzu oft bei ihren Empfängen in Erscheinung. Nesta Gorse war tatsächlich einmal dagewesen, aber ein juristisch und zwei literarisch angehauchte Politiker, die mit ihr ins Gespräch gekommen waren, hatten sich danach darüber beklagt. Sie hatte, so schien es, kleine, schmerzende Löcher in das Kleid der Selbstherrlichkeit dieser Herren gerissen. Sibley Swan wäre willkommen gewesen, da er ja die

Vergangenheit glorifizierte, aber bis jetzt trug er die Nase hoch und sah auf sie alle herab. So war es also nicht die Intelligenz, sondern nur die intellektuelle Gesellschaft, die sich versammelt hatte, als Fleur und Michael eintraten, und die Konversation trug den Glanz und all das *savoir faire*, das in den Gesprächen über Kunst und Literatur jener lag, die, wie Michael es ausdrückte, glücklicherweise nichts mit dem *faire* zu tun hatten.

»Aber letzten Endes sind es ja doch diese Leute«, murmelte er in Fleurs Ohr, »die Künstler und Literaten berühmt werden lassen. Was ist denn die heutige Attraktion?«

Es war das Londoner Debüt einer Dame, die Volkslieder vom Balkan sang. Aber rechts konnte man in einen Raum flüchten, in dem vier Bridgetische aufgestellt waren. Sie waren schon besetzt. Unter denen, die noch immer zuhörten, sah man einen Gurdon Minho, einen Gesellschaftsmaler und seine Frau und einen Bildhauer, der Arbeit suchte. Fleur, die zwischen Lady Feynte, der Frau des Malers, und Gurdon Minho selbst eingekeilt war, begann einen Ausweg zu suchen. Da — ja, da war Mr. Chalfont! Bei Lady Alison verschwendete Fleur, eine ausgezeichnete Kennerin des »Milieus«, nie ihre Zeit auf Künstler und Schriftsteller — die konnte sie überall treffen. Hier wählte sie intuitiv das »größte Tier« — politisch-literarisch gesehen — aus und wartete darauf, ihn einzufangen. Ganz besessen von der Idee, Mr. Chalfont einzufangen, bemerkte sie nichts von der Tragödie, die sich draußen abspielte.

Michael war auf der Stiege stehengeblieben, da er weder für Unterhaltung noch für Wortgefechte in Stimmung war; und während er an der Balustrade lehnte, dünn wie eine Wespe in seinem langen Frack, die Hände tief in den Hosentaschen vergraben, beobachtete er die Bewegungen von Fleurs weißem Hals und lauschte den Balkanliedern, wobei sein Gehirn ganz unbeteiligt war. Das Wort »Mont!« ließ ihn auffahren. Wilfrid stand gerade unter ihm. Mont? So hatte ihn Wilfrid schon seit zwei Jahren nicht genannt!

»Komm herunter!«

Auf dem Treppenabsatz stand eine Büste Kronanwalt Lionel Charwells von Boris Strumolowski, in der Manier, die er zynisch angenommen hatte, als June Forsyte aufhörte, sein echtes, aber nicht anerkanntes Genie zu fördern. Die Büste unterschied sich kaum von allen anderen, die dieses Jahr in der Royal Academy gezeigt worden waren, und die jungen Charwells verzierten sie gern mit einem Schnurrbart.

Neben diesem Ding lehnte Desert mit geschlossenen Augen an der Wand. Sein Gesicht war für Michael ein Rätsel.

»Was ist los, Wilfrid?«
Desert bewegte sich nicht. »Du mußt es wissen — ich liebe Fleur.«
»Was!«
»Ich werde nicht die Schlange spielen. Du hast mit mir zu rechnen. Tut mir leid, aber es ist so. Schlag zu!« Sein Gesicht war totenbleich, und seine Muskeln zuckten. In Michael hingegen zuckte das Herz. Was für ein schrecklicher, sonderbarer, scheußlicher Augenblick! Sein bester Freund — sein Trauzeuge! Instinktiv griff er nach der Zigarettendose — instinktiv reichte er sie Desert. Instinktiv nahmen sie beide eine Zigarette und zündeten sie sich gegenseitig an. Dann sagte Michael:
»Fleur — weiß es?«
Desert nickte: »Sie weiß nicht, daß ich es dir sage — das wollte sie nicht. Du hast ihr noch nichts vorzuwerfen — noch nicht.« Und er fügte, noch immer mit geschlossenen Augen, hinzu: »Ich konnte nichts dafür.«
Genau das war Michaels eigener, insgeheimer Gedanke. Natürlich! Natürlich! Verrückt, nicht zu sehen, wie natürlich! Dann verschloß sich etwas in ihm und er sagte: »Anständig, daß du es mir sagst; aber — willst du nicht verschwinden?«
Deserts Schultern preßten sich an die Wand.
»Zuerst wollte ich; aber jetzt anscheinend doch nicht.«
»Nicht? Ich verstehe nicht.«
»Wüßte ich, daß ich gar keine Hoffnung habe — aber das weiß ich nicht«, und er sah Michael plötzlich an: »Es hat keinen Sinn, Rücksicht zu üben. Ich bin verzweifelt, und wenn ich kann, werde ich sie dir wegnehmen.«
»Mein Gott!« sagte Michael. »Das ist wirklich das Letzte!«
»Ja! Sprich dich nur aus! Aber das sage ich dir, wenn ich daran denke, daß du mit ihr nach Hause gehst, und ich . . .«, er stieß ein schreckliches kurzes Lachen aus, »dann rate ich dir, dich nicht auszusprechen.«
»Tja«, sagte Michael, »da das kein Roman von Dostojewskij ist, glaube ich, daß nichts mehr zu sagen bleibt.«
Desert trat von der Wand weg.
»Du begreifst vielleicht, daß ich mich bemüht habe, fair zu sein — meine Aussichten dadurch vielleicht zerstört habe, indem ich es dir sage. Ich habe keine Bomben ohne Kriegserklärung abgeworfen.«
»Nein«, sagte Michael dumpf.
»Du kannst meine Bücher einem anderen Verleger zum Fraß vorwerfen.«
Michael zuckte die Achseln.
»Dann gute Nacht«, sagte Desert. »Tut mir leid, daß ich so primitiv bin.«
Michael sah seinem Trauzeugen direkt ins Gesicht. Den Ausdruck bitterer

Verzweiflung konnte man nicht verkennen. Er deutete eine unbestimmte Handbewegung an, stieß halb den Namen »Wilfrid« hervor, und als Desert hinunterging, ging er hinauf.

Zurück an seinem Platz vor der Balustrade, versuchte er sich weiszumachen, daß man über das Leben lachen sollte, aber er konnte es nicht. Seine Lage erforderte die Klugheit einer Schlange, den Mut eines Löwen, die Sanftmut einer Taube: er war sich nicht bewußt, daß er diese sprichwörtlichen Tugenden besaß. Hätte ihn Fleur so geliebt, wie er sie liebte, dann hätte er echtes Mitleid mit Wilfrid gehabt. Es war so natürlich, sich in Fleur zu verlieben. Aber sie liebte ihn ja nicht – o nein! Michael hatte eine Tugend – wenn es eine war: er hatte von sich nur eine sehr mäßige Meinung, aber die Neigung, von seinen Freunden viel zu halten. Er hatte viel von Desert gehalten; und – sonderbar – er dachte noch immer nicht schlecht von ihm. Da versuchte sein Freund, ihm eine tödliche Wunde zuzufügen, ihm die Zuneigung seiner Frau – oder ehrlicher, ihre Duldsamkeit – abspenstig zu machen, und doch hielt er ihn nicht für einen Schuft. Er wußte, daß eine solche Nachsicht verrückt war; aber die Lehre von der Freiheit des Willens und der Freiheit der Bindungen war für ihn nicht nur ein literarischer Begriff, sie war Teil seines Ichs. Zwang anzuwenden, so wünschenswert das auch wäre, lag nicht in seiner Natur. Und etwas wie Verzweiflung zerriß sein Herz, als er Fleur beobachtete, wie sie den großen Gerald Chalfont umschmeichelte. Wenn sie ihn um Wilfrids willen verließ! Aber nein – nein – ihr Vater, ihr Haus, ihr Hund, ihre Freunde, ihr – ihre Sammlung von – von – sie würde doch nicht – würde sie doch nicht aufgeben? Doch angenommen, sie behielt alles, einschließlich Wilfrid? Nein, nein! Das würde sie nicht tun! Nur eine Sekunde lang überschattete diese Möglichkeit die natürliche Loyalität seines Herzens.

Was sollte er nun tun? Ihr es sagen – sich aussprechen? Oder warten und beobachten? Was? Ohne bewußt zu spionieren, konnte er nicht beobachten. Desert würde nicht mehr zu ihnen kommen. Nein! Entweder völlige Offenheit oder völliges Ignorieren – und das hieß, mit einem Damoklesschwert über dem Haupt zu leben! Nein! Völlige Offenheit! Und nichts tun, was so aussah, als wollte er eine Falle stellen! Er fuhr sich mit der Hand über die nasse Stirn. Wenn sie nur schon zu Hause wären, fort von diesem Gequatsch und diesen kultivierten Affen! Konnte er hineingehen und sie herauslotsen? Unmöglich, ohne einen Grund! Wenn ihm nur ein Vorwand einfiele! Er mußte sich gedulden. Der Gesang hörte auf. Fleur sah sich um. Jetzt würde sie ihm winken. Im Gegenteil, sie kam auf ihn zu. Er konnte sich den zynischen Gedanken

nicht verbeißen: »Sie hat den alten Chalfont geangelt!« Er liebte sie, aber er kannte ihre kleinen Schwächen. Sie faßte ihn am Ärmel.
»Ich hab' genug, Michael, verschwinden wir; macht es dir was aus?«
»Rasch«, sagte er, »bevor sie uns entdecken.«
In der kalten Luft draußen dachte er: »Jetzt? Oder in ihrem Zimmer?«
»Ich glaube«, sagte Fleur, »daß man Mr. Chalfont überschätzt — er ist nichts als ein geistiger Gähnkrampf. Morgen in einer Woche kommt er zum Lunch.«
Nicht jetzt — in ihrem Zimmer!
»Wen sollen wir denn außer ihm und Alison noch einladen?«
»Niemand Extravaganten.«
»Natürlich nicht; aber es müssen interessante Leute sein, Michael. Wie dumm! Manchmal glaube ich, das Ganze lohnt sich nicht.«
Michaels Herz blieb stehen. War das eine Warnung — ein Zeichen des »Primitiven«, das sich in seiner angebeteten Meisterin der gesellschaftlichen Künste regte? Vor einer Stunde hätte er noch gesagt: »Du hast recht, mein Kind; es lohnt sich wirklich nicht!« Aber jetzt — jedes Zeichen einer Veränderung war drohend! Er hängte sich in sie ein.
»Mach dir keine Sorgen, wir werden schon die richtigen Vögel fangen, irgendwie.«
»Ein chinesischer Minister wäre perfekt«, überlegte Fleur, »mit Minho und Bart — vier Männer — zwei Frauen — gemütlich. Ich werde mit Bart reden.«
Michael öffnete das Haustor. Sie ging voran; er blieb noch stehen, um die Sterne zu betrachten, die Platanen, die bewegungslose Gestalt eines Mannes, der den Kragen bis zu den Augen hochgeschlagen, den Hut tief heruntergezogen hatte. »Wilfrid«, dachte er. »Spanien, warum Spanien? Und all die armen Teufel, die leiden — das Herz — oh, das verdammte Herz!« Er schloß die Tür.
Aber bald mußte er eine andere öffnen, und nie hatte er es mit weniger Begeisterung getan. Fleur saß auf der Armlehne eines Stuhls, in dem blaßlavendelfarbenen Pyjama, den sie manchmal trug, um mit der Mode zu gehen, und starrte ins Feuer. Michael blieb stehen und sah sie und hinter ihr sein eigenes Spiegelbild in einem der fünf Spiegel — im schwarz-weißen Pierrot-Pyjama, den sie ihm gekauft hatte. »Wie Figuren in einem Stück«, dachte er, »Figuren in einem Stück. Ist es Wirklichkeit?« Er trat vor und setzte sich auf die andere Armlehne.
»Zum Kuckuck«, murmelte er. »Wäre ich nur Antinous!« Und er glitt von der Lehne in den Sessel, um hinter ihrem Gesicht zu sein, wenn sie es vielleicht vor ihm verstecken wollte.

»Wilfrid hat es mir gesagt«, begann er ruhig.
Es war heraus! Was jetzt? Er sah, wie ihr das Blut in Hals und Wangen stieg.
»Oh! Mit welchem Recht – was meinst du eigentlich – was hat er dir gesagt?«
»Nun, daß er dich liebt – sonst nichts – es gibt doch nichts sonst zu erzählen, nicht wahr?« Und er zog seine Füße auf den Stuhl hoch und umfaßte die Knie mit den Händen. Schon – schon hatte er ihr Fragen gestellt! Reiß dich zusammen! Reiß dich zusammen! Und er schloß die Augen.
»Natürlich«, sagte Fleur, »gibt es sonst nichts zu erzählen. Wenn Wilfrid so dumm sein will!«
Will! Das Wort schien ihm ungerecht, ihm, dessen eigene Dummheit so jung, so beharrlich war! Und – seltsam! Sein Herz schlug nicht rascher. Das hätte es doch bei ihren Worten tun sollen!
»Ist das also das Ende von Wilfrid?«
»Das Ende? Das weiß ich nicht.«
Ach, wer wußte schon was, wenn die Leidenschaft regierte? »Dann«, sagte er und nahm seine ganze Selbstbeherrschung zusammen, »vergiß nicht, daß ich dich schrecklich liebhabe.«
Er sah ihre Augenlider zucken, sah, wie sie die Schultern hob. »Sieht es mir ähnlich, das zu vergessen?«
Bitter, herzlich, naiv, er konnte wählen. Plötzlich löste sie ihre Hände und nahm ihn an den Ohren. Sie hielt sie fest, sah auf ihn nieder und lachte. Und wieder schlug sein Herz nicht rascher. Wenn sie ihn nicht an der Nase herumführte, dann –! Aber er zog sie im Sessel an sich. Dieses Gemisch aus Lavendel und Schwarz-Weiß – sie erwiderte seinen Kuß. Aber von Herzen? Wer wußte das? Michael nicht.

10

Der Tod eines »flotten Kerls«

Soames sagte, von der Abwesenheit seiner Tochter enttäuscht: »Ich werde warten«, und setzte sich mitten auf das jadegrüne Sofa, ohne Ting-a-ling zu beachten, der sich vor dem Feuer nach den allzugroßen

Aufmerksamkeiten Amabel Nazings ausschlief, die ihn »ja so reizend« gefunden hatte. Grau und gesetzt, ein Knie über das andere geschlagen, eine Falte zwischen den Brauen, dachte er an Elderson und die Lage in der Welt, und wie doch immer etwas los war. Und je mehr er nachdachte, desto mehr fragte er sich, wie er je so ein Esel gewesen sein konnte, in einen Aufsichtsrat einzutreten, der sich mit Auslandsgeschäften befaßte. Die ganze Geschäftsklugheit des neunzehnten Jahrhunderts, die den Reichtum Großbritanniens geschaffen hatte, die ganze Philosophie der Forsytes, daß man sich nur um seine eigenen Angelegenheiten kümmern und keine Risiken eingehen solle, der engmaschige nationale Individualismus, der es nicht zuließ, daß sich das Land auf irgendwelche ungewisse Unternehmen einließ, lehnten sich in ihm gegen ein derartiges Verhalten auf. Großbritannien war politisch gesehen auf der falschen Spur, wenn es versuchte, Einfluß auf Europa auszuüben, und die P. P. R. S. war finanziell gesehen schlecht beraten, wenn sie sich mit Versicherungsangelegenheiten außerhalb des Landes befaßte. Der besondere Instinkt seiner Rasse sehnte sich danach, wieder den geraden, privaten Weg zu beschreiten. Sich niemals in etwas einzulassen, was man nicht übersehen konnte! Der »alte Mont« hatte gesagt: »Gute freundschaftliche Beziehungen!« Nichts davon. Kümmere dich um deine eigenen Angelegenheiten! Das war die wahre »Formel«. Plötzlich spürte er etwas an seiner Wade — Ting-a-ling schnüffelte an seiner Hose.

»Oh«, sagte Soames, »du bist das!«

Ting-a-ling stemmte seine Vorderpfoten gegen das Sofa und leckte die Luft.

»Soll ich dich auf den Schoß nehmen?« sagte Soames. »Aber du bist zu lang.«

Und wieder überkam ihn das leise angenehme Gefühl, daß hier jemand war, der ihn mochte.

»Irgend etwas an mir gefällt ihm«, dachte er, nahm ihn am Genick und hob ihn auf ein Kissen. »Du und ich«, schien der kleine Hund mit seinem durchdringenden Blick zu sagen — dieses kleine chinesische Wesen! Die Chinesen wußten, was sie taten, sie hatten sich fünftausend Jahre nur um ihre eigenen Angelegenheiten gekümmert.

»Ich werde zurücktreten!« dachte Soames. Aber was wäre dann mit Winifred und Imogen und einigen der Rogers und Nicholases, die Geld in die Sache gesteckt hatten, bloß weil er Aufsichtsratsmitglied war? Wenn sie ihm doch nicht ewig wie eine Herde Schafe folgten! Er erhob sich vom Sofa. Es hatte keinen Sinn, zu warten, er würde in die Green Street weitergehen und sofort mit Winifred sprechen. Sie würde eben wieder verkaufen müssen, obwohl die Aktien etwas gefallen waren. Und ohne sich von Ting-a-ling zu verabschieden, ging er fort.

Das ganze letzte Jahr hatte er sein Leben fast genossen. Einen Ort zu haben, wohin man kommen, sich hinsetzen und sich eines gewissen Interesses erfreuen konnte — zumindest einmal in der Woche —, wie in den alten Tagen bei Timothy, war für ihn ein unbezahlbarer Vorteil. Als Fleur ihr Zuhause verließ, hatte sie den größten Teil seines Herzens mitgenommen; aber Soames sah es fast als Vorteil an, sein Herz einmal in der Woche zu besuchen und es nicht immer um sich zu haben. Es gab auch noch andere Gründe, derentwegen er sich froh und gelöst fühlte. Dieser teuflische Ausländer, Prosper Profond, war schon lange irgendwohin verschwunden, und seit damals war seine Frau viel ruhiger und weniger sarkastisch. Sie hatte begonnen, sich mit Coué zu befassen, und war dicker geworden. Sie benützte sehr häufig das Auto. Im großen und ganzen war sie häuslicher geworden. Und er hatte sich mit Gauguin versöhnt — ein kleines Absinken des Interesses und der Preise hatten ihn davon überzeugt, daß dieser Maler noch seiner Aufmerksamkeit wert sei, und er hatte drei weitere gekauft. Gauguin würde wiederkommen! Soames bedauerte fast diese Ahnung einer zweiten Gauguin-Welle, denn der Bursche war ihm in der Zwischenzeit ans Herz gewachsen. Seine Farben waren, wenn man sich einmal daran gewöhnt hatte, recht attraktiv. Besonders ein Bild, das seiner Meinung nach nichts aussagte, hatte die Wirkung, daß man seine Augen davon nicht abwenden konnte. Er spürte ein Unbehagen, wenn er daran dachte, daß er sich von dem Ding um einen hohen Preis würde trennen müssen. Aber vor allem fühlte er sich wohl, erfreute sich einer zweiten Jugend, eines erneuten Interesses für Annette, genoß das Essen mehr, während sich sein Geist fast gelassen mit finanziellen Angelegenheiten beschäftigte. Das Pfund stieg; die Labourbewegung war ruhig! Und jetzt, da man diesen liberalen Hohlkopf losgeworden war, konnte man etliche Jahre ruhiger konservativer Regierung erwarten. Aber sich vorzustellen, wie jetzt, als er durch den St.-James-Park in die Green Street ging, daß er sich tatsächlich auf ein Unternehmen eingelassen hatte, das er nicht überblicken konnte, erweckte in ihm ein Gefühl — ja, als ob der Teufel mitgemischt hätte.

In Piccadilly ging er den Park entlang und sah wie gewöhnlich zu den Fenstern des Iseeum-Klubs hinauf. Die Vorhänge waren vorgezogen, aus den Spalten drang heimeliger Lichtschein. Und das erinnerte ihn — irgendwer hatte behauptet, George Forsyte sei krank. Er hatte ihn allerdings schon monatelang nicht im Erkerfenster gesehen. Ja, George hatte immer zuviel gegessen und getrunken. Er ging über die Straße und unter den

Klubfenstern vorbei; und ein plötzliches Gefühl — er wußte nicht, was, eine Sehnsucht nach seiner eigenen Vergangenheit, eine Art Heimweh — ließ ihn stehenbleiben und die Stufen zum Klub hinaufsteigen.

»Ist Mr. George Forsyte im Klub?«

Der Pförtner, ein grauhaariger Mensch mit langem Gesicht, den er noch aus den achtziger Jahren kannte, starrte ihn an.

»Mr. Forsyte, Sir«, sagte er, »ist leider sehr krank. Man sagt, daß er nicht mehr aufkommen wird, Sir.«

»Was?« rief Soames. »Das hat mir niemand gesagt.«

»Es geht ihm sehr schlecht — wirklich sehr schlecht. Das Herz.«

»Das Herz! Wo ist er?«

»In seiner Wohnung, Sir; um die Ecke. Man sagt, daß ihn der Arzt aufgegeben hat. Man wird ihn hier vermissen. Ich kenne ihn jetzt vierzig Jahre. Einer von der alten Schule, und ein großer Kenner von Wein und Pferden. Keiner von uns lebt ewig, heißt es, aber ich hab' nie geglaubt, daß ich ihn überleben werde. Er war eben ein bißchen zu vollblütig.«

Mit einem leichten Schock wurde Soames klar, daß er nie gewußt hatte, wo George wohnte, so fest schien er mit dem Fenster da oben verbunden.

»Geben Sie mir seine Adresse«, sagte er.

»Belville Row Nr. 11, Sir; hoffentlich geht es ihm besser, wenn Sie kommen. Mir werden seine Späße abgehen — wirklich.«

Als Soames um die Ecke in die Belville Row ging, rechnete er rasch nach: George war sechsundsechzig, nur ein Jahr jünger als er selbst! Wenn George wirklich in den letzten Zügen lag, so wäre das ganz unnatürlich! »Das kommt davon, wenn man nicht vorsichtig lebt!« dachte er. »Immer so wild — dieser George! Wann habe ich sein Testament abgefaßt?« Soweit er sich erinnerte, hatte George sein Geld seinen Geschwistern hinterlassen — er hatte sonst niemand, dem er es hinterlassen konnte. Ein Gefühl der Verwandtschaft regte sich in Soames, der Instinkt, die Familienangelegenheiten ins reine bringen zu müssen. George und er hatten sich niemals vertragen — sie waren vom Temperament her entgegengesetzte Charaktere —, aber er würde doch begraben werden müssen, und wer würde sich schon darum kümmern, wenn nicht Soames, der schon so vielen Forsyte-Begräbnissen beigewohnt hatte? Er erinnerte sich an den Spitznamen, den George ihm einmal gegeben hatte: »der Leichenbestatter!« Hm! Das war ausgleichende Gerechtigkeit! Belville Row! Ah! Nr. 11 — eine richtige Junggesellenbude! Und als er läutete, dachte er: »Frauen!« Wie hatte George es in seinem ganzen Leben mit Frauen gehalten?

Auf sein Läuten öffnete ihm ein Mann in schwarzem Gehrock, der eine gewisse stumme Zurückhaltung ausdrückte.

»Ich bin der Vetter von Mr. George Forsyte. Wie geht es ihm?«

Der Mann preßte die Lippen zusammen.

»Man glaubt nicht, daß er die Nacht überleben wird, Sir.«

Soames fühlte, wie sich unter seiner Jaeger-Weste etwas zusammenkrampfte.

»Bei Bewußtsein?«

»Ja, Sir.«

»Könnten Sie ihm meine Karte bringen. Vielleicht will er mich sehen.«

»Wollen Sie bitte hier warten, Sir?« Soames trat in ein niedriges Zimmer, das bis in Brusthöhe getäfelt und darüber mit Stichen ausgestattet war. George – ein Sammler! Das hätte Soames nie von ihm vermutet. An diesen Wänden hingen, wohin das Auge blickte, kolorierte und unkolorierte Stiche, alte und neue, alle Sportszenen darstellend, Pferderennen und Boxkämpfe! Kaum ein Zentimeter der roten Wand war sichtbar! Als er sie gerade näher auf ihren Wert besehen wollte, bemerkte Soames, daß er nicht allein war. Eine Frau – ihr Alter war in dem gedämpften Licht nicht auszunehmen – saß in einem Stuhl mit sehr hoher Lehne vor dem Kamin, die Ellbogen auf die Armlehnen gestützt; sie hielt ein Taschentuch vors Gesicht. Soames sah sie an und verzog die Nase, als er ihr Parfüm einatmete. »Keine Dame«, dachte er. »Ich wette zehn zu eins, da gibt es Komplikationen.« Die dumpfe Stimme des Mannes im Gehrock sagte:

»Ich soll Sie hineinführen, Sir.« Soames strich sich mit der Hand übers Gesicht und folgte.

Das Schlafzimmer, das er jetzt betrat, bildete einen seltsamen Kontrast zu dem ersten Raum. Eine Wand war gänzlich von einem riesigen Möbelstück, einem Ladenschrank, eingenommen. Sonst war nichts in dem Zimmer als ein Toilettetisch mit silbernen Utensilien, ein Elektroradiator brannte im Kamin, und gegenüber stand das Bett. Über dem Kamin hing ein einziges Bild, das Soames mechanisch musterte. Was? Chinesisch! Ein großer weißer Affe, seitlich gesehen, der in der ausgestreckten Pfote die Schale einer zerdrückten Frucht hielt. Das haarige Gesicht sah ihn mit braunen, fast menschlichen Augen an. Was in aller Welt hatte seinen so unkünstlerischen Cousin veranlaßt, ein derartiges Bild zu kaufen und es seinem Bett gegenüber aufzuhängen? Er drehte sich um und sah auf die Gestalt, die im Bett lag. »Der einzige flotte Kerl unter allen Forsytes«, wie ihn Montague Dartie in seiner Glanzzeit genannt hatte, lag unförmig unter einer dünnen Decke. Es gab Soames einen Schock, das wohlbekannte rote Gesicht bleich und aufgedunsen zu sehen, mit dunklen, faltigen Ringen um die Augen, die noch immer ihren spöttischen Ausdruck hatten. Eine Stimme, heiser und gedämpft, aber mit dem alten Forsyte-Timbre, sagte:

»Hallo, Soames! Du kommst wohl, um für meinen Sarg Maß zu nehmen?«

Soames schob diese Anspielung mit einer Handbewegung fort. Ein sonderbares Gefühl beschlich ihn, als er dieses Zerrbild des alten George sah. Sie hatten sich niemals vertragen, und doch –!

Mit seiner flachen, ausdruckslosen Stimme sagte er:

»George, es wird schon wieder besser werden. Du bist ja noch nicht alt. Gibt es irgend etwas, das ich für dich tun kann?«

Ein Grinsen zuckte über Georges bleiche Lippen.

»Verfaß ein Kodizill für mich. Papier ist in der Lade des Toilettetisches.«

Soames nahm ein Blatt Briefpapier des Iseeum-Klubs heraus. Beim Tisch stehend, schrieb er mit seiner Füllfeder die Einleitung zu einem Kodizill und sah sich dann nach George um. George stieß mit heiserer Stimme genüßlich hervor:

»Meine drei Gäule an den jungen Val Dartie, weil er der einzige Forsyte ist, der ein Pferd von einem Esel unterscheiden kann.« Ein kehliges Kichern tönte geisterhaft in Soames' Ohren. »Was hast du geschrieben?«

Soames las: »Ich vermache hiermit meine drei Rennpferde meinem Verwandten, Valerius Dartie, in Wansdon, Sussex, da er ein besonderer Pferdekenner ist.«

Wieder das kehlige Kichern. »Du bist ein alter Philister, Soames. Weiter. An Milly Moyle, 12, Claremont Grove, zwölftausend Pfund frei von allen Abgaben und Steuern.«

Soames konnte mit Mühe einen Pfiff unterdrücken.

Die Frau im Nebenzimmer!

Der Spott in Georges Augen hatte sich in Melancholie verwandelt.

»Das ist viel Geld«, konnte Soames sich nicht verkneifen zu sagen.

George gab einen schwachen ärgerlichen Laut von sich.

»Schreib es hin, sonst vermach' ich ihr alles.«

Soames schrieb. »Ist das alles?«

»Ja. Lies es vor!«

Soames las es vor. Wieder hörte er das kehlige Kichern.

»Das ist doch prächtig. Das läßt du sicher nicht in die Zeitung kommen. Hol den Burschen herein, und du und er können als Zeugen unterschreiben.«

Bevor Soames noch die Tür erreichte, wurde sie geöffnet, und der Mann kam selbst herein.
»Der — eh — der Pfarrer, Sir«, sagte er mit mißbilligender Stimme, »ist gekommen. Er möchte wissen, ob Sie ihn sehen wollen.«
George wandte sein Gesicht, seine hervorquellenden grauen Augen rollten.
»Meine besten Empfehlungen«, sagte er, »und sagen Sie ihm, ich sehe ihn sowieso beim Begräbnis.«
Mit einer Verbeugung ging der Mann hinaus, es herrschte wieder Schweigen im Zimmer.
»So«, sagte George, »jetzt hol ihn wieder herein. Ich weiß nicht, wann die Flagge niedergeholt wird.«
Soames winkte den Diener herein. Als das Kodizill unterzeichnet und der Diener gegangen war, sprach George wieder:
»Nimm es und sorge dafür, daß sie es bekommt. Ich kann dir wenigstens vertrauen, das ist ein guter Zug an dir, Soames.«
Soames steckte das Kodizill mit einem sonderbaren Gefühl ein.
»Willst du sie noch einmal sehen?« fragte er.
George starrte ihn lange an, bevor er antwortete.
»Nein. Was hat das denn für einen Sinn? Gib mir eine Zigarre aus der Lade.«
Soames öffnete die Lade.
»Darfst du?« fragte er.
George grinste. »Ich habe noch nie in meinem Leben das getan, was ich tun sollte; jetzt fang' ich nicht mehr damit an. Schneid sie für mich ab.«
Soames beschnitt die Zigarre. »Ein Zündholz gebe ich ihm nicht«, dachte er. »Die Verantwortung kann ich nicht übernehmen.« Aber George bat ihn um kein Zündholz. Er lag ganz still, die kalte Zigarre zwischen den Lippen, die Lider fast gänzlich geschlossen.
»Leb wohl«, sagte er, »ich möchte ein bißchen schlafen.«
»Leb wohl«, sagte Soames. »Ich — ich hoffe — du — du wirst bald —«
George öffnete seine Augen wieder — starr, traurig, spöttisch, schienen sie jeden Rest von Hoffnung und Trost auszulöschen. Soames drehte sich hastig um und ging hinaus. Ihm war fast übel, und ganz mechanisch ging er wieder ins Wohnzimmer zurück. Die Frau saß noch in derselben Haltung da; derselbe billige Duft lag in der Luft. Soames nahm seinen Schirm, den er dort liegengelassen hatte, und ging hinaus.
»Hier ist meine Telefonnummer«, sagte er zu dem im Flur wartenden Diener. »Verständigen Sie mich.«
Der Diener verbeugte sich.

Soames verließ die Belville Row. Noch nie war er von George fortgegangen, ohne das Gefühl zu haben, von ihm ausgelacht worden zu sein. Hatte er ihn auch jetzt ausgelacht? War dieses Kodizill Georges letzter Spaß? Wäre er nicht an diesem Nachmittag zu ihm gekommen, hätte es George dann je abgefaßt und ein Drittel seines Besitzes nicht seiner Familie, sondern dieser Frau im hochlehnigen Stuhl hinterlassen? Soames wurde von einem Gefühl des Mysteriösen verfolgt. Wie konnte ein Mensch an der Schwelle des Todes noch spaßen? Es war irgendwie heroisch. Wo würde man ihn begraben? Irgendwer würde es wissen – Francie oder Eustace. Und was würden sie denken, wenn sie von der Frau im Sessel erführen – zwölftausend Pfund! »Wenn ich diesen weißen Affen in meinen Besitz bringen kann, werde ich es tun«, dachte er plötzlich. »Er ist gut.« Die Augen des Affen, die ausgequetschte Frucht – war das ganze Leben ein bitterer Spaß und George tiefgründiger als er selbst? Er läutete an der Tür in der Green Street.

Mrs. Dartie ließ sich entschuldigen, Mrs. Cardigan hatte sie zum Essen und ins Theater eingeladen.

Soames aß allein in düsteren Gedanken an dem polierten Tisch, unter den Montague Dartie hin und wieder gefallen war, wenn er nicht gar unter ihm geschlafen hatte. »Dir kann ich wenigstens vertrauen, das ist ein guter Zug an dir, Soames.« Die Worte schmeichelten ihm und trafen ihn doch wieder. Dieser sardonische Spott! Seinem Familiensinn einen Schock zu versetzen und zu erwarten, daß er diesen Auftrag auch ausführen würde! Seinem Vetter war eine Frau, die nach Patschuli roch, nie und nimmer zwölftausend Pfund wert gewesen. Nein! Es war ein letzter Hieb gegen die Familie, gegen die Forsytes, gegen Soames selbst! Nun ja! Einer nach dem anderen waren jene, die ihn verletzt oder verspottet hatten – Irene, Bosinney, der alte und der junge Jolyon und jetzt George –, von ihrem Schicksal ereilt worden. Tot, im Sterben oder in British Columbia. Wieder sah er die Augen seines Cousins über der ungerauchten Zigarre – starr, traurig, spöttisch –, armer Teufel! Er stand vom Tisch auf und schob nervös die Vorhänge auseinander. Die Nacht war schön und kalt. Was geschah mit einem – nachher? George hatte gerne behauptet, daß er in einem früheren Leben der Koch Karls II. gewesen war. Aber Wiedergeburt war doch Unsinn, eine lahme Theorie! Und doch wäre man froh, weiter dazubleiben, wenn man es könnte, nachdem man gestorben war. Dazubleiben, Fleur nahe zu sein! Was für ein Lärm war das? Das Grammophon lief in der Küche. Wenn die Katze aus dem Haus war, hatten die Mäuse –! Die Menschen waren alle gleich – nahmen, was sie bekommen konnten, und gaben so wenig wie möglich dafür. Auch gut! Er wollte eine Zigarette rauchen. Als er sie an der Kerze anzündete – Winifred aß bei Kerzenlicht, es war wieder Mode –, dachte er: »Hat er noch immer die Zigarre zwischen den Lippen?« Ein komischer Kerl, George – sein Leben lang ein komischer Kerl! Er beobachtete einen Rauchring, den er unabsichtlich geblasen hatte – sehr blau, er inhalierte niemals! Ja! George hatte zu schnell gelebt, sonst wäre er nicht zwanzig Jahre vor seiner Zeit gestorben – zu schnell! Nun, so war es. Wäre doch wenigstens eine Katze hiergewesen, mit der er sprechen könnte! Er nahm eine kleine Nippfigur vom Sims, eine Art Drachen. Sein Neffe Benedict hatte sie ein Jahr nach dem Krieg in einem Basar im Osten aufgelesen, das Ding hatte grüne Augen – »keine Smaragde«, dachte Soames, »ein billiger Stein.«

»Telefon für Sie, Sir.«

Er ging in die Halle und nahm den Hörer auf.

»Ja?«

»Mr. Forsyte ist verstorben, Sir – der Doktor sagt, im Schlaf.«

»Oh!« sagte Soames. »Hatte er eine Zig –? Vielen Dank.« Er hängte auf.

Verstorben? Und mit einer nervösen Bewegung griff er nach dem Kodizill in seiner Brusttasche.

11

Der freie Unternehmer

Eine Woche lang hatte Bicket erlebt, wie der »Job«, schlüpfrig wie ein Aal, rasch wie eine Schwalbe, ihm immer wieder entglitt. Mit einem Pfund, das er für den Unterhalt verbraucht, und drei Shilling, die er auf ein Pferd gewettet hatte, war er auf vierundzwanzig Shilling heruntergekommen. Der Wind kam jetzt von Südwesten, und Victorine hatte zum erstenmal die Wohnung verlassen. Das war immerhin etwas, aber das quälende Gefühl, arbeitslos zu sein, diese schreckliche Sorge um das Nötigste zum Leben, eine rebellische, schmerzhafte Angst, hatte sich in seinem Innersten festgefressen. Wenn er in ein bis zwei Wochen nicht Arbeit fand, blieb nichts außer dem Obdachlosenasyl oder dem Gashahn. »Der Gashahn«, dachte Bicket, »wenn sie ihn will, dann will ich ihn auch.

Ich hab' genug. Schließlich, was liegt denn schon dran. In ihren Armen würde es mir nichts ausmachen.« Aber das instinktive Gefühl, daß es nun doch nicht so einfach wäre, den Gashahn aufzudrehen, brachte ihn Montag abend plötzlich auf einen großartigen Gedanken. Luftballons — der Verkäufer in der Oxford Street heute! Warum nicht! Für einen Versuch hatte er noch das Kapital, und man brauchte auch keine Lizenz als Straßenverkäufer. Sein Gehirn, das in diesen frühen Morgenstunden flink wie ein Eichhörnchen arbeitete, erfaßte den großen, unbezahlbaren Vorteil von bunten Luftballons gegenüber allen anderen Formen des Handels. Man konnte den Mann, der sie verkaufte, nicht übersehen — jeder mußte ihn erblicken, wenn die vielen leuchtenden Kugeln vor ihm schaukelten. Viel Gewinn hatte man zwar nicht damit, hatte er sich ausgerechnet — ein Penny bei einer Sixpenny-Kugel bunter Luft, und ein Penny bei drei kleinen Zweipenny-Ballons; aber immerhin lebte der Verkäufer davon, und der hatte ihm wahrscheinlich eine Schaudergeschichte erzählt, damit ihm sein Beruf nicht zu anziehend erschiene. Am andern Ende der Brücke, dort wo der Verkehr — nein, bei St. Paul! Er kannte dort ein Gäßchen, in das er ein wenig zurücktreten konnte, genau wie der Mann in der Oxford Street. Aber der jungen Frau, die neben ihm schlief, sagte er nichts. Kein Wort zu ihr, bevor er sich nicht endgültig entschlossen hatte. Er mußte eben seinen letzten Penny aufs Spiel setzen. Bloß um etwas zum Leben zu haben, mußte er drei Dutzend große und vier Dutzend kleine Ballons pro Tag verkaufen, und das würde pro Woche nur einen Gewinn von sechsundzwanzig Shilling bringen, wenn ihn der Bursche nicht zum Narren gehalten hatte. Da lag nicht viel für Australien drinnen! Und keine Karriere — Victorine würde einen Schock bekommen! Aber jetzt ging es auf Biegen oder Brechen — er mußte es versuchen und sich in der Freizeit weiter nach einem Posten umsehen.

So stellte sich also unser magerer Kapitalist mit vier Dutzend großen und sieben Dutzend kleinen Ballons in einem Kasten und zwei Shilling in der Tasche am nächsten Tag um zwei Uhr bei St. Paul auf. Langsam blies er zwei große und drei kleine Ballons auf, rot, grün und blau, und band die Öffnung zu, bis sie schließlich vor ihm schaukelten. Dann trat er, Gummigeruch in der Nase und mit hervorquellenden Augen, etwas zurück und beobachtete den Strom der Vorübergehenden. Es bereitete ihm Genugtuung, daß sich die meisten umdrehten und ihn ansahen. Aber der erste Mensch, der ihn ansprach, war ein Polizist:

»Ich weiß nicht, ob Sie da stehenbleiben dürfen.«

Bicket antwortete nicht, seine Kehle war zu trocken. Er hatte von der Polizei gehört. Hatte er es falsch angefangen? Plötzlich schluckte er und

sagte: »Geben Sie mir doch eine Chance, Herr Wachtmeister; ich bin unten durch. Wenn ich im Weg bin, stell' ich mich irgendwoanders hin, wo Sie wollen. Ich bin noch neu in diesem Geschäft, und ich hab' nichts in der Welt außer zwei Shilling und eine Frau ...«
Der Polizist, ein großer Mann, sah ihn von oben bis unten an.
»Na gut, wir werden ja sehen. Wenn sich niemand beschwert, geht es in Ordnung.«
Bicket sah ihn zutiefst dankbar an.
»Vielen Dank«, sagte er, »nehmen Sie einen für Ihre kleine Tochter – mir zulieb.«
»Ich werde einen kaufen«, sagte der Polizist, »als Starthilfe. In einer Stunde habe ich Dienstschluß, dann soll er fertig sein – einen großen roten.«
Er ging weiter. Bicket konnte sehen, wie er ihn beobachtete. Er stellte sich noch näher an den Randstein und blieb ganz still stehen; seine großen Augen hefteten sich auf jedes Gesicht, das vorüberkam; und hin und wieder berührte er seine Ware nervös mit den Fingern. Wenn ihn Victorine so sehen würde! Seine Stimmung wurde besser. Bei Gott? Irgendwie würde er aus alldem herauskommen, in die Sonne, in ein Leben, das wirklich eines war!
Er war schon fast zwei Stunden dagestanden und von einem müden Fuß auf den anderen getreten und hatte vier große und fünf kleine verkauft – Gewinn Sixpence –, als Soames, der aus Ärger über die Kerle, die nicht über »William Gouldyng, Ingerer« hinauskamen, seine Route geändert hatte und auf dem Weg zur Aufsichtsratssitzung der P. P. R. S. an ihm vorbeikam. Von einem schüchternen Gemurmel: »Erstklassige Luftballons, Sir«, aufgeschreckt, ließ er von der Betrachtung St. Pauls, einer lebenslangen Gewohnheit, ab, sah sich um und blieb aus Erstaunen stehen.
»Luftballons!« sagte er. »Wozu brauche ich einen Luftballon?«
Bicket lächelte. Zwischen diesen grünen und blauen und orangefarbigen Kugeln und Soames' grauer Zurückhaltung lag eine Kluft, die sogar er spürte.
»Kinder mögen sie – sie sind ganz leicht, Sir, in der Westentasche.«
»Sicher«, sagte Soames, »aber ich habe keine Kinder.«
»Enkel, Sir.«
»Und auch keine Enkel.«
»Entschuldigung, Sir.«
Soames streifte ihn mit einem jener raschen Blicke, mit denen er immer den Charakter der Armen einschätzte. »Eine arme, harmlose kleine Ratte!« dachte er. »Da, geben Sie mir zwei – wieviel?«

»Einen Shilling, Sir, und vielen Dank.«
»Den Rest können Sie behalten«, sagte Soames rasch und ging erstaunt weiter. Warum in aller Welt er diese Dinger gekauft hatte, und noch dazu für mehr als das Doppelte ihres Preises, war ihm völlig unklar. Er erinnerte sich nicht, daß ihm je etwas Ähnliches passiert war. Wirklich sonderbar! Und plötzlich wußte er, warum. Der Bursche war demütig und sanft gewesen – das mußte man in diesen Tagen kommunistischer Bravados unterstützen. Und schließlich stand der kleine Kerl auf der Seite des Kapitals, hatte Geld in diese Ballons investiert! Handel! Und während er seine Augen zu St. Paul erhob, stopfte er die Dinger, die sich ekelhaft anfühlten, in die Tasche seines Mantels. Irgendwer würde sie schon herausnehmen und sich wundern, was ihm da eingefallen wäre! Er hatte an anderes zu denken ...!
Bicket starrte ihm jedoch verzückt nach. Zweihundertundfünfzig Prozent Gewinn bei diesen zwei – das war schon etwas! Das Gefühl, daß hier zu wenige Frauen vorüberkamen, verlor an Bedeutung – schließlich kannten die Frauen den Wert des Geldes, von ihnen konnte man keinen Extrashilling bekommen! Wenn nur ein paar mehr von diesen alten Millionären in Zylindern vorüberkämen!
Um sechs Uhr, mit einem Gewinn von drei Shilling und acht Pence, zu dem Soames gerade die Hälfte beigetragen hatte, begann er, seine Seufzer mit denen der zusammensinkenden Ballons zu mischen. Während er sie mit peinlicher Sorgfalt aufknüpfte, beobachtete er, wie seine bunten Hoffnungen eine nach der anderen zusammenfielen, und verstaute sie dann in seinem Kasten. Er nahm ihn unter den Arm und bewegte seine müden Füße auf die Brücke zu. An einem ganzen Tag würde er vielleicht vier bis fünf Shilling verdienen – nun, zum Leben würde es gerade reichen, und schließlich würde sich vielleicht etwas anderes ergeben! Immerhin war er nun ein freier Unternehmer, der weder einem Chef noch einer Gewerkschaft Rechenschaft schuldig war. Dieses Bewußtsein rief in ihm ein sonderbar leichtes Gefühl hervor, ebenso wie die Tatsache, daß er seit dem Frühstück nichts gegessen hatte.
»War er vielleicht ein Ratsherr?« dachte er. »Man sagt, daß die von Schildkrötensuppe leben.« Als er seiner Wohnung näher kam, begann er ernsthaft zu überlegen, was er mit dem Kasten tun solle. Victorine sollte doch nicht erfahren, daß er unter die Kapitalisten gegangen war und seinen Tag im Rinnstein verbracht hatte! Pech! Sie war am Fenster! Er mußte der Sache das Beste abgewinnen. Pfeifend ging er hinein.
»Was ist das, Tony?« fragte sie und zeigte auf den Kasten.
»Ah – große Sache, das! Schau her!«

Er nahm einen Ballon aus dem Korb und blies ihn auf. Er blies mit einer Hingabe, wie er sie bis jetzt noch nie darauf verwandt hatte. Es hieß, daß sich diese Dinger auf einen Umfang von eineinhalb Metern aufblasen ließen. Irgendwie hatte er das Gefühl, daß alles einfacher werden würde, wenn er dieses Volumen erreichte. Unter seinem Atem schwoll das Ding an und verdrängte alles, Victorine, das Zimmer, bis nur noch eine Kugel bunter Luft da war. Er hielt sie mit Daumen und Zeigefinger fest, reckte sie in die Höhe und sagte:

»Da — nicht schlecht für Sixpence, nicht wahr, mein Mädchen!« Und guckte vorsichtig zu ihr hinüber. Himmel, sie weinte ja! Er ließ das verflixte Ding los; es sank langsam zu Boden, die Luft entwich, bis eine kleine verschrumpelte Hülle auf dem schäbigen Teppich lag. Er faßte sie an den Schultern, die von Weinen geschüttelt wurden, und sagte verzweifelt:

»Kopf hoch, meine Liebe, Hauptsache ist, daß wir zu leben haben. Ich bekomm' schon noch Arbeit, das ist nur für die Zwischenzeit. Ich würd' für dich noch viel ärgere Dinge tun. Komm, mach den Tee, ich bin hungrig geworden vom Aufblasen dieser Dinger.«

Sie hörte zu weinen auf, sah ihn an und sagte nichts — wie geheimnisvoll sie war mit diesen großen Augen! Man könnte meinen, daß sie ihre eigenen Gedanken hatte! Aber woran sie dachte, wußte Bicket nicht. Angeregt vom Tee, schilderte er ihr seine neue Arbeit mit Enthusiasmus. Sein eigener Herr sein! Kommen, wann man wollte, nach Hause gehen, wann man wollte — mit Vic im Bett liegen, wenn es ihm gerade einfiel. Da war doch was dran! Und in Bicket stieg ein urenglisches Gefühl auf, ein Gefühl von Freiheit und Sorglosigkeit, das regelmäßige Arbeit verabscheute, hie und da hektisch wurde, dann wieder alles liegenließ, Unabhängigkeit suchte — typisch für das Leben dieses Volkes, für die große Menge der kleinen Läden, der Wiederverkäufer, der Gelegenheitsarbeiter, der Landstreicher, die Herren ihrer selbst und ihrer Zeit waren und auf die Konsequenzen pfiffen; das in diesem Land, in dieser Rasse verwurzelt war, bevor die Sachsen mit ihrem Pflichtbewußtsein und ihrem Fleiß herüberkamen — etwas, das an das Anundabschwellen bunter Luft glaubte, das nach gewürzten und aromatischen Genüssen ohne Nährwert verlangte —, ja, alles das triumphierte über Bickets Tee und Räucherhering. Er verkaufte viel lieber Ballons, statt Packer zu sein, das sollte Vic nicht vergessen! Und wenn sie selbst wieder arbeiten konnte, würden sie gut durchkommen, und es würde nicht mehr lange dauern, bis sie aus dem allen heraus wären und dorthin fahren könnten, wo die blauen Schmetterlinge waren. Und er sprach von Soames. Noch ein paar solche

Ratsherren ohne Kinder — zum Beispiel zwei pro Tag, das wären, abgesehen vom regulären Verdienst, zusätzliche fünfzehn Shilling pro Woche. In weniger als einem Jahr würden sie das Geld beisammen haben! Und wenn sie einmal fort waren, würde Vic viel dicker werden — wie diese Ballons; sie würde doppelt so dick sein wie jetzt, und ihre Wangen würden Farbe haben, gegen die das Orange und Rot gar nichts war. Bicket wurde immer begeisterter. Und das Mädchen, seine Frau, sah ihn mit ihren großen Augen an und sprach wenig; aber sie weinte nicht wieder und vermied es, dem Ballonverkäufer nochmals eine kalte — oder auch warme — Dusche zu geben.

12

Zahlen und Fakten

Mit Ausnahme des alten Fontenoy — der durch seine Abwesenheit ebenso glänzte wie sonst durch seine Anwesenheit — war der Aufsichtsrat wieder vollzählig versammelt: Soames, der im Benehmen »dieses Elderson« eine besondere Beflissenheit spürte, bereitete sich auf das Schlimmste vor. Die Zahlen lagen vor ihnen; eine recht farblose Übersicht, die eine akzeptable Lage der Dinge verhieß, falls es nicht innerhalb der nächsten sechs Monate zu weiteren heftigen Bewegungen auf dem Devisenmarkt kommen würde. Das Verhältnis des Auslands- zum Inlandsgeschäft wurde mit 2 : 7 angegeben; die Verträge mit Deutschland, die den Hauptanteil des Auslandsgeschäftes ausmachten, waren, wie Soames feststellte, in der mittleren Gruppe zusammengefaßt, das heißt in der Gruppe der Länder, die nur halb bankrott waren, und ihr Wert war allem Anschein nach zurückhaltend geschätzt worden.

Während des Schweigens, das sich einstellte, als die Anwesenden die Zahlen verdauten, sah Soames klarer denn je das Dilemma, in dem er sich befand. Zugegeben, diese Zahlen würden es kaum rechtfertigen, die durch die Geschäfte des vorigen Jahres erzielte Dividende nicht auszuzahlen. Aber wenn auf dem Kontinent ein weiterer Wirtschaftskrach erfolgte und sie auf Grund ihrer Auslandsverpflichtungen haftbar würden, müßte das *wahrscheinlich* alle Gewinne aus dem Inlandsgeschäft im nächsten Jahr auffressen, und vielleicht sogar mehr. Und dann dieses unbestimmte Mißtrauen gegen Elderson. Soames wußte selbst nicht, worauf er es begründen sollte, auf Intuition, vielleicht aber auch auf Dummheit.

»Nun, Mr. Forsyte«, sagte der Vorsitzende, »hier haben Sie die Zahlen. Sind Sie zufrieden?«

Soames sah auf; er hatte einen Entschluß gefaßt.

»Ich werde der Dividende für dieses Jahr unter der Bedingung zustimmen, daß wir die Auslandsgeschäfte in Zukunft fallenlassen, und zwar gänzlich.« Die Augen des Generaldirektors trafen die seinen, hart und wach, und wendeten sich dann dem Vorsitzenden zu.

»Das riecht nach Panik«, sagte er. »Die Auslandsgeschäfte machen gut ein Drittel der Gewinne dieses Jahres aus.«

Der Vorsitzende schien zuerst die Stimmung seiner Mitdirektoren erforschen zu wollen, bevor er sagte:

»Momentan gibt uns nichts in der auswärtigen Lage, Mr. Forsyte, besonderen Anlaß zur Besorgnis. Ich gebe zu, daß wir sehr aufmerksam sein müssen —«

»Das kann man nicht«, warf Soames ein. »Heute, vier Jahre nach Kriegsende, wissen wir genausowenig, woran wir sind, wie damals. Hätte ich erkannt, nach welchen Richtlinien diese Gesellschaft arbeitet, so wäre ich dem Aufsichtsrat nie beigetreten. Wir müssen diese Geschäfte fallenlassen.«

»Ein recht extremer Standpunkt. Und kaum eine Sache, die wir so rasch entscheiden können.«

Ein zustimmendes Gemurmel, ein leise ironischer Ausdruck auf den Lippen »dieses Elderson« reizte Soames' Hartnäckigkeit.

»Gut! Sollten Sie also nicht willens sein, den Aktionären mitzuteilen, daß wir die Auslandsgeschäfte aufgeben, denn geben Sie mich auf. Ich muß freie Hand haben, diese Frage selbst in der Generalversammlung vorzubringen.« Er übersah den unruhigen Blick in den Augen des Generaldirektors nicht.

Das hatte gesessen!

Der Vorsitzende sagte:

»Sie setzen uns die Pistole an die Brust.«

»Ich bin den Aktionären verantwortlich«, sagte Soames, »und ich werde ihnen gegenüber meine Pflicht erfüllen.«

»Das sind wir alle, Mr. Forsyte; und ich hoffe, daß wir alle unsere Pflicht erfüllen.«

»Warum beschränken wir unsere Auslandsgeschäfte dann nicht auf die kleinen Länder — ihre Währung ist doch sicher genug?«

Der »alte Mont« und seine »freundschaftlichen Beziehungen«!
»Nein«, sagte Soames, »wir müssen zurück auf sicheren Boden.«
»Splendid Isolation, was, Forsyte?«
»Im Krieg ging es ja noch, daß man sich einmischte, aber im Frieden — ob in Politik oder Wirtschaft — taugt dieses teilweise Einmischen nichts. Wir können die Lage im Ausland nicht dirigieren.«
Er sah sich um und erkannte sofort, daß er mit diesen Worten Anklang gefunden hatte. »Ich bringe das durch!« dachte er.
»Ich wäre sehr dankbar, Herr Vorsitzender« — es war der Generaldirektor —, »wenn ich ein Wort dazu sagen könnte. Ich habe diese Geschäftspolitik eingeführt, und ich glaube sagen zu dürfen, daß sie der Gesellschaft bis jetzt beträchtliche Gewinne gebracht hat. Wenn sich jedoch ein Mitglied des Aufsichtsrates so entschieden gegen die Fortsetzung dieser Politik ausspricht, werde ich den Aufsichtsrat nicht drängen, sie aufrechtzuerhalten. Die Zeiten sind unsicher, und ein Risiko ist immer mit eingeschlossen, so vorsichtig unsere Schätzungen auch sein mögen.«
»Warum lenkt er jetzt ein?« dachte Soames. »Was bezweckt er damit?«
»Das ist sehr anständig von Ihnen, Elderson; Herr Vorsitzender, ich glaube, wir können feststellen, daß dies von unserem Generaldirektor sehr anständig ist.«
Die alte Schlafmütze! Anständig! Was für ein altes Weib!
Die Stimme des Vorsitzenden unterbrach ziemlich scharf das Schweigen. »Das ist eine sehr wichtige Angelegenheit unserer Geschäftspolitik. Ich hätte gerne Lord Fontenoy dabei gehabt.«
»Wenn ich den Bericht unterschreiben soll«, sagte Soames kurz, »muß heute ein Beschluß gefaßt werden. Ich habe mich entschlossen. Aber bitte, wie Sie wollen.«
Diese letzten Worte fügte er aus einer Art Kameradschaftsgefühl hinzu — es war so unangenehm, bevormundet zu werden! Einen Moment herrschte Schweigen, dann löste sich die Diskussion in jene eher ziellosen Reden und Gegenreden auf, die eine aufgezwungene Entscheidung abschwächen sollen. So verging eine Viertelstunde, bevor der Vorsitzende sagte:
»Wir sind also übereingekommen, meine Herren, daß der Bericht die Ankündigung enthalten wird, daß wir im Hinblick auf die unsichere Lage in Europa die Auslandsgeschäfte im Moment einstellen.«
Soames hatte gewonnen. Erleichtert und etwas verwirrt ging er allein fort. Er hatte Charakter gezeigt; ihr Respekt vor ihm war gestiegen, das konnte er sehen; ihre Sympathie für ihn gesunken, wenn sie je welche gehabt hatten — er wußte es nicht! Aber warum war Elderson umge-

schwenkt? Er erinnerte sich an den unruhigen Blick der stahlharten Augen, als er davon gesprochen hatte, die Frage bei der Generalversammlung aufzuwerfen.
Das hatte alles bewirkt. Aber warum? Waren die Zahlen gefälscht? Sicher nicht! Das wäre schon wegen der Rechnungsprüfer zu schwierig. Wenn Soames irgend jemandem vertraute, dann Rechnungsprüfern. Sandis und Jevon waren erstklassige Leute. Das konnte es nicht sein. Er blickte vom Gehsteig auf. Die Kuppel von St. Paul war im Abendlicht nur schwach zu sehen — daher kam auch von ihr kein Trost! Er fühlte das dringende Bedürfnis, mit jemandem zu sprechen; aber es gab ja niemanden, und er schritt in der eilenden Menge rascher aus. Seine Hand, die er tief in der Manteltasche vergraben hatte, berührte plötzlich eine fremde, klebrige Masse. »Guter Gott!« dachte er, »diese Dinger!« Sollte er sie in den Rinnstein werfen? Gäbe es nur ein Kind, dem er sie mitbringen könnte! Er mußte Annette veranlassen, mit Fleur zu sprechen. Er wußte aus eigener, lang zurückliegender Erfahrung, wozu schlechte Gewohnheiten führten. Warum sollte er nicht selbst mit ihr sprechen? Er übernachtete ja heute dort! Aber dann überfiel ihn ein Gefühl hilfloser Unwissenheit. Diese jungen Leute! Was dachten und fühlten sie wirklich? Hatte der alte Mont recht? Hatten sie an allem außer dem Augenblick ihr Interesse verloren, jeden Glauben an Kontinuität, an Fortschritt aufgegeben? Es stimmte schon, Europa war im Moment verrückt. Aber was war denn nach den Napoleonischen Kriegen gewesen? Er konnte sich nicht an seinen Großvater erinnern, der Alte war fünf Jahre vor seiner Geburt gestorben, aber er erinnerte sich sehr gut daran, wie Tante Ann, 1799 geboren, von »dem schrecklichen Bonaparte — wir haben ihn immer Boney genannt«, gesprochen hatte; und davon, daß ihr Vater acht bis zehn Prozent für sein Geld bekommen hatte; und was für einen Eindruck »diese Chartisten« viel später auf die Tanten Juley und Hester gemacht hatten. Und trotz allem, wenn man dann die Viktorianische Ära nahm — eine goldene Zeit, in der es wert war, Dinge zu sammeln, Kinder zu haben. Warum nicht wieder? Die Staatsanleihen waren seit Timothys Tod ständig gestiegen. Selbst wenn man nicht mehr an Himmel und Hölle glaubte, konnte das nicht der Grund sein; keiner seiner Onkel hatte an sie geglaubt, und doch hatten alle Vermögen erworben, und alle außer Timothy und Swithin hatten Familie gehabt. Nein! Das Fehlen von Himmel und Hölle konnte es nicht sein! Was war dann der Grund dieser Veränderungen — wenn es wirklich Veränderungen waren? Und plötzlich wurde es Soames klar. Sie sprachen zuviel — zuviel und zu rasch! Sie verloren das Interesse an diesem, an jenem, an allem. Sie verzehrten das

Leben und warfen die Schale weg, und – und ... Übrigens, er mußte dieses Bild von George kaufen! ... Hatten diese Jungen mehr Geist als seine eigene Generation? Und wenn ja – warum? War es das Essen? Dieser Hummercocktail, den ihm Fleur vorletzten Sonntag angeboten hatte. Er hatte ihn gegessen – scheußlich! Aber er hatte darauf nicht das Bedürfnis verspürt, zu reden. Nein! Das Essen war es wohl doch nicht. Außerdem – Geist! Wo waren jetzt die großen Geister, die denen der Viktorianischen Epoche gleichkamen – Darwin, Huxley, Dickens, Disraeli, ja selbst dem alten Gladstone? Himmel, er erinnerte sich an Richter und Rechtsanwälte, die, verglichen mit denen der heutigen Zeit, wie Giganten erschienen; er erinnerte sich auch daran, daß seinem Vater James die Richter aus dessen Jugendzeit – verglichen mit denen aus Soames' jungen Jahren – wie Giganten erschienen waren. Demzufolge nahm der Geist stetig ab. Es mußte etwas anderes sein. Da gab es etwas, das man Psychoanalyse nannte, wonach, soweit er verstanden hatte, die Handlungen eines Menschen nicht dem zugeschrieben wurden, was er zum Frühstück gegessen hatte oder mit welchem Fuß er aufgestanden war, wie in der guten alten Zeit, sondern irgendeinem Schock, den er vor langer Zeit erlitten und längst vergessen hatte. Das Unterbewußtsein! Modetorheiten! Modetorheiten und Mikroben!

Tatsache war, daß diese Generation eine schlechte Verdauung hatte. Sein Vater und seine Onkel hatten immer über ihre Leber geklagt, aber sie waren doch in Ordnung gewesen – hatten alle diese Vitamine, falschen Zähne, Autosuggestion, Zeitungen, Psychoanalyse, Spiritismus, Geburtenkontrolle, Osteopathie, Rundfunk und weiß Gott was, nie gebraucht. »Maschinen«, überlegte Soames. »Das ist es – höchstwahrscheinlich!« Wie konnte man an etwas glauben, wenn alles so rasch ablief! Wenn man seine Küken nicht zählen konnte – sie liefen so rasch durcheinander? Aber Fleur hatte ein kluges kleines Köpfchen! »Ja«, überlegte er, »und französische Zähne, sie kann alles verdauen. Zwei Jahre! Ich werde mit ihr sprechen, bevor es zur Gewohnheit wird. Ihre Mutter hat sich damit genug beeilt!« Und da er sah, daß er vor dem Connoisseurs-Klub stand, ging er hinein.

Der Portier kam aus seiner Loge. Ein Herr warte auf ihn.

»Was für ein Herr?« fragte Soames mit einem mißtrauischen Seitenblick.

»Ich glaube, es ist Ihr Neffe, Mr. Dartie.«

»Val Dartie! Wo?«

»Im kleinen Zimmer, Sir.«

Das kleine Zimmer – der einzige Raum, der Nichtmitgliedern offenstand

— lag am Ende des Ganges und war völlig indifferent eingerichtet, als wollte der Klub sagen: »Da seht ihr, was es heißt, nicht zu uns zu gehören!« Soames trat ein und sah Val Dartie, der eine Zigarette rauchte und sich in das einzige interessante Objekt, sein eigenes Bild im Spiegel über dem Kamin, vertieft hatte.

Er traf seinen Neffen nie, ohne sich zu fragen, wann er einmal die Worte hören würde: »Onkel Soames, ich bin pleite.«

Rennpferde züchten! Das konnte doch nur schiefgehen!

»Nun«, sagte er, »wie geht es dir?«

Das Gesicht im Spiegel drehte sich und wurde zu einem sandfarbenen Hinterkopf mit kurzgeschnittenem Haar.

»Oh! Ganz gut, danke! Du siehst gut aus, Onkel Soames. Ich wollte dich nur eines fragen: Muß ich die Rösser vom alten George Forsyte übernehmen? Sie sind verdammt schlecht.«

»Einem geschenkten Gaul . . .«, sagte Soames.

»Na ja«, sagte Val, »aber sie sind so entsetzlich schlecht; wenn ich die Erbschaftssteuer bezahlt, sie zum Verkauf gebracht und verkauft habe, bleibt mir kein Groschen. Eines von ihnen fällt um, wenn man es nur anschaut. Und die beiden anderen haben's auf der Lunge. Der arme alte Knabe hat sie nur behalten, weil er sie nicht anbringen konnte. Sie sind mindestens fünfhundert Jahre alt.«

»Ich dachte, du magst Pferde«, sagte Soames. »Kannst du sie denn nicht auf die Weide lassen?«

»Ja«, sagte Val trocken; »aber ich muß auch von was leben. Ich hab' es meiner Frau noch nicht erzählt, aus Angst, daß sie auf dieselbe Idee kommt. Ich fürchte, sie werden mir im Traum erscheinen, wenn ich sie verkaufe. Sie taugen ja nur mehr für den Abdecker. Kann ich dem Testamentsvollstrecker schreiben, daß ich nicht reich genug bin, die Erbschaft anzutreten?«

»Das kannst du«, sagte Soames, und die Worte: »Wie geht es deiner Frau?« blieben unausgesprochen auf seinen Lippen. Sie war die Tochter seines Feindes. Der Kerl war tot, aber die Tatsache blieb bestehen.

»Also gut«, sagte Val. »Wie war das Begräbnis?«

»Ganz einfach — ich hatte nichts damit zu tun.« Die Tage der großen Begräbnisse waren vorbei. Keine Blumen, keine Pferde, keine Federn — ein Leichenauto und danach ein paar andere Wagen, das war alles, was man den Toten heutzutage an Aufmerksamkeit widmete. Auch ein Zeichen der Zeit!

»Ich übernachte heute in der Green Street«, sagte Val. »Du bist wohl nicht dort?«

»Nein«, sagte Soames und übersah nicht, wie sich Erleichterung im Gesicht seines Neffen abzeichnete.
»Ah. Übrigens, Onkel Soames — soll ich Aktien der P. P. R. S. kaufen?«
»Ganz im Gegenteil. Ich werde deiner Mutter raten, die ihren zu verkaufen. Sag ihr, daß ich morgen zu ihr komme.«
»Warum? Ich dachte —«
»Laß das, es kann dir egal sein!« sagte Soames kurz.
»Also dann, *so long!*«
Sie tauschten einen kühlen Händedruck, und er sah seinem Neffen nach, als er sich entfernte.
So long! Eine Wendung, alt wie der Burenkrieg, an die er sich nie hatte gewöhnen können — bedeutete auch nichts, soweit er das beurteilen konnte. Er ging ins Lesezimmer. Eine Anzahl von Klubmitgliedern saßen oder standen herum, und Soames, der letzte, der in das übliche Klubleben paßte, zog sich in eine Fensternische zurück. Dort saß er, rieb den Nagel des einen Zeigefingers an der Spitze des anderen und dachte über sein Leben nach. Was für einen Sinn hatte denn alles? Zum Beispiel George! Er hatte ein leichtes Leben geführt — nie gearbeitet! Und da saß er, der soviel gearbeitet hatte! Und früher oder später würde man auch ihn begraben, womöglich auch in einem Leichenauto wegführen! Und da war sein Schwiegersohn, der junge Mont, der über weiß der Himmel was sprach — und der hohlwangige Bursche, der ihm heute nachmittag die Luftballons verkauft hatte, und der alte Fontenoy, und der Kellner dort drüben; die Arbeitslosen und jene, die Arbeit hatten; und die Kerle im Parlament und die Priester auf ihren Kanzeln — wozu waren sie alle da? Da war der alte Gärtner draußen in Mapledurham, der Woche um Woche seine Walze über den Rasen schob, und wenn er das nicht täte, was wäre der Rasen dann? Das war das Leben — der Gärtner, der den Rasen walzte! Angenommen, es gab ein anderes Leben — er glaubte nicht daran, aber angenommen, es gäbe eins —, dieses Leben mußte genauso sein. Den Rasen walzen — um ihn als Rasen zu erhalten! Aber was für ein Sinn lag in einem Rasen? Er wurde sich seines Pessimismus bewußt und stand auf. Er sollte schon zu Fleur zurückgehen — sie kleideten sich zum Abendessen um! Seiner Ansicht nach lag etwas darin, sich zum Essen umzukleiden, aber es war wie mit dem Rasen — am nächsten Tag mußte er wieder gewalzt werden, mußte man sich wieder umkleiden, und so ging es weiter! Weiter und weiter und weiter, um ein gewisses Niveau zu halten, das — ah, wozu war es denn gut?
Als er in den South Square einbog, prallte er gegen einen jungen Mann, dessen Kopf zurückgewendet war, als blickte er jemandem nach, den er

eben verlassen hatte. Unsicher, ob er sich entschuldigen oder auf eine Entschuldigung warten solle, blieb Soames stehen.
Der junge Mann sagte unvermittelt: »Entschuldigen Sie, Sir« und ging weiter; ein dunkler, gutaussehender junger Mann mit einem hungrigen Ausdruck, der offensichtlich nichts mit dem Magen zu tun hatte. Während Soames noch »Aber bitte!« murmelte, ging auch er weiter und läutete an der Haustür seiner Tochter. Sie öffnete ihm selbst. Sie war noch in Hut und Pelzmantel — war eben gekommen. Der junge Mann fiel Soames wieder ein. War er eben von ihr weggegangen? Was für ein hübsches Gesicht sie hatte! Er mußte unbedingt mit ihr sprechen. Wenn sie einmal anfing, mit jungen Männern herumzuziehen . . .
Er schob es aber lange hinaus, bis er ihr gute Nacht sagte. Michael war zur politischen Veranstaltung eines Labourkandidaten gegangen, als hätte er nichts Besseres zu tun!
»Jetzt, nach zwei Jahren Ehe, mein Kind, glaube ich, daß du doch an die Zukunft denken solltest. Man redet sehr viel Unsinn über Kinder zusammen. Das Ganze ist viel einfacher. Ich hoffe, das ist auch deine Meinung.«
Fleur lehnte sich in die Kissen des Sofas zurück und wippte mit dem Fuß. Ihre Augen wurden ein wenig unruhig, aber ihre Farbe änderte sich nicht.
»Natürlich«, sagte sie; »nur haben wir es ja nicht eilig, Vater.«
»Also ich weiß nicht«, murmelte Soames. »Die Franzosen und die königliche Familie haben eine recht vernünftige Art, das früh zu erledigen. Es gibt so viele Fußangeln, und so macht man keine Dummheiten. Du bist sehr attraktiv, mein Kind — ich möchte nicht, daß du zuviel herumziehst. Du hast eine Menge sonderbarer Freunde.«
»Ja«, sagte Fleur.
»Du verträgst dich doch mit Michael?«
»O ja.«
»Also dann, warum nicht? Du mußt daran denken, daß dein Sohn ein — na, du weißt schon — sein wird.«
Mit diesen Worten machte er seiner instinktiven Abneigung gegen Titel und allen Unsinn dieser Art ein Zugeständnis.
»Aber vielleicht wird es kein Sohn«, sagte Fleur.
»In deinem Alter kann man dem leicht abhelfen.«
»Oh, Vater, viele Kinder möchte ich nicht. Eins oder vielleicht zwei.«
»Ich«, sagte Soames, »würde fast eine Tochter vorziehen, etwas wie — nun ja —, etwas wie dich.«
Ihre Augen wurden weicher, flogen unruhig von seinem Gesicht zu ihrem Fuß, zum Hund, durch den ganzen Raum.

»Ich weiß nicht, man ist doch dann irgendwie gebunden – fast wie wenn man sich sein eigenes Grab gräbt.«
»So drastisch würde ich das nun auch wieder nicht ausdrücken«, murmelte Soames beschwichtigend.
»Die Männer haben leicht reden, Vater.«
»Deine Mutter hätte ohne dich nicht leben können.« Und die Erinnerung, wie nahe ihre Mutter daran gewesen war, überhaupt nicht mehr zu leben, und wie sie, wäre er nicht dagewesen, alle Hoffnungen zunichte gemacht hätte, veranlaßte ihn, nur schweigend ihren unruhigen Fuß zu betrachten.
»Nun ja«, sagte er endlich, »ich hatte mir vorgenommen, mit dir zu sprechen. Ich – mir liegt dein Glück am Herzen.«
Fleur stand auf und küßte ihn auf die Stirn.
»Ich weiß, Vater«, sagte sie, »ich bin ein selbstsüchtiges Geschöpf. Ich werde darüber nachdenken. Eigentlich – habe ich schon darüber nachgedacht.«
»Das ist gut«, sagte Soames, »das ist gut. Du bist vernünftig – das ist ein großer Trost für mich. Gute Nacht, mein Liebling.«
Und er ging hinauf in sein Schlafzimmer. Wenn etwas einen Sinn hatte, dann war es, Nachkommen in die Welt zu setzen, obwohl auch dies nur eine Ausflucht war. »Hätte ich sie fragen sollen«, dachte er, »ob der junge Mann –?« Aber die jungen Leute ließ man besser in Ruhe. Er verstand sie nicht. Sein Blick fiel auf den Papiersack, der diese – diese Dinger enthielt, die er gekauft hatte. Er hatte sie aus seinem Mantel geholt und mit heraufgenommen, um sie loszuwerden, aber wie? Wenn er sie ins Feuer würfe, gäbe es einen äußerst unangenehmen Geruch. Er stand bei seinem Toilettetisch, nahm einen in die Hand und sah ihn an. Ach du lieber Gott! Und plötzlich wischte er das Mundstück mit seinem Taschentuch ab und begann das Ding aufzublasen. Er blies, bis seine Wangen müde waren, dann faßte er die Öffnung fest zwischen die Finger, nahm ein Stück Schnur, mit der er jeden Abend seine Zähne reinigte, und band die Öffnung zu. Da lag nun das Ding! Mit einer ungeduldigen Bewegung schlug er darauf. Es flog auf, purpurrot und phantastisch, und landete auf seinem Bett. Hm! Er nahm den anderen Ballon und blies auch ihn auf. Purpurrot und grün! Zum Kuckuck! Wenn jemand hereinkäme und ihn sähe! Er stieß das Fenster auf, trieb einen nach dem andern hinaus in die Nacht und schloß das Fenster wieder. Da draußen in der Dunkelheit würden sie nun herumfliegen. Seine Lippen verzogen sich zu einem nervösen Lächeln. Am Morgen würden die Leute sie sehen. Auch gut! Was sollte man denn sonst mit solchen Dingern anfangen?

13

Auf glühenden Kohlen

Michael war zur Versammlung des Labourkandidaten gegangen, teils weil es ihn interessierte und teils weil er ein gewisses kameradschaftliches Gefühl für den »alten Forsyte« hegte – er vergaß nie, daß er ihm seine Tochter weggenommen hatte. Sein Schwiegervater war, was Fleur betraf, sehr anständig gewesen, und es freute ihn, wenn der »Alte« sie oft für sich haben konnte.

In einem Wahlkreis, der viele Gelegenheitsarbeiter und kaum gewerkschaftlich Organisierte aufwies, würde es eine der Wahlversammlungen sein, in denen die Intellektuellen der Partei »frei von der Leber weg reden konnten«. Da Gefühl aus der Mode gekommen war und das Eintreten für andere als bloße Herablassung galt, konnte man vernünftige, wirtschaftlich orientierte Reden erwarten, die alle abgewerteten Faktoren, wie zum Beispiel die menschliche Natur, außer acht ließen. Michael war es gewohnt, daß man sich abfällig über Menschen äußerte, die Veränderungen mißbilligten, da doch die menschliche Natur sich nicht änderte; er war es gewohnt, daß man Menschen verachtete, die Mitgefühl zeigten; er wußte, daß man rein wirtschaftlich denken sollte. Und auf jeden Fall waren diese Art von Reden den Schaumschlägereien der Redner am Hyde Park Corner vorzuziehen, die in ihm insgeheim ein häßliches Klassengefühl erwachen ließen.

Die Versammlung war, als er hinkam, schon in vollem Gang; der Kandidat zeigte mitleidlos die Irrtümer des Kapitalismus auf, der seiner Ansicht nach am Krieg schuld gewesen war. Damit er nicht einen zweiten Krieg hervorrufen könne, solle man ihn durch ein System ersetzen, das bewirken würde, daß keine Nation etwas übermäßig begehre. Das Individuum – sagte der Kandidat – sei in jeder Hinsicht der Nation überlegen, der es angehöre, und das vordringliche Problem sei, wirtschaftliche Bedingungen zu schaffen, die es dem Individuum ermöglichten, seine angeborene Überlegenheit frei zu entfalten. Auf diese Art allein, sagte er, würde man den Massenbewegungen Einhalt gebieten, die das Heil der Welt gefährdeten. Er sprach gut. Michael hörte ihm mit fast hörbarer Genugtuung zu, bis er sich dabei ertappte, daß er an sich selbst, an Wilfrid und Fleur dachte. Würde er je seine angeborene Überlegenheit so frei entfalten, daß er Fleur nicht übermäßig begehrte? Und wollte er das überhaupt? Nein. Damit aber bezog er die menschliche Natur in die Thesen des Sprechers ein. Wollte nicht jeder zuviel von irgend etwas? War das nicht nur natürlich? Und wenn dem so war, würde es nicht immer ein kollektives Zuviel-Wollen geben — gemeinsame Urbedürfnisse, so zum Beispiel, den eigenen Kopf über Wasser zu halten? Plötzlich verloren die Worte des Kandidaten an Glaubwürdigkeit, an Realität, schienen die Rede eines Mannes zu sein, der nach einem schäbigen Essen in einem Lehnstuhl sitzt und vor sich hin redet. Aufmerksam sah er in das schlaue, trockene, zweifelnde Gesicht des Sprechers. »Ohne Saft und Kraft«, dachte er. Und als sich »der Kerl« niedersetzte, stand er auf und verließ den Saal.

Diese Geschichte mit Wilfrid hatte ihn schrecklich aufgeregt. Er hatte versucht, sie aus seinen Gedanken zu verdrängen, darüber zu lachen, sie fraß sich jedoch weiter in sein Gefühl von Sicherheit und Glück hinein. Seine Frau und sein bester Freund! Hundertmal am Tag sagte er sich, daß er Fleur vertraue. Nur war Wilfried eben um so viel attraktiver als er, und Fleur verdiente das Beste von allem. Und außerdem lag Wilfrid auf der Folter, und auch das war kein angenehmer Gedanke! Wie sollte man die Sache beenden, sich selbst, ihm und ihr den Seelenfrieden wiedergeben? Sie hatte ihm nichts gesagt; und es war einfach unmöglich, sie zu fragen. Er konnte ja nicht einmal seine Beunruhigung zeigen! Das Ganze lag eben im dunkeln und würde, soweit er das jetzt beurteilen konnte, auch so bleiben; man konnte nichts tun, als die Zähne noch fester zusammenbeißen, so nett wie möglich zu ihr sein und versuchen, gegen Wilfrid keine bitteren Gefühle zu hegen.

Er ging das Chelsea Embankment hinunter. Hier war der Himmel dunkel, weit, sternenübersät. Der Fluß breit und dunkel, die Straßenlampen warfen ölige Strahlen über das Wasser. Diese Weite schaffte ihm Erleichterung. Zum Henker mit den schwarzen Gedanken! Eine fröhliche, sonderbare, wirre, süße und bittere Welt; ein ungeheuer faszinierendes Spiel des Zufalls, egal, wie die Karten in diesem Augenblick lagen! Im Schützengraben hatte er gedacht: »Komme ich da heraus, so wird mich nichts wieder aufregen!« Wie selten erinnerte er sich jetzt daran, daß er so gedacht hatte! Der menschliche Körper erneuert sich — sagt man — alle sieben Jahre. In drei Jahren würde sein Körper nicht mehr der Körper aus dem Schützengraben sein, sondern ganz und gar ein Friedenskörper mit einem abklingenden Komplex. Wenn ihm Fleur nur ganz offen sagte, was sie dachte, wie sie sich Wilfrid gegenüber verhalten würde, denn irgend etwas mußte sie doch tun! Und Wilfrids Dichtungen? Würde sich seine verdammte Leidenschaft – wie Bart gemeint hatte – in Poesie auflösen? Und wenn ja, wer würde die Verse herausgeben? Eine scheußliche Sache! Aber die Nacht war schön, und das wichtigste war, nicht zuviel zu wollen. Schönheit, und nicht zuviel wollen! Sonst war nicht viel dran – nur das Lachen – die komische Seite des Lebens. Den Sinn für Humor behalten, das auf jeden Fall! Und Michael suchte, während er an den Platanen entlangging, die schon halb ihr Laub verloren hatten und deren Äste Federn gleich in die Dunkelheit ragten, nach dem Witz in seiner gegenwärtigen Situation. Er fand keinen. In der Liebe schien nicht die geringste Komik zu liegen. Vielleicht würde er eines Tages nicht mehr verliebt sein, aber gewiß erst dann, wenn sie ihn nicht mehr zappeln ließ. Tat sie das absichtlich? Bestimmt nicht! Fleur konnte einfach nicht wie jene Frauen sein, die ihre Männer hungern ließen und sie erst fütterten, wenn sie Kleider, Pelze, Juwelen wollten. Abscheulich!

Er kam in die Nähe von Westminster. Erst halb elf. Sollte er ein Taxi nehmen, zu Wilfrid fahren und versuchen, alles mit ihm durchzusprechen? Das wäre so, als versuchte man, die Zeiger einer Uhr zurückzudrehen. Was für einen Sinn hätte es, wenn er zu Wilfrid sagte: »Du liebst Fleur – tu es nicht«, oder wenn Wilfrid ihm dasselbe sagte? »Schließlich war ich der erste bei Fleur«, dachte er. Reiner Zufall vielleicht, aber immerhin Tatsache. Ah! Und war nicht gerade das gefährlich? Er war für sie nicht länger neu – an ihm war nichts mehr unerwartet! Und er und sie hatten hundertmal die Meinung vertreten, daß das Neue das Salz des Lebens sei, die Quintessenz alles Interessanten und Dramatischen. Neu war jetzt Wilfrid! O Gott! O Gott! Besitz berechtigte noch lange nicht, auch ihr Herz zu beanspruchen!

Er ging weiter vom Embankment auf sein Haus zu – ein hübscher Teil von London, ein hübscher Platz; alles hübsch, außer dieser teuflischen Komplikation. Etwas schlug weich wie ein großes Blatt zweimal leicht gegen sein Ohr. Erstaunt drehte er sich um; um ihn herum war nichts, kein Baum stand in der Nähe. In der Dunkelheit schwebte etwas Rundes – er faßte danach, fast wäre es entwischt. Was? Ein Luftballon! Er nahm ihn fest zwischen die Hände, trat damit unter die Lampe – grün, kam ihm vor. Sonderbar! Er blickte auf. Zwei Fenster waren noch hell, davon war eines Fleurs Fenster. War das die Seifenblase seines eigenen Glücks, die man fortgetrieben hatte? Morbid! Dummer Esel! Ein Windstoß – das Spielzeug eines Kindes, hängengeblieben und wieder losgelöst! Er hielt den Ballon vorsichtig fest. Er wollte ihn mit hineinnehmen und ihr zeigen. Er schloß die Tür auf. Dunkelheit in der Halle – sie war schon oben. Er ging hinauf und drehte den Ballon zwischen seinen Fingern. Fleur stand vor einem Spiegel.

»Was in aller Welt hast du da?« fragte sie.

Das Blut floß in Michaels Herz zurück. Seltsam, wie er gefürchtet hatte, es könnte etwas mit ihr zu tun haben!

»Weiß ich nicht, Liebling; er fiel auf meinen Hut – muß vom Himmel gekommen sein.« Er ließ den Ballon auf seiner Hand tanzen.

Der Ballon schwebte, sank, flog zweimal wieder auf, drehte sich und blieb liegen.

»Du bist doch ein großes Kind, Michael. Ich glaube, du hast ihn gekauft.«

Michael trat näher und blieb ganz still stehen.

»Herrgott, was für ein Unglück, verliebt zu sein.«

»Glaubst du wirklich?«

»Il y a toujours un qui baise, et l'autre qui ne tend pas la joue.«

»Aber ich tu' es doch!«

»Fleur!«

Fleur lächelte.

»Küß mich nur weiter.«

Während er sie umarmte, dachte Michael: »Sie hält mich fest – sie macht mit mir, was sie will; ich weiß nichts von ihr.«

Ein leises Geräusch war zu hören – Ting-a-ling schnupperte an dem Luftballon.

Zweiter Teil

1

Die Mark fällt

Die Lage der Dinge war Soames seit der Generalversammlung der P. P. R. S. immer mehr auf die Nerven gegangen. Die Versammlung war so sinnlos verlaufen, wie er es von allen Versammlungen dieser Art gewohnt war – ein hieb- und stichfestes Geschwätz des Vorsitzenden; Lobreden von zwei verläßlichen Aktionären; Einwände von etwas weniger verläßlichen Aktionären und das übliche Gewäsch über die Dividende. Er war mißgelaunt hingegangen und in noch schlechterer Laune wieder fortgegangen. Von einer Idee, die er sich einmal in den Kopf gesetzt hatte, ließ Soames weniger leicht ab als die Maden vom Käse. Zwei Siebentel ausländische Verpflichtungen, und praktisch alle in Deutschland! Und die Mark fiel! Sie hatte in dem Augenblick zu fallen begonnen, als er sich entschlossen hatte, die Auszahlung der Dividende zu unterstützen. Was lag eigentlich in der Luft? Ganz gegen seine üblichen Gewohnheiten hatte er begonnen, sich eingehend mit den politischen Spalten der Zeitungen zu befassen. Die Franzosen – er hatte ihnen immer mißtraut, vor allem seit seiner zweiten Ehe –, die Franzosen waren dabei, alles durcheinanderzubringen, wenn er sich nicht sehr täuschte! In ihren Zeitungen versäumte keiner die Gelegenheit, der englischen Politik Seitenhiebe zu erteilen; sie schienen zu glauben, daß England nach ihrer Pfeife tanze. Und die Mark und der Franc und auch alle anderen Währungen fielen. Und obwohl sich in Soames etwas darüber freute, daß man mit einem Stück Papier seines Landes viel mehr Stücke Papier eines anderen Landes kaufen konnte, empfand er doch gleichzeitig das Ganze als unwirklich und dumm, und in ihm wuchs mehr und mehr die Gewißheit, daß die P. P. R. S. im nächsten Jahr keine Dividende zahlen würde. Die P. P. R. S. war ein großer Konzern; keine Dividende auszuzahlen, war ein Zeichen – und kein unbedeutendes –, daß dieser Konzern schlecht geleitet wurde. Das Versicherungsgeschäft, eines der wenigen Dinge auf Gottes Erde, die man ohne wirkliche Risiken durchführen konnte und sollte! Wäre dem nicht so, wäre er dem Vorstand nie beigetreten. Und nun festzustellen, daß es nicht so geführt worden war, und das von ihm selbst – das war wirklich ...! Er hatte Winifred dazu gebracht, ihre Aktien zu verkaufen, obwohl sie schon etwas gefallen waren. »Ich habe geglaubt, daß das eine so sichere Sache ist, Soames«, hatte sie sich bei ihm beklagt, »es ist doch zu dumm, bei Aktien Geld zu verlieren.« Und erbarmungslos hatte er ihr geantwortet: »Wenn du nicht verkaufst, wirst du noch mehr verlieren.« So hatte sie verkauft. Wenn die Familien von Roger und Nicholas, die seinem Beispiel gefolgt waren, nicht verkauft hatten – nun, das war dann ihre eigene Schuld! Er hatte Winifred dazu gebracht, sie zu warnen. Er selbst besaß außer dem Pflichtanteil nichts, und der Verlust der Dividende würde ihn, da er ja durch sein Direktorengehalt reichlich entschädigt wurde, nicht treffen. Es war daher keine persönliche Sorge, sondern eher ein Groll über eine Situation, die mit dem Ausland im Zusammenhang stand, und über den Schatten, der auf seine Unfehlbarkeit fiel.

Weihnachten war in Mapledurham ruhig verlaufen. Er haßte Weihnachten und feierte es nur, weil seine Frau Französin und der Neujahrstag ihr Nationalfeiertag war. Man konnte schließlich nicht so weit gehen, diesen zu feiern und ausländische Ideen zu unterstützen. Aber Weihnachten ohne Kinder – er erinnerte sich noch an die Mispeln und an das Rosinennaschen in Park Lane, wo er seine Kindheit verbracht hatte, und wie empört er gewesen war, wenn er in seinem Stück Plumpudding etwas Symbolisches, zum Beispiel den Fingerhut oder den Ring, an Stelle des Shillings bekommen hatte. Santa Claus hatten sie in Park Lane nie gehabt, teils weil man den alten Herrn erkannt hätte und teils weil er nicht mehr modern war. Das war zumindest die Ansicht seiner Mutter Emily gewesen. Übrigens hatte William Gouldyng, Ingerer, die Leute vom Wappenamt vor solche Rätsel gestellt, daß Soames seine Nachforschungen fallengelassen hatte – letztlich hätte er ja sein gutes Geld doch nur für eine Untersuchung ausgegeben, die ihm eine sentimentale Genugtuung bereitete, im Grunde aber sinnlos war. Dieser engstirnige Mensch, der »alte Mont«, prahlte mit seinen Ahnen; um so mehr Grund hatte er, keine Ahnen zu haben, mit denen man prahlen konnte. Die Forsytes und die Gouldings waren von gutem englischem Bauernblut – das war ausschlaggebend. Und wenn Fleur und ihr Kind, falls sie eines bekam, französisches Blut in sich hatten – ja, dagegen konnte er auch nichts tun. Was das Enkelkind betraf, wußte Soames nicht mehr als im Oktober. Fleur hatte Weihnachten bei den Monts verbracht; aber sie sollte bald zu ihm kommen, und dann mußte ihre Mutter mit ihr reden!

Das Wetter war äußerst mild; Soames war sogar in einem Ruderboot hinausgefahren und hatte gefischt. In einen dicken Mantel gehüllt, hatte er Köder für Barsche und Weißfische ausgelegt und hie und da ein Rotauge gefangen – fast sinnlos, die Dienstboten aßen sie ja heutzutage nicht mehr! Seine grauen Augen blickten finster auf das graue Wasser unter dem grauen Himmel; und im Geist sah er die Mark fallen. Sie fiel mit einem Krach am elften Januar, als die Franzosen die Ruhr besetzten. Beim Frühstück sagte er zu Annette: »Deine Landsleute sind wahnsinnig! Schau dir die Mark jetzt an!«

»Was geht mich die Mark an?« hatte sie über den Kaffee hinweg geantwortet. »Mir geht es darum, daß die nicht wieder in unser Land eindringen. Ich hoffe nur, daß sie ein wenig von dem leiden, was wir erlitten haben.«

»Du«, sagte Soames, »hast nie etwas erlitten.«

Annette legte ihre Hand an die Stelle, an der Soames die Existenz eines Herzens bezweifelte.

»Hier habe ich gelitten«, sagte sie.

»Das habe ich nicht bemerkt. Dir hat es nie an etwas gefehlt. Wie, glaubst du, wird Europa denn in den nächsten dreißig Jahren aussehen? Was geschieht mit Englands Handel?«

»Wir Franzosen blicken in die Zukunft«, sagte Annette hitzig. »Wir glauben, daß die Geschlagenen geschlagen bleiben müssen, sonst rächen sie sich. Ihr Engländer seid so schlampig.«

»Wir sind schlampig?« sagte Soames. »Du sprichst wie ein Kind. Könnte ein schlampiges Volk je die Position erreicht haben, in der wir uns befinden?«

»Das ist nur eure Selbstsucht. Ihr seid kalt und selbstsüchtig.«

»Kalt, selbstsüchtig und schlampig – das paßt nicht zusammen. Erfinde etwas Besseres.«

»Die Schlampigkeit liegt in euren Gedanken und in euren Reden; euer Instinkt verschafft euch Erfolg, und euer englischer Instinkt ist kalt und selbstsüchtig, Soames. Ihr seid eine Mischung, ihr alle, aus Heuchelei, Dummheit und Egoismus.«

Soames nahm sich etwas Marmelade.

»Gut«, sagte er. »Und was sind die Franzosen? – Zynisch, geizig und rachsüchtig. Und die Deutschen sind sentimental, stur und brutal. Wir können alle aneinander etwas Schlechtes finden. Es bleibt einem nichts übrig, als sich gegenseitig zu ignorieren. Und genau das ist es, was ihr Franzosen nicht tut.«

»Wenn du an einen Menschen gebunden bist, wie ich an dich gebunden bin, Soames, oder wie wir Franzosen an die Deutschen gebunden sind, muß man entweder obenauf bleiben oder sich unterwerfen.«

»Du glaubst also, daß du in diesem Haus obenauf bist?«

»Ja, Soames.«

»Oh! Dann kannst du morgen nach Frankreich zurückfahren.«

Annette hob spöttisch die Augenbrauen.

»Da würde ich noch ein wenig warten, mein Freund; du bist noch zu jung.«

Aber Soames hatte seine Bemerkung schon bedauert; in seinem Alter wollte er keine Aufregungen mehr, und er sagte ruhiger: »Kompromisse sind das Um und Auf jedes vernünftigen Zusammenlebens — zwischen einzelnen Menschen und zwischen Nationen. Wir können nicht alle paar Jahre einmal Öl aufs Feuer gießen.«

»Echt englisch«, murmelte Annette. »Wir anderen wissen nie, was ihr Engländer tun werdet. Ihr wartet immer, bis ihr seht, wie die Dinge liegen.«

So einverstanden er mit dieser so vernünftigen Charakteristik auch war, hätte Soames sie in jedem anderen Augenblick geleugnet — man gab einfach nicht zu, daß man sein Mäntelchen nach dem Wind hängte. Aber jetzt, da die Mark ins Bodenlose fiel, war er aufgebracht.

»Und warum sollten wir nicht? Sich in Unternehmungen stürzen, aus denen man sich dann wieder nur mit Gewalt befreien kann! Ich will nicht streiten. Die Franzosen und die Engländer haben sich nie vertragen und werden es auch nie tun.«

Annette stand auf. »Du hast recht, mein Freund. *Entente, mais pas cordiale.* Was machst du heute?«

»Ich fahre in die Stadt«, sagte Soames mürrisch. »Deine prächtige Regierung hat aus dem Geschäftsleben ein Irrenhaus gemacht, und zwar ein beachtliches.«

»Bleibst du über Nacht aus?«

»Das weiß ich noch nicht.«

»Also dann *adieu, jusqu'au revoir!*« Sie stand auf.

Soames blieb düster über seiner Marmelade sitzen — vor seinem geistigen Auge fiel die Mark weiter und weiter —, froh, daß er ihre hübsche Gestalt nicht mehr sah, da er im Moment kein Verlangen nach französischen Temperamentsausbrüchen hatte. Ein quälendes Verlangen, jemandem zu erklären: »Ich hab' es doch gesagt«, überkam ihn. Aber er würde warten müssen, bis er jemanden fand, dem er es sagen konnte.

Ein schöner Tag, ziemlich warm. Er nahm seinen Schirm als Versicherung gegen einen Wetterwechsel und ging zur Station.

Im Waggon, in dem er in die Stadt fuhr, sprachen alle über die Besetzung der Ruhr. Jeder öffentlichen Diskussion feind, hörte Soames hinter seiner Zeitung zu. Die allgemeine Stimmung ähnelte der seinen in erstaunlicher Weise. Soweit die Besetzung für die Deutschen unangenehm war, war es in Ordnung; soweit sie für den britischen Handel unangenehm war, war es durchaus nicht in Ordnung, und da die Sympathie für den britischen Handel aktiv und der Haß gegen die Deutschen nur passiv war, war die ganze Angelegenheit eher als schlecht denn als gut zu bezeichnen. Eine franzosenfreundliche Bemerkung, daß die Franzosen recht hätten, sich um jeden Preis abzusichern, wurde sehr kühl aufgenommen. In Maidenhead stieg ein Mann ein, der Soames gleich als Störenfried vorkam. Er hatte dichtes graues Haar, ein rotes Gesicht, lebhafte Augen und ständig in Bewegung befindliche Augenbrauen, und hatte innerhalb von fünf Minuten bereits mit lauter Stimme gefragt, ob irgendwer schon vom Völkerbund gehört habe. In seiner Meinung bestätigt, sah Soames vorsichtig hinter der Zeitung hervor. Ja, dieser Kerl würde bald sein Steckenpferd reiten! Und da ging es auch schon los! Die Frage – sagte er – war nicht, ob die Deutschen eins aufs Auge, die Engländer eins in den Geldsack oder die Franzosen eins ins Herz bekämen, sondern ob die Welt zu Frieden und Völkerversöhnung gelangen könne. Soames ließ die Zeitung sinken. Wenn sie – sagte der Mensch – Frieden wollten, dann mußten sie die Interessen des einzelnen zurückstellen und nur an das Gemeinwohl denken. Das Wohl aller war auch das Wohl des einzelnen! Soames erkannte den Fehler sofort; das mochte wohl sein, aber das Wohl des einzelnen war nicht das Wohl aller. Er wußte, wenn er nicht aufpaßte, würde er das auch sagen. Dieser Mann war ihm völlig fremd, und eine Diskussion führte nie zu etwas. Leider schien sein Schweigen inmitten der allgemeinen Meinung, daß der Völkerbund völlig sinnlos sei, den Mann zu der Ansicht zu verleiten, daß er mit ihm sympathisiere; zwinkerte er ihm doch tatsächlich dauernd zu. Sich wieder hinter seine Zeitung zu verschanzen, erschien ihm als zu direkt, und seine Lage wurde immer peinlicher, als der Zug in Paddington einfuhr. Er eilte zu einem Taxi. Eine Stimme hinter ihm sagte:

»Eine hoffnungslose Gesellschaft, Sir! Aber ich bin froh, daß wenigstens Sie mich verstanden haben.«

»Stimmt«, sagte Soames. »Taxi!«

»Wenn der Völkerbund nichts erreicht, fahren wir alle in die Hölle!«

Soames drückte die Klinke der Autotür nieder.

»Stimmt«, sagte er nochmals. »Poultry!« und stieg ein. Er würde sich auf nichts einlassen. Der Mensch forderte einen ja heraus!

Erst im Taxi wurde er sich bewußt, bis zu welchem Grad er verwirrt war. Er hatte »Poultry« angegeben, eine Adresse, die Forsyte, Bustard & Forsyte vor zweiundzwanzig Jahren aufgegeben hatten, als sie sich mit Cuthcott, Holliday & Kingson zu Cuthcott, Kingson & Forsyte zusammengeschlossen hatten. Er berichtigte seinen Irrtum, lehnte sich vor und überlegte. Die Mark fiel! Ganz England war einer Meinung darüber — aber wenn die nächste Dividende nicht ausgezahlt werden sollte, würde man dann noch immer den Franzosen die Schuld geben oder nicht doch dem Aufsichtsrat? Das war recht zweifelhaft! Die Aufsichtsräte hätten die Entwicklung voraussehen müssen! Das könnte man vielleicht von anderen Aufsichtsräten sagen, aber nicht von ihm — es waren Verpflichtungen, die er selbst niemals unterschrieben hätte. Wenn er die ganze Sache nur mit jemandem besprechen könnte — aber in einer solchen Angelegenheit war der alte Gradman auch überfragt. Und als er im Büro ankam, sah er den unveränderten alten Mann, der in seinem Drehstuhl saß, fast ungeduldig an.

»Ah, Mr. Soames, ich habe gehofft, daß Sie heute vormittag hereinkommen. Da war ein junger Mensch von der P. P. R. S., der Sie sprechen wollte. Er hat nicht gesagt, was er will, aber er wollte Sie privat sprechen. Er hat die Telefonnummer dagelassen.«

»Oh!« sagte Soames.

»Ein ziemlich junger Mann — aus dem Büro.«

»Wie hat er ausgesehen?«

»Netter, anständiger junger Mensch. Auf mich hat er einen guten Eindruck gemacht — sein Name ist Butterfield.«

»Also dann rufen Sie ihn an und sagen Sie ihm, daß ich hier bin.« Er ging zum Fenster und starrte die gegenüberliegende, völlig leere Wand an.

Wie es für einen stillen Teilhaber paßte, war sein Zimmer an der Rückseite gelegen, frei von allen Störungen. Ein junger Mann! Seltsamer Besuch! Und er sagte über die Schulter: »Gehen Sie nicht hinaus, Gradman, wenn er kommt, ich weiß nichts von ihm.«

Die Welt veränderte sich, Menschen starben, die Mark fiel, aber Gradman war da — treu und grau, die Verkörperung von Dienstbarkeit und Integrität — ein Fels.

Gradmans Stimme ertönte rauh: »Diese Neuigkeiten aus Frankreich, gar nicht schön, Mr. Soames. Sie haben's immer so eilig. Ich erinnere mich noch, wie Ihr Vater, Mr. James, am Morgen, an dem der Deutsch-Französische Krieg erklärt wurde, ins Büro kam — in seinen besten Jahren war er damals, kaum über sechzig, glaube ich. Also, ich erinnere mich noch ganz genau, daß er gesagt hat: ›Da haben wir's, ich habe es ja gesagt.‹ Und jetzt haben wir's wieder — noch immer kein Ende. Wie Hund und Katze.«

Soames, der sich halb umgedreht hatte, versank wieder in die Betrachtung der leeren Wand. Der arme alte Gradman gehörte einer vergangenen Zeit an! Was würde er sagen, wenn er hörte, daß sie deutsche Geschäfte versichert hatten? Gradman löste Erinnerungen an die guten alten Zeiten aus, und er ließ seinen Gedanken freien Lauf. Er hatte wahrscheinlich noch zwanzig Jahre vor sich. Was würde er in dieser Zeit erleben? Wo würde das alte England am Ende dieser zwanzig Jahre stehen? »Trotz allem, was die Zeitungen schreiben, sind wir nicht so dumm, wie wir aussehen«, dachte er. »Wenn wir uns nur aus allen riskanten Dingen heraushalten und für uns selbst sorgen können!«

»Mr. Butterfield, Sir.« Hm! Der junge Mann war sehr schnell gewesen. Während Gradman ihn herzlich und verbindlich begrüßte, musterte Soames den jungen Mann. Es war ein mittelgroßer, bescheiden wirkender Bursche in einem ordentlichen Anzug mit weichem Kragen, den Hut in der Hand. Soames nickte.

»Sie wollen mich sprechen?«

»Wenn es möglich ist, allein, Sir.«

»Mr. Gradman ist meine rechte Hand.«

Gradmans Stimme klang rauh und freundlich: »Sie können alles sagen. Außerhalb dieser vier Wände wird man nichts davon erfahren, junger Mann.«

»Ich bin im Büro der P. P. R. S., Sir. Durch Zufall habe ich eben wichtige Informationen mitangehört, und ich weiß nicht, was ich damit anfangen soll. Da ich weiß, daß Sie Rechtsanwalt sind, Sir, komme ich lieber zu Ihnen als zum Vorsitzenden. Können Sie mir als Rechtsanwalt sagen: Bin ich als Angestellter in erster Linie meiner Gesellschaft verpflichtet?«

»Natürlich«, sagte Soames.

»Mir gefällt diese Sache gar nicht, Sir, und ich hoffe, Sie verstehen, daß ich nicht aus persönlichen Motiven gekommen bin — ich habe nur das Gefühl, daß ich etwas tun muß.«

Soames sah ihn unausgesetzt an. Obwohl die Augen des jungen Mannes recht groß und feucht waren, erinnerten sie ihn an die eines Hundes.

»Worum geht es?« fragte er.

Der junge Mann befeuchtete seine Lippen.

»Die Versicherung unseres deutschen Geschäftes, Sir.«

Soames spitzte seine Ohren, die schon von Natur aus leicht spitz waren.

»Es ist eine sehr ernste Angelegenheit«, fuhr der junge Mann fort, »und ich weiß nicht, was für Folgen für mich daraus erwachsen, aber ich habe heute früh zufällig eine private Unterhaltung mitangehört.«

»Oh!« sagte Soames.

»Ja, Sir. Ich verstehe Ihr Mißtrauen völlig, aber schon die ersten Worte waren entscheidend. Nachdem ich die gehört hatte, konnte ich mich nicht mehr bemerkbar machen. Ich glaube, daß Sie mir beipflichten werden, Sir!«

»Wer waren die Leute?«

»Der Generaldirektor und ein Mann namens Smith – ich glaube, seinem Akzent nach zu schließen, sollte sein wirklicher Name ausländischer klingen –, der die meisten unserer deutschen Abschlüsse vermittelt hat.«

»Was haben sie gesagt?« sagte Soames.

»Zuerst, Sir, sprach der Generaldirektor, und dann sagte dieser Smith: ›Ganz richtig, Mr. Elderson, aber wir haben Ihnen ja die Provisionen für alle diese Transaktionen nicht umsonst bezahlt; wenn die Mark wirklich völlig vor die Hunde geht, müssen Sie dafür sorgen, daß Ihre Gesellschaft uns schadlos hält.«

Das dringende Verlangen Soames', in diesem Augenblick einen langgezogenen Pfiff auszustoßen, wurde durch einen Blick auf Gradmans Gesicht unterdrückt. Der Mund des alten Mannes stand mitten im Wald seines kurzen grauen Bartes weit offen; seine Augen quollen hervor, und er stieß ein langes »Aaohh!« aus.

»Ja«, sagte der junge Mann, »mich hat es auch umgehaut!«

»Wo waren Sie?« fragte Soames scharf.

»Im Vorraum zwischen dem Zimmer des Generaldirektors und dem Sitzungssaal. Ich kam gerade aus dem Sitzungssaal, wo ich Papiere geordnet hatte, und die Tür zu Eldersons Zimmer stand einen Spalt offen. Und natürlich kannte ich die Stimmen gut.«

»Was war nachher?«

»Ich hörte, wie Mr. Elderson sagte: ›Pst! Sagen Sie so etwas nicht!‹, und dann bin ich in den Sitzungssaal zurückgeschlüpft. Ich hatte mehr als genug, Sir, das können Sie mir glauben.«

Soames' Gehirn war von Verdacht und Vermutungen verwirrt. Sprach dieser junge Mann die Wahrheit? Ein Mann wie Elderson – das Risiko war immens! Und wenn es wahr war, wie weit ging die Verantwortlichkeit des Generaldirektors? Aber Beweise – Beweise? Er starrte den jungen Mann an, der zwar sehr aufgeregt und bleich aussah, dessen Augen aber den seinigen nicht auswichen. Konnte er seine Glaubwürdigkeit erschüttern? Und er sagte scharf:

»Überlegen Sie sich gut, was Sie sagen. Das ist eine sehr ernste Angelegenheit!«

»Das weiß ich, Sir. Wenn es um meine eigenen Interessen ginge, wäre ich niemals hierhergekommen. Ich bin kein Denunziant.«

Die Worte klangen echt, aber Soames blieb weiter vorsichtig.

»Haben Sie je Schwierigkeiten im Büro gehabt?«

»Nein, Sir, Sie können sich erkundigen. Ich habe nichts gegen Mr. Elderson, und er hat nichts gegen mich.«

Soames dachte plötzlich: »Guter Gott! Er hat die Sache auf mich abgewälzt, und das in Gegenwart eines Zeugen. Und ich habe den Zeugen beigestellt!«

»Haben Sie irgendeinen Grund zur Annahme«, sagte er, »daß die beiden Ihre Anwesenheit bemerkt haben?«

»Die können mich nicht bemerkt haben, glaube ich.«

Die Bedeutung dieser Nachricht erschien Soames von Sekunde zu Sekunde bedrohlicher. Es war, als hätte das Schicksal, das er sein ganzes Leben lang geschickt in Schach gehalten hatte, ihn plötzlich ohne Deckung gefunden und ihm einen Stoß versetzt. Aber es war sinnlos, in Panik zu geraten – man mußte das in Ruhe durchdenken!

»Sind Sie, wenn nötig, bereit, das vor dem Aufsichtsrat zu wiederholen?«

Der junge Mann preßte seine Hände zusammen.

»Sir, mir wäre es viel lieber, wenn ich den Mund gehalten hätte; aber wenn Sie finden, daß man der Sache nachgehen muß, dann muß ich eben dabei bleiben. Hoffentlich kommen Sie zu dem Entschluß, nichts zu unternehmen; vielleicht stimmt das Ganze nicht – aber warum hat Mr. Elderson dann nicht gesagt: ›Provisionen? Sie unverschämter Lügner!‹?«

Ja! Warum nicht? Soames stieß einen Laut äußersten Unbehagens aus.

»Noch etwas?«

»Nein, Sir.«

»Gut. Sie haben niemandem davon erzählt?«

»Nein, Sir.«

»Dann tun Sie es auch weiterhin nicht, und überlassen Sie die Sache mir.«

»Das tue ich nur zu gerne, Sir. Guten Morgen!«

»Guten Morgen!«

Nein – ein sehr schlechter Morgen! Er fand keine Genugtuung in dieser plötzlichen Erfüllung aller seiner prophetischen Ahnungen über Elderson. Keine!

»Was halten Sie von dem jungen Mann, Gradman? Lügt er?«

Aus seiner Erstarrung gerissen, rieb sich Gradman gedankenverloren seine runde, glänzende Nase.
»Es steht ein Wort gegen das andere, Mr. Soames, wenn Sie nicht mehr Beweise aufbringen. Aber ich kann mir nicht vorstellen, was der junge Mann dadurch gewinnen kann?«
»Ich auch nicht; aber man weiß ja nie. Und es wird schwierig sein, mehr Beweise zu bekommen. Kann ich ohne sie etwas unternehmen?«
»Es ist eine heikle Sache«, sagte Gradman. Und Soames wußte, daß er nur auf sich selbst angewiesen war. Wenn Gradman sagte, daß eine Sache heikel sei, dann bedeutete das, daß er auf Anordnungen wartete und es sogar für unverschämt hielt, eine eigene Meinung zu haben! Aber hatte er eine? Das würde man nie erfahren! Der Alte würde dasitzen und bis zum Jüngsten Tag seine Nase reiben!
»Ich werde nichts überhasten«, sagte er fast zornig. »Ich kann mir nicht vorstellen, wozu das führen wird.«
Jede weitere Stunde bestätigte diese Aussage. Beim Mittagessen sah er im Klub, daß die Mark weiter fiel – in unerhörte Tiefen! Er verstand nicht, wie die andern von Golf sprechen konnten, während er solche Sorgen hatte.
»Ich muß hingehen und mit diesem Kerl sprechen«, sagte er zu sich. »Ich werde auf der Hut sein. Vielleicht erfahre ich etwas.« Er wartete bis drei Uhr und ging dann zur P. P. R. S. Im Büro angekommen, suchte er den Sitzungssaal auf. Dort fand er den Vorsitzenden im Gespräch mit dem Generaldirektor. Soames setzte sich leise nieder und hörte zu; und während er ihnen zuhörte, beobachtete er das Gesicht des Mannes. Es sagte ihm nichts. Was für ein Unsinn es doch war, wenn die Leute behaupteten, daß man den Charakter eines Menschen aus seinem Gesicht ablesen könne! Nur das Gesicht eines absoluten Idioten wäre so aufschlußreich. Und hier hatte er einen Mann von Erfahrung und Bildung vor sich, der in allen Angelegenheiten des Geschäftslebens und der besseren Gesellschaft versiert war. Das glatte, nichtssagende Gesicht drückte bloß die natürliche Beschämung eines Menschen aus, dessen Politik einen Schlag erlitten hatte. Das Fallen der Mark hatte ja sowieso schon jeden möglichen Gewinn im nächsten Halbjahr unmöglich gemacht. Wenn sich diese elende Währung nicht erholte, würden ihnen die Verpflichtungen in Deutschland wie Bleigewichte an den Füßen hängen. Es war wirklich kriminell, daß man die Höhe der Haftungssumme nicht begrenzt hatte. Wie, in aller Welt, hatte er das übersehen können, als er dem Aufsichtsrat beigetreten war? Aber er hatte es erst später erfahren. Und wer hätte etwas so Wahnwitziges wie diese Geschichte mit dem Ruhrgebiet voraus-

sehen oder das leichtsinnige Vertrauen seiner Kollegen zu diesem verflixten Kerl ahnen können? Die Worte »grobe Fahrlässigkeit« erschienen vor seinen Augen in Riesenlettern. Was würde geschehen, wenn man gegen den Aufsichtsrat gerichtlich vorging! Grobe Fahrlässigkeit! In seinem Alter, bei seinem Ruf! Was! Die Sache war ja sonnenklar; eben deshalb, weil er keine Obergrenze für die Haftung festgesetzt hatte, hatte dieser Kerl seine Provisionen erhalten! Wahrscheinlich zehn Prozent vom Umsatz — er mußte ja Tausende eingesteckt haben! Dem Kerl mußte das Wasser ja schon bis zum Hals gereicht haben, daß er ein derartiges Risiko auf sich nahm! Als Soames klarwurde, daß seine Gedanken mit ihm davonliefen, erhob er sich und wandte sich um. Das brachte ihn auf eine andere Idee. Er würde Wut vortäuschen, den Menschen aus seiner Selbstbeherrschung herauslocken! Er drehte sich wieder um und sagte ärgerlich: »Was, um alle Welt, haben Sie sich eigentlich vorgestellt, als Sie diese Verträge ohne Obergrenze für die Haftung durchgehen ließen? Ein Mann von Ihrer Erfahrung! Was waren denn Ihre Motive?«
Ein leichtes Zusammenkneifen der Lider, ein leichtes Zusammenpressen der Lippen. Er hatte das Wort »Motive« betont, aber der Kerl ging darüber hinweg.
»Bei den hohen Prämien, die wir bekommen haben, Mr. Forsyte, war eine Obergrenze für die Haftung nicht möglich. Die Entwicklung, die die Dinge genommen haben, war wirklich unvorhersehbar, und wir können das Ganze nur als Unglück hinnehmen.«
»Leider«, sagte Soames, »gibt es in einer gutgeführten Versicherung so etwas wie Glück oder Unglück nicht; das werden wir, wenn ich mich nicht sehr irre, noch sehen. Es würde mich gar nicht wundern, wenn der Aufsichtsrat wegen grober Fahrlässigkeit vor Gericht käme!«
Das hatte gesessen! — Hatte es das? Was man doch heutzutage für Ausdrücke verwendete! Aber Elderson — so kam es Soames vor — täuschte seine Aufregung nur vor. Sinnlos, zu versuchen, aus einem Menschen dieser Art etwas durch einen überraschenden Angriff herauszubekommen. Wenn die Geschichte stimmte, dann mußte der Kerl ja zum Letzten entschlossen und zu allem und jedem fähig sein. Und da sich Soames vor den extremen Seiten des Lebens — den wirklichen Abgründen, den unmöglichen Situationen, die die Tollkühnheit eines Spielers erforderten — immer sorgfältig durch die Gewohnheiten eines vorsichtigen Naturells geschützt hatte, fand er es jetzt unmöglich, sich Eldersons Zustand oder seine Verhaltensweise für den Fall, daß er schuldig war, vorzustellen. Er wußte ja nicht einmal, ob der Mensch nicht Gift mit sich herumtrug oder wie ein Filmheld den Revolver in der Tasche stecken

hatte. Die ganze Angelegenheit war zu unerfreulich, zu besorgniserregend für Worte. Ohne ein weiteres Wort zu verlieren, ging er fort und nahm nichts mit sich, außer der Erkenntnis, daß ihre Gesamtverpflichtungen in diesem deutschen Geschäft jetzt, nachdem die Mark wertlos geworden war, über zweihunderttausend Pfund betrugen. Er überschlug rasch die Vermögenslage seiner Mitaufsichtsräte. Der alte Fontenoy hatte nie Geld; vom Vorsitzenden wußte er nichts; Mont besaß Ländereien, die nichts wert und noch dazu mit Hypotheken belastet waren; der alte Cosey Mothergill hatte nichts, außer seinen Einkünften als Aufsichtsrat und seinem guten Namen; Meyricke mußte ein sehr hohes Einkommen haben, aber wahrscheinlich gab er auch viel aus — wie die meisten bekannten Rechtsanwälte, die viele Eisen im Feuer und die sichere Aussicht auf eine Richterstelle haben. Kein einziger Mann mit wirklichem Vermögen unter ihnen allen, außer ihm selbst! Mit gesenktem Kopf stapfte er vorwärts. Aktiengesellschaften mit persönlicher Haftung des Aufsichtsrates! Ein unmögliches System! Man brauchte nur jemandem Vertrauen zu schenken, und schon hatte man die Bescherung! Entsetzlich!
»Luftballons, mein Herr — schöne Farben, große Ballons! Kaufen Sie einen, Sir!«
»Du lieber Himmel!« sagte Soames. Als ob die zerplatzte Seifenblase der deutschen Geschäfte nicht schon genug wäre!

2

Victorine

Den ganzen Dezember hindurch waren die Luftballons schlecht gegangen — kaum ein Absatz, nicht einmal in der Weihnachtswoche, und Australien war von den Bickets weiter entfernt denn je. Victorine, deren Gesundheit halbwegs wiederhergestellt war, hatte ihre Stellung in der Blusenabteilung der Firma Boney Blayds & Co. nicht wiederbekommen. Man hatte ihr einige Male Näharbeiten nach Hause mitgegeben, aber in letzter Zeit auch das nicht mehr, und sie hatte viel Zeit damit verbracht, eine weniger unsichere Arbeit zu finden. Ihr Problem war ihr Gesicht — war es immer gewesen. Es war ein ungewöhnliches Gesicht. Die Leute wußten nicht, was sie mit einem Mädchen anfangen sollten, das so aussah. Warum sollte man jemand anstellen, der ohne die Qualifikation von Reichtum, Stand, Mode oder ohne besondere Fähigkeiten (soweit sie das beurteilen konnten) in einem das Gefühl erweckte, daß man selbst gewöhnlich sei? Denn — mochte auch künstlerisches Interesse für Menschen wie Fleur und Michael wichtig sein — bei der Erzeugung und dem Verkauf von Blusen, beim Probieren von Schuhen, dem Adressieren von Kuverts und Binden von Kränzen oder allen anderen Berufsmöglichkeiten Victorines war es nicht ausschlaggebend. Was ging hinter diesen großen dunklen Augen und schweigenden Lippen vor? Das beunruhigte die Firmen der nüchternen Handelswelt. Die fragwürdigeren Berufe — Filmstatistin, Mannequin — fielen einem Mädchen, das von sich selbst keine hohe Meinung hatte und in Putney geboren war, nicht ein.

Wenn Bicket am Morgen mit seinem Kasten und den noch unaufgeblasenen Ballons das Haus verlassen hatte, stand sie da und biß sich den Finger, als könnte sie dadurch einen Ausweg aus diesem Leben von der Hand in den Mund finden, das ihren Mann dünn wie einen Stecken, müde wie einen Hund, schäbig wie einen zerzausten Spatzen machte, und das ihnen nicht mehr einbrachte als gerade noch ein Dach über dem Kopf. Schon lange war ihnen klargeworden, daß in Luftballons keine Zukunft steckte, sondern nur ein Bettlerleben. Und in der stillen, passiven Victorine loderte heftiger Groll. Sie wollte Besseres für sich, für ihn, hauptsächlich für ihn.

An jenem Morgen, an dem die Mark fiel, legte sie ihre Samtjacke und das dazu passende Käppchen an (die beiden letzten besseren Stücke ihrer Garderobe), da sie einen Entschluß gefaßt hatte. Bicket erwähnte seinen früheren Posten nie mehr, und seine Frau hatte feinfühlig erfaßt, daß es außer dem ihr bekannten noch einen anderen Grund geben müsse, warum er diesen Arbeitsplatz verloren hatte. Warum sollte sie nicht versuchen, den Posten für ihn zurückzugewinnen? Er hatte oft gesagt: »Mr. Mont ist ein anständiger Kerl und eine Art Sozialist; war auch im Krieg; der ist nicht hochnäsig.« Wenn sie zu diesem Phänomen nur vordringen könnte! Mit vor Hoffnung und Kühnheit geröteten Wangen prüfte sie ihr Aussehen in den Schaufenstern am »Strand«. Ihre jadegrüne Samtjacke fiel allen, die ein Auge für Farben hatten, angenehm auf, aber ihr schwarzer Rock — nun ja, vielleicht würde man nicht bemerken, wie abgerissen er war, wenn sie hinter dem Tisch stehenblieb. Würde sie genügend Courage haben, zu behaupten, daß sie wegen eines Manuskripts käme? Darauf bedacht, ihren Akzent zu verbergen, übte sie: »Könnten Sie bitte Mr. Mont fragen, ob ich ihn sprechen kann? Es handelt sich um ein Manuskript.«

Ja! Und dann würde die Frage kommen: »Wie heißen Sie?«
»Mrs. Bicket.« Nein, unmöglich! »Miss Victorine Collins.« Alle Autorinnen schrieben unter ihrem Mädchennamen. Victorine — das ging. Aber Collins? Das klang nicht sehr gut. Es wußte ja doch keiner, wie ihr Mädchenname gelautet hatte. Warum sollte sie also keinen erfinden? Das tat man doch oft. Und sie suchte. Etwas Italienisches, wie ... wie ... Hatte die Zimmervermieterin nicht gefragt, als sie einzogen: »Kommt Ihre Frau aus Italien?« Ah — Manuelli! Das war nun wirklich italienisch — der Eisverkäufer in der Little Ditch Street hieß so! Sie ging weiter und übte leise vor sich hin. Wenn sie nur bis zu Mr. Mont vordringen könnte!
Zitternd betrat sie das Gebäude. Alles lief genauso ab, wie sie es sich vorgestellt hatte, sogar ihr vornehmes Sprechen, bis sie dastand und darauf wartete, daß aus dem Sprachrohr eine Antwort ertönte; sie verbarg ihre Hände mit den sehr alten Handschuhen. War Miss Manuelli angemeldet? Manuskript lag keines vor.
»Nein«, sagte Victorine. »Ich habe es noch nicht eingeschickt. Ich wollte zuerst mit ihm sprechen.« Der junge Mann hinter dem Empfangstisch sah sie durchdringend an. Dann ging er wieder zum Rohr und sprach hinein.
»Warten Sie bitte einen Augenblick — Mr. Monts Sekretärin kommt herunter.«
Victorine senkte den Kopf, ihr Herz schlug heftig. Eine Sekretärin! Jetzt würde sie nie durchkommen! Und plötzlich überfiel sie Angst vor diesen falschen Vorspiegelungen. Aber der Gedanke an Tony, der an seiner Ecke stand, bis zu den Augen hinter Luftballons versteckt, wie sie es mehr als einmal heimlich beobachtet hatte, gab ihr den Mut der Verzweiflung.
Eine Mädchenstimme sagte: »Miss Manuelli? Ich bin Mr. Monts Sekretärin, vielleicht können Sie mir sagen, worum es sich handelt.«
Die Augen eines Mädchens mit einem frischen, jungen Gesicht maßen sie von oben bis unten. Victorine unterdrückte ihren Akzent, so gut sie konnte, und sagte: »Oh! Ich fürchte, das geht nicht.«
Der Blick des Mädchens blieb an ihrem Gesicht hängen. »Kommen Sie bitte mit mir, ich werde sehen, was sich tun läßt.«
In einem kleinen Wartezimmer saß Victorine allein und bewegungslos, bis sie plötzlich sah, wie sich das Gesicht eines jungen Mannes durch die Tür schob, und die Worte hörte: »Wollen Sie bitte hereinkommen?«
Sie atmete tief und ging hinein. Einmal drinnen, sah sie von Michael zu seiner Sekretärin und wieder zurück und forderte mit diesem Blick ins-

geheim seine Jugend, seine Ritterlichkeit, seinen Sportsgeist heraus — er durfte ihr eine Aussprache unter vier Augen nicht verweigern. Michael durchfuhr sofort der Gedanke: »Wahrscheinlich Geld. Aber was für ein interessantes Gesicht!« Die Sekretärin verzog die Mundwinkel und verließ das Zimmer.

»Also, Miss — ah — Manuelli?«

»Nicht Manuelli — bitte — Mrs. Bicket; mein Mann hat hier gearbeitet.«

»Was!« Der Kerl, der »Kleingeld« gestohlen hatte! Uff! Bickets Geschichte — seine Frau — Lungenentzündung! Sie sah so aus, als hätte sie wirklich eine gehabt.

»Er hat oft von Ihnen gesprochen, Sir. Und, bitte, er hat keine Arbeit gefunden. Könnten Sie ihn nicht doch wieder einstellen, Sir?«

Michael blieb schweigend stehen. Wußte dieses Mädchen, das so schrecklich interessant aussah, von dem Diebstahl?

»Er verkauft jetzt Luftballons auf der Straße; ich halte es nicht mehr aus, da zuzuschauen. Er steht drüben bei St. Paul, und er verdient nichts damit; und wir möchten so gerne nach Australien auswandern. Ich weiß, daß er sich schrecklich leicht aufregt und dann mit den Leuten nicht so spricht, wie er sollte. Aber wenn Sie ihn doch zurücknehmen könnten . . .«

Nein! Sie wußte nichts!

»Es tut mir schrecklich leid, Mrs. Bicket. Ich erinnere mich sehr gut an Ihren Mann, aber wir haben keinen Platz für ihn frei. Geht es Ihnen wieder gut?«

»O ja. Außer, daß ich auch keine Arbeit finden kann.«

Ein Gesicht, wie geschaffen für einen Buchumschlag! Eine Mona Lisa! Storberts Roman! Ha!

»Tja, ich werde einmal mit Ihrem Mann sprechen. Wollen Sie nicht vielleicht als Modell für einen Buchumschlag sitzen? Vielleicht ergeben sich Möglichkeiten in dieser Richtung, falls es Sie interessiert. Sie sind genau der Typ für einen meiner Freunde. Kennen Sie die Arbeiten von Aubrey Greene?«

»Nein, Sir.«

»Sind recht gut — eigentlich, in einer dekadenten Art, sogar sehr gut. Würde Ihnen das Modellstehen nichts ausmachen?«

»Mir würde nichts etwas ausmachen, wenn ich damit Geld verdienen kann. Aber es wäre mir lieber, wenn Sie meinem Mann nicht sagen, daß ich bei Ihnen gewesen bin. Er könnte das mißverstehen.«

»Gut. Ich werde ihn ganz zufällig treffen. In der Nähe von St. Paul, sagen Sie? Aber hier bei uns gibt es keine Möglichkeiten, Mrs. Bicket.

Außerdem hat er mir gesagt, daß er mit der Arbeit hier finanziell nicht zurechtkommt.«

»Als ich krank war, Sir.«

»Ja, natürlich, das macht einen großen Unterschied.«

»Ja, Sir.«

»Gut, ich schreibe Ihnen einen kurzen Brief für Mr. Greene. Setzen Sie sich einen Augenblick nieder.«

Während sie dasaß und wartete, sah er sie verstohlen an. Ihr bleiches Gesicht mit den großen Augen, dem rabenschwarzen, kurzgeschnittenen, eingerollten Haar war außerordentlich interessant — ein wenig zu verfeinert und blutarm für die breite Masse; aber, zum Kuckuck, die konnte nicht immer Reckitts blaue Augen, goldblondes Haar und rote Wangen haben. »Sie ist«, schrieb er, »nicht gerade das, was die breite Masse will, aber in ihrer Art so hinreißend, daß sie vielleicht einen neuen Typ kreieren wird, wie Beardsleys oder Danas Modelle.«

Als sie mit dem Brief gegangen war, läutete er seiner Sekretärin.

»Nein, Miss Perren, sie hat mir nichts abgeknöpft. Aber ein interessanter Typ, nicht?«

»Ich habe mir gedacht, daß Sie sie sehen wollen. Keine Autorin, nicht wahr?«

»Weit davon entfernt.«

»Nun ja, hoffentlich hat sie bekommen, was sie wollte.«

Michael grinste. »Teilweise, Miss Perren — teilweise. Sie halten mich für einen schrecklichen Idioten, nicht?«

»Sicher nicht, aber ich glaube, daß Sie zu weichherzig sind.«

Michael fuhr sich mit den Fingern durch das Haar.

»Würde es Sie überraschen, wenn Sie hören, daß es eine geschäftliche Angelegenheit war?«

»Ja, Mr. Mont.«

»Dann sag' ich Ihnen auch nicht, worum es ging. Wenn Sie mit dem Schmollen fertig sind, schreiben Sie den Brief an meinen Vater über ›Duett‹ weiter: ›Zu unserem Bedauern können wir in der gegenwärtigen Wirtschaftslage eine Neuauflage des Dialogs zwischen diesen beiden alten Maulhelden nicht verantworten, wir haben schon genug Geld damit verloren!‹ Sie müssen das natürlich umschreiben. Fällt uns noch was ein, damit der alte Knabe nicht traurig wird? Wie wäre es mit: ›Wenn die Franzosen wieder zu Vernunft gekommen sind und die Vögel zu singen beginnen — kurz, wenn der Frühling kommt —, hoffen wir, die Angelegenheit im Licht von — von‹ — von was, Miss Perren, überdenken zu können?«

»›Im Lichte der gewonnenen Erfahrungen.‹ Soll ich das über die Franzosen und die Vögel weglassen?«
»Ausgezeichnet! ›Hochachtungsvoll, Danby & Winter.‹ Glauben Sie nicht, daß es ein skandalöser Fall von Nepotismus war, das Buch überhaupt in unserm Verlag zu bringen, Miss Perren?«
»Was ist Nepotismus?«
»Seinen Sohn ausnützen. Er hat mit seinen Büchern noch nie einen Groschen verdient.«
»Er ist ein sehr bekannter Schriftsteller, Mr. Mont.«
»Und wir zahlen dafür drauf. Aber er ist ein guter alter Bart. Das wäre alles vor dem Essen, und daß Sie nur ja anständig essen! Die Figur dieses Mädchens war auch nicht alltäglich, oder? Sie ist dünn, aber sie hält sich gerade. Etwas wollte ich Sie schon immer fragen, Miss Perren: Warum gehen die modernen Mädchen so gekrümmt und strecken den Kopf so vor? Sie können doch nicht alle so gebaut sein?«
Die Wangen der Sekretärin röteten sich ein wenig.
»Es gibt einen Grund dafür, Mr. Mont.«
»Gut, welchen?«
Die Wangen der Sekretärin wurden immer röter. »Ich weiß wirklich nicht, ob ich –«
»Oh! Tut mir leid. Ich werde meine Frau fragen. Aber sie hält sich auch ganz gerade.«
»Also, Mr. Mont, es ist so: Man sollte eigentlich kein – kein Hinterteil haben, und man hat es doch, und die richtige Wirkung erzielt man nur dann, wenn man die Brust einzieht und den Kopf vorstreckt. Sie machen es den Modebildern und den Mannequins nach.«
»Aha«, sagte Michael, »danke, Miss Perren; schrecklich nett von Ihnen. Ist aber schon dumm, nicht?«
»Ja, ich halte nichts davon.«
»Nein, ganz recht.«
Die Sekretärin senkte die Augenlider und ging.
Michael setzte sich und zeichnete ein Gesicht auf sein Löschpapier; es war nicht das Victorines ...

Victorine nahm ihren üblichen Lunch, eine Schale Kaffee und ein Stück derben Kuchen, und stieg dann, mit dem Brief an Aubrey Greene bewaffnet, in die Untergrundbahn ein, um nach Chelsea zu fahren. Sie hatte keinen Erfolg gehabt, aber der Herr war freundlich gewesen, und sie fühlte sich besser.

Ein junger Mann war gerade dabei, die Tür des Studios aufzusperren — sehr elegant, in rauchgrauem Harris Tweed, ein geschmeidiger junger Mann ohne Hut, mit schönem zurückgebürstetem, hellem Haar und weicher Stimme.

»Modell?« fragte er.

»Ja, bitte, Sir. Ich habe einen Brief von Mr. Mont an Sie.«

»Michael? Kommen Sie herein.«

Victorine folgte ihm. Drinnen war alles meergrün; ein hoher Raum mit Deckenbalken und viel Oberlicht und viele Bilder und Zeichnungen an den Wänden; einige davon sahen so aus, als wären sie auf den Boden geglitten. Ein Bild auf einer Staffelei, das zwei Frauen darstellte, deren Kleider zu Boden fielen, beunruhigte Victorine. Sie spürte die Augen des Mannes, meergrün wie die Wände, auf sich gerichtet; sie musterten sie von oben bis unten.

»Stehen Sie für alles Modell?« fragte er.

Victorine antwortete mechanisch: »Ja, Sir.«

»Wollen Sie bitte Ihre Kopfbedeckung abnehmen?«

Victorine nahm ihre Kappe ab und schüttelte das Haar zurecht.

»Ah!« sagte der Mann. »Vielleicht wäre es möglich?«

Victorine fragte sich: »Was denn?«

»Setzen Sie sich bitte auf das Podium.«

Victorine sah sich unsicher um. Ein Lächeln schien über sein Gesicht zur Stirn und über das glatte helle Haar zu huschen.

»Das ist also Ihr erster Versuch?«

»Ja, Sir!«

»Um so besser.« Und er zeigte auf ein kleines Podium.

Victorine setzte sich in einen schwarzen Eichensessel.

»Sie sehen aus, als würden Sie frieren.«

»Ja, Sir.«

Er ging zu einem Schrank und kam mit zwei kleinen Gläsern mit brauner Flüssigkeit zurück.

»Trinken Sie einen Grand Marnier?«

Sie sah, daß er sein Glas in einem Zug leerte, und tat dasselbe. Es war süß, stark, sehr angenehm, und sie mußte husten.

»Zigarette?«

Victorine nahm sie aus dem ihr angebotenen Etui und steckte sie zwischen die Lippen. Er zündete sie an. Und wieder huschte ein kurzes Lächeln über sein Gesicht.

»Sie ziehen den Rauch ein«, sagte er. »Woher stammen Sie?«

»Aus Putney, Sir.«

»Sehr interessant. Bleiben Sie einen Augenblick ruhig sitzen. Es ist nicht so schlimm wie Zahnziehen, aber es dauert länger. Das Wichtigste ist, daß man wach bleibt.«
»Ja, Sir.«
Er nahm ein großes Stück Papier und etwas Dunkles und begann zu zeichnen.
»Sagen Sie«, sagte er, »Miss —«
»Collins, Sir — Victorine Collins.« Instinktiv gab sie ihren Mädchennamen an. Irgendwie erschien ihr das professioneller.
»Haben Sie Zeit?« Er hielt inne, und wieder glitt das Lächeln bis zu seinem hellen Haar: »Oder haben Sie noch was anderes zu tun?«
»Im Augenblick nichts, Sir. Ich bin verheiratet, aber sonst nichts.«
Eine Zeitlang schwieg er. Es war interessant, ihm zuzusehen, wie er sie ansah, etwas zeichnete, sie wieder ansah. Hunderte Male sah er sie an, hunderte Male fuhr er übers Papier. Schließlich sagte er: »In Ordnung! Machen wir Pause. Sie hat mir der Himmel geschickt, Miss Collins. Kommen Sie her und wärmen Sie sich.«
Victorine trat zum Feuer.
»Wissen Sie, was Expressionismus ist?«
»Nein, Sir.«
»Na ja, er bedeutet, das Äußere nur insofern zu berücksichtigen, als es das Innere ausdrückt. Sagt Ihnen das etwas?«
»Nein, Sir.«
»Auch gut! Sie haben doch gesagt, daß Sie mir auch ganz ohne Modell stehen würden?«
Victorine sah den hellen, geschmeidigen Herrn an. Sie verstand nicht, was er meinte, aber sie spürte, daß es etwas Ungewöhnliches war.
»Ganz ohne, Sir?«
»Nackt.«
»Oh!« Sie schlug die Augen nieder und sah dann die herabgleitenden Kleider der beiden Frauen an. »So?«
»Nein, ich würde Sie nicht kubistisch malen.«
Ihre bleichen Wangen wurden langsam rot. Sie sagte langsam:
»Heißt das, daß ich dann mehr bekomme?«
»Ja, um die Hälfte mehr — vielleicht sogar noch mehr. Wenn Sie nicht wollen, müssen Sie nicht. Sie können es sich überlegen und es mir das nächstemal sagen.«
Sie hob die Augen wieder und sagte: »Danke, Sir.«
»Gut! Aber lassen Sie das ›Sir‹.«
Victorine lächelte. Es war das erstemal, daß sich ihr Gesicht in dieser

Weise entspannte, und dies schien eine sonderbare Wirkung auf ihn zu haben. Er sagte: »Herrgott! Wenn Sie lächeln, Miss Collins, sehe ich Sie impressionistisch. Wenn Sie schon ausgeruht sind, setzen Sie sich wieder hinauf.«

Victorine ging zurück zu ihrem Platz.

Der Herr nahm ein neues Stück Papier.

»Können Sie an irgend etwas denken, das Sie zum Lächeln bringt?«

Sie schüttelte den Kopf. Sie wußte tatsächlich nichts.

»Gar nichts Komisches? Sind Sie zum Beispiel nicht in Ihren Mann verliebt?«

»O doch.«

»Also dann versuchen Sie's.«

Victorine versuchte es, aber sie konnte Tony nur sehen, wie er seine Ballons verkaufte.

»Das ist nichts«, sagte der Herr. »Denken Sie nicht an ihn. Haben Sie schon einmal *L'après-midi d'un Faune* gesehen?«

»Nein, Sir.«

»Ich hab' eine Idee. *L'après-midi d'une Dryade.* Wegen des Nacktseins brauchen Sie sich keine Gedanken zu machen, es ist ganz unpersönlich. Denken Sie an die Kunst und an fünfzehn Shilling pro Tag. Beim Schatten Nijinskis, ich sehe das Ganze schon vor mir!«

Die ganze Zeit, während er sprach, glitten seine Augen zu ihr hin und wieder zurück, und sein Bleistift über das Papier. Etwas begann sich in Victorine zu regen. Fünfzehn Shilling pro Tag! Blaue Schmetterlinge!

Tiefes Schweigen herrschte. Seine Augen und seine Hände bewegten sich rasch. Ein fernes Lächeln war auf Victorines Gesicht getreten — sie rechnete das Geld zusammen, das sie verdienen könnte!

Endlich hörten Augen und Hände auf, sich zu bewegen, und er stand auf und besah sich das Papier.

»Das ist genug für heute, Miss Collins. Ich muß darüber nachdenken. Geben Sie mir Ihre Adresse?«

Victorine überlegte rasch.

»Bitte, Sir, schreiben Sie mir postlagernd. Ich möchte nicht, daß mein Mann erfährt, daß —«

»Daß Sie sich mit Kunst beschäftigen? Gut! Welches Postamt?«

Victorine nannte es und setzte ihren Hut wieder auf.

»Eineinhalb Stunden, fünf Shilling, danke. Und morgen um halb drei, Miss Collins, und sagen Sie nicht ›Sir‹.«

»Ja, S — danke.«

Während sie in der kalten Januarluft auf ihren Bus wartete, erschien

Victorine das »ganz ohne« unwahrscheinlich. Vor einem fremden Mann nur mit ihrer Haut bekleidet stehen! Wenn Tony das wüßte!
Wieder wurden ihre bleichen Wangen langsam rot. Sie stieg in den Bus. Aber fünfzehn Shilling! Sechs Tage pro Woche – das wären ja vier Pfund und zehn Shilling! In vier Monaten hätten sie das Geld für die Überfahrt verdient. Nach den Bildern im Studio zu schließen, taten es viele andere auch. Tony durfte nichts erfahren, nicht einmal, daß sie ihr Gesicht zeichnen ließ. Er war so erregbar und hatte sie so lieb! Er würde sich weiß Gott was vorstellen! Sie hatte ihn schon sagen hören, daß diese Künstler wie Raubtiere wären. Aber der Herr war sehr nett gewesen, obwohl man den Eindruck hatte, daß er über alles lachte. Sie hätte gerne die Zeichnung gesehen. Vielleicht würde sie sich eines Tages in einer Ausstellung bewundern. Aber ohne – oh! Und plötzlich dachte sie: »Wenn ich ein bißchen mehr äße, würde ich auch so hübsch aussehen!« Und als wollte sie diesem kühnen Gedanken entfliehen, starrte sie in das Gesicht gegenüber. Es hatte ein Doppelkinn, war ruhig und glatt und zufrieden, und helle Augen starrten sie an. Die Menschen hatten Gedanken, aber was sie dachten, wußte man nicht. Und ein Lächeln, wie Aubrey Greene es gewünscht hätte, breitete sich über das Gesicht seines Modells.

3

Michael geht spazieren und trifft Leute

Das Gesicht, das Michael zeichnete, begann als das Victorines und endete als das Fleurs. Wenn Fleur auch nach außenhin eine aufrechte Haltung zeigte, war ihre Moral ebenso aufrecht? Der Gedanke ließ ihn nicht los, wenn er sich deshalb auch wie ein Schuft vorkam. An ihrem Leben bemerkte er keine Veränderung, und seine Loyalität hielt ihn davon ab, nachzuforschen, was sie tat, wenn er sie nicht sah. Aber seine einmal geweckte Wachsamkeit ließ ihn mehr und mehr einen gewissen Zynismus an ihr bemerken, als hielte sie sich unaufhörlich die Tatsache vor Augen, daß alle Werte gleich seien und nichts mehr viel Sinn habe.
Obwohl Wilfrid noch in London war, wurde er nie erwähnt. »Aus den Augen, aus dem Sinn« schien das Motto zu sein. Bei Michael traf das allerdings nicht zu – er dachte unaufhörlich an Wilfrid. Wenn Wilfrid

Fleur nicht sah, wie hielt er es dann aus, in ihrer verführerischen Nähe zu bleiben? Wenn Fleur nicht wollte, daß Wilfrid blieb, warum hatte sie ihn dann nicht fortgeschickt? Es fiel ihm auch schwer, vor den anderen zu verbergen, daß er und Wilfrid nicht mehr befreundet waren. Oft verlangte es ihn plötzlich, zu ihm zu gehen und sich mit ihm auszusprechen, aber dann unterdrückte er dieses Verlangen. Entweder gab es nichts, was er nicht schon wußte, oder es gab etwas – und Wilfrid würde es ableugnen. Michael akzeptierte das ohne Groll; man konnte eine Frau doch nicht bloßstellen. Aber er wollte von einem Kriegskameraden keine Lügen hören. Zwischen Fleur und ihm wurde kein Wort über die Sache gesprochen; er spürte, daß Worte zu nichts führten, sondern seine ohnehin schwache Position noch gefährden würden. Weihnachten hatten sie auf dem Landsitz der Monts mit Fasanenjagd verbracht. Beim letzten Treiben am zweiten Tag war Fleur neben ihm gestanden, sie hatte Ting-a-ling an der Leine gehalten. Der chinesische Hund war außerordentlich aufgeregt gewesen, hatte sich jedesmal, wenn ein Vogel zur Erde fiel, auf die Hinterpfoten gestellt, und der Lärm der Schüsse hatte ihn überhaupt nicht gestört. Michael hatte, während er danebenschoß – er war ein schlechter Schütze –, ihr erregtes Gesicht beobachtet, das von grauem Pelz umhüllt war. Die Jagd war für sie neu; und sie war immer in Höchstform, wenn etwas Neues sie reizte. Es hatte ihn sogar ihr »Oh, Michael« begeistert, wenn er danebenschoß. Sie war der große Erfolg der Jagdgesellschaft gewesen, was bedeutete, daß er von ihr kaum etwas sah, außer ein verschlafenes Gesicht auf dem Kissen; aber wenigstens war er dort frei von der lauernden Ungewißheit gewesen.

Er vollendete mit wenigen Strichen die Zeichnung des Kopfes mit dem kurzgeschnittenen Haar auf dem Löschpapier und stand auf. Bei St. Paul, hatte ihm das Mädchen gesagt. Er könnte doch hingehen und sich Bicket heimlich ansehen. Vielleicht fiel ihm etwas ein. Er zog den Gürtel seines blauen Mantels zu und verließ das Haus, schlank und aufrecht, und sein Herz tat ihm ein wenig weh.

Als er an diesem hellen, freundlichen Tag ostwärts ging, berührte ihn nichts so sehr wie der Umstand, daß er lebte, gesund war und Arbeit hatte. Er ging durch Covent Garden. Ein erstaunlicher Ort! Konnte ein Mensch Jahrzehnt um Jahrzehnt den Markt von Covent Garden aushalten, so war er gegen die Mängel der menschlichen Natur immun. Ein trostreicher Ort – war man da durchgegangen, so brauchte man nichts mehr allzu ernst zu nehmen. Auf dieser rechteckigen Insel waren die Erzeugnisse und Früchte der Welt aufgestapelt, im Westen begrenzt vom Presseviertel, im Osten von der Oper und im Norden und Süden durch Menschenströme verbunden. Zwischen Karren, die entladen wurden, und einem Haufen von Papier, Stroh und schäbigen Menschen ging Michael und zog die Luft ein. Ein ganz eigener Geruch, Covent Garden, erdig, doch nicht verfault! Nie, nicht einmal im Krieg, hatte er einen Ort kennengelernt, der so völlig formlos war. Unwahrscheinlich englisch! Keiner sah so aus, als hätte er etwas mit dem Boden zu schaffen — Kutscher, Herumstehende, Packer und die Händler im Inneren der gedeckten Markthallen schienen alle keine Beziehung zu Sonne, Wind, Wasser, Luft oder Erde zu haben — lauter Stadttypen! Und — du lieber Gott — wie schief, verzerrt, gedunsen oder eingefallen ihre Gesichter waren — häßliche, unharmonische, gewöhnliche Gesichter! Und wo war der typische Engländer in dieser unendlichen Vielfalt von Disharmonie? Es gab eben keinen! Er kam zum Obst, leuchtenden Haufen, ruhig und hell — Fremde aus dem Reich der Sonne — Kugeln, alle von gleicher Größe und Farbe. Michael lief das Wasser im Mund zusammen. »Es ist schon was an der Sonne dran«, dachte er; »wirklich!« Man mußte nur an Italien denken, an die Araber, an Australien — die Australier stammten aus England, und wie sehr hatten sie sich im Typus verändert! Und trotzdem, was Gutmütigkeit anlangte, war der Cockney allen überlegen! Je ausgeglichener die Züge und Gestalt eines Menschen, desto selbstsüchtiger war er. Diese Grapefruits sahen schrecklich selbstzufrieden aus, verglichen mit den Kartoffeln!

Er dachte noch immer über die Engländer nach, als er schon längst Covent Garden verlassen hatte. Sie waren jetzt eine der häßlichsten und unharmonischesten Menschenrassen; und doch — gab es irgendwo Menschen, die sich mit ihnen messen konnten, was Ausgeglichenheit des Charakters und Ausdauer anlangte? Und das brauchten sie in ihren verrauchten Städten, bei diesem Klima — ein bemerkenswertes Beispiel von Anpassung an die Umwelt, der moderne Engländer! »Ich könnte einen Engländer überall herausfinden«, dachte er, »und doch gibt es keinen gültigen Typ!« Ein erstaunliches Volk! So häßlich in der Masse, und doch wuchsen daraus so herrliche Blumen und so sonderbare Triebe — wie diese kleine Mrs. Bicket; in ihrer Gesamtheit gesehen so nüchtern, und doch mit einer solchen Fülle von Dichtern. Was würde übrigens der alte Danby dazu sagen, wenn Wilfrid seinen nächsten Gedichtband in einem anderen Verlag herausbrachte? Oder eher, was sollte er — Wilfrids besonderer Freund! — dem alten Danby sagen? Ah! Er wußte, was er ihm sagen würde: »Ja, Sir, aber Sie hätten den armen Kerl laufenlassen sollen, der ›Kleingeld‹ gestohlen hatte. Desert hat nicht vergessen, daß Sie so hart waren.« Ein Hieb auf den alten Danby und seine ewige Selbstgerechtigkeit. »Kleingeld« war äußerst gut gegangen. Und das folgende Buch würde wahrscheinlich noch viel besser gehen. Das Buch war der Beweis dafür, was er — Michael — immer wieder sagte: Die Zeit der hohlen Schwätzer ist vorbei. Die Leute wollen wieder leben. Sibley, Walter Nazing, Linda — alle, die nichts zu sagen hatten, als daß sie allen anderen überlegen seien — waren schon am absterbenden Ast, waren schon reif fürs Grab. Nicht, daß sie erkennen würden, wann es mit ihnen vorbei war, sicher nicht! Sie würden weiter ihre Nasen rümpfen und auf die anderen herabsehen! »Ich habe genug von ihnen«, dachte Michael. »Wenn nur Fleur einsähe, daß es ein Zeichen von Inferiorität ist, wenn man auf alles herabschaut!« Und plötzlich wurde ihm klar, daß sie es wahrscheinlich wußte. Wilfrid war der einzige von der ganzen Gesellschaft, mit dem sie wirklich eng befreundet gewesen war; die anderen waren da, weil — nun, weil sie eben Fleur war und immer das Neueste um sich haben mußte. Wenn sie — sehr bald! — nicht mehr das Neueste wären, würde Fleur sie fallenlassen. Doch Wilfrid würde sie nicht fallenlassen. Nein, er war sicher: Wilfrid hatte sie nicht fallenlassen und sie würde es auch nicht tun. Er blickte auf. Ludgate Hill! »Bei St. Paul — er verkauft Luftballons dort!« Und da — wirklich —, da stand der arme Teufel!

Bicket war eben dabei, die Luft aus seinen Ballons auszulassen, um eine Tasse Kakao trinken zu gehen. Michael erinnerte sich, daß er so tun müsse, als hätte er ihn rein zufällig getroffen, und blieb einen Augenblick stehen, um den richtigen Ton der Überraschung zu finden. Was für ein Jammer, daß der arme Kerl sich nicht in einen seiner bunten Ballons verwandeln und über St. Paul hinweg zum heiligen Petrus schweben konnte. Wirklich ein armer Schlucker, wie er so dastand und die Luft aus den Gummihüllen herauspreßte. Und plötzlich erinnerte er sich ganz deutlich an Einzelheiten: Luftballons — auf dem Platz — erster November — ein fröhlicher Abend — ein besonderer Abend — Fleur! Vielleicht brachten sie Glück. Er ging auf Bicket zu und sagte mit erstaunter Stimme: »Sie, Bicket? Ist das jetzt Ihre Arbeit?«

Bickets große Augen blickten ihn über einen rotbraunen Sixpenny-Ballon hinweg an.

»Mr. Mont! Ich hab' oft gedacht, ich tät' Sie gern wieder treffen.«

»Ich auch, Bicket. Wenn Sie nichts Besseres vorhaben, kommen Sie mit mir essen.«

Bicket strich die letzte Luft aus dem Ballon heraus, schloß den Tragkasten und sagte: »Ist das Ihr Ernst, Sir?«

»Sicher. Ich wollte gerade Fisch essen gehen.«
Bicket schlüpfte aus der Tragschlinge seines Kastens heraus.
»Ich lass' das da beim Straßenkehrer.« Er übergab dem Mann seinen Bauchladen und ging dann neben Michael her.
»Läßt sich damit was verdienen, Bicket?«
»Knapp, was man zum Leben braucht, Sir.«
»Wie wär's mit dem Restaurant da? Essen wir Austern.«
Bicket leckte diskret den Tropfen Speichel weg, der in seinem Mundwinkel erschienen war.
Michael nahm an einem kleinen Tisch Platz, der mit weißer Wachsleinwand bedeckt war und auf dem Fläschchen mit Essig und Öl standen.
»Zwei Dutzend Austern und alles, was dazugehört. Und dann zwei schöne Seezungen und eine Flasche Chablis. Und bitte beeilen Sie sich.«
Sobald der weißbeschürzte Kellner verschwunden war, sagte Bicket: »Du meine Güte!«
»Ja, es ist schon eine komische Welt, Bicket.«
»Und wie! Würd' mich nicht wundern, wenn Sie das Essen da ein gutes Pfund kostet! Und ich verdien' fünfundzwanzig Shilling in der Woche, wenn's hochkommt!«
»Da berühren Sie einen wunden Punkt, Bicket. Ich hab' immer ein schlechtes Gewissen.«
Bicket schüttelte den Kopf.
»Nein, Sir, wenn Sie Geld haben, so geben Sie's aus. Ich tät's auch an Ihrer Stelle. Genießen Sie das Leben, wenn Sie können — 's gibt nicht viele, die's können.«
Der Kellner mit der weißen Schürze begann sie mit Austern zu traktieren. Er brachte sie frisch geöffnet herein, jeweils drei auf einmal. Michael richtete sie sich her, Bicket schlang ihren ganzen Inhalt hinunter. Als dann die zwölf leeren Schalen vor ihm lagen, sagte er:
»Das ist der Punkt, wo die Sozialisten einen Fehler machen, Sir. Nichts hält mich besser über Wasser, als wenn ich seh', wie die andern mit dem Geld 'rumschmeißen. Mit'm bißchen Glück geht's uns vielleicht auch einmal so. Es würde gar nicht so weit reichen, daß jeder auf der Welt ein Pfund pro Tag hat — heißt's. Das ist doch nichts, Sir. Da ist es mir lieber, wenig zu haben, aber die Hoffnung, es könnt' einmal mehr werden. Wenn man nicht mehr aufs große Los warten kann, freut einen das Leben doch gar nicht mehr. Prost!«
»Fast könntest du mich zum Kapitalismus bekehren, Bicket!«
Das schmale Gesicht mit den großen Augen begann hinter dem Chablisglas zu leuchten.

»Wollte Gott, meine Frau wär' hier dabei. Hab' Ihnen von ihr und der Lungenentzündung erzählt, Sir. Sie ist wieder ganz in Ordnung, aber furchtbar dünn. Sie ist für mich das große Los, das ich gezogen hab'. Ich für mein Teil will keine Welt, in der man nicht die Chance hat, das große Los zu ziehen. Ging' alles nur nach Recht und Verdienst, so hätt' ich sie nie bekommen. Verstehn Sie, was ich sagen will?«

»Ich auch nicht«, dachte Michael und zeichnete im Geist wieder das Gesicht aufs Löschpapier.

»Alle haben wir unsere Träume — bei mir sind's blaue Schmetterlinge — Zentralaustralien. Die Sozis helfen mir nicht, dorthin zu kommen. Ihr Ideal vom Himmel auf Erden geht nicht über Europa hinaus.«

»Großartig«, sagte Michael. »Heiße Butter, Bicket?«

»Ja, danke, Sir.«

Eine Weile schwiegen beide und widmeten sich ihrer Seezunge.

»Wie sind Sie auf Ballons verfallen, Bicket?«

»Man braucht keine Werbung, die Ballons werben für sich selbst.«

»Haben wohl bei uns zuviel Werbequatsch gesehen, wie?«

»Na ja, Sir, ich hab' die Buchumschläge immer gelesen. War erstaunt, daß soviel Bücher so großartig sein sollen.«

Michael fuhr sich mit der Hand durchs Haar.

»Buchumschläge! Dieselbe junge Frau, die von demselben jungen Mann mit genau demselben scharfgeschnittenen Kinn geküßt wird! Aber was soll man machen, Bicket? Die Leute wollen's nun einmal so. Erst heute früh hab' ich versucht, einmal einen anderen Weg zu gehen. Werden sehen, was dabei herauskommt.«

»Und ich hoffe nur, du wirst es nicht sehen!« dachte er. »Wenn ich mir vorstelle, daß Fleur auf so einem Buchumschlag . . .!«

»Mir ist etwas aufgefallen, kurz bevor ich 'rausflog«, sagte Bicket. »Da war es modern, immer irgendeine Landschaft oder Klippen zu zeigen, mit einem Paar im Gras oder auf dem Sand, das so dreinschaute, als wüßte es nicht, was es miteinander anfangen soll.«

»Ja, das haben wir auch versucht«, sagte Michael. »Wir wollten damit ungewöhnlich erscheinen. Aber das Publikum hatte das bald satt. Was hätten Sie jetzt gern — Käse?«

»Ja, danke schön, Sir. Eigentlich bin ich schon mehr als voll, aber ich sag' nicht nein.«

»Zwei Portionen Stilton«, bestellte Michael.

»Wie geht's Mr. Desert, Sir?«

Michael wurde rot.

»Ach, ganz gut.«

Auch Bicket war rot geworden.
»Vielleicht könnten Sie ihm bitte sagen, Sir, daß es – daß es reiner Zufall war, daß ich gerade sein Buch geklaut hab. Es hat mir wirklich leid getan.«
»Es ist meistens reiner Zufall, glaube ich«, sagte Michael langsam, »wenn wir einem anderen etwas wegnehmen. Wir tun so was eigentlich nie mit voller Absicht.«
Bicket blickte auf.
»Nein, Sir, da bin ich anderer Meinung. Jeder zweite Mensch holt sich gern was vom andern – aber ich bin nicht so.«
In Michael wallte ein Gefühl der Loyalität auf.
»Er auch nicht.« Er bot Bicket sein Zigarettenetui an.
»Vielen Dank, Sir, vielen Dank.«
Seine Augen waren feucht, und Michael dachte: »Verdammt, jetzt wird's sentimental. Komm, gib mir 'nen Abschiedskuß und verschwinde.« Er winkte dem Kerl mit der weißen Schürze.
»Geben Sie mir Ihre Adresse, Bicket. Wenn Ihnen Sachen zum Anziehen was nützen können, vielleicht hab' ich ein paar alte Anzüge zu Hause.«
Bicket schrieb seine Adresse auf die Rückseite der Rechnung und sagte zögernd: »Ihre Frau wird wohl nichts haben, Sir, was sie nicht mehr braucht? Meine Frau hat ungefähr meine Größe.«
»Ich glaube, das wird sich schon machen lassen. Wir schicken Ihnen was.« Er sah, wie die Lippen des armen Schluckers zu zittern begannen, und griff nach seinem Überzieher. »Sollte sich was ergeben, so werde ich an Sie denken, Bicket. Wiedersehen und viel Glück.«
Er ging nach Osten, weil Bicket den Weg nach Westen einschlug, und im Gehen sagte er sich immer wieder vor: »Mitleid ist Unsinn – Mitleid ist Unsinn!« Er bestieg einen Bus und fuhr zurück, an der St.-Pauls-Kathedrale vorbei. Er schaute sich vorsichtig um und sah, wie Bicket einen Ballon aufblies. Hinter der rosa Kugel war wenig von seinem Gesicht oder seiner Gestalt zu sehen. Während er sich der Blake Street näherte, wurde sein Widerwille gegen die Arbeit immer größer, und er fuhr weiter zum Trafalgar Square. Die Geschichte mit Bicket hatte ihn erregt. Die Welt war manchmal wirklich unerträglich komisch. Bicket, Wilfrid, die Ruhr! »Gefühl ist idiotisch! Mitleid ist Unsinn!« Er stieg aus und ging an den Löwen vorbei auf die Pall Mall zu. Sollte er in den Snooks-Klub gehen und nach Bart fragen? Sinnlos – dort würde er Fleur nicht finden. Und das war es ja, was er eigentlich wollte – Fleur auch untertags sehen. Aber wo? Sie war überall und nirgends.
Sie war ruhelos. War das seine Schuld? Wäre er Wilfrid – würde sie

dann auch so ruhelos sein? »Ja«, dachte er den Gedanken mutig zu Ende. »Wilfrid ist auch ruhelos.« Sie alle waren ruhelos — alle Leute, die er kannte. Wenigstens alle jungen — im Leben wie in ihren Büchern. Man brauchte doch nur ihre Romane zu lesen — kaum einer unter zwanzig hatte innere Ruhe, jene Eigenschaft, die den Leser dazu bringt, bei einem Buch als einem Ort der Ruhe Zuflucht zu suchen. Sie hasteten und ratterten und eilten und schlitterten durchs Leben wie Motorräder, gewalttätig — und ach so klug! Wie ihm das alles auf die Nerven ging! Manchmal nahm er ein Manuskript mit nach Hause, um Fleur um ihre Meinung zu fragen. Einmal hatte sie gesagt: »Das ist wie das Leben, Michael — es rast einfach vorbei und hält sich nirgendwo lang genug auf, um irgendwo irgend etwas Bedeutung zu geben. Der Autor hat es freilich nicht als Satire gemeint, doch wenn du's herausbringst, dann schreib auf den Umschlag: ›Diese schreckliche Satire auf das moderne Leben.‹« Sie waren ihrem Rat gefolgt, wenigstens teilweise. Sie hatten geschrieben: »Diese treffende Satire auf das moderne Leben.« So war Fleur. Sie sah all die Hast um sich, aber wie der Autor der treffenden Satire erkannte sie nicht, daß auch sie selbst mithastete und mitschlitterte — oder doch? War sie sich dessen bewußt, daß sie vom Leben zehrte wie eine Flamme von der Luft?

Er hatte die Piccadilly erreicht und erinnerte sich plötzlich, daß er ihre Tante schon seit langem nicht mehr besucht hatte. Das war vielleicht eine Chance, Fleur zu finden. Er lenkte seine Schritte nach der Green Street.

»Ist Mrs. Dartie zu Hause?«

»Ja, Sir.«

Michael sog die Luft ein. Fleur verwendete — aber er roch kein Parfüm, nur Weihrauch. Winifred verbrannte oft Räucherstäbchen, das heißt jedesmal, wenn sie sich erinnerte, was für eine distinguierte Atmosphäre diese verbreiteten.

»Wen darf ich melden?«

»Mr. Mont. Meine Frau ist nicht etwa hier?«

»Nein, Sir. Nur Mrs. Val Dartie.«

Mrs. Val Dartie! Ja, er erinnerte sich, eine nette Frau — aber kein Ersatz für Fleur! Da er aber nicht gut anders konnte, ging er hinter dem Mädchen weiter.

Im Salon fand Michael drei Personen vor. Darunter seinen Schwiegervater, der grau und düster dreinsah und von seinem Empirestuhl aus auf die blauen australischen Schmetterlinge starrte, die unter Glas auf dem runden scharlachroten Tischchen lagen. Winifred hatte die Grundausstattung ihres Empirezimmers mit verschiedenem zeitgemäßen Firlefanz

»modernisiert«. Sie begrüßte Michael mit der Wärme, die man dem Zeitgeschmack zufolge an den Tag zu legen hatte. Wie reizend von ihm, sie zu besuchen, wo er doch mit all den jungen Dichtern soviel zu tun habe!

»Ich finde, ›Kleingeld‹ – was für ein reizender Titel! – ist ein sehr anregendes Buch. Mr. Desert ist wirklich ein gescheiter Mensch! Was macht er denn jetzt?«

Michael sagte: »Ich weiß es nicht« und ließ sich auf ein Sofa neben Mrs. Val Dartie fallen. In Unkenntnis des Forsyteschen Familienzwists konnte er nicht ermessen, welche Erleichterung sein Erscheinen gebracht hatte.

Soames sagte etwas über die Franzosen, stand auf und ging zum Fenster. Winifred trat zu ihm, und ihre Stimmen klangen, als hätten sie sich etwas Vertrauliches mitzuteilen.

»Wie geht es Fleur?« fragte Michaels Nachbarin.

»Danke, ausgezeichnet!«

»Wie fühlen Sie sich in Ihrem Haus?«

»Sehr wohl – wollen Sie uns nicht einmal besuchen kommen?«

»Ich weiß nicht recht, ob Fleur –?«

»Warum denn nicht?«

»Ach, ich weiß nicht recht . . .«

»Sie ist außerordentlich gesellig.«

Sie schien ihn mit mehr Interesse zu beobachten, als er verdiente, als wollte sie etwas aus seinem Gesicht herauslesen, und er fügte hinzu:

»Sie sind doch eine Verwandte – und zwar nicht nur angeheiratet, sondern eine Blutsverwandte?«

»Ja.«

»Was hindert Sie dann also?«

»Oh, gar nichts. Ich werde bestimmt kommen. Nur – sie hat so viele Freunde.«

Michael dachte: »Diese Frau gefällt mir!« – »Um ehrlich zu sein, ich bin heute hierhergekommen«, sagte er, »weil ich dachte, ich fände Fleur vielleicht hier. Ich möchte gerne, daß Sie beide einander kennenlernen. Bei all dem Wirbel, der immer um sie ist, wird es ihr wohltun, einen ruhigen Menschen kennenzulernen.«

»Danke schön.«

»Sie haben nie in London gelebt?«

»Nur bis zu meinem sechsten Lebensjahr.«

»Ich wollte, sie fände einmal ein wenig Ruhe. Sie will – Frieden und Ruhe, ohne es selbst zu wissen.« Er hatte wegen des Gleichklangs –

Wilfrid! – ein wenig gestottert und suchte jetzt nach einem Thema, das ihm über seine Assoziation hinweghelfen würde. Die blauen Schmetterlinge! »Ich habe gerade mit einem kleinen Cockney gesprochen, dessen ganzes Sinnen und Trachten nach Zentralaustralien geht – als ob sein Seelenheil davon abhinge, sozusagen. Was glauben Sie: Sollen wir uns um die Seelen der anderen kümmern, oder geht uns das nichts an?«

»Ich habe lange geglaubt, wir wären dazu verpflichtet, aber jetzt bin ich mir nicht mehr so sicher – mir sind in letzter Zeit verschiedene Dinge aufgefallen.«

»Was denn?«

»Nun, ich sehe immer wieder, daß alle Leute, mit deren Äußerem etwas nicht stimmt – die nicht wohlproportioniert sind oder die eine schiefe Nase oder Glotzaugen haben oder einen besonders leuchtenden Blick –, daß alle diese Leute an eine Seele glauben; aber Leute, die gut gebaut und nicht mißgestalt sind, scheinen an der Seele herzlich wenig Interesse zu haben.«

Michael spitzte die Ohren.

»Großartig«, sagte er, »keine schlechte Idee! Fleur ist eindeutig wohlproportioniert – und sie scheint sich keine Gedanken zu machen. Ich bin alles andere als schön – und ich denke oft an solche Dinge. Und die Leute in Covent Garden müssen sehr viel Seele besitzen. Sie glauben also, daß ›die Seele‹ dadurch zustande kommt, daß im Organismus irgend etwas nicht so funktioniert, wie es sollte – daß sie eine Art besonderes Bewußtsein ist, das sich dann einstellt, wenn man nicht aus einem Guß ist?«

»Ja, so irgendwie – jedenfalls bin ich sicher, daß daraus so etwas wie ›seelische Kraft‹ entsteht.«

»Sagen Sie, fühlen Sie sich denn Ihres Lebens und Ihrer Seele sicher? Nach Ihrer Theorie müßten wir eigentlich in einer sehr seelenvollen Zeit leben! Ich muß mir einmal meine Familie daraufhin ansehen. Wie sieht es bei der Ihren aus?«

»Bei den Forsytes? Ach, die sind alle fast zu gut proportioniert.«

»Da mögen Sie recht haben. Jedenfalls haben sie keine auffallenden Mißbildungen. Und auch die Franzosen sind im allgemeinen recht organisch gebaut. Es ist natürlich nur eine Theorie, und die meisten Leute werden die Sache anders sehen. Sie würden eher sagen, daß die Seele zu den Mißbildungen führt, daß die Seele daran schuld ist, wenn einer einen leuchtenden Blick oder eine schiefe Nase hat. Wenn die Seele klein ist, will sie nicht aus dem Körper heraus, und es entsteht dann etwas wie eine Wachspuppe. Ich werde noch darüber nachdenken. Danke jedenfalls für den Floh, den Sie mir ins Ohr gesetzt haben! Also, besuchen Sie uns doch wirklich einmal! Auf Wiedersehen! Ich glaube, ich werde die beiden beim Fenster lieber nicht stören. Seien Sie so lieb, ihnen zu sagen, daß ich schon gehen mußte.« Er drückte die schlanke behandschuhte Hand, erwiderte ihren lächelnden Blick und ging leise weg. Und er dachte: »Zum Teufel mit ihrer Seele – wo ist ihr Körper?«

4

Fleurs Körper

Fleurs Körper befand sich in diesem Augenblick in einer jener schwierigen Situationen, die die Kompromißbereitschaft immer wieder auf die Probe stellen. Ihr Körper lag in Wilfrids Armen; zumindest so weit, daß sie sich veranlaßt fühlte, zu sagen:
»Nein, Wilfrid – du hast mir versprochen, brav zu sein.«
Es sprach absolut für ihre Fähigkeit, auf dünnem Eis zu tanzen, wenn sie sich vom Wort »brav« noch eine Wirkung erwartete. Genau elf Wochen war dieser junge Mann haarscharf an der Erfüllung seiner Wünsche vorbeigegangen und war auch jetzt von ihr nur durch zwei geballte Fäuste getrennt, die sich fest gegen seine Brust stemmten, sowie durch den Begriff »brav«; und das, nachdem er sie vierzehn Tage nicht gesehen hatte.
Als sie diese Worte aussprach, ließ er sie los, fast mit Heftigkeit, und setzte sich auf einen Sessel. Nur das Gefühl, daß es eine sinnlose Wiederholung wäre, hielt ihn davon ab, zu sagen: »So kann das nicht weitergehen, Fleur.« Sie wußte es! Und doch ging es weiter! Das war es, was ihn immer wieder in Erstaunen versetzte. Wie sich ein armer Teufel Woche um Woche von ihr vertrösten lassen und ihr und sich selbst immer wieder sagen konnte: »Jetzt oder nie!«, wenn es doch keines von beiden war. Nur das dumpfe Gefühl, daß Fleur erst dann wissen würde, was sie eigentlich wollte, wenn der Begriff »jetzt« erreicht war, hatte ihn bewogen, ihr weiter nachzulaufen. Seine eigenen Gefühle waren so heftig, daß er Fleur wegen ihrer Unentschlossenheit fast haßte. Und er war ungerecht. Es war nicht nur Unentschlossenheit. Fleur wünschte den zusätzlichen Reiz, die Aufregung, die Wilfrids Zuneigung ihrem Leben

verlieh, aber ohne Gefahr und Opfer. Wie natürlich! Seine schreckliche Leidenschaft war der Grund allen Übels. Sie hatte seine Leidenschaft nicht gewünscht und sie auch nicht absichtlich entzündet! Und doch — sie fand es sowohl angenehm wie auch modern, Leidenschaft zu erregen; und sie hatte natürlich auch insgeheim das Gefühl, daß es nicht ratsam sei, einem Liebenden das Leben schwerzumachen, um so weniger, als ihr das Leben einen vorenthalten hatte.

Als er sie losließ, strich sie Haar und Kleid zurecht und sagte: »Sprich von etwas Vernünftigem; was hast du geschrieben?«

»Das.«

Fleur las es. Sie wurde rot, biß sich auf die Lippen und sagte: »Das ist schrecklich bitter.«

»Es ist schrecklich wahr. Fragt er dich eigentlich je, ob du mich noch triffst?«

»Nie.«

»Warum nicht?«

»Ich weiß es nicht.«

»Was würdest du ihm antworten, wenn er dich fragt?«

Fleur zuckte die Schultern.

Desert sagte ruhig: »Ja, das ist deine Art. So kann es nicht weitergehen, Fleur.« Er stand am Fenster. Sie legte die Blätter auf seinen Schreibtisch und ging auf ihn zu. Armer Wilfrid! Jetzt, da er ruhig war, tat er ihr leid.

Plötzlich sagte er: »Halt! Beweg dich nicht! Er steht unten auf der Straße.«

Sie fuhr zurück und stieß hervor: »Michael! Oh! Aber — aber wie konnte er nur wissen?«

Desert sagte bitter: »Kennst du ihn denn so wenig? Glaubst du wirklich, daß er da unten wäre, wenn er wüßte, daß du da bist?«

Fleur zuckte zusammen.

»Warum ist er dann gekommen?«

»Wahrscheinlich will er mit mir sprechen. Es sieht so aus, als könnte er sich nicht entschließen. Reg dich nicht auf, er wird nicht hereinkommen.«

Fleur setzte sich nieder; sie fühlte eine Schwäche in den Beinen. Das Eis schien plötzlich erschreckend dünn und das Wasser erschreckend kalt geworden zu sein.

»Hat er dich gesehen?« fragte sie.

»Nein.«

Der Gedanke durchfuhr ihn: »Wäre ich ein Schuft, dann könnte ich sie jetzt zwingen; ich brauchte nur einen Schritt zu tun und mit dem Finger zu winken. Schade, daß ich kein Schuft bin – zumindest nicht einer dieser Art – alles wäre soviel einfacher!«

»Wo ist er jetzt?« fragte Fleur.

»Er geht weg.«

Zutiefst erleichtert, seufzte sie auf:

»Aber es ist sonderbar, nicht, Wilfrid?«

»Du glaubst doch nicht, daß ihm sehr wohl zumute ist, oder?«

Fleur biß sich auf die Lippen. Er verhöhnte sie, weil sie keinen von beiden liebte oder lieben konnte. Es war ungerecht. Sie hätte lieben können – sie hatte geliebt! Wilfrid und Michael – sie konnten beide zum Teufel gehen!

»Wäre ich doch nie hierhergekommen«, sagte sie plötzlich; »und ich werde nie wiederkommen!«

Er ging zur Tür und machte sie ihr auf.

»Du hast recht.«

Fleur blieb ganz still stehen, das Kinn auf den Pelzkragen gesenkt, die klaren Augen auf sein Gesicht gerichtet, die Lippen trotzig zusammengepreßt.

»Du hältst mich für ein herzloses Biest«, sagte sie langsam. »Und das bin ich auch – jetzt. Leb wohl!«

Er nahm weder ihre Hand, noch sagte er etwas, sondern verbeugte sich nur. In seinen Augen lag eine tiefe Tragik. Vor Scham zitternd, ging Fleur hinaus. Während sie die Stiegen hinunterging, hörte sie, wie er die Tür schloß. Unten angelangt, blieb sie unsicher stehen. Womöglich war Michael zurückgekommen! Fast vis-à-vis befand sich die Galerie, in der sie ihn und Jon zum erstenmal getroffen hatte. Rasch dort hineinschlüpfen. Wenn er noch immer am Beginn der Gasse wartete, konnte sie ihm mit gutem Gewissen sagen, wo sie gewesen war. Sie lugte vorsichtig hinaus. Nichts zu sehen! Rasch schlüpfte sie in den gegenüberliegenden Eingang. In wenigen Augenblicken würde man die Galerie schließen – es war fast vier Uhr. Sie zahlte einen Shilling und huschte hinein. Sie mußte irgend etwas sehen – nur für den Fall! Sie blieb stehen und drehte sich um – eine Ein-Mann-Show, Claud Brains! Um einen zweiten Shilling kaufte sie einen Katalog und las im Hinausgehen: »Nr. 7: Frau in Angst.« Das sagte ihr alles, was sie brauchte; leichteren Herzens ging sie weiter und nahm ein Taxi. Vor Michael nach Hause kommen! Sie fühlte sich erleichtert, fast heiter. Schluß mit diesem Herumtanzen auf dünnem Eis! Wilfrid mußte verschwinden! Armer Wilfrid! Tja, er hätte sie nicht verhöhnen sollen – was wußte er schon von ihr? Niemand wußte etwas von ihr! Sie stand allein in der Welt da. Sie sperrte die Tür auf. Kein Michael. Sie setzte sich im Salon vor dem Kamin nieder und nahm Walter Nazings neuestes Buch zur Hand. Dreimal las sie eine Seite. Diese gewann bei wiederholtem Lesen nicht mehr Bedeutung — eher weniger; er war die Art von Schriftsteller, die man im Galopp lesen mußte, damit nicht der erste Eindruck, frischen Wind im Haar zu spüren, vom Eindruck verwischt wurde, daß einen der Magen drückte; aber Wilfrids Augen standen zwischen ihr und den Worten. Mitleid! Niemand bemitleidete sie; warum sollte sie andere bemitleiden? Und außerdem war Mitleid »Stumpfsinn«, wie es Amabel ausdrücken würde. Die Lage erforderte einen klaren Kopf. Aber Wilfrids Augen! Nun — sie würde sie nicht mehr sehen! Schöne Augen, wenn sie lächelten oder wenn sie — wie um vieles öfter — sehnsuchtsvoll blickten, so wie sie sie jetzt zwischen den folgenden Zeilen anblickten: »Feierlich und mit genüßlichem Egoismus begehrte er sie mehr als brennend, sie, die kosig und rosig in der rosa Schale ihrer ichbezogenen, launenhaften gesellschaftlichen Umwelt befangen war« — armer Wilfrid! Mitleid war »Stumpfsinn«, aber es gab auch noch Stolz! War es ihr wirklich recht, daß er fortging und glaubte, daß sie ihn nur aus Eitelkeit zum Narren gehalten habe, wie es Walter Nazing den amerikanischen Frauen nachsagte? Wollte sie das? Wäre es nicht »modischer«, wirklich dramatisch — wenn man »den letzten Schritt täte«, wie es so schön hieß, wenigstens ein einziges Mal? Wäre das nicht etwas, worauf sie beide zurückblicken könnten — er im Osten, von dem er immer sprach, und sie im Westen hier? Diese Möglichkeit erschien dem Körper, der Fleur hieß und der, nach einer der neuesten Theorien Michaels, für eine Seele einfach zu fein proportioniert war, einen Augenblick lang sehr attraktiv. Doch wie alle Attraktionen war sie nicht von Dauer. Erstens: Würde es ihr gefallen? Sie glaubte es nicht; ein ungeliebter Mann war schon genug. Und dann bestand auch noch die Gefahr, daß Wilfrid Macht über sie erlangen konnte. Er war ein Gentleman, aber er war leidenschaftlich; und wenn er einmal vom Becher genippt hatte, wäre er dann bereit, ihn wieder niederzustellen? Aber wichtiger als alles andere war eine gewisse Unsicherheit, die sie in den letzten zwei bis drei Wochen wegen ihres körperlichen Zustands verspürt hatte, eine Unsicherheit, die einer Bestätigung bedurfte und in ihr ein feierliches Gefühl erweckte. Sie stand auf, strich sich mit den Händen den ganzen Körper hinunter und spürte deutlichen Widerwillen, als sie sich vorstellte, daß Wilfrids Hände dasselbe täten. Nein! Seine Freundschaft, seine Bewunderung wollte sie, aber nicht um diesen Preis. Er kam ihr plötzlich wie eine Bombe vor, die auf ihrem kupfernen Boden lag; und in ihrer Vorstellung lief sie hin, packte sie und warf sie auf den Platz hinaus – armer Wilfrid! Mitleid war »Stumpfsinn«. Aber sich selbst konnte man doch leid tun, wenn man ihn verlor; wenn man das Ideal der modernen Frau verlor, das ihr Marjorie Ferrar, der Liebling der Ultramodernen, deren rotgoldenes Haar soviel Bewunderung erregte, eines Abends dargelegt hatte: »Mein Ehrgeiz, Liebste, ist es, dem einen Mann eine perfekte Ehefrau, dem andern die perfekte Geliebte, und dem dritten die perfekte Mutter zu sein, alles gleichzeitig. Es ist ganz leicht möglich – in Frankreich macht man es so.«

Aber war es wirklich so leicht möglich – sogar wenn Mitleid Stumpfsinn war? Wie konnte sie Michael gegenüber perfekt sein, wenn ihm schon der kleinste Fehler zeigen konnte, daß sie Wilfrid gegenüber perfekt war; wie sollte man Wilfrid gegenüber perfekt sein, wenn sie jedesmal, wenn sie Michael gegenüber perfekt war, Wilfrid einen Stoß ins Herz versetzte? Und wenn – wenn der Zustand, den sie jetzt nur vermutete, zur Gewißheit wurde, wie sollte sie dann eine perfekte Mutter sein, wenn sie zwei Männer entweder quälte oder nach Strich und Faden anlog? So einfach war das nun auch wieder nicht! »Wenn ich nur ganz Französin wäre!« dachte Fleur . . .

Das Geräusch der aufgehenden Tür schreckte sie auf – der Grund, weshalb sie nicht ganz Französin war, kam herein. Er sah sehr grau aus, als hätte er zuviel nachgedacht. Er küßte sie und setzte sich mißmutig zum Kamin.

»Bleibst du über Nacht, Vater?«

»Wenn ich darf«, murmelte Soames. »Geschäfte.«

»Etwas Unangenehmes, Liebes?«

Soames sah erschrocken auf.

»Unangenehm? Warum sollte es unangenehm sein?«

»Ich habe es nur so gedacht, als ich dein Gesicht sah.«

Soames stieß einen brummenden Laut aus. »Diese Ruhrgeschichte!« sagte er. »Ich habe dir ein Bild mitgebracht. Chinesisch!«

»Oh, Vater, wie entzückend!«

»Gar nicht entzückend«, sagte Soames, »es ist ein Affe, der eine Frucht ißt.«

»Aber das ist doch großartig! Wo ist es – in der Halle?«

Soames nickte.

Fleur riß die Verpackung herunter, brachte das Bild herein, stellte es auf die jadegrüne Sitzbank, trat zurück und sah es an. Der große weiße Affe mit seinen braunen Augen, deren Blick sie so ansah, als hätte sie sein

Interesse momentan von der orangenähnlichen Frucht, die er mit seiner Hand umklammerte, plötzlich abgelenkt, die leeren Schalen rund um ihn, helle Flecken auf einem geisterhaft farblosen Hintergrund – dieser Affe beeindruckte sie sofort.

»Aber, Vater, das ist ein Meisterwerk – bestimmt stammt es aus einer schrecklich guten Periode.«

»Das weiß ich nicht«, sagte Soames. »Ich muß mich mit den Chinesen erst beschäftigen.«

»Aber das kannst du mir doch nicht schenken, das ist doch sicher sehr viel wert. Du solltest es in deine Sammlung hängen.«

»Man wußte nicht, was es wert war«, sagte Soames, und ein schwaches Lächeln erhellte seine Züge. »Ich habe dreihundert dafür bezahlt. Hier ist es sicherer.«

»Natürlich ist es hier sicher. Nur warum sicherer?«

Soames wandte sich dem Bild zu.

»Ich weiß nicht. Daraus kann noch viel entstehen.«

»Woraus, Lieber?«

»Kommt der alte Mont heute abend?«

»Nein, er ist noch in Lippinghall.«

»Macht auch nichts – es ist mit ihm nichts anzufangen.«

Fleur nahm seine Hand und drückte sie.

»Erzähl es mir doch.«

Soames war geschmeichelt und gerührt. Sie wollte tatsächlich wissen, was ihn bekümmerte! Aber sein Sinn für das Schickliche und die Furcht, seine eigenen Ängste preiszugeben, machten eine Antwort unmöglich.

»Du würdest es nicht verstehen«, sagte er. »Wo willst du es aufhängen?«

»Hier, glaube ich; aber wir müssen auf Michael warten.«

Soames brummte:

»Ich habe ihn gerade bei deiner Tante getroffen. Kümmert er sich so um seine Geschäfte?«

»Vielleicht«, dachte Fleur, »war er nur auf dem Weg zurück ins Büro. Die Cork Street liegt ja mehr oder weniger dazwischen. Wenn er dort vorbeiging, hat er vielleicht an Wilfrid gedacht und wollte mit ihm etwas über Bücher sprechen.«

»Ah, da ist Ting! Mein Liebling!«

Der chinesische Hund, der sozusagen von der Vorsehung hereingelassen worden war, setzte sich, als er Soames sah, plötzlich nieder und sah ihn mit glänzenden Augen an. »Dein Gesichtsausdruck«, schien er zu sagen, »gefällt mir. Wir beide gehören der Vergangenheit an und könnten zusammen Hymnen singen, mein Guter.«

»Komischer kleiner Kerl«, sagte Soames. »Er erkennt mich immer.«
Fleur hob ihn auf. »Komm her und schau dir den neuen Affen an, mein Liebes.«

»Laß es ihn nicht ablecken.«

An seinem jadegrünen Halsband ziemlich fest gehalten und mit einem unerklärlichen Stück Seide, das nach Vergangenheit roch, konfrontiert, hob Ting-a-ling seinen Kopf höher und höher, schnüffelte, streckte seine kleine Zunge heraus und schnupperte zaghaft an dieser Ausstrahlung seines Heimatlandes.

»Das ist doch ein hübscher Affe, nicht, Liebling?«

»Nein«, sagte Ting-a-ling recht deutlich. »Laß mich wieder herunter.«

Wieder auf dem Boden, suchte er sich einen Platz, an dem das Kupfer zwischen zwei Teppichen zum Vorschein kam, und leckte es ruhig.

»Mr. Aubrey Greene, Madam!«

»Mhm!« machte Soames.

Der Maler trat ein, schillernd und glatt, sein helles Haar fiel zurück, seine grünen Augen wanderten rasch hin und her.

»Ah!« sagte er und zeigte auf den Boden. »Deshalb bin ich gekommen.«

Fleur folgte erstaunt seinem Finger.

»Ting!« sagte sie streng. »Hör auf! Er leckt immer wieder das Kupfer, Aubrey!«

»Aber wie vollendet chinesisch! Sie machen alles, was wir nicht tun!«

»Vater — Aubrey Greene. Mein Vater hat mir gerade dieses Bild gebracht, Aubrey — ist es nicht ein Prachtstück?«

Der Maler blieb ganz still stehen, seine Augen hörten auf, im Raum umherzuwandern, sein Haar wirkte auf einmal weniger geschniegelt. »Donnerwetter«, sagte er.

Soames stand auf. Er hatte etwas Frivoles erwartet; aber in dem Tonfall des Malers lag etwas Ehrfürchtiges und Erstaunen.

»Also nein«, sagte Aubrey Greene, »diese Augen! Wo haben Sie das her, Sir?«

»Es hat einem Cousin von mir gehört, einem fanatischen Liebhaber von Pferderennen. Es war sein einziges Bild.«

»Alle Achtung! Er muß viel Geschmack gehabt haben.«

Soames starrte ihn an. Der Gedanke, daß George Geschmack gehabt haben könnte, entsetzte ihn fast.

»Nein«, sagte er und fuhr fort: »Was er daran mochte, war die Tatsache, daß man sich vor diesem Bild unbehaglich fühlt.«

»Das ist dasselbe! Ich kann mich nicht erinnern, daß ich irgendwo eine beißendere Satire auf das menschliche Leben gesehen habe.«

»Ich kann Ihnen da nicht folgen«, sagte Soames trocken.

»Aber das ist doch eine perfekte Allegorie, Sir! Die Früchte des Lebens genießen, die Reste verstreuen, und dabei erwischt werden! Wenn die Augen eines Affen still sind, dann sind sie die verkörperte menschliche Tragödie. Sehen Sie sie nur an. Er glaubt, daß etwas dahintersteckt, und er ist traurig oder böse, weil er nicht dazu gelangen kann. Das Bild sollte im Britischen Museum hängen, mit dem Titel: ›Die ertappte Zivilisation.‹«

»Das wird es aber nicht«, sagte Fleur. »Es wird hier hängen und ›Der weiße Affe‹ heißen.«

»Das ist dasselbe.«

»Zynismus«, sagte Soames, »führt zu nichts. Hätten Sie gesagt: ›Die ertappte Moderne‹ —«

»Tue ich ja, Sir; aber warum soll man so enge Grenzen setzen? Sie wollen doch nicht ernstlich sagen, daß unsere Zeit schlechter als irgendeine andere ist?«

»So?« sagte Soames. »Meiner Meinung nach hat die Welt den Gipfelpunkt in den achtziger Jahren erreicht und wird diese Höhe nie wieder erreichen.«

Der Maler starrte ihn an.

»Das ist schrecklich interessant. Ich war damals noch nicht auf der Welt, und Sie waren damals wahrscheinlich in meinem Alter, Sir. Sie haben an Gott geglaubt und sind in der Postkutsche gefahren.«

In der Postkutsche! Das Wort weckte in Soames eine Erinnerung, die irgendwie passend erschien.

»Ja«, sagte er, »und von dieser Zeit kann ich Ihnen eine Geschichte erzählen, für die Sie heutzutage kein Gegenstück mehr finden. Als ich noch als Knabe mit meinen Eltern in der Schweiz war, aßen zwei meiner Schwestern schwarze Kirschen. Als sie vielleicht ein halbes Dutzend gegessen hatten, sahen sie, daß in allen kleine Würmer waren. Ein englischer Bergsteiger sah, wie entsetzt sie waren, und aß daraufhin den ganzen Rest — ungefähr ein Kilo, Würmer, Kerne, alles, nur um ihnen zu zeigen, daß nichts daran sei. So waren die Männer damals.«

»Oh! Vater!«

»Gott! Er muß in sie vernarrt gewesen sein!«

»Nein«, sagte Soames, »nicht besonders. Sein Name war Powley; er hatte einen Backenbart.«

»Wenn wir übrigens schon von Gott und Postkutschen sprechen; ich habe gestern eine Mietkutsche gesehen.«

»Es wäre passender, wenn du Gott gesehen hättest«, dachte Soames, aber er sagte es nicht laut; der Gedanke überraschte ihn sogar, denn er selbst hatte dergleichen nie gesehen.

»Vielleicht wissen Sie es nicht, Sir, aber es gibt jetzt mehr Glauben als vor dem Krieg – man hat entdeckt, daß wir nicht nur aus Materie bestehen.«

»Oh!« sagte Fleur. »Das erinnert mich an etwas, Aubrey. Kennen Sie irgendein Medium? Könnte ich eins hierherkommen lassen? In unserem Zimmer, mit Michael als Wachtposten vor der Tür, wären wir ganz sicher, daß da kein Hokuspokus vor sich geht. Gehen Leute, die Seancen im Dunkeln veranstalten, eigentlich je außer Haus? – Man sagt, daß sie noch viel aufregender sind.«

»Spiritismus!« sagte Soames. »Hm!« Mit einer halbstündigen Rede hätte er sich nicht deutlicher ausdrücken können.

Aubrey Greenes Augen wanderten wieder zu Ting-a-ling. »Ich werde sehen, was sich machen läßt, wenn Sie mir Ihren Pekinesen morgen nachmittag für ungefähr eine Stunde borgen. Ich bringe ihn sicher an der Leine zurück und verwöhne ihn, wie er will.«

»Wozu brauchen Sie ihn?«

»Michael hat mir heute ein ganz tolles Modell geschickt. Aber sie kann nicht lächeln.«

»Michael?«

»Ja. Etwas ganz Neues; und ich habe schon eine Idee. Ihr Lächeln ist wie die Sonne, die über einem italienischen Tal untergeht; aber wenn man ihr sagt, daß sie lächeln soll, dann kann sie es nicht. Ich habe gedacht, daß es vielleicht Ihr Pekinese zustande bringt.«

»Darf ich kommen und zusehen?« fragte Fleur.

»Ja, bringen Sie ihn morgen; aber wenn ich sie dazu überreden kann, male ich sie ›ganz ohne‹.«

»Oh! Und wenn ich Ihnen Ting leihe, helfen Sie mir dann, eine Seance zu veranstalten?«

»Ja.«

»Hm!« sagte Soames wieder. Seancen, italienisches Sonnenlicht, ganz ohne! Es war Zeit, daß er sich wieder Elderson zuwandte und dem, was jetzt getan werden mußte, und sich nicht mit diesen Belustigungen abgab, während Rom in Flammen stand.

»Auf Wiedersehen, Mr. Greene«, sagte er; »ich habe keine Zeit mehr.«

»In Ordnung, Sir«, sagte Aubrey Greene.

»In Ordnung«, äffte Soames ihn insgeheim nach, als er hinausging.

Aubrey Greene ging ein paar Minuten später und begegnete in der Halle einer Dame, die eben dem Diener ihren Namen nannte.

Allein mit ihrem Körper, strich Fleur wieder mit den Händen an sich herab. Das »Ganz ohne« erinnerte sie an die Gefahren, die eine Vorliebe für ein bewegtes Leben heraufbeschwören konnte.

5

Fleurs Seele

»Mrs. Val Dartie, Ma'am.«
Dieser Name traf wie ein Fingerdruck auf einen schmerzenden Ischiasnerv. Holly! Fleur war ihr seit dem Tag, an dem sie Jon nicht geheiratet hatte, nicht mehr begegnet. Holly! Eine Sturzflut von Erinnerungen – Wansdon, das Hügelland, die Kiesgrube, der Apfelgarten, der Fluß, das Wäldchen in Robin Hill! Nein! Es war kein angenehmes Gefühl, Holly wiederzusehen, und sie sagte: »Wie nett von dir, daß du gekommen bist!«
»Ich habe deinen Mann heute nachmittag in der Green Street getroffen; er hat mich eingeladen. Was für ein hübscher Raum!«
»Ting! Komm her und laß dich vorstellen! Das ist Ting-a-ling; ist er nicht vollkommen? Er ist wegen des neuen Affen ein bißchen aufgeregt. Wie geht es Val und dem lieben Wansdon? Es war einfach zu himmlisch friedlich.«
»Es ist ein schöner, stiller Platz. Ich bekomme nie genug davon.«
»Und –«, sagte Fleur mit einem kurzen Auflachen, »Jon?«
»Er pflanzt Pfirsichbäume in Nordkarolina. British Columbia war nicht das Richtige.«
»Oh. Ist er verheiratet?«
»Nein.«
»Wahrscheinlich wird er eine Amerikanerin heiraten.«
»Er ist doch noch nicht einmal zweiundzwanzig.«
»Guter Gott!« sagte Fleur: »Bin ich erst einundzwanzig? Ich komme mir wie achtundvierzig vor.«
»Wenn man mitten in der großen Welt lebt und so viele Menschen trifft –«
»Und niemanden wirklich kennenlernt.«
»Ja, lernst du denn niemand richtig kennen?«

»Nein, das ist unmodern. Wir rufen uns zwar alle beim Vornamen; aber sonst –«
»Mir gefällt dein Mann sehr gut.«
»O ja, Michael ist ein Schatz. Wie geht's June?«
»Ich traf sie gestern – sie hat natürlich einen neuen Maler – Claud Brains. Ich glaube, er gehört zu der Gruppe, die man Vertiginisten nennt.«
Fleur biß sich auf die Lippen.
»Ja, von denen gibt es eine ganze Menge. June glaubt wahrscheinlich, daß er der einzige ist.«
»Nun ja, sie hält ihn für ein Genie.«
»Sie ist großartig.«
»Ja«, sagte Holly, »der loyalste Mensch auf der ganzen Welt, solange sie in jemanden vernarrt ist. Es ist wie bei einer Hühnerzucht – wenn die Küken einmal ausgeschlüpft sind ... Du hast Boris Strumolowski nie getroffen?«
»Nein.«
»Zahlt sich auch nicht aus.«
»Ich kenne die Büste, die er von Michaels Onkel gemacht hat. Recht normal.«
»Ja. June war der Ansicht, daß er damit nur verdienen wollte, und das hat er ihr nie verziehen. Es stimmte natürlich. Sobald ihr häßliches Entlein ein Schwan wird – das heißt Geld verdient –, sieht sie sich nach einem anderen um, und je armseliger der ist, desto besser. Sie ist ein Schatz.«
»Ja«, murmelte Fleur; »June hat mir auch gefallen.«
Eine weitere Flut von Erinnerungen – an eine Konditorei, an den Fluß, an Junes kleines Eßzimmer, an den Augenblick, da sie in der Green Street ihr Hochzeitskleid unter dem Blick von Junes blauen Augen abgelegt hatte. Sie nahm den Affen und hielt ihn in die Höhe.
»Ist das nicht ein Abbild des Lebens?« Hätte sie das auch gesagt, wenn Aubrey Greene es nicht schon vorher gesagt hätte? Und doch schien es im Augenblick sehr wahr.
»Armer Affe!« sagte Holly. »Mir tun Affen immer schrecklich leid. Aber meiner Meinung nach ist es wunderbar.«
»Ja. Ich werde es hier aufhängen. Wenn ich noch ein zweites bekomme, ist dieses Zimmer fertig; jetzt ist plötzlich chinesische Kunst so modern geworden. Das war ein Glücksfall – es ist wer gestorben – George Forsyte, der Turffanatiker.«
»Oh!« sagte Holly leise. Sie sah wieder die spöttischen Augen ihres

Verwandten vor sich, in der Kirche, in der Fleur geheiratet hatte, hörte sein dumpfes Flüstern: »Wird sie durchhalten?« Und würde sie durchhalten, dieses hübsche Fohlen? »Wenn sie nur einmal irgendwo Ruhe finden könnte!« Aber eine so persönliche Frage konnte man nicht stellen, und Holly flüchtete sich in eine allgemeine Bemerkung.

»Was denkt ihr modernen jungen Menschen heute vom Leben, Fleur? Wenn man nicht dazugehört und zwanzig Jahre in Südafrika gelebt hat, hat man den Eindruck, daß man noch immer danebensteht.«

»Das Leben! Ach ja, wir wissen, daß es angeblich ein Rätsel ist, aber wir haben es aufgegeben, es lösen zu wollen. Wir wollen uns nur unterhalten, weil wir nicht glauben, daß irgend etwas von Dauer ist. Und doch glaube ich nicht, daß wir wissen, wie wir es anfangen sollen. Wir rasen nur weiter und hoffen, etwas zu finden. Natürlich gibt es die Kunst, aber die meisten von uns sind ja keine Künstler; und außerdem, der Expressionismus — Michael sagt, daß da nichts dahintersteckt. Wir reden sehr viel darüber, aber ich glaube, er hat recht. Ich treffe schrecklich viele Schriftsteller und Maler; sie sind angeblich amüsant.«

Holly hörte ihr erstaunt zu. Wer hätte gedacht, daß dieses Mädchen ein derartiges Urteil hatte? Sie mochte falsch urteilen, aber sie hatte auf jeden Fall ein Urteil.

»Aber«, sagte sie, »ihr unterhaltet euch doch?«

»Nun, mir macht es Spaß, hübsche Dinge zu bekommen und auch interessante Menschen zu treffen; ich will alles sehen, was neu und wert ist, gesehen zu werden, oder zumindest im Moment so scheint. Aber das ist es ja eben — nichts ist von Dauer. Ich gehöre nicht zu den ›Freudenjägern‹ und nicht zu den ›Couéisten‹.«

»Den Couéisten?«

»Oh! Kennst du die nicht — das ist eine Art von Gesundbeten, das man an sich selbst durchführt, nicht ganz das alte ›Du gütiger Gott!‹, sondern eine Mischung aus Willenskraft, Psychoanalyse und dem Glauben, daß alles wieder gut wird, wenn man es sich einredet. Du mußt davon schon gehört haben. Sie meinen es schrecklich ernst.«

»Ich weiß«, sagte Holly, »ihre Augen leuchten.«

»Möglich. Ich glaube nicht daran — ich glaube an niemand oder an nichts — ganz fest. Wie kann man denn?«

»Was ist's mit einfachen Menschen und harter Arbeit?«

Fleur seufzte. »Vielleicht. Michael zum Beispiel — der ist nicht verwöhnt. Trinken wir Tee? Tee, Ting?« und sie läutete, während sie das Licht aufdrehte.

Als ihr unerwarteter Besuch gegangen war, blieb sie ganz still vor dem

Kamin sitzen. Heute, wo so wenig gefehlt hätte, daß sie Wilfrid gehört hätte! Jon war also nicht verheiratet! Nicht, daß das etwas ausmachte! Das Leben lief nicht so, wie man es sich aus den Büchern erwartete. Und Gefühle waren auf jeden Fall Unsinn! Fort damit! Sie warf ihr Haar zurück; holte Hammer und Nagel und machte sich daran, den weißen Affen aufzuhängen. Zwischen den beiden Teekisten mit den bunten Einlegearbeiten aus Perlmutt würde er am besten wirken. Wenn sie Jon nicht haben konnte, was machte es dann schon aus — Wilfrid oder Michael oder beide, oder keinen? Iß die Orange in deiner Hand und wirf die Schale weg! Und plötzlich bemerkte sie, daß Michael im Zimmer war. Er war ganz leise hereingekommen und stand vor dem Kamin hinter ihr. Sie sah ihn rasch an und sagte:

»Aubrey Greene ist wegen eines Modells dagewesen, das du ihm geschickt hast, und Holly — Mrs. Val Dartie — sie hat mir erzählt, daß sie dich getroffen hat. Oh! Und Vater hat uns das gebracht. Ist es nicht vollkommen?«

Michael sagte nichts.

»Ist irgend etwas los, Michael?«

»Nein, nichts.« Er ging zu dem Affen hin. Fleur stand nun hinter ihm und versuchte sein Profil zu ergründen. Ihr Instinkt sagte ihr, daß sich etwas verändert hatte. Hatte er am Ende gesehen, daß sie bei Wilfrid gewesen war — beim Fortgehen vielleicht?

»Was für ein Affe!« sagte er. »Übrigens, hast du irgendwelche alte Kleider, die du der Frau eines armen Kerls schenken könntest?«

Sie antwortete mechanisch: »Ja, natürlich!«, während ihr Gehirn angestrengt arbeitete.

»Würdest du sie dann bitte herrichten? Ich gebe ihm auch etliches — man könnte es gleich zusammenpacken.«

Ja! Er war ganz anders als sonst, als wäre das Uhrwerk in ihm abgelaufen. Ihr wurde ganz elend zumute. Michael nicht fröhlich! Es war, als würde das Feuer an einem kalten Tag ausgehen. Und, vielleicht zum erstenmal, wurde ihr bewußt, daß seine Fröhlichkeit für sie wirklich wichtig war. Sie sah, wie er Ting-a-ling aufhob und sich niedersetzte. Und sie trat hinter ihn und beugte sich so weit vor, daß ihr Haar seine Wange berührte. Statt daß er seine Wange an der ihren rieb, rührte er sich nicht, und ihr Herz setzte fast aus.

»Was ist denn los?« fragte sie schmeichelnd.

»Nichts!«

»Es ist etwas los. Du hast wahrscheinlich irgendwie erfahren, daß ich zu Wilfrid gegangen bin.«

Er sagte steinern: »Warum solltest du nicht bei ihm gewesen sein?«
Sie ließ die Hände sinken und richtete sich auf.
»Ich wollte ihm nur sagen, daß ich ihn nicht wieder treffen könne.«
Die Halbwahrheit erschien ihr als ganze Wahrheit.
Plötzlich blickte er auf und ein Zittern lief über sein Gesicht. Er nahm ihre Hand.
»Ist schon gut, Fleur. Du weißt, daß du das tun sollst, was du willst. Das ist nur fair. Ich habe zuviel zum Lunch gegessen.«
Fleur zog sich in die Mitte des Zimmers zurück.
»Du bist ein Engel«, sagte sie langsam und ging hinaus.

6

Michael bekommt eins aufs Dach

Nach seinem vergeblichen Besuch in der Green Street war Michael die Piccadilly hinuntergegangen und, einem Impuls folgend, der den Menschen immer an Orte treibt, wo sie Aufregungen erwarten, war er weiter zur Cork Street gegangen. Einen Augenblick lang stand er am Eingang der stillen Seitengasse, in der Wilfrid wohnte.
»Nein«, dachte er schließlich; »ich wette zehn zu eins, daß er nicht zu Hause ist; und wenn er zu Hause ist, dann stehen die Chancen zwanzig zu eins, daß ich nur Unangenehmes erfahre.«
Er ging langsam zur Bond Street weiter, als eine kleine schlanke Dame, die aus der Seitengasse kam und beim Gehen las, von hinten in ihn hineinlief.
»Warum schauen Sie denn nicht, wo Sie hingehen? Oh! Sie? Sind Sie nicht der junge Mann, der Fleur Forsyte geheiratet hat? Ich bin ihre Cousine June. Ich habe mir eingebildet, daß ich sie gerade gesehen habe.«
Sie schwenkte ihre Hand, in der sie einen Katalog hielt, mit einer Geste, die dem Flattern eines Vogels ähnelte. »Gegenüber meiner Galerie. Sie ging in ein Haus, sonst hätte ich sie angesprochen — ich hätte sie gerne wieder einmal getroffen.«
In ein Haus! Michael griff nach seinem Zigarettenetui. Er umklammerte es und sah wieder auf. Die blauen Augen der kleinen Dame studierten sein Gesicht eindringlich.

»Seid ihr beide glücklich miteinander?« fragte sie.
Kalter Schweiß trat auf seine Stirn. Ein Gefühl vollständiger Verwirrung überfiel ihn.
»Wie bitte?« stieß er hervor.
»Hoffentlich seid ihr glücklich. Sie hätte ja meinen kleinen Bruder heiraten sollen — aber ich hoffe, ihr seid glücklich. Sie ist ein hübsches Kind.«
Mitten in dem dumpfen Gefühl, vernichtende Schläge zu erhalten, erstaunte es ihn, daß es ihr anscheinend gar nicht auffiel, wie sehr sie ihn damit traf. Er hörte seine Zähne knirschen und sagte dumpf: »Ihr kleiner Bruder? Wer war das denn?«
»Was? Jon — Sie haben Jon nicht gekannt! Er war natürlich zu jung, und sie auch. Aber sie waren unsterblich ineinander verliebt — die Familienfehde hat dem ein Ende gemacht. Aber das ist ja alles vorbei. Ich war bei Ihrer Hochzeit. Ich hoffe, daß Sie glücklich sind. Haben Sie die Ausstellung von Claud Brains in meiner Galerie gesehen? Er ist ein Genie. Ich wollte eben da drinnen einen Kuchen essen; kommen Sie mit? Sie sollten seine Arbeiten kennenlernen.«
Sie blieb am Eingang der Konditorei stehen. Michael drückte die Hand auf die Brust.
»Danke«, sagte er, »mein Bedarf ist gedeckt — doppelt sogar. Entschuldigen Sie mich!«
Die kleine Dame faßte seine andere Hand.
»Also dann, auf Wiedersehen, junger Mann! Freut mich, daß ich Sie getroffen habe. Schön sind Sie nicht, aber Ihr Gesicht gefällt mir. Grüßen Sie das Kind von mir. Sie sollten sich wirklich die Ausstellung von Claud Brains ansehen. Er ist ein echtes Genie.«
Er stand völlig unbeweglich vor der Tür und beobachtete, wie sie sich umdrehte und den Laden mit einer flatternden Bewegung betrat und wie sie unter denen, die an den Tischen saßen, Unruhe verbreitete. Dann ging er weiter, die Zigarette unangezündet zwischen den Lippen, betäubt wie ein Boxer, den ein Schlag zur Seite geschleudert und ein zweiter wieder geradegerichtet hat.
Fleur war bei Wilfrid — in diesem Augenblick in seiner Wohnung — vielleicht in seinen Armen! Er stöhnte. Ein gutgenährter junger Mann mit einem neuen Hut sprang bei diesem Laut zur Seite. Nie! Das konnte er nicht ertragen! Er mußte verschwinden! Er hatte geglaubt, daß Fleur ehrlich sei. Ein Doppelleben! O Gott! Er raste hinüber in den Green Park. Warum war er nicht stehengeblieben und hatte sich überfahren lassen? Und der kleine Bruder dieser Verrückten — Jon — die Familien-

fehde? Er selbst — ein Lückenbüßer also — ganz ohne Liebe genommen — eine Notlösung! Er erinnerte sich jetzt, wie sie eines Abends in Mapledurham gesagt hatte: »Kommen Sie wieder, wenn ich weiß, daß mein Wunsch nicht erfüllt wird.« Das war also ihr Wunsch gewesen, der ihr nicht erfüllt worden war! Eine Notlösung! »Prachtvoll!« dachte er, »wie prachtvoll!« Aber es war ja kein Wunder. Was konnte er ihr denn bedeuten? Einer oder der andere! Armer kleiner Teufel! Sie hatte es ihm nie gesagt — nie ein Wort davon gesprochen! War das anständig von ihr — oder war es Verrat? »Nein«, dachte er, »wenn sie es mir gesagt hätte, hätte es gar keinen Unterschied gemacht — ich hätte sie auf jeden Fall genommen. Es war anständig von ihr, daß sie es mir nicht gesagt hat.« Aber wieso hatte er nie etwas davon gehört? Familienfehde? Die Forsytes! Außer dem »alten Forsyte« sah er keinen von ihnen; und der »alte Forsyte« war verschwiegener als ein Fisch. Auch gut. Er hatte nun eins aufs Dach bekommen. Und wieder stöhnte er, im Dämmerlicht des Parks. Vor ihm ragte der Buckingham-Palast auf, riesig, düster. Endlich fiel ihm seine Zigarette ein, er blieb stehen, um ein Zündholz anzuzünden, und mit einem ersten schwachen Gefühl des Trosts sog er den Rauch tief in seine Lungen ein.

»Haben Sie nicht eine Zigarette für mich, Mister?«

Eine schattenhafte Gestalt mit einem anständigen, traurigen Gesicht stand neben der so üppigen Statue Australiens.

»Natürlich!« sagte Michael. »Nehmen Sie alle.« Er schüttete das Etui in die offene Hand des Mannes. »Nehmen Sie das Etui auch — Sie kriegen sicher dreißig Shilling dafür. Viel Glück!« Er eilte weiter. Ein schwaches: »He, Mister!« klang vergebens hinter ihm her. Mitleid war Quatsch! Gefühle Unsinn! Sollte er nach Hause gehen und warten, bis Fleur — fertig war und zurückkam? Nein! Er ging in Richtung Chelsea und schritt so rasch aus, wie er nur konnte. Erleuchtete Geschäfte, der düstere weite Eaton Square, Chester Square, Sloane Square, King's Road — weiter, weiter! Schlimmer als der Schützengraben — weitaus schlimmer — diese peitschende, stechende geschlechtliche Eifersucht! Ja, und er hätte es noch viel stärker empfunden, wenn nicht der zweite Schlag gewesen wäre. Es war weniger schmerzlich, zu wissen, daß Fleur ihren Cousin geliebt hatte und daß ihr Wilfrid vielleicht auch nichts bedeutete. Armes kleines Ding! »Tja, wie steht das Spiel jetzt?« dachte er. Das Spiel des Lebens — in schlechtem Wetter, in größter Bedrängnis? Wie stand es? Im Krieg — was hatte man da getan? Man hatte es irgendwie zustande gebracht, sich nicht so schrecklich wichtig zu nehmen; hatte einen Zustand der Ergebenheit, des Fatalismus erreicht, eine Art Sentimentalität:

»Wir mögen sterben, solange nur England lebt.« Das Spiel des Lebens. War es anders? Die Phrase »Zerschlagen, aber ungebeugt« mochte Unsinn sein; und doch: Steh auf, wenn du niedergeschlagen wirst! Die Gesamtheit war groß, man selbst war klein! Mußten Leidenschaft, Eifersucht wirklich die eigene Fairness zerstören, wie es Nazing und Sibley und Linda Frewe behaupteten? War der Ausdruck »Gentleman« wirklich bedeutungslos? Wirklich?

Konnte man die Form wahren, oder kam man so weit, daß man schrie und die anderen in den Bauch trat?

»Ich weiß nicht«, dachte er, »ich weiß nicht, was ich tun werde, wenn ich sie sehe — ich weiß es einfach nicht.« Das Stahlblau der hereinbrechenden Nacht, nackte Platanen, der breite Fluß, die kalte Luft! Er wandte sich nach Hause. Er öffnete die Haustür zitternd, und zitternd ging er in den Salon . . .

Als Fleur hinaufgegangen war und ihn mit Ting-a-ling zurückgelassen hatte, wußte er nicht, ob er ihr glaubte oder nicht. Wenn sie die andere Sache die ganze Zeit vor ihm verborgen hatte, konnte sie doch alles verbergen! Hatte sie seine Worte verstanden: »Du mußt tun, was du für richtig hältst, das ist nur fair?« Er hatte sie fast mechanisch gesagt, aber sie waren vernünftig. Wenn sie ihn nie, auch kein klein wenig, geliebt hatte, dann hatte er nie das Recht gehabt, auch nur das Geringste zu erwarten; er war die ganze Zeit in der Lage eines Menschen gewesen, dem man Almosen gibt. Und nichts zwang sie, weiter Almosen zu geben — außer — der Schmerz seines Verlangens, der Schmerz, der Schmerz!

»Du kleiner Djinn! Du glückliche kleine Kröte! Gib mir etwas von deiner Abgeklärtheit — du chinesisches Atom!« Ting-a-ling sah mit seinen Schuhknopfaugen zu ihm auf. »Wenn du einmal so lange wie ich zivilisiert bist«, schien er zu sagen, »einstweilen kannst du mich am Bauch kraulen.«

Und während Michael in dem gelben Fell herumwühlte, dachte er: »Reiß dich zusammen! Ein Forscher am Südpol schreit auch nicht beim ersten Schneesturm: ›Ich will nach Hause! Ich will nach Hause!‹ — er hält durch. Komm, mach weiter.« Er setzte Ting-a-ling auf den Boden und ging in sein Arbeitszimmer. Da lagen Manuskripte, von denen die Lektoren von Danby & Winter schon gesagt hatten: »Geld bringt es nicht, aber es ist eine gute Arbeit, die Beachtung verdient.« Es war Michaels Aufgabe, diese Beachtung zu geben; und die Danbys lehnten solche Dinge mit den Worten ab: »Schreiben Sie ihm (oder ihr) einen höflichen Brief, sagen Sie, daß wir sehr interessiert waren, daß wir bedauern, momentan keine Möglichkeit zu haben — und daß wir hoffen, das Ver-

gnügen zu haben, die nächste Arbeit begutachten zu dürfen, und so weiter!«
Er drehte seine Leselampe an und zog ein Manuskript heraus, das er schon begonnen hatte.

»Kein Zurück, kein Zurück! Erobern oder Sterben,
denn es gibt kein Zurück.«

Der Refrain des schwarzen Dieners aus der Operette »Polly« war alles, was ihm einfiel. Zum Kuckuck! Er mußte das Ding doch lesen! Irgendwie beendete er das Kapitel. Jetzt erinnerte er sich. Das Manuskript handelte von einem Mann, der als Knabe durch den Anblick eines Dienstmädchens, das sich in einem Zimmer gegenüber umkleidete, derartig beeindruckt worden war, daß sein Eheleben ein dauernder Kampf mit sich selbst war, seine Frau nicht mit ihren Dienstmädchen zu betrügen. Man hatte seinen Komplex gerade entdeckt, und jetzt war man dabei, ihn davon zu heilen. Der restliche Teil des Manuskripts würde zweifelsohne davon handeln, wie das bewerkstelligt wurde. Es schilderte getreulich alle jenen körperlichen Details, die auszulassen jetzt als zimperlich und viktorianisch galt. Eine beachtliche Arbeit, aber Zeitverschwendung, weiterzulesen! Der alte Danby – Freud langweilte ihn zu Tode; und in diesem Fall störte es Michael gar nicht, daß der alte Danby recht hatte. Er legte das Ding in die Lade zurück. Sieben Uhr! Sollte er Fleur sagen, was er von ihrem Cousin wußte? Warum? Das würde nichts besser machen! Wenn sie über Wilfrid nur die Wahrheit spräche! Er ging zum Fenster – Sterne am Himmel, dunkle Striche darunter, Striche von Höfen und Hintergärten. »Kein Zurück, kein Zurück; erobern oder sterben, denn es gibt kein Zurück!«
Eine Stimme sagte:
»Wann kommt dein Vater in die Stadt?«
Der alte Forsyte! O Gott!
»Ich glaube morgen, Sir. Kommen Sie herein. Sie kennen meine Bude noch nicht.«
»Nein«, sagte Soames. »Gemütlich. Karikaturen – du sammelst sie? – Armseliges Zeug!«
»Aber nicht modern, Sir – eine Kunstrichtung, die man wiederbelebt hat.«
»Sich über seinen Nächsten lustig zu machen – ich habe nie etwas davon gehalten. Sie florieren nur, wenn die Welt in Unordnung ist und es die Menschen aufgegeben haben, geradeaus zu blicken.«

»Ah«, sagte Michael, »das ist gut. Wollen Sie sich nicht setzen, Sir?«
Soames setzte sich und schlug die Beine wie üblich übereinander. Schlank, grau, verschlossen – ein versiegeltes Buch, elegant eingebunden! Was war sein Komplex? Was immer es war, er trug ihn noch mit sich herum. Man konnte sich nicht einmal vorstellen, wie man ihn davon befreit hätte.
»Ich werde meinen Goya nicht wegnehmen«, sagte er ganz unerwartet; »betrachte ihn als Fleurs Eigentum. Ja, wenn ich wüßte, daß ihr euch für die Zukunft interessiert, würde ich euch mehr überschreiben. Meiner Meinung nach wird die Erbschaftssteuer in wenigen Jahren unerträglich hoch sein.«
Michael runzelte die Stirn. »Ich möchte ein für allemal feststellen, Sir, daß alles, was Sie für Fleur tun, ausschließlich Fleur zugute kommen wird. Ich kann, wann immer ich will, wie Epikur leben – von Brot, und an Festtagen ein Stück Käse dazu.«
Soames sah auf, und sein Blick war durchdringend. »Das weiß ich«, sagte er, »das wußte ich immer.«
Michael verneigte sich.
»Ich glaube, daß deinen Vater die Entwertung von Grund und Boden ziemlich trifft.«
»Ja, er spricht davon, daß er mit Seife oder Autos Geschäfte machen will; aber es würde mich nicht wundern, wenn er noch eine Hypothek aufnimmt und weiterwurstelt.«
»Ein Titel ohne Land«, sagte Soames, »ist unnatürlich. Er sollte lieber warten, bis ich tot bin, das heißt, wenn ich was hinterlasse. Aber hör mal zu: Ich habe nachgedacht. Seid ihr zwei nicht glücklich miteinander, daß ihr keine Kinder habt?«
Michael zögerte.
»Ich glaube nicht«, sagte er langsam, »daß wir je Streit hatten, oder auch nur etwas Ähnliches. Ich war – ich habe sie schrecklich gern, aber Sie wissen besser als ich, daß ich nur die Scherben aufgelesen habe.«
»Wer hat dir das erzählt?«
»Heute – Miss June Forsyte.«
»Dieses Frauenzimmer!« sagte Soames. »Sie muß sich doch auch in alles einmischen. Eine Jugendliebe – Monate vor der Hochzeit vorüber.«
»Aber es saß tief, Sir«, sagte Michael sanft.
»Tief – wer kann das in dem Alter schon sagen? Tief?« Soames hielt inne. »Du bist ein guter Mensch – das habe ich immer gewußt. Habe Geduld – sieh alles auf lange Sicht.«
»Ja, Sir«, sagte Michael unbeweglich, »wenn ich es kann.«

»Sie bedeutet mir alles«, murmelte Soames plötzlich. Die Falte zwischen seinen Brauen vertiefte sich.

»Und mir auch — was die Sache nicht leichter macht.«

»Vielleicht nicht. Aber halte durch! Sei so zartfühlend, wie du kannst, aber halte durch! Sie ist jung; sie schwirrt herum; das hat keine Bedeutung.«

»Weiß er von der anderen Sache nichts?« dachte Michael.

»Ich habe meine eigenen Sorgen«, fuhr Soames fort, »aber sie sind nichts, verglichen mit dem, was ich fühlen würde, wenn mit ihr etwas schiefginge.«

Michael fühlte etwas wie Sympathie, ungewöhnlich gegenüber dieser reservierten grauen Gestalt.

»Ich werde mein Möglichstes versuchen«, sagte er ruhig; »aber ich bin natürlich nicht so weise wie Salomon.«

»Da bin ich nicht so sicher«, sagte Soames, »gar nicht so sicher. Aber auf jeden Fall, ein Kind — nun, ein Kind wäre — eine Art von Vers —« Er verhaspelte sich, das Wort war nicht gerade . . .!

Michael wurde eisig.

»Darüber kann ich nichts sagen.«

Soames stand auf.

»Nein«, sagte er nachdenklich, »wahrscheinlich nicht. Es ist Zeit zum Umkleiden.«

Sich umkleiden — essen und schlafen — schlafen, träumen! Und welche Träume würden da kommen!

Auf seinem Weg ins Umkleidezimmer traf Michael den Diener Coaker; der Mann zeigte ein mürrisches Gesicht.

»Was ist, Coaker?«

»Der kleine Hund, Sir, hat im Salon erbrochen.«

»Zum Teufel!«

»Ja, Sir; anscheinend hat ihn dort jemand allein gelassen. Er macht sich bemerkbar, Sir. Ich sag' ja immer: Der kleine Hund macht sich sehr wichtig!«

Während des Essens, als bereute er, ihnen gute Ratschläge und Bilder im Wert von mehreren tausend Pfund gegeben zu haben, verbreitete sich Soames, wie einst James in seinen besten Tagen, über alle möglichen Dinge. Er sprach von den Franzosen — vom Fallen der Mark — dem Ansteigen der Staatsanleihen — der Sturheit des Kunsthändlers Dumetrius, der eine Wolkenlandschaft von Constable, die Soames haben und er loswerden wollte, nur zu dem Zweck zurückhielt, einen Preis zu erzielen, der ihm paßte und den Soames nicht zu zahlen gewillt war. Er sprach von den Schwierigkeiten, die er in bezug auf die Vereinigten Staaten und die Prohibition voraussah. Sie seien eine dickköpfige Bande. Sie ereiferten sich für eine Sache und rannten dann mit dem Kopf gegen Steinmauern. Er selbst habe kaum je viel getrunken, aber er wolle das Gefühl haben, daß er trinken könne, wann er wolle. Die Amerikaner aber wollten, daß er das nicht könne, und das sei Tyrannei. Sie seien überheblich. Es würde ihn nicht wundern, wenn jeder Mensch dort drüben zu trinken begänne. Und was den Völkerbund betraf, so habe an diesem Morgen ein Mann des langen und breiten sein Lob gesungen. Das sei alles Unsinn — nichts als Geldverschwendung für Dinge, die sich von selbst regeln würden. Aber in wichtigen Fragen tat man ja nichts — etwa den Bolschewismus verbieten oder Giftgase. Die reine Augenauswischerei, das alles! Für einen Menschen, der von Natur aus schweigsam war, stellte er fast einen Rekord auf, und das war für die beiden jungen Menschen sehr nützlich, die nur hofften, daß er weitersprechen würde, damit sie an andere Dinge denken konnten. Das Benehmen Ting-a-lings war der einzige andere Punkt, der Interesse erweckte. Fleur dachte, daß es auf den kupfernen Fußboden zurückzuführen war. Soames sagte, daß der Hund draußen am Platz etwas aufgelesen haben mußte — Hunde lasen doch immer etwas auf. Michael vermutete, daß es eben chinesisch war — ein Protest dagegen, daß niemand da war, der von seiner Selbstherrlichkeit Notiz nahm. In China gab es vierhundert Millionen Menschen, die einander auf ihre Selbstherrlichkeit beobachteten. Was könnte man von einem Chinesen erwarten, den man plötzlich allein in die Wüste Gobi versetzte? Ihm würde sicher schlecht werden.

»Kein Zurück, kein Zurück; erobern oder sterben, denn es gibt kein Zurück.«

Als Fleur sich zurückzog, spürten beide, daß sie nicht so rasch wieder ihre gegenseitige Gesellschaft ertragen konnten, und Soames sagte:

»Ich muß mich noch um ein paar Rechnungen kümmern — ich gehe auf mein Zimmer.«

Michael stand auf: »Wollen Sie nicht in mein Arbeitszimmer gehen, Sir?«

»Nein«, sagte Soames, »ich muß mich konzentrieren. Sag Fleur gute Nacht von mir.«

Michael blieb rauchend vor den Früchten aus Porzellan sitzen. Dieser weiße Affe konnte sie nicht essen und die Schalen wegwerfen! Würden die Früchte seines Lebens in Zukunft aus Porzellan sein? Im selben Haus mit Fleur leben, einander entfremdet? So wie jetzt mit Fleur leben, sich wie ein Fremder fühlen, ja sogar wie ein unwillkommener Fremder?

Weglaufen, in die Luftwaffe eintreten oder in das »Kinderrettungswerk«? Welche von diesen drei Möglichkeiten war die am wenigsten schlimme? Die Asche an seiner Zigarre wurde lang, fiel herunter, wuchs wieder; die Porzellanfrüchte reizten ihn mit ihrem Glanz und Schimmer; Coaker steckte den Kopf zur Tür herein und verschwand wieder. (Der gnädige Herr war verstimmt – ein sehr guter Herr!) Auf ihn wartete eine Entscheidung, irgendwo, irgendwann – Fleurs Entscheidung, nicht seine eigene. Er fühlte sich zu elend und verwirrt, um zu wissen, was er wollte; aber sie würde wissen, was sie wollte. Sie wußte genau Bescheid über Wilfrid, über diesen Cousin, über ihr eigenes Tun und Lassen. Ja, sie würde ihre Entscheidung treffen, und was lag daran in einer Welt, in der Mitleid Unsinn und nur chinesische Philosophie von Nutzen war?
Aber sich zusammennehmen, damit einem nicht übel wird mitten im Salon ... Versuchen, seinen Mann zu stellen, selbst wenn niemand bemerkt, daß man auch jemand ist.

Er hatte schon geschlafen, und es war dunkel, oder fast ganz dunkel, in seinem Schlafzimmer. Etwas Weißes an seinem Bett, eine duftende, schwache Wärme in seiner Nähe; eine leise Stimme: »Das bin nur ich. Laß mich zu dir ins Bett, Michael.« Wie ein Kind – wie ein Kind! Michael streckte seine Arme aus. Das Weiße, die Wärme drückten sich hinein, Locken bedeckten seinen Mund, eine Stimme war an seinem Ohr: »Ich wäre doch nicht gekommen, wenn – wenn da irgend etwas geschehen wäre?« Michaels Herz schlug wild und ungestüm gegen das ihre.

7

Ganz ohne

An diesem schönen Nachmittag war Tony Bicket in blendender Laune; die Ballons fanden guten Absatz, und er machte sich bald, hochgestimmt wie ein Eroberer, auf den Heimweg.
Auch Victorine hatte Farbe in den Wangen. Sie beantwortete die Erzählung seiner Erlebnisse mit einer eigenen Geschichte; eine erfundene Geschichte für eine wahre – kein Wort von Danby & Winter, von dem

Herrn mit dem leichten Lächeln, vom Grand Marnier, oder dem »ganz ohne«. Sie hatte keine Gewissensbisse. Es war ihr Geheimnis, ihre Überraschung; wenn sie durch Modellstehen — mit oder ohne, sie hatte sich noch nicht entschieden — ihre Überfahrt verdienen konnte, dann würde sie ihm eben sagen, daß sie das Geld durch eine Wette beim Pferderennen gewonnen hätte.

In dieser Nacht fragte sie mehr als einmal:

»Bin ich schrecklich dünn, Tony? Ich möchte so gern dicker werden.«

Bicket, der sich noch immer Vorwürfe machte, daß sie nicht beim Essen mit Mr. Mont dabeigewesen war, streichelte sie zart und sagte, er würde sie bald kugelrund füttern — aber er erklärte nicht, wie.

Sie träumten zusammen von blauen Schmetterlingen und wachten bei kaltem Gaslicht auf, um ein Frühstück von Kakao und Butterbrot einzunehmen. Nebel! Zehn Meter vor der Tür verschlang Bicket der Nebel vor den Augen Victorines. Mit Zorn im Herzen ging sie ins Schlafzimmer zurück. Wer würde schon im Nebel Luftballons kaufen! Sie würde lieber alles mögliche tun, als Tony noch weiter da draußen an so abscheulichen Tagen stehen zu lassen. Sie zog sich wieder aus und wusch sich wie verrückt, nur für den Fall, daß —! Sie war noch nicht lange fertig, als die Vermieterin kam und ihr sagte, daß ein Botenjunge da sei. Er trug ein riesiges Paket mit der Aufschrift »Mr. Bicket«.

Drinnen lag ein Zettel. Sie las:

»Lieber Bicket — Hier ist das Zeug. Hoffe, daß Sie es brauchen können. Ihr Michael Mont«

In ihrer Stimme schwang ein Zittern, als sie zu dem Jungen sagte:

»Danke, ist gut. Da hast du zwei Pennies.«

Als sich sein lautes Pfeifen in den Nebel hinein verlor, warf sie sich verzückt vor dem »Zeug« nieder. Die Geschlechter waren durch Seidenpapier getrennt. Ein blauer Anzug, ein Velourshut, braune Schuhe, drei Paar Socken mit zwei Löchern darinnen, vier Hemden, die an den Manschetten nur ganz wenig ausgefranst waren, zwei schwarz-weiße Krawatten, sechs nicht ganz neue Hemdkragen, etliche Taschentücher, zwei herrlich dicke Westen, zwei Unterhosen und ein brauner Mantel mit Gürtel und ganz wenigen kleinen Flecken. Sie hielt den blauen Anzug gegen ihre eigene Gestalt, man würde die Hosenbeine und Ärmel nur um wenige Zentimeter kürzen müssen. Sie schichtete alles in einer Pyramide auf und wandte sich ehrfürchtig der Beute unter dem Seidenpapier zu. Ein braunes Strickkleid mit kleinen hellgelben Knöpfen — rein, faltenlos. Wie man so etwas weggeben konnte! Eine braune Samtkappe mit einem kleinen Gesteck aus goldbraunen Federn. Sie setzte sie auf. Ein rosa Mieder, nur ganz wenig verblichen, nur wenige Zentimeter Fischbein nach oben und ganz wenig mehr unter der Taille, rosa Seidenbänder und Strumpfhalter – ein Traum. Sie konnte nicht widerstehen, sie mußte es anprobieren. Zwei Paar braune Strümpfe; braune Schuhe; zwei Unterkleider, ein gewirktes Hemd. Ein weißer Seidenpullover mit einem Loch im Ärmel, ein fliederfarbener Leinenrock, der beim Waschen ein wenig eingegangen war; ein blaßrosa Seidenhöschen; und als unterstes ein fast schwarz-brauner Mantel, lang und warm und herrlich, mit großen, schwarzen Knöpfen, und in der Tasche sechs kleine Taschentücher. Tief atmete sie den süßen Duft ein – Geranien!

Ihre Gedanken rasten. Neu ausgestattet, blaue Schmetterlinge – die Sonne! Nur das Geld für die Überfahrt fehlte! Und plötzlich sah sie sich, wie sie ohne Kleider vor dem Herrn mit dem wandernden Blick stand. Wen scherte das schon! Das Geld!

Den Rest des Vormittags verbrachte sie mit fieberhafter Arbeit, verkürzte Tonys Sachen, stopfte die Löcher in seinen Socken, wendete die abgeschabten Manschetten. Sie aß ein Keks, trank eine weitere Schale Kakao, das machte doch dick, und nahm dann das Loch in dem weißen Seidenpullover in Angriff. Ein Uhr. In Panik kleidete sie sich wieder aus, legte ein neues Unterkleid an, Strümpfe und das Mieder, und blieb dann, von einem plötzlichen Aberglauben erfaßt, stehen. Nein! Ihr eigenes Kleid und der Hut – wie gestern. Den Rest würde sie behalten, bis –! Sie eilte zum Bus, und es liefen ihr abwechselnd heiße und kalte Schauer über den Rücken. Vielleicht würde er ihr noch ein Glas von diesem herrlichen Zeug geben. Wenn sie nur einen kleinen Schwips bekäme, damit ihr alles egal würde!

Sie kam pünktlich um zwei Uhr zum Studio und klopfte. Drinnen war es herrlich warm, viel wärmer als gestern, und sie wußte plötzlich, warum. Vor dem Kamin stand eine Dame mit einem kleinen Hund.

»Miss Collins – Mrs. Michael Mont; sie borgt uns ihren Pekinesen, Miss Collins.«

Die Dame – so alt wie sie selbst und so unwahrscheinlich hübsch – streckte ihr die Hand entgegen. Geranien! Das war sie also, deren Kleider –

Sie ergriff die Hand, brachte aber nichts hervor. Wenn diese Dame dabliebe, würde es völlig ausgeschlossen sein. Vor ihr – so hübsch, so schön angezogen – o nein!

»So, Ting, sei brav und so lustig, wie du kannst. Auf Wiedersehen,

Aubrey! Viel Glück für das Bild! Auf Wiedersehen, Miss Collins; es wird prächtig werden.«
Fort! Der Geranienduft wurde schwächer; der kleine Hund schnüffelte an der Tür. Der geschmeidige Herr hielt zwei Gläser in den Händen.
»Ah!« dachte Victorine und trank ihres in einem Zug aus.
»Also, Miss Collins, es macht Ihnen doch nichts aus, nicht? Sie finden alles dort drinnen. Es ist wirklich nichts dabei. Ich möchte, daß Sie sich genau hier auf den Bauch legen und Ihren Kopf ein bißchen in diese Richtung drehen; Ihr Haar so locker wie möglich, und Ihre Augen auf diesen Knochen gerichtet. Sie müssen sich vorstellen, daß es ein Faun oder so was Ähnliches ist. Der Hund wird Ihnen dabei helfen, wenn er sich den Knochen holt. Faun — Sie wissen, was das ist?«
»Ja«, sagte Victorine mit schwacher Stimme.
»Noch einen Schluck?«
»O ja, bitte!«
Er brachte ein Glas.
»Ich verstehe schon; aber wissen Sie, es ist völlig lächerlich. Bei einem Arzt würden Sie sich ja auch nicht genieren. Ich stelle die kleine Glocke da auf den Boden. Wenn Sie sich hingelegt haben, läuten Sie, und ich komme heraus. Das wird Ihnen helfen.«
Victorine murmelte:
»Sie sind so freundlich.«
»Aber ich bitte Sie — das ist nur natürlich. Fangen Sie jetzt bitte an? Das Licht bleibt nicht ewig. Fünfzehn Shilling pro Tag haben wir ausgemacht.«
Victorine sah, wie er hinter dem Paravent verschwand, und sah die kleine Kuhglocke an. Fünfzehn Shilling! Und fünfzehn Shilling! Und noch fünfzehn Shilling! Viele, viele Male fünfzehn Shilling, bevor —! Aber sie mußte nicht öfter Modell stehen, als Tony von einem Fuß auf den andern trat, wenn er seine Luftballons anbot. Und wie von diesem Gedanken angetrieben, stieg sie automatisch vom Podium herunter und ging in das Umkleidezimmer. Gemütlich war es hier drinnen und warm; ein grüner Seidenumhang hing über einem Stuhl. Sie legte ihr Kleid ab. Die Pracht des rosa Mieders überwältigte sie von neuem. Vielleicht wollte der Herr — nein, das wäre noch schlimmer! Ein Geräusch drang zu ihr — von Ting-a-ling, der damit nicht einverstanden war, daß man ihn allein gelassen hatte. Wenn sie jetzt zögerte, würde sie niemals —! Sie zog sich hastig völlig aus und betrachtete sich im Spiegel. Wenn nur dieses schlanke, elfenbeinfarbene Bild hinaus aufs Podium gehen und sie hier bleiben könnte! Oh! Es war schrecklich — schrecklich! Sie konnte nicht

— nein, sie konnte nicht! Sie riß ihr Unterkleid wieder an sich. Fünfzehn Shilling! Aber fünfzehn Shilling! Vor ihren Augen stieg eine beängstigende Vision auf: eine riesige Domkuppel, ein winziger Tony, der winzige Ballons in der ausgestreckten Hand hielt! Etwas Kaltes, Eisenhartes bildete sich um ihr Herz, wie sich Eiszapfen am Fenster bilden. Wenn das alles war, was die anderen für ihn taten, sie würde etwas Besseres für ihn tun. Sie ließ die Kleider fallen; und verwirrt, empfindungslos trat sie »ganz ohne« hinaus. Ting-a-ling lag vor dem Knochen und knurrte. Sie ergriff die Glocke, legte sich auf den Bauch, wie man es ihr gesagt hatte, und kreuzte die Beine in der Luft. Sie stützte das Kinn auf die Hand und läutete. Die Glocke gab einen Ton von sich, wie sie ihn noch nie gehört hatte, und der kleine Hund bellte — er war wirklich komisch!

»Großartig, Miss Collins! Bleiben Sie so!«

Fünfzehn Shilling! Und nochmals fünfzehn Shilling!

»Die Zehen ein bißchen mehr nach links. Gut! Der Fleischton ist vollkommen. Mein Gott, wie kompliziert ist das alles! Das Vorzeichnen ist furchtbar langweilig, Miss Collins; man dürfte eigentlich nur mit dem Pinsel zeichnen; ein Bildhauer zeichnet mit dem Meißel, zumindest, wenn er ein Michelangelo ist. Wie alt sind Sie?«

»Einundzwanzig«, kam es von Victorines Lippen, wie aus weiter Ferne, schien es ihr.

»Ich bin zweiunddreißig. Man sagt, daß unsere Generation so alt geboren wurde, daß sie nicht mehr älter werden kann. Ohne Illusionen. Tja, ich habe nie an etwas geglaubt, soweit ich mich erinnern kann. Und Sie?«

Victorine war so verwirrt, daß sie nicht antworten konnte, aber es machte nichts, da er weiterplauderte:

»Wir glauben nicht einmal an unsere Vorfahren. Aber trotzdem fangen wir an, sie wieder zu kopieren. Kennen Sie das Buch ›Die schluchzende Schildkröte‹, das so viel Aufsehen erregt hat? — Der reinste Sterne, sehr gut gemacht; aber eben reinster Sterne, und dieser Autor meint nichts ernst. Das ist es in kurzen Worten — wir nehmen nichts ernst, Miss Collins — ein schlechtes Zeichen. Macht nichts; mit diesem Bild da werde ich Piero Cosimo ausstechen. Ihren Kopf ein paar Zentimeter höher, und die Locke aus den Augen, bitte. Danke! Bleiben Sie so! Übrigens, ist einer Ihrer Vorfahren Italiener? Wie hieß zum Beispiel Ihre Mutter?«

»Brown.«

»Ah! Bei Browns weiß man es nie so genau. Es kann von Brune oder von Bruno kommen, aber wahrscheinlich war sie Spanierin. Oder vielleicht hießen alle Einwohner dieser Insel, die die Sachsen am Leben gelassen haben, Brown. Aber eigentlich ist das alles Quatsch. Wenn wir auf Eduard den Bekenner zurückgehen, Miss Collins – bloß dreißig Generationen –, dann hat jeder von uns eintausendvierundsiebzig Millionen, fünfhundertdreiundsiebzigtausendneunhundertvierundachtzig Vorfahren, und damals lag die Bevölkerungsziffer dieser Insel um etliches unter einer Million. Wir haben Inzucht betrieben wie bei den Rennpferden, aber wir sehen nicht so hübsch aus, nicht? Ich kann Ihnen sagen, Miss Collins, Sie sind etwas, wofür man dankbar sein muß. Mrs. Mont ebenfalls. Ist sie nicht hübsch? Schauen Sie sich diesen Hund an!«

Ting-a-ling starrte Victorine mit aufgestemmten Vorderpfoten und gerunzelter Schnauze an, als hielte er sie für einen zweiten Knochen.

»Er ist komisch«, sagte sie, und wieder klang ihre Stimme wie aus der Ferne. Würde Mrs. Mont hier liegen, wenn er sie darum bäte? Die würde hübsch aussehen! Aber sie brauchte ja die fünfzehn Shilling nicht!

»Ist diese Stellung bequem?«

Erschreckt murmelte sie:

»O ja, danke!«

»Warm genug?«

»O ja, danke!«

»Gut. Nur den Kopf ein bißchen höher.«

Langsam verebbte in Victorine das Gefühl des schrecklich Ungewöhnlichen. Tony durfte es nie erfahren. Wenn er es nie erfuhr, würde es ihm auch nichts ausmachen. Sie konnte so den ganzen Tag liegen – fünfzehn Shilling und wieder fünfzehn Shilling! Es war ganz einfach. Sie beobachtete, wie sich die raschen, schlanken Finger bewegten, sie sah den blauen Rauch der Zigarette. Sie beobachtete den kleinen Hund.

»Wollen Sie sich ausruhen? Sie haben den Umhang drinnengelassen; ich hole ihn.«

Sie setzte sich in dem wunderbar gefütterten grünen Seidenumhang auf, die Füße ließ sie über den Rand des Podiums auf den Boden baumeln.

»Zigarette? Ich mache uns einen türkischen Kaffee. Gehen Sie lieber ein bißchen auf und ab.«

Victorine gehorchte.

»Sie sind ein Traum von einem Modell, Miss Collins. Ich muß Sie in diesem Umhang à la Mathieu Maris malen.«

Der Kaffee, ganz anders als sie jemals gekostet hatte, gab ihr ein Gefühl des Wohlbefindens. Sie sagte:

»Das schmeckt gar nicht wie Kaffee.«

Aubrey Greene hob die Hände.
»Sie sagen es. Die Briten sind ein großes Volk — nichts wird sie je umbringen. Könnte man sie vernichten, dann wären sie längst an ihrem Kaffee zugrunde gegangen. Noch einen?«
»Bitte«, sagte Victorine. Es war so wenig in der Tasse.
»Machen wir weiter?«
Sie legte sich nieder und warf den Umhang beiseite.
»Gut so! Lassen Sie ihn da — Sie liegen im hohen Gras, und das Grün hilft mir. Schade, daß es Winter ist; sonst hätte ich einen Garten gemietet.«
Im hohen Gras liegen — vielleicht unter Blumen. Sie liebte Blumen. Als kleines Mädchen war sie gerne im Gras gelegen und hatte Kränze aus Gänseblümchen geflochten, im Feld hinter dem Pförtnerhaus ihrer Großmutter in Norbiton. Ihre Großmutter versah den Dienst im Pförtnerhaus. Jedes Jahr war sie für vierzehn Tage hingefahren — es hatte ihr auf dem Lande so gut gefallen. Nur hatte sie damals immer etwas angehabt. Lustiger wäre es mit nichts an. Gab es Blumen in Zentralaustralien? Aber wenn es Schmetterlinge gab, mußte es auch Blumen geben! In der Sonne — sie und Tony — wie im Garten Eden! . . .
»Danke, das wär's für heute. Ein halber Tag — zehn Shilling — morgen vormittag um elf. Sie sind ein erstklassiges Modell, Miss Collins.«
Als Victorine das rosa Mieder anzog, war sie in Hochstimmung. Sie hatte es zustande gebracht! Tony würde es nie erfahren! Der Gedanke, daß er es nie erfahren würde, freute sie. Wieder angekleidet, kam sie heraus.
Aubrey Greene stand vor seinem Werk.
»Noch nicht, Miss Collins«, sagte er; »ich möchte Sie nicht deprimieren. Der Hüftknochen ist zu hoch. Wir werden das morgen in Ordnung bringen. Entschuldigen Sie meine Hand, sie ist voll Kreide. *Au revoir!* Elf Uhr. Und diesen Burschen da brauchen wir nicht. Nein, dageblieben!«
Denn Ting-a-ling machte Miene, den größeren Knochen zu begleiten. Victorine ging lächelnd hinaus.

8

Soames ergreift die Initiative

Vor dem Kaminfeuer in seinem Schlafzimmer hatte Soames konzentriert nachgedacht, bis die Glocke vom Big Ben zwölf schlug. Seine Überlegungen ließen sich in dem Entschluß zusammenfassen, letztlich doch mit dem alten Mont über die Sache zu sprechen. Trotz seiner Oberflächlichkeit war der alte Herr doch ein Gentleman, und die Sache war heikel. Er ging zu Bett und schlief ein, wachte aber um halb drei wieder auf. Da hatte man's wieder! Im Laufe seiner langjährigen Erfahrungen mit Geldgeschäften war ihm so etwas noch nie vorgekommen. Hundertprozentig im Rahmen der Gesetze bleiben — die oft weit davon entfernt waren, genaue Richtlinien zu geben — war das sine qua non seiner Laufbahn gewesen. Ehrlich, so heißt es, währt am längsten. Aber war Ehrlichkeit wirklich alles? Ein vollkommen ehrlicher Mann konnte leicht, noch ehe eine Woche um war, glatt im Gefängnis landen. Doch die Ehrlichkeit eines Geschäftsmannes, seine Geschäftsmoral bestand darin, sich aus dem Gefängnis und dem Bankrott herauszuhalten. Und bis jetzt hatte Soames in dieser Hinsicht auch nie Schwierigkeiten gehabt. Was waren denn die Pflichten eines Aufsichtsrates, außer, sich sein Gehalt auszahlen zu lassen und Tee zu trinken? Darauf kam es an. Und wie weit war er haftbar, wenn er seine Pflichten vernachlässigte? Es war die Pflicht eines Aufsichtsrates, absolut ehrlich zu sein. Aber wenn ein Aufsichtsrat absolut ehrlich war, dann war er wieder zum Aufsichtsrat ungeeignet. Das war klar. Erstens würde er in einem solchen Fall allen Aktionären sagen müssen, daß er für sein Gehalt so gut wie nichts tat. Denn was leistete er denn schon in den Sitzungen? Er saß da, unterzeichnete Schriftstücke, schwatzte ein wenig und bewilligte das, was nach der allgemeinen Wirtschaftslage bewilligt werden mußte. Ergriff er je die Initiative? Einmal alle heiligen Zeiten. Stellte er Berechnungen an? Nein, das taten die Buchprüfer. Es wurde zwar eine allgemeine Geschäftspolitik befolgt. Ein tröstliches Wort, aber um absolut ehrlich zu sein — die Hauptaufgabe eines Aufsichtsrates war es, sich nicht in die schon bestehende Geschäftspolitik einzumischen. Wie lag denn sein eigener Fall? Hätte er seine Pflicht getan, dann hätte er gegen diese Auslandsversicherungen, denen er vom ersten Moment an instinktiv mißtraut hatte, schon im ersten Monat seiner Mitgliedschaft protestieren oder seinen Sitz zurücklegen müssen. Aber das hatte er nicht getan! Die Dinge hatten ja besser ausgesehen! Es war nicht der geeignete Augenblick, und so weiter! Hätte er seine Pflicht als absolut ehrlicher Aufsichtsrat getan, dann wäre er überhaupt nie Aufsichtsrat der P. P. R. S. geworden, denn dann hätte er sich mit den Geschäftsprinzipien dieser Gesellschaft viel eingehender beschäftigt, bevor er den Sitz im Aufsichtsrat akzeptiert hätte. Aber die Namen und das Prestige und der geschenkte Gaul, dem man nicht zu genau ins Maul sah — so war es gekommen! Um absolut ehrlich zu sein, müßte er jetzt allen Aktionären mitteilen: »Meine Unachtsamkeit hat Sie gute zweihunderttausend Pfund gekostet. Ich habe diesen Betrag zu Ihren Gunsten an die Treuhänder überwiesen und die übrigen Aufsichtsräte auf Zahlung ihres Anteils am Verlust geklagt.« Aber er hatte keine Absicht, das zu tun, weil — nun — weil man so etwas einfach nicht tat und es die anderen Aufsichtsräte nicht gern sehen würden. Mit einem Wort: man wartete eben darauf, daß die Aktionäre von selbst herausfanden, wie trist die Lage war, und man hoffte, daß sie nicht dahinterkämen. Ja, wie eine Regierung verschleierte man alles und holte für sich selbst das Beste heraus. Mit einem gewissen Gefühl des Trostes dachte Soames an Irland: die letzte Regierung hatte England in das ganze Schlamassel hineingetrieben und schließlich sich noch etwas drauf zugute getan, daß sie etwas beendet hatte, was sie nie hätte anfangen dürfen! Auch beim Frieden, bei der Luftwaffe, der Landwirtschaft und bei Ägypten — den fünf wichtigsten Problemen, mit denen sie sich hatte befassen müssen — hatte sie die Kastanien ins Feuer geworfen! Aber hatte sie es zugegeben? Weit davon entfernt! So etwas tat man nicht. Man sagte: »Zu diesem Zeitpunkt erforderte die Politik eine derartige Vorgangsweise.« Oder, noch besser, man sagte gar nichts und vertraute auf den britischen Charakter. Das Kinn ins Leintuch gepreßt, fühlte Soames eine augenblickliche Erleichterung. Die letzte Regierung hatte bestimmt keine unruhigen Nächte verbracht — die nicht —, davon war er überzeugt! Er richtete seinen Blick auf die verglimmenden Scheite im Kamin und dachte über die Ungleichheit und Ungerechtigkeit des Lebens nach. Diese Kerle in Politik und Wirtschaft verbrachten ihr ganzes Leben damit, auf dünnem Eis herumzuschlittern, und wurden dafür in den Adelsstand erhoben. Sie zuckten nicht mit der Wimper. Und da bewegte er sich nun, zum erstenmal in vierzig Jahren, auf dünnem Eis und stand entsetzliche Qualen aus. Es war ja ein richtiger Kult geworden, die Öffentlichkeit hinters Licht zu führen, ein Kult, die Konsequenzen seiner Handlungsweise zu umgehen; und da war er, ein Mann von Welt, ein Mann, der sich an die Gesetze hielt, diesen Kult nicht kannte, und — und darüber froh war. Aus angeborener Vorsicht und einem gewissen Stolz heraus, der etwas

Edles an sich hatte, scheute Soames vor der groben Art von Ehrlichkeit zurück, die die Geschicke der britischen Nation lenkte. In allem, was Geld betraf, was sich mit Geld befaßte, war er immer unbeugsam gewesen. Geld war Geld, ein Pfund war ein Pfund, und man konnte nicht so tun, als wäre es nicht so, und gleichzeitig seine Selbstachtung behalten. Er stand auf, trank ein paar Schluck Wasser, atmete etliche Male tief ein und trat von einem Fuß auf den anderen. Wer hatte doch erst unlängst behauptet, daß er noch nie um irgendeiner Sache willen fünf Minuten Schlaf geopfert habe? Dieser Mensch mußte die Konstitution eines Ochsen haben oder ein Baron Münchhausen sein. Er nahm ein Buch zur Hand. Aber im Geist überlegte er immer wieder, wie hoch der realisierbare Wert seines Vermögens wohl sei. Er fand, daß er außer seinen Bildern nicht weniger als zweihundertfünfzigtausend Pfund besitzen mußte, und es war ja nur Fleur da, für die er mehr oder weniger schon gesorgt hatte. Seine Frau hatte ihre Rente und konnte davon in Frankreich tadellos leben. Und er selbst – aber was machte ihm das schon aus? Ein Zimmer im Klub in Fleurs Nähe – und er würde genauso glücklich sein, vielleicht sogar glücklicher! Und plötzlich erkannte er, daß er einen Weg aus seiner Verstörung und Angst gefunden hatte. Dadurch, daß er sich das Ärgste vorstellte, den Verlust seines Reichtums, hatte er den Teufel ausgetrieben. Das Buch »Die schluchzende Schildkröte«, von dem er nicht ein Wort gelesen hatte, entglitt seiner Hand; er schlief ein ...

Sein Zusammentreffen mit dem alten Mont fand unmittelbar nach dem Essen im Snooks-Klub statt. Die letzten Berichte der Börse in der Halle, auf die er im Vorbeigehen einen Blick warf, zeigten, daß die Mark weiter gefallen war. Wie er gedacht hatte: dieses Zeug wurde völlig wertlos!

Wie der Baronet so dasaß und seinen Kaffee trank, erschien er Soames fast aufreizend munter. Zwei zu eins, daß er nichts begriffen hatte! »Auch gut«, dachte Soames. »Ich werde seine schwachen Nerven kitzeln, wie der alte Onkel Jolyon zu sagen pflegte!«

Und ohne Einleitung begann er:

»Wie geht es Ihnen, Mont? Die Mark ist schon völlig wertlos. Sind Sie sich klar darüber, daß durch uns die P. P. R. S. infolge der grandiosen Auslandspolitik Eldersons rund eine Viertelmillion verloren hat? Ich bin gar nicht so sicher, daß man uns nicht wegen Fahrlässigkeit zur Verantwortung ziehen wird. Aber ich möchte mit Ihnen über folgendes sprechen.« Er schilderte sein Gespräch mit dem Angestellten Butterfield, beobachtete die Augenbrauen seines Zuhörers und endete mit den Worten: »Was sagen Sie dazu?«

Sir Lawrence klemmte das Monokel ins Auge.

»Halluzinationen, mein lieber Forsyte! Ich kenne Elderson mein Leben lang. Wir waren zusammen in Winchester.«
Schon wieder! O Gott! Soames sagte langsam:
»Das sagt noch gar nichts. Ein Mann, der mit mir am Marlborough College war, ging mit der Verpflegungskasse seines Regiments und der Frau seines Obersten durch und hat in Chile mit Dosentomaten ein Vermögen erworben. Die Frage ist die: Wenn die Geschichte des jungen Mannes stimmt, sind wir in den Händen eines Kriminellen. So geht das nicht, Mont. Wollen Sie mit ihm sprechen und hören, was er dazu zu sagen hat? Ihnen wäre es sicher nicht recht, wenn eine solche Geschichte über Sie im Umlauf wäre. Gehen wir beide hin?«
»Ja«, sagte Sir Lawrence plötzlich. »Sie haben recht. Wir gehen beide, Forsyte. Mir ist es unangenehm, aber wir gehen beide. Er muß es wissen.«
»Jetzt?«
»Jetzt.«
Feierlich setzten sie die Zylinder auf und verließen das Haus.
»Ich glaube, Forsyte, wir nehmen am besten ein Taxi.«
»Ja«, sagte Soames.
Das Taxi fuhr langsam an den Löwen vorbei und raste dann den Kai hinunter. Seite an Seite sahen die beiden Fahrgäste starr vor sich hin.
»Wir haben vor einem Monat zusammen gejagt«, sagte Sir Lawrence. »Kennen Sie die Hymne ›O Gott, du hilfst von alters her‹? Sie ist sehr schön, Forsyte.«
Soames antwortete nicht. Der Mensch begann schon wieder zu quasseln!
»Wir sangen sie am Sonntag«, fuhr Sir Lawrence fort. »Elderson hatte einmal eine sehr schöne Stimme – hat Solo gesungen. Jetzt krächzt er wie ein Nebelhorn, aber der Vortrag ist noch immer gut.« Sein Lachen klang wie ein leises Wiehern.
»Kann dieser Mensch denn nie ernst sein?« dachte Soames, und er sagte: »Wenn wir herausbekommen, daß die Sache mit Elderson stimmt, und wir verheimlichen es, könnten wir uns alle auf der Anklagebank wiederfinden.«
Sir Lawrence klemmte wieder sein Monokel ins Auge. »Zum Teufel!« sagte er.
»Sprechen Sie mit ihm«, fragte Soames, »oder soll ich es?«
»Ich glaube, Sie können das besser, Forsyte; sollen wir den jungen Mann auch dazu rufen?«
»Warten wir es ab«, sagte Soames.
Sie gingen zum Büro der P. P. R. S. hinauf und betraten das Sitzungs-

zimmer. Es brannte kein Feuer, der lange Tisch war kahl; ein alter Angestellter, der wie eine Fliege herumkroch, füllte die Tintenfässer aus einer großen Flasche.

Soames sprach ihn an:

»Sagen Sie dem Generaldirektor, Sir Lawrence Mont und Mr. Forsyte möchten ihn sprechen.«

Der alte Angestellte blinzelte, stellte die Flasche beiseite und ging hinaus.

»Jetzt«, sagte Soames, »müssen wir klaren Kopf behalten. Er wird es natürlich ableugnen.«

»Das hoffe ich, Forsyte, das hoffe ich; Elderson ist ein Gentleman.«

»Keiner lügt so gut wie ein Gentleman«, murmelte Soames unhörbar.

So standen sie in ihren Mänteln vor dem leeren Kamin und starrten ihre Zylinder an, die Seite an Seite auf dem Tisch lagen.

»Einen Augenblick«, sagte Soames plötzlich, ging durch den Raum und öffnete die gegenüberliegende Tür. Dort war, wie es der junge Angestellte geschildert hatte, eine Art Warteraum zwischen dem Sitzungssaal und dem Büro des Generaldirektors, mit einer Tür am Ende, die in den Hauptkorridor führte. Er schloß die Tür, ging wieder zu Sir Lawrence zurück und fuhr fort, die Hüte zu betrachten.

»Die Geographie stimmt«, sagte er düster.

Beim Eintreten des Generaldirektors ließ Sir Lawrence sein Monokel mit einem klirrenden Geräusch auf seinen Westenknopf fallen. Im Cutaway, glattrasiert, mit Tränensäcken unter den grauen Augen, rosa Gesicht und jedes Haar an seinem Platz auf dem fast kahlen Kopf, mit Lippen, die entweder schmollten, zusammengepreßt waren oder lächelten, erinnerte Elderson Soames in fast lächerlicher Weise an seinen alten Onkel Nicholas in dessen mittleren Jahren. Onkel Nick war ein kluger Bursche gewesen — »der klügste Mann in London« hatte ihn einmal jemand genannt —, aber niemand hatte je seine Ehrlichkeit bezweifelt. Soames durchfuhren Zweifel und Widerwille. Es erschien unerhört, einem Mann von seinem Alter und Stand derartiges vorzuwerfen. Aber die Augen des jungen Butterfield — so ehrlich und hundeähnlich! So etwas zu erfinden — war denn das möglich? Er sagte abrupt:

»Ist die Tür geschlossen?«

»Ja; zieht es?« fragte der Generaldirektor. »Soll ich ein Feuer anzünden lassen?«

»Nein, danke«, sagte Soames. »Mr. Elderson, ein junger Mann aus diesem Büro kam gestern mit einer sehr sonderbaren Sache zu mir. Mont und ich glauben, daß Sie sie hören sollten.«

Gewohnt, die Augen anderer Menschen zu beobachten, hatte Soames den Eindruck, daß sich über die Augen des Direktors ein Schleier, wie man es manchmal bei Papageien sieht, zog. Er verschwand sofort wieder, wenn er überhaupt je dagewesen war. »Aber bitte.«
Langsam, mit der Beherrschung, die er immer hatte, wenn es darauf ankam, wiederholte Soames die Geschichte, die er sich in den frühen Stunden des Morgens immer wieder vorgesagt hatte. Er schloß:
»Sie möchten ihn wahrscheinlich hereinrufen. Sein Name ist Butterfield.«
Während des Berichtes hatte Sir Lawrence nichts anderes getan als seine Fingernägel betrachtet; jetzt sagte er: »Wir mußten es Ihnen sagen, Elderson.«
»Natürlich.«
Elderson ging zur Glocke hinüber; das Rot seiner Wangen hatte sich vertieft, seine Zähne waren zwischen den Lippen zu sehen.
»Sagen Sie Mr. Butterfield, daß er herüberkommen soll.«
Eine Minute lang bemühten sich alle angestrengt, nicht auf die anderen zu achten. Dann kam der junge Mann herein, ordentlich, nicht außergewöhnlich, seine Augen auf das Gesicht des Generaldirektors gerichtet. Einen Augenblick lang fühlte Soames Mitleid. Dieser junge Mensch hatte für sein Leben zu sorgen – einer aus der großen Schar derer, die ihren Lebensunterhalt durch Selbstauslöschung und Anständigkeit verdienten und hinter denen hundert andere standen, die bereit waren, beim ersten Fehler an ihre Stelle zu treten. Wie hieß doch die alte Phrase aus dem Repertoire des Schmierenschauspielers, über die Onkel Jolyon immer so gekichert hatte? »Ein bleicher Märtyrer, dessen Hemd schon brennt.«
»Also, Mr. Butterfield, Sie hatten die Freundlichkeit, Ihrer Phantasie im Hinblick auf mich freien Lauf zu lassen.«
»Nein, Sir.«
»Sie bleiben also bei Ihrer phantastischen Geschichte, die Sie an der Tür gehört haben wollen?«
»Ja, Sir.«
»Dann brauchen wir Ihre Dienste nicht länger. Guten Morgen.«
Die Augen des jungen Mannes, die denen eines Hundes glichen, suchten Soames' Gesicht; in seiner Kehle bewegte sich ein Muskel, seine Lippen öffneten sich stumm. Er drehte sich um und ging hinaus.
»Das wäre erledigt«, sagte der Generaldirektor; »der wird nie wieder einen anderen Posten bekommen.«
Der Haß, der in diesen Worten lag, wirkte auf Soames wie der Geruch von ranzigem Fett. Im selben Augenblick hatte er das Gefühl: Darüber muß ich nachdenken. Nur wenn er unschuldig oder aber schuldig und

zum Äußersten entschlossen war, konnte Elderson so drastisch vorgehen. Was war es also?

Der Direktor fuhr fort:

»Ich danke Ihnen, meine Herren, daß Sie mich auf diese Sache aufmerksam gemacht haben. Dieser junge Mann ist mir schon seit einiger Zeit aufgefallen. In jeder Hinsicht ein schlechter Charakter.«

Soames sagte mürrisch: »Was hat er sich denn Ihrer Meinung nach davon erhofft?«

»Er hat seine Entlassung vorausgesehen und wollte uns zuvorkommen.«

»Aha«, sagte Soames. Aber es war ihm nicht klar. In Gedanken versetzte er sich in sein eigenes Büro zurück, wo sich Gradman die Nase rieb, seinen grauen Kopf schüttelte und Butterfield sagte: »Nein, Sir, ich habe nichts gegen Mr. Elderson, und er nichts gegen mich.«

»Ich muß mich näher über diesen jungen Mann erkundigen«, dachte er. Die Stimme des Generaldirektors durchbrach seine Gedanken.

»Ich habe darüber nachgedacht, was Sie gestern gesagt haben, Mr. Forsyte: daß man den Aufsichtsrat wegen Fahrlässigkeit belangen könnte. Das stimmt nicht; wir haben unsere Geschäftspolitik den Aktionären bei zwei Generalversammlungen offen dargelegt, und sie ist ohne Kommentar bewilligt worden. Die Aktionäre sind genauso verantwortlich wie der Aufsichtsrat.«

»Hm«, sagte Soames und nahm seinen Hut. »Kommen Sie, Mont?«

Als hätte man ihn aus weiter Ferne zurückgerufen, klemmte Sir Lawrence sein Monokel hektisch ins Auge.

»Es war äußerst peinlich«, sagte er. »Sie müssen uns verzeihen, Elderson. Man mußte es Ihnen sagen. Ich glaube nicht, daß der junge Mann ganz richtig im Kopf ist – er hatte so ein eigenartiges Aussehen; aber wir können so etwas natürlich nicht dulden. Auf Wiedersehen, Elderson.«

Die beiden setzten gleichzeitig die Hüte auf und gingen. Eine Zeitlang sprachen sie nicht miteinander. Dann sagte Sir Lawrence: »Butterfield? Mein Schwager hatte einen Obergärtner namens Butterfield – ein anständiger Mensch. Sollten wir den jungen Mann nicht ein bißchen überprüfen, Forsyte?«

»Ja«, sagte Soames, »überlassen Sie das mir.«

»Aber gerne. Wissen Sie, wenn man mit jemand zusammen in die Schule gegangen ist, dann hat man so ein besonderes Gefühl – nicht wahr?«

Soames ließ sich plötzlich zu den Worten hinreißen:

»Man kann heutzutage wirklich niemandem mehr trauen, scheint mir. Es kommt von – na, ich weiß nicht, wovon es kommt. Aber für mich ist diese Angelegenheit noch nicht erledigt.«

9

Der Detektiv

Der Hotch-Potch-Klub ging auf die sechziger Jahre des neunzehnten Jahrhunderts zurück. Er war von einer Gruppe junger Männer als bequemer gesellschaftlicher und politischer Tummelplatz gegründet worden, bis man die nötige Reife erworben hatte, im Snooks-Klub, zum »Remove«, zu den »Wayfarers«, »Burton's«, »Ostrich Feather« und anderen Zufluchtsstätten gesetzter Leute zugelassen zu werden. Der Klub hatte aber, hauptsächlich wegen eines ausgezeichneten Küchenchefs in den ersten Jahren seines Bestehens, beträchtliches Ansehen erlangt. Doch noch immer wurde er in gewisser Weise seinem Namen — »Eintopf« — gerecht, und das war es, was Michael anzog — alle möglichen Menschen gehörten ihm an. Von Walter Nazing, von Möchte-Gern-Schriftstellern und Theaterbegeisterten, die nach Venedig fuhren, um von Liebe in Gondeln berichten zu können oder wie man mit dieser und jener Frau eine Affäre einzuleiten habe, bis zu schnauzbärtigen Generälen, die Vorsitzende von Kriegsgerichten gewesen waren und ungerührt Menschen wegen einer momentanen Schwäche der menschlichen Natur hatten erschießen lassen; von Wilfrid Desert (der jetzt nie mehr kam) bis zu Maurice Elderson im Spielzimmer — er konnte sie alle hier treffen und dem modernen Leben den Puls fühlen. Und damit war er eben im Rauchzimmer des Hotch Potch beschäftigt, am späten Nachmittag, zwei Tage nachdem Fleur nachts in sein Bett gekommen war, als man ihm meldete:

»Ein Mr. Forsyte, Sir, wartet in der Halle auf Sie. Nicht der Herr, der so lange bis zu seinem Tod bei uns Mitglied gewesen war; ich glaube, sein Cousin.«

Im vollen Bewußtsein, daß seine augenblicklichen Gefährten nicht gerade das Ideal seines Schwiegervaters und er auch nicht das ihre wäre, ging Michael hinaus und fand Soames auf der Waage.

»Mein Gewicht ändert sich nie«, sagte er und sah auf. »Wie geht's Fleur?«

»Sehr gut, danke, Sir.«

»Ich wohne im Augenblick in der Green Street. Ich bin wegen eines jungen Mannes in der Stadt geblieben. Hast du im Moment in deinem Büro eine freie Stelle für einen Angestellten, der sich mit Zahlen auskennt? Ich brauche eine Stelle für ihn.«

»Kommen Sie hier herein, Sir«, sagte Michael und betrat ein kleines Zimmer. Soames folgte ihm und sah sich um.

»Wie heißt dieser Raum?« fragte er.

»Nun ja, wir nennen es ›das Grab‹; es ist hier angenehm und still. Wollen Sie ein Glas Sherry?«

»Sherry!« wiederholte Soames. »Ihr jungen Leute glaubt, ihr habt den Sherry erfunden; als ich noch ein kleiner Junge war, hat niemand auch nur im Traum daran gedacht, seine Suppe ohne ein Glas trockenen Sherry und das Dessert ohne einen Schluck guten alten Sherry zu essen. Sherry!«

»Das glaube ich gerne. Es gibt eigentlich wirklich nichts Neues. Zum Beispiel Venedig – war das nicht auch schon in Mode? Und Stricken und Tantiemen? Es geht alles im Kreis. Hat man den jungen Mann hinausgeworfen?«

Soames starrte ihn an. »Ja«, sagte er, »das stimmt. Sein Name ist Butterfield. Er braucht Arbeit.«

»Das ist jetzt an der Tagesordnung; wir bekommen jeden Tag Bewerbungen. Ich möchte mich nicht aufspielen, aber wir sind doch ein sehr spezialisiertes Unternehmen. Wir befassen uns mit Büchern.«

»Er macht auf mich den Eindruck, daß er fähig, ordentlich und höflich ist; ich weiß nicht, was man von einem Büroangestellten mehr erwarten kann. Seine Handschrift ist gut, und soweit ich es beurteilen kann, ist er wahrheitsliebend.«

»Das ist natürlich wichtig«, sagte Michael; »aber ist er auch gut im Lügen? Ich will damit sagen, daß wir vielleicht einen Vertreter brauchen könnten; zum Verkauf von Luxusausgaben und solchen Sachen. Könnten Sie mir ein bißchen mehr über ihn sagen? Eine menschliche Schwäche würde nur zu seinen Gunsten sprechen – ich will damit nicht sagen, daß das dem alten Danby gefallen würde, aber der braucht es ja nicht zu wissen.«

»Hm! Ja – nun – äh – er hat seine Pflicht getan – ganz gegen sein eigenes Interesse – ja, für ihn ist es der Ruin. Er ist anscheinend verheiratet und hat zwei Kinder.«

»Ho, ho! Wie schön! Wenn ich ihn einstelle, würde er dann – würde er dann wieder seine Pflicht tun; was meinen Sie?«

»Ich spreche im Ernst«, sagte Soames, »ich fühle mich für den jungen Mann irgendwie verantwortlich.«

»Ja«, sagte Michael nachdenklich, »das wichtigste in so einem Fall ist es, die Verantwortung rasch auf jemand anderen zu übertragen. Könnte ich ihn sehen?«
»Ich habe ihm gesagt, daß er heute abend nach dem Essen zu dir kommen soll. Ich dachte, du würdest ihn gerne einmal privat sprechen, bevor du dich entscheidest, ihn anzustellen.«
»Sehr überlegt von Ihnen, Sir! Nur noch eines – glauben Sie nicht, daß ich – vertraulich gesprochen – erfahren sollte, was für eine Art von Pflicht das war? Ich weiß sonst nicht, wie ich es vermeiden kann, ins Fettnäpfchen zu treten.«
Soames starrte seinen Schwiegersohn an; das Gesicht mit dem breiten Mund flößte ihm, wie schon so oft, Sympathie und Vertrauen ein; es war ein so ehrliches Gesicht.
»Gut«, sagte er und ging zur Tür, um sich zu vergewissern, daß sie schalldicht war, »es handelt sich um eine Sache, die uns eine Verleumdungsklage einbringen könnte, so behalte sie bitte in deinem und meinem Interesse für dich.«
Dann erzählte er ihm mit leiser Stimme die ganze Angelegenheit.
»Wie ich erwartete«, endete er, »kam der junge Mann heute morgen wieder zu mir. Er ist natürlich sehr aufgeregt. Ich möchte ihn im Auge behalten. Ohne mehr zu wissen, kann ich mich nicht dazu entschließen, weitere Schritte zu unternehmen. Außerdem –« Soames zögerte, es war ihm zuwider, sich mit einer guten Absicht zu schmücken: »Ich – es hat ihn hart getroffen. Er hat dreihundertfünfzig im Jahr verdient.«
»Verdammt hart!« sagte Michael. »Übrigens ist Elderson hier Mitglied.«
Soames sah mit neu erwachtem Verdacht auf die Tür – sie schien noch immer schalldicht zu sein, und er sagte: »Was, wirklich? Kennst du ihn?«
»Ich habe mit ihm Bridge gespielt«, sagte Michael; »er hat mir ganz schön Geld abgenommen; ein verdammt guter Spieler.«
»Ah!« sagte Soames – er selbst spielte nie Karten. »Ich kann den jungen Mann aus verständlichen Gründen nicht in meine Firma aufnehmen; aber dir kann ich vertrauen.«
Michael salutierte.
»Danke, Sir. Fürsorge für die Armen – und ein bißchen Detektiv spielen. Ich spreche heute abend mit ihm und sage Ihnen dann, was ich aus ihm herausgequetscht hab'.«
Soames nickte: »Du meine Güte!« dachte er; »was für ein Jargon!...«
Das Interview bewirkte immerhin eines – Michael dachte nicht mehr an sich selbst. Sein Temperament ließ ihn schon jetzt die Partei des jungen

Butterfield ergreifen; und während er sich eine Zigarette anzündete, ging er ins Spielzimmer. Er setzte sich auf die hohe Kaminbrüstung – der quadratische Raum mit den drei quadratischen, schräg zur Wand stehenden Spieltischen, an denen jeweils drei bis vier Spieler saßen, machte ihm Eindruck.

»Wenn nur«, dachte Michael, »der vierte Kartenspieler unter dem Tisch säße, dann wäre das Muster perfekt. Aber daß da und dort ein vierter Spieler herumsitzt, stört den Gesamteindruck.« Und fast aufgeregt bemerkte er, daß Elderson vierter Spieler war! Konzentriert und ohne eine Gefühlsbewegung zu zeigen, war er dabei, eine Zigarrenspitze abzuschneiden. Meine Güte! Was für versiegelte Bücher Gesichter doch waren! Jedes mit Seiten um Seiten privater Gedanken, Interessen, Pläne, phantastischer Träume, Leidenschaften, Hoffnungen und Ängste; und plötzlich schlug der Tod zu – klatsch! –, und ein Lebewesen war weggewischt wie eine Fliege an der Wand, und niemand mehr konnte seinen kleinen, undurchsichtigen Mechanismus weiterarbeiten sehen, nicht für den eigenen Gewinn, nicht für sein Privatleben, nicht zum eigenen Ruhm; und niemand brauchte mehr darüber nachzudenken, ob es ein ehrliches oder schmutziges Spielchen gewesen war. Schwer zu sagen – es gab sie in allen Erscheinungsformen! Zum Beispiel Elderson – war er ein ekliger Kerl oder ein Unschuldslamm, das nicht wie eines aussah? »Irgendwie«, dachte Michael, »habe ich den Eindruck, daß er ein Weiberheld ist. Aber warum nur?« Er streckte seine Hände hinter sich gegen das Feuer und rieb sie aneinander wie eine Fliege, die in den Honigtopf geraten war. Wenn man nicht einmal wußte, was im Kopf der eigenen Frau im eigenen Haus vor sich ging, wie um alles in der Welt wollte man dann im Gesicht eines Fremden lesen können, und noch dazu im undurchsichtigsten Mechanismus der Welt – im Gesicht eines englischen Geschäftsmannes! Wenn es im Leben so zuginge wie im »Idioten« oder in den »Brüdern Karamasow«, wo jeder sein ganzes Innenleben unaufhörlich herausposaunte! Wenn nur bei der Einrichtung von Klubspielzimmern eine Andeutung von Epilepsie mit am Werk gewesen wäre! Aber – nichts! Nichts! Die Welt war voll von wunderbaren Geheimnissen, die jeder für sich behielt.

Ein Bediensteter kam herein, sah auf das Feuer, blieb einen Augenblick ausdruckslos wie ein Storch stehen, wartete, ob über dem allgemeinen Gemurmel plötzlich eine scharfe Bestellung ertönte, drehte sich um und ging. Mechanismen! Überall – Mechanismen! Geräte, um das Leben auszuschließen, so vollkommen, daß es schien, als gäbe es kein Leben mehr, das man ausschließen könnte.

»Das erinnert mich alles«, dachte er, »an einen Menschen, der einen eingeschriebenen Brief an sich selbst schickt. Und vielleicht ist das auch gut so. Ist das ›Leben‹ eine gute Sache – wirklich? Will ich denn das ›Leben‹ so ganz unverhüllt sehen?«

Elderson hatte sich jetzt gesetzt, und Michael konnte seinen Hinterkopf genau studieren. Er enthüllte ihm nichts.

»Ich bin kein Detektiv«, dachte er. »Es müßte doch irgend etwas daraus zu erkennen sein, daß er hinten keinen Scheitel trägt.« Er stieg von der Kaminbrüstung und ging nach Hause.

Beim Essen ertappte er sich dabei, daß er Fleur genau studierte, und das gefiel ihm nicht. Detektiv! Und doch – wie sollte er nicht versuchen, hinter die wahren Gedanken und Gefühle eines Menschen zu kommen, der sein Herz wie eine Ziehharmonika hielt und nach Belieben quietschen und stöhnen lassen konnte!

»Ich habe das Modell gesehen, das du gestern zu Aubrey geschickt hast«, sagte sie. »Sie hat nichts wegen der Kleider gesagt, aber wie sie dreinsah! Was für ein Gesicht, Michael! Wo hast du sie gefunden?«

Michael durchfuhr der Gedanke: »Könnte ich sie eifersüchtig machen?« Doch er war darüber schockiert. Ein niedriger Gedanke – gemein und kleinlich. »Sie ist so hereingeschneit«, sagte er. »Frau von einem kleinen Packer, der bei uns war und der angefangen hat – äh –, Bücher zu stehlen. Jetzt verkauft er Luftballons; sie brauchen dringend Geld.«

»Ah. Hast du gewußt, daß Aubrey sie als Akt malen will?«

»Uff. Nein! Ich dachte, daß sie ein gutes Modell für einen Buchumschlag wäre. Was meinst du – soll ich was dagegen tun?«

Fleur lächelte. »Es bedeutet für sie mehr Geld und ist ihre Sache. Dir bedeutet es doch nichts, oder?«

Wieder dieser Gedanke, wieder das Zurückschrecken davor! »Nur«, sagte er, »daß ihr Mann für einen Dieb ein anständiger kleiner Kerl ist und ich ihn nicht noch mehr bedauern will.«

»Aber sie sagt es ihm doch nicht.«

Sie sagte das so natürlich, so einfach, daß ihre Worte ihre ganze Einstellung bloßlegten. Man erzählte doch seinem Mann nichts, was das arme Tierchen kränken würde! Er sah an ihren flatternden Augenlidern, daß auch ihr zu Bewußtsein gekommen war, wie sie sich verraten hatte. Sollte er die Gelegenheit benützen, ihr zu sagen, was ihm June Forsyte erzählt hatte, damit einmal alles gesagt würde – alles! Aber wozu – zu welchem Zweck! Würde es die Dinge verändern, würde sie ihn dann lieben? Es würde sie nur ein wenig mehr quälen und ihm das Gefühl geben, daß er alles verlieren könnte, wenn er ihr Vertrauen erzwänge.

Nein! Viel besser, das Prinzip des Verschweigens anzuerkennen, das sie bewußt angenommen hatte, die Zähne zusammenzubeißen und zu grinsen. Er murmelte:

»Ich fürchte nur, sie ist sehr dünn.«

Ihre Augen waren hell und durchdringend; und wieder störte ihn der niedrige Gedanke: Könnte er sie eifersüchtig machen?

»Ich habe sie nur einmal gesehen«, setzte er hinzu, »und damals war sie angezogen.«

»Ich bin nicht eifersüchtig, Michael.«

»Nein«, dachte er, »weiß Gott, ich wünschte, du wärst es!«

Die Worte: »Ein junger Mann namens Butterfield will Sie sprechen, Sir«, wirkten auf ihn wie der Schlüssel, der die Tür einer Gefängniszelle öffnet.

In der Halle war der junge Mann damit beschäftigt, Ting-a-ling anzustarren.

»Seinen Augen nach«, dachte Michael, »ist er mehr Hund als dieser kleine Teufel da!«

»Kommen Sie in mein Arbeitszimmer!« sagte er. »Hier herunten ist es kalt. Mein Schwiegervater hat mir gesagt, daß Sie eine Stelle suchen.«

»Ja, Sir«, sagte der junge Mann, während er hinter ihm die Treppe hinaufstieg.

»Setzen Sie sich«, sagte Michael, »und nehmen Sie sich eine Zigarette. Also. Ich weiß alles über die Affäre. Ihrem Schnurrbart nach zu schließen, waren Sie im Krieg – so wie ich. Reden wir wie Kameraden: ist Ihre Geschichte o. k.?«

»Die reine Wahrheit, Sir; mir wäre es lieber, wenn's nicht so wäre. Ich hatte dabei nichts zu gewinnen und konnte alles verlieren. Es wäre besser gewesen, wenn ich den Mund gehalten hätte. Sein Wort steht gegen meins, und so sitze ich jetzt auf der Straße. Es war meine erste Stelle seit dem Krieg, und ich bekomme nie im Leben ein Zeugnis von ihm.«

»Frau und zwei Kinder, wie ich hörte?«

»Ja, und jetzt sitzen sie wegen meines guten Gewissens schön in der Patsche! Eins weiß ich, es ist das letzte Mal, daß ich so etwas getan habe. Was ging es mich denn an, ob die Gesellschaft betrogen wird? Meine Frau hat schon recht, ich war ein Narr, Sir.«

»Vielleicht«, sagte Michael. »Kennen Sie sich mit Büchern aus?«

»Ja, Sir; ich bin ein guter Buchhalter.«

»Heiliger Strohsack! Unser Geschäft ist, sie loszuwerden. Meine Firma ist ein Verlag. Wir haben die Absicht, noch einen Vertreter einzustellen. Können Sie überzeugend reden?«

Der junge Mann lächelte müde.
»Das weiß ich nicht, Sir.«
»Wissen Sie«, sagte Michael, der dem Blick dieser Augen nicht widerstehen konnte, »es läuft nur auf ein gewisses Lobpreisen hinaus. Aber auch das muß man natürlich lernen. Sie lesen wahrscheinlich nicht viel?«
»Na ja, nicht besonders viel.«
»Das ist vielleicht gut so. Ihre Aufgabe wäre es, dem armen Buchhändler einzureden, daß jedes der Bücher auf Ihrer Liste — sagen wir rund fünfunddreißig — in großen Mengen für seinen Laden unentbehrlich ist. Es ist ein Glück, daß Sie gerade Ihr Gewissen über Bord geworfen haben, denn, um ehrlich zu sein, die meisten Bücher sind es nicht. Ich fürchte, Sie werden nirgends Nachhilfestunden in Überredungskunst bekommen können, aber vielleicht können Sie sich vorstellen, was wir brauchen, und wenn Sie in dieser Woche für eine oder zwei Stunden zu mir kommen, sage ich Ihnen etwas über unsere Autoren und bringe Ihnen auch sonst das Nötige bei, bevor Sie vor Petrus treten.«
»Vor Petrus, Sir?«
»Den Kerl mit den Schlüsseln; glücklicherweise ist das Mr. Winter und nicht Mr. Danby; ich glaube, ihn kann ich dazu bringen, Sie probeweise für einen Monat einzustellen.«
»Sir, ich werde mein Bestes versuchen. Meine Frau versteht was von Büchern, sie könnte mir viel helfen. Ich kann Ihnen gar nicht sagen, wie dankbar ich Ihnen bin. Die Tatsache, daß ich jetzt arbeitslos bin, hat mir einen ordentlichen Schrecken versetzt. Bei zwei Kindern kann man nichts ersparen; ich pfeife auf dem letzten Loch.«
»Na, es wird schon gehen! Kommen Sie morgen abend um neun Uhr hierher und ich stopfe Sie voll. Ich glaube, daß Sie für den Job das richtige Gesicht haben, Sie müssen nur noch das Reden dazulernen. Nur ein Buch unter zwanzig ist wirklich notwendig, der Rest ist Luxus. Ihre Aufgabe wird es sein, den Leuten einzureden, daß die neunzehn notwendig sind und das zwanzigste ein Luxus ist, den sie sich unbedingt leisten sollten. Es ist wie beim Essen und bei den Kleidern und allen anderen Dingen in unserer zivilisierten Welt.«
»Ja, Sir, das versteh' ich.«
»Also gut. Gute Nacht, und viel Glück!«
Michael stand auf und streckte ihm die Hand entgegen. Der junge Mann ergriff sie mit einer sonderbaren, andächtigen kleinen Verbeugung. Eine Minute später war er draußen auf der Straße; und Michael dachte in der Halle: »Mitleid ist Quatsch! Hab' doch völlig vergessen, daß ich ein Detektiv sein sollte!«

10

Das Gesicht

Als Michael vom Tisch aufstand, erhob sich auch Fleur. Seit dem Besuch bei Wilfrid waren schon mehr als zwei Tage vergangen, aber sie hatte noch immer nicht zu sich selbst zurückgefunden. Das Leben in vollen Zügen zu genießen, die Berühmtheiten Londons um sich zu haben — alles, was bisher den Inhalt ihres Lebens ausgemacht hatte, erschien ihr jetzt schal und sinnlos. Jene drei Stunden, als sie von dem Schrecken, den sie in der Cork Street erlitten hatte, einem neuen Schock in ihrem eigenen Salon entgegengegangen war, hatten sie so verstört, daß sie sich seither noch auf nichts hatte konzentrieren können. Die Wunde, die Holly wiederaufgerissen hatte, war fast verheilt. Ein Spatz in der Hand war immerhin besser als eine Taube am Dach. Aber das andere — was eigentlich? — hatte sie nicht wiedergefunden. Das war das Problem: Was? Zwei ganze Tage hatte sie es herauszufinden versucht. Michael war noch immer sonderbar, Wilfrid noch immer für sie verloren, Jon noch immer lebendig begraben, und auf dieser Erde schien es nichts Neues zu geben. Das einzige, was ihr in diesen zwei trostlosen Tagen der Desillusionierung Befriedigung gab, war der neue weiße Affe. Je mehr sie ihn ansah, desto chinesischer kam er ihr vor. Er war die Verkörperung der satirischen Wahrheit, die ihr vielleicht nur im Unterbewußtsein klar war, daß all ihr Streben, modern zu sein, »dabeizusein«, all ihr Leben für das Morgen doch nur zeigten, daß sie an nichts als an die Vergangenheit glaubte. Ihre Zeit hatte sich überlebt und mußte auf das Alte zurückgreifen, um neuen Glauben daraus zu schöpfen. Wie ein kleiner leuchtender Fisch aus einem warmen Gewässer, der plötzlich in fremde kalte Fluten taucht, fühlte Fleur eine Art Heimweh.

In ihrem spanischen Zimmer starrte sie, allein mit ihren Gefühlen, auf die Porzellanfrüchte. Sie leuchteten kalt, ungenießbar! Sie nahm eine von ihnen in die Hand. Sollte das eine Frucht der Leidenschaft sein? Wie traurig! Armselige Leidenschaft! Sie ließ sie mit einem dumpfen Geräusch wieder auf die Pyramide zurückfallen und zuckte leicht zusammen. Hatte sie Michael mit ihren Küssen wirklich in Sicherheit gewiegt? Ihn blind gemacht — wofür denn? Für ihre Unfähigkeit, Leidenschaft zu empfinden? »Aber ich bin dazu nicht unfähig«, dachte sie; »ich bin es nicht. Eines Tages werde ich es ihm zeigen; ich werde es ihnen allen zeigen.« Sie sah zu dem Goya auf, der ihr gegenüber hing. Was für eine packende Entschlossenheit lag in diesem Bild — was für ein intensives Leben in den schwarzen Augen dieses ziemlich verbrauchten Frauenzimmers! *Sie* wußte bestimmt, was sie wollte, und würde es auch bekommen! Da war kein Kompromiß, keine Unsicherheit — keine Kapriolen ums Leben herum, keine Neugier, was es bedeutete und ob es sich auch lohnte, das Leben nur um des Lebens willen zu genießen! Fleur legte ihre Hände auf ihren Körper, dort wo ihr Kleid begann. War sie nicht genauso warm und fest — ja, und zehnmal so hübsch wie diese elegante Spanierin mit dem verruchten Aussehen, mit den schwarzen Augen und den wundervollen Spitzen? Sie wandte dem Bild den Rücken und ging in die Halle. Michaels Stimme und eine andere! Sie kamen herunter. Sie schlüpfte in den Salon hinüber und nahm das Manuskript eines Gedichtbandes zur Hand, über das sie Michael ihre Meinung sagen sollte. Sie saß da, ohne zu lesen, und war gespannt, ob er hereinkommen würde. Sie hörte, wie sich die Haustür schloß. Nein! Er war weggegangen! Eine Erleichterung und doch niederdrückend. Ein Michael, der nicht mehr das Haus mit seiner Heiterkeit erfüllte — wenn das so weiterginge, wäre es schwer zu ertragen. Sie setzte sich auf dem Sofa zurecht und versuchte zu lesen. Trostlose Gedichte — freie Rhythmen, öde Selbstbetrachtung, nichts als das Innenleben des Autors! Kein erhebender Gedanke, kein Schwung! Es kam ihr vor, als hätte sie das alles schon dutzende Male vorher gelesen. Sie saß ganz still und horchte auf das Krachen und Knistern der brennenden Scheite. Wenn das Licht nicht brannte, würde sie vielleicht einschlafen. Sie drehte es ab und ging zum Sofa zurück. Sie sah sich selbst da sitzen, ein Bild im Schein des Feuers; einsam, hübsch, bedauernswert, eine Frau mit allem, was sie sich wünschte, und die doch nichts besaß! Sie verzog die Lippen. Sie konnte sogar ihre eigene Undankbarkeit, die des verzogenen Kindes, erkennen. Und, was noch schlimmer war, sie erkannte, daß sie eine dreifach destillierte Moderne war, jeder Teil ihres Wesens in einer abgesicherten Kammer verschlossen, die nicht untergehen konnte. Wenn nur etwas von der rauhen Kälte draußen hereindränge, aus der Wüste und Einsamkeit Londons, dessen auserlesene Blumen sie pflückte! Der Schein des Feuers — weich, ungewiß — beleuchtete einzelne Ecken und Flecken ihres chinesischen Zimmers, wie auf einer Bühne, in einer jener verführerischen und geheimnisvollen Szenen, wo man beim Klang der Tamburine auf die nächste Enthüllung wartet.

Sie streckte die Hand aus und nahm sich eine Zigarette. Sie konnte sich sehen, wie sie die Zigarette anzündete, wie sie den Rauch von sich blies — ihre leicht gebogenen Finger, ihre geöffneten Lippen, ihren weißen, wohlgerundeten Arm. Sie war dekorativ! Nun, war das denn nicht alles, worauf es ankam? Dekorativ sein, das Leben ein wenig dekorieren? Hübsch sein in einer Welt, die nicht hübsch war? In »Kleingeld« gab es ein Gedicht über ein Zimmer im Schein des Kaminfeuers, eine verwöhnte Colombine vor dem Feuer und einen Harlekin, der draußen herumirrte wie der »Geist der Rose«. Und plötzlich, ohne Vorwarnung, tat Fleur das Herz weh. Es tat ihr wirklich weh, ganz schrecklich, und sie glitt auf den Boden nieder und preßte ihr Gesicht an Ting-a-ling. Der chinesische Hund hob den Kopf — seine schwarzen Augen glühten im Feuerschein. Er leckte ihre Wange und drehte dann die Schnauze weg. Pfui! Puder! Aber Fleur lag wie tot da. Und sie sah sich liegen — die Rundung ihrer Hüften, der Kastanienschimmer ihres kurzen Haars; sie hörte den Schlag ihres Herzens. Steh auf! Geh fort! Tu etwas! Aber was — was war denn schon wert, getan zu werden? Was hatte denn noch irgendeinen Sinn? Sie sah sich verrückte Dinge tun — kranke Frauen pflegen, blasse Kinder hüten, eine Rede im Parlament halten, ein Hindernisrennen reiten, in Knickerbockers Rüben pflanzen — dekorativ. Und sie blieb ganz still liegen, in das Netzwerk ihrer Selbstbetrachtung verstrickt. Solange sie sich selbst sah, würde sie nichts tun — sie wußte es —, denn nichts würde wert sein, getan zu werden. Und als sie so still dalag, schien es ihr, daß es schlimmer als alles sein müßte, sich nicht mehr selbst zu sehen. Und es wurde ihr bewußt, daß sie für immer gefangen sein würde.

Ting-a-ling knurrte und drehte seinen Kopf zum Fenster. »Hier herinnen«, schien er zu sagen, »haben wir es gemütlich; wir denken an die Vergangenheit. Wir brauchen nichts von draußen. Geht bitte weg — wer immer draußen ist!« Und wieder knurrte er; ein leises, unablässiges Geräusch.

»Was ist denn, Ting?«

Ting-a-ling stemmte seine Vorderpfoten auf, und seine Schnauze zeigte zum Fenster.

»Willst du spazierengehen?«

»Nein«, sagte das Knurren.

Fleur hob ihn auf. »Sei nicht so dumm!« Sie ging zum Fenster. Die Vorhänge waren dicht zugezogen; aus schwerem chinesischem Stoff und gefüttert, schlossen sie die Nacht aus. Fleur öffnete sie mit einer Hand zu einem kleinen Spalt und fuhr zurück. Gegen die Scheibe drückte sich ein Gesicht, die Stirn ans Glas gepreßt, die Augen geschlossen, als wäre es schon lange Zeit dagewesen. Im Dunkeln waren die Züge verwischt, ein schattenhaftes bleiches Gesicht. Sie spürte, wie der Körper des Hundes auf ihrem Arm steif wurde – sie spürte sein Schweigen – ihr Herz klopfte heftig. Es war gespenstisch – ein Gesicht ohne Körper!

Plötzlich fuhr die Stirn zurück, die Augen öffneten sich. Sie sah – Wilfrids Gesicht. Konnte er hereinsehen – sie sehen, wie sie aus dem dunklen Zimmer hinausspähte? Am ganzen Körper zitternd, ließ sie die Vorhänge zufallen. Ihm winken? Ihn hereinlassen? Zu ihm hinausgehen? Ihn vertreiben? Ihr Herz schlug wie wahnsinnig. Wie lange war er schon da draußen – wie ein Gespenst? Was wollte er von ihr? Sie ließ Ting-a-ling zu Boden fallen und drückte ihre Hände an die Stirn, um ihrer Verwirrung Herr zu werden. Und plötzlich trat sie vor und riß die Vorhänge auseinander. Kein Gesicht! Nichts! Er war fort! Der dunkle, zugige Platz – kein Mensch zu sehen! War er wirklich dagewesen – oder war das Gesicht nur Halluzination? Aber Ting-a-ling! Hunde erlagen nicht Halluzinationen. Er war zum Feuer zurückgegangen und hatte sich wieder niedergelegt.

»Es ist nicht meine Schuld«, dachte sie leidenschaftlich. »Nein. Ich wollte nicht, daß er sich in mich verliebt. Ich wollte nur seine – seine –!« Wieder sank sie vor dem Feuer nieder. »Oh, Ting, fühl doch ein bißchen mit mir, hab doch Mitleid!« Aber der chinesische Hund war beleidigt, weil sie ihn hatte fallenlassen, und antwortete nicht ...

11

Erledigt

Als der junge Butterfield gegangen war, blieb Michael zögernd in der Halle stehen. Schließlich ging er nicht wieder hinauf, sondern verließ leise das Haus. Er ging am Parlament vorbei und Whitehall hinauf. Am Trafalgar Square fiel ihm ein, daß er einen Vater habe. Bart würde vielleicht im Snooks-Klub, im »Coffeehouse« oder im »Aeroplane« sein; und mit der Überlegung, daß er beruhigend auf ihn wirken könne, suchte Michael das modernste der drei Lokale auf.

»Ja, Sir Lawrence Mont sitzt in der Halle, Sir.«

Er saß mit übergeschlagenen Beinen und einer Zigarre zwischen den Fingerspitzen da und wartete, daß jemand mit ihm plaudere.

»Ah! Michael! Kannst du mir eigentlich sagen, warum ich hier bin?«
»Um auf das Ende der Welt zu warten?«
Sir Lawrence lachte leise. »Das wäre eine Idee«, sagte er. »Wenn der Himmel die Zivilisation vernichtet, wird man hier noch die letzten und besten Informationen erhalten. Der Wunsch, beim Ende dabei zu sein, Michael, ist vielleicht die stärkste unserer Leidenschaften. Es wäre mir sehr peinlich, in die Luft gesprengt zu werden, vor allem nach dem Essen; aber es würde mich noch mehr stören, die nächste Sensation zu versäumen, vor allem wenn sie wirklich interessant wäre. Die Luftangriffe waren letzten Endes doch eine blendende Unterhaltung.«
Michael seufzte.
»Ja«, sagte er, »der Krieg hat uns daran gewöhnt, ans Ende der Welt zu denken, und als er plötzlich aus war, blieb der Weltuntergang sozusagen in der Luft hängen. Und jetzt werden wir erst zufrieden sein, wenn es wirklich so weit ist. Kann ich eine von deinen Zigarren haben?«
»Mein Lieber! Ich habe Frazer wieder gelesen. Es ist ganz erstaunlich, wie unbedeutend aller Aberglaube jetzt erscheint, da wir die endgültige Wahrheit erkannt haben: daß eine Erkenntnis nie allgemein gültig sein kann.«
Michael hielt im Anzünden seiner Zigarre inne.
»Das glaubst du wirklich?«
»Was kann man denn sonst glauben! Welcher vernünftige Mensch kann heute noch daran zweifeln, daß der starrköpfige Teil der Menschheit mit Hilfe der Technik sich selbst umbringen wird? Das ist die unvermeidliche Schlußfolgerung aus allen Tatsachen der letzten Zeit. *Per ardua ad astra* – ›harte Schläge lassen uns die Sterne sehen‹.«
»Aber es ist doch immer so gewesen, und wir leben doch noch.«
»Das sagt man zwar, aber ich bezweifle es. Ich glaube, wir sind in Wirklichkeit tot, Michael. Mir scheint, daß wir nur in der Vergangenheit leben. Ich glaube nicht – nein, ich glaube wirklich nicht, daß man von uns behaupten kann, wir erwarten eine Zukunft. Wir reden davon, aber ich glaube kaum, daß wir darauf hoffen. Trotz allen unseren Beteuerungen ziehen wir unbewußt Folgerungen. Nach allem, was wir in den letzten zehn Jahren aus der Welt gemacht haben, können wir uns vorstellen, um wieviel schlimmer wir sie in den nächsten dreißig Jahren noch machen werden. Der Mensch kann so lange reden, wie er will, am Ende wird doch alles beim alten bleiben.«
Michael setzte sich plötzlich nieder und sagte:
»Du bist mir ein sauberer Baronet.«
Sir Lawrence lächelte.
»Es würde mich freuen, wenn ich wirklich glauben könnte, daß die

Menschheit an Humanität und alle diese Dinge glaubt, aber du weißt doch, daß sie es nicht tut – sie glaubt an das Neue und daran, sich durchzusetzen. Mit wenigen Ausnahmen sind die Menschen immer noch Affen, vor allem die gelehrte Spezies; und wenn man einem Affen Pulver und ein Streichholz in die Hand drückt, dann jagt er sich selbst in die Luft, bloß um Spaß daran zu haben. Affen sind nur ungefährlich, wenn man ihnen die Mittel nimmt, etwas anzustellen.«

»Das ist ja lustig!« sagte Michael.

»Nicht lustiger, als es der Anlaß erfordert, mein lieber Junge. Ich habe nachgedacht. Wir haben hier im Klub ein Mitglied, das einen Trick kennt, der alle Tricks aus dem Krieg weit in den Schatten stellt — ein unwahrscheinlich wertvoller Bursche. Die Regierung hat ein Auge auf ihn geworfen. Er wird den anderen wertvollen Burschen in Frankreich und Deutschland und Amerika und Rußland helfen, Geschichte zu machen. Zusammen werden sie was wirklich Großes erreichen. Etwas, das alle Errungenschaften des Menschen erledigen wird. Übrigens, Michael, das ist der neue Leitgedanke des homo sapiens — alles zu ›erledigen‹.«

»Ja«, sagte Michael, »was gedenkst du dagegen zu tun?«

Sir Lawrence hob die Augenbrauen bis zum Haaransatz.

»Tun, mein Lieber? Was sollte ich denn tun? Kann ich denn hingehen und ihn und die Regierung beim Hosenboden nehmen; ja, und alle die wertvollen Burschen und Regierungen der anderen Länder auch? Nein! Alles, was ich tun kann, ist, meine Zigarre zu rauchen und zu sagen: ›Gott sei mit euch, ihr edlen Herren, und mög' euch nichts betrüben!‹ So oder so werden sie ja doch ihr Ziel erreichen, Michael; aber wenn alles normal verläuft, werde ich schon vorher tot sein.«

»Ich aber nicht«, sagte Michael.

»Nein, mein Lieber, aber denke an die Explosionen, die grandiosen Szenen, den Gestank. Herrgott, da hast du doch ein Lebensziel vor dir. Manchmal wünsche ich, ich wäre noch so jung wie du. Und manchmal«, Sir Lawrence zündete seine Zigarre wieder an, »auch nicht. Manchmal denke ich, daß ich von dem ganzen Getue schon genug habe und daß mir nichts anderes übrigbleibt, als wie ein Gentleman zu sterben.«

»Was für eine Jeremiade, Vater!«

»Nun ja«, sagte Sir Lawrence und zwirbelte seinen grauen Schnurrbart, »ich hoffe, daß ich unrecht habe. Aber wir nähern uns sehr rasch einem Stadium, in dem Millionen durch einen einzigen Knopfdruck getötet werden können. Was für einen Grund haben wir also zu der Annahme, daß unsere Fähigkeit zur Güte mit der Zeit wachsen wird, so daß wir aufhören, diese neuen Spielzeuge zum Zerstören anzuwenden, Michael?«

»Wo das Unerforschte liegt, zeichne Schrecken ein! – wie es die alten Kartographen machten.«
»Sehr gut! Woher hast du das?«
»Aus einer Biographie des Christoph Columbus.«
»Der gute alte C. C.! Manchmal wünsche ich fast, daß er nicht so schrecklich neugierig gewesen wäre. Im dunklen Mittelalter war es viel gemütlicher. Es hätte schon was für sich gehabt, die Yankees unentdeckt zu lassen.«
»Tja«, sagte Michael, »ich glaube, wir werden schon irgendwie durchkommen. Übrigens, wegen dieser Geschichte mit Elderson: ich habe gerade mit dem Angestellten gesprochen – er sieht mir nicht nach einem Menschen aus, der so etwas erfindet.«
»Ah! Diese Geschichte! Aber wenn Elderson zu so etwas fähig ist, dann – dann kann aber auch schon wirklich alles passieren. Es ist wirklich rätselhaft. Er war ein so herrlicher Kricketspieler. Er und ich haben gegen Eton vierundfünfzig Punkte gewonnen. Der alte Forsyte hat mit dir darüber gesprochen?«
»Ja, er wollte, daß ich einen Posten für den jungen Mann finde.«
»Butterfield? Frag ihn, ob er mit dem alten Gärtner Butterfield verwandt ist! Das wäre wenigstens etwas, worauf man bauen kann. Ist der alte Forsyte sehr lästig?«
Aus Loyalität zu Fleur hielt Michael den Mund. »Nein, ich vertrage mich sehr gut mit ihm.«
»Er ist ehrlich, das muß man zugeben.«
»Ja«, sagte Michael, »sehr ehrlich.«
»Aber etwas zurückhaltend.«
»Ja«, sagte Michael.
Nach diesen Worten schwiegen sie, als lägen dahinter die Schrecken des Unerforschten. Und Michael erhob sich bald darauf.
»Schon nach zehn, ich gehe lieber nach Hause.«
Während er denselben Weg zurückging, den er gekommen war, mußte er immerzu an Wilfrid denken. Was würde er nicht geben, ihn sagen zu hören: »Es ist gut, mein Lieber; ich bin darüber hinweg!« und wenn er ihm wieder die Hand schütteln könnte. Warum bekam man immer wieder diese schreckliche Krankheit »Liebe«? Warum wurde man davon halb verrückt? Es hieß zwar, daß die Liebe das Gegengewicht der Natur gegen die Schrecken, die sein Vater geschildert hatte, war, der Schutz gegen die »wertvollen Burschen«. Ein unwiderstehlicher Trieb – damit die Gattung nicht aussterbe. Prosaisch, obgleich es stimmte! Nicht, daß ihm besonders daran gelegen war, von Fleur Kinder zu haben. Sonderbar, wie listig die

Natur ihre Absichten verschleierte! Aber sie übertrieb doch ein wenig, oder? Kinder könnten am Ende ganz aus der Mode kommen, wenn sein Vater recht hatte. Viel fehlte nicht mehr — wer würde schon Kinder haben wollen, nur um des Vergnügens willen, sie in die Luft gesprengt, vergiftet, verhungert zu sehen? Ein paar Fanatiker würden zwar weitermachen, aber der Rest der Welt würde unfruchtbar werden. Erledigt!

Michael ging unter dem Big Ben vorbei. Er hatte die Mitte des Platzes vor dem Parlament erreicht, als eine Gestalt, die auf ihn zukam, plötzlich nach links auswich und in Richtung Victoria weiterging. Groß, mit schwingendem Gang. Wilfrid! Michael blieb stehen. Er kam vom — South Square! Und plötzlich ging er ihm nach. Er lief nicht, aber er ging so rasch er konnte. Das Blut pulsierte in seinen Schläfen, und er war bis zur Unerträglichkeit verwirrt. Wilfrid mußte ihn gesehen haben, sonst wäre er nicht ausgewichen, wäre nicht wie ein Verrückter davongehetzt. Schlimm — schlimm! Michael holte ihn nicht ein, Wilfrid war schneller als er; wenn er ihn erreichen wollte, mußte er laufen. Aber da stieg in Michael etwas wie Stolz auf. Sein bester Freund — seine Frau! Es gab eine Grenze. Man sollte zu stolz sein, dagegen zu kämpfen. Sollte er doch seiner Wege gehen! Er blieb stehen und beobachtete, wie die Gestalt rasch verschwand, und langsam, den Kopf gesenkt, drehte er sich um und ging nach Hause. Er ging ganz ruhig, mit einem Gefühl von Endgültigkeit. Es hatte keinen Sinn, viel Aufhebens zu machen! Keine Szenen, aber auch kein Zurück. Auf den wenigen hundert Metern, die er brauchte, um sein Haus zu erreichen, fiel ihm hauptsächlich die Höhe der Häuser und die Kleinheit der Menschen auf. Solche Würmer sollten diese riesige Steinwüste errichtet, sie so erleuchtet haben, daß ihr Licht den Himmel überstrahlte! Was für eine ungeheuerliche Sache, diese Aktivität der Würmer! Absurd der Gedanke, daß seine Liebe zu einem anderen Wurm überhaupt eine Rolle spielte! Er sperrte auf und ging in den Salon. Finster — leer? Nein! Sie und Ting-a-ling waren auf dem Boden vor dem Feuer! Er setzte sich auf das Sofa und merkte plötzlich, daß er zitterte und schwitzte, als hätte er eine zu starke Zigarre geraucht. Fleur hatte sich auf den untergeschlagenen Beinen etwas aufgerichtet und starrte zu ihm auf. Er wartete, daß sich das Zittern legte. Warum sagte sie nichts? Warum saß sie da im Dunkeln? »Sie weiß es«, dachte er; »wir wissen beide, daß das das Ende ist. O Gott, laß mich fair sein.« Er nahm ein Kissen und lehnte sich zurück.

»Darf ich dich etwas fragen, Fleur? Und gib mir bitte eine ganz ehrliche Antwort darauf.«

»Ja.«

»Es ist folgendes: ich weiß, du hast mich ohne Liebe geheiratet. Und ich glaube, daß du mich auch jetzt nicht liebst. Soll ich verschwinden?«

Es schien eine sehr lange Zeit zu verstreichen.

»Nein.«

»Ist dir das ernst?«

»Ja.«

»Warum?«

»Weil ich es nicht will.«

Michael stand auf.

»Beantwortest du mir bitte noch eine Frage?«

»Ja.«

»War Wilfrid heute abend da?«

»Ja – nein. Das heißt –«

Seine Hände verkrampften sich ineinander; er sah, daß sie es bemerkte, und hielt sie ruhig.

»Fleur, bitte nicht!«

»Aber es ist so. Er kam zum Fenster. Ich habe sein Gesicht gesehen – das ist alles. Sein Gesicht – es – oh! Michael, sei jetzt nicht unfreundlich zu mir!«

Unfreundlich! Unfreundlich! Michaels Herz wurde bei diesen seltsamen Worten warm.

»Es ist schon gut«, stammelte er. »Solange du mir nur sagst, was du wirklich willst.«

Ohne sich zu bewegen, sagte Fleur:

»Ich möchte getröstet werden.«

Ah! Sie wußte genau, was sie sagen mußte und wie sie es sagen mußte. Und er ließ sich auf die Knie nieder und begann sie zu trösten.

12

Nach Osten

Er war noch nicht lange auf den Knien gelegen, als bei beiden eine Reaktion eintrat. Zu knien und Fleur zu trösten, verursachte ihm ein Gefühl wachsenden Unbehagens. Er glaubte ihr heute abend, wie er ihr in vergangenen Monaten nicht geglaubt hatte. Aber was tat Wilfrid?

Wo streifte er umher? Das Gesicht am Fenster — das Gesicht ohne Stimme, das keinen Versuch machte, zu ihr zu dringen! Michael schmerzte das Herz, dieses unberechenbare Organ. Er ließ die Arme sinken und stand auf.

»Möchtest du, daß ich mich um ihn kümmere? Wenn es wirklich aus ist — könnte er — könnte ich —«

Auch Fleur stand auf. Jetzt war sie ganz ruhig.

»Ja, ich werde zu Bett gehen.« Mit Ting-a-ling in den Armen ging sie zur Tür; ihr Gesicht zwischen dem fuchsroten Fell des Hundes und ihrem kastanienbraunen Haar war sehr bleich, sehr unbewegt.

»Übrigens«, sagte sie, »es hat schon das zweite Mal ausgesetzt, Michael; ich glaube, das bedeutet —«

Michael starrte sie an. Eine wilde Erregung packte ihn und machte ihn sprachlos.

»Die Nacht, als du den Luftballon fandest«, sagte sie. »Macht es dir was?«

»Machen? Guter Gott! Mir was ausmachen!«

»Dann ist alles gut. Mir ist es auch recht. Gute Nacht!«

Sie war fort. Michael dachte grundlos: »Im Anfang war das Wort und das Wort war bei Gott und Gott war das Wort.« Er blieb wie versteinert stehen, von einem unerklärlichen Gefühl durchdrungen, daß er plötzlich wieder festen Boden unter den Füßen hatte. Ein Kind war unterwegs! Es war, als hätte sein Lebensschiff, das bis jetzt hin und her geworfen worden war, plötzlich einen Ankerplatz gefunden. Er drehte sich um und riß die Vorhänge auseinander. Eine Sternennacht! Eine wunderbare Welt! Herrlich — herrlich! Und — Wilfrid? Er drückte sein Gesicht gegen das Glas. Da draußen hatte Wilfrid sein Gesicht an die Scheibe gedrückt. Er konnte es sehen, wenn er die Augen schloß. Es war nicht fair! Ein herrenloser Hund — ein Mann über Bord! SOS. Er ging in die Halle und nahm aus der mottensicheren Marmortruhe seinen dicksten Mantel. Er nahm das erste Taxi, das vorbeikam.

»Cork Street! Beeilen Sie sich.« Eine Nadel in einem Heuhaufen suchen! Ein Viertel nach elf auf Big Ben! Die ungeheure Erleichterung, die sein ganzes Ich in dem rumpelnden Taxi verspürte, erschien ihm brutal. Erlösung! Das war es — in seltsamer Weise wurde er sich bewußt, daß er Fleurs Innerstes plötzlich in grellem Licht sah, so wie es wirklich war, und nicht in seinen vielfachen Wandlungen. Familie! Fortdauer! Er hatte es nicht vermocht, sie zu verankern, denn er war nicht von ihrer Art! Aber ihr Kind war es und würde es tun! Und vielleicht würde auch er damit sein Teil bekommen. Warum liebte er sie nur so — so ganz unmodern! Wilfrid und er waren Esel — konnten mit dem Lauf der Zeit nicht Schritt halten.

»Wir sind da, Sir — welche Nummer?«

»Schon gut! Warten Sie da auf mich! Rauchen Sie eine!«

Eine Zigarette zwischen den Lippen, die sich so trocken anfühlten, ging er die Sackgasse entlang.

Licht in Wilfrids Wohnung! Er läutete. Die Tür wurde geöffnet, das Gesicht von Wilfrids Diener sah heraus.

»Ja, Sir?«

»Ist Mr. Desert zu Hause?«

»Nein, Sir. Mr. Desert tritt eben eine Reise in den Osten an. Sein Schiff geht morgen ab.«

»Oh!« sagte Michael tonlos. »Von wo?«

»Plymouth, Sir. Sein Zug fährt von Paddington um Mitternacht ab. Vielleicht erreichen Sie ihn noch.«

»Das kommt aber sehr plötzlich«, sagte Michael, »er hat doch nie —«

»Nein, Sir. Mr. Desert ist ein Mann von raschem Entschluß.«

»Gut, danke; ich werde versuchen, ihn noch zu erreichen.«

Wieder im Taxi, rief er: »Paddington — und rasch!« Dabei dachte er: »Ein Mann von raschem Entschluß.« Ganz richtig! Er erinnerte sich an die unwahrscheinliche Plötzlichkeit des kurzen Gesprächs neben der Büste Lionel Charwells. Plötzlich war ihre Freundschaft gekommen, plötzlich ihr Ende — plötzlich waren sogar Wilfrids Gedichte — Produkte einer rasch entschlossenen Seele! Während Michael in dem stoßenden, rumpelnden Taxi von Fenster zu Fenster starrte, saß er wie auf Nadeln. War er ein Narr? Konnte er den Dingen nicht ihren Lauf lassen? Mitleid war Unsinn! Und doch! Mit Wilfrid würde ein Stück seines Herzens dahingehen, und trotz allem wünschte er, ihm dies zu sagen. Upper Brook Street, Park Lane! Die Straßen immer leerer, kalte Nacht, nackte Platanen, im Schein der Lampen scharf vom bläulichen Schwarz des Himmels abgehoben. Und Michael dachte: »Wir wandern! Wo ist das Ende — das Ziel? Sein Teil zu tun, und sich keine Sorgen zu machen! Aber was ist mein Teil? Was Wilfrids? Und wo führt ihn sein Weg nun hin?«

Das Taxi klapperte die Abfahrt zum Bahnhof hinunter und blieb unter der Einfahrt stehen. Zehn vor zwölf, und ein langer schwerer Zug auf Bahnsteig eins.

»Was soll ich tun?« dachte Michael. »Es ist so schrecklich aufdringlich. Muß ich wirklich den Zug entlanggehen — Wagen um Wagen? Kann dich doch nicht wegfahren lassen, mein Lieber, ohne —«

Matrosen. Wenn nicht betrunken, dann doch nahe dran. Noch acht Minuten! Langsam ging er den Zug entlang. Er war noch nicht an vier Fenstern vorbeigegangen, als er den Gesuchten sah. Desert saß mit dem Rücken zur Lokomotive in der Fensterecke eines leeren Abteils erster Klasse. Eine ungerauchte Zigarette zwischen den Lippen, den Pelzkragen bis zu den Augen aufgeschlagen, die Augen auf eine ungeöffnete Zeitung auf seinen Knien gerichtet. Er saß bewegungslos; Michael blieb stehen und sah ihn an. Sein Herz schlug schnell. Er zündete ein Streichholz an, trat zwei Schritte näher und sagte:

»Feuer, alter Junge?«

Desert starrte zu ihm auf.

»Danke«, sagte er und nahm das Zündholz. In seinem Schein erschien sein Gesicht dunkel, eingefallen, abgehärmt; seine Augen dunkel, tief, müde. Michael lehnte sich zum Fenster hinein. Keiner sprach.

»Nehmen Sie Platz, wenn Sie mitfahren, Sir.«

»Ich fahre nicht«, sagte Michael. Er war zutiefst aufgewühlt.

»Wohin fährst du?«

»Zum Teufel.«

»Gott, Wilfrid, es tut mir so leid!«

Desert lächelte. »Hör auf.«

»Ja, ich weiß. Gibst du mir die Hand?«

Desert streckte ihm die Hand entgegen. Michael drückte sie fest.

Ein Pfiff ertönte.

Plötzlich stand Desert auf und griff nach dem Gepäcksnetz. Er nahm ein Paket aus einer Tasche. »Hier«, sagte er, »dieses elende Zeug. Wenn du willst, laß es drucken.«

Michael würgte etwas in der Kehle.

»Danke! Das ist ja großartig! Auf Wiedersehen!«

Etwas wie Schönheit trat auf Deserts Gesicht.

»Leb wohl!« sagte er.

Der Zug fuhr an. Michael zog seine Ellbogen zurück; ganz still blickte er die bewegungslose Gestalt an, die langsam entschwand. Wagen um Wagen rollte an ihm vorbei, voll von Matrosen, die sich herauslehnten, schrien, sangen, mit Taschentüchern und Flaschen winkten. Jetzt der Gepäckswagen — das Schlußlicht — alles verschwommen — ein roter Schimmer — nach dem Orient — immer ferner — ferner — verschwunden. Und nun war es aus — wirklich? Er stopfte das Paket in seine Manteltasche. Zurück zu Fleur jetzt! Der Lauf der Welt — des einen Verlust war des andern Gewinn! Er fuhr sich mit der Hand über die Augen. Verflucht, sie standen voll von . . . Ach, Quatsch!

Dritter Teil

1

Pfingstmontag

Pfingstmontag brachte wieder die übliche Invasion von Hampstead Heath, und in dem dorthin eilenden Menschenschwarm befanden sich zwei, die die Absicht hatten, am Vormittag Geld zu verdienen und es nachmittags wieder auszugeben.

Tony Bicket stieg mit seiner Frau und den Luftballons zeitig in die Untergrundbahn Richtung Hampstead ein.

»Du wirst schon sehen«, sagte er, »um zwölf Uhr hab' ich den ganzen Kram verkauft, und dann geht's los!«

Während sie seinen Arm drückte, tastete Victorine durch ihr Kleid nach der kleinen Erhebung oberhalb ihres rechten Knies. Diese Schwellung wurde von vierundfünfzig Pfund verursacht, die sie im Rand ihres Strumpfes befestigt hatte. Sie hatte jetzt nur noch wenig gegen die Luftballons. Sie boten ihnen die tägliche Nahrung, bis sie die wenigen Pfunde, die ihr noch für die Überfahrt fehlten, beisammen haben würden. Tony glaubte noch immer daran, daß er die Rettung aus seinen Ballons herauspressen könnte; er war ja so hoffnungsvoll, der Tony, obwohl sie sich mit seinen Einnahmen gerade nur über Wasser halten konnten. Und sie lächelte. Mit ihrem Geheimnis konnte sie es sich leisten, das Stigma des Straßenverkäufers zu ignorieren. Sie hatte schon eine Geschichte bereit. Aus der Abendzeitung und Unterhaltungen im Bus mit Leuten, die sich für den Nationalsport interessierten, hatte sie die notwendigen Informationen über Pferderennen erhalten. Sie sprach darüber sogar mit Tony, der nur das wußte, was er auf der Straße aufschnappte. Sie hatte sich bereits zwei nur in der Phantasie existierende Glücksfälle genau zurechtgelegt; einen Sovereign, den sie mit dem Sticken nicht existierender Blusen verdient haben wollte, hatte sie in den Gewinner des Zweitausend-Guinea-Rennens investiert und den Gewinn dann wieder auf einen der beiden Sieger im toten Rennen des Jubiläums-Preises gesetzt, zu langen Odds; dies und ein noch auszuwählender dritter Sieger würden ihre erfundenen Gewinne auf die notwendigen sechzig Pfund anwachsen lassen, die sie nun bald aus dem »ganz ohne« erspart haben würde. In ein bis zwei Wochen würde sie diese Geschichte Tony erzählen, ihm in wohlgesetzter Rede das phantastische Glück schildern, von dem sie ihm nichts gesagt hatte, bevor nicht die gesamte Summe beisammen wäre. Sie würde ihre Stirne gegen seine Augen drücken, wenn er sie zu durchdringend ansehen sollte, und seine Lippen küssen, bis er nicht mehr klar denken konnte. Und am nächsten Morgen würden sie aufwachen und die Karten für die Überfahrt kaufen. Das war der Plan Victorines, die ihre fünf Zehnpfund- und vier Einpfundnoten im Strumpf trug, der an dem rosa Seidenmieder befestigt war.

»Der Nachmittag einer Dryade« war schon lange fertig und in der Galerie Dumetrius ausgestellt, zusammen mit anderen Arbeiten Aubrey Greenes. Victorine hatte einen Shilling bezahlt, um das Bild zu sehen; war einige Minuten lang heimlich vor dem weißen Körper gestanden, der aus dem Gras und den spitzen Blumen hervorleuchtete, vor dem Gesicht, das so aussah, als wollte es sagen: »Ich weiß ein Geheimnis!«

»Hat was von einem Genie, dieser Aubrey Greene – das Gesicht ist beachtlich!« Erschrocken das Gesicht verbergend, war Victorine hinausgeschlüpft.

Von dem Tag an, da sie frierend vor Aubrey Greene gestanden, war sie voll beschäftigt gewesen. Er hatte sie dreimal gemalt – immer nett, immer höflich, immer ganz Gentleman! Und er hatte ihr Empfehlungen gegeben. Manche hatten sie angezogen gemalt, manche nur halbangezogen und manche »ganz ohne«, was sie nicht länger störte, da sich doch das Geld in ihrem Strumpf vermehrte und Tony nichts davon wußte. Nicht alle waren »anständig« gewesen; man hatte ihr Anträge gemacht, aber sie hatte sie im Keim erstickt. Auf solche Art hätte sie zwar das Geld rascher zusammengebracht – aber da war doch Tony! In vierzehn Tagen konnte ihr das alles egal sein. Und oft war sie am Heimweg vor dem Schaufenster gestanden, vor dem Obst und den blauen Schmetterlingen ...

In dem überfüllten Waggon saßen sie Seite an Seite; Bicket stützte seinen Kasten auf die Knie und überlegte, wo er sich am besten aufstellen sollte.

»Ich glaub', am besten ist es bei den Eseln«, sagte er schließlich, »droben beim Teich. Dort haben die Leute noch mehr Geld, als wenn sie hinunter zu den Schaukeln und den Kokosnüssen gehen; und du kannst dich auf einen Sessel am Teich setzen, wie am Meer – ich will nicht, daß du bei mir bist, bevor ich alles verkauft hab'.«

Victorine drückte seinen Arm.

Über den Hügel und die Heide strömten die Feiertagsausflügler in bester Stimmung mit ihren Papiertüten. Um den Teich herum spielten Kinder mit spindeldürren grauweißen Beinen, schrien schrill und waren so zufrieden, daß sie nicht einmal lächelten. Ältliche Paare krochen langsam vorbei, mit dicken Bäuchen und hochroten Gesichtern, durch das ungewohnte Steigen. Mädchen und junge Männer sah man nur wenige, denn sie hatten sich schon im Gelände auf der Suche nach tolleren Vergnügungen verloren. Auf den Bänken, auf Sesseln aus grünem Leinen oder lackiertem Holz saßen Hunderte und betrachteten ihre Füße, als würden diese vom Meer bespült. Und immer wieder trugen drei Esel, von hinten angetrieben, ihre Bürde langsam den Rand des Teiches entlang. Straßenhändler priesen ihre Waren laut an. Dicke alte Weiber sagten die Zukunft voraus. Polizisten standen zynisch in ihrer Nähe. Ein Mann redete und redete und ging dann mit seinem Hut absammeln.
Tony Bicket machte seinen Kasten auf. Seine einschmeichelnde, ein wenig heisere Stimme mit dem Cockney-Akzent pries seine bunte Luft ohne Unterlaß an. Das war etwas! Wie das ging! Und hin und wieder blickte er durch die Menge hinüber zum Teich, wo Victorine in einem Strecksessel saß und — das wußte er — so anders als alle anderen aussah.
»Schöne Luftballons — schöne Luftballons! Sechs um einen Shilling! Einen großen, Madam? Nur sechs Pence. Schauen Sie nur, wie groß der ist! Kaufen Sie, kaufen Sie! Nehmen Sie einen für Ihren Kleinen!«
Keine »Ratsherren« hier heroben, aber viele in der richtigen Stimmung, ihr Geld für ein bißchen bunte Herrlichkeit auszugeben.
Fünf Minuten vor zwölf klappte er seinen Kasten zu — nicht ein einziger Ballon war übrig! Bei sechs Feiertagen pro Woche würde er ein Vermögen verdienen! Mit dem Kasten unter dem Arm wanderte er um den Teich. Den Kindern ging's hier gut, aber — guter Gott — wie dünn und blaß sie waren! Wenn er und Vic ein Kind bekämen — aber nein — nicht, bevor sie dort draußen waren! Ein dickes braunes Kind, das blaue Schmetterlinge fing und vor Sonne glühte! Nachdem er um das Ende des Teichs herum war, ging er langsam an den Stühlen entlang. Zurückgelehnt, elegant, mit übereinandergeschlagenen Beinen, in braunen Strümpfen, die man bis zu den Knien sehen konnte, und hübschen, braunen Schuhen mit Lasche — du meine Güte — sah sie toll aus — so in ihrer eigenen Welt versunken! Etwas würgte Bicket in der Kehle. Gott! Er wollte viel für sie!
»Hallo, Vic! Woran denkst du?«
»Ich hab' an Australien gedacht.«
»Ah! Da werden wir noch ganz schön warten müssen. Macht nichts —

ich hab' alles verkauft. Was tun wir jetzt, gehen wir zu den Bäumen hinunter oder gleich zu den Schaukeln?«
»Zu den Schaukeln«, sagte Victorine.
Das »Tal der Gesundheit« floß von fröhlicher Stimmung über. Hier strömten die Menschen langsam und ohne viel zu reden vorbei, begleitet von den Ausrufen der Schaukel- und Budenbesitzer und der Kokosnußverkäufer. »Zielen Sie auf die Kokosnüsse, versuchen Sie Ihr Glück! Ein Wurf einen Penny. — Schaukeln gefällig? — Einmalige Chancen — treten Sie näher! Errrstklassiges Eis, frische Bananen . . .«
Die dreißig an Ketten hängenden Sitze des riesigen Ringelspiels unter dem großen Schirm waren voll von Mädchen und Männern. Rundherum zur Musik — langsam — schneller — hinaus, soweit es die Ketten zuließen, mit zurückgelehnten Körpern, vorgestemmten Füßen, mit Gelächter und verstummendem Gespräch, feierlichen Gesichtern, ein wenig verloren, die Ketten fest umklammernd. Schneller, schneller; und dann langsamer, langsamer, bis alles stillstand und die Musik schwieg.
»Herrlich«, flüsterte Victorine. »Komm, Tony!«
Sie traten hinter die Barriere und fanden zwei freie Sitze. Victorine, die außen saß, preßte instinktiv ihre Füße fest übereinander, hielt sich fester an den Ketten an und legte ihren Körper in die Kurve. Ihre Lippen öffneten sich: »Oh, Tony!«
Schneller, schneller — jeder Nerv, jedes Gefühl nur der Bewegung hingegeben! Oh — oh! Das war ein Gefühl — so über der Welt herumzufliegen! Schneller — schneller! Langsamer — langsam, und dann der Abstieg zur Erde.
»Tony, das ist himmlisch!«
»Komisches Gefühl, wenn man so weit hinausfliegt.«
»Ich hätt's gerne waagrecht. Fahren wir noch einmal!«
»Gut.«
Sie fuhren noch zweimal — sein halber Tagesverdienst! Aber was für eine Rolle spielte das schon? Er sah ihr begeistertes Gesicht so gerne. Danach sechs Würfe nach den Kokosnüssen — ohne eine zu treffen — und je ein Eis, und dann Arm in Arm auf der Suche nach einem Platz, wo sie essen konnten. Das war die Zeit, die Bicket nach dem Ingwerbier und den belegten Broten am meisten genoß: wenn er seine Zigarette rauchte, seinen Kopf in ihrem Schoß, und in den blauen Himmel starrte. Lange Zeit lag er so, bis sie sich rührte.
»Schauen wir beim Tanzen zu!«
Auf dem eingefriedeten Grasplatz, um den ein Pfad herumlief, bewegten sich vielleicht zwei Dutzend Pärchen nach den Klängen einer Kapelle.

Victorine zog ihn am Arm. »Ich möchte so gerne einmal tanzen!«
»Also dann«, sagte Bicket. »Der einbeinige Alte hält mir sicher inzwischen den Kasten.«
Sie gingen auf den Tanzplatz.
»Halt mich fester, Tony.«
Bicket gehorchte. Nichts, was ihm lieber war; und langsam bewegten sich ihre Füße — einmal dahin, einmal dorthin. Sie kamen nur wenig vom Platz, drehten sich im Takt, kümmerten sich nicht um den Eindruck, den sie erweckten.
»Du tanzt gut, Tony.«
»Du tanzt herrlich!« stieß Bicket hervor.
In den Pausen beobachteten sie, nach Atem ringend, unentwegt den Einbeinigen; und dann tanzten sie wieder, bis die Kapelle endgültig zu spielen aufhörte.
»Du«, sagte Victorine. »Am Schiff tanzen sie auch, Tony.«
Bicket faßte sie fester.
»Ich schaff's noch, und wenn ich eine Bank ausraub'! Es gibt nichts, was ich für dich nicht täte, Vic.«
Aber Victorine lächelte nur. Sie hatte es schon geschafft.
Die gutgelaunten Menschen schlenderten mit geröteten Gesichtern müde und verschwitzt über das Schlachtfeld, das dicht mit Papiertüten, Bananenschalen und Zeitungen übersät war.
»Trinken wir Tee, und dann schaukeln wir noch einmal«, sagte Bicket; »und dann gehen wir hinüber auf die andere Seite unter die Bäume.«
Drüben auf der anderen Seite waren viele Paare. Die Sonne ging langsam unter. Die beiden saßen unter einem Busch und sahen ihr zu. Ein schwacher Lufthauch bewegte raschelnd die Birkenblätter. Man hörte hier nur wenig von den Menschen. Alle schienen wegen der Ruhe gekommen zu sein, schienen in der Stille auf die Dämmerung zu warten. Hie und da kam eine spionierende Gestalt vorüber und starrte umher.
»Polizeispitzel«, sagte Bicket. »Herrgott, denen möcht' ich's einmal geben!«
Victorine seufzte und drückte sich enger an ihn.
Irgend jemand spielte jetzt auf einem Banjo; eine Stimme sang. Es wurde dunkler, aber irgendwo ging der Mond auf, denn kleine Schatten zeichneten sich auf dem Boden ab.
Sie sprachen nur flüsternd. Es schien ungerecht, lauter zu werden, als läge der Hain unter einem Zauber. Sogar ihr Flüstern wurde seltener. Tau fiel, aber sie achteten nicht darauf. Mit verschlungenen Händen, aneinandergeschmiegten Wangen saßen sie ganz ruhig da. Bicket kam

ein Gedanke. Das war Poesie — das war's! Dunkelheit, mit einem schwachen silbernen Leuchten, von ferne ertönte betrunkenes Singen und das Rattern verspäteter Wagen auf der Spaniards Road — und plötzlich schrie eine Eule.

»Hast du gehört?« murmelte Victorine, und ein Zittern durchlief sie. »Eine Eule! Wie seltsam! Ich hab' einmal eine in Norbiton gehört. Hoffentlich bringt sie kein Unglück!«

Bicket stand auf und streckte sich.

»Komm!« sagte er. »Es reicht. Sonst erkältest du dich.«

Arm in Arm gingen sie langsam durch die Dunkelheit des Birkenwäldchens bergauf — waren froh über die Laternen, die Straßen, den überfüllten Bahnhof, als hätten sie eine Überdosis Einsamkeit zu sich genommen.

Wieder in der Untergrundbahn, durchblätterte Bicket gedankenlos eine alte Zeitung. Aber Victorine dachte an soviel, daß es den Anschein hatte, als dächte sie an nichts. Die Schaukeln und das Wäldchen in der Dunkelheit, und das Geld in ihrem Strumpf. Sie fragte sich, ob Tony nicht bemerkt hatte, wie es knisterte — sie hatte keinen sicheren Ort, an dem sie es aufbewahren konnte! Was starrte er denn da an? Sie schaute hinüber und las:

»›Nachmittag einer Dryade!‹ Das interessante Bild von Aubrey Greene, ausgestellt in der Galerie Dumetrius!«

Ihr Herz stand still.

»Also nein!« sagte Bicket. »Schaut dir das nicht ähnlich?«

»Ähnlich? Ach nein!«

Bicket sah es näher an. »Doch. Das ist genauso wie du, von oben bis unten. Das schneid' ich mir aus. Das Bild möcht' ich sehen.«

Ihre Wangen röteten sich von dem Blut, das ihr zu rasch schlagendes Herz hinauftrieb.

»Das ist unanständig«, sagte sie.

»Weiß ich nicht; aber es schaut dir so schrecklich ähnlich. Die lächelt sogar wie du.«

Er faltete die Zeitung zusammen und riß das eine Blatt heraus. Victorines kleiner Finger preßte sich auf die Geldscheine unter ihrem Strumpf.

»Komisch«, sagte sie langsam, »daß es Menschen auf der Welt gibt, die einem so ähnlich schauen.«

»Ich hätt' nie gedacht, daß es noch so eine geben könnt' wie dich. Charing Cross; wir müssen umsteigen.«

Während sie durch die dunklen Gänge der Untergrundbahn dahineilten, fuhr sie mit der Hand in seine Tasche, und bald flatterten kleine Papierschnitzel hinter ihm zu Boden. Wenn er sich nur nicht erinnerte, wo das Bild hing!

Als sie in der Nacht wachlag, dachte sie:

»Es ist mir egal; ich muß das restliche Geld noch verdienen — alles andere ist mir egal.«

Aber ihr Herz klopfte ganz sonderbar in ihrem Inneren, wie das Herz eines Menschen, der plötzlich an den schwankenden Rand eines Sumpfes getreten ist.

2

Büroarbeit

Michael prüfte die Korrekturfahnen des Buches »Falsches Spiel«, das Wilfrid ihm zurückgelassen hatte.

»Sind Sie für Butterfield zu sprechen, Sir?«

»Ja.«

Der Name Butterfield erweckte in Michael Stolz und Unbehagen zugleich. Der junge Mann hatte mit wachsendem Erfolg die Aufgabe, für die man ihn vor vier Monaten auf Probe engagiert hatte, erfüllt. Der Generalvertreter hatte ihn sogar als »Entdeckung« bezeichnet. Neben »Kleingeld« war er einer der schönsten Erfolge Michaels. Die Buchhändler kauften nicht, und doch verkaufte Butterfield Bücher, zumindest hieß es das; er schien eine natürliche Gabe zu haben, dort Vertrauen zu erwecken, wo es nicht gerechtfertigt war. Danby & Winter hatten ihm sogar den Privatverkauf der Pergament-Luxusausgabe von »Ein Duett« anvertraut, wodurch sie die Verluste der gewöhnlichen Ausgabe hereinzubringen hofften. Er war gerade dabei, sich durch eine Liste von Namen durchzuarbeiten, denen man das kleine Meisterwerk anbieten wollte. Diese Methode des direkten Verkaufs an Private hatte er selbst vorgeschlagen.

»Sehen Sie, Sir«, hatte er zu Michael gesagt; »ich verstehe etwas von Coué. Bei den Händlern kann man das nicht anwenden — sie sind unfähig, an etwas zu glauben. Was kann man da schon erwarten? Jeden Tag kaufen sie alles mögliche Zeug und richten sich dabei immer nach den Verkaufsziffern aus der Vergangenheit. Man findet unter zwanzig nicht einen, der auf die Zukunft setzt. Aber den Privatkunden, den

Männern und vor allem den Frauen, kann man einen Gedanken einimpfen, wie das Coué auch tut — ihnen immer wieder vorsagen, daß der Autor von Tag zu Tag und nach jeder Richtung hin besser wird; und ich wette zehn zu eins, daß es schon in ihr Unterbewußtsein gedrungen ist, wenn man das nächste Mal hinkommt, vor allem, wenn man sie gerade nach dem Mittag- oder nach dem Abendessen erwischt, wenn sie ein bißchen verschlafen sind. Lassen Sie mir meinen eigenen Fahrplan, Sir, und ich bringe diese Ausgabe für Sie an.«

»Wenn Sie«, hatte Michael geantwortet, »wirklich Vertrauen in die literarische Zukunft meines Vaters erwecken können, Butterfield, dann verdienen Sie mehr als Ihre zehn Prozent.«

»Ich kann es, Sir; es ist nur eine Frage des Glaubens.«

»Aber Sie glauben doch nicht daran, oder?«

»Also, nicht gerade an den Autor — aber ich glaube daran, daß ich den Leuten den Glauben an ihn geben kann; das ist der springende Punkt.«

»Aha — der Dreikartentrick, man erweckt den Glauben, den man selbst nicht hat, daß die Karte, auf die man setzt, gewinnt, und das Buch wird gekauft. Aber immerhin werden die Leute ja nicht allzu plötzlich desillusioniert — und Sie werden wahrscheinlich immer Zeit genug haben, sich rechtzeitig aus dem Staub zu machen. Also viel Glück!«

Der junge Butterfield hatte gelächelt.

Das Unbehagen, das sich in Michaels Stolz mischte, war darauf zurückzuführen, daß der alte Forsyte ihm immer wieder sagte, er wüßte nicht — könnte nichts sagen — dieser junge Mann und seine Geschichte über Elderson, und sie kämen nicht weiter ...

»Guten Morgen, Sir. Haben Sie fünf Minuten Zeit für mich?«

»Kommen Sie herein, Butterfield. Mit dem ›Duett‹ hängengeblieben?«

»Nein, Sir. Ich habe schon vierzig verkauft. Es ist etwas anderes.« Mit einem Blick auf die geschlossene Tür kam der junge Mann näher. »Ich gehe meine Liste alphabetisch durch. Gestern war ich beim ›E‹.« Seine Stimme wurde leiser. »Mr. Elderson.«

»Uff!« sagte Michael. »Den können Sie auslassen!«

»Das hab' ich aber nicht getan.«

»Was? Sie haben sich getraut?«

»Ja, Sir. Gestern abend.«

»Famos, Butterfield. Was ist passiert?«

»Ich habe nicht meine eigene, sondern die Karte der Firma hineingeschickt.«

Michael spürte eine sehr menschliche Schadenfreude in Stimme und Ausdruck des jungen Mannes.

»Und?«
»Mr. Elderson, Sir, saß beim Wein. Ich hatte mir die Sache vorher durchgedacht und redete ihn an, als hätte ich ihn nie zuvor gesehen. Was mich frappiert hat – er ist darauf eingegangen!«
»Hat er Sie nicht hinausgeschmissen?«
»Weit davon entfernt, Sir. Er sagte sofort: ›Senden Sie mir zwei Exemplare.‹«
Michael grinste. »Sie haben beide kaltes Blut bewiesen.«
»Nein, Sir; das ist es ja eben. Mr. Elderson hat es schwer getroffen. Es war ihm außerordentlich peinlich –«
»Kapier' ich nicht«, sagte Michael.
»– daß ich bei dieser Firma angestellt bin. Er weiß, daß Sie hier Partner sind und der Schwiegersohn von Mr. Forsyte, oder weiß er das nicht?«
»Er weiß es.«
»Da sehen Sie also den Zusammenhang, Sir – zwei Aufsichtsräte, die mir glauben – nicht ihm. Das war der Grund, warum ich ihn nicht auslassen wollte. Ich habe mir gedacht, daß es ihn beunruhigen wird. Ich habe zufällig sein Gesicht im Spiegel über der Anrichte gesehen, als ich hinausging. Er hat einen ganz schönen Schrecken abbekommen.«
Michael knabberte an seinem Zeigefinger und verspürte einen Anflug von Mitleid mit Elderson, wie mit einer Fliege, um deren Hinterbein sich der erste Spinnfaden wickelt.
»Danke, Butterfield«, sagte er.
Als der junge Mann gegangen war, saß er da und stach mit seinem Papiermesser auf das Löschblatt ein. Was für ein sonderbares »Klassenbewußtsein« war das? Oder war es nur Mitgefühl mit dem Gejagten, ein Zittern bei dem Gedanken, wie sehr einen das Schicksal bloßstellen konnte? Denn das war nun zweifellos echtes Beweismaterial, und er würde es an seinen Vater und den alten Forsyte weitergeben müssen. Elderson mußten die Nerven durchgegangen sein, sonst hätte er gesagt: »Sie unverschämter junger Kerl – hinaus mit Ihnen!« Das wäre eindeutig die einzig mögliche Reaktion eines Unschuldigen gewesen und die einzig ratsame für einen Schuldigen. Ja, manchmal verließ einen die Kaltblütigkeit, sogar den Besten.

»Ja, Miss Perren?«
»Der Brief an Sir James Foggart, Mr. Mont; Sie haben mich gebeten, Sie daran zu erinnern. Und sind Sie für Miss Manuelli zu sprechen?«
»Miss Manu – Oh! Ah. Ja.«

Bickets junge Frau, deren Gesicht sie für den Umschlag von Storberts Roman verwendet hatten, das Modell Aubrey Greenes — Michael erhob sich, denn das Mädchen stand schon im Zimmer.
»Das Kleid kenne ich«, dachte er. »Fleur hat es nie gemocht.«
»Was kann ich für Sie tun, Mrs. Bicket? Wie geht es Ihrem Mann?«
»Ganz gut, Sir, danke.«
»Noch immer im Ballongeschäft?«
»Ja.«
»Das sind wir ja alle, Mrs. Bicket.«
»Wie bitte?«
»In der Luft — glauben Sie nicht auch? Aber Sie sind nicht gekommen, um mir das zu sagen.«
»Nein, Sir.«
Ein leichtes Erröten der blassen Wangen, Finger, die an den Spitzen der abgetragenen Handschuhe zupften, ein unsicheres Zucken der Lippen; aber der Blick war fest — wirklich ein ungewöhnliches Mädchen!
»Sie erinnern sich doch daran, daß Sie mir einen Brief an Mr. Greene mitgegeben haben, Sir?«
»Ja; und ich habe das Ergebnis gesehen; es ist toll, Mrs. Bicket.«
»Ja. Aber die Zeitungen haben darüber geschrieben — mein Mann hat es gestern abend gesehen; er weiß natürlich nichts von meiner — Arbeit.«
Oh — was hatte er dem Mädchen da eingebrockt?
»Ich habe viel Geld damit verdient, Sir — fast genug für unsere Überfahrt nach Australien; aber jetzt habe ich Angst. ›Schaut das nicht so aus wie du?‹ hat er gesagt. Ich habe die Zeitung zerrissen, aber stellen Sie sich vor, er erinnert sich an den Namen der Galerie und geht hin und schaut sich das Bild an! Das sieht mir ja noch viel ähnlicher! Und womöglich geht er dann auch zu Mr. Greene. Macht es Ihnen was aus, Sir, wenn Sie mit Mr. Greene sprechen und ihn bitten, er soll sagen, es war eine andere Frau, wenn Tony zu ihm kommt?«
»Überhaupt nicht«, sagte Michael. »Aber glauben Sie denn, daß es Bicket so übel aufnehmen würde, wenn man bedenkt, was Sie damit erreicht haben? Es kann doch ein ganz anständiger Beruf sein.«
Victorine fuhr sich mit der Hand an die Brust.
»Ja«, sagte sie einfach. »Ich bin anständig geblieben. Und ich habe es ja nur getan, weil wir so gerne fort wollen und ich es nicht mehr ausgehalten hab', daß er in der Gosse steht und im Nebel Luftballons verkauft. Aber jetzt hab' ich solche Angst, Sir.«
Michael starrte vor sich hin.
»Mein Gott«, sagte er, »Geld ist etwas Böses.«

Victorine lächelte schwach. »Wenn man es nicht hat!«
»Wieviel brauchen Sie denn noch, Mrs. Bicket?«
»Nur noch zehn Pfund, Sir.«
»Die kann ich Ihnen ja geben.«
»Oh, danke. Aber das ist es ja nicht — die kann ich leicht verdienen; ich hab' mich daran gewöhnt; ein paar Tage mehr machen auch nichts aus.«
»Aber wie wollen Sie denn erklären, woher Sie das Geld haben?«
»Ich sage, ich habe es beim Wetten gewonnen.«
»Fadenscheinig!« sagte Michael. »Passen Sie auf! Sagen Sie, daß Sie zu mir gekommen sind und ich es Ihnen geborgt habe. Wenn es Bicket von Australien aus zurückzahlt, kann ich es auf Ihren Namen wieder auf eine Bank dort zurücküberweisen. Ich habe Sie da in etwas hineingeritten, und ich würde Ihnen gerne wieder heraushelfen.«
»Aber nein, Sir; Sie haben mir doch geholfen. Ich möchte Sie nicht damit belästigen, daß Sie meinetwegen lügen.«
»Das stört mich nicht im geringsten, Mrs. Bicket. Ich kann das Blaue vom Himmel herunterlügen, wenn es um einen guten Zweck geht. Hauptsache ist, daß Sie bald fortkommen. Gibt es noch viele andere Bilder von Ihnen?«
»O ja, viele — aber ich glaube nicht, daß man die erkennt, sie sind so eckig und komisch.«
»Ah ja, Aubrey Greene hat Sie lebensecht gemalt!«
»Ja, Tony sagt auch, daß ich es von oben bis unten bin.«
»Eben. Ja, ich werde mit Aubrey sprechen, ich treffe ihn zum Mittagessen. Hier sind die zehn Pfund! Einverstanden? Sie sind heute zu mir gekommen, ja? Sagen Sie, daß es ein plötzlicher Einfall war. Ich verstehe das Ganze vollkommen. Sie würden viel für ihn tun; und auch er würde viel für Sie tun. Es ist schon gut — weinen Sie nicht!«
Victorine schluckte heftig. Ihre Hand in dem abgewetzten Handschuh erwiderte seinen Händedruck.
»Wenn ich Sie wäre, würde ich ihm heute abend alles sagen«, riet ihr Michael, »und ich werde auf ihn vorbereitet sein.«
Als sie fort war, dachte er: »Hoffentlich glaubt Bicket nicht, daß ich einen Gegenwert für die sechzig Pfund erhalten habe!« Und während er läutete, begann er wieder auf das Löschblatt einzustechen.
»Ja, Mr. Mont?«
»Fangen wir an, Miss Perren.«

›Sehr geehrter Sir James Foggart! Wir haben uns sehr eingehend mit Ihrem — äh — interessanten Werk beschäftigt. Wenngleich wir der Meinung sind, daß Ihre so gut formulierten Ansichten über die gegenwärtige Lage Englands im Vergleich zur übrigen Welt für alle — äh — denkenden Menschen von großem Wert sind, glauben wir doch, daß es nicht genug — äh — denkende Menschen gibt, die uns eine Veröffentlichung Ihres Buches — ohne Verlust ermöglichen. Ihre — äh — in so klarer Sprache vorgebrachte These, daß Großbritannien jetzt den Weg aus der Krise durch die richtige Aufteilung von Märkten, Bevölkerung, Angebot und Nachfrage im Rahmen des britischen Weltreichs lösen sollte, wird, fürchten wir, allen politischen Parteien gegen den Strich gehen; und wir glauben auch, daß Ihr Plan, Knaben und Mädchen in die Kolonien zu schicken, bevor sie durch das englische Stadtleben verdorben worden sind, die Arbeiterklasse in Erregung versetzen wird, da sie die Verhältnisse außerhalb des eigenen Landes nicht kennt und bekanntlich sehr dagegen ist, ihre Kinder in der Fremde ihr Glück suchen zu lassen.‹«

»Soll ich das so schreiben, Mr. Mont?«

»Ja; aber schwächen Sie es ein bißchen ab. Äh — ›Schließlich ist Ihre Ansicht, daß das Land zum Anbau, zur Produktion von Nahrungsmitteln verwendet werden soll, in diesen Tagen so ungewöhnlich, daß wir glauben, Ihr Buch würde sehr feindselig beurteilt werden, abgesehen von der alten Garde, den Ultrakonservativen und einigen wenigen Menschen mit Weitblick.‹«

»Ja, Mr. Mont?«

»›In einem Zeitalter unaufhörlicher — äh — Veränderungen — einer Übergangszeit — das lassen Sie so, Miss Perren — in der alle Hoffnungen in der Luft schweben und sozusagen schon aufs Pfandhaus getragen sind — das verändern Sie nur ganz wenig —, muß jeder Plan, der auf die Zukunft ausgerichtet ist und die Ernte erst nach zwanzig Jahren verspricht, äußerst unpopulär sein. Aus allen diesen Erwägungen werden Sie ersehen, wie notwendig es für Sie ist — äh —, einen anderen Verleger zu suchen. Kurz gesagt, wir können uns nicht darauf einlassen.
Mit — äh —, was Sie wollen — verbleiben wir

hochachtungsvoll
Danby & Winter‹

Wenn Sie das übersetzt haben, Miss Perren, bringen Sie es mir, und ich unterschreibe es.«

»Ja. Nur, Mr. Mont — ich dachte, Sie wären ein Sozialist. Das erscheint mir fast — entschuldigen Sie, daß ich frage.«

»Miss Perren, es ist mir in der letzten Zeit aufgefallen, daß man nicht mehr ein Etikett trägt. Wie kann man etwas Bestimmtes in einer Zeit sein, in der alles in der Luft hängt? Nehmen Sie die Liberalen. Sie können die Gesamtsituation nicht erfassen, weil sie sich dem Freihandel verschrieben haben; auch die Labourpartei kann es nicht, und zwar wegen der Vermögenssteuer; und auch die Tories nicht, wegen der Schutzzollpolitik; sie sind alle von Schlagworten besessen! Der gute Sir James Foggart hat eigentlich recht, aber keiner wird auf ihn hören. Wenn das Buch je veröffentlicht wird, wird es in den Papierkorb wandern. Die Welt hat keinen Wirklichkeitssinn mehr, Miss Perren; und von allen Ländern fehlt er uns am meisten.«

»Warum, Mr. Mont?«

»Warum? Weil wir mit unserem Nationalcharakter, der beharrlicher ist als der irgendeines anderen Volkes, an Traditionen festhalten, die uns viel mehr Schaden bringen als irgendeinem anderen Land. Jedenfalls hätte Mr. Danby den Brief nicht mir überlassen sollen, wenn ich mich dabei nicht amüsieren darf. Oh, und wenn wir schon dabei sind – ich muß Harold Masters neues Buch ablehnen. Es ist ein Fehler, aber sie wollen es nicht.«

»Warum nicht, Mr. Mont? ›Die schluchzende Schildkröte‹ war doch ein so großer Erfolg!«

»Nun ja, in diesem neuen Buch hat Master eine Idee aufgegriffen, die ihn absolut zwingt, etwas Konkretes auszusagen. Winter meint, daß diejenigen, die ›Die schluchzende Schildkröte‹ als Meisterwerk gefeiert haben, das Buch deshalb herunterreißen werden; und Mr. Danby nennt es überhaupt ein Verbrechen gegen die menschliche Natur. Also hoffnungslos. Versuchen wir's:

›Mein lieber Master –

In der Begeisterung, die Ihr Thema in Ihnen wachgerufen hat, ist Ihnen offenbar entgangen, daß Sie damit eigentlich durchfallen müßten. In der „Schluchzenden Schildkröte" waren Sie mit dem halben Orchester gleichgestimmt. Und zwar mit der – äh – lärmenderen Hälfte. Sie waren bezaubernd altmodisch und gekonnt kaltblütig. Aber was haben Sie jetzt getan? Sie haben den letzten Bewohner der Insel Marquesa zum Helden genommen und ihn mitten nach London versetzt! Das Buch ist eine tiefgründige Satire, eine echte Kritik des Lebens. Ich bin sicher, daß Sie nicht zeitgemäß schreiben oder einen Abstecher in die Wirklichkeit machen wollten; aber Ihr Thema ist mit Ihnen durchgegangen. Kaltblütig zu sein und ätzend zu sein, sind zwei sehr verschiedene Dinge, ganz abgesehen davon, daß Sie Ihren altertümelnden Stil fallenlassen mußten. Persönlich halte ich Ihr neues Werk für weitaus besser als „Die schluchzende Schildkröte", die nett, aber nichts Besonderes war. Aber ich bin weder die Öffentlichkeit noch die Kritik. Die hektischen Jungen werden das Fehlen jeder Modernität beklagen, werden Ihr Buch eine Moralpredigt nennen; die behäbigen Alten werden Sie als bitter und destruktiv bezeichnen; und die normalen Leser werden Ihren Helden ernst nehmen und es Ihnen verübeln, daß er um soviel besser als sie ist. Die Aussichten sind also keineswegs rosig. Wie, glauben Sie, sollen wir so ein Buch durch- und anbringen? Wir können es nicht. Das ist der Urteilsspruch des Verlages. Ich bin damit nicht einverstanden. Ich würde es morgen herausbringen, wenn ich könnte; aber gegen Danby & Winter kämpfen Götter selbst vergebens. Daher schicke ich Ihnen mit meinem tiefsten persönlichen Bedauern Ihr Buch, das ein wirkliches Meisterwerk ist, zurück.

Stets der Ihre,
Michael Mont‹

Wissen Sie was, Miss Perren, das müssen Sie gar nicht umschreiben.«
»Ich fürchte, das wäre auch schwer.«
»Also dann o. k.; aber den anderen schreiben Sie bitte um. Ich gehe mit meiner Frau jetzt ein Gemälde besichtigen; bin ungefähr um vier wieder zurück. Oh! Und wenn ein kleiner Kerl namens Bicket, der einmal bei uns gearbeitet hat, herkommt und mich sprechen will, dann soll er heraufkommen; aber ich brauche eine Vorwarnung. Sagen Sie das bitte unten?«
»Ja, Mr. Mont. Oh! War nicht – war diese Miss Manuelli nicht das Modell für den Umschlag von Mr. Storberts Roman?«
»Ja, Miss Perren; es war mein Verdienst, daß ich sie entdeckt habe.«
»Sie sieht sehr interessant aus, nicht?«
»Sie ist einzig in ihrer Art, fürchte ich.«
»Das sollte sie doch nicht stören!«
»Wie man's nimmt«, sagte Michael und stach wieder auf das Löschblatt ein.

3

»Nachmittag einer Dryade«

Fleur verbarg noch immer anmutig das meiste von dem, was Michael »den elften Baronet« nannte, der in zwei Monaten erwartet wurde. Sie schien sich geistig und körperlich auf das ruhige, stetige Wachstum des Stammhalters einzustellen. Michael wußte, daß sie vom ersten Tag an, den Ratschlägen ihrer Mutter folgend, sein Geschlecht beeinflußt hatte, indem sie zu diesem Zweck jeden Abend vor dem Schlafengehen und jeden Morgen beim Erwachen die Worte »Tag für Tag wird er in jeder Hinsicht immer männlicher« aussprach – um das Unterbewußtsein zu beeinflussen, das, wie jetzt jedermann behauptete, den Verlauf der Dinge lenkte; sie sagte nicht: »Ich werde einen Jungen bekommen«, denn das bewirkte eine Gegenreaktion, wie man sagte, und dann würde es wahrscheinlich ein Mädchen werden. Michael bemerkte, daß sie sich mehr und mehr ihrer Mutter zuwandte, als hätte die französische, die naturalistischere Seite in ihr über die Vorgänge Oberhand gewonnen, die sich in ihrem Körper abspielten. Sie war oft in Mapledurham, fuhr in Soames' Automobil hin, und ihre Mutter kam oft ins Haus am South Square. Annettes elegante Erscheinung – mit ihrer Vorliebe für schwarze Spitzen – erfreute Michael immer wieder; er konnte es ihr nie vergessen, daß sie in der Zeit, in der seine Werbung nur als eine hoffnungslose Angelegenheit betrachtet werden konnte, seine Partei ergriffen hatte. Obwohl er sich immer noch erst an der Schwelle von Fleurs Herzen fühlte und sich schon darauf vorbereitete, neben dem »elften Baronet« die zweite Geige zu spielen, war ihm doch viel wohler zumute, seit Wilfrid fort war. Und mit einer Art amüsierter Anbetung beobachtete er die Art und Weise, wie sie ihre Sammlerleidenschaft auf etwas konzentrierte, das keiner bestimmten Epoche verbunden, auf einen Prozeß, der nicht antiquiert war.

Von Aubrey Greene persönlich begleitet, verließ die kleine Gruppe, die seine Ausstellung in der Galerie Dumetrius besichtigen wollte, das Haus am South Square nach einem frühen Mittagessen.

»Deine Dryade ist heute vormittag zu mir gekommen, Aubrey«, sagte Michael im Taxi. »Sie wollte, daß du bestreitest, sie nackt gemalt zu haben, wenn ihr Mann zufällig bei dir hereinschneit und dich deswegen zur Rechenschaft zieht. Anscheinend hat er eine Reproduktion des Bildes gesehen.«

»Mm«, murmelte der Maler, »soll ich das tun, Fleur?«
»Aber natürlich mußt du, Aubrey!«
Aubrey Greenes Lächeln glitt von ihr zu Michael. »Gut, wie heißt er?«
»Bicket.«
Aubrey Greene richtete seinen Blick in den leeren Raum und murmelte langsam:

»Bicket, ein Mann von Charakter,
ein von Eifersucht bitter geplagter,
schrie mit mangelndem Takt:
›Malt mein Mädel er nackt,
gerb' das Hinterteil ich dem Kalfakter.‹«

»Oh, Aubrey!«
»Laß das!« sagte Michael. »Ich mein' es ernst. Sie ist eine mutige kleine Person. Sie hat das Geld, das sie braucht, verdient und ist doch anständig geblieben.«
»Was mich betrifft, sicher.«
»Also, das glaube ich dir aufs Wort.«
»Warum, Fleur?«
»Du bist kein Verführer, Aubrey!«
»Wenn du es genau wissen willst, sie hat mein ästhetisches Empfinden erregt.«
»Das hätte ihr bei manchen Ästheten nicht viel genützt!« murmelte Michael.
»Und sie kommt aus Putney.«
»Das ist ein anerkennenswerter Grund. Wirst du also die Sache bestreiten, wenn Bicket auftaucht?«
Aubrey Greene legte die Hand aufs Herz. »Und da sind wir!«
Mit Rücksicht auf den elften Baronet hatte Michael eine Zeit ausgewählt, zu der die eigentlichen Bewunderer Aubrey Greenes noch beim Lunch saßen. Ein langhaariger junger Mann und drei blaßgrüne Mädchen wanderten allein zwischen den Bildern herum. Der Maler führte sie sofort zu seinem Meisterwerk; und einige Minuten lang standen sie in angemessener Erstarrung davor. Es zu bald zu loben, wäre unpassend, sich zu spät zu äußern, taktlos gewesen; zu enthusiastisch sein, würde unehrlich klingen; kühl zu murmeln: »Sehr hübsch — wirklich sehr hübsch!« würde ihn schwer treffen; unverblümt zu sagen: »Also, mein Bester, um dir die Wahrheit zu sagen, mir gefällt es überhaupt nicht!« würde ihn wütend machen.
Schließlich zwickte Michael Fleur ganz leicht, und sie sagte: »Es ist wirklich bezaubernd, Aubrey; und ganz unverkennbar — zumindest —«

»Soweit man das beurteilen kann. Aber, wirklich, mein Lieber, ich glaube, das ist dir gelungen. Ich fürchte nur, daß Bicket denselben Eindruck haben wird.«

»Zum Teufel damit!« murmelte der Maler. »Wie gefallen euch die Farben?«

»Gut; vor allem der Fleischton ist gut getroffen; findest du nicht auch, Fleur?«

»Ja; nur hätte ich diesen Schatten hier an der Seite etwas tiefer gemalt.«

»Ja?« murmelte der Maler, »vielleicht.«

»Du hast den Geist eingefangen«, sagte Michael. »Aber eins muß ich dir sagen, mein Guter — du hast dich da auf was eingelassen. Das Ding drückt nämlich eine Idee aus. Ich weiß nicht, was dir die Kritiker antun werden.«

Aubrey Greene lächelte. »Das war ihr schlechter Einfluß. Sie hat mich verführt. Sich eine Idee in den Kopf zu setzen, ist fatal.«

»Da kann ich dir eigentlich nicht zustimmen; du, Fleur?«

»Natürlich nicht, nur darf man es nicht laut sagen.«

»Es wäre an der Zeit, daß wir es einmal täten, statt vor dem Café Crillon auf den Knien zu liegen. Also die Haare sind gut getroffen, und die Zehen auch — sie biegen sich richtig, wenn man sie anschaut.«

»Und es ist eine Erlösung, wenn man einmal Beine sieht, die nicht als gestrichelte Würfel gemalt sind. Die Asphodelen erinnern mich an die Blumen in Leonardos ›Felsenmadonna‹, Aubrey.«

»Das Ganze ist ein wenig in der Art Leonardos, mein Guter. Das wird dich noch teuer zu stehen kommen.«

»Oh, Aubrey, mein Vater hat es gesehen. Ich glaube, er beißt an. Etwas, das du gesagt hast, hat ihn sehr beeindruckt — über unseren weißen Affen, erinnerst du dich noch?«

Aubrey Greene hob die Hände. »Ah! Dieser weiße Affe — den gemalt zu haben! Die Frucht essen, die Schalen wegwerfen und mit den Augen fragen: Wozu dies alles?«

»Eine Moral!« sagte Michael. »Paß auf, mein Lieber! Ja, unser Taxi ist schon da. Komm, Fleur; wir lassen Aubrey mit seinem Gewissen allein.«

Wieder im Taxi, nahm er ihren Arm.

»Der arme kleine Kerl, der Bicket! Stell dir einmal vor, ich sehe dich durch Zufall so, wie ihm das mit seiner Frau passieren wird!«

»Ich würde nicht so hübsch aussehen.«

»Aber doch; viel hübscher; obwohl sie hübsch genug aussieht, das muß ich schon zugeben.«

»Warum stört es Bicket dann, in dieser emanzipierten Zeit?«

»Warum? Guter Gott, mein Schatz! Du glaubst doch nicht, daß Bicket – Wir Emanzipierten glauben, daß wir die Welt sind – ja, und das sind wir eben nicht; wir sind nur eine häßliche und lärmende Minorität. Wir tun so, als wären die alten Werte und Vorurteile verschwunden; aber sie sind in Wirklichkeit genausowenig verschwunden wie die eintönigen Villenvorstädte und die langen grauen Häuserzeilen.«

»Was soll der Ausbruch, Michael?«

»Liebling, mir geht die Haltung unserer Bekannten ein bißchen auf die Nerven. Wenn die Emanzipation echt wäre, dann könnte man sie noch hinnehmen; aber sie ist es nicht. Es liegen keine zehn Prozent Unterschied zwischen heute und der Zeit vor dreißig Jahren.«

»Woher weißt du das? Damals warst du noch nicht auf der Welt.«

»Nein; aber ich lese die Zeitungen und spreche mit dem Mann auf der Straße und sehe mir die Gesichter der Menschen an. Unsere Clique glaubt, daß sie das Tischtuch ist, aber sie ist nur die Bordüre. Weißt du, daß nur hundertfünfzigtausend Menschen in England je eine Beethovensymphonie gehört haben? Und wie viele, glaubst du, halten Beethoven für veraltet? Vielleicht fünftausend von zweiundvierzig Millionen. Wie reimt sich das mit der Emanzipation zusammen?«

Er hielt inne, als er sah, daß sie die Augenlider gesenkt hatte.

»Ich hätte gerne blaue Vorhänge in meinem Schlafzimmer, Michael. Ich habe genau die Farbe, die mir gefällt, gestern bei Harton gesehen. Es heißt, daß sich Blau beruhigend auf das Gemüt auswirkt – die Vorhänge, die ich jetzt habe, sind wirklich zu grell.«

Der elfte Baronet!

»Was du willst, meine Liebe. Mal die Decke blau, wenn es hilft.«

»O nein! Aber ich werde wahrscheinlich auch den Teppich auswechseln; Harton hat ein schönes Stahlblau.«

»Dann kauf es. Möchtest du jetzt gleich hinfahren? Ich kann mit der Untergrundbahn ins Büro zurück.«

»Ja, ich glaube, das wäre gut. Sonst sind sie schon verkauft.«

Michael steckte den Kopf aus dem Fenster. »Zu Harton, bitte!«

Und während er seinen Hut zurechtrückte, sah er sie an. Emanzipiert! Einfach zum Lachen!

4

Nachmittag eines Bicket

Zur selben Zeit betrat Bicket sein Wohnzimmer und räumte seinen Kasten fort. Den ganzen Vormittag hatte er im Schatten von St. Paul den Pfingstmontag nochmals im Geist erlebt. In den Beinen fühlte er eine schreckliche Müdigkeit und auch seelisch arbeitete es in ihm. Er hatte sich von Zeit zu Zeit einen erfrischenden Blick auf das Bild gönnen wollen, das fast wie ein Foto von Vic war. Und nun hatte er es verloren! Und doch hatte er nichts aus den Taschen genommen — hatte seinen Rock nur aufgehängt. War es im Gedränge am Bahnhof herausgefallen, oder hatte er es irrtümlich nicht in die Tasche gesteckt, sondern im Waggon fallenlassen? Und er hätte auch gerne das Original gesehen. Er erinnerte sich daran, daß der Name der Galerie mit »D« begann, und zu Mittag hatte er anderthalb Pence hinausgeworfen, um den Namen nachzuschlagen. Ausländisch, das war er sicher — wo das Bild doch ein Akt war. »Dumetrius!« Ah!

Nachdem er auf seinen Standplatz zurückgekommen war, hatte er ein bißchen Glück gehabt. Der »Ratsherr«, den er monatelang nicht gesehen hatte, kam vorbei. Instinktiv sagte er sofort:

»Hoffentlich geht's Ihnen gut, Sir. Hab' Ihre Güte nie vergessen.«

Der »Ratsherr«, der in die Luft gestarrt hatte, als sähe er eine Elster auf der Kuppel von St. Paul, blieb so plötzlich stehen, als hätte ihn ein Krampf befallen.

»Güte?« fragte er. »Was für eine Güte? Oh! Die Luftballons! Ich habe nichts mit ihnen anfangen können.«

»Nein, sicher nicht, Sir«, sagte Bicket demütig.

»Da haben Sie«, sagte der »Ratsherr«, »aber erwarten Sie das nicht noch einmal.«

Eine halbe Krone! Wirklich eine halbe Krone! Bickets Augen verfolgten die davonhastende Gestalt. »Was für ein Glück!« sagte er leise zu sich und begann seinen Korb einzuräumen.

»Ich werde nach Hause gehen und mich ausrasten, und dann gehe ich mit Vic zusammen das Bild anschauen. Das wird komisch sein, wenn wir's zusammen sehen.«

Aber sie war nicht zu Hause. Er setzte sich nieder und rauchte eine Zigarette. Er war ungehalten, daß sie nicht zu Hause war, am ersten Nachmittag, den er sich je freigenommen hatte. Natürlich konnte sie nicht den ganzen Tag zu Hause bleiben. Und doch —! Er wartete zwanzig Minuten, dann legte er Michaels Anzug und Schuhe an.

»Dann schau' ich es mir eben allein an«, dachte er. »Kostet dann nur die Hälfte. Wahrscheinlich Sixpence.«

Es kostete einen Shilling — einen ganzen Shilling! Ein Viertel seines Tagesverdienstes, um ein Bild zu sehen! Schüchtern trat er ein. Er sah Damen, die nach Parfüm rochen und langsam und affektiert sprachen, aber was ihr Aussehen anging — da war Vic ihnen überlegen. Eine von ihnen, hinter ihm, sagte:

»Schau! Da ist Aubrey Greene selbst! Und dort ist das Bild, von dem man soviel redet — Nachmittag einer Dryade.«

Sie gingen an ihm vorbei und weiter. Bicket folgte ihnen. Am Ende des Saales sah er zwischen ihren Kleidern und Katalogen zum erstenmal das Bild. Leichter Schweiß trat auf seine Stirn. Fast lebensgroß, zwischen Blumen und spitzen Gräsern, lächelte ihn ein Gesicht an — das Ebenbild Vics! Konnte irgendein Mensch auf der Welt ihr so ähnlich sehen? Der Gedanke beleidigte ihn, so wie ein Sammler sich beleidigt fühlt, der das Duplikat eines Gegenstandes findet, den er für ein Unikat gehalten hat.

»Ein wundervolles Bild, Mr. Greene! Was für ein Gesicht!«

Ein junger Mann ohne Hut, mit blondem, zurückgekämmtem Haar, antwortete: »Eine richtige Entdeckung, nicht?«

»Oh! Vollkommen! Eine Waldnymphe; so geheimnisvoll!«

Ein Wort, das zu Vic paßte! Es war barbarisch — da lag sie, und alle konnten sie anstarren, nur weil irgendein verflixtes Weib genauso wie sie aussah. Eine Art Wut drückte Bickets Kehle zusammen, stieg brennend in seine Wangen; und gleichzeitig überfiel ihn eine sonderbare körperliche Eifersucht. Dieser Maler! Wie durfte er sich unterstehen, eine Frau zu malen, die genauso wie Vic aussah — eine Frau, der es nichts ausmachte, sich so hinzulegen! Die und ihr Gequatsche über Kairoskuro und Heidentum und einen Kerl, der Leneardo hieß! Zum Teufel mit ihrer affektierten Sprache und ihrem Getue! Er versuchte wegzugehen, aber er konnte es nicht, fasziniert von dem Bild, das seinem vermeintlich alleinigen Besitz so unheimlich ähnlich war. Es war dumm, sich wegen eines »Zufalls« so elend zu fühlen, aber am liebsten hätte er das Glas zerschlagen und den Körper in kleine Stücke zerschnitten. Die Damen und der Maler gingen weiter, und er blieb wieder allein vor dem Bild stehen. Allein machte es ihm nicht so viel aus. Das Gesicht war ein wenig traurig und einsam und — spöttisch mit diesem Lächeln. Es verfolgte einen irgendwie — wirklich! »Auch gut!« dachte Bicket, »ich gehe heim zu Vic. Bin froh, daß ich sie nicht mitgenommen hab', damit sie sich so sieht. Wär' ich so ein Ratsherr, dann tät' ich das verdammte Ding kaufen und verbrennen!«

Und dort, im Vorraum, stand – »sein Ratsherr« und sprach mit einem Levantiner! Bicket blieb vor Erstaunen stehen.

»Ein aufgehender Stern, Mr. Forsyte«, hörte er den Ausländer sagen. »Seine Preise steigen.«

»Das ist alles recht schön, Dumetrius, aber heutzutage ist das doch nichts für jedermanns Geschmack – zu glatt, im ganzen gesehen.«

»Also gut, Mr. Forsyte, für Sie zehn Prozent weniger.«

»Zwanzig weniger, und ich kaufe es.«

Die Schultern des Levantiners hoben sich bis zu seinen haarigen Ohren – wirklich; und wie er lächelte!

»Mr. Forsyte! Fünfzehn, Sir!«

»Also gut; schicken Sie es aber zu meiner Tochter auf den South Square – die Nummer wissen Sie ja. Wann schließen Sie?«

»Übermorgen, Sir.«

So! Das Ebenbild Vics war also an den »Ratsherrn« gegangen? Bicket stieß einen wütenden leisen Laut aus und schlich davon.

Er ging mit einem sonderbaren Gefühl weg. Hatte er sich unnötig aufgeregt? Schließlich war es doch nicht sie. Aber zu wissen, daß eine andere Frau genauso lächeln konnte, dasselbe kurzgeschnittene schwarze Haar hatte, dieselben Formen! Und er sah jeder vorbeigehenden Frau ins Gesicht – alle waren verschieden, so ganz anders als Vic!

Als er nach Hause kam, stand sie in der Mitte des Zimmers und hatte die Lippen an einen Ballon gepreßt. Rund um sie herum, auf dem Boden, auf den Sesseln, dem Tisch, dem Kaminsims, lagen die aufgeblasenen Reste seines Vorrats; einer nach dem andern waren sie von ihren Lippen geschwebt und hatten sich ihren Platz gesucht; rot, grün, orange, purpur, blau, belebten sie mit ihren Farben den dunklen kleinen Raum! Alle seine Ballons aufgeblasen! Und da stand sie, in ihren besten Kleidern, und lächelte, sonderbar, aufgeregt.

»Was, zum Teufel!« rief Bicket.

Sie hob ihr Kleid und nahm einige knisternde Scheine aus ihrem Strumpf. »Schau her! Vierundsechzig Pfund, Tony. Ich habe es beisammen. Wir können fahren.«

»Was!«

»Ich hatte einen Einfall – bin zu Mr. Mont gegangen, der uns die Kleider geschenkt hat, und er hat es uns geborgt. Wir können es irgendwann einmal zurückzahlen. Ist es nicht wie ein Wunder?«

Bickets Augen, erschreckt wie die eines Kaninchens, sahen ihr Lächeln, ihre aufgeregte Röte, und ein seltsames Gefühl durchfuhr seinen ganzen Körper, als würde er von ihr genarrt. Sie war ja auch nicht wie Vic! Nein! Plötzlich spürte er ihre Arme um sich, spürte ihre feuchten Lippen auf seinen. Sie hielt ihn so fest, daß er sich nicht bewegen konnte. Es wurde ihm schwindlig.

»Endlich! Endlich! Ist das nicht herrlich? Küß mich, Tony!«

Bicket küßte sie; er hatte das Gefühl, daß trotz seinem Schwindel etwas nicht in Ordnung sei ...

War es noch vor der Nacht, oder in der Nacht, daß der erste Zweifel kam — geisterhaft, tappend, schwebend, ihn verfolgend, und dann, im Morgengrauen, seine Seele durchbohrend, so daß er erstarrte. Das Geld — das Bild — die verlorene Zeitung — das Gefühl, daß etwas nicht in Ordnung war! Diese Geschichte, die sie ihm da erzählt hatte! War so etwas möglich? Warum sollte ihr Mr. Mont das Geld borgen? Sie war bei ihm gewesen — soviel war sicher; das Zimmer, die Sekretärin — ihre Beschreibung von dieser Miss Perren war echt. Warum hatte er dann diese bohrenden Zweifel? Das Geld — soviel Geld! Nicht mit Mr. Mont — nie — der war ein anständiger Mensch! Oh! Schwein, das er war, so etwas von Vic zu denken! Er drehte ihr den Rücken zu und versuchte zu schlafen. Aber wenn einen einmal so ein Zweifel erfaßt hatte — Schlaf? Nein! Ihr Gesicht zwischen den Ballons, die Art, in der sie seine Augen zugedeckt und seinen Kopf benebelt hatte — so daß er nicht denken, sich nicht näher erkundigen und sie fragen konnte. Geplagt von vagen Zweifeln, Schmerzen, Unsicherheit, von Hoffnungsstrahlen und einer Vision von Australien, erhob sich Bicket verstört.

»Also«, sagte er, während sie ihren Kakao und ihr Margarinebrot aßen, »ich muß zu Mr. Mont gehen, soviel ist sicher.« Und plötzlich sagte er noch: »Vic?« und sah ihr gerade ins Gesicht.

Sie hielt seinem Blick stand — offen, ganz offen. Oh! Er war ein richtiges Schwein! ...

Als er gegangen war, blieb Victorine ganz still stehen und hielt die Hände gegen die Brust gepreßt. Sie hatte noch weniger geschlafen als er. Ohne sich zu regen, hatte sie immer denselben Gedanken gewälzt: »Hab' ich ihn überzeugt? Hab ich?« Und wenn nicht — was dann? Sie nahm die Geldscheine, die ihr Glück erkauft — oder verkauft hatten, und zählte sie nochmals. Und ein Gefühl erlittenen Unrechts brannte in ihr. Hatte sie es denn gewollt, so vor Männern zu stehen? Hatte sie nicht deshalb genug Scheußliches durchgemacht? Sie hätte die sechzig Pfund schon vor drei Monaten von dem Bildhauer haben können, der so wild nach ihr war; zumindest hatte er das gesagt! Aber sie hatte durchgehalten; ja, das hatte sie. Tony konnte ihr wirklich nichts vorwerfen — selbst wenn er alles wüßte. Sie hatte es für ihn getan — nun ja! Hauptsächlich für ihn, der Tag für Tag bei jedem Wetter diese Ballons verkaufte! Wenn sie nicht gewesen wäre, dann säßen sie noch immer hier im Dreck, und ein zweiter Winter würde kommen, und die Arbeitslosigkeit — so stand es in den Zeitungen — wurde immer schlimmer! Noch einen Winter, gefangen im Nebel und in der Kälte! Ihre Brust war manchmal noch so sonderbar; und er war immer heiser. Und dieses trostlose kleine Zimmer, und das Bett, das so klein war, daß sie sich nicht umdrehen konnte, ohne ihn aufzuwecken. Warum sollte Tony Zweifel an ihr haben? Denn er hatte welche — sie hatte es gespürt, hatte es in seinem »Vic?« gehört. Würde Mr. Mont ihn überzeugen? Tony war nicht dumm! Ihr Kopf sank herunter. Es war alles so unfair. Manche hatten alles, was sie wollten, wie diese hübsche Frau von Mr. Mont! Und wenn man versuchte, einen Weg zu finden und was Neues zu versuchen, dann — dann — das! Sie warf ihr Haar zurück. Tony sollte ihr glauben — er mußte es! Er sollte sich hüten, ihr zu mißtrauen. Sie hatte nichts getan, dessen sie sich schämen mußte! Nein, wirklich nicht! Und mit der Sehnsucht, mutig vorwärts zu gehen, dem Glück entgegen, nahm sie ihren alten Blechkoffer heraus und begann sorgfältig und methodisch einzupacken.

5

Michael gibt Ratschläge

Michael saß noch immer über den Korrekturfahnen von »Falsches Spiel«. Außer der »Hölle« wußte er keine Adresse, an die er sie hätte schicken können. Der Orient war groß, und Wilfrid hatte kein Lebenszeichen von sich gegeben. Dachte Fleur noch an Wilfrid? Nun, er vergaß sie wahrscheinlich schon. Sogar die Leidenschaft braucht etwas, wovon sie sich nähren kann.

»Ein Mr. Forsyte wünscht Sie zu sprechen, Sir.«

Eine Erscheinung im Reich der Bücher!

»Ah! Führen Sie ihn herein.«

Soames trat mit mißtrauischem Ausdruck ein.

»Das also ist dein Büro?« sagte er. »Ich bin nur vorbeigekommen, um dir zu sagen, daß ich das Bild des jungen Greene gekauft habe. Habt ihr einen Platz, wo ihr es aufhängen könnt?«

»Und ob wir den haben«, sagte Michael. »Ein gutes Bild, nicht wahr, Sir?«

»Nun ja«, murmelte Soames, »für unsere Zeit, ja. Er wird sich einen Namen machen.«

»Er bewundert den weißen Affen sehr, den Sie uns geschenkt haben.«

»Ah! Ich habe mich inzwischen ein wenig mit chinesischer Kunst befaßt. Wenn ich noch etwas davon kaufen sollte —« Soames hielt inne.

»Sie ist doch so etwas wie ein Gegenmittel, nicht, Sir? Dieses ›Irdische Paradies‹! Und diese Gänse — es scheint ihnen nichts auszumachen, wenn man ihre Federn zählt.«

Soames antwortete nicht; offenbar dachte er: »Wie in aller Welt habe ich diese Bilder übersehen können, als sie das erste Mal auf den Markt kamen?« Dann hob er seinen Schirm, als wollte er mit ihm auf den Buchhandel deuten, und fragte: »Wie macht sich der junge Butterfield?«

»Darüber wollte ich Ihnen gerade berichten, Sir. Er ist gestern zu mir gekommen und hat mir erzählt, daß er vor zwei Tagen mit Elderson gesprochen hat. Er ging zu ihm, um ihm ein Exemplar der Luxusausgabe vom Buch meines Vaters zu verkaufen; Elderson hat nichts gesagt und zwei Stück gekauft.«

»Nein!«

»Butterfield hatte den Eindruck, daß ihn sein Besuch erschreckt habe. Elderson weiß natürlich, daß ich in diesem Verlag arbeite und Ihr Schwiegersohn bin.«

Soames runzelte die Stirn. »Ich bin nicht sicher«, sagte er, »ob man schlafende Hunde —! Aber ich gehe jetzt hin.«

»Erwähnen Sie das Buch, Sir, und beobachten Sie Eldersons Reaktion. Möchten Sie auch eines? Sie stehen auf der Liste. E, F — eigentlich müßte Butterfield heute zu Ihnen kommen. Es erspart Ihnen eine Ablehnung. Hier ist es — hübsche Ausstattung. Eine Guinea.«

»›Ein Duett‹«, las Soames. »Worum geht es? Etwas Musikalisches?«

»Nicht unbedingt. Eine kleine Rauferei zwischen den Geistern von Gladstone und Disraeli!«

»Ich lese nicht viel«, sagte Soames. Er nahm einen Geldschein heraus. »Warum verlangt ihr nicht ein Pfund dafür? Hier ist der restliche Shilling.«

»Vielen Dank, Sir; ich bin sicher, mein Vater wird sich geschmeichelt fühlen, wenn er hört, daß Sie auch ein Exemplar genommen haben.«

»Wirklich?« fragte Soames mit leichtem Lächeln. »Arbeitest du hier auch hie und da?«
»Na ja, wir versuchen, ein bißchen Geld zu verdienen.«
»Wieviel bringt dir denn das?«
»Ich persönlich bekomme ungefähr fünfhundert pro Jahr.«
»Das ist alles?«
»Ja, aber ich habe so meine Zweifel, ob ich mehr als dreihundert Pfund wert bin.«
»Ich habe geglaubt, daß du deinen Sozialismus schon überwunden hast!«
»Ich glaube schon. Er ließ sich nicht recht mit meiner Stellung vereinen.«
»Richtig«, sagte Soames. »Fleur geht es offensichtlich gut.«
»Ja, ihr geht es großartig. Sie befaßt sich mit der Couéschen Methode.«
Soames starrte ihn an. »Das hat sie von ihrer Mutter«, sagte er, »aber ich weiß es nicht sicher. Auf Wiedersehen!«
Er drehte sich um. Selbst sein Rücken wirkte so akkurat und vertrauenerweckend. Er verschwand durch die Tür und mit ihm der Eindruck von Klarheit und Realität.
Michael nahm die Fahnen und las zwei Gedichte. Bitter wie Chinin! Diese Unruhe, die in ihnen lag – die Sehnsucht hinter den Worten! Da war nichts Chinesisches! Die Alten – wie der alte Forsyte und in anderer Hinsicht auch sein Vater – waren fest verankert. »Was ist es nur?« überlegte Michael. »Was stimmt bei uns nicht? Wir sind rasch und klug, selbstsicher und unzufrieden. Wenn uns nur etwas begeistern oder unter die Haut gehen könnte! Wir haben Religion, Tradition, Eigentum und Mitleid über Bord geworfen; und an deren Stelle haben wir – was gesetzt? Schönheit? Ha! Siehe Walter Nazing und das Café Crillon! Und doch – irgendeinem Ideal müssen wir doch nachjagen! Einer besseren Welt? Schaut nicht so aus. Leben im Jenseits? Vielleicht sollte ich mich mit Spiritismus befassen, wie der alte Forsyte sagen würde. Aber – halb in dieser Welt, halb in jener – wäre doch sehr komisch, wenn die Geister weniger unruhig als wir wären!«
Wohin – wohin führte dann alles?
»Zum Kuckuck«, dachte Michael und stand auf. »Ich werde versuchen, einen Werbetext zu diktieren!«
»Kommen Sie bitte herein, Miss Perren. Über den neuen Band von Desert für die Fachzeitschriften: ›Danby & Winter bringen in Kürze „Falsches Spiel", vom Autor von „Kleingeld", dem größten Erfolg der letzten Saison, heraus.‹ Ich frage mich nur, wie viele Verleger für wie

viele Bücher in diesem Jahr diese Behauptung aufgestellt haben? ›Der Autor erweist sich in diesem Band erneut als brillanter Maler von Stimmungen, seine stilistische Meisterschaft übertrifft noch das hohe Niveau der ersten Gedichtsammlung.‹ Wie klingt das?«

»Brillanter Maler von Stimmungen, Mr. Mont? Glauben Sie wirklich?«

»Nein. Aber soll ich etwa sagen: ›Voll Zweifeln und Pessimismus‹?«

»O nein! Aber vielleicht: ›Die brillante Diktion. Die Originalität und Differenziertheit seiner Stimmungen.‹«

»Bravo. Aber das kostet mehr. Sagen Sie: ›Die ganze brillante Originalität‹ — auf das fallen sie sofort herein. Wir sind so verrückt nach Originalität, aber wir finden sie nicht — das Outrierte, ja, aber nicht das Originelle.«

»Aber Mr. Desert hat doch —«

»Ja, manchmal; aber sonst kaum einer. Um originell zu sein, muß man Mumm haben, wenn Sie diesen Ausdruck akzeptieren, Miss Perren.«

»Aber sicher, Mr. Mont. Der junge Bicket wartet auf Sie.«

»Ach ja?« sagte Michael und nahm eine Zigarette. »Lassen Sie mir Zeit, mich moralisch vorzubereiten, Miss Perren, und führen Sie ihn herauf.«

»Der Zweck heiligt die Mittel«, dachte er, »also los!«

Bickets Eintritt in den Raum, in dem er sich zuletzt in einer so peinlichen Lage befunden hatte, vollzog sich mit einer gewissen Steifheit. Michael stand mit dem Rücken zum Kamin, eine Zigarette in der Hand; Bicket stand mit dem Rücken zu einem Stoß eines neuen Romans, auf dessen Umschlag die Worte »dieser große neue Roman« zu lesen waren. Michael nickte.

»Hallo, Bicket!«

Bicket nickte.

»Hoffe, daß es Ihnen gutgeht, Sir?«

»Sehr gut, danke.« Und dann Schweigen.

»Ja«, sagte Michael schließlich, »Sie sind wahrscheinlich wegen des kleinen Vorschusses an Ihre Frau gekommen. Es ist ganz in Ordnung; es eilt überhaupt nicht.«

Während er das sagte, fiel ihm auf, daß der arme Teufel völlig verstört war. Seine Augen zeigten einen ganz sonderbaren Ausdruck, diese großen Krebsaugen, die den Eindruck erweckten, als säßen sie auf Stielen. Er sprach hastig weiter:

»Ich bin überzeugt, daß Australien das Beste für Sie ist. Ich glaube, daß Sie ganz recht haben, Bicket, und je früher Sie fahren, desto besser. Ihre Frau schaut nicht sehr kräftig aus.«

Bicket schluckte.

»Sir«, sagte er, »Sie waren zu mir immer wie ein Gentleman, und es fällt mir schwer, gewisse Dinge zu sagen.«
»Dann sagen Sie sie nicht.«
Bicket stieg das Blut in die Wangen: ein seltsamer Anblick in dem bleichen, ausgezehrten Gesicht.
»Es ist nicht das, was Sie glauben«, sagte er. »Ich bin gekommen, weil ich die Wahrheit wissen will.« Plötzlich riß er etwas aus der Tasche, das Michael als zerknüllten Buchumschlag erkannte.
»Ich hab' das unten von einem Buch heruntergenommen, als ich dran vorbeigegangen bin. Da! Ist das meine Frau?« Er hielt es ihm entgegen.
Bestürzt erkannte Michael den Umschlag von Storberts Roman. Es war leicht, eine vorbereitete Notlüge zu gebrauchen, aber etwas ganz anderes, das da abzuleugnen!
Bicket ließ ihm wenig Zeit.
»Seh' ich ja an Ihrem Gesicht«, sagte er. » Was soll das heißen? Ich will die Wahrheit — ich muß es wissen. Ich werd' noch ganz verrückt deswegen. Wenn das da ihr Gesicht ist, dann ist sie auch die Nackte in der Galerie — Aubrey Greene; derselbe Name! Was soll das heißen?« Sein Gesicht war fast beängstigend geworden; sein Cockney-Akzent brach durch. »Was für ein Spiel spielt sie denn da? Sie müssen mir's sagen, bevor ich's aus ihr raushol'.«
Michael richtete sich auf. Er sagte ruhig: »Reißen Sie sich zusammen, Bicket.«
»Zusammenreißen! Möcht' Sie sehen, wenn Ihre Frau —! Soviel Geld —! Sie haben ihr's doch nicht geborgt — nie — nie! Sagen Sie nicht, daß Sie's getan haben!«
Michael wußte plötzlich, wie er sich verhalten mußte. Keine Lügen!
»Ich habe ihr zehn Pfund geliehen, um die Summe abzurunden — das ist alles; den Rest hat sie verdient — auf anständige Weise; und Sie sollten stolz auf sie sein.«
»Stolz? Und wie hat sie's verdient? Stolz! Großer Gott!«
Michael sagte kalt: »Als Modell. Ich habe ihr selber eine Empfehlung an meinen Freund Mr. Greene gegeben, am selben Tag, an dem Sie mit mir zu Mittag gegessen haben. Sie haben doch schon von Modellen gehört?«
Bickets Hände zerfetzten den Umschlag, die Schnitzel fielen zu Boden. »Modelle!« sagte er. »Maler — ja, von denen hab' ich gehört — Schweine!«
»Nicht mehr Schwein als Sie, Bicket. Beleidigen Sie bitte meinen Freund nicht. Reißen Sie sich zusammen, Mann, und nehmen Sie eine Zigarette.«
Bicket schob das Zigarettenetui, das Michael ihm hinhielt, zur Seite.

»Ich — ich war so in sie vernarrt«, sagte er leidenschaftlich, »und das hat sie mir dafür angetan!« Etwas wie ein Schluchzen kam aus seiner Brust.

»Sie waren in sie vernarrt«, sagte Michael, und seine Stimme klang beißend. »Und wenn sie ihr Bestes für Sie tut, dann lassen Sie sie im Stich — das ist es doch? Glauben Sie, es hat ihr Spaß gemacht?«

Plötzlich schlug Bicket die Hände vors Gesicht.

»Was weiß ich denn?« kam es dahinter hervor.

Eine Welle von Mitleid stieg in Michael auf. Mitleid! Quatsch!

Er sagte trocken: »Wenn Sie damit fertig sind, Bicket — dann erinnern Sie sich doch, was Sie für sie getan haben!«

Bicket blickte auf und starrte ihn wild an. »Das haben Sie ihr doch nicht gesagt?«

»Nein, aber ich werde es todsicher tun, wenn Sie sich nicht zusammenreißen.«

»Ist mir auch egal, was Sie tun — wenn sie für alle Männer der Welt so daliegt! Sechzig Pfund! Anständig! Bilden Sie sich denn ein, daß ich das glaub'?« Seine Stimme klang verzweifelt.

»Ah!« sagte Michael. »Sie glauben es nicht, weil Sie dumm sind, so dumm wie das Schwein, von dem Sie gesprochen haben. Eine Frau kann Modell stehen und dabei doch absolut anständig bleiben, und ich habe nicht den leisesten Zweifel, daß sie es ist. Sie brauchen sie doch nur anzusehen und sich anzuhören, wie sie darüber spricht. Sie hat es getan, weil sie es nicht mehr ertragen hat, Sie Luftballons verkaufen zu sehen. Sie hat es getan, um Sie aus der Gosse zu holen und Ihnen beiden eine Chance zu geben. Und jetzt, wo Sie die Chance haben, machen Sie so ein Theater. Zum Teufel, Bicket, nehmen Sie sich zusammen. Angenommen, ich sage ihr, was Sie für sie getan haben — glauben Sie, daß sie dann so ein Getue machen wird? Sie nicht! Es war verdammt menschlich von Ihnen, und es war verdammt menschlich von ihr; vergessen Sie das nicht!«

»Sie haben gut reden«, sagte Bicket trotzig; »Ihnen ist es ja nicht passiert.«

Michael war betroffen. Nein! Ihm war das nicht passiert! Und alle seine Zweifel an Fleur aus der Zeit, als Wilfrid noch da war, kamen zurück.

»Bicket«, sagte er, »zweifeln Sie an der Liebe Ihrer Frau? Darauf kommt es nämlich an. Ich habe sie nur zweimal gesehen, aber ich verstehe nicht, wie Sie zweifeln können. Wenn sie Sie nicht liebhat, warum sollte sie dann mit Ihnen nach Australien fahren, wo sie doch hier so gut verdienen und sich ein gutes Leben machen könnte? Für meinen Freund

Greene lege ich die Hand ins Feuer. Er ist verdammt anständig, und ich weiß, daß er sich gut benommen hat.«

Aber als er Bicket forschend ansah, fragte er sich: »Waren all die anderen, denen sie Modell gestanden hat, auch so verdammt anständig?«

»Bicket, schauen Sie – ähnliche Dinge passieren uns allen einmal, und das ist dann der Prüfstein – Sie müssen ihr einfach glauben, anders geht's nicht!«

»Daß sie sich ausgezogen hat, damit alle sie angaffen können!« Die Worte schienen nur mühsam aus der mageren Kehle zu kommen. »Ich hab' gesehen, wie so ein verdammter Ratsherr gestern das Bild gekauft hat.«

Michael konnte bei dieser Beschreibung des alten Forsyte ein Grinsen nicht unterdrücken.

»Wenn Sie es genau wissen wollen«, sagte er, »mein eigener Schwiegervater hat es als Geschenk für uns gekauft, und wir hängen es in unserem Haus auf. Und, Bicket, denken Sie daran, daß es ein schönes Stück ist!«

»Ah!« rief Bicket, »ein schönes Stück! Geld! Für Geld hat sie sich kaufen lassen. Geld kauft alles. Es kauft Ihnen das Herz aus dem Leib.«

Und Michael dachte: »Ich komme um keinen Schritt weiter. Was hilft da die ganze Emanzipation! Der hat nie etwas von den alten Griechen gehört! Und hätte er es, dann wären sie für ihn auch nur ein Pack Ausländer mit liederlichem Lebenswandel. Ich muß aufhören.« Und plötzlich sah er, wie aus den Krebsaugen Tränen traten und die hohlen Wangen hinunterrannen. Äußerst verstört sagte er hastig:

»Wenn Sie einmal dort draußen sind, werden Sie nie wieder daran denken. Zum Kuckuck, Bicket, seien Sie ein Mann! Sie hat doch nur das Beste gewollt. An Ihrer Stelle würde ich ihr nie sagen, daß Sie es wissen. Das würde sie bestimmt tun, wenn sie wüßte, daß Sie die Bücher gestohlen haben.«

Bicket ballte die Fäuste – das paßte gar nicht zu den Tränen; dann drehte er sich wortlos um und ging mit schleppenden Schritten hinaus.

»Tja«, dachte Michael, »gute Ratschläge sind eindeutig nicht meine Stärke! Armer Teufel!«

6

Zwei streiten sich zusammen

Halb blind taumelte Bicket den »Strand« entlang. Ihn, den von Natur aus Gutmütigen, hatte dieser Gefühlssturm krank gemacht und wirr im Kopf. Sonnenlicht und Bewegung gaben ihm langsam etwas von seiner Fähigkeit zu denken zurück. Er hatte die Wahrheit erfahren. Aber war es die ganze Wahrheit und nichts als die Wahrheit? Konnte sie dieses viele Geld wirklich verdient haben, ohne zu — Wenn er es glauben könnte, dann könnte er vielleicht vergessen — in einem anderen Land, wo die Leute sie nicht um einen Shilling nackt sehen konnten. Aber — dieses viele Geld! Und selbst wenn sie alles »anständig«, wie es Mr. Mont ausgedrückt hatte, verdient hatte, wie viele Tage lang hatte sie sich nackt vor den Augen wie vieler Männer preisgegeben? Er stöhnte mitten auf der Straße laut auf. Der Gedanke, zu ihr nach Hause zu gehen — der Gedanke an eine Szene und an das, was er vielleicht erfahren würde, wenn es eine Szene gäbe, war fast unerträglich. Und doch — er mußte es tun. Er hätte es besser ertragen, wäre er unter St. Paul in der Gosse gestanden, seine Luftballons anbietend. Zum erstenmal in seinem Leben war er ein Mann, der Zeit hatte, ein verdammter »Ratsherr«, der nichts anderes zu tun hatte, als hinzugehen und eine Fahrkarte nach dem Land der verdammten Schmetterlinge zu lösen! Und diese Muße verdankte er einem Umstand, den ein Mensch von seiner einfachen Denkart einfach nicht ertragen konnte. Lieber hätte er das Geld aus einer Ladenkasse gestohlen. Besser, das auf dem Gewissen zu haben, als diese bohrende, häßliche, dunkle sexuelle Eifersucht! »Seien Sie doch ein Mann!« Leicht gesagt! »Reißen Sie sich zusammen! Sie hat es ja für Sie getan!« Es wäre ihm hundertmal lieber gewesen, wenn sie es nicht getan hätte. Blackfriars Bridge! Ein Sprung, und Schluß machen dort unten im Schlamm? Aber angeblich kam man ja dreimal wieder an die Oberfläche; sie würden ihn lebendig herausfischen und dann dafür noch einsperren, und nichts war gewonnen — nicht einmal die Genugtuung, daß Vic einsehen würde, was sie getan hatte, wenn sie die Leiche identifizieren kam. Tot war auf jeden Fall tot, und er würde nie erfahren, was sie nach seinem Tod fühlte! Er schleppte sich über die Brücke, die Augen starr vor sich gerichtet. Little Ditch Street — wie war er doch diese Gasse hinuntergerannt, zurück zu ihr, als sie Lungenentzündung hatte! Würde er nie mehr so empfinden können? Er ging rasch in die Wohnung.

Victorine stand noch immer über den braunen Blechkoffer gebeugt. Sie richtete sich auf, und auf ihr Gesicht trat ein kalter, müder Ausdruck.

»Ah«, sagte sie, »du weißt es also.«

Bicket konnte in dem kleinen Zimmer nur zwei Schritte tun. Er tat sie und legte seine Hände auf ihre Schultern. Sein Gesicht war dem ihren ganz nahe, seine Augen, groß und gequält, forschten in den ihren.

»Ich weiß, daß du dich ausgezogen hast, damit ganz London dich angaffen kann; was ich wissen will, ist — das übrige!«

Victorine starrte ihn an.

»Das übrige!« sagte sie — es war keine Frage, nur eine Wiederholung, mit ausdrucksloser Stimme.

»Ja!« sagte Bicket heiser; »das übrige — also?«

»Wenn du glaubst, daß es etwas ›übriges‹ gibt, dann genügt mir das.«

Bicket riß die Hände fort.

»Ah! Zum Teufel, laß doch diese Geheimtuerei! Ich bin ja sowieso schon halb verrückt!«

»Das seh' ich«, sagte Victorine, »und ich seh' auch noch was anderes: du bist nicht das, wofür ich dich gehalten hab'. Glaubst du vielleicht, daß ich es gern getan habe?« Sie hob ihr Kleid auf und nahm die Geldscheine heraus. »Da! Du kannst ohne mich nach Australien fahren!«

Bicket brüllte heiser: »Und dich den verdammten Malern überlassen?«

»Und mich mir selber überlassen. Nimm sie!«

Aber Bicket fuhr gegen die Tür zurück und starrte die Scheine entsetzt an. »Ich nicht!«

»Ja, ich kann sie auch nicht behalten. Ich habe sie verdient, um dich von hier wegzubringen.«

Es herrschte ein langes Schweigen, während die Scheine zwischen ihnen auf dem Tisch lagen, noch frisch, wenn auch ein wenig fettig — der langerwünschte, langerträumte Weg in die Freiheit, ins gemeinsame Glück in der Sonne. Da lagen sie; und keiner wollte sie nehmen. Was nun?

»Vic«, sagte Bicket schließlich mit einem heiseren Flüstern, »schwör mir, daß du sie nie an dich 'rangelassen hast!«

»Ja, das kann ich schwören.«

Und sie konnte lächeln, als sie das sagte — dieses Lächeln! Wie sollte er ihr glauben — alle diese langen Monate hatte sie ihm nichts gesagt, hatte es getan, hatte ihm schließlich noch eine Lüge erzählt! Er sank in den Stuhl beim Tisch und legte seinen Kopf auf die Arme.

Victorine drehte sich um und begann eine alte Schnur um den Koffer zu schlingen. Bei dem leisen Geräusch hob er den Kopf. Sie wollte also

wirklich fort! Er sah sein ganzes Leben verwüstet, leer wie eine Kokosnußschale auf Hampstead Heath; und aller Trotz seines kleinbürgerlichen Herzens zerrann in nichts. Tränen strömten ihm aus den Augen.
»Als du krank warst«, sagte er, »habe ich für dich gestohlen. Sie haben mich deswegen hinausgeschmissen.«
Sie fuhr herum. »Tony – das hast du mir ja nie gesagt! Was hast du gestohlen?«
»Bücher. Alles, was ich dir extra zum Essen gebracht habe, kam von Büchern.«
Lange Zeit stand sie da und sah ihn an, dann streckte sie wortlos die Hände aus. Bicket ergriff sie.
»Mir ist alles egal«, stieß er hervor, »glaub mir, solang du mich gern hast, Vic.«
»Und mir auch. Oh, Tony, fahren wir fort von hier! Weg aus diesem schrecklichen kleinen Zimmer, aus diesem schrecklichen Land. Fahren wir weg!«
»Ja«, sagte Bicket und legte ihre Hände auf seine Augen.

7

Verhör mit Elderson

Als Soames von Danby & Winter fortging, war seine Aufmerksamkeit zwischen Elderson und dem weißen Affen geteilt. Wie Fleur richtig vermutet, hatte Soames die Worte Aubrey Greenes über dieses Stück Strandgut aus dem Wrack George Forsytes nie vergessen. »Die Früchte des Lebens genießen, die Schalen wegwerfen, und dabei erwischt werden.« Er neigte dazu, sie auf das Geschäftsleben anzuwenden.
England zehrte noch von seinem Kapital. Seit dem Zusammenbruch der Frachtschiffahrt und der europäischen Märkte importierte das Land Nahrungsmittel, die zu bezahlen es sich nicht leisten konnte. Seiner Meinung nach würde es »dabei erwischt werden«, und das wahrscheinlich schon in Kürze. Das Ansehen Großbritanniens war ja groß, alle Welt bewunderte es, aber man konnte nicht in alle Ewigkeit von Bewunderung leben. Der Export war fast zum Stillstand gekommen, fast alle Unternehmen verzeichneten Verluste, die Arbeitslosen wurden immer mehr –

eine hübsche Situation! Sogar die Versicherungen würden in absehbarer Zeit darunter leiden. Vielleicht hatte dieser Elderson das alles schon vorausgesehen und nur rechtzeitig sein Schäfchen ins trockene gebracht. Wenn man auf jeden Fall erwischt wurde, warum sollte man sich dann noch bemühen, ehrlich zu sein? Das war ein so offenkundiger Zynismus, daß alles Forsytesche in Soames sich dagegen auflehnte; und doch kehrte der Gedanke immer wieder. Warum sollte man sich bei einem allgemeinen Bankrott noch mit Sparsamkeit, Weitsicht, Integrität herumschlagen? Sogar die Konservativen lehnten es ab, sich wieder Konservative zu nennen, als wäre an dieser Bezeichnung etwas Lächerliches und als wüßten sie, daß es eigentlich nichts mehr zu konservieren gab. »Die Früchte essen, die Schalen wegwerfen, und dabei erwischt werden.« Dieser junge Maler hatte da etwas Kluges gesagt – ja, und auch sein Bild war sehr gut, obwohl Dumetrius ihn wieder mit dem Preis überhalten hatte – wie üblich! Wo würde Fleur es hinhängen? Wahrscheinlich in die Halle – gutes Licht dort; und ihr Bekanntenkreis würde sich über einen Akt nicht aufregen. Seltsam – wo doch alle die Aktbilder hinkamen! Man sah nie eines – genausowenig, wie man den sprichwörtlichen »toten Esel« je sah! Soames hatte plötzlich eine Vision von sterbenden Eseln, die mit Aktbildern beladen über den Rand der Erde fielen. Er wehrte sich gegen diese verrückte Vorstellung und hob den Blick gerade rechtzeitig, um festzustellen, daß er vor St. Paul stand. Der kleine Kerl mit seinen Luftballons war heute nicht da! Nun – er wollte ihm ohnehin nichts geben! Und seine Gedanken schweiften wieder zu dem Ziel seiner Pilgerschaft, der P. P. R. S. und ihren Halbjahresberichten. Auf seinen Vorschlag hin schrieben sie die Geschäfte in Deutschland in Bausch und Bogen ab – ein Verlust von zweihundertdreißigtausend Pfund. Es würde für das abgelaufene Halbjahr keine Dividende geben, und trotzdem würden sie das Defizit noch auf das nächste Halbjahr vortragen müssen. Auch gut! Es war besser, einen schlechten Zahn sofort ziehen zu lassen; die Aktionäre hatten immerhin vor der Generalversammlung sechs Monate Zeit, sich an den Ausfall der Dividende zu gewöhnen. Er selbst hatte sich schon damit vertraut gemacht, und sie würden es mit der Zeit auch tun. Aktionäre waren selten aggressiv, wenn sie nicht plötzlich erschreckt wurden – stille Dulder!

Im Versammlungsraum füllte der alte Angestellte noch immer die Tintengläser aus der großen Flasche.

»Ist der Generaldirektor da?«

»Ja, Sir.«

»Sagen Sie ihm bitte, daß ich hier bin.«

Der Angestellte ging. Soames sah auf die Uhr. Zwölf! Ein schmaler Sonnenstrahl glitt über die Täfelung und den Boden. In diesem Raum war nichts Lebendiges, außer einer Schmeißfliege und dem Ticken der Uhren; es lag nicht einmal eine Tageszeitung da. Er erinnerte sich plötzlich, daß er als Junge die Schmeißfliegen wegen ihrer glänzenden Farben lieber gehabt hatte als die gewöhnlichen Fliegen. Es war ihm eine Lehre. Die auffallenden Dinge, die brillanten Menschen waren gefährlich. Wie zum Beispiel der deutsche Kaiser und dieser vielgepriesene italienische Dichter — wie hieß er doch nur? Und dieser Gaukler hier! Er würde sich gar nicht wundern, wenn Elderson im Privatleben brillierte. Warum kam der Kerl denn nicht? Zögerte er wegen der Begegnung mit dem jungen Butterfield? Die Schmeißfliege kroch die Fensterscheibe empor, fiel summend herunter, kroch wieder hinauf; das Sonnenlicht glitt den Boden entlang. Alles in diesem Versammlungsraum war inhaltslos, als verkörpere es das Leitmotiv der Versicherungen: »Lassen wir die Dinge so, wie sie sind.«

»Ich kann hier doch nicht ewig warten«, dachte Soames und ging zum Fenster hinüber. Die Sonne beschien die wenigen Fußgänger und einen Brauereiwagen auf der breiten Straße, die zum Fluß führte, aber in der Hauptverkehrsstraße dort unten floß der Verkehr unaufhörlich dahin. London! Eine ungeheuerliche Stadt! Und alles versichert! »Wie wird es in dreißig Jahren hier aussehen?« dachte er. Was für ein Gedanke, daß London noch existieren würde, auch wenn er selbst es nicht mehr sehen könnte! Sogar der alte Gradman würde tot sein. Die Versicherungsgesellschaften würden dann wohl noch weiter versichern, aber genau wußte er es nicht. Und plötzlich bemerkte er Elderson. Der Kerl sah in seinem eleganten Anzug mit einer Nelke im Knopfloch recht selbstsicher aus.

»Denken Sie über die Zukunft nach, Mr. Forsyte?«

»Nein«, sagte Soames. Wie konnte der Mensch immer wieder seine Gedanken erraten?

»Ich bin froh, daß Sie hergekommen sind. Sie geben mir dadurch die Gelegenheit, Ihnen zu sagen, wie dankbar ich für Ihr Interesse an dem Konzern bin. Das kommt selten vor. Ein Generaldirektor steht auf einsamem Posten.«

Spottete er? Er erschien ihm überhaupt sehr munter und dreist. Eine derartige Haltung machte Soames immer mißtrauisch — normalerweise gab es dafür einen Grund.

»Wenn jeder Aufsichtsrat so pflichtbewußt wie Sie wäre, könnte man ruhig schlafen. Ich muß Ihnen gestehen, daß die Hilfe, die ich vom

Aufsichtsrat vor Ihrem Eintritt bekam — nun —, nicht der Rede wert war.«

Schmeichelei! Der Kerl wollte auf was Bestimmtes hinaus!

Elderson fuhr fort:

»Ihnen kann ich ja sagen, was ich keinem anderen sagen würde: Ich bin recht beunruhigt wegen der Wirtschaftslage, Mr. Forsyte. England ist gerade dabei, seine wirkliche Lage zu erkennen.«

So direkt mit der Bestätigung seiner eigenen Gedanken konfrontiert, reagierte Soames sofort:

»Es hat keinen Sinn, ein Geschrei zu erheben, bevor man getroffen wird«, sagte er; »das Pfund steht noch gut. Wir sind von großer Ausdauer.«

»Nur wenn wir in der Patsche sind, fürchte ich. Und wenn nicht ein drastisches Mittel ergriffen wird — dann bleiben wir auch drin. Und jedes drastische Mittel, das wissen Sie, bedeutet Verwirrung und magere Jahre, bevor man wieder eine Ernte einbringen kann.«

Wie konnte der Mensch derartige Dinge sagen und dabei so fröhlich und munter aussehen? Es bestätigte nur seine Vermutung, daß es Elderson egal war, was geschehen würde. Und plötzlich entschloß sich Soames, einen direkten Angriff zu wagen.

»Wenn wir schon von mageren Jahren sprechen — ich bin hergekommen, um Ihnen zu sagen, daß wir meiner Meinung nach eine Versammlung der Aktionäre wegen des Totalverlustes bei dem deutschen Geschäft einberufen sollten.« Er hatte mit gesenktem Kopf gesprochen und blickte dann rasch auf. Das Ergebnis war enttäuschend. Die hellgrauen Augen des Generaldirektors begegneten den seinen, ohne zu zucken.

»Das habe ich von Ihnen erwartet«, sagte er.

»Gar nichts hast du!« dachte Soames, denn es war ihm selbst eben erst eingefallen.

»Aber berufen Sie die Versammlung nur ein«, fuhr der Generaldirektor fort; »nur fürchte ich, daß der Aufsichtsrat nicht begeistert sein wird.«

Soames hielt sich zurück, um nicht »Das glaube ich gerne« zu antworten.

»Und auch die Aktionäre nicht, Mr. Forsyte. Während meiner langjährigen Erfahrung habe ich gefunden, daß man am besten die Leute so wenig wie möglich mit Unannehmlichkeiten konfrontiert.«

»Das mag schon sein«, sagte Soames, und sein Widerspruchsgeist regte sich noch stärker, »aber das gehört eben auch zu der Untugend, den Dingen nicht ins Auge sehen zu wollen.«

»Ich hoffe, Mr. Forsyte, daß Sie mir in Zukunft nicht vorwerfen können, den Dingen nicht ins Gesicht zu sehen.«

In Zukunft? Was, zum Teufel, meinte der Kerl denn damit?
»Nun, ich werde es bei der nächsten Aufsichtsratsitzung zur Sprache bringen«, sagte er.
»Gut!« antwortete der Generaldirektor. »Es geht doch nichts darüber, den Stier bei den Hörnern zu packen, nicht wahr?«
Wieder dieser undefinierbare Spott, als hielte er noch einen Trumpf bereit. Soames sah ganz automatisch auf Eldersons Manschetten — einwandfrei gebügelt, mit blauen Streifen —, auf seine hellgelbe Weste und seine blaue, gepunktete Krawatte — ein richtiger Dandy. Er wollte noch einen zweiten Angriff wagen!
»Übrigens«, sagte er, »Mont hat ein Buch geschrieben. Ich habe ein Exemplar gekauft.«
Nicht einmal ein Wimpernzucken! Vielleicht sah man eine Spur mehr von seinen Zähnen — sicher falschen!
»Ich habe zwei gekauft — armer alter Mont!«
Soames fühlte sich geschlagen. Dieser Mensch hatte einen Panzer wie ein Krebs, war glatt wie ein Spiegel.
»Tja«, sagte er, »ich muß jetzt gehen.«
Der Generaldirektor streckte ihm die Hand entgegen.
»Auf Wiedersehen, Mr. Forsyte. Ich bin Ihnen ja so dankbar.«
Der Mensch drückte ihm doch tatsächlich die Hand! Verwirrt ging Soames hinaus. Ein Händedruck, etwas so Seltenes! Es brachte ihn aus der Fassung! Und doch war soeben vielleicht nur einer vollendeten schauspielerischen Leistung die Krone aufgesetzt worden. Er konnte es nicht sagen. Er hatte jedoch noch weniger Lust als vorher, sich für eine Versammlung der Aktionäre einzusetzen. Nein, nein! Das war ja nur ein Versuch gewesen, etwas zu erfahren; und er war mißlungen. Aber die Erwähnung Butterfields hatte getroffen! Wäre Elderson unschuldig, hätte er sicherlich erwähnt, wie unverschämt er den Besuch des jungen Mannes empfunden hatte. Und doch war so ein kaltblütiger Bursche womöglich imstande, sich zu beherrschen, nur um einen zu ärgern. Nein! Ein Reinfall — wie man heutzutage sagte. Er war genausoweit wie eh und je von einem Schuldbeweis entfernt; und ehrlich gesagt war er froh darüber. Ein solcher Skandal würde nur dazu führen, den ganzen Konzern in Mißkredit zu bringen, den Aufsichtsrat und alle anderen auch. Die Leute waren ja so gedankenlos, überlegten nie etwas und suchten die Schuld auch nicht dort, wo sie wirklich lag. Er würde die Augen offenhalten und wie bisher weitermachen! Es hatte keinen Sinn, in ein Wespennest zu greifen! Er war in seinen Überlegungen so weit gekommen, als plötzlich eine Stimme sagte:

»Gut, daß ich Sie treffe, Forsyte! Gehen Sie in dieselbe Richtung wie ich?«

Der alte Mont, der gerade die Stufen des Snooks-Klubs herunterkam!

»Das weiß ich nicht«, sagte Soames.

»Ich gehe in den ›Aeroplane‹ mittagessen.«

»Dieses neumodische Lokal?«

»Es kommt in Mode, Forsyte — es kommt in Mode!«

»Ich habe gerade mit Elderson gesprochen. Er hat zwei Exemplare Ihres Buches gekauft.«

»Du lieber Schreck! Der Arme!«

Soames lächelte schwach. »Dasselbe hat er von Ihnen gesagt. Und wissen Sie, wer Sie ihm verkauft hat? Der junge Butterfield.«

»Lebt der denn noch?«

»Heute morgen schon.«

Sir Lawrences Gesicht verzog sich.

»Ich habe meine Zweifel, Forsyte. Man erzählt, daß Elderson zwei Frauen aushält.«

Soames starrte ihn an; das war eine einleuchtende Idee, die alles erklärte.

»Meine Frau sagt, daß das um eine zuviel ist, Forsyte! Was sagen Sie?«

»Ich?« fragte Soames. »Ich weiß nur, daß der Mensch eiskalt ist. Ich gehe da hinein. Auf Wiedersehen.«

Von diesem Baronet konnte man keine Hilfe erwarten, er konnte einfach nichts ernst nehmen. Zwei Frauen! In Eldersons Alter! Was für ein Leben! Es gab immer wieder solche Menschen, die nicht mit einer Sache zufrieden waren — die gefährlich lebten. Es war ihm unverständlich. Man konnte sich mit solchen Menschen noch und noch beschäftigen, man fand sich nicht zurecht. Und doch mußte man mit ihnen rechnen! Er durchquerte die Halle und betrat den Raum, in dem die Klubmitglieder ihren Lunch aßen. Nachdem er die Speisekarte überflogen hatte, bestellte er ein Dutzend Austern; aber als er sich plötzlich daran erinnerte, daß der Monatsname kein »r« enthielt, änderte er seine Bestellung in gebratene Seezunge um.

8

Durchgebrannt

»Nein, mein Liebling, Natur ist jetzt nicht mehr gefragt!«

»Wie meinst du das, Michael?«

»Also schau dir einmal unsere Naturromane an. Hart erarbeitetes Zeug auf den Klippen Cornwalls oder in den Mooren Yorkshires. Warst du je in einem Yorkshire-Moor? — das färbt auf dich ab. Und dann die Dartmoor-Dichter! Du liebe Güte! Dartmoor — von wo die Leidenschaften kommen! Warst du je auf dem Dartmoor? Von dort kommen sie natürlich nicht. Und die Südseewelle! O je! Und erst die Dichter, die mit Lautmalerei arbeiten, die kommen der Natur nicht einmal in die Nähe. Die Welle der Dorftrotteldichter ist da ein bißchen besser. Schließlich hat der gute alte Wordsworth die Natur erfunden, und seine Natur ist ein Gemeinplatz. Natürlich gibt es auch noch die urwüchsige, unverfälschte Natur, die wir nicht romantisiert haben; aber wenn du dich mit der einläßt, brauchst du alle deine Kräfte, um am Leben zu bleiben — die Natur, über die wir quatschen, ist patentiert, ansprechend gemischt und auf Flaschen abgezogen. Für den zeitgenössischen Stil ist sie nicht modern genug.«

»Oh! Aber fahren wir trotzdem auf den Fluß hinaus, Michael. Wir können bei meinen Eltern Tee trinken.«

Als sie das Haus erreichten, das Michael immer als »prächtigen Landsitz« bezeichnete, lehnte Fleur sich vor, berührte sein Knie und sagte:

»Ich bin nicht halb so nett zu dir, wie du es verdienst, Michael.«

»Guter Gott, Liebling. Ich habe immer das Gegenteil geglaubt.«

»Ich weiß, daß ich selbstsüchtig bin; vor allem gerade jetzt.«

»Das ist nur der elfte Baronet.«

»Ja; es ist eine große Verantwortung. Ich hoffe, daß er dir nachgerät.«

Michael glitt zum Landesteg, zog die Ruder ein und setzte sich neben sie.

»Wenn er mir nachgerät, enterbe ich ihn. Aber Söhne werden den Müttern ähnlich.«

»Ich habe jetzt nur den Charakter gemeint. Ich möchte so schrecklich gern, daß er fröhlich und nicht rastlos wird, er soll das Gefühl haben, daß das Leben lebenswert ist.«

Michael blickte forschend auf ihre Lippen — sie zitterten; auf ihre von der Sonne dieses Nachmittags leicht gebräunten Wangen; und er beugte sich zur Seite und legte seine Wange an die ihre.

»Er wird ein sonniger kleiner Kerl werden, das weiß ich.«
Fleur schüttelte den Kopf.
»Ich möchte nicht, daß er so egoistisch und gierig wird; mir liegt das im Blut, ich weiß es. Ich sehe zwar, daß es häßlich ist, aber ich kann mir nicht helfen. Wie stellst du es nur an, nicht so zu sein?«
Michael fuhr sich mit seiner freien Hand durch das Haar.
»Die Sonne ist doch nicht zu heiß für dich, mein Schatz?«
»Nein. Im Ernst, Michael — wie machst du das?«
»Aber ich bin doch egoistisch. Nimm nur die Art, wie ich dich immer für mich haben will. Davon wird mich nichts heilen.«
Der leichte Druck ihrer Wange gegen die seine machte ihm Mut, fortzufahren:
»Erinnerst du dich, wie du einmal in der Nacht in den Garten herunterkamst und mich genau an dieser Stelle in einem Boot gefunden hast? Als du weggingst, hab' ich mich auf den Kopf gestellt, um mich abzukühlen. Ich war am Ende; ich hatte nicht gedacht, daß ich noch irgendeine Chance hatte —« Er hielt inne. Nein! Er würde sie nicht daran erinnern, aber das war die Nacht, in der sie gesagt hatte: »Kommen Sie wieder, wenn ich weiß, daß ich das, was ich mir wünsche, nicht bekommen kann!« Der unbekannte Cousin!
Fleur sagte ruhig:
»Ich habe mich dir gegenüber schändlich benommen, Michael, aber ich war schrecklich unglücklich. Das ist vorbei. Es ist endlich vorbei; jetzt stimmt alles, außer meiner eigenen Natur.«
Michael wußte nur zu gut, daß seine Gefühle unzeitgemäß sentimental waren, und sagte:
»Oh! Wenn das alles ist! Wie steht's jetzt mit dem Tee?«
Arm in Arm gingen sie den Rasen hinauf. Niemand war zu Hause — Soames in London, Annette bei einer Gartenparty.
»Wir trinken den Tee auf der Veranda, bitte«, sagte Fleur.
Als er so dasaß, glücklicher, als er sich erinnerte je gewesen zu sein, gestand Michael der Natur, den Sonnenstrahlen, die sie beschienen, dem Duft der Rosen und Nelken, dem Seufzen der Espen doch einen gewissen Wert zu. Annettes Turteltauben gurrten; und drüben, über dem ruhig dahinströmenden Fluß, erhoben sich die hohen Pappeln von der dahinterliegenden Böschung. Aber letztlich genoß er das alles doch nur wegen der jungen Frau, die neben ihm saß, die er so gerne ansah, so gerne berührte, und weil er zum erstenmal den Eindruck hatte, daß sie nicht aufstehen und zu irgendwem und irgendwohin fortflattern wollte. Es war doch komisch, daß es außer einem selbst noch ein Wesen geben konnte,

das die übrige Welt völlig bedeutungslos machte, sozusagen »alle Trümpfe in der Hand hatte« — und daß dies seine eigene Frau war! Sehr sonderbar, wenn man bedachte, was man war! Er hörte sie sagen:

»Mutter ist natürlich katholisch. Aber da sie doch mit Vater hier heraußen lebt, hat sie das In-die-Kirche-Gehen fast ganz aufgegeben. Sie hat sogar mich damit ziemlich in Ruhe gelassen. Ich habe darüber nachgedacht, Michael — was sollen wir aus ihm machen?«

»Lassen wir ihn tun, was er will.«

»Ich weiß nicht. Irgend etwas muß man ihm ja doch sagen, schon wegen der Schule. Und, weißt du, die Katholiken ziehen wirklich einen Gewinn aus ihrer Religion.«

»Ja; sie folgen ihr blind; das einzige, was man heutzutage tun kann.«

»Ich habe das Gefühl, wenn man keine Religion hat, erscheint einem alles sinnlos.«

Michael unterdrückte die Worte: »Wir könnten ihn zum Sonnenanbeter erziehen« und sagte statt dessen:

»Ich glaube, daß, was immer man ihm beibringt, nur so lange anhält, bis er selbständig denken kann; dann wird er sich für das entscheiden, was ihm paßt.«

»Aber was denkst du über diese Dinge, Michael? Du bist mir in dieser Hinsicht maßgeblicher als irgendwer sonst.«

»Ach nein!« murmelte Michael, seltsam geschmeichelt. »Wirklich?«

»Was glaubst du eigentlich? Im Ernst.«

»Nun ja, mein Liebling, an kein Dogma — was natürlich heißt, daß ich nicht religiös bin. Ich glaube, daß man so anständig als möglich leben soll — aber das ist Ethik.«

»Aber es ist doch sicher ein Nachteil, wenn man sich auf nichts außer sich selbst verlassen kann? Wenn man aus irgendeiner Religion etwas gewinnen kann, dann kann man sie doch auch annehmen.«

Michael lächelte, aber nur innerlich.

»Du wirst den elften Baronet so erziehen, wie du es für richtig hältst, und ich werde dich darin unterstützen. Aber wenn ich seine Abkunft bedenke — dann wird er wahrscheinlich ein rechter Skeptiker.«

»Ich will aber nicht, daß er das wird. Ich möchte viel lieber, daß er ordentlich und in sich gefestigt und so weiter wird. Skeptik macht einen nur rastlos.«

»Kein weißer Affe in ihm? Ah — ich bin neugierig! Das liegt aber wahrscheinlich in der Luft. Das einzige wird sein, ihm Rücksicht auf andere Menschen beizubringen, so früh wie nur möglich, im Notfall auch mit Hieben.«

Fleur sah ihn offen an und lachte.
»Ja«, sagte sie, »Mutter hat das manchmal versucht, aber Vater hat es ihr nicht erlaubt.«
Sie kamen erst nach acht Uhr nach Hause.
»Entweder dein oder mein Vater ist da«, sagte Michael in der Halle. »Da liegt ein prähistorischer Hut.«
»Das ist Vater. Sein Hut ist grau gefüttert. Barts Hut ist braun.«
Tatsächlich saß Soames im chinesischen Zimmer mit einem geöffneten Brief in der Hand und Ting-a-ling zu seinen Füßen. Er streckte Michael wortlos den Brief entgegen.
Er trug kein Datum, keine Adresse; Michael las:

»Sehr geehrter Mr. Forsyte!
Vielleicht haben Sie die Güte, dem Aufsichtsrat bei der Sitzung am Dienstag mitzuteilen, daß ich mich durch meine Abreise den Folgen etwaiger Fehltritte entziehe, die ich mir geleistet habe. Wenn Sie diesen Brief erhalten, werde ich schon fort sein. Ich habe immer die Ansicht vertreten, daß das Geheimnis des Lebens, ebenso wie des Geschäftslebens, darin liegt, zu wissen, wann man ein Ende machen muß. Es hat keinen Sinn, irgendwelche Schritte gegen mich zu unternehmen, denn ich werde nicht haftbar sein, wie es das Gesetz nennt, und ich habe kein Vermögen zurückgelassen. Wenn es Ihr Ziel war, mich in die Enge zu treiben, so kann ich Ihnen zu Ihrer Taktik nicht gratulieren. Wenn Sie jedoch den Besuch des jungen Mannes als Warnung benutzten, daß Sie sich noch immer mit der Sache befaßten, dann möchte ich den Dank, den ich vor einigen Tagen ausgesprochen habe, wiederholen.

Mit besten Empfehlungen,
Ihr
Robert Elderson«

Michael sagte heiter:
»Welch eine Erleichterung! Jetzt werden Sie sich sicherer fühlen, Sir.«
Soames strich sich mit der Hand übers Gesicht, um offensichtlich jeden Ausdruck wegzuwischen. »Wir sprechen später darüber«, sagte er. »Dieser Hund hat mir Gesellschaft geleistet.«
Michael bewunderte ihn in diesem Moment. Er schluckte offensichtlich seinen »Kummer« hinunter, um Fleur Aufregungen zu ersparen.
»Fleur ist ein wenig müde«, sagte er. »Wir waren rudern und haben dann Tee in ›Haus Zuflucht‹ getrunken; Madame war nicht zu Hause. Essen wir sofort, Fleur.«

Fleur hatte Ting-a-ling aufgehoben und hielt ihr Gesicht außer Reichweite seiner gierigen Zunge.

»Tut mir leid, daß du warten mußtest, Vater«, murmelte sie hinter dem gelben Fell hervor. »Ich wasche mir nur die Hände; ich ziehe mich nicht um.«

Als sie gegangen war, nahm Soames den Brief.

»Eine hübsche Sache!« murmelte er ärgerlich. »Wo das noch hinführen wird, weiß ich wirklich nicht!«

»Aber ist das nicht das Ende der Angelegenheit, Sir?«

Soames starrte ihn an. Diese jungen Leute! Da stand er, angesichts eines öffentlichen Skandals, der weiß Gott wohin führen konnte — zum Verlust seines Rufs in Geschäftskreisen, vielleicht zum Verlust seines Vermögens —, und sie nahmen es hin, als —! Sie hatten kein Verantwortungsgefühl — nicht das geringste! Die Fähigkeit seines Vaters, immer das Schlimmste zu sehen, der ganze nervöse Pessimismus von James, hatte seit der Stunde, als man ihm im Connoisseurs-Klub den Brief übergeben hatte, in ihm die Oberhand gewonnen. Nur das außerordentliche Anstandsgefühl der Generation nach James bewahrte ihn davor, jetzt, da Fleur aus dem Zimmer gegangen war, seine Befürchtungen offen zur Schau zu tragen.

»Ist dein Vater in London?«

»Ich glaube schon.«

»Gut!« Nicht, daß er sich erleichtert fühlte. Dieser Baronet war ja genauso verantwortungslos — er hatte ihn ja in diesen Aufsichtsrat gebracht! Das kam davon, wenn man sich mit Menschen befaßte, die unheilbar leichtsinnig aufgezogen worden waren und kein wirkliches Gefühl für Geld hatten.

»Jetzt, da Elderson geflohen ist«, sagte er, »muß die ganze Geschichte herauskommen. Hier habe ich sein Geständnis in der Hand —«

»Warum zerreißen Sie es nicht, Sir, und sagen, daß Elderson an Schwindsucht erkrankt ist?«

Die Unmöglichkeit, diesem jungen Mann einmal eine ernsthafte Reaktion zu entlocken, bedrückte Soames derart, als hätte er einen zu fetten Pudding gegessen.

»Glaubst du, daß das ehrenhaft wäre?« fragte er grimmig.

»Entschuldigen Sie, Sir!« sagte Michael ernüchtert. »Kann ich irgendwie helfen?«

»Ja; indem du deine Leichtfertigkeit aufgibst und dafür sorgst, daß Fleur nicht das geringste davon zu Ohren kommt.«

»Das werde ich«, sagte Michael ernsthaft; »das verspreche ich Ihnen. Ich werde über das Ganze schweigen wie das Grab. Was haben Sie jetzt vor?«

»Wir werden die Aktionäre einberufen und ihnen diese Mißwirtschaft erklären müssen. Wahrscheinlich werden sie es sehr schlecht aufnehmen.«

»Ich verstehe eigentlich nicht, warum. Was hätten Sie denn tun können?«

Soames rümpfte die Nase.

»Im Leben besteht kein Zusammenhang zwischen Verdienst und Lohn. Wenn du das nicht im Krieg gelernt hast, dann wirst du es nie lernen.«

»Ich glaube«, sagte Michael, »daß Fleur gleich herunterkommen wird. Wenn Sie mich einen Augenblick entschuldigen; wir sprechen dann später weiter.«

»Später« war erst, als Fleur zu Bett gegangen war.

»Also, Sir«, sagte Michael, »mein Vater ist wahrscheinlich im ›Aeroplane‹. Er sitzt dort und meditiert über das Ende der Welt. Soll ich ihn anrufen, falls die Aufsichtsratsitzung schon morgen ist?«

Soames nickte. Er selbst würde keine Sekunde Schlaf finden – warum sollte dann der alte Mont schlafen?

Michael ging zu der chinesischen Teetruhe.

»Bart? Hier Michael. Der alte For – mein Schwiegervater ist hier; es ist was ... Nein; Elderson. Könntest du vielleicht vorbeikommen und dir die Sache anhören? Er kommt, Sir. Sollen wir herunten bleiben oder in mein Arbeitszimmer gehen?«

»Herunten«, murmelte Soames, dessen Augen auf den weißen Affen gerichtet waren. »Ich weiß nicht, wo das alles noch hinführen wird«, setzte er plötzlich hinzu.

»Wüßten wir das, Sir, würden wir vor Langeweile sterben.«

»Das gilt nur für dich. Diese Unzuverlässigkeit! Ich weiß nicht, wo das hinführt.«

»Vielleicht an einen Ort, der weder Himmel noch Hölle ist.«

»Ein Mann in seinem Alter!«

»Genauso alt wie mein Vater; wahrscheinlich ein schlechter Jahrgang. Wären Sie im Krieg gewesen, Sir, hätte Sie das Ganze ungeheuer aufgemuntert.«

»Oho!« sagte Soames.

»Der Krieg hat den Karren im Dreck steckenlassen – zugegeben; aber, mein Gott, er hat uns auch erkennen lassen, wieviel Charakterstärke in uns steckt, wenn es drauf ankommt.«

Soames starrte ihn an. Hielt ihm dieser junge Mensch einen Vortrag gegen den Pessimismus?

»Nehmen Sie den jungen Butterfield, Sir«, fuhr Michael fort, »was der sich unlängst gegenüber Elderson getraut hat! Nehmen Sie die junge Frau, die für den Akt Modell gestanden hat, den Sie uns gekauft haben! Sie ist die Frau eines Packers, der von uns hinausgeworfen wurde, weil er Bücher gestohlen hatte. Sie hat viel Geld als Aktmodell verdient und ist doch anständig geblieben. Die beiden fahren jetzt mit dem Geld nach Australien. Ja, und nehmen Sie diesen kleinen Dieb; er stahl, damit er seine Frau nach einer Lungenentzündung wieder auffüttern konnte, und kam danach so weit herunter, daß er Luftballons verkaufen mußte.«

»Ich weiß nicht, wovon du sprichst«, sagte Soames.

»Nur über die Ausdauer, Sir. Sie haben gesagt, Sie wissen nicht, wohin das alles noch führen wird. Aber nehmen Sie nur einmal die Arbeitslosen! Gibt es ein einziges Land der Welt, wo sie so wie bei uns durchhalten? Manchmal bin ich schrecklich stolz darauf, Engländer zu sein. Sie nicht?«

Diese Worte rührten etwas in Soames' tiefstem Inneren an; aber weit davon entfernt, dieser Regung freien Lauf zu lassen, starrte er weiter den weißen Affen an. Die rastlose, kaum menschliche und doch wieder so menschliche zornige Traurigkeit in den Augen dieses Tiers! »Kein Weiß darinnen!« dachte Soames, »das bewirkt es wahrscheinlich!« Und George hatte sich gerade dieses Bild gegenüber von seinem Bett aufgehängt. Ja, George hatte Mut — hatte noch mit dem letzten Atemzug gespöttelt: sehr englisch, George! Sehr englisch, alle die Forsytes! Der alte Onkel Jolyon und seine Art, mit den Aktionären zu verfahren; Swithin, aufrecht, aufgedunsen, massig in dem zu kleinen Lehnsessel bei Timothy: »Alle diese kleinen Fische!« Es war ihm, als hörte er noch seine Worte. Und Onkel Nicholas, dessen unwürdiges Abbild Elderson war, forsch und schlau, recht lebenslustig, aber doch über jeden Verdacht von Unehrlichkeit erhaben. Und der alte Roger mit seinen Eigenheiten und seinem deutschen Hammelbraten! Sein eigener Vater, James, wie er sich ans Leben geklammert hatte, lang und schwankend wie ein Schilfrohr, immer mehr und mehr! Und Timothy, konserviert in seinen Staatsanleihen, Timothy, der mit hundert starb! Mut und Willenskraft waren in diesen alten Engländern gelegen, trotz ihrer Verschrobenheiten. Und auch in Soames rührte sich eine atavistische Willenskraft. Man würde schon sehen, und er auch — und damit basta.

Das Knirschen von Autorädern riß ihn aus seinen Träumen. Der alte Mont kam hereingetrippelt, leichtsinnig und wahrscheinlich Unsinn schwatzend — wie immer. Und statt der Hand streckte ihm Soames Eldersons Brief entgegen.

»Ihr sauberer Schulfreund ist durchgebrannt«, sagte er.

Sir Lawrence las den Brief und stieß einen Pfiff aus.
»Was glauben Sie – Konstantinopel?«
»Eher Monte Carlo«, sagte Soames düster. »Illegal Provisionen zu kassieren, ist kein Verbrechen, dessentwegen man ausgeliefert wird.«
Das seltsame Mienenspiel im Gesicht des Baronets bereitete Soames ein wenig Vergnügen – es schien dem Burschen doch nahezugehen.
»Ich glaube am ehesten, daß er seinen Weibern davonlaufen wollte, Forsyte!«
Der Mensch war unverbesserlich! Soames zuckte fast heftig die Schultern.
»Es wäre gut, wenn Sie sich darüber klarwerden«, sagte er, »daß wir jetzt in der Tinte sitzen.«
»Aber das ist doch schon der Fall, mein lieber Forsyte, seit die Franzosen das Ruhrgebiet besetzt haben. Elderson ist auf und davon; wir ernennen wen andern. Was ist denn da weiter dabei?«
Soames hatte das eigenartige Gefühl, daß er seine Ehrlichkeit zu weit getrieben hatte. Wenn ein Ehrenmann, ein neunter Baronet, keine Folgen aus Eldersons Geständnis ziehen konnte, war dann überhaupt noch ein Grund vorhanden? Waren Aufregung und Skandal überhaupt notwendig? Weiß Gott, er wollte sie nicht. Er sagte schwerfällig:
»Wir haben nun einen unzweideutigen Beweis des Betruges. Wir wissen, daß Elderson illegale Zahlungen dafür erhalten hat, daß er Geschäfte durchführte, die den Aktionären nur Verluste eingebracht haben. Wie können wir ihnen dieses Wissen vorenthalten?«
»Aber das Unglück ist nun einmal geschehen, Forsyte; was soll es den Leuten nützen, wenn sie davon erfahren?«
Soames runzelte die Stirn.
»Wir nehmen eine Vertrauensstellung als Sachwalter für unsere Aktionäre ein. Ich bin nicht bereit, das Risiko einer Verschleierung auf mich zu nehmen. Wenn wir die Sache vertuschen, sind wir Mitwisser. Es könnte ja doch einmal herauskommen.« Wenn das Vorsicht an Stelle von Ehrlichkeit war, konnte er auch nichts machen.
»Ich wäre froh, wenn wir Eldersons Namen nicht in den Schmutz ziehen müßten. Wir waren zusammen –«
»Das ist mir bereits bekannt«, sagte Soames trocken.
»Aber wie soll denn die Sache eigentlich herauskommen, Forsyte? Elderson wird schweigen, und der junge Butterfield auch, wenn Sie es ihm sagen. Diejenigen, die Elderson bezahlt haben, bestimmt ebenfalls. Und außer uns dreien hier weiß niemand etwas davon. Wir haben ja keinerlei Gewinn daraus gezogen.«
Soames schwieg. Das Argument erschien einleuchtend. Es war natürlich

völlig ungerecht, daß er für das bestraft wurde, was Elderson getan hatte!

»Nein«, sagte er plötzlich, »das geht nicht. Wenn man einmal anfängt, die Gesetze auch nur im geringsten zu mißachten, weiß man nie, wo das hinführt. Die Aktionäre haben diesen Verlust erlitten, und sie haben ein Recht darauf, alle Tatsachen zu erfahren, die dem Aufsichtsrat bekannt sind. Vielleicht bestehen Möglichkeiten der Wiedergutmachung, die sie ausnützen könnten. Das vermögen wir nicht zu beurteilen. Es kann sogar sein, daß sie uns zur Verantwortung ziehen können.«

»Wenn das so ist, Forsyte, stehe ich natürlich auf Ihrer Seite.«

Mont hatte kein Recht, sich so als Ritter aufzuspielen, ohne die Kosten zu bedenken; Soames fühlte sich angeekelt. Wenn Kosten zu zahlen waren, würde sie Mont nicht zahlen, da sein Grundbesitz schwer mit Hypotheken belastet war, sondern er, dessen Eigentum leicht flüssiggemacht werden konnte.

»Gut«, sagte er kalt, »erinnern Sie sich morgen daran. Ich gehe jetzt schlafen.«

Als er in seinem Zimmer am offenen Fenster stand, fühlte er eine gewisse innere Ruhe, ohne auf seine Ehrenhaftigkeit besonders stolz zu sein. Er hatte nur seinen Standpunkt bezogen, nicht mehr und nicht weniger.

9

Soames ist alles egal . . .

Der Monat nach dem Einlangen von Eldersons Brief ließ Soames um mehr als dreißig Tage altern. Er hatte dem ratlosen Aufsichtsrat seine Politik der Offenheit aufgezwungen, die außerordentliche Vollversammlung war einberufen worden; und genau wie vor dreiundzwanzig Jahren, als er sich von Irene hatte scheiden lassen und der Öffentlichkeit gegenübertreten mußte, wurde er Tag und Nacht die Furcht vor einem ungerechten Pauschalurteil nicht los. Die Franzosen hatten ein Sprichwort: *»Les absents ont toujours tort!«*, aber daran zweifelte Soames ernstlich. Elderson würde dieser Versammlung der Aktionäre zwar nicht beiwohnen, aber – wenn er sich nicht sehr irrte – es würde doch auf ihn, den Anwesenden, die Last der Verantwortung fallen. Auf die Franzosen konnte man sich nicht verlassen. Die Sorge um Fleur und seine Befürchtungen wegen der Öffentlichkeit führten dazu, daß er schlecht schlief, wenig aß und sich überhaupt schlecht fühlte. Annette hatte ihm geraten, einen Arzt aufzusuchen. Das war wahrscheinlich der Grund, warum er es nicht tat. Soames glaubte an die Kunst der Ärzte bei anderen; aber sie hatten – sagte er immer wieder – nie etwas für ihn getan, wahrscheinlich, weil bis jetzt nichts für ihn zu tun gewesen war.

Da Annettes Rat keinen Erfolg hatte und Soames von Tag zu Tag unzugänglicher wurde, gab sie ihm ein Buch über Coué. Nachdem er es überflogen hatte, wollte er es eigentlich im Zug liegenlassen, aber die Theorie, so extravagant sie ihm auch erschien, war irgendwie an ihm hängengeblieben. Schließlich befolgte auch Fleur diese Methode; das Zeug kostete nichts; vielleicht war doch etwas dran! Und es stimmte! Nachdem er sich an diesem Abend fünfundzwanzigmal vorgesagt hatte, daß es ihm immer besser und besser ginge, schlief er so fest, daß Annette im Nebenzimmer fast kein Auge zutat.

»Ist dir bewußt, mein Lieber«, sagte sie beim Frühstück, »daß du letzte Nacht so geschnarcht hast, daß ich nicht einmal den Hahn krähen hörte?«

»Warum willst du ihn hören?« fragte Soames.

»Na ja, lassen wir's – solange du gut geschlafen hast. War es mein kleiner Coué, der dir die schönen Träume geschickt hat?«

Teils aus Angst, Coué rechtzugeben, und teils aus Angst, ihr rechtzugeben, vermied Soames jede Antwort; aber er verspürte ein sonderbares Gefühl der Sicherheit, als wäre es ihm egal, was die Leute über ihn sagten.

»Ich mache das heute nacht wieder«, dachte er.

»Weißt du«, fuhr Annette fort, »du hast gerade das richtige Temperament für Coué, Soames. Wenn du dich einmal davon befreit hast, dir Sorgen zu machen, wirst du noch dick werden.«

»Dick!« sagte Soames und sah ihre Kurven an. »Eher lasse ich mir noch einen Bart wachsen.«

Dicksein und Bärte verband er in Gedanken mit den Franzosen. Er würde ein Auge auf sich haben müssen, wenn er das fortsetzen wollte; diese – hm – wie sollte man es nur nennen? – Albernheit war kaum das richtige Wort, auch wenn man sich mit der Sache befreunden wollte, wenn man fünfundzwanzig Knoten in eine Schnur knüpfen mußte: sehr französisch, wie Rosenkranzbeten! Er selbst hatte zum Zählen nur die Finger benützt. Das Gefühl der Sicherheit hielt die ganze Fahrt nach London an; er war überzeugt, daß er auch in der Zugluft sitzen könnte, ohne krank zu werden, daß Fleur wirklich einen Sohn bekommen würde; und was die

P. P. R. S. anlangte — zehn zu eins, daß sein Name nicht in den Rechenschaftsberichten genannt werden würde.
Nach einem frühen Mittagessen und fünfundzwanzig weiteren »Selbstbestärkungen« während des Kaffees ging er in die City.
Die Aufsichtsratssitzung, die genau eine Woche vor der außerordentlichen Aktionärsversammlung abgehalten wurde, war so etwas wie eine Generalprobe. Die Details des kommenden Treffens mußten besprochen werden, und Soames bemühte sich hauptsächlich darum, die Sache nicht ins Persönliche ausarten zu lassen. Er war ganz und gar gegen die Enthüllung der Tatsache, daß der junge Butterfield sich an ihn gewandt hatte und Eldersons Brief an ihn gerichtet worden war. Die Wendung, die er vorschlug, war: »einem Mitglied des Aufsichtsrates«. Weiter brauchte man seiner Meinung nach nicht zu gehen. Eventuelle Erklärungen würden natürlich Sache des Vorsitzenden und des ältesten Mitglieds des Aufsichtsrates, Lord Fontenoy, sein. Es stellte sich jedoch heraus, daß die Aufsichtsräte ihn für die richtige Person hielten, die Sache ins Rollen zu bringen. Kein anderer — behaupteten sie — könnte der Sache soviel persönlichen Nachdruck und die notwendige Glaubwürdigkeit verleihen; der Vorsitzende sollte eine kurze Einleitung geben und dann Soames das Wort erteilen, damit dieser alles, was er wußte, sagte. Lord Fontenoy bestand darauf.
»Es ist Ihre Sache, Mr. Forsyte. Ohne Ihr Eingreifen säße Elderson heute noch hier. Von Anfang bis zum Ende haben Sie ihm eingeheizt; und ich kann Ihnen sagen, mir wäre es lieber gewesen, Sie hätten es nicht getan. Das Ganze ist verflixt unangenehm. Er war ein tüchtiger Mensch, und er wird uns fehlen. Unser neuer Mann kann ihm nicht das Wasser reichen. Wenn er sich ein paar Tausend illegal angeeignet hat, dann ja immerhin von den Deutschen.«
Alter Hohlkopf! Soames antwortete beißend:
»Und die Viertelmillion, die die Aktionäre durch ihn verloren haben, eben wegen dieser paar Tausend? Wahrscheinlich eine Bagatelle?«
»Es hätte ja auch ein Gewinn herausschauen können; im ersten Jahr war es ja so. Wir setzen doch alle manchmal auf das falsche Pferd!«
Soames blickte von einem Gesicht zum anderen. Sie unterstützten diese herausfordernde Haltung nicht, aber bei allen, vielleicht mit Ausnahme des alten Mont, spürte er Unwillen gegen ihn. Ihr Ausdruck schien zu sagen: »So etwas ist, bevor Sie dem Aufsichtsrat beigetreten sind, noch nie passiert.« Er hatte ihre Bequemlichkeit gestört, und deswegen mochten sie ihn nicht. Sie waren ein ungerechtes Pack!
Er sagte verbissen: »Sie überlassen es also mir? Auch gut!«

Was er damit ausdrücken wollte — ob er überhaupt etwas Bestimmtes ausdrücken wollte, wußte er nicht; aber sogar der alte Hohlkopf war nach dieser Äußerung etwas höflicher. Soames verließ die Sitzung jedoch ohne jedes Gefühl von Sicherheit. Er würde also am nächsten Dienstag auch ganz allein vor die Öffentlichkeit treten müssen.

Nachdem er sich noch nach Fleur erkundigt hatte, die sich recht schlecht fühlte und im Bett lag, fuhr er mit dem Gefühl, verraten worden zu sein, nach Hause. Anscheinend konnte er sich doch nicht auf diesen Kerl mit den fünfundzwanzig Knoten verlassen. Um wieviel besser er sich auch persönlich fühlen mochte, stand es anscheinend nicht in seiner Macht, seine Tochter, seinen Ruf, vielleicht sogar auch sein Vermögen durch sein Unterbewußtsein zu beeinflussen. Beim Essen war er schweigsam und ging nachher in seine Bildergalerie hinauf, um nachzudenken. Eine halbe Stunde lang stand er beim offenen Fenster, allein mit dem Sommerabend — und je länger er dastand, desto klarer erkannte er, daß die drei in Wirklichkeit ein und dasselbe waren. Wenn es nicht um seiner Tochter willen war, was lag ihm sonst an seinem Ruf oder seinem Vermögen? Sein Ruf! Diese Narren — wenn sie nicht erkennen konnten, daß er, soweit es ihm nur möglich gewesen war, ehrlich und vorsichtig gehandelt hatte, dann geschah ihnen recht! Sein Vermögen — nun ja, vielleicht sollte er, nur für den Fall eines Mißgeschicks, Fleur und ihrem Kind sofort noch etwas überschreiben; noch einmal fünfzigtausend! Ah! Wenn sie es nur schon hinter sich hätte! Es war Zeit, daß Annette jetzt ganz zu ihr zog; und es gab doch so etwas wie Dämmerschlaf. Er konnte es nicht ertragen, sie leiden zu sehen!

Langsam verblaßte der Abend; die Sonne ging hinter den vertrauten Bäumen unter; Soames' Hände, die die Fensterbrüstung umklammert hielten, waren feucht vom Tau; der süße Duft des Grases und des Flusses stahl sich zu ihm herauf. Der Himmel war blaß geworden und wurde jetzt dunkel; die ersten Sterne erschienen. Er hatte lange Zeit in diesem Hause gelebt, während Fleurs ganzer Kindheit — die besten Jahre seines Lebens; und doch würde es ihm nicht das Herz brechen, es zu verkaufen. Sein Herz war drinnen in London. Verkaufen? Das hieße, wie von Hunden gehetzt davonlaufen. Nein — nein — dazu würde es nicht kommen! Er trat vom Fenster fort, drehte das Licht an und begann zum tausendstenmal den Rundgang durch die Galerie. Seit Fleurs Heirat hatte er einiges sehr günstig erworben, ohne sein Geld auf Modemaler zu verschwenden. Er hatte auch einiges günstig verkauft. Wenn er sich nicht sehr irrte, stellten die Bilder in dieser Galerie einen Wert von siebzig- bis hunderttausend Pfund dar; und wenn er die Gewinne aus den gelegentlichen Verkäufen mitrechnete, hatten ihn alle diese Bilder nicht mehr als fünfundzwanzigtausend gekostet – kein schlechtes Ergebnis für das Hobby seines Lebens, ganz abgesehen vom Vergnügen! Er hätte sich natürlich mit etwas anderem befassen können – mit Schmetterlingen, Fotografieren, Archäologie oder Erstausgaben; mit irgendeinem anderen Sport, der ein selbständiges Urteil erforderte und dessen Resultate man sammelte; aber er hatte es nie bedauert, daß er sich auf Bilder verlegt hatte. Man konnte für sein Geld mehr zeigen, mehr Ehre, mehr Gewinn einheimsen, mehr Risiken eingehen! Dieser Gedanke erschreckte ihn ein wenig; hatte er sich wirklich wegen des Risikos mit Bildern abgegeben? Ein Risiko hatte ihn nie angezogen, zumindest war ihm das bis jetzt noch nicht bewußt geworden. War sein »Unterbewußtsein« da im Spiel? Plötzlich setzte er sich nieder und schloß die Augen. Er wollte es noch einmal versuchen; es war so ein angenehmes Gefühl gewesen, an diesem Morgen, »daß ihm alles egal war«; er erinnerte sich nicht, das schon je verspürt zu haben! Er hatte es immer für notwendig erachtet, sich Sorgen zu machen – eine Art von Versicherung gegen das Ärgste; aber das Sorgenmachen nahm einen her, ganz ohne Zweifel. Das Licht abdrehen! Im Buch stand, daß man sich entspannen müsse. In dem jetzt dämmrigen, schattigen Raum, in dem das Licht der Sterne die Wirklichkeit ins Irreale tauchte, saß Soames ganz still in seinem Lehnstuhl. Ein schwaches Murmeln kam von seinen Lippen: »Dicker, immer dicker!« – »Nein«, dachte er, »das ist nicht das Richtige!« Und er begann wieder zu murmeln. Er zählte an seinen Fingerspitzen; weiter und weiter, er wollte dem System eine Chance geben, sich zu bewähren. Wenn man sich nur keine Sorgen machen müßte! Weiter und weiter – »besser, immer besser!« Wenn nur –! Seine Lippen hielten inne; sein grauer Kopf sank nach vorne, ins Unterbewußtsein. Und das hereinsickernde Licht der Sterne warf auch über ihn ein wenig Unwirklichkeit.

10

. . . er riskiert aber nichts

Michael kannte die City nicht genau; und ganz im Sinne der alten Kartographen: »Wo Unerforschtes liegt, zeichne Schrecken ein«, suchte er seinen Weg durch die Umgebung der Poultry zum Heiligsten der Heiligtümer, dem Büro von Cuthcott, Kingson und Forsyte. Er war in nachdenklicher Stimmung, denn er hatte mit Sibley Swan im Café Crillon zu Mittag gegessen. Er hatte alle Gäste gekannt — etliche waren sogar noch moderner als der gute Sib —, außer einem Russen, der so modern war, daß er kein Französisch verstand und sich niemand mit ihm unterhalten konnte. Michael hatte gehört, wie sie alles in Grund und Boden kritisierten und der Russe die Augen wie ein krankes Kind schloß, sooft der Name eines Lebenden erwähnt wurde.

»Macht nur so weiter!« dachte er, als etliche seiner Lieblinge in dem Getümmel geschlachtet worden waren. »Stecht und haut drauflos! Am Ende des Wegs erwartet euch der Ruhm.« Aber er hatte seine Respektlosigkeit bis zum Moment des Aufbruchs zurückgehalten.

»Sib«, sagte er, »alle diese Burschen hier sind Leichen — soll man sie bei diesem heißen Wetter wirklich im Freien herumlaufen lassen?«

»Was meinst du?« rief Sibley Swan unter dem fast schmerzlichen Schweigen der anderen aus.

»Ich meine, da sie alle noch leben, können sie nichts wert sein!« Und er rettete sich zur Tür, wobei er einer gegen ihn geworfenen Schokolade auswich, die den Russen traf.

Draußen überlegte er: »Eigentlich ganz nette Burschen! Nicht halb so überlegen, wie sie zu sein glauben. Recht menschlich eigentlich, daß der Russe eins auf die Nase bekommen hat. Uff — ist das heiß!«

Am ersten Tag des Wettkampfs zwischen Eton und Harrow hatte sich die ganze Hitze, die ein kühler Sommer bis jetzt aufgespart hatte, gesammelt und hing über Michael, der im ersten Stock eines Autobusses saß; hing über den Strohhüten, bleichen, schwitzenden Gesichtern, über endlosen Reihen anderer Autobusse, Polizisten, Geschäftsleute in den Türen ihrer Läden, über Verkäufern von Zeitungen, Schuhbändern und Spielzeug, endlos dahinrollenden Wagen und Taxis, Aufschriften und Drähten, über dem ganzen Wirrwarr der größten Menschenansammlung der Welt, die millimeterscharf von einem unsichtbaren Instinkt in Ordnung gehalten wurde. Michael sah sich zweifelnd um. War es möglich, daß das Ganze funktionieren konnte, wo doch jeder seine eigenen Angelegenheiten verfolgte, in seine eigene Arbeit vertieft war? In einem Ameisenhaufen konnte es nicht geschäftiger oder verwirrter zugehen. Aufgeladene Drähte kreuzten sich, wieder, wieder — anscheinend unentwirrbar; und doch überlebte das Leben, die Ordnung, die zum Leben notwendig war! »Ein richtiges Wunder«, dachte er, »das Leben einer modernen Stadt!« Und plötzlich schien es aufzuhören, als hätte es ein

Super-Sibley-Swan rücksichtslos zerstört; denn er starrte in eine Sackgasse. Zu beiden Seiten frisch gestrichene Häuser, einander unwahrscheinlich ähnlich; am Ende wieder ein braunes Haus, mit glatter Fassade, den anderen womöglich noch ähnlicher, und bis dorthin graues, jungfräuliches Pflaster, das weder von Pferden noch von Benzin beschmutzt worden war; keine Autos, Wagen, Polizisten, Straßenverkäufer, Fliegen oder Bienen. Kein Anzeichen menschlichen Lebens, außer den Namen von Rechtsanwaltbüros rechts und links an den offenen Hauseingängen.

»Cuthcott, Kingson und Forsyte, Notariatskanzlei: Erster Stock.«

»*Rule Britannia!*« dachte Michael, als er die breiten steinernen Stufen hinaufging.

In dem Zimmer, in das man ihn geführt hatte, sah er einen alten Mann mit einem von einem runden graumelierten Bart umrahmten Bullenbeißergesicht, in einen schwarzen Lüsterrock gekleidet, mit einer weiten Weste um seine breite Mitte. Der Mann stand aus seinem Drehsessel auf.

»Ah!« sagte er. »Mr. Michael Mont? Ich habe Sie erwartet. Wenn Mr. Forsyte kommt, wird es nicht lange dauern. Er ist nur einen Augenblick weggegangen. Mrs. Michael geht es hoffentlich gut?«

»Danke; so gut wie . . .«

»Ja, ja; man macht sich Sorgen. Nehmen Sie Platz. Vielleicht wollen Sie den Entwurf lesen?«

Nachdem man ihm so eine Aufgabe zugeteilt hatte, nahm Michael ein paar Blätter aus der fleischigen Hand und setzte sich dem Mann gegenüber. Während er den Alten beobachtete, las er langsam das Dokument.

»Scheint etwas auszusagen«, meinte er schließlich.

Er sah, wie der Alte seinen Mund aufriß wie ein Frosch, der nach einer Fliege schnappt, und beeilte sich, seinen Lapsus zu korrigieren.

»Sich auszurechnen, was passiert, wenn etwas anderes nicht passiert, muß doch fast so ähnlich wie das Geschäft eines Buchmachers sein.«

Er sah im selben Moment, daß er die Sache damit nicht verbessert hatte. Er hörte ein unwilliges Gemurmel:

»Wir vergeuden hier nicht unsere Zeit. Entschuldigen Sie, ich hab' zu tun.«

Michael blieb schuldbewußt sitzen und beobachtete, wie der Mann eine lange Liste von Eintragungen überprüfte. Er war wie einer jener alten Hunde, die vor Eingangstüren liegen, niemanden ins Haus lassen und ihre Flöhe zählen. Nach weniger als fünf Minuten dieses völligen Schweigens kam Soames herein.

»Du bist schon hier?« sagte er.

»Ja, Sir; ich hielt es für richtig, zur angegebenen Zeit zu kommen. Was für ein angenehm kühler Raum.«

»Hast du das gelesen?« fragte Soames und deutete auf den Entwurf.
Michael nickte.
»Hast du es verstanden?«
»Bis zu einem gewissen Punkt, glaube ich.«
»Die Zinsen für diese fünfzigtausend«, sagte Soames, »gehören so lange Fleur, bis ihr ältestes Kind, wenn es ein Junge ist, das Alter von einundzwanzig Jahren erreicht, worauf das Kapital völlig an ihn übergeht. Wenn es ein Mädchen wird, behält Fleur das halbe Einkommen bis an ihr Lebensende, der Rest des Einkommens ist an das Mädchen bei Erreichung des einundzwanzigsten Lebensjahres oder bei ihrer Verheiratung auszuzahlen, und das Kapital dieser Hälfte geht an ihre etwaigen ehelichen Kinder bei deren Großjährigkeit oder Verheiratung zu gleichen Teilen über. Die andere Hälfte des Kapitals wird Fleurs Vermögen zugeschlagen, und sie kann testamentarisch darüber verfügen, andernfalls vererbt es sich den Gesetzen entsprechend.«
»Sie machen das wunderbar klar«, sagte Michael.
»Warte«, sagte Soames. »Wenn Fleur keine Kinder hat —«
Michael starrte ihn an.
»Alles ist möglich«, sagte Soames ernst, »und meiner Erfahrung nach treten gerade die Dinge ein, für die man keine Vorkehrungen getroffen hat. In einem solchen Fall verbleibt ihr das ganze Einkommen bis zu ihrem Lebensende, und über das Kapital kann sie nach ihrem Willen verfahren. Liegt kein Testament vor, so geht es an ihren nächsten Anverwandten. Außerdem sind Vorkehrungen gegen ein vorzeitiges Abheben des Geldes getroffen und dergleichen.«
»Sollte sie jetzt nicht ein neues Testament aufsetzen?« fragte Michael und wurde sich bewußt, daß ihm der Schweiß auf der Stirn stand.
»Nur wenn sie will. Ihr derzeitiges Testament schließt das ein.«
»Muß ich irgend etwas dabei tun?«
»Nein. Ich wollte nur, daß du den Inhalt kennenlernst, bevor ich unterzeichne. Geben Sie mir das Dokument, Gradman, und holen Sie bitte Wickson herein.«
Michael sah, wie der Alte aus der Lade ein Stück dünnes Pergament nahm, das über und über mit minutiöser Schrift und Siegeln bedeckt war, es liebevoll ansah und vor Soames hinlegte. Als er den Raum verlassen hatte, sagte Soames mit leiser Stimme:
»Diese Versammlung am Dienstag — ich weiß nicht! Aber was immer auch passiert, das da dürfte eigentlich nicht angefochten werden.«
»Das ist sehr nobel von Ihnen, Sir.«
Soames nickte, während er die Feder ausprobierte.

»Ich fürchte, ich habe Ihren alten Angestellten da falsch angepackt«, sagte Michael; »er gefällt mir sehr, aber ich habe ihn unglücklicherweise mit einem Buchmacher verglichen.«

Soames lächelte. »Gradman«, sagte er, »ist eine ›Persönlichkeit‹. Heute gibt es nicht mehr viele.«

Michael fragte sich: »Kann man unter sechzig überhaupt eine ›Persönlichkeit‹ sein?«, als die »Persönlichkeit« zurückkam, begleitet von einem blassen Mann in dunklem Anzug.

Soames legte den Kopf schief und sagte: »Es handelt sich um eine nacheheliche Schenkung an meine Tochter. Ich deponiere dieses Dokument hiemit als Schenkungsurkunde.« Er unterzeichnete und stand auf.

Der blasse Mann und Gradman unterschrieben ebenfalls, worauf ersterer den Raum verließ. Dann trat Schweigen ein.

»Brauchen Sie mich noch?« fragte Michael.

»Ja. Ich möchte, daß du als Zeuge fungierst, wenn ich es bei der Bank zusammen mit dem Ehevertrag deponiere. Ich komme heute nicht mehr, Gradman!«

»Auf Wiedersehen, Mr. Gradman.«

Michael hörte, wie der alte Mann, halb untergetaucht in der Lade, in der er den Entwurf verstaute, etwas in seinen Bart murmelte, und folgte Soames hinaus.

»Hier hatte ich mein Büro«, sagte Soames, als sie die Poultry entlanggingen, »und auch mein Vater vor mir.«

»Das war vielleicht noch angenehmer«, sagte Michael.

»Die Vermögensverwalter warten auf uns in der Bank; erinnerst du dich noch an sie?«

»Cousins von Fleur, nicht?«

»Entfernte Verwandte; jeweils der älteste Sohn des jungen Roger und des jungen Nicholas. Ich habe lieber junge Treuhänder. Der ganz junge Roger wurde im Krieg verwundet. Er hat keine Beschäftigung. Der ganz junge Nicholas ist Rechtsanwalt.«

Michael spitzte die Ohren. »Wie ist das dann mit der nächsten Generation, Sir? ›Der ganz, ganz junge Roger‹ wäre ja fast schon eine Beleidigung.«

»Es wird keinen geben«, sagte Soames, »wenn die Steuern weiterhin so sind. Er kann es sich nicht leisten; er ist ein vernünftiger Mensch. Wie werdet ihr den Jungen nennen, wenn es einer wird?«

»Wir denken an Christopher, wegen Wren und Columbus. Fleur möchte, daß er einen soliden Charakter hat, und ich möchte, daß er unternehmungslustig ist.«

»Hm. Und wenn es ein Mädchen wird?«
»Oh, wenn es ein Mädchen wird – Anne.«
»Ja«, sagte Soames, »sehr hübsch. Da sind sie schon!«
Sie waren bei der Bank angekommen, und Michael sah im Eingang zwei Forsytes zwischen dreißig und vierzig Jahren stehen, an deren Gesichter mit dem ausgeprägten Kinn er sich vage erinnerte. Von einem Mann begleitet, dessen Rock mit glänzenden Knöpfen besetzt war, betraten sie einen Raum, in dem ein Mann ohne Knöpfe eine Lackkassette hervorholte. Einer der Forsytes öffnete sie mit einem Schlüssel; Soames murmelte etwas wie eine Beschwörung und legte die Urkunde hinein. Nachdem er und der Forsyte mit dem ausgeprägteren Kinn einige Worte mit dem Direktor über die Frage der Bankrate ausgetauscht hatten, gingen sie alle mit den Worten »Also dann auf Wiedersehen« ins Vestibül zurück.
»So«, sagte Soames im Lärm und Gedränge der Straße, »er ist versorgt, soweit ich das beurteilen kann. Wann genau soll er kommen?«
»In fast genau vierzehn Tagen.«
»Hältst du etwas von diesem – Dämmerschlaf?«
»Ich hätte es gerne«, sagte Michael und fühlte wieder den Schweiß auf der Stirne. »Fleur ist phantastisch ruhig; sie macht jeden Morgen und Abend die Übungen von Coué.«
»Ach, das!« sagte Soames. Er erwähnte nicht, daß er sich selber damit beschäftigte, um nicht den Zustand seiner Nerven preiszugeben. »Wenn du nach Hause gehst, komme ich mit.«
»Gut!«
Er fand Fleur mit Ting-a-ling in der Sofaecke liegen.
»Dein Vater ist hier, Liebling. Er hat gerade deine Zukunft mit weiteren Fünfzigtausend untermauert. Ich glaube, er möchte es dir gerne selbst erzählen.«
Fleur bewegte sich unruhig hin und her.
»Gleich. Wenn es weiterhin so heiß sein wird, wird die Sache recht lästig, Michael.«
»Oh! Aber das wird es sicher nicht, Schätzchen. Drei Tage, und dann gibt's ein Gewitter.«
Er nahm Ting-a-ling bei der Schnauze und drehte seinen Kopf zu sich empor.
»Und du wirst jetzt bald die zweite Geige spielen, mein Lieber.«
»Er weiß, daß etwas los ist.«
»Er ist ein kluges kleines Tier, nicht wahr, Alter?«
Ting-a-ling schnüffelte.

»Michael!«
»Ja, Liebling?«
»Mir ist im Augenblick alles egal – ein komisches Gefühl.«
»Das ist die Hitze.«
»Nein. Ich glaube, es ist einfach, weil das Ganze zu lange dauert. Alles ist bereit, und jetzt erscheint mir das Warten so dumm. Ein Mensch mehr oder weniger auf der Welt – was für eine Rolle spielt das schon?«
»Nicht! Das spielt eine sehr große Rolle!«
»Noch eine Mücke, die herumsurrt, noch eine Ameise, die herumläuft!«
Äußerst betroffen sagte Michael: »Nicht, Fleur, das ist nur eine Stimmung.«
»Ist Wilfrids Buch schon herausgekommen?«
»Es kommt morgen heraus.«
»Es tut mir leid, daß du damals so viel durchgemacht hast. Ich wollte ihn nur nicht verlieren.«
Michael nahm ihre Hand.
»Ich auch nicht – weiß Gott!« sagte er.
»Er hat wohl nie geschrieben?«
»Nein.«
»Wahrscheinlich hat er jetzt schon alles überwunden. Nichts dauert ewig.«
Michael legte ihre Hand an seine Wange.
»Ich bleib' dir schon erhalten, fürchte ich«, sagte er.
Die Hand glitt auf seine Lippen.
»Sag Vater alles Liebe von mir und sag ihm auch, daß ich zum Tee hinunterkomme. Oh! Mir ist so heiß!«
Michael blieb einen Moment unentschlossen stehen und ging dann. Zum Teufel mit der Hitze, die sie so fertig machte! Er fand Soames vor dem weißen Affen.
»An deiner Stelle würde ich den da herunternehmen«, murmelte er, »bis es vorüber ist.«
»Warum, Sir?« fragte Michael erstaunt.
Soames runzelte die Stirn. »Diese Augen!«
Michael ging zu dem Bild. Ja! Sie verfolgten einen!
»Aber es ist doch ein solches Kunstwerk, Sir.«
Soames nickte.
»Künstlerisch gesehen, ja. Aber in solchen Zeiten kann man gar nicht vorsichtig genug sein mit den Dingen, die sie sieht.«
»Ich glaube, Sie haben recht.«
»Ich halte ihn«, sagte Soames und ergriff den unteren Rand des Bildes.

»Haben Sie ihn fest? Gut. Jetzt!«

»Du kannst ja sagen, daß ich ein Gutachten über die Periode haben wollte«, sagte Soames, als sie das Bild auf den Boden heruntergelassen hatten.

»Darüber kann doch kaum ein Zweifel bestehen, Sir – die Gegenwart.«

Soames starrte ihn an. »Was? Oh! Du meinst –? Hm! Sage ihr nicht, daß das Bild im Haus ist.«

»Nein. Ich werde es wegsperren.« Michael hob das Bild auf. »Machen Sie mir bitte die Tür auf, Sir?«

»Ich komme zum Tee zurück«, sagte Soames. »Das schaut dann so aus, als hätte ich ihn wirklich weggebracht. Du kannst ihn natürlich später wieder aufhängen.«

»Ja. Armer Kerl!« sagte Michael und trug den Affen ins Exil.

11

Naturgewalten

Am Abend des darauffolgenden Montags saßen Michael und Soames beisammen, nachdem Fleur zu Bett gegangen war, und lauschten dem Gemurmel Londons, das durch die Fenster des chinesischen Zimmers, die wegen der brütenden Hitze offenstanden, hereindrang.

»Man sagt, daß der Krieg alles Gefühl getötet hat«, sagte Soames plötzlich. »Stimmt das?«

»In gewisser Weise, ja, Sir. Wir haben so viel Realität erlebt, daß wir keine mehr haben wollen.«

»Da kann ich nicht folgen.«

»Ich wollte damit sagen, daß nur das Erleben der Wirklichkeit Gefühle in einem Menschen weckt. Gibt man also vor, daß es keine Wirklichkeit gibt, dann braucht man auch nicht zu fühlen. Bis zu einem gewissen Grad ist das eine herrliche Lösung.«

»Ah!« sagte Soames. »Ihre Mutter kommt morgen und bleibt dann hier. Diese Versammlung der P. P. R. S. ist um halb drei. Gute Nacht!«

Michael beobachtete vom Fenster aus, wie sich eine schwarze Wolke über dem Platz zusammenzog. Ein paar lauwarme Tropfen fielen auf seine ausgestreckte Hand. Eine Katze schlich unter einem Laternenpfahl vorbei.

Sonderbare Frage des alten Forsyte über das Gefühl; seltsam, daß er sie gestellt hatte. »Bis zu einem gewissen Grad! Aber gehen wir nicht alle über diesen Grad hinaus?« dachte er. Wenn er bloß Wilfrid und sich selbst nahm – nach dem Krieg hatten sie es als Blasphemie erachtet, zuzugeben, daß irgend etwas außer Essen und Trinken noch eine Rolle spielte, denn am nächsten Tag würde man ja doch sterben; sogar Menschen wie Nazing und Master, die niemals im Krieg gewesen waren, hatten seither dieselben Empfindungen. Tja, Wilfrid war's ans Leben gegangen; er selbst hatte einen argen Schrecken erlitten, und er war bereit, jede Wette einzugehen, daß es, vielleicht mit Ausnahme von einigen wenigen Menschen, die aus Stein waren, jeden erwischen würde. Ja, er würde gern Fleurs Schmerzen und Gefahren auf sich nehmen. Wenn aber alles gleichgültig war, warum fühlte er dann so?
Er wandte sich vom Fenster ab, lehnte sich gegen die lackierte Rücklehne des jadegrünen Sofas und starrte auf die leere Wand zwischen den chinesischen Teetruhen. Wie fürsorglich der »Alte« doch gewesen war, daß er den weißen Affen heruntergenommen hatte! Das Tier übte eine unwahrscheinliche Macht aus, es war ein Symbol der herrschenden Stimmung; aller Glaube, jedes Vertrauen zunichte gemacht. Und, zum Kuckuck! Nicht nur die Jungen, sondern auch die Älteren waren in derselben Stimmung. Auch der alte Forsyte, sonst hätten ihn die Augen des Affen doch nicht geängstigt; und so erging es auch seinem Vater – und Elderson und allen anderen. Jung und alt – keiner glaubte wirklich an etwas! Und doch – mit einemmal stieg in Michael ein rebellisches Gefühl auf. Es spielte ja doch eine Rolle, daß irgendein Mensch oder ein Prinzip außerhalb des Ichs wichtiger und wertvoller galt, als man selbst war – ja, es spielte eine große Rolle! Das Gefühl war also noch nicht tot – und auch nicht Glaube und Vertrauen, was ja dasselbe bedeutete. Sie warfen nur die äußere Hülle ab, entwickelten sich aus der Puppe zum Schmetterling. Glaube, Gefühl, Vertrauen lagen nun unter der Oberfläche, das war möglich, aber es gab sie noch, sogar im alten Forsyte und in ihm selbst. Er hätte am liebsten den Affen wieder aufgehängt. Es hatte keinen Sinn, ihm zuviel Bedeutung beizumessen ... Du liebe Güte! Was für ein Blitz! Ein zackiger Streifen grellen Lichtes hatte das Dunkel der Nacht erhellt. Michael ging durch das Zimmer, um die Fenster zu schließen. Ein dröhnender Donnerschlag direkt über dem Haus; und dann kam der Regen herunter wie ein Sturzbach. Er sah einen Mann laufen, schwarz wie ein Schatten über eine dunkelblaue Leinwand; sah ihn im Licht des nächsten Blitzes, sah ihn plötzlich lächerlich klein und unbedeutend, mit einem Gesicht, das halb erschreckt, halb belustigt dreinsah, als wollte er

sagen: »Zum Teufel, jetzt werde ich naß!« Und wieder ein schrecklicher Krach!

»Fleur!« dachte Michael; er warf das letzte Fenster zu und rannte hinauf.

Sie saß aufrecht im Bett, mit einem kindlichen, erschreckten Gesicht.

»Brutale Kerle!« dachte er — Kanonen und Himmel verwirrten sich in seinem Gehirn: »Sie haben sie aufgeweckt!«

»Ist schon gut, Liebling! Nur ein kleines Sommergewitter! Hast du schon geschlafen?«

»Ich habe geträumt!« Er spürte, wie sich ihre Hand in der seinen verkrampfte, sah, fast mit Zorn, wie ihr Gesicht plötzlich eingefallen aussah. Was für ein Pech!

»Wo ist Ting?«

Die Ecke war leer.

»Unter dem Bett — da wette ich drauf. Möchtest du ihn bei dir?«

»Nein, laß ihn unten; er haßt Gewitter.«

Sie legte ihren Kopf an seinen Arm, und Michael bedeckte ihr anderes Ohr mit seiner Hand.

»Ich habe Donner nie gemocht!« sagte Fleur, »und jetzt, jetzt — tut er weh!«

Über ihrem Haar nahm Michaels Gesicht den Ausdruck überwältigender Zärtlichkeit an. Bei einem der Donnerschläge, die sich direkt auf sie zu entladen schienen, vergrub sie ihr Gesicht an seiner Brust, und er hielt sie, auf dem Bettrand sitzend, an sich gepreßt.

»Wenn es nur schon vorbei wäre«, kam es erstickt von ihren Lippen.

»Gleich, Liebling; es kam ja auch so plötzlich!« Aber er wußte, daß sie nicht vom Gewitter sprach.

»Wenn ich es überlebe, dann werde ich ganz anders zu dir sein, Michael!« Angst war die natürliche Begleiterscheinung solcher Ereignisse, aber die Worte »Wenn ich es überlebe« ließen Michaels Herz fast stillstehen. Unglaublich, daß ein so junges und anmutiges Wesen auch nur im entferntesten von der Gefahr der Vernichtung bedroht sein sollte; es traf ihn bis ins Innerste, daß sie sich davor fürchtete! Er hätte das nie gedacht. Sie war so ruhig gewesen, hatte alles so selbstverständlich genommen.

»Nicht!« murmelte er, »natürlich überlebst du es.«

»Ich habe Angst.«

Es kam schwach und erstickt, aber die Worte taten schrecklich weh. Die Naturgewalten, die diesem Mädchen, das er so liebte, Angst einjagten! Die Naturgewalten, die dieses gräßliche Spektakel über ihrem armen kleinen Kopf aufführten!

»Herzchen, man wird dich in Dämmerschlaf versetzen, und du wirst gar nichts davon wissen — und gleich wieder ganz in Ordnung sein.«
Fleur entzog ihm ihre Hand.
»Nicht, wenn es für ihn nicht gut ist. Kann es ihm schaden?«
»Ich glaube nicht, Liebes; ich werde mich erkundigen. Warum glaubst du . . .?«
»Nur, weil es unnatürlich ist. Ich will es richtig hinter mich bringen. Halt meine Hand fest, Michael. Ich werde mich nicht — nicht wie ein Hasenfuß benehmen. Oh! Es klopft! Schau bitte nach.«
Michael öffnete die Tür einen Spalt weit. Soames stand draußen — unnatürlich — in einem blauen Schlafrock und roten Pantoffeln! »Ist alles in Ordnung?« flüsterte er.
»Ja, ja.«
»Bei diesem Donnerwetter sollte man sie nicht alleinlassen.«
»Nein, Sir, natürlich nicht. Ich werde auf dem Sofa schlafen.«
»Rufe mich, wenn irgendwas gebraucht wird.«
»Bestimmt.«
Soames' Augen glitten an ihm vorbei, starrten ins Zimmer. Ein Muskel bewegte sich in seinem Hals, als wollte er etwas sagen, was nicht herauskonnte. Er schüttelte den Kopf und drehte sich um. Seine dünne Gestalt, noch länger als gewöhnlich in dem Schlafrock, bewegte sich den Gang hinunter, vorbei an den japanischen Drucken, die er ihnen geschenkt hatte. Michael schloß die Tür wieder, blieb stehen und sah zum Bett hinüber. Fleur hatte sich wieder ausgestreckt; ihre Augen waren geschlossen, ihre Lippen bewegten sich. Auf Zehenspitzen schlich er zurück. Das Gewitter, das nach Süden abzog, grollte noch immer, wie bedauernd. Michael sah, wie ihre Lider zuckten, sah, daß die Lippen in der Bewegung innehielten, dann wieder begannen. »Coué!« dachte er.
Er legte sich auf das Sofa am Fußende des Bettes, auf dem er sich lautlos aufsetzen und sie sehen konnte. Er setzte sich oft auf. Sie war wieder eingeschlafen, atmete ruhig. Der Donner erklang nur noch ganz schwach, die Blitze waren fast unmerklich. Michael schloß die Augen.
Ein schwaches letztes Grollen weckte ihn nochmals, und er sah wieder zu ihr hinüber, wie sie hoch auf den Kissen neben dem sorgfältig abgedeckten Licht schlief. Jung — jung! Farblos wie eine Wachsblume! Keine Gedanken mehr in ihrem Gehirn, keine Angst — friedlich! Wenn sie nur so bleiben könnte und erst aufwachen würde, wenn alles vorbei war! Er sah weg.
Und dort war sie wieder, am anderen Ende des Zimmers, schwach im Spiegel reflektiert; und dort drüben, rechts, wieder. Sie lag eigentlich

rings um ihn herum, in diesem hübschen Zimmer, das Wesen, das sein Herz in Händen hielt.
Es war jetzt ganz ruhig. Durch eine Ritze in den pastellblauen Vorhängen konnte er ein paar Sterne sehen. Big Ben schlug eins.
Er hatte geschlafen, zumindest geschlummert, vielleicht ein wenig geträumt. Ein leiser Laut weckte ihn. Ein ganz kleiner Hund, gelb, kurzbeinig und unbedeutend, lief mit hängendem Schweif das Zimmer entlang in die Ecke hinüber. »Ach«, dachte Michael und schloß die Augen wieder, »du bist's!«

12

Spießrutenlaufen

Als Michael am nächsten Tag in den Aeroplane-Klub kam, wo ihn Sir Lawrence, besonders elegant ausstaffiert, in der Halle erwartete, dachte er: »Der gute alte Bart! Er hat sich extra schön gemacht für die Guillotine!«
»Auf dem weißen Vorstoß wird man das Blut besonders deutlich sehen!« sagte er. »Der alte Forsyte ist zwar auch elegant angezogen, aber lange nicht so herausgeputzt.«
»Ah! Wie geht's dem alten Forsyte? Ist er gefaßt?«
»Man kann ihn schwer fragen. Und dir?«
»Ich fühle mich genauso wie früher vor einem Wettkampf zwischen Eton und Winchester. Ich glaube, ich werde zum Essen ein Ingwerbier trinken.«
Sobald sie sich gesetzt hatten, fuhr Sir Lawrence fort: »Ich erinnere mich an einen Mordprozeß in Colombo, bei dem ich dabei war. Der arme Kerl war richtig verstört. Von allen Anekdoten, die man sich im Zusammenhang mit der englischen Geschichte erzählt, ist mir die am liebsten, wo Walter Raleigh vor seiner Hinrichtung um ein zweites Hemd bat, damit ihn nicht in der kalten Morgenluft fröstelte und er damit den Eindruck erweckte, er zittere vor Angst. Übrigens ist nie eindeutig festgestellt worden, ob die Höflinge der damaligen Zeit nicht verlaust waren. Was nimmst du, mein Junge?«
»Kaltes Rindfleisch mit eingelegten Walnüssen und nachher Stachelbeertorte.«

»Das ist gut für den Charakter, so ein frugales Mahl. Ich werde etwas mit Curry nehmen. Es gibt hier ausgezeichneten Curry-Dörrfisch. Ich glaube fast, man wird uns hier 'rausschmeißen, Michael. *›Nous sommes trahis.‹* So was war bisher eigentlich nur den Franzosen vorbehalten, aber ich hab' das Gefühl, wir werden das bald auch schreien. Dafür sorgt schon die Skandalpresse.«

Michael schüttelte den Kopf.

»Wir tun zwar so, halten uns aber nicht daran — das Klima ist zu unsicher.«

»Das klingt sehr tiefsinnig. Der Curry sieht recht gut aus — willst du nicht doch vielleicht umbestellen? Der alte Fontenoy kommt manchmal hierher. Er hat eine schlechte Verdauung; für ihn wird es besonders hart sein, wenn man uns vor die Tür setzt.«

»Verflucht komisch«, sagte Michael plötzlich, »wie Adelstitel noch immer auf die Leute wirken! Die glauben doch nicht ernstlich an die Geschäftstüchtigkeit ihrer Träger?«

»Der Charakter ist's, mein Sohn — der Glaube an den guten alten englischen Gentleman. Und irgendwas ist schon dran.«

»Ich glaube eher, daß die Aktionäre in dieser Hinsicht einen Komplex haben. In ihrer Jugend hat man ihnen noch mit Ehrfurcht in der Stimme gesagt: ›Schau, der Herr dort drüben ist ein richtiger Lord.‹«

»Die Aktionäre«, sagte Sir Lawrence. »Das ist ein sehr allgemeiner Ausdruck. Wer sind sie, was sind sie, wann treten sie in Erscheinung?«

»Heute nachmittag«, sagte Michael, »und ich werde sie mir sehr genau ansehen.«

»Man wird dich nicht hineinlassen, mein Lieber.«

»Nein?«

»Sicher nicht.«

Michael runzelte die Stirn. »Welche Zeitung wird sicher keinen Reporter schicken?«

Sir Lawrence stieß sein wieherndes Lachen aus.

»›Der Ackerbau‹, ›Die Fuchsjagd‹ und ›Des Gärtners Wochenblatt‹.«

»Gut, dann schwindle ich mich als Vertreter eines dieser Blätter hinein.«

»Ich hoffe, wir werden einen guten Kampf liefern, ehe wir untergehen«, sagte Sir Lawrence plötzlich ganz ernst.

Sie fuhren gemeinsam mit dem Taxi zur Versammlung, trennten sich aber, ehe sie den Hoteleingang erreichten.

Michael hatte sich die Sache mit der Presse wieder überlegt und stellte sich in den Gang, um auf eine Chance zu warten. Untersetzte Männer in dunklen Anzügen, die ganz so aussahen, als hätten sie eben Steinbutt, Braten und Käse zum Lunch gegessen, gingen an ihm vorbei. Er stellte fest, daß jeder dem Mann an der Eingangstür ein Blatt Papier übergab. »Ich werde ihm auch einen Zettel in die Hand drücken«, dachte er, »und rasch hineingehen.« Er wartete, bis Männer mit noch größerem Leibesumfang kamen, schob sich zwischen zwei von ihnen, um Deckung zu finden, und schritt mit ihnen auf die Tür zu, einen Prospekt von »Falsches Spiel« in der linken Hand. Quer über den gewichtigen Bauch seines Nebenmannes hielt er dem Türhüter den Prospekt hin und schlüpfte, noch ehe dieser bemerkte, was er da erhalten hatte, auf einen der Sitze. Er bemerkte, wie der Türhüter seinen Kopf bei der Tür hereinsteckte. »Nein, mein Lieber«, dachte Michael, »wenn du wirklich echte und unechte Aktionäre unterscheiden könntest, wärest du nicht Türhüter.«

Er sah einen Rechenschaftsbericht vor sich liegen, hielt ihn vor das Gesicht und blickte sich im Saal um. Dieser sah wie eine Kreuzung aus Bahnhofswartezimmer und Konzertsaal aus. Vorne stand auf einem Podium ein langer Tisch mit sieben leeren Stühlen, auf dem Tisch sieben Tintenfässer, jedes mit einem Gänsekiel darin. »Gänsekiele«, dachte er, »das hat vermutlich symbolische Bedeutung — die verwenden doch sicher alle Füllfedern!«

In der Mitte hinter dem Podium war eine Tür, unterhalb des Podiums stand ein kleiner Tisch, an dem vier Männer saßen und ihre Notizblöcke ordneten. »Wie ein Orchester vor dem Konzert«, dachte Michael. Er wandte seine Aufmerksamkeit den acht oder zehn Reihen von Aktionären zu, die alle genau wie Aktionäre aussahen, ohne daß er sich darüber im klaren war, woran das lag. Ihre Gesichter waren alle grundverschieden voneinander, aber sie alle sahen aus, als warteten sie auf etwas, von dem sie ganz genau wußten, daß sie es nicht bekommen würden. Was für ein Leben führten diese Leute eigentlich, oder führte das Leben sie am Gängelband? Fast alle trugen Schnurrbärte. Die Nachbarn zu seiner Rechten und Linken waren eben jene beleibten Herren, in deren Schutz er hereingeschlüpft war. Sie hatten beide dicke Ohrläppchen und Nackenwülste, die ihre Hälse dicker erscheinen ließen als die ohnehin breiten Hinterköpfe. Michael war beeindruckt. Vereinzelt sah er in der Menge eine Frau oder auch einen Geistlichen. Fast niemand sprach mit seinem Nachbarn, woraus Michael schloß, daß kaum einer den anderen kannte. Er hatte das Gefühl, daß ein Hund die Situation vermenschlicht hätte. Er dachte über die Farbenzusammenstellung des Raumes nach — Hellgrün mit Schokoladebraun und Gold —, als sich die Tür hinter dem Podium öffnete und sieben schwarzgekleidete Männer eintraten, die mit einer kleinen Verbeugung hinter den Tintenfässern Platz nahmen. Sie erinnerten ihn an Leute, die ein Pferd bestiegen oder sich zum Klavier setzten. Der rechts vom Vorsitzenden war wohl Lord Fontenoy — ein Mann mit so markanten Zügen, daß zwischen ihnen kaum ein Gesicht übrigblieb. Michael hatte eine skurrile Vorstellung: da saß in Fontenoys Gehirn ein kleines Männchen mit weißem Zylinder, das die Gesichtszüge vierspännig lenkte. Daneben ein Gesicht wie aus einem Gruppenbild der königlichen Regierungsmitglieder anno 1850, rund und rosig, mit Adlernase, kleinem Mund und einem kleinen weißen Backenbart; und noch weiter rechts ein Gesicht mit spitzem Kinn und stechenden Augen, die hinter Michaels Rücken ein Loch in die Wand zu bohren schienen, als wollten sie ins tiefste Innere eines Rätsels eindringen. »Das muß ein Jurist sein«, dachte Michael. Sein prüfender Blick ging zurück zum Vorsitzenden. Ein »Auserwählter« — oder etwa doch nicht? Ein bärtiger Mann schräg links hinter dem Vorsitzenden war schon damit beschäftigt, rasch und monoton etwas aus einem Buch vorzulesen. Das war sicher der Sekretär, der seine ersten Schüsse abfeuerte. Direkt vor ihm saß eindeutig der neue Direktor, und links von ihm erblickte Michael seinen Vater. Die schwarze Braue über Sir Lawrences rechtem Auge war leicht hochgezogen und sein Mund unter der scharfen Linie des dünnen Schnurrbarts zusammengepreßt. Er sah beinahe wie ein Fatalist aus, beweglich unter der ruhigen Oberfläche. Seine linke Hand hielt sein schildpattgerändertes Monokel. »Fällt etwas aus dem Rahmen«, dachte Michael, »der arme alte Bart!« Er war beim letzten der Reihe angelangt. Der alte Forsyte saß dort, als wäre er allein auf der Welt; den einen Mundwinkel leicht herabgezogen, das eine Nasenloch leicht gerümpft, erschien er Michael faszinierend unbeteiligt und doch vollkommen dem Ganzen angepaßt. Die ruhige Gestalt, an der nur ein Lackschuh durch leichtes Wippen Leben verriet, schien ungeheuer konzentriert, gebannt von den Vorgängen ringsum, und doch drückte sie eine leichte Verachtung für all das aus. Er wirkte wie ein Monument der Realität, doch wie eines aus der Hand eines Bildhauers, der klar erkannt hatte, wie wenig wirklich die sogenannte Realität ist. »Er macht mich frösteln«, dachte Michael, »aber — verdammt noch mal — ich muß ihn doch bewundern.«

Der Vorsitzende hatte sich erhoben. »Er ist doch ein ›Auserwählter‹, oder nicht? — Ja — nein — ich könnt's nicht sagen!« dachte Michael. Er konnte sich nicht auf die Worte des Vorsitzenden konzentrieren, weil er die ganze Zeit überlegte, ob er ein »Auserwählter« sei oder nicht, obwohl er sehr gut wußte, daß dies eigentlich ohne jede Bedeutung war. Der Vorsitzende sprach und sprach. Mit halbem Ohr nahm Michael Wortfetzen zur Kenntnis — »die europäische Lage — Fehlplanung — Frankreich — vollkommen unerwartet — Lage geklärt — Generaldirektor — unglückselige Umstände, die in Kürze näher erläutert werden würden — Zukunft dieses ehrwürdigen Unternehmens — kein Grund zum Zweifel . . .«.

»Öl auf die Wogen«, dachte Michael, »er ist ein Auserwählter . . . und doch . . .!«

»Ich werde nun einen der Aufsichtsräte, Mr. Forsyte, bitten, Ihnen aus erster Hand über diese peinliche Angelegenheit zu berichten.«

Michael sah, wie Soames, blaß und bedächtig, ein Blatt Papier aus seiner Brusttasche nahm und sich erhob. Würde er mit der Situation fertig werden?

»Ich möchte Sie kurz mit den Tatsachen vertraut machen«, sagte er mit einer Stimme, die Michael an einen verschnittenen Wein erinnerte. »Am 11. Januar wurde ich von einem Angestellten der Gesellschaft aufgesucht . . .«

Michael, der die Einzelheiten kannte, schenkte der Darstellung wenig Aufmerksamkeit, sondern beobachtete die Wirkung auf die Aktionäre. Er sah keinerlei Reaktion, und plötzlich verstand er, warum sie alle Schnurrbärte trugen: Ihre Mundwinkel hätten sie sonst verraten. Der Mund sagte zuviel über den Charakter eines Menschen aus. Schnurrbärte waren in Mode gekommen, als die Menschen nicht mehr wie der alte Wellington herumgingen und sagten: »Verdammt noch mal, mein Charakter geht euch einen Dreck an!«

Vor dem Krieg hatte es so etwas wie eine kurze Renaissance des bartlosen Mundes gegeben, aber jetzt standen seine Chancen schlecht, wegen der vielen Majore, Aktionäre und Arbeiter. Er hörte Soames sagen: »Unter diesen Umständen kamen wir zu dem Schluß, daß wir nichts tun konnten als abwarten.« Und er sah, wie ein Zucken durch die Schnurrbärte ging, als striche der Wind durchs Gras.

»Das war ein Fehler«, dachte Michael, »wir reagieren zwar alle so, werden aber nicht gerne daran erinnert.«

»Vor sechs Wochen jedoch«, hörte er Soames fortfahren, »muß Ihr ehemaliger Generaldirektor durch ein zufälliges Ereignis den Eindruck gewonnen haben, daß Sir Lawrence und ich ihn noch immer in Verdacht hatten, denn ich erhielt einen Brief von ihm, in dem er praktisch eingestand, für die Versicherungsgeschäfte mit Deutschland Provisionen erhalten zu haben, und mich bat, den Aufsichtsrat davon in Kenntnis zu setzen, daß er ins Ausland abgereist sei und keinerlei Vermögen in England zurückgelassen habe. Wir haben Sorge getragen, uns von der Richtigkeit dieser Angaben zu überzeugen. Unter diesen Umständen hatten wir keine andere Wahl, als Sie zusammenzurufen und Ihnen die Tatsachen vorzulegen.«

Die Stimme, die sich während der ganzen Schilderung nicht im geringsten verändert hatte, verstummte. Und Michael sah, wie sein Schwiegervater wieder die Haltung der Unnahbarkeit einnahm — ein Storch auf einem Bein, bereit, auf einen Frosch loszuhacken, hätte nicht einsamer wirken können als er. »Das war wie der erste Bericht über die Schlacht am Skagerrak«, dachte er. »Er hat alle Verluste aufgezählt und die menschliche Seite mit keinem Wort erwähnt!«

Eine Pause trat ein, wie wenn auf einer Fuchsjagd ein hoher Zaun plötzlich den Weg versperrt, bis einer ein Tor gefunden hat. Michael ließ rasch seinen Blick über die Gesichter der Aufsichtsratsmitglieder schweifen. Nur einer von ihnen zeigte etwas wie Bewegung, die sich allerdings hinter einem Taschentuch verbarg. Die Stille wurde durch ein lautes Schneuzen unterbrochen. Zwei Aktionäre standen plötzlich auf, einer von ihnen war Michaels rechter Nachbar.

»Mr. Sawdry«, sagte der Vorsitzende, und der andere Aktionär setzte sich wieder.

Michaels Nachbar räusperte sich vernehmlich und wandte sein feistes rotes Gesicht Soames zu.

»Ich möchte Sie fragen, Sir, warum Sie den Aufsichtsrat nicht sofort informierten, als Sie zum erstenmal von dieser Sache hörten?«

Soames erhob sich halb von seinem Sitz.

»Sie sind sich hoffentlich darüber im klaren, daß eine derartige Anschuldigung, solange keine Beweise vorlagen, mich einer Verleumdungsklage ausgesetzt hätte.«

»Das ist nicht richtig. Als interne Information des Aufsichtsrates wäre sie nicht klagbar gewesen.«

»Vielleicht als interne Information, doch hätte uns die kleinste Indiskretion in eine sehr unangenehme Lage gebracht. Schließlich stand Aussage gegen Aussage.«

»Vielleicht könnte uns Sir Lawrence Mont dazu seine Meinung sagen?«

Michaels Herz begann heftig zu schlagen. Die aufrechte Gestalt seines Vaters machte einen sehr lebendigen Eindruck.

»Sie dürfen nicht vergessen, Sir«, begann er, »daß Mr. Elderson Jahre hindurch unser vollstes Vertrauen genossen hatte. Er war ein Gentleman und ein alter Studienkollege von mir, so daß ich aus reiner Loyalität dazu neigte, seinen Worten eher Glauben zu schenken als der Aussage des anderen — wobei ich jedoch die Sache nicht aus dem Auge verlor.«

»Oh!« sagte Michaels Nachbar. »Und was sagt unser Vorsitzender dazu, daß man ihn nicht informiert hat?«

»Wir sind alle mit dem Verhalten unserer Kollegen in dieser heiklen Situation vollkommen einverstanden. Sie werden zur Kenntnis nehmen müssen, Sir, daß das Unheil durch diese unglückselige Versicherung bereits geschehen war, so daß keine Veranlassung zu übergroßer Eile vorlag.«

Michael sah, wie der Nacken seines Nachbarn noch röter anlief.

»Da bin ich ganz und gar nicht einverstanden!« sagte er. »Abwarten! Man hätte ihm wenigstens die Provision wieder abnehmen können, wenn man rasch gehandelt hätte!«

Und damit setzte er sich.

Er hatte seinen Hosenboden noch nicht ganz auf die Sitzfläche des Mahagonistuhls gesenkt, als der andere Aktionär, der gleichzeitig mit ihm das Wort verlangt hatte, schon aufsprang.

»Mr. Botterill«, sagte der Vorsitzende.

Michael sah einen mageren, schmalen Kopf und einen faltigen, behaarten Nacken über einem leicht vornübergebeugten Rücken, als horchte ein Arzt seinen Patienten ab.

»Wenn ich Sie recht verstehe, Sir«, sagte er, »so repräsentieren diese beiden Herren die allgemeine Einstellung des Aufsichtsrates, und der Aufsichtsrat war damit einverstanden, daß ein Mann, der in Verdacht geraten war, weiterhin Generaldirektor blieb. Der Herr ganz links — Mr. Forsyte, wenn ich nicht irre — hat von einem zufälligen Ereignis gesprochen. Wäre dies nicht eingetreten, so wären wir also offenbar noch immer in den Händen eines skrupellosen Individuums. Die Symptome dieses Falles sind äußerst beunruhigend. Man hat sich anscheinend einer ungerechtfertigten Vertrauensseligkeit schuldig gemacht — und einen ähnlichen Fall aus der jüngsten Vergangenheit werden wohl die meisten von uns noch schmerzlich in Erinnerung haben. Es liegt klar auf der Hand, daß der Generaldirektor das Projekt der Auslandsversicherungsgeschäfte einzig und allein zu seinem eigenen Vorteil verfolgte. Wir haben auf Grund dieser Politik schwere Einbußen erlitten. Und für uns Aktionäre stellt sich nun die Frage, ob ein Aufsichtsrat, der einem solchen Menschen sein Vertrauen gab und ihm auch dann sein Vertrauen nicht entzog, als schwerwiegende Verdachtsmomente auftauchten — ob ein solcher Aufsichtsrat wirklich in der Lage ist, die Geschicke dieses bedeutenden Konzerns zu lenken.«

Während dieser Rede war es Michael heißer und heißer geworden.

»Der alte Forsyte hatte ganz recht«, dachte er, »sie sind geliefert.«

Plötzlich knarrte der Stuhl seines Nachbarn zur Linken.
»Mr. Tolby«, sagte der Vorsitzende.
»Dies ist eine ernste Angelegenheit, meine Herren. Ich stelle den Antrag, daß der Aufsichtsrat den Saal verläßt, damit wir uns unbeeinflußt beraten können.«
»Ich unterstütze diesen Antrag«, sagte Michaels Nachbar zur Rechten.
Michael musterte die Gesichter der Aufsichtsräte, sah in dem einsamen Gesicht am Ende der Reihe etwas wie ein Erkennen aufleuchten und grinste zum Gruß.
Der Vorsitzende ergriff das Wort.
»Wenn Sie dies wünschen, meine Herren, fügen wir uns gern Ihrem Beschluß. Wer stimmt für den Antrag?«
Alle erhoben die Hände, mit Ausnahme von Michael, von zwei Damen, die so sehr in ihr Privatgespräch vertieft waren, daß sie die Frage nicht gehört hatten, und eines Mannes, der gerade vor Michael saß, so bebewegungslos, als sei er tot.
»Der Antrag ist angenommen«, sagte der Vorsitzende und erhob sich.
Michael sah seinen Vater lächeln und mit dem alten Forsyte sprechen, als sie sich beide von ihren Sitzen erhoben. Sie gingen einer nach dem andern aus dem Raum, und die Tür schloß sich hinter ihnen.
»Was immer auch passiert«, dachte Michael bei sich, »ich muß den Mund halten, sonst verrate ich mich.«
»Vielleicht wären die Herren von der Presse ebenfalls so freundlich, den Saal zu verlassen«, sagte irgend jemand.
Die Journalisten hoben leicht das Kinn, als fragten sie alle und niemand, ob diese Forderung auch berechtigt sei, klappten ihre Notizbücher zu und verließen widerwillig den Saal. Kaum waren sie verschwunden, kam Bewegung in die Versammlung, wie in eine Schar Enten, hinter denen ein Hund her ist. Michael sah sofort, warum. Die Aktionäre sprachen alle durcheinander. Irgend jemand sagte:
»Vielleicht könnte Mr. Tolby, der den Antrag gestellt hat, den Vorsitz übernehmen.«
Michaels linker Nachbar begann zu schnaufen.
»Einverstanden!« sagte er. »Wer sprechen will, möge bitte warten, bis ich ihm das Wort erteile.«
Jeder begann auf seinen Nachbarn einzureden, als wollte er probieren, wie weit er sich vorwagen konnte, ehe er sich formell zum Wort meldete. Mr. Tolby atmete so heftig, daß Michael tatsächlich einen Zug verspürte.
»Meine Herren! Meine Herren!« sagte er. »So geht das nicht! Wir wol-

len nicht allzu formell sein, aber eine gewisse Ordnung muß doch eingehalten werden. Ich werde die Diskussion selbst eröffnen. Ich wollte die Herren vom Aufsichtsrat nicht beleidigen, indem ich frei von der Leber weg rede. Aber wie der Herr da drüben ganz richtig gesagt hat: Die Öffentlichkeit muß sich vor Gaunern schützen, aber auch vor Laxheit. Wir alle wissen nur zu gut, was da neulich passiert ist und was wieder und wieder passieren wird, wenn wir Aktionäre nicht selbst unsere Interessen wahrnehmen. Zuallererst möchte ich eines festhalten: Man hätte sich nie und nimmer mit diesen Deutschen einlassen dürfen. Zweitens hat der Aufsichtsrat geringe Menschen- und Sachkenntnis gezeigt. Und drittens, finde ich, sind sie alle zu sehr miteinander unter einer Decke gesteckt. Ich glaube also, wir sollten ihnen unser Mißtrauen zum Ausdruck bringen.«

»Hört! Hört!« riefen die einen, und in ihre Rufe mischten sich undefinierbare Laute. Mitten hinein ertönte ein lautes »Nein!« von dem einen Aktionär, der wie ein Toter dagesessen war. Michael hatte das Gefühl, er müsse ihn umarmen — um so mehr, als er noch immer kein weiteres Lebenszeichen von sich gab. Auf dieses Nein hinauf erhob sich ein dünner, gebildet wirkender Mann mit einem kleinen grauen Schnurrbart.

»Mit Ihrer gütigen Erlaubnis«, begann er, »ich finde, daß hier allzu schnell der Stab über unseren Aufsichtsrat gebrochen wird. Ich hätte gerne gesehen, wie Sie sich verhalten hätten, Sir, wenn Sie als Aufsichtsrat mit einer solchen Situation konfrontiert worden wären. Es ist allzu leicht, andere zu verurteilen!«

»Hört! Hört!« sagte Michael, über seine eigene Stimme erstaunt.

»Es ist sehr leicht«, fuhr der gebildet wirkende Aktionär fort, »der Leitung die Schuld zu geben, wenn etwas Derartiges geschieht, aber da ich selbst Aufsichtsrat bin, würde ich gerne wissen, wem man eigentlich vertrauen soll, wenn nicht dem eigenen Generaldirektor. Was die Auslandsversicherungen betrifft, so haben wir selbst uns in zwei Generalversammlungen für diese Politik ausgesprochen — und fast zwei Jahre lang die sich daraus ergebenden Gewinne eingestreift. Hat auch nur einer von uns damals dagegen gesprochen?«

Der leblose Aktionär sagte so laut »Nein!«, daß Michael ihm beinahe auf die Schulter geklopft hätte.

Der andere Aktionär, der Kopf und Nacken vorgebeugt hielt wie ein Arzt bei der Untersuchung eines Patienten, erhob sich.

»Ich stimme mit der Diagnose meines Vorredners nicht überein. Ich gebe gerne alles zu, was er sagt, doch sehen wir die Sache einmal von einer etwas höheren Warte an. Was zählt, sind die praktischen Ergebnisse.

Wenn eine Regierung eine Fehlentscheidung in einer wichtigen Sache trifft, wendet sich die Wählerschaft gegen sie, sobald man die Auswirkungen zu spüren bekommt. Dies ist eine gesunde Kontrollmöglichkeit über die Verwaltung. Vielleicht brechen wir etwas zu schnell den Stab über die Herren, das ist jedoch das kleinere Übel. Ein Aufsichtsrat muß seine Maßnahmen vertreten können; stellt sich heraus, daß er sich verspekuliert hat, so hat er die Konsequenzen zu tragen. Mr. Tolby, unser Leiter bei dieser informellen Beratung, war meiner Meinung nach formell nicht berechtigt, einen Mißtrauensantrag zu stellen. Wenn Sie, meine Herren, auch dieser Meinung sind, so werde ich mich freuen, den Antrag an seiner Stelle einzubringen.«
Diesmal erklang das »Nein« des leblosen Aktionärs so laut, daß eine Pause eintrat, weil man erwartete, er würde weitersprechen. Er blieb jedoch bewegungslos sitzen. Michaels Nachbarn sprangen beide auf. Sie nickten einander über Michaels Kopf hinweg zu, und Mr. Tolby setzte sich wieder.
»Mr. Sawdry«, sagte er.
»Sehen Sie, meine Herren«, sagte Mr. Sawdry, »und meine Damen, ich glaube, daß hier ein Kompromiß angebracht wäre. Meiner Meinung nach sollten jene Mitglieder des Aufsichtsrates, die etwas von den Machenschaften des Generaldirektors wußten, ihren Abschied nehmen; damit könnten wir uns aber begnügen. Der Herr da vorne sagt in einem fort ›Nein‹. Vielleicht könnte er uns seine Ansichten genauer auseinandersetzen.«
»Nein«, rief der leblose Aktionär, diesmal weniger lautstark.
»Wenn einer nicht imstande ist, seine Meinung zu sagen«, setzte Mr. Sawdry fort, »dann sollte er lieber nicht dauernd unterbrechen, meine ich.«
Nun drehte sich ein Aktionär in der ersten Reihe um, so daß er der gesamten Versammlung das Gesicht zuwandte.
»Meiner Ansicht nach«, sagte er, »ist es eine Zeitvergeudung, diese Diskussion fortzusetzen; ganz augenscheinlich werden hier die verschiedensten Ansichten vertreten. Die Geschicke unseres Landes werden zur Zeit nach dem System gelenkt, daß man Vertrauensmänner ernennt. Dieses System mag nun gut oder schlecht sein, wir müssen damit leben. Man muß zu irgend jemandem Vertrauen haben. In unserem Fall nun hatten wir keinen Grund, unserem Aufsichtsrat zu mißtrauen, und wie mir scheinen will, unser Aufsichtsrat hatte bislang keinen Grund, seinem Generaldirektor zu mißtrauen. Ich glaube, es ginge entschieden zu weit, in der gegenwärtigen Situation einen Mißtrauensantrag zu stellen. Mei-

ner Meinung nach sollten wir den Aufsichtsrat hereinbitten und fragen, welche Zusicherungen er uns machen kann, daß etwas Ähnliches nicht mehr vorkommt.«

Das Echo auf diesen gemäßigten Vorschlag war so verworren, daß Michael seinen Sinn nicht verstehen konnte. Ganz anders war es bei der Rede, die nun folgte; ein Aktionär, der rechts vorne saß, mit rötlichem Haar, hellen Brauen, kurzgestutztem Schnurrbart und zerfurchtem Gesicht, meldete sich zu Wort.

»Ich habe nichts dagegen, die Mitglieder des Aufsichtsrates wieder hereinzubitten«, sagte er mit leicht spöttischem Unterton, »und ein Mißtrauensvotum in ihrer Gegenwart auszusprechen. Eine Frage ist hier jedoch noch nicht berührt worden, nämlich, wie weit wir die Herren, wenn wir sie hinauswerfen, für den Verlust haftbar machen können. Die Sache ist nicht ganz eindeutig, aber wir haben eine gute Chance, zu gewinnen, wenn wir sie ergreifen wollen. Werfen wir sie aber nicht hinaus, so ist es klar, daß wir keinen Schadenersatz verlangen können, selbst wenn wir wollten.«

Der Eindruck, den diese Rede machte, war ganz anders als bei den früheren. Es herrschte Stille, als sei endlich etwas Entscheidendes gesagt worden. Michael starrte Mr. Tolby an. Die runden, hellen, ziemlich vorstehenden Augen des dicken Mannes sahen sehr nachdenklich drein. »So muß eine Forelle glotzen«, dachte Michael, »wenn sie eine Fliege sieht.« Plötzlich stand Mr. Tolby auf.

»Gut«, sagte er, »holen wir sie herein!«

»Ja«, sagte der leblose Aktionär. Kein Widerspruch erfolgte.

Michael sah, wie jemand aufstand und aufs Podium stieg.

»Verständigen Sie auch die Presse!« sagte Mr. Tolby.

13

Soames stellt sich der Meute

Als sich die Tür hinter den Aufsichtsräten geschlossen hatte, trat Soames zu einem Fenster, das so weit wie möglich von den Überresten des Lunchs entfernt war, welches man vor der Sitzung eingenommen hatte.

»Leichenschmaus, was, Forsyte?« hörte er eine Stimme an seinem Ohr.

»Ich fürchte, wir sind erledigt. Der arme alte Mothergill ist schon ganz blau angelaufen. Er sollte eigentlich um ein zweites Hemd bitten!«
Soames' Hartnäckigkeit begann sich wieder zu melden.
»Die Sache müßte richtig angepackt werden«, brummte er; »der Vorsitzende ist dazu ungeeignet!« Beim Schatten des alten Onkel Jolyon! Der hätte kurzen Prozeß gemacht! Hier fehlte eine beherrschende Persönlichkeit.
»Eine Warnung für uns alle, Forsyte, loyal zu sein! Das gilt nichts in der heutigen Zeit. Ah! Fontenoy!«
Ein hochgewachsener Mann war neben Soames getreten.
»Nun, Mr. Forsyte, sind Sie jetzt zufrieden? Eine verdammte Angelegenheit! Wäre ich Vorsitzender gewesen, dann wäre ich nie gegangen. Man muß die Meute immer im Auge behalten, Mont. Paßt man nicht auf, dann fallen sie über einen her! Ich möchte gerne mit einer Peitsche unter sie fahren; den zwei dicken Kerlen mit den feisten Gesichtern würd' ich's zeigen – die sind gefährlich! Wenn Sie nicht noch etwas in Reserve haben, Mr. Forsyte, sind wir erledigt.«
»Was sollte ich denn noch in Reserve haben?« fragte Soames kalt.
»Ja, zum Teufel, Sir, Sie haben doch die Kastanien ins Feuer geworfen, jetzt ist es an Ihnen, sie auch wieder herauszuholen. Ich kann es mir nicht leisten, mein Gehalt zu verlieren!«
Soames hörte, wie Sir Lawrence »Doch nicht so direkt, mein lieber Fontenoy!« murmelte, und sagte boshaft:
»Vielleicht verlieren Sie mehr als Ihr Gehalt!«
»Ausgeschlossen! Meinetwegen können die Eaglescourt morgen schon übernehmen, dann bin ich es wenigstens los!« Plötzlich schimmerte ein Funke von Gefühl in den alten Augen: »Der Staat treibt einen in die Enge, raubt einen bis aufs Hemd aus und erwartet dann noch, daß man zum Wohl des Landes gratis arbeitet. Das geht nicht, Mont – das geht nicht!«
Soames wandte sich ab; er war überhaupt nicht zum Reden aufgelegt, wie einer, der an einem offenen Grab steht und sieht, wie der Sarg langsam hinuntergelassen wird. Hier wurde seine Unfehlbarkeit zu Grabe getragen! Er machte sich nichts vor. Alles würde in den Zeitungen stehen, und damit würde der Ruf seines sicheren Urteils auf immer zerstört sein. Bitter! Nie wieder würden die Forsytes sagen: »Soames hat gesagt –!« Nie wieder würde ihm der alte Gradman wie ein Hund mit den Augen folgen, zwar manchmal unwillig, aber doch immer die Unfehlbarkeit anerkennend. Für den Alten würde das ein schwerer Schlag sein. Seine Geschäftsfreunde – von denen hatte er ja heutzutage nicht mehr viele –

würden ihn nicht länger mit neidischer Achtung anstarren. Er fragte sich, ob die Wogen, die diese Geschichte aufrührte, auch Dumetrius und den Bildermarkt erreichen würden! Der einzige Trost war, daß Fleur es nicht zu erfahren brauchte. Fleur! Ah! Wenn das nur schon gut vorbei wäre! Einen Augenblick lang konnte er an überhaupt nichts anderes denken. Dann brach die Gegenwart wieder wie eine Sturzflut über ihn herein. Warum redeten denn alle so, als läge eine Leiche im Zimmer? Aber es stimmte ja – die Leiche seiner Unfehlbarkeit! Finanzielle Verluste – das erschien ihm von zweitrangiger Bedeutung, weit weg, unglaubhaft – wie das Leben im Jenseits. Mont hatte etwas über Loyalität gesagt. Er wußte nicht, was Loyalität damit zu tun haben sollte. Aber wenn sie glaubten, daß er klein beigeben würde, dann hatten sie sich sehr getäuscht. Ein Mut der Bitterkeit stieg in ihm auf. Aktionäre, Aufsichtsräte, sie konnten kläffen und die Fäuste schütteln; er würde sich nichts diktieren lassen. Er hörte eine Stimme:

»Kommen Sie bitte wieder herein, meine Herren!«

Als er sich wieder vor seinem unbenützten Gänsekiel niedersetzte, fiel ihm die Stille auf – die Aktionäre warteten auf die Aufsichtsräte, die Aufsichtsräte auf die Aktionäre. »Ich möchte gerne mit der Peitsche unter sie fahren!«

Extravagante Worte des »alten Aushängeschilds«, aber sie trafen den Nagel auf den Kopf.

Schließlich sagte der Vorsitzende, dessen Stimme Soames immer an rohen Salat mit ein wenig Öl darüber erinnerte, ironisch:

»Nun, meine Herren, wir stehen zu Ihrer Verfügung.«

Der dicke Mensch mit dem roten Mopsgesicht neben Michael stand auf:

»Um es kurz zu sagen, Herr Vorsitzender, wir sind überhaupt nicht befriedigt; aber bevor wir irgendwelche Entscheidungen treffen, möchten wir hören, was Sie zu sagen haben.«

Direkt unter Soames sprang jemand auf und sagte:

»Wir möchten gerne wissen, Sir, was für Garantien Sie uns geben können, daß so etwas in Zukunft nicht mehr geschieht.«

Soames sah, wie der Vorsitzende lächelte – der Mensch hatte kein Rückgrat!

»Wie die Dinge liegen«, sagte er, »keine wie immer gearteten! Sie können doch kaum annehmen, daß wir unseren Generaldirektor einen Augenblick länger auf seinem Posten belassen hätten, wenn wir gewußt hätten, daß er unseres Vertrauens nicht würdig war!«

Soames dachte: »So geht's nicht – er hat sich ja selbst widersprochen!« Ja, und der Kerl mit dem Mopsgesicht hatte das auch erkannt!

»Das ist es ja gerade, Sir«, sagte er. »Zwei von Ihnen haben es gewußt, und trotzdem ist der Kerl noch monatelang auf seinem Posten gesessen, hat getan, was er wollte, und die Gesellschaft wahrscheinlich nach Strich und Faden betrogen!«

Einer nach dem anderen keiften sie jetzt:

»Sie widersprechen sich ja selbst!«

»Sie haben doch zugegeben, daß Sie kollektiv die Verantwortung tragen.«

»Sie haben gesagt, daß Sie mit der Haltung Ihrer Kollegen im Aufsichtsrat völlig übereinstimmen!« Wirklich eine Meute!

Soames sah, wie der Vorsitzende den Kopf neigte, als ob er ihn schütteln wollte; er sah, wie der alte Fontenoy vor sich hin murmelte, wie sich der alte Mothergill schneuzte, Meyricke seine eckigen Schultern zuckte. Plötzlich verstellte ihm jemand die Aussicht: Sir Lawrence hatte sich erhoben.

»Erlauben Sie mir ein Wort! Ich für mein Teil finde es unmöglich, den großzügigen Versuch des Vorsitzenden anzunehmen, eine Verantwortung, die offensichtlich bei mir liegt, auf sich zu nehmen. Wenn ich einen Fehler begangen habe, indem ich über unsere Vermutungen nichts verlauten ließ, dann muß ich dafür büßen; und ich glaube, daß es die — äh — Situation bereinigen wird, wenn ich der Versammlung meinen Rücktritt anbiete.«

Soames sah, wie er sich leicht verbeugte, das Monokel ins Auge klemmte und sich wieder setzte.

Ein Gemurmel folgte diesen Worten — Zustimmung, Erstaunen, Bedauern, Bewunderung? Es war eine chevalereske Geste gewesen. Soames mißtraute einer solchen Haltung — es lag darin immer etwas von Eitelkeit. Er fühlte sich ungewöhnlich aufgebracht.

»Offensichtlich«, sagte er und stand auf, »bin ich der zweite beschuldigte Aufsichtsrat. Nun gut! Ich bin mir nicht bewußt, vom Anfang bis zum Ende dieser Angelegenheit etwas anderes als meine Pflicht getan zu haben. Ich bin überzeugt, daß ich mich in meiner Voraussicht nicht geirrt habe. Und ich empfinde es als absolut ungerecht, dafür bestraft zu werden. Ich habe mir genug Sorgen gemacht, ohne daß mich die Aktionäre zum Sündenbock zu machen brauchen, die Aktionäre, die doch unsere Geschäftspolitik ohne den geringsten Widerspruch akzeptiert haben, bevor ich noch dem Aufsichtsrat beigetreten war, und die jetzt wütend sind, weil es eine Verlustpolitik gewesen ist. Sie verdanken es mir, daß diese Politik fallengelassen wurde; Sie verdanken es mir, daß Sie nicht länger einen Betrüger zum Generaldirektor haben. Und Sie verdanken es mir, daß man Sie heute zusammengerufen hat, um Ihnen diese Angelegenheit vorzulegen. Ich habe nicht die geringste Absicht, klein beizugeben. Aber diese Angelegenheit hat auch noch eine andere Seite. Ich bin nicht bereit, meine Dienste Leuten zur Verfügung zu stellen, die sie nicht richtig einschätzen. Ich habe kein Verständnis für die Ansichten, die heute hier vertreten wurden. Wenn jemand glaubt, mir etwas vorwerfen zu können, so soll er mich klagen. Ich bin bereit, in dieser Angelegenheit nötigenfalls bis in die letzte Instanz zu gehen. Ich habe mich mein ganzes Leben lang in den Geschäftskreisen der City bewegt und bin es nicht gewohnt, daß man mir mit Verdächtigungen und Undankbarkeit begegnet. Wenn das ein Beispiel der modernen Umgangsformen ist, dann mag ich mit der City nichts mehr zu tun haben. Ich biete der Versammlung nicht meinen Rücktritt an; ich trete zurück.«

Er verneigte sich gegen den Vorsitzenden, stieß seinen Stuhl zurück, ging entschlossen zur Tür, öffnete sie und verschwand.

Er suchte seinen Hut. Er bezweifelte nicht im geringsten, daß er ihre schwachen Nerven erschüttert hatte. Diesen Mopsgesichtern stand der Mund offen! Er hätte gerne gesehen, wie sie sich nach seinem Abgang verhielten, aber es war mit seiner Würde nicht vereinbar, noch einmal die Tür zu öffnen. Statt dessen nahm er ein Sandwich und begann es zu essen. Er fühlte sich besser als seit Monaten. Ein Stimme sagte:

»Und die weiteren Vorgänge interessierten ihn nicht mehr! Ich hatte ja keine Idee, Forsyte, daß Sie so ein Redner sind! Sie haben denen einen Schlag zwischen die Augen versetzt. Noch nie habe ich ein solches Knock out in einer Versammlung erlebt! Aber Sie haben den Aufsichtsrat gerettet, indem Sie die Wut der Aktionäre auf sich selbst konzentriert haben. Das war sehr nobel von Ihnen, Forsyte!«

Soames brummte über sein Sandwich:

»Das war nicht so gemeint! Sind Sie auch gegangen?«

»Ja. Ich habe auf meinem Rücktritt bestanden. Dieser rotgesichtige Kerl hat ein Vertrauensvotum für den Aufsichtsrat beantragt, als ich ging — und das geht durch, Forsyte — das geht durch! Übrigens haben sie auch etwas über finanzielle Haftung gesagt.«

»Tatsächlich?« sagte Soames mit einem grimmigen Lächeln. »Aber da täuschen sie sich. Ihre einzige Chance lag darin, den Aufsichtsrat dafür haftbar zu machen, daß er beim Abschluß der ausländischen Verträge seine Kompetenzen überschritten hat. Wenn sie den Aufsichtsrat neu bestätigen, nachdem diese Frage in einer öffentlichen Versammlung verhandelt worden ist, sind sie erledigt. Daß wir beide unseren Verdacht nicht offen ausgesprochen haben, können sie uns nicht zur Last legen — das ist sicher.«

»Und eine Erleichterung für mich, das gebe ich zu«, sagte Sir Lawrence mit einem Seufzer. »Das war die Rede Ihres Lebens, Forsyte!«

Obwohl Soames das genau wußte, schüttelte er den Kopf. Abgesehen von dem Abscheu, seinen Namen gedruckt zu sehen, beschlich ihn das Gefühl, daß er sich hatte hinreißen lassen. Es war immer ein Fehler, die Geduld zu verlieren! Ein bitteres Lächeln trat auf seine Lippen. Niemand, nicht einmal der alte Mont, würde einsehen, wie ungerecht man ihn behandelt hatte.

»Tja«, sagte er, »ich gehe jetzt.«

»Ich warte noch, Forsyte, und höre mir an, wie es ausgegangen ist.«

»Ausgegangen? Man wird zwei andere Narren ernennen und sich gegenseitig anquatschen. Aktionäre! Auf Wiedersehen!« Er ging zur Tür.

Als er an der Bank von England vorbeikam, hatte er das Gefühl, als ließe er sein eigenes Leben hinter sich. Sein Scharfsinn, seine Urteilskraft, seine Art, Geschäfte zu führen – in den Schmutz gezogen! Es gefiel ihnen nicht; gut, dann würde er es eben lassen! Man sollte ihn nicht noch einmal dabei erwischen, daß er sich irgendwo einmischte! Aber es paßte zur heutigen Lage der Dinge. Von der Hand in den Mund leben und die Verläßlichen an die Wand drücken! Die, für die das Pfund noch ein Pfund und nicht Glück und Papier war. Die Männer, die noch wußten, daß das Heil des Landes in der geradlinigen, ehrlichen Geschäftsführung lag. Die brauchte man nicht mehr. Einen nach dem anderen würde man sie absägen – wie man ihn abgesägt hatte – zugunsten von Hohlköpfen, Revolutionären, unruhigen Gesellen oder gerissenen, skrupellosen Menschen wie Elderson. Es lag in der Luft. Die gute alte landläufige Ehrlichkeit konnte schließlich aber doch nicht durch Raffgier wettgemacht werden. Er bog in die Poultry ein, ohne daß es ihm bewußt wurde. Nun, er könnte ja Gradman sofort sagen, daß er sich in Zukunft auf sein eigenes Urteil verlassen müsse. Am Eingang der Sackgasse blieb er einen Augenblick stehen, als wollte er sich ihr Aussehen, ihre Ruhe ins Gehirn einprägen. Er würde seine Vertrauensämter niederlegen, die privaten und alle anderen auch! Er hatte keine Lust, sich von seiner Familie verspotten zu lassen. Aber plötzlich stürzte eine Welle von Erinnerungen auf ihn ein, die ihm das Herz ganz schwermachten. Von wie vielen Vollmachten, erneuerten Mietverträgen, verkauften Häusern, Investitionen, Kapitalanlagen konnte das Hinterzimmer dort oben erzählen; was für eine unaufhörliche Quelle der Genugtuung waren doch wohlverwaltete Besitztümer! Ah! Nun gut! Seinen eigenen Besitz würde er weiter verwalten. Aber die anderen mußten sich um den ihrigen selbst kümmern. Und das würde ihnen ganz schön zu schaffen machen!

Langsam stieg er die steinernen Stufen hinauf. An der Heimstätte der Forsyteschen Angelegenheiten stieß er auf das Ungewöhnliche – Gradman war nicht da, aber auf dem großen Tisch lag eine große reife Melone neben einer Strohtasche. Soames schnupperte an ihr. Das Ding duftete köstlich. Er hielt sie gegen das Licht. Die grüngelbe Farbe, das feine Netz von Fasern – ganz chinesisch! Würde der alte Gradman auch die Schale wegwerfen wie der weiße Affe?

Er hielt sie noch in der Hand, als eine Stimme sagte:

»Ach! Ich habe Sie heute nicht erwartet, Mr. Soames. Ich wollte früher weggehen; meine Frau gibt eine kleine Gesellschaft.«

»Das sehe ich!« sagte Soames und legte die Melone auf den Tisch zurück. »Im Augenblick gibt es auch nichts für Sie zu tun, aber ich wollte Ihnen nur sagen, daß Sie einen Entwurf meines Rücktritts von der Verwaltung der Forsyteschen Vermögen ausarbeiten sollen.«

Das Gesicht des alten Mannes war so verdutzt, daß Soames ein Lächeln nicht unterdrücken konnte. »Timothys Vermögen werde ich behalten; aber die anderen müssen weg. Der junge Roger kann sich darum kümmern; der hat nichts zu tun.«

Ein plötzlich klagendes »Du lieber Himmel! Das wird ihnen aber gar nicht gefallen!« irritierte Soames.

»Sie müssen es eben schlucken. Ich brauche Ruhe.«

Er hatte nicht die Absicht, sich auf Argumente einzulassen – Gradman konnte es selbst in den *Financial News* lesen oder wo immer.

»Dann sehe ich Sie ja nicht mehr so oft, Mr. Soames; für Mr. Timothys Vermögensverwaltung ist ja nie etwas zu tun. Du lieber Himmel! Ich bin ganz verwirrt. Wollen Sie nicht auch das Vermögen Ihrer Schwester weiter verwalten?«

Soames sah den alten Mann an, und Gewissensbisse regten sich in ihm – wie immer, wenn ihm jemand zu verstehen gab, daß er ihn schätzte.

»Also gut«, sagte er; »ich werde auch ihres weiter verwalten; und wegen meiner eigenen Angelegenheiten komme ich natürlich ins Büro. Auf Wiedersehen, Gradman. Das ist eine schöne Melone.«

Er wartete keine weiteren Worte mehr ab. Der gute Alte! Er würde wohl nicht mehr lange durchhalten, obwohl er recht widerstandsfähig aussah! Sie würden kaum jemand finden, der ihm gleichkam!

Als er die Poultry erreichte, entschloß er sich, in die Green Street zu gehen und Winifred aufzusuchen – er empfand sonderbarerweise ein plötzliches Heimweh nach dem Haus in der Park Lane, nach den guten alten Tagen, der Zurückgezogenheit seiner Jugend unter den Fittichen von James und Emily. Winifred war jetzt die einzige, die für ihn die Vergangenheit ver-

körperte; ihr solides Naturell änderte sich nie, wie sehr sie auch mit der Mode ging.
Er fand sie in einem etwas zu jugendlichen Kleid, während sie chinesischen Tee trank, den sie nicht mochte — aber was konnte man da machen, andere Teesorten waren »gewöhnlich«!
Sie hatte sich auch einen Papagei zugelegt. Papageien waren wieder im Kommen. Der Vogel machte einen schrecklichen Lärm. Ob es der Einfluß des Vogels oder des chinesischen Tees war — eines Tees, der auf englische Art aus einer Sorte zubereitet wurde, die die Chinesen für Ausländermägen pflanzten, und von dem ihm immer übel wurde —, bald erzählte er ihr die ganze Geschichte.
Als er geendet hatte, sagte Winifred sehr beruhigend:
»Also meiner Meinung nach, Soames, hast du das herrlich gemacht; geschieht ihnen recht!«
Im vollen Bewußtsein, daß seine Erzählung die Wahrheit so gebracht hatte, wie sie der Öffentlichkeit nicht erscheinen würde, murmelte Soames:
»Das ist ja recht schön; aber in den Finanzblättern wird es anders lauten.«
»Oh! Aber die liest doch niemand. Ich würde mir keine Sorgen machen. Kennst du Coué? So ein beruhigender Mensch, Soames; ich habe mir einen Vortrag von ihm angehört. Manchmal ist er zwar recht langweilig, aber er ist der letzte Schrei.«
Soames murmelte etwas Unhörbares — er gab eine Schwäche niemals zu.
»Und wie steht's«, fragte Winifred, »mit Fleurs kleiner Angelegenheit?«
»Kleiner Angelegenheit!« ertönte ein Echo über seinem Kopf.
Dieser Vogel! Er klammerte sich an den Brokatvorhängen an und machte ruckartige Bewegungen mit seinem Hals.
»Polly«, sagte Winifred; »sei nicht ungezogen!«
»Soames«, rief der Vogel.
»Das habe ich ihm beigebracht. Ist er nicht schrecklich nett?«
»Nein«, sagte Soames. »Ich würde ihn einsperren; er wird deine Vorhänge ruinieren.«
Der Ärger dieses Nachmittags war plötzlich in ihm wieder akut geworden. Waren die Schlagworte des Lebens nicht auch Papageiengeplapper? Was wußten die Leute denn schon von der wirklichen Wahrheit? Sie wiederholten nur das, was die anderen sagten — wie dieses Aktionärspack —, oder bezogen ihre kostbaren Gefühle aus dem »Täglichen Lügner«. Ging einer einmal einen eigenen Weg, dann folgten ihm hundert andere wie die Schafe.

»Du bleibst und ißt bei mir, mein Lieber!« sagte Winifred. Ja! Das würde er tun. Er hatte keine Lust, seiner Frau am South Square gegenüberzusitzen. Zehn zu eins, daß Fleur oben in ihrem Zimmer bleiben würde. Und was Michael betraf – der Junge war am Nachmittag dabei gewesen und hatte die ganze Angelegenheit miterlebt; er hatte nicht die Absicht, das alles nochmals durchzukauen.
Er wusch sich gerade fürs Essen die Hände, als das Stubenmädchen draußen sagte: »Sie werden am Telefon verlangt, Sir.«
Michaels Stimme kam gepreßt und heiser über die Leitung. »Sind Sie das, Sir?«
»Ja. Was ist?«
»Fleur. Es hat um drei Uhr nachmittag begonnen. Ich habe schon versucht, Sie zu erreichen.«
»Was?« schrie Soames. »Wie? Rasch!«
»Sie sagen, daß alles normal verläuft. Aber es ist so schrecklich. Sie sagen auch, daß es bald vorüber sein wird.« Die Stimme brach ab.
»Mein Gott!« sagte Soames. »Meinen Hut!«
An der Eingangstür fragte das Mädchen: »Kommen Sie zum Essen zurück, Sir?«
»Essen!« brummte Soames und war schon fort.
Er ging hastig die Straße entlang, lief fast, suchte ein Taxi. Natürlich gab es keines! Keines! Vis-à-vis vom Iseeum-Klub bekam er eines, es hatte das Verdeck wegen des schönen Wetters nach dem Gewitter der letzten Nacht heruntergelassen. Das Gewitter! Er hätte es wissen müssen! Zehn Tage vor ihrer Zeit! Warum, in aller Welt, war er nicht gleich zurückgegangen oder hatte zumindest eine Nachricht hinterlassen, wo er zu finden wäre? Alles, was er an diesem Nachmittag durchgemacht hatte, verflog wie Rauch. Armes Kind! Armes kleines Ding! Und was war mit dem Dämmerschlaf? Warum war er nicht bei ihr? Er hätte vielleicht – die Natur! Verdammt! Die Natur – daß sie nicht einmal Fleur in Ruhe lassen konnte!
»Rascher!« sagte er und lehnte sich hinaus. »Ich zahle den doppelten Fahrpreis!«
Vorbei am Connoisseurs, am Buckingham-Palast und an Whitehall, vorbei an allen Reservaten, aus denen die Natur ausgeschlossen war, fuhr Soames, von Ängsten gepackt, grau, atemlos. Vorbei an Big Ben – acht Uhr! Fünf Stunden! Fünf Stunden dauerte es schon!
»Laß es vorbei sein!« murmelte er laut. »Laß es bald vorbei sein, o Gott!«

14

Auf der Folter

Als sich sein Schwiegervater vor dem Vorsitzenden verbeugte und hinausging, mußte sich Michael sehr zurückhalten, um nicht ein lautes »Bravo« zu rufen. Wer hätte gedacht, daß der Alte so loslegen konnte? Er hatte es ihnen gründlich »hineingesagt«. Nach einer längeren Pause ertönte ein wildes Stimmengewirr, bis sich endlich sein Nachbar, Mr. Sawdry, Gehör verschaffen konnte.

»Jetzt, wo der in die Sache verwickelte Aufsichtsrat zurückgetreten ist, habe ich die Ehre, ein Vertrauensvotum für die übrigen Herren des Aufsichtsrates zu beantragen.«

Michael sah, wie sein Vater aufstand, ein wenig geziert und lächelnd, und sich gegen den Vorsitzenden verbeugte: »Ich betrachte auch meinen Rücktritt als angenommen; wenn Sie gestatten, ziehe ich mich mit Mr. Forsyte zurück.«

Jemand sagte:

»Ich unterstütze das Vertrauensvotum.«

Michael drückte sich an Mr. Sawdrys Knien vobei zum Ausgang. Von dort aus konnte er sehen, daß fast alle Hände zugunsten des Vertrauensvotums erhoben wurden; und mit dem Gedanken »Den Aktionären zum Fraß vorgeworfen!« verließ er das Haus. Sein Takt hinderte ihn daran, die beiden jetzt aufzusuchen. Sie hatten ihre Würde gerettet, aber alles übrige war beim Teufel.

Während er rasch westwärts ging, dachte er über die harten Wege der Gerechtigkeit nach. Die Aktionäre waren natürlich mit Recht aufgebracht, und irgend jemand mußte zum Sündenbock gemacht werden, damit ihr Gerechtigkeitsgefühl befriedigt wurde. Sie hatten sich den alten Forsyte ausgesucht, der von allen die geringste Schuld trug; wenn Bart den Mund gehalten hätte, hätten sie ihn sicher in ihr Vertrauensvotum eingeschlossen. Alles sehr natürlich und unlogisch; und schon vier Uhr!

»Falsches Spiel.« An diesem Tag, an dem Wilfrids Buch erschien, war sein altes Gefühl für ihn wiedererwacht. Man mußte alles, was nur möglich war, für das Buch tun – armer alter Wilfrid! Es durfte einfach kein Mißerfolg werden!

Nachdem er bei zwei großen Buchhändlern vorgesprochen hatte, ging er in seinen Klub und schloß sich in die Telefonzelle ein. In den alten Zeiten hatte man eine Droschke genommen und war von einem zum andern gefahren. Telefonieren ging schneller — wirklich? Mit großer Mühe erreichte er schließlich Sibley, Nazing, Upshire, Master und ein halbes Dutzend andere »Auserwählte«. Er sprach mit ihnen so überlegt, wie er es sich vorgenommen hatte, um sie zu gewinnen. Das Buch, sagte er, würde »die alte Garde und die anderen Blindgänger im allgemeinen« ärgern; aber die Kenner müßten ein wenig Reklame machen. Jedem von ihnen sagte er, daß gerade sein Lob ausschlaggebend sein würde. »Wenn du das Buch noch nicht besprochen hast, mein Lieber, tu es doch bitte! Du zählst ja schließlich am meisten.« Und er fügte auch bei jedem hinzu: »Es ist mir ganz egal, wie es sich verkauft, aber ich möchte, daß Wilfrid das Lob bekommt, das ihm gebührt.« Und das war auch seine ehrliche Meinung. Der Verleger in Michael war während dieser Stunde in der Telefonzelle tot, nur der Freund war lebendig und rührig. Als er herauskam, lief ihm der Schweiß die Stirn herab; er war völlig erschöpft; es war halb sechs.

»Eine Tasse Tee — und dann nach Hause!« dachte er. Um sechs kam er zu Hause an. Ting-a-ling kauerte völlig unbeachtet in der hintersten Ecke der Halle.

»Was ist denn los, mein Lieber?«

Ein Laut von oben, der sein Blut gerinnen ließ, antwortete — ein langes, leises Stöhnen.

»O Gott!« stieß er heiser hervor und raste hinauf.

Annette trat ihm an der Tür entgegen. Er wurde sich vage bewußt, daß sie französisch sprach, ihn *mon cher* nannte und *vers trois heures* sagte . . . »Der Arzt sagt, wir brauchen uns keine Sorgen zu machen — alles geht prächtig.« Wieder dieses Stöhnen, und die Tür wurde vor seiner Nase zugemacht; sie war fort. Michael blieb wie erstarrt auf dem Teppich stehen, er vergrub die Fingernägel in der Handfläche, während ihm eiskalter Angstschweiß herunterrann.

»So wird man also Vater!« dachte er. »So wurde ich ein Sohn!« Dieses Stöhnen! Er hielt es nicht aus, dazubleiben, und er hielt es auch nicht aus, wegzugehen. Es konnte ja noch Stunden dauern! Er sagte sich immer wieder vor: »Man braucht sich keine Sorgen zu machen — man braucht sich keine Sorgen zu machen!« Wie leicht sich das doch sagte! Wie bedeutungslos! Sein Hirn, sein Herz, das verzweifelt nach Erleichterung suchte, verfielen auf den sonderbarsten Trost, der ihm einfallen konnte. Er stellte sich vor, daß das Kind, das da geboren wurde, nicht seines, sondern Wilfrids Kind gewesen wäre; wie hätte er sich dann hier vor dieser Tür gefühlt? Es hätte — es hätte ja so leicht sein können — wo doch heute nichts mehr heilig war! Nichts, außer — ja, eben außer dem, was einem

teurer als das eigene Ich war — was stöhnend dort drinnen lag. Er hielt es oben nicht mehr aus und ging hinunter. Eine Zigarre im Mund, ging er hin und her über den Kupferboden, hin und her in ungewisser rebellischer Angst. Warum mußte eine Geburt so schwierig sein? Und die Antwort war: Aber in China ist sie ja anders! Den Glauben haben, daß nichts von Bedeutung sei — und dann so etwas erleben! Etwas, das um einen solchen Preis geboren wurde, mußte Bedeutung haben. Die Überlegungen erstarben in ihm — er blieb stehen und horchte mit aller Intensität. Nichts! Er konnte es unten nicht mehr aushalten und ging wieder hinauf. Zuerst kein Laut, dann wieder ein Stöhnen! Diesmal floh er in sein Arbeitszimmer und durchmaß das Zimmer immer wieder und betrachtete dabei geistesabwesend die Karikaturen Aubrey Greenes. Dann fiel ihm plötzlich der alte Forsyte ein. Ihm mußte man es doch sagen!
Er rief im Connoisseur-Klub an, im »Remove« und in den Klubs seines Vaters, falls sie nach der Versammlung zusammen dorthin gegangen waren. Er hatte nirgends Erfolg. Es war halb acht. Wie lange sollte das denn noch dauern? Er ging zurück zur Schlafzimmertür, konnte nichts hören. Dann wieder hinunter in die Halle. Ting-a-ling lag jetzt bei der Eingangstür. »Er ist beleidigt«, dachte Michael, streichelte ihm den Rücken und leerte automatisch den Briefkasten. Nur ein Brief — Wilfrids Handschrift! Er nahm ihn zum Stiegenaufgang mit und las ihn nur mit halber Aufmerksamkeit — die andere Hälfte seiner Gedanken war nicht dabei, war dort oben.

»Lieber Mont! Ich breche morgen zu einer Durchquerung Arabiens auf. Ich dachte, daß Dir vielleicht mit einer Nachricht von mir gedient ist, falls mir Arabien einen Strich durch die Rechnung macht. Ich bin wieder bei Sinnen. Die Luft hier ist zu klar für Gefühle irgendwelcher Art; und im Exil erstirbt bald die Leidenschaft. Es tut mir leid, daß ich Dir soviel Unruhe geschaffen habe. Es war ein Fehler von mir, nach dem Krieg nach England zurückzukehren und für schicke junge Damen und Tintenkleckser Quatsch zu schreiben. Armes altes England — ihm steht eine schlimme Zeit bevor. Grüße es von mir; Euch beiden alles Gute —

Stets Dein
Wilfrid Desert

PS — Wenn Du das Zeug, das ich Dir überlassen habe, veröffentlichst, schicke die eventuellen Tantiemen an meinen Vater. W. D.«

Die Hälfte von Michaels Gehirn durchdrang der Gedanke: »Das ist also erledigt! Und das Buch kommt gerade heute heraus!« Sonderbar! Hatte

Wilfrid recht — war es nur Quatsch, die Tintenkleckserei? Trieb man Englands Siechtum damit nur weiter? Sollten sie sich alle auf Kamele setzen und der Sonne entgegenreiten? Und doch, Bücher brachten Trost und Abwechslung; und man wollte sie! England mußte weitermachen — weitermachen! »Kein Zurück, kein Zurück, siegen oder sterben, denn es gibt kein Zurück!«

Gott! Da war es wieder! Er raste zurück nach oben, mit zugehaltenen Ohren und wildem Blick. Die Laute verstummten; Annette kam zu ihm heraus.

»Ihr Vater, *mon cher*; versuche, ihren Vater zu finden!«

»Hab' ich schon — kann ihn nicht finden«, stieß Michael hervor.

»Versuche es in der Green Street — Mrs. Dartie. Courage! Alles ist normal — es wird jetzt bald da sein.«

Als er in der Green Street angerufen und Soames endlich erreicht hatte, setzte er sich bei offener Tür in sein Arbeitszimmer und wartete darauf, daß der alte Forsyte kam. Geistesabwesend bemerkte er, daß er ein rundes Loch in sein Hosenbein gebrannt hatte — er hatte nicht einmal den Geruch bemerkt; hatte nicht einmal bemerkt, daß er geraucht hatte. Er mußte sich für den Alten zusammenreißen. Er hörte die Glocke läuten und lief hinunter, um zu öffnen.

»Nun?« fragte Soames.

»Noch nicht, Sir. Kommen Sie in mein Arbeitszimmer. Es ist näher.«

Seite an Seite gingen sie hinauf. Der scharfgeschnittene graue Kopf mit der tiefen Furche zwischen den Augen, diesen starr blickenden Augen, in denen Schmerz lag, gaben Michael Halt. Armer alter Teufel! Ihn hatte es auch erwischt. Wie hilflos waren sie beide!

»Wollen Sie einen Schluck, Sir? Ich habe Brandy heroben.«

»Ja«, sagte Soames, »irgend etwas.«

Die Gläser in der halberhobenen Hand, horchten sie — bewegten die Hand rasch zum Mund, tranken. Sie wirkten wie zwei Marionetten, die am selben Draht baumeln.

»Zigarette, Sir?« fragte Michael.

Soames nickte.

Sie hielten die angezündeten Zigaretten knapp vor dem Mund, horchten, sogen daran, nahmen sie wieder aus dem Mund, stießen den Rauch aus. Michael hatte den rechten Arm über die Brust gelegt, Soames den linken. Sie wirkten wie ein Ornament, wie sie so Seite an Seite dasaßen.

»Schlimm, das Ganze, Sir. Tut mir leid!«

Soames nickte. Er hatte die Zähne zusammengebissen. Plötzlich entspannte sich seine Hand.

»Hör doch!« sagte er. Laute – anders – verworren!
Michaels Hand ergriff irgend etwas, hielt es fest; es war kalt, dünn – Soames' Hand. So saßen sie Hand in Hand und starrten auf die Tür, und keiner wußte, wie lange.
Plötzlich verdunkelte sich die Türöffnung; eine Gestalt in Grau stand da – Annette!
»Alles gut überstanden! Ein Sohn!«

15

Ruhe

Als Michael am nächsten Morgen aus tiefem Schlaf erwachte, war sein erster Gedanke: »Fleur ist zurück!« Dann erinnerte er sich.
Auf sein vor ihrer Tür geflüstertes »Alles in Ordnung?« hatte die Schwester bekräftigend genickt. Mitten in seiner aufgeregten Erwartung war er doch modern genug geblieben, um zu denken: »Keine Sentimentalität mehr! Geh und iß dein Frühstück wie ein vernünftiger Mensch!«
Im Speisezimmer starrte Soames verächtlich auf das angebrochene Ei, das vor ihm stand. Er sah auf, als Michael eintrat, und senkte dann sein Gesicht über die Tasse. Michael verstand ihn völlig; sie waren Hand in Hand dagesessen. Er sah auch, daß die Zeitung, die aufgeschlagen neben Soames' Teller lag, ein Finanzblatt war.
»Irgend etwas über die Versammlung, Sir? Ihre Rede muß sich ja großartig lesen!«
Mit einem sonderbar gepreßten Laut hielt Soames ihm die Zeitung entgegen. Die Schlagzeilen lauteten: »Stürmische Versammlung – Rücktritt zweier Aufsichtsräte – Vertrauensvotum.« Michael überflog es, bis er zu folgendem kam:
»Mr. Forsyte, der in die Affäre verwickelte Aufsichtsrat, stellte in einer längeren Rede fest, daß er nicht die Absicht habe, klein beizugeben. Er tadelte das Verhalten der Aktionäre; er sei es nicht gewöhnt, sich Verdächtigungen bieten zu lassen. Er reichte seinen Rücktritt ein.«
Michael ließ das Blatt fallen.
»Also nein«, sagte er, »in die Affäre verwickelt – Verdächtigungen. Das klingt ja so, als ob –!«

»Die Zeitungen!« sagte Soames und widmete sich wieder seinem Ei.
Michael setzte sich nieder und schälte eine Banane.
»Nichts stand ihm so wohl an wie der Tod«, dachte er. »Armer alter Knabe!«
»Ich möchte Ihnen nur sagen, Sir«, begann er, »ich war dabei, und Sie und mein Vater waren die einzigen, die mir Respekt abnötigten.«
»Unsinn!« sagte Soames und legte den Löffel beiseite.
Michael erkannte, daß er allein sein wollte, verschlang seine Banane und ging ins Arbeitszimmer. Während er darauf wartete, zu Fleur gerufen zu werden, telefonierte er mit seinem Vater.
»Keine Folgen von gestern zu spüren, Sir?«
Sir Lawrences Stimme kam dünn, aber klar.
»Bin ärmer und klüger geworden. Wie geht's?«
»Prächtig.«
»Alles Liebe für beide. Deine Mutter will wissen, ob er schon Haare hat.«
»Ich hab' ihn noch nicht gesehen. Ich gehe gerade hinein.«
Annette winkte ihm tastächlich von der Tür her.
»Sie will, daß du den kleinen Hund mitbringst, *mon cher.*«
Ting-a-ling unter dem Arm, betrat Michael auf Zehenspitzen das Zimmer. Der elfte Baronet! Nach sehr viel sah er nicht aus, wie Fleur ihren Kopf über ihn beugte. Und ihr Haar war noch dunkler! Er ging zum Bett und berührte es ehrfürchtig.
Fleur hob den Kopf, und er sah das Baby, das kräftig an ihrem kleinen Finger saugte. »Ist es nicht ein Äffchen?« fragte sie mit schwacher Stimme.
Michael nickte. Eindeutig ein Affe – aber ob ein weißer, das war die Frage!
»Und du, Liebling?«
»Jetzt ist alles in Ordnung, aber es war –«, sie hielt den Atem an, und ihre Augen wurden dunkel. »Ting, da schau!«
Der chinesische Hund, dessen Nüstern sich leise bewegten, verkroch sich in Michaels Armbeuge. Sein ganzes Verhalten ließ wissende Kritik erkennen. »Junge«, schien er zu sagen, »das haben wir in China auch. Ich behalte mir mein Urteil vor!«
»Was für Augen!« sagte Michael. »Dem brauchen wir nicht zu erzählen, daß es der Storch gebracht hat.«
Fleur lachte leise auf.
»Laß ihn herunter, Michael.«
Michael setzte Ting auf den Boden, und der ging in seine Ecke.

»Ich soll nicht reden«, sagte Fleur, »aber ich will es unbedingt; als wäre ich monatelang stumm gewesen.«

»Genau das, was ich gefühlt habe«, dachte Michael. »Sie ist fort gewesen, irgendwo weit fort.«

»Es war, als hätte mich etwas niedergehalten, Michael. Als wäre ich monatelang nicht ich selbst gewesen.«

Michael sagte leise: »Ja, dieser Vorgang ist wirklich hinter der Zeit zurück. Hat er Haare? Meine Mutter will es wissen.«

Fleur zeigte ihm den Kopf des elften Baronet, der mit dunklem Flaum bedeckt war.

»Wie meine Großmutter; aber es wird heller werden. Seine Augen werden grau sein. Oh! Michael, was ist mit Taufpaten? Natürlich Alison — aber welche Männer?«

Michael wartete ein wenig, bevor er antwortete:

»Ich habe gestern einen Brief von Wilfrid bekommen. Möchtest du ihn als Pate? Er ist noch immer dort draußen, aber ich könnte ja in der Kirche sein Stellvertreter sein.«

»Ist mit ihm alles wieder in Ordnung?«

»Er behauptet es.«

Er konnte den Ausdruck ihrer Augen nicht entziffern.

»Ja«, sagte sie, »und ich finde, ein Pate ist auch genug, nicht wahr? Meiner hat mir nie etwas geschenkt.«

»Einer von meinen Taufpaten hat mir eine Bibel gegeben, und der andere Hiebe. Also dann Wilfrid.« Und er beugte sich über sie.

Ihre Augen schienen eine kleine ironische Entschuldigung auszudrücken. Er küßte sie auf das Haar und ging rasch hinaus.

In der Tür stand Soames und wartete, daß er drankäme.

»Nur einen Augenblick, Sir«, sagte die Schwester.

Soames ging zum Bett, blieb stehen und blickte auf seine Tochter hinab.

»Vater, Liebes«, hörte Michael sie sagen.

Soames berührte nur ihre Hand, nickte, als wollte er seine Zustimmung zu dem Baby ausdrücken, und kam zurück, aber im Spiegel sah Michael, daß seine Lippen zitterten.

Wieder drunten, fühlte er plötzlich ein unwiderstehliches Verlangen, zu singen. Aber das ging doch nicht; er betrat das chinesische Zimmer, blieb stehen und starrte auf den sonnenüberfluteten Platz hinaus. Herrgott! Es war doch schön, zu leben! Man mochte sagen, was man wollte, es ging doch nichts darüber! Mochten sie das Leben verachten; mochten sie die Zukunft oder die Vergangenheit im rosigsten Licht sehen, ihm war die Gegenwart lieber!

»Ich werde den weißen Affen wieder aufhängen!« dachte er. »Er soll es nur versuchen, mir meine Freude am Leben zu nehmen!«
Er ging zu dem Verschlag unter der Treppe und nahm unter vier Paar Vorhängen, die eingemottet und in braunes Packpapier eingewickelt waren, das Bild hervor. Im schwachen Licht hielt er es von sich weg. Die Augen dieses Tieres! Alles lag in diesen Augen!
»Macht nichts, mein Guter!« sagte er. »Hinauf mit dir!« Und er trug ihn in das chinesische Zimmer.
Soames war dort.
»Ich hänge ihn wieder auf, Sir.«
Soames nickte.
»Halten Sie ihn bitte, während ich den Draht einhänge?«
Soames hielt das Bild.
Als Michael wieder auf dem Kupferboden stand, sagte er: »Danke, Sir!« und trat zurück.
Soames stellte sich neben ihn, Seite an Seite betrachteten sie den weißen Affen.
»Er wird nicht glücklich sein, bevor er es bekommt«, sagte Michael schließlich, »der Haken daran ist nur, daß er nicht weiß, was dieses ›es‹ ist.«

Stilles Werben

Am ersten Februar 1924 saß Jon Forsyte, der sich eben erst von einer Grippe erholte, in der Halle eines Hotels in Camden, Südkarolina; langsam begann sich sein blondes Haar zu sträuben, während er über einen Fall von Lynchjustiz, der sich gerade ereignet hatte, las.

Hinter ihm sagte eine Stimme: »Wollen Sie heute bei unserem Picknick drüben bei den alten Grabhügeln mithalten?«

Er blickte auf und sah vor sich einen jungen Bekannten namens Francis Wilmot, der noch weiter aus dem Süden kam.

»Sehr gerne. Wer ist noch dabei?«

»Ach, nur Mr. und Mrs. Pulmore Hurrison, der englische Romanschriftsteller Gurdon Minho, die Blair-Mädchen und ihre Freundinnen, meine Schwester Anne und ich. Wenn Sie ein bißchen Bewegung machen wollen, können Sie reiten.«

»Gut; es sind heute ein paar neue Pferde aus Columbia angekommen.«

»Ausgezeichnet! Meine Schwester und ich wollen auch reiten, und einige von den Blair-Mädchen sicher auch. Die anderen können mit den Hurrisons fahren.«

»Übrigens«, sagte Jon, »diese Lynchgeschichte ist sehr schlimm.«

Der junge Mann, mit dem er sprach, lehnte sich in die Fensternische zurück. Jon bewunderte sein Gesicht, die Haut, die weiß wie Elfenbein war, das dunkle Haar, die dunklen Augen, die schlanke Nase über den schmalen Lippen, die geschmeidige Haltung.

»Ihr Briten seht immer gleich rot, wenn ihr was vom Lynchen lest. Dort oben in Southern Pines habt ihr einfach kein Negerproblem. In ganz Nordkarolina spielt es kaum eine Rolle.«

»Nein, und ich will auch gar nicht behaupten, daß ich die Sache richtig verstehe. Aber ich sehe nicht ein, warum Neger nicht ebenso wie Weiße vor ein ordentliches Gericht gestellt und verhört werden können. Es mag wohl Fälle geben, wo man auf der Stelle und ohne lange Überlegung schießen muß. Aber wie können Sie dem Gesetz des Pöbels das Wort reden? Wenn Sie eines Mannes habhaft geworden sind, sollte er doch vor ein ordentliches Gericht kommen.«

»Mit Leuten, die Schwierigkeiten machen, lassen wir uns auf nichts ein.«

»Aber wenn es kein Gerichtsverfahren gibt, wie können Sie dann wissen, ob er auch wirklich schuldig ist?«

»Na, wir lassen es lieber drauf ankommen, daß einmal ein unschuldiger Schwarzer draufzahlt, als unsere Frauen einer Gefahr auszusetzen.«

»Aber jemand wegen eines Verbrechens zu töten, das er gar nicht begangen hat, ist doch das Letzte.«
»In Europa vielleicht. Aber hier liegen die Dinge doch immer noch etwas anders.«
»Wie denkt man denn im Norden über die Lynchjustiz?«
»Ach, man regt sich ein bißchen darüber auf, aber ohne Recht. Wir haben unsere Schwarzen, sie haben ihre Rothäute, und die fassen sie auch nicht gerade mit Glacéhandschuhen an.«
Jon Forsyte lehnte sich in seinen Schaukelstuhl zurück und machte ein nachdenkliches Gesicht.
»Ich denke, unser Land ist einfach noch zu groß und zu dünn besiedelt«, sagte Francis Wilmot, »und jeder Verbrecher kann zu leicht entwischen. Deshalb nehmen wir das Gesetz selbst in die Hand, wenn wir von der Gerechtigkeit einer Sache überzeugt sind.«
»Na ja, andere Länder, andere Sitten. Bei was für Grabhügeln soll dieses Picknick stattfinden?«
»Sie stammen von Indianern und sind angeblich tausende Jahre alt. Sie haben ja meine Schwester noch nicht kennengelernt, oder? Sie ist erst gestern abend angekommen.«
»Nein. Wann geht's los?«
»Zu Mittag. Wenn man durch den Wald reitet, braucht man ungefähr eine Stunde.«
Zu Mittag trat Jon also in Reitkleidung in den Hof, wo fünf Pferde standen; zwei der Blair-Mädchen hatten sich entschlossen, zu reiten. Jon ritt zwischen den beiden, während Francis Wilmot mit seiner Schwester vorantrabte.
Die Blair-Mädchen waren jung und hübsch, von einer typisch amerikanischen Hübschheit – mit frischen Farben, runden Gesichtern und gutem Teint –, ein Mädchentyp, an den er sich in den zweieinhalb Jahren seines Aufenthalts in den Staaten gewöhnt hatte. Sie waren zuerst sehr schweigsam, bald darauf aber überaus gesprächig. Sie ritten beide im Herrensitz, und das ausgezeichnet. Jon erfuhr, daß sie, wie auch die Veranstalter des Picknicks, Mr. und Mrs. Pulmore Hurrison, auf Long Island wohnten. Sie stellten ihm viele Fragen über England, auf die Jon, der seine Heimat im Alter von neunzehn Jahren verlassen hatte, Antworten erfand. Über die Ohren seines Pferdes hinweg begann er, sehnsüchtig nach Francis Wilmot und seiner Schwester Ausschau zu halten, die schweigend vor ihm her galoppierten und deren Schweigen ihm aus der Entfernung außerordentlich erholsam erschien. Ihr Weg führte sie durch Föhrenwälder mit kärglichen, schütteren Bäumen und über ziemlich sandigen Boden. Das

Sonnenlicht war hell und warm, die Luft noch frisch. Jon ritt einen Braunen mit angenehmen, weichen Gängen und fühlte sich so, wie man sich am ersten Tag der wiedererlangten Gesundheit fühlt.

Die Blair-Mädchen wollten wissen, was er von dem englischen Romancier hielt – sie waren begierig, einen richtigen englischen Intellektuellen kennenzulernen. Jon hatte nur eines seiner Bücher gelesen, von dessen Gestalten ihm nur eine Katze in Erinnerung geblieben war. Die Blairs hatten nichts von Minho gelesen, aber sie hatten schon davon gehört, daß seine Katzen »ganz hervorragend geschildert« waren.

Francis Wilmot hielt sein Pferd an und zeigte auf einen großen bewachsenen Erdhügel, der augenscheinlich von Menschenhand geformt war. Alle machten halt und betrachteten ihn eine Zeitlang schweigend, fanden ihn »sehr interessant« und ritten dann weiter. In einer kleinen Senke waren die Insassen zweier Autos eben dabei, Lebensmittel auszuladen. Jon führte die Pferde weg, um sie neben denen von Wilmot und seiner Schwester grasen zu lassen.

»Meine Schwester«, stellte Francis Wilmot vor.

»Guten Tag, Mr. Forsyte«, sagte seine Schwester.

Sie und Jon sahen einander an. Sie war schlank, aber kräftig gebaut und trug ein langes dunkelbraunes Jackett, Reithosen und Stiefel. Unter einem weichen braunen Filzhut war ihr kurzgeschnittenes dunkles Haar zu sehen. Ihr Gesicht mit einem von Natur aus eher blassen Teint war ziemlich sonngebräunt und hatte einen Ausdruck von beherrschter Energie. Die Stirn war breit und klar, die gerade Nase recht eigenwillig, der eher große, hübsche Mund ungeschminkt. Was aber Jon am meisten auffiel, waren ihre Augen, die genau seinen Vorstellungen von einer Wassernymphe entsprachen – leicht schräggestellt, ruhig, braun, verlockend; er konnte nicht genau sagen, ob sie nicht ein ganz klein wenig schielten, doch wenn dem so war, dann wirkte das um so anziehender. Er war befangen. Beide schwiegen.

Francis Wilmot stellte fest, er sei hungrig, und sie gingen Seite an Seite hinüber zu den ausgepackten Vorräten.

Jon sagte plötzlich zu Francis' Schwester:

»Sie sind eben erst angekommen, Miss Wilmot?«

»Ja, Mr. Forsyte.«

»Von wo?«

»Aus Naseby. Das liegt unten zwischen Charleston und Savannah.«

»Oh, Charleston! Das ist eine Stadt, die mir gefällt!«

»Anne gefällt Savannah besser«, sagte Francis Wilmot.

Anne nickte. Sie war allem Anschein nach nicht sehr gesprächig, aber

ihre Stimme hatte bei den wenigen Worten, die sie gesprochen hatte, angenehm geklungen.
»Wo wir wohnen, ist es ziemlich einsam«, sagte Francis. »Hauptsächlich Neger. Anne hat noch nie mit einem Engländer gesprochen.«
Anne lächelte, Jon ebenfalls, doch weder er noch sie griffen das Thema auf. Sie kamen zu dem Platz, wo das Picknick angerichtet war — so angerichtet, daß man es nur durch ein Maximum an Gymnastik und verdauungsfördernden Verrenkungen erreichen konnte.
Mrs. Pulmore Hurrison, eine Dame um die Vierzig mit ausgeprägten Gesichtszügen, saß mit ausgestreckten Beinen auf dem Boden, neben ihr Gurdon Minho, in einer etwas reservierten Haltung, und anschließend eine ganze Reihe von Mädchen, die alle ohne Scheu ihre hübschen Beine zeigten; etwas abseits machte sich Mr. Pulmore Hurrison mit verkniffenen Lippen am Korken einer großen Flasche zu schaffen. Jon und die Wilmots nahmen ebenfalls Platz. Das Picknick hatte begonnen.
Bald wurde es Jon klar, daß alle von Gurdon Minho etwas anderes zu hören erwarteten als lediglich »Ja«, »Tatsächlich!«, »Oh!« oder »Ganz Ihrer Meinung.« Nichts dergleichen geschah jedoch. Der gefeierte Schriftsteller war zunächst fast übermäßig darauf bedacht, dem Gespräch der andern zu folgen, und schien dann in eine Art Koma zu verfallen. John fühlte so etwas wie eine patriotische Enttäuschung, denn er selbst war womöglich noch einsilbiger. Er sah genau, daß die drei Blair-Mädchen und ihre beiden Freundinnen eine Art Verschwörung anzettelten, um die schweigsamen Engländer aufzuziehen, sobald sie ihnen allein überlassen sein würden. Sein Trost war Francis Wilmots schweigende Schwester, denn er war sicher, daß sie weder bereit noch willens war, sich dieser Verschwörung anzuschließen. Er suchte Zuflucht darin, die verschiedenen Speisen hin und her zu reichen, und war schließlich froh, als das Picknick und damit der Zwang, sich den durch das Sitzen auf dem flachen Boden eingeengten Magen vollzustopfen, vorbei war. Picknicks waren in gewisser Hinsicht wie Weihnachten: in der Zukunft oder in der Vergangenheit immer schöner als in der Gegenwart. Nach dem Essen trennte sich die Gesellschaft wie üblich nach den Geschlechtern, und einige Zeit später packte man wieder die Körbe ein und begab sich zu den Autos und Pferden. Die beiden Wagen fuhren zu einem zweiten Grabhügel, der wenige Kilometer entfernt liegen sollte. Francis Wilmot und die zwei Blair-Schwestern meinten, sie würden zurückreiten und beim Polospiel zusehen. Jon fragte Anne Wilmot, was sie tun wolle, und sie entschied sich für die Besichtigung des anderen Grabhügels.
Sie ritten schweigend den Weg durch den Wald, bis Jon fragte:

»Machen Sie sich etwas aus Picknicks?«
»Ganz und gar nicht.«
»Ich auch nicht. Aber Reiten?«
»Ich reite riesig gerne, lieber als alles andere in der Welt.«
»Lieber als Tanzen?«
»Natürlich. Reiten und Schwimmen.«
»Ah! Ich habe mir gedacht –« Er brach ab.
»Was haben Sie sich gedacht?«
»Nun, ich habe mir gedacht, daß Sie eine gute Schwimmerin sein müssen.«
»Warum denn?«
Jon sagte verlegen:
»Wegen Ihrer Augen –«
»Wieso! Habe ich denn Fischaugen?«
Jon lachte.
»Aber nein! Sie sind wie die Augen einer Wassernymphe.«
»Ich weiß nicht, ob ich das als Kompliment auffassen soll.«
»Natürlich.«
»Ich war immer der Meinung, Nymphen sind ein wenig anrüchig.«
»Oh! Wassernymphen ganz und gar nicht! Sie sind natürlich recht scheu!«
»Gibt's viele in England?«
»Nein. Um ehrlich zu sein, ich habe nie eine gesehen.«
»Woher wissen Sie dann ...?«
»Ach, ich habe nur das Gefühl, wie eine aussehen müßte.«
»Sie haben wohl eine klassische Bildung. In England studiert doch alles klassische Sprachen, nicht?«
»Ganz und gar nicht.«
»Und wie gefällt Ihnen Amerika, Mr. Forsyte?«
»Sehr. Aber manchmal habe ich Heimweh.«
»Ich würde furchtbar gerne reisen.«
»Sind Sie nie gereist?«
Sie schüttelte den Kopf. »Nein, ich bleibe immer zu Hause und führe die Wirtschaft. Aber ich nehme an, wir werden unseren alten Besitz verkaufen müssen – Baumwolle rentiert sich nicht mehr.«
»Ich ziehe in der Nähe von Southern Pines Pfirsiche – Sie wissen schon, oben in Nordkarolina. Pfirsiche sind im Augenblick ein gutes Geschäft.«
»Leben Sie dort allein?«
»Nein, mit meiner Mutter.«
»Ist sie Engländerin?«

»Ja.«
»Haben Sie noch Ihren Vater?«
»Er ist vor vier Jahren gestorben.«
»Francis und ich haben seit zehn Jahren keine Eltern mehr.«
»Ich möchte so gerne, daß Sie beide uns einmal besuchen kommen. Meine Mutter würde sich sehr freuen.«
»Ist sie Ihnen ähnlich?«
Jon lachte.
»Nein. Sie ist schön.«
Die Augen blickten ihn ernst an, die Lippen lächelten leicht.
»Ich würde Sie sehr gerne besuchen kommen, aber Francis und ich können nie gleichzeitig weg.«
»Aber jetzt«, sagte Jon, »sind Sie doch beide hier.«
»Wir fahren morgen schon wieder zurück. Ich wollte so gerne Camden sehen.« Die Augen nahmen ihre ruhige Prüfung von Jons Gesicht wieder auf. »Warum kommen Sie nicht mit uns und sehen sich unser Haus an? Es ist ein alter Besitz. Francis würde sich bestimmt freuen, wenn Sie mitkämen.«
»Wissen Sie immer, was Ihrem Bruder Freude macht?«
»Sicher.«
»Das muß großartig sein. Aber meinen Sie es wirklich ernst, daß ich mitkommen soll?«
»Vollkommen ernst.«
»Ich würde sehr gerne. Ich hasse das Leben im Hotel. Das heißt — nun, Sie wissen schon —« Aber da er selbst nicht so recht wußte, was er sagen wollte, war er gar nicht so überzeugt, daß sie es wußte. Sie gab dem Pferd leicht die Gerte, und das Tier fiel in kurzen Galopp.
Sie ritten durch den endlos scheinenden Föhrenwald, die Sonne immer in den Augen. Die Nadeln der Bäume und die Kräuter ringsum verströmten einen warmen Duft. Der sandige Boden war weich, die Pferde in bester Stimmung. Jon war glücklich. Dieses Mädchen hatte seltsame, verlockende Augen; und sie ritt noch besser als die Blair-Schwestern.
»Die Engländer reiten wohl alle gut?« sagte sie.
»Die meisten, wenn sie überhaupt reiten. Aber heutzutage reitet man nicht mehr soviel.«
»Ich würde gerne einmal England sehen. Meine Familie stammt aus England. Sie kam 1700 herüber — aus Worcestershire. Wo liegt das eigentlich?«
»Das ist sozusagen unser Mittelwesten«, sagte Jon. »Aber ganz anders, so verschieden, daß Sie sich's kaum vorstellen können. Es wird viel Obst

gebaut dort — eine sehr hübsche Gegend: weiße Holzhäuser, Weiden, Obstgärten, Wälder, grüne Hügel. Ein Freund und ich waren einmal in den Ferien dort wandern.«

»Das klingt wirklich wunderschön. Unsere Vorfahren waren Katholiken. Ihr Besitz hieß Naseby, deshalb haben wir unseren auch so genannt. Aber meine Großmutter war eine Kreolin französischer Abstammung, aus Louisiana. Stimmt es, daß man in England glaubt, die Kreolen hätten Negerblut?«

»Wir sind sehr ungebildet«, sagte Jon. »Ich weiß, daß man unter Kreolen die alten spanischen und französischen Familien versteht. Sie sehen übrigens beide aus, als hätten Sie französisches Blut.«

»Francis zumindest. Glauben Sie, daß wir an dem Hügel vorbeigeritten sind? Wir sind schon gute sechs Kilometer geritten, und es sollten doch nur drei sein.«

»Macht es Ihnen was aus? Der andere Grabhügel war ja auch keine Offenbarung.«

Ihre Lippen lächelten; dieses Mädchen lachte wohl nie!

»Was für Indianer gibt es denn hier in der Gegend?« fragte Jon.

»Ich weiß es nicht genau. Vermutlich Seminolen. Aber Francis sagt, diese Hügel seien viel älter und hätten mit den jetzigen Stämmen nichts zu tun. Warum sind Sie eigentlich nach Amerika gekommen, Mr. Forsyte?«

Jon biß sich auf die Lippen. Den eigentlichen Grund — den Familienzwist, die unglückliche Liebesgeschichte — anzugeben, war wohl nicht möglich.

»Ich bin zuerst in Britisch-Kolumbien gewesen, aber dort kam ich nicht recht weiter. Dann hörte ich von der Möglichkeit, in Nordkarolina Pfirsiche zu pflanzen.«

»Aber warum haben Sie England verlassen?«

»Ach, ich glaube, ich wollte einfach die Welt kennenlernen.«

»Ja«, sagte sie. Es klang ruhig, aber so, als hätte sie verstanden. Jon war um so dankbarer, als er wußte, daß sie ihn nicht verstanden haben konnte.

Die Erinnerung an seine erste Liebe verfolgte ihn nur noch selten — eigentlich seit mehr als einem Jahr nicht mehr. Er war so sehr mit seinen Pfirsichen beschäftigt gewesen. Außerdem hatte Holly geschrieben, Fleur habe einen Jungen. Er sagte plötzlich: »Ich glaube, wir sollten umkehren. Sehen Sie sich die Sonne an.« Die Sonne stand tatsächlich schon hinter den Bäumen.

»Ja, wirklich!«

Jon wandte sein Pferd. »Galoppieren wir rasch zurück, in einer halben

Stunde geht die Sonne unter, und der Mond kommt erst viel später heraus.«
Sie galoppierten den Weg zurück, den sie gekommen waren. Die Sonne sank noch rascher, als sie gedacht hatten, die Luft wurde kühl, das Licht fahl. Plötzlich hielt Jon sein Pferd an.
»Es tut mir wirklich leid, aber ich glaube, wir sind nicht mehr auf dem Weg, den wir gekommen sind. Wir sind wohl zu weit nach rechts abgewichen. Diese Wege sehen alle gleich aus, und die Pferde sind erst gestern aus Columbia gekommen und kennen die Gegend genausowenig wie wir.«
Das Mädchen lachte.
»Wir werden uns verirren.«
»Hm. In diesen Wäldern ist das gar nicht zum Lachen. Hören die eigentlich überhaupt nicht mehr auf?«
»Ich glaube, in dieser Gegend wirklich nicht. Ein richtiges Abenteuer.«
»Ja, aber Sie werden sich erkälten. Nachts wird es hier recht kalt.«
»Und Sie haben noch dazu eben die Grippe gehabt!«
»Ach, das macht weiter nichts. Da führt ein Weg nach links. Sollen wir geradeaus reiten oder abbiegen?«
»Biegen wir ab.«
Sie galoppierten weiter, doch nicht mehr so rasch wie zuvor, denn es war schon zu dunkel, und bald mußten sie sogar in Trab verfallen. Und der Weg schien kein Ende zu nehmen.
»Das ist eine schöne Geschichte«, sagte Jon. »Es tut mir wirklich leid.«
Er schaute ihr forschend ins Gesicht, wie sie so neben ihm ritt, und stellte gerade noch fest, daß sie lächelte.
»Ach, das macht nichts. Ich finde das sehr lustig!«
Er war froh, daß sie es so aufnahm, aber ihm kam es gar nicht so lustig vor.
»Was für ein Esel ich doch gewesen bin! Ihr Bruder wird ganz schön wütend auf mich sein.«
»Er weiß doch, daß Sie bei mir sind.«
»Wenn wir nur einen Kompaß hätten! Wenn es so weitergeht, finden wir die ganze Nacht nicht zurück. Da ist noch eine Abzweigung. Und es wird immer finsterer!«
Aber während er noch sprach, wurde es stockdunkel, so dunkel, daß er sie auf fünf Schritt kaum mehr sehen konnte. Er ritt näher an sie heran, und sie berührte seinen Arm.
»Machen Sie sich keine Sorgen«, sagte sie, »das verdirbt nur alles.«
Er nahm seine Zügel nach links und drückte ihre Hand.

»Sie sind wirklich großartig, Miss Wilmot!«

»Ach, nennen Sie mich doch Anne. Familiennamen klingen so kalt, wenn man sich verirrt hat.«

»Danke, gern. Ich heiße Jon. Ohne ›h‹ — wissen Sie, es ist die Abkürzung von Jolyon.«

»Jolyon — Jon. Der Name gefällt mir.«

»Anne war immer schon mein Lieblingsname. Sollen wir warten, bis der Mond aufgeht, oder reiten wir weiter?«

»Wann geht der Mond auf?«

»Das dauert noch Stunden, nach der letzten Nacht zu schließen.«

»Dann reiten wir doch weiter und überlassen es den Pferden, den Weg zu nehmen.«

»Gut. Nur fürchte ich, sie werden, wenn überhaupt, den Weg nach Columbia einschlagen, und das ist viele Kilometer weit weg.«

Sie ritten im Schritt einen schmalen Pfad entlang. Es war fast vollkommen finster geworden. Jon fragte: »Ist Ihnen kalt? Im Gehen wäre Ihnen wärmer. Ich reite voraus; bleiben Sie so dicht hinter mir, daß Sie mich nicht aus den Augen verlieren.«

Er ritt voran, stieg aber bald ab, weil ihm kalt wurde. Unter den zahllosen Bäumen war es ganz still.

»Jetzt wird mir kalt«, sagte Annes Stimme. »Ich werde auch absitzen.«

Sie waren vielleicht eine halbe Stunde lang so dahingestolpert, die Pferde am Zügel hinter sich her ziehend, den Weg fast mit den Füßen tastend. Plötzlich sagte Jon: »Sehen Sie! Da ist eine Lichtung. Und was ist das Schwarze da drüben?«

»Es muß ein Grabhügel sein.«

»Welcher wohl? Der eine, bei dem wir das Picknick hatten, oder der andere, oder vielleicht ein dritter?«

»Ich glaube, wir sollten lieber warten, bis der Mond aufgeht, dann können wir sehen, welcher es ist, und finden leichter den Weg.«

»Sie haben recht. Vermutlich gibt es hier auch Sümpfe. Ich werde die Pferde an einer geschützten Stelle anbinden, und dann suchen wir uns einen Schlupfwinkel. Es ist wirklich kalt.«

Er band die Pferde an der windabgewandten Seite an und kehrte zu ihr zurück.

»Es ist unheimlich hier«, sagte sie.

»Wir suchen uns ein bequemes Plätzchen und setzen uns nieder.«

Er faßte ihren Arm unter, und gemeinsam gingen sie um den Hügel herum.

»Hier«, sagte Jon plötzlich, »da hat jemand gegraben. Hier sind wir

windgeschützt.« Er befühlte den Boden — er war genügend trocken. »Setzen wir uns hierher und plaudern wir.«
Sie setzten sich nebeneinander, den Rücken gegen die Böschung gelehnt, zündeten sich Zigaretten an und lauschten in die Stille. Kein Laut war zu hören, nur dann und wann schnaubte ein Pferd oder scharrte leise mit dem Huf. Die Bäume standen zu schütter, als daß ihnen der schwache Wind eine Melodie entlocken konnte. Nichts schien zu leben als sie selbst und ihre beiden Pferde. Ein paar einsame Sterne am tiefdunklen Himmel und das noch tiefere Dunkel der Föhren war alles, was sie sehen konnten. Ja — und dann und wann die glimmenden Zigaretten, und in ihrem Schein das Gesicht des andern.
»Das werden Sie mir wohl nie verzeihen«, sagte Jon düster.
»Aber nein! Mir gefällt das riesig gut!«
»Das ist sehr freundlich von Ihnen, aber Sie müssen ja schrecklich frieren. Hier — nehmen Sie meine Jacke.«
Er hatte schon begonnen, sie auszuziehen, als sie sagte: »Wenn Sie das tun, laufe ich in den Wald und verirre mich wirklich.«
Jon schlüpfte wieder in seinen Rock.
»Es hätte auch mit einer der Blair-Schwestern passieren können«, sagte er.
»Wäre Ihnen das lieber gewesen?«
»Natürlich — Ihretwegen. Was mich betrifft, ganz und gar nicht.«
Sie wandten einander die Gesichter zu, so daß sich die glimmenden Enden ihrer Zigaretten fast berührten. Mit Mühe konnte er ihre Augen sehen, und er spürte das starke Verlangen, den Arm um sie zu legen. Es schien die natürlichste Sache der Welt zu sein, aber selbstverständlich tat man so etwas nicht.
»Nehmen Sie ein Stück Schokolade!« sagte sie.
Jon nahm ein winziges Stück, um ihr das meiste davon übrigzulassen.
»Ein richtiges Abenteuer ist das! Wie schwarz es ist! Allein hätte ich hier eine Heidenangst — es ist wirklich gespenstisch!«
»Die Geister der alten Indianer«, murmelte Jon. »Nur — ich glaube nicht an Geister.«
»Das würden Sie aber tun, wenn Sie eine schwarze Kinderfrau gehabt hätten.«
»Haben Sie eine gehabt?«
»Natürlich, mit einer Stimme, die so weich war wie eine reife Melone. Wir haben einen alten Schwarzen, der in seiner Jugend bei uns noch Sklave war. Er ist der Beste von allen Schwarzen, die ich kenne — fast achtzig, mit ganz weißem Haar.«

»Ihr Vater kann aber doch nicht im Bürgerkrieg mitgekämpft haben, oder?«
»Nein, er nicht, aber meine beiden Großväter und mein Urgroßvater.«
»Und wie alt sind Sie, Anne?«
»Neunzehn.«
»Ich bin dreiundzwanzig.«
»Erzählen Sie mir doch von Ihrem Heim in England.«
»Ich habe jetzt keines dort.« Er erzählte ihr die Geschichte seiner Jugend in einer etwas bearbeiteten Fassung und hatte dabei den Eindruck, daß sie herrlich zuzuhören verstand. Dann bat er sie, doch von sich selbst zu erzählen, und während sie es tat, fragte er sich, ob ihm ihre Stimme gefiel. Sie sprach leicht gedehnt und undeutlich, aber die Stimme klang weich und ausdrucksvoll.
Als sie ihre einfache Geschichte beendet hatte — sie war ja kaum von zu Hause weggekommen —, schwiegen sie beide, bis Jon sagte:
»Ich werde mich einmal um die Pferde umsehen, und dann können Sie vielleicht ein bißchen schlafen.«
Er ging um den Hügel herum zu den Pferden und blieb ein wenig bei ihnen, sprach auf sie ein und streichelte ihre Nüstern. Ein warmes Beschützergefühl regte sich in ihm. Das war ein liebes Kind — und tapfer. Und ihr Gesicht — ein Gesicht, das er nicht so leicht vergessen würde und hinter dem sich allerhand verbarg! Plötzlich hörte er ihre Stimme, leise, als schämte sie sich, nach ihm zu rufen: »Jon, oh, Jon!« Er tastete sich in der Dunkelheit zurück. Sie streckte ihm die Hände entgegen.
»Es ist so unheimlich hier! Dieses sonderbare Rascheln! Mir läuft es ganz kalt über den Rücken!«
»Der Wind ist ein wenig stärker geworden. Setzen wir uns Rücken an Rücken, dann wird Ihnen nicht so kalt sein. Oder — warten Sie, ich setze mich mit dem Rücken zur Böschung, dann können Sie sich an mich anlehnen und vielleicht ein bißchen schlafen. Es dauert nur noch ein, zwei Stunden, dann können wir bei Mondlicht weiterreiten.«
Sie setzten sich hin, wie er es vorgeschlagen hatte; sie lehnte sich mit ihrem Rücken gegen ihn und legte ihren Kopf an seine Schulter.
»Ist es gut so?«
»Sehr. So ist es gar nicht mehr gruselig.«
Sie rauchten und plauderten noch ein wenig. Die Sterne leuchteten jetzt heller, und ihre Augen gewöhnten sich mehr und mehr an die Dunkelheit. Dankbar empfanden sie einer des anderen Wärme. Jon freute sich an dem Duft ihres Haares, das seinem Gesicht ganz nahe war und wie frisches Heu roch. Beide schwiegen lange, und das warme

Gefühl, er sei ihr Beschützer, wurde stärker und stärker in ihm. Er hätte gerne die Arme um sie gelegt und sie fester an sich gezogen, aber natürlich tat er es nicht. Er durfte für sie nichts anderes sein als eine ganz unpersönliche Wärmequelle, an die sie sich lehnen konnte. Zum erstenmal, seit er England verlassen hatte, fühlte er das Verlangen, seine Arme um jemand zu legen — so sehr hatte ihn jene alte Geschichte abgeschreckt. Der Wind erhob sich, raunte in den Bäumen und verstummte wieder, und es wurde stiller als zuvor. Er war hellwach, und es erschien ihm seltsam, daß sie schlafen konnte — denn sie schlief bestimmt —, so unbeweglich saß sie da. Die Sterne blinkten, und er sah zu ihnen auf. Seine Glieder begannen zu schmerzen und steif zu werden, und plötzlich wurde ihm bewußt, daß sie ebenso wach war wie er selbst. Langsam wandte sie den Kopf, bis er ihre Augen sehen konnte, ernst, verlockend.
»Ich bin Ihnen zu schwer«, sagte sie und richtete sich auf, aber sein Arm zog sie zurück.
»Aber gar nicht; wenn Ihnen nur warm und behaglich ist.«
Ihr Kopf lehnte sich wieder an seine Schulter, und die Nachtwache begann von neuem. Sie sprachen nur sehr wenig, nur Belangloses, und er dachte: »Es ist schon seltsam — man kann mit Leuten monatelang bekannt sein und sie doch nicht halb so gut kennen, wie wir einander jetzt kennen werden.«
Wieder schwiegen sie lange, doch diesmal hatte er den Arm um sie gelegt — es war für beide bequemer so. Und Jon hatte immer mehr das Gefühl, es wäre besser, wenn der Mond nicht aufginge. Ob sie das auch empfand? Er hätte es gerne gewußt. Doch der Mond nahm jedenfalls auf solche Wünsche keine Rücksicht — denn plötzlich bemerkte Jon, daß er da war, irgendwo hinter den Bäumen, und ein seltsamer ruhiger Schimmer breitete sich aus, kroch den Waldboden entlang, schlich sich zwischen die Baumstämme.
»Der Mond!« sagte er. Sie rührte sich nicht, und sein Herz begann stürmisch zu klopfen. Also wollte sie ebensowenig wie er, daß der Mond aufging! Und langsam wurde der leise Schimmer zu Licht, das sich zwischen die Baumstämme stahl und ihre Körper umfloß, bis sie sichtbar wurden. Und noch immer saßen sie da, bewegungslos, als fürchteten sie, den Zauber zu brechen. Das Mondlicht nahm zu an Helligkeit und kaltem Glanz und strahlte über die Bäume, und die Welt war wieder belebt. Jon dachte: »Ob ich sie küssen darf?«, doch gleich wies er den Gedanken von sich. Konnte sie es denn wünschen? Aber als hätte sie seine Gedanken erraten, wandte sie den Kopf und blickte ihm in die Augen.

Er sagte kaum hörbar: »Sie sind mir anvertraut.«
Ihre Antwort war ein leiser Seufzer, und sie erhob sich. Sie blieben einen Augenblick stehen und blickten in den weißleuchtenden, geheimnisvollen Wald.

»Sehen Sie nur!« sagte Jon. »Es ist tatsächlich der Grabhügel. Dort ist der Weg hinunter in die Mulde, wo wir das Picknick hatten. Jetzt finden wir den Weg ohne Schwierigkeiten.«

Ihre Antwort war ein Laut, dessen Bedeutung er sich nicht erklären konnte. Sie gingen zu den Pferden, banden sie los und saßen auf. Seite an Seite ritten sie los.

»Das war etwas, woran ich immer wieder zurückdenken werde«, sagte Jon leise.

»Ja, ich werde es auch nie vergessen.«

Mehr sprachen sie nicht, außer um sich über den Weg zu beraten, doch bald kannten sie sich so gut aus, daß sie in kurzem Galopp reiten konnten, bis sie zum Poloplatz beim Hotel kamen.

»Gehen Sie hinein und beruhigen Sie Ihren Bruder. Ich kümmere mich um die Pferde und komme dann nach.«

In der Hotelhalle traf er Francis Wilmot allein an. Er war noch im Reitanzug und machte ein merkwürdiges Gesicht, nicht gerade feindselig, aber keineswegs freundlich.

»Anne ist schon hinaufgegangen«, sagte er. »Sie scheinen nicht gerade viel Orientierungssinn zu haben. Ich war wirklich in Sorge.«

»Es tut mir aufrichtig leid«, sagte Jon beschämt. »Ich hatte nicht daran gedacht, daß die Pferde die Gegend nicht kannten.«

»Nun ja«, sagte Francis Wilmot mit einem Achselzucken. Jon blickte den jungen Mann fest an.

»Sie glauben doch nicht, ich hätte den Weg mit Absicht verloren? Sie sehen nämlich so drein . . .«

Francis Wilmot zuckte wieder die Achseln.

»Verzeihen Sie«, sagte Jon, »aber Sie scheinen zu vergessen, daß Ihre Schwester eine Dame ist und daß man sich einer Dame gegenüber nicht wie ein Schuft benimmt.«

Francis Wilmot antwortete nicht, sondern trat zu einem der Fenster und blickte hinaus. Jon war wütend. Er setzte sich auf die Lehne eines Sofas. Er war plötzlich sehr müde. Er blieb sitzen und starrte finster auf den Boden. Der Teufel sollte den Kerl holen! Hatte er Anne beflegelt? Wenn ja, dann . . . Da sagte eine Stimme hinter ihm: »Ich hab's nicht so gemeint. Tut mir wirklich leid. Es war wirklich nur die Sorge. Geben Sie mir Ihre Hand!«

Jon streckte ihm impulsiv die Rechte hin, und sie schüttelten einander die Hände und sahen sich fest in die Augen.

»Sie müssen ja todmüde sein«, sagte Francis Wilmot. »Kommen Sie auf mein Zimmer, ich hab' was zum Trinken oben. Anne habe ich schon einen Schluck gegeben.«

Sie gingen hinauf. Jon saß auf dem einzigen vorhandenen Stuhl, Francis auf dem Bett.

»Anne hat mir gesagt, sie hätte Sie eingeladen, morgen mit uns nach Hause zu kommen. Ich hoffe sehr, Sie tun's wirklich.«

»Ich komme riesig gerne.«

»Das freut mich.«

Sie tranken, plauderten noch ein wenig und rauchten.

»Und jetzt gute Nacht«, sagte Jon plötzlich, »sonst schlafe ich noch hier ein.«

Wieder schüttelten sie einander die Hände, und Jon wankte in sein Zimmer. Er schlief sofort ein.

Am nächsten Morgen reisten sie alle drei durch Columbia und Charleston zum Besitz der Wilmots. Er war an der Biegung eines rötlichen Flusses gelegen, von Baumwollfeldern und Sumpfland umgeben, aus dem immergrüne Eichen emporragten, melancholisch von Floridamoos umrankt. Die alten Sklavenquartiere, die nur mehr als Hundezwinger benutzt wurden, standen noch. Zu beiden Seiten des zweistöckigen Hauses, das einen neuen Anstrich dringend nötig hatte, führten Holztreppen zu einer geräumigen, von Glyzinien überwucherten Veranda hinauf. Die Zimmer im Innern mündeten ineinander, und an den Wänden hingen die Porträts verstorbener Wilmots und de Frevilles. Schwarze gingen ihrer Arbeit nach und sprachen in ihrer sanften, gedehnten Weise.

Während der dreieinhalb Jahre seit seiner Ankunft in der Neuen Welt war Jon noch nie so glücklich gewesen. Morgens streifte er mit den Hunden herum oder versuchte Gedichte zu schreiben, denn die Wilmots hatten zu tun. Nach dem Mittagessen ritt er mit beiden oder mit Anne allein aus. Abends lehrte sie ihn vor einem Holzfeuer im Kamin, das bei Sonnenuntergang angezündet wurde, die Ukulele spielen, oder Francis, mit dem er sich seit jenem Augenblick der Feindseligkeit bestens vertrug, erzählte ihm von den Problemen der Baumwollpflanzungen.

Anne und er sprachen wenig miteinander. Sie schienen wieder in Schweigen verfallen zu sein wie damals im Dunkel zu Füßen des indianischen Grabhügels. Doch er beobachtete sie unablässig, versuchte immer wieder, den ernsten, lockenden Blick ihrer dunklen Augen zu erhaschen. Immer mehr erschien sie ihm anders als alle Mädchen, die er je gekannt hatte, klüger, schweigsamer, von festerem Charakter. Die Tage vergingen im warmen Sonnenschein, die Abende vor dem Kamin mit den duftenden Scheiten.

Sein Urlaub ging zu Ende. Er hatte es gelernt, die Ukulele zu spielen, und sie sangen zu ihrer Begleitung Negro Spirituals, Lieder aus Operetten und andere unsterbliche Melodien. Der letzte Tag seines Urlaubs war gekommen, und Jon war unglücklich. Am nächsten Tag würde er frühmorgens nach Southern Pines fahren, zurück zu seinen Pfirsichen. An diesem Nachmittag, als er allein mit Anne ausritt, herrschte ein fast unnatürliches Schweigen zwischen ihnen, und Anne sah ihn nicht einmal an. Als er hinaufging, um sich umzukleiden, wurde er von Panik erfaßt — er wußte jetzt genau, daß er sie mit sich nehmen wollte, und er glaubte zu wissen, daß sie nicht den Wunsch hatte, mit ihm zu gehen. Wie sehr würde er den Blick ihrer Augen vermissen! Es verlangte ihn danach, sie zu küssen.

Trübsinnig ging er hinunter und setzte sich auf ein Sofa vor dem Kamin, spielte mit den Ohren eines Spaniels und beobachtete, wie es im Zimmer langsam dunkel wurde. Vielleicht würde sie nicht einmal kommen, um das letztemal mit ihm zu singen? Vielleicht würden sie nur gemeinsam essen und dann zu dritt den Abend verbringen, und er würde nicht einmal die Gelegenheit haben, ihr zu sagen, daß er sie liebe, und von ihr zu hören, daß sie sein Gefühl nicht erwidere. Und er dachte verzagt: »Es ist meine eigene Schuld — warum habe ich Narr bisher geschwiegen? Ich habe die Gelegenheit verpaßt.« Es wurde dunkel im Zimmer, bis nur noch das Feuer im Kamin glühte. Der Spaniel war eingeschlafen. Auch Jon schloß die Augen. Ihm war, als könnte er so besser warten — auf das Schlimmste warten. Als er die Augen wieder öffnete, stand sie vor ihm, zwei Ukulelen in der Hand.

»Wollen Sie spielen, Jon?«

»Ja«, sagte Jon, »spielen wir. Es ist das letztemal.« Und er nahm das eine Instrument.

Sie setzte sich auf den Teppich vor dem Kamin und begann ihre Ukulele zu stimmen. Jon ließ sich neben dem Hund nieder und stimmte die seine. Der Spaniel stand auf und lief weg.

»Was singen wir?«

»Ich mag nicht singen, Anne. Singen nur Sie, ich werde Sie begleiten!«

Sie sah ihn nicht an. Sie vermied es, ihn anzusehen! Es war alles aus! Was für ein Narr war er doch gewesen!

Anne begann zu singen, eine schlichte Melodie — irgendein spanisches Lied. Er griff in die Saiten, die Melodie ging ihm zu Herzen. Sie sang das

Lied zu Ende, begann dann von neuem und wandte ihm die Augen zu. Gott! Sie blickte ihn wirklich an. Sie durfte nicht sehen, daß er es bemerkt hatte. Er war zu schön, dieser lange, tiefe Blick über die Ukulele hinweg. Ihr Instrument und das seine trennten sie voneinander, und er ließ das dumme Ding fallen, schob sich zu Anne hin und legte seinen Arm um sie. Wortlos ließ sie den Kopf an seine Schulter sinken, wie damals unter dem indianischen Grabhügel. Er legte seine Wange an ihr Haar, das nach Heu duftete wie damals. Und wie damals im Mondlicht wandte sie ihm ihr Gesicht zu. Doch diesmal küßte er ihre Lippen.

ZWEITES BUCH

Der silberne Löffel

»Doch, oh, wir stehn auf Dornen hier!«

Ein Wintermärchen

John Fortescue
zugeeignet

Erster Teil

1

Ein Fremdling

Der junge Mann, der Ende September 1924 auf dem South Square, Westminster, aus einem Taxi stieg, war so unaufdringlich amerikanisch, daß der Chauffeur ein wenig zögerte, ehe er den doppelten Fahrpreis verlangte. Der junge Mann jedoch zögerte nicht, ihn zurückzuweisen.

»Können Sie nicht lesen?« fragte er leise. »Hier haben Sie vier Shilling.«

Damit kehrte er ihm den Rücken und betrachtete das Haus, vor dem er ausgestiegen war. Er hatte noch nie ein englisches Privathaus betreten und fühlte eine gewisse Unsicherheit wie jemand, der nun vielleicht langjährige liebgewonnene Vorstellungen wird aufgeben müssen. Nachdem er einen Brief mit der Hausnummer aus blankem Messing verglichen hatte, murmelte er: »Das ist es bestimmt« und klingelte.

Während er wartete, daß man ihm öffnete, fiel ihm die tiefe Stille auf; nur eine Uhr schlug viermal, als wäre es die Stimme der Zeit selbst. Als der letzte tiefe Ton verklungen war, ging die Tür nach innen auf, und ein Mann mit fast gänzlich kahlem Kopf fragte: »Sie wünschen?«

Der junge Mann nahm den weichen Filzhut von seinem dunklen Kopf.

»Wohnt hier Mrs. Michael Mont?«

»Allerdings, Sir.«

»Geben Sie ihr bitte meine Karte und diesen Brief.«

»›Mr. Francis Wilmot, Naseby, Südkarolina.‹ Wollen Sie bitte hier warten, Sir.«

Francis Wilmot wurde in ein Zimmer zur Rechten geführt, spürte, wie sich etwas auf dem Boden bewegte und wie Zähne seine Wade streiften.

»Dandie!« rief der Mann ohne Haar, »du kleiner Teufel! Dieser Hund fällt jeden Fremden an. Bewegen Sie sich nicht! Er hat schon einmal eine Dame ins Bein gebissen und ihr die Strümpfe zerrissen.«

Francis Wilmot blickte interessiert auf einen silbergrauen Hund, der neun Zoll hoch und fast ebenso breit war, wunderschöne Zähne hatte und mit flinken Augen zu ihm aufsah.

»Das Baby ist schuld«, sagte der Mann ohne Haar und wies auf eine Art Nest auf dem Fußboden vor dem kalten Kamin. »Wenn das Baby da ist, geht er immer auf die Leute los. Er gibt erst Frieden, wenn er an Ihrem Hosenbein gerochen hat. Rühren Sie aber lieber das Baby nicht an. Mrs. Mont war eben noch da, ich werde Ihre Karte hinauftragen.«
Francis Wilmot nahm auf einem kleinen Diwan mitten im Zimmer Platz, und der Hund legte sich zwischen ihn und das Baby.
Während er so dasaß, blickte er um sich. Die in mattgoldenem Ton gehaltenen Wände des Zimmers waren in Felder eingeteilt, die Decke war silbern. Ein Spinett, wie der kleine goldene Geist eines Klaviers, stand in einer Ecke. Kronleuchter, Blumenstilleben und das Bild einer Dame, die ihren Rock und die goldenen Pantoffeln im Tanz fliegen ließ, schmückten die Wände. Auch die Vorhänge waren in Gold und Silber gehalten. Den silberfarbenen Teppich fühlte er wunderbar weich unter seinen Füßen, die Möbel waren aus vergoldetem Holz.
Plötzlich bekam der junge Mann Heimweh. Er war wieder im Wohnzimmer eines im Kolonialstil erbauten Hauses an der Biegung eines einsamen rötlichen Flusses in Südkarolina. Er starrte auf das Bild seines Urgroßvaters Francis Wilmot, in hohem Kragen und rotem Rock, der im Unabhängigkeitskrieg als Major für seinen englischen König gekämpft hatte. Man sagte ihm immer, daß er genau dasselbe Bild erblicke, wenn er am Morgen beim Rasieren in den Spiegel schaue: das glatte dunkle Haar, das über die rechte Schläfe fiel, schmale Nase und Lippen, die schmale dunkle Hand auf dem Säbelknauf oder dem Rasiermesser und die zusammengekniffenen dunklen Augen mit dem festen Blick. Der junge Francis sah die Schwarzen vor sich, die in den Baumwollpflanzungen arbeiteten unter einer Sonne, wie er sie seit seiner Ankunft nicht mehr gesehen hatte, seit er herübergekommen war; er schlenderte mit seinem kleinen Vorstehhund am Rande des Sumpfes umher, wo Florida-Moos wie Girlanden zwischen den hohen, traurig aussehenden Bäumen hing; er dachte an das Erbe der Wilmots, das, durch den Bürgerkrieg ruiniert, immer mehr verfiel und ihm doch noch teuer war; und er fragte sich, ob es sich überhaupt noch lohnte, weiterzukämpfen, oder ob er es dem Yankee von der Werft in Charleston verkaufen sollte, der dort seine Wochenenden verbringen wollte und es wahrscheinlich bis zur Unkenntlichkeit »renovieren« würde. Nun, da Anne den jungen Engländer Jon Forsyte geheiratet hatte und nach Norden, nach Southern Pines, gezogen war, würde es zu Hause sehr einsam sein. Und er dachte an seine dunkle, blasse, lebhafte Schwester, die »ein ganzer Kerl war« und die er nun verloren hatte. In diesem Zimmer, das so einheitlich war, wie er es noch nie

gesehen hatte, bekam er Heimweh; das einzige, das aus dem Rahmen fiel, war der Hund, der jetzt auf der Seite lag und so dick war, daß seine vier kleinen Beine in die Luft ragten. Leise sagte er vor sich hin: »Noch nie bin ich in einem so schönen Zimmer gewesen.«

»Ganz reizend, das zufällig zu hören!«

An der Tür stand eine junge Frau, das blasse Gesicht mit den lächelnden Lippen, der kurzen, geraden Nase und den beweglichen, dunkelbewimperten weißen Augenlidern über den haselnußbraunen Augen von lockigem kastanienfarbenem Haar umrahmt. Sie kam auf ihn zu und streckte ihm die Hand entgegen.

Francis Wilmot beugte sich darüber und fragte ernst: »Mrs. Michael Mont?«

»Jon hat also Ihre Schwester geheiratet. Ist sie schön?«

»Ich glaube, ja.«

»Sehr schön?«

»Wirklich.«

»Ich hoffe, mein Baby hat Sie inzwischen unterhalten.«

»Es ist ein Prachtkerl.«

»Ja, freilich. Ich habe gehört, daß Dandie Sie gebissen hat.«

»Er ist nicht einmal bis zur Haut durchgedrungen!«

»Haben Sie nicht nachgesehen? Er ist aber ganz gesund. Setzen Sie sich und erzählen Sie mir alles von Ihrer Schwester und Jon. Ist es eine Liebesheirat?«

Francis Wilmot setzte sich. »Ganz sicher. Der junge Jon ist ein Ehrenmann, und Anne —«

Er hörte einen Seufzer.

»Das freut mich sehr. Er schreibt mir, daß er schrecklich glücklich ist. Sie müssen bei uns wohnen. Sie werden ganz ungestört sein. Betrachten Sie uns als ein Hotel.«

In den dunklen Augen des jungen Mannes stand ein Lächeln.

»Das ist sehr liebenswürdig von Ihnen! Ich bin noch nie auf dieser Seite des großen Teiches gewesen. Ich hatte keine Gelegenheit. Der Krieg war zu früh aus.«

Fleur nahm das Baby aus seinem Bett.

»Das kleine Ding da beißt nicht. Schauen Sie — zwei Zähne, aber die sind ungefährlich.«

»Wie heißt es?«

»Kit — von Christopher. Über den Namen waren wir glücklicherweise einig. Michael — mein Mann — wird gleich hier sein. Er ist nämlich Abgeordneter. Das Parlament beginnt erst Montag wieder zu tagen — wegen

Irland natürlich. Wir sind gestern eigens deshalb aus Italien zurückgekommen. Italien ist herrlich, dort müssen Sie hin.«
»Verzeihen Sie, aber ist das die Parlaments-Uhr, die so laut schlägt?«
»Big Ben — jawohl. Gibt ihnen das Tempo an. Michael sagt, das Parlament sei das größte Hindernis des Fortschritts, das je erfunden wurde. In diesem Jahr, unter unserer ersten Labourregierung, wird es besonders interessant. Finden Sie es nicht geradezu rührend, wie der Hund mein Baby bewacht? Er hat furchtbar scharfe Zähne.«
»Was für eine Rasse?«
»Ein Dandie Dinmont. Wir hatten einen Pekinesen. Es war eine schreckliche Tragödie. Er ging immer auf Katzen los; und eines Tages geriet er an einen Raufer, der ihm beide Augen auskratzte — er war dann ganz blind — und deshalb —«
Der junge Mann sah, wie ihre Augen plötzlich verdächtig glänzten. Er stieß einen Laut des Bedauerns aus und sagte leise: »Das muß aber wirklich schlimm gewesen sein.«
»Ich mußte dieses Zimmer ganz neu einrichten. Es war früher chinesisch. Zu viele traurige Erinnerungen.«
»Dieser kleine Kerl da würde jede Katze auffressen.«
»Zum Glück ist er mit jungen Katzen aufgewachsen. Wir haben ihn wegen seiner Beine gekauft — die Vorderbeine sind so krumm, daß er kaum laufen kann, deshalb paßt er so gut zum Kinderwagen. Dan, zeig deine Beine!«
Der Dandie sah zu ihr auf und knurrte ein Nein.
»Er ist ein schrecklicher kleiner Dickschädel. Erzählen Sie mir doch, wie Jon jetzt ist. Benimmt er sich noch wie ein Engländer?«
Der junge Mann spürte, daß sie endlich etwas gesagt hatte, das ihr wirklich am Herzen lag.
»Jawohl, aber er ist ein Prachtkerl.«
»Und seine Mutter? Sie war eine schöne Frau.«
»Und ist es noch heute.«
»Das glaube ich gerne. Wohl schon grau?«
»Ja. Sie mögen sie nicht?«
»Na, ich hoffe, sie wird auf Ihre Schwester nicht eifersüchtig sein!«
»Ich habe fast den Eindruck, daß Sie ungerecht sind.«
»Vielleicht.«
Sie saß ganz unbeweglich da, ihr Gesicht über dem des Babys zeigte einen harten Ausdruck. Und der junge Mann, der Gedanken ahnte, die er nicht verstand, erhob sich.
»Wenn Sie Jon schreiben«, sagte sie plötzlich, »sagen Sie ihm, daß ich

mich schrecklich freue und daß ich ihm Glück wünsche. Ich selbst werde ihm nicht schreiben. Darf ich Sie Francis nennen?«

Francis Wilmot verbeugte sich. »Es wird mir eine Ehre sein, Madam.«

»Gerne, aber nennen Sie mich doch Fleur. Wir sind ja gewissermaßen verwandt.«

Der junge Mann lächelte und sprach den Namen leise vor sich hin.

»Fleur! Ein wunderschöner Name!«

»Wenn Sie zurückkommen, wird Ihr Zimmer bereit sein. Sie werden natürlich Ihr eigenes Badezimmer haben.«

Er berührte die dargebotene Hand mit den Lippen.

»Wie wunderbar!« sagte er. »Ich hatte schon Heimweh. Mir fehlt hier die Sonne.«

Beim Hinausgehen sah er zurück. Fleur hatte ihr Baby in sein Bett zurückgelegt und starrte vor sich hin.

2

Wechsel

An der Umgestaltung des chinesischen Zimmers war nicht allein der Tod des Hundes schuld gewesen. Als Michael am Abend von Fleurs zweiundzwanzigstem Geburtstag nach Hause gekommen war, hatte er gesagt:

»Tja, mein Kind, ich habe das Verlagsgeschäft an den Nagel gehängt. Der alte Danby ist so rechthaberisch – das ist keine Karriere für mich.«

»Oh! Michael, da wirst du dich ja zu Tod langweilen.«

»Ich werde Abgeordneter. Das werden so viele, und man verdient ungefähr dasselbe.«

Er hatte im Spaß gesprochen. Sechs Tage später wurde es offenbar, daß sie im Ernst zugehört hatte.

»Du hattest vollkommen recht, Michael. Es ist das einzig Richtige für dich. Du hast Ideen.«

»Die anderer Leute.«

»Und du bist der geborene Redner. Obendrein ist es so schrecklich nah von hier ins Parlament.«

»Es kostet aber Geld, Fleur.«

»Ja, ich habe mit Vater gesprochen. Es war recht komisch – weißt du, es ist noch nie ein Forsyte auch nur in die Nähe des Parlaments gekommen. Aber er glaubt, daß es gut für mich sein wird und daß es das einzige ist, wofür sich ein Baronet noch eignet.«

»Leider muß man zuerst gewählt werden.«

»Na ja, ich hab' auch bei deinem Vater ein wenig das Terrain sondiert. Er wird mit den Leuten reden. Man braucht junge Männer.«

»Ah! Und welcher Partei gehöre ich eigentlich an?«

»Mein lieber Junge, das mußt d u doch wissen – mit dreißig Jahren.«

»Ein Liberaler bin ich bestimmt nicht. Aber gehör' ich nun zur Arbeiterpartei oder zu den Konservativen?«

»Du hast noch Zeit, bis zu den nächsten Wahlen darüber nachzudenken!«

Am folgenden Tag, während sie ihr Bad nahm und er sich gerade rasierte, schnitt er sich leicht und sagte: »Wirklich am Herzen liegt mir unsere Landwirtschaft und die Arbeitslosigkeit, ich bin ein Foggartist.«

»Ein was?«

»Du hast doch das Buch des alten Sir James Foggart gelesen?«

»Nein.«

»Gesagt hast du's aber.«

»Das haben andere auch.«

»Macht nichts – sein Blick ist immer auf das Jahr 1944 gerichtet, und danach ist auch seine Politik. Sicherheit vor Luftangriffen, Landwirtschaft und Kinderauswanderung; Ausgleich von Angebot und Nachfrage innerhalb des britischen Weltreichs; uns mit unseren Verlusten am Kontinent abfinden und eine schlechte Gegenwart zugunsten einer besseren Zukunft ertragen. Ungefähr alles, was unpopulär ist und was man für unmöglich hält.«

»Gut, das könntest du alles für dich behalten, bis man dich gewählt hat. Du mußt als Konservativer kandidieren.«

»Wie hübsch du bist!«

»Wenn du einmal drin bist, kannst du mit jedermann streiten. Dann wirst du von Anfang an eine Rolle spielen.«

»Eine grandiose Idee!« murmelte Michael.

»Du kannst dann als erster diesen – diesen Foggartismus einführen. Du – er ist doch nicht übergeschnappt?«

»Nein, nur zu vernünftig, was natürlich beinahe auf dasselbe hinausläuft. Die Löhne sind bei uns höher als sonstwo, ausgenommen Amerika und die Dominions, und sie werden auch kaum wieder sinken; wir haben eigentlich mit den Überseeländern gleichgezogen. Foggart ist dafür, daß wir so viele Nahrungsmittel wie möglich selbst anbauen und die britischen Stadtkinder, ehe sie verdorben sind, massenhaft in die Kolonien

schicken, bis der koloniale Bedarf an Waren unserer Produktion entspricht. Ohne die intensive Zusammenarbeit aller Regierungen des ganzen Imperiums hat es natürlich absolut keinen Zweck.«
»Das klingt sehr vernünftig.«
»Wir haben ihn zwar gedruckt, aber auf seine eigenen Kosten. Es ist der berühmte Glaube, der Berge versetzt. Den Glauben hat er schon, aber der Berg rührt sich nicht.«
Fleur stieg aus dem Bad. »Gut«, sagte sie, »abgemacht. Dein Vater behauptet, er kann deine Wahl als Konservativer durchsetzen; du schaffst es durch den persönlichen Kontakt, Michael.«
»Besten Dank, mein Schatz. Darf ich dich abtrocknen?«
Trotzdem hatte Fleur ihr chinesisches Zimmer nicht früher neu eingerichtet, bis Michael sicher im Parlament saß als Abgeordneter von Wählern, die angeblich an der Landwirtschaft interessiert waren. Fleur wählte eine Stilmischung von Adam und Louis Quinze. Michael nannte es das bimetallische Empfangszimmer und trug den »Weißen Affen« in sein Arbeitszimmer hinauf. Der Pessimismus dieses Geschöpfes, fühlte er, paßte nicht zum Leben eines Politikers.
Fleur hatte ihren »Salon« im Februar mit einem Empfang eröffnet. Seit dem Debakel der Liberalen war das »Zentrum der Gesellschaft« verschwunden, und Lady Alisons Koterie von Politikern aus Advokaten- und Literatenkreisen zählte nicht mehr. Einfachere Leute waren im Aufsteigen. Ihre Mittwochabende gehörten hauptsächlich der Jugend, während das Alter von ihrem Schwiegervater repräsentiert wurde, zwei unbedeutenden Gesandten und von Pevensey Blythe, dem Herausgeber des *Outpost*. Blythe war – ganz im Gegensatz zu seinem literarischen Stil – ein großer, bärtiger Mann mit grauen, blutunterlaufenen Augen, so daß er oft für einen Premier aus den Kolonien gehalten wurde. Er drückte sich so geschraubt aus, daß ihn nur ganz wenige wirklich verstanden. »Was Blythe heute denkt, wird die konservative Partei auch morgen n i c h t denken«, sagte man von ihm. Er sprach mit leiser Stimme und gebrauchte fortwährend den *pluralis majestatis*.
»Wir gehen wie Schlafwandler umher«, sagte er über die politische Lage, »und wir werden nackt aufwachen.«
Er war ein feuriger Anwalt von Sir James Foggarts Buch, das er »das Meisterwerk eines blinden Erzengels« nannte, lauschte leidenschaftlich gern dem Spinett und war unschätzbar für Fleurs »Salon«.
Da Fleur nun die Dichter und modernen Komponisten, Sibley Swan, Walter Nazing und Hugo Solstis, losgeworden war, fand sie Zeit für ihren Sohn, den elften Baronet. Er war für sie der Inhalt des Lebens. Michael

mochte Theorien über die Zukunft haben und die Arbeiterpartei die Hoffnung hegen, alles an sich zu reißen, für Fleur war nur von Bedeutung, daß im Jahre 1944 der elfte Baronet großjährig wurde. Daß Kit ein England erben sollte, in dem es der Mühe wert war zu leben, war von wesentlicherer Bedeutung als alles, was man im Unterhaus in Vorschlag brachte, ohne es praktisch durchsetzen zu können. Alle diese Häuser zum Beispiel, die man bauen wollte — ganz in Ordnung, aber ein wenig unnötig, solange Kit noch Lippinghall Manor und das Haus am South Square, Westminster, besaß, um darin zu wohnen. Nicht daß Fleur solch zynische Überzeugungen ausgesprochen hätte, sie gestand sie sich nicht einmal selber ein. Denn mit den Lippen huldigte sie strenggläubig dem großen Gotte Fortschritt.

Weltfriede, Hygiene, Handel und Beseitigung der Arbeitslosigkeit beschäftigten alle Gemüter, ganz gleich welcher Partei, und Fleur machte die Mode mit. Mehr als Michael und Sir James Foggart sagte ihr jedoch ihr Instinkt, daß das altehrwürdige Motto, »den Kuchen essen und gleichzeitig behalten«, das dem Programm aller Parteien zugrunde lag, »nicht besonders vernünftig« war. Solange Kit Kuchen hatte, war es zwecklos, sich um die übrigen gar zu große Sorgen zu machen, obgleich man sich natürlich den Anschein geben mußte ... Sie war geschäftig in ihrem Salon, sagte dem einen dies, dem andern das, und allen gegenüber war sie so liebenswürdig; alle entzückte sie durch ihre Anmut, ihren gesunden Menschenverstand und ihre Anpassungsfähigkeit. Öfters wohnte sie den Parlamentssitzungen bei, und obwohl sie nur mit halbem Ohr hinhörte, schnappte sie doch so viel von den Reden auf, wie zur Führung ihres »Salons« notwendig war — gewissermaßen durch eine Art siebenten Sinn (wenn alle Damen der Gesellschaft sechs Sinne hatten, so besaß Fleur zweifellos deren sieben): das Steigen und Fallen des Regierungsbarometers, die Schlagworte und Klischees der Politik; und was noch wertvoller war, Eindrücke von der Persönlichkeit und des Menschen, der sich hinter dem Parlamentsmitglied verbarg. Sie verfolgte Michaels Karriere mit dem liebevollen Blick der Patin, die ihrem Patenkind ein in blaues Saffianleder gebundenes Gebetbuch geschenkt hat, in der Hoffnung, daß das Patenkind sich eines Tages daran erinnern werde. Michael hatte noch nicht den Mund geöffnet, obgleich er den ganzen Frühling und Sommer hindurch den Sitzungen eifrig beigewohnt hatte, und bisher war Fleur mit seinem Schweigen einverstanden, während sie seinen Phantasien über den Foggartismus zuhörte. Wenn dieser in der Tat die einzige dauernde Abhilfe gegen die Arbeitslosigkeit war, wie er behauptete, so war sie auch ein Foggartist, da ihr gesunder Menschenverstand sie erkennen ließ, daß dieses nationale Übel die einzig wirkliche Gefahr für Kits Zukunft bedeutete. Wenn man die Arbeitslosigkeit beseitigte, würde niemand Zeit haben, Lärm zu schlagen. Mit ihrer Kritik traf sie oft den Nagel auf den Kopf.

»Mein lieber Junge, hat jemals ein Land die Gegenwart der Zukunft geopfert?« oder: »Glaubst du wirklich, daß das Landleben besser als das Stadtleben ist?« oder: »Kannst du dir vorstellen, daß wir Kit mit vierzehn Jahren von England wegschicken würden nach irgendeinem gottverlassenen Ort am Ende der Welt?« oder: »Glaubst du, die Städte werden das zugeben?« Und ihre Argumente erweckten in Michael eine solche Beharrlichkeit und Redegewandtheit, daß sie sicher war, mit der Zeit würde er sich ganz bestimmt durchsetzen – wie der alte Sir Giles Snoreham, den sie bald zum Pair erheben würden, weil er beständig niedere Hüte getragen hatte und für die Wiedereinführung der Hansoms eingetreten war. Hüte, Knopflochsträußchen, ein Monokel – alle diese kleinen Tatsachen, die eine politische Karriere fördern, zog sie in Betracht.

»Gewöhnliches Fensterglas schadet dem Auge nicht, Michael, und man erregt damit wirklich Aufmerksamkeit.«

»Liebes Kind, meinem Vater hat es nicht das geringste genützt; ich glaube nicht einmal, daß er deshalb auch nur drei Exemplare irgendeines seiner Bücher verkauft hat. Nein! Wenn ich weiterkomme, so soll es durch meine Reden sein.«

Aber noch immer bestärkte sie ihn darin, den Mund zu halten.

»Es hat keinen Sinn, zur unrechten Zeit anzufangen, Michael. Diese Leute von der Arbeiterpartei werden das Jahr nicht überdauern.«

»Warum nicht?«

»Der Kamm schwillt ihnen, und das Temperament geht ihnen durch. Sie werden nur noch geduldet; Leute, die man nur duldet, müssen höflich sein, sonst werden sie nicht länger geduldet. Wenn sie gehen müssen, werden die Konservativen wieder ans Ruder kommen und wahrscheinlich auch bleiben. Du wirst mehrere Jahre Gelegenheit haben, exzentrisch zu sein, und bis zu der Zeit, da die Konservativen wieder gehen müssen, wirst du schon sagen können, was dir beliebt. Du mußt mit deinen Wählern weiter in persönlicher Fühlung bleiben; es ist bestimmt ein Fehler, zu vergessen, daß man Wähler hat.«

Im Sommer verbrachte Michael die meisten Wochenende in Mittel-Buckinghamshire, wo er sich bemühte, mit seinen Wählern in persönlicher Fühlung zu bleiben; und Fleur verbrachte die meisten Wochenende mit dem elften Baronet bei ihrem Vater in Mapledurham.

Seit Soames nach der Affäre mit Elderson und der P. P. R. S. den Staub der City von seinen Füßen geschüttelt hatte, war er für einen Forsyte fast zu sehr Landbewohner geworden. Er hatte die Wiesen jenseits der Themse und ein paar Jersey-Kühe gekauft. Nicht, daß er sich damit abgegeben hätte, das Land zu bebauen oder irgend so einen Unsinn zu treiben, aber es interessierte ihn, sich in einem Kahn mit einer Stange hinüberzustaken und zuzusehen, wie die Kühe gemolken wurden. Er hatte auch eine ganze Reihe von Gewächshäusern errichten lassen und pflanzte Melonen. Englische Melonen waren besser als alle anderen, und je länger er mit einer französischen Frau zusammen lebte, um so mehr neigte er dazu, das zu verzehren, was er selber angebaut hatte. Nachdem Michael ins Parlament gewählt worden war, hatte Fleur ihm Sir James Foggarts Buch »England in Gefahr« geschickt. Als es eintraf, sagte er zu Annette:
»Was glaubt sie eigentlich, was soll ich mit diesem Wälzer anfangen!«
»Vermutlich lesen, Soames.«
Soames rümpfte die Nase, während er darin blätterte.
»Ich hab' keine Ahnung, wovon es handelt.«
»Ich werde es auf meinem Basar verkaufen, Soames. Für irgendeinen braven Menschen, der Englisch versteht, wird es schon reichen.«
Von dem Augenblick an begann Soames fast unbewußt das Buch zu lesen. Es war eine sonderbare Sache, die die meisten Leute vor den Kopf stoßen würde. Das begann ihm Vergnügen zu machen, besonders das Kapitel, das die Haltung der Arbeiter mißbilligte, die sich von ihren Kindern nicht in einem angemessenen Alter trennen wollten. Da Soames Europa niemals verlassen hatte, besaß er eine etwas vage Vorstellung von Ländern wie Südafrika, Australien, Kanada und Neuseeland; aber offensichtlich war der alte Foggart dort gewesen und wußte auch, wovon er redete. Was er über die Entwicklung dieser Länder sagte, schien ganz vernünftig. Kinder, die man in diese Länder geschickt hatte, wurden sofort dicker und in einem Alter Grundbesitzer, wo sie in England noch Laufburschen waren, fortwährend die Arbeit wechselten, an den Straßenecken herumlungerten und sich auf Arbeitslosigkeit und Kommunismus vorbereiteten. Fort mit ihnen aus England! Für einen, der so durch und durch Engländer war wie er, hatte dieser Gedanke eine überraschende Anziehungskraft. Er war auch mit dem Autor einer Meinung, daß man seine Lebensmittel selbst anbauen und England gegen Luftangriffe sichern sollte. Aber dann änderte er langsam seine Ansicht. Im großen ganzen war der Kerl doch ein zu großer Pessimist. Fleur gegenüber beklagte sich Soames, daß das Buch zuviel von den Tauben auf dem Dache rede; es war unpraktisch. Was der alte Mont dazu sage?

»Er will es nicht lesen; er sagt, er kenne den alten Foggart.«

»Hm!« brummte Soames, »dann ist vielleicht doch etwas dran.« Dieser engstirnige Baronet war altmodisch! »Auf jeden Fall beweist es, daß Michael diese Kerle von der Arbeiterpartei aufgegeben hat.«

»Michael behauptet, daß die Arbeiterpartei den Foggartismus aufgreifen wird, sobald sie seinen Sinn versteht.«

»Wieso?«

»Er glaubt, der Foggartismus wird ihnen viel mehr nützen als irgendeiner andern Partei. Er sagt, daß einige ihrer Führer bereits anfangen, der Sache auf den Grund zu kommen, und daß die übrigen mit der Zeit ganz bestimmt folgen werden.«

»In diesem Falle«, sagte Soames, »wird es der breiten Masse niemals einleuchten.« Und zwei Minuten lang saß er ganz in Gedanken versunken da. Hatte er da etwas Tiefsinniges gesagt oder nicht?

Die Besuche Fleurs mit dem elften Baronet über das Wochenende waren ihm besonders angenehm. Obwohl er anfangs etwas wie Enttäuschung gefühlt hatte, daß sein Enkelkind kein Mädchen war – ein elfter Baronet gehörte doch zu sehr zu den Monts –, fand er, daß das Kind, je älter es wurde, ein »ganz interessanter kleiner Kerl« sei; und solange es in Mapledurham war, konnte es nicht in Lippinghall sein. Natürlich ging es ihm manchmal auf die Nerven, zusehen zu müssen, was für ein Theater die Frauen mit dem Kind machten – es lag so etwas Übertriebenes in dem Gehaben einer Mutter. Er hatte es schon bei Annette bemerkt und bemerkte es jetzt bei Fleur. Vielleicht war das französisch! Seine Mutter hatte niemals so ein Aufhebens gemacht, soweit er sich erinnern konnte; er konnte sich überhaupt an kein Ereignis aus seiner Babyzeit erinnern. An einem Wochenende, als Madame Lamotte, Annette und Fleur alle um das Kind herumtanzten, drei Generationen von Müttern, die ihre ganze Aufmerksamkeit auf dieses dicke Bündel konzentrierten, blieb ihm nichts anderes übrig, als in seinem Kahn übers Wasser zu flüchten, um Fische zu fangen, die bestimmt wieder niemand essen würde.

Als er Sir James Foggarts Buch zu Ende gelesen hatte, war der unangenehme Sommer 1924 bereits vorbei und ein noch unangenehmerer September hatte begonnen. Die milden, goldenen Herbsttage, die aus einem leichten Nebel hervorglühen, der jedes Spinnennetz am Zaun von Tauperlen erglänzen läßt, wollten sich nicht einstellen. Es regnete, und die Themse war so unnatürlich angeschwollen, daß die Zeitungen anfangs unnatürlich leer waren – die üblichen Nachrichten über anhaltende Trockenheit fehlten gänzlich; nach und nach füllten sie sich wieder mit Berichten über den feuchtesten Sommer »seit dreißig Jahren«. Grün von

Wasserpflanzen und dem Schatten der Bäume, zog der Fluß ruhig zwischen Soames' feuchtem Rasen und seinen feuchten Wiesen unaufhörlich hin. Es gab keine Pilze. Die Brombeeren schmeckten nach Regen. Soames legte besonderen Wert darauf, alljährlich eine einzige Beere zu essen, um nach dem Aroma zu beurteilen, was für ein Jahr es gewesen sei. Es gab viel Waldrebe. Aber trotz alledem war er besser aufgelegt als seit vielen Jahren. Die Arbeiterpartei war schon seit Monaten am Ruder, wenn sie auch nicht die absolute Macht besaß, und dennoch stand am Firmament nur drohendes Gewölk. Da er sich wegen der Labour-Regierung gezwungen sah, der Politik etwas Aufmerksamkeit zu widmen, pflegte er am Frühstückstisch Prophezeiungen von sich zu geben. Sie variierten je nach den Nachrichten; und weil er beständig diejenigen Prophezeiungen vergaß, die sich nicht erfüllt hatten, war er stets in der Lage, Annette zu erklären: »Hab' ich dir's nicht gleich gesagt!« Aber sie interessierte sich nicht dafür, denn als typische Frau war sie von ihren Wohltätigkeitsbasars und ihrem Früchteeinsieden, den Autofahrten, Einkäufen in London und den Gartengesellschaften ganz in Anspruch genommen; und trotz ihrer Neigung, Fett anzusetzen, war sie noch immer eine schöne Frau. Jack Cardigan, der Mann seiner Nichte Imogen, hatte ihm zu seinem neunundsechzigsten Geburtstag einen Satz Golfschläger geschenkt. Das bedeutete für Soames ein schwierigeres Problem als alles, das ihm bisher untergekommen war. Was, in aller Welt, sollte er nur damit anfangen? Mit jener raschen französischen Intelligenz, die ihn so oft ärgerte, schlug Annette vor, daß er sie verwenden solle. In seinem Alter —! Wirklich lästig! Und dann, an einem Wochenende im Mai, kam sogar der Kerl selbst mit Imogen heraus, setzte den Ball auf einen kleinen Maulwurfshügel und brachte ihn mit einem Treibschlag über den Fluß hinüber.

»Ich wette mit dir um eine Schachtel Zigarren, Onkel Soames, daß du das nicht nachmachen kannst, bevor wir am Montag wegfahren.«

»Ich wette niemals«, erklärte Soames, »und ich rauche auch nicht.«

»Zeit, daß du beides anfängst. Paß auf, ich werde dir morgen beibringen, wie man den Ball schlägt.«

»Lachhaft!« erwiderte Soames.

Aber am Abend stand er im Pyjama in seinem Zimmer und schwang seine Arme, genauso wie es Jack Cardigan getan hatte. Am nächsten Tag schickte er die Frauen samt ihrem Lunch im Auto weg; sie sollten nicht über ihn grinsen. Selten hatte er ärgerlichere Stunden verbracht als die nun folgenden. Und sein Ärger erreichte den Höhepunkt in dem Augenblick, als er schließlich den Ball derart traf, daß er drei Meter vom diesseitigen Ufer in den Fluß fiel. Am nächsten Morgen waren seine Arme und Rippen so steif, daß Annette ihn massieren mußte, bis er sagte: »Paß auf! Du ziehst mir ja die Haut ab!«

Trotz alledem hatte es ihn gepackt. Nachdem er noch einen weiteren Teil seines Rasens zerstört hatte, trat er in den nächsten Golfklub ein und übte in der Mittagszeit allein, nur von einem kleinen Jungen begleitet. Mit charakteristischer Zähigkeit blieb er dabei, bis er im Juli eine gewisse Routine erlangt hatte; und nun begann er Annette auseinanderzusetzen, daß es ihr Gott weiß wie gut täte, auch Golf zu spielen.

»*Merci*, Soames«, erwiderte sie, »ich habe gar keine Lust, eine Figur zu bekommen wie eure englischen Misses, die vorne und hinten flach wie ein Brett sind.« Sie war reaktionär, »wie ihre Nation«; und Soames, der im Herzen eine gewisse Sympathie für Kurven hegte, bestand nicht ernsthaft auf seinem Wunsch. Er fand, daß der Sport seine Leber und sein Temperament tüchtig aufgerüttelt hatte. Er bekam Farbe in den Wangen. Am Tage nachdem er mit Jack Cardigan zum erstenmal gespielt hatte und von ihm geschlagen worden war, erhielt er ein Paket, das zu seiner Bestürzung eine Schachtel Zigarren enthielt. Er konnte einfach nicht begreifen, was sich der Mensch einbildete! Aber als er ein paar Tage später eines Abends am Fenster seiner Bildergalerie saß, entdeckte er plötzlich, daß er eine Zigarre im Mund hatte. Sonderbarerweise wurde ihm davon gar nicht übel. Er hatte vielmehr wieder das angenehme Gefühl wie zur Zeit, als er Coué praktizierte, der nun so ziemlich aus der Mode war, seit ein Amerikaner, wie seine Schwester Winifred erzählte, eine kürzere Methode erfunden hatte. Da er jedoch die Familie verdächtigte, daß sie ihm Jack Cardigan auf den Hals gehetzt habe, frönte er seiner neuen Leidenschaft nur in der Bildergalerie, so daß die Zigarre von dem Glorienschein des geheimen Lasters verklärt wurde. Seinen Vorrat erneuerte er heimlich. Erst als er herausfand, daß Annette, Fleur und andere seit Wochen darum wußten, gab er diese Zurückhaltung auf und sprach ganz offen davon, daß das Laster der gegenwärtigen Zeit die Zigaretten seien.

»Mein lieber Junge«, erklärte Winifred, als sie ihn das nächstemal traf, »jeder sagt, daß du ein neuer Mensch geworden bist!«

Soames zog die Augenbrauen hoch. Er hatte keine Veränderung bemerkt. »Dieser Cardigan«, sagte er, »ist ein komischer Kauz! . . . Ich werde bei Fleur essen und auch übernachten; sie sind gerade aus Italien zurückgekommen. Das Parlament beginnt am Montag zu tagen.«

»Ja«, sagte Winifred, »so eine Wichtigtuerei — während der Sommerferien.«

»Irland!« bemerkte Soames bedeutungsvoll. »Da sitzen wir wieder schön in der Tinte!« So war es stets gewesen; so würde es immer sein!

3

Michael versucht, über seine Lage ins reine zu kommen

Michael war aus Italien zurückgekommen, erfüllt von dem Wunsch, »etwas weiterzubringen« – einem Wunsch, der durch den Urlaub im Süden hervorgerufen worden war. Auf dem Lande aufgewachsen und noch immer mit dem Arbeitslosenprogramm beschäftigt, als dessen Lösung er den Foggartismus ansah, hatte er sich im Parlament keiner anderen politischen Richtung zugewandt, aß das Brot des Landes, wenn es auch etwas karg war, und leistete nichts dafür. Er wollte daher wissen, woran er war und wie lange es noch so weitergehen würde.

Entschlossen, über seine Stellung ins reine zu kommen, verließ er an jenem Tag das Parlament, nachdem er die angehäufte Korrespondenz erledigt hatte. Er begab sich zu Pevensey Blythe in die Redaktion des recht anmaßenden Wochenblattes *The Outpost*. Sonngebräunt von seinem Aufenthalt in Italien und mager von der italienischen Kost, schritt er rasch dahin und dachte an viele Dinge. Während er zum Themse-Ufer hinunterging, wo auf mehreren Bäumen sich etliche arbeitslose Vögel ebenfalls zu fragen schienen, woran sie waren, zog er einen Brief aus der Tasche, um ihn ein zweites Mal zu lesen.

Sapper's Row 12,
Camden Town

Sehr geehrter Herr!

Da ich aus *Who's Who* ersehe, daß Sie jung sind, werden Sie hoffentlich den Leidenden Ihr Herz nicht verschließen. Ich bin eine Österreicherin, die vor elf Jahren einen Deutschen geheiratet hat. Er war Schauspieler auf englischen Bühnen und kam mit seinen Eltern, die nicht mehr leben, schon als kleines Kind nach England. Er wurde interniert, was seine Gesundheit zerstörte. Er ist schwer neurasthenisch, so daß man ihm keine Arbeit anvertrauen kann. Vor dem Krieg hatte er immer ein Engagement, und wir lebten recht gut, aber unsere Ersparnisse gingen zum Teil drauf, als ich mit meinem Kind alleingelassen wurde; und den Rest beschlagnahmte die Verwaltungsbehörde als feindliches Eigentum. Wir bekamen nur sehr wenig zurück, da keiner von uns englischer Staatsbürger ist. Was wir zurückerhielten, ist für den Arzt aufgegangen, um Schulden zu zahlen und für das Begräbnis unseres kleinen Kindes, das zum Glück gestorben ist, denn obgleich ich es sehr liebte, ist das Leben, das wir führen müssen, für ein Kind ungeeignet. Wir leben von dem, was ich mit Nähen verdiene, und das ist nicht viel, ein Pfund die Woche und manchmal auch gar nichts. In allen diesen Jahren hat kein einziger Direktor meinen Mann wieder engagieren wollen, denn er beginnt plötzlich zu zittern, so daß man glaubt, er sei ein Trinker, aber, Sir, er hat ja gar nicht das Geld dafür. Wir wissen nicht, wohin wir uns wenden und was wir tun sollen. So dachte ich, sehr geehrter Herr, ob Sie nicht irgend etwas bei der Verwaltungsbehörde für uns tun könnten. Die Leute dort waren recht freundlich; aber sie sagen, daß sie ihre Anweisungen befolgen und nichts anderes tun könnten. Oder vielleicht könnten Sie meinem Mann eine Arbeit verschaffen, wo er in frischer Luft wäre – der Doktor sagt, daß er das braucht. Wir können zu niemandem nach Deutschland oder Österreich gehen, da unsere lieben Familien nicht mehr am Leben sind. Ich glaube, es gibt viele in unserer Lage, aber ich muß Sie trotzdem bitten, denn wir wollen weiterleben, wenn es irgendwie geht, und jetzt haben wir fast nichts mehr zu essen. Bitte verzeihen Sie mir, daß ich schreibe.

In großer Sorge
Ihre sehr ergebene
Anna Bergfeld

»Gott helfe ihnen!« dachte Michael, aber ohne Überzeugung, als er unter einem Platanenbaum nahe bei der »Nadel Kleopatras« stand. Denn seiner Meinung nach war Gott nicht einmal so weit am Schicksal einzelner Ausländer interessiert wie der Gouverneur der Bank von England an einem Pfund Zucker, das mit dem Bruchteil einer Pfundnote gekauft wird; ER würde sich doch nicht damit abgeben, eine kleine Welle im Wechsel von Ebbe und Flut zu glätten, die ER in seiner Sphärenordnung gekräuselt hatte. Für Michael war Gott ein Monarch, der streng an seine Verfassung gebunden war. Er steckte den Brief wieder in die Tasche. Arme Leute! Aber wahrhaftig, bei 1,200.000 und noch mehr englischen Arbeitslosen, die man hauptsächlich diesem verdammten Kaiser und seinen Marineeskapaden verdankte –! Wenn der Kerl und seine Bande den Kampf um die Vormachtstellung zur See 1899 nicht begonnen hätten, so wäre England in den ganzen Wirbel nie hineingeraten; vielleicht wäre es überhaupt zu keinem Wirbel gekommen.

Von der Untergrundbahn-Station »Temple« wandte er sich nach den

Büros des *Outpost.* Seit mehreren Jahren war er auf diese Wochenschrift abonniert. Sie wußte alles und verstand es, den Eindruck hervorzurufen, daß niemand sonst etwas wüßte, so daß ihre Meinung gewichtiger schien als die irgendeiner andern Zeitschrift. Da diese Wochenschrift keine besondere Partei begünstigte, konnte sie alle begünstigen. Ohne imperialistische Neigungen zu bekunden, gab sie sich doch als besonderer Kenner des Britischen Weltreichs. Sie war nicht literarisch und machte es sich zur Aufgabe, den Literaten »eins aufs Dach zu geben« — in seinen Verlegertagen hatte Michael reichlich Gelegenheit gehabt, diese Tendenz zu bemerken. Obgleich sie Respekt für Kirche und Gesetz bekundete, kritisierte sie beide nach allen Regeln der Kunst. Sie hatte eine hohe Meinung von ihrem Verständnis für das moderne Drama, das sie mit ausgesprochen persönlicher Sympathie oder Antipathie behandelte. Aber vor allem übertraf sie sich selbst in geschickter Herabsetzung politischer Persönlichkeiten, indem sie diese in die Schranken wies und immer ein wenig niedriger einstufte als den *Outpost.* Und zu alledem atmeten ihre Leitartikel jenen »heiligen Geist« von inspirierter Weisheit in endlosen Sätzen, die gerade ein wenig über das Begriffsvermögen des Durchschnittslesers hinausgingen — eine Methode, ohne die ein derartiges Blatt nie zu wirklicher Bedeutung gelangt.

Michael lief, zwei Stufen auf einmal, hinauf und betrat ein großes quadratisches Zimmer, wo Mr. Blythe, den Rücken der Tür zugekehrt, mit dem Lineal auf einen Kreis zeigte, der auf einer Landkarte gezeichnet war.

»Das ist eine Lausekarte«, sagte Mr. Blythe zu sich. »Die lausigste Karte, die mir je untergekommen ist.«

Michael konnte ein Kichern nicht unterdrücken, und Mr. Blythe starrte ihn mit seinen hervorquellenden epileptischen Augen, die von Tränensäcken umrahmt waren, an.

»Hallo!« sagte er herausfordernd, »Sie sind es? Das Kolonialamt hat diese Karte eigens herausgegeben, um die geeignetsten Plätze für Siedlungen zu zeigen. Und Baggersfontein haben sie vergessen, den eigentlichen Mittelpunkt.«

Michael setzte sich auf den Tisch.

»Ich wollte Sie fragen, was Sie von der Situation halten. Meine Frau behauptet, die Arbeiterpartei wird, ehe man sich's versieht, draußen sein.«

»Unsere reizende kleine Lady!« sagte Mr. Blythe. »Die Arbeiterpartei wird Irland überleben; sie wird Rußland überleben. Sie wird in ihrer unsicheren Art so weiterwursteln. Wir scheuen davor zurück, das genaue Datum ihres Endes vorauszusagen. Die Angst vor ihrem Budget bringt

sie vielleicht im Februar zu Fall. Nachdem der Dunst des ranzigen russischen Fetts verflogen sein wird — sagen wir im November, Mont —, werden wir einen Anfang machen können.«
»Meine erste Rede«, sagte Michael, »verursacht mir Alpdrücken. Wie soll ich eigentlich den Foggartismus einführen?«
»Ehe es dazu kommt, wird es schon den Anschein haben, daß es genügend Vertreter dieser Richtung gibt.«
»Und wird es die geben?«
»Nein«, entgegnete Mr. Blythe.
»Oh!« sagte Michael. »Und wie wird es übrigens mit dem Freihandel werden?«
»Wir werden uns zum Freihandel bekennen und trotzdem Schutzzölle einführen.«
»Gott und der Mammon.«
»Das ist in England vor jedem neuen Anfang nötig, Mont. Zum Beispiel die liberalen Konservativen, die konservativen Sozialisten und —«
»Andere Schwindel«, sagte Michael sanft.
»Wir werden darüber hinweggleiten, gegen die Schutzzölle auftreten, bis die Schutzzölle den Freihandel überwiegen, und dann wieder gegen den Freihandel auftreten! Der Foggartismus ist ein Zweck, nicht das Mittel zum Zweck; Freihandel und Schutzzölle sind Mittel, aber nicht Zweck, zu dem sie die Politiker gemacht haben.«
Von dem Wort »Politiker« aufgescheucht, stand Michael wieder auf; er fing nachgerade an, ein wenig mit diesen armen Teufeln zu sympathisieren. Man sagte ihnen nach, daß ihnen ihr Vaterland gleichgültig sei und sie erst nach dem Geschehen klug würden. Aber wer konnte denn schon bei all dem wirren Geschwätz wirklich wissen, was für das Land gut sei? Nicht einmal der alte Foggart, dachte Michael manchmal.
»Sie wissen ja, Blythe«, sagte er, »wir Politiker denken nicht an die Zukunft, einfach weil wir wissen, daß es absolut keinen Sinn hat. Jeder Wähler glaubt, daß sein eigener unmittelbarer Vorteil auch den Vorteil des ganzen Landes bedeutet. Der Wähler ändert seine Ansichten nur dann, wenn ihn der eigene Schuh drückt. Wenn der Foggartismus bedeutet, daß das Leben teurer wird und verdienende Kinder den Arbeiterfamilien weggenommen werden, damit — in zehn oder zwanzig Jahren — eine Besserung eintritt, wer wird dann dafür sein?«
»Mein lieber junger Mann«, sagte Mr. Blythe, »es ist ja unser Geschäft, die Leute zu bekehren. Im Augenblick verachten unsere Gewerkschaftler die Welt außerhalb Englands. Sie haben nie etwas davon gesehen. Ihre Philosophie geht nicht über ihre rußigen kleinen Gassen hinaus.

Aber wenn man fünf Millionen Pfund ausgäbe, um für hunderttausend Arbeiter Reisen zu organisieren, so wäre das Kunststück in fünf Jahren vollbracht. Dann würde die Arbeiterklasse von der fieberhaften Sehnsucht nach einem Platz an der Sonne gepackt. Die Welt gehört ihren Kindern, sie brauchen nur die Hände danach auszustrecken. Aber wer kann sie tadeln, wenn sie nichts davon wissen?«

»Eine grandiose Idee!« erklärte Michael. »Nur – welcher Regierung wird sie einfallen? Darf ich diese Landkarten mitnehmen? . . . Übrigens«, sagte er an der Tür, »gibt es doch meines Wissens Vereine, die Kinder hinausschicken.«

Mr. Blythe knurrte: »Ja. Nur in kleinem Maßstab, aber ausgezeichnet! Ein paar hundert Kindern geht es dort gut – ein unwiderleglicher Beweis dafür, was möglich wäre. Multiplizieren Sie das mit hundert, und der Anfang wäre gemacht. Man kann Eimer nicht mit einem Kaffeelöffel füllen. Leben Sie wohl!«

Als er wieder draußen am Themse-Ufer stand, fragte sich Michael: Heißt das wirklich sein Land lieben, wenn man die Leute mit leidenschaftlichem Eifer dazu bringen will, es zu verlassen? Aber das Leben in diesen überfüllten Städten, mit ihrem giftigen Rauch und ihrer schwarzen Häßlichkeit; die Kinder ohne eine Chance von Jugend auf; diese Scharen armer Teufel ohne Arbeit, die sich mühsam hinschleppten, keine Zukunft hatten und bei den gegenwärtigen Methoden niemals eine haben würden; dieser unsichere, abhängige Zustand, dieses Von-der-Hand-in-den-Mund-Leben, das konnte doch gewiß nicht für immer der Zustand des Landes bleiben, das man liebte! Er starrte die Türme von Westminster an, hinter denen die Sonne unterging. Und die tausend vertrauten Dinge seiner Jugend tauchten plötzlich vor ihm auf – Bäume, Felder und Bäche, Türme, Kirchen, Brücken; die englischen Haustierrassen, die Singvögel, die Eulen, die Eichelhäher und Krähen in Lippinghall, die kleinen Unterschiede gegen ausländische Arten von Büschen, Blumen, Flechten und geflügelten Lebewesen; die englischen Gerüche, der englische Nebel, das englische Gras; Eier mit Speck; der schwerfällige, gutmütige Humor, Mäßigkeit und Beherztheit, der Duft des Regens, die Apfelblüten, das Heidekraut und das Meer. Sein Land und sein Volk, dessen guter Kern nicht zu verderben war! Er ging am Uhrturm vorüber. Das Parlament mit seinem gotischen Maßwerk sah imposant aus, viel schöner, als die herrschende Mode es zugeben wollte. Spannen sie in jenem Hause das Gewebe von Englands Zukunft? Oder übermalten sie das alte England nur mit einer falschen Attrappe?

Eine bekannte Stimme sagte: »Das ist ein ganz monströses Ding!«

Michael sah seinen Schwiegervater, der zur Lincoln-Statue emporstarrte. »Warum hat man das dahergesetzt?« fragte Soames. »Es ist doch nicht englisch.« Er ging neben Michael weiter. »Fleur wohlauf?«

»Ganz ausgezeichnet. Italien hat ihr außerordentlich gutgetan.«

Soames rümpfte die Nase. »Die Italiener sind so theatralisch«, sagte er. »Habt ihr den Mailänder Dom gesehen?«

»Ja, Sir. Das einzige, das uns nicht gefallen hat.«

»Hm! Als ich 1882 dort war, hat sich mir von ihrer Kocherei der Magen umgedreht. Wahrscheinlich ist es heute besser. Wie geht's dem Jungen?«

»Erstklassig, Sir.«

Soames stieß einen Laut der Zufriedenheit aus, und sie bogen um die Ecke in den South Square ein.

»Was ist denn das?« fragte Soames.

Vor der Haustür standen zwei strapaziert aussehende Koffer und ein junger Mann mit einer Reisetasche, der gerade klingelte, während ein Taxi davonfuhr.

»Ich habe keine Ahnung, Sir«, murmelte Michael. »Vielleicht ist es der Engel Gabriel.«

»Er ist ans verkehrte Haus geraten«, sagte Soames und trat auf den Fremden zu. Aber gerade in dem Augenblick verschwand der junge Mann im Haus.

Soames trat zu den Koffern. »›Francis Wilmot‹«, las er. »›Dampfer Amphibian‹. Es muß ein Irrtum sein.«

4

Nur Konversation

Als sie eintraten, kam Fleur gerade die Treppe wieder herunter, nachdem sie dem jungen Mann sein Zimmer gezeigt hatte. Sie war schon in Abendtoilette, also nur sehr wenig bekleidet, und ihr Haar war ganz kurz geschnitten . . .

»Mein liebes Kind«, hatte Michael gesagt, als es Mode wurde, das Haar so kurz zu schneiden, daß es die Konturen des Kopfes deutlich erkennen ließ, »bitte, mir zuliebe tu's nicht. Dein Nacken wird zu stachelig zum Küssen sein.«

»Mein lieber Junge«, hatte sie erwidert, »als ob das von mir abhinge! Bei jeder neuen Mode benimmst du dich so!«
Sie war unter den ersten zwölf gewesen, die dieser Moderichtung folgten, und wenn sie nicht gut aufpaßte, so würde sie nicht unter den ersten zwölf sein, die sich das Haar wieder etwas wachsen ließen. Marjorie Ferrar, »der Liebling der Übermodernen, der Freudenjäger«, wie Michael sie nannte, hatte schon wieder mehr als zweieinhalb Zentimeter. Irgendwie war es ein gräßlicher Gedanke, von einer Marjorie Ferrar ausgestochen zu werden ...
Sie ging auf ihren Vater zu und sagte: »Ich habe einen jungen Amerikaner eingeladen, bei uns zu wohnen, Papa; Jon Forsyte ist drüben mit seiner Schwester verheiratet. Du bist ja ganz braun, mein Lieber; wie geht es Mutter?«
Soames starrte sie nur an.
Und Fleur erlebte einen jener beschämenden Augenblicke, wo die stumme Bezeigung seiner Liebe zu ihr die demonstrative Bezeigung ihrer Liebe für ihn anzuklagen schien. Ihrer Meinung nach war es nicht fair, daß er sie so ansah; als hätte sie durch die Geschichte mit Jon nicht mehr gelitten als er! Wenn sie jetzt so leicht darüber hinwegging, dann konnte er es doch gewiß auch! Und von Michael – nicht ein Wort! Nicht einmal ein Scherz! Sie biß sich auf die Lippen, schüttelte das kurzgeschnittene Haar und ging in das »bimetallische Empfangszimmer« hinüber.
Das Dinner begann mit der Suppe und der Klage Soames', daß seine Kühe keine Herefords seien. In Amerika hatten sie wahrscheinlich viele Herefords?
Francis Wilmot glaubte, daß sie sich jetzt auf Holsteiner verlegten.
»Holsteiner!« wiederholte Soames. »Die hat man in meiner Jugend noch nicht gekannt. Was für eine Farbe haben sie?«
»Buntscheckig«, erwiderte Francis Wilmot. »Das englische Gras ist einfach herrlich.«
»Bei uns draußen ist es zu feucht«, sagte Soames. »Wir wohnen nämlich am Fluß.«
»An der Themse? Wie breit ist sie dort, wo die Gezeiten nicht mehr hinkommen?«
»Dort wo wir wohnen – kaum hundert Meter.«
»Gibt es Fische drin?«
»Massenhaft.«
»Und das Wasser ist doch klar – nicht rot; die Flüsse in den Südstaaten sind rot. Und hier wachsen wohl Weiden, Pappeln und Ulmen?«
Soames starrte ihn an. Er war nie in Amerika

gewesen. Die Amerikaner waren natürlich auch Menschen, aber sonderbar und einander alle gleich, schienen mehr Gesicht als Gesichtszüge zu haben, die Köpfe saßen gerade auf dem Rücken, und die Schultern waren zu breit, um echt zu sein. Ihre Stimmen klangen schnarrend; die Worte *very* und *America* sprachen sie in einer Weise aus, die nachzuahmen er sich vergeblich bemühte; ihr Dollar stand zu hoch im Kurs, und alle besaßen Autos; sie verachteten Europa, kamen aber in Massen herüber und nahmen mit, was sie konnten; sie redeten ununterbrochen und durften nicht trinken. Dieser junge Mann jedoch rannte alle seine Vorurteile über den Haufen. Er trank Sherry und sprach nur, wenn er angesprochen wurde. Seine Schultern sahen ganz natürlich aus, er hatte ausdrucksvolle Gesichtszüge und sprach mit leiser Stimme. Vielleicht verachtete er wenigstens Europa.

»England kommt Ihnen vermutlich sehr klein vor?« fragte Soames.

»Nein, Sir. Ich finde London sehr groß, und eine schönere Landschaft als die Ihre kann ich mir kaum vorstellen.«

Soames blickte an seiner Nase hinunter. »Ja, ganz hübsch!« erklärte er. Dann folgten Steinbutt und Schweigen, das nur unten auf dem Boden hinter seinem Stuhl unterbrochen wurde.

»Dieser Hund!« sagte Soames und spießte ein Stück Fisch, das er als ungenießbar beiseite gelegt hatte, auf die Gabel.

»Nicht, Vater. Er will nur, daß du Notiz von ihm nimmst!«

Soames hielt ihm einen Finger hinunter, und der Dandie fiel zufrieden auf die Seite.

»Er frißt nie«, sagte Fleur, »aber er will, daß man ihn bemerkt.«

Eine Platte mit Rebhühnern wurde aufgetragen.

»Möchten Sie irgend etwas Besonderes in London besichtigen, Mr. Wilmot?« fragte Michael. »Von unamerikanischen Dingen ist hier nicht viel übriggeblieben. Für die Regent Street kommen Sie gerade zu spät.«

»Ich möchte die Wachtposten im Tower sehen und Crufts Hundeausstellung und Ihre Vollblutpferde und das Derby.«

»Auf das können Sie nicht warten«, bemerkte Soames, »das ist erst im nächsten Juni.«

»Mein Vetter Val wird Ihnen Rennpferde zeigen«, sagte Fleur. »Er ist mit Jons Schwester verheiratet.«

Eine »Eisbombe« erschien. »Das essen Sie doch in Amerika mehr als wir, nicht wahr?« fragte Soames.

»Im Süden essen wir nicht sehr viel Eis, Sir; aber wir haben eine ausgezeichnete regionale Küche.«

»Ich habe von Sumpfschildkröten gehört.«

»Na ja, aber solche Leckerbissen bekomme ich nicht. Ich lebe abseits und muß tüchtig arbeiten. Mein Haus ist zwar nichts Besonderes; aber ich habe ein paar wahnsinnig nette Schwarze, die herrlich kochen — alte Leute, noch von meinen Großeltern. So was findet man heute kaum mehr, aber sie sind kaum zu überbieten.«

Ein Südländer!

Soames hatte gehört, daß der Amerikaner aus den Südstaaten ein Gentleman sei. Er erinnerte sich auch an den »Alabama«-Fall und wie sein Vater James erklärt hatte: »Ich hab' es dir doch gleich gesagt«, als die Regierung sich wegen dieser Geschichte demütigen mußte.

In dem genüßlichen Schweigen, das den Kaviar auf Toast begleitete, konnte man deutlich das Geräusch von Dandies Pfoten auf dem Parkettboden hören.

»Das ist das einzige, das er mag«, sagte Fleur. »Dan! Geh zum Herrchen! Gib ihm etwas, Michael!« Und sie warf Michael einen verstohlenen Blick zu, den er jedoch nicht erwiderte.

Während ihrer italienischen Ferien, als Fleur in der Erregung des Neuen schwelgte, von Sonne und Wein erwärmt, zu Unterhaltungen aufgelegt, seinen Liebkosungen zugänglich, hatte er seine richtigen Flitterwochen erlebt und zum erstenmal seit seiner Heirat das Gefühl genossen, der Auserwählte seiner Angebeteten zu sein. Und nun war dieser Fremde gekommen und rief in ihm wieder die Erinnerung wach, daß er hinter jenem entfernten Cousin, dem ersten Geliebten, nur die zweite Geige spielte, und er hatte das Empfinden, als würde ihm der Becher wieder von den Lippen fortgezogen. Sie hatte diesen jungen Mann eingeladen, weil er mit ihrer Vergangenheit in Zusammenhang stand, über die er, Michael, nichts wußte. Und ohne aufzublicken, fütterte er den Dandie mit Stückchen seines Lieblingsessens.

Soames brach das Schweigen: »Nehmen Sie doch etwas Muskatnuß, Mr. Wilmot. Melonen ohne Muskatnuß . . .«

Als Fleur sich erhob, folgte ihr Soames in den Salon, während Michael den jungen Amerikaner in sein Arbeitszimmer führte.

»Haben Sie Jon gekannt?« fragte Francis Wilmot.

»Nein, ich habe ihn niemals gesehen.«

»Er ist ein Prachtkerl und ein großer Dichter. Er zieht herrliche Pfirsiche.«

»Und wird er das trotz seiner Heirat weiter tun?«

»Bestimmt.«

»Kommt er nicht nach England?«

»Dieses Jahr nicht. Die beiden haben ein hübsches Heim – Pferde und Hunde. Sie haben dort auch Gelegenheit zum Jagen. Vielleicht macht er nächsten Herbst mit meiner Schwester eine Reise herüber.«
»Oh!« sagte Michael. »Und bleiben Sie lange hier?«
»Nun, zu Weihnachten will ich zurück sein«, entgegnete Francis. »Ich möchte gern nach Rom und Sevilla; und dann möcht' ich das alte Haus meiner Familie in Worcestershire aufsuchen.«
»Wann sind Ihre Vorfahren ausgewandert?«
»Zu Anfang des vorigen Jahrhunderts. Sie waren Katholiken. Ist dieses Worcestershire eine schöne Gegend?«
»Sehr schön, besonders im Frühling. Es wächst viel Obst dort.«
»Oh! Bebaut man denn überhaupt noch das Land bei Ihnen?«
»Nicht viel.«
»Das hab' ich mir gedacht, als ich von Liverpool mit der Bahn herfuhr. Ich sah viele Wiesen und ein oder zwei Schafe, aber ich habe niemand arbeiten sehen. Es leben also alle Leute hier in Städten?«
»Bis auf wenige, die nicht zählen. Sie müssen meinen Vater auf seinem Landsitz besuchen; dort bauen sie noch ein paar Rüben an.«
»Das ist aber traurig«, sagte Francis Wilmot.
»Jawohl. Während des Krieges haben wir wieder Weizen angebaut; aber dann hat man alles wieder verschlampt – und noch schlimmer.«
»Warum denn?«
Michael zuckte die Achseln. »Gegen die Regierenden kämpfen Götter selbst vergebens. Sie lassen das Land zum Teufel gehen, wenn sie am Ruder sind, und rühren in der Opposition die große Trommel für Reformen. Gegen Ende des Krieges hatten wir die beste Luftmacht der Welt, und die Landwirtschaft war gerade dabei, sich ordentlich zu erholen. Und was hat man getan? Beides fallenlassen wie heiße Kartoffeln. Es war ausgesprochen tragisch. Was bauen Sie in Karolina an?«
»Auf meinem Besitz nur Baumwolle. Aber es ist verdammt schwer, Baumwolle heutzutage rentabel zu machen. Die Löhne sind zu hoch.«
»Auch bei Ihnen?«
»Ja, Sir. Dürfen Fremde Ihr Parlament besuchen?«
»Freilich. Wollen Sie die Debatte über Irland hören? Ich kann Ihnen einen Sitz in der ›Galerie für Fremde von Distinktion‹ verschaffen.«
»Ich habe immer geglaubt, daß die Engländer steif sind; aber es ist einfach großartig, wie ich mich bei Ihnen hier zu Hause fühle. Ist das Ihr Schwiegervater – der alte Herr?«
»Ja.«
»Scheint sehr reserviert zu sein. Ist er ein Bankier?«

»Nein. Aber jetzt, da Sie es sagen — er sollte einer sein.«
Francis Wilmots Augen schweiften durch das Zimmer und blieben auf dem »Weißen Affen« haften. »Sapperlot«, sagte er leise, »das ist aber ein wunderschönes Bild. Glauben Sie, daß mir der Maler ein Bild für Jon und meine Schwester malt?«
»Schwerlich«, sagte Michael. »Er war ein Chinese — nicht aus der besten Periode; aber er muß schon wenigstens fünfhundert Jahre bei seinen Ahnen weilen.«
»Schade! Jedenfalls hatte er ein sehr feines Verständnis für Tiere.«
»Wir glauben, daß er ein feines Verständnis für Menschen hatte.«
Francis Wilmot starrte ihn an.
Michael fand, daß dieser junge Mann keinen Sinn für Satire besaß. »Sie wollen also Crufts Hundeausstellung besuchen?« fragte er. »Sie interessieren sich für Hunde?«
»Ich werde einen Bluthund für Jon und zwei für mich mitnehmen. Ich möchte Bluthunde züchten.«
Michael lehnte sich in seinen Stuhl zurück und blies den Rauch vor sich hin. Er fühlte, daß für Francis Wilmot die Welt noch jung war und das Leben für ihn auf festen Reifen einem erstrebenswerten Ziel zulief. In England aber —!
»Was wollt ihr Amerikaner eigentlich vom Leben?« fragte er unvermittelt.
»Na ja, man könnte sagen, daß wir Erfolg haben wollen — jedenfalls im Norden.«
»Das haben wir im Jahre 1824 auch gewollt«, erwiderte Michael.
»So! Und heute?«
»Wir haben Erfolg gehabt, und heute fragen wir uns, ob uns das nicht zum Verhängnis geworden ist.«
»Nun ja«, sagte Francis Wilmot, »im Vergleich zu England ist unser Land nur sehr dünn besiedelt.«
»Das ist es ja«, rief Michael. »Jeder Sitz hier ist schon im voraus verkauft, und viele finden überhaupt keinen Platz mehr. Rauchen Sie noch eine Zigarre, oder sollen wir der Dame des Hauses Gesellschaft leisten?«

5

Zwischenspiel

Wenn vielleicht auch die Vorsehung mit Sapper's Row, Camden Town, vollkommen zufrieden war, so war es doch Michael nicht. Was konnte diese ganz gleichförmigen, traurigen Reihen dreistöckiger Häuser rechtfertigen, die so schmutzig aussahen wie in Italien gewaschene Kragen? Wenn die Besitzer dieser kleinen, ebenerdigen Läden auch noch so fleißig arbeiteten, sie konnten doch nur Geld dabei verlieren. Wer würde auch aus der überfüllten, von der Tram durchfahrenen Hauptstraße, die so von Düften von gebackenem Fisch, Benzin und alten Kleidern geschwängert war, um der Schönheit oder des Profites willen in diese kleine Seitengasse abbiegen? Sogar die Kinder, die mit heroischer Ausdauer in den zweiten und dritten Stockwerken gezeugt wurden, suchten die Schönheiten des Lebens außerhalb ihres Umkreises; denn in Sapper's Row konnten sie weder überfahren werden noch die Außenseite der Kinos angaffen. Handwagen, Fahrräder, leichte Lastwagen und Taxis, die sich verirrt hatten, waren alles, was in dieser Gasse verkehrte; Geranien in Töpfen und scheckige Katzen waren ihr ganzer Schmuck. Sapper's Row vegetierte trostlos dahin.
Widerstrebend betrat Michael diese Gasse von Westen her. Hier war das übervölkerte England in seinem deprimierendsten Zustand zu sehen, und er, der für eine Verminderung seiner Bevölkerung eintrat, stand im Begriffe, ein paar verkrachte Ausländer zu besuchen, um sie am Leben zu erhalten! Er warf einen Blick in drei der kleinen Läden. Kein Mensch zu sehen! Was war schlimmer? Diese kleinen Läden überfüllt, oder — verlassen? Er kam zu Nr. 12, und als er hinaufsah, sah er ein Gesicht herunterblicken. Es war wachsbleich, ergreifend ausdruckslos, und die Hände darunter nähten an einem Gewand. »Das«, dachte er, »ist meine ›sehr ergebene‹ bei ihrer Näharbeit.« Er betrat den Laden eines Friseurs unter ihrem Fenster. Darin befanden sich nur eine schmutzige Waschschüssel vor einem verstaubten Spiegel, verdächtig aussehende Handtücher, Flaschen und zwei schmutzigbraune Stühle. Auf einem von ihnen saß rittlings ein Mensch wie ein Schatten in Hemdsärmeln, mit blassen, hohlen Wangen, gedrehtem Schnurrbart, strähnigem Haar und dem Blick eines Philosophen, zugleich wissend und tragisch; er las die *Daily Mail.*
»Haarschneiden, Sir?«
Michael schüttelte den Kopf.

»Wohnen hier Mr. und Mrs. Bergfeld?«
»Diese Treppe im obersten Stockwerk.«
»Wie komm' ich denn hinauf?«
»Hier durch.«
Michael schob einen Vorhang beiseite und sah eine Treppe vor sich; oben blieb er zögernd stehen. Sein Gewissen wiederholte ihm, was Fleur zu Anna Bergfelds Brief gesagt hatte: »Ja, das glaub' ich schon, aber was kann man da tun?« Die Tür öffnete sich, und es schien ihm fast, als stände eine Leiche da, mit einem Gesicht, so weiß und so erwartungsvoll, als hätte man an ihr Grab gepocht.
»Mrs. Bergfeld? Mein Name ist Mont. Sie haben mir geschrieben.«
Die Frau zitterte so, daß Michael glaubte, sie würde ohnmächtig.
»Entschuldigen Sie bitte, Sir, ich muß mich setzen.« Und sie fiel auf das Ende des Bettes nieder. Das Zimmer war peinlich sauber, enthielt aber außer dem Bett nur einen kleinen Waschtisch aus Weichholz, einen Geranienstock, einen Blechkoffer mit einer zusammengelegten Hose darauf, einen Frauenhut an einem Haken und einen Stuhl am Fenster mit ihrem Nähzeug.
Die Frau erhob sich wieder. Sie schien nicht älter als dreißig, mager, aber von hübscher Figur, und ihr ovales Gesicht, in dem nur die dunklen Augen Farbe hatten, erinnerte mehr an Raffael als an Sapper's Row.
»Entschuldigen Sie, Sir«, sagte sie. »Mir ist, als ob ich einen Engel sehe.«
»Ein sonderbarer Engel, Mrs. Bergfeld. Ist Ihr Mann nicht zu Hause?«
»Nein, Sir, Fritz ist spazierengegangen.«
»Sagen Sie mir, Mrs. Bergfeld, würden Sie nach Deutschland gehen, wenn ich Ihre Reise bezahlte?«
»Wir bekommen keinen Paß mehr; Fritz lebt schon seit zwanzig Jahren hier und ist nie wieder in Deutschland gewesen, er hat seine deutsche Staatsbürgerschaft verloren, Sir, und Leute wie uns wollen sie dort nicht.«
Michael fuhr sich durchs Haar.
»Wo sind S i e denn her?«
»Aus Salzburg.«
»Und wenn Sie dorthin zurückgingen?«
»Ich möchte schon, aber was sollen wir dort anfangen? In Österreich ist jetzt jeder verarmt, und ich habe keine Verwandten mehr. Hier haben wir wenigstens meine Näharbeit.«
»Wieviel verdienen Sie damit wöchentlich?«
»Manchmal ein Pfund, manchmal fünfzehn Shilling. Es reicht für Miete und Brot.«
»Bekommen Sie keine Arbeitslosenunterstützung?«

»Nein, Sir, wir sind nicht eingeschrieben.«
Michael nahm eine Fünfpfundnote heraus und legte sie mit seiner Karte auf den Waschtisch. »Ich muß es mir überlegen, Mrs. Bergfeld. Vielleicht kann Ihr Mann mich einmal besuchen.« Er eilte hinaus, denn das gespensterhafte Gesicht der Frau hatte sich mit Rot übergossen.
Als er wieder durch den Vorhang trat, erwischte er den Friseur gerade dabei, wie er seine Waschschüssel säuberte.
»Waren sie zu Hause?«
»Nur die Frau.«
»Ach ja, die haben auch bessere Tage gesehen. Der Mann ist ein komischer Kerl, spinnt ein bißchen. Er wollt' mein Kompagnon werden, aber ich muß das Geschäft da an den Nagel hängen.«
»So, warum denn?«
»Ich muß frische Luft haben — hab' nur noch einen Lungenflügel, und der ist nicht grad das Wahre. Ich muß mir was anderes suchen.«
»Eine schwere Sache heutzutage.«
Der Friseur zuckte die mageren Schultern. »Ja!« sagte er. »Ich bin schon Friseur, seit ich ein Bub war, die Kriegsjahre ausgenommen. Komisch, zu so einem Laden herabzusinken, nach dem, was ich einmal gewesen bin. Der Krieg hat mich total ruiniert.« Er drehte an seinem kleinen, dünnen Schnurrbart.
»Keine Pension?« fragte Michael.
»Keinen Penny. Ich brauch' eine Beschäftigung in frischer Luft, um am Leben zu bleiben.«
Michael betrachtete ihn von oben bis unten. Wie ein Schatten, schmalköpfig und mit einem Lungenflügel.
»Aber verstehen Sie denn irgend etwas von der Landwirtschaft?«
»Nicht die Bohne. Trotzdem muß ich was finden oder abkratzen.«
Seine tragischen und wissenden Augen blickten Michael durchdringend an.
»Es tut mir schrecklich leid«, sagte Michael. »Guten Tag!«
Der Friseur machte eine sonderbare, ruckweise kleine Bewegung.
Als Michael aus der Sapper's Row in die turbulente, verkehrsreiche Hauptstraße bog, fiel ihm die Stelle in einem Stück ein, das er vor einem oder zwei Jahren gesehen hatte. »Der Zustand des Volkes läßt viel zu wünschen übrig. Ich werde es mir zur Aufgabe machen, für die Sache im Parlament einzutreten. Ich werde beantragen —!« Der Zustand des Volkes? Wie wenig vertraut man doch damit war! Die phantastische Spukgestalt einiger nächtlicher Träume, das wohlbewahrte Geheimnis, das störende gelegentliche Aufheulen eines hungrigen Hundes! Und wahr-

scheinlich wurde niemand in England weniger davon beunruhigt als die braven sechshundert, die mit ihm in jenem »Hause« saßen. Denn die Lebensbedingungen des Volkes zu verbessern war ja ihre Aufgabe, und dies Bewußtsein ließ sie ruhig und ohne Alpträume schlafen. Seit Oliver Cromwell mochten wohl sechzehntausend von ihnen zu demselben Zweck dort gesessen sein. Und wurde das Kunststück fertiggebracht? Nun, nicht unbedingt! Trotzdem arbeiteten sie immerhin dafür, während die anderen ihnen nur zusahen und weise Lehren gaben!

Diese Gedanken erfüllten ihn, als er eine Stimme vernahm: »Haben Sie nicht eine Arbeit für mich, Sir?«

Michael ging rascher, blieb aber dann stehen. Er sah, daß der Mann, der ihn angesprochen, dieses Zeichen seiner Schwäche nicht bemerkt hatte, denn er blickte wieder zu Boden; Michael ging zu ihm zurück. Schwarze Augen blickten aus einem runden Gesicht, das teigig aussah wie eine Pastete. Dieser anständige, schäbige, stille, bedauernswerte Mensch trug die Medaille der Kriegsteilnehmer.

»Sie haben mich angesprochen?« fragte Michael.

»Ich weiß wahrhaftig nicht, warum, Sir. Es ist mir nur so herausgerutscht.«

»Arbeitslos?«

»Ja, und ganz auf dem Hund.«

»Verheiratet?«

»Witwer, Sir, zwei Kinder.«

»Unterstützung?«

»Jawohl, und sie wächst mir schon zum Hals heraus.«

»Den Krieg mitgemacht, wie ich sehe.«

»Ja, Mesopotamien.«

»Was für eine Arbeit suchen Sie denn?«

»Irgend etwas.«

»Geben Sie mir Namen und Adresse.«

»Henry Boddick, Waltham Buildings, Tür 94, Gunnersbury.«

Michael notierte es. »Natürlich kann ich Ihnen nichts versprechen«, sagte er.

»Nein, Sir.«

»Für alle Fälle viel Glück! Wollen Sie eine Zigarre?«

»Bitte. Und Ihnen das gleiche, Sir!«

Michael grüßte salutierend und setzte seinen Weg fort. Nachdem er außer Sichtweite von Henry Boddick war, nahm er ein Taxi. Wenn das noch ein wenig so weiterginge, würde er die »liebliche Vernunft« nicht wiederfinden, ohne die man in jenem »Hause« nicht als Mitglied bestehen konnte!

Das Schild »Zu verkaufen oder zu vermieten«, das in Portland Place immer wiederkehrte, brachte ihm ein wenig sein Gleichgewicht zurück. Am selben Nachmittag nahm er Francis Wilmot mit ins Parlament, verließ ihn am Fuße der Treppe »Für Fremde von Distinktion« und begab sich in den Sitzungssaal.
Er war noch nicht in Irland gewesen, so daß die Debatte für ihn rein theoretisch war. Sie schien ihm jedoch ein Beispiel für die Hindernisse, die der Verständigung über irgendein menschliches Thema im Wege stehen. Fast jeder Redner betonte die äußerste Notwendigkeit einer Einigung, erklärte es aber gleichzeitig für unmöglich, in diesem oder jenem Punkte nachzugeben, was die Einigung verhinderte. Zog man jedoch in Betracht, daß es in der Debatte um Irland ging, so schien ihm die Stimmung recht gemäßigt; und bald würden sie alle hinausgehen, um die Abstimmung vorzunehmen, obzwar ein jeder sich bereits entschieden hatte, noch ehe alles begann. Er erinnerte sich, in welch erregte Stimmung er nach seiner Wahl den ersten Debatten gelauscht, wie er nach jeder Rede geglaubt hatte, die müsse jetzt unbedingt jemand zu irgend etwas bekehrt haben; und mit welchem Widerstreben er dann entdeckt hatte, daß dies nie der Fall war! Da war eine Macht am Werk, die weit stärker war als jede noch so starke und ehrliche Beredsamkeit. Gewaschen wurde die Wäsche ganz woanders, da drinnen wurde sie nur ein wenig gelüftet, ehe man sie anzog. Und dennoch wußten die Leute ja nicht, was sie dachten, bis sie ihre Gedanken in Worte gekleidet hatten, und manchmal wußten sie es auch dann noch nicht. Und zum hundertstenmal spürte Michael eine Schwäche in den Beinen. In ein paar Wochen mußte er selber fest auf ihnen stehen. Würde das »Haus« ihn mit der »üblichen Nachsicht« anhören, oder aber würde man sagen: »Das Ei will klüger sein als die Henne – so ein junger Kerl sollt' das Maul halten!«
Er blickte sich um. Er sah Abgeordnete aller Arten. Vom Volk erwählt, bestätigten sie die Doktrin, daß die menschliche Natur sich nicht ändere, oder nur so langsam, daß man es gar nicht bemerkte – er hatte ihr Ebenbild bei römischen Statuen gesehen und auf mittelalterlichen Bildern ... »Nicht schön, aber angenehm«, dachte er und wiederholte unbewußt die Worte George Forsytes, die dieser in seiner Blütezeit in bezug auf sich gebraucht hatte. Aber nahmen sie sich überhaupt ernst, wie unter Burke oder gar unter Gladstone?
Die Worte »übliche Nachsicht« rissen ihn aus seiner Träumerei, denn sie bedeuteten eine Jungfernrede. Aha! Der Abgeordnete von Cornmarket. Michael konzentrierte sich darauf, zuzuhören. Der Redner, der klar und zurückhaltend sprach, schien vorzuschlagen, daß man das Sprichwort:

»Was du nicht willst, daß man dir tu, das füg auch keinem andern zu« nicht gänzlich zu ignorieren brauche, nicht einmal in Irland. Aber die Rede war lang — viel zu lang, und Michael beobachtete, wie das »Haus« unruhig wurde.

»O weh, mein armer Leidensgenosse!« dachte er, als sich der Redner ein wenig hastig niedersetzte. An seiner Stelle erhob sich ein schöner Mann. Er gratulierte seinem »Ehrenwerten Freund« zu dieser tüchtigen und wohlgelungenen ersten Leistung und bedauerte nur, daß die Rede nichts mit der augenblicklich behandelten Frage zu tun habe. »Aha!« dachte Michael und schlüpfte hinaus. Er suchte seinen »Fremden von Distinktion« wieder auf und ging mit ihm zum South Square.

Francis Wilmot war beinahe enthusiastisch. »Das war interessant!« sagte er. »Der Abgeordnete, der zuletzt sprach, hat mir sehr gut gefallen. Der würde in Amerika ziehen; er hatte großzügige Ideen.«

»Wohl den Idealismus, der euch dem Völkerbund fernbleiben läßt, eh?« meinte Michael grinsend.

Francis Wilmot wandte ziemlich heftig den Kopf. »Nun ja«, entgegnete er, »wir sind wie alle Völker, wenn es um die grundlegenden Dinge geht.«

»So ist es«, sagte Michael. »Idealismus ist nur ein Nebenprodukt der Geographie — es ist der Nebel in der Ferne. Je weiter man von den Tatsachen entfernt ist, desto mehr Zeit kann man sich damit lassen, sie zu sehen. Wir besitzen um zwanzig Seemeilen mehr Idealismus hinsichtlich der europäischen Lage als die Franzosen. Und ihr habt um dreitausend Seemeilen mehr Idealismus als wir. Aber wenn es sich um Neger handelt, dann sind wir dreitausend Seemeilen idealistischer als ihr; verhält es sich nicht so?«

Francis Wilmot kniff seine dunklen Augen zusammen. »Vollkommen«, erwiderte er. »Je mehr man in den Vereinigten Staaten nach Norden geht, um so idealistischer denkt die Bevölkerung über die Neger. Anne und ich haben unser ganzes Leben lang mit den Schwarzen zusammen gewohnt und hatten nie einen Anstand; wir lieben sie, und sie lieben uns; aber ich bin nicht so überzeugt, daß ich nicht einen lynchen würde, der sich an ihr vergreift. Ich habe sehr oft mit Jon darüber gesprochen. Er sieht es anders an; er sagt, ein Neger sollte genau wie ein Weißer vor Gericht kommen; aber er kennt den wirklichen Süden nicht. Seine Anschauungen sind noch immer dreitausend Seemeilen weit weg.«

Michael schwieg. Etwas in ihm verschloß sich immer wieder bei der Erwähnung dieses Namens.

Francis Wilmot fügte nachdenklich hinzu: »Ein paar Heilige in jedem

Land strafen Ihre Theorie Lügen; aber wir übrigen, scheint mir, kommen über die menschliche Natur doch nicht hinaus.«
»Da wir gerade von der menschlichen Natur sprechen«, sagte Michael, »da ist mein Schwiegervater!«

6

Soames hält seine Augen offen

Soames, der seinen Wochenendbesuch verlängert hatte, war den Nachmittag über im Zoologischen Garten gewesen, wo er seine Großneffen, die kleinen Cardigans, unaufhörlich aus der allzugroßen Nähe von Affen und Raubkatzen entfernte. Nachdem er sie wieder in Imogens Vorhalle deponiert hatte, war er schläfrig in seinem Klub gesessen, bis er, lässig in einer Abendzeitung blätternd, in der »Klatschrubrik« auf folgende Notiz stieß: »Bei den Mittwochabend-Gesellschaften einer jungen Gastgeberin, gar nicht so weit von Westminster, wird eine Überraschung für die kommende Sitzungsperiode vorbereitet. Ihr Gatte, ein Baronet in *spe,* der noch vor kurzer Zeit in engen Beziehungen zur Literatur stand, soll damit betraut werden, im Parlament eine Politik zu propagieren, die unter dem sonderbaren Namen ›Foggartismus‹ segelt, nach dem Buch von Sir James Foggart: ›England in Gefahr.‹ Dieser amüsante Alarmruf soll mit dem etwas phantastischen Kopf in Verbindung stehen, der ein wohlbekanntes Wochenblatt herausgibt. Wir werden ja sehen, was daraus wird. Mittlerweile läßt sich die erwähnte unternehmungslustige kleine Dame keine Gelegenheit entgehen, um ihren ›Salon‹ zu vervollständigen, wobei sie die Neugier ausnützt, die politische Abenteuer ja stets erregen.«
Soames rieb sich die Augen; dann las er es wieder mit wachsendem Zorn. »Unternehmungslustige kleine Dame — keine Gelegenheit entgehen, um ihren ›Salon‹ zu vervollständigen.« Wer hatte das geschrieben? Er steckte die Zeitung in die Tasche — praktisch der erste Diebstahl, den er je begangen hatte — und grübelte auf dem ganzen Weg durch den St. James' Park in der zunehmenden Dämmerung über diese anonyme Notiz. Die Anspielung war nicht mißzuverstehen und boshaft obendrein. Hätte es geheißen: »Sie ist ständig auf der Jagd nach Berühmtheiten«, so wäre das nicht deutlicher gewesen. Leider konnte man das unter Umstän-

den als Kompliment auslegen, und Soames bezweifelte, ob ein Gericht in einer derartigen Bemerkung je eine Ehrenbeleidigung sehen würde. Er war noch immer tief in Gedanken, als die jungen Leute ihn eingeholt hatten.

»Guten Abend, Sir!«

»Ah!« sagte Soames. »Ich muß mit dir sprechen. In deinem Lager ist ein Verräter.« Und ohne es irgendwie zu beabsichtigen, blickte er Francis Wilmot zornig an.

»Nun, Sir?« fragte Michael, als sie in seinem Arbeitszimmer waren.

Soames hielt ihm die zusammengefaltete Zeitung hin.

Michael las die Notiz und verzog das Gesicht.

»Der, der das geschrieben hat, ist bei euren Abenden anwesend«, sagte Soames, »das ist klar. Wer ist er?«

»Sehr wahrscheinlich eine s i e.«

»Willst du damit sagen, daß man von einer Frau so ein Zeug abdruckt?«

Michael erwiderte nichts. Der alte Forsyte war eindeutig hinter der Zeit zurück.

»Wird man mir sagen, wer es ist, wenn ich in die Redaktion gehe?« fragte Soames.

»Nein, zum Glück nicht.«

»Wie meinst du das ›zum Glück‹?«

»Die Presse, Sir, ist eine empfindliche Pflanze, die sich bei Ihrer Berührung am Ende noch einringeln könnte. Und außerdem sagt sie doch auch ständig angenehme Dinge, die unverdient sind.«

»Aber dies —«, begann Soames; er hielt rechtzeitig inne und sagte statt dessen: »Meinst du, daß wir uns das einfach gefallen lassen müssen?«

»Ich fürchte ja.«

»Fleur gibt morgen abend eine Gesellschaft.«

»Ja.«

»Ich werde dableiben und meine Augen offenhalten.«

Vor Michael tauchte die Vision seines Schwiegervaters auf, wie er als Detektiv in Zivil ausgestellte Hochzeitsgeschenke bewachte.

Aber trotz seiner zur Schau getragenen Sorglosigkeit fühlte sich Michael getroffen. Daß seine Angebetete die Sammelwut hatte und zwischen allen, die ihr nützen konnten, verlockend umherflatterte, hatte in ihm bisher nur nachsichtige Verwunderung wachgerufen. Jetzt aber schien es doch mehr als eine amüsante Schwäche zu sein. Die Art, wie das Lächeln in dem von kurzem Haar umrahmten Gesicht rasch kam und wieder ging, so etwa, wie man elektrisches Licht an- und wieder abdreht, die raschen Wendungen ihres so entzückenden und so dekolletierten Halses; das wachsame Umherschweifen ihrer hübschen Augen, das sie so gut, aber doch nicht gut genug maskierte; wie sie die weißen Augenlider senkte, sie wieder aufschlug; die ausdrucksvollen Hände, die ihre Karriere fest am Zügel hielten, wenn man solch zarte Bemühungen, ein Ziel zu erreichen, so nennen durfte — all das schmerzte Michael plötzlich. Aber schließlich tat sie es ja für ihn und Kit! Französische Frauen, sagte man, arbeiteten gemeinsam mit ihrem Gatten an der Karriere der Familie. Es war ihr französisches Blut. Oder vielleicht nur Idealismus, der Wunsch, von allem das Beste zu haben und zu sein, was es Neues gab! So dachte Michael in seiner Loyalität. Am Mittwoch aber schweiften seine unruhigen Augen von Gesicht zu Gesicht, und er versuchte, irgendwo ein amüsiertes Lächeln zu entdecken.

Soames verfolgte eine andere Methode. Seine Seele wurde ja nicht verwirrt durch die verschiedenen Strömungen, die auf einen Menschen eindringen, der mit dem Objekt seiner Kritik schlafen geht. Er konnte nicht einsehen, warum Fleur nicht so viele Aristokraten, Arbeiterabgeordnete, Maler, Gesandte, junge Narren und sogar Tintenkleckser kennen sollte, wie sie Lust hatte. Je höher sie im Range stünden, desto weniger würden sie wahrscheinlich Geld von ihr borgen oder sie in Unannehmlichkeiten bringen, dachte er mit einer gewissen Naivität. Seine Tochter war ebenso gut oder noch besser als irgendeiner von denen, und sein Stolz war daher aufs tiefste verletzt bei dem Gedanken, daß man glauben könnte, sie müsse sich die größte Mühe geben, die Leute um sich zu scharen. Sie war nicht hinter ihnen her, sondern die anderen waren hinter ihr her! Wie er so unter dem Fragonard stand, den er ihr geschenkt hatte, ergraut, mit dem kleinen Schnurrbart, mit verschlossenem Gesicht und stark vorstehendem Kinn, mit einem Blick, der auf nichts Besonderes gerichtet war, dem Blick eines Menschen, der viel gesehen und darin wenig gefunden hat, hätte er einer ihrer Gesandten sein können.

Eine junge Dame mit rotgoldenem Haar, das am Nacken, der nicht mehr rasiert war, wieder etwa zweieinhalb Zentimeter maß, blieb vor ihm stehen; sie hatte ihm den Rücken zugekehrt; neben ihr stand ein schwächlich aussehender Mann, der sich ununterbrochen die Hände zu waschen schien. Soames konnte jedes Wort ihres Gespräches deutlich verstehen.

»Ist die kleine Mont nicht amüsant? Schauen Sie sie nur an, mit ›Don Fernando‹ — man könnte glauben, daß für sie nichts anderes auf der Welt existiert. Ah! Da ist ja der junge Bashly! Da schießt sie schon wieder fort! Sie ist der geborene kleine Snob. Aber das macht noch lang keinen Salon, wenn sie es auch glaubt. Um einen ›Salon‹ ins Leben zu

rufen, braucht man Persönlichkeit, Geist und vollendete Nonchalance. Davon hat sie nicht das geringste. Und außerdem, wer ist sie denn?«
»Geld?« fragte der schwächlich aussehende Mann.
»Gar nicht soviel. Michael ist in sie so vernarrt, daß er schon langweilig wird, wenn auch natürlich zum Teil das Parlament dran schuld ist. Haben Sie schon über den Foggartismus reden hören? Der dreht sich nur um Nahrung, Kinder und die Zukunft – die ödeste Langeweile.«
»Neuheiten«, schnurrte der schwächlich aussehende Mann, »sind das Laster unserer Zeit.«
»Man ärgert sich, wenn sich solch ein Niemand wie sie mit so einem Stumpfsinn wie diesem Foggartismus einschmuggeln will. Haben Sie das Buch gelesen?«
»Nein. Und Sie?«
»Keine Spur! Michael tut mir leid. Dieser kleine Snob beutet ihn richtig aus.«
Soames, der eingekeilt zwischen anderen stand, atmete heftig. Da die junge Dame vielleicht einen Zug verspürte, wandte sie sich um und begegnete einem Paar grauer Augen, die sie so kalt aus einem steinernen Gesicht anblickten, daß sie wegtrat. »Wer war der alte Kauz?« fragte sie den schwächlich aussehenden Mann. »Mich hat eine Gänsehaut überlaufen.«
Der Mann meinte, es könne wohl ein armer Verwandter sein – er schien niemand zu kennen.
Soames jedoch war bereits zu Michael hinübergegangen.
»Wer ist dieses junge Frauenzimmer mit dem roten Haar?«
»Marjorie Ferrar.«
»S i e ist die Verräterin – schmeiß sie hinaus!«
Michael starrte ihn an.
»Aber sie ist eine gute Bekannte von uns – die Tochter Lord Charles Ferrars und –!«
»Schmeiß sie hinaus!« wiederholte Soames.
»Woher wissen Sie denn, daß sie die Verräterin ist, Sir?«
»Ich habe gerade gehört, wie sie dieselben Worte wie in der Zeitungsnotiz gebrauchte, und noch schlimmere dazu.«
»Aber sie ist doch unser Gast.«
»Ein sauberer Gast!« stieß Soames zwischen den Zähnen hervor.
»Man kann doch einen Gast nicht hinausschmeißen. Und außerdem ist sie die Enkelin eines Marquis und der Liebling der Übermodernen, der ›Freudenjäger‹ – es würde einen höllischen Skandal geben.«
»So mache Skandal!«

»Wir werden sie nicht wieder einladen; aber das ist wirklich alles, was ich tun kann.«
»So?« sagte Soames und ging an seinem Schwiegersohn vorbei auf das Objekt seiner Denunziation zu. Michael folgte ihm ganz verstört. Noch nie hatte er seinen Schwiegervater mit gefletschten Zähnen gesehen. Er kam gerade zurecht, um ihn mit leiser, aber deutlich vernehmbarer Stimme sagen zu hören:
»Sie hatten die Freundlichkeit, meine Tochter in ihrem eigenen Haus einen Snob zu nennen.«
Michael sah, wie sich der Hals, auf dem schon wieder etwas Haar wuchs, wandte und aufreckte, wie die harten blauen Augen unverschämte, wütende Blicke schossen, hörte sie lachen und Soames sagen: »Sie sind eine Verräterin! Wollen Sie bitte das Haus verlassen!«
Von dem halben Dutzend Leute ringsherum entging keinem auch nur ein Wort. Verdammt noch mal! Und er — der Herr des Hauses! Er trat vor, schob seinen Arm durch den von Soames und sagte ruhig: »Das genügt, Sir; wir sind hier nicht auf der Friedenskonferenz.«
Peinliches Schweigen folgte; und in der ganzen Gruppe bewegten sich nur die weißen Hände des Mannes, die er zu waschen schien.
Marjorie Ferrar ging einen Schritt auf die Tür zu. »Ich kenne diesen Menschen nicht«, sagte sie, »aber er ist ein Lügner!«
»Das ist nicht wahr!«
Am Rande der kleinen Gruppe stand ein dunkler junger Mann. Er blickte Marjorie Ferrar in die Augen, die ihn ihrerseits ansah.
Und plötzlich bemerkte Michael Fleur, die ganz bleich gerade hinter ihm stand. Sie mußte alles gehört haben! Sie lächelte, winkte mit der Hand und sagte: »Madame Carelli wird jetzt spielen.«
Marjorie Ferrar ging zur Tür und hinter ihr her der Mann, der sich noch immer die Hände zu waschen schien, als wollte er den Vorfall abwaschen. Soames folgte ihnen wie ein schwerfälliger Hund, der sich vergewissern will; zuletzt kam Michael. Die Worte »Wie amüsant!« klangen von der Tür her, und ein leises, spöttisches Echo folgte. Krach! Die Haustür flog zu, und alles war vorüber.
Michael wischte sich den Schweiß von der Stirn. Einerseits bewunderte er seinen Schwiegervater, andererseits dachte er: »Na, der alte Herr hat uns da was Sauberes eingebrockt.« Er ging in den Salon zurück. Fleur stand beim Spinett, als wäre nichts geschehen. Aber Michael sah, wie ihre Finger sich im Kleid zusammenkrampften, und das Herz tat ihm weh. Er wartete zitternd auf den letzten Akkord.
Soames war hinaufgegangen. Vor dem »Weißen Affen« in Michaels

Arbeitszimmer ließ er seine Handlungsweise noch einmal Revue passieren. Er bereute nichts. Rothaarige Katze! »Geborener Snob!« »Geld? Gar nicht soviel!« Ha! »Ein Niemand wie sie!« Enkelin eines Marquis, soso? Nun, er hatte das unverschämte Frauenzimmer hinausgeschmissen. In seinem leicht reizbaren und erbitterten Unabhängigkeitsgefühl verabscheute er mit Leib und Seele Protektion und Privilegien; der von seinen Vorfahren ererbte Geist rührte sich in ihm. Wer war die Aristokratie, daß sie sich so anmaßend benahm? Aufgeblasene Hohlköpfe! Die Hälfte von ihnen stammte von Leuten ab, die ihren Besitz durch Raub oder Gaunerei erworben hatten! Und seine Tochter, s e i n e Tochter sollte sich einen Snob schimpfen lassen? E r würde nicht den kleinen Finger rühren, nicht einen Schritt vom Weg abweichen, und wenn der Kaiser von China in eigener Person erschiene! Wenn es Fleur Spaß machte, Leute um sich zu sehen, warum denn nicht? Plötzlich lief es ihm ein wenig kalt über den Rücken. Würde sie nicht sagen, daß er ihren »Salon« zerstört habe? Na, dann konnte er's auch nicht ändern; besser, daß die Sache ausgetragen und man diese Katze losgeworden war, da wußte man wenigstens, wie die Dinge standen. »Ich werde nicht auf sie warten«, dachte er. »Sturm in einem Wasserglas!«

Der dünne Klang des Spinetts tönte zu ihm herauf, als er auf dem Treppenabsatz stand, im Begriff, zu seinem Zimmer zu gehen. Er fragte sich, ob diese Abende wohl das Baby weckten. Ein knurrender Laut zu seinen Füßen ließ ihn zur Seite springen. Dieser Hund, der vor der Tür des Babys lag! Er wünschte, der kleine Halunke wäre vorhin unten gewesen – der hätte es verstanden, seine Zähne durch die fleischfarbenen Strümpfe dieser rothaarigen Katze zu schlagen! Er stieg höher hinauf und blickte Francis Wilmots Tür an, die der seinen gegenüberlag.

Dieser junge Amerikaner mußte auch etwas gehört haben, aber zu ihm würde er nicht davon sprechen, das war unter seiner Würde. Die Klänge des Spinetts wurden abgeschnitten, als Soames die Tür schloß und so gut es ging zu schlafen versuchte.

7

Geräusche in der Nacht

Michael hatte Fleur noch niemals weinen hören, und voll Angst und Schrecken sah er nun, wie sie quer über das Bett hingestreckt dalag und ihr Schluchzen in der Decke erstickte. Als er ihr Haar berührte, hörte sie auf und lag still da.

»Nimm dich zusammen, Liebling!« sagte er sanft. »Wenn du kein Snob bist, was liegt dann daran?«

Sie richtete sich mühsam auf und blieb mit gekreuzten Beinen sitzen, das Haar zerwühlt, das erhitzte Gesicht von Tränen verschmiert.

»Wer kümmert sich darum, was man ist? Wie man einen nennt, darauf kommt's an.«

»Nun, wir haben sie eine ›Verräterin‹ genannt.«

»Als wenn es das besser machte! Wir reden doch alle hinter dem Rükken der Leute. Wer nimmt das übel? Aber wie kann ich denn weiterleben, wenn jeder über mich lacht und mich für einen Snob auf der Jagd nach Berühmtheiten hält? Aus Rache wird sie es in ganz London ausposaunen. Wie kann ich da noch weiter meine Abende geben?«

Trauerte sie um ihre Karriere oder um seine? Michael ging auf die andere Seite des Bettes hinüber und legte von hinten seine Arme um sie.

»Mach dir nichts draus, was die Leute von dir halten, mein Kind. Früher oder später muß man ja doch mit diesen Dingen fertig werden.«

»*Du* brauchst ja nicht mit ihnen fertig zu werden. Wenn man mich nicht nett findet, so *kann* ich auch nicht nett sein.«

»Es kommt doch nur auf die Leute an, die einen wirklich kennen.«

»Niemand kennt einen wirklich«, sagte Fleur schmollend. »Und je mehr man geliebt wird, desto weniger wird man gekannt und desto weniger liegt daran, was die Betreffenden denken.«

Michael zog seine Arme zurück.

So lange Zeit rührte sie sich nicht, daß er wieder zur andern Seite des Bettes hinüberging, um zu sehen, ob er aus ihrem Gesicht, das ärgerlich auf die Hand gestützt war, etwas lesen konnte. Sie war so anmutig in dieser Stellung, daß seine Sinne schmerzlich nach ihr begehrten. Doch Liebkosungen wären ihr jetzt nur lästig gewesen, und so empfand er sein leidenschaftliches Begehren um so schmerzlicher.

»Ich hasse sie!« erklärte sie schließlich. »Und wenn ich ihr etwas antun kann, so werd' ich es.«

Er hätte selbst gern dem »Liebling der Übermodernen, der Freudenjäger« etwas angetan, aber es war kein Trost für ihn, dies Gefühl bei Fleur zu finden; bei ihr bedeutete es viel mehr als bei ihm, der, wenn es darauf ankam, keiner Fliege etwas zuleide tun konnte.

»Komm, mein Liebes«, sagte er, »wir wollen darüber schlafen.«

»Ich hab' gesagt, daß ich keine Abende mehr geben werde, aber ich werd' es doch tun.«

»Bravo!« sagte Michael, »so ist's recht!«

Sie lachte. Wie sonderbar kurz und hart klang das Lachen in der nächtlichen Stille. Und damit mußte sich Michael zufriedengeben.

Im ganzen Haus schlief niemand so recht in dieser Nacht. Soames hatte wieder um drei Uhr früh seine Angstzustände, die seit einiger Zeit – wegen des Zigarrenrauchens und der frischen Luft beim Golfspielen – nachgelassen hatten. Auch störte ihn die verdammte große Uhr, die Stunde um Stunde schlug, und auch ein heimliches Geräusch zwischen drei und vier, als striche jemand im Haus umher.

Dieser Jemand war in der Tat Francis Wilmot. Seit dem Augenblick, da er impulsiv bestritten hatte, daß Soames ein Lügner sei, befand sich der junge Mann in einer merkwürdigen Gemütsverfassung. Wie Soames vermutete, hatte auch er gehört, wie Marjorie Ferrar ihre Gastgeberin verleumdete; aber just in dem Augenblick seines Widerspruchs war er wie Saul, als er sich aufmachte, um die Christen anzugreifen, mit Blindheit geschlagen worden. Der Blick aus diesen blauen Augen, die zuerst die seinen so herausfordernd fixiert hatten, hatte dann plötzlich aufgeleuchtet, als schiene er zu sagen: »Junger Mann, Sie gefallen mir!« Und dieser Blick verfolgte ihn. Diese graziöse Nymphe mit der weißen Haut und dem rotgoldenen Haar, mit dem unverschämten Blick der blauen Augen, den roten, lebenslustigen Lippen, dem weißen Hals, der duftete wie Fichtenwald in der Sonne – dieses Bild verfolgte ihn. Er hatte sie den ganzen Abend beobachtet, aber es war unheimlich, was für einen Eindruck ihr Bild auf seine Sinne hinterlassen hatte in diesem einen langen Augenblick, so daß er nun keinen Schlaf finden konnte. Obgleich er ihr nicht vorgestellt worden war, wußte er, daß sie Marjorie Ferrar hieß, und er fand ihren Namen reizend. Er war vom Lande und kannte die Frauen nur wenig – daher kam sie ihm so ganz anders vor als irgendeine Frau, der er je begegnet war. Und er hatte sie direkt der Lüge geziehen! Dies machte ihn so ruhelos, daß er seine ganze Wasserflasche austrank, sich dann ankleidete und auf Zehenspitzen hinunterging. Er schlich an dem Dandie vorbei, der sich rührte, als murmelte er: »Ungewöhnlich, aber die Beine kenn' ich!«, und erreichte die Halle, in die durch das Oberlicht der Tür ein milchiger Schimmer fiel. Er setzte sich auf den marmornen Kleidersarkophag und zündete sich eine Zigarette an. Dies kühlte ihn ein wenig ab, so daß er sich erhob und Licht machte; er sah ein Telefonverzeichnis neben sich liegen und suchte mechanisch den Buchstaben F. Da stand sie ja! »Ferrar Marjorie, River Studios Nr. 3, Wren Street.« Er drehte das Licht ab, machte die Sicherheitskette der Tür auf und stahl sich hinaus. Er kannte den Weg zur Themse und schlug diese Richtung ein.

Es war die Stunde, in der der Lärm sein Haupt erschöpft aufs Kissen legt und man einen Falter vorbeifliegen hören kann. London schlief im Licht des Mondes; die Luft war rein, kein Rauch stieg über den Dächern der Stadt auf. Brücken, Türme, Wasser, ganz in Silber getaucht, sahen aus, als hätten sie sich von den Menschen zurückgezogen. Sogar die Häuser und Bäume schienen sich dieser stillen Mondstunde zu freuen und mit Francis Wilmot eine Strophe aus dem »Alten Seefahrer« zu flüstern:

»O Schlaf, wie segensreich bist du,
Beglückend jed' Gemüt.
Jungfrau Maria, dir sei Preis
Für Schlaf vom Himmel hold und leis,
Der in die Seel' mir zieht.«

Aufs Geratewohl ging er nach rechts den Strom entlang. Noch nie in seinem Leben war er mitten in der Nacht durch eine große Stadt gewandert. Die Leidenschaft schlief und jeder Gedanke an Gewinn; die Hast ruhte, und es träumten die Schrecken; hier und da warf sich einer auf seinem Bett unruhig hin und her; vielleicht starb ein Mensch. Drunten am Wasser lagen Leichter und Frachtschiffe dunkel und verlassen mit ihren roten Laternen; die Lampen am Ufer entlang leuchteten ohne Zweck, als wären sie vom Dienst befreit. Nirgends ein Mensch. In der ganzen Stadt war nur er allein wach und auf der Straße – und wozu? Der junge Amerikaner, der in allen praktischen Situationen von Natur aus schlau und findig war, der junge Südländer besaß wenig kritischen Blick und kam sich gewiß nicht lächerlich vor, wie er so in der Nacht umherwanderte, nicht einmal, als ihm plötzlich die Gewißheit kam, daß er heimgehen und schlafen könnte, wenn er nur ihre Fenster entdeckt hätte. Er kam an der Tate-Galerie vorbei und stieß auf ein menschliches Wesen, dessen Knöpfe im Mondlicht erglänzten.

»Verzeihung, Officer«, sagte er, »wie komme ich in die Wren Street?«

»Gradeaus und dann die fünfte Straße nach rechts.«

Francis Wilmot ging weiter. Der mit ihm wandernde Mond sank immer tiefer über den Strom, die Sterne wurden heller, die Bäume begannen zu zittern. Er fand die fünfte Seitengasse, ging den Häuserblock ab und war so klug wie zuvor, es war zu dunkel, um Namen oder Nummern lesen zu können. Er stieß auf ein anderes zugeknöpftes Menschenbild und fragte:

»Verzeihung, Officer, wie komme ich zu den River Studios?«

»Da sind Sie schon vorbeigegangen, das letzte Haus zur Rechten.«

Francis Wilmot schritt wieder zurück. Da stand das Haus – für sich allein, etwas von der Straße zurück. Er blieb davor stehen und starrte die dunklen Fenster an. Hinter irgendeinem von ihnen konnte s i e sein! Nun gut! Er hatte sie entdeckt, und im Wind, der sich erhoben hatte, machte er kehrt und ging heim. Leise, wie er heruntergekommen war, stieg er wieder die Treppe hinauf, an dem Dandie vorbei, der wieder den Kopf emporhob und knurrte: »Noch ungewöhnlicher, aber es sind dieselben Beine!«, betrat sein Zimmer, legte sich nieder und schlief ein wie ein Baby.

8

Um den heißen Brei

Die allgemeine Zurückhaltung beim Frühstück, über das Ereignis des vergangenen Abends zu sprechen, machte wenig Eindruck auf Soames, denn der junge Amerikaner, vor dem man natürlich die Sache nicht diskutieren wollte, war anwesend; Soames bemerkte jedoch, daß Fleur blaß war. In den durchwachten Stunden des frühen Morgens hatten ihn Zweifel an der Gesetzlichkeit seiner Handlungsweise beschlichen. Durfte man so ein rothaariges Frauenzimmer ungestraft eine »Verräterin« nennen, in Gegenwart von einem halben Dutzend Leuten? Nach dem Frühstück ging er zu seiner Schwester Winifred und erzählte ihr die ganze Geschichte.

»Ganz recht, mein lieber Junge«, war ihr Urteil. »Soviel ich weiß, ist diese junge Person ein ganz leichtsinniges Ding. Ihrem Vater gehörte doch das Pferd, welches das französische Pferd dann doch nicht schlug – erinnerst du dich nicht – in dem – ich vergesse immer wieder den Namen, wie hieß doch gleich das Rennen?«

»Ich weiß gar nichts von Rennen«, erklärte Soames.
Als er am Nachmittag im Connoisseurs-Klub saß, wurde ihm eine Karte hereingebracht:

LORD CHARLES FERRAR

High Marshes
bei Newmarket

Burton-Klub

Einen Augenblick lang zitterten ihm die Knie; aber das Wort »Snob« kam ihm zu Hilfe, und er sagte trocken: »Führen Sie ihn ins Besuchszimmer.« Wegen dieses Kerls würde er sich nicht beeilen, und er beendete langsam seinen Tee, ehe er sich in jenen entlegenen Winkel begab.
Ein ziemlich großer Mann stand inmitten des kleinen Zimmers, mager und aufrecht, mit einem Schnurrbart, der arrogant in die Höhe gebürstet war, und einem Monokel, das im rechten Augenwinkel festgewachsen zu sein schien, so sicher saß es. Die mageren Wangen zeigten Runzeln und Falten, und das dichte Haar war an den Seiten grau meliert. Soames konnte ihn ohne sonderliche Mühe gleich beim ersten Anblick nicht leiden.
»Mr. Forsyte?«
Soames neigte zustimmend den Kopf.
»Sie haben gestern abend in Gegenwart mehrerer Leute meiner Tochter gegenüber einen beleidigenden Ausdruck gebraucht.«
»Ja, er war wohlverdient.«
»Sie waren also nicht betrunken?«
»Ganz und gar nicht«, erwiderte Soames.
Seine trocken-präzise Art schien den Besucher aus der Fassung zu bringen; er drehte seinen Schnurrbart, kniff das Auge mit dem Monokel noch mehr zusammen und sagte: »Ich besitze die Namen derjenigen, die Zeugen waren. Sie werden die Güte haben, jedem von ihnen einen Brief

zu schreiben, in dem Sie Ihre Bemerkung ohne Vorbehalt zurückziehen.«
»Ich werde nichts dergleichen tun.«
Einen Augenblick herrschte Schweigen.
»Sie sind doch so ein Advokat?«
»Rechtsanwalt.«
»Dann kennen Sie die Folgen Ihrer Weigerung?«
»Wenn Ihre Tochter klagen will, so werde ich mich freuen, ihr vor Gericht gegenüberzutreten.«
»Sie weigern sich also, zu widerrufen?«
»Absolut.«
»Dann guten Abend!«
Um ein Haar wäre Soames auf den Kerl losgegangen, da es schon in ihm zu kochen begonnen hatte, aber statt dessen trat er ein wenig zur Seite und ließ ihn hinaus. Unverschämter Lümmel! Er hörte wieder die Stimme des alten Onkel Jolyon, wie er einen Mann der achtziger Jahre »so einen kleinen Winkeladvokaten« nannte. Und er fühlte, daß er sich auf die eine oder andere Art Erleichterung schaffen müsse. Der alte Mont würde etwas von diesem Kerl wissen – er würde zu ihm hinübergehen und ihn fragen.
Im »Aeroplane« fand er nicht nur Sir Lawrence Mont, der fast ernst dreinsah, sondern auch Michael, der offenbar seinem Vater gerade das Ereignis des letzten Abends in allen Einzelheiten erzählt hatte. Das war eine Erleichterung für Soames, der die Beleidigung seiner Tochter zu bitter empfand, als daß er davon hätte sprechen mögen. Er schloß seine Schilderung des soeben erhaltenen Besuches mit den Worten: »Dieser Kerl – Ferrar –, was für eine gesellschaftliche Position hat er?«
»Charlie Ferrar? Der hat überall Schulden, hat ein paar tüchtige Pferde und ist ein sehr guter Schütze.«
»Er kam mir nicht wie ein Gentleman vor«, erklärte Soames.
Sir Lawrence zog die Augenbraue in die Höhe, als sei er im Zweifel, ob er auf diese Bemerkung von einem, der keine Vorfahren hatte, über einen, der Vorfahren hatte, reagieren sollte.
»Und seine Tochter«, sagte Soames, »ist keine Dame.«
Sir Lawrence wiegte den Kopf hin und her: »Vorurteil, Forsyte, Vorurteil! Aber Sie haben recht, es ist ein sonderbarer Einschlag in dieser Linie. Der alte Shropshire ist ein reizender alter Herr; seine Generation ist frei von diesem Einschlag, aber der Einschlag ist nun einmal vorhanden – unverkennbar. Seine Tante –«
»Er hat mich ›so einen Advokaten‹ genannt«, sagte Soames mit grimmigem Lächeln, »und sie hat mich einen Lügner genannt.«

Sir Lawrence erhob sich und blickte auf die St. James' Street hinaus. Soames hatte das Gefühl, als zählte der schmale Kopf, der auf dem geraden, mageren Rücken saß, in dieser Affäre mehr als sein eigener. Man hatte es hier mit Leuten zu tun, die sagten und taten, was ihnen gefiel, und auf die Konsequenzen pfiffen; dieser Kerl von einem Baronet war ohne Zweifel ebenso erzogen worden, der sollte doch ihre Denkweise kennen.

Sir Lawrence wandte sich um: »Sie wird vielleicht klagen, Forsyte; es war immerhin eine öffentliche Beleidigung. Was für Zeugen haben Sie?«

»Meine eigenen Ohren.«

Sir Lawrence sah die Ohren an, als wollte er ihre Länge abschätzen.

»Hm! Sonst noch was?«

»Jene Zeitungsnotiz.«

»Sie wird die Zeitungsleute beschwatzen. Was noch?«

»Den Mann, mit dem sie gesprochen hat.«

»Philip Quinsey«, entfuhr es Michael, »vertrauet nicht auf Gath.«

»Was sonst noch?«

»Nun«, entgegnete Soames, »das, was der junge Amerikaner gehört hat, was es auch war.«

»Aha!« sagte Sir Lawrence. »Passen Sie nur auf, daß sie den nicht auch noch beschwatzt. Ist das alles?«

Soames nickte. Es schien ihm selbst nicht viel zu sein, nun, da er darüber nachdachte.

»Sie hat Sie einen Lügner genannt, sagten Sie. Wie wär's, wenn Sie die Offensive ergriffen?«

Ein Schweigen folgte; dann sagte Soames: »Frauen verklagen? Nein!«

»Ganz recht, Forsyte! Die haben noch immer ihre Vorrechte. Da bleibt einem nichts anderes übrig, als abzuwarten, wie der Hase läuft. Verräterin! Haben Sie eine Ahnung, wieviel Sie dieses einzige Wort kosten kann?«

»Die Kosten«, sagte Soames, »spielen keine Rolle; es geht mir um die öffentliche Meinung.«

Seine Einbildungskraft malte sich schon die Schrecken der fernen Zukunft aus. Er sah sich selbst auf der Zeugenbank, wie er die gehässigen Bosheiten dieser Katze nacherzählte und die Bezeichnung »Snob« über seine eigene Tochter der Öffentlichkeit und der Presse preisgab, denn wenn er es nicht tat, dann konnte er sich auch nicht verteidigen. Wirklich peinlich.

»Was sagt Fleur?« fragte er plötzlich Michael.

»Krieg bis aufs Messer.«

Soames sprang von seinem Stuhl in die Höhe.
»Ah!« rief er, »das ist echt weiblich – nicht das leiseste Vorstellungsvermögen!«
»Das hab' ich zuerst auch geglaubt, aber ich bin nicht so überzeugt. Sie sagt, wenn Marjorie Ferrar nicht sofort festgenagelt wird, so wird sie sich bei aller Welt ins Recht setzen – und je mehr alles bekannt wird, um so weniger kann sie schaden.«
»Ich glaube«, sagte Sir Lawrence, der zu seinem Stuhl zurückkam, »ich werde den alten Shropshire aufsuchen. Im Jahre vierundfünfzig waren mein Vater und seiner in Albanien zusammen auf der Waldschnepfenjagd.«
Soames konnte nicht einsehen, was das damit zu tun hatte, aber er lehnte den Vorschlag nicht ab. Ein Marquis war fast so etwas wie ein Herzog, und selbst in diesem demokratischen Zeitalter würde er vermutlich einigen Einfluß haben.
»Er ist jetzt achtzig Jahre alt«, fuhr Sir Lawrence fort, »und hat die Gicht im Magen, aber er ist trotzdem quicklebendig.«
Soames war nicht überzeugt, ob das ein Trost sei.
»Ich werde keine Minute versäumen. Sofort geh' ich hin.«
Auf der Straße trennten sie sich, da Sir Lawrence nordwärts ging, Mayfair zu.
Der Marquis von Shropshire diktierte gerade seinem Sekretär einen Brief an den Gemeinderat; er hielt ihm die Dringlichkeit eines Projekts vor Augen, das zu dem Programm seines Lebens, alles zu elektrifizieren, gehörte. Als einer der ersten, die für die Elektrizität eintraten, war er während seines ganzen optimistischen und emsigen Daseins der Sache treu geblieben. Ein kleiner, vogelähnlicher alter Mann, in haarigen schottischen Tweed gekleidet, die blauseidene gestrickte Krawatte durch einen Ring gezogen, mit roten Wangen und sorgfältig gestutztem weißem Bart und Schnurrbart, so stand er in seiner Lieblingsstellung da, den einen Fuß auf einem Stuhl, den Ellbogen auf ein Knie und das Kinn in die Hand gestützt.
»Ah, der junge Mont!« sagte er. »Nehmen Sie Platz!«
Sir Lawrence nahm einen Sessel, schlug ein Bein über das andere und legte die Finger ineinander. Es gefiel ihm ganz gut, mit etwa sechsundsechzig Jahren noch als »junger Mont« angeredet zu werden.
»Bringen Sie mir wieder eines Ihrer ausgezeichneten Bücher?«
»Nein, Marquis; ich möchte Ihren Rat haben.«
»So! Schreiben Sie weiter, Mr. Mersey: ›Auf diese Art, meine Herren, werden Sie Ihren Steuerzahlern wenigstens dreitausend Pfund im Jahr

ersparen; es wird ein Segen für die Gegend sein, nicht mehr von dem Rauch aus vier schmutzigen Schloten belästigt zu werden. Mit verbindlichem Dank Ihr ergebener Shropshire.‹ Danke, Mr. Mersey. Nun, mein lieber junger Mont?«

Nachdem Sir Lawrence gewartet hatte, bis der Rücken des Sekretärs verschwunden war und die glänzenden Augen des alten Edelmannes sich wieder auf ihn richteten – mit dem Ausdruck eines Menschen, der jeden Tag mehr zu sehen versucht –, nahm er sein Monokel zwischen Daumen und Finger und sagte: »Ihre Enkelin, Sir, und meine Schwiegertochter wollen einander unbedingt die Augen auskratzen.«

»Marjorie?« sagte der alte Mann und legte den Kopf auf die Seite wie ein Vogel. »Alles hat seine Grenzen – ein reizendes junges Wesen, zum Ansehen, aber alles hat seine Grenzen. Was hat sie denn wieder angestellt?«

»Meine Schwiegertochter einen Snob auf der Jagd nach Berühmtheiten genannt, und deren Vater hat darauf Ihrer Enkelin das Wort ›Verräterin‹ ins Gesicht geschleudert.«

»Sehr kühn«, sagte der Marquis, »sehr kühn! Wie heißt er denn?«

»Sein Name ist Forsyte.«

»Forsyte?« wiederholte der alte Edelmann. »Forsyte? Der Name kommt mir bekannt vor – wo hab' ich ihn nur gehört? Aha! Forsyte & Treffry – die großen Teehändler. Mein Vater hat seinen Tee immer direkt von ihnen bezogen – echter Karawanentee; heute gibt's so einen Tee nicht mehr. Ist das der –?«

»Vielleicht ein Verwandter. Dieser Mann ist ein Rechtsanwalt – im Ruhestand; hauptsächlich wegen seiner Bilder bekannt. Ein vermögender Mann und rechtschaffen.«

»So! Und i s t seine Tochter ein – ein Snob?«

Sir Lawrence lächelte: »Sie hat viel Charme. Sieht gern Leute um sich. Sehr anmutig. Eine gute Mutter; etwas französisches Blut.«

»Jaja!« sagte der Marquis, »die Französinnen! Die meisten haben eine viel bessere Taille als unsere Frauen. Was soll ich denn tun?«

»Mit Ihrem Sohn Charles reden.«

Der alte Mann nahm seinen Fuß vom Stuhl herunter und stand fast aufrecht da. Er bewegte den Kopf immerzu ein wenig nach der Seite hin. »Ich rede niemals mit Charlie«, sagte er ernst. »Sechs Jahre lang haben wir nicht mehr miteinander gesprochen.«

»Ich bitte um Verzeihung, Sir. Das wußte ich nicht. Bedaure, Sie gestört zu haben.«

»Ganz und gar nicht, freut mich immer, Sie zu sehen. Wenn mir Marjorie in den Weg läuft — man wird ja sehen, wird ja sehen. Aber, mein lieber Mont, was soll man mit diesen jungen Frauenzimmern anfangen — kein Pflichtgefühl, keine Beständigkeit, keine Haare, keine Figur! Nebenbei bemerkt, kennen Sie dieses Projekt, am Severn ein Wasserkraftwerk zu bauen?« Er hielt eine Broschüre in die Höhe. »Schon seit Jahren bearbeite ich die Leute, es durchzuführen. Unter anderm könnte auch mein Kohlenbergwerk mit Hilfe der Elektrizität rentabel gemacht werden; aber die Leute rühren sich nicht. Wir brauchen ein paar Amerikaner hier.«

Sir Lawrence hatte sich erhoben; des alten Mannes Pflichtgefühl war offenbar schon wieder mit ihm durchgegangen. Er hielt ihm die Hand hin.

»Leben Sie wohl, Marquis; hat mich gefreut, Sie so wohlauf zu sehen!«

»Leben Sie wohl, mein lieber junger Mont; verfügen Sie jederzeit über mich, und schicken Sie mir wieder eins von Ihren netten Büchern.«

Sie schüttelten einander die Hände, aus dem schottischen Tuch stieg ein starker Torfgeruch auf. Als Sir Lawrence zurückblickte, sah er den alten Mann wieder in seiner Lieblingsstellung, einen Fuß auf dem Stuhl, das Kinn in die Hand gestützt, und bereits in die Broschüre vertieft. »Ein Prachtkerl!« dachte er. »Aber was hat Charlie Ferrar nur getan, daß sein Vater seit sechs Jahren nicht mehr mit ihm spricht? Das muß man dem alten Forsyte sagen . . .«

Inzwischen gingen der alte Forsyte und Michael zusammen durch den St. James' Park nach Hause.

»Dieser junge Amerikaner«, sagte Soames, »warum glaubst du wohl, hat der sich eingemischt?«

»Ich weiß es nicht, Sir; und ich möchte auch nicht fragen.«

»Ganz meine Meinung«, erwiderte Soames verdrossen. Es war ihm in der Tat zuwider, mit einem Amerikaner über eine Frage der persönlichen Würde zu sprechen.

»Gebraucht man den Ausdruck ›Snob‹ drüben auch?«

»Das weiß ich nicht bestimmt; aber in den Vereinigten Staaten ist die ›Jagd nach Berühmtheiten‹ eine Art von Idealismus. Man will dort mit denen verkehren, die man für besser als sich selbst hält. Das ist eigentlich etwas Schönes.«

Soames konnte ihm nicht beistimmen, fand es aber schwierig, den Grund zu erklären. Niemand für besser zu halten als sich selbst und seine Tochter war so eine Art Leitgedanke für ihn gewesen, und über Leitgedanken unterhielt man sich hierzulande nicht. Tatsächlich wurzelte diese Überzeugung so tief in ihm, daß er es nicht einmal wußte.

»Ich werde nichts davon erwähnen«, sagte er, »wenn er es nicht tut. Was kann dieses junge Frauenzimmer denn sonst noch vorhaben? Sie gehört wahrscheinlich einer Clique an.«
»Den ›Übermodernen, den Freudenjägern‹ –«
»Freudenjäger?«
»Jawohl, Sir; die wollen um jeden Preis ihr Leben genießen – sie spielen natürlich keine große Rolle. Aber Marjorie Ferrar steht ganz im Rampenlicht. Sie malt ein wenig, hat auch ganz gute Beziehungen zur Presse, sie tanzt, jagt, ein wenig schauspielert sie auch; bei jeder Wochenend-Gesellschaft ist sie dabei. Die Wochenenden sind ungeheuer wichtig, da haben die Leute nichts anderes zu tun, als zu reden. Waren Sie jemals auf einer solchen Gesellschaft, Sir?«
»Ich?« rief Soames. »Gott behüte!«
Michael lächelte – etwas Ungereimteres konnte man sich auch kaum vorstellen. »Wir müssen eine solche Gesellschaft für Sie in Lippinghall arrangieren.«
»Nein, danke schön!«
»Sie haben recht, Sir, es gibt nichts Langweiligeres. Aber das sind die Kulissen der Politik. Fleur glaubt, daß sie meiner Karriere nützen. Und Marjorie Ferrar kennt alle Leute, die wir kennen, und noch viel mehr. Es ist zu dumm!«
»Ich würde so tun, als ob nichts geschehen wäre«, entgegnete Soames. »Aber was die Zeitung betrifft: man sollte sie warnen, daß diese Frau eine Giftschlange ist.«
Amüsiert betrachtete Michael seinen Schwiegervater.
Als sie eintraten, fanden sie den Diener in der Halle.
»Ein Mann namens Bergfeld wünscht Sie zu sprechen, Sir.«
»So? Ah! Wo haben Sie ihn hingeführt, Coaker?«
»Sir, ich weiß nicht, was ich von ihm halten soll, er zittert am ganzen Leib. Ich habe ihn ins Speisezimmer gesteckt.«
»Entschuldigen Sie, Sir«, sagte Michael.
Soames ging in das Empfangszimmer, wo er seine Tochter mit Francis Wilmot fand.
»Mr. Wilmot verläßt uns, Vater. Du kommst gerade recht, um ihm Lebewohl zu sagen.«
Wenn es Augenblicke gab, in denen Soames herzlich war, dann war er es jetzt. Er hatte nichts gegen den jungen Mann, er gefiel ihm eigentlich ganz gut, aber Soames sah es im Grunde genommen immer gerne, wenn sich jemand verabschiedete; und dann handelte es sich auch darum, wieviel er von der Sache gehört hatte, und ihn im Haus zu haben, ohne

das zu wissen, wäre eine ständige Versuchung, sich in seiner Würde etwas zu vergeben und ihn zu fragen, was er eigentlich gehört habe.

»Leben Sie wohl, Mr. Wilmot!« sagte er. »Wenn Sie sich für Bilder interessieren –«, er hielt inne, streckte die Hand aus und fügte hinzu: »dann sollten Sie das Britische Museum besuchen.«

Francis Wilmot schüttelte ihm ehrerbietig die Hand.

»Das werde ich. Es war mir eine besondere Ehre, Sie kennengelernt zu haben, Sir.«

Soames fragte sich, warum, als der junge Mann sich an Fleur wandte.

»Ich werde aus Paris an Jon schreiben und Ihre herzlichen Grüße bestimmt ausrichten. Sie waren so außerordentlich lieb zu mir. Ich würde mich sehr freuen, wenn Sie und Michael mich einmal besuchen wollten, wenn Sie nach den Vereinigten Staaten kommen; und wenn Sie den kleinen Hund mitbringen, na – dann werd' ich mich sehr geehrt fühlen, wenn er mich noch einmal in die Wade beißt.«

Er beugte sich über Fleurs Hand, die er küßte. Während er hinausging, starrte Soames auf den Nacken seiner Tochter.

»Das kommt etwas plötzlich«, sagte er, als sich die Tür geschlossen hatte, »ist irgend etwas vorgefallen?«

Fleur wandte sich Soames zu und fragte kalt: »Warum hast du gestern abend den Skandal gemacht, Vater?«

Die Ungerechtigkeit ihres Angriffs war so offenbar, daß Soames schweigend seinen Schnurrbart biß. Als ob er sich hätte beherrschen können, wenn sie in seiner Gegenwart so beleidigt wurde!

»Glaubst du vielleicht, daß es uns genützt hat?«

Soames, der keine Ahnung davon hatte, machte auch keinen Versuch, sie aufzuklären. Er fühlte sich nur tief gekränkt.

»Du hast mich so weit gebracht, daß ich mich schäme, irgend jemandem wieder ins Gesicht zu sehen. Aber ich werde es trotzdem tun. Wenn ich schon ein Snob bin, der nur auf berühmte Leute aus ist, so will ich es auch ordentlich sein. Nur möchte ich dringend bitten, daß du endlich aufhörst, mich als kleines Kind zu betrachten, das sich nicht selber helfen kann.«

Noch immer schwieg Soames, bis in seine tiefsten Tiefen gekränkt.

Fleur warf ihm einen Blick zu und sagte: »Es tut mir leid, aber ich kann nicht anders; alles ist verdorben.« Und auch sie verließ das Zimmer.

Ohne zu wissen, wohin er ging, trat Soames zum Fenster und blickte hinaus. Er sah ein Taxi mit Gepäck wegfahren, sah ein paar Tauben, die etwas vom Pflaster aufpickten und wieder davonflogen; er sah in der Dämmerung, wie ein Mann eine Frau küßte; wie ein Schutzmann seine

Pfeife anzündete und vom Dienst nach Hause ging. Viele menschliche und interessante Dinge sah er; er hörte den Big Ben schlagen. Alles ohne Bedeutung! Er starrte nur einen silbernen Löffel an. Er selber hatte ihn ihr ja bei ihrer Geburt in den Mund gesteckt.

9

Geflügel und Katzen

Bergfeld, den man ins Speisezimmer gesteckt hatte, stand noch immer aufrecht dort. Er war bedeutend älter als Michael, hatte einen Anflug von Koteletten, dunkles Haar und ein bleiches Gesicht, das ein geschultes Mienenspiel zeigte wie bei vielen Schauspielern, das Michael aber fremd war, klammerte sich mit einer Hand an den Rand des Tisches und hielt in der andern einen breitkrempigen schwarzen Hut. Als Michael den Ausdruck seiner großen dunkelumränderten Augen sah, lächelte er und sagte: »Schon gut, Mr. Bergfeld, ich bin kein Theaterdirektor. Setzen Sie sich, und nehmen Sie eine Zigarette.«

Der Besucher nahm schweigend den angebotenen Stuhl und die Zigarette und versuchte ein stereotypes Lächeln. Michael setzte sich auf den Tisch.

»Nach Mrs. Bergfelds Bericht scheinen Sie ganz auf dem Hund zu sein.«

»Aussichtslos«, sagten die zitternden Lippen.

»Vermutlich wegen Ihres Leidens und Ihres deutschen Namens?«

»Ja.«

»Sie suchen eine Arbeit im Freien, wie ich höre. Etwas Großartiges ist mir nicht eingefallen, aber vergangene Nacht, als ich schlaflos lag, ist mir eine Idee gekommen. Wie wär's mit der Geflügelzucht? Jeder betreibt das jetzt.«

»Wenn ich meine Ersparnisse noch hätte.«

»Ja, Mrs. Bergfeld hat mir davon erzählt. Ich kann mich erkundigen, aber ich fürchte –«

»Es ist nackter Raub.« Seine zähneklappernde Sprechweise machte es Michael sofort begreiflich, warum so viele Direktoren ihn nicht hatten engagieren wollen.

»Ich weiß«, sagte er besänftigend, »man beraubt den Peter, um den Paul zu bezahlen. Diese Klausel im Friedensvertrag war natürlich aus-

gesprochene Barbarei, auch wenn man's noch so sehr verkleidet. Aber es hat doch keinen Sinn, daß Sie sich unaufhörlich damit beschäftigen.«
Aber sein Besucher hatte sich erhoben. »Den Zivilisten etwas wegnehmen, um Zivilisten damit zu entschädigen! Warum dann nicht gleich das Leben eines Zivilisten für das eines anderen nehmen? Wo ist der Unterschied? Und das tut England — die führende Nation, was Respekt für das Individuum betrifft. Es ist schändlich!«
In Michael stieg ein Gefühl auf, als übertriebe der Mann doch etwas. »Sie vergessen«, sagte er, »daß der Krieg uns zeitweise alle zu Barbaren gemacht hat; wir sind noch nicht ganz darüber hinweggekommen. Und es war doch Ihr Land, das den Funken ins Pulverfaß schleuderte. Aber was halten Sie von der Geflügelzucht?«
Bergfeld schien eine heftige Anstrengung zu machen, um sich zu beherrschen. »Um meiner Frau willen«, sagte er, »bin ich zu allem bereit. Aber wie kann ich beginnen, wenn ich meine Ersparnisse nicht zurückbekomme?«
»Ich kann Ihnen nichts versprechen, aber vielleicht könnte ich Ihnen am Anfang behilflich sein. Auch dieser Friseur unter Ihnen braucht eine Beschäftigung in frischer Luft. Wie heißt er eigentlich?«
»Swain.«
»Wie vertragen Sie sich mit ihm?«
»Er ist eigensinnig, aber wir sind ganz gute Freunde.«
Michael erhob sich vom Tisch. »Überlassen Sie es mir, die Sache auszudenken. Hoffentlich können wir etwas arrangieren.« Er hielt ihm die Hand hin.
Bergfeld ergriff sie schweigend, und seine Augen nahmen wieder den Ausdruck an, mit dem er Michael zuerst angesehen hatte.
»Dieser Mann wird eines Tages Selbstmord begehen, wenn er sich nicht zusammennimmt«, dachte Michael. Und er begleitete ihn zur Haustür. Einige Minuten blieb er dort stehen und starrte der verschwindenden Gestalt des deutschen Schauspielers nach — mit einem Gefühl, als bestünde die Dämmerung aus den dunklen Geschichten von Leuten wie dieser Mensch oder der Friseur oder jener Mann, der ihn auf der Straße angehalten und von ihm Arbeit gefordert hatte. Bart mußte ihm ganz einfach das Stückchen Land hinter dem Wäldchen in Lippinghall leihweise überlassen. Er würde eine Kriegsbaracke kaufen, wenn noch eine zu haben wäre, ein paar Hühner und eine Kolonie ins Leben rufen, bestehend aus den Bergfelds, dem Friseur und Henry Boddick. Sie könnten sich Holz im Wäldchen fällen und die Hühnerhäuser selber bauen. Die Beschaffung der Lebensmittel im eigenen Lande — das wäre einmal eine

Gelegenheit, den Foggartismus in der Praxis zu erproben! Fleur würde ihn zwar auslachen. Aber konnte man heutzutage überhaupt etwas tun, worüber nicht irgend jemand lachte? Er ging ins Haus zurück. Fleur stand in der Halle.

»Francis Wilmot ist abgereist«, sagte sie.

»Warum?«

»Er fährt nach Paris.«

»Was hat er eigentlich gestern abend gehört?«

»Glaubst du, daß ich ihn danach gefragt habe?«

»Natürlich nicht«, antwortete Michael demütig. »Gehen wir hinauf zu Kit, der wird doch jetzt gebadet.«

Und tatsächlich saß der elfte Baronet gerade in der Wanne.

»Sie können gehen, Nurse«, sagte Fleur, »ich werde ihn schon fertig machen.«

»Er ist bereits drei Minuten im Wasser, gnädige Frau.«

»Ein weichgekochtes Ei«, sagte Michael.

Für seine vierzehn Monate hatte das nackte Kind unglaubliche Lebenskraft — vom Scheitel bis zur Sohle war alles an ihm Geräusch und Bewegung. Es schien dem Leben einen Sinn zu geben. Seine Vitalität war absolut, nicht relativ. Wie die Mücke vor Freude tanzt und die Dohle ihre Kunststücke in der Luft macht, so krähte, plätscherte und schlug das Kind um sich. Es dankte dadurch nicht für das, was es bekommen sollte, sondern für das, was es bekam. Weiß wie eine Turteltaube, mit rosigen Zehen, mit dunklen Augen und Haaren, die wohl bald heller werden würden, griff es wahllos nach der Seife, seiner Mutter, dem Badetuch — es fehlte ihm eigentlich nur noch ein Schwanz, um ein weißes Äffchen zu sein. Nachdenklich sah Michael ihm zu. Dieses kleine Kerlchen, das schon in alles hineingeboren war, was es sich nur wünschen konnte — wie sollten sie es erziehen? Waren sie fähig, es aufzuziehen, sie, die wie ihre ganze Generation der oberen Klasse in Freiheit erzogen worden waren von Eltern, die man schon auf die Verehrung des Fetischs Freiheit dressiert hatte? Sie hatten von frühester Kindheit an alles besessen, was sie brauchten, so daß sie kaum noch etwas ausdenken konnten, was sie nicht hätten haben können; und wurden sie nicht dadurch, daß sie tun und lassen konnten, was sie wollten, von einer Sache zur andern getrieben? Während des Krieges hatte man nicht tun können, was man wollte, aber der Krieg hatte die Dinge überspannt, so daß man jetzt ein Zuviel an Freiheit verlangte. Und bei Menschen wie Fleur, die ein wenig zu spät geboren waren, um den Krieg noch zu spüren, hatte das Hörensagen davon den sehr mäßigen Respekt verringert, dessen sie noch für irgend etwas fähig waren. Es konnte einen kaum noch wundernehmen, daß die moderne Zeit, in der Verehrung tot und Selbstverleugnung außer Mode, ererbte Anschauungen begraben und Gefühl verspottet wurde, ja die ganze Zukunft in der Luft lag, daß diese Zeit einem Mückentanze glich und sich trotzdem dabei verdammt ernst nahm! Derlei Gedanken erfüllten Michael, der da im Dunst des heißen Wassers saß und stirnrunzelnd auf seinen Sprößling blickte. Konnte man ohne Glauben ein rechter Vater sein? Nun, die Menschen sahen sich wieder nach einem Glauben um. Nur brüteten sie das Ei so stark aus, daß es faul sein würde, lange bevor ein Hühnchen herausschlüpfte. »Zu selbstbewußt!« dachte er. »Das ist unser Fehler!«

Fleur hatte den elften Baronet fertig abgetrocknet und puderte ihn ein; ihre Augen schienen seine Haut zu durchdringen, als wollte sie den Gesundheitszustand darunter genau erkennen. Er beobachtete, wie sie Füße und Hände eins nach dem andern ergriff und jeden einzelnen Nagel betrachtete, ganz in diese Untersuchung vertieft, in ihrer momentanen Hingabe sich selbst völlig vergessend. Und von der Schwierigkeit bedrückt, als Abgeordneter Hingabe zu empfinden, schnipste Michael mit den Fingern nach dem Baby und verließ das Kinderzimmer. Er ging in sein Arbeitszimmer und nahm den Band der *Encyclopaedia Britannica,* in dem das Wort »Geflügel« stand. Er las von Leghorns, Orpingtons, White Sussex', Brahmaputras und wurde nicht viel klüger. Es fiel ihm ein, daß eine Henne, wenn man ihr einen Kreidestrich vor den Schnabel zieht, glaubt, er sei zugebunden. Er wünschte, jemand würde ihm einen Kreidestrich vor den Schnabel ziehen. War der Foggartismus ein solcher Kreidestrich? Eine Stimme sagte: »Richte Fleur aus, daß ich zu ihrer Tante ziehe.«

»Sie verlassen uns, Sir?«

»Jawohl, ich bin hier überflüssig.«

Was war denn geschehen?

»Sie werden sie doch noch sprechen, ehe Sie fortgehen, Sir?«

»Nein«, erwiderte Soames.

Hatte vielleicht jemand den Kreidestrich vor der Nase des alten Forsyte weggewischt?

»Sir, kann man mit Geflügelzucht Geld verdienen?«

»Heutzutage kann man überhaupt mit nichts mehr Geld verdienen.«

»Und doch steigen die Einkünfte aus der Einkommensteuer beständig.«

»Ja«, sagte Soames, »da steckt irgendwo ein Fehler.«

»Sie glauben doch nicht, daß die Leute mehr Einkommen angeben, als sie haben?«

Soames kniff die Augen zusammen. Obgleich er gerade pessimistisch gestimmt war, hatte er doch keine so niedrige Meinung von der menschlichen Natur.

»Du solltest aufpassen, daß Fleur nicht herumgeht und dieses rothaarige Frauenzimmer beschimpft«, sagte er. »Sie wurde mit einem silbernen Löffel im Mund geboren; sie glaubt, sie kann sich alles herausnehmen.« Und er machte die Tür wieder zu.

Mit einem silbernen Löffel im Mund! Wie das gerade paßte!

Nachdem Fleur das Baby wieder in sein Gitterbett zurückgetragen hatte, trat sie zu dem eingelegten Schreibtisch in dem kleinen Heiligtum, das man in früheren Tagen ein Boudoir genannt hätte. Lange saß sie nachdenklich da. Wie konnte ihr Vater nur alles so öffentlich herausschreien? Hatte er nicht bedenken können, daß die Sache unbedeutend war, solange sie nicht in die Öffentlichkeit kam, im Augenblick des Bekanntwerdens aber die größte Bedeutung annahm? Sie sehnte sich ordentlich danach, ihr Herz auszuschütten und den Leuten über Marjorie Ferrar ihre Meinung zu sagen.

Sie schrieb drei Briefe – einen an Lady Alison und zwei an Damen jener Clique, die am vergangenen Abend alles gehört hatten. Den dritten Brief schloß sie mit den Worten: »Eine Frau wie sie, die sich als Freundin gebärdet, sich ins Haus einschleicht und dann hinterrücks Schlechtes über einen sagt, ist eine infame Schlange. Wie die Gesellschaft sie noch dulden kann, begreife ich nicht; sie hat keine Spur von Moral und nicht eine anständige Regung. Was ihren Charme betrifft – du lieber Gott!«

Halt, da war ja noch Francis Wilmot! Ihm hatte sie noch etwas zu sagen vergessen.

»Mein lieber Francis«, schrieb sie, »es tut mir so leid, daß Sie so rasch haben fortfahren müssen. Ich wollte Ihnen dafür danken, daß Sie gestern abend für mich eingetreten sind. Marjorie Ferrar ist so ungefähr der Gipfel. Aber in der Londoner Gesellschaft sind Klatsch und Verleumdung ohne Bedeutung. Es war wirklich nett, Sie kennengelernt zu haben. Vergessen Sie uns nicht; und besuchen Sie mich doch wieder, wenn Sie aus Paris zurückkommen.

Ihre treue Freundin
Fleur Mont«

In Zukunft würde sie nur Männer zu ihren Abenden einladen! Aber würden sie kommen, wenn keine Frauen da wären? Und Männer wie Philip Quinsey waren genauso falsch. Und dann würde es so aussehen, als wäre sie wirklich gekränkt. Nein! Sie mußte genauso weitermachen wie bisher und nur die Leute fallenlassen, die so hinterhältig waren. Aber wer war denn das nicht? Alison ausgenommen und ernstzunehmende Leute wie dieser Mr. Blythe, die kleineren Gesandten und drei oder vier seriöse Politiker; auf keinen sonst konnte sie sich verlassen. Es war direkt Mode, so hinterhältig zu sein. Ein jeder schmeichelte dem andern ins Gesicht und klatschte dann über ihn. Über wen in der Gesellschaft hatte man noch nicht geklatscht, und wer klatschte nicht? Es war ja vor Langeweile nicht auszuhalten, wenn man es nicht tat. Ein Leben ohne Gesellschaftsklatsch konnte sie sich überhaupt nicht vorstellen, ausgenommen vielleicht während eines Aufenthalts in Italien. Diese Fresken von Fra Angelico im Kloster von San Marco! Das war ein Mann gewesen, der niemandem etwas Übles nachgesagt hatte. Der heilige Franziskus, der zu den Vögeln redete, zwischen seinen kleinen Blumen, die Sonne, den Mond und die Sterne zu Brüdern hatte. Santa Clara! Santa Fleur – die kleine Schwester des heiligen Franziskus! Gütig zu sein und nicht von dieser Welt! Nur zu leben, um andere zu beglücken! Wie neu! Wie aufregend sogar – ungefähr eine Woche lang; und dann – wie langweilig! Sie zog die Vorhänge zurück und blickte auf den Platz hinunter. Zwei Katzen standen im Licht einer Laterne – schlank, wundervoll graziös, die Köpfe einander zugewandt. Plötzlich stießen sie schreckliche Schreie aus und waren ganz Klauen und Zähne. Fleur ließ den Vorhang fallen.

10

Francis Wilmot sattelt um

Ungefähr in diesem Augenblick lehnte sich Francis Wilmot in seinem Sessel in der Halle des Cosmopolis-Hotels zurück und beugte sich ebenso plötzlich wieder vor. In der Mitte der Tanzfläche war sie, um derentwillen er aus Loyalität Fleur und Michael gegenüber nach Paris fahren wollte; sie, die er zu meiden beabsichtigte, glitt und schwebte, bog sich vor, wich zurück, drehte und wand sich in den Armen eines Mannes, der ein Gesicht wie eine Maske hatte. Schicksal! Denn er hatte ja kaum wissen können, daß sie an den meisten Nachmittagen zum Tanzen hierherkam. Sie und ihr Partner stachen als das weitaus beste Paar hervor; und da Francis Wilmot selbst gern tanzte, so verstand er den Anblick zu würdigen. Als sie ganz dicht bei ihm innehielten, sagte er in seiner leisen, langgezogenen Sprechweise: »Das war wundervoll!«

»Guten Abend, Mr. Wilmot!«

Wie? Sie kannte seinen Namen! Nun war der Augenblick gekommen, ihr seine Loyalität zu zeigen! Aber sie war neben ihm in einen Sessel gesunken.

»Sie haben mich also wirklich gestern abend für eine Verräterin gehalten?«

»Jawohl.«

»Warum?«

»Weil ich hörte, wie Sie Ihre Gastgeberin einen Snob nannten.«

Marjorie Ferrar stieß einen amüsierten Laut aus. »Mein lieber junger Mann, wenn man seine Freunde niemals etwas Ärgeres hieße —! Meine Äußerung war ja nicht für Ihre Ohren bestimmt — und auch nicht für die jenes aufgeblasenen alten Kerls mit dem hervorstehenden Kinn!«

»Das war ihr Vater!« sagte Francis Wilmot ernst. »Es hat ihn gekränkt.«

»Na, das tut mir leid!«

Eine Hand ohne Handschuh, warm, aber trocken, schob sich in seine. Als sie zurückgezogen wurde, brannten seine Hand und sein Arm.

»Tanzen Sie?«

»Ja, gewiß, aber ich würde nicht wagen, mit Ihnen zu tanzen.«

»Oh, das müssen Sie aber!«

Francis Wilmot wirbelte der Kopf, und auch sein Körper begann sich zu drehen.

»Sie tanzen besser als ein Engländer, wenn er nicht gerade Berufstänzer ist«, sprachen ihre Lippen, etwa fünfzehn Zentimeter von seinen entfernt.

»Ich bin stolz, daß Sie das sagen, Ma'am.«

»Wissen Sie nicht, wie ich heiße, oder nennen Sie alle Frauen ›Ma'am‹? Es klingt ganz reizend.«

»Natürlich weiß ich, wie Sie heißen und wo Sie wohnen. Heute früh um vier Uhr war ich keine sechs Schritt von Ihnen entfernt.«

»Was haben Sie denn da gemacht?«

»Ich hatte plötzlich den Wunsch, in Ihrer Nähe zu sein.«

Wie zu sich selbst, sagte Marjorie Ferrar: »Das war das Hübscheste, was man mir je gesagt hat. Kommen Sie morgen zu mir zum Tee.«

Sich drehend, dann seitwärts tanzend, bot Francis Wilmot seine ganze Kunst auf; er sagte langsam: »Morgen muß ich in Paris sein.«
»Fürchten Sie sich doch nicht. Ich tue Ihnen ja nichts.«
»Ich fürchte mich nicht, aber —«
»Gut, dann erwarte ich Sie.« Und sie blickte über die Schulter zu ihm zurück, als sie sich ihrem Partner mit dem maskenähnlichen Gesicht wieder anvertraute.
Francis Wilmot fuhr sich über die Stirn. Eine erstaunliche Erfahrung; und sein Vorurteil gegen die Engländer als steife und förmliche Menschen wurde neuerdings erschüttert. Er würde sie für eine Amerikanerin gehalten haben, hätte er nicht gewußt, daß sie die Tochter eines Lords war. Würde sie ihn noch einmal zum Tanz auffordern? Aber sie verließ die Halle, ohne ihm noch einen Blick zu gönnen.
Ein typischer moderner junger Mann hätte sich nur um so eitler gefühlt. Aber er war nichts dergleichen. Sechs Monate Training für das Fliegerkorps im Jahre 1918, ein Besuch in New York und ein paar Reisen nach Charleston und Savannah hatten ihm den Charakter eines jungen Menschen vom Lande mit den traditionellen guten Manieren und dem Sinn für Arbeit und einfaches Leben nicht nehmen können. Den Frauen, von denen er nur wenige gekannt hatte, brachte er ein beträchtliches Maß von Achtung entgegen. Er beurteilte sie nach seiner Schwester oder nach den Freundinnen seiner verstorbenen Mutter in Savannah, die alle schon die besten Jahre hinter sich hatten. Eine Dame aus den Nordstaaten hatte ihm auf dem Schiff erzählt, daß die Mädchen aus dem Süden das Leben nach der Zahl der Männer beurteilten, von denen sie verehrt wurden; sie hatte ihm eine lustige Imitation eines solchen Mädchens vorgespielt. Das war eine Überraschung für diesen jungen Mann aus dem Süden gewesen. Anne war gar nicht so. Jedenfalls hatte sie nie die Gelegenheit dazu gehabt, da sie mit neunzehn den ersten jungen Mann, der ihr einen Antrag machte, geheiratet hatte!
Mit der Frühpost erhielt er Fleurs kurzen Brief. »Der Gipfel«? Der Gipfel wovon? Er wurde unwillig, fuhr nicht nach Paris und fand sich statt dessen um vier Uhr in der Wren Street ein.
Marjorie Ferrar stand in einem flachsblauen Malerkittel in ihrem Atelier und kratzte mit einem kleinen Messer an einem Bild herum. Eine Stunde später war er schon ihr Sklave. Er konnte sich nicht einmal mehr erinnern, daß er sich Crufts Hundeausstellung, die Wachtposten im Tower und das Derby hatte anschauen wollen; er wollte in England nur noch eines sehen — Marjorie Ferrar. Er wußte kaum noch, in welcher Richtung die Themse floß, und ging nur rein zufällig nach Osten anstatt nach

Westen. Ihr Haar, ihre Augen, ihre Stimme – er hatte sich in sie vernarrt! Er wußte, daß er ein Narr war, aber es lag ihm nichts daran – weiter kann ein Mann nicht gehen. Auf dem Weg zu einer Theaterprobe fuhr sie in einem kleinen offenen Auto, das sie selbst lenkte, an ihm vorüber. Sie winkte mit der Hand. Das Blut schoß ihm zu Kopf, er zitterte, und dann erblaßte er. Und als der Wagen verschwunden war, fühlte er sich ganz verloren, wie in einer Welt von grauen und trübseligen Schatten. Ah! Da war ja das Parlamentsgebäude! Und ganz in der Nähe der einzige Ort in London, wo er hätte hingehen können und von Marjorie Ferrar reden, und gerade dort hatte sie sich so schlecht benommen! Es juckte ihn, sie gegen den Vorwurf zu verteidigen, daß sie »der Gipfel« sei. Er sah sehr wohl das Unschickliche seines Benehmens ein, wenn er nun zu Fleur zurückginge, um mit ihr von ihrer Feindin zu sprechen, aber alles war besser als überhaupt nicht von ihr reden. So bog er in den South Square ein und klingelte.

Fleur saß im Empfangszimmer, wenn auch nicht direkt bei Milch und Honig, so doch wenigstens beim Tee.

»Was, nicht in Paris? Wie nett! Tee, bitte?«

»Ich habe schon Tee getrunken«, erwiderte Francis Wilmot errötend. »Ich war bei i h r.«

Fleur machte große Augen.

»Oh!« sagte sie dann lachend. »Wie interessant! Wo hat sie Sie denn aufgegabelt?«

Ohne den Unterton, der in diesen Worten lag, zu erfassen, war sich Francis Wilmot doch der Beleidigung darin bewußt.

»Sie war gestern beim *thé dansant* in meinem Hotel. Sie tanzt herrlich. Ich finde, sie ist überhaupt ein herrliches Wesen; ich möchte gern von Ihnen hören, was Sie eigentlich damit sagen wollten, wenn Sie sie ›den Gipfel‹ nannten.«

»Ich würde gerne von Ihnen erfahren, wieso es zu diesem plötzlichen Umschwenken seit Mittwoch abend gekommen ist?«

Francis Wilmot lächelte. »Sie alle waren so außerordentlich nett zu mir, und ich möchte, daß Sie und Marjorie wieder gute Freunde werden. Ich bin überzeugt, sie hat es vorgestern gar nicht so gemeint.«

»Wirklich? Hat sie Ihnen das gesagt?«

»Na – das gerade nicht. Sie hat gesagt, es sei nicht für unsere Ohren bestimmt gewesen.«

»So?«

Er blickte in ihr lächelndes Gesicht, wurde sich vielleicht der Untiefen, die unter der Oberfläche verborgen waren, bewußt, sah aber – jungenhaft, amerikanisch – keine ernstlichen Hindernisse in seinem Bemühen, die Dinge wieder ins reine zu bringen.

»Ich kann den Gedanken nicht ertragen, daß Sie sich so zerstritten haben. Kommen Sie doch mit mir ins Hotel und söhnen sich wieder aus!«

Fleur blickte ihn langsam von oben bis unten an. »Sie sehen geradeso aus, als hätten Sie französisches Blut in den Adern. Stimmt das?«

»Jawohl. Meine Großmutter war französischer Herkunft.«

»Da habe ich mehr als Sie. Die Franzosen, wissen Sie, vergessen nicht so leicht, und sie überreden sich auch nicht, zu glauben, was sie gern glauben möchten.«

Francis Wilmot erhob sich und forderte fast gebieterisch: »Sie werden mir jetzt sagen, was Sie mit dem Ausdruck in Ihrem Brief gemeint haben?«

»So? Mein lieber junger Mann, den Gipfelpunkt der Vollendung selbstverständlich. Sind Sie nicht ein lebendes Beispiel dafür?«

Francis Wilmot, der spürte, daß man sich über ihn lustig machte, ging mit gemischten Gefühlen zur Tür.

»Leben Sie wohl!« sagte er. »Sie werden mich wohl in Zukunft nicht mehr sehen wollen?«

»Leben Sie wohl!« erwiderte Fleur.

Er ging verwirrt und niedergeschlagen hinaus, noch einsamer, als er hergekommen war. Er war führerlos und hatte niemanden, der ihn hätte beraten können! In dieser Stadt gab's keine Geradheit und Einfachheit. Die Leute sagten nicht, was sie meinten; und seine Göttin, so rätselhaft und unzuverlässig wie die übrigen! Noch ärger – noch ärger! –, an den übrigen lag ihm ja nichts!

11

Soames macht der Presse einen Besuch

Soames war tief gekränkt zu seiner Schwester in die Green Street übersiedelt. Daß Fleur eine erklärte Feindin haben sollte, die gesellschaftlich so mächtig war, beunruhigte ihn sehr. Daß sie ihn dafür verantwortlich machte, schien um so ungerechter, als er es ja tatsächlich auch war.

Ein Abend, unter dem beruhigenden Einfluß von Winifred Darties gesundem Menschenverstand und ihrem türkischen Kaffee verbracht, der zwar »schlecht für die Leber« war, den er jedoch stets mit Genuß schlürfte, brachte ihn wieder einigermaßen zu der Überzeugung, daß es sich um einen Sturm im Wasserglas handle. »Aber diese Zeitungsnotiz«, erklärte er, »die liegt mir doch im Magen.«

»Das Ganze ist sehr ärgerlich, Soames, aber ich würde mich nicht sorgen. Die Leute lesen über diese Klatschrubrik hinweg und haben sie im nächsten Augenblick schon wieder vergessen. Das druckt man nur so zur Unterhaltung.«

»Eine schöne Unterhaltung! Die Zeitung behauptet, daß sie eine Million Leser hat.«

»Es ist doch kein Name erwähnt.«

»Diese Leute von der Politik und diese anmaßenden Nullen der Gesellschaft kennen einander alle«, bemerkte Soames.

»Freilich, mein lieber Junge«, sagte Winifred mit ihrer tröstenden, einschmeichelnden Stimme, der man niemals einen Ärger anmerkte, »aber heutzutage nimmt niemand irgend etwas ernst.«

Sie hatte recht. In freundlicherer Stimmung ging er hinauf, zu Bett.

Daß er sich von seinen Geschäften zurückgezogen hatte, bewirkte in Soames eine tiefergehende Änderung, als er selber wußte. Da er beruflich keine Gelegenheit mehr hatte, die von James ererbte Veranlagung, sich Sorgen zu machen, auszuleben, so neigte er dazu, jedes Problem, das ihm in den Weg kam, aufzubauschen. Je mehr er an diese Notiz dachte, um so mehr juckte es ihn, dem Chefredakteur einen freundschaftlichen Besuch abzustatten. Wenn er zur Fleur gehen und sagen könnte: »Auf jeden Fall habe ich diese Kerle zur Vernunft gebracht. So etwas wird nicht mehr vorkommen«, dann würde sie wieder gut mit ihm werden. Wenn er auch die einzelnen Leute nicht zwingen konnte, von seiner Tochter eine gute Meinung zu haben, so konnte er doch sicherlich verhindern, daß die gegenteilige Meinung öffentlich ausgesprochen wurde.

Im großen und ganzen war Soames den Zeitungen gewogen, nur wollte er nicht gerne drin gedruckt stehen. Er las die *Times,* die sein Vater schon vor ihm gelesen hatte, und seine ganze Jugendzeit war vom Knistern ihrer Blätter begleitet gewesen. Er bekam genug Nachrichten für sein Geld – mehr Nachrichten, als er bewältigen konnte. Er respektierte ihre Leitartikel; und wenn auch ihre großen Beilagen ihm manchmal des Guten zuviel schienen, so blieb sie doch stets die Zeitung für Gentlemen. Annette und Winifred lasen die *Morning Post.* Das war auch eine Zeitung für Gentlemen, aber mit ganz bestimmten fixen Ideen. Fixe Ideen waren ja auch ganz respektabel, aber Soames persönlich mochte sie nicht. Von den anderen Zeitungen wußte er wenig, ausgenommen, daß sie Titelzeilen in größeren Lettern hatten und ihr Inhalt in kleine Stücke zerschnitten schien. Von der Presse im ganzen hatte er die englische Ansicht: Es war eine Einrichtung, die ihre Tugenden und ihre Laster hatte – auf jeden Fall mußte man sich damit abfinden.

Gegen elf Uhr ging er in Richtung Fleet Street.

Im Büro der *Evening Sun* schickte er seine Karte hinein und verlangte den Chefredakteur zu sprechen. Nachdem man einen Augenblick seinen Zylinder gemustert hatte, wurde er durch einen Gang geführt und in einem kleinen Zimmer deponiert. Es schien ein großes, kompliziertes Haus zu sein. Jemand würde ihn schon empfangen!

»Jemand?« fragte Soames. »Ich wünsche den Chefredakteur zu sprechen.«

Der Chef sei sehr beschäftigt; ob er nicht zu einer stilleren Zeit wiederkommen könnte?

»Nein«, erwiderte Soames.

Wollte er nicht sagen, um was es sich handle? Soames wollte n i c h t.

Der Diener blickte wieder seinen Zylinder an und ging hinaus.

Soames wartete eine Viertelstunde und wurde dann in ein noch kleineres Zimmer geführt, wo ein heiter aussehender Mann mit Kneifer in einer Mappe mit aneinandergereihten Ausschnitten blätterte. Als Soames eintrat, blickte er auf, nahm die Karte vom Tisch und las:

»Mr. Soames Forsyte? Bitte?«

»Sind Sie der Chefredakteur?« fragte Soames.

»Einer der Redakteure. Nehmen Sie Platz. Womit kann ich Ihnen dienen?«

Soames, den die Geschäftigkeit beeindruckte, die in der Redaktion herrschte, und der auch einen guten Eindruck machen wollte, setzte sich nicht, sondern nahm die Notiz aus seiner Brieftasche. »Ich bin wegen dieser Angelegenheit in Ihrer Nummer vom vorigen Donnerstag hergekommen.«

Der heiter aussehende Mann hielt den Ausschnitt vor seine Augen, schien den Sinn der Worte ein wenig im Mund herumzuwälzen und sagte: »Ja?«

»Möchten Sie mir bitte sagen, wer das geschrieben hat?«

»Wir geben niemals die Namen unserer Korrespondenten preis, Sir.«

»Nun, um die Wahrheit zu sagen, ich weiß es.«

Der heiter aussehende Mann öffnete den Mund, als wollte er sagen: »Warum haben Sie dann gefragt?«, schloß ihn aber statt dessen wieder und lächelte.

»Sie werden schon entschuldigen«, sagte Soames, »aber es bezieht sich

ganz zweifellos auf meine Tochter, Mrs. Michael Mont, und ihren Gatten.«
»So! Da wissen Sie mehr als ich; aber was ist denn eigentlich los damit? Scheint eine ziemlich harmlose kleine Klatscherei zu sein.«
Soames blickte ihn an. Er sah ihm zu heiter aus. »Meinen Sie?« sagte er trocken. »Darf ich Sie fragen, ob Sie es gerne sähen, daß man Ihre Tochter als unternehmungslustige kleine Dame hinstellte?«
»Warum denn nicht? Das ist doch ein ganz hübscher Ausdruck. Außerdem ist kein Name erwähnt.«
»Geben Sie Notizen in die Zeitung«, fragte Soames listig, »damit sie Ihren Lesern spanisch vorkommt?«
Der heiter aussehende Mann lachte. »Wohl kaum«, entgegnete er. »Aber, mein Herr, sind Sie nicht doch ein bißchen zu empfindlich?«
Einen derartigen Standpunkt hatte Soames nicht vorhergesehen. Ehe er diesen Kerl von einem Redakteur ersuchen konnte, die Beleidigung nicht zu wiederholen, mußte er ihn offenbar davon überzeugen, daß es eine Beleidigung war; aber um das zu erreichen, mußte er den eigentlichen Sinn der Notiz preisgeben.
»Nun«, sagte er, »wenn Sie nicht einsehen können, daß der Ton beleidigend ist, so kann ich Ihnen nicht helfen. Aber ich möchte Sie bitten, keine weiteren Notizen dieser Art zu bringen. Ich weiß zufällig, daß Ihre Korrespondentin dies aus Bosheit geschrieben hat.«
Der heiter aussehende Mann überflog noch einmal den Ausschnitt.
»Das hätte ich gar nicht geglaubt. In der Politik teilt man fortwährend Püffe aus und bekommt sie zurück – da wird keiner mit Glacéhandschuhen angefaßt. Das scheint eine vollkommen harmlose Klatscherei zu sein.«
Soames, der durch die Ausdrücke »empfindlich« und »nicht mit Glacéhandschuhen angefaßt« entwaffnet war, sagte ziemlich ärgerlich: »Die ganze Sache ist ja außerordentlich unbedeutend.«
»Da bin ich eigentlich ganz Ihrer Meinung. Guten Morgen!« Und der heiter aussehende Mann wandte sich mit einer Art liebenswürdigen Humors wieder seiner Mappe zu.
Soames packte seinen Zylinder. Der Kerl war wie ein Gummiball! Jetzt oder nie sollte er springen!
»Wenn Ihre Korrespondentin glaubt, daß sie öffentlich ungestraft ihren Schnabel wetzen kann, so irrt sie sich gewaltig.« Er wartete auf die Wirkung seiner Worte, erzielte aber überhaupt keine. »Guten Morgen!« sagte er und machte kehrt.
Die Unterredung war nun doch nicht so freundschaftlich verlaufen, wie

er erwartet hatte. Michaels Worte »Die Presse ist eine empfindliche Pflanze« kamen ihm in den Sinn. Er würde nichts von seinem Besuch erzählen.

Als er zwei Tage später im Connoisseurs-Klub die *Evening Sun* ergriff, bemerkte er das Wort »Foggartismus«. Hm! Ein Leitartikel!

»Unter den Heilmitteln, die jetzt von den hoffnungsvollen aufstrebenden jungen Politikern angepriesen werden, ist vielleicht das absurdeste jenes, das unter dem Namen Foggartismus propagiert wird. Wir sind in der Lage, Einzelheiten über das Patentheilmittel zu bringen, ehe es auf den Markt geworfen wird, ein Mittel gegen das, worin manche die Nationalkrankheit erblicken. Nach Sir James Foggarts Buch ›England in Gefahr‹ ist offenbar der erste Glaubensartikel dieses verrückten Bekenntnisses die Verminderung der britischen Bevölkerung. Seinen Verkündern folgend, sollen wir Hunderttausende unserer Knaben und Mädchen nach den letzten Winkeln des Imperiums schicken, sobald sie die Schule verlassen haben. Ganz abgesehen von der glatten Unmöglichkeit ihrer Unterbringung in den sich langsam entwickelnden Dominions, sollen wir dieses prächtige Material für Arbeit und Landesverteidigung verlieren, damit in zwanzig Jahren der Bedarf in den Dominions der Leistungsfähigkeit Großbritanniens entspräche. Noch nie zuvor hat das Gehirn eines Dickschädels einen so verrückten Vorschlag ausgebrütet. Gleichzeitig mit diesem Auswanderungsrummel — denn es gibt keinen anderen Ausdruck, der dem sensationellen Charakter der Sache besser entspräche — wird eine schwächliche Propaganda für die Rückkehr zur Landarbeit betrieben. Als Grundlage wird die Doktrin vertreten, daß das Niveau von Löhnen und Lebenshaltungskosten in Großbritannien jeden Versuch unmöglich mache, mit der deutschen Produktion zu konkurrieren oder den Handel mit dem Kontinent zurückzuerobern. Eine solche Verleugnung unseres industriellen Übergewichtes ist wohl noch nie vorher in diesem Lande zur Diskussion gestellt worden. Je früher diese Scharlatane und Hanswurste der britischen Politik erkennen, daß der britische Wähler nichts mit einem so hirnrissigen Vorschlag zu tun haben will, um so eher wird es zu der Totgeburt kommen, die das unabänderliche Schicksal dieser Frucht ist.«

Mit wieviel Aufmerksamkeit Soames auch immer »England in Gefahr« gelesen hatte, so konnte ihn doch niemand eines überstürzten Glaubens an den Foggartismus zeihen. Würde der Foggartismus morgen abgewürgt, so könnte er mit seinem angeborenen Mißtrauen Theorien und Ideen gegenüber und mit seiner echt englischen Art, nur nach Tatsachen zu handeln, sich des Gefühls nicht erwehren, daß Michael einen weißen

Elefanten auf gute Art losgeworden sei. Was ihn beunruhigte, war indessen der Verdacht, daß er selber diesen Artikel inspiriert hatte. War dies die Rache dieses allzu heiter aussehenden Gesellen?

Ganz bestimmt würde er heute abend während des Dinners am South Square kein Wort von seinem Besuch verlauten lassen.

Ein ihm unbekannter Hut auf dem Marmorsarkophag zeigte ihm die Anwesenheit eines weiteren Gastes an. Tatsächlich sprach Mr. Blythe, einen Cocktail in der Hand und eine Olive im Mund, gerade mit Fleur, die auf einem Kissen beim Feuer zusammengerollt lag.

»Kennst du Mr. Blythe, Vater?«

Noch ein Redakteur! Soames streckte vorsichtig die Hand aus.

Mr. Blythe schluckte die Olive hinunter. »Es ist ganz unwichtig«, sagte er.

»Also, ich glaube«, sagte Fleur, »daß Sie alles auf die lange Bank schieben sollten, damit die anderen dann als die Blamierten dastehen.«

»Ist das auch Michaels Meinung, Mrs. Mont?«

»Nein, Michael hat sich schon die Hemdsärmel aufgekrempelt!« Und alle blickten sich nach Michael um, der gerade hereinkam.

Er sah in der Tat recht kampflustig aus.

Michael war dafür, daß man dem Gegner mit gleicher Münze heimzahlen sollte, sonst könnte man gleich ganz zusperren. Die Abgeordneten wurden doch ins Parlament entsandt, um ihre eigenen Meinungen zu propagieren und nicht diejenigen, die die Zeitungen ihnen vorschreiben wollten. Wenn sie fest überzeugt davon waren, daß die Politik Foggarts die einzige Möglichkeit sei, um der Arbeitslosigkeit abzuhelfen und die ständige Abwanderung in die Städte aufzuhalten, so mußten sie auch dabei bleiben und sich nicht gleich von jedem kleinen Zeitungsangriff ins Bockshorn jagen lassen. Der gesunde Menschenverstand war auf ihrer Seite, und wenn man dem gesunden Menschenverstand genug Gelegenheit gab, so siegte er am Ende. Die Opposition gegen den Foggartismus beruhte im Grunde auf der Absicht, den Arbeitern niedrigere Löhne und längere Arbeitszeit aufzuzwingen, nur wagte man nicht, es offen zuzugeben. Die Zeitungen mochten lästern, soviel sie wollten. Er konnte wetten, wenn der Foggartismus ein halbes Jahr lang öffentlich verkündet werde, dann würden die Zeitungen die Hälfte von dem zurücknehmen, was sie früher gesagt hatten, so als hätte es früher jemand anderer gesagt! Und plötzlich wandte er sich an Soames: »Waren Sie womöglich wegen dieser Zeitungsnotiz in der Redaktion?«

Soames hatte sich privat und als Geschäftsmann immer so gewunden, daß er – in die Enge getrieben – niemals eine ausgesprochene Lüge zu sagen brauchte. Lügen war nicht englisch, nicht einmal guter Ton. An seiner Nase herabschielend, sagte er langsam: »Ich habe ihnen nur zu verstehen gegeben, daß ich den Namen jenes Frauenzimmers kenne.«

Fleur runzelte die Stirn; Mr. Blythe streckte die Hand aus und nahm einige Salzmandeln.

»Hab' ich's Ihnen nicht gesagt, Sir?« bemerkte Michael. »Die rächen sich immer. Die Presse hat eine ungeheuerliche Meinung von ihrer eigenen Würde; und Hühneraugen auf beiden Füßen, eh, Mr. Blythe?«

Mr. Blythe sprach gewichtig: »Es ist eine sehr menschliche Institution, junger Mann. Sie kritisiert lieber selbst, als daß sie sich kritisieren ließe.«

»Ich habe geglaubt«, sagte Fleur eisig, »daß du endlich aufhören wirst, mich am Gängelband zu führen.«

Die Diskussion kam wieder auf den Foggartismus zurück, nur Soames saß brütend da. Nie wieder würde er sich in etwas einmischen, das ihn nichts anging. Dann aber wurde ihm, wie allen, die einen andern Menschen lieben, sein bitteres Schicksal bewußt. Er hatte sich ja nur um das gekümmert, was ihn ganz besonders anging, um ihren Ruf, ihr Glück; und sie nahm es ihm übel! Sie war wie ein Korb, worin er Eier trug; bis zum Ende seiner Tage mußte er behutsam gehen, den Korb balancieren, damit er nicht umgestürzt werde und nicht alle Eier, Soames' einziges Kleinod, zerbrächen.

Fleur ließ sie beim Wein, den nur Mr. Blythe trank, allein. Soames erhaschte ab und zu ein Wort, ersah daraus, daß dieser große froschähnliche Mensch in der nächsten Woche im *Outpost* loslegen würde und Michael sich bei der ersten Gelegenheit im Parlament auf die Hinterbeine stellen sollte. Es summte ihm vor den Ohren. Als sie sich erhoben, sagte er zu Michael: »Ich werde verschwinden.«

»Wir gehen ins Parlament, Sir; wollen Sie nicht bei Fleur bleiben?«

»Nein«, sagte Soames, »ich muß nach Hause.«

Michael blickte ihn scharf an.

»Ich werde ihr nur sagen, daß Sie fortgehen.«

Soames hatte seinen Mantel angezogen und öffnete gerade die Tür, als ihn ein Duft von Veilchenseife umfing. Ein bloßer Arm hatte sich um seinen Hals gelegt. Jemand schmiegte sich an seinen Rücken. »Tut mir leid, Vater, daß ich so abscheulich war.«

Soames wehrte ab.

»Nein«, sagte ihre Stimme, »so laß ich dich nicht fortgehen.«

Sie schlüpfte zwischen ihn und die Tür. Ihre klaren Augen blickten in seine; ihre Zähne schimmerten sehr weiß. »Sag, daß du mir verzeihst!«

»Es ist immer wieder dasselbe«, erwiderte Soames.

Sie drückte ihre Lippen gegen seine Nase. »Da! Gute Nacht, mein Liebes! Ich weiß, daß ich verwöhnt bin!«
Soames drückte sie kurz und heftig an sich, öffnete die Tür und ging ohne ein weiteres Wort hinaus.
Unter dem Big Ben riefen die Zeitungsjungen ihre Nachrichten aus, politische vermutlich. Diese Labourkerle würden fallen — irgend so ein Redakteur hatte sie bloßgestellt. Das sah ihm ähnlich! Na, der eine kam hoch, der andere fiel. Was ging das ihn an! Für sie allein — für sie allein lebte er.

12

Michael denkt nach

Michael und Mr. Blythe gingen zum Parlament der Parlamente und fanden es in großer Aufregung. Der Liberalismus hatte versagt, und die Labourleute fielen von ihm ab. Eine ganze Menge von Leuten war vor dem Parlament versammelt, starrte zum Big Ben empor und erhoffte eine Sensation.
»Ich gehe nicht hinein«, sagte Michael. »Heute abend wird nicht abgestimmt. Allgemeine Wahlen sind uns jetzt gewiß. Ich möchte nachdenken.«
»Wir werden kurz hineinschauen«, erklärte Mr. Blythe; sie trennten sich, Michael kehrte auf die Straße zurück. Die Nacht war klar, und er sehnte sich danach, die Stimme seines Landes zu vernehmen. Aber — wo nur? Denn seine Landsleute würden dieses Für und jenes Wider erörtern, ein jeder würde seine persönliche Beschwerde vorbringen, sei es nun die Einkommensteuer oder die Arbeitslosenunterstützung, die Namen der Führer oder das Wort Kommunismus. Nirgends würde er das Echo der Unruhe in den Herzen aller vernehmen. Die Konservativen würden jetzt, wie Fleur es vorausgesagt hatte, ans Ruder kommen. Das Land würde auf das Beruhigungsmittel, »eine starke, stabile Regierung« hereinfallen. Aber konnte eine starke, stabile Regierung den inneren Krebs entfernen, den Mangel an Gleichgewicht in dem überbelasteten Reich? Vermochte sie den nagenden Schmerz zu stillen, den jedermann empfand, dem aber niemand Ausdruck geben wollte?
»Wir sind verwöhnt«, dachte Michael, »durch unseren früheren Wohl-

stand verwöhnt. Wir werden es aber niemals zugeben, niemals! Und dennoch fühlen wir's in allen Knochen.«

England mit dem silbernen Löffel im Mund, und keine Zähne mehr, um ihn festzuhalten, aber auch nicht willens, ihn loszulassen! Und seine besten Eigenschaften: die in ihm schlummernde Ausdauer, seine Art, alles mit einem Lächeln hinzunehmen, der Mangel an Nerven und Phantasie! Das alles waren jetzt fast Laster, die den überstürzten Glauben nährten, daß England noch immer ohne besondere Anstrengung sich durchwursteln konnte, obgleich mit jedem Jahr die Aussicht, sich von dem Schock zu erholen, geringer wurde und stets weniger Zeit blieb, die britischen »Tugenden« zu üben. »Schwer von Begriff«, dachte Michael. »Im Jahre 1924 ist das ein entsetzlicher Fehler.«

Von solchen Gedanken erfüllt, wandte er sich ostwärts. Die Theatervorstellungen waren noch lange nicht zu Ende, und London, »der große Parasit« – wie Sir James Foggart die Stadt nannte –, lag träg in seinem Lichterglanz da. Er durchschritt die wache Fleet Street ihrer ganzen Länge nach und kam in die City, die so fiebernd bei Tag und so tot bei Nacht liegt. Hier ruhte sich Englands Reichtum nach der Hektik des Tages aus. Hier stand das Fundament, und von hier liefen die Fäden von Englands Kredit. Und gestützt – worauf? Auf Nahrungsmittel und Rohmaterial, von denen England, den Luftangriffen preisgegeben, bei einem neuen Krieg abgeschnitten werden konnte; auf die Arbeiter, die für europäische Verhältnisse schon zu anspruchsvoll wurden. Und dennoch genoß Englands bravouröser Kredit noch immer einen Ruf, der alles besänftigte, ausgenommen vielleicht die Empfänger der Arbeitslosenunterstützung. Mit dem Versprechen zu zahlen konnte England noch immer alles kaufen, nur nicht ein ruhiges Herz.

Und Michael ging weiter – durch Whitechapel, noch immer geschäftig und farbig, nach Mile End. Hier waren die Häuser niedrig, als wollten sie den Bewohnern einen freieren Ausblick auf die Sterne gewähren, die sie nicht erreichen konnten. Er hatte eine Grenze überschritten. Hier wohnte fast eine andere Rasse; ein anderes England, das aber genauso in den Tag hinein und von der Hand in den Mund lebte wie das England der Fleet Street und der City. Ja, mehr noch! Denn das England in Mile End wußte, daß, was immer es auch fühlte, es keinerlei Einfluß auf die Politik üben würde. Kilometer auf Kilometer erstreckten sich endlos die grauen Straßen, bis schließlich die öden Grasflächen begannen. Michael ging nicht weiter, sondern betrat ein Kino.

Der Film lief schon ziemlich lange. Gefesselt saß die Heldin vor dem schurkischen Cowboy auf einem wilden Hengst, und Michael nahm scharfsinnig an, daß das, worüber sie dahinrasten, die beste Koppel der Filmgesellschaft war. Alle zehn Sekunden sah man statt ihrer auf der Leinwand John T. Bronson, den Direktor des Kupferbergwerks von Tusconville, der in seinem 60-PS-Packard Kilometer fraß, um der Heldin den Weg abzuschneiden, ehe sie den Pima-Fluß erreichte. Michael betrachtete die Zuschauer. Sie waren ganz Auge und Ohr! Eine starke, stabile Regierung — was ging sie das an! Das war ihr Beruhigungsmittel, von dem sie nicht genug bekommen konnten. Er sah das wilde Pferd zusammenbrechen, von einem Schuß John T. Bronsons niedergestreckt, und las auf der Leinwand die Worte: »Den ›haarigen Peter‹ packt die Verzweiflung ... ›Du sollst sie nicht haben, Bronson!‹« Recht so! Statt dessen warf er sie in den Fluß, wobei die Worte erschienen: »John T. Bronson taucht unter.« Da springt er! Packt sie an ihrem langen Haar! Aber der »haarige Peter« kniet am Ufer, die Kugeln wühlen das Wasser auf. Durch die weiße durchbohrte Schulter der Heldin kann man fast die Landschaft sehen. Was ist das für ein Geräusch? Richtig! John T. Bronson beißt die Zähne aufeinander! Er landet, er zieht sie heraus. Aus seiner Mütze holt er den Revolver. Noch trocken — Gott sei Dank!

»Jetzt geht's um dein Leben, ›haariger Peter‹!« Eine Rauchwolke! Peter windet sich und beißt ins Gras — in den Sand, er scheint fast die Wüste zu verschlucken. »Der ›haarige Peter‹ ist hin — für immer!« Langsame Musik, immer langsamer! John T. Bronson richtet die sich wieder belebende Gestalt auf. Am Ufer des Pima-Flusses umarmen sich beide, und die Sonne geht unter. »Endlich, mein süßes Lieb!«

»Krach, bum, aus ist's! Das ist was für die Leute!« dachte Michael und kehrte ins Licht der Nacht zurück. »Zurück zur Landwirtschaft! Säe und ernte!« Was liegt ihnen daran, wenn sie das da haben können? Und er wandte sich wieder westwärts und setzte sich auf das Verdeck eines Autobusses neben einen Mann mit fettfleckigen Kleidern. Schweigend fuhren sie dahin, bis Michael sagte: »Was halten Sie von der politischen Situation, Herr?«

Der Mann, wahrscheinlich ein Monteur, erwiderte, ohne den Kopf zu wenden:

»Ich mein', die haben's überspannt.«

»Sie hätten Rußland als Ausrede gebrauchen sollen, nicht wahr?«

»Rußland — das ist auch so eine faule Sache. Nein — bis zum Frühjahr hätten sie aushalten sollen und dann ordentliche, schwere Steuern durchdrücken.«

»Richtige Klassenpolitik?«

»Jawohl!«

»Aber glauben Sie, daß solche Klassenpolitik die Arbeitslosigkeit bessern wird?«
Der Mund des Mannes bewegte sich unter seinem Schnurrbart, als wollte er so mit einer neuen Idee fertigwerden. »Ah, die Politik geht mir schon bis daher! Heute Arbeit und morgen keine – was hat die Politik für einen Sinn, wenn sie einem keine dauernde Arbeit geben kann?«
»Stimmt!«
»Reparationen!« sagte sein Nachbar. »Wir werden nichts davon profitieren. Die Arbeiter aller Länder sollten sich vereinigen.« Und er blickte Michael an, um zu sehen, was er nun dazu sage.
»Das haben viele Leute vor dem Krieg gedacht, und schauen Sie nur, was daraus geworden ist.«
»Ah«, sagte der Mann, »und was hat es uns eingebracht?«
»Haben Sie schon einmal daran gedacht, in die Kolonien auszuwandern?«
Der Mann schüttelte den Kopf.
»Was ich von den Australiern und Kanadiern seh', gefällt mir gar nicht.«
»Ein überzeugter Engländer, wie ich selbst.«
»Stimmt«, erwiderte der Mann. »Wiedersehn, Mister!« Und er stieg aus.
Michael fuhr weiter, bis der Autobus ihn zum Big Ben brachte. Es war fast zwölf. Neuwahlen! Konnte er noch einmal kandidieren, ohne Farbe zu bekennen? Ganz aussichtslos, den Foggartismus einer Landbevölkerung in drei Wochen klarzumachen. Wenn er auch ununterbrochen von heute bis zum Wahltag reden würde, so hätten sie doch nur den Eindruck, daß er ziemlich radikale Ansichten über Schutzzölle habe, was ja auch tatsächlich der Fall war. Niemals konnte er den Wählern erklären, daß seiner Meinung nach England auf dem Holzweg war, ebensogut hätte er nicht zu kandidieren brauchen. Er konnte nicht dem Durchschnittswähler auf die Schulter klopfen und sagen: »Passen Sie auf, für die nächsten zehn Jahre ist nicht die geringste Aussicht auf irgendeine Besserung zu erwarten; inzwischen müssen wir gute Miene zum bösen Spiel machen und für alles mehr zahlen, damit wir einmal in zwanzig Jahren von einer eventuellen Hungersnot verschont bleiben und uns innerhalb des Imperiums selbst ernähren können!« Das ging einfach nicht. Auch konnte er seinem Komitee nicht sagen: »Freunde, ich vertrete eine Politik, die bisher niemand vertreten hat.«
Nein! Wenn er wieder kandidieren wollte, so mußte er sich die alten Ideen gänzlich aus dem Kopf schlagen. Aber wollte er denn überhaupt wieder kandidieren? Es gab kaum jemanden, der weniger eingebildet als Michael war – er wußte, daß er nicht viel zählte. Aber er hatte nun einmal diese fixe Idee; je älter er wurde, um so stärker quälte sie ihn, und

ihre Mahnung schien immer deutlicher ein Weinen in der Wildnis zu sein, und diese Wildnis war sein Land. Wenn er nur diese Mahnung ersticken und dem alten Blythe den Rücken kehren könnte, seine Überzeugungen unterdrücken und trotzdem im Parlament bleiben — aber das konnte er nicht! Es war, als stünde er wieder im Feld. War man einmal dort, so kam man nicht mehr davon. Und er stand dort — für etwas viel Ernsteres bestimmt als für die Äußerlichkeiten des Parteilebens. Im Foggartismus lag die endgültige Lösung der Probleme Englands in der Richtung auf ein unabhängiges, ausgeglichenes Imperium; ein England, das vor Luftangriffen geschützt war, in dem es keine Arbeitslosigkeit gab; in dem Stadt und Land wieder im richtigen Verhältnis zueinander standen. War es denn solch ein aussichtsloser Traum? Offenbar!

»Nun«, dachte Michael, als er den Schlüssel in seine Tür steckte, »sie mögen mich für einen verdammten Narren halten, wenn sie wollen, aber ich werde nicht nachgeben.« Er ging hinauf in sein Ankleidezimmer, öffnete das Fenster und lehnte sich hinaus.

Noch lag ein Summen über der Stadt; durch den Widerschein ihrer Millionen Lichter war der Himmel leicht gefärbt. Ein Kirchturm war sichtbar, ein paar Sterne; das Laub der Bäume auf dem Platz hing ruhig, von keinem Windhauch bewegt. Friedlich und fast warm war die Nacht. Michael erinnerte sich eines gewissen Abends, des letzten Luftangriffs während des Krieges. Von seinem Rekonvaleszentenspital aus hatte er drei Stunden lang zugeschaut.

»Was für Narren sind wir doch alle, nicht auf den Luftkrieg zu verzichten«, dachte er. »Wenn wir es nicht tun, so werd' ich mit aller Kraft für eine große Luftflotte eintreten — alles hängt für uns davon ab, vor Luftangriffen gesichert zu sein. Das muß selbst ein Weiser begreifen.«

Zwei Männer waren unter seinem Fenster stehengeblieben und unterhielten sich. Einer war sein Nachbar.

»Passen Sie auf«, sagte sein Nachbar, »die Wahlen werden einen großen Umschwung bringen.«

»Jawohl. Und was werden Sie schon davon haben?« fragte der andere.

»Man soll die Dinge laufen lassen, es kommt schon alles von selber in Ordnung. Dieses deprimierende Geschwätz geht mir schon bis daher. Einen Shilling weniger Einkommensteuer — dann werden Sie etwas erleben.«

»Wie wollen Sie denn das Bodenproblem behandeln?«

»Zum Teufel mit dem Bodenproblem! Sie sollen die Bauern in Ruhe lassen, das ist alles, was sie wollen. Je mehr man sich da dreinmengt, um so schlimmer wird es.«

»Alles gehen und stehen lassen?«
Der Nachbar lachte. »So ungefähr. Was kann man denn sonst tun? Das Land duldet es nicht! Gute Nacht!«
Schritte entfernten sich, eine Tür schlug zu. Ein Wagen rollte vorüber; ein Nachtfalter flog Michael ins Gesicht. »Das Land duldet es nicht!« Parteipolitik! Was war sie anderes als geistige Öde, ein ewiges Achselzucken, ein Glücksrittertum! Was konnte sie denn sonst sein? Das Land duldet es nicht! Vom Big Ben schlug es zwölf.

13

Prozeßbeginn

An jedem Ort, wo Menschen wohnen, gibt es Leute, die von Anfang an die allgemeine Aufmerksamkeit erregen; vielleicht ist es ihre Anziehungskraft, die die Zungen der anderen in Bewegung setzt, oder sie stehen an einem besonders exponierten Punkt. Marjorie Ferrar war ein solcher Mensch – eine der Frauen Londons, über die man am meisten redete. Was immer mit ihr los war, sofort machte es die Runde durch die Reihen jener Geschäftigen und Müßigen, die man »die Gesellschaft« nennt. Daß man sie aus einem Salon hinausgeworfen hatte, sprach sich rasch herum. Fleurs Briefe über sie bildeten das Tagesgespräch. Die Gründe für ihren Hinauswurf variierten von der Wahrheit bis zu der Mär, daß sie Michael seiner Frau abspenstig gemacht habe.
Der Ursprung von Prozessen ist meist kompliziert. Als Soames die ganze Geschichte einen Sturm im Wasserglas nannte, hätte er recht gehabt, wenn Lord Charles Ferrar nicht bis über die Ohren in Schulden gesteckt wäre, so daß er seiner Tochter die Rente entziehen mußte; und wenn Sir Alexander MacGown, Abgeordneter für einen schottischen Distrikt, sie nicht seit einiger Zeit mit Heiratsanträgen verfolgt hätte. Reichtum, der von Jute herstammte, steigendes parlamentarisches Ansehen, athletischer Körper und ein entschlossener Charakter hatten Sir Alexanders Ansprüche in einem Jahr ihrem Ziel nicht so nahe gebracht wie der Entzug von Marjories Rente in einer einzigen Nacht. Marjorie Ferrar gehörte allerdings zu jenen Leuten, die sich jederzeit auf irgendeine Art Geld beschaffen können, aber selbst für solche Menschen kommen

Augenblicke, da sie sich ernsthaft überlegen müssen, welche Art die beste sei. Wenn man ihre Jugend und ihr Geschlecht nicht in Betracht zog, so saß sie ebenso tief in der Tinte wie ihr Vater, und der Entzug ihrer Rente raubte ihr den letzten finanziellen Halt. In einem mutlosen Augenblick willigte sie in eine Verlobung ein, die noch geheimgehalten werden sollte. Als der Zwischenfall mit Fleur Sir Alexander zu Ohren kam, eilte er wütend zu seiner Verlobten. Was er tun könne?

»Natürlich gar nichts; sei doch nicht so albern, Alec! Wer kümmert sich darum?«

»Das ist eine Ungeheuerlichkeit! Laß mich hingehen und diesen alten Schurken zu einer Entschuldigung zwingen.«

»Vater ist schon bei ihm gewesen, aber er hat sie nicht geben wollen. Sein Kinn ist so krumm, daß man einen Kessel dranhängen könnte.«

»Du mußt jetzt ganz einfach unsere Verlobung veröffentlichen, Marjorie, und dann werd' ich ihn schon kleinkriegen. Ich dulde nicht, daß man so etwas über dich erzählt.«

Marjorie Ferrar schüttelte den Kopf. »Nein, nein, mein Lieber. Du bist noch immer auf Probe. Ich pfeif' überhaupt auf die ganze Geschichte.«

»So! Ich nicht; und morgen geh' ich zu dem Kerl hin.«

Marjorie Ferrar studierte sein Gesicht, die braunen, flammenden Augen, sein steifes schwarzes Haar, das Kinn – schauderte leicht und hatte eine Inspiration.

»Du wirst nichts dergleichen tun, Alec, oder du wirst dir die Finger verbrennen. Mein Vater will, daß ich ihn klagen soll. Er sagt, er wird ein schönes Sümmchen Schadenersatz zahlen müssen.«

Der Schotte in MacGown applaudierte, der Liebhaber schreckte davor zurück. »Das kann sehr unangenehm für dich werden«, murmelte er, »wenn sich der Kerl nicht noch vor der Verhandlung ausgleicht.«

»Natürlich wird er sich ausgleichen. Ich habe alle Beweise gegen ihn in meinem Handtäschchen.«

MacGown packte sie bei den Schultern und küßte sie stürmisch.

»Wenn er es nicht tut, brech' ich ihm alle Rippen.«

»Mein Lieber, ich glaube, daß er fast siebzig Jahre alt ist.«

»Hm! Zieht da nicht auch ein junger Mann mit ihm an demselben Strick?«

»Michael? Oh, Michael ist ein lieber Kerl. Dem laß ich nicht die Rippen brechen.«

»So!« sagte MacGown. »Warte nur, bis er mit diesem großartigen Foggartismus in die Öffentlichkeit tritt – so ein gottverlassener Blödsinn! Ich verschling' ihn mit Haut und Haar!«

»Der arme Michael!«
»Ich hab' auch etwas von einem jungen Amerikaner läuten hören.«
»Oh!« sagte Marjorie Ferrar und befreite sich aus seiner Umklammerung.
»Das ist ein Zugvogel. Kümmere dich nicht um ihn.«
»Hast du einen Rechtsanwalt?«
»Noch nicht.«
»Ich werde dir meinen schicken. Er wird es ihnen schon zeigen.«
Nachdenklich blieb sie zurück, nachdem er sie verlassen hatte, sie mißtraute ihrer Inspiration. Wenn sie nur nicht so abgebrannt wäre! Während dieser vierwöchigen geheimen Verlobung hatte sie gelernt, daß die Redensart »nur der Tod ist umsonst« in Schottland genausogut wie in England galt. Er hatte eine erkleckliche Anzahl von Küssen bekommen und ihr ein einziges Schmuckstück geschenkt, das sie nicht zu versetzen wagte. Es sah nachgerade so aus, als würde sie ihn heiraten müssen. Diese Möglichkeit war ihr in einer Hinsicht nicht zuwider — er war durch und durch ein Mann; ihr Vater würde schon dafür sorgen, daß ihr Ehevertrag so liberal wurde wie seine Politik. Und vielleicht konnte sie auf diese Art noch besser nach ihrem Motto »Suche die Gefahr!« leben als ohne Ehe. Während sie träge in einem Lehnstuhl lag, dachte sie an Francis Wilmot. Als Ehemann völlig ungeeignet, war er vielleicht als Liebhaber reizend, naiv, frisch, in London unbekannt, von absurder Ergebenheit und seltsamer Anziehungskraft, mit seiner leichtgebauten Gestalt, den dunklen Augen und dem gewinnenden Lächeln. In seiner überaus altmodischen Art hatte er ihr schon zu verstehen gegeben, daß er sie heiraten wolle. Er war ein Baby. Aber erst nachdem sie für ihn unerreichbar war, kam ihr das Gefühl, daß er für sie unerreichbar sei. Vielleicht später? Konnte man es wissen? Einstweilen »suchte sie die Gefahr« mit Francis Wilmot in der Zukunft und in der Phantasie. Aber diese Klage wegen Ehrenbeleidigung war wirklich lästig. Sie schüttelte den Gedanken ab, verlangte ihr Pferd, zog sich um und ritt in den Hydepark. Danach zog sie sich wieder um, ging ins Cosmopolis-Hotel und tanzte mit ihrem Partner mit dem maskenähnlichen Gesicht und mit Francis Wilmot. Danach zog sie sich noch einmal um, ging zu einer Premiere, soupierte dann mit dem Hauptdarsteller und seiner Gesellschaft und war um zwei Uhr im Bett.
Marjorie Ferrar verdiente, wie dies meist der Fall ist, kaum zur Hälfte den Ruf, in dem sie stand. Wenn man sich zu einem leichtfertigen Leben bekennt, dann behandeln einen die Leichtgläubigen mit Nachsicht. In Wirklichkeit hatte sie nur zwei Liebesaffären hinter sich, die über die Grenzen der guten Sitten hinausgingen, hatte einmal Opium geraucht,

wovon ihr übel geworden war, und Kokain geschnupft, gerade nur um es auszuprobieren. Sie spielte nur mit Besonnenheit und wettete hauptsächlich auf Rennpferde, sie hielt beim Trinken streng auf Mäßigkeit und ihr Kopf blieb klar dabei, sie rauchte natürlich auch, jedoch nur die leichtesten Zigaretten, die zu haben waren, wobei sie eine Spitze benützte. Wenn sie auch anzügliche Tänze beherrschte, so tanzte sie sie doch nur alle heiligen Zeiten einmal. Sie übersprang nur selten hohe Hindernisse und dann nur auf Pferden, deren Sprungkraft sie erprobt hatte. Um ganz auf der Höhe zu sein, las sie natürlich das Gewagteste, machte jedoch keine besonderen Anstrengungen, sich derartige Lektüre zu verschaffen. Sie war schon geflogen, aber nur nach Paris. Sie lenkte ihr Auto geschickt und fuhr selbstredend in raschem Tempo, brachte sich selbst nie und die anderen nur selten in Gefahr. Sie erfreute sich ausgezeichneter Gesundheit und pflegte sich gut. Sie konnte jederzeit innerhalb von zehn Minuten einschlafen, und wenn sie einmal die halbe Nacht aufgeblieben war, schlief sie eben den darauffolgenden Tag. Sie beschäftigte sich mit den modernsten Stücken, ohne sie jedoch besonders auszusuchen. Ihr Band Gedichte, der eine günstige Aufnahme gefunden hatte, weil die Verfasserin einer Klasse angehörte, die man für unpoetisch hielt, fiel nicht so sehr durch regellose Gedanken als durch das regellose Versmaß auf. Im großen und ganzen gesehen war man der Ansicht, daß sie zu streng nach den Regeln ihres Glaubensbekenntnisses lebte: »Nimm das Leben in beide Hände und verzehre es.«

Deshalb blickte sie Sir Alexander MacGowns Rechtsanwalt so aufmerksam an, als er am folgenden Morgen in ihrem Atelier am Rande eines Stuhles saß. Er kannte ihren Ruf besser als Sir Alexander. Messrs. Settlewhite & Stark zogen es vor, absolut sicherzugehen, ehe sie sich in einen Prozeß einließen. Wie weit würde diese junge Dame von so anziehender Erscheinung und leichtfertigem Ruf einer Prüfung auf Herz und Nieren standhalten? Was die Spesen betraf, so hatten sie Sir Alexanders Garantie, und das Wort »Verräterin« war ja ein ganz guter Anfang; aber wo Beleidigung gegen Beleidigung stand, war man des Ausgangs nicht sicher.

Ihr Auftreten machte auf Mr. Settlewhite einen günstigen Eindruck. Wenn er seiner Menschenkenntnis trauen durfte, würde sie vor Gericht nicht den Kopf verlieren. Auch war sie nicht jener dunkle Typ, der zu Anfang des Jahrhunderts modern war und der — so fürchtete er — die Geschworenen befremdet hätte. Nein! Eine aufrechte junge Person mit klaren blauen Augen und modischem Haarschnitt. Wenn ihre Geschichte stimmte, so hatte sie gute Aussichten.

Und auch Marjorie Ferrar blickte ihn prüfend an, da er so aussah, als könnte er ihr die Sache aus den Händen nehmen. In seinem gutsitzenden Anzug, mit langem Gesicht, tiefen grauen Augen unter langen Wimpern und vollem Haar war er einer der rüstigsten Sechziger, die sie je gesehen hatte.

»Was möchten Sie von mir wissen, Mr. Settlewhite?«

»Die Wahrheit.«

»Oh, aber natürlich! Also ich sagte Mr. Quinsey nur, daß Mrs. Mont sich so sehr bemühe, einen ›Salon‹ zu gründen, jedoch gar keine Eignung dazu besitze, und der alte Herr, der zugehört hatte, war der Meinung, ich hätte sie beleidigt –«

»Ist das alles?«

»Na, vielleicht habe ich noch gesagt, daß sie für Berühmtheiten viel übrig hat.«

»Ja, aber warum hat er Sie eine ›Verräterin‹ genannt?«

»Wahrscheinlich, weil es um seine Tochter ging.«

»Wird dieser Mr. Quinsey das bezeugen?«

»Philip Quinsey? Aber natürlich! Den hab' ich ganz in der Tasche.«

»Hat sonst noch jemand gehört, wie Sie über sie geschimpft haben?«

Sie zögerte eine Sekunde. »Nein.«

»Erste Lüge!« dachte Mr. Settlewhite mit dem ihm eigenen höflich-sarkastischen Lächeln. »Da war doch ein Amerikaner?«

Marjorie Ferrar lachte. »Der wird auf keinen Fall reden.«

»Ein Anbeter?«

»Nein. Er fährt nach Amerika zurück.«

»Zweite Lüge!« dachte Mr. Settlewhite. »Aber gut herausgebracht.«

»Sie wünschen eine Entschuldigung, um sie denjenigen zu zeigen, die die Beleidigung gehört haben; und was wir außerdem herausschlagen können – nehme ich an.«

»Jawohl. Je mehr, um so besser.«

»Jetzt hat sie einmal die Wahrheit gesagt«, dachte Mr. Settlewhite. »Sind Sie in der Klemme?«

»Jawohl, und das gründlich.«

Mr. Settlewhite legte je eine Hand auf ein Knie und straffte seinen schlanken Körper.

»Sie wollen nicht, daß es zur Verhandlung kommt?«

»Nein, obgleich es ganz lustig werden könnte!«

Wieder lächelte Mr. Settlewhite. »Das hängt ganz davon ab, was Sie noch für Geheimnisse haben.«

Auch Marjorie Ferrar lächelte. »Ich werde alles in Ihre Hände legen.«

»Die Geheimnisse nicht, meine verehrte Gnädige! Nun, wir werden ihm die Klage zustellen und sehen, wie der Hase läuft; aber der Mann ist reich und Rechtsanwalt.«

»Ich glaube, es wird ihm äußerst peinlich sein, wenn vor Gericht irgend etwas über seine Tochter an die Öffentlichkeit kommt.«

»Mir ginge es genauso«, sagte Mr. Settlewhite trocken.

»Aber sie ist wirklich ein kleiner Snob.«

»Ah! Haben Sie vielleicht zufällig dieses Wort gebraucht?«

»N-nein; ich bin fast sicher, daß ich's nicht gebraucht habe.«

»Dritte Lüge!« dachte Mr. Settlewhite, »aber nicht ganz so geschickt aufgetischt.«

»Es ist von Bedeutung. Sind Sie ganz sicher?«

»Nicht ganz.«

»Er aber behauptet es?«

»Na, ich sagte ihm, daß er ein Lügner sei.«

»Oh, also wirklich? Und es geschah vor Zeugen?«

»Allerdings.«

»Das kann von Wichtigkeit sein.«

»Trotzdem glaube ich nicht, daß er vor Gericht aussagen wird, ich hätte sie einen Snob genannt.«

»Das ist sehr schlau, Miss Ferrar«, sagte Mr. Settlewhite. »Ich glaube, es wird gehen.«

Er warf unter seinen langen Wimpern einen letzten Blick auf sie und ging dann feierlich, dünn und reserviert zur Tür.

Drei Tage später erhielt Soames den Brief eines Advokaten. Er verlangte eine formelle Entschuldigung und schloß mit den Worten: »andernfalls die Klage eingereicht wird.« Zweimal in seinem Leben hatte Soames selber geklagt; einmal wegen Kontraktbruches, einmal wegen Scheidung; und nun selbst wegen Ehrenbeleidigung geklagt zu werden! Auf jeden Fall war er seiner Meinung nach die beleidigte Partei. Er würde diesem Weibsbild das Wort »Verräterin« noch einmal ins Gesicht schleudern und für dies Vergnügen, wenn nötig, zahlen. Er rief sich wieder in Erinnerung, wie er in den frühen achtziger Jahren als ein ganz junger Rechtsanwalt seinen Onkel Swithin gegen einen Klubgenossen des Walpole-Klubs verteidigt hatte. Swithin hatte ihn öffentlich einen »Knirps von einem Bettelpfaffen« genannt. Er erinnerte sich, wie er bei der Verteidigung den beleidigenden Ausdruck auf »Knirps« reduziert und bewiesen hatte, daß der Kläger nur einen Meter zweiundsechzigeinhalb Zentimeter maß, daß er Priester von Beruf war und berufsmäßig Geld sammle, um die Fidschi-Insulaner mit Unterhosen zu bekleiden. Die Geschworenen hatten für den Ausdruck »Knirps« auf zehn Pfund Strafe erkannt – Soames glaubte noch immer, daß die Unterhosen Swithin gerettet hatten. Dessen Verteidiger, der Königliche Rat Bobstay, hatte sie zur Zielscheibe seiner Witze gemacht. Damals gab es noch Verteidiger! Bobstay hätte wohl dieses »Weibsbild« glatt über den Haufen gerannt. Nach der Verhandlung hatte Onkel Swithin Soames zum Dinner eingeladen und ihm York-Schinken mit Madeira-Sauce und seine Lieblingsmarke Heidsieck vorgesetzt. Niemals hatte er irgend jemanden mit irgend etwas anderem bewirtet. Da war freilich noch das Kreuzverhör zu bestehen, in dem der gute Ruf eines Menschen zerfetzt werden konnte, besonders wenn er keinen hatte. Aber wenn man wollte, konnte man sich ja immer noch im letzten Augenblick ausgleichen. Es war auf keinen Fall zu befürchten, daß Fleur als Zeugin oder sonstwie in die Sache hineingezogen würde.

Er war deshalb wie vom Schlag gerührt, als ihn Michael eine Woche später in Mapledurham anrief und ihm sagte, daß Fleur eine gerichtliche Vorladung bekommen hatte; es ging um eine Ehrenbeleidigungsklage wegen Briefen, die Ausdrücke wie »eine ausgekochte Schlange« und »sie hat keinen Funken von Moral« enthielten.

Soames überlief es kalt. »Ich habe dir doch gesagt, du sollst nicht zulassen, daß sie diese Frau beleidigt.«

»Gewiß, aber sie fragt mich nicht um Erlaubnis, wenn sie einer Freundin einen Brief schreiben will.«

»Schöne Freundin!« sagte Soames durch das Telefon. »Da sitzen wir arg in der Tinte!«

»Jawohl, Sir. Ich mache mir große Sorgen. Sie brennt darauf, es auszukämpfen, will von keiner Entschuldigung hören.«

Soames stöhnte so tief, daß Michaels Ohr sechzig Kilometer weiter weg noch klingelte.

»Was sollen wir inzwischen tun?«

»Überlasse es mir«, erwiderte Soames. »Ich komme heute abend zu euch. Kann sie diese Ausdrücke beweisen?«

»Na ja, sie sagt –«

»Nein«, entgegnete Soames plötzlich, »sag es mir nicht telefonisch.« Und er hängte ab. Dann ging er hinaus auf den Rasen. Frauen – verhätschelt und verwöhnt – glaubten, sie könnten sich alles herausnehmen! Und das konnten sie ja auch, bis sie an eine andere Frau gerieten. Beim Bootshaus blieb er stehen und starrte auf den Fluß. Das Wasser war klar und sauber, und da floß es nach London und wurde ganz schmutzig! Dieser gehässige Streit in der Stadt! Jetzt würde er sich an die Arbeit machen und alles über diese Ferrar herausfinden müssen, was möglich war, damit man sie abschrecken konnte. Es war abscheulich. Aber es gab keine andere Möglichkeit, um Fleur aus einer Gerichtsverhandlung herauszuhalten! Grauenhaft kleinlich. Gesellschaftsprozesse — wer hatte je einen Nutzen davon, nichts als Kränkung und Erniedrigung. Es war wie im Krieg, man konnte siegen und es in alle Ewigkeit bedauern oder verlieren und es noch mehr bedauern. Alles nur Mangel an Selbstbeherrschung! Eifersucht und Mangel an Selbstbeherrschung!

In der ruhigen Herbstsonne, während er den Duft des Rauchs von dem ersten Laubfeuer seines Gärtners einatmete, fühlte Soames moralisch. Da war sein Schwiegersohn, der etwas Nützliches im Parlament leisten und seinem Kind einen Namen schaffen wollte, und da war Fleur, gerade im Begriff, einen Lebensinhalt zu finden und eine geachtete Stellung einzunehmen. Und jetzt war das gekommen, und all die Schwätzer und Vielgeschäftigen der Gesellschaft würden sich über sie das Maul zerreißen! Er blickte seinen Schatten an, der sich grotesk zum Ufer fortsetzte, als wollte er trinken. Alles war grotesk, wenn man es recht besah. In der Gesellschaft, in England, in Europa kämpften und fielen die Schatten durcheinander, balgten sich und standen in drohender Haltung da; die ganze Welt schien auf eine neue Sintflut zu warten. Hm! Er schritt zum Fluß hinunter. Da schritt auch sein Schatten und stürzte sich vor ihm ins Wasser! Alle würden sie ins kalte Wasser stürzen, wenn sie ihren Zank nicht aufgäben. Er wandte sich brüsk um und ging in seinen Küchengarten. Dort gab's nichts Unwirkliches. Die meisten Pflanzen setzten schon Keime an und trieben lange Stengel. Wie sollte er es anfangen, die Vergangenheit dieser jungen Frau aufzudecken? Und wo war diese Vergangenheit? Diese jungen Leute und Nachtschwärmer, die hatten alle ihre Vergangenheit, zweifellos. Aber er brauchte nur ein ganz bestimmtes, handfestes Stück Unmoral, und das war wahrscheinlich, wenn es darauf ankam, nicht zu bekommen. Niemand beichtete gern alles haarklein, wie's wirklich war in solchen Fällen! Es war riskant und nicht anständig! Es hieße aus der Schule plaudern.

Obgleich Soames denen recht gab, die keinen Klatsch verbreiteten, und gegen alle war, die Klatschgeschichten gerne hörten, faßte er dennoch inmitten seiner Artischocken den festen Entschluß, sich des Gesellschaftsklatsches nunmehr unbedingt zu bedienen. Das Laubfeuer rauchte, seine Artischocken strömten einen herben Geruch aus, und die Sonne ging hinter der hohen Ziegelmauer unter, die fünfzig Jahre Wind und Wetter gebleicht hatten; alles war nun friedlich und kühl, nur sein Herz nicht. Er ging jetzt oft am Morgen und Abend zwischen seinem Gemüse spazieren — es war real und friedlich, und essen konnte man es auch. Es hatte ein feineres Aroma als das vom Grünkrämer, und er ersparte den Profit der Zwischenhändler und sonstiges. Vielleicht waren dies atavistische Instinkte in diesem Urenkel des »Freisassen«-Forsyte, dem letzten einer langen Reihe von Forsyteschen Bauern. Je älter er wurde, um so mehr interessierte er sich für Gemüse. Als Fleur noch ein ganz kleines Ding war, fand er sie meist, wenn er aus der City zurückkam, zwischen den Sonnenblumen oder schwarzen Johannisbeeren sitzen und mit ihrer Puppe spielen. Einmal hatte er eine Biene aus ihrem Haar entfernt, da hatte das kleine Biest ihn gestochen. Es waren seine schönsten Jahre gewesen, bevor sie älter geworden und sich in das Gesellschaftsleben gestürzt hatte, sich mit Frauen eingelassen hatte, die sie hinter ihrem Rükken verleumdeten. Entschuldigung! Davon wollte sie also nichts wissen. Und sie hatte recht. Aber recht zu haben und deshalb vor Gericht gehen zu müssen, war eine der peinlichsten Erfahrungen, die er je gemacht hatte. Das Gericht war dazu da, um Leute, die recht hatten, zu bestrafen, bei Scheidungen, Verführung unter Zusage der Ehe, Ehrenbeleidigungen und allem übrigen. Diejenigen, die unrecht hatten, reisten nach Südfrankreich, oder wenn sie vor Gericht erschienen, gingen sie nachher durch, und der Zurückbleibende hatte die Kosten zu zahlen. Hatte er sie nicht schließlich selber zahlen müssen, als er gegen Bosinney vorgegangen war? Und als er die Scheidungsklage eingereicht hatte, waren da nicht der junge Jolyon und Irene in Italien gewesen? Und doch ertrug er den Gedanken nicht, daß Fleur sich vor dieser rothaarigen Katze demütigen sollte. Während die Schatten dunkler wurden, festigte sich sein Entschluß. Sichere Beweise würden das Weibsbild derart einschüchtern, daß sie aus Angst, sich selbst die Finger zu verbrennen, das Ganze plötzlich fallenließ — das war die einzige Möglichkeit.

14

Weitere Erwägungen

Die Regierung war wegen der Affäre mit einem Zeitungsherausgeber gestürzt worden — niemand konnte genau sagen, warum —, und Michael machte sich daran, seinen Wahlaufruf auszuarbeiten. Wie sollte er genug sagen, ohne irgend etwas zu sagen? Nachdem er schwungvoll niedergeschrieben hatte: »Wähler von Mittel-Buckinghamshire!«, blieb er eine Zeitlang ganz ruhig sitzen wie ein Mann, der zu gut gegessen hat. »Wenn« — langsam malte er die Worte — »wenn Sie mich wieder zu Ihrem Vertreter wählen, so werde ich für mein Land tun, was in meiner Macht steht. Ich trete für die allgemeine Abrüstung ein und, falls die nicht durchdringt, für die Vergrößerung unserer Luftflotte zur Sicherung Englands; für die Verminderung der Arbeitslosigkeit durch verstärkte Auswanderung in die Kolonien; für die Verbesserung der Volksgesundheit, besonders durch die Entfernung der Elendsviertel und des Fabriksrauches, für mich die nächsten und allerdringendsten Pflichten der britischen Politik. Falls ich wiedergewählt werde, so werde ich mich bemühen, diese Punkte mit Energie und Hartnäckigkeit zu vertreten; ich werde mich bemühen, diejenigen nicht zu beschimpfen, die anderer Meinung sind als ich. Auf meinen Wahlversammlungen werde ich versuchen, Ihnen ein genaueres Bild von meinen Ideen zu geben und auf alle Fragen Rede zu stehen.«

Würde er es wagen, dies zu veröffentlichen? Konnte man einen Aufruf an die Wähler drucken lassen, der keine unvorteilhafte Kritik der Gegenseite enthielt und keine Lobhudelei der eigenen Partei? Würde sein Wahlkomitee es erlauben? Würden die Wähler es schlucken? Nun, wenn es dem Parteivorstand nicht behagte, dann konnten sie es ja ablehnen und ihn dazu; nur würden sie dann keine Zeit mehr haben, einen neuen Kandidaten aufzustellen!

Dem Komitee war es in der Tat nicht recht, aber die Leute schluckten es hinunter, und der Aufruf ging hinaus mit einem Bild von Michael, auf dem er nach seiner eigenen Behauptung wie ein Friseur aussah. Daraufhin stürzte er sich in den Kampf, der wie jeder andere unpersönlich anfing und persönlich endete.

Während seines ersten freien Sonntags in Lippinghall begann er seine Idee von der Hühnerfarm in die Wirklichkeit umzusetzen, indem er Grenzen absteckte und bestimmte, wo eine Wasserleitung gelegt werden sollte. Der Verwalter war mürrisch. Seiner Meinung nach war es hinausgeworfenes Geld. »Für solche Kerle!« Wer sollte sie denn das Wirtschaften lehren? Er selbst hatte doch keine Zeit. Es würde Hunderte kosten, man konnte das Geld ebensogut gleich zum Fenster hinausschmeißen. »Die Stadtleut' sind zu gar nichts gut hier draußen, Master Michael.«

»Das sagt ein jeder. Aber, Tutfield, bedenken Sie: hier sind drei gänzlich Gestrandete, zwei von ihnen Heimkehrer, und Sie müssen mir helfen, meinen Vorsatz auszuführen. Sie sagen doch selbst, daß dieses Land für Geflügelzucht geeignet ist — na, und jetzt liegt es brach. Bowman versteht doch die Hühnerzucht aus dem Effeff. Lassen Sie ihn helfen, bis die Neuen einmal im rechten Fahrwasser sind. Zeigen Sie Ihr gutes Herz und setzen Sie sich für die Sache ein; Sie selbst möchten sich doch auch nicht in so einer Lage befinden.«

Der Verwalter hatte eine Schwäche für Michael, den er von seiner frühesten Kindheit an kannte. Er wußte im voraus, wie das ausgehen würde, aber wenn es Master Michael beliebte, das Geld seines Vaters zum Fenster hinauszuwerfen, so ging ihn das nichts an. Er ließ sich sogar soweit herab, einen »Kerl« zu erwähnen, der, nicht ganz fünfundzwanzig Kilometer von hier, eine Hütte zu verkaufen habe, und daß eine Menge Holz im Wäldchen vorhanden sei.

Am Dienstag, nachdem die Regierung gestürzt war, fuhr Michael in die Stadt und berief eine Versammlung seiner Gestrandeten ein. Um drei am folgenden Nachmittag kamen sie, und er setzte sie rund um den Eßtisch. Er stand unter dem Goya und entwickelte seine Pläne wie ein General, der seinen Angriffsplan erklärt, den andere ausführen sollen. Die drei Gesichter zeigten wenig, und auch das ohne Überzeugung. Nur Bergfeld hatte vorher etwas davon gewußt, und der schien am meisten an der Sache zu zweifeln.

»Ich weiß natürlich gar nicht«, fuhr Michael fort, »was Sie davon halten; aber Sie brauchen doch alle Arbeit, zwei von Ihnen im Freien, und Ihnen, Boddick, ist es doch ganz gleich, was für Arbeit Sie bekommen?«

»Stimmt, Sir«, sagte Boddick, »ich bin dabei.«

Michael klassifizierte ihn sofort als den besten der drei.

Die beiden anderen schwiegen, bis Bergfeld sagte: »Wenn ich meine Ersparnisse hätte —«

Michael unterbrach ihn rasch: »Ich finanziere die Sache, und Sie geben Ihren Verstand und Ihre Arbeit. Sie werden wahrscheinlich gerade nur das nackte Leben fristen können, aber ich hoffe, es wird gesund sein. Was meinen *Sie*, Mr. Swain?«

Der Friseur lächelte; in dem Glanz von Fleurs spanischem Zimmer sah er schattenhafter aus denn je. »Es ist gewiß außerordentlich freundlich von Ihnen; und ich hab' gar nichts dagegen, es einmal zu versuchen, aber wer wird denn das Kommando führen?«

»Arbeitsgemeinschaft, Mr. Swain.«

»Aha!« sagte der Friseur, »das hab' ich mir ja gedacht. Aber solche Versuche hab' ich schon viele gesehen, und immer war das End' vom Lied, daß einer alles an sich gerissen hat.«

»Also gut!« sagte Michael plötzlich. »Dann werde ich der Herr sein. Wenn einem von Ihnen die Sache nicht paßt, so soll er es sofort sagen

und Schluß machen. Sonst werde ich die Hütte aufstellen lassen, und in einem Monat beginnen wir.«
Boddick stand auf und sagte: »In Ordnung, Sir. Aber was geschieht mit meinen Kindern?«
»Wie alt, Boddick?«
»Zwei kleine Mädchen, vier und fünf.«
»Ach so!« Das hatte Michael ganz vergessen gehabt. »Das muß ich mir noch überlegen.«
Boddick grüßte salutierend, schüttelte Michael die Hand und ging hinaus. Die beiden anderen blieben noch stehen.
»Leben Sie wohl, Mr. Bergfeld; auf Wiedersehen, Mr. Swain.«
»Dürfte ich –«
»Könnte ich Sie eine Minute sprechen?«
»Alles, was Sie zu sagen haben«, erwiderte Michael klugerweise, »sagen Sie am besten vor dem Partner.«
»Ich hab' mein Leben lang nur mit Haaren zu tun gehabt.«
»Na«, erwiderte Michael, »da muß man Ihnen ein paar Vögel anschaffen, denen Sie die Federn frisieren können.«
Der Friseur lächelte mit schiefem Gesicht. »Aber Bettler haben keine Wahl«, bemerkte er.
»Ich hab' Sie fragen wollen«, sagte Bergfeld, »nach was für einem System wir arbeiten sollen?«
»Das muß noch festgelegt werden. Hier sind zwei Bücher über Hühnerzucht; jeder von Ihnen soll eines lesen, und dann tauschen Sie sie aus.« Er bemerkte, daß Bergfeld beide Bücher an sich nahm, ohne daß Swain protestiert hätte.
Während er ihnen die Tür öffnete, dachte er: »Ein komisches Gespann! Es wird nichts dabei herausschauen, aber sie haben ihre Chance.«
Ein junger Mann, der auf der Straße gestanden hatte, trat einen Schritt vor. »Mr. Michael Mont, Abgeordneter?«
»Ja.«
»Ist Mrs. Michael Mont zu Hause?«
»Ich glaube ja. Was wünschen Sie?«
»Ich muß sie persönlich sprechen, bitte.«
»Von wem kommen Sie?«
»Messrs. Settlewhite & Stark – ein Auftrag.«
»Eine Kleiderfirma?«
Der junge Mann lächelte.
»Kommen Sie herein«, sagte Michael. »Ich will nachsehen, ob sie zu Hause ist.«

Fleur war im Empfangszimmer.
»Ein junger Mann von irgendeinem Konfektionsgeschäft möchte dich sprechen, Liebste.«
»Mrs. Michael Mont? In der Klageangelegenheit Ferrar gegen Mont — Vorladung. Empfehle mich, Ma'am.«
Während der Stunden zwischen vier und acht, ehe Soames von Mapledurham ankam, litt Michael mehr als Fleur. Es war ein entsetzlicher Gedanke, zusehen zu müssen, wie Fleur auf den Seziertisch der Justiz kam, die mit der ganzen Routine des britischen Gerichts anrückte; und es war gar kein Trost, daß auch Marjorie Ferrar auf dem Seziertisch liegen würde, den Blicken aller ausgesetzt. Er war daher ganz bestürzt, als Fleur sagte: »Na gut, wenn sie bloßgestellt werden will — das kann sie ja haben. Ich weiß, daß sie mit Walter Nazing vergangenen November nach Paris geflogen ist, und man hat mir oft erzählt, daß sie ein Jahr lang Bertie Curfews Geliebte war.«
Ein Gesellschaftsprozeß, ein Fressen für alle Katzen der Gesellschaft, Abfall für die Schmeißfliegen auf der Straße — und Fleur im Mittelpunkt! Ungeduldig wartete er auf Soames. Obgleich der alte Forsyte in seiner Entrüstung ihnen all das eingebrockt hatte, wandte sich Michael ihm doch jetzt zu wie einem Anker vor der rettenden Küste. Der Alte hatte Erfahrung, Urteilskraft und praktischen Verstand. Er würde wissen, was man sonst noch tun könnte, wenn man es nicht mit einem Grinsen hinnahm. Michael starrte auf einen kleinen Fleck seines Arbeitszimmers, auf dem ausnahmsweise keine Karikatur hing, und dachte über die Grausamkeit des Lebens nach. Heute abend würde er einen Hummer essen, den man lebend ins siedende Wasser geworfen hatte. Sein Arbeitszimmer war von einer Frau gereinigt worden, deren Mutter jetzt an Krebs starb, deren Sohn im Krieg ein Bein verloren hatte und die so total erschöpft aussah, daß er sich ganz elend fühlte, wenn er an sie dachte. Alle Bergfelds, Swains und Boddicks auf der ganzen Welt — die Elendsviertel, die zerstörten Gebiete Frankreichs, die Felsennester Italiens! Und alles nur unter einer dünnen Firnisschichte von Kultur! Parlamentsmitglieder und Modedamen, wie er und Fleur, blöde lächelnd und an einem silbernen Löffel lutschend. Und manchmal fiel ihnen der Löffel aus dem Mund, sie vergaßen ihr blödes Lächeln und fuhren aufeinander los wie wilde Katzen!
»Was für einen Beweis hat sie für ihre Worte?« Michael durchwühlte seine Erinnerungen. In diesem Streit würde jeder den andern einzuschüchtern versuchen. Daß Walter Nazing und Marjorie Ferrar zusammen nach Paris geflogen waren, schien ihm gar nicht wichtig. Ein Mann und

eine Frau konnten ja noch immer ungestraft zusammen fliegen. Und was später in dem großen Irrgarten jenseits des Kanals geschehen war – pff! Anders stand es allerdings mit Bertie Curfews Sache. Wo es ein Jahr lang rauchte, da mußte auch ein Feuer brennen. Er kannte Bertie Curfew, den unternehmenden Direktor der »Non-plus-ultra-Theatergesellschaft«, deren Schild ein Storch war, der einen Frosch verschlingt – ein langer, jugendlicher Mann mit langem, jugendlichem Haar, das glänzte und zurückgekämmt war, und einer langen, jugendlichen Vergangenheit; eine seltsame Mischung von Enthusiasmus und Verachtung, zwischen denen er mit außerordentlicher Plötzlichkeit wechselte. Nach Michaels Meinung war Curfews Schwester, die er immer »die arme Norah« nannte, zehnmal mehr wert als ihr Bruder. Sie leitete ein Kinderheim in Bethnal Green, und vor ihren Augen schraken jede Bosheit und jede Gemeinheit zurück.

Vom Big Ben schlug es acht; der Dandie bellte und Michael wußte, daß Soames gekommen war.

Soames schwieg während des Essens und eröffnete die Diskussion erst bei einer Flasche Madeira aus dem Keller von Lippinghall, indem er die Vorladung zu sehen wünschte.

Als Fleur sie gebracht hatte, versank er in tiefes Nachdenken.

»Der gute Alte«, dachte Michael, »seine Vergangenheit steigt wieder vor ihm auf. Wenn er nur zu sich käme!«

»Nun, Vater?« fragte Fleur endlich.

Als hätte er im Geiste den Gerichtshof schon vor sich gesehen, suchte er mit dem Blick jetzt das Gesicht seiner Tochter.

»Du wirst wohl deine Worte nicht zurücknehmen?«

Fleur schüttelte den Kopf, dessen Haar wieder länger wurde. »Willst du das von mir?«

»Kannst du sie denn beweisen? Du darfst dich nicht darauf verlassen, was man dir erzählt hat – das ist kein Beweis.«

»Ich weiß, daß Amabel Nazing hierherkam und mir sagte, es liege ihr gar nichts daran, wenn Walter mit Marjorie nach Paris geflogen sei, aber man hätte es ihr nur vorher mitteilen müssen, so daß sie selber auch hätte nach Paris fliegen können, mit einem andern.«

»Wir könnten diese junge Frau als Zeugin vorladen lassen«, meinte Soames.

Fleur schüttelte den Kopf. »Sie würde Walter niemals vor Gericht verraten.«

»Hm! Was weißt du sonst noch von dieser Miss Ferrar?«

»Jedermann kennt ihre Beziehungen zu Bertie Curfew.«

»Ja«, warf Michael ein, »und zwischen ›jedermann kennt‹ und ›irgendwer hat erzählt‹ ist eine große Kluft.«

Soames nickte.

»Sie will nur unser Geld«, brach es aus Fleur hervor, »sie ist immer abgebrannt. Als ob ihr was dran läge, ob die Leute sie für moralisch halten oder nicht! Sie verachtet ja die Moral, wie ihre ganze Clique es tut.«

»Ah, ihre Ansicht von Moral!« sagte Soames sehr ironisch. Er sah plötzlich einen britischen Gerichtshof vor sich, dem ein Advokat die modernen Ansichten von Moral auseinandersetzte. »Vielleicht besteht gar keine Notwendigkeit, persönliche Einzelheiten hervorzuzerren.«

Michael fuhr empor. »Himmelherrgott, Sir! Sie haben's getroffen! Wenn man sie dazubringen könnte, zuzugeben, daß sie gewisse Bücher gelesen hat, gewisse Stücke gesehen hat oder darin aufgetreten ist, gewisse Tänze getanzt, gewisse Kleider getragen —« Er fiel wieder in seinen Stuhl zurück. Wie, wenn die Gegenseite anfinge, an Fleur dieselben Fragen zu stellen? War es nicht einfach Mode, gewisse Dinge mitzumachen, wie moralisch man auch immer sein mochte?

»Nun?« sagte Soames.

Er blickte seine Tochter an. Er verstand. Leichtsinnige Gespräche — die Angst, altmodisch zu sein — böse Beispiele verdarben gute Sitten! Dennoch konnte kein Geschworener in Fleurs Gesicht blicken, ohne — wer konnte dem plötzlichen Augenaufschlag dieser weißen Lider widerstehen? Außerdem war sie Mutter und die andere Frau nicht, oder wenn sie es war — so sollte sie es doch nicht sein! Nein, er blieb bei seiner Idee. Ein tüchtiger Verteidiger könnte das Ganze so herumdrehen, daß eine Anklage gegen die leichtsinnige moderne Gesellschaft und Moral daraus würde, und so die ganze Gehässigkeit, das Privatleben einer Frau preiszugeben, vermeiden.

»Verschaffe mir die Namen ihrer Freunde, die Titel der Bücher und Stücke, die Tanzklubs und dergleichen«, sagte er. »Ich werde den allerersten Verteidiger nehmen.«

Etwas erleichtert erhob sich Michael nach dieser kurzen Konferenz. Wenn man die Sache von persönlichen Einzelheiten ins Allgemeine hinüberlenken könnte; wenn die Verteidigung, anstatt Marjorie Ferrars Praxis anzugreifen, ihre Theorie angreifen könnte, dann wäre es nicht so entsetzlich. Soames nahm ihn in der Halle beiseite.

»Ich werde jede Information brauchen, die man über sie und den jungen Mann auftreiben kann.«

Michaels Gesicht verdüsterte sich wieder. »Von mir können Sie nichts erfahren, Sir, ich weiß absolut nichts.«

»Sie muß eingeschüchtert werden«, sagte Soames. »Wenn ich sie einschüchtern kann, so kann ich mich wahrscheinlich vor der Verhandlung ohne Entschuldigung mit ihr ausgleichen.«

»Ich verstehe schon; Sie wollen die Informationen nicht in der Verhandlung benützen, sondern vorher?«

Soames nickte. »Ich werde ihnen mitteilen, daß wir alles beweisen werden. Gib mir die Adresse des jungen Mannes.«

»Macbeth Chambers, Bloomsbury, nahe beim Britischen Museum. Aber vergessen Sie nicht, Sir, daß es für uns genauso unangenehm sein wird wie für Miss Ferrar, die schmutzige Wäsche in der Öffentlichkeit zu waschen.«

Wieder nickte Soames.

Als Fleur und ihr Vater zu Bett gegangen waren, zündete sich Michael eine Zigarette an und ging ins Empfangszimmer zurück. Er setzte sich an das Spinett. Das Instrument klang nicht sehr laut, so daß er darauf klimpern konnte, ohne den elften Baronet zu wecken. Von einer spanischen Melodie, deren Wildheit ihn stets besänftigte und die er vor drei Jahren auf seiner Hochzeitsreise aufgeschnappt hatte, wanderten seine Finger weiter zu dem Negro Spiritual: »Ich trag' eine Krone, du trägst eine Krone — alle Gotteskinder tragen eine Krone! Nicht jeder, der Gott im Munde führt, kommt deshalb in den Himmel. Alle Gotteskinder tragen eine Krone.«

Die Glasappliken an den Wänden leuchteten zu ihm herüber. Als Kind hatten ihn die Farben der Glaskandelaber in den getäfelten Zimmern seiner Tante Pamela in Brook Street entzückt; aber als er erst begriff, wie altmodisch das war, hatten er und alle anderen darüber gelacht. Und nun waren die Lüster wieder modern geworden, nachdem Tante Pamela gestorben war. »Sie trug eine Krone — er trug eine Krone —« Zum Teufel mit dieser Melodie! *»Auprès de ma blonde — il fait bon — fait bon — fait bon; auprès de ma blonde, il fait bon dormir.«*

Seine »Blonde« — wenn sie auch gar nicht so blond war — würde jetzt schon im Bett liegen. Zeit, hinaufzugehen! Aber noch immer spielte er weiter, und seine Gedanken wanderten von einer Sache zur andern, von der Hühnerzucht zur Politik, vom alten Forsyte, von Fleur und dem Foggartismus zu diesem Ferrar-Mädchen, als würde er in einem Strom herumgewirbelt, den Kopf gerade noch über Wasser. Wer hatte nur gesagt, daß das Leben der Mühe wert und ein besseres Leben möglich sei? »Besseres Leben?« Vorrecht der Priester? Heute nicht mehr. Die Menschheit mußte sich selber retten. Sich selber retten, was war denn das schließlich anderes als der Ausdruck des Willens zum Leben? Aber besaß die heutige Menschheit so viel Lebenswillen wie früher? Das war die Frage. Michael hörte auf zu klimpern und lauschte dem Schweigen. Nicht einmal eine Uhr tickte – für das Empfangszimmer existierte keine Zeit, und das England draußen schlief. War der englische Lebenswille so stark wie früher? Oder waren sie alle so verdorben, so empfindlich dem Leben gegenüber, daß sie schwächlich geworden waren? Hatten sie so lange ihren silbernen Löffel zum Mund geführt, daß sie lieber hungrig vom Tisch aufstanden, als mit einem Blechlöffel zu essen? »Das glaube ich doch nicht!« dachte Michael. »Das kann ich nicht glauben. Nur, wohin gehen wir? Wo gehe ich hin? Wo gehen alle Gotteskinder hin?« Vermutlich zu Bett!

Und vom Big Ben schlug es eins.

Zweiter Teil

1

Michael hält seine Rede

Als Michael sich im neugewählten Parlament erhob, um gegen Ende der Debatte über die Thronrede des Königs seine Jungfernrede zu halten, hatte er ein paar Notizen in der Hand und keinen Gedanken im Kopf. Sein Herz schlug heftig, und seine Knie zitterten. Die Politik, die er vertreten sollte, war zwar gedanklich nicht neu, ging aber in ihren Zielsetzungen und Methoden so sehr über die landläufige Meinung hinaus, daß er nichts als Gelächter erwartete. Was er zu verkünden hatte, würde wie der Wind sein, der den Samen eines neuen Grases in einen Garten trug, der schon so vollgedrängt von Pflanzen war, daß sein Pflänzchen keinen Platz zum Wachsen finden würde. Es gibt ein Gewächs, »chinesisches Gras« genannt, das, wenn es einmal Fuß gefaßt hat, nicht mehr auszurotten ist, bis es alles ringsum bedeckt. Michael wünschte, daß der Foggartismus sich ausbreiten sollte wie »chinesisches Gras«; aber alles, was er erwartete, war ähnlich dem, was er einmal nach dem Krieg auf seiner Weltreise in Monterey gesehen hatte. Der Zufall hatte Samen der japanischen Eibe an die kalifornische Küste geweht. In dichtem Stand hatten die kleinen dunklen Bäume ihren Weg ein paar Meilen landeinwärts erkämpft. Weiter würde das Bataillon niemals dringen, nun da die heimische Vegetation bewußt dagegen vorgerückt war; aber das Dickicht stand unerschütterlich – ein seltsamer und kraftvoller Eindringling.

Der erste Teil seiner Rede war so gut eingeübt, daß weder Geistesabwesenheit noch trockene Kehle ihn daran hindern konnten, sie herzusagen. Er zog seine Weste zurecht, warf den Kopf zurück und bedauerte, daß die Thronrede kein zusammenhängendes und inhaltsreiches politisches Programm entwickelt habe, welches die Hoffnung erwecken könnte, daß das Land von der Plage der Arbeitslosigkeit und Übervölkerung befreit werde. Vom wirtschaftlichen Standpunkt aus betrachtet, mußte jede vorausblickende Interpretation des Weltgeschehens Großbritannien endgültig der Interessengemeinschaft der überseeischen Länder zurechnen... (»Oho!«) Ironisches Gelächter gleich am Anfang — und so unerwartet — machte Michaels Kopf klar und löste seine Verkrampftheit. Und mit einem Grinsen, das sein Gesicht recht attraktiv erscheinen ließ, fuhr er fort: Die Redner aller Parteien des Hauses hatten, wenn sie über die ernste Natur des Arbeitslosenproblems sprachen, ihre Hoffnung auf die Wiedergewinnung der europäischen Märkte gesetzt, jeder auf seine Art. Diesen ehrenwerten Herren möchte er bescheiden vor Augen halten, daß man den Kuchen nicht zugleich essen und behalten könne. (Gelächter.) Waren sie dafür, daß man die Löhne in Großbritannien herabsetzt und die Arbeitszeit verlängert, oder stimmten sie zu, daß man die europäischen Löhne erhöht und die europäische Arbeitszeit kürzer würde? Nein, dazu besaßen sie nicht die Kühnheit. Großbritannien, das sich in der angegebenen Weise die Arbeitslosigkeit vom Hals schaffen sollte, war das einzige wichtige Land der Welt, das sieben Zehntel seiner Nahrungsmittel kaufen mußte und von dessen Bevölkerung gut sechs Siebentel in Städten lebte. Diese sechs Siebentel waren damit beschäftigt, Artikel zu produzieren, die manchmal zu teuer für den europäischen Markt waren, und doch mußte der normale Güteraustausch einen genügenden Überschuß aufweisen, um die sieben Zehntel der Nahrungsmittelmenge zu bezahlen, welche die Produzenten am Leben halten sollten. (Gelächter.) Wenn das ein Scherz war, so war es ein grimmiger. (Eine Stimme: »Sie haben den Transitverkehr vergessen!«) Er nehme die Berichtigung des ehrenwerten Herrn Abgeordneten zur Kenntnis und hoffe, daß dieser über die Zukunft dieses Handels beruhigt sei. Es wäre, so fürchte er, ein stark zusammenschrumpfender Aktivposten.

In diesem Augenblick wurde Michael selbst so etwas wie ein zusammenschrumpfender Aktivposten und von dem plötzlichen Wunsch überwältigt, den Foggartismus fallenzulassen und sich zu setzen. Die kühle Aufmerksamkeit, das leichte Lächeln, der Ausdruck im Gesicht eines früheren Premiers, alles schien seinen Untergang beschlossen zu haben. »Wie jung — o wie jung du bist!« schien jeder zu sagen. »Wir sind schon hier gesessen, ehe du noch Hosen trugst.« Und er stimmte ihnen vollkommen bei. Und doch konnte er nicht anders als fortfahren — wo doch Fleur in der Damengalerie saß und der alte Blythe unter den Fremden von Distinktion; er wolle nicht nachgeben! Seine Notizen in der Hand zusammendrückend, fuhr er deshalb fort: Trotz des Krieges und wegen des Krieges hat sich die Bevölkerung der britischen Insel um zwei Millionen vermehrt. Die Auswanderung ist von drei- auf einhunderttausend gesunken. Und diese Situation solle nun einfach dadurch gebessert werden, daß man die europäischen Mächte wiedergewinne, die allerdings wenig Neigung zeigten, sich auf diese Art wiedergewinnen zu lassen. Was für eine Alternative bestehe denn außerdem noch? Einige der ehrenwerten Herren Abgeordneten — er fürchte, nicht viele — kennen doch das Buch von Sir James Foggart »England in Gefahr«. (»Hört, hört!« von einer hinteren Bank der Arbeiterpartei.) Er erinnere sich, in einem gewissen Presseorgan gelesen zu haben, daß noch nie eine so verrückte Politik für den britischen Hausgebrauch ersonnen worden sei. (»Hört, hört!«) Gewiß sei der Foggartismus so verrückt, sich um die Zukunft zu kümmern, ein Fundament zu legen und das Land aufzufordern, sich über seine Lage klarzuwerden und sich auf den Kampf vorzubereiten.

Als Michael so weit gekommen war, daß er ins feindliche Feuer gehen mußte — das öffentliche Bekenntnis seines Glaubens zitterte schon auf seinen Lippen —, da schnürte ihm plötzlich der Gedanke die Kehle zu: »Ist diese Theorie wirklich richtig? — Ist der Foggartismus wirklich das, wofür ich ihn halte, oder bin ich ein unwissender Narr?« Er schluckte heftig, und geradeaus starrend fuhr er fort: »Der Foggartismus verwirft oberflächliche Maßnahmen für eine Nation in unserer Lage; er verlangt von unserem Land, sich mit aller Kraft auf einen Zeitpunkt — sagen wir zwanzig Jahre von heute (nur eine Minute im Leben eines Volkes) — zu konzentrieren und zielbewußt und unermüdlich auf diesen Tag hinzuarbeiten. Er verlangt die Anerkennung der Notwendigkeit, das britische Weltreich mit seinen riesigen, meist nicht ausgenützten Hilfsquellen zu einer sich selbst erhaltenden Einheit zu machen. Die Imperialisten werden fragen: ›Was ist denn da Neues dran?‹ Das Neue liegt in der Intensität und in der Methode. Der Foggartismus schlägt vor, daß das britische Volk durch Gemeinschaftsfahrten und großzügige Propaganda mit seinem Empire bekannt gemacht werden solle. Eine geförderte Auswanderung soll in großem Maßstab einsetzen und sich auf genaue Kenntnis des betreffenden Landes gründen. Aber, wie die ehrenwerten Herren Abgeordneten ja wissen, hat es sich als unmöglich erwiesen, geeignete erwachsene Leute in genügender Anzahl hinauszuschicken, weil man eingefleischte, körperlich durch das Stadtleben bereits herabgekommene Städter mit städtischem Geschmack und Gewohnheiten in den Dominions nicht brauchen kann und die wenigen englischen Bauern in England selbst notwendig sind. Der Foggartismus würde deshalb Knaben und Mädchen von vierzehn oder vielleicht fünfzehn bis achtzehn Jahren in großer Anzahl hinausschicken. Dem Haus ist bekannt, daß Experimente in dieser Richtung bereits gemacht wurden, mit ansehnlichem Erfolg, aber solche Experimente sind nur ein Tropfen im Eimer. Das ist eine Sache, die man nur so anpacken kann, wie man im Krieg alles angepackt hat. Die Entwicklung der Kinderauswanderung muß mit derselben Energie und in demselben Maß betrieben werden, wie die Munitionserzeugung sich seinerzeit verhundertfachte, nachdem ein gewisses höchst ehrenwertes Mitglied seine Schulter an dieses Rad gestemmt hatte. Obgleich sich natürlich ohne die äußerste Anstrengung und Zusammenarbeit von Energie und Willen von seiten der Dominions die Idee als Fehlschlag erweisen muß, so wage ich doch zu sagen, daß diese Zusammenarbeit nicht jenseits des Möglichen liegt. Die gegenwärtige Feindseligkeit der Bewohner der Dominions gegen die britischen Einwanderer ist darauf zurückzuführen, daß man mit gutem Grund daran zweifelt, daß es sinnvoll sei, Erwachsene aus dem Mutterland einwandern zu lassen. Aber diese Zurückhaltung wird verschwinden, wenn sie einmal mit der noch entwicklungsfähigen Jugend Englands zu tun haben. Die Erschließung der riesigen neuen Landstriche läßt sich mit einem Schneeball vergleichen, der im Rollen größer und größer wird, und diese Entwicklungsmöglichkeiten sind grenzenlos, wenn die Sache am rechten Ende angepackt wird und die rechten Leute alles in die Hand nehmen.« Irgend jemand hinter ihm sagte: »Er schwätzt das Blaue vom Himmel herunter.« Aus dem Konzept gebracht, hielt Michael inne. Dann sammelte er sich wieder und fuhr fort: »Wenn eine solche Aufgabe nur halb gelöst werden soll, so lasse man lieber die Finger davon. Wenn im Krieg eine Sache für notwendig befunden wurde, wurde sie auch durchgeführt, und es waren immer genug Menschen für diese Aufgaben vorhanden. Ich gebe dem Hause zu bedenken, daß unser Land jetzt fast genauso großer Anstrengungen bedarf wie damals.«

Er bemerkte, daß ihm einige Mitglieder tatsächlich aufmerksam zuhörten, holte tief Atem und fuhr fort: »Wenn man von Irland absieht —« (Eine Stimme: »Warum?«) »Ich rühre nicht gern an etwas, das nicht berührt werden will —« (Gelächter), »so ist das gegenwärtige Verhältnis der weißen Bevölkerung zwischen Großbritannien und seinen Dominions ungefähr wie fünf zu drei. Die Kinderauswanderung im großen Maßstab wird dieses Verhältnis in zwanzig Jahren zum wesentlichen Teil ausgeglichen haben; der britische Charakter des Britischen Weltreichs wird für immer festgelegt sein, und ein Ausgleich von Angebot und Nachfrage zwischen dem Mutterland und den Dominions wird stattgefunden haben.« (Eine Stimme: »Die Dominions werden sich bis dahin schon selbst versorgen.«) »Das ehrenwerte Mitglied wird verzeihen, wenn ich das für einige Zeit hinaus bezweifle. Wir sind führend in der Organisation der Industrie. Es kann natürlich fünf, sieben, auch zehn Jahre dauern, bis die

Arbeitslosigkeit auf Vorkriegsniveau gesunken ist, aber können Sie mir irgendeinen andern Plan vorweisen, der sie tatsächlich vermindert? Ich trete für gute Löhne und nicht zu hohe Arbeitszeit ein. Ich glaube, daß der Lebensstandard in England und den Dominions, obgleich er so viel höher als der europäische ist, nur ein anständiges Minimum darstellt und in einigen Fällen dieses nicht einmal erreicht; ich möchte bessere Löhne, sogar noch weniger Arbeitsstunden, und der Wunsch danach ist allgemein unter den Arbeitern, wo immer die britische Flagge weht.« (»Hört! Hört!«) »Dieses Bestreben werden sie nicht mehr aufgeben, und es hat gar keinen Sinn, das Gegenteil zu glauben!« (»Hört! Hört!« »Oho!«) »Der Ausgleich von Angebot und Nachfrage innerhalb des gesamten Imperiums ist der einzige Weg, den Lebensstandard, der jetzt auf britischem Boden für notwendig erachtet wird, aufrechtzuerhalten und zu verbessern. Die Welt hat sich so verändert, daß der alte Grundsatz: ›Kaufe auf dem billigsten, verkaufe auf dem teuersten Markt‹, was England anbelangt, auf den Kopf gestellt ist. Freihandel war niemals ein Prinzip –« (»Oho!« »Hört! Hört!« und Gelächter.) »Aber dabei will ich mich nicht länger aufhalten ...« (Eine Stimme: »Da tun Sie gut daran!«) Michael konnte sehen, wer dies gerufen hatte; ein Abgeordneter von den Bänken der Liberalen, der ihm sein rotes Gesicht mit dem gestutzten Schnurrbart und dem dunklen Haar zuwandte. Er kannte den Betreffenden nicht, und der unpolitische Ausdruck seines Gesichtes mißfiel ihm. Wo war er denn steckengeblieben? Aha! ... »Da ist noch ein anderer Punkt in dem Foggartschen Programm. Wie England jetzt dasteht, ungenügend geschützt gegen Luftangriffe und in beklagenswerter Weise unfähig, seinen Bedarf an Nahrungsmitteln selbst zu produzieren, ist es eine ständige Versuchung für die Angriffslust anderer Nationen. Hier muß ich das Haus um Entschuldigung bitten wegen eines kurzen Hinweises auf unser Aschenbrödel: die Bodenfrage. Die Thronrede hat uns in bezug auf diese verzwickte Frage keinen Weg gezeigt, sondern nur angedeutet, daß eine Konferenz aller interessierten Kreise einberufen werden soll. Aber ohne die bestimmte Absicht aller politischen Parteien, sich auf ein genau bestimmtes und auf viele Jahre festgelegtes Programm zum Wiederaufbau zu einigen, muß eine solche Konferenz scheitern. Da ist es wieder der Foggartismus, der –« (»Haha!«) »Da ist es wieder der Foggartismus, der in die Bresche springt. Er sagt: Lege deine Bodenpolitik ein für allemal fest und ändere sie nicht. Sie soll so heilig sein wie das Alkoholverbot in Amerika.« (Eine Stimme: »Und ebenso verflucht!« Gelächter.) »Die Heiligen und die Verfluchten, das klingt wie ein Roman von Dostojewski.« (Gelächter.) »Nun, ohne diese verfluchte

Heiligkeit werden wir auf keinen grünen Zweig kommen. Auf unserer Agrarpolitik beruht nicht nur das Wohl der Pächter, Grundbesitzer und Arbeiter, wie wünschenswert und wichtig diese auch sein mag, sondern die ganze Existenz Englands, falls unglücklicherweise ein neuer Krieg unter den neuen Verhältnissen ausbrechen sollte. Jawohl, in einer stabilen Agrarpolitik liegt die einzige Hoffnung, einen Niedergang des britischen Menschen zu verhindern. Der Foggartismus verlangt, daß wir unsere Agrarpolitik festlegen, so daß wir in zehn Jahren bis zu siebzig Prozent unserer Nahrungsmittel selbst anbauen werden. Schätzungen während des Krieges haben bewiesen, daß wir im Notfall sogar zweiundachtzig Prozent selbst produzieren können. Und die Maßnahmen, die damals ergriffen wurden, haben ausreichend bewiesen, daß diese Schätzung die reine Wahrheit war. Warum hat man diese Maßnahmen später fallenlassen? Warum hat man über alle diese großen Verbesserungen wieder Gras wachsen lassen? Was wir brauchen, ist vollkommenes Vertrauen zu jeder Art von landwirtschaftlicher Arbeit, und nichts kann dieses Vertrauen hervorbringen als eine Politik, die auf lange Zeit hinaus garantiert ist.«
Michael hielt inne. Dicht neben ihm gähnte ein Abgeordneter, er hörte, daß andere mit den Füßen scharrten; ein anderer früherer Premier kam herein; verschiedene Abgeordnete gingen hinaus. Über die Landfrage konnte man nichts Neues mehr sagen. Sollte er's noch mit der Luft versuchen, dieser dritten Säule des Foggartschen Programms? Es gab aber auch nichts Neues über die Luft zu verkünden! Außerdem müßte er vorausschicken, daß eigentlich das Luftschiff als Waffe vollkommen ausgeschaltet werden sollte, zumindest aber sollten die Rüstungen eingeschränkt werden. Aber das würde zu lange dauern! Lieber rührte er nicht daran! Er sputete sich: »Auswanderung! Die Agrarfrage! Der Foggartismus verlangt für beide die ungeteilte Aufmerksamkeit, die man lebenswichtigen Maßnahmen im Kriege gezollt hat. Es war mir eine Ehre, die Aufmerksamkeit aller Parteien auf dieses — ich werde der Neigung eines ehrenwerten Mitgliedes, haha zu rufen, Trotz bieten — auf dieses große Werk von Sir James Foggart zu lenken. Und ich bitte das Haus um Entschuldigung, daß die Erfüllung meiner Aufgabe soviel Zeit in Anspruch genommen hat.«
Er setzte sich nieder, nachdem er dreizehn Minuten gesprochen hatte. Jetzt war es heraus. Ein »ehrenwerter Abgeordneter« erhob sich: »Ich muß dem Abgeordneten für Mittel-Buckinghamshire zu einer Rede gratulieren, die trotz ihrer Wolkenkuckucksheim-Ideen und trotz des verrückt anmutenden Appells, weniger Brot, mehr Steuern, doch eine temperamentvolle und wohlgelungene erste Leistung war. Der Abgeordnete

für Tyne und Tees hat während der früheren Debatte auf die Partei angespielt, der ich die Ehre habe, anzugehören, was — eh —«

»Natürlich!« dachte Michael, und nachdem er auf die nächste Rede gewartet hatte, die absolut keine Anspielung auf seine eigene enthielt, verließ er das Haus.

2

Resultate

Mit leichtem Kopf und leichtem Herzen wanderte er nach Hause. Das war der Fehler — er wog nicht schwer genug! Niemand würde ihn ernstlich beachten. Er erinnerte sich an die Jungfernrede des Abgeordneten für Cornmarket. Er hatte wenigstens heute Schluß gemacht, als das Haus unruhig zu werden begann. Er war erhitzt und hungrig. Opernsänger wurden infolge ihrer Stimme fett, Parlamentsabgeordnete mager. Er würde ein Bad nehmen.

Er war gerade wieder halb angekleidet, als Fleur hereinkam.

»Du warst großartig, Michael. Dieses Ekel!«

»Wer denn?«

»Er heißt MacGown.«

»Sir Alexander MacGown? Was ist denn los mit ihm?«

»Das wirst du morgen sehen. Er deutete an, daß du als einer der Verleger an dem Verkauf des Foggart-Buches interessiert seist.«

»Also höher geht's kaum mehr!«

»Und in seiner ganzen übrigen Rede hat er dich verrissen, in einem abscheulichen Ton über das Ganze gesprochen. Kennst du ihn?«

»MacGown? Nein. Er ist Abgeordneter für irgendeinen schottischen Distrikt.«

»Nun, der ist dein Feind. Blythe ist überaus zufrieden mit dir und wütend über MacGown; und Bart ebenso. So zornig hab' ich ihn noch nie gesehen. Du wirst der *Times* schreiben müssen, daß du schon vor deiner Wahl jede Verbindung zu Danby & Winter gelöst hast. Bart und deine Mutter kommen zum Dinner. Hast du gewußt, daß sie mich begleitet hat?«

»Mutter? Sie verabscheut doch die Politik.«

»Alles, was sie sagte, war: ›Wenn nur der liebe Michael sein Haar zurückkämmen würde, bevor er spricht! Ich sehe seine Stirn so gern.‹ Und als MacGown sich wieder setzte, sagte sie: ›Sieh nur, der Mann hat einen ganz platten Hinterkopf. Glaubst du, daß er ein brutaler Kerl ist? Und was für dicke Ohren er hat! Mit dem möcht' ich nicht verheiratet sein!‹ Sie hatte nämlich ihren Operngucker mit.«

Sir Lawrence und Lady Mont waren schon im Salon, als sie hinuntergingen. Sie standen einander gegenüber wie zwei Störche, wenn auch nicht gerade auf einem Bein, so doch sehr vornehm. Lady Mont strich Michael das Haar zurück und küßte ihn leicht auf die Stirn, wobei ihre Taubenaugen mit sanftem Blick mitten auf seinen Kopf starrten. Alles an ihr erinnerte an Rundbogenarchitektur; Formen und Sprechweise. Sie war ein ausgesprochen liebes Wesen, aber Verstand war nicht gerade ihre Stärke.

»Wie hast du das nur durchgehalten, Mutter?«

»Mein liebes Kind, ich war ganz begeistert. Wenn nur dieser Kerl in Jute nicht gewesen wäre. Die Form seines Schädels war einfach unerträglich. Woher weißt du denn das alles? Es klang so vernünftig!«

Michael grinste. »Wie hat es Ihnen gefallen, Sir?«

Sir Lawrence schnitt eine Grimasse: »Du warst das *enfant terrible*, mein Lieber, der halben Partei wird es nicht gefallen, weil sie nie darüber nachgedacht hat, und der anderen Hälfte nicht, gerade weil sie darüber nachgedacht hat.«

»Wie? Heimliche Foggartisten?«

»Natürlich, aber sie sind an der Macht. Und in diesem Fall darf man seine Überzeugung nicht vertreten – das schickt sich nicht.«

»Das Zimmer ist so hübsch!« murmelte Lady Mont. »Als ich das letzte Mal hier war, war es chinesisch. Und wo ist eigentlich der Weiße Affe?«

»In Michaels Arbeitszimmer, Mutter. Wir haben ihn satt. Möchtest du Kit noch vor dem Dinner sehen?«

Als Michael und sein Vater allein waren, starrten sie beide dieselbe Louis-Quinze-Schnupftabakdose an, die Soames einmal aufgestöbert hatte.

»Würdest du auf MacGowns Anspielung eingehen, Vater?«

»So heißt er also, dieser borstige Krämer! Natürlich würde ich das.«

»Wie denn?«

»Ihn Lügen strafen.«

»Privatim, in der Presse oder im Parlament?«

»Auf alle drei Arten. Privatim würde ich ihn bloß einen Lügner nennen. In der Presse würde ich die Worte gebrauchen: ›Unbekümmerte Mißachtung der Wahrheit.‹ Und im Parlament bedauerst du, daß er so falsch informiert gewesen sei. Um die Steigerung zu vervollständigen, kannst du noch hinzufügen, daß man schon wegen geringfügigerer Beleidigungen handgreiflich geworden ist.«

»Aber du willst doch nicht behaupten«, sagte Michael, »daß die Leute so etwas von mir glauben?«

»Mein Lieber, sie glauben alles, was im öffentlichen Leben nach Korruption riecht. Das ist einer der stärksten Charakterzüge der menschlichen Natur. Die Sorge um die Integrität der Männer im öffentlichen Leben wäre ja jedes Lobes wert, wenn sich nur nicht immer diejenigen sorgten, die selbst so wenig integer sind, daß sie nicht noch für andere eintreten können.« Sir Lawrence verzog das Gesicht, da er an die P. P. R. S. dachte. »Und da wir gerade davon sprechen — warum war der alte Forsyte heute nicht im Parlament?«

»Ich habe ihm einen Platz angeboten, aber er sagte, er sei nicht dort gewesen, seit Gladstone Home Rule für Irland vorschlug, und damals auch nur deshalb, weil er befürchtete, sein Vater könne einen Anfall bekommen.«

Sir Lawrence klemmte sein Monokel ein. »Das ist mir nicht ganz klar«, sagte er.

»Sein Vater hatte einen Passierschein und wollte ihn nicht unbenützt lassen.«

»Aha. Das war aber nobel vom alten Forsyte.«

»Er sagt, daß Gladstone immer ellenlange Reden gehalten hat.«

»Ja, ja, damals hat man noch viel längere gehalten. Du hast es kurz und bündig gemacht, Michael. Mit ein wenig Praxis wirst du schon ein guter Redner werden. Ich habe eine kleine Neuigkeit für den alten Forsyte. Shropshire redet mit Charlie Ferrar nicht mehr, seit er zum drittenmal dessen Schulden bezahlt hat, damit Ferrar nicht auf die schwarze Liste kommt. Shropshire hat das damals zur Bedingung gemacht, da er nicht wieder angepumpt werden will. Es ist nicht so schlimm, wie ich gehofft hatte. Wie steht's mit dem Prozeß?«

»Das letzte, was ich hörte, war, daß die Korrespondenz zwischen den Anwälten, die dem Gerichtsverfahren vorangeht, begonnen hat.«

»Aha, das kenne ich. Da wird in einer Weise geantwortet, daß kein Mensch sich auskennt — und alles unverbindlich. Dann wirst du gefragt und antwortest ebenso; dies ganze Frage- und Antwortspiel hilft einzig und allein den Advokaten. Was gibt's heute zum Dinner?«

»Fleur hat gesagt, wir würden das gemästete Kalb schlachten, wenn ich meine Rede hinter mir hätte.«

Sir Lawrence seufzte. »Das freut mich. Deine Mutter treibt's wieder einmal ganz arg mit den Vitaminen; wir essen fast nur Karotten und auch die gewöhnlich roh. Französisches Blut in der Familie ist etwas Ausgezeichnetes — da gibt's wenigstens keine Faxen beim Essen. Ah, da kommen sie ja! . . .«

Man hat schon oft bemerkt, daß die Leute, die vorgeben, daß ihnen die Meinung der Presse völlig gleichgültig ist, immer dann, wenn irgend etwas über sie geschrieben wird, ihren Frühstückstisch mit Blättern aller Richtungen überladen. Für Michael war der Shilling, den sie gekostet hatten, total hinausgeschmissen. Nur vier von den dreizehn Zeitungen enthielten Anspielungen auf seine Rede. Die *Times* brachte (das Gelächter inbegriffen) eine genaue, wohlüberlegte Zusammenfassung. Die *Morning Post* hatte sich drei Stellen, die sich mit dem Empire befaßten, herausgesucht, denen sie die Worte vorausschickte: »In einer vielversprechenden Rede.« Der *Daily Telegraph* bemerkte: »Unter den anderen Rednern befand sich auch Mr. Michael Mont.« Und der *Manchester Guardian* schrieb: »Der Abgeordnete für Mittel-Buckinghamshire befürwortete in einer Jungfernrede die Überführung von Kindern in die Dominions.«

Sir Alexander MacGowns Rede dagegen widmete man die größere Aufmerksamkeit, wie es seine mehrjährige parlamentarische Tätigkeit verlangte, es fand sich jedoch kein Hinweis auf die von ihm ausgesprochene Verdächtigung. Michael nahm den offiziellen Parlamentsbericht zur Hand. Seine eigene Rede schien ihm zusammenhängender, als er gehofft hatte. Als Fleur herunterkam, las er noch immer MacGowns Ansprache.

»Schenk mir bitte Kaffee ein.«

Fleur gab ihm die Tasse und beugte sich über seine Schulter.

»Jetzt fällt es mir ein: dieser MacGown ist hinter Marjorie Ferrar her!« sagte sie.

Michael rührte in seiner Schale. »Zum Teufel, diese Art von Kleinlichkeit gibt es doch im Parlament nicht.«

»Nicht? Ich erinnere mich, daß Alison es mir erzählt hat — gestern habe ich nicht gleich gewußt, wo ich ihn hintun sollte. Ist das nicht eine abscheuliche Rede?«

»Es könnte schlimmer sein«, sagte Michael grinsend.

»›Als Teilhaber der Firma, die dieses einzigartige Erzeugnis veröffentlicht hat, ist er zweifellos daran interessiert, es dem Publikum aufzudrängen, so daß wir beruhigt ein wenig von dem dazu aufgewandten Enthusiasmus abziehen können.‹ Geht dir bei diesen Worten nicht die Galle über?«

Michael zuckte die Achseln.

»Ärgerst du dich denn nie über etwas, Michael?«
»Mein Kind, ich war doch im Krieg. Dieser Brief an die *Times* — was soll ich schreiben?
›Sehr geehrter Herr Redakteur!
Darf ich Ihren wertvollen Raum in Anspruch nehmen (das kann ich ruhig sagen) — im Interesse der Öffentlichkeit — (das macht die Sache unpersönlich) um‹ — eh — nun?«
»Um festzustellen, daß Sir Alexander MacGown gestern gelogen hat, als er andeutete, ich sei am Verkauf des Buches von Sir James Foggart interessiert.«
»Zu direkt«, sagte Michael, »das wird nicht gedruckt. Was meinst du zu folgendem:
›Um die Aufmerksamkeit auf eine falsche Angabe in Sir Alexander MacGowns Rede von gestern nachmittag zu lenken. Wahr ist (das wirkt immer gut), daß ich, noch ehe ich Mitglied des Parlaments wurde, jede Interessengemeinschaft mit der Firma löste, die Sir James Foggarts Buch ›England in Gefahr‹ veröffentlicht hat; wahr ist ferner, daß ich deshalb auf keine wie immer geartete Weise daran interessiert bin, wie Sir Alexander MacGown andeutete, dem Publikum das Werk aufzudrängen. Ich nehme nun doch nicht an, daß er in meine Ehre Zweifel setzen sollte (›Ehre‹ — das muß hinein!), aber man könnte seine Worte so deuten. Mein Interesse an dem Buch ist einfach das Interesse an England, das tatsächlich in Gefahr ist.

Hochachtungsvoll‹

Gut so?«
»Viel zu mild. Und außerdem würde ich nicht sagen, daß du wirklich daran glaubst, daß England in Gefahr sei. Du weißt doch, daß das alles Unsinn ist. Ich meine — übertrieben.«
»Gut«, sagte Michael, »ich werde statt dessen ›die gefahrvolle Lage des Imperiums‹ sagen. Im Parlament werde ich die Sache vorschriftsmäßig berichten. Und in den Wandelgängen wahrscheinlich gegen alle Vorschrift. Ich bin neugierig, was die *Evening Sun* schreibt.«
Die *Evening Sun*, die Michael auf seinem Weg zum Parlament kaufte, widmete ihm einen Leitartikel mit der Überschrift »Schon wieder der Foggartismus!«, der folgendermaßen begann: »Ein hoffnungsvoller Jungparlamentarier, der Abgeordnete für Mittel-Buckinghamshire, erregte gestern die Heiterkeit des Hauses, indem er eine Lanze für jene verrückte Politik, den Foggartismus, brach, den wir in diesen Spalten schon einmal erwähnt haben«, und so weiter, zwanzig Zeilen voll heftiger Verunglimpfung. Michael schenkte die Zeitung dem Portier.

Nachdem er sich im Parlament vergewissert hatte, daß MacGown anwesend war, meldete er sich bei der ersten Gelegenheit zum Wort.

»Herr Vorsitzender, ich ergreife das Wort, um eine Bemerkung der gestrigen Debatte richtigzustellen, die meine persönliche Ehre berührt. Der ehrenwerte Herr Abgeordnete für Greengow sagte in seiner Rede —« Dann las er den Absatz aus dem offiziellen Bericht vor. »Wahr ist, daß ich Teilhaber der Firma war, die im August 1923 Sir James Foggarts Buch veröffentlichte, aber wahr ist ferner, daß ich im Oktober 1923, ehe ich in dieses Haus gewählt wurde, jede Verbindung mit der Firma löste. Ich habe deshalb weder ein pekuniäres noch irgendein anderes Interesse, das Buch jemandem aufzudrängen, nur den lebhaften Wunsch, seine Prinzipien befolgt zu sehen.«

Man klatschte ein wenig, als er sich setzte und Sir Alexander MacGown sich erhob. Michael erkannte das Gesicht wieder, dessen unpolitischer Ausdruck ihm während seiner gestrigen Rede aufgefallen war.

»Mir scheint«, sagte Sir Alexander, »daß der ehrenwerte Herr Abgeordnete für Mittel-Buckinghamshire nicht genügend Interesse an seiner eigenen Rede hatte, um dazubleiben, als ich gestern darauf erwiderte. Ich kann nicht zugeben, daß meine Worte den Sinn haben sollen, den er ihnen unterlegt hat. Ich sagte, und dabei bleibe ich, daß der Verleger eines Buches notwendigerweise ein Interesse daran haben muß, daß sein Urteil über das Buch, das er veröffentlichte, vom Publikum bestätigt wird. Der ehrenwerte Herr Abgeordnete hat meinen Worten einen Sinn unterlegt, den ich in keiner Weise beabsichtigt hatte.« Er sah sich nach Michael um; sein Gesicht war grimmig, rot und herausfordernd.

Michael erhob sich noch einmal.

»Es freut mich, daß der ehrenwerte Herr Abgeordnete den Sinn seiner Worte, den auch andere so aufgefaßt haben wie ich, richtiggestellt hat.« Ein paar Minuten später verließen beide fast wie auf Verabredung das Haus.

Die Zeitungen bringen gar nicht so selten Berichte, wie Mr. Klotz, der ehrenwerte Herr Abgeordnete für Topcliffe, dem Mr. Keil, ehrenwerten Abgeordneten für Pooting, einen unparlamentarischen Ausdruck an den Kopf warf. (»Zur Ordnung!«) Und wie Mr. Keil entgegnete, daß Mr. Klotz etwas noch viel Ärgeres sei. (»Hört, hört!« und »Zur Ordnung!) Und wie Mr. Klotz mit den Fäusten drohte (Lärm), und Mr. Keil sich auf den Vorsitzenden stürzte, oder ein paar Zeitungen nach dem Gegner warf. (»Zur Ordnung! Ordnung! Ordnung!«) Und wie eine große Verwirrung entstand und Mr. Klotz oder Mr. Keil suspendiert und schreiend vom diensthabenden Sergeanten aus diesem ehrwürdigen Parlament befördert wurde; und weitere erbauliche Einzelheiten. Die kleine Affäre zwischen Michael und Sir Alexander nahm einen anderen Verlauf. Mit einem gesunden Instinkt für Anständigkeit schlugen sie beide den Weg nach dem Waschraum ein; und keiner nahm vom andern auch nur die geringste Notiz, ehe sie jene Marmorhallen erreicht hatten. Vor dem Handtuch fragte Michael: »Jetzt werden Sie mir vielleicht erklären, Sir, warum Sie sich wie ein Schweinehund benommen haben? Sie wußten nur zu gut, wie man Ihre Worte deuten konnte.«

Sir Alexander, der sich gerade das Haar gebürstet hatte, drehte sich um. »Da!« sagte er, holte weit aus und gab Michael eine schallende Ohrfeige. Taumelnd holte Michael wild mit der Rechten aus und traf Sir Alexander auf die Nase. Und dann stürzten sie sich mit Energie in den Kampf. Michael war geschmeidig, Sir Alexander stämmig. Keiner von beiden war ein besonders geübter Boxer. Die Affäre wurde durch den ehrenwerten Abgeordneten für Wasbaston, der an einem verschwiegenen Orte gewesen war, zu einem raschen Ende gebracht. Wie er hastig aus einer Tür herausgerannt kam, schlug man ihm ein blaues Auge und gleichzeitig erhielt er einen Stoß in die Magengrube, so daß er zusammenbrach. Nunmehr ergriff der Abgeordnete für Wasbaston das Wort, und er führte eine gewaltigere Sprache, als die, die den ehrenwerten Herrn kannten, für möglich gehalten hätten.

»Es tut mir unendlich leid, Sir«, sagte Michael. »Der Unschuldige kommt ja immer am schlechtesten weg.«

»Zum Teufel, ich lass' euch beide suspendieren!« keuchte der Abgeordnete für Wasbaston.

Michael grinste, und Sir Alexander sagte: »Hol dich der Henker!«

»Wie zwei Gassenbuben balgt ihr euch herum!« rief der Abgeordnete für Wasbaston. »Wie, zum Kuckuck, soll ich denn heute nachmittag sprechen?«

»Wenn Sie bandagiert hineingingen«, sagte Michael, während er das verletzte Auge mit kaltem Wasser betupfte, »und sich mit einem Autounfall entschuldigten, so würden Sie besonderer Aufmerksamkeit und einer guten Presse sicher sein. Soll ich das Futter aus meiner Krawatte als Verband nehmen?«

»Lassen Sie mein Aug' in Ruh«, brüllte der Abgeordnete für Wasbaston, »und scheren Sie sich hinaus, bevor mir die Geduld reißt!«

Michael knöpfte seine Weste wieder zu, die während des Kampfes aufgegangen war, bemerkte im Spiegel, daß sein Ohr sehr rot war, seine Manschette voll Blut und sein Gegner noch immer aus der Nase blutete; er ging fort. »Eine regelrechte Rauferei!« dachte er, als er in die frische

Luft von Westminster hinauskam. »Ein Glück, daß sich das an einem so verschwiegenen Ort abgespielt hat. Ich glaub', ich werde gar nicht darüber reden!« Er hatte Ohrensausen, und es war ihm ziemlich übel, körperlich und seelisch. Die Erlöserglorie des Foggartismus herabgesunken zu einer Balgerei im Waschraum! So etwas erregte Zweifel an der eigenen Berufung. Da jedoch nicht einmal der Abgeordnete für Wasbaston Lorbeeren geerntet hatte, würde die Affäre wahrscheinlich gar nicht in die Zeitungen kommen. Als er auf dem Heimweg die Straße überschritt, erblickte er Francis Wilmot, der nach Westen ging: »Hallo!«

Francis Wilmot blickte auf und schien zu zögern. Sein Gesicht war schmäler, die Augen lagen tiefer; er hatte sein Lächeln verloren. »Wie geht es Mrs. Mont?«

»Danke, sehr gut. Und Ihnen?«

»Großartig«, sagte Francis Wilmot. »Sagen Sie ihr bitte, daß ich einen Brief von ihrem Vetter Jon erhalten habe. Es geht ihnen ausgezeichnet. Er hat sich schrecklich gefreut, daß ich sie gesehen habe, und schickt ihr herzliche Grüße.«

»Danke«, sagte Michael trocken. »Kommen Sie mit und trinken Sie Tee mit uns.«

Der junge Mann schüttelte den Kopf. »Haben Sie sich die Hand verletzt?«

Michael lachte. »Nein, nur die Nase eines anderen.«

Francis Wilmot lächelte schwach. »Ach, wie gern tät ich das auch! Wem gehört denn die Nase?«

»Einem Mann, der MacGown heißt.«

Francis Wilmot packte Michael bei der Hand. »Genau die ist es!« Doch augenscheinlich durch seine Offenheit außer Fassung gebracht, machte er brüsk kehrt, rannte davon und überließ es Michael, sich einen Vers darauf zu machen.

Am nächsten Morgen enthielten die Zeitungen keine Anspielung auf das Blutvergießen vom Tag vorher, nur eine Notiz, daß der Abgeordnete von Wasbaston durch eine böse Erkältung gezwungen sei, das Haus zu hüten. Die konservativen Zeitungen bewahrten diskretes Stillschweigen über den Foggartismus, zwei Blätter jedoch, ein liberales und ein Arbeiterblatt, enthielten kurze Leitartikel, die Michael mit einiger Aufmerksamkeit las. Das liberale Geschreibsel lautete folgendermaßen: »Die Debatte über die Thronrede hat einen ersten Versuch gezeitigt, der zumindest vorübergehende Aufmerksamkeit beansprucht. Die Politik, auf die der Abgeordnete von Mittel-Buckinghamshire unter der Bezeichnung ›Foggartismus‹ anspielte, weil sie von jenem Veteranen Sir James Foggart herrührt, übt eine trügerisch-blendende Wirkung aus in unserm zerrütteten Zeitalter, da ein jeder auf der Suche nach Quacksalber-Heilmitteln ist. Niemals wird etwas, das so fundamental von allem abweicht, wofür der Liberalismus eintritt, auch nur für einen Augenblick die Unterstützung eines wahrhaft liberalen Wählers finden. Die Gefahr liegt in seinem Appell an das hinterwäldlerische Ideal in den konservativen Reihen. Leichtfertige Ideen und pessimistisches Geschwätz finden bei gewissen Leuten immer Anklang. In Wirklichkeit ist England gar nicht in Gefahr. Eine ungesunde oder hysterische Abkehr von unserer traditionellen Politik wäre daher in keiner Weise gerechtfertigt. Aber die Tatsache läßt sich nicht verschleiern, daß gewisse, sogenannte Denker schon seit einiger Zeit mit dem Gedanken spielen, die Idee der *splendid isolation* zu neuem Leben zu erwecken, die — ob sie es nun zugeben oder nicht — auf der Vernichtung des Freihandels beruht. Der junge Abgeordnete für Mittel-Buckinghamshire befaßte sich einen Augenblick lang mit dieser Säule des Liberalismus und ließ sie dann fallen; vielleicht war sie ihm zu schwer. Auf seine Grundelemente reduziert, bedeutet der Foggartismus nichts anderes als die Aufforderung, den Freihandel abzuschaffen, was einen Schlag ins Gesicht des Völkerbundes bedeutet.«

Michael seufzte und nahm den Artikel der Arbeiterpresse zur Hand, der unterzeichnet war und eher die menschlichere Seite ansprach: »Und so sollen wir also unsere Kinder nach den Antipoden verfrachten lassen, sobald sie nur lesen und schreiben können, damit die Kapitalisten sich vor der Drohung, die in der Arbeitslosigkeit lauert, nicht mehr zu fürchten brauchen. Ich weiß nichts von Sir James Foggart; wenn jedoch der Abgeordnete einer ländlichen Wählerschaft ihn gestern im Parlament richtig zitiert hat, wittere ich so etwas wie tyrannische Methoden in den Theorien des alten Herrn. Was wohl der Arbeiter dazu sagt, wenn er beim Frühstück die Zeitung liest? Ich fürchte, seine Kritik wird mit den Worten ›Zum Teufel!‹ gewürzt sein. Nein, Sir James Foggart, die englische Arbeiterschaft will freie Hand behalten und mit ihren Kindern trotz aller Nachteile im alten England bleiben. Da tun wir nicht mit, Sir James Foggart.«

Er seufzte. »Da steht es nun, ganz unverblümt«, dachte er. »Man hätte mir diese Politik nie anvertrauen dürfen. Blythe hätte einen Labourvertreter aus städtischen Kreisen nehmen müssen!« Durch Eifersucht und Klassenhaß, durch politische Schlagworte, Abgrenzung und Parteigegnerschaft war von dem Foggartismus nur noch ein Skelett übriggeblieben. Er hatte eine Vision, wie dies Skelett durch die Vorhalle des Parlaments, durch die Korridore der Presse schlich und niemals bis zur Gegenwart des Allerhöchsten vordrang oder als Fleisch und Blut anerkannt wurde.

»Macht nichts«, murmelte er, »ich bleib' doch dabei. Wenn man schon ein Narr ist, dann kann man auch ruhig ein verdammter Narr sein. Was, Dan?«
Der Dandie hob den Kopf von den Pfoten und schaute ihn mit glänzenden Augen an.

3

Marjorie Ferrar in ihren vier Wänden

Francis Wilmot ging weiter in Richtung Chelsea. Er hatte ein Rendezvous mit dem Leben. Bis über die Ohren verliebt und so altmodisch, daß er sogar an Heirat dachte, verbrachte er seine Tage damit, einem Unterrock nachzulaufen, von dem sich nicht einmal mit Bestimmtheit sagen ließ, ob er auch immer vorhanden war. Sein kindlicher Eifer hatte Marjorie Ferrar dazu gebracht, ihm ihre Verlobung zu gestehen. Sie hatte es rund herausgesagt: Sie war verschuldet, brauchte Silberlinge und konnte doch nicht in der Vorstadt wohnen.
Prompt hatte er ihr all seine Silberlinge angeboten. Sie hatte sie mit den Worten zurückgewiesen: »Mein armer Junge, so weit ist es noch nicht mit mir gekommen.«
Oft war sie nahe daran zu sagen: »Warte, bis ich verheiratet bin.« Aber der Ausdruck seines Gesichts hielt sie davon ab. Er war so naiv; er würde ihr Ideal nie verstehen: Vollkommen als Gattin, Geliebte und Mutter zu sein, alles auf einmal. Ständig ließ sie ihn hoffen, daß sie MacGown den Abschied geben würde, und nur dadurch hielt sie ihn fest. Sie sorgte dafür, daß er kam, wenn MacGown abwesend war, und fortging, wenn MacGown kam. Zweimal war es ihr mißlungen, die beiden auseinanderzuhalten, das war äußerst peinlich gewesen und hatte mehr Lügen gekostet, als sie gewöhnt war. Denn dieser junge Mann hatte es ihr angetan; er war eine neue Nuance. Sie liebte seine dunklen, leicht schräggestellten Augen, seine Anmut, seinen Haaransatz im Nacken, eine zarte dunkle Linie auf dem schlanken, anmutigen Hals. Sie liebte seine Stimme und seine altmodische Art zu sprechen. Und — so merkwürdig es auch war — sie liebte seine Loyalität. Zweimal hatte sie ihn gedrängt, herauszufinden, ob Fleur nicht vom hohen Roß heruntersteigen wollte. Und zweimal hatte er sich geweigert und gesagt: »Die beiden waren schreck-

lich nett zu mir, und selbst wenn ich etwas herausfände, würde ich es Ihnen nicht weitererzählen.«

Sie malte sein Porträt, so daß eine vorbereitete Leinwand mit ein wenig Farbe darauf der Schutzpatron ihrer fast täglichen Zusammenkünfte war, die zwischen drei und vier stattfanden, wenn die Dämmerung schon langsam hereinbrach. In dieser Stunde erfüllte MacGown seine Pflichten im Parlament. Ein niederer, offener Kragen kleidete Francis Wilmot ausgezeichnet. Sie mochte es gern, wenn er bequem auf dem Diwan saß und seine Augen ihr folgten. Sie liebte es, nahe an ihn heranzutreten und das Zittern seiner Finger zu sehen, die ihren Rock oder Ärmel berührten, den Funken in seinen Augen und die Veränderung in seinem Gesicht, wenn sie wieder wegging. Es war unbequem, daß er so an sie glaubte. Vorsicht war durchaus nicht ihre Sache. Und doch machte es ihr eine Art von Vergnügen, sich vor ihm zusammennehmen zu müssen; sie kam sich so gut vor. Kinder durfte man doch nicht erschrecken.

An jenem Tag war sie, da sie MacGown für fünf erwartete, unruhig, noch ehe der junge Mann eintrat und sagte: »Ich habe Michael Mont getroffen; seine Manschette war blutig. Raten Sie, wessen Blut?«

»Doch nicht Alecs?«

Francis Wilmot ließ ihre Hände los.

»Nennen Sie den Mann vor mir nicht Alec.«

»Mein liebes Kind, Sie sind zu empfindlich. Ich habe mir ja gedacht, daß die beiden aneinandergeraten würden – ich habe ihre Reden gelesen. Hatte Michael kein blaues Auge? Nein? Tt – tt! Alec – Verzeihung – wird sehr schlechter Laune sein. War das Blut frisch?«

»Jawohl«, sagte Francis Wilmot grimmig.

»Dann wird er heute nicht kommen. Setzen Sie sich, wir wollen zur Abwechslung einmal ernstlich arbeiten.«

Er aber warf sich auf die Knie und umschlang mit den Armen ihre Taille. »Marjorie! Marjorie!«

Als Verfechterin der modernen Lebensfreude, stets bereit, über alles zu spotten, fühlte sie doch Mitleid – mit ihm und auch mit sich selbst. Es war schwer, ihm nicht einfach sagen zu können: »Schnell, verschaff dir Ring und Dokumente oder was du sonst noch alles brauchst, und schauen wir, daß wir fortkommen.« Dabei war sie nicht einmal bereit, ohne Ring und Dokumente fortzukommen! Denn man mußte einen klaren Kopf behalten. Sie hatte schon einmal einen Liebhaber ihrer müde werden sehen und einen klaren Kopf behalten; noch ehe es ihm zum Bewußtsein kam, war er schon verabschiedet. Sie selber war eines andern müde geworden, hatte einen klaren Kopf behalten und sich nichts merken

lassen, bis auch er der Sache überdrüssig geworden war. Sie hatte Lieblingspferde, auf die sie gewettet hatte, verlieren sehen, trotzdem einen klaren Kopf behalten und dann auf ein Pferd gesetzt, das gewann. Wenn das Glück im Kartenspiel sich gegen sie verschwor, stand sie vom Spieltisch auf, ehe ihr Häuflein Geld ganz zusammengeschmolzen war. Immer wieder hatte sie sich die gute Note, »modern zu sein«, verdient.
Also küßte sie ihn mitten auf den Kopf, löste seine Hände von ihr los und bat ihn, brav zu sein; und während sie dies murmelte, spürte sie, daß ihre erste Jugend schon vorüber sei.
»Unterhalten Sie mich, während ich male«, sagte sie. »Ich fühle mich ganz elend.«
Und Francis Wilmot unterhielt sie, düster und wie ein Schatten.
Manche sind der Ansicht, daß eine Nase, auf die ein Faustschlag niedersauste, in der ersten Stunde weniger anschwillt als später. Aus diesem Grund erschien Sir Alexander MacGown um halb fünf, um ihr zu sagen, daß er um fünf nicht kommen könne. Er war direkt vom Parlament hergefahren und hatte sich unterwegs einen kleinen Eisbeutel an die Nase gehalten. Da er im Glauben gewesen war, daß der junge Amerikaner nach Paris gefahren sei, blieb er stocksteif stehen und starrte Francis an, der mit offenem Hemd und ohne Krawatte dastand. Francis Wilmot erhob sich vom Diwan und schwieg ebenso beharrlich. Marjorie Ferrar setzte einen Farbfleck auf die Leinwand.
»Schau dir das an, Alec; ich habe es gerade begonnen.«
»Nein, danke«, sagte MacGown.
Francis Wilmot, der seine Krawatte in die Tasche stopfte, verbeugte sich und ging zur Tür.
»Wollen Sie nicht mit uns Tee trinken, Mr. Wilmot?«
»Danke, lieber nicht.«
Als er fort war, betrachtete Marjorie Ferrar die Nase ihres Verlobten. Dick und hart war sie, aber bis jetzt fast noch normal.
»Möchtest du mir gefälligst erklären«, sagte MacGown, »warum du wegen dieses jungen Kerls gelogen hast? Du sagtest, er sei in Paris. Spielst du Verstecken mit mir, Marjorie?«
»Natürlich, warum denn nicht?«
MacGown kam bis auf Reichweite näher. »Leg den Pinsel hin!«
Marjorie Ferrar hob ihn hoch, und plötzlich flog er an die gegenüberliegende Wand.
»Du wirst dieses Bild nicht weitermalen, und du wirst diesen Kerl nicht wiedersehen; er ist in dich verliebt.«
Er hielt ihre Handgelenke umklammert.

Sie hatte den Kopf weit zurückgebogen, und ihr Gesicht war ebenso zornig wie das seine.
»Laß mich los! Du hältst dich vielleicht für einen Gentleman?«
»Nein, für einen einfachen Mann.«
»Kraftvoll und schweigsam — wie aus einem langweiligen Roman. Setz dich nieder und sei nicht so aufdringlich.«
Wohl eine Minute lang währte das Duell ihrer Blicke, die seinen braun, brennend, und die ihren so eisig blau. Dann ließ er sie doch los.
»Heb den Pinsel auf und bring ihn her!«
»Eher hol mich der Teufel!«
»Dann ist unsere Verlobung zu Ende. Weil du altmodisch bist, bin ich es noch lange nicht. Du brauchst eine junge Frau, die dir eine Peitsche zum Hochzeitsgeschenk macht.«
MacGown faßte sich mit beiden Händen an den Kopf.
»Ich brauche dich zu sehr, um normal sein zu können.«
»Dann heb den Pinsel auf!«
MacGown hob ihn auf.
»Was hast du denn mit deiner Nase gemacht?«
MacGown griff mit der Hand danach. »Bin gegen eine Tür gerannt.«
Marjorie Ferrar brach in Lachen aus. »Die arme Tür!«
MacGown starrte sie ehrlich verwundert an.
»Du bist die herzloseste Frau, die mir je begegnet ist, und ich weiß wahrhaftig nicht, warum ich dich liebe.«
»Schöner und netter bist du deshalb jedenfalls nicht geworden, mein Lieber. Es war sehr unvorsichtig von dir, heute hierherzukommen.«
MacGown stöhnte auf. »Ich kann nicht wegbleiben, das weißt du ja.«
Marjorie Ferrar drehte das Gesicht auf der Leinwand um und lehnte sich daneben an die Wand.
»Ich weiß nicht, wie du unsere Aussichten, miteinander glücklich zu werden, beurteilst; aber meiner Meinung nach schaut es nicht sehr vielversprechend aus. Willst du einen Whisky mit Soda? Dort drüben im Kasten. Also Tee? Nichts? Es ist besser, wenn wir uns gegenseitig reinen Wein einschenken. Wenn ich dich heirate, was noch sehr zweifelhaft ist, dann werde ich nicht nur innerhalb meiner vier Wände leben. Ich werde mir so viele Freunde einladen, wie ich Lust habe. Und bis ich heirate, werde ich sie natürlich auch treffen. Wenn es dir nicht paßt, kannst du es bleiben lassen.«
Sie bemerkte, wie er die Fäuste ballte, und ihre Handgelenke brannten sie. Es würde ein gutes Stück Arbeit kosten, in einer Ehe mit ihm eine vollkommene Frau zu sein. Wenn ihr nur jemand statt dessen einen wirk-

lich guten Tip geben wollte, sie würde ihr letztes Hemd verwetten. Wenn nur Francis Wilmot Geld hätte und nicht dort zu Hause wäre, wo die Baumwolle wuchs und die Schwarzen auf den Feldern ihre eintönigen Weisen sangen; wo die Flüsse rot waren, das Florida-Moos die Sümpfe umsäumte und die Sonne schien; wo die Grapefruit wuchs – oder wuchs sie gar nicht dort? – und Spottdrosseln süßer sangen als die Nachtigall! Südkarolina, wie es Francis Wilmot ihr mit solchem Enthusiasmus beschrieben hatte! Marjorie Ferrar sah sich einer Welt gegenüber, die nicht ihre Welt war. Südkarolina! Unmöglich! Es war, als hätte man von ihr verlangt, antik zu sein.

MacGown kam auf sie zu. »Es tut mir leid«, sagte er. »Verzeih mir, Marjorie.«

Sie zuckte die Schultern; er legte beide Hände auf diese Schultern, küßte ihre Lippen und schritt hinaus.

Sie setzte sich gedankenverloren in ihren Lieblingssessel und wippte mit dem Fuß. Ihre Puppe hatte ein Loch, so daß das Sägemehl herauslief – das Leben war zum Sterben fad! Es war, als würde beim Kutschieren das Führungspferd immer im Kreis herumlaufen; oder wie bei der Krocketpartie in »Alice im Wunderland«, das sie vor nicht ganz zwanzig Jahren, die ihr wie zwanzig Jahrhunderte vorkamen, in den Butterblumenwiesen von High Marshes gelesen hatte. Was wollte sie eigentlich? Nur Ruhe vor den Männern und den Rechnungen? Oder dies schillernde Etwas, das man wahre Liebe nannte? Was immer es auch sein mochte, sie besaß es nicht. Und so hieß es denn sich ankleiden und ausgehen und tanzen! Und später wieder umkleiden und ausgehen und dinieren; und die Kleider waren nicht bezahlt! Na, nichts war so gut gegen Katzenjammer wie ein Eier-Cocktail. Sie klingelte um die Zutaten, mischte sich einen mit viel Weinbrand, streute Muskatnuß darauf und trank ihn hinunter.

4

Quell und Ursprung

Zwei Tage später erhielt Michael zwei Briefe. Der erste mit einer australischen Marke hatte folgenden Inhalt:

Sehr geehrter Herr!
Ich hoffe, daß Sie wohlauf sind und auch Ihre werte Frau. Ich habe mir gedacht, daß es Sie vielleicht interessieren möchte, wie's uns geht. Nun, Sir, seit wir hier sind, seit anderthalb Jahren, sind wir noch kaum einen Schritt weitergekommen. Mir kommt vor, daß wir Australien durch eine gar zu rosige Brille gesehen haben. Das Klima wär' schon recht, wenn es nicht gerade zu trocken oder zu naß ist — meiner Frau ihrer Gesundheit tut es sehr gut, aber, Sir, wenn mir einer davon redet, daß man hier sein Glück machen kann, da muß ich nur sagen, er soll das seiner Großmutter erzählen. Die Leute hier sind ein komisches Volk, die scheinen absolut nicht zu wissen, was sie mit uns anfangen sollen, und ich weiß nicht, was ich mit ihnen anfangen soll. Sie nennen uns Pommies und behandeln uns, als wär' es eine Unverfrorenheit von uns gewesen, in ihr gottverlassenes Land einzuwandern. Man sollte meinen, daß man hier draußen ein paar Menschen mehr brauchen könnte, aber sie scheinen gar nicht der Meinung zu sein. Oft wünscht' ich, ich wär' wieder in England. Meine Frau sagt zwar, hier geht's uns besser, aber ich bin nicht so sicher. Auf jeden Fall hat man uns eine Masse Lügen über die Auswanderung erzählt.
Zum Schluß möcht' ich Ihnen sagen, Sir, daß ich Ihre Güte nicht vergessen habe. Bitte, meine Frau sagt, daß sie sich Ihnen und Ihrer Frau Gemahlin empfehlen läßt.

Ihr sehr ergebener
Anthony Bicket

Mit diesem Brief in der Hand konnte Michael wie ein Medium den Schreiber wieder vor sich sehen, sein mageres Gesicht, die vorstehenden Augen, die großen Ohren, eine der schattenhaften Gestalten der Londoner Straßen, hinter seinen farbigen Ballons. Der arme kleine Teufel — sein Schlüssel paßte nie zu dem Schloß, das er gerade öffnen wollte, und es gab Tausende und Abertausende mit falschen Schlüsseln, die niemals paßten. Pommies! Na ja, Michael befürwortete schließlich auch nicht die Auswanderung der Alten; er empfahl sie für die Jungen, die noch nicht verknöchert waren. Die Kinder würde man gewiß nicht mit diesem Stigma belegen. Er öffnete den zweiten Brief.

Roll Manor bei Huntingdon

Sehr verehrter Herr!
Die Enttäuschung, die ich seit dem Erscheinen meines Buches fühlte, wurde ein wenig gemildert durch Ihre freundliche Bezugnahme darauf im

Parlament und Ihr Eintreten für seine Thesen. Ich bin ein alter Mann und komme nicht mehr nach London, aber es würde mich freuen, Sie kennenzulernen. Wenn Sie jemals in meine Gegend kommen, würde ich mich glücklich schätzen, Sie zum Lunch bei mir zu sehen oder Sie über Nacht einzuladen, wie es Ihnen gerade am besten paßt.

Mit freundlichen Grüßen

Ihr sehr ergebener

Jas. Foggart

Er zeigte Fleur den Brief.

»Wenn du der Einladung Folge leistest, wirst du dich zu Tode langweilen, Liebster.«

»Ich m u ß hinfahren«, sagte Michael, »zum Quell und Ursprung.«

Er antwortete, daß er am nächsten Tag zum Lunch kommen werde.

Beim Bahnhof wartete ein Pferdewagen auf ihn, wie er noch nie zuvor einen gesehen hatte. Der grün livrierte Kutscher, zu dem er hinaufkletterte, erklärte ihm: »Sir James hat geglaubt, daß Sie gern die Aussicht genießen wollen, deshalb hat er diesen Wagen geschickt.«

Es war ganz windstill, einer jener grauen Spätherbsttage, wo die wenigen übriggebliebenen Blätter regungslos herunterhängen und darauf warten, daß der Wind sie hinwegfegt. Die schmutzige Straße roch nach Regen; Krähen flogen von den Stoppelfeldern auf, als hätte sie das Pferdegetrappel erstaunt; die Schollen der frisch gepflügten Felder glänzten. Die Pappeln verliehen der flachen Gegend etwas Durchgeistigtes; die roten Ziegeldächer der Bauernhäuser eine gewisse Traulichkeit.

»Dort ist das Herrenhaus«, sagte der Kutscher und wies mit der Peitsche hin. Zwischen einem Obstgarten und einer Ulmengruppe, in der offenbar die Krähen nisteten, erblickte Michael ein langgestrecktes, niederes Gebäude von stark verwitterten Ziegelsteinen, von wildem Wein überwuchert, der schon seine Blätter verloren hatte. Ein wenig weiter sah man Scheunen, Wirtschaftsgebäude und die Mauer eines Küchengartens. Der Wagen bog in eine Lindenallee ein und hielt plötzlich vor dem Haus, das von keinem Gitter geschützt war. Michael zog an einer alten eisernen Glocke. Ihr zögernder Klang rief einen zögernden Diener mit faltigem Gesicht herbei, der sagte: »Mr. Mont? Sir James erwartet Sie. Folgen Sie mir, bitte.«

Durch eine niedrige alte Halle, die angenehm nach Holzrauch duftete, kam Michael vor eine Tür, die der Diener mit dem faltigen Gesicht ihm vor der Nase schloß.

Sir James Foggart! Wohl irgendein alter Landedelmann in Gamaschen, mit kleinen grauen Koteletten, adrett, und mit scharfen, verwitterten Zügen? Oder einer jener noch immer existierenden John Bulls mit kurzem, dickem Hals, klobig und vierschrötig, mit eckigem Kopf und einem altmodischen Zylinder drauf?

Der Mann mit dem faltigen Gesicht öffnete die Tür wieder und sagte: »Sir James läßt bitten.«

In einem großen Zimmer mit vielen Büchern saß vor dem Kamin ein riesiger alter Mann mit grauem Bart und grauen Locken, der in seinem alten Samtrock mit den abgewetzten Nähten wie der britische Löwe in Pension aussah.

»Bitte, bleiben Sie, Sir«, sagte Michael.

»Ja, wenn Sie mich entschuldigen wollen. Angenehme Fahrt gehabt?«

»Sehr angenehm.«

»Nehmen Sie Platz. War gerührt von Ihrer Rede. Erste Rede, nicht wahr?«

Michael verbeugte sich.

»Hoffentlich nicht die letzte.«

Die Stimme war tief und dröhnend; die Augen blickten kühn aus dem Dickicht der buschigen Brauen, und ein Teil der Wangen war von dem großen Bart verdeckt. Die Locken seines dichten grauen Haares fielen ihm über die Stirn und bis auf den Rockkragen herab. Ein urtümlicher alter Herr, der trotzdem sehr kultiviert war. Michael war tief beeindruckt.

»Ich habe auf die Ehre, Sie kennenzulernen, gewartet, Sir«, sagte er, »seitdem wir Ihr Buch veröffentlicht haben.«

»Ich bin ein Einsiedler – komm' überhaupt nicht mehr hinaus. Um die Wahrheit zu sagen, ich will auch gar nicht – zuviel gesehen, was mir nicht gefällt. Ich schreibe und rauche meine Pfeife. Läuten Sie, dann können wir essen. Wer ist dieser Sir Alexander MacGown? Er verdient Ohrfeigen.«

»Ist schon geschehen, Sir«, sagte Michael.

Sir James Foggart lehnte sich zurück und lachte lange. Sein Lachen klang tief und hohl, wie etwa aus einer Posaune. »Ausgezeichnet! Und wie haben die übrigen Kerle Ihre Rede aufgenommen? Hab' einmal viele von ihnen gekannt – Väter der Jetzigen, Großväter vielleicht.«

»Wie können Sie dann so genau wissen, was England braucht, Sir?« fragte Michael höflich, »wenn Sie jetzt überhaupt nicht mehr von zu Hause wegkommen?«

Mit seiner großen, mageren, behaarten Hand zeigte Sir James Foggart auf einen Tisch, auf dem Stöße von Büchern und Zeitschriften lagen. »Ich lese«, sagte er, »lese alles – Augen so gut wie einst – seinerzeit viel gesehen.« Und er schwieg, als sähe er es wieder.

»Lassen Sie Ihrem Buch ein zweites folgen?«
»Hm! Guter Lesestoff, wenn ich tot bin! Vierundachtzig, wissen Sie.«
»Es wundert mich«, sagte Michael, »daß keine Journalisten hier gewesen sind.«
»Sind ja dagewesen – gestern; drei – mit drei verschiedenen Zügen. Höfliche junge Leute, aber ich konnte sehen, daß sie nicht recht klug aus mir altem Kerl wurden – gehöre ja zum alten Eisen, eh?«
In diesem Augenblick wurde die Tür geöffnet, und der Diener mit dem faltigen Gesicht trat ein, gefolgt von einem Stubenmädchen und drei Katzen. Man stellte ein Servierbrett auf Sir James' Knie und ein zweites auf einen kleinen Tisch vor Michael. Auf jedem Brett lag ein Rebhuhn mit Bratkartoffeln, Spinat und Brotsauce. Der Diener mit dem faltigen Gesicht füllte das Glas von Sir James mit Gerstenwasser, das Michaels mit Rotwein und zog sich zurück. Die drei Katzen, alle braungefleckt, rieben sich gegen Sir James' Hosen und schnurrten laut.
»Katzen stören Sie hoffentlich nicht? Kein Fisch heut', Pussies!«
Michael war hungrig und aß sein Rebhuhn auf. Sir James gab das meiste davon den Katzen. Dann wurden Fruchtsalat, Käse, Kaffee und Zigarren serviert und alles wieder weggeräumt, nur die Katzen, die angefressen und zusammengerollt in Dreiecksformation am Feuer lagen, blieben da. Michael starrte durch den Rauch von zwei Zigarren zu dem »Quell und Ursprung« hinüber. Er hätte für sein Leben gern ein Kreuzfeuer von Fragen eröffnet, bezweifelte aber, ob Sir James es auch aushalten würde – er schien so schrecklich alt. Na, Michael wollte es auf jeden Fall versuchen!
»Sir, Sie kennen wohl Blythe vom *Outpost?* An dem haben Sie Ihre größte Stütze, ich bin nur ein Werkzeug.«
»Zeitschrift kenne ich – bestes Wochenblatt; vielleicht zu geistreich.«
»Würden Sie es mir übelnehmen«, fragte Michael, »wenn ich die Gelegenheit benütze, um eine oder zwei Fragen zu stellen?«
Sir James blickte das brennende Ende seiner Zigarre an. »Schießen Sie los!«
»Also, Sir, kann England wirklich ohne Europa existieren?«
»Kann es denn m i t Europa existieren? Allianzen, die auf dem Versprechen gegenseitiger Hilfe aufgebaut sind, die niemals zustande kommt – schlimmer als gar keine.«
»Aber angenommen, Belgien oder Holland würden wieder überfallen werden?«
»Das ist vielleicht die einzige Ausnahme, das muß man sich klarmachen. Für Europa ist es ungeheuer wichtig, zu wissen, was oder was nicht

England in einem gegebenen Fall tun würde. Aber man hat es nie vorher gewußt. Perfides Albion! Ha! Wir warten immer bis zum letzten Augenblick, um unsere Politik bekanntzugeben. Großer Fehler! Macht den Eindruck, daß wir Opportunisten seien, was wir bei unserem demokratischen System, nebenbei gesagt, gewöhnlich auch sind.«

»Das gefällt mir«, sagte Michael, dem es durchaus nicht gefiel. »Um nun zum Weizen zu kommen: Auf welche Art würden Sie den Preis stabilisieren, um den heimischen Anbau zu fördern?«

»Ha, mein Steckenpferd! Wir brauchen eine Weizenanleihe, Mr. Mont, und staatliche Kontrolle. Die Regierung sollte jedes Jahr im vorhinein die Menge Weizen ankaufen und einlagern, die die heimische Landwirtschaft nicht liefern kann; und dann für unsere Bauern einen Preis festsetzen, der ihnen einen guten Gewinn sichert und den Weizen nun zu einem Durchschnittspreis verkaufen. Sie würden bald sehen, wie man bei uns wieder überall Weizen anbaut, und die Landwirtschaft würde überhaupt einen Aufschwung nehmen.«

»Aber würde das nicht den Brotpreis erhöhen, Sir?«

»Aber nein!«

»Und ein Heer von Beamten notwendig machen?«

»Nein, man muß nur den gegenwärtigen Apparat richtig organisieren.«

»Der Staat als Händler, Sir?« fragte Michael schüchtern.

Sir James Foggarts Stimme erdröhnte wieder. »Außergewöhnlicher Fall — grundsätzliche Frage — und warum nicht?«

»Sie haben recht«, sagte Michael rasch. »Ich habe es mir noch nie überlegt; aber warum nicht? Und was sagen Sie zu dem Widerstand, den man der Kinderauswanderung in unserem Land entgegensetzt? Glauben Sie, es hängt mit der Liebe der Eltern für ihre Kinder zusammen?«

»Sie fürchten eher, den Lohn der Kinder zu verlieren.«

»Trotzdem«, murmelte Michael, »ist es begreiflich, wenn man sich dagegen wehrt, seine Kinder mit fünfzehn Jahren gänzlich zu verlieren.«

»Begreiflich; die menschliche Natur ist egoistisch, junger Mann. Die Kinder nicht fortlassen und sie vor den eigenen Augen zugrunde gehen oder sie zu einem noch elenderen Schicksal heranwachsen sehen — das ist die menschliche Natur, wie Sie sagen.«

Michael, der das gar nicht gesagt hatte, war etwas verdutzt.

»Zur Kinderauswanderung braucht man einen Haufen Geld und auch Organisation.«

Sir James stieß mit seinem Pantoffel die Katzen weg.

»Geld! Man vergeudet noch immer einen Haufen Geld für ganz unnötige Dinge. Noch eine Hundertmillionen-Anleihe — vier und eine

halbe Million jährlich im Budget, und wenigstens hunderttausend Kinder im Jahr könnten hinausgeschickt werden. In fünf Jahren würden wir das Ganze an der Arbeitslosenunterstützung sparen.« Er schwenkte seine Zigarre, so daß die Asche auf den Samtrock fiel.
»Hab' mir's ja gedacht«, sagte Michael zu sich selbst und schnippte seine eigene Asche in die Kaffeeschale. »Aber kann man sich denn ordentlich um die Kinder kümmern und ihnen wirklich eine Chance geben, wenn sie so in Massen hinausgeschickt werden, Sir?«
»Immer nach und nach. Wo ein Wille ist, da ist auch ein Weg.«
»Und werden sie dort draußen nicht wieder nur die Städte vergrößern helfen?«
»Man muß ihnen beibringen, das Land zu lieben, und es ihnen auch geben.«
»Ich weiß nicht, ob das genügt«, sagte Michael kühn, »die Anziehungskraft der Städte ist ungeheuer.«
Sir James nickte. »Eine Stadt ist gar nichts so Übles, wenn man sie nicht übertreibt, wie es hier geschieht. Die Leute, die sich in die Städte drängen, vergrößern die Nachfrage nach unseren Lebensmitteln.«
»Gut«, dachte Michael, »jetzt bin ich auf dem rechten Weg. Was soll ich ihn noch fragen?« Und er blickte nachdenklich die Katzen an, die sich unruhig bewegten. Ein sonderbares, rasselndes Geräusch unterbrach die Stille. Michael blickte auf. Sir James Foggart war eingeschlafen. Im Schlaf sah er noch riesiger aus, fast zu riesig, und sein Schnarchen schien das Zimmer zu erschüttern. Die Katzen versteckten ihre Köpfe. Ein leicht brenzliger Geruch war zu spüren. Michael hob die zu Boden gefallene Zigarre vom Teppich auf. Was sollte er jetzt tun? Auf die Auferstehung warten oder sich aus dem Staube machen? Der arme alte Kerl! Der Foggartismus war für Michael noch nie eine so verlorene Sache gewesen wie gerade hier in diesem Heiligtum seines Quells und Ursprungs. Er hielt sich die Ohren zu und blieb ganz still sitzen. Eine Katze nach der anderen stand auf. Michael sah auf die Uhr. »Ich werde meinen Zug versäumen«, dachte er und schlich auf Zehenspitzen zur Tür, hinter den Katzen her, die sich im Gänsemarsch um die Ecke drückten. Es war, als ob der Foggartismus sich sein bißchen Leben aus dem Leibe schnarchte. »Leben Sie wohl, Sir!« sagte er leise und ging hinaus. Sehr nachdenklich wanderte er zum Bahnhof. Der Foggartismus! Dies gewaltige, wenngleich einfache Programm schien auf der Annahme zu beruhen, daß die Menschen auch nur ein kleines bißchen vorausdenken könnten. Aber war diese Annahme berechtigt? Wenn sie zutraf, wäre England dann so mit Städten übersät und übervölkert? Auf einen einzigen Mann, der fähig

war, einen so großzügigen Ausblick in die Zukunft zu tun und darüber einzuschlafen, kamen neun, wenn nicht neunundneunzig, die in ihrer Engstirnigkeit nur das sahen, was vor ihren Augen lag, und dabei wachblieben. Angewandte Politik! Die Antwort auf seine ganze Weisheit, wie laut er sie auch immer hinausposaunen mochte, würde doch nur lauten: »Ach so, na ja! Der junge Mont – kein praktischer Politiker!« Und eine derartige Einstufung würde ihm jedes öffentliche Wirken unmöglich machen. Aus dem Fenster des Abteils blickte er hinaus auf das englische Gras; er kam sich vor wie ein Mensch, auf den die anderen Erde häuften. Hatten die Pelikane, die in der Wildnis schrien, Sinn für Humor? Wenn nicht, dann führten sie kein angenehmes Leben. Gras – Gras – Gras! Nichts als Gras und Städte! Er vergrub das Kinn tief in den dicken Mantel und war selbst bald fester eingeschlafen als sogar Sir James Foggart.

5

Fortschritt des Prozesses

Als Soames gesagt hatte: »Überlaß das mir«, war es ihm auch ernst gewesen; aber es ging ihm wirklich sehr auf die Nerven, daß jedesmal, wenn etwas schiefging, er und kein anderer es wieder in Ordnung bringen sollte. Um sich gründlicher mit der Sache befassen zu können, wohnte er wieder bei seiner Schwester Winifred Dartie in der Green Street. Am ersten Abend traf er seinen Neffen Val dort beim Dinner und ergriff sogleich die Gelegenheit, ihn zu fragen, ob er irgend etwas über Lord Charles Ferrar wüßte.

»Was möchtest du denn wissen, Onkel Soames?«

»Alles, was nicht ganz in Ordnung ist. Ich habe gehört, daß sein Vater nicht mehr mit ihm redet.«

»Nun«, erwiderte Val, »es heißt allgemein, daß er das Lincolnshire-Rennen mit einem Pferd gewinnen wird, das beim Cambridgeshire versagt hat.«

»Was hat das damit zu tun?«

Val Dartie warf ihm einen versteckten Blick zu. Er wollte sich in keinen Verleumdungsprozeß hineinzerren lassen. »Wenn er nicht bald einen Coup landet, ist er erledigt.«

»Ist das alles?«

»Wäre nur noch zu erwähnen, daß er gegen alle zuvorkommend ist, die ihm nützen können, und unhöflich, wenn man es nicht kann.«

»Danach sah er mir auch aus«, sagte Soames. »Hast du geschäftlich mit ihm zu tun gehabt?«

»Ja; ich verkaufte ihm einen Einjährigen, von Torpedo aus der Prophetin.«

»Hat er dich bezahlt?«

»Jawohl«, erwiderte Val grinsend; »später hat das Tier dann versagt.«

»Hm! Wahrscheinlich ist er dann unhöflich geworden. Ist das alles, was du weißt?«

Val nickte. Er wußte zwar noch mehr, wenn man Klatsch »noch mehr« nennen kann; aber was beim Rauch der Zigaretten bereitwillig zum besten gegeben wurde, wenn Rennfanatiker unter sich waren, war kaum für Ohren von Advokaten geeignet.

Zog man in Betracht, welch ein alter Mann von Welt Soames schon war, so war es erstaunlich, wie wenig er davon wußte, daß in der löblichen Welt der Gesellschaft jedermann täglich verleumdet wird, ohne daß es jemandem schadet; wie die Verleumder und Verleumdeten zusammen speisen und Karten spielen, von größtem gegenseitigem Wohlwollen und der Absicht erfüllt, einander sofort wieder zu verleumden, sobald sie einander den Rücken gekehrt haben. Solch belebende und haarsträubende Berichte dringen jedoch nicht an die Ohren von Außenstehenden, und Soames wußte wahrhaftig nicht, wo er mit seinen Nachforschungen beginnen sollte.

»Kannst du diesen Mr. Curfew nicht zum Tee einladen?« fragte er Fleur.

»Wozu, Vater?«

»Damit ich ihn ausholen kann.«

»Für dergleichen Dinge, dachte ich, gibt es Detektive.«

Soames wechselte die Farbe. Seitdem er damals, zu Anfang des Jahrhunderts, diesen Mr. Polteed engagiert hatte, der einen Mann im Schlafzimmer seiner Frau in Paris erwischte, der er selber war, verursachte ihm das Wort Detektiv Magenschmerzen. Er ließ das Thema fallen. Aber was konnte man ohne Detektive anfangen?

Eines Abends, als Winifred im Theater war, setzte er sich nieder, um eine Zigarre zu rauchen, und überlegte. Michael hatte ihn mit einer Liste der »fortschrittlichen« Bücher und Stücke versorgt, die »moderne« Menschen lasen, sich ansahen und worüber sie diskutierten. Er hatte ihm sogar eines der Bücher gleich mitgebracht, *Canthar* von Perceval Calvin. Soames holte es aus seinem Schlafzimmer, drehte die Lampe an und öffnete den Band. Nachdem er die ersten paar Seiten gelesen hatte, denen er gar nichts entnehmen konnte, schlug er das Ende auf und las von hinten nach vorn. Auf diese Art konnte er besser überspringen, und jede der erotischen Stellen, zu denen er bald gelangte, führte ihn unmerklich zu der vorhergehenden. Er hatte schon bis zur Mitte gelesen, ehe er verwundert die Titelseite aufschlug. Wie kam es, daß Autor und Verleger eines solchen Buches frei herumgingen! Aha! Es war im Ausland gedruckt! Soames atmete wieder freier. Obgleich er neunundsechzig Jahre alt war, weder Richter noch Geschworener und auch sonst nicht beruflich genötigt war, sich moralisch zu entrüsten, so war er doch erschüttert. Wenn Frauen so etwas lasen, dann war ja wirklich heutzutage kein Unterschied mehr zwischen Männern und Frauen. Er nahm das Buch wieder zur Hand und las ohne Unterbrechung bis zum Anfang. Nur die erotischen Stellen interessierten ihn. Das übrige schien wüstes, unzusammenhängendes Zeug zu sein. Er ruhte sich wieder aus. Wozu war dieser Roman eigentlich geschrieben worden? Natürlich nur, um Geld zu machen. Oder verfolgte man damit noch einen anderen Zweck? War der Autor einer jener Kerle, die sich Künstler nannten und glaubten, nur dann »das Leben« zu gestalten — so hieß doch die Phrase —, wenn sie jeden Besuch in einem Schlafzimmer gewissenhaft registrierten und darüber hinaus ein übriges taten? »Kunst um der Kunst willen«, »Realismus« — wie nannten sie's nur? Nach Soames' verhältnismäßig nüchternen Erfahrungen bestand nicht das ganze Leben aus Schlafzimmererlebnissen, so daß er unmöglich zugeben konnte, daß dies das Leben sei, das ganze Leben, und nur dies allein das Leben. »Calvin ist verschroben, Sir«, hatte Michael gesagt, als er ihm das Buch gab. »Er glaubt, die Menschen können erst enthaltsam werden, nachdem sie durch die größten Ausschweifungen hindurchgegangen sind. Auf diese Weise zeigt er, wie sein Held und seine Heldin allmählich zur Enthaltsamkeit gelangen.« »Wohl im Irrenhaus«, dachte Soames. Nun, man würde ja sehen, was britische Geschworene dazu sagen würden. Aber auf welche Art sollte man das Geständnis erlangen, daß diese Frau und ihre Gesellschaft das Buch mit Genuß gelesen hatten? Da kam ihm eine Idee, eine so glänzende Idee, daß er tief nachdenken mußte, ehe er Vertrauen dazu faßte. Diese fortschrittlichen jungen Leute waren unglaublich eingebildet. Jeder, der nicht ihre Ansichten teilte, war fad und ein Spießer. Wenn man das Buch in der Presse angreifen ließ, würden sie dann nicht einschnappen? Und wenn die Zeitungen ihre Erwiderungen veröffentlichten, könnte man diese dann später nicht als Belege für ihre moralischen Ansichten benützen? Hm! Die Sache wollte geschickt angepackt sein. Aber vor allen Dingen, wie wollte er beweisen, daß Marjorie Ferrar dieses Buch gelesen hatte? Wie er so hin und her überlegte, kam ihm noch eine glänzende Idee. Der junge Butterfield, der ihm geholfen hatte, Eldersons Schuld in der Angelegenheit der P. P. R. S. zu beweisen und der seinen Posten bei den Verlegern Danby & Winter seiner Empfehlung verdankte. Warum sollte er sich nicht seiner bedienen? Michael hatte immer gesagt, daß der junge Mann dankbar sei. Während Soames in sein Schlafzimmer ging, hielt er die Titelseite des Buches ängstlich gegen seinen Rock gedrückt, falls er einem Dienstmädchen begegnen sollte.

Sein letzter Gedanke an diesem Abend war beinahe eine Diagnose. »In meiner Jugend lasen wir derartige Bücher, wenn wir sie erwischen konnten, aber wir sprachen nicht darüber. Jetzt posaunt man anscheinend überall aus, daß man solche Dinge gelesen hat, und erklärt obendrein, daß sie einem nützlich seien!«

Am nächsten Morgen telefonierte er vom Connoisseurs-Klub mit Danby & Winter und verlangte Mr. Butterfield zu sprechen.

»Bitte?«

»Hier Mr. Forsyte. Erinnern Sie sich noch an mich?«

»Ja, gewiß, Sir.«

»Können Sie heute vormittag auf einen Sprung in den Connoisseurs-Klub kommen?«

»Gewiß, Sir. Paßt Ihnen halb ein Uhr?«

Da Soames in sexuellen Dingen reserviert und empfindlich war, empfand er es als sehr unangenehm, mit einem jungen Mann über ein unmoralisches Buch zu sprechen. Er sah jedoch keinen anderen Weg, und als sein Besucher kam, schüttelte er ihm die Hand und begann sofort: »Es ist eine vertrauliche Angelegenheit, Mr. Butterfield.«

Butterfield, dessen Hundeaugen bei dem Händedruck aufgeleuchtet hatten, erwiderte: »Gewiß, Sir. Ich habe nicht vergessen, was Sie für mich getan haben.«

Soames hielt ihm das Buch hin. »Kennen Sie diesen Roman?«

Butterfield lächelte matt. »Jawohl, Sir. Er ist in Brüssel erschienen. Man bezahlt fünf Pfund für ein Exemplar.«

»Haben Sie es gelesen?«

Der junge Mann schüttelte den Kopf. »Ich hab's noch nicht in der Hand gehabt, Sir.«

Soames fühlte sich erleichtert. »Na, dann lesen Sie's auch nicht. Passen Sie einen Augenblick auf. Können Sie auf meine Kosten zehn Exemplare kaufen und sie an zehn Leute verschicken, die ich Ihnen nennen werde? Sie haben alle mehr oder weniger mit Literatur zu tun. Sie können

Zettel hineinlegen, daß es Gratisexemplare seien oder etwas dergleichen. Aber Namen dürfen nicht erwähnt werden.«
Der junge Mann protestierte zögernd: »Der Preis steigt unaufhörlich. Die Sache wird Sie gute sechzig Pfund kosten.«
»Tut nichts.«
»Wollen Sie dem Buch zu einem Sensationserfolg verhelfen, Sir?«
»Du meine Güte, nein! Ich habe meine guten Gründe, aber die brauchen wir nicht zu erörtern.«
»Ich verstehe schon, Sir. Und Sie wünschen, daß die Exemplare von — von der Vorsehung ins Haus geschneit kommen?«
»Ganz richtig«, sagte Soames. »Soviel ich weiß, schicken die Verleger doch oft zweifelhafte Bücher an Leute, von denen sie hoffen, daß sie sie unterstützen werden. Und noch etwas. Können Sie eine Woche später zu einer der Personen gehen, denen Sie die Bücher geschickt haben, und ein zweites Exemplar zum Verkauf anbieten, so, als ob Sie ein Agent dafür wären? Ich möchte mich nämlich vergewissern, ob jene Person das Buch auch bestimmt erhalten und schon gelesen hat. Sie nennen natürlich Ihren Namen nicht. Wollen Sie das für mich tun?«
Wieder leuchteten die Augen des jungen Butterfield auf. »Jawohl, Sir. Ich verdanke Ihnen sehr viel, Sir.«
Soames vermied seinen Blick. Jede Äußerung von Dankbarkeit war ihm zuwider. »Hier haben Sie die Liste der Namen und Adressen. Die eine, die Sie besuchen sollen, habe ich unterstrichen. Ich stelle Ihnen einen Scheck aus; Sie können mich verständigen, falls später mehr zu zahlen ist.«
Er setzte sich nieder, während der junge Butterfield die Liste studierte.
»Ich sehe, daß ich da bei einer Dame vorsprechen soll.«
»Ja; macht es Ihnen was aus?«
»Gewiß nicht, Sir. Moderne Literatur wird heutzutage für Damen geschrieben.«
»Hm!« brummte Soames. »Hoffentlich geht es Ihnen gut.«
»Ausgezeichnet, Sir. Es hat mir so leid getan, daß Mr. Mont von uns fortgegangen ist. Unser Geschäft hat seither einen großen Aufschwung genommen.«
Soames zog die Brauen hoch. Diese Feststellung bestätigte manchen Verdacht früherer Tage. Als der junge Mann fort war, nahm er *Canthar* wieder zur Hand. Würde er imstande sein, einen Angriff in der Presse unter der Chiffre *Pater familias* zu veröffentlichen? Unmöglich. Dazu gehörte einer, der an derartiges gewöhnt war. Und außerdem brauchte man einen bekannten Namen, um die Angegriffenen zu reizen. Michael

um einen Vorschlag zu bitten, wäre sinnlos. Aber der alte Mont würde vielleicht irgendein Fossil im »Parthenaeum« kennen, das von einiger Bedeutung war. Soames ließ sich ein Stück Packpapier kommen, um die Titelseite zu verdecken, steckte das Buch in seine Manteltasche und machte sich auf den Weg nach dem Snooks-Klub.

Sir Lawrence wollte eben zum Essen gehen, und so setzten sie sich zusammen zu Tisch. Nachdem Soames sich vergewissert hatte, daß der Kellner ihm nicht über die Schulter blickte, schob er das Buch, das er mit hereingebracht hatte, zu Sir Lawrence hinüber und sagte: »Haben Sie das gelesen?«

Sir Lawrence wieherte: »Mein lieber Forsyte, warum diese sündhafte Neugier? Jedermann liest es. Das gehört zum guten Ton. Man sagt, es sei einfach scheußlich.«

»Dann haben Sie's also nicht gelesen?« sagte Soames, um ihn bei der Stange zu halten.

»Noch nicht, aber wenn Sie's mir leihen wollen, werde ich es lesen. Ich hab' es satt, daß mich alle Leute, die sich dabei unterhalten haben, fragen, ob ich nicht ›dieses scheußliche Buch‹ gelesen habe. Das ist nicht fair, Forsyte. Haben S i e sich dabei unterhalten?«

»Ich habe es überflogen«, entgegnete Soames und sah ihn seitlich an. »Ich habe einen guten Grund. Wenn Sie es gelesen haben, will ich's Ihnen sagen.«

Zwei Tage später brachte Sir Lawrence es ihm in den Connoisseurs-Klub zurück. »Da, nehmen Sie's, mein lieber Forsyte«, sagte er. »Ich habe mich noch nie so gefreut, ein Buch wieder loszuwerden. Ich habe in ständiger Angst gelebt, man könnte mich damit erwischen. Perceval Calvin — *quel sale Monsieur!*«

»Ja!« sagte Soames. »Ich will, daß das Buch angegriffen wird.«

»Sie! Ist denn Saul auch unter die Propheten gegangen? Woher dieser plötzliche Eifer?«

»Es ist ein bißchen schwer zu erklären«, sagte Soames, der sich auf das Buch gesetzt hatte. Er erläuterte seine Gründe und sagte schließlich: »Michael und Fleur dürfen nichts davon erfahren.«

Sir Lawrence hörte ihm mit seinem schiefen Lächeln zu.

»Aha!« sagte er. »Soso! Sehr schlau, Forsyte. Ich soll also jemanden finden, dessen Name wie das rote Tuch wirkt. Es darf kein Romancier sein, sonst wird es heißen, er sei eifersüchtig — was er ja wahrscheinlich auch ist —, das Buch verkauft sich wie frische Semmeln — ich glaube, so heißt die Redensart. Ah! Mir scheint, mir scheint, Forsyte, ich weiß die richtige Frau.«

»Frau!« sagte Soames. »Das wird auf diese Leute keinen Eindruck machen.«

Sir Lawrence zog seine bewegliche Augenbraue in die Höhe. »Ich glaube, da haben Sie recht – die einzigen Frauen, die heutzutage auf solche Leute Eindruck machen, sind diejenigen, die es noch bunter treiben als sie selbst. Soll ich den Brief selber schreiben und mit ›Ein entrüsteter Vater‹ unterzeichnen?«

»Ich glaube, wir müssen einen wirklichen Namen haben.«

»Stimmt, Forsyte, stimmt. Ich werde ins ›Parthenaeum‹ gehen und nachschauen, ob dort noch jemand am Leben ist.«

Zwei Tage später erhielt Soames folgenden Brief:

Snooks-Klub, Freitag

Mein lieber Forsyte!

Ich habe den richtigen Mann, den Herausgeber des Protagonist, gefunden. Er wird unter seinem eigenen Namen schreiben. Und ich habe ihn auch auf den richtigen Weg gebracht. Wir hatten einen lebhaften Disput darüber. Er wollte es von oben herab als das Werk eines Jungen von schmutziger Gesinnung behandeln, aber ich sagte: ›Nein. Diese Sache ist symptomatisch. Behandeln Sie es ernsthaft; zeigen Sie, daß dieses Buch eine geistige Richtung repräsentiert, eine gewollte literarische Einstellung, und rufen Sie nach dem Zensor.‹ Ohne diesen Ruf nach dem Zensor, Forsyte, werden die Leute nicht darauf reagieren. Deshalb fährt er für ein Wochenende ohne seine Frau aufs Land und nimmt das Buch mit. Ich bewundere Ihre geschickte Verteidigungstaktik, Forsyte. Sie ist sehr fein ausgeheckt. Aber verzeihen Sie bitte, wenn ich noch einmal darauf hinweise, daß es wichtiger ist, daß der Fall überhaupt nicht zur Verhandlung kommt, als daß wir einen Freispruch vor Gericht erzielen.

Ihr aufrichtig ergebener
Lawrence Mont

Womit Soames so vollkommen einverstanden war, daß er nach Mapledurham fuhr und die beiden nächsten Nachmittage mit einem Mann Golf spielte, den er nicht leiden konnte, und einen Ball malträtierte, bloß um sein Gemüt zu beruhigen.

6

Michael besucht Bethnal Green

Das Gefühl der Depression, mit dem Michael von seinem Besuch bei dem »Quell und Ursprung« zurückgekommen war, wurde ein wenig gemildert durch Briefe, die er von verschiedenen, meist jungen Leuten aller Stände empfing. Sie waren so lieb und ernsthaft. Er fragte sich verwundert, ob die praktischen Politiker nicht am Ende doch zu leichtfertig seien, so etwa wie Varieté-Direktoren, die das Publikum sorgfältig davor bewahren, daß dessen besserer Geschmack zu seinem Recht komme. Er hatte das Gefühl, als gäbe es doch Strömungen in England, die weder im Parlament noch in der Presse zu Wort kamen. Unter den Briefen war folgender:

Haus Sonnenschein, Bethnal Green

Sehr geehrter Mr. Mont!

Ich habe mich so sehr gefreut, Ihre Rede in der *Times* zu lesen. Sofort habe ich mir Sir James Foggarts Buch gekauft. Seine ganze Theorie ist ausgezeichnet. Sie wissen ja nicht, wie schlimm es für uns, die wir den Kindern helfen wollen, ist, zusehen zu müssen, wie alles, was man für die Kinder tut, von dem Leben, das ihrer nach der Schule harrt, wieder zerstört wird. Wir haben hier eine gute Gelegenheit, das wirkliche Leben der Kinder in London kennenzulernen. Es ist erhebend, die Zärtlichkeit der Mütter für ihre Kleinen zu beobachten, trotz ihres eigenen harten Lebens – natürlich sind nicht alle so. Aber wir bemerken oft, und ich glaube, es ist auch die allgemeine Erfahrung, daß, sobald die Kinder einmal zehn oder zwölf Jahre alt sind, die Zuneigung zu ihnen eine andere Form annimmt. Wahrscheinlich ist es das Wissen, daß das Kind dann schon Geld verdienen könnte. Sobald das Geld zur Tür hereinkommt, scheint sich die uneigennützige Liebe durchs Fenster zu verflüchtigen. Ich glaube, das ist natürlich, aber es ist so traurig, weil die wirtschaftlichen Möglichkeiten gewöhnlich so trostlos sind; und das spätere Leben des Kindes wird oft halb ruiniert wegen der paar Shilling Augenblicksverdienst. Ich hoffe zuversichtlich, daß Ihr Aufruf Erfolg haben wird; nur dauert alles so furchtbar lang, nicht wahr? Ich wünschte, Sie würden herkommen und unser Haus besichtigen. Die Kinder sind wundervoll, und wir versuchen, ihnen Sonnenschein zu geben.

Ihre sehr ergebene
Norah Curfew

Bertie Curfews Schwester! Aber gewiß würde dieser Prozeß gar nicht stattfinden. Er war für die Ermutigung dankbar, und da er sich auch über den Foggartismus klarwerden wollte, entschloß er sich hinzugehen. Vielleicht würde Norah Curfew die kleinen Boddicks aufnehmen. Er fragte Fleur, ob sie mitgehen wolle, aber sie fürchtete, daß sie sich mit etwas anstecken könnte, das für den elften Baronet nicht gerade gut wäre, und so ging er allein.

Das Haus, das gegenüber dem öden Bezirk Bethnal Green lag, bestand aus drei kleinen Häusern, die man zu einem einzigen umgebaut hatte, mit drei kleinen Hinterhöfen, die als Spielplatz vergittert und mit Kies bestreut waren. Über der Tür standen die Worte »Haus Sonnenschein« in goldenen Lettern. Die Wände waren cremefarben, das Holzwerk dunkel und die Vorhänge aus buntem Kattun. In der Diele empfing ihn Norah Curfew selbst, groß, schlank und aufrecht, das dunkle Haar aus dem bleichen Gesicht zurückgekämmt, und ihre leuchtenden braunen Augen blickten ihn gerade an.

»Donnerwetter!« dachte Michael, als sie seine Hand fest drückte. »Sie ist so klar wie Quellwasser. Die hat keine dunklen Tiefen in ihrem Seelenleben!«

»Das ist aber lieb von Ihnen, Mr. Mont! Ich werde Ihnen das Haus zeigen. Das hier ist das Spielzimmer.«

Michael betrat ein peinlich sauberes Zimmer, das offensichtlich aus vielen kleineren Räumen zu einem vereinigt worden war. Auf dem Fußboden saßen sechs kleine Kinder, in blaue Leinwand gekleidet, und spielten. Als Norah in ihre Nähe kam, umarmten sie ihre Knie. Mit Ausnahme eines kleinen Mädchens fand Michael sie alle recht häßlich.

»Diese Kleinen wohnen hier. Die anderen kommen nur nach der Schule her. Wir können nicht mehr als fünfzig nehmen, und die müssen sich schon arg zusammendrängen. Wir brauchen Stiftungen, um die beiden nächsten Häuser zu kaufen.«

»Wie viele von Ihnen arbeiten denn hier?«

»Sechs. Zwei von uns kochen, eine führt die Bücher und die übrigen waschen, flicken, spielen, singen, tanzen, und was es sonst zu tun gibt. Zwei von uns wohnen auch hier.«

»Wo sind denn Ihre Harfen und Heiligenscheine?«

Norah Curfew lächelte. »Verpfändet«, sagte sie.

»Wie halten Sie's denn mit der Religion?« fragte Michael, da er an die Zukunft des elften Baronet dachte.

»Nun, im großen ganzen kümmern wir uns nicht darum. Keines unserer Kinder ist älter als zwölf, und das religiöse Alter, wenn es überhaupt

beginnt, fängt erst mit vierzehn an. Wir bemühen uns nur, Güte und Fröhlichkeit zu lehren. Unlängst war mein Bruder hier. Er hatte mich immer ausgelacht, aber nun will er eine Matinee für uns veranstalten und uns die Einnahmen geben.«
»Welches Stück?«
»Ich glaube, es heißt ›Der ehrliche Makler‹. Er sagt, er hat es schon immer zu einem guten Zweck aufführen wollen.«
Michael machte große Augen. »Kennen Sie den ›Ehrlichen Makler‹?«
»Nein, es ist von einem Dichter aus der englischen Restaurationszeit, nicht?«
»Wycherley.«
»Aha!« Ihre Augen blieben klar wie der Himmel, und Michael dachte: »Armes Ding! Es ist nicht meine Sache, ihr eine Möglichkeit, zu Geld zu kommen, zu verderben; aber der gute Bertie macht sich da schon einen Spaß auf ihre Kosten!«
»Ich muß meine Frau einmal mitbringen«, sagte er, »sie wäre von Ihren Wänden und Vorhängen entzückt. Und was ich Sie noch fragen wollte — Sie haben wohl keinen Platz mehr für zwei kleine Mädchen, wenn für sie bezahlt wird? Ihr Vater ist arm und stellenlos und ich versuche, ihn auf dem Land anzusiedeln — die Mutter lebt nicht mehr.«
Norah runzelte die geraden Brauen, und in ihr Gesicht trat ein Ausdruck, der Michael immer an Heilige gemahnte: so ein sehnsüchtiger Wunsch, aus Hilfsbereitschaft über die Grenzen der Geldmittel und der Möglichkeiten hinauszugehen.
»Oh, es wird sich schon machen lassen!« sagte sie. »Ich werde schon irgendwie fertigwerden. Wie heißen die Kleinen?«
»Boddick — Christine, ich weiß es nicht bestimmt. Ich nenne sie immer nach ihrem Alter — Vier und Fünf.«
»Geben Sie mir ihre Adresse. Ich werde sie selbst besuchen; wenn sie keine ansteckende Krankheit haben, sollen sie herkommen.«
»Sie sind wirklich ein Engel«, sagte Michael einfach.
Norah Curfew errötete und öffnete die Tür. »Das ist albern«, bemerkte sie noch einfacher. »Hier ist unser Speisezimmer.«
Es war nicht groß, und drinnen saß ein Mädchen an einer Schreibmaschine, das die Hände auf den Tasten liegen ließ und sich umwandte: ein zweites Mädchen schlug Schnee in einer Schüssel und hörte auf, in einem Gedichtband zu lesen, und ein drittes, das mitten in einer Turnübung war, blieb mit ausgebreiteten Armen stehen.
»Das ist Mr. Mont«, sagte Norah Curfew, »der die herrliche Rede im Parlament gehalten hat. Miss Betts, Miss La Fontaine, Miss Beeston.«

Die Mädchen verbeugten sich, und das eine, das weiter Schnee schlug, sagte: »Sie war großartig!«
Michael verbeugte sich ebenfalls. »Ich fürchte nur, daß sie völlig ergebnislos war.«
»Aber irgendeine Wirkung muß die Rede doch haben, Mr. Mont. Sie haben damit ausgesprochen, was so viele Leute wirklich denken.«
»Ja«, entgegnete Michael, »wenn ihre Gedanken nur nicht so tief wären.«
»Setzen Sie sich doch.«
Michael setzte sich auf das Ende eines pfauenblauen Diwans.
»Ich bin in Südafrika geboren«, sagte die Schneeschlägerin, »und ich weiß, was man dort zu erwarten hat.«
»Mein Vater war an dem Tag im Parlament«, bemerkte das Mädchen mit der schönen Gestalt, dessen Arme nun herabhingen. »Es war sehr interessant. Auf jeden Fall sind wir Ihnen herzlich dankbar.«
Michael blickte von einer zur andern.
»Ich denke, wenn Sie nicht alle an irgend etwas glaubten, so würden Sie doch nicht soviel hier arbeiten. Sie sind doch gewiß überzeugt davon, daß man in England noch etwas erreichen kann.«
»Du lieber Gott, ja«, erwiderte das Mädchen an der Schreibmaschine. »Das spürt man, wenn man unter den Armen lebt.«
»Die Armen sind nicht alle gut und die Reichen nicht alle schlecht – das ist Unsinn!« warf die Turnerin ein.
Michael murmelte besänftigend:
»Daran habe ich gar nicht gedacht. Ich frage mich oft, ob nicht immer etwas drohend über unseren Köpfen hängt.«
»Meinen Sie Giftgase?«
»Zum Teil, und der Gifthauch der Städte und das Gefühl, daß man den sogenannten Fortschritt durchschaut hat.«
»Das ist nicht so gewiß«, erwiderte die Schneeschlägerin, die dunkel und hübsch war. »Während des Krieges habe ich das auch gedacht. Aber Europa ist nicht die Welt. Europa ist nicht einmal so wichtig. Und die Sonne scheint auf diesem Kontinent ja kaum.«
Michael nickte. »Wenn schließlich das Tausendjährige Reich kommt und wir uns in Europa gegenseitig vernichten, so wird höchstens eine neue Wüste von der Größe der Sahara entstehen; es bedeutet nur den Tod einer Menge Menschen, die offenbar ganz unfähig zum Leben sind. Das wäre für die übrige Welt eine gute Lektion, nicht? Zum Glück sind die anderen Kontinente sehr weit voneinander entfernt.«
»Schöne Aussichten!« bemerkte Norah Curfew.
Michael grinste. »Man kann sich auf jeden Fall der Atmosphäre dieses

Hauses hier nicht entziehen. Ich bewundere Sie alle schrecklich, daß Sie alles aufgeben und herkommen, um hier zu arbeiten.«
»Unsinn«, sagte das Mädchen an der Schreibmaschine. »Was ist da aufzugeben — Negertänze? Im Krieg hat man sich daran gewöhnt zu arbeiten.«
»Weil Sie gerade davon reden«, erklärte die Schneeschlägerin, »wir bewundern Sie vielmehr, daß Sie das Parlament nicht aufgeben.«
Michael grinste.
»Miss La Fontaine — man braucht Sie in der Küche!«
Die Schneeschlägerin lief zur Tür.
»Können Sie Schnee schlagen? Macht es Ihnen etwas aus? Ich komme in einer Minute zurück.« Sie schob Michael Schüssel und Gabel hin und verschwand.
»Da hört sich alles auf!« sagte Norah Curfew. »Geben Sie doch her!«
»Nein«, entgegnete Michael, »im Schneeschlagen nehm' ich's mit jedem auf. Was halten Sie alle davon, Kinder mit fünfzehn Jahren fortzuschicken?«
»Nun, das wird natürlich heftigen Widerstand erregen«, sagte das Mädchen an der Schreibmaschine. »Man wird es unmenschlich nennen und dergleichen. In Wahrheit ist es viel unmenschlicher, die Kinder hierzubehalten.«
»Worum es wirklich geht«, sagte Norah Curfew, »ist ja, abgesehen vom Lohn, der den Eltern entgehen würde, die Unterminierung des Klassengeistes. Außerdem ist der Imperialismus nicht populär.«
»Das will ich meinen«, murmelte die Turnerin.
»Aber«, sagte die Maschinschreiberin, »das ist doch kein Imperialismus, nicht wahr, Mr. Mont? Es läuft nur darauf hinaus, die Dominions dem Mutterland gleichzustellen.«
Michael nickte. »Unabhängige Republiken.«
»Das wird jedoch die Arbeiter nicht davon abhalten, ihren wahren Einwand, daß sie den Verdienst der Kinder einbüßen, zu verschleiern«, erwiderte die Turnerin.
Dies rief eine eifrige Diskussion zwischen den drei jungen Mädchen hervor, inwieweit der Verdienst der Kinder das Budget einer Arbeiterfamilie beeinflusse. Michael schlug Schnee und hörte zu. Er wußte, daß dies eine äußerst wichtige Frage war. Die allgemeine Ansicht war anscheinend die, daß im großen und ganzen Kinder mehr verdienten, als zu ihrem Unterhalt notwendig war, daß das aber langfristig gesehen äußerst kurzsichtig sei, da eine derartige Einstellung den Bevölkerungsüberschuß und die Arbeitslosigkeit vergrößere und weil es eine Schande sei, daß der Eigennutz der Eltern die Aussichten der Kinder gefährden solle.

Das Wiedererscheinen der Schneeschlägerin beendete ihre Diskussion.
»Die Kinder kommen schon, Norah!«
Die Turnlehrerin schlüpfte hinaus, und Norah Curfew sagte: »Mr. Mont, möchten Sie jetzt die Kleinen sehen?«
Michael folgte ihr. Er dachte: »Wäre Fleur doch mitgekommen!« Diese Mädchen schienen wirklich an etwas zu glauben.
Die Kinder kamen in kleinen Gruppen aus der Schule. Er beobachtete sie. Sie schienen blutarm zu sein und doch lebenskräftig, aufbrausend und gleichzeitig gehorsam. Unbekümmert wie junge Hunde und doch alt für ihre Jahre; und dennoch so, als existiere für sie nur der Augenblick. Die meisten von ihnen trugen etwas Essen in Papiersäckchen oder in Pergamentpapier. Sie redeten miteinander, aber sie lachten nicht. Ihre Aussprache kam Michael erbarmungswürdig vor. Höchstens sechs oder sieben von ihnen waren hübsch, aber fast alle sahen gutmütig aus, und keines schien egoistisch zu sein. Sie bewegten sich ruckweise. Sie umringten Norah Curfew und das Mädchen, das geturnt hatte, gehorchten ohne Widerrede, aßen ohne Appetit und suchten die Hauskatze zu fangen. Michael war fasziniert.
Es kamen auch vier oder fünf Mütter, die etwas zu fragen hatten oder Flaschen zum Füllen brachten. Auch sie standen mit den jungen Frauen auf bestem Fuß. Klassengegensätze existierten hier nicht, es gab nur Menschen. Er bemerkte, daß die Kinder auf sein Grinsen reagierten, die Frauen dagegen nicht, obgleich sie Norah Curfew und der Turnerin zulächelten; er hätte gern gewußt, ob die Frauen ihm die Meinung sagen würden, wenn sie von seiner Rede wüßten.
Norah Curfew begleitete ihn zur Tür. »Sind sie nicht herzig?«
»Ich fürchte, wenn ich mich mehr mit ihnen beschäftigte, würde ich den Foggartismus aufgeben.«
»Oh! Aber warum denn?«
»Der Foggartismus will reiche Männer und Frauen aus ihnen machen.«
»Und Sie glauben, das würde sie verderben?«
Michael grinste. »Silberne Löffel sind eine große Gefahr. Hier ist meine Eintrittsgebühr.« Er überreichte ihr sein ganzes Geld.
»Oh! Mr. Mont, wir haben nicht —«
»Na, geben Sie mir Sixpence zurück, sonst muß ich zu Fuß nach Hause gehen.«
»Das ist aber schrecklich nett von Ihnen! Kommen Sie doch wieder und geben Sie bitte den Foggartismus ja nicht auf!«
Als er zur Station zurückging, dachte er an ihre Augen, und als er heimkam, sagte er zu Fleur: »Du mußt unbedingt mitkommen und dir das

Haus ansehen. Es ist ganz sauber, und die Stimmung ist toll. Das hat mir wieder Auftrieb gegeben. Norah Curfew ist eine prachtvolle Frau.«
Fleur sah ihn unter ihren Wimpern hervor an.
»So!« sagte sie. »Ja.«

7
Kontraste

Jenseits des Wäldchens von Lippinghall lagen zehn Joch Land, Kreide und Kiesboden, mit armseligem Gras bestanden; es war eingezäunt, um es als Eigentum zu kennzeichnen. Man hatte nur einmal versucht, Ziegen darauf zu halten, aber es bald wieder aufgegeben, weil niemand ihre Milch trinken mochte in einem Staat, der sich durch Landwirtschaft nicht erniedrigen wollte. Im Dezember wurde dies armselige Anhängsel des Besitzes von Sir Lawrence Mont einem neuen Verwendungszweck zugeführt. Nahe am Wäldchen war die Hütte aufgestellt und wenigstens ein Joch Boden in ein Meer von Schlamm verwandelt worden. Das Wäldchen selbst bot auf Grund der Raubzüge Henry Boddicks und eines anderen Mannes einen wüsten Anblick; die beiden hatten eine Anzahl Bäume gefällt und aufgeschichtet, die von einem Unternehmer für den Bau des Hühnerhauses und einer Scheune nach und nach als ungeeignet befunden wurden. Das Haus für die Brutmaschinen bestand gegenwärtig nur in der Phantasie. Es ging tatsächlich ein wenig langsam vorwärts, doch hoffte man, die Hühner bald nach Neujahr zu ihrer Tätigkeit anregen zu können. Inzwischen hatte Michael bestimmt, daß die Kolonie, um das Ärgste hinter sich zu haben, einziehen solle. Er suchte Möbel aus dem Herrenhaus zusammen und sandte einen Vorrat an Lebensmitteln, Petroleumlampen und Seife. Für Boddick bestimmte er den linken Teil der Hütte, für die Bergfelds die Mitte, und Swain sollte zur Rechten wohnen. Er war anwesend, als der Gutswagen sie von der Station brachte. Der regnerische Tag wurde kalt, die Bäume tröpfelten, und das Wasser der Pfützen spritzte unter den Rädern hervor. Von der Tür der Hütte aus beobachtete Michael, wie sie ausstiegen; er glaubte, noch nie drei so wenig hierher passende Gestalten gesehen zu haben. Bergfeld kam zuerst; da er nur einen Anzug besaß, hatte er ihn angezogen, und man sah ihm an, was er war — ein Schauspieler ohne Engagement. Als zweite kam Mrs. Bergfeld, und da sie keinen Mantel besaß, sah man ihr an, was sie war – fast erfroren. Zuletzt kam Swain. Wenn man behauptet, daß sein Elendsgesicht höhnisch verzogen war, so schreibt man ihm schon zuviel Anteilnahme zu; aber er blickte sich um und schien zu sagen: »Du meine Güte!«

Boddick war gerade im Wäldchen, als hätte er alles geahnt. »Der ist meine einzige Freude!« dachte Michael.

Er führte sie in die Wohnküche der Hütte und holte eine Thermosflasche mit heißem Kaffee hervor, einen Kuchen und eine Flasche Rum.

»Tut mir leid, daß hier alles so trübselig aussieht, aber ich glaube, die Hütte ist trocken, und es sind genug Decken da. Diese Petroleumlampen stinken ein bißchen. Sie waren doch im Feld, Mr. Swain, da werden Sie sich hier sofort zu Hause fühlen. Mrs. Bergfeld, Sie sehen so erfroren aus; nehmen Sie einen Schluck Rum in den Kaffee, das tut immer gut, bis das Schlimmste überstanden ist.«

Sie gossen alle Rum in den Kaffee, was einen bemerkenswerten Erfolg hatte. Mrs. Bergfelds Wangen röteten sich, und ihre Augen wurden dunkler. Swain meinte, daß die Hütte ja »ganz nett« sei; Bergfeld begann eine Rede zu halten. Michael unterbrach ihn. »Boddick kennt sich schon aus. Ich muß mich beeilen, um den Zug noch zu erreichen; ich werde Sie noch schnell herumführen.«

Als er danach wieder in die Stadt zurückfuhr, fühlte er, daß er seine Mannschaft gerade im schwierigsten Augenblick verlassen hatte. Heute abend würde er im besten Rahmen dinieren, in Licht und Wärme, zwischen Juwelen und Gemälden, mit Wein und Konversation; um das Geld, das dieses Dinner kostete, könnte er seine »Gestrandeten« ein Vierteljahr lang erhalten, aber niemand würde an sie und ihresgleichen denken. Wenn er versuchte, Fleurs Aufmerksamkeit auf diesen Kontrast zu lenken, so wäre ihre Antwort sicher: »Du führst dich wie in einem Roman von Gurdon Minho auf.« Und er käme sich wie ein Narr vor. Oder würde er –? Würde er vielleicht ihren kleinen hübschen Kopf anschauen und denken: »Du machst es dir zu leicht, meine Liebe, die so reden, denken zuwenig!« Und dann wanderten seine Augen weiter zu ihrem weißen Hals und noch weiter; es wurde ihm heiß, und sein Verstand warnte ihn davor, sich auf Blasphemien einzulassen, da sein Glück sonst erschüttert werden würde. Während seiner Betätigung im Foggartismus, der Hühnerzucht und allem übrigen machte sich Michael manchmal ernstliche Gedanken darüber, daß Fleur überhaupt nicht darüber nachdachte. Und aus der Weisheit seiner Liebe zu ihr heraus wußte er, daß, hatte sie jetzt keine ernstlichen Gedanken, sie auch niemals welche haben würde und er sich daran gewöhnen müsse. Sie war nun einmal, was sie war, und ihre Bekehrung war nur in der landläufigen, populären Romanliteratur möglich. Es war eine ausgezeichnete Lösung, wenn die egoistische Heldin ihr Interesse von ihrem eigenen Besitz den Menschen zuwandte, die nichts besaßen; aber im Leben war das anders, Fleur maskierte wenigstens ihren Egoismus auf eine anmutige Art, und was Kit betraf —! Ah! Aber Kit, das war ja sie selbst!

So erwähnte er denn nichts von seinen Schützlingen auf ihrem Weg zum Dinner am Eaton Square. Statt dessen unterrichtete ihn Fleur über die königliche Persönlichkeit, deren Name auf ihrer Einladungskarte stand. Er staunte über Fleurs Wissen. »Sie interessiert sich für soziale Probleme. Und vergiß nicht, Michael, daß du dich nicht niedersetzen darfst, bevor sie dich auffordert, und auch nicht vor ihr weggehen solltest.« Michael grinste. »Wahrscheinlich sind es lauter Snobs, warum, zum Teufel, haben sie uns eingeladen?«

Königliche Hoheit waren leutselig; das Dinner auf goldenen Tellern, kurz, aber superb, wurde mit einer Geschwindigkeit serviert, als hätte man tatsächlich keine Minute Zeit zu verlieren. Fleur registrierte im Geist diese neue Mode. Fünf der vierundzwanzig Gäste kannte sie persönlich und die übrigen nur oberflächlich aus illustrierten Blättern. Im Laufe der Zeit waren sie dort alle einmal abgebildet gewesen, wie sie mit ungraziösen Schritten in eine Pferdekoppel marschierten, man hatte sie mit ihren Sprößlingen oder ihren Hunden fotografiert, während einer Rede über die Kolonien oder auf dem Anstand. Mit ihrer raschen Auffassungsgabe begriff Fleur fast augenblicklich den Grund, warum man sie und Michael eingeladen hatte. Seine Rede! Wie irgendeine neue Tiergattung im Zoologischen Garten war er Gegenstand der Neugier, eine Sensation. Er saß Fleur gegenüber zwischen zwei Damen, die viel Fleisch und Perlen zur Schau trugen, und sie merkte, wie die Leute mit dem Kopf auf ihn deuteten. Sie war sehr hübsch und angeregt, flirtete mit dem Admiral zu ihrer Rechten und verteidigte Michael geistvoll gegen den Unterstaatssekretär zu ihrer Linken. Der Admiral wurde warm. Der Unterstaatssekretär, zu jung zum Flirten, blieb kalt.

»Zuwenig Wissen, Mrs. Mont«, sagte er, »ist gefährlich.«

»Wo habe ich das schon gehört?« sagte Fleur. »Steht es nicht in der Bibel?«

Der Unterstaatssekretär reckte sein Kinn vor. »Wir, die wir in der Regierung arbeiten, wissen vielleicht zuviel, aber Ihr Gatte weiß ganz bestimmt zuwenig. Der Foggartismus ist eine amüsante Idee, das ist aber auch alles.«

»Das bleibt abzuwarten«, entgegnete Fleur. »Was sagen Sie, Admiral?«
»Foggartismus! Was ist denn das? Eine neue Art von Todesstrahlen? Ich habe gestern mit einem Kerl gesprochen, der hat einen Strahl erfunden, Mrs. Mont, der — auf mein Wort — durch drei Ochsen hindurchgeht, durch eine neun Zoll dicke Mauer und einem Esel auf der andern Seite einen elektrischen Schlag versetzt; und das war nur ein Viertel-Strahl.«
Fleur warf einen raschen Blick auf den Unterstaatssekretär, der sich abgewandt hatte, beugte sich zum Admiral hinüber und flüsterte ihm zu: »Ich wünschte, Sie würden dem Esel an meiner Seite einen elektrischen Schlag versetzen; das täte ihm sehr gut, ich bin nicht neun Zoll dick.«
Aber ehe noch der Admiral seinen Todesstrahl abschießen konnte, hatten Hoheit die Tafel aufgehoben.
In den Räumen, in die man Fleur geführt hatte, sprach sie während einiger Minuten wenig und beobachtete alles um so intensiver, als ihre Gastgeberin auf sie zukam und sagte: »Ihre Königliche Hoheit, meine Liebe —«
Fleur folgte, jeder Nerv gespannt.
Eine Hand klopfte ohne Umstände einfach auf den Sofaplatz neben ihr. Fleur setzte sich. Eine einfache Stimme sagte ohne Umstände: »Was für eine interessante Rede Ihr Gatte gehalten hat! Es wirkte direkt erfrischend.«
»Ja, Hoheit«, sagte Fleur; »aber das war auch alles, sagt man allgemein.«
Ein schwaches Lächeln umspielte die ungeschminkten Lippen.
»Schon möglich. Ist er schon lang im Parlament?«
»Erst ein Jahr.«
»Soso! Es hat mir gefallen, daß er sich der Kinder angenommen hat.«
»Manche Leute glauben, er habe eine neue Art von Kindersklaverei vorgeschlagen.«
»Ach, was Sie nicht sagen! Haben Sie selber Kinder?«
»Eines«, erwiderte Fleur und fügte ehrlich hinzu: »Und ich muß bekennen, daß ich es nicht mit vierzehn Jahren fortschicken würde.«
»Ah! Und sind Sie schon lang verheiratet?«
»Vier Jahre.«
In diesem Augenblick erblickte die königliche Dame jemand andern, mit dem sie zu sprechen wünschte, und war genötigt, die Konversation abzubrechen, was sie mit so vollendeter Liebenswürdigkeit tat, daß Fleur mit dem Gefühl zurückblieb, die Prinzessin wäre mit der Geburtenziffer unzufrieden.
Als sie im Auto saß, das sie langsam durch die neblige Nacht heimwärts

brachte, fühlte sie sich warm und erregt und hatte das Empfinden, als wäre Michael es nicht.

»Was ist los mit dir, Michael?«

Er legte sofort seine Hand auf ihr Knie.

»Entschuldige, Liebes. Nur – nur, wenn man es recht bedenkt – eh?«

»Was denn? Du warst doch ein Salonlö – ein Gegenstand allgemeinen Interesses.«

»Das Ganze ist eine Spielerei. Alles nur Sensation!«

»Die Prinzessin hat sehr nett von dir gesprochen.«

»Ach, die Ärmste! Aber ich glaube, man gewöhnt sich an alles!«

Fleur lachte. Michael fuhr fort: »Jede neue Idee wird aufgegriffen und zu Tode geredet. Sie dringt nie tiefer als in den Intellekt, und dem Intellekt wird sie bald langweilig; und schon ist die Sache veraltet.«

»Das kann doch nicht stimmen, Michael. Was ist denn mit dem Freihandel und dem Frauenstimmrecht?«

Michael drückte ihr Knie. »Alle Frauen sagen zu mir: ›Ach, wie interessant, Mr. Mont; es ist furchtbar aufregend!‹ Und die Männer sagen: ›Schlau gedeichselt, Mont! Aber natürlich keine praktische Politik!‹ Und ich hab' immer nur die eine Antwort: ›Im Krieg hat man noch unmöglichere Dinge getan.‹ Du liebe Güte! Was für ein Nebel!«

Sie fuhren tatsächlich im Schneckentempo, und durch die Fenster konnte man nur das matte Glühen der Laternen sehen, die hoch oben eine nach der anderen langsam zum Vorschein kamen. Michael ließ das Fenster herunter und lehnte sich hinaus.

»Wo sind wir eigentlich?«

»Gott allein weiß es, Sir.«

Michael hustete, zog das Fenster wieder hoch und umfaßte Fleur neuerdings.

»Was ich noch sagen wollte, Wastwater hat mich gefragt, ob ich *Canthar* gelesen hätte. Er sagt, daß der Protagonist das Buch nach allen Regeln der Kunst verrissen hat. Das wird den üblichen Erfolg haben – die Verkaufsziffern werden steigen.«

»Es soll sehr geistreich sein.«

»Entsetzlich verzerrt – nichts für Kinder, während Erwachsene nichts daraus erfahren, was sie nicht schon wüßten. Ich sehe nicht ein, wie man so etwas rechtfertigen kann.«

»Genie, mein Lieber! Wenn es angegriffen wird, findet es auch Verteidiger.«

»Sib Swan kann es nicht leiden – er sagt, es ist ein Dreck.«

»Ja, freilich; aber Sib ist bereits veraltet.«

»Das stimmt«, erwiderte Michael nachdenklich. »Herrgott, wie rasch die Dinge sich entwickeln! Nur in der Politik und im Nebel bleibt man stecken.«

Ihr Auto war stehengeblieben. Michael ließ das Fenster wieder herunter.

»Ich find' mich absolut nicht mehr zurecht, Sir«, sagte der Chauffeur mit heiserer Stimme. »Ich glaube, wir sind nahe bei der Themse, aber ich weiß nicht mehr, wo die Kreuzung ist.« Michael knöpfte seinen Überrock zu, zog das Fenster wieder hoch und stieg links aus.

Die Nacht war wie erstickt, nur das unaufhörliche Tuten dahinschleichender Autos belebte sie. Stechend und kalt drang der schwarze Dunst in Michaels Lunge.

»Ich werd' neben Ihnen hergehen; wir fahren am Randstein entlang; fahren Sie langsam weiter, bis wir auf die Themse oder auf einen Schutzmann stoßen.«

Der Wagen schlich weiter, und Michael ging daneben her, mit dem Fuß nach dem Randstein tastend.

Die vornehm klingende Stimme eines unsichtbaren Mannes sagte: »Das ist zum Jungekriegen!«

»Jawohl«, entgegnete Michael. »Wo sind wir eigentlich?«

»Im Herzen der Zivilisation und im zwanzigsten Jahrhundert.«

Michael lachte auf, bereute es jedoch sogleich; der Nebel schmeckte abscheulich.

»Wenn man bedenkt«, sagte die Stimme, »daß die Polizei in solchem Wetter die ganze Nacht draußen sein muß!«

»Prächtige Burschen, die Polizisten!« erwiderte Michael. »Wo sind Sie?«

»Hier. Wo sind denn Sie?«

Sie waren so klug wie zuvor. Über Michaels Kopf erglühte plötzlich der verschwommene Mond einer Laterne. Das Auto blieb stehen.

»Wenn ich das Parlament nur riechen könnt'«, bemerkte der Chauffeur. »Die müssen jetzt gerade beim Nachtmahl sein.«

»Da, hören Sie!« sagte Michael – die Uhr schlug vom Big Ben. »Das war links von uns.«

»Hinter uns«, erklärte der Lenker.

»Unmöglich, sonst lägen wir bereits im Wasser; außer Sie sind im Kreis herumgefahren.«

»Gott allein weiß, wo ich herumgefahren bin«, entgegnete der Lenker niesend. »Hab' noch nie so eine Nacht erlebt!«

»Da hilft nur eines – weiterfahren, bis wir wo anstoßen. Also langsam!«

Der Chauffeur startete den Wagen wieder, und Michael, der sich daran anhielt, tastete neuerlich mit dem Fuß nach dem Randstein.

»Achtung!« sagte er plötzlich. »Ein Wagen vor uns.« Es gab einen leichten Zusammenstoß.
»Heda!« rief eine Stimme. »Wohin denn nur? Haben Sie denn keine Augen?«
Michael ging auf etwas zu, das auch ein Taxi zu sein schien.
»In so einem Tempo zu fahren!« sagte dessen Lenker, »noch dazu bei Vollmond!«
»Tut mir schrecklich leid«, erwiderte Michael. »Nichts geschehen. Wissen Sie noch, wo wir sind?«
»Die Kneipen sind alle gesperrt – das auch noch! Vor mir ist so'n verflixter Wagen, in den ich schon dreimal hineingefahren bin. Kann auf ihn keinen Eindruck machen. Der Lenker muß tot sein. Möchten Sie nicht hinschauen, Herr?«
Michael ging auf einen kaum sichtbaren Gegenstand zu, der jedoch in diesem Augenblick wie verschluckt war von der alles umfassenden Dunkelheit. Er lief vier Schritt, um den Lenker anzurufen, stolperte von dem Randstein herunter, fiel hin, raffte sich wieder auf und wandte sich um. Er tappte sich den Randstein entlang zu seiner Rechten, hatte den Eindruck, daß es die falsche Richtung war, blieb stehen und schrie: »Hallo!« Ein gedämpftes »Hallo!« antwortete von – wo nur? Er ging zurück, wie er glaubte, und schrie ein zweites Mal. Keine Antwort! Fleur würde Angst bekommen! Er brüllte. Ein halbes Dutzend gedämpfter Hallos erwiderte ihm, und jemand, der dicht an seinem Ellbogen stand, fragte ihn: »Wissen Sie denn nicht, wo Sie sind?«
»Nein; Sie vielleicht?«
»Was glauben Sie denn! Etwas verloren?«
»Jawohl, mein Auto.«
»War was drin?«
»Meine Frau.«
»Herrje! Heut' nacht bekommen Sie sie nicht zurück.«
Ein heiseres Lachen, geisterhaft, obszön, verhallte. Für einen Augenblick trat etwas aus der Dunkelheit hervor, dann verschwand es wieder. Michael blieb stehen. »Nicht den Kopf verlieren!« dachte er. »Hier ist der Randstein – entweder sie sind vor mir oder hinter mir; sonst muß ich um eine Ecke gebogen sein.« Er ging weiter, den Randstein entlang. Nichts! Er ging zurück. Wieder nichts! »Was, zum Teufel, hab' ich da nur angestellt?« flüsterte er, »oder sind sie gar weitergefahren?« Trotz der Kälte rann ihm der Schweiß von der Stirn. Fleur würde wirklich Angst bekommen! Und von seinen Lippen fielen die Worte aus seinem Wahlaufruf: »Hauptsächlich durch Eliminierung des Rauches!«

»He!« sagte eine Stimme, »haben Sie vielleicht eine Zigarette, gnädiger Herr?«

»Ich geb' Ihnen alle, die ich bei mir habe, und eine halbe Krone obendrein, wenn Sie ein Auto mit einer Dame drinnen finden. Wie heißt die Straße da?«

»Mich dürfen Sie nicht fragen! Die Straßen sind ja alle verrückt geworden.«

»Aufpassen!« rief Michael scharf.

»Aha — das ist sie!«

»Hallo!« schrie Michael, »Fleur!«

»Hier bin ich, hier!«

Es scholl zu seiner Rechten, es scholl zu seiner Linken, hinter ihm, vor ihm. Dann tutete ein Taxi immerzu.

»Jetzt haben wir sie erwischt«, sagte der aus der Dunkelheit. »Hierher, langsam, und geben Sie auf meine Hühneraugen acht!«

Michael ließ sich am Ärmel weiterziehen.

»Es ist wie Niemandsland, von einem Nebelwall verhüllt«, sagte sein Führer.

»Da haben Sie recht. Hallo! Wir kommen schon!«

Das Tuten ertönte noch einen Schritt weit. Eine Stimme rief: »Gott sei Dank, Michael!«

Sein Gesicht streifte das Fleurs im Wagenfenster.

»Nur noch eine Sekunde, Liebling! Hier, mein Freund, und tausend Dank! Hoffentlich kommen Sie gut nach Hause!«

»Ich hab' schon schlechtere Nächte im Freien erlebt als diese. Danke schön, Captain! Wünsche Ihnen und der Dame Glück!« Ein Geräusch davonschlurfender Füße, und aus dem Nebel tönte es hohl: »Auf Wiedersehen!«

»Alles in Ordnung, Sir«, sagte die heisere Stimme von Michaels Lenker. »Jetzt find' ich mich schon zurecht. Die erste Gasse links, die zweite rechts. Ich werd' den Randstein entlangfahren, bis ich hinkomm'. Hab' schon geglaubt, Sie wären vom Nebel verschluckt worden, Sir!«

Michael stieg in das Auto und drückte Fleur an sich. Sie seufzte lang und saß ganz still.

»Nichts kann einem mehr Angst machen als so ein Nebel!« sagte er.

»Ich hab' schon geglaubt, du bist überfahren worden!«

Michael war tief gerührt.

»Tut mir schrecklich leid, Liebling! Und inzwischen hast du diesen ganzen abscheulichen Nebel schlucken müssen. Wir wollen ihn hinunterschwemmen, sobald wir zu Hause sind. Dieser arme Teufel hat den

Krieg mitgemacht. Großartig, wie die Engländer ihren Humor behalten und den Kopf nicht verlieren.«
»Ich hab' ihn verloren!«
»Na, jetzt hast du ihn wieder zurück«, sagte Michael und drückte ihren Kopf gegen seinen, um seine Gefühle zu verbergen. »Der Nebel ist eigentlich unsere Rettung. Solange es bei uns noch Nebel gibt, wird England am Leben bleiben.« Er fühlte Fleurs Lippen auf den seinen.
Er gehörte ihr, und sie konnte es nicht zugeben, daß er sich im Nebel oder im Foggartismus verlor. War das am Ende —? Und dann erlag er wieder ihrem Reiz.
Der Autolenker stand an der geöffneten Tür. »Wir sind schon da, Sir. Vielleicht erkennen Sie Ihr eigenes Haus.«
Mitten aus dem Kuß aufgeschreckt, stammelte Michael: »Werd's versuchen!« Hier war der Nebel dünner; Michael konnte sich nach den Formen der Bäume richten. »Weiter, und dann rechts, das dritte Haus.«
Da stand es — hochwillkommen! — mit den Lorbeerbäumen in den Kübeln und dem Oberlicht in der Tür. Er steckte den Schlüssel ins Schloß.
»Wollen Sie etwas trinken?« fragte er.
Der Lenker hustete: »Ich sag' nicht nein, Sir.«
Michael brachte ihm ein Glas.
»Haben Sie weit zurückzufahren?«
»Ein gutes Stück — bei Putney Bridge. Auf Ihr Wohl, Sir!«
Michael beobachtete sein von der Kälte eingeschrumpftes Gesicht, während er trank. »Tut mir leid, daß Sie da noch einmal durchmüssen!«
Der Chauffeur gab ihm das Glas zurück. »Danke, Sir. Jetzt wird's schon gehn. Ich fahr' jetzt am Fluß entlang und dann die Fulham Road hinunter. Ich hätt' nicht geglaubt, daß ich mich in London verirren könnt'! Der Fehler war, daß ich eine Abkürzung fahren wollt', anstatt die Hauptstraße rundherum zu fahren. Hoffe, der jungen Dame hat's nicht geschadet, Sir. Sie hat sich schrecklich gefürchtet, als Sie in der Dunkelheit verschwanden, Sir. Der Nebel ist für Menschen nichts! Da sollt' sich das Parlament einmal damit befassen!«
»Stimmt!« sagte Michael und gab ihm eine Pfundnote. »Gute Nacht und viel Glück!«
»Der Nebel hat mir doch Glück gebracht!« meinte der Chauffeur, während er sein Fahrzeug in Bewegung setzte. »Gute Nacht, Sir, und besten Dank!«
»Ich danke I h n e n !« entgegnete Michael.
Das Auto knirschte langsam davon und verschwand.
Dann trat er in das spanische Zimmer. Unter dem Goya hatte Fleur den

Teekessel aufgesetzt und verbrannte Räucherwerk. Welch ein Kontrast zur Welt da draußen, mit ihrem schwarzen, übelriechenden, kalten Dunst, ihren Ängsten und Gefahren! In diesem hübschen, strahlenden Zimmer mit der hübschen, strahlenden Frau – wozu da noch an jene Wirrnis denken, an die verirrten Gestalten und die verhallenden Rufe?
Er zündete sich eine Zigarette an, nahm das Glas am silbernen Griff aus ihrer Hand und führte es an die Lippen.
»Michael, wir sollten uns wirklich ein Auto kaufen!«

8

Man sammelt Material

Dem Herausgeber des *Protagonist* hatte die Sache offenbar so viel Vergnügen bereitet, daß er dadurch auch einer ganzen Reihe anderer Leute Vergnügen bereitete.
»Die Menschen im Orient kennen keinen größeren Spaß, als zuzuschauen«, sagte Sir Lawrence, »wie man einen Jungen prügelt; und der einzige Unterschied zwischen Ost und West ist der, daß sich im Osten der Junge für eine angemessene Summe sofort wieder prügeln läßt. Ich glaube nicht, daß Mr. Perceval Calvin dazu Lust hat.«
»Wenn er sich verteidigt«, sagte Soames verdrossen, »werden die anderen nicht für ihn eintreten.«
Sie warteten und lasen täglich Denunziationen mit der Unterschrift: »Eine Mutter von drei Kindern«; »Roger, Northampton«; »Ein Viktorianer«; »Alys St. Maurice«; »Pumphosen«; »Arthur Whiffkin«; »Ein Sportsmann, wenn auch kein Gentleman«; und »Pro Patria«, welche fast alle denselben Satz enthielten: »Ich kann nicht behaupten, daß ich das Buch ganz gelesen hätte, aber ich habe genug gelesen, um –«
Fünf Tage später feuerten die Verfechter des Buches den ersten Schuß ab, aber erst nachdem ein Brief mit der Unterschrift »Prügelbank« erschienen war, der die Tatsache beleuchtete, daß eine ganze Schule sogenannter Literatur von dem Herausgeber des *Protagonist* in seinem ausgezeichneten Brief vom 14. ds. angeklagt worden sei, und der mit Befriedigung feststellte, daß besagte Schule soviel Anstand besessen habe, die Prügel ohne aufzubegehren zu ertragen. Nicht einmal ein anonymes Stammeln hatte man zu hören bekommen.

»Forsyte«, sagte Sir Lawrence, als er den betreffenden Ausschnitt Soames übergab, »das ist mein höchsteigener Beitrag, und wenn der keine Entgegnung zur Folge hat, dann hat die ganze Sache ihren Zweck verfehlt!«

Aber die beabsichtigte Wirkung trat ein. Die nächste Ausgabe des betreffenden Journals, in dem die Korrespondenz erschien, enthielt einen Brief des Über-Romanciers L. S. D., der jedem den ihm gebührenden Platz anwies. Dies Buch mochte nun ein Kunstwerk sein oder nicht, er habe es nicht gelesen. Aber der Herausgeber des Protagonist schreibe wie ein Pädagoge, wodurch er schon erledigt sei. Das Verlangen, daß die Literatur immer einen Flanellunterrock tragen müsse, sei ein Gewäsch, und weiter sei darüber nichts zu reden. Gedeckt durch diesen Brief traten nun die Verteidiger auf, einer nach dem anderen; zur großen Freude von Soames, soweit er sich diese gestattete. Unter den Verfechtern befanden sich nicht weniger als vier der zehn Erwählten, die der junge Butterfield mit Exemplaren versorgt hatte. In den von ihnen unterzeichneten Briefen an den Herausgeber schrieben sie, daß Canthar ausgesprochene Literatur sei; sie bedauerten diejenigen, die heutzutage noch der Ansicht waren, daß Literatur auch nur das allergeringste mit Moral zu tun habe. Entweder man versuche, das Werk von der ästhetischen Seite aufzufassen, oder überhaupt nicht. Kunst bliebe Kunst und Moral Moral, und nie und nimmer könnten oder sollten diese beiden Begriffe sich miteinander versöhnen. Es wäre einfach himmelschreiend, daß ein Werk dieser Art im Ausland erscheinen müßte! Wann endlich würde man in England ein Genie auf den ersten Anhieb erkennen?

Soames schnitt einen Brief nach dem anderen aus und klebte sie alle in ein Buch. Nun hatte er, was er brauchte, und die übrige Diskussion interessierte ihn nicht mehr. Auch von dem jungen Butterfield war ihm eine Mitteilung zugegangen:

Sir!

Ich besuchte die Dame vorigen Montag und traf sie glücklicherweise zu Hause an. Als ich ihr das Buch anbot, schien sie so ziemlich verärgert. »Dieses Buch«, sagte sie, »hab' ich doch schon vor vielen Wochen gelesen.« – »Es erregt sehr viel Interesse, Madam«, sagte ich. »Das weiß ich ja«, sagte sie. »Sie wollen es also nicht kaufen? Es wird immer teurer. Eines Tages wird es noch sehr wertvoll sein.« – »Ich hab' es schon«, sagte sie. Das war es ja, was ich herausfinden sollte, und daher bin ich der Sache nicht weiter nachgegangen. Hoffentlich habe ich das Richtige getroffen. Sollte noch etwas zu tun sein, dann werde ich es gerne übernehmen. Ich bin noch immer davon überzeugt, daß ich ohne Sie niemals meine jetzige Position erhalten hätte.

Soames war nicht so überzeugt davon, aber was die künftige Position des jungen Mannes betraf, so würde er auf seine Veranlassung vielleicht gar vor Gericht zu erscheinen haben. Es blieb allein die Frage des Stükkes offen. Er zog Michael zu Rate.

»Tritt dieses junge Frauenzimmer noch immer an dem modernen Theater auf, dessen Namen du mir gegeben hast?«

Michael fuhr zusammen. »Ich weiß es nicht, Sir, aber ich könnte es herausfinden.«

Er erkundigte sich und erfuhr, daß sie die Rolle der Olivia in Bertie Curfews Matinee-Aufführung des »Ehrlichen Maklers« geben sollte.

»›Der ehrliche Makler‹?« fragte Soames. »Ist das ein modernes Stück?«

»Nur zweihundertfünfzig Jahre alt.«

»Ah!« sagte Soames, »das war damals eine ordinäre Gesellschaft. Wieso spielt sie denn noch immer dort, wenn sie sich doch von dem jungen Mann getrennt hat?«

»Na ja, diese Leute lassen sich nichts nahegehen. Sie werden doch bestimmt diese Sache nicht bei der Verhandlung vorbringen, Sir?«

»Das weiß ich noch nicht. Wann findet diese Aufführung statt?«

»Am siebenten Januar.«

Soames ging in die Bibliothek seines Klubs und nahm einen Band Wycherley vom Regal. Die ersten Szenen des »Ehrlichen Maklers« enttäuschten ihn, aber im weiteren Verlauf wurde das Stück interessanter, und er ließ es sich einige Zeit kosten, eine Liste aller »saftigen Stellen«, wie George Forsyte sich ausgedrückt hätte, anzufertigen. Soweit ihm bekannt war, wurden an dieser Bühne zweideutige Stellen nicht gestrichen. Ausgezeichnet! Da gab es Sätze, worüber jeder britischen Jury die Haare zu Berge stehen würden. *Canthar* und dieses Stück, davon war er überzeugt, würden jeden Anspruch auf Moral von seiten dieses jungen Frauenzimmers und ihrer Clique vollständig zunichte machen. Die alten beruflichen Instinkte erwachten in ihm zu neuem Leben. Er hatte sich des Königlichen Rates Sir James Foskisson versichert, nicht weil er ihn persönlich bewunderte, sondern weil sich sonst die Gegenseite seiner versichert hätte. Als Hilfskraft engagierte er den ganz jungen Nicholas Forsyte. Er hielt nicht viel von ihm, aber es war besser, daß die Sache in der Familie blieb, besonders wenn man auf einen Ausgleich hinarbeitete.

Ein Gespräch mit Fleur an jenem Abend bestärkte ihn in seinem Vorsatz, es nicht zur Verhandlung kommen zu lassen.
»Was ist denn mit dem jungen Amerikaner los?« fragte er.
Fleur lächelte säuerlich. »Francis Wilmot? Oh! Der ist Marjorie Ferrar auf den Leim gegangen.«
»Auf den Leim gegangen?« sagte Soames. »Das ist ohne Bedeutung, soweit ich sehen kann.«
»Wir wollen es hoffen, um seinetwillen. Wie ich höre, wird sie Sir Alexander MacGown heiraten.«
»So!«
»Hat dir Michael nicht erzählt, daß er ihm eins auf die Nase gegeben hat?«
»Wessen Nase — wer?« fragte Soames ärgerlich.
»MacGowns Nase, lieber Papa; und sein Blut floß in Strömen.«
»Was, um Himmels willen, hat ihn dazu gebracht?«
»Hast du denn nicht seine Rede über Michael gelesen?«
»Ach!« sagte Soames, »parlamentarische Wichtigtuerei — weiter nichts. Sie führen sich dort immer wie die Kinder auf. Also sie wird ihn heiraten! Hat e r sie zu alledem aufgehetzt?«
»Nein, s i e hat i h n aufgehetzt.«
Soames schnaubte geringschätzig durch die Nase; er witterte die Feindschaft der Frauen gegeneinander. Dennoch wußte man nie, was Ursache und was Folge war, das Huhn oder das Ei, politische oder gesellschaftliche Erwägungen. Dies änderte auf jeden Fall die Sachlage. So — also heiraten würde sie? Er überlegte sich die Sache eine Zeitlang und entschloß sich dann, Settlewhite & Stark aufzusuchen. Wären sie eine Firma von armseligem Ruf gewesen oder von der Art, wie man sie bei Sensationsprozessen findet, dann hätte er auch nicht im Traum daran gedacht; Tatsache jedoch war, daß sie in hohem Ansehen standen, Vertreter solider Firmen waren, aristokratische Verbindungen und dergleichen hatten.
Er schrieb ihnen keinen Brief, sondern nahm seinen Hut und ging vom Connoisseurs-Klub in ihre Büros nach King Street, St. James', hinüber. Auf dem Weg tauchten alte Erinnerungen vor ihm auf — zu wie vielen solcher Unterhandlungen war er nicht schon gegangen, oder hatte er seine Gegner kommen lassen! Er war stets dafür gewesen, Streitigkeiten — falls möglich — außerhalb des Gerichtssaales zu schlichten. Und er war stets an solche Unterhandlungen mit der Unpersönlichkeit eines Mannes herangetreten, der einem Menschen gleichen Schlages gegenübertreten würde — zwei Rechenmaschinen, die ihren Unterhalt aus der

Zanksucht der menschlichen Natur bestritten. Aber heute empfand er anders, und da er sich dieses Handicaps bewußt war, blieb er vor der Auslage der Kunsthandlung im Nebenhaus stehen. Ah, da waren die Zustandsdrucke der Radierungen von Roussel aus der Prinzgemahl-Ausstellung von 1851, die der alte Mont erwähnt hatte — er verstand sich auf Radierungen, der alte Mont. Ah, und da hing auch ein Fred Walker, und noch dazu ein recht guter! Mason und Walker — die waren noch lange nicht erledigt. Und in Soames' Herzen regte sich ein Gefühl, das man empfindet, wenn man eine Amsel auf einem eben erblühten Baum singen hört. Wie lang war es her, daß er kein Bild mehr gekauft hatte! Wenn er nur erst diesen verwünschten Prozeß erledigt hätte, dann könnte er sich wieder eine Freude gönnen. Er riß sich vom Schaufenster los, holte tief Atem und betrat das Büro von Settlewhite & Stark.

Das Zimmer des Hauptteilhabers der Firma befand sich im ersten Stock, und der Hauptteilhaber in Person stand dort, wo eben Hauptteilhaber zu stehen pflegen.

»Wie geht es Ihnen, Mr. Forsyte? Ich habe Sie nicht gesehen seit dem Fall ›Bobbin gegen die London & Südwestbahn‹. Das muß im Jahre 1900 gewesen sein!«

»1899«, erwiderte Soames. »Sie vertraten damals die Eisenbahngesellschaft.«

Mr. Settlewhite wies auf einen Stuhl.

Soames nahm Platz und blickte die vor dem Feuer stehende Gestalt von der Seite an. Hm! Ein Gesicht mit langen Lippen, langen Wimpern, langem Kinn; ein Mann seines eigenen Schlages, seiner Erziehung und seiner Rechtschaffenheit! Er würde erst nicht lange auf den Busch klopfen. »Dieser Prozeß«, erklärte er, »ist eine überaus kleinliche Angelegenheit. Was ließe sich da tun?«

Mr. Settlewhite runzelte die Stirn. »Das, Mr. Forsyte, hängt gänzlich davon ab, was Sie vorzuschlagen haben. Meine Klientin ist arg verleumdet worden.«

Soames lächelte säuerlich: »Sie hat die Sache angefangen. Und worauf stützt sie sich eigentlich dabei? Auf Privatbriefe meiner Tochter, die diese in vollkommen berechtigter Entrüstung an persönliche Freundinnen gerichtet hat! Ich bin überrascht, daß eine Firma von Ihrer Bedeutung —«

Mr. Settlewhite lächelte: »Bemühen Sie sich doch nicht, meiner Firma ein Kompliment zu machen! Ich meinerseits bin überrascht, daß Sie für Ihre Tochter den Prozeß führen. Sie können die Sache kaum im richtigen Lichte sehen. Sind Sie gekommen, um eine Entschuldigung anzubieten?«

»Was für eine Idee!« sagte Soames. »Nach meiner Meinung hätte sich Ihre Klientin zu entschuldigen.«
»Wenn Sie dieser Ansicht sind, dann fürchte ich, ist es nutzlos, dieses Gespräch fortzusetzen.«
Soames sah ihn scharf an. »Womit wollen Sie eigentlich den Schadenersatz begründen? Sie gehört doch zu einer recht leichtsinnigen Gesellschaft.«
Mr. Settlewhite fuhr fort zu lächeln.
»Wie ich höre, wird sie Sir Alexander MacGown heiraten«, sagte Soames.
Mr. Settlewhite preßte die Lippen aufeinander. »Also, Mr. Forsyte, wenn Sie hergekommen sind, zur Schlichtung der Sache eine Entschuldigung und eine beträchtliche Summe anzubieten, so läßt sich darüber reden. Sonst aber –«
»Als ein besonnener Mann«, sagte Soames, »müssen Sie doch wissen, daß diese Gesellschaftsskandale total sinnlos sind – nichts als Kosten und Ärger bedeuten und ein gefundenes Fressen für alle Klatschbasen in London sind. Um die Sache aus der Welt zu schaffen, bin ich bereit, Ihnen tausend Pfund anzubieten, aber an eine Entschuldigung kann ich nicht einmal denken. Ein Ausdruck gegenseitigen Bedauerns – vielleicht; aber eine Entschuldigung steht außer Frage.«
»Fünfzehnhundert könnte ich annehmen – die Beleidigungen sind unter vielen Leuten bekanntgeworden. Aber eine Entschuldigung ist unerläßlich.«
Soames saß schweigend da und versuchte die Ungerechtigkeit des ganzen Falles zu verdauen. Fünfzehnhundert! Ungeheuerlich! Er wollte jedoch sogar das bezahlen, nur um Fleur vor dem Gerichtssaal zu bewahren. Aber sich demütigen! Das würde sie nicht tun, er konnte sie nicht dazu überreden und wußte auch nicht, ob er das überhaupt wollte. Er erhob sich.
»Also hören Sie, Mr. Settlewhite. Wenn Sie es zur Verhandlung kommen lassen, werden Sie auf stärkeren Widerstand stoßen, als Sie glauben. Die ganze Sache jedoch ist mir so zuwider, daß ich bereit bin, auf Ihren finanziellen Vorschlag einzugehen, obzwar ich Ihnen gestehen muß, daß ihr meiner Meinung nach keine Jury auch nur einen Penny Schadenersatz zusprechen würde. Was eine Entschuldigung betrifft, so ließe sich ja vielleicht eine Formel finden« – warum, zum Kuckuck, lächelte der Kerl nur? –, »etwa folgendermaßen: ›Wir sprechen unser Bedauern darüber aus, unüberlegte Äußerungen übereinander getan zu haben‹, was beide Parteien zu unterzeichnen hätten.«
Mr. Settlewhite kratzte sich das Kinn. »Nun, ich werde Ihren Vorschlag

meiner Klientin vorlegen. Auch ich habe den Wunsch, die Angelegenheit beigelegt zu sehen, nicht etwa, weil ich vielleicht das Resultat fürchte« – »Ah, wirklich?« dachte Soames –, »sondern nur deshalb, weil solche Fälle, wie Sie sehr richtig bemerken, nicht gerade erbaulich sind.« Er streckte ihm die Hand entgegen.

Soames berührte sie kühl. »Sie begreifen, daß dies gänzlich unter Vorbehalt geschieht«, sagte er und ging hinaus. »Sie wird schon anbeißen«, dachte er. Fünfzehnhundert Pfund seines guten Geldes hinausgeschmissen für dieses Frauenzimmer, nur weil man sie einmal beim richtigen Namen genannt hatte! Und alle seine Mühe, Material gegen sie zu sammeln, total vergeudet! Einen Augenblick lang ärgerte er sich darüber, daß er Fleur so verfallen war. Wahrhaftig, eine Affenliebe! Dann wieder tat sein Herz einen Sprung zurück. Gott sei Dank! Er hatte die Sache doch in Ordnung gebracht.

Weihnachten stand vor der Tür. Es beunruhigte ihn daher keineswegs, daß er von dem Advokaten keine Bestätigung des Ausgleichs erhielt. Fleur und Michael waren in Lippinghall zusammen mit dem neunten und dem elften Baronet. Er und Annette hatten Winifred und die Cardigans nach »Haus Zuflucht« eingeladen. Erst am sechsten Januar erhielt er einen Brief von Messrs. Settlewhite & Stark.

Sehr geehrter Herr!

Unter Bezugnahme auf Ihren Besuch vom 17. v. M. teilen wir Ihnen mit, daß Ihr Vorschlag ordnungsgemäß unserer Klientin zur Kenntnis gebracht wurde. Ihre Instruktionen lauten dahin, daß sie bereit ist, den Betrag von £ 1500 (fünfzehnhundert Pfund) anzunehmen. Weiters besteht sie auf einer von Ihrer Klientin ordnungsgemäß unterzeichneten Entschuldigung, von der wir eine Kopie beilegen.

Wir verbleiben, sehr geehrter Herr,

hochachtungsvoll
Settlewhite & Stark

Er sah sich nun die Beilage an. Sie lautete folgendermaßen:

Ich, Mrs. Michael Mont, ziehe meine Äußerungen über Miss Marjorie Ferrar zurück, die meine an Mrs. Ralph Ppynrryn und Mrs. Edward Maltese gerichteten Briefe vom 4. Oktober v. J. enthielten, und spreche hierdurch ohne Vorbehalt mein lebhaftes Bedauern darüber aus, sie gemacht zu haben.

(Unterschrift)

Während Soames sich erhob, stieß er den Frühstückstisch so heftig zurück, daß dieser in allen Fugen knarrte.
»Was hast du nur, Soames?« fragte Annette. »Hast du wieder dein Gebiß zerbrochen? Du sollst nicht so fest zubeißen!«
»Lies das da!«
Annette las es. »Was, du willst diesem Frauenzimmer fünfzehnhundert Pfund schenken? Du bist wahrhaftig verrückt, Soames. Ich würde ihr nicht einmal fünfzehnhundert Pence schenken! Dieses Frauenzimmer noch dafür bezahlen, damit sie herumgeht und es allen ihren Freunden erzählt! Dadurch hat sich Fleur fünfzehnhundertmal entschuldigt. Auf mein Wort, Soames – ich bin überrascht. Ein Geschäftsmann, ein tüchtiger Mann! Kennst du die Welt wirklich so wenig? Jedes Pfund, das du bezahlst, bedeutet eine neue Entschuldigung Fleurs.«
Soames stieg das Blut ins Gesicht. Es war so französisch, und dennoch hatte sie so recht! Er trat ans Fenster. Diese Franzosen – kein Sinn für Kompromisse, aber vollstes Verständnis für Geldangelegenheiten!
»Also«, sagte er, »das macht der Sache jedenfalls ein Ende. Fleur wird nicht unterschreiben. Und ich werde mein Anerbieten noch heute zurückziehen.«
»Das will ich hoffen. Fleur wird den Kopf nicht verlieren. Sie wird vor Gericht sehr hübsch aussehen. Ich glaube, die Frau wird es noch bereuen, daß sie geboren wurde! Warum läßt du sie nicht von Detektiven überwachen? Es hat keinen Sinn, mit solchen Frauen zartfühlend umzugehen.«
In einem schwachen Augenblick hatte er Annette von dem Buch und dem Stück erzählt, da er mit Fleur und Michael nicht darüber reden konnte. Er hatte ihr tatsächlich *Canthar* mit den Worten gegeben: »Ich empfehle dir nicht, es zu lesen; es ist sehr französisch.«
Zwei Tage später hatte Annette es ihm zurückgegeben und gesagt: »Es ist absolut nicht französisch; es ist abscheulich. Ihr Engländer seid so ordinär. Es hat gar keinen Geist. Es ist bloß ekelhaft. Ernst und ekelhaft zugleich sein – das ist schon der Gipfel. Soames, du bist so altmodisch. Warum nennst du dieses Buch französisch?«
Soames, der wirklich nicht wußte, warum, hatte nur gemurmelt: »In England darf so was nicht gedruckt werden.« Und während er das Zimmer verließ, dröhnte es ihm in die Ohren: »Brüssel, Brüssel, Brüssel nennst du –« Kein Volk war doch so empfindlich wie diese Franzosen!
Die Bemerkung über Detektive ging ihm indessen im Kopf herum. Wozu Bedenken haben, wenn alles davon abhing, dieses Frauenzimmer einzuschüchtern? Und als er in London ankam, suchte er ein Büro auf, doch

nicht das von Mr. Polteed, und hinterließ den Auftrag, Marjorie Ferrars Vergangenheit, Gegenwart und Zukunft zu »überwachen«.
Auch seine Antwort an Settlewhite & Stark war kurz, entschlossen und auf Briefpapier seiner Firma geschrieben.

6. Januar 1925

Sehr geehrte Herren!
Ich bin im Besitze Ihres gestrigen Briefes, aus dem ich ersehe, daß Ihre Klientin meinen Vorschlag abgelehnt hat; wie Sie wissen, wurde dieser unter Vorbehalt gemacht und wird jetzt von mir *in toto* zurückgezogen.

Hochachtungsvoll
Soames Forsyte

Wenn er sich nicht irrte, würden sie es noch bedauern. Und er starrte die Worte *in toto* an, sie machten einen komischen Eindruck. Und nun zum »Ehrlichen Makler«!
Das Theater der »Non-plus-ultra«-Gesellschaft hatte eine schmutzige Fassade, eine Totenmaske Congreves im Vestibül, einen seltsamen Geruch und eine ins Publikum hineinreichende Shakespearebühne. Orchester gab es keines. Es wurde dreimal auf etwas geschlagen, ehe der Vorhang in die Höhe ging. Es gab keine Rampenlichter. Die Dekoration war seltsam – Soames starrte sie unaufhörlich an, bis ihm in der ersten Zwischenpause der Grundgedanke durch zwei Männer, die gerade hinter ihm saßen, klarwurde.
»Das Charakteristische an dieser Dekoration liegt darin, daß sie niemand anzusehen braucht, verstehst du? Man geht hier über alles Bisherige hinaus.«
»Man ist in Moskau noch weiter gegangen.«
»Ich glaube nicht. Curfew ist ja dort gewesen. Er schwärmte einfach über ihre Sprechweise, als er zurückkam.«
»Versteht er denn Russisch?«
»Nein. Das ist auch gar nicht nötig. Es ist das Kolorit. Ich glaube, er macht mit dieser Aufführung ein gutes Geschäft. Man könnte ein solches Stück nicht aufführen, wenn die Zuhörer die Worte verstünden.«
Soames, der sich redlich bemüht hatte, die Worte zu verstehen – deshalb war er ja hierhergekommen –, schielte über seine Schulter nach den beiden Sprechern zurück. Sie sahen jung und blaß aus und fuhren mit seltsamer Unbekümmertheit fort: »Curfew leistet Großartiges. Er rüttelt die Leute auf.«
»Wie ich sehe, gibt Marjorie Ferrar die Olivia.«

»Begreife gar nicht, warum er eine solche Dilettantin weiterspielen läßt.«
»Wegen ihrer Zugkraft, lieber Freund; sie lockt die elegante Gesellschaft ins Theater. Ich finde sie schrecklich.«
»Sie war in einer Rolle wirklich gut — als stummes Mädchen in dem russischen Stück. Aber sie hat keine Ahnung, wie man richtig spricht; man versteht bei ihr unausgesetzt den Sinn der Worte. Sie rhythmitisiert einen nicht im geringsten.«
»Sie ist schön.«
»Na ja.«
In diesem Augenblick ging der Vorhang wieder hoch. Da Marjorie Ferrar noch nicht erschienen war, mußte Soames wach bleiben; und sei es nun, »weil sie keine Ahnung hatte, wie man richtig spricht«, oder sei es nur aus Pflichtgefühl, Soames blieb tatsächlich die ganze Zeit über wach, während sie auf der Bühne stand, und jedesmal, wenn sie etwas Schändliches zu sagen hatte, notierte er es sorgfältig; im übrigen verbrachte er einen höchst amüsanten Nachmittag und ging ganz beruhigt wieder fort. Im Auto ging er im Geist die Fragen durch, die Sir James Foskisson beim Kreuzverhör der Zeugin stellen würde: »Ich glaube nicht zu irren, Madam, daß Sie im ›Ehrlichen Makler‹, der von der ›Non-plus-ultra-Theatergesellschaft‹ aufgeführt wurde, die Rolle der Olivia spielten? Wäre es korrekt, zu behaupten, daß diese Frau eine anständige Frau ist? . . . Ganz richtig. Und enthielt die Rolle folgende Zeilen?« (Anführung der saftigsten Stellen . . .) »Was für einen Eindruck haben diese Stellen auf Sie gemacht, Madam? . . . Ich vermute, daß Sie diese Stellen nicht als unmoralisch bezeichnen würden? . . . Nicht wahr? Und auch nicht dafür berechnet, die Ohren einer anständigen Zuhörerschaft zu beleidigen und ihre moralischen Grundsätze zu erschüttern? . . . Nein. Sie haben also nicht dieselbe Ansicht von Moral wie ich, oder, wie ich annehmen darf, die Geschworenen? . . . Nein. Die Szene im Dunkeln . . . haben Sie beim Regisseur keinen Protest erhoben, damit diese Szene gestrichen werde? Aha! Ich glaube, Mr. Curfew war der Regisseur? Jawohl. Stehen Sie mit diesem Herrn auf solchem Fuß, daß Sie leicht hätten protestieren können? . . . Aha! Nun, Madam, gebe ich Ihnen zu bedenken, daß Sie während des ganzen Jahres 1923 diesen Herrn fast täglich trafen . . . Nun, sagen wir, drei- oder viermal in der Woche. Und dennoch behaupten Sie, daß Ihre Stellung ihm gegenüber es nicht gestattete, ihm nahezulegen, daß man keiner anständigen jungen Dame zumuten könne, in einer solchen Szene aufzutreten . . . Was Sie nicht sagen! Die Geschworenen werden sich nach dieser Antwort ihre eigene Meinung bilden. Sie sind keine Berufsschauspielerin, deren Existenz davon ab-

hängt, daß sie spielt, was man von ihr verlangt? . . . Nein. Und dennoch unterstehen Sie sich, hierherzukommen und ausgiebigen Schadenersatz zu verlangen, weil man in einem Privatbrief behauptet hat, daß Sie überhaupt keine Moral hätten . . . Haben Sie denn eine Moral? . . .« Und so weiter und so weiter. Schadenersatz! Keine Spur! Nicht einen roten Heller würde sie bekommen.

9

Volte

Marjorie Ferrar, die Sir Alexander MacGown und Francis Wilmot im ungewissen hielt, ihre Wochenend- und anderen Verpflichtungen erfüllte, viel Bridge spielte, in der Erwartung, ihre täglichen Ausgaben dadurch zu bestreiten, so oft wie möglich für einen Tag auf die Jagd ging und die Rolle der Olivia probte, hatte den Prozeß fast schon vergessen, als Messrs. Settlewhite & Stark ihr das Anbot der fünfzehnhundert Pfund und den Entwurf der Entschuldigung vorlegten. Sie hätte es fast auf der Stelle angenommen. Das Geld würde ihre dringendsten Schulden tilgen; sie würde wieder aufatmen und ihre Zukunftspläne noch einmal überdenken können. Am Freitag vor Weihnachten erhielt sie einen Brief, gerade als sie zu ihrem Vater, in der Nähe von Newmarket, fahren wollte, und erwiderte eilig, daß sie im Büro der Advokaten am folgenden Montag bei ihrer Rückkehr vorsprechen werde. Am nächsten Abend beriet sie sich mit ihrem Vater. Lord Charles war der Ansicht, daß, wenn dieser Advokat bis zu fünfzehnhundert Pfund gehen wollte, er auf einen Ausgleich ganz besonders erpicht sein müsse und sie nur auf die Entschuldigung zu bestehen brauche, um sie auch zu bekommen. Jedenfalls solle sie die Leute noch ein wenig zappeln lassen. Am Montag wollte er ihr seine einjährigen Fohlen zeigen. Sie kehrte deshalb erst am 23. wieder nach London zurück und fand das Büro wegen der Feiertage geschlossen. Es war ihr bisher nie in den Sinn gekommen, daß auch Rechtsanwälte Ferien machten. Am Heiligen Abend fuhr sie selbst für zehn Tage fort, so daß sie sich erst am 4. Januar wieder melden konnte. Mr. Settlewhite war noch immer in Südfrankreich, aber Mr. Stark konnte sie sprechen. Mr. Stark wußte nur wenig von der Angelegenheit, glaubte aber, daß Lord Charles' Rat wahrscheinlich gut sei; er machte den Vorschlag, man möge die fünfzehnhundert Pfund annehmen, falls eine formelle Entschuldigung angeboten würde; im Notfall könnte man ja auf die ursprüngliche Formulierung zurückgreifen, aber es sei immer klug, so viel wie nur möglich herauszuschlagen. Nicht ganz ohne Besorgnis stimmte Marjorie Ferrar zu.

Als sie von der Matinee am 7. Januar müde zurückkam, jedoch in gehobener Stimmung durch den Applaus, durch Bertie Curfews Lob: »Das hast du gut gemacht, Liebling« und seinen Blick, der sie an frühere Zeiten erinnerte, stieg sie in ein warmes Bad und hatte es gerade beendet, als ihre Kammerzofe Mr. Wilmot ankündigte.

»Lassen Sie ihn nicht fortgehen, Fanny; sagen Sie ihm, ich würde in zwanzig Minuten fertig sein.«

Fiebernd und leise, wie vor einer Krise, zog sie sich an, betupfte sich Hals und Hände mit Orangenblütenparfüm und ging ins Atelier. Sie trat geräuschlos ein. Der junge Mann, der inmitten des Zimmers mit dem Rücken zur Tür stand, hörte sie offenbar nicht. Sie trat sehr nahe zu ihm hin und wartete die Wirkung des Orangenblütenparfüms auf ihn ab. Er stand da, so etwa wie ein Esel im Orient, der mit hängenden Ohren geduldig darauf wartet, daß man seinem wunden Rücken eine neue Last aufbürde. Und plötzlich sagte er: »Ich bin erledigt.«

»Francis!«

Der junge Mann wandte sich um. »Marjorie!« rief er, »ich habe Sie gar nicht gehört.« Er ergriff ihre Hände und verbarg sein Gesicht in ihnen.

In diesem Augenblick war sie sich nicht ganz klar darüber, was sie tun sollte. Es wäre ja so leicht gewesen, seine verzweifelten Küsse auf ihre Hände in triumphierende Küsse auf ihre Lippen umzuwandeln, wenn er nur modern gewesen wäre, wenn ihr seine altmodische Liebe im geheimen nicht so sehr geschmeichelt hätte; es wäre auch so leicht gewesen, wenn sie für ihn nicht noch etwas mehr — oder war es weniger? — als Leidenschaft empfunden hätte. Sollte sie endlich einmal naiv fühlen lernen, das Idyll eines jungen Mädchens erleben, etwas, das sie versäumt hatte? Sie führte ihn zum Diwan, setzte sich an seine Seite und blickte ihm in die Augen. Wie ein schönes Märchen, wie an einem Frühlingsmorgen — sie und Francis, Kinder im Walde, ganz weltverloren! Sie gab sich dieser unschuldsvollen Empfindung völlig hin, griff mit voller Absicht nach etwas Neuem, Köstlichem. Armer Junge! Wie herrlich, ihn endlich glücklich zu wissen — ihm die Ehe zu versprechen und das Versprechen auch halten zu wollen! Wann?! Oh, wann er wollte. Bald, recht bald; je früher, desto besser! Fast ohne zu wissen, daß sie ein junges Mädchen »spielte«, ließ sie sich von seinem Staunen und seiner

Freude mitreißen. Er brannte lichterloh, und dennoch blieb er zurückhaltend – er war wunderbar! Eine Stunde lang saßen sie so zusammen – eine Stunde, die noch in der Erinnerung ihren Duft behalten würde. Da erinnerte sie sich, daß sie um halb neun zum Dinner geladen war. Sie drückte ihre Lippen an seine und schloß die Augen. Die widersprechendsten Gedanken erfüllten sie. Sollte sie alles verderben und sich seiner auf moderne Art versichern? War denn das Bild, das er sich von ihr machte, etwas anderes als eine Illusion, ein Trug? Sie sah, wie seine Augen sich verdüsterten, fühlte, wie seine Hände zu fiebern begannen. Etwas schien vor ihr zu versinken. Sie erhob sich. »Und jetzt, Liebling, fort mit dir!«

Als er fort war, zog sie rasch ihr Kleid aus und bürstete sich das Haar, dessen Spiegelbild mehr Gold als Rot zu zeigen schien . . . Ihr Blick fiel auf ein paar Briefe auf ihrem Toilettentisch. Der erste enthielt eine Rechnung, der zweite wieder eine Rechnung; der dritte lautete folgendermaßen:

Sehr geehrte Miss Ferrar!

Zu unserem Bedauern müssen wir Ihnen mitteilen, daß Cuthcott, Kingson & Forsyte es ablehnen, die von uns verlangte Entschuldigung zu geben, und ihr Angebot *in toto* zurückgezogen haben. Wir nehmen daher an, daß es zum Prozeß kommen wird. Wir glauben jedoch zuversichtlich, daß die Gegenseite sich die Sache vor Prozeßbeginn nochmals überlegen wird.

Hochachtungsvoll
Settlewhite & Stark

Sie ließ den Brief sinken und blieb unbeweglich sitzen, während sie eine kleine, scharfe Falte auf der rechten und eine andere auf der linken Seite ihres Mundes anstarrte . . .

Francis Wilmot dachte, während er beschwingt fortging, an Dampferlinien und elegante Kabinen, an Standesbeamte und Eheringe. Noch vor einer Stunde war er verzweifelt gewesen; jetzt aber schien es ihm, als hätte er's seit jeher gewußt, daß sie »viel zu charaktervoll war, um den Kerl zu heiraten, den sie nicht liebte«. Er würde sie zur Königin von Südkarolina machen, so viel war sicher! Aber wenn es ihr dort nicht gefiele, dann würde er eben das alte Haus verkaufen, und sie würden dort leben, wo es ihr gefiele – in Venedig; er hatte sie sagen hören, wie wundervoll Venedig sei; oder New York oder Sizilien; mit ihr zusammen wäre er mit allem zufrieden! Auch London in dem kalten, trockenen Wind kam ihm herrlich vor, nicht mehr dieses graue Labyrinth von Unwirklichkeit und Schatten, sondern eine Stadt, in der man Eheringe und Dampferbillette kaufen konnte. Der Wind durchfuhr ihn wie ein Messer, aber er merkte es nicht. Dieser arme Teufel MacGown! Er haßte seinen Anblick, den Gedanken an ihn, und doch tat er ihm leid, wenn er daran dachte, wie der Becher von seinen Lippen fortgerissen worden war. Und die Tage, Wochen und Monate, die er damit verbracht hatte, um die Flamme zu kreisen, mit versengten und hängenden Flügeln, schienen ihm jetzt nur wie eine natürliche Vorstufe zum Paradies. Vierundzwanzig — beide gleich alt; eine Ewigkeit von Glück lag vor ihnen! Er sah sich schon, wie er sie auf den Stufen der Vorhalle seines Hauses vorstellte. Pferde! Ein besseres Auto als der alte Ford! Seine Schwarzen würden die Frau anbeten, die so hoheitsvoll und so weiß war! Im Frühjahr mit ihr zwischen den Azaleen spazierenzugehen, deren Duft er jetzt schon riechen konnte! Nein, seine Hände dufteten, die sie berührt hatte! Er zitterte vor Kälte und eilte weiter unter den kalten Bäumen, fast der einzige Mensch in dem scharfen Ostwind; die Sterne der bitterkalten Nacht leuchteten vom Himmel.

Als er wieder sein Hotel betrat, wurde ihm eine Karte überreicht.

»Mr. Wilmot, ein Herr wünscht Sie zu sprechen.«

Sir Alexander saß in einer Ecke der Halle, einen Claquehut in der Hand. Er erhob sich und trat auf Francis Wilmot zu, grimmig und schwer.

»Ich wollte schon seit einiger Zeit mit Ihnen sprechen, Mr. Wilmot.«

»Bitte, mein Herr. Darf ich Ihnen einen Cocktail oder ein Glas Sherry anbieten?«

»Danke. Sie wissen wohl von meiner Verlobung mit Miss Ferrar?«

»Ich h a b e davon gewußt, mein Herr.«

Dieses rote, herausfordernde Gesicht mit seinem steifen Schnurrbart und den flammenden Augen gab Francis' Haß neue Nahrung, so daß er ihn nicht mehr bedauerte.

»Sie wissen, wie unerwünscht mir Ihre fortwährenden Besuche bei der jungen Dame sind. In diesem Lande handelt man nicht wie ein Gentleman, wenn man einer verlobten jungen Dame nachstellt.«

»Das«, gab Francis Wilmot kühl zurück, »hat wohl nur Miss Ferrar zu entscheiden.«

MacGowns Gesicht wurde noch röter.

»Wenn Sie kein Amerikaner wären, hätte ich Sie schon längst aufgefordert zu verschwinden.«

Francis Wilmot machte ihm eine Verbeugung.

»Nun? W e r d e n Sie verschwinden?«

»Eine Antwort darauf muß ich leider ablehnen.«
MacGown streckte das Kinn vor. »Ich habe Sie gewarnt«, wiederholte er. »Wenn Sie weiter über das Erlaubte hinausgehen, dann hüten Sie sich!«
»Danke, das werd' ich«, sagte Francis Wilmot leise.
MacGown stand einen Augenblick ein wenig schwankend da. War er im Begriff, auf ihn loszugehen? Francis Wilmot steckte die Hände in die Hosentaschen.
»Sie sind gewarnt«, erklärte MacGown und machte auf dem Absatz kehrt.
»Gute Nacht!« rief Francis Wilmot dem sich entfernenden vierschrötigen Rücken nach. Er war sanft gewesen, er war höflich gewesen, aber er haßte diesen Kerl aus ganzer Seele! Hätte er nicht innerlich vor Triumph geglüht, es wäre leicht zu einem Skandal gekommen!

10

Fotografien

Als Michael zu Weihnachten sich auf die alljährliche Jagd nach Lippinghall begab, traf er dort zwei ausübende Politiker und ein Mitglied der Regierung.
In dem Rauchzimmer, in dessen alte, weiche Ledersessel sich die Herren und manchmal auch die Damen zurückzogen, plauderte man angeregt, aber ein so aufrührerisches Thema wie der Foggartismus wurde nicht berührt. Während gelegentlicher kurzer Unterhaltungen gewann Michael Einblick in die politische Wirklichkeit und Respekt vor den Politikern. Selbst jetzt, in den Ferien, saßen sie bis spät in die Nacht hinein, standen frühzeitig auf, schrieben Briefe, prüften Petitionen und vertieften sich in Blaubücher. Sie waren robust, aßen herzhaft, tranken wie Männer und schienen niemals müde zu sein. Sie waren sauber rasiert, sahen gesund aus und schossen mit großem Vergnügen daneben. Das Kabinettsmitglied spielte statt dessen Golf, und Fleur begleitete ihn. Michael lernte, daß man eigentlich an gar nichts dachte, wenn man an so vieles gleichzeitig denken mußte; da war keine Zeit mehr, Lieblingsideen zu pflegen, Phantasien und Gefühlen nachzuhängen. Man mußte eine Sache immer weiter führen und sich nur ja nicht klar darüber werden, wozu.

Was den Foggartismus betraf, so machten sie ihn nicht einfach herunter wie die *Evening Sun;* sie fragten nur, wie ja auch Michael sich selbst gefragt hatte: »Ja, aber wie wollen Sie es denn durchsetzen? Ihre Idee wäre ja recht gut, wenn es die Leute nicht am Geldbeutel träfe. Die Kosten der Lebenshaltung noch zu erhöhen, steht ganz außer Frage — das Land ist schon bis zur Grenze der Leistungsfähigkeit besteuert. Ihr Foggartismus verlangt Geld nach jeder Richtung hin. Sie können beteuern, bis Sie blau im Gesicht sind, daß in zehn oder zwanzig Jahren das Kapital sich verfünffacht haben wird; niemand wird auf Sie hören. Sie können sagen: ›Ohne diese Maßregel wird alles zum Teufel gehn‹; aber daran sind wir gewöhnt — einige glauben, daß wir schon so weit sind, und nehmen es übel, wenn man davon spricht. Andere, besonders die Fabrikanten, glauben das, was sie gern glauben wollen. Sie vertragen es nicht, wenn einer schreit: ›Die Sache ist faul!‹, was immer auch sein Ziel ist. Wenn Sie vorhaben, den Handel wieder zu beleben und die Steuern zu ermäßigen oder die Löhne zu erhöhen und eine Vermögensabgabe durchzuführen, dann werden wir, je nach der Parteizugehörigkeit, glauben, daß Sie den Vogel abgeschossen haben, bis wir das Gegenteil herausfinden. Aber Sie wollen den Handel einschränken und die Steuern erhöhen — einer besseren Zukunft zuliebe. Heiliger Strohsack! In der Politik darf man die Karten wohl mischen, aber man darf nichts hinzufügen oder wegnehmen. Die Leute reagieren nur auf einen augenblicklichen Profit oder wie im Krieg auf unmittelbar drohende Gefahr. Sie müssen alles Sensationelle vermeiden.«

Kurzum, die Herren waren intelligent und vollkommen fatalistisch.

Nach diesen ruhigen Gesprächen verstand Michael den Beruf eines Politikers viel besser als vorher. Das Kabinettsmitglied übte eine große Anziehungskraft auf ihn aus. Er war ein bescheidener Mensch von angenehmen Manieren, hatte die zu seinem Ressort gehörigen Ideen, und mit diesen Ideen leistete er seine Arbeit ganz gut. Falls er auch eigene Gedanken hatte, dann behielt er sie für sich selbst. Fleur bewunderte er offensichtlich und konnte besser zuhören als die beiden anderen. Und er sagte auch ein paar Sachen, die sie nicht gesagt hatten. »Natürlich kann das, was wir zu tun imstande sind, so ungenügend sein, daß die Journalisten eine Kampagne eröffnen werden, und unter Deckung dieser Kampagne können wir einige drastische Maßnahmen durchsetzen, die die Leute hinunterschlucken werden, ehe sie wissen, was überhaupt los ist.«

»Ich kann mir nicht vorstellen«, entgegnete Michael, »daß die Presse helfen wird.«

»Tja, sie ist trotzdem die einzige Stimme der Öffentlichkeit, die zu uns dringt. Wenn Sie die Blätter, die am lautesten schreien, für sich gewinnen können, so könnten Sie sogar Ihren Foggartismus durchsetzen. Was in Wahrheit gegen Sie spricht, ist das langsame Wachsen der Städte in den letzten hundertfünfzig Jahren, die eingefleischte Anschauungsweise, die in England nur einen Industrie- und Transithandelsstaat erblickt. Und im Geist der Städter grünt natürlich ewig die Hoffnung; sie können Geschwätz über drohende Kalamitäten nicht leiden. Einige glauben auch ehrlich daran, daß wir bis in die Unendlichkeit nach der alten Methode weiterwursteln können und dabei immer wohlhabender werden. Ich persönlich glaube das nicht. Es ist möglich, daß vieles von dem, was der alte Foggart propagiert, Schritt für Schritt angenommen werden wird aus bloßer wirtschaftlicher Notwendigkeit, sogar die Kinderauswanderung; aber man wird es nicht Foggartismus nennen. Erfinderschicksal! Man wird ihm nicht zugute halten, daß er als erster die Notwendigkeit dazu erkannt hat. Und«, fügte der Minister finster hinzu, »wenn die Sache einmal in die Praxis umgesetzt ist, wird es wahrscheinlich schon zu spät sein.«

Da er am gleichen Tag eine Anfrage wegen eines Interviews von einem Pressesyndikat erhalten hatte, das seinen Vertreter schicken wollte, wann es ihm paßte, setzte Michael einen Termin fest und bereitete ein langes Elaborat seiner Weltanschauung vor. Der Vertreter indessen entpuppte sich als eine Kamera, und eine Fotografie mit dem Titel »Der Abgeordnete für Mittel-Buckinghamshire erläutert unserem Vertreter den Foggartismus« war die einzige Erwähnung dieser Sache. Die Kamera trat in Aktion. Sie machte ein Familienfoto vor dem Haupteingang: Von rechts nach links »Mr. Michael Mont, Abgeordneter, Lady Mont, Mrs. Michael Mont, Sir Lawrence Mont, Baronet«. Sie fotografierte Fleur: »Mrs. Michael Mont mit Kit und Dandie.« Sie fotografierte den jakobinischen Flügel des Hauses. Dann den Minister mit seiner Pfeife, »seinen Weihnachtsurlaub genießend«. Eine Ecke des Gartens: »Im Park.« Dann aß sie zu Mittag. Danach fotografierte sie die ganze Hausgesellschaft mit dem Minister zur Rechten von Lady Mont und der Frau des Ministers zur Linken von Sir Lawrence. Dieses Bild wäre besser gelungen, wenn der Dandie, den man aus Versehen vergessen hatte, sich nicht plötzlich auf die Beine der Kamera gestürzt hätte. Dann wurde Fleur allein aufgenommen. »Mrs. Michael Mont – eine reizende junge Dame der Gesellschaft.« Die Kamera nahm zur Kenntnis, daß Michael ein interessantes praktisches Experiment mache – ob sie den Foggartismus in Aktion aufnehmen könne? Michael grinste und erwiderte: Ja, wenn sie einen kleinen Weg nicht scheue.

Sie gingen nach dem Wäldchen. Sie fanden die Kolonie in ihrem üblichen Zustand. Boddick, den zwei Angestellte des Unternehmers aneiferten, mühte sich mit der Konstruktion des Bruthauses; Swain rauchte eine Zigarette und las die *Daily Mail;* Bergfeld saß da, den Kopf in die Hände vergraben, und Mrs. Bergfeld wusch Geschirr.

Die Kamera machte drei Aufnahmen. Michael, der sah, daß Bergfeld zu zittern begann, ermahnte die Kamera, ihren Zug nicht zu versäumen. Sofort nahm sie ein letztes Bild von Michael vor der Hütte, zwei Schalen Tee im Herrenhaus und dann Abschied.

Als Michael am Abend hinauf auf sein Zimmer ging, kam der Hausverwalter zu ihm.

»Boddick ist in der Küche, Mr. Michael; ich fürchte, es ist ein Unglück geschehen.«

»Oh!« sagte Michael ausdruckslos.

Boddick stand in der Küche, in der Michael als Kind so viele schöne Stunden verbracht hatte; der Schweiß rann dem Mann von der bleichen Stirn, und die dunklen Augen flackerten.

»Der Deutsche ist tot, Sir.«

»Tot?«

»Hat sich aufgehängt. Die Frau ist in einem schrecklichen Zustand. Ich hab' ihn abgeschnitten und Swain ins Dorf geschickt.«

»Allmächtiger Gott! Erhängt! Aber warum denn?«

»In den letzten drei Tagen ist er schon so merkwürdig gewesen, und die Kamera hat ihm den Rest gegeben. Wollen Sie mitkommen, Sir?«

Mit einer Laterne machten sie sich auf den Weg, während Boddick erzählte: »Sobald Sie heute nachmittag weg waren, begann er zu zittern und sich zu beschweren, daß man ihn zum Narren gehalten habe. Ich hab' ihm gesagt, er soll nicht so dumm sein, und bin wieder hinaus an meine Arbeit gegangen. Aber als ich zum Tee ins Haus zurückgekommen bin, hat er noch immer gezittert und von seiner Ehre gefaselt und seinen Ersparnissen. Dem Swain ist die Sache schon auf die Nerven gegangen, und er hat gespottet, und Mrs. Bergfeld in ihrer Ecke war so weiß wie ein Gespenst. Ich hab' Swain gesagt, daß er den Mund halten soll; und Fritz hat sich nach einer Weile beruhigt und ist dann zusammengekauert dagesessen, wie er das oft stundenlang tut. Mrs. Bergfeld hat uns Tee gekocht. Und dann komm' ich um sieben zurück, und sie liegen sich wieder in den Haaren, und Mrs. Bergfeld weint, als ob ihr das Herz zerbricht. ›Sehn Sie denn nicht‹, sag' ich, ›wie Sie Ihre Frau aufregen?‹ – ›Henry Boddick‹, sagt er, ›gegen Sie hab' ich nichts, Sie sind immer anständig zu mir gewesen. Aber dieser Swain‹, sagt er,

›der sollt' eigentlich Schwein heißen!‹ Und er packt das Brotmesser. Ich nehm' es ihm weg und red' ihm gütlich zu. ›Ah!‹ sagt er, ›Sie haben keinen Stolz.‹ Swain schaut ihn an mit dem schiefen, höhnischen Mund, den er immer hat. ›Stolz!‹ sagt er, ›du blöder Kerl, was für einen Grund hast du, stolz zu sein?‹ Da ich gesehen hab', daß er sich nicht beruhigen wird, solang wir da sind, hab' ich Swain auf ein Glas mit ins Wirtshaus genommen. Wie wir um zehn nach Haus gekommen sind, ist Swain sofort schlafen gegangen, und ich bin in die Küche gegangen, und da ist seine Frau allein dagesessen. ›Schläft er?‹ frag' ich sie. Und sie antwortet: ›Nein, er ist hinausgegangen, um sich zu beruhigen. Ich weiß nicht mehr, was ich mit ihm anfangen soll.‹ Wir sind eine Zeitlang zusammen gesessen, sie erzählt mir von seinen Anfällen und dergleichen — eine brave Frau ist sie —, bis sie plötzlich sagt: ›Henry Boddick‹, sagt sie, ›ich fürcht' mich so. Warum kommt er nicht?‹ Wir sind hinausgegangen, um ihn zu suchen, und wo, glauben Sie, war er? Sie kennen den großen Baum, den wir jetzt umschlagen wollen. Es steht eine Leiter davor, und die Zugleine ist schon befestigt. Er ist diese Leiter hinaufgestiegen im Mondlicht, hat den Strick um seinen Hals gebunden und ist heruntergesprungen; und da ist er gehängt, zwei Meter überm Boden und mausetot. Ich hab' Swain aufgeweckt, und wir haben ihn hineingebracht — na, es war eine schreckliche Geschichte! Die arme Frau — sie tut mir so leid, Sir —, obgleich ich glaub', es ist besser, daß er tot ist — er wär' doch nicht mehr zurechtgekommen. Dieser Kerl mit seiner Kamera hätt' was dafür gegeben, wenn er ihn da im Mondlicht hätt' abknipsen können.«

»Der Foggartismus in Aktion«, dachte Michael bitter. »So endet die erste Lektion.«

Im geisterhaften Mondlicht sah die Hütte im kalten Wind verlassen aus. Drinnen kniete Mrs. Bergfeld neben der Leiche, die auf dem Brettertisch lag, ein Taschentuch auf dem Gesicht. Michael legte ihr die Hand auf die Schulter. Sie sah ihn verstört an und neigte wieder den Kopf, während ihre Lippen sich bewegten. »Sie betet«, dachte Michael. »Katholisch — natürlich!« Er nahm Boddick beiseite. »Schaffen Sie ihr Swain aus den Augen. Ich will mit ihm reden.«

Als die Polizei und der Arzt kamen, nahm Michael den Friseur beiseite, dessen schattenhaftes Gesicht im Mondlicht entsetzlich aussah. Er schien ganz verstört.

»Es ist besser, wenn Sie über Nacht mit mir ins Haus hinüberkommen, Swain.«

»Gut, Sir. Ich wollt' den armen Teufel ja nicht kränken. Aber er hat mich nicht in Ruhe gelassen, und ich hab' doch auch meine eigenen Sorgen. Ich hab's nicht aushalten können, daß er alles Unglück nur für sich allein in Anspruch genommen hat. Sobald die Untersuchung vorüber ist, fahr' ich ab. Wenn ich nicht bald ein bißchen Sonne bekomm', geh' ich so zugrund' wie er.«

Michael fühlte sich erleichtert. Boddick würde also allein bleiben. Als er schließlich mit Swain ins Haus zurückkam, war Fleur schon eingeschlafen. Er weckte sie nicht auf, um ihr das Geschehene zu erzählen, sondern lag lange Zeit wach, bemühte sich, warm zu werden, und dachte an das große Hindernis bei jeder Rettung der Menschen — die menschliche Natur. Und zwischen die Visionen von der Frau neben dem stillen, kalten Körper drängte sich seine Sehnsucht nach dem warmen jungen Körper neben ihm.

Die Fotografien waren wie von der Vorsehung gemacht. Drei Tage lang konnte man keine Zeitung lesen, die nicht eine illustrierte Anspielung enthielt auf »Die Tragödie in Buckinghamshire«; oder: »Ein deutscher Schauspieler erhängt sich«; oder »Das Drama in Lippinghall«, »Tragisches Ende eines Experiments. Von rechts nach links: Mr. Michael Mont; Bergfeld, der deutsche Schauspieler, der sich aufgehängt hat; Mrs. Bergfeld.«

Die *Evening Sun* schrieb eher kummervoll als empört:

»Der Selbstmord eines deutschen Schauspielers auf dem Gut von Sir Lawrence Mont in Lippinghall hat etwas Grotesk-Moralisches. Der unglückliche Mann war offensichtlich einer der drei Arbeitslosen gewesen, die der junge Abgeordnete für Mittel-Buckinghamshire für ein praktisches Experiment im Foggartismus ausgewählt hatte, jener seltsamen Bewegung, über die er kürzlich eine aufsehenerregende Rede hielt. Warum Mr. Michael Mont sich just einen Deutschen ausgesucht hat, um den Engländern zu helfen, wieder zur Landwirtschaft zurückzukehren, ist vielleicht nicht ganz klar; aber der Vorfall charakterisiert die völlige Untauglichkeit aller Laienversuche, dieses Problem zu lösen, und beweist, daß es ganz sinnlos ist, so zu tun, als könne man mit der Arbeitslosenkrise fertig werden, während wir noch immer unzählige Ausländer unter uns dulden, die den eigenen Leuten das Brot vom Mund wegschnappen.« Dieselbe Nummer enthielt einen kurzen Leitartikel, betitelt: »Der Ausländer in unserer Mitte.« »Die gerichtliche Untersuchung lockte viele Zuhörer an. Es war allgemein bekannt, daß drei Männer und eine Frau zusammen in der Hütte gelebt hatten, und man erwartete daher sensationelle Enthüllungen. Die wenigsten kamen auf ihre Rechnung, da das Zeugenverhör nicht das geringste erotische Motiv ergab.«

Fleur kehrte mit dem elften Baronet bald darauf in die Stadt zurück. Michael blieb noch zum Begräbnis da, das auf einem katholischen Friedhof ein paar Kilometer weit weg stattfand. Er ging mit Henry Boddick hinter Mrs. Bergfeld. Von einem Himmel, der die Farbe der Grabsteine hatte, rieselte ein feiner Schneeregen nieder, und die Eiben hoben sich streng von dem grauweißen Himmel ab. Er hatte einen großen Kranz auf das Grab legen lassen, und als er ihn dort fast wie eine Opfergabe liegen sah, dachte er: »Am Anfang Menschenopfer, dann Widder, heutzutage Blumen! Fortschritt? Fraglich!«

Da Michael mit Norah Curfew abgemacht hatte, daß sie Mrs. Bergfeld als Köchin in Bethnal Green anstellen würde, fuhr er sie im Gutsauto nach London. Während der langen Fahrt bestürmten ihn wieder Gefühle, wie er sie seit dem Krieg nicht mehr empfunden hatte. Menschliche Herzen in Gala, trotz der verschiedensten Umstände, Interessen, Sitten, Bildungsgrade, Rassen und Klassen, blieben doch stets die gleichen Herzen, sobald sie von Kummer, Liebe, Haß oder Freude entblößt waren. Aber wie selten wurden sie entblößt! Blößen pflegte man im Leben zu bedecken. Vielleicht war es gut so – die Nacktheit wäre zu schwer zu ertragen! Er war außerordentlich erleichtert, Norah Curfews Gesicht wiederzusehen und ihre aufheiternden Worte zur Begrüßung von Mrs. Bergfeld zu vernehmen.

»Kommen Sie herein, liebe Frau, und trinken Sie eine Schale Tee!« Sie war ein Mensch, der ohne Mühe und ohne geringste Scham sein Herz entblößte.

Als er heimkam, stand Fleur im Salon, bis zu den Ohren in Pelz eingehüllt. Ihre Wangen waren rot, als wäre sie gerade aus der Kälte herausgekommen.

»Warst du fort, Kind?«

»Ja, ich –« Sie hielt inne, sah ihn recht sonderbar an und sagte: »Nun, bist du mit dieser Sache fertig?«

»Ja, Gott sei Dank! Ich habe das arme Geschöpf Norah Curfew angehängt.«

Fleur lächelte. »Ach ja, Norah Curfew! Sie lebt für die anderen und nicht für sich selbst, nicht wahr?«

»Ja«, sagte Michael ziemlich scharf.

»Die ›neue Frau‹! Da kommt ja unsereins völlig aus der Mode.«

Michael nahm ihre Wangen zwischen seine Hände. »Was ist los, Fleur?«

»Nichts.«

»O doch!«

»Na ja, man bekommt es nachgerade satt, so ganz links liegengelassen zu werden, als wäre man nur dazu da, für Kit zu sorgen und appetitlich auszusehen.«

Michael ließ verwirrt und gekränkt seine Hände sinken. Er hatte sie ja wirklich wegen seiner »Gestrandeten« nicht um Rat gefragt; er war überzeugt gewesen, daß es sie nur langweilen oder belustigen würde. Es war ja eine aussichtslose Sache gewesen! Oder etwa doch nicht?

»Wenn du an irgend etwas teilhaben willst, Fleur, so brauchst du's nur zu sagen.«

»Ich will mich nicht in deine Angelegenheiten einmischen. Ich hab' auch meine eigenen Sorgen. Hast du schon Tee getrunken?«

»Sag mir doch, was los ist.«

»Mein lieber Junge, du hast mich das schon einmal gefragt, und ich habe dir schon erklärt: Nichts.«

»Willst du mir nicht einen Kuß geben?«

»Natürlich. Und Kit wird jetzt gebadet. Willst du nicht hinaufgehen?«

Jeder Dolchstoß traf ein wenig tiefer. Dies war eine seelische Krise, und er hatte keine Ahnung, wie er sich benehmen sollte. War es ihr denn nicht recht, daß er sie bewunderte, sie begehrte? Was wollte sie denn nur? Die Zusicherung, daß sie ebensoviel Interesse an — an der Lage des Landes habe wie er? Gerne! Aber — hatte sie es denn?

»Nun«, sagte sie, »ich werde auf jeden Fall Tee trinken. Ist die ›neue Frau‹ aufregend?«

Eifersucht? Die Idee war lächerlich. Er sagte ruhig:

»Ich weiß nicht, worauf du hinaus willst.«

Fleur sah ihn mit ganz klaren Augen an.

»Du meine Güte!« sagte Michael und verließ den Salon. Er ging hinauf in sein Zimmer und ließ sich vor dem »Weißen Affen« nieder. In dieser strategischen Position erkannte er deutlicher, worum sich sein häuslicher Konflikt eigentlich drehte. Fleur mußte die erste sein, ihr gebührte in allem der Vorrang. Nichts und niemand in ihrer Sammlung durfte ein Eigenleben führen. Die Bitterkeit dieses Gedankens erschreckte ihn. Nein, nein; sie hatte nur einen Komplex — einen silbernen Löffel im Mund, der gewissermaßen selbstverständlich bei ihr war. Sie erlaubte ihm nicht, Interessen zu haben, bei denen sie nicht die erste Rolle spielte; oder vielleicht war sie böse darüber, daß es nicht auch ihre Interessen waren. Und das war ihr zugute zu halten, wenn man es recht bedachte. Sie ärgerte sich über sich selbst, weil sie so egoistisch war. Armes Kind! »Ich muß mich höllisch in acht nehmen«, dachte Michael, »damit ich aus dieser Sache nicht einen modernen Romanwirrwarr in drei Teilen mache.« Natürlich fiel ihm die Wissenschaft ein, die Symptome auftischte, wie wenn es Ursachen wären. Er erinnerte sich, wie seine Gouvernante ihn einmal eingesperrt hatte, seither hatte er immer große Angst vor dem Eingeschlossenwerden. Die Psychoanalytiker würden behaupten, das rühre von der Handlungsweise seiner Gouvernante her. Aber das war nicht der Fall — vielen kleinen Jungen wäre es ganz schnuppe gewesen; seine Natur, die schon vorher dieselbe war, trug Schuld daran. Er nahm Fleurs Fotografie zur Hand, die auf seinem Schreibtisch stand. Er liebte dieses Gesicht, er würde es immer lieben. Wenn sie Fehler hatte — auch gut. Er hatte auch welche — viele sogar! Dies war eine Komödie, man durfte keine Tragödie daraus machen. Gewiß hatte auch sie Sinn für Humor! Oder doch nicht? Und Michael durchforschte das Gesicht auf dem Bild in seiner Hand . . .

Aber wie es einem Ehegatten gewöhnlich geht, hatte er die Diagnose gestellt, ohne alle Tatsachen zu kennen.

Fleur hatte sich in Lippinghall gelangweilt. Sogar der Minister war ihr auf die Nerven gegangen. Sie hatte ihre Langeweile vor Michael verheimlicht. Aber Selbstaufopferung rächt sich. Als sie nach Hause kam, waren ihr alle öffentlichen Angelegenheiten zuwider. Da sie hoffte, sich wohler zu fühlen, wenn sie einen oder zwei Hüte einkaufte, machte sie sich auf den Weg nach der Bond Street. An der Ecke der Burlington Street lüftete ein junger Mann den Hut.

»Fleur!«

Wilfrid Desert! Sehr mager und braungebrannt!

»Du!«

»Ja, ich bin gerade zurückgekommen. Wie geht es Michael?«

»Sehr gut. Nur ist er jetzt Abgeordneter.«

»Heiliger Strohsack! Und wie geht es dir?«

»Wie du siehst. Ist es dir gutgegangen?«

»Ja. Ich bin nur auf der Durchreise hier. Der Osten läßt mich nicht mehr los!«

»Wirst du uns besuchen?«

»Kaum. Das gebrannte Kind, weißt du.«

»Du bist wirklich braun gebrannt.«

»Also dann, auf Wiedersehen, Fleur! Du siehst noch genauso aus wie früher, ja noch besser. Michael werde ich irgendwo treffen.«

»Leb wohl!« Sie ging weiter, ohne sich umzuschauen, dann aber tat es ihr leid, daß sie sich nicht überzeugt hatte, ob Wilfrid dasselbe getan hatte.

Sie hatte Wilfrid aufgegeben für — nun, für Michael, der — der es vergessen hatte! Sie opferte sich wirklich zuviel für andere!

Nachdem sie wieder heimgekommen war, wurde ihr um drei Uhr ein Brief überbracht.
»Durch Boten. Auf Antwort wird gewartet.«
Sie öffnete ein Kuvert mit dem Aufdruck »Cosmopolis-Hotel«.

Madam,
Entschuldigen Sie bitte, daß wir Sie bemühen, aber wir sind in Verlegenheit. Mr. Francis Wilmot, ein junger amerikanischer Gentleman, der seit Anfang Oktober in unserem Hotel wohnt, ist zu unserem großen Bedauern an Lungenentzündung erkrankt. Der Arzt hält seinen Zustand für bedenklich. Unter diesen Umständen fühlten wir uns berechtigt, seine Effekten nachzusehen, um mit seinen Freunden in Verbindung treten zu können; aber das einzige, das wir finden konnten, war eine Karte von Ihnen. Darf ich mir die Frage gestatten, ob Sie uns nicht in dieser Angelegenheit behilflich sein könnten?
Ich verbleibe, Madam,

Ihr sehr ergebener
(für die Direktion)

Fleur starrte eine unleserliche Unterschrift an und war von bitteren Gedanken erfüllt. Jon hatte ihr Francis aufgehalst als einen Boten seines Glücks; ihre Feindin hatte ihn ihr weggenommen! Warum kümmerte sich dann diese Katze nicht selbst um ihn? Aber doch – der arme Junge! Krank in einem großen Hotel – ohne irgendeinen Menschen, der sich um ihn kümmerte.
»Rufen Sie mir ein Taxi, Coaker!«
Während der Fahrt ins Hotel empfand sie eine leichte Erregung, so etwa, als gehöre sie zu dem »Schutzengel«-Typus. Nachdem sie im Büro ihren Namen genannt hatte, führte man sie zu Zimmer 209 hinauf. Ein Stubenmädchen wartete dort. Der Arzt, sagte sie, habe eine Krankenpflegerin bestellt, die noch nicht erschienen sei.
Francis Wilmot, ganz rot im Gesicht, lag zurückgelehnt auf hohen Kissen; seine Augen waren geschlossen.
»Wie lange ist er schon so krank?«
»Es ist mir schon seit längerer Zeit aufgefallen, daß er schlecht ausgesehen hat, gnädige Frau; aber erst heute haben wir erfahren, wie schlecht es ihm geht. Ich fürchte, er hat es zu leicht genommen. Der arme Herr, es ist wirklich sehr traurig. Sie sehen ja, er ist kaum bei Bewußtsein!«
Francis Wilmot bewegte die Lippen; er stand offenbar knapp vor dem Delirium.

»Bringen Sie eine Kanne ganz schwachen und möglichst heißen Tee mit Zitrone, rasch!«
Nachdem das Stubenmädchen fortgegangen war, trat Fleur an das Bett und legte ihre kühle Hand auf seine Stirn.
»Ist schon gut, Francis. Arge Schmerzen?«
Francis Wilmots Lippen hörten auf, sich zu bewegen; er blickte zu ihr auf, und seine Augen schienen zu brennen. »Wenn Sie mich wieder gesund machen«, sagte er, »werd' ich Sie hassen. Ich möchte nur Schluß machen, und das rasch!«
Sie legte ihre andere Hand auf seine Stirn, deren Hitze ihre Handfläche zu versengen schien. Seine Lippen begannen sich wieder fast stumm zu bewegen. Das bedeutungslose und doch so bedeutungsvolle Flüstern erschreckte sie, aber sie blieb standhaft und wechselte fortwährend die Hand, bis das Stubenmädchen mit dem Tee zurückkam.
»Die Krankenpflegerin ist da, Miss; sie wird in einer Minute hier sein.«
»Schenken Sie den Tee ein. Trinken Sie, Francis!«
Seine Lippen schlürften, bebten, schlürften. Fleur gab die Tasse zurück und trat vom Bett weg. Seine Augen hatten sich wieder geschlossen.
»Ach, Ma'am«, flüsterte das Stubenmädchen, »es geht ihm wirklich schlecht! Noch dazu so ein netter junger Mann!«
»Wissen Sie, wie hoch seine Temperatur war?«
»Fast einundvierzig, hat der Doktor gesagt. Da ist die Pflegerin, Ma'am.«
Fleur ging ihr bis zur Tür entgegen. »Es ist keine gewöhnliche Lungenentzündung, Schwester — er w i l l sterben. Ich glaube, unglückliche Liebe. Soll ich bleiben und Ihnen behilflich sein, wenn Sie ihm einen Wickel machen?«
Nachdem er einen Wickel bekommen hatte, blieb sie noch ein wenig und blickte auf ihn hinab. Seine langen dunklen Wimpern lagen dicht an seinen Wangen, unschuldig wie die eines kleinen Jungen.
Draußen vor der Tür berührte das Stubenmädchen Fleur am Arm.
»Ich hab' diesen Brief gefunden, Ma'am; soll ich ihn dem Doktor zeigen?«
Fleur las:

Mein armer, lieber Junge!
Wir waren gestern verrückt. Aber es kann doch zu nichts führen. Mein Herz bricht deshalb sicher nicht, und auch Deines nicht — obwohl Du das vielleicht glauben wirst, wenn Du diesen Brief erhältst. Fahre zurück zu Deiner Sonne und Deinen Schwarzen und vergiß mich. Ich könnte

es auf die Dauer nicht ertragen. Ich könnte es unmöglich aushalten, arm zu sein. Ich muß mich eben mit meinem Schotten abfinden und den mir bestimmten Weg gehen. Welchen Zweck hat es denn, daß wir »Kinder im Wald« spielen, wenn eines davon Deine (im Augenblick) unglückliche Marjorie ist.
Ich bleibe dabei — bestimmt. Besuche mich nicht wieder und mache es nicht noch schlimmer für Dich. M.

»Natürlich!« sagte Fleur. »Ich habe mit der Schwester gesprochen. Behalten Sie den Brief, und geben Sie ihn dem Herrn zurück, wenn er wieder gesund ist. Wenn nicht, verbrennen Sie ihn. Ich komme morgen wieder.« Und indem sie das Stubenmädchen mit leisem Lächeln ansah, fügte sie hinzu: »Ich bin n i c h t diese Dame!«
»Aber nein, Ma'am — Miss —, das hab' ich nicht gemeint! Der arme junge Mann! Kann man denn gar nichts tun?«
»Ich weiß nicht. Ich glaube nicht . . .«
Aus einem plötzlichen Rachegefühl heraus verschwieg sie Michael die ganze Angelegenheit. Sollte nur er allein ein Privatleben — oder ein Leben in der Öffentlichkeit? — haben!
Nachdem er mit seinem »Du meine Güte« hinausgegangen war, trat sie zum Fenster. Sonderbar, daß sie Wilfrid wiedergesehen hatte! Ihr Herz hatte nicht rascher geschlagen, aber es quälte sie, nicht zu wissen, ob sie ihn zurückerobern könnte. Draußen auf dem Platz war es so dunkel wie damals, als sie ihn zum letztenmal gesehen hatte, ehe er nach dem Osten floh — ein Gesicht, das sich an das Fenster gepreßt hatte, das sie eben berührte. »Das gebrannte Kind!« Nein, in diesen Zustand wollte sie ihn nicht wieder versetzen; Marjorie Ferrar kopieren, die sie wieder kopiert hatte! Wenn nun Wilfrid, anstatt in den Osten zu fahren, Lungenentzündung bekommen hätte wie der arme Francis? Was hätte sie in dem Fall getan? Ihn aus Sehnsucht sterben lassen? Und was sollte sie mit Francis tun, nachdem sie diesen Brief gesehen hatte?
Es Michael erzählen? Nein, er hielt sie für leichtsinnig und verantwortungslos. Na, sie würde es ihm schon zeigen! Und diese Schwester Francis' — die Jon geheiratet hatte? Sollte man ihr kabeln? Aber diese Krankheit würde rasch ihren Höhepunkt erreichen, hatte die Pflegerin erklärt, und aus Amerika rechtzeitig herzukommen, würde ganz unmöglich sein! Fleur ging zum Kamin zurück. Was für ein Wesen war Jons Frau? Auch so eine ganz Moderne — wie diese Norah Curfew? Oder auch nur eine jener Amerikanerinnen, die nur auf den eigenen Vorteil bedacht waren und das Beste von allem genießen wollten? Aber gewiß waren solche

Frauen auch in Amerika ganz modern — wenn auch die Mode nicht aus Paris kam. Anne Forsyte! — Fleur erschauerte ein wenig vor dem heißen Feuer.
Sie ging hinauf, nahm den Hut ab und prüfte ihr Spiegelbild. Ihr Gesicht hatte Farbe und war rund, ihre Augen klar, ihre Stirn ohne Furchen, ihr Haar etwas plattgedrückt. Sie bauschte es auf und ging ins Kinderzimmer hinüber.
Der elfte Baronet schlief und lebte sein Privatleben mit einem sehr entschlossenen Ausdruck im Gesicht, zu Füßen seiner Wiege lag der Dandie, die Schnauze an den Boden gedrückt, und die Nurse saß am Tisch und nähte. Vor ihr lag eine illustrierte Zeitung mit einer Fotografie. »Mrs. Michael Mont mit Kit und Dandie« stand darunter.
»Wie gefällt es Ihnen, Nurse?«
»Ich finde es scheußlich, Ma'am; Kit sieht so aus, als wäre er ganz dumm — was für starre Augen er nur hat!«
Fleur ergriff die Zeitung; mit ihrem raschen Blick hatte sie bemerkt, daß darunter eine zweite verborgen lag. Auf dem Tisch lag ein zweites Bild von ihr: »Mrs. Michael Mont, die anmutige Gastgeberin, die, Gerüchten zufolge, in einem Londoner Gesellschaftsprozeß bald als Angeklagte erscheinen wird.« Und darüber noch ein Bild, mit der Unterschrift: »Miss Marjorie Ferrar, die brillante Enkelin des Marquis von Shropshire, hat sich mit dem Abgeordneten Sir Alexander MacGown verlobt.«
Fleur ließ die eine Zeitung auf die andere sinken.

11

Schatten

MacGown war es, der das Dinner gab, das Marjorie Ferrar so plötzlich eingefallen war, und als sie das vereinbarte Restaurant erreichte, erwartete er sie in der Halle. »Wo sind die übrigen, Alec?«
»Es gibt keine übrigen«, erwiderte MacGown.
Marjorie Ferrar fuhr zurück. »Ich kann nicht mit dir an einem solchen Ort allein dinieren.«
»Ich habe die Ppynrryns eingeladen, aber sie haben abgesagt.«
»Dann geh' ich in meinen Klub.«

»Um Gottes willen, nicht, Marjorie. Wir nehmen uns ein Separée. Warte dort drüben, während ich die Sache erledige.«
Achselzuckend trat sie in einen kleinen Salon. Eine junge Frau, deren Gesicht ihr bekannt schien, kam hereingeschlendert und ging langsam wieder hinaus, die Uhr aus Goldbronze tickte, in dem glänzenden Licht starrten sie die Wände mit den blaßblauen Streifen ausdruckslos an, und Marjorie Ferrar starrte zurück — sie sah noch immer Francis Wilmots ekstatisches Gesicht vor sich.
»Erledigt!« sagte MacGown. »Die Treppe hinauf und die dritte Tür links. Ich komme in einer Minute nach.«
Sie hatte Theater gespielt, sie hatte eine von Gemütserregungen erfüllte Stunde verbracht, und sie war hungrig. Sie würde zumindest essen, ehe sie die notwendige Szene machte. Und während sie den besten Champagner trank, den MacGown kaufen konnte, redete sie und beobachtete dabei die flammenden Augen ihres Anbeters. Dieses rote Gesicht, dieser viereckige Kopf mit dem borstigen Haar und der athletische Körperbau — welch ein Gegensatz zu Francis' blassem, schmalem Gesicht und schlankem Wuchs! Das war ein Mann, und wenn er wollte, sogar ein angenehmer. Mit ihm würde sie alles erleben, was sie wünschte, mit Ausnahme dessen — was Francis ihr geben konnte. Und sie mußte sich für den einen oder den anderen entscheiden — nicht für beide, wie sie es für möglich gehalten hatte. Einmal war sie einen gefährlichen Pfad im Gebirge gegangen, ein Abgrund auf der einen Seite und ein Abgrund auf der anderen, sie selbst in der Mitte, von Zweifeln erfüllt, in welchen Abgrund sie stürzen würde. Sie war aber nicht abgestürzt, und — hoffentlich — würde sie auch jetzt nicht abstürzen! Man stürzte nicht ab, solange man nur einen klaren Kopf behielt!
Der Kaffee wurde serviert; sie nahm auf dem Sofa Platz und rauchte. Sie war nicht zum erstenmal in einem Separée, und aus ihren bisherigen Erfahrungen wußte sie, daß sie mit ihrem Verlobten so ungestört war, wie man es für Geld nur immer sein konnte. Wie würde er sich jetzt benehmen?
Er warf seine Zigarre weg und setzte sich an ihre Seite. Das wäre der richtige Augenblick gewesen, aufzustehen und ihm zu erklären, daß er nicht mehr ihr Verlobter sei. Er legte den Arm um sie, seine Lippen suchten ihr Gesicht. »Gib auf mein Kleid acht; es ist das einzige anständige, das ich habe.«
Und plötzlich — nicht weil sie ein Geräusch vernahm, sondern weil ihre Sinne nicht so sehr in Anspruch genommen waren wie die seinen — sah sie eine Gestalt in der offenen Tür stehen. Die Stimme einer Frau sagte:

»Oh! Ich bitte vielmals um Entschuldigung; ich glaubte –« Fort war sie!
Marjorie Ferrar fuhr in die Höhe. »Hast du das Frauenzimmer gesehen?«
»Jawohl. Der Teufel hole sie!«
»Sie überwacht mich.«
»Wie?«
»Ich kenne sie nicht, und doch kenne ich sie gründlich. Als ich unten wartete, schnüffelte sie um mich herum.«
MacGown stürzte zur Tür und riß sie auf. Niemand! Er schloß sie und kam wieder zurück. »Zum Teufel! Diese Leute, ich werde –! Also, das schlägt dem Faß den Boden aus! Marjorie, morgen schicke ich unsere Verlobungsanzeige an die Zeitungen.«
Marjorie Ferrar stützte die Arme auf das Kaminsims und starrte ihr eigenes Gesicht im Spiegel an. »Überhaupt keine Moral!« Was lag daran? Wenn sie sich nur entschließen könnte, Francis sofort zu heiraten, alles hinter sich zurückzulassen – Schulden, Advokaten, Alec. Und dann revoltierte ihr anarchistischer Geist. Diese Unverschämtheit! Sie zu überwachen! Nein! Fleur, dieser kleine Snob, sollte nicht am Ende triumphieren, genausowenig wie dieser Alte mit dem Kinn.
MacGown führte ihre Hand an seine Lippen, und diese Liebkosung rührte sie.
»Na ja«, entgegnete sie, »ich glaube, es wäre ganz gut.«
»Gott sei Dank!«
»Glaubst du wirklich, daß man Ursache hat, für mich dankbar zu sein?«
»Ich würde für dich durch die Hölle gehen.«
»Und danach? Also, da die Sache jetzt öffentlich bekannt wird – gehen wir hinunter und tanzen wir.«
Sie tanzte eine Stunde lang. Sie erlaubte ihm nicht, sie nach Hause zu begleiten, und im Auto weinte sie. Als sie wieder zu Hause war, schrieb sie an Francis. Sie ging wieder aus, um den Brief in den Kasten zu werfen. Die kalten Sterne, der bitterkalte Wind, die bitterkalte Nacht! Sie lachte auf, als sie den Brief mit dumpfem Aufschlag hineinfallen hörte. »Kinder im Walde« gespielt zu haben! Es war doch zu komisch! Na, das war jetzt zu Ende! Nur weiter mit dem Tanz!
Unglaublich, was für eine Wirkung die paar Zeilen in den Blättern hatten! Ihr Kredit stieg himmelhoch empor wie eine neuangebohrte Ölquelle. Ihre Post enthielt keine Briefe mit Rechnungen mehr, sondern nur Angebote, sie füttern zu dürfen, ihr Haar wellen, sie in Pelzmäntel hüllen, sie mit Blumen, Federn, Krausen und Spitzen versorgen und sie fotografieren zu dürfen. Ganz London bot sich ihr an. Um dieser

zynischen Brieflawine zu entfliehen, entlieh sie hundert Pfund und floh nach Paris. Dort ging sie Abend für Abend ins Theater. Sie ließ sich das Haar nach einer neuen Mode frisieren, sie bestellte Kleider, aß in Gaststätten, die nur wenige kannten, und machte dem Spitznamen, den Michael ihr gegeben hatte, alle Ehre; doch das Herz war ihr schwer.

Nach einer Woche kam sie zurück und verbrannte die Lawine — glücklicherweise enthielten alle Gratulationsbriefe die Phrase: »Sie werden sich selbstverständlich nicht der Mühe der Beantwortung unterziehen.« Was sie auch nicht tat. Das Wetter war mild; sie ritt im Hydepark; sie wollte zur Jagd fahren. Am Abend vor ihrer Abreise erhielt sie eine anonyme Mitteilung: »Francis liegt schwer krank im Cosmopolis-Hotel, er hat Lungenentzündung. Der Arzt befürchtet das Schlimmste.«

Ihr Herz schlug heftig und schien dann stillzustehen; sie fühlte sich schwach in den Knien; die Hand, in der sie den Brief hielt, zitterte; nur ihr Kopf blieb ruhig. Es war die Schrift des »kleinen Snobs«. Hatte Francis diese Botschaft schicken lassen? Kam der Brief von ihm? Armer Junge! Und mußte sie ihn wirklich besuchen, wenn er im Sterben lag? Der Tod war ihr so zuwider. Bedeuteten diese Zeilen, daß es ihre Pflicht sei, ihn zu retten? Was bedeutete es nur? Aber Unentschlossenheit war nicht ihre starke Seite. In zehn Minuten befand sie sich in einem Auto, in zwanzig im Hotel. Während sie ihre Karte überreichte, sagte sie: »Ein gewisser Mr. Wilmot wohnt hier — ein Verwandter von mir. Ich habe soeben erfahren, daß er schwer krank ist. Kann ich hinaufgehen und mit der Pflegerin sprechen?«

Die Direktion besah die Karte, schaute ihr prüfend ins Gesicht, berührte eine Klingel und sagte: »Selbstverständlich, Madam ... He! Du — führe diese Dame zu Zimmer — eh — 209 hinauf.«

Sie ließ sich von einem »Klingelknaben«, wie der arme Francis diese Jungen genannt hatte, in den Fahrstuhl führen, ging dann hinter seiner beknöpften Uniform her, eine blaßgraue Flut von Teppichen entlang, zwischen blaßgrauen Wänden, an den zahllosen, von elektrischem Licht hell erleuchteten cremefarbenen Türen vorüber, wobei sie den Kopf ein wenig gesenkt hielt.

Der »Klingelknabe« klopfte mitleidslos an einer Tür. Sie wurde geöffnet, und im Vorraum des Appartements stand Fleur ...

12

Verschärfung

Wenn auch Francis Wilmot für Soames ganz unamerikanisch war, so schien er doch wie ein echter Amerikaner stets den kürzesten Weg zum Ziel einzuschlagen. Zwei Tage nach Fleurs Besuch hatte Francis Wilmots Krankheit die Krise erreicht, und er eilte ihr entgegen wie ein Mann seiner Braut. Und doch ist der menschliche Wille im Vergleich zum Selbsterhaltungstrieb begrenzt, so daß er nicht zu sterben vermochte. Fleur, die telefonisch zu ihm gerufen worden war, ging nach Hause, aufgemuntert durch die Worte des Arztes: »Er wird jetzt durchkommen, wenn wir ihm nur ein wenig Kraft einflößen können.« Das aber war gerade die Schwierigkeit. Drei Nachmittage hindurch beobachtete sie, wie seine erschöpfte Gleichgültigkeit zu wachsen schien. Und grausame Angst um ihn verfolgte sie. Am vierten Tag saß sie länger als eine Stunde bei ihm, als er endlich die Augen aufschlug.

»Ja, Francis?«

»Ich werd' nun doch Schluß machen.«

»Sprechen Sie nicht so — das ist nicht amerikanisch. Sie werden natürlich nicht Schluß machen.«

Er lächelte, und die Augen fielen ihm wieder zu. Da entschloß sie sich, Marjorie Ferrar rufen zu lassen.

Am nächsten Tag befand er sich in einem ganz ähnlichen Zustand. Aber sie war beruhigt; der Bote war mit der Mitteilung zurückgekehrt, daß Miss Ferrar um vier Uhr nach Hause kommen würde. Nun würde sie ihre Zeilen bereits gelesen haben; aber würde sie auch kommen? Wie wenig wußte man doch von anderen Menschen, selbst wenn sie Feinde waren! Er lag weiß und kraftlos da und schlummerte, als sie das Klopfen des »Klingelknaben« vernahm. Sie schloß die Tür leise hinter sich, trat in den Vorraum und öffnete die Gangtür. Sie war also doch gekommen!

Wenn dieses Zusammentreffen zweier erklärter Feindinnen etwas Dramatisches an sich hatte, so bemerkte es im Augenblick keine von beiden. Es war ihnen nur äußerst peinlich. Sie standen einen Augenblick da und sahen einander aufs Kinn. Dann sagte Fleur: »Er ist total erschöpft. Wollen Sie Platz nehmen, während ich ihm sage, daß Sie hier sind?«

Nachdem sie Marjorie in den Vorraum geführt hatte, wo Francis Wilmot in gesunden Tagen seine Kleider zum Reinigen hinzulegen pflegte, ging sie ins Schlafzimmer zurück und schloß wieder die Tür.

»Francis«, sagte sie, »jemand, der Sie besuchen will, wartet draußen.«
Francis Wilmot rührte sich nicht, aber seine Augen öffneten sich und hellten sich sonderbar auf. Fleur schien es plötzlich, als seien es die gleichen Augen, die sie früher gekannt hatte; als seien sie diese ganze Zeit über »ausgelöscht« gewesen und jemand habe sie wieder mit einem Streichholz angezündet.
»Verstehen Sie, was ich damit sagen will?«
Sie vernahm seine klare, schwache Stimme: »Ja; aber wenn ich ihr früher nicht gut genug war, so werd' ich es bestimmt auch jetzt nicht sein. Sagen Sie ihr, daß diese Narretei für mich zu Ende ist.«
Etwas würgte Fleur in der Kehle.
»Danken Sie ihr, daß sie gekommen ist!« sagte Francis Wilmot und schloß wieder die Augen.
Fleur ging in den Vorraum zurück. Marjorie Ferrar lehnte gegen die Wand, eine nichtangezündete Zigarette zwischen den Lippen.
»Er dankt Ihnen für Ihren Besuch, aber er will Sie nicht empfangen. Ich bedaure, daß ich Sie herkommen ließ.«
Marjorie Ferrar nahm die Zigarette aus dem Mund. Fleur konnte sehen, wie ihre Lippen bebten. »Wird er gesund werden?«
»Ich weiß nicht. Ich glaube ja — jetzt schon. Er läßt Ihnen sagen, daß ›diese Narretei für ihn zu Ende ist‹.«
Marjorie Ferrar preßte die Lippen aufeinander. Sie öffnete die Gangtür, wandte sich plötzlich um und fragte: »Wollen Sie sich versöhnen?«
»Nein«, erwiderte Fleur.
Einen Augenblick herrschte tiefes Schweigen; dann stieß Marjorie Ferrar ein kurzes Lachen aus und schlüpfte hinaus.
Fleur ging zurück ins Zimmer. Er war eingeschlafen. Am nächsten Tag fühlte er sich kräftiger. Nach weiteren drei Tagen stellte Fleur ihre Besuche ein; er befand sich auf dem Weg der Besserung. Überdies hatte sie bemerkt, daß auch sie auf Schritt und Tritt von einer »Begleiterin« verfolgt wurde. Sie wurde überwacht! Wie amüsant! Zu dumm, daß sie es Michael nicht erzählen konnte, denn sie hatte ja noch nicht begonnen, ihm wieder irgend etwas zu erzählen.
An dem Tag, als sie ihre Besuche eingestellt hatte, kam er in ihr Zimmer, während sie sich zum Dinner umkleidete, mit einer Wochenschrift in der Hand.
»Hör dir das an!« sagte er:

»Wenn einst zum Herrn und Seiner Streu
die Esel aus allen den Ländern kommen,

und Er dann endlich erwacht aus dem Schlaf –
gar leicht soll der Ihm nicht wieder frommen.

Wenn sie dann liegen auf duftendem Heu,
gebrochen von ihren Wunden und Bürden,
gedenke Er, der sie schuf, daß sie
die Treuesten waren in Seinen Hürden.

Vielleicht läßt Er jemand dann seufzen aus Reu
für die Esel, die gläubig zu Ihm kamen.
Schreibt über die Hürde das sühnende Wort:
›Den Gottverlaßnen – der Friedensstall!‹ – Amen.

Von wem ist das?«
»Es klingt wie Wilfrid.«
»Es ist auch von Wilfrid«, erwiderte Michael und sah sie dabei nicht an. »Ich habe ihn im Hotch-Potch-Klub getroffen.«
»Und wie geht es ihm?«
»Sehr gut.«
»Hast du ihn eingeladen?«
»Nein. Er fährt bald wieder in den Orient.«
Wollte er etwas herausfinden? Wußte er, daß sie ihn gesehen hatte? Und sie sagte: »Ich fahre zu meinem Vater auf Besuch, Michael. Er hat mir zweimal geschrieben.«
Michael führte ihre Hand an seine Lippen. »Recht so, Liebling.«
Fleur errötete; ihre Geheimnistuerei schien sie zu ersticken. Am nächsten Tag reiste sie mit Kit und Dandie ab. Die »Begleiterin« würde sie doch kaum bis nach »Haus Zuflucht« verfolgen.
Annette war mit ihrer Mutter für einen Monat nach Cannes gereist, und Soames verbrachte den englischen Winter allein. Er zollte ihm nur wenig Aufmerksamkeit, denn der Prozeß war bereits anberaumt und konnte in wenigen Wochen stattfinden. Er schien wieder zu einem Kompromiß zu neigen, da er im Augenblick nicht unter französischem Einfluß stand. Die Veröffentlichung von Marjorie Ferrars Verlobung mit MacGown hatte den Stand der Dinge beträchtlich verändert. In den Augen einer britischen Jury würde der Charakter einer jungen Lebedame und der Charakter dieser selben jungen Dame, aber mit einem reichen Abgeordneten von Rang und Namen verlobt, ganz verschieden beurteilt werden. Man hatte es jetzt mit Lady MacGown zu tun, und es gab nichts Wütenderes, das wußte Soames, als einen Mann, der im Begriffe stand, zu hei-

raten. Dessen Verlobte zu verleumden war etwa so, wie sich einem tollen Hund nähern.
Soames sah sehr ernsthaft drein, als Fleur ihm von ihrer »Begleiterin« erzählte. Diese Wiedervergeltung hatte er ja gerade befürchtet; er konnte auch diesmal nicht erklären: »Hab' ich dir's nicht gleich gesagt!«, denn er hatte es ja gar nicht gesagt. Er hatte sie tatsächlich gedrängt, ihn zu besuchen, aber sein Zartgefühl erlaubte es ihm nicht, ihr den wahren Grund zu sagen. Soweit er es durch sein Verhör aus ihr herausbekommen konnte, war an ihrer Handlungsweise seit ihrem Aufenthalt in Lippinghall nichts »Verdächtiges« gewesen, ausgenommen jene Besuche im Cosmopolis-Hotel. Die aber waren schlimm genug. Wer würde ihr den Glauben, daß sie nur aus Güte zu diesem kranken jungen Mann gegangen war? Solch ein Motiv galt vor Gericht nicht. Er wurde stutzig, als sie ihm erzählte, daß Michael nichts davon wußte. Warum denn nicht?
»Ich hatte keine Lust, es ihm zu sagen.«
»Keine Lust? Siehst du denn nicht, in was für eine Lage du dich dadurch gebracht hast? Da läufst du zu einem jungen Mann ins Schlafzimmer, ohne daß dein Mann etwas davon weiß.«
»Stimmt; aber er war doch schwer krank.«
»Das glaub' ich gern«, entgegnete Soames, »aber das kommt öfters vor.«
»Übrigens war er bis über die Ohren in s i e verliebt.«
»Glaubst du, er würde das zugeben, selbst wenn wir ihn als Zeugen haben könnten?«
Fleur schwieg und dachte an Francis Wilmots Gesicht. »Ach, ich weiß nicht«, sagte sie endlich. »Wie abscheulich doch die ganze Sache ist!«
»Natürlich ist sie abscheulich«, erwiderte Soames. »Hast du dich mit Michael gezankt?«
»Nein, nicht gerade gezankt. Nur, daß er m i r von seinen Angelegenheiten nichts erzählt.«
»Von welchen Angelegenheiten?«
»Wie soll ich das wissen, mein Lieber?«
Soames stieß ein Brummen aus. »Hätte er was dagegen gehabt, daß du hingingst?«
»Natürlich nicht. Im Gegenteil. Der Junge gefällt ihm.«
»Dann also«, sagte Soames, »wird entweder er oder wirst du oder werdet ihr beide lügen müssen und erklären, daß er es g e w u ß t hat. Ich werde in die Stadt fahren und mit ihm sprechen. Zum Glück können wir beweisen, daß er krank war. Wenn ich jemanden hier erwische, der dir nachspioniert —!«
Am folgenden Nachmittag fuhr er nach London. Da Parlamentsferien

waren, suchte er den Hotch-Potch-Klub auf. Er konnte diesen Klub nicht leiden, da er ihn stets an seinen toten Vetter — den jungen Jolyon — erinnerte, und fragte Michael sogleich: »Können wir zu euch gehen, falls ich bei euch übernachten kann? Ich habe mit dir zu sprechen.«
Michael sah ihn von der Seite an.
»Nun«, fragte Soames nach dem Dinner, »was ist mit dir und Fleur eigentlich los? Sie sagte mir, daß du ihr nichts von deinen Angelegenheiten erzählst.«
Michael blickte in sein Glas Portwein. »Also, Sir«, entgegnete er langsam, »ich wäre natürlich nur zu froh, ihr alles zu erzählen, aber ich glaube, es interessiert sie nicht genug. Sie hält öffentliche Angelegenheiten für unwichtig.«
»Öffentliche! Ich dachte an Privatangelegenheiten.«
»Ich habe keine Privatangelegenheiten. Wollen Sie sagen, daß sie glaubt, ich hätte welche?«
Soames sah ihn nicht mehr prüfend an. »Ich weiß nicht — sie sagte: ›seine Angelegenheiten‹.«
»Na, darüber können Sie ganz beruhigt sein — und Fleur ebenso.«
»Hm! Jedenfalls hat die Sache zur Folge gehabt, daß sie diesen jungen Amerikaner mit seiner Lungenentzündung im Cosmopolis-Hotel besuchte, ohne dir etwas davon zu erzählen. Es ist noch ein Glück, daß sie sich nicht angesteckt hat.«
»Francis Wilmot?«
»Ja. Er ist jetzt außer Gefahr. Aber das gehört nicht zur Sache. Sie wird überwacht.«
»Allmächtiger!« rief Michael.
»Ganz richtig! Das kommt davon, wenn man seiner Frau nichts erzählt. Die Frauen sind so sonderbar — so etwas behagt ihnen nicht.«
Michael grinste. »Versetzen Sie sich doch in meine Lage, Sir. Es ist jetzt mein Beruf, mir über den Zustand Englands Sorgen zu machen; und Sie wissen doch, wie das ist — man fängt Feuer. Aber für Fleur muß alles einen sichtbaren Nutzen haben. Ich verstehe das sehr gut; aber — sehen Sie — je mehr ich mich interessiere, um so mehr fürchte ich, sie zu langweilen, und um so weniger habe ich das Empfinden, daß ich mit ihr darüber sprechen kann. In gewisser Hinsicht ist sie eifersüchtig.«
Soames rieb sich das Kinn. Der Zustand Englands war wohl ein seltsamer Grund zur Eifersucht. Er selbst war oft darüber beunruhigt, aber als Ursache zur Eifersucht zwischen Mann und Frau schien ihm dies doch eine zu kühle Angelegenheit zu sein; er hatte seinerzeit ganz andere Ursachen gekannt.

»Also so darf es nicht weitergehen«, erklärte er. »Es ist kleinlich.«
Michael erhob sich. »Kleinlich! Na, ich weiß nicht, aber es scheint mir wieder genauso zu sein wie zu Kriegsausbruch. Da mußten auch die Männer ihre Frauen verlassen.«
»Damit fanden sich die Frauen ab«, entgegnete Soames, »damals war England in Gefahr.«
»Ist es nicht auch jetzt in Gefahr?«
Bei seiner eingewurzelten Abneigung gegen Phrasen kam es Soames fast ungehörig vor, daß ein junger Mann eine solche Meinung hatte. Natürlich war Michael ein Politiker; aber Politiker waren dazu da, für die Ruhe des Landes zu sorgen, nicht aber herumzugehen, zu quatschen und Unsicherheit zu verbreiten.
»Wenn du ein wenig älter bist, wirst du erkennen«, sagte er, »daß man sich immer über irgend etwas aufregen kann, wenn man sich aufregen will. Etwas Ernsthaftes liegt wirklich nicht vor, das Pfund steigt. Es ist gleichgültig, was du Fleur erzählst, w e n n du ihr nur etwas erzählst.«
»Aber sie ist intelligent, Sir«, bemerkte Michael.
Soames geriet in Verlegenheit. Diese Tatsache konnte er nicht leugnen, und er entgegnete: »Na ja, aber Fragen des Staates liegen ihr zu fern; man kann von einer Frau nicht erwarten, daß sie sich dafür interessiert.«
»Eine ganze Anzahl von Frauen tut es aber doch.«
»Ja, die Blaustrümpfe.«
»Nein, Sir; sie tragen alle ›fleischfarbene‹.«
»Hm! Die! Wenn du ihr Interesse für Fragen des Staates auf die Probe stellen willst, brauchst du nur die Strümpfe zu besteuern, paß auf, was dann geschieht.«
Michael grinste. »Ich werd' es anregen, Sir.«
»Wenn du aber glaubst«, fuhr Soames fort, »daß irgend jemand – Frauen oder nicht – für diesen deinen Foggartismus etwas opfern wird, dann wirst du noch große Enttäuschungen erleben.«
»Das sagt mir ein jeder. Und nur, weil ich nicht auch noch zu Hause einen kalten Guß haben möchte, hab' ich es aufgegeben, Fleur zu behelligen.«
»Nun, wenn du auf meinen Rat etwas gibst, so mußt du eine praktischere Sache aufgreifen, die Ermäßigung des Briefportos etwa oder die Regelung des Verkehrsproblems in den überfüllten Londoner Straßen. Mach ein Ende mit dem Pessimismus; in diesem Lande traut man den Leuten nicht, die so offen daherreden wie du. Jedenfalls wirst du erklären müssen, daß dir ihre Besuche bei dem jungen Mann bekannt waren.«
»Gewiß, Sir, Mann und Frau sind eine Seele und ein Leib. Aber Sie wer-

den es doch nicht dazu kommen lassen, daß daraus vor Gericht großes Theater gemacht wird?«

Soames gab keine Antwort. Er wollte es freilich nicht dazu kommen lassen, aber wenn die anderen es wollten?

»Ich weiß nicht«, sagte er endlich. »Der Kerl ist ein Schotte. Warum hast du ihm eins auf die Nase gegeben?«

»Er hat mir zuerst eine aufs Ohr gegeben. Ich weiß, daß es eine ausgezeichnete Gelegenheit war, ihm die andere Wange darzubieten, aber es ist mir erst zu spät eingefallen.«

»Du hast ihn gewiß vorher beschimpft?«

»Ich hab' ihn nur einen Schweinehund genannt. Sie wissen doch, daß er meiner Rede ein niedriges Motiv unterschoben hat.«

Soames starrte ihn an. Seiner Meinung nach nahm sich dieser junge Mensch viel zu ernst. »Deine Rede! Du mußt dir aus dem Sinn schlagen«, erklärte er, »daß irgend etwas, das du sagen oder tun kannst, auch nur die geringste Änderung herbeiführen wird.«

»Welchen Zweck hat es dann, Abgeordneter zu sein?«

»Du bist nur in derselben Lage wie jeder andere hier. Unser Land ist wie ein Baum; du kannst ihn wohl in Ordnung halten, aber du kannst ihn nicht an den Wurzeln fassen, um sie zu untersuchen.«

Michael sah ihn mit starkem Interesse an.

»Im öffentlichen Leben«, erklärte Soames, »ist das Wichtigste, ruhig Blut zu bewahren und nur das zu tun, wozu man verpflichtet ist.«

»Und wie bestimmt man, was wichtig ist?«

»Mit Hilfe des gesunden Menschenverstandes. Man kann nicht alles haben.«

Soames erhob sich, wobei er den Goya prüfend betrachtete.

»Wollen Sie wieder einen Goya kaufen, Sir?«

»Nein, wenn ich noch weitere Bilder kaufe, werd' ich zur Englischen Schule zurückkehren.«

»Aus Patriotismus?«

Soames faßte ihn scharf ins Auge. »Es ist nicht patriotisch, sich Sorgen zu machen. Und außerdem solltest du daran denken, daß sich die Ausländer darüber freuen, wenn wir Sorgen haben. Wir dürfen unsere Angelegenheiten nicht an die große Glocke hängen.«

Michael nahm diese Aussprüche mit sich zu Bett. Er erinnerte sich, wie er nach dem Kriege gedacht hatte: »Wenn es noch einmal Krieg gibt, wird nichts mich dazu bringen können, wieder auszurücken.« Doch jetzt wußte er, daß er doch wieder mitmachen würde. Der alte Forsyte dachte also, daß er sich nur »Sorgen mache«! Tat er das wirklich? War der Foggartismus eine Schimäre? Sollte er nachgeben, alles fallenlassen und das Verkehrsproblem aufgreifen? War alles gar nicht wirklich? Seine Liebe zu Fleur war es doch gewiß. Jedenfalls sehnte er sich nach ihr. Und Wilfrid war auch wieder da! Sein ganzes Glück mit ihr aufs Spiel zu setzen – wofür nur? *Punch* hatte diese Woche eine Karikatur von ihm veröffentlicht, wie er grinste und in dem ihn umgebenden Nebel herumtappte. Alt-England konnte ebensowenig etwas mit Theorien anfangen wie der alte Forsyte. Die Bemühungen selbstbewußter Männer zur Besserung von Englands Zustand wurden einfach als Wichtigtuerei verschrien. Er ein Wichtigtuer? Der Gedanke war ihm grauenhaft unbehaglich. Er erhob sich vom Bett und trat ans Fenster. Nebel! Im Nebel war alles schattenhaft und er der geringste Schatten von allen, ein unpraktischer Politiker, der sich die Dinge zu Herzen nahm! Eins! Zwei! Big Ben! Wie viele Herzen unter ihm hatten nicht schon den Mut sinken lassen! Wie viele Illusionen hatte er nicht schon zerstört durch seine gemessenen Schläge! Am besten, man stellte sich in Reih und Glied mit den Oberflächlichen und ließ das Land ruhig an seinem silbernen Löffel weiterlutschen!

Dritter Teil

1

Zirkus

Als Knabe war Soames vom Zirkus begeistert gewesen. Doch das lag lange zurück. Ein Zirkus war ihm jetzt beinahe ein Greuel. Jubiläen und Trachtenzüge, der alljährliche Lord-Mayors-Umzug, die Earl's-Court-, Olympia- und Wembley-Ausstellungen – er mochte sie alle nicht leiden. Er vertrug diese Masse von Menschen nicht mehr, die mit offenen Mäulern dasaßen. Sich so herauszuputzen, schien ihm ein Zeichen von Schwachsinn zu sein und Massenbegeisterung eine Extravaganz, die seine Zurückhaltung und seinen Individualismus beleidigten. Obgleich er in der Weltgeschichte nicht sehr gut bewandert war, kam es ihm doch so vor, als wären Nationen, die Zirkusspiele aufführten, dekadent. Das Begräbnis der Königin Viktoria hatte zwar Eindruck auf ihn gemacht. Dem allgemeinen Gefühl konnte sich an jenem Tag niemand entziehen. Aber seit der Zeit waren die Zustände schlimmer und schlimmer geworden. Heutzutage machte man aus jeder Sache einen Zirkus. Es konnte nicht einmal ein Mord begangen werden, ohne daß den Zeitungslesern nicht so und so viele Leute über die Schulter guckten – er mit inbegriffen. Und was die Fußballmatches und amerikanischen Kunstreiterproduktionen betraf, so waren sie ein Verkehrshindernis und störten jede normale Konversation; die Leute waren ja so begeistert davon!

Gewiß hatte solch ein Zirkus auch seine guten Seiten. Er hielt das Volk ruhig. Man konnte sich wohl kaum über Blutvergießen alterieren und zur selben Zeit selbst Blut vergießen. Je mehr die Leute sich am Tage drängten, um zuzuschauen, wie andere Schaden litten, desto weniger würden sie Zeit haben, selber anderen zu schaden, und desto ruhiger konnte Soames bei Nacht schlafen. Trotzdem war die Jagd nach Sensationen eine Krankheit geworden, gegen die auch, soweit er das beurteilen konnte, niemand geimpft wurde.

Je mehr Zeit verging und je mehr Prozesse vor dem seinen erledigt wurden, um so ungeheuerlicher erschien ihm der Zirkus, dessen Mittelpunkt nun seine Tochter bilden sollte. Instinktiv mißtraute er jedem Schotten – diese Rasse ließ niemals locker, und Soames konnte doch nicht eine Eigenschaft, die ihm selbst angeboren war, bei anderen gelten lassen. Und außerdem waren die Schotten so – so überschwenglich – immer entweder grimmig oder übertrieben herzlich – überspannte Menschen! Gegen Mitte März, als der Fall schon für die folgende Woche angesetzt war, unternahm er einen außerordentlichen Schritt und begab sich in die Wandelgänge des Parlaments. Er hatte niemandem von seinem Entschluß, einen letzten Versuch zu machen, erzählt, denn es schien ihm, daß alle – Annette, Michael, selbst Fleur – ihr Bestes dazu beigetragen hatten, um die Aussicht auf eine friedliche Schlichtung zu vereiteln.

Nachdem er seine Karte hineingeschickt hatte, wartete er geraume Zeit in dem pompösen Vorhof. »Antichambrieren«, diesen Ausdruck kannte er, hatte aber nie bedacht, welch ein Zeitverlust damit verbunden war. Die Statuen trösteten ihn ein wenig. Sir Stafford Northcote – einer, der bei der Stange blieb; bei den Dinners der alten Forsytes in den achtziger Jahren galt sein Charakter als genauso zuverlässig wie Hammelrücken auf dem Tisch. Er fand sogar »diesen Kerl Gladstone« in Stuck ganz erträglich, oder was immer es für ein Material war. Er mochte einem unsympathisch sein, aber man konnte ihn nicht einfach so abtun wie einige der jetzigen Politiker. Er stand vor der Büste Lord Granvilles in Nachdenken versunken, als er endlich die Worte vernahm: »Sir Alexander MacGown«, und einen vierschrötigen Mann mit rotem Gesicht, borstigem schwarzem Haar und kurzem Schnurrbart die Treppe herunterkommen sah. Er hielt eine Karte in der Hand.

»Mr. Forsyte?«

»Ja. Können wir irgendwohin gehen, wo es etwas ruhiger ist?«

Der Schotte nickte und führte ihn einen Gang hinunter in ein kleines Zimmer. »Nun?«

Soames glättete seinen Hut. »Diese Affäre«, sagte er, »muß Ihnen doch genauso unangenehm sein wie mir.«

»Sind Sie der Mensch, der in so reizender Weise die Dame, mit der ich verlobt bin, eine Verräterin nannte?«

»Ja, das bin ich.«

»Dann begreife ich nicht, wie Sie die Frechheit haben können, hierherzukommen und mit mir zu sprechen.«

Soames biß sich auf die Lippen. »Ich bin provoziert worden; ich habe gehört, wie Ihre Braut meine Tochter in deren eigenem Hause einen Snob nannte. Wollen Sie diese schmutzige Sache in die Öffentlichkeit zerren?«

»Wenn Sie glauben, daß Sie und Ihre Tochter die Dame, die ich heiraten werde, ungestraft eine Schlange, eine Verräterin und eine unmoralische Person nennen können, dann irren Sie sich so gründlich wie noch nie in Ihrem Leben. Ihr einziger Ausweg ist eine Entschuldigung ohne Vorbehalt, die Ihr Anwalt vor Gericht verlesen kann.«

»Die werden Sie nicht bekommen; der Ausdruck gegenseitigen Bedauerns wäre zu erwägen. Was die Frage des Schadenersatzes anlangt —«

»Zum Teufel mit dem Schadenersatz!« schrie MacGown.

»Nun«, entgegnete Soames, »dann bedaure ich Sie beide.«

»Was, zum Kuckuck, wollen Sie damit sagen, Sir?«

»Das werden Sie Ende nächster Woche wissen, falls Sie nicht inzwischen Ihre Ansicht ändern. Wenn die Sache vor Gericht kommt, werden wir den Wahrheitsbeweis antreten.«

Der Schotte wurde so rot im Gesicht, daß Soames einen Augenblick lang wirklich glaubte, es würde ihn der Schlag treffen.

»Sie sollten sich gut überlegen, was Sie vor Gericht sagen.«

»Vor Gericht werden Ihre Einschüchterungsversuche vergeblich sein.«

MacGown ballte die Fäuste.

»Ja«, sagte Soames, »es ist wirklich schade, daß ich nicht mehr jung genug dazu bin. Guten Abend!«

Er ging an dem Kerl vorbei zur Tür hinaus. Er hatte sich den Weg aus diesem Kaninchenbau gemerkt und stand bald wieder unter den leidenschaftslosen Statuen. Da hatte er nun einen letzten Versuch gemacht; mehr konnte er jetzt nicht tun, als diesem hochmütigen Kerl und seiner Verlobten die Hölle so heiß zu machen, daß sie bedauerten, je geboren worden zu sein. Er trat in den unangenehm kalten Nebel von Westminster hinaus. Stolz und Jähzorn! Anstatt ihr Unrecht zuzugeben, stürzten sich die Leute lieber in Ausgaben und machten einen Zirkus für die Gaffer und die Spötter der halben Stadt! Um ihre »Ehre« zu verteidigen, würde dieser Schotte die Vergangenheit seiner Verlobten ans Tageslicht zerren lassen. Und angesichts der Frage, ob Soames das tun sollte oder nicht, blieb er stehen. Wenn er es nicht tat, würde Fleur verurteilt werden; wenn er es tat und das Gericht nicht überzeugte, würde der Schadenersatz verflucht hoch ausfallen. Er konnte in die Tausende gehen! Jetzt tat eine endgültige Entscheidung not. Bis heute war er fast sicher gewesen, daß es nie zu einer Verhandlung kommen würde. Vier Uhr! Vielleicht noch nicht zu spät, um Sir James Foskisson zu sprechen. Er würde sofort mit dem ganz jungen Nicholas telefonieren, um eine Zusammenkunft zu vereinbaren, und falls Michael zu Hause war, würde er ihn gleich mitnehmen.

In seinem Arbeitszimmer hatte Michael gerade mit kummervollem Entzücken in einem Gesellschaftsblatt eine Karikatur Aubrey Greenes betrachtet, die ihn selbst darstellte. Er stand auf einem Bein als Rufer in der Wüste, während ein sardonisches Lächeln am Horizont aufstieg. Aus seinem Mund heraus ringelte sich das Wort »Foggartismus« wie der Rauch einer Zigarre. Über einer Öffnung im Hintergrund sah man eine Meerkatze mit dem emporgewandten Gesicht Mr. Blythes und Beifall klatschenden Vorderpfoten. Die Sache wirkte vernichtend in Auffassung und Zeichnung — nicht unfreundlich, nur tödlich. Michaels Gesicht in der Karikatur zeigte etwas von genießerischem Entzücken, als lauschte er nach einem guten Dinner dem Klang seiner eigenen Stimme. Lächerlich gemacht! Nicht einmal ein persönlicher Freund, ein Künstler, konnte sehen, daß die Wüste wenigstens ebenso verdiente, lächerlich gemacht zu werden, wie der Pelikan! Es war, als brandmarkte die Karikatur seine Bestrebungen durch die in großen Lettern geschriebenen Worte: »Alles ist eitel.« Sie rief ihm Fleurs Worte am Anfang seiner Laufbahn ins Gedächtnis zurück: »Und bis zu der Zeit, da die Konservativen wieder gehen müssen, wirst du schon sagen können, was dir beliebt.« Sie war realistisch von Geburt an. Vom ersten Augenblick an hatte sie seine Position als Außenseiter vorausgesehen, der auf eine malerische Art seine eigene kleine Trommel rührt! Eine verdammt gute Karikatur! Und keiner konnte so viel Verständnis dafür aufbringen wie ihr Opfer. Aber warum lächelte jeder über den Foggartismus? Warum nur? Weil er wie ein Heupferd unter Menschen hüpfte, die normal gingen. Einer Nation, die im Nebel ihren Weg suchte, kam er vor wie ein Irrlicht. Ja, man hatte ihm seine Mühe schlecht gelohnt! Und gerade da kam Soames.
»Ich habe soeben mit diesem Schotten gesprochen«, berichtete er. »Er will es zum Prozeß kommen lassen.«
»Was? Das darf doch nicht wahr sein! Ich habe immer geglaubt, es würde Ihnen gelingen, die Sache beizulegen.«
»Das ginge nur durch eine vorbehaltlose Entschuldigung. Die kann Fleur nicht geben; sie ist im Recht. Kannst du mit mir zu Sir James Foskisson kommen?«
Sie fuhren in einem Auto zum »Temple«.
Die Wohnung des ganz jungen Nicholas Forsyte lag in den Paper Buildings. Er war fast vierzig Jahre alt, von sanfter Gemütsart und hatte ein vorstehendes Kinn; es gelang ihm innerhalb von zehn Minuten, ihnen den Fall mit allen seinen zweifelhaften Seiten vorzulegen.
»Die Aussicht, den Prozeß zu verlieren, scheint ihm Spaß zu machen«, murmelte Michael, während sie zu Sir James hinübergingen.

»Eine Null«, erwiderte Soames, »aber gewissenhaft. Foskisson muß sich der Sache selber annehmen.«

Nach wenigen Minuten, die der ganz junge Nicholas brauchte, um dem berühmten Verteidiger die Einzelheiten des Falles wieder ins Gedächtnis zurückzurufen, wurden sie vorgelassen. Schmale graue Koteletten umrahmten einen großen Kopf, der beträchtliche Intelligenz verriet. Seit Soames' Wahl auf den bekannten Advokaten gefallen war, hatte er ihn nicht mehr aus dem Auge gelassen. Er hatte ihn beobachtet, wie er seine wahren Absichten vor den Geschworenen verschleierte, indem er den Eindruck größter Unparteilichkeit zu erwecken versuchte; nur sehr wenige – davon war er überzeugt – konnten Sir James Foskisson in die Karten blicken, die Geschworenen am allerwenigsten. Sein Erfolg in Fällen, die mit Moral oder Nationalitätenfragen verknüpft waren, fiel Soames besonders auf; keiner wie er war so fähig, einen Ehebruchsprozeß niederzuschlagen, bei dem ein Deutscher, Russe oder sonst jemand von zweifelhaftem Charakter als Liebhaber der betreffenden Frau aufgetreten war. Von der Nähe betrachtet, verliehen ihm seine Koteletten das Aussehen besonderer Würde, es war schwer, ihn sich beim Tanz, Spiel oder im Bett vorzustellen. Obwohl er angestrengt tätig war, sagte man ihm Gründlichkeit nach. Man konnte sich darauf verlassen, daß er kurz vor der Verhandlung mehr als die Hälfte der Tatsachen eines jeden Falles kannte und sich den Rest während der Verhandlung aneignete – oder wenigstens sich nicht anmerken ließ, wenn er es nicht getan hatte. Der ganz junge Nicholas, der alle Tatsachen kannte, hatte anscheinend keine Ahnung, auf welche Vorgangsweise man sich festlegen sollte. Sir James wußte wiederum nur das Allernötigste. Er ließ seine hellen Augen von Soames zu Michael schweifen, wiederholte kurz die Tatsachen und erklärte:

»Ganz entschieden ein Fall für einen gütlichen Ausgleich.«

»So!« entgegnete Soames.

Etwas in seiner Stimme schien Sir James' Aufmerksamkeit zu erregen. »Haben Sie es denn schon versucht?«

»Ich bin bis zum Äußersten gegangen.«

»Entschuldigen Sie, Mr. Forsyte, aber was nennen Sie das Äußerste?«

»Fünfzehnhundert Pfund und ein Ausdruck gegenseitigen Bedauerns. Das Geld würden sie nehmen, aber sie verlangen eine vorbehaltlose Entschuldigung.«

Der berühmte Anwalt stützte das Kinn in die Hand. »Haben Sie die vorbehaltlose Entschuldigung ohne das Geld versucht?«

»Nein.«

»Ich würde fast dazu raten. MacGown ist ein sehr reicher Mann. Ihm geht es nicht um das Geld. Die Ausdrücke in dem Brief sind stark. Was sagen Sie dazu, Mr. Mont?«

»Nicht so stark wie die, die sie von meiner Frau gebraucht hat.«

Sir James Foskisson blickte zum ganz jungen Nicholas hinüber.

»Welche waren es doch gleich?« fragte der Anwalt.

»Ein Snob auf der Jagd nach Berühmtheiten«, erwiderte Michael kurz.

Sir James wiegte den Kopf genauso hin und her, wie wenn er eine Waagschale wäre. »Unmoralisch, Schlange, Verräterin, ohne Charme — halten Sie das für schwächer?«

»Das veranlaßt einen wenigstens nicht, heimlich zu spötteln, Sir, wie die anderen Ausdrücke. In der Gesellschaft ist das heimliche Spötteln das Schlimmste.«

Sir James lächelte. »Die Geschworenen werden nicht zur Gesellschaft gehören, Mr. Mont.«

»Meine Frau ist auf jeden Fall nicht geneigt, sich zu entschuldigen, wenn nicht auch die andere Seite ihr Bedauern ausdrückt; und ich sehe auch nicht ein, warum sie es tun sollte.«

Sir James Foskisson schien freier zu atmen. »In diesem Falle«, sagte er, »müssen wir überlegen, ob wir von einer Zeugenaussage des Detektivs Gebrauch machen sollen oder nicht. Falls wir das tun, so brauchen wir den Portier und die Dienerschaft des — eh — Mr. Curfew als Zeugen.«

»Jawohl«, sagte Soames, »und um das zu entscheiden, sind wir hergekommen.« Es war so, als hätte er gesagt: »Die Konferenz ist nunmehr eröffnet.«

Fünf schweigsame Minuten lang vertiefte sich Sir James in den Bericht des Detektivs. »Wenn auch nur ein Teil davon wahr ist«, erklärte er schließlich, »gewinnen wir.«

Michael war zum Fenster getreten. Die Bäume im Garten hatten kleine Knospen; ein paar Tauben liefen unten auf dem Grase hin und her. Er hörte Soames sagen: »Ich muß hinzufügen, daß auch meine Tochter überwacht worden ist. Es liegt natürlich nichts vor, außer einigen Besuchen bei einem jungen Amerikaner, der in seinem Hotel an einer schweren Lungenentzündung erkrankt war.«

»Ich wußte davon und war damit einverstanden«, erklärte Michael, ohne sich umzuwenden.

»Könnten wir ihn als Zeugen führen?«

»Ich glaube, er ist noch in Bournemouth. Aber er war in Miss Ferrar verliebt.«

Sir James wandte sich Soames zu: »Wenn eine gütliche Beilegung außer

Frage steht, so werden wir am besten ganz schonungslos vorgehen. Ein bloßes Kreuzverhör über Bücher, Theaterstücke und Klubs hat noch keine Beweiskraft.«

»Haben Sie die Szene im ›Ehrlichen Makler‹ gelesen?« fragte Soames, »und den Roman *Canthar*?«

»Das ist ja alles recht schön und gut, Mr. Forsyte, aber man kann unmöglich voraussagen, wie die Geschworenen ein so unpersönliches Zeugnis beurteilen werden.«

Michael war wieder zu seinem Stuhl getreten. »Ich will auf keinen Fall«, sagte er, »Miss Ferrars Privatleben hineinzerren.«

»Zweifellos. Aber Sie wollen doch, daß ich den Prozeß gewinne?«

»Auf diese Art nicht. Können wir nicht vor Gericht gehen, gar nichts sagen und einfach bezahlen?«

Sir James Foskisson lächelte und blickte Soames an. »Unbegreiflich«, schien er zu sagen, »daß Sie mir diesen jungen Mann hergebracht haben.«

Soames indessen war in seine eigenen Gedanken vertieft.

»Die Geschichte mit den Besuchen in Curfews Wohnung ist zu riskant; wenn uns der Beweis mißlingt, wird eine Strafe von zwanzigtausend Pfund daraus. Außerdem würde auch meine Tochter als Zeugin erscheinen müssen, und das will ich unter allen Umständen verhindern. Ich habe mir vorgestellt, daß Sie aus der ganzen Sache eine Anklage gegen die moderne Moral machen könnten.«

Sir James Foskisson bewegte sich in seinem Stuhl, und die Pupillen seiner hellblauen Augen wurden so klein wie Stecknadelköpfe. Fast unmerklich nickte er dreimal mit dem Kopf, als hätte er den Heiligen Geist geschaut.

»Wann kommen wir dran?« fragte er den ganz jungen Nicholas.

»Wahrscheinlich nächsten Donnerstag – Mr. Brane wird Richter sein.«

»Na schön, dann erwarte ich Sie Montag wieder hier. Guten Abend!«

Und er versank wieder in regungsloses Nachdenken, das weder Soames noch Michael zu stören wagten.

Schweigend gingen sie fort; der ganz junge Nicholas blieb zurück, um mit Sir James' Sekretär zu sprechen.

Als Michael sich bei der Temple-Station von Soames verabschiedete, murmelte er: »Es war so, als hätte er gesagt: ›Eine saubere Sache habt ihr euch da eingebrockt!‹ Nicht wahr? Ich gehe noch zum *Outpost* hinein, Sir. Wenn Sie zu Fleur zurückfahren, wollen Sie's ihr bitte sagen?«

Soames nickte. Da hatte man's schon wieder! E r mußte alles Unangenehme auskochen.

2

»Wird es nicht dulden«

Im Büro des *Outpost* hatte Mr. Blythe gerade eine Unterredung mit einem jener großen Geschäftsleute gehabt, die solch tiefen Eindruck auf alle diejenigen machen, denen sie ihre Ansichten unter strengster Diskretion mitteilen. Wenn auch Sir Thomas Lockit nicht gerade die alleinige Kontrolle über die britische Industrie ausübte, so erweckten er und seinesgleichen doch fast überall diesen Eindruck — so positiv war sein Wissen und so kühl sein Interesse. Nach seiner Meinung mußte England die Position zurückgewinnen, die es vor dem Krieg innegehabt hatte. Alles drehte sich um die Kohle — um die Frage des Siebenstundentags; aber sie würden es »nicht dulden«. Vielleicht einen oder zwei Shilling vom Kohlenpreis nachlassen. Aber sie würden es »nicht dulden«, daß Europa ohne britische Produkte auskäme. Nur sehr wenige Menschen kannten Sir Thomas Lockits Ansichten; doch fast alle, die sie kannten, waren ganz außerordentlich entzückt davon.

Mr. Blythe aber kaute an seinem Finger und spuckte danach aus.

»Wer war der Kerl mit dem großen Schnurrbart?« fragte Michael.

»Lockit. Er ›wird es nicht dulden‹.«

»So!« sagte Michael einigermaßen überrascht.

»Wir erkennen immer mehr, Mont, daß die wirklich gefährlichen Leute nicht die Politiker sind, die alle Maßnahmen mit dem Temperament eines Mannes im öffentlichen Leben durchsetzen wollen — das heißt milde und langsam; sondern die großen Geschäftsleute, die alle Dinge intensiv, rasch, mit dem Temperament des eigennützigen Privatmannes durchführen. Die wissen, was sie wollen; und wenn wir nicht gut aufpassen, ruinieren sie England noch.«

»Was haben sie denn jetzt vor?« fragte Michael.

»Nichts für den Augenblick; aber es liegt etwas in der Luft. Bei Lockit sieht man, wie wenig die Willenskraft eigentlich ausrichtet. Er wird nicht dulden, was zu verhindern einfach nicht in seiner Macht liegt. Am liebsten möchte er die Arbeiter völlig unterwerfen und sie wie Sklaven schuften lassen, daß ihnen nichts anderes übrigbliebe. Bevor es dazu kommt, bricht ein Bürgerkrieg aus. Einige der Labourleute sind natürlich genauso arg — sie wollen überhaupt alles unterwerfen. Es ist höllisch unangenehm! Wenn wir alle wieder in Wirtschaftskämpfe verwickelt werden, wie sollen wir dann mit dem Foggartismus weiterkommen?«

»Ich habe über England nachgedacht«, sagte Michael. »Reden wir nicht ins Blaue hinein, Blythe? Hat es einen Sinn, einem Mann, der einen Lungenflügel verloren hat, zu sagen, daß er einen neuen braucht?«
Mr. Blythe blies eine Wange auf.
»Doch!« sagte er; »England hat hundert Jahre vollkommen ruhiger Entwicklung durchgemacht — von Waterloo bis zum Weltkrieg, um das zu werden, was es heute ist; seine Lebenslinie ist so festgelegt und seine Gewohnheiten sind so geregelt, daß niemand, weder Zeitungsherausgeber noch Politiker, noch Geschäftsleute in anderen Schlagwörtern denken können als in denen vom Industrialismus der überfüllten Städte. England ist in diesen hundert Jahren ungestörter Entwicklung über den Gleichgewichtspunkt hinaus nach der anderen Seite gesunken, und es wird fünfzig ungestörte Jahre brauchen, um zu diesem Punkt zurückzukehren. Das wirklich Schwierige liegt darin, daß wir keine fünfzig Jahre ungestört bleiben werden. Die eine oder andere verfluchte Sache — Krieg mit der Türkei oder Rußland, Unruhen im eigenen Lande, gar nicht zu reden von der Möglichkeit eines neuen Weltbrandes — kann die schönsten Pläne jederzeit über den Haufen werfen. Wir befinden uns gerade in einem sehr unruhigen Stadium der Weltgeschichte, und wir spüren es bis in alle Knochen und leben demgemäß von der Hand in den Mund.«
»Was für einen Sinn also —?« fragte Michael düster, da er an die Worte des Ministers in Lippinghall dachte.
Mr. Blythe blies auch noch die andere Wange auf. »Nur nicht fahnenflüchtig werden, junger Mann! Wir haben im Foggartismus die besten Güter, die bisher existieren, und wir haben die verdammte Pflicht, sie den Menschen zu übermitteln, so gut wir können. Alle unsere alten Hüte sind uns zu klein geworden.«
»Haben Sie Aubrey Greenes Karikatur gesehen?«
»Ja.«
»Gut — nicht wahr? Aber eigentlich bin ich hergekommen, um Ihnen zu sagen, daß dieser abscheuliche Ehrenbeleidigungsprozeß nächste Woche verhandelt wird.«
Mr. Blythe wackelte mit den Ohren. »Das bedauere ich. Ob man gewinnt oder verliert — nichts Schlimmeres für das öffentliche Leben als private Zänkereien. Sie werden es doch nicht zulassen?«
»Es läßt sich nicht vermeiden. Aber wir wollen unsere Verteidigung darauf beschränken, die neue Moral anzugreifen.«
»Man kann doch nicht angreifen, was nicht existiert!«
»Wollen Sie damit sagen«, grinste Michael, »daß Sie noch nichts von einer neuen Moral bemerkt hätten?«

»Ganz bestimmt nichts. Formulieren Sie sie doch einmal, wenn Sie können.«
»›Genier dich nicht, und sei nicht fad!‹«
Mr. Blythe brummte: »Die alte Moral hieß: ›Benimm dich wie ein Gentleman!‹«
»Ja, aber unter den modernen Menschen gibt es so ein prähistorisches Tier überhaupt nicht mehr.«
»Man findet aber noch Überreste; den Neandertaler hat man aus einem halben Schädel rekonstruiert.«
»Ein Begriff, der lächerlich geworden ist, kann nicht mehr als Ideal gelten, Blythe.«
»Ach«, sagte Mr. Blythe, »der Hauptfehler eurer Generation, junger Mont, ist die Angst, sich lächerlich zu machen und nicht modern genug zu sein. Ein verfluchter Mangel an Charakterstärke.«
Michael schnitt eine Grimasse. »Das weiß ich. Kommen Sie mit ins Parlament! Parshams Gesetzesvorlage über Elektrifizierung kommt zur Verhandlung. Vielleicht wirft die Debatte etwas Licht auf die Arbeitslosenfrage.«
Nachdem er sich in den Wandelgängen des Parlaments von Mr. Blythe verabschiedet hatte, traf Michael seinen Vater, der mit einem kleinen, lebhaften alten Herrn mit gestutztem Bart den Gang herunterkam.
»Hallo, Michael, wir haben dich gesucht. Marquis — mein hoffnungsvoller Sohn! Der Marquis möchte, daß du dich für die Elektrifizierung interessierst.«
Michael zog den Hut. »Wollen Sie ins Lesezimmer kommen, Sir?«
Er wußte, daß dies Marjorie Ferrars Großvater war, der ihnen vielleicht noch nützlich sein würde. In einer abgelegenen Ecke des Zimmers, die so schwach beleuchtet war, daß niemand den anderen lesen sehen konnte, nahmen sie Platz.
»Sie verstehen etwas von Elektrifizierung, Mr. Mont?« fragte der Marquis.
»Nein, Sir, nur daß in diesem Zimmer etwas mehr Elektrizität sehr wünschenswert wäre.«
»Überall, Mr. Mont. Ich habe von Ihrem Foggartismus gelesen. Es ist ganz gut möglich, daß er die Politik der Zukunft ist, wenn ich so sagen darf; aber bevor das ganze Land nicht elektrifiziert worden ist, werden Sie keinen Erfolg damit haben. Ich möchte, daß Sie als erster Parshams Gesetzesvorlage, die heute eingebracht wird, unterstützen.«
Und in seiner angenehmen Redeweise fuhr der alte Mann fort, Michaels Gedanken zu verwirren.

»Aha«, sagte Michael schließlich. »Aber dieses Gesetz wird doch die Zahl der Arbeitslosen noch vergrößern.«
»Eine Zeitlang schon.«
»Ich frage mich nur, ob ich noch mehr zeitweise Unannehmlichkeiten auf mich nehmen soll. Es fällt mir schwer genug, die Leute für die Zukunft zu interessieren — die Gegenwart kommt ihnen so wichtig vor.«
Sir Lawrence wieherte. »Sie müssen ihm Zeit und Flugblätter geben, Marquis. Mein lieber Junge, während dein Foggartismus lahm im Stall steht, wirst du ein zweites Pferd brauchen.«
»Man hat mir schon geraten, mich mit der Verkehrslage und dem Postporto zu befassen. Und nebenbei bemerkt, wird unser Prozeß nächste Woche d o c h vor Gericht kommen, Sir.«
Sir Lawrences bewegliche Augenbraue fuhr in die Höhe.
»Oh!« sagte er. »Erinnern Sie sich, Marquis — Ihre Enkelin und meine Schwiegertochter. Ich war deswegen schon einmal bei Ihnen.«
»Hatte etwas mit Jagd auf Berühmtheiten zu tun? Eine Ehrenbeleidigungsklage, nicht wahr?« fragte der alte Pair. »Meine Tante —«
Während Michael noch festzustellen versuchte, ob das ein Ausruf oder der Beginn einer Anekdote gewesen war, unterbrach sein Vater den Marquis:
»Ja, das war ein interessanter Fall — steht ja alles in Betty Montecourts Memoiren.«
»Ehrenbeleidigungsklagen«, erinnerte sich der Marquis, »waren früher sehr reizvoll. Die Worte, über die man sich beschwerte, waren: ›Ihre Krinoline bedeckte ihre beträchtliche moralische Perversität.‹«
»Wenn irgend etwas getan werden soll, um einen Gesellschaftsskandal zu vermeiden«, murmelte Michael, »so müßte es jetzt geschehen. Wir sind mit unserem Latein zu Ende.«
»Könnten S i e vielleicht ein Wort einlegen, Sir?« fragte Sir Lawrence.
Der Bart des Marquis zitterte. »Ich habe in der Zeitung gelesen, daß meine Enkelin einen gewissen MacGown heiratet, ein Mitglied dieses Hauses. Ist er vielleicht hier?«
»Wahrscheinlich«, erwiderte Michael. »Aber ich hab' einen Krach mit ihm gehabt. Ich glaube, daß bei ihr vielleicht mehr Aussicht besteht.«
Der Marquis erhob sich. »Ich werde sie zum Frühstück einladen. Ich vertrage es nicht, daß Privatsachen an die Öffentlichkeit kommen. Also hoffentlich stimmen Sie für die Vorlage, Mont; und denken Sie über die Elektrifizierung des Landes nach. Wir brauchen junge, interessierte Männer. Ich gehe jetzt auf die Pairs-Galerie. Leben Sie wohl!«
Als er mit lebhaften Schritten fortgegangen war, sagte Michael zu sei-

nem Vater: »Wenn er es nicht dulden will, so wäre es gut, wenn er auch Fleur zu diesem Frühstück einladen würde. Auch in diesem Streit gibt es zwei Parteien.«

3

Soames fährt nach Hause

Soames saß inzwischen mit einer dieser zwei Parteien in deren Empfangszimmer. Sie hatte ihm schweigend zugehört, aber mit einem trotzigen und rachsüchtigen Ausdruck. Was wußte er von ihrer Einsamkeit und Enttäuschung? War es ihm vielleicht klargeworden, daß der Steinwurf ihr Spiegelbild zertrümmert hatte, daß die Worte »Snob auf der Jagd nach Berühmtheiten« sie zutiefst verwundet hatten? Er verstand nicht, was für eine Wunde man ihr geschlagen hatte, wie sie plötzlich den Glauben an ihre persönliche Wichtigkeit und die Hoffnung auf den Erfolg verloren hatte, die allen so notwendig ist. Bekümmert über ihren Gesichtsausdruck, mit den praktischen Aussichten des Prozesses beschäftigt und verzweifelt bemüht, einen Weg zu finden, sie so wenig wie möglich in das Ganze hineinzuzerren, blieb Soames stumm wie ein Fisch.

»Du wirst ganz vorne sitzen, neben mir«, sagte er. »Ich würde nichts zu Helles anziehen. Möchtest du, daß deine Mutter auch kommt?«

Fleur zuckte die Achseln.

»Gut, gut«, sagte Soames. »Aber wenn sie will, dann soll sie lieber mitkommen. Brane gehört nicht zu den Richtern, die immer Witze reißen, Gott sei Dank. Bist du schon einmal bei einer Verhandlung gewesen?«

»Nein.«

»Die Hauptsache ist, sich ganz ruhig zu verhalten und sich um nichts zu kümmern. Alle übrigen werden hinter dir sitzen, nur die Geschworenen nicht, und vor denen braucht man keine Angst zu haben. Wenn du sie ansiehst, dann lächle nicht!«

»Warum? Sind sie denn dafür empfänglich, Vater?«

Soames überging diese Leichtfertigkeit.

»Du solltest einen kleinen Hut aufsetzen. Michael muß links von dir sitzen. Seid ihr darüber hinweggekommen — über dieses — eh — sich gegenseitig nichts mehr Erzählen?«

»Ja.«
»Ich würde damit auch nicht mehr beginnen. Er hat dich sehr lieb.«
Fleur nickte.
»Möchtest du nicht m i r noch irgend etwas anvertrauen? Du weißt, daß ich — daß ich mir deinetwegen Sorgen mache.«
Fleur erhob sich und setzte sich auf die Lehne seines Sessels; und sofort fühlte er sich erleichtert.
»Es ist mir jetzt wirklich ganz egal. Das Unglück ist nun einmal geschehen. Ich hoffe nur, daß es i h r schlechtgehen wird.«
Soames, der dasselbe hoffte, war doch etwas schockiert darüber, daß sie es so offen aussprach. Bald danach verabschiedete er sich und fuhr in der Dunkelheit in seinem Auto nach Mapledurham zurück. Die Frühlingsnacht war kalt, und er ließ die Fenster schließen. Zuerst dachte er nur an sehr wenig und später an gar nichts mehr. Er hatte einen ermüdenden Nachmittag hinter sich und war dankbar für den leichten Duft von Stephanotis, mit dem Annette den Wagen parfümiert hatte. Die Fahrt auf dieser Straße war ihm zu bekannt, als daß sie ihn seine Gedanken hätte ablenken können, er wunderte sich nur über die vielen Menschen, die zwischen sechs und sieben Uhr auf der Welt zu sein schienen. Er döste den ganzen Weg bis zu der neuen Abkürzung, wachte kurz auf und döste wieder ein. Wo waren sie — bevor er nach Marlborough gekommen war, war er da mit dem jungen Nicholas und St. John Heyman zur Schule gegangen; und später auch noch ein paar andere junge Forsytes. Das war fast sechzig Jahre her. Er erinnerte sich an seinen ersten Schultag, wie seine Mutter dem funkelnagelneuen kleinen Jungen mit dem funkelnagelneuen kleinen Zylinder eine Spielzeugschachtel mit Leckereien geschenkt und ihn mit den Worten gesegnet hatte: »Da hast du, damit wirst du beliebt.« Er hatte sich vorgestellt, daß diese Bestechungsmittel ein paar Wochen lang reichen müßten; aber kaum hatte er ein kleines Stückchen davon zum Vorschein gebracht, als seine Mitschüler ihm die ganze Schachtel weggenommen und vorgeschlagen hatten, gleich alles auf einmal zu essen. In zweiundzwanzig Minuten hatten zweiundzwanzig Buben ihr Gewicht wesentlich erhöht, und er selbst, der austeilen mußte, hatte weniger als ein Dreiundzwanzigstel bekommen. Sie hatten ihm nur ein Päckchen übriggelassen, ausgerechnet Kümmelkekse, die er nie hatte leiden können. Danach hatten ihn drei andere neue Schüler beschimpft, daß er sich alles habe wegessen lassen und für sie nichts aufgehoben habe, und er hatte sie deshalb einen nach dem anderen verprügeln müssen. Er war zweiundzwanzig Minuten lang beliebt gewesen, und soweit er sich erinnern konnte, nie mehr wieder. Seither war er ge-

gen den Kommunismus. Er wurde auf dem gepolsterten Sitz ein wenig in die Höhe geworfen und erinnerte sich schmerzlich, daß sein eigener Vetter St. John Heyman ihn in einen Stechginsterbusch gestoßen und ihn dort eine schmerzliche lange Minute festgehalten hatte. Scheußliche kleine Ekel, diese kleinen Jungen! Einen Augenblick lang fühlte er sich Michael ordentlich dankbar, daß er sie aus England fortschicken wollte. Und dennoch —! Sogar mit diesen Jungen verbanden ihn einige angenehme Erinnerungen. Er hatte damals eine Schmetterlingssammlung gehabt — einem Jungen hatte er zwei rote Admirale in elendem Zustand für einen Shilling und drei Pence verkauft. Wieder ein Knabe sein — hm! — und auf die Passagiere in einem Zug, der ihretwegen doch nicht anhalten würde, Erbsen schießen, und auf dem Heimweg Kirschenlikör trinken, und einen Preis gewinnen, indem man zweihundert Zeilen aus der »Dame vom See« besser rezitierte als Burroughes, genannt das »Kirschentörtchen«! Hm! Was war aus Kirschentörtchen-Burroughes geworden, der in der Schule so viel Geld hatte, daß sein Vater Bankrott machte! Kirschentörtchen!

Slough verschwand in der Ferne. Sie fuhren jetzt durch dichtbewachsenes Land. Um ein wenig Luft zu schnappen, kurbelte er das Fenster herunter. Der Duft von Bäumen und Gras kam herein. Die Knaben aus England fortschicken! Sie hatten eine komische Aussprache in den Überseeländern. Aber auch hier war die Aussprache ja komisch. In Slough war die Aussprache gut gewesen, wenn nicht, dann gab es Hiebe. Er erinnerte sich, wie sein Vater und seine Mutter — James und Emily — zum erstenmal die Schule besucht hatten: sehr vornehm, ganz Koteletten und Krinoline; die abscheulichen Knaben hatten persönliche Bemerkungen gemacht, die ihn verletzt hatten. Sie aus England fortschaffen! Aber damals hatte man sie ja nirgendwohin fortschaffen können. Er sog in einem tiefen Atemzug die Landluft ein. Es hieß, England sei verändert, verdorben, einige behaupteten sogar: erledigt. Quatsch! Es roch noch immer genauso wie früher. Sein Großonkel Simon, der Bruder des »Freisassen-Forsyte«, war als Knabe auf die Bermudas ausgewandert; das war zu Anfang des vorigen Jahrhunderts gewesen, und hatte man seither etwas von ihm gehört? Keine Ahnung. Der junge Jon Forsyte und seine Mutter — seine eigene, erste, treulose und noch immer nicht ganz vergessene Frau — waren nach Amerika ausgewandert — würde man je wieder von ihnen hören? Er hoffte es nicht. England! Wenn er einmal Zeit hatte und das Auto frei war, wollte er eine Fahrt an die Grenze zwischen Dorsetshire und Devonshire machen, dorthin, von wo die Forsytes stammten, und sich dort umschauen. Es war zwar dort gar nichts los, keine Erinnerungen — soweit er gehört hatte, und er würde auch niemandem etwas davon erzählen; aber die Erde mußte doch dort eine besondere Farbe haben, und es würde ein Friedhof dort sein und, ha! — Maidenhead! Diese weitläufigen Villen und Hotels und diese Grammophone verdarben den Fluß. Merkwürdig, daß Fleur die Themse nie sehr gern gehabt hatte — vielleicht zu langsam und zu naß — alles war jetzt rasch und »trocken« so wie Amerika. Aber gibt es irgendwo außerhalb Englands einen Fluß wie diese Themse? Nein! Das wohl kaum! Keinen, der so grün und klar und so voll von Wasserpflanzen dahinfließt, wo man man in einem Kahn sitzen und die Kühe und großen Ulmen und Pappeln betrachten kann. Nirgendwo etwas, das so ruhig und so sicher ist, wo man seine Seele noch ganz sein eigen nennen kann und an die englischen Landschaftsmaler Constable, Mason und Walker denken muß.

Sein Wagen stieß leicht gegen etwas an und blieb stehen. Dieser Riggs, sein Chauffeur, fuhr doch immer in etwas hinein! Er sah hinaus. Der Chauffeur war ausgestiegen und prüfte den Kotflügel.

»Was war denn das?« fragte Soames.

»Ich glaube, es war ein Schwein, Sir.«

»Wo denn?«

»Soll ich weiterfahren oder nachsehen?«

Soames blickte sich um. Er sah nirgendwo einen Menschen.

»Sehen Sie lieber nach.«

Der Chauffeur verschwand hinter dem Wagen, Soames blieb sitzen. Er hatte niemals selber Schweine gehalten. Es hieß, das Schwein sei eigentlich ein sauberes Tier. Die Leute verstanden nur nicht, es richtig zu halten. Es war ganz ruhig um sie her. Keine Autos auf der Landstraße. In der Stille raunte der Wind in den Hecken. Soames erblickte einige Sterne.

»Es *ist* ein Schwein, Sir. Es schnauft.«

»Oh!« sagte Soames. Wenn eine Katze neun Leben hatte, wie viele Leben hatte dann ein Schwein? Er erinnerte sich an das einzige Rätsel, das sein Vater James kannte: Wenn anderthalb Bratheringe anderthalb Pence kosten, wieviel kostet dann ein Bratrost? Schon als ganz kleiner Junge hatte er herausgefunden, daß es darauf keine Antwort gab.

»Wo ist es denn?« fragte er.

»Im Graben, Sir.«

Ein Schwein mußte doch einen Eigentümer haben, aber wenn es im Graben lag, würde man es erst finden, nachdem er schon längst zu Hause war. »Fahren Sie zu«, sagte er. »Nein, warten Sie!« Und er öffnete den Wagenschlag an der Straßenseite und stieg aus. Vielleicht brauchte das

Schwein Hilfe. »Zeigen Sie's mir«, sagte er und ging in dem Schein des Decklichts seines Wagens zu der Stelle, wo der Chauffeur auf etwas hinzeigte. Da lag ein dunkler Gegenstand in dem flachen Graben und stieß leise, dumpfe Laute aus wie ein Mann, der in einem Klubsessel eingeschlafen ist.

»Es muß zu einem der kleinen Häuser gehören, an denen wir gerade vorbeigefahren sind«, meinte der Chauffeur.

Soames betrachtete das Schwein.

»Irgend etwas gebrochen?«

»Nein, Sir; der Kotflügel ist in Ordnung. Ich glaube, er hat einen tüchtigen Stoß bekommen.«

»Ich meine doch das Schwein.«

Der Chauffeur berührte das Schwein mit einem Schuh. Es quiekte, und Soames erschauerte. Man könnte sie am Ende hören! Das sah dem Kerl ähnlich, die Aufmerksamkeit der Leute zu erregen – gar keine Grütze im Kopf! Aber wie konnte man herausfinden, ob irgend etwas gebrochen war in einem Schwein, ohne es zu berühren? Er trat einen Schritt vor und blickte dem Schwein in die Augen; eine Art Kameradschaftsgefühl regte sich in ihm. Wenn es nun ein Bein gebrochen hatte! Wieder stieß es der Chauffeur mit dem Fuß an. Das Schwein quietschte jämmerlich, erhob sich schwerfällig und massig und trottete quiekend und grunzend davon. Hastig stieg Soames wieder ein. »Fahren Sie zu!« sagte er. Schweine! Die dachten stets nur an sich selbst, und die Landarbeiter waren genauso schlecht – sie sahen die Autos mit scheelen Augen an. Aber er war gar nicht so überzeugt, daß sie im Unrecht waren. Diese vorbeirasenden Ungetüme! Vom Boden des Wagens, wo seine Füße ruhten, schien ihn das Auge des Schweins anzublicken. Sollte er Schweine halten, da er jetzt die Wiesen jenseits des Flusses gepachtet hatte? Den eigenen Speck essen, die eigenen Schinken räuchern! Es war schließlich etwas dran – saubere Schweine, richtig gefüttert! Das Buch des alten Foggart verlangte, man müsse in England mehr Nahrungsmittel anbauen, um bei einem neuen Krieg unabhängig zu sein. Er schnupperte. Ein Geruch nach Bäckereien – schon die großen Keksfabriken von Reading! Man erzeugte noch immer Keks in England! Der Gedanke, daß im Ausland Englands Nahrungsmittel angebaut wurden, berührte ihn peinlich – von der Gnade anderer abhängig sein! Etwas Besseres als das englische Fleisch und der englische Weizen –! Und was die Kartoffeln betraf: in Italien oder Frankreich, zum Beispiel, waren sie einfach ungenießbar. Und da wollte man jetzt mit Rußland wieder Handel treiben! Diese Bolschewiken haßten England. Ihren Weizen und ihre Eier essen, ihren Talg und ihre Felle verwenden? »Unter unserer Würde«, nannte er das. Das Auto fuhr durch eine Kurve, und er fiel gegen die Seitenpolster. Die Dorfkirche! Dieser Chauffeur, dieser Riggs, scheute immer vor irgend etwas. Ein hübsches, altertümliches Kirchlein, mit seinem niederen Turm und seinem Moos – so etwas gab es nur in England –, Gräber, alte Namen, Eiben. Und das erinnerte ihn daran, zu überlegen, wo er begraben sein wollte. Hier vielleicht. Er wünschte nichts Pathetisches als Grabschrift. Nur sein Name, Soames Forsyte, sollte auf dem unbehauenen Stein stehen, so wie auf dem Grabstein, auf dem er im Highgate-Friedhof gesessen hatte. Er brauchte kein »Hier ruht« – was konnte er denn sonst schon tun! Was das Kreuz betraf, so war er sich nicht recht klar darüber. Wahrscheinlich würde man ohne Rücksicht auf seine Wünsche ein Kreuz aufstellen. Am liebsten würde er in einer Ecke liegen, abseits von den übrigen – mit einem Apfelbaum oder so etwas über seinem Grab. Je weniger man sich seiner erinnerte, desto besser. Nur Fleur – aber die würde gewiß andere Dinge im Kopf haben.

Der Wagen fuhr den letzten niedrigen Hügel hinab, bis er sich in einer Ebene mit der Themse befand. Er erhaschte einen Blick auf den dunkel zwischen Pappeln dahinfließenden Fluß, der verborgen war wie die Seele Englands. Der Wagen rollte in die Einfahrt und hielt vor der Haustür. Er würde Annette noch nichts davon erzählen, daß es zur Verhandlung käme – sie würde es nicht so empfinden wie er – sie hatte ja keine Nerven!

4

Verhör

Marjorie Ferrars Trauung wurde für den ersten Tag der Parlaments-Osterferien festgesetzt; für die Flitterwochen Lugano, für die Ausstattung der Salon Clothilde, als Wohnsitz Eaton Square, als Nadelgeld zweitausend Pfund im Jahr festgesetzt und als Objekt ihrer Liebe gar niemand. Als sie eine telefonische Einladung zum Frühstück nach Shropshire House erhielt, war sie überrascht. Was war eigentlich los mit dem alten Herrn?

Aber am folgenden Morgen, um fünf Minuten nach neun, betrat sie das

Gebiet ihrer Vorfahren, nachdem sie Puder und Rouge auf ihrem Toilettentisch fast unberührt gelassen hatte. Würde er gegen ihre Heirat sein? Oder wollte er ihr etwa einen Teil der Spitzen ihrer Großmutter, die nur noch in ein Museum paßten, zum Geschenk machen?

Der Marquis las gerade die Zeitung vor dem elektrisch geheizten Kamin. Er sah sie mit seinen hellen, klugen Augen fest an. »Na, Marjorie? Setzen wir uns oder ziehst du es vor, stehend zu frühstücken? Du kannst Porridge haben, Rühreier, Fisch – ah –! und auch Grapefruit – sehr rücksichtsvoll von der Köchin! Schenke bitte den Kaffee ein.«

»Was nimmst *du*, Großvater?«

»Danke, ich werde umherschlendern und gerade nur ein wenig naschen. Also du wirst heiraten. Wird das ein Glück für dich sein?«

»So heißt es.«

»Wie ich höre, ist er Abgeordneter. Glaubst du, daß du ihn für Parshams Elektrifizierungsantrag interessieren könntest?«

»O gewiß. Elektrizität ist seine starke Seite.«

»Ein vernünftiger Mensch. Er hat wohl Fabriken? Sind sie elektrifiziert?«

»Vermutlich.«

Der Marquis sah sie wiederum rasch auf seine Art an. »Du weißt also nichts darüber«, sagte er. »Aber du siehst reizend aus. Was habe ich da von einer Verleumdungsklage gehört?«

Sie hätte es doch wissen können! Großvater nahm noch so schrecklich viel Anteil an allem. Dem entging nichts!

»Die Sache würde dich gar nicht interessieren, lieber Großvater.«

»Stimmt nicht. Mein Vater und der *alte* Sir Lawrence Mont waren intime Freunde. Warum willst du deine Schmutzwäsche im Gerichtssaal waschen?«

»Ich will es ja gar nicht.«

»Hast *du* geklagt?«

»Ja.«

»Warum denn?«

»Sie haben mich angeschwärzt.«

»Wer?«

»Fleur Mont und ihr Vater.«

»Aha! Der Verwandte des Teehändlers. Was haben sie denn gesagt?«

»Daß ich überhaupt keine Moral besitze.«

»Na, hast du denn eine?«

»So viel wie die meisten anderen.«

»Sonst noch was?«

»Daß ich eine infame Schlange bin.«

»Das ist nicht sehr nett. Warum haben sie das gesagt?«

»Nur weil man hörte, wie ich sie einen Snob hieß, was sie auch wirklich ist.«

Der Marquis, der eine leere Grapefruit beiseite schob, stellte seinen Fuß auf einen Stuhl, stützte den Ellbogen auf sein Knie, das Kinn in die Hand und sagte: »Unser Stand steht heutzutage nicht mehr unter göttlichem Schutz, aber wir vertreten noch immer eine Idee. Es ist ein Irrtum, das zu vergessen.«

Sie saß ganz unbeweglich da. Jedermann hatte vor Großvater Respekt, sogar ihr Vater, mit dem er nicht redete. Sich jedoch anhören zu müssen, daß sie noch immer eine Idee zu vertreten habe, war doch zum Sterben fad! Großvater hatte gut reden bei seinem Alter und ohne Versuchung! Außerdem hatte sie ja keinen Titel, dank der vielgepriesenen Einrichtungen der britischen Gesetze. Selbst wenn sie, gezeugt von Lord Charles und Lady Ursula, empfand, daß man sie nicht bevormunden sollte, so war sie doch nie hochmütig gewesen, sondern hatte immer gern als Bohemien gegolten. Und schließlich vertrat sie ja doch etwas – nämlich, nicht »muffig« und nicht fad zu sein.

»Großvater, ich habe ja versucht, mich mit ihr zu versöhnen, aber sie wollte nicht. Kaffee?«

»Ja bitte, Kaffee. Aber sag einmal, bist du mit dir selbst zufrieden?«

Marjorie Ferrar reichte ihm die Tasse. »Nein. Wer ist das schon?«

»Gut zurückgegeben«, gab der Marquis zurück. »Wie ich höre, wirst du sehr reich sein. Das bedeutet Macht. Es ist wohl der Mühe wert, anständigen Gebrauch davon zu machen, Marjorie. Er ist ein Schotte, nicht wahr? Hast du ihn gern?« Wieder dieser kluge, helle Blick.

»Hie und da.«

»Aha. Wenn man solches Haar hat wie du, heißt es vorsichtig sein. Rotes Haar ist manchmal ganz außerordentlich wertvoll. Zum Beispiel in den Kricket-Wettkämpfen zwischen Eton und Harrow oder für Reden anläßlich großer Abendgesellschaften. Aber laß dich nicht davon verleiten, wenn du verheiratet bist. Wo werdet ihr denn wohnen?«

»Am Eaton Square. Er hat auch ein Gut in Schottland.«

»Laß dir deine Küche elektrifizieren. Das habe ich hier auch einrichten lassen. Die Köchin bleibt dadurch bei guter Laune. Mein Essen ist fast immer von gleichmäßiger Qualität. Was nun diese Ehrenbeleidigungsklage betrifft – könnt ihr nicht beide erklären, daß ihr es bedauert? Wozu den Advokaten die Taschen füllen?«

»Das tut sie aber nur, wenn ich es tue, und ich nur, wenn sie es zuerst tut.«

Der Marquis leerte die Kaffeetasse. »Was steht also der Sache im Weg? Es ist mir zuwider, daß wir so in den Blickpunkt der Öffentlichkeit gerückt werden. Denk nur an den Prozeß, der sich vor einigen Tagen abgespielt hat. Jeder derartige Gesellschaftsskandal bedeutet heutzutage einen Nagel für unseren Sarg.«

»Wenn du willst, so werde ich mit Alec sprechen.«

»Tu es doch! Hat er auch rotes Haar?«

»Nein, schwarzes.«

»So! Was möchtest du gern zum Hochzeitsgeschenk haben? Spitzen?«

»Ach bitte nicht, lieber Großvater! Niemand trägt jetzt Spitzen.«

Der Marquis sah sie an. »Ich kann diese Spitzen nicht loswerden«, schien er zu sagen.

»Vielleicht möchtest du eine Kohlengrube. Mit elektrischem Betrieb würde sie bald rentabel sein.«

Marjorie Ferrar lachte. »Ich weiß, daß du auf dem trockenen sitzt, Großvater, aber ich möchte lieber keine Kohlengrube, danke. Sie sind zu kostspielig. Ich will nichts als deinen Segen.«

»Wenn ich nur meinen Segen verkaufen könnte!« erwiderte der Marquis. »Dein Onkel Dangerfield versucht es mit der Landwirtschaft; er ruiniert mich. Wenn er den Weizen nur elektrisch anbauen wollte! Das wäre der einzige Weg, die Sache bei den gegenwärtigen Preisen rentabel zu machen. Also, wenn du mit dem Frühstück fertig bist, dann leb wohl! Ich muß an die Arbeit gehen.«

Marjorie Ferrar, die eben zu essen begonnen hatte, erhob sich und drückte ihm die Hand. Er war ein lieber alter Herr, wenn auch etwas rasch! . . .

Am selben Abend saß sie mit MacGown im Theater in einer Loge, und als er ihr von Soames Besuch erzählte, benützte sie die Gelegenheit.

»O du meine Güte! Warum in aller Welt nur hast du dich nicht ausgeglichen, Alec? Die ganze Sache ist doch zu dumm! Mein Großvater hat mich deshalb zur Rede gestellt.«

»Wenn sich die Leute entschuldigen«, erwiderte MacGown, »so gleiche ich mich morgen aus. Aber entschuldigen müssen sie sich.«

»Und was ist mit mir? Ich mag ihnen nicht öffentlich als Zielscheibe dienen.«

»Es gibt Dinge, die man nicht ruhig hinnehmen kann, Marjorie. Ihr ganzes Benehmen ist infam gewesen.«

Von einem leichtsinnigen Impuls ergriffen, sagte sie:

»Wie, glaubst du, bin ich eigentlich wirklich, Alec?«

MacGown legte seine Hand auf ihren bloßen Arm.

»Ich stelle mir nichts vor, ich weiß es.«

»Nun?«
»Herausfordernd.«
Sonderbares Urteil! In gewisser Beziehung eigentlich ganz richtig – nur daß –!
»Du willst damit sagen, daß ich die Leute gern so lange herausfordere, bis sie glauben, daß ich bin – was ich nicht bin. Angenommen aber« – ihre Augen blickten scharf in die seinen –, »ich bin es wirklich?«
MacGown umklammerte sie fester. »Du bist es nicht, und ich werde auch nicht dulden, daß jemand es behauptet.«
»Du glaubst, dieser Prozeß wird mich – rehabilitieren?«
»Ich weiß recht gut, was Klatsch bedeutet, und ich weiß auch, wie er dich umschwirrt. Aber die Leute, die dich anschwärzen, müssen ein für allemal eine Lektion erhalten.«
Marjorie Ferrar starrte auf das auf den Vorhang gemalte Stilleben, lachte und sagte:
»Mein Lieber, du bist ein gefährlicher Provinzler.«
»Ich weiß, was krumm und was gerade ist.«
»Ja, aber in London gibt es nichts Gerades. Mach lieber ein Ende, sonst könntest du über diese Geschichte noch zu Fall kommen.«
MacGown erwiderte einfach: »Ich habe zu dir mehr Vertrauen als du selbst.«
Sie war froh, daß in diesem Augenblick der Vorhang wieder hochging, denn sie fühlte sich verwirrt und auch gerührt.
Statt sie in ihrem Wunsch, den Prozeß fallenzulassen, zu bestärken, brachte sie dieses kurze Gespräch zu der Überzeugung, daß mit diesem Prozeß ihre Heirat stehen oder fallen würde. Nachdem er vorbei war, würde Alec wissen, woran er war, und sie ebenfalls! Es würde sich verdammt wenig von ihrem Vorleben geheimhalten lassen, und sie würde ihn dann entweder nicht heiraten oder zumindest nicht unter falschen Vorspiegelungen. Jetzt galt es biegen oder brechen! Die Sache war aber wirklich unangenehm, besonders das vorbereitende Verhör durch die Advokaten, das sie jetzt zu bestehen hatte. Was für einen Eindruck hatten jene Briefe zum Beispiel auf ihre Freunde und Bekannten gemacht? Wenn man den Prozeß gewinnen wollte, so war dieser Punkt offenbar von Wichtigkeit. Aber wie konnte sie das beurteilen? Zwei Damen hatten ihre Einladungen zu den Wochenendgesellschaften annulliert: eine ziemlich prüde Gräfin und eine kanadische Millionärin, die einen herabgekommenen Baronet geheiratet hatte. Es war ihr bis jetzt nicht eingefallen, daß dies der Grund sei, aber es war sehr wohl möglich. Von diesen beiden abgesehen, konnte sie nur antworten, daß sie es nicht wisse.

Man sagte einem ja seine wahre Meinung nicht ins Gesicht. Die Advokaten wollten den Versuch wagen, sie als gekränkte Unschuld hinzustellen. Du lieber Gott! Wie, wenn sie nun vor Gericht sich zu ihrem wahren Glauben bekannte und sie einfach alle vor den Kopf stieße! Ihr wahrer Glaube — wie lautete denn ihr Bekenntnis? Keinen Freund im Stich lassen; einen Mann nicht bloßstellen; keine Angst haben; die Dinge anders tun als die übrigen; immer in Bewegung sein; nicht fad, nicht »muffig« sein. Die ganze Geschichte war total verdreht! Na, sie mußte klaren Kopf behalten!

5

Der große Tag

Als Soames am Tage des Prozesses in der Green Street aufstand, war ihm ganz übel zumute. Warum war der Tag nicht schon vergangen? fragte er sich voll Ungeduld.

Erneute Besprechungen mit dem ganz jungen Nicholas und Sir James Foskisson hatten sie alle in der Idee bestärkt, die Verteidigung auf einen Angriff auf die moderne Moral zu gründen. Foskisson schien mit ganzem Herzen bei der Sache zu sein — vielleicht hatte er selbst darunter gelitten; und wenn er nur annähernd so tüchtig war wie der alte Bobstay, der als Zweiundachtzigjähriger seine Erinnerungen veröffentlicht hatte, so würde man diese Katze zwingen, Farbe zu bekennen und sich zu kompromittieren. Gestern nachmittag hatte Soames sich eine Stunde lang den Richter, Mr. Brane, angesehen und einen sehr günstigen Eindruck gewonnen. Der Richter, obgleich jünger als er selbst — Soames hatte ihn in früheren Zeiten, als der Mann noch als Advokat praktizierte, öfters mit Prozessen betraut —, sah nun so altmodisch aus, daß man ihm jede moralische Entrüstung zumuten konnte.

Nachdem er sein Gebiß gereinigt, es in den Mund gesteckt und sich die Haare gebürstet hatte, ging er in das Zimmer nebenan und erklärte Annette, daß sie zu spät kommen würde. Im Bett sah sie immer entsetzlich jung und gut aus, und obgleich ihm das Genugtuung bereitete, konnte er es ihr doch nie ganz verzeihen. Wenn er — vielleicht in fünfzehn Jahren — tot sein würde, dann war sie noch nicht einmal sechzig und könnte durchaus noch zwanzig Jahre leben. Als er sie genügend aufgeweckt hatte, daß sie sagen konnte: »Du wirst vor Gericht noch genug Zeit haben, dich wichtig zu machen, Soames«, ging er in sein Zimmer zurück und blickte zum Fenster hinaus. Die Luft duftete nach Frühling – ärgerlich! Er badete und rasierte sich mit Sorgfalt – er wollte doch nicht vor Gericht mit einem Schnitt auf dem Kinn erscheinen! –, dann ging er zurück, um nachzusehen, ob Annette nicht zu helle Kleider anzöge. Er fand sie in rosa Dessous.

»Ich würde in Schwarz erscheinen«, sagte er.

Annette blickte ihn über den Spiegel hinweg an.

»Wen soll ich denn bezaubern, Soames?«

»Diese Leute werden wahrscheinlich ihre Freunde mitbringen; irgend etwas Auffälliges –«

»Nur keine Angst! Ich werde nicht versuchen, jünger als meine Tochter auszusehen.«

Soames ging wieder hinaus. Diese Französinnen! Na, sie kleidete sich wenigstens mit Geschmack.

Nach dem Frühstück begab er sich zu Fleur. Winifred und Imogen würden sich Annettes annehmen – sie gingen auch zur Verhandlung, als wäre die Sache eine Unterhaltung!

Elegant in seinem Zylinderhut, durchquerte er den Green Park, wobei er im Geiste seine Zeugenaussage durchging. Noch keine Knospen an den Bäumen – der Frühling kam spät, und die königliche Familie befand sich auf dem Land. Als er am Buckingham-Palast vorbeiging, dachte er: »Sie sind sehr populär!« Wahrscheinlich gefiel ihnen dieses große Denkmal des britischen Weltreichs vor ihrem Palast, an dem so viele Muskeln, Fleisch und riesige Tiere zu sehen waren. Es schimpfte zwar jeder über das Albert Memorial und dieses Denkmal da, aber schließlich atmeten beide Frieden und Fülle – nichts Modernes dran. Als er nach Westminster kam, wählte er den kürzesten Weg durch den Duft von gebratenen Fischen hindurch in die hinter dem Parlament gelegene North Street, und zwischen ihren hübschen kleinen Häuschen hindurch blickte er unaufhörlich auf die Wren-Kirche. Obwohl er nie das Innere einer Kirche betrat, ausgenommen die St.-Pauls-Kathedrale, gab ihm doch ihr Äußeres ein Gefühl von Kraft – Kirchen waren so solid und drängten sich nicht vor, und die Meinung der Leute schien ihnen auch ganz gleichgültig zu sein. Er fühlte sich ein wenig wohler, als er in den South Square bog. Der Dandie begegnete ihm in der Halle. Obzwar Soames Hunde nicht besonders liebte, bereiteten ihm doch die Breite und Fülle dieses Geschöpfes Vergnügen. Es war viel schöner als die kleine chinesische Mißgeburt, die sie früher besessen hatten. Dieser Hund hatte Charakter, er war herrschsüchtig und starrsinnig – aus dem wäre nur sehr wenig beim Zeugenverhör herauszubringen! Als er wieder aufsah, kamen Michael und Fleur die Treppe herunter. Nachdem er rasch Michaels braunen Anzug und getupfte Krawatte gemustert hatte, blieb sein Blick auf dem Gesicht seiner Tochter haften. Blaß, jedoch ihre natürliche Farbe, nichts Modernes – Gott sei Dank! –, kein Rouge, kein Schönheitspflästerchen, Puder oder Augenstift; glänzend für ihre Rolle zurechtgemacht! In einem blauen Kleid, sehr geschmackvoll, die Auswahl hatte gewiß Mühe gekostet! Der Wunsch, daß sie sich nicht nervös fühlen sollte, besänftigte Soames' eigene Unruhe. »Es duftet schon ganz nach Frühling!« erklärte er. »Gehen wir?«

Während sie auf das Taxi warteten, versuchte er sie zu beruhigen.

»Ich habe mir gestern Richter Brane angesehen; er hat sich sehr verändert, seit ich ihn das letzte Mal sah. Ich war einer der ersten, der ihn mit Prozessen betraut hat.«

»Das ist ungünstig, nicht wahr, Sir?« meinte Michael.

»Wieso denn?«

»Er wird sich fürchten, daß man ihn für dankbar hält.«

Leichtfertig, wie gewöhnlich!

»Unsere Richter«, entgegnete Soames, »sind im großen und ganzen tüchtige Menschen.«

»Ich bin überzeugt davon. Wissen Sie, ob er jemals ein Buch liest, Sir?«

»Wie meinst du das, liest?«

»Schöne Literatur. Wir im Parlament lesen keine.«

»Niemand liest Romane, nur die Frauen«, erwiderte Soames. Und er fühlte Fleurs Kleid an. »Das ist zu dünn, du wirst einen Pelz brauchen.«

Sie holte den Pelz, und währenddessen fragte er Michael: »Wie hat sie geschlafen?«

»Besser als ich, Sir.«

»Das ist wenigstens ein Trost. Da ist das Auto. Halt dich von diesem Schotten fern!«

»Ich treffe ihn doch jeden Tag im Parlament.«

»Ach!« entgegnete Soames, »das hatte ich ganz vergessen. Aber ich glaube, dort nimmt man solche Sachen nicht ernst.« Er reichte seiner Tochter den Arm und geleitete sie zur Wagentür.

»Neugierig bin ich, ob der alte Blythe hinkommen wird«, hörte er Michael sagen, als sie am Büro des *Outpost* vorbeifuhren. Es war die erste Bemerkung, die während der ganzen Fahrt fiel, und da keine Antwort nötig war, auch die letzte.

Das Gerichtsgebäude sah so aus wie sonst, und Menschen in Schwarz und Blau eilten geschäftig hinein. »Eine Mausefalle«, murmelte Michael. Soames tat das Gleichnis mit einer Ellbogenbewegung ab – für ihn bestand das Ganze nur aus widerhallenden Räumen, verborgenen Treppen und stickigen Gängen. Da sie sich verfrüht hatten, stiegen sie die Stufen langsam empor. Wahrhaftig, es war doch hirnrissig! Da waren sie nun hergekommen – sie und die Gegenseite –, zu welchem Zweck nur? Er staunte über sich selbst, nicht darauf bestanden zu haben, daß sich Fleur entschuldigte. Immer und immer wieder war ihm das bei den Prozessen anderer ganz natürlich erschienen – im Falle seiner Tochter aber schien es ihm fast unglaublich idiotisch. So ging er mit ihr eilends vorbei an umherstehenden Advokatursbeamten, Zeugen und weiß der liebe Himmel, wem noch. Ein paar leise, an einen Diener gerichtete Worte, und sie befanden sich im Saal und nahmen Platz. Der ganz junge Nicholas war bereits gekommen, und Soames setzte sich so, daß nur ein ganz dünner Mensch, wie etwa der alte James, zwischen ihnen Platz gefunden hätte. Während er sich umwandte, um sich mit Nicholas zu besprechen, lebte er einen angenehmen Augenblick lang wieder in der Vergangenheit, wie ein alter Kricketspieler, der nach Jahren wieder den Ball schlägt. Über den jungen Nicholas hinaus ließ er seine scharfen Blicke über die Versammlung schweifen. Jawohl, die Leute hatten Wind davon bekommen. Das hatte er ja schon im voraus gewußt – da diese Katze doch immer im Mittelpunkt des öffentlichen Interesses stand; eine ganze Menge Weiber in vollem Staat dort im Hintergrund, und es kamen immer mehr. Ganz plötzlich wandte er sich um, die Geschworenen traten einer nach dem andern ein – sie sahen so gewöhnlich aus, obwohl es doch »bessere Leute« waren! Warum nur sah eine Jury immer so gewöhnlich aus? Er war noch nie Geschworener gewesen. Er warf einen Seitenblick auf Fleur. Da saß sie nun, und er hatte keine Ahnung von dem, was in ihr vorging. Was den jungen Michael betraf, so kamen ihm seine Ohren sehr spitz vor. In diesem Augenblick bemerkte er auch Annette. Es wäre wohl besser, wenn sie sich nicht hier vorne hinsetzte – es war so auffallend, wenn so viele von ihnen hier vorne saßen! Er schüttelte daher den Kopf und wies mit der Hand nach hinten! Ah! Sie ging. Sie und Winifred und Imogen würden etliches an Platz brauchen – alle hübsch breit um die Mitte herum, aber dort hinten waren noch überall freie Plätze. Und plötzlich erblickte er die Klägerin, ihren Advokaten und MacGown: wie munter sie aussahen, und diese freche Katze lächelte sogar! Soames hütete sich, in ihre Richtung zu blicken, und bemerkte, wie sie etwa zwei Meter von ihm entfernt Platz nahmen. Ah! Und da kamen auch die beiden gegnerischen Anwälte – Foskisson und Bullfry, in vertraulichem Gespräch. Bald würden sie einander »Herr Kollege« titulieren und sich die Kehlen durchzuschneiden versuchen! Er zweifelte, ob es nicht vielleicht doch besser gewesen wäre, Foskisson der anderen Seite zu lassen und Bullfry für sich selber zu nehmen. Ein übel aussehender Geselle, breitschultrig und ausgetrocknet. Auf der einen Seite saß Fleur zwischen ihm und Michael, und hinter ihnen Foskisson und sein Juniorpartner; auf der anderen Seite »diese Katze« zwischen Settlewhite und dem Schotten, und hinter ihnen Bullfry und sein Juniorpartner! Jetzt fehlte nur noch der Richter, um das Muster zu vervollständigen! Und da kam er auch! Soames faßte Fleur am Arm und zog sie mit sich in die Höhe. Eine Verbeugung! Sie setzten sich wieder. Die eine Gesichtshälfte des Richters Brane schien dicker als die andere; Soames machte sich Gedanken darüber, ob er wohl Zahnweh habe und welchen Einfluß das auf die Verhandlung nehmen könnte.

Und nun folgte die übliche Ankündigung der kommenden Fälle, der Verhandlungen der nächsten Woche usw. Das war also erledigt, und der Richter wandte den Kopf hierhin und dorthin, als wollte er sich über die Verteilung der Personen orientieren. Bow Bullfry erhob sich: »Wenn es Eure Lordschaft gestattet —«

Er eröffnete seine Anklage auf die gebräuchliche Art, wobei er die Klägerin in der gebräuchlichen überschwenglichen Art beschrieb — Enkelin eines Marquis, verlobt mit einem zukünftigen Premier ... oder so was Ähnliches, könnte man glauben! ... eine der brillantesten Persönlichkeiten der Gesellschaft, vielleicht um einen Gedanken zu kühn ... Elendes Frauenzimmer! ... dagegen die gebräuchliche glatte und säuerliche Beschreibung der Angeklagten! ... Reiche und ehrgeizige verheiratete junge Frau ... Unverschämter Geselle! ... Die Geschworenen möchten sich vor Augen halten, daß sie es in beiden Fällen mit Mitgliedern der modernen Gesellschaft zu tun hätten, sie müßten sich aber ebenso vor Augen halten, daß urwüchsige Worte urwüchsige Bedeutung und notwendige Folgen hätten, gleichgültig, in welcher Gesellschaft sie fielen! Hm! Sehr oberflächliche Bezugnahme auf den Vorfall in Fleurs Salon — in seiner Bedeutung verringert, natürlich — ha! Eine Anspielung auf ihn selbst — angesehener, reicher Mann — danke für das Kompliment! Verlas jetzt die beleidigenden Briefe! Sprach über deren Wirkung ... alles übertrieben! ... Klägerin zum Prozeß gezwungen ... Schwindel!

»Ich lasse nunmehr Mrs. Ralph Ppynrryn als Zeugin vorrufen.«

»Wie buchstabieren Sie diesen Namen, Mr. Bullfry?«

»Mit zwei P, zwei Y, zwei N und zwei R, Mylord.«

»Aha.«

Soames betrachtete die Eigentümerin des Namens. Eine hübsche Frau von flatterhaftem Typus! Er hörte ihrer Aussage mit gespannter Aufmerksamkeit zu. Ihr Bericht über den Vorfall in Fleurs Salon schien im wesentlichen korrekt zu sein. Sie hatte den verleumderischen Brief zwei Tage danach erhalten; sie hielt es für ihre Pflicht als Freundin, Miss Ferrar davon zu verständigen. Als Dame der Gesellschaft müsse sie feststellen, daß dieser Vorfall und diese Briefe Miss Ferrar geschadet hätten. Sie hätte es mit vielen Leuten besprochen. Ein öffentliches Ereignis. Die Gemüter seien sehr erregt. Sie hätte ihren Brief Mrs. Maltese gezeigt, die ihr einen gezeigt hatte, den s i e erhalten habe. Über die ganze Sache werde noch jetzt gesprochen. Hm!

Bullfry setzte sich, Foskisson stand auf.

Soames richtete sich auf. Was für eine Figur der Kerl wohl machen würde? – Es war ja so wichtig, wie sich der Anwalt beim Kreuzverhör verhielt! Na, er hatte schon schlechtere gesehen – des Anwalts Blick war wie erstarrtes Licht fest in den leeren Raum gerichtet, während er seine Fragen stellte, und schweifte dann plötzlich zu der Zeugin, auf die Antwort wartend, der ein wenig geöffnete Mund schien sie zu verschlucken; die Zunge wurde ab und zu auf der Unterlippe sichtbar, die freie Hand schien etwas unter dem Talar zu fassen.

»Nun, Mrs. – eh – Ppynrryn. Dieser Vorfall, wie mein geehrter Herr Kollege es nannte, ereignete sich im Hause von Mrs. Mont, nicht wahr? Und in welcher Eigenschaft kamen Sie hin? Als Freundin. Sehr richtig! Und Sie haben nichts gegen Mrs. Mont? Gar nichts. Und Sie hielten es für ratsam und freundschaftlich, Madam, diesen Brief der Klägerin und anderen Leuten zu zeigen – diesen unbedeutenden Vorfall nach besten Kräften aufzubauschen?« Plötzlicher Blick auf sie!

»Wenn eine meiner Freundinnen einen solchen Brief über mich erhielte, so würde ich von ihr erwarten, mir zu sagen, daß mich die Verfasserin beschimpft.«

»Selbst wenn Ihrer Freundin die Provokation bekannt und sie auch eine Freundin der Verfasserin des Briefes wäre?«

»Jawohl.«

»Nun, Madam, liegt die Ursache nicht vielmehr darin, daß die Sensation dieses geringfügigen Streites denn doch zu kostbar war, um versäumt zu werden? Es wäre doch so einfach gewesen, den Brief zu zerreißen und darüber kein Wort zu verlieren, nicht wahr? Sie wollen doch nicht etwa behaupten, daß Miss Ferrar infolge des Briefes in I h r e r Achtung gesunken sei – dazu kennen Sie sie doch zu gut, nicht wahr?«

»Ja–a.«

»Sehr gut. Als eine Freundin beider Parteien wußten Sie doch, daß diese Ausdrücke nur aus momentaner Laune geäußert wurden und nicht ernst zu nehmen waren?«

»Das könnte ich gerade nicht sagen.«

»So! Sie haben sie also ernst genommen? Soll ich Sie so verstehen, daß Sie der Ansicht waren, dies sei des Pudels Kern, mit anderen Worten, sie seien wahr?«

»Gewiß nicht.«

»Könnten diese Ausdrücke Miss Ferrar irgendeinen Schaden zufügen, wenn sie ganz offenbar unwahr wären?«

»Das glaube ich schon.«

»Aber doch nicht bei Ihnen — als einer Freundin?«

»Bei mir nicht.«

»Wohl aber bei anderen, die ohne Ihr Zutun nie etwas davon erfahren hätten. Tatsache ist, Madam, daß Ihnen die ganze Sache viel Vergnügen bereitet hat.«

»Vergnügen? Nein.«

»Sie haben es doch als Ihre Pflicht betrachtet, diesen Brief bekanntzumachen. Bereitet es Ihnen denn kein Vergnügen, Ihre Pflicht zu erfüllen?«

Soames hätte fast kurz aufgelacht, doch hielt er sich im letzten Augenblick zurück.

Foskisson setzte sich, Bullfry stand auf.

»Mrs. Ppynrryn, Pflichterfüllung ist manchmal etwas Peinliches — das haben Sie tatsächlich erfahren, wie auch die meisten von uns, die vielleicht keine so starke Konstitution besitzen wie mein geehrter Herr Kollege.«

»Ja.«

»Danke bestens. Mrs. Edward Maltese!«

Während des Verhörs der zweiten jungen Frau, die dunkel und massig wirkte, versuchte Soames den Eindruck abzuschätzen, den Fleur und »diese Katze« auf die schönheitshungrigen Augen der vier Geschworenen machten. Er war noch zu keinem endgültigen Schluß gelangt, als sich Sir James Foskisson zum Kreuzverhör erhob.

»Sagen Sie mir bitte, Mrs. Maltese, welche Anschuldigung Sie für die schwerwiegendste halten?«

»Das Wort ›hinterlistig‹ in dem Brief an mich und den Ausdruck ›eine infame Schlange‹ in dem Brief an Mrs. Ppynrryn.«

»Sind diese Beleidigungen schwerer als die übrigen?«

»Jawohl.«

»Da könnten Sie mir wohl einige nähere Erklärungen geben, Madam.

Ist der Kreis, in dem Sie sich bewegen, vielleicht nicht ganz genau der der Klägerin?«

»Nicht ganz derselbe.«

»Ihre Kreise berühren einander manchmal, hm?«

»Ja.«

»Also, in welcher Gesellschaftsschicht, in Ihrer oder in der der Klägerin, würde Ihrer Ansicht nach die Klägerin durch den Ausdruck ›sie hat doch überhaupt keine Moral‹ mehr oder, sollen wir sagen, weniger geschädigt werden?«

»Das weiß ich nicht.«

»Ich möchte nur Ihre Meinung hören. Halten Sie Ihre Gesellschaftsschicht für so fortschrittlich wie die Miss Ferrars?«

»Vielleicht nicht.«

»Es ist doch allgemein bekannt, daß es im Kreise Miss Ferrars ganz frei und unabhängig zugeht?«

»Ich vermute es.«

»Aber I h r e Gesellschaftsschicht ist doch auch schon so ziemlich fortschrittlich – ich möchte damit sagen, daß Sie doch nicht ›muffig‹ sind?«

»Nicht was, Sir James?«

»Muffig, Mylord, ein Ausdruck, der in der modernen englischen Gesellschaft sehr häufig gebraucht wird.«

»Was bedeutet er?«

»Konventionell, Mylord.«

»Aha. Nun, Sir James fragt Sie, ob Sie muffig sind.«

»Hoffentlich nicht, Mylord.«

»Hoffentlich nicht. Fahren Sie fort, Sir James.«

»Da Sie nicht ›muffig‹ sind, würde es Sie wohl nicht besonders aufregen, wenn Ihnen jemand sagt: ›Meine Liebe, du hast doch überhaupt keine Moral‹?«

»Nicht, wenn es auf so liebenswürdige Art geschähe.«

»Sagen Sie uns bitte, Mrs. Maltese, ist in Ihren Augen oder in den Augen Ihrer Freunde ein solcher Ausdruck, ob er nun liebenswürdig gebracht wird oder nicht, einem Tadel gleichzusetzen?«

»Wenn er nicht liebenswürdig gebracht wird, dann schon.«

»Soll ich Sie dahin verstehen, daß die Auffassung der Moral in Ihrem Kreis dieselbe ist wie in dem – Seiner Lordschaft?«

»Wie soll die Zeugin das beantworten können, Sir James?«

»Also bitte, ist man in Ihrem Kreise schockiert, wenn Ihre Freunde sich scheiden lassen oder wenn sie, sagen wir, auf eine Woche miteinander nach Paris oder wohin es ihnen gerade paßt durchgehen?«

»Schockiert? Ich glaube nicht, daß man über etwas schockiert zu sein braucht, das man selbst nicht tun würde.«

»Sie sind also nicht schockiert?«

»Ich glaube nicht, daß mich irgend etwas schockieren könnte.«

»Das hieße wohl muffig sein, nicht wahr?«

»Vielleicht.«

»Möchten Sie mir dann sagen – ob das die Auffassung Ihres Kreises ist? Sie haben mir ja erklärt – Sie erinnern sich doch –, daß man sich in Ihrem Kreise weniger frei und unabhängig bewegt als in dem der Klägerin – wie ist es dann möglich, daß ein solcher Ausdruck wie ›sie hat doch überhaupt keine Moral‹ der Klägerin irgendwie geschadet haben kann?«

»Unsere Kreise vereinigen doch nicht die ganze Welt in sich.«

»Natürlich nicht. Ich glaube, daß nur ein ganz kleiner Teil der Welt sich innerhalb Ihrer Kreise bewegt. Aber wollen Sie behaupten, daß Sie irgendein Gewicht darauf legen, was die Leute außerhalb Ihres Kreises denken?«

Soames nickte zweimal. Der Kerl machte seine Sache gut. Und sein Blick fiel auf Fleurs Gesicht, das der Zeugin zugekehrt war; ein schwaches Lächeln umspielte ihre Lippen.

»Ich persönlich lege nicht einmal viel Gewicht darauf, was irgend jemand innerhalb meines Kreises denkt.«

»Würden Sie sagen, daß Sie von unabhängigerem Charakter sind als die Klägerin?«

»Ich glaube, ich bin ebenso unabhängig.«

»Ist sie von notorisch unabhängigem Charakter?«

»Ja.«

»Danke bestens, Mrs. Maltese.«

Foskisson setzte sich, Bullfry stand auf.

»Ich lasse die Klägerin aufrufen, Mylord.«

Soames setzte sich gespannt auf.

6

Die Vernehmung

Als Marjorie Ferrar vor die Geschworenen trat, war sie nicht ausgesprochen nervös und nur wenig geschminkt. Die Zeitungen würden später über ihr schwarzes, mit Chinchilla verbrämtes Kostüm und einen schwarzen Hut berichten. Sie küßte die Luft vor der Bibel, holte tief Atem und wandte sich Mr. Bullfry zu. Während der letzten fünf Tage hatte sie sich immer mehr über die Art geärgert, wie dieser Prozeß sie in Anspruch nahm. Sie hatte ihn aus eigenem Willen begonnen, und er hatte sie nun ganz ihres eigenen Willens beraubt. Auch sie hatte die altbekannte Tatsache zu spüren bekommen, daß, nachdem die Maschinerie eines Streites ausgelöst worden ist, viel mehr als ein bloßer Druck auf den Knopf vonnöten ist, um diesen wieder zu Ende zu bringen. Sie hatte das Gefühl, daß es Alec und den Advokaten recht geschähe, wenn alles schiefginge. Die sorgfältig modulierte Stimme Mr. Bullfrys beruhigte sie. Seine Fragen waren ihr vertraut, mit jeder Antwort wuchs ihre Sicherheit, und sie fand, daß ihre Stimme deutlich und angenehm klang. Sie stand in lässiger Haltung da und versuchte dadurch einen möglichst knabenhaften Eindruck zu machen. Sie fand, daß ihr Auftreten das Interesse des Richters, der Geschworenen und aller übrigen Leute dort oben, die sie undeutlich sehen konnte, gefangennahm. Wenn nur »der kleine Snob« nicht so ausdruckslos zwischen ihr und ihrem Anwalt säße! Als sich Mr. Bullfry endlich niedersetzte und Sir James Foskisson sich erhob, erlag sie fast dem Wunsch, sich die Nase zu pudern. Sie hielt krampfhaft die Schranke umklammert und widerstand so diesem Verlangen; und als Sir James in seinen Papieren blätterte und den Talar zusammenraffte, lief ihr zum erstenmal an diesem Vormittag etwas wie ein Schauer das Rückgrat hinunter. Er könnte sie doch zumindest ansehen, wenn er mit ihr sprach!

»Waren Sie schon einmal an einem Prozeß beteiligt, Miss Ferrar?«

»Nein.«

»Sie sind sich doch vollkommen klar darüber, daß Sie unter Eid aussagen, nicht wahr?«

»Vollkommen.«

»Sie haben meinem Herrn Kollegen erklärt, daß Sie nichts gegen Mrs. Mont hatten. Sehen Sie sich einmal diese Notiz aus der *Evening Sun* vom 3. Oktober an. Haben Sie die geschrieben?«

Marjorie Ferrar hatte das Gefühl, als wäre sie aus einem Treibhaus in den Ostwind hinausgetreten. Wußten denn diese Leute alles?
»Jawohl, ich habe diese Notiz geschrieben.«
»Sie endet mit den Worten: ›Die unternehmungslustige kleine Dame läßt sich keine Gelegenheit entschlüpfen, um ihren „Salon" zu vervollständigen, wobei sie die Neugier ausnutzt, die politische Abenteuer ja stets erregen.‹ Bezieht sich diese Anspielung auf Mrs. Mont?«
»Ja.«
»Nicht sehr liebenswürdig, so etwas über eine Freundin zu schreiben.«
»Ich kann nichts Böses darin finden.«
»Es würde Ihnen also Vergnügen machen, wenn man derartiges über Sie schriebe?«
»Auf derartiges müßte ich gefaßt sein, wenn ich das gleiche täte wie sie.«
»Das ist keine direkte Antwort, daher möchte ich meine Frage folgendermaßen formulieren: Würde es Ihrem Vater Vergnügen machen, dergleichen über Sie zu lesen?«
»Mein Vater liest diese Rubrik grundsätzlich nicht.«
»Deshalb also überraschte es Sie, zu hören, daß Mrs. Monts Vater sie las? Schreiben Sie viele solcher amüsanter Notizen über Ihre Freunde?«
»Nicht sehr viele.«
»So ab und zu, wie? Und bleiben die Betreffenden dann noch Ihre Freunde?«
»In der guten Gesellschaft kann man schwer feststellen, wer einem ein Freund ist und wer nicht.«
»Ich pflichte Ihnen vollkommen bei, Miss Ferrar. Sie haben zugegeben, daß Sie eine oder zwei kritische – Sie gebrauchten dieses Wort, glaube ich – Bemerkungen über Mrs. Mont in deren eigenem Hause fallenließen. Gehen Sie auf viele Gesellschaften und sprechen dort geringschätzig über Ihre Gastgeberin?«
»Nein, aber auf keinen Fall erwarte ich dann, daß man mich belauscht.«
»Aha. Solange man Ihnen nicht draufkommt, ist alles in Ordnung, eh? Nun, als Sie an jenem ersten Mittwoch im Oktober vorigen Jahres bei Mrs. Mont mit diesem Herrn, Mr. Philip – eh – Quinsey sprachen, nannten Sie Ihre Gastgeberin da einen ›Snob‹?«
»Ich glaube nicht.«
»Überlegen Sie, was Sie sagen. Sie haben die Aussagen von Mrs. Ppynrryn und Mrs. Maltese gehört. Mrs. Maltese erzählte, Sie werden sich erinnern, daß Mr. Forsyte – Mrs. Monts Vater – bei jenem Anlaß zu Ihnen sagte: ›Sie hatten die Freundlichkeit, meine Tochter in ihrem

eigenen Haus einen Snob zu nennen. Wollen Sie bitte das Haus verlassen. Sie sind eine Verräterin.‹ Ist das eine korrekte Wiedergabe?«

»Wahrscheinlich.«

»Wollen Sie damit sagen, daß er den Ausdruck ›Snob‹ erfunden hat?«

»Ich will damit sagen, daß er sich geirrt haben kann.«

»Snob – kein sehr liebenswürdiger Ausdruck, nicht wahr? Hatte er vielleicht sonst noch einen Grund, weshalb er Sie eine Verräterin hätte heißen können?«

»Meine Bemerkungen waren nicht für seine Ohren bestimmt. Ich erinnere mich nicht mehr genau daran, was ich sagte.«

»Ja, dann werden wir Mr. Forsyte aufrufen müssen, um Ihr Gedächtnis aufzufrischen. Aber ich erinnere Sie daran, daß Sie im Verlauf der kurzen Unterhaltung Mrs. Mont nicht einmal, sondern zweimal einen Snob genannt haben.«

»Ich habe Ihnen ja bereits gesagt, daß ich es nicht mehr weiß; er hätte mich nicht belauschen sollen.«

»Sehr gut! Sie finden es also vollkommen in Ordnung, daß Sie die bewußte Notiz geschrieben und häßliche Sachen über Mrs. Mont hinter ihrem Rücken und noch dazu in ihrem eigenen Salon gesagt haben?«

Marjorie Ferrar umklammerte die Schranke so fest, daß das Blut in ihren Handflächen klopfte. Seine Stimme konnte einen zum Wahnsinn treiben!

»Und dennoch scheint es, Miss Ferrar, daß Sie etwas dagegen haben, wenn andere Leute als Vergeltung häßliche Sachen über Sie sagen. Wer hat Ihnen eigentlich geraten, diesen Prozeß anzustrengen?«

»Zuerst mein Vater, dann mein Verlobter.«

»Sir Alexander MacGown. Bewegt er sich in denselben Kreisen wie Sie?«

»Nein, er bewegt sich in parlamentarischen Kreisen.«

»Ganz recht; er kennt wahrscheinlich den Kodex der Lebensführung nicht, der in Ihren Kreisen Geltung hat?«

»So genau abgegrenzte Kreise gibt es gar nicht.«

»Ich bin immer gerne bereit, Neues zu lernen, Miss Ferrar. Aber sagen Sie mir doch, ist Ihnen bekannt, was Sir Alexanders Freunde im Parlament über Moral und Verhalten denken?«

»Das kann ich mir schon vorstellen. Ich glaube nicht, daß da ein großer Unterschied besteht.«

»Wollen Sie vielleicht damit sagen, Miss Ferrar, daß verantwortungsvolle Männer des öffentlichen Lebens dieselben leichtfertigen Ansichten über Moral und Verhalten haben wie Sie?«

»Ist das nicht eine voreilige Feststellung, Sir James, daß ihre Ansichten tatsächlich leichtfertig sind?«

»Was das Verhalten anlangt, Mylord, so gestatte ich mir die Frage, ob die Antworten der Dame nicht hinreichend bewiesen haben, daß sie zum Beispiel über ihre Verpflichtungen einem Gastgeber gegenüber äußerst leichtfertige Ansichten hat. Ich komme jetzt zu der Frage der Moral.«

»Tun Sie das lieber, ehe Sie Ihre Schlüsse ziehen. Was haben Männer des öffentlichen Lebens damit zu schaffen?«

»Ich will damit nur sagen, Mylord, daß diese Dame ein großes Aufheben macht über Worte, die ein in der Öffentlichkeit stehender Mann oder ein gewöhnlicher Bürger mit gutem Recht übelnehmen könnte, wozu sie bei ihren Ansichten jedoch absolut kein Recht besitzt.«

»Dann müssen Sie die Ansichten der Klägerin beweisen. Fahren Sie fort!«

Marjorie Ferrar, die sich einen Augenblick entspannt hatte, sammelte sich wieder. Ihre Ansichten!

»Sagen Sie mir, Miss Ferrar – wir alle kennen jetzt die Bedeutung des Wortes ›muffig‹ –, sind Männer des öffentlichen Lebens ›muffiger‹ als Sie selbst?«

»Das behaupten sie vielleicht.«

»Sie sind also der Ansicht, daß sie Heuchler sind?«

»Ich habe überhaupt keine Ansicht über sie.«

»Obgleich Sie einen von ihnen in Kürze heiraten? Sie fühlen sich beleidigt durch die Worte: ›Sie hat überhaupt keine Moral.‹ Haben Sie diesen Roman *Canthar* gelesen?« Er hielt das Buch in die Höhe.

»Ich glaube ja.«

»Wissen Sie es denn nicht bestimmt?«

»Ich hab' ihn überflogen.«

»Nur den Rahm abgeschöpft, wie? Genug davon gelesen, um sich ein Urteil darüber zu bilden?«

»Ja.«

»Stimmen Sie der Ansicht bei, die in dem folgenden Brief an ein Journal zum Ausdruck kommt? ›Dieses Buch schlägt eine Bresche in die muffige Art des Engländers, die jedes ehrliche Kunstwerk verdammt – und dafür muß man dankbar sein!‹ Ist das auch Ihre Ansicht?«

»Ja. Ich hasse alle Prüderie.«

»›Es ist zweifellos Literatur.‹ Das Wort ist gesperrt gedruckt. Sind Sie auch dieser Ansicht?«

»Literatur – jawohl. Vielleicht keine bedeutende Literatur.«

»Aber solche Sachen sollten doch gedruckt werden?«

»Ich weiß eigentlich nicht, warum sie nicht gedruckt werden sollten.«

»Sie wissen, daß es nicht in England gedruckt wurde?«

»Ja.«
»Aber hätte es in England gedruckt werden sollen?«
»Es ist natürlich nicht ein Buch für jedermann.«
»Bitte weichen Sie doch nicht der Frage aus. Hätte dieser Roman *Canthar* Ihrer Meinung nach in England veröffentlicht werden sollen? ... Lassen Sie sich Zeit, Miss Ferrar.«
Dem Scheusal entging doch nichts! Nur weil sie einen Augenblick gezögert hatte, um sich zu orientieren, wo er hinauswollte.
»Jawohl. Meiner Meinung nach sollte die Literatur nicht unter Zensur stehen.«
»Sie wären also, wenn es hier erschiene, mit dem Verbot nicht einverstanden?«
»Nein.«
»Sie wären dagegen, daß irgendein Buch aus rein moralischen Gründen verboten würde?«
»Das könnte ich Ihnen erst sagen, nachdem ich das betreffende Buch gelesen hätte. Die Leute sind ja nicht gezwungen, Bücher zu lesen.«
»Und Sie sind der Ansicht, daß Ihre Meinung in dieser Angelegenheit mit der Meinung der Männer des öffentlichen Lebens und der der gewöhnlichen Staatsbürger übereinstimmt?«
»Nein, vermutlich nicht.«
»Aber die meisten Menschen Ihrer Bekannten würden doch Ihre Ansicht teilen?«
»Das hoffe ich.«
»Eine entgegengesetzte Meinung wäre ›muffig‹, nicht wahr?«
»Wenn Sie es so zu nennen belieben. Ich gebrauche dieses Wort nicht.«
»Welchen Ausdruck gebrauchen Sie denn, Miss Ferrar?«
»Ich glaube, ich sage gewöhnlich ›ga-ga‹.«
»Ich fürchte, dieser Ausdruck wird dem Gerichtshof erläutert werden müssen.«
»Mir nicht, Sir James, ich weiß schon, was gemeint ist; es bedeutet: verkalkt.«
»Das Hohe Gericht weiß alles, Mylord. Demnach wäre ein jeder, Miss Ferrar, der nicht Ihre Meinung und die Meinung Ihrer Bekannten teilt, ›ga-ga‹, das heißt verkalkt?«
»Vom ästhetischen Standpunkt.«
»Ah! Ich hab' mir ja gedacht, daß wir noch bei diesem Wort landen würden. Für Sie besteht vermutlich kein Zusammenhang zwischen der Kunst und dem Leben?«
»Keiner.«

»Sie glauben nicht, daß die Kunst irgendeinen Einfluß auf das Leben übt?«
»Sie sollte es zumindest nicht.«
»Wenn also ein Buch extreme Ausschweifungen, die mit allem Nachdruck geschildert werden, zum Thema hat, so würde das seine Leser, so jung sie auch sein mögen, praktisch in keiner Weise beeinflussen?«
»Über andere kann ich kein Urteil abgeben, aber es würde mich in keiner Weise beeinflussen.«
»Sie sind in der Tat emanzipiert.«
»Ich verstehe nicht, was Sie damit meinen.«
»Ist Ihre Behauptung, daß man die Kunst vom Leben trennen könne, nicht bloßes Gerede? Und wissen Sie das nicht auch ganz gut?«
»Nein, das weiß ich nicht!«
»Gestatten Sie mir, es folgendermaßen zu formulieren: Ist es für jene, die an die landläufige Moral glauben, auch möglich, Ihre Ansicht zu teilen, daß die Kunst das Leben nicht beeinflußt?«
»Vollkommen möglich, wenn die Betreffenden nur kultiviert sind.«
»Kultiviert! Glauben Sie selbst an die landläufige Moral?«
»Ich weiß nicht, was Sie unter landläufiger Moral verstehen.«
»Das will ich Ihnen erklären, Miss Ferrar. Nach meiner Ansicht wäre landläufige Moral zum Beispiel die Auffassung, wonach Frauen keine Liaison vor der Eheschließung und auch keine nachher haben sollten.«
»Und die Männer?«
»Danke, darüber wollte ich gerade sprechen. Und daß die Männer zumindest nachher keine haben sollten.«
»Nach meiner Meinung ist das durchaus nicht die landläufige Moral.«
Im selben Augenblick, in dem sie dem Drang zu dieser ironischen Antwort nachgab, wußte sie, daß sie einen Fehler gemacht habe — der Richter wandte ihr sein Gesicht zu. Nun fragte er: »Wollen Sie damit sagen, daß nach Ihrer Ansicht Frauen moralisch handeln, wenn sie vor der Ehe eine Liaison haben, und Frauen und Männer moralisch handeln, wenn sie nach der Eheschließung eine haben?«
»Ich glaube, das ist die landläufige Moral.«
»Ich frage Sie nicht über die landläufige Moral, ich frage Sie, ob es *Ihrer* Ansicht nach moralisch ist.«
»Ich glaube, viele Leute halten es für vollkommen in Ordnung, wenn sie es auch nicht offen aussprechen.«
Sie merkte, wie eine Bewegung durch die Geschworenen ging und etwas in der ersten Reihe mit leisem Aufschlag zu Boden fiel. Sir Alexander hatte seinen Hut fallen gelassen. Die Stille wurde auch durch ein

Schneuzen unterbrochen; das Gesicht des Königlichen Rates Bullfry entschwand ihrem Blick. Sie fühlte, wie ihr das Blut in die Wangen stieg.

»Beantworten Sie meine Frage, bitte. Behaupten S i e, daß es vollkommen in Ordnung sei?«

»Ich — ich glaube, das hängt ganz davon ab.«

»Wovon?«

»Von — von den Umständen, der Umgebung, dem Temperament, von allerhand.«

»Wäre diese Moral für S i e vollkommen in Ordnung?«

Marjorie Ferrar blieb mäuschenstill. »Diese Frage kann ich nicht beantworten, Mylord.«

»Das heißt — Sie wollen sie nicht beantworten?«

»Das heißt, ich weiß es nicht.«

Und mit der Empfindung, daß sie den Fuß von einer Stelle einbrechenden Eises zurückgezogen hatte, sah sie Bullfrys Gesicht wieder hinter seinem Taschentuch auftauchen.

»Also gut. Fahren Sie fort, Sir James!«

»Jedenfalls dürfen wir Ihre Äußerung dahin auffassen, Miss Ferrar, daß Ihrer Ansicht nach diejenigen von uns Heuchler sind, die solche Zügellosigkeit nicht billigen?«

»Warum können Sie nicht fair sein?«

Jetzt erst sah er sie voll an, aber er gefiel ihr deshalb auch um kein Jota besser.

»Ich werde beweisen, daß ich fair bin, ehe ich zum Ende komme, Miss Ferrar.«

»Das dürfte Ihnen kaum leichtfallen.«

»Glauben Sie mir, Madam, es wäre für Sie vorteilhafter, das Witzeln zu unterlassen. Nach Ihrer Auffassung ist ein Buch von der Art *Canthars* nicht schädlich?«

»Das sollte man annehmen dürfen.«

»Sie wollen damit sagen: Falls wir alle vom ästhetischen Standpunkt aus so kultiviert wären — wie Sie.« — Höhnisches Scheusal! — »Aber sind wir das?«

»Nein.«

»Dann richtet das Buch also Schaden an. Aber Sie hätten gewiß nichts dagegen. Ich habe nicht die Absicht, Mylord, Stellen aus diesem besonders unangenehmen Roman vorzulesen. Wahrscheinlich infolge seines unappetitlichen Rufes kostet ein Exemplar davon jetzt beinahe sieben Pfund. Und ich gestatte mir anzunehmen, daß schon allein dadurch die Behauptung der Klägerin, die ›Kunst‹ nehme keinerlei Einfluß auf das

Leben, hinfällig wird. Die Anschaffung mehrerer Exemplare hat uns beträchtliche Kosten verursacht, und ich würde bitten, daß die Herren Geschworenen während der Lunchpause etwa ein Dutzend der angestrichenen Stellen prüfen möchten.«

»Haben Sie auch ein Exemplar für mich, Sir James?«

»Jawohl, Mylord.«

»Und auch eines für Mr. Bullfry? . . . Wenn noch jemand lacht, so werde ich den Saal räumen lassen. Fahren Sie fort.«

»Sie kennen doch die ›Non-plus-ultra-Theatergesellschaft‹, Miss Ferrar? Ihr Zweck ist, fortschrittliche Stücke aufzuführen, wenn ich nicht irre.«

»Stücke – von fortschrittlichen weiß ich nichts.«

»Russische Stücke und solche aus der englischen Restaurationszeit?«

»Ja.«

»Und Sie sind darin aufgetreten?«

»Manchmal.«

»Erinnern Sie sich an ein Stück von Wycherley, ›Der ehrliche Makler‹, das als Matinee am 7. Januar gegeben wurde? Haben Sie damals die Rolle der Olivia gespielt?«

»Ja.«

»Eine anständige Rolle.«

»Eine sehr dankbare Rolle.«

»Ich sagte ›anständig‹.«

»Der Ausdruck gefällt mir nicht.«

»Läßt auf zuviel Prüderie schließen, nicht wahr, Miss Ferrar? Ist es die Rolle einer ehrbaren Frau?«

»Nein.«

»Ist sie gegen das Ende ungewöhnlich anstößig? Ich denke hierbei an die Szene im Dunkeln.«

»Ich kann sie nicht so ›ungewöhnlich‹ finden.«

»Jedenfalls sind Sie nicht davor zurückgeschreckt, die Rolle zu spielen – eine solche Kleinigkeit geniert Sie doch nicht im mindesten?«

»Ich weiß nicht, warum es mich genieren sollte. In einem solchen Falle würde ich einfach nicht spielen.«

»Sie spielen nicht gegen Honorar?«

»Nein, zum Vergnügen.«

»Dann können Sie jede Rolle ablehnen, die Ihnen nicht paßt?«

»Wenn ich das täte, so würde man mir keine mehr anbieten.«

»Bitte, weichen Sie nicht aus! Sie nahmen die Rolle der Olivia nicht wegen des Honorars, sondern des Vergnügens halber an. Es hat Ihnen Spaß gemacht, sie zu spielen?«

»Ziemlich viel.«

»Ich fürchte, Mylord, ich werde die Herren Geschworenen bitten müssen, ein paar Blicke auf die Szene im Dunkeln im ›Ehrlichen Makler‹ zu werfen.«

»Wollen Sie damit sagen, Sir James, daß eine Frau, die eine unmoralische Rolle spielt, selbst unmoralisch sein muß? Da würden ja viele Schauspielerinnen von ganz ausgezeichnetem Ruf in Verdacht geraten.«

»O nein, Mylord; ich will nur damit sagen, daß diese junge Dame da so eifersüchtig über ihren guten Ruf in den Augen der Welt wacht, daß sie eine Verleumdungsklage anstrengt, nur weil jemand in einem Privatbrief behauptet hat, sie habe ›überhaupt keine Moral‹. Gleichzeitig jedoch liest und empfiehlt sie Bücher wie *Canthar*, spielt sie Rollen wie die der Olivia im ›Ehrlichen Makler‹ und — ich überlasse dies der Beurteilung des Hohen Gerichtshofes — lebt sie in einer Gesellschaftsschicht, die eigentlich die Bedeutung des Begriffes Moral gar nicht kennt, die den Begriff Moral eigentlich mit solchen Augen betrachtet wie wir zum Beispiel die Masern. Ich gehe vielmehr so weit, zu behaupten, Mylord, daß die Feststellung in dem Briefe meiner Klientin: ›Sie hat überhaupt keine Moral‹ eher ein Kompliment für die Klägerin als sonst etwas bedeutet.«

»Wollen Sie sagen, daß damit ein Kompliment beabsichtigt war?«

»Nein, nein, Mylord.«

»Ja, dann müssen die Geschworenen also diese Szene lesen. Meine Herren, Sie werden während Ihrer Lunchpause sehr beschäftigt sein. Fahren Sie fort, Sir James.«

»Nun, Miss Ferrar — mein Herr Kollege betonte die Tatsache, daß Sie mit einem reichen und hochangesehenen Parlamentsabgeordneten verlobt sind. Wie lange schon?«

»Ein halbes Jahr.«

»Sie haben doch vermutlich keine Geheimnisse vor ihm?«

»Warum soll ich eine solche Frage beantworten?«

»Warum sollte sie das wirklich, Sir James?«

»Mir genügt dieses Zögern, Mylord.«

Höhnisches Scheusal! Als hätte nicht jeder Geheimnisse vor jedem!

»Ihre Verlobung wurde erst im Januar öffentlich bekanntgemacht, nicht wahr?«

»Ja.«

»Soll ich annehmen, daß Sie bis dahin noch unentschlossen waren?«

»Vielleicht.«

»Nun, Miss Ferrar, haben Sie diesen Prozeß nur wegen Ihres guten Rufes angestrengt? Nicht viel eher deshalb, weil Sie abgebrannt waren?«

Wieder spürte sie, wie ihr das Blut in die Wangen schoß.
»Nein.«
»W a r e n Sie abgebrannt, als Sie den Prozeß begannen?«
»Ja.«
»Arg?«
»Nicht ärger als schon vorher.«
»Sie waren wohl sehr viel Geld schuldig und wurden schwer bedrängt?«
»Vielleicht.«
»Es freut mich, daß Sie das zugeben, Miss Ferrar; ich wäre sonst gezwungen gewesen, es nachzuweisen. Und Sie haben diesen Prozeß nicht etwa in der Absicht angestrengt, eine Reihe Ihrer Schulden zu tilgen?«
»Nein.«
»Wurde es Ihnen Anfang Januar nicht klar, daß Sie wahrscheinlich keine Entschädigung mehr zur Beilegung dieses Prozesses erhalten würden?«
»Ich glaube, es wurde mir damals gesagt, daß das betreffende Anerbieten zurückgezogen worden sei.«
»Und wissen Sie auch, warum?«
»Ja, weil Mrs. Mont die von mir verlangte Entschuldigung nicht geben wollte.«
»Stimmt! Und war es bloßer Zufall, daß Sie sich just danach dazu entschlossen, Sir Alexander MacGown zu heiraten?«
»Ein Zufall?«
»Ich meine die Veröffentlichung Ihrer Verlobung, verstehen Sie?«
Scheusal!
»Sie hatte nichts mit diesem Prozeß zu tun.«
»So! Wirklich! Als Sie nun diesen Prozeß anstrengten, scherten Sie sich da auch nur einen Pfifferling darum, ob man Sie für moralisch hielt oder nicht?«
»Ich habe ihn hauptsächlich deshalb angestrengt, weil ich eine ›falsche Schlange‹ genannt wurde.«
»Bitte, beantworten Sie meine Frage.«
»Es handelt sich nicht so sehr darum, um was i c h mich scherte, sondern um die Meinung meiner Freunde.«
»Aber deren moralische Anschauungen sind doch ungefähr die gleichen wie die Ihrigen, sie sind doch so anpassungsfähig?«
»Aber sie sind nicht die meines V e r l o b t e n.«
»Ach nein, die nicht. Er bewegt sich nicht in Ihrem Kreise, sagten Sie ja. Aber Ihre übrigen Freunde. Sie schämen sich doch nicht Ihrer eigenen anpassungsfähigen Weltanschauung; nicht wahr?«
»Nein.«

»Warum sollten Sie sich dann wegen Ihrer Freunde schämen?«

»Wie weiß ich denn, was ihre Weltanschauung ist?«

»Wie soll sie das wissen, Sir James?«

»Wie es Euer Lordschaft beliebt. Nun, Miss Ferrar! Sie stehen hoffentlich für Ihre Ansichten auch ein. Erlauben Sie, daß ich Ihnen Ihre Weltanschauung kurz und bündig darlege: Sie glauben doch an die Notwendigkeit, Ihre Persönlichkeit voll zum Ausdruck zu bringen, nicht wahr? Danach wäre es doch Ihre Pflicht, nicht wahr, jede konventionelle Schranke zu durchbrechen — ich meine damit nicht das Gesetz, aber jede sogenannte moralische Schranke, die Sie behindert?«

»Ich habe nie behauptet, daß ich eine Weltanschauung hätte.«

»Bitte, drücken Sie sich nicht um die Antwort.«

»Es ist nicht meine Art, mich um etwas zu drücken.«

»Das freut mich aufrichtig. Sie sind überzeugt davon, daß niemand anderer als Sie das Recht hat, Ihr Verhalten zu beurteilen?«

»Jawohl.«

»Sie stehen nicht allein da mit dieser Ansicht, nicht?«

»Ich glaube nicht.«

»Es ist in der Tat die Anschauung dessen, was man den radikalsten Flügel der modernen Gesellschaft nennen könnte, der Flügel, dem Sie angehören und worauf Sie auch so stolz sind? Und solange Sie nicht das Gesetz im strengen Sinn des Wortes übertreten, können Sie innerhalb dieser Gesellschaftsschicht so denken und handeln, wie es Ihnen beliebt, eh?«

»Man handelt nicht immer nach seinen Prinzipien.«

»Ganz richtig. Aber wenn Sie und Ihre Freunde auch nicht immer danach handeln, so ist es doch für Sie oberstes Gebot, Ihr eigenes Urteil zu fällen und Ihre eigenen Wege zu gehen, ohne Rücksicht auf die gängigen Umgangsformen?«

»Mehr oder weniger.«

»Und obwohl Sie in einem solchen Kreis und nach diesen Anschauungen leben, haben Sie noch die unerhörte Dreistigkeit, auf Grund der Erklärung ›Sie hat überhaupt keine Moral‹ einen Schadenersatz zu beanspruchen?«

Ihre Stimme klang zornerfüllt: »Ich habe Moral. Sie ist vielleicht nicht die Ihrige, aber sie ist genauso gut, mag sein, noch besser. Jedenfalls bin ich keine Heuchlerin.«

Als er sie ansah, bemerkte sie wieder, daß seine Augen aufleuchteten; da wußte sie, daß sie einen zweiten Fehler gemacht hatte.

»Meine Moral steht nicht zur Erörterung, Miss Ferrar. Dagegen wollen wir die Ihrige etwas näher beleuchten. Nach Ihren eigenen Worten hängt es also von dem Temperament, den Umständen, der Umgebung ab, ob man sich der Moral anpaßt oder nicht?«

Sie stand schweigend da und biß sich auf die Lippen.

»Bitte um Antwort!«

Sie neigte den Kopf. »Ja.«

»Sehr gut.« Er hatte eine Pause gemacht, um in seinen Papieren zu blättern, und sie trat von der Schranke ein wenig zurück. Sie war zornig geworden – hatte ihn zornig gemacht; nun mußte sie um jeden Preis klaren Kopf behalten! In diesem Augenblick, da sie Sammlung suchte, bemerkte sie alles um sich her – die Physiognomien, Gesten, sogar die Atmosphäre: die seltsame dramatische Ausstrahlung von hundert und noch mehr regungslosen Gesichtern; sie sah die einzige weibliche Geschworene, den Richter, wie er die Spitze seines Gänsekiels abbrach und auf einen Punkt im Saal starrte, als hätte er dort unten etwas entdeckt. Ja, und da sah sie auch Mr. Settlewhite, der die Mundwinkel hängenließ, Michael, der ihr reuig und stirnrunzelnd das Gesicht zuwandte, Fleur Monts maskenstarres Antlitz mit roten Flecken auf den Wangen, Alec, der die Fäuste ballte und sie starr ansah. Es lag eine fast komische Intensität über dem Ganzen. Wenn es nur wie im Märchen zugegangen wäre und sie sie alle ergreifen und wie ein Spiel Karten hätte durcheinandermischen können – wie sie auf ihre Kosten so stocksteif dasaßen! Dieses sarkastische Scheusal hörte endlich auf, in seinen Papieren herumzuwühlen, und sie trat wieder in Bereitschaft vor die Schranke.

»Nun, Miss Ferrar, Seine Lordschaft hat eine Frage allgemeiner Natur an Sie gerichtet, die Sie nicht imstande waren, zu beantworten. Ich will sie Ihnen auf eine Art und Weise vorlegen, die Ihnen die Antwort erleichtern wird. Ob es recht oder unrecht von Ihnen war, eine Liaison zu haben« – sie sah, wie Michael die Hand zum Gesicht erhob –, »haben Sie w i r k l i c h eine – Liaison gehabt?« Und aus dem Ton seiner Stimme und dem Ausdruck seines Gesichtes konnte sie mit Bestimmtheit schließen, daß er es wußte.

Sie stand mit dem Rücken zur Wand, so daß ein Zurückweichen unmöglich war. Zehn, zwanzig, dreißig Sekunden – der Richter, die Geschworenen, der alte Fuchs, der die Hand im Talar verborgen und die Augen von ihr abgewandt hatte! Warum schrie sie ihm nicht entrüstet das »Nein!« ins Gesicht, das sie so oft einstudiert hatte? Aber angenommen, er konnte es ihr nachweisen – ebenso wie er erklärt hatte, daß er ihr ihre Schulden nachweisen könnte?

»Lassen Sie sich Zeit. Sie wissen natürlich, was eine Liaison ist.«

Scheusal! Sie wollte es schon ableugnen, als sie sah, wie Michael sich hinüberlehnte, vernahm sein Flüstern: »Machen Sie Schluß!« Und dann blickte der kleine Snob zu ihr empor — der prüfende Blick war voll verächtlichen Wissens. »Jetzt wird sie lügen!« schien er zu sagen. Und sie erwiderte rasch: »Ihre Frage ist eine Beleidigung.«
»Aber ich bitte Sie, Miss Ferrar, nach dem, was Sie selbst uns gesagt haben. Nach dem, was —«
»Ich verweigere die Antwort!«
Ein Rascheln, ein Tuscheln im Gerichtssaal.
»Sie verweigern die Antwort?«
»Ja.«
»Danke bestens, Miss Ferrar.« Hätte eine Stimme sarkastischer klingen können?
Das Scheusal setzte sich.
Marjorie Ferrar stand trotzig da, ohne Boden unter den Füßen. Was nun? Ihr Anwalt winkte ihr. Sie trat von der Schranke zurück, ging an ihren Gegnern vorbei und nahm wieder neben ihrem Verlobten Platz. Wie rot er war, und wie still er dasaß! Sie hörte den Richter sagen: »Mr. Bullfry, ich unterbreche die Sitzung für die Mittagspause«, sah, wie er aufstand und hinausging und wie die Geschworenen sich erhoben. Das Tuscheln und Rascheln im Saale schwoll zu einem Summen an. Sie stand auf. Mr. Settlewhite redete sie an.

7

Marjorie hat es gründlich satt

Marjorie Ferrar blickte ihren Rechtsanwalt an, der sie in das Wartezimmer für Zeugen geführt hatte.
»Nun?«
»Eine unglückselige Weigerung, Miss Ferrar, sogar sehr unglückselig. Ich fürchte, daß die Wirkung auf die Geschworenen fatal sein wird. Wenn wir uns jetzt ausgleichen könnten, würde ich entschieden dazu raten.«
»Es ist mir ganz egal.«
»Dann werde ich einen Ausgleich versuchen. Ich werde sofort mit Sir Alexander und Mr. Bullfry sprechen.«

»Wie kann ich unbemerkt von hier fortkommen?«
»Die Stufen dort hinunter. Autos finden Sie in Lincoln's Inn Fields. Entschuldigen Sie mich.« Er machte ihr eine ernsthafte, leichte Verbeugung und schritt gravitätisch hinaus.
Marjorie Ferrar nahm kein Auto, sie ging zu Fuß. Wenn auch ihre letzte Antwort ihr zum Verhängnis geworden war, so war sie doch im großen und ganzen mit sich zufrieden. Sie hatte keine nennenswerten Lügen gesagt, hatte sich mutig gegen dieses sarkastische Scheusal gewehrt und es ihm manchmal gut zurückgegeben. Alec! Nun, das ließ sich nicht ändern. Er hatte darauf bestanden, daß sie diesen Prozeß führte; hoffentlich war er jetzt zufrieden! Sie kaufte eine Zeitung, ging in ein Restaurant und las die Beschreibung, die sie neben ihrem Foto fand. Sie bestellte sich ein ausgezeichnetes Essen und setzte dann ihren Weg durch Piccadilly fort. Im Hydepark nahm sie unter einem Baum Platz, der voller Knospen war, und sog ruhig den Rauch einer Zigarette ein. Die Allee lag fast verlassen da. Ein paar unbedeutende Leute saßen auf den Stühlen. Eine Reitlehrerin lehrte einen kleinen Jungen das Traben. Nur ein paar Spatzen und eine Taube schienen ein entferntes Interesse an ihr zu nehmen. Die Luft duftete nach Frühling. Eine Zeitlang saß sie so da mit dem angenehmen Gefühl, daß niemand wußte, wo sie war. Sonderbarer Gedanke, daß täglich Millionen von Menschen aus ihren Häusern, Büros und Geschäften fort- und irgendwo anders hingingen, Menschen, von denen die Welt so wenig Notiz nahm wie von den Steinen im Teich. Ob es wohl angenehm wäre, überhaupt zu verschwinden und das Leben einmal inkognito zu versuchen? Bertie Curfew würde wieder nach Moskau gehen. Vielleicht würde er sie mitnehmen, als Sekretärin und *bonne amie?* Bertie Curfew – sie hatte nur so getan, als wäre sie seiner müde. Bei diesem Gedanken mußte sie ihre Zukunft ins Auge fassen. Alec! Enthüllungen! Das war nicht das rechte Wort. Er besaß eine Liste ihrer Schulden und hatte gesagt, daß er sie als Hochzeitsgeschenk bezahlen werde. Aber – wenn es gar nicht zur Hochzeit käme? Gott sei Dank hatte sie etwas Bargeld. Der sorgsam zurückgehaltene Vierjährige in ihres Vaters Stall hatte gestern gewonnen. Sie hatte fünfundzwanzig Pfund zu hohen Odds auf ihn gesetzt. Sie stand auf und schlenderte weiter, warf dabei die Schultern zurück – eine Absage an die knabenhafte Mode, die schon im Abklingen war – und atmete den duftenden Wind tief ein.
Sie verließ den Park und kaufte in der South-Kensington-Station eine andere Zeitung. Sie enthielt einen ausführlichen Bericht unter den Überschriften: »Angriff auf die moderne Moral.« – »Miss Marjorie

Ferrar vor Gericht.« Es war so komisch, diese Worte mitten unter anderen Leuten zu lesen, die dasselbe lasen, die sie höchstens auf Grund ihrer Kleidung erkennen konnten. Als sie in die Wren Street kam und ihre Tür öffnete, sah sie einen Hut im Vorraum. Er wartete also schon auf sie. Sie ließ sich Zeit und betrat dann, bleich von Puder, als hätte sie viel durchgemacht, ihr Atelier.

MacGown saß da, den Kopf in die Hände gestützt. Er tat ihr wirklich leid — er war viel zu kräftig, zu vierschrötig und zu männlich für diese Haltung. Er blickte auf.

»Nun, Alec?«

»Sag mir die Wahrheit, Marjorie. Ich leide Höllenqualen.«

Sie beneidete ihn fast um die Tiefe seines Gefühls, wie unvernünftig es nach ihren Warnungen auch sein mochte. Aber mit ironischer Betonung sagte sie: »Und wer war es, der mich besser kannte als ich mich selbst?«

Mit derselben klanglosen Stimme wiederholte er: »Die Wahrheit, Marjorie, die Wahrheit!«

Aber warum sollte sie eine Beichte ablegen? Hatte er denn ein Recht auf ihre Vergangenheit? Seine Rechte begannen erst mit ihrer Zukunft. Es war das alte Lied, daß die Männer mehr von den Frauen verlangten, als sie ihnen geben konnten. Die Ungleichheit der Geschlechter. In früherer Zeit war vielleicht noch etwas dran, als die Frauen nur Kinder zur Welt brachten; aber heute, da die Frauen sexuell gründlich aufgeklärt waren und nur dann Kinder gebaren, wenn sie wollten, und nicht einmal immer dann, warum sollten heutzutage die Männer mehr Freiheit haben?

Und langsam sagte sie: »Wenn du mir deine Abenteuer erzählst, erzähle ich dir meine.«

»Um Gottes willen, mache dich nicht über mich lustig! Ich habe in diesen letzten Stunden Entsetzliches erlebt.«

Sein Gesicht zeigte die Spuren seiner Kämpfe, und sie sagte mit wahrem Mitgefühl: »Ich habe dir doch gesagt, Alec, daß es nicht gutgehen wird. Warum hast du nur darauf bestanden, daß ich klagen soll? Du hast deinen Willen gehabt, und jetzt gefällt es dir nicht.«

»Es stimmt also?«

»Ja, warum auch nicht?«

Er stöhnte auf und wich zurück, bis sein Rücken die Wand berührte, als hätte er Angst davor, daß er sonst auf sie losgehen könnte.

»Wer war es?«

»O nein, nein! Das kann ich dir unmöglich sagen. Und wie viele Verhältnisse hast d u gehabt?«

Er achtete nicht darauf. Natürlich nicht! Er wußte, daß sie ihn nicht liebte, und derartige Dinge spielten nur dann eine Rolle, w e n n man liebte. Nun ja! Seine Verzweiflung war schließlich doch ein Tribut für sie!

»Du kannst froh sein, daß du mich los bist«, sagte sie trotzig; sie setzte sich nieder und zündete sich eine Zigarette an. Eine Szene! Wie abscheulich! Warum ging er denn nicht fort? Es wäre ihr lieber gewesen, ihn gewalttätig zu sehen, als so taub und stumm und blind.

»Doch nicht dieser Amerikaner?«

Sie konnte nicht anders, sie mußte lachen.

»Aber nein! Der arme Junge.«

»Wie lang hat es gedauert?«

»Fast ein Jahr.«

»Mein Gott!«

Er war auf die Tür zugestürzt. Wenn er nur fortgehen wollte! Daß es ihn so aufwühlen konnte! Er sah beinahe so aus, als hätte er den Verstand verloren! Seine muffige Leidenschaft! Und dann riß er die Tür auf und war fort.

Sie warf sich der Länge nach auf den Diwan. Nicht gerade aus Müdigkeit, auch nicht aus Verzweiflung — eher aus einem Gefühl vollständiger Blasiertheit. Wie blöde und vorkriegsmäßig! Warum konnte er nicht so frei und so elastisch sein wie sie und das Leben nehmen, wie es kam? Leidenschaften, Vorurteile, Prinzipien, Mitleid — all das war so altmodisch wie die muffigen, unbequemen Kleider, die man getragen hatte, als sie noch ein ganz kleiner Knirps war. Na! Gut, daß sie ihn los war! Sich vorzustellen, mit ihm im selben Haus zu leben, das Bett zu teilen mit einem Mann, der so primitiv war, daß er aus Eifersucht fast den Verstand verlor! Sich vorzustellen, mit einem Mann zusammen zu leben, der das Leben so ernst nahm, daß er nicht einmal mehr wußte, daß er es tat! Das Leben war eine Zigarette, deren Duft man einatmen mußte, um sie dann wegzuwerfen, ein Tanz, der zu Ende getanzt sein wollte. Nur weiter mit dem Tanz! . . . Ja, aber jetzt konnte sie ihn nicht mehr ihre Schulden bezahlen lassen, nicht einmal wenn er es wollte. Als seine Frau hätte sie mit ihrem Körper dafür gezahlt, aber so — nein! Oh, warum konnte nicht jemand sterben und ihr etwas hinterlassen? Wie trostlos das doch alles war! Und sie lag still da und lauschte den Nachmittagsgeräuschen einer ruhigen Straße — Autos, die bei der Themse unten um die Ecke bogen, der Hund, der an der nachbarlichen Tür den Briefträger anbellte, der einbeinige Invalide, der an den meisten Nachmittagen drunten auf seiner Fiedel spielte. Er wartete auf ihren Shilling, der arme

Teufel! Sie würde aufstehen müssen, um das Geld hinunterzuwerfen. Sie trat an das kleine Seitenfenster, das auf die Straße hinausging, und fuhr plötzlich zurück. Francis Wilmot stand unten und wollte gerade anläuten. Noch eine Szene! Nein, das war wirklich zuviel! Und da läutete es auch schon. Keine Zeit mehr, dem Mädchen zu sagen, sie solle sie verleugnen. Aber sollten sie nur kommen — durch ihre Vergangenheit angelockt wie Bienen von einem Honigtopf!

»Mr. Francis Wilmot.«

Da stand er, so groß wie das Leben, das er fast aufgegeben hatte — ein wenig magerer, das war alles.

»Nun, Francis«, sagte sie, »ich habe gedacht, du hast diese Narretei überwunden?«

Francis Wilmot kam ernst auf sie zu. »Ich fahre morgen.«

Na, das würde sie ertragen können. Er war jetzt nichts anderes mehr für sie als ein magerer, blasser junger Mann mit dunklem Haar und nicht einer Spur von Temperament.

»Ich habe die Abendblätter gelesen. Ich habe mir gedacht, daß Sie mich vielleicht sehen möchten.«

Machte er sich über sie lustig? Aber sein Gesicht blieb ernst, in seiner Stimme schwang keine Bitterkeit, und obgleich er sie fest anblickte, konnte sie doch nicht aus seiner Miene lesen, ob er noch irgend etwas für sie fühlte.

»Sie glauben, daß ich Ihnen noch etwas schulde? Ich weiß, ich habe Sie sehr schlecht behandelt.«

Er sah drein, als hätte sie ihm einen Schlag versetzt.

»Francis, sagen Sie nur um Himmels willen nicht, daß Sie aus Ritterlichkeit hergekommen sind. Das wäre doch zu komisch.«

»Ich verstehe Sie nicht ganz; ich habe nur geglaubt, daß Sie vielleicht jene Frage nach einem Liebesverhältnis nicht beantwortet haben wegen — nun, meinetwegen.«

Marjorie Ferrar brach in ein hysterisches Gelächter aus. »Aber, Herr Ritter ohne Furcht und Tadel! Ihretwegen? Nein, nein, mein Lieber!«

Francis Wilmot trat zurück und verbeugte sich leicht. »Ich hätte nicht herkommen sollen«, sagte er.

Ganz plötzlich kehrte ihr Gefühl für diesen schlanken, ungewöhnlichen Menschen zurück, der in so schöner Haltung mit seinen dunklen Augen vor ihr stand.

»Auf jeden Fall bin ich jetzt wieder mein eigener Herr, Francis.«

Ein langer Augenblick des Schweigens folgte, dann machte er ihr noch eine leichte Verbeugung. Es war eine klare Ablehnung.

»Also dann, gehen Sie doch, um Gottes willen!« sagte sie. »Ich hab's gründlich satt!« Und sie drehte ihm den Rücken zu.
Als sie wieder hinsah, war er wirklich fort, und das überraschte sie. Er war eine neue Spielart, oder vielmehr eine wiederauferstandene. Er kannte das Abc des Lebens nicht — altmodisch bis zur Lächerlichkeit! Sie warf sich wieder der ganzen Länge nach auf den Diwan und brütete. Na, sie besaß noch immer Courage genug! Morgen war Bella Magussies »Empfang«. Wen würde sie da wieder kennenlernen — na, irgendeinen Idioten! Jeder ging hin, und so würde sie auch hingehen!

8

Marionetten

Als Michael, der wie gebannt auf Sir James Foskissons abgewandtes Gesicht blickte, die Worte vernahm: »Darauf verweigere ich die Antwort«, fuhr er herum. Es war, als hätte sie gesagt: »Ja, ich hatte eine Liaison.« Der Richter sah sie an, jeder sah sie an. Würde Bullfry ihr denn nicht beispringen? Nein! Er winkte ihr nur, wieder auf ihren Platz zu gehen. Michael erhob sich halb, als sie an ihm vorbeikam. MacGown tat ihm wahrhaftig leid! Da saß der arme Teufel, ganz still und rot wie ein Puter, während alle um ihn her sich erhoben.
Fleur! Michael blickte in ihr Gesicht, das leicht gerötet war, sah, wie sich ihre Hände im Schoß verkrampften, wie sie zu Boden starrte. Hatte sein geflüstertes »Machen Sie ein Ende!«, hatte seine flüchtige, nutzlose Verbeugung sie beleidigt? Man m u ß t e doch ganz einfach mit dem »Liebling der Übermodernen, dem Freudenjäger«, dem so zugesetzt wurde, sympathisieren! Das mußte Fleur doch einsehen! Der Gerichtssaal leerte sich — viele elegante Leute —, er sah ihre Mutter, ihre Tante und Cousine und den alten Forsyte, der mit Foskisson sprach. Aha, er war schon fertig; er sagte: »Wir können jetzt gehen.«
Sie folgten ihm durch den Gang, die Stufen hinunter ins Freie.
»Wir haben Zeit für einen kleinen Imbiß«, sagte Soames. »Kommt hier herein.«
In dem wohlbekannten Gastzimmer mit Dielenboden setzten sie sich in eine der vielen Nischen, die wie Hundehütten ohne Dach wirkten.

»Drei Hammelkoteletts, rasch!« bestellte Soames, und den Essig- und Ölständer anstarrend, fügte er hinzu: »Jetzt ist sie erledigt. Sie werden die Sache fallenlassen wie eine heiße Kartoffel. Ich habe Foskisson gesagt, daß er sich ausgleichen kann, wenn beide Teile ihre eigenen Kosten bezahlen. Das ist mehr, als sie verdienen.«
»Er hätte diese Frage unter keiner Bedingung stellen dürfen, Sir.«
Fleur blickte ihn scharf an. »Also wirklich, Michael!«
»Ja, Liebling, es war doch abgemacht, daß er es nicht tun sollte. Warum ist Bullfry ihr nicht zu Hilfe gekommen, Sir?«
»Er war nur froh, daß das Verhör zu Ende war; der Richter selbst hätte in der nächsten Minute die Frage an sie gestellt. Es ist ein vollkommenes Fiasko, Gott sei Dank!«
»Dann haben wir also gewonnen?« sagte Fleur.
»Wenn mich nicht alles trügt«, erwiderte Soames.
»Ich bin nicht so überzeugt davon«, murmelte Michael.
»Ich sage euch, daß alles vorbei ist; Bullfry wird die Sache nicht weiterführen.«
»Das hab' ich nicht gemeint, Sir.«
»Was denn hast du gemeint, Michael?« fragte Fleur scharf.
»Ich glaube nicht, daß man uns verzeihen wird, das ist alles.«
»Was denn verzeihen?«
»Nun, mag sein, daß ich unrecht habe. Etwas Worcestersauce, Sir?«
»Ja. Das ist das einzige Restaurant in London, wo die Kartoffeln wirklich mehlig sind. Kellner – drei Gläser Portwein, rasch!«
Nach fünfzehn Minuten konzentrierten Kauens kehrten sie zum Gericht zurück.
»Wartet hier«, sagte Soames in der Vorhalle, »ich werde hinaufgehen und fragen, wie die Sache steht.«
Fleur und Michael standen in dem hohen, widerhallenden Raum, in dem man sich wie ein Zwerg vorkam, und sprachen eine Zeitlang kein Wort.
»Sie konnte ja nicht wissen, daß Foskisson den Auftrag hatte, nicht bis zum Äußersten zu gehen«, sagte er schließlich. »Trotzdem muß sie die Frage erwartet haben. Sie hätte ordentlich lügen sollen, um ein Ende zu machen. Sie hat mir leid getan, ich hab' mir nicht helfen können.«
»Dir würde sogar der Floh leid tun, der dich gebissen hat, Michael. Was meinst du damit, wenn du sagst, man wird uns nicht verzeihen?«
»Nun, sie wirkte tragisch, und es ist die Tragik, die Eindruck auf die Leute macht. Außerdem handelt es sich um ihre Verlobung.«
»Die wird rückgängig gemacht.«
»Natürlich, und dann wird die Sympathie ganz auf ihrer Seite sein.

Wenn dagegen die Verlobung bestehenbleibt, wird sich die Sympathie i h m zuwenden. Uns auf keinen Fall. Und außerdem weißt du doch, daß sie für das eingetreten ist, woran wir alle heutzutage glauben.«

»Was d u glaubst, nicht ich.«

»Aber reden wir denn nicht immer davon, daß jeder frei sein soll?«

»Ja, aber besteht denn irgendein Zusammenhang zwischen dem, was wir reden, und dem, was wir tun?«

»Nein«, erwiderte Michael.

Gerade da kam Soames zurück.

»Nun, Sir?«

»Wie ich gesagt hatte. Bullfry hat sofort zugegriffen. Der Ausgleich ist zustande gekommen. Es ist ein moralischer Sieg.«

»Oh. Doch hoffentlich nicht moralisch, Sir.«

»Auf jeden Fall hat es ein schönes Stück Geld gekostet«, sagte Soames und blickte Fleur an. »Deine Mutter ist ganz ärgerlich darüber – sie sieht die Dinge nicht im richtigen Maß. Foskisson hat dieses Frauenzimmer übrigens sehr geschickt aus seiner Ruhe gebracht.«

»Am Ende hat e r seine Ruhe verloren. Das ist seine einzige Rechtfertigung.«

»Na«, sagte Soames, »jetzt ist alles vorüber. Deine Mutter hat das Auto; wir werden ein Taxi nehmen.«

Sie fuhren durch genau dieselben Straßen nach South Square zurück, und es herrschte genau dasselbe Schweigen zwischen ihnen wie gestern.

Als Michael ein wenig später zum Parlament hinüberging, fiel sein Blick auf verschiedene erbauliche Zeitungsplakate.

»Ehrenbeleidigungsklage in der Gesellschaft.«

»Die Enkelin eines Marquis vor Gericht.«

»Dramatische Zeugenaussage.«

»Moderne Moral!«

Alles vorüber – so? Nach Michaels Meinung hatte der öffentliche Skandal erst jetzt begonnen. Moral! Was war das – wer besaß sie, und wie wurde sie gebraucht? Wie hätte er selbst jene Fragen beantwortet? Und wer konnte sie heutzutage noch nach einer Regel oder Formel beantworten? Er nicht und auch Fleur nicht. Man hatte sie für diese Inquisition verantwortlich gemacht, und wie standen sie nun da? In einem falschen Licht, wenn nicht gar in einem abscheulichen. Er trat ins Parlament. Aber sosehr er sich auch bemühte, er konnte seine Aufmerksamkeit nicht auf unverfälschte Lebensmittel konzentrieren und ging wieder. Er spürte eine merkwürdige Sehnsucht nach seinem Vater und ging rasch Whitehall hinunter. Da dieser im Snooks-Klub und im »Aeroplane« nicht zu finden war, versuchte Michael als letzte Zuflucht das »Parthenaeum«. Sir Lawrence saß in der Ecke eines Zimmers, das Fremde nicht betreten durften, und las eine Biographie Lord Palmerstons. Er blickte zu seinem Sohn auf.

»Ah, Michael! Man läßt dem alten ›Pam‹ keine Gerechtigkeit widerfahren. Ein einfacher Mann, der wie ein Sklave geschuftet hat. Aber hier können wir uns nicht unterhalten.« Und er deutete auf ein Mitglied, das augenscheinlich wach war. »Sollen wir uns davonmachen, ehe der alte Herr da drüben einen Anfall bekommt? Die Bücher hier sind nur Staffage; in Wirklichkeit ist es ein Schlafsaal.«

Er ging voran, während Michael über die Ereignisse des Vormittags berichtete.

»Foskisson?« sagte Sir Lawrence, als er den Green Park betrat. »Er war ein netter kleiner Junge, als ich die Universität von Winchester verließ. Von Berufs wegen immer im Recht zu sein, verdirbt den Charakter — Advokaten, Geistliche, Polizisten, sie alle leiden darunter. Richter, Kirchenfürsten und Oberinspektoren sind nicht so schlecht — sie haben so lange Zeit darunter gelitten, daß sie's schon nicht mehr wissen.«

»Der Gerichtssaal war ›ausverkauft‹«, erklärte Michael düster, »und die Zeitungen haben sich der Sache bemächtigt.«

»Das war vorauszusehen.« Und Sir Lawrence wies auf den Zierteich. »Diese Vögel erinnern mich an China. Nebenbei bemerkt, habe ich gestern im ›Aeroplane‹ deinen Freund Desert getroffen — seit er die Dichtkunst für den Orient aufgegeben hat, ist er viel interessanter. Jeder sollte etwas aufgeben. Ich bin jetzt zu alt, aber wenn ich rechtzeitig die Baronetwürde aufgegeben hätte, wäre ich vielleicht ein ganz guter Akrobat geworden.«

»Was würdest du denn einem Parlamentarier empfehlen?« fragte Michael.

»Briefträger, mein Lieber — man bringt etwas weiter, ist recht wichtig, hat große Säcke, wird von Hunden angebellt, braucht keine Initiative und hat seinen kleinen Schwatz auf jeder Türschwelle. Aber was ich sagen wollte, kommst du mit Desert zusammen?«

»Ich habe ihn getroffen.«

Sir Lawrence kniff die Augen zusammen. »Die Vorsehung«, entgegnete er, »beschützt uns nicht zweimal.«

Michael wurde rot; er hatte gar nicht vermutet, daß sein Vater ein so guter Beobachter war. Sir Lawrence schwang seinen Stock. »Dein Boddick«, sagte er, »hat einige seiner Hühner zum Legen überredet; er liefert uns ganz gute Eier.«

Michael bewunderte die Zurückhaltung seines Vaters. Aber irgendwie erweckte diese unerwartete, beiläufige Anspielung auf eine vergangene häusliche Krise ein Gefühl, das lange in seiner Brust verborgen geschlummert hatte, nämlich, daß eine neue Krise in der Luft lag, der er bald gegenüberstehen würde.

»Kommst du mit zum Tee, Vater? Kit hat heute Bauchweh gehabt. Wie steht's mit deinem letzten Buch? Macht der alte Danby genug Reklame dafür?«

»Nein«, erwiderte Sir Lawrence, »nein, das Buch ist fast erledigt, aber er bewahrt trotzdem eine mustergültige Ruhe.«

»Ich bin froh, daß ich wenigstens i h n für etwas anderes ausgetauscht habe«, bemerkte Michael mit Nachdruck. »Kannst du uns nicht einen Tip geben, Vater, wie wir uns nach diesem Prozeß verhalten sollen?«

Sir Lawrence starrte einen Vogel mit langem rotem Schnabel an.

»Wenn man gesiegt hat«, entgegnete er schließlich, »soll man sich vollkommen ruhig verhalten. Ein moralischer Triumph bringt leicht den, der ihn errungen hat, zu Fall.«

»Ganz das, was ich empfinde. Gott weiß, daß ich keinen moralischen Triumph wollte. Mein Schwiegervater behauptet, der Nasenstüber, den ich MacGown versetzte, sei eigentlich dran schuld gewesen, daß die Sache vor Gericht kam.«

Sir Lawrence wieherte. »Das ist die Luxussteuer! Überall bekommt man sie zu spüren. Ich werde lieber nicht mitkommen, Michael — wahrscheinlich ist doch der alte Forsyte dort. Deine Mutter hat ein ausgezeichnetes Mittel gegen Bauchweh bei Kindern; du hast eine Zeitlang fast nur davon gelebt. Ich werde es dir von Mount Street aus durchgeben. Leb wohl!«

Michael blickte der mageren, lebendigen Gestalt nach, die nordwärts ging. Hatte auch er seine Sorgen? Wenn dem so war, so beherrschte er sich großartig. Der gute alte Bart! Und Michael schlug die Richtung zum South Square ein.

Soames war gerade im Begriff, fortzugehen. »Sie ist aufgeregt«, sagte er auf der Schwelle. »Es ist die Reaktion. Gib ihr heute nacht ein Seidlitz-Pulver. Sei auch ein wenig vorsichtig; an deiner Stelle würde ich nicht über Politik reden.«

Michael ging hinein. Fleur stand am offenen Fenster des Salons.

»Oh, da bist du ja!« sagte sie. »Kit ist schon wieder gesund. Gehen wir heute abend ins Café Royal, und wenn irgendwo etwas Lustiges los ist, dann schauen wir's uns um Gottes willen an. Ich hab's satt, ein so feierliches Gesicht zu machen. Ja, und Francis Wilmot wird herkommen, um sich zu verabschieden. Er hat mir ein paar Zeilen geschickt. Er sagt, daß es ihm wieder gutgeht.«

Als er neben ihr am Fenster stand, roch Michael unerklärlicherweise den Duft von Gras. Der Wind kam vom Südwesten, und schräg über die Dächer der Häuser drangen Sonnenstrahlen und malten Flecken auf die Straße, die Knospen und Zweige. Eine Schwarzamsel sang; ein Leierkasten in einer Seitengasse spielte aus »Rigoletto«. Ihre Schulter, die an der seinen lehnte, war weich und warm, und weich war auch ihre Wange.
Als sich Francis Wilmot von ihnen am Abend im Café Royal verabschiedet hatte, sagte Fleur zu Michael: »Der arme Francis! Hast du jemals gesehen, daß sich ein Mensch so rasch verändert? Er könnte dreißig sein. Ich bin froh, daß er wieder heim zu seinem Strom und zu seinen Schwarzen fährt. Nun? Schauen wir noch irgendwo hin?«
Michael legte ihr den Mantel um. »Ich würde vorschlagen, daß wir zu den Fratellinis gehen, bei denen wälzt man sich bestimmt vor Lachen.«
Nachdem sie sich vor Lachen gewälzt hatten, traten sie in eine milde Nacht hinaus. Hoch oben liefen rot und grün die leuchtenden Reklametransparente durch die Luft: »Tombers Autoreifen fahren rasch und sicher.« — »Milkoh macht die Mütter froh.« Sie überquerten den Trafalgar Square und gingen Whitehall entlang, dessen weiße Häuser im Mondlicht glänzten.
»Die Nacht ist so unwirklich«, sagte Fleur. »Wie in einem Puppenspiel.«
Michael faßte sie um die Taille.
»Nicht! Wenn dich ein Abgeordneter sähe!«
»Dann würde er nur mit mir sympathisieren. Wie hübsch und fest du dich anfühlst!«
»Aber Marionetten haben doch keine Substanz.«
»Dann ziehe *ich* den Schatten vor.«
»Die Substanz ist wohl in Bethnal Green.«
Michael ließ den Arm sinken. »Das ist ein sonderbarer Gedanke.«
»Ich habe Intuition, Michael.«
»Weil ich eine gütige Frau bewundere, soll ich dich nicht lieben können?«
»*Ich* werde niemals ›gütig‹ sein; ich hab' es nicht in mir.«
»Was immer du bist, genügt für mich.«
»Das ist hübsch gesagt. Der Platz sieht so schön aus heute nacht. Sperr unser Puppenheim auf.«
Die Halle war dunkel, nur ein schwacher Schein drang durch das Oberlicht. Michael nahm ihr den Mantel ab und kniete nieder. Er fühlte ihre Finger in seinem Haar; wirkliche Finger, und alles, was er in den Armen hielt, war auch wirklich; nur die Seele ließ sich nicht einfangen. Seele?
»Marionetten!« klang ihre leise, spottende Stimme. »Und nun zu Bett!«

9

Rout bei Mrs. Magussie

Es gibt soziale, politische, propagandistische Routs und Routs wie die von Mrs. Magussie. In ihr, einer Witwe von angloamerikanischer Abstammung, unerschöpflichem Reichtum, untadeligem Lebenswandel und universellem Geschmack, fand der Begriff »Gastgeberin« seinen höchsten, vollendetsten Ausdruck. Die Leute konnten ungestraft sterben, heiraten oder geboren werden, wenn sie nur ihre gesellschaftlichen Verpflichtungen erfüllten, das heißt vorzugsweise in ihrem Haus, einem der größten von Mayfair, zusammenkamen und einander kennenlernten. Wenn sie einen Arzt zu sich bat, so sollte er bei ihr einen anderen Arzt kennenlernen; und sie ging nur deshalb zur Kirche, damit Kanonikus Forant nach dem Gottesdienst Dechant Kimble beim Lunch kennenlernen solle. Auf ihren Einladungskarten war immer das Wort »kennenlernen« gedruckt; sie setzte niemals hinzu, daß man »sie« kennenlernen sollte. Sie war ja so selbstlos. Gelegentlich kam auf diese Weise ein wirklicher Rout zustande, denn gelegentlich stand eine Persönlichkeit zur Verfügung, deren Name jedem, vom Dichter bis zum Prälaten, bekannt sein mußte. Sie war innerlich überzeugt davon, daß die Leute gern irgend jemand kennenlernten, wenn die betreffende Person nur genügend distinguiert war; dies traf fast ausnahmslos auf alle zu, und deshalb hatte sie Erfolg. Ihre beiden Gatten waren verschieden, nachdem sie zu ihrer Zeit fast jedermann kennengelernt hatten. Beide waren äußerst distinguiert gewesen und hatten in ihrem Hause einander kennengelernt; sie wollte unter keiner Bedingung ein drittes Mal heiraten, denn die Grenzen der Gesellschaft begannen sich zu verwischen, und sie war auch zu sehr beschäftigt. Die Leute lächelten, wenn man Bella Magussie erwähnte; aber wie sollte man ohne sie auskommen, die gewissermaßen der Kitt der Gesellschaft war? Ohne sie hätten Bischöfe nie und nimmer in die Gewohnheiten von Ballettmädchen eingeweiht werden können, und ohne sie hätten revolutionäre Dramatiker die Minister des Innern nie durch ihre Ideen befruchtet. Einzig in ihrem Hause trafen die Ausgräber alter Zivilisationen in Belutschistan mit den Gleichmachern moderner Zivilisation in London zusammen. Auch hatten die Leuchten von Buckingham Palace keine andere Chance, mit den Leuchten der Tingeltangel in Berührung zu kommen. Nirgends sonst konnte eine russische Tänzerin mit Sir Walter Peddel, Ritter vieler Orden, soupieren. Man hatte dort sogar Gelegenheit, die Hand des großen indischen Nationalökonomen Sir Banerjee Bath Babore zu drücken. Und schließlich war Mrs. Magussies Haus ein Haus von außerordentlichem Einfluß; mit ihrem langen Gesicht, dessen Runzeln eine große Aufgabe widerspiegelten, bewegte sie sich wie der Hüter oberster Prinzipien über diesem Meer von Berühmtheiten. Einander kennenlernen oder nicht kennenlernen – für alle Ewigkeit hatte sie diese Frage beantwortet.

Der »Kennenzulernende« ihres Eröffnungsrouts im Jahre 1925 war der große italienische Geigenvirtuose Luigi Sporza; er hatte gerade seine bemerkenswerte Tournee um die Welt beendet und dabei in der halben Zeit mehr Konzerte absolviert als sonst zwei Virtuosen zusammen. Die Presse aller Länder hatte über sein ungeheuerliches Kunststück mit allen Einzelheiten Bericht erstattet – die fünf Geigen, die er zuschanden gespielt hatte; die Aufforderung, die an ihn ergangen war, Präsident einer südamerikanischen Republik zu werden; der Dampfer, den er eigens gemietet hatte, um ein Engagement in Nordamerika nicht zu versäumen; und sein Ohnmachtsanfall an einem Abend in Moskau nach den Beethoven- und Brahms-Konzerten, der Bach-Chaconne und siebzehn Zugaben. Durch dieses von Anstrengungen ausgefüllte Jahr hatte er seinen Ruhm begründet. Als Künstler hatten ihn nur wenige gekannt, als Athlet war er nun allen bekannt.

Als Michael und Fleur die große Mitteltreppe emporstiegen, sahen sie einen Mann – »fast wie ein Stier«, wie Michael murmelte –, dessen Hand jedermann drückte, wonach sich einer nach dem andern mit schmerzlich verzogenem Gesicht entfernte.

»Nur Italien bringt solche Männer hervor«, flüsterte Michael Fleur ins Ohr. »Verzichte auf ihn. Er wird dir nur weh tun.«

Aber Fleur ging weiter.

»Aus festerem Holz geschnitzt«, murmelte Michael. Es war nicht die Art seiner Angebeteten, die Hand einer Berühmtheit zu verschmähen, wenn sie auch noch so schwielig war! Kein Muskel in ihrem reizenden Gesicht zuckte, als die riesige Faust des Athleten sich um ihre schloß und er mit einem Funken von Interesse wie ein müder Minotaurus seinen Blick über ihren geschmeidigen Körper schweifen ließ.

»Plumpes Biest!« dachte Michael, indem er seine eigene Hand losmachte und sich mit Fleur über das glänzende Parkett treiben ließ. Seit der

gestrigen Feuerprobe und dem darauffolgenden Spießrutenlaufen hatte er seine Besorgnis, die er kaum sich selbst einzugestehen wagte, für sich behalten; er wußte nicht einmal, ob sie auf diesem Rout wohlüberlegt ihre Position auf die Probe stellen wollte, oder bloß ohne weitere Überlegung ihrer Vorliebe nachgab, mitten im Trubel zu sein. Und was für ein Trubel! In dem großen, von Säulen getragenen Salon schien alles, was Rang und Namen hatte, anwesend zu sein, und viele andere, die Michael nicht kannte; Abgeordnete, Dichter, Musiker mit stereotypem Lächeln, als wollten sie sagen: »Das hätte ich besser gemacht!« oder: »Wie man nur so etwas tun kann!« Pairs, Ärzte, Tänzerinnen, Maler, Labourführer, Kricketspieler, Advokaten, Kritiker, Modedamen und Damen, die »das einfach nicht aushielten«. Er beobachtete, wie Fleurs Augen unter den weißen Lidern, die er letzte Nacht geküßt hatte, wie emsige Bienen umherflogen. Er beneidete sie um diese gesellschaftliche Neugier; ohne diese Neugier in London zu leben, war wie ein Aufenthalt an der See, ohne zu baden. Er wußte ganz genau, daß sie nun, ohne sich zu übereilen, mit sich ins reine käme, mit wem von ihren Bekannten sie reden wollte und mit welchen Leuten sie noch bekannt zu werden wünschte. »Ich hoffe zu allen Göttern, daß sie nicht abblitzt«, dachte er, und sobald sie mit jemand im Gespräch war, schlüpfte er hinweg zu einer Säule. Eine leise Stimme hinter ihm sagte: »Nun, junger Mont!« Mr. Blythe, der aussah wie ein Seefisch, der sich in einen Fluß verirrt hat, wurde gegen dieselbe Säule gedrängt; seine Augen glotzten schüchtern aus dem bärtigen Gesicht.
»Bleiben Sie bei mir!« sagte er. »Diese verfluchten Bienen summen verflucht viel durcheinander.«
»Waren Sie gestern bei der Verhandlung?« fragte Michael.
»Nein, wir haben alles in der Zeitung gelesen. Sie haben sich gut gehalten.«
»S i e hat sich noch viel besser gehalten.«
»Hm!« bemerkte Mr. Blythe. »Was ich noch sagen wollte, die *Evening Sun* hat uns heute nachmittag wieder zerzaust. Man hat uns mit Kätzchen verglichen, die mit ihren Schwänzen spielen. Es ist Zeit, daß Sie eine zweite Lanze brechen, Mont.«
»Vielleicht – über das Landwirtschaftsbudget.«
»Gut! Ankauf und gezielte Überwachung der Weizenvorräte durch die Regierung. Betonen Sie, daß die schon vorhandenen Beamten dafür eingesetzt werden können. Nicht mehr Beamte, als absolut notwendig sind.«
»Blythe«, fragte Michael plötzlich, »wo sind Sie zur Welt gekommen?«
»Lincolnshire.«

»Sie sind also Engländer?«
»Rassenrein«, erwiderte Mr. Blythe.
»Ich auch; und auch der alte Foggart — ich hab' im Zuchtbuch nachgeschlagen. Es ist ein Glück, denn man wird uns bestimmt als schlechte Patrioten angreifen.«
»Wir sind es auch«, behauptete Mr. Blythe. »›Leute, die an ihrem Land kein gutes Haar lassen ... Vögel, die ihr eigenes Nest beschmutzen ... obere Mittelklasse, die nicht eher ruht, bis sie nicht England vor den Augen der Welt schlecht gemacht hat ... Unglücksraben ... Pessimisten ...‹ Solches Geschwätz geniert Sie doch hoffentlich nicht?«
»Leider doch«, erwiderte Michael. »Es tut mir innerlich weh. Es ist so verflucht ungerecht. Ich kann den Gedanken, daß England in eine Klemme geraten sollte, einfach nicht ertragen.«
Mr. Blythe rollte die Augen. »Zum Teufel. Wird es aber nicht, wenn wir's irgendwie verhindern können.«
»Wenn ich nur zählen würde«, murmelte Michael, »aber ich möcht' mich immer am liebsten in den letzten Winkel verkriechen.«
»Was Sie brauchen, ist Unverfrorenheit, Mont. Und da wir gerade von Unverfrorenheit reden: Sehen Sie dort Ihre frühere Gegnerin! Die besitzt eine gute Portion davon. Schauen Sie sie nur an!«
Michael erblickte Marjorie Ferrar, die gerade von dem großen Italiener fortging, in der Andeutung eines meergrünen Kleides, mit hocherhobenem rotgoldenem Haupt. Ein paar Schritt von Fleur entfernt blieb sie stehen und ließ ihre Blicke herumschweifen. Augenscheinlich war es eine offene Herausforderung, daß sie gerade dort stehengeblieben war.
»Ich muß zu Fleur gehen.«
»Ich auch«, sagte Mr. Blythe, und Michael sah ihn dankbar an.
Für einen, der persönlich nicht so interessiert war wie Michael, wäre das nun Folgende überaus interessant gewesen. Die lange, spitze Nase der Gesellschaft begann zu schnuppern, reckte sich sachte in die Luft wie der Rüssel eines wilden Elefanten, der Menschen riecht, kreiste und schnob hierhin und dorthin; sie witterte die Sensation. Lippen lächelten und kamen nahe an Ohren heran; Blicke wanderten von einer zur anderen der beiden; nachdenkliche kleine Falten erschienen auf Stirnen, als hätten unter den kurzgeschnittenen und parfümierten Haarschöpfen die Gehirne Mühe, für welche der beiden sie sich entscheiden sollten. Und Marjorie Ferrar stand in lächelnder Ruhe da; und Fleur redete und spielte mit der Blume in ihrer Hand; und beide sahen noch immer bezaubernd aus. So begann eine Schlacht, ohne daß Krieg erklärt worden wäre, ohne daß die eine die Gegenwart der anderen überhaupt zu be-

merken schien. Mr. Blythe stand in der Tat gerade recht zwischen den beiden. Vierschrötig und groß stand er da als eindrucksvoller Wandschirm. Aber Michael, der sich auf der anderen Seite Fleurs befand, sah zu und folgte grimmig dem Vorgang. Die Rüsselnase ließ sich Zeit, sich für eine der beiden Frauen zu entscheiden. Die Wasser lagen ganz ruhig, es gab keine Ebbe, keine Flut. Und dann strömten, mit der Unabwendbarkeit der Flut, die Wasser langsam fort von Fleur und sammelten sich rund um ihre Rivalin. Michael plauderte, Mr. Blythe rollte die Augen und gebrauchte mit Leidenschaft den *pluralis majestatis;* Fleur lächelte, unterhielt sich und spielte mit der Blume. Und ihr gegenüber schien Marjorie Ferrar hofzuhalten. Bewunderten oder bemitleideten sie die Leute, gaben sie ihr recht oder sympathisierten sie mit ihr? Oder gaben sie ihm und Fleur unrecht? Oder war der »Liebling der Übermodernen, der Freudenjäger« einfach immer die sensationellere Gestalt? Michael sah, wie Fleur blasser wurde, ihr Lächeln nervöser, wie sie krampfhaft an der Blume zupfte. Und er wagte auch nicht, ihr vorzuschlagen, daß sie gehen sollten, denn das hieße ihre Niederlage eingestehen. Aber auf den ihnen zugekehrten Gesichtern konnte man immer deutlicher die Gedanken lesen. Sir James Foskisson hatte seine Sache zu gut gemacht. Er hatte mit der ihm eigenen Selbstgerechtigkeit seine Klientin verunglimpft. Besser derjenige, der seine Zügellosigkeit eingestand, als diejenigen, die ihn der Verurteilung auslieferten! Und Michael dachte: »Schließlich ist das ganz verdammt menschlich! Warum hat der Kerl meinen Rat nicht befolgt? Wir hätten gezahlt und gute Miene zum bösen Spiel gemacht.«

Und in diesem Augenblick sah er neben dem berühmten Italiener einen großen jungen Mann mit zurückgekämmtem Haar, der seine Finger betrachtete. Himmel, das war ja Bertie Curfew! Und dort hinter ihm wer anders als MacGown selbst, der darauf wartete, bis die Reihe an ihn kam, den »Großen« »kennenzulernen«. Die Götter hatten sich da einen grandiosen Spaß erlaubt! Mit hocherhobenem Haupt, über seine mißhandelten Finger streichend, ging Bertie Curfew an Fleur und Michael vorbei und gesellte sich der Gruppe um seine frühere Flamme zu. Sie begrüßte ihn betont lässig. Aber die Rüsselnase fuhr in die Höhe, denn da kam auch MacGown. Wie der Kerl sich verändert hatte — grimmig, grau im Gesicht und verbittert! Diesmal hatte der berühmte Italiener einen Ebenbürtigen gefunden. Und auch er schloß sich der Gruppe an.

Nach einem Augenblick seltsamen Schweigens brachen alle in heftiges Gespräch aus; dann löste sich die Gruppe auf. Zu zweien und dreien ebbten sie ab, bis schließlich MacGown und seine Verlobte allein standen.

Michael wandte sich Fleur zu. »Gehen wir.«
Auf der Heimfahrt im Auto schwiegen sie. Er hatte auf dem Schlachtfeld bis zur Erschöpfung geredet und mußte warten, bis seine Fähigkeit zu neuer Spiegelfechterei Verstärkung erhalten hatte. Aber er tastete mit seiner Hand, bis er die ihre fand, doch sein Druck wurde nicht erwidert. Die Karte, die er immer zu Zeiten einer Krise auszuspielen pflegte — der elfte Baronet —, hatte in den letzten drei Monaten versagt; Fleur schien ihn in der letzten Zeit als Heilmittel abzulehnen. Traurig und verwirrt folgte Michael ihr ins Speisezimmer. Noch nie hatte sie so anmutig ausgesehen wie in dem austernfarbenen Kleid, das ganz gerade und einfach geschnitten war und sich erst in Knöchelhöhe glockenförmig weitete. Sie ließ sich an dem schmalen Eßtisch nieder, und er setzte sich ihr gegenüber mit dem bedrückenden Gefühl eines Menschen, der keine Worte finden kann, die wahr klingen. Um die gesellschaftliche Niederlage scherte er sich keinen Pfifferling, aber sie —!
Und plötzlich sagte sie: »Und dir macht das gar nichts aus?«
»Mir — absolut nichts.«
»Ja, du hast eben noch immer deinen Foggartismus und dein Bethnal Green.«
»Wenn d i r etwas nahegeht, Fleur, dann geht es mir ebenso nahe.«
»W e n n mir etwas nahegeht!«
»Ja, was geht dir eigentlich so nahe?«
»Ich möchte dich in dem Gedanken, daß ich ein Snob bin, lieber nicht bestärken.«
»Das habe ich nie gedacht!«
»Michael!«
»Möchtest du mir nicht lieber erklären, was du damit sagen willst?«
»Das weißt du ganz genau.«
»Ich weiß, daß du gern Leute um dich siehst und willst, daß sie dich für nett halten. Das heißt doch nicht ein Snob sein.«
»Ja, du bist sehr einsichtsvoll, aber du bewunderst es nicht.«
»Ich bewundere d i c h.«
»Du meinst, du begehrst mich. Du bewunderst Norah Curfew.«
»Norah Curfew! Mir wäre es egal, wenn sie morgen stirbt!«
Aus ihrem Gesicht konnte er sehen, daß sie ihm glaubte.
»Wenn sie es nicht ist, dann ist es das, was sie repräsentiert — all das, was ich nicht bin.«
»Ich bewundere sehr viel an dir«, sagte Michael eifrig, »deine Intelligenz, deinen Instinkt; ich bewundere es, wie du mit Kit und deinem Vater zurechtkommst, deinen Mut und die Art, wie du mich aushältst.«

»Nein, ich bewundere dich viel mehr, als du mich bewunderst. Nur bin ich eben unfähig, ganz für andere zu leben.«
»Was ist mit Kit?«
»Ich lebe nur für mich selbst – für niemand sonst.«
Er berührte ihre Hand. »Krankhafte Übertreibung, Liebstes.«
»O nein, dazu sehe ich zu klar.«
Sie lehnte sich zurück, und ihr wohlgeformter weißer Hals schimmerte im Licht, das unter dem alabasterfarbenen Schirm hervorströmte, man sah, wie sie etwas hinunterzuwürgen schien. »Michael, machen wir eine Weltreise.«
»Und Kit willst du allein lassen?«
»Er ist noch zu jung, als daß es ihm was ausmacht. Und außerdem würde meine Mutter für ihn sorgen.«
Wenn sie auch das schon überlegt hatte, war es ein ernstzunehmender Wunsch!
»Aber dein Vater –«
»Er ist noch nicht wirklich alt, und Kit bliebe ja bei ihm.«
»Vielleicht während der Parlamentsferien im August.«
»Nein, jetzt.«
»Es sind nur noch fünf Monate. Während der Ferien könnten wir viel herumreisen.«
Fleur blickte ihn fest an.
»Ich habe ja gewußt, daß dir der Foggartismus mehr am Herzen liegt als ich.«
»Sei doch vernünftig, Fleur.«
»Noch fünf Monate – mit dem Gefühl, das ich hier habe!« Sie legte ihre Hand auf die Brust. »Sechs Monate lebe ich schon so. Ich glaube, du bist dir nicht ganz klar darüber, daß ich am Ende meiner Kräfte bin.«
»Aber, Fleur, das kommt doch alles so –«
»Ja, sich über eine tödliche Blamage zu kränken, ist immer kleinlich, nicht wahr?«
»Aber, mein Kind –«
»Wenn du das nicht auch spürst!«
»Ich kann es – ich selbst war wütend heute abend. Aber das beste Mittel ist, sie merken zu lassen, daß dir nichts dran liegt, dann werden sie wieder wie die Fliegen um dich herumschwirren. So etwas hieße doch davonlaufen, Fleur.«
»Nein«, erwiderte Fleur kalt, »das ist es ja gar nicht – zweimal bemühe ich mich nicht um das Glück. Gut, ich werde also bleiben und mich auslachen lassen.«

Michael erhob sich. »Ich weiß, daß du nichts von meiner Arbeit hältst. Aber es ist doch etwas dran, und ich habe es nun einmal begonnen. Sieh mich nicht so an. Herrgott! Das ist entsetzlich!«
»Zum Kuckuck! Eigentlich könnte ich auch allein fahren. Das wäre noch interessanter.«
»Lächerlich! Das ist ganz unmöglich! Du bist heute abend melancholisch, Fleur. Morgen wird alles anders aussehen.«
»Morgen, immer morgen! Nein, Michael, der Zerfall hat schon begonnen, mein Begräbnis kann jeden Tag stattfinden!«
Michael machte eine abwehrende Geste. Es war ihr wirklich Ernst damit! Um das zu verstehen, mußte er sich vor Augen halten, wieviel Energie sie darauf verwendet hatte, als Gastgeberin zu glänzen, wie sie sich um ihre Sammlung bemüht und deren Mittelpunkt gewesen war! Nun war ihr Kartenhaus zusammengestürzt! Grausam! Aber würde eine Weltreise ihr helfen? O ja! Instinktiv hatte sie das Richtige getroffen. Er hatte selbst eine Weltreise gemacht, nichts anderes würde ihre Ansichten so verändern; nichts sonst würde sie die anderen und sich selbst so gründlich vergessen lassen! Nach Lippinghall oder zu ihrem Vater oder an die See für die fünf Monate bis zu den Ferien – das würde ihr nicht helfen! Sie brauchte etwas, das ihr ihre Bedeutung zurückgab. Und dennoch, wie konnte er vor den Ferien fort? Der Foggartismus, diese dürre und einsame Pflanze, würde ohne Wasser und ohne ihren einzigen Gärtner bis an die Wurzeln verdorren, wenn sie überhaupt Wurzeln hatte. Es war jetzt gerade eine kleine Bewegung entstanden, ein gelegentliches Interesse – einige Abgeordnete zeigten zögerndes Interesse. Private Anstrengungen in der gleichen Richtung machten Fortschritte. Und die Zeit drängte – Big Ben hatte keinen Waffenstillstand verkündet; die Arbeitslosigkeit nahm zu, der Handel lag lahm, und Wirtschaftskrisen drohten – selbst die Optimisten verloren die Geduld! Und was würde der alte Blythe dazu sagen, wenn er jetzt davonliefe?
»Laß mir eine Woche Zeit«, murmelte er. »Das ist keine so einfache Sache. Ich muß es mir überlegen.«

10

Ein neues Blatt

Als MacGown auf Marjorie Ferrar zutrat, dachte sie: »Weiß er etwas von der Geschichte mit Bertie?« Da sie gerade einen Triumph über den »kleinen Snob« errungen hatte, durch das plötzliche Auftauchen ihrer Vergangenheit erregt war und mit der Gegenwart konfrontiert wurde, war ihr Kopf nicht ganz so klar wie sonst. Nachdem sie beide in ein leeres Nebenzimmer gegangen waren, stellte sie sich ihm.

»Alec, es hat sich in der Zwischenzeit nichts geändert. Ich habe noch immer eine so dunkle Vergangenheit wie gestern. Es tut mir außerordentlich leid, daß ich sie dir verheimlicht habe. Aber ich habe dir im Grunde genommen davon erzählt, sogar mehrere Male, nur wolltest du es nicht glauben.«

»Weil es für mich die Hölle bedeutet hätte. Sage mir alles, Marjorie!«

»Willst du darin schwelgen?«

»Sage mir alles, und ich werde dich trotzdem heiraten.«

Sie schüttelte den Kopf. »Heiraten! O nein. Ich werd' mich nicht mehr ins Ungewisse wagen. Es war so und so absurd. Alec, ich habe dich nie geliebt.«

»Dann hast du also den . . . du liebst ihn noch immer . . .«

»Mein lieber Alec, genug!«

Er faßte sich mit den Händen am Kopf und schwankte. Und sie fühlte echtes Mitleid mit ihm.

»Es tut mir wirklich furchtbar leid. Du mußt mich aus deinem Leben streichen, das ist alles.«

Sie hatte sich bereits zum Gehen gewandt, da ließ sie das Elend in seinem Gesicht innehalten. Sie hatte es nicht ganz richtig erfaßt. Er war am Ende! Und sie sagte rasch: »Heiraten werde ich dich nicht; aber ich möchte dich gerne entschädigen, wenn du nur –«

Er blickte sie an.

Dieser Blick machte sie am ganzen Körper erbeben, sie zuckte die Achseln und ging fort. Diese altmodischen Männer! Ihr eigener Fehler, daß sie nicht in dem Zauberkreis, der nichts allzu ernst nahm, geblieben war. Sie schritt über den glänzenden Fußboden, fühlte viele Blicke auf sich ruhen, schlüpfte an ihrer Gastgeberin vorbei und saß bald in einem Taxi. Zu Hause lag sie wach und dachte nach. Selbst wenn es nicht offiziell verkündet wurde, so würde sie doch durch die Rückgabe der Geschenke ganz London aufmerksam machen, und eine Lawine von Rechnungen würde auf sie niedersausen. Fünftausend Pfund! Sie erhob sich und stöberte eine Liste ihrer Schulden auf, von der Alec ein Duplikat besaß. Vielleicht wollte er sie noch immer bezahlen! Schließlich hatte e r doch das Übel heraufbeschworen, da er sie zu dem Prozeß gezwungen hatte! Dann jedoch sah sie wieder seine Augen vor sich. Außer Frage! Und ein wenig frierend legte sie sich wieder zu Bett. Vielleicht kam ihr am Morgen eine Inspiration. In der Nacht kamen ihr so viele Ideen, daß sie nicht schlafen konnte. Moskau mit Bertie Curfew? Zur Bühne gehen? Amerika und der Film? Oder alle drei? Endlich schlief sie ein und erwachte blaß und müde. Unter den Briefen befand sich einer aus Shropshire House.

Liebe Marjorie!
Wenn Du nichts Besseres zu tun hast, hätte ich Dich heute vormittag gerne gesprochen.

Dein
Shropshire

Was nun? Sie musterte sich im Spiegel und beschloß, sich doch etwas zu schminken. Um elf Uhr erschien sie in Shropshire House. Der Marquis befand sich ganz oben, in seinem Arbeitszimmer, umgeben von einem kleinen Wald elektrischer Apparate. Er war in Hemdsärmeln und blickte durch ein Vergrößerungsglas etwas an, das sich wie gar nichts ausnahm.
»Nimm Platz, Marjorie«, sagte er, »ich bin in einer Minute fertig.«
Mit Ausnahme des Fußbodens hätte man sich nirgendwo hinsetzen können, und deshalb blieb sie stehen.
»Ich habe es mir ja gedacht«, sagte der Marquis, »die Italiener haben sich also geirrt.«
Er legte das Vergrößerungsglas hin, fuhr sich mit der Hand durch das silbrige Haar und drehte seinen zerzausten Bart zu einer Spitze. Dann faßte er eine Augenbraue zwischen Zeigefinger und Daumen, zwirbelte sie etwas hinauf und kratzte sich hinterm Ohr.
»Sie haben sich also geirrt; es zeigt sich keinerlei Reaktion.«
Nun wandte er sich an seine Enkelin und kniff die Augen zusammen, bis die Pupillen so glänzten wie Stecknadeln. »Du bist noch nie hier oben gewesen. Setz dich aufs Fensterbrett.«
Sie setzte sich mit dem Rücken gegen das Licht auf eine breite Fensterbank, die eine Art Batterie verdeckte.
»Du hast also doch den Prozeß geführt, Marjorie?«
»Ich mußte.«

»Aber warum nur?« Er stand da, den Kopf etwas zur Seite geneigt, mit stark geröteten Wangen und durchdringendem Blick. Und sie dachte: »Schließlich bin ich ja doch seine Enkelin. Ich werde den Sprung wagen.«
»Aus Ehrlichkeit, wenn du's wissen willst.«
Der Marquis schob die Lippen vor, als versuchte er, die Worte zu verstehen.
»Ich habe deine Aussage gelesen«, entgegnete er, »wenn du das meinst.«
»Nein. Ich wollte nur herausfinden, woran ich war.«
»Und hast du's herausgefunden?«
»Gründlich.«
»Wirst du nach alledem heiraten?«
Wahrhaftig, er war ein geriebener alter Herr!
»Nein.«
»Wer hat die Sache abgebrochen? Du oder er?«
»Er erklärt noch immer, daß er mich heiraten wird, wenn ich ihm alles sage. Aber ich will nicht.«
Der Marquis tat zwei Schritte, stellte den Fuß auf eine Kiste und nahm wieder seine Lieblingsstellung ein. Er trug an diesem Vormittag eine rotseidene Krawatte mit losen Enden; seine Hose aus schottischem Tuch blaugrün, sein Hemd grünblau. Er sah sehr bunt aus.
»Hättest du viel zu sagen?«
»Genug.«
»Marjorie, du weißt doch noch, was ich dir erklärt habe.«
»Ja, Großvater, aber ich bin nicht ganz deiner Meinung. *Ich* will ja keine Idee vertreten.«
»Ja, in unseren Kreisen bist du eine Ausnahme — glücklicherweise. Aber die Ausnahmen richten immer das Unheil an.«
»Vielleicht, solange die Leute uns für etwas Besseres halten, als sie selber sind. Aber das tun sie heutzutage nicht mehr.«
»Das scheint mir nicht ganz ehrlich zu sein«, unterbrach sie der Marquis; »und bist denn du selbst nicht davon durchdrungen?«
Sie lächelte. »Es ist gut, sich einmal zu demütigen, Großvater.«
»Dadurch, daß du dir mehr herausnimmst, als erlaubt ist, hm? Es wird also nicht zur Heirat kommen?«
»Auf keinen Fall.«
»Hast du Schulden?«
»Jawohl.«
»Wieviel bist du schuldig?«
Marjorie Ferrar zögerte. Sollte sie eine geringere Summe nennen oder es geradeheraus sagen?

»Also vollste Aufrichtigkeit, Marjorie!«
»Na, ungefähr fünftausend.«
Der alte Pair spitzte die Lippen und stieß einen kurzen Pfiff aus.
»Ein großer Teil davon ist natürlich durch meine Verlobung entstanden.«
»Wie ich mich entsinne, hat dein Vater unlängst ein Rennen gewonnen.«
Der alte Herr wußte aber auch alles!
»Ja, aber wie gewonnen, so zerronnen.«
»Das kann ich mir denken«, erwiderte der Marquis. »Was willst du jetzt tun?«
Sie verspürte den starken Wunsch, »Und du?« zu sagen, hielt sich jedoch zurück und sagte stattdessen: »Ich möchte zur Bühne gehen.«
»Na, das dürfte ganz gut sein. Kannst du denn spielen?«
»Ich bin keine Duse.«
»Keine Duse?« Der Marquis schüttelte den Kopf. »Nur die Ristori war wirklich eine große Schauspielerin. Die Duse! Gewiß, sehr begabt, aber immer dasselbe. Du willst ihn also jetzt nicht mehr heiraten?« Er sah sie fest an. »Ich glaube, du hast recht. Hast du eine Liste deiner Schulden bei dir?«
Marjorie suchte in ihrem Handtäschchen. »Da ist sie.«
Sie konnte sehen, wie er über die Liste die Nase rümpfte, aber ob wegen des Parfüms oder wegen ihres Inhalts, vermochte sie nicht zu sagen. »Deine Großmutter«, bemerkte er, »gab ungefähr ein Fünftel von dem, was du offensichtlich ausgibst, für fünfmal soviel Stoff aus. Ihr habt heutzutage nichts an, und doch kostet es soviel.«
»Je weniger man anhat, Großvater, desto besser muß es geschnitten sein.«
»Hast du deine Geschenke zurückgeschickt?«
»Ich habe sie einpacken lassen.«
»Sie müssen alle zurückerstattet werden«, sagte der Marquis. »Du darfst nichts behalten, das er oder jemand anderer dir gegeben hat.«
»Natürlich nicht.«
»Um dich von deinen Schulden zu befreien«, erklärte er plötzlich, »müßte ich den Gainsborough verkaufen.«
»Nein!«
Gainsboroughs Bildnis seiner eigenen Großmutter als kleines Mädchen — dieses wunderschöne Werk! Sie streckte die Hand nach der Liste aus. Während er sie noch in der Hand hielt, nahm er den Fuß von der Kiste und sah sie mit seinen hellen alten Augen durchdringend an.
»Die Frage ist, Marjorie, wieweit man mit dir ein Abkommen treffen kann. Bist du imstande, dein Wort zu halten?«

Sie fühlte, wie ihr das Blut in die Wangen stieg. »Ich glaube schon. Es hängt allerdings davon ab, was ich zu versprechen habe. Aber, Großvater, ich will nicht, daß du den Gainsborough verkaufst.«

»Leider«, erwiderte der Marquis, »habe ich nichts anderes, wenn ich nicht deinen Onkel Dangerfield schädigen soll. Es ist wohl meine Schuld, daß ich so kostspielige Kinder habe. Andere Leute scheinen billiger davongekommen zu sein.«

Sie unterdrückte ein Lächeln.

»Die Zeiten sind schwer«, fuhr der Marquis fort. »Die Landwirtschaft verschlingt Geld, die Kohlengruben verschlingen Geld, Shropshire House verschlingt Geld; wo soll ich's hernehmen? Ich hab' da eine Erfindung gemacht, die mir ein Vermögen einbringen könnte, aber kein Mensch interessiert sich dafür.«

Der arme alte Herr — in seinem Alter! Seufzend sagte sie: »Ich habe dich wirklich nicht damit behelligen wollen, Großvater. Ich werd' mich schon irgendwie durchschlagen.«

Der alte Edelmann tat ein paar schlurfende Schritte, und sie sah, daß seine roten Pantoffeln keine Absätze hatten. Dann blieb er stehen, ein wundervoll farbiger Punkt zwischen den Apparaten. »Um auf unser Thema zurückzukommen, Marjorie: Wie kannst du etwas versprechen, wenn deine ganze Lebensanschauung einfach darin besteht, es dir so gut wie möglich gehen zu lassen?«

»Was soll ich dir denn versprechen?«

Er kam wieder auf sie zu und stand vor ihr, klein und ein wenig gebeugt.

»Du siehst aus, als hättest du das Zeug zu einem tüchtigen Menschen in dir, mit deinem Haar. Bist du auch überzeugt davon, daß du dir deinen Unterhalt selbst verdienen könntest?«

»Das glaub' ich schon; ich habe eine Menge Verbindungen.«

»Wenn ich alles für dich begleiche, willst du mir dein Wort geben, daß du in Zukunft bar bezahlen wirst? Sag aber nicht ja, falls du beabsichtigst, dir auf dem Heimweg gleich wieder eine Menge Firlefanz anzuschaffen. Ich verlange das Wort einer Dame! Verstehst du, was das bedeutet?«

Sie erhob sich. »Ich glaube, du hast ein gutes Recht darauf, diese Bemerkung zu machen. Aber ich möchte nicht, daß du meine Schulden bezahlst, wenn du deshalb den Gainsborough verkaufen mußt.«

»Das mußt du mir überlassen. Vielleicht kann ich das Geld anderswie zusammenkratzen. Also, wie steht's mit dem Versprechen?«

»Ja, ich verspreche es.«

»Mit der Absicht, es zu halten?«
»Mit der Absicht, es zu halten.«
»Das ist immerhin schon etwas.«
»Sonst noch was, Großvater?«
»Ich hätte dich gerne noch gebeten, unseren Namen nicht wieder zu kompromittieren, aber das hieße wohl die Uhr zurückstellen. Der Geist der Zeit ist gegen mich.«
Sie wandte sich von ihm ab und sah zum Fenster hinaus. Der Geist dieser Zeit! Alles recht schön und gut, aber er verstand doch gar nicht, was für ein Geist das war. Kompromittieren? Sie hatte doch den Wert des Familiennamens gehoben, ihn aus einem staubigen Winkel hervorgezerrt und ihn zu gangbarer Münze gemacht. Man horchte auf, wenn man etwas über sie las. Horchten die Leute auch auf, wenn sie etwas über ihren Großvater lasen? Aber so etwas würde er doch niemals einsehen! Und sie murmelte:
»Gut, ich werde aufpassen. Vielleicht gehe ich nach Amerika.«
Er zwinkerte sie an.
»Und einen Amerikaner heiraten und das zur neuen Mode machen? Ich glaube, das haben wir bis jetzt noch nicht gehabt. Nimm dir einen, der sich für Elektrizität interessiert, und bring ihn dann herüber. Ein Amerikaner hat hier ein weites Betätigungsfeld. Ich behalte also diese Liste und werde die Sache nach und nach erledigen. Nur noch eines, Marjorie: ich bin jetzt achtzig – und du – wie alt bist du? Fünfundzwanzig? Lebe doch etwas langsamer – du wirst dich noch zu Tode langweilen, wenn es einmal an die Fünfzig geht, und es gibt nichts Langweiligeres als einen gelangweilten Menschen. Leb wohl!« Er streckte ihr die Hand entgegen.
Sie holte tief Atem. Wieder frei!
Dann ergriff sie seine Hand und führte sie an die Lippen. Er sah die Hand an – hatten ihre Lippen abgefärbt? Und sie ging rasch hinaus. Der alte Herr! Was für ein Engel, daß er diese Liste behalten hatte! Ein neues Blatt! Sie würde sogleich zu Bertie Curfew gehen und ihn dazu veranlassen, es für sie aufzuschlagen! Wie er sie nur gestern abend angeblickt hatte!

11

Soames läßt alles im Stich

Während der Zeit seiner Unentschlossenheit versuchte Michael gar nichts und sprach auch fast nichts; die Sache war zu ernst. Vielleicht würde Kit Fleurs Stimmung ändern, oder sie würde andere Nachteile herausfinden, zum Beispiel, daß sie ihren Vater so lange allein lassen sollte. Sie lud weder jemanden ein, noch wurde sie eingeladen, sie war bei keiner Veranstaltung anwesend, noch wurde während dieser schrecklichen Woche davon gesprochen — dieses gänzliche Aufhören jeder gesellschaftlichen Betätigung bewies, daß sie tödlich verletzt war. Sie war nicht trotzig, nur stumm und gleichgültig. Und sie beobachtete ihn fortwährend mit nachdenklichem Gesicht; ab und zu sah sie ihn sogar böse an, als wüßte sie schon, daß er ablehnen würde. Er konnte auch niemanden zu Rate ziehen, denn jedem, der diese lange Episode nicht miterlebt hatte, mußte Fleurs Haltung unverständlich, ja lächerlich erscheinen. Er konnte sie nicht verraten, konnte nicht einmal zu dem alten Blythe gehen, ehe er einen Entschluß gefaßt hatte. Sein seelischer Konflikt wurde noch komplizierter durch den gewohnheitsmäßigen Zweifel, ob das Schicksal des Foggartismus wirklich von ihm abhinge. Wenn er nur selbstsicherer werden könnte! Er hatte nicht einmal den Trost, daß eine energische Weigerung auf Fleur Eindruck machen würde. Sie hielt seine Arbeit für einen Trick, um sich bekanntzumachen, aber nicht von Wichtigkeit für England. In politischen Dingen war sie so zynisch wie die Frauen im allgemeinen; nur das, was den Besitz oder Kit bedrohte, konnte sie aufregen. Er war sich dessen bewußt, daß sein Dilemma komisch war. Die Zukunft Englands gegen die Gegenwart einer jungen Frau, die eine gesellschaftliche Niederlage erlitten hatte! Aber schließlich waren es ja nur Sir James Foggart und der alte Blythe, die die Zukunft Englands ernsthaft vom Foggartismus abhängig machten; und wenn er jetzt eine Weltreise unternahm, so würden sogar diese beiden nicht mehr daran glauben.

Am letzten Vormittag dieser Woche ging Michael noch immer im Zweifel über die Westminster-Brücke nach Surrey hinüber. Dieser Stadtteil war ihm unbekannt, und er blickte mit Interesse um sich. Er erinnerte sich, daß die Bickets hier gewohnt hatten, die Bickets, die hier gescheitert waren und offenbar auch in Australien scheitern würden. Eine Elendsstraße nach der anderen! Brutplätze von Bickets! Man müßte ihrer rechtzeitig habhaft werden, man müßte ihrer aller habhaft werden, ehe sie Bickets geworden und für das Landleben verdorben waren; man müßte aus ihnen Männer und Frauen machen, die Besitz, Luft und Sonne hatten — sie waren die bravsten Leute der Welt, man mußte ihnen nur eine Chance geben! Häßliche Häuser, häßliche Läden und häßliche Kneipen! Nein, es hatte keinen Zweck, im Parlament über Schönheit zu sprechen, das interessierte doch nicht. Gefühlsangelegenheiten interessierten dort ebensowenig, ausgenommen die geläufigen, wie »Britische Rasse, Patriotismus, Weltreich, moralisches Rückgrat«. Muskeln und produktive Kraft — man mußte bei dem alten Klischee bleiben! Er blieb vor einer Schule stehen und lauschte dem dumpfen Gesumme, das aus dem Gebäude drang. Die englische Rasse mit ihrer Beherztheit, ihrem Sinn für Humor und ihrer Geduld war dazu verurteilt, in engen Elendsgassen zusammengepfercht zu hausen!

Er sehnte sich plötzlich nach dem Lande draußen. Sein Motorrad fiel ihm ein. Seit er im Parlament saß, hatte er die Maschine nicht mehr benützt, die seiner Würde so wenig angemessen war. Aber jetzt würde er sie hervorholen und eine Fahrt machen. Das würde ihn vielleicht aufrütteln und zu einer Entscheidung bringen.

Fleur war nicht zu Hause, und Essen war keines vorbereitet. So aß er ein wenig Schinken und fuhr um zwei Uhr los.

Unter lautem Geknatter fuhr er die Landstraße entlang, an Chiswick, Slough und Maidenhead vorbei; dann überquerte er die Themse und ratterte nach Reading. Bei Caversham überquerte er den Fluß wieder und fuhr nach Pangbourne. Er legte die Maschine neben dem Treidelweg ins Gebüsch und setzte sich nieder, um eine Pfeife zu rauchen. Ganz windstill! Der Fluß zwischen den kahlen Pappeln sah grau und unbewegt aus; an den Weiden bildeten sich schon Kätzchen. Er pflückte einen Zweig und reinigte damit seine Pfeife, ehe er neuen Tabak hineinstopfte. Es hatte ihm gutgetan, sich durchrütteln zu lassen; sein Kopf war wieder klar. Im Krieg hatte er kein Zögern gekannt; aber damals — hatte er auch keine Fleur gekannt. Und außerdem war es damals ein klares und einfaches Problem gewesen. Aber nun schien ihm von diesem Bleiben oder Nichtbleiben die Zukunft seines Ehelebens abzuhängen. Die Entscheidung, die er nun traf, würde die fünfzig Jahre, die seine Ehe vielleicht noch dauern würde, beeinflussen. Die Hand an den Pflug legen und sie bei der ersten Schwierigkeit wieder zurückziehen! Mochte man nun krumm pflügen und im Zwielicht, aber besser im Zwielicht als überhaupt nicht; besser eine krumme Furche als überhaupt keine! In seinen Augen war der Foggartismus die beste Politik, und er mußte dabei bleiben! Englands Zukunft! In seiner Nähe kicherte eine Amsel. Ganz recht so! Aber wie der alte Blythe sagte, man durfte sich nichts draus machen, ausgelacht zu werden. Und Fleur würde letzten Endes auch einsehen, daß er nicht so herumspielen konnte; einsehen, daß er die einmal eingeschlagene Richtung beibehalten mußte, wenn er weiterhin im Parlament bleiben wollte — und das wünschte sie ja auch —, mochten die Amseln noch so sehr kichern. Sicherlich wollte sie nicht, daß er zu einem unbedeutenden Drückeberger herabsinke. Denn schließlich war sie doch seine Frau, und mit seiner eigenen Selbstachtung stand und fiel auch die ihrige.

Er blickte dem Rauch aus seiner Pfeife und den tiefhängenden grauen Wolken nach; die weißstirnigen Herford-Kühe grasten jenseits des Flusses, und ein Mann fischte mit einem Wurm. Er ergriff den Zweig, wirbelte ihn herum und bewunderte dabei den graugelben Samt der Kätzchen. Schließlich fühlte er sich ruhiger, aber sehr traurig. Wie könnte er Fleur entschädigen? Am Ufer dieses Flusses, kaum drei Kilometer von hier, hatte er um sie geworben, wenn er sie auch nicht gewonnen hatte. Und nun waren sie auf dieses Hindernis gestoßen! Jetzt lag es eben an ihr, ob sie deshalb Schiffbruch erleiden würden. Und plötzlich hatte er das Gefühl, er würde gerne mit dem alten Forsyte reden . . .

Als Soames das Geknatter von Michaels Motorrad vernahm, war er gerade damit beschäftigt, den Fred Walker aufzuhängen, den er in der Bilderhandlung neben Messrs. Settlewhite & Stark gekauft hatte, zum Andenken an seine Befreiung von den Sorgen des Prozesses und um sein Verlangen nach einem Meister der britischen Schule zu befriedigen. Fred Walker! Der Kerl war altmodisch; er und Mason waren schon von einem Dutzend neuer Richtungen abgelöst worden. Aber — wie die alten Geigen mit demselben angenehmen Glanz — sie waren nun einmal da, wertvolle Antiquitäten, für die man immer einen guten Preis zahlen würde. Er hatte gerade einen frühen und bereits für den Ruhm reifen Courbet abgenommen und stand in Hemdsärmeln am Fenster, eine Rolle Draht in der Hand, als Michael eintrat.

»Wo kommst denn du her?« fragte er überrascht.

»Ich bin zufällig auf meinem alten Motorrad vorbeigefahren. Ich sehe, daß Sie Ihre Worte über die englische Schule wahrgemacht haben.«

Soames befestigte den Draht. »Ich werde nicht eher zur Ruhe kommen«, erklärte er, »bis ich einen alten Crome habe — den besten der englischen Landschafter.«

»Der alte Crome ist besonders selten, nicht wahr?«
»Ja, gerade deshalb will ich einen.«
Soames, der eben den Draht zurechtbog, bemerkte das Lächeln auf Michaels Gesicht nicht, das zu sagen schien: »Du meinst, gerade deshalb hältst du ihn für den besten.«
»Ich hab' Ihre Bilder schon lang nicht mehr gesehen, Sir. Kann ich sie wieder einmal anschauen?«
Soames, der ihn von der Seite beobachtete, erinnerte sich, wie Michael an einem Sommersonntag hier erschienen war, nachdem er Fleur vorher in der Galerie in der Nähe der Cork Street gesehen hatte. Nur vier Jahre her? Es schien eine Ewigkeit! Der junge Kerl hatte sich besser entwickelt, als man erwarten konnte; sah auch ein gut Teil älter aus, weniger leichtsinnig; ein netter junger Mensch, wenn man seine Erziehung und den Krieg in Betracht zog. Und plötzlich bemerkte er, daß Michael auch ihn beobachtete. Wollte gewiß etwas von ihm, zweifellos — war doch nicht ohne Absicht hergekommen! Er dachte darüber nach, ob schon jemals einer zu ihm gekommen war, ohne etwas zu wollen; es fiel ihm niemand ein. Das war ja auch natürlich!
»Suchst du dir ein Bild aus, das zu eurem Fragonard paßt?« fragte er. »Vielleicht der Chardin dort in der Ecke?«
»Nein, nein, Sir; Sie sind uns gegenüber schon viel zu großmütig gewesen.«
Großmütig! Wie konnte man seiner eigenen Tochter gegenüber großmütig sein!
»Wie geht es Fleur?«
»Das wollte ich Ihnen gerade erzählen. Sie ist so schrecklich unruhig.«
Soames blickte zum Fenster hinaus. Der Frühling kam spät! »Jetzt sollte sie doch ruhig sein, da dieser Prozeß erledigt ist.«
»Das ist es ja gerade, Sir.«
Soames blickte den jungen Mann durchdringend an. »Das verstehe ich nicht.«
»Wir werden geschnitten.«
»Wieso? Ihr habt doch gewonnen.«
»Ja, aber die Leute verübeln einem moralische Überlegenheit.«
»Was soll das heißen? Wer —?« Moralische Überlegenheit — die konnte er selbst nicht ausstehen!
»Die moralische Haltung, die Foskisson demonstrierte, hat auf uns abgefärbt. Ich habe Ihnen ja schon gesagt, daß ich das befürchtete. Daß sie ausgelacht wird, das empfindet Fleur so bitter.«
»Ausgelacht? Wer hat die Unverschämtheit —?«

»Die moderne Moral anzugreifen, war ein außerordentlich guter Trick, für den Richter und die Geschworenen berechnet und für jeden, der die Rechthaberei als Beruf betreibt; aber heutzutage, wo jeder stolz auf seine Vorurteilslosigkeit ist, macht es einen in der Gesellschaft lächerlich.«

»Gesellschaft!«

»Aber wir leben in der Gesellschaft, Sir. Mir ist's gleich; ich hab' mich dran gewöhnen müssen beim Foggartismus; aber Fleur fühlt sich unglücklich. Es ist auch natürlich, wenn Sie bedenken, daß die Gesellschaft ihr ganzes Um und Auf ist.«

»Sie sollte mehr Charakterstärke haben«, meinte Soames. Aber er war ernstlich beunruhigt. Zuerst hatte man sie als Snob angesehen, und nun dies!

»Am Anfang die Sache mit dem deutschen Schauspieler, der sich in Lippinghall erhängt hat«, fuhr Michael fort, »dann mein Foggartismus und endlich diese Ferrar-Geschichte — wir stecken schön in der Patsche! Die Woche seit dem Prozeß war einfach abscheulich für uns. Fleur fühlt sich so aus ihrer Bahn geworfen, daß sie mit mir eine Reise um die Welt machen will.«

Eine Bombe, die plötzlich auf dem Taubenschlag unten im Garten zerplatzt wäre, hätte Soames nicht mehr erschrecken können. Reise um die Welt! Er hörte, wie Michael weitermurmelte: »Sie hat auch ganz recht. Es wäre das beste für sie. Aber ich kann ganz einfach vor den Ferien meine Arbeit nicht im Stich lassen. Ich habe diese Sache nun einmal begonnen und muß dabei bleiben, solange das Parlament tagt.«

Eine Reise um die Welt!

Michael jedoch fuhr fort: »Ich habe mich erst heute endgültig entschlossen. Ich würde mir wie ein Abtrünniger vorkommen, und das wäre auf die Dauer für keinen von uns beiden gut. Aber sie weiß es noch nicht.«

Für Soames nahm das Taubenhaus wieder feste Gestalt an, als er hörte, daß Michael sie nicht für Gott weiß wie lang fortnehmen würde. »Um die Welt!« sagte er. »Warum nicht — eh — Pontresina?«

»Ich glaube«, entgegnete Michael langsam wie ein Arzt, der eine Diagnose stellt, »daß sie etwas Dramatisches braucht. Mit dreiundzwanzig Jahren um die Welt reisen! Sie fühlt, daß sie irgendwie ihr Prestige verloren hat.«

»Wie kann sie es denn über sich bringen, den Kleinen allein zu lassen?«

»Ja, sehen Sie, das beweist, daß es wirklich eine ganz verzweifelte Angelegenheit ist. Ich wollte, ich könnte mit ihr fahren.«

Soames starrte ihn an. Der junge Mensch erwartete doch nicht, daß *er*

etwas in der Sache täte? Reise um die Welt! Was für eine hirnverbrannte Idee!
»Ich muß mit ihr sprechen«, erklärte er. »Kannst du deine Maschine in der Garage lassen und mit mir im Auto in die Stadt kommen? Ich bin in zwanzig Minuten fertig. Unten trinkt man gerade Tee.«
Soames blieb allein mit dem Fred Walker, der noch immer nicht aufgehängt war, und blickte auf seine Bilder. Er betrachtete sie jetzt mit verschärfter Klarheit, mit einem durchdringenden Blick, mit einer Art Weh im Herzen, als ob . . . Eine schöne Sammlung war es, besser, als er in der letzten Zeit geglaubt hatte. I h r Steckenpferd war das Sammeln interessanter Menschen gewesen, und nun hatte sie ihre Sammlung verloren! Das arme kleine Ding! Das war natürlich alles sehr dumm von ihr — als könnten Menschen einem irgendeine Befriedigung gewähren! Wenn er ihr nun diesen Chardin mitbrächte? Es war ein guter Chardin. Dumetrius hatte ihn zwar mit dem Preis übers Ohr gehaun, doch nicht zu sehr. Aber ehe noch Chardin im Kurs fiel, würde e r Dumetrius übers Ohr haun. Dennoch — wenn er ihr eine kleine Freude machen konnte! Er nahm das Bild vom Haken ab und trug es unter dem Arm hinaus.
Im Auto fielen nur wenige Worte, bis auf ein paar Anspielungen über die charakteristischen Eigenschaften des elften Baronet und über die bedauerliche Neigung der Polizei, auf der neuen Abkürzung, die eigens gebaut worden war, um den Verkehr rascher abwickeln zu können, eine Geschwindigkeitsbegrenzung festzusetzen. Gegen sechs Uhr kamen sie am South Square an. Fleur war seit dem Lunch nicht zurückgekehrt, und sie setzten sich unruhig nieder, um auf sie zu warten. Der Dandie, der heruntergekommen war, um nachzusehen, ob fremde Beine erschienen wären, war sofort wieder hinaufgelaufen, und es war ganz ruhig im Haus. Michael sah beständig auf die Uhr.
»Wo kann sie denn nur hingegangen sein?« fragte Soames schließlich.
»Keine Ahnung, Sir. Das ist das Schlimmste an London. Es verschluckt die Menschen einfach.«
Er hatte bereits angefangen, nervös zu werden; Soames, der auch gern nervös geworden wäre, wollte gerade sagen: »Bleib doch ruhig!«, als Michael vom Fenster aus rief: »Da ist sie!« und zur Tür lief.
Soames blieb sitzen, der Chardin war gegen seinen Stuhl gelehnt.
Was machten die nur so lang da draußen? Minute um Minute verstrich, und noch immer kamen sie nicht.
Endlich erschien Michael wieder. Er sah besonders ernst aus.
»Sie ist oben in ihrem kleinen Zimmer, Sir. Ich fürchte, es hat sie ganz aus der Fassung gebracht. Vielleicht möchten Sie zu ihr hinaufgehen.«

Soames griff nach dem Chardin. »Ja, die erste Tür links, nicht wahr?« Er stieg langsam hinauf, ohne im geringsten zu ahnen, was er sagen sollte, und ohne eine Antwort auf sein leises Klopfen abzuwarten, trat er ein.

Fleur saß an ihrem Rosenholzschreibtisch und hatte das Gesicht in die Arme vergraben. Ihr Haar, das schon wieder etwas natürlicher fiel, erglänzte wie Seide unter dem Licht der Lampe. Sie hatte anscheinend gar nicht bemerkt, daß er hereingekommen war. Der Einblick in ihr Privatleben rührte ihn. Er war so gar nicht gewohnt, andere Einblick in sein Innenleben tun zu lassen oder Einblick in das anderer Menschen zu nehmen. Zögernd blieb er stehen. Hatte er ein Recht, sie zu überraschen, da sie die Ohren mit den Händen bedeckte und so ganz aus der Fassung war? Er wäre gerne hinausgegangen, um wieder hereinzukommen, aber er war zu besorgt. Er trat neben sie, berührte mit dem Zeigefinger ihre Schulter und sagte: »Müde, mein Kind?«

Sie wandte ihm das Gesicht zu – seltsam, voller Falten, ihrem früheren Gesicht ganz unähnlich; und Soames sagte zu ihr, wie zur Zeit, da sie noch ein Kind war: »Schau, was ich dir da mitgebracht hab'!«

Er hob den Chardin in die Höhe; sie blickte ihn kaum an, und er fühlte sich gekränkt. Schließlich war das Bild doch ein paar hundert Pfund wert! Ihr Gesicht war sehr blaß, sie kreuzte die Arme über der Brust, als schließe sie sich ab. Er erkannte das Symptom. Eine seelische Krise! Derartiges hatte er sein ganzes Leben lang als eine Extravaganz angesehen, wie etwa eine Blinddarmentzündung, die sofort operiert werden muß.

»Wie mir Michael sagt«, bemerkte er, »willst du, daß er mit dir eine Weltreise macht.«

»Er kann nicht, die Sache ist also erledigt.«

Hätte sie gesagt: »Aber warum kann er denn nicht?«, wäre Soames automatisch zur Opposition übergegangen. Ihre Worte jedoch weckten seinen angeborenen Eigensinn. Da saß sie nun mit ihrem Herzenswunsch – und er konnte nicht erfüllt werden! Soames stellte den Chardin hin und ging auf dem weichen Teppich auf und ab.

»Sag mir doch«, bat er stehenbleibend, »wo fühlst du es eigentlich?«

Fleur erwiderte kurz auflachend: »Im Kopf und in den Augen und in den Ohren und im Herzen.«

»Welches Recht«, murmelte Soames, »haben die nur, dich über die Achsel hinweg anzuschauen!« Und er begann wieder quer durch das Zimmer zu spazieren. Alle diese modernen Affen, die er von Zeit zu Zeit in ihrem Hause zu treffen gezwungen war, schienen aufzutauchen und mit hochgezogenen Brauen ihn zu höhnen, wie eine Schar von Gespenstern. Der dringende Wunsch, dieses seichte Pack in die Schranken zu weisen, ergriff ihn so mächtig, daß er alle Vernunft außer acht ließ.

»Ich — ich sehe keine Möglichkeit, daß i c h mit dir fahre«, sagte er und blieb vor ihr stehen.

Was hatte er da gesagt? Wer hatte von ihm verlangt, daß er sie begleiten sollte? Mit weitgeöffneten Augen sah sie ihn starr an.

»Aber natürlich nicht, Papa!«

Natürlich nicht! So natürlich war das gar nicht!

»Ich werde mich nach und nach schon daran gewöhnen, ausgelacht zu werden.«

Soames brummte.

»Ich verstehe nicht, warum du dich daran gewöhnen solltest«, erwiderte er. »Es pflegt vorzukommen, daß Leute eine Weltreise machen.«

Fleur war nun nicht mehr blaß.

»Aber doch du nicht, mein Lieber; es würde dich ja zu Tode langweilen! Es ist einfach reizend von dir, auch nur daran zu denken; aber natürlich könnte ich es nicht zulassen — bei deinem Alter!«

»Bei meinem Alter?« sagte Soames. »Ich bin gar nicht so alt.«

»Nein, nein, Vater; ich werd' es schon überleben.«

Soames ging nochmals lautlos auf dem Teppich auf und ab. Sie würde es schon überleben, wahrhaftig!

»Ich duld' es einfach nicht!« rief er aus; »wenn die Leute dich nicht anständig behandeln, so — so werd' ich's ihnen noch zeigen!«

Sie war aufgestanden und holte tief Atem, mit geöffneten Lippen und hochroten Wangen. Genauso war sie dagestanden, ehe sie zum erstenmal in Gesellschaft ging und ihm ihr Kleid zum Anschauen hingehalten hatte.

»Wir reisen zusammen«, sagte er barsch. »Mach kein Aufhebens! Die Sache ist abgemacht.«

Ihre Arme umschlangen seinen Hals; seine Nase wurde feucht von ihren Tränen. Was für ein Unsinn! Als ob . . .! —

Als er sich an jenem Abend die Hosenträger abknöpfte, befand er sich in der seltsamsten Gemütsverfassung. Er würde um die Welt reisen — so? Blödsinn! Jedenfalls hatte es den jungen Kerl umgeschmissen — er würde ihnen im August nachkommen, wo immer sie dann waren. Himmlischer Vater! Das könnte ja in China sein! Die Sache war phantastisch; und Fleur benahm sich wie ein verhätscheltes Kind! Die Worte eines komischen Liedchens, das er in seiner Jugend von einem Geistlichen gehört hatte, verfolgten ihn unaufhörlich:

Ich seh' Jerusalem und Madagaskar,
Und Nord- und Südamerikaa . . .

Jawohl! Seine Angelegenheiten befanden sich zum Glück in peinlichster Ordnung! In der Verwaltung von Timothys oder Winifreds Vermögen gab es nichts zu tun — und mit anderen hatte er nichts mehr zu schaffen; aber wie die Dinge ohne ihn weitergehen würden, das ließ sich unmöglich sagen! Annette? Die würde es sich kaum zu Herzen nehmen. Und außer Winifred gab es auch sonst niemanden, der es sich zu Herzen nehmen würde. Es war eher etwas Ungreifbares, das ihm Sorge machte, nun da er im Begriff stand, England für viele Monate zu verlassen. Dennoch würden die Kreidefelsen von Dover noch immer stehen und die Themse würde noch immer an seinem Rasen vorbeifließen, wenn er zurückkam, falls er überhaupt zurückkäme! Dort draußen las man ja alles mögliche auf — Bazillen, Insekten, Schlangen —, man wußte nie, was man erwischen würde! Eine schöne Aufgabe, Fleur durch all das hindurchzusteuern, so daß sie keinen Schaden nahm! Und was er sich nicht alles mit ihr zusammen würde ansehen müssen! Denn s i e würde doch nichts versäumen wollen! Das war ganz sicher! Unter einer Schar von Leuten mit aufgerissenen Mäulern herumgehen zu müssen — das würde er nicht aushalten; aber es würde ihm doch nichts andres übrigbleiben! Hm! Eine Erlösung, wenn dieser junge Kerl sie endlich treffen würde. Und dennoch — sie so für sich allein zu haben! Wie lange Zeit war das schon nicht der Fall gewesen! Sie würde natürlich mit jedem gleich ins Gespräch kommen. Er würde sich mit Krethi und Plethi höflich unterhalten müssen. Auf einen Sprung nach Ägypten, dann nach Indien und hinüber nach China und Japan und zurück durch dieses weithin ausgebreitete Amerika, Gottes eigenes Land, wie sie's nannten. Fleur hatte den ganzen Plan schon ausgearbeitet. Gott sei Dank kam Rußland nicht in Frage! Sie hatte es nicht einmal vorgeschlagen — es war jetzt ganz zerfallen, hieß es! Kommunismus! Na, wer konnte wissen, was sich noch zu Hause abspielen würde, ehe sie zurückkamen? Soames schien es, als müßte auch England, wenn er es verließe, ganz zerfallen. Nun, er hatte aber versprochen, daß er sie begleiten werde! Und sie hatte geweint. Jawohl! Er schob das Fenster hinauf und lehnte sich in seinem Jaeger-Schlafrock, den Fleur ihm für solche gelegentlichen Besuche aufhob, in die milde Luft hinaus. Da draußen schien er nicht den Westminster Square zu erblicken, sondern seinen Fluß mit den Pappeln und hinter ihnen den Vollmond als hellglänzenden Zeugen — die stille Schönheit, die er nie in Worte gekleidet hatte, die grüne Ruhe, die er dreißig Jahre lang emp-

funden hatte, ohne daß es ihm zum Bewußtsein gekommen wäre, wie tief sie schon in sein Wesen eingedrungen war. Er würde alles vermissen — die Düfte, die Seufzer des vom Winde bewegten Flusses, das Glucksen unten am Wehr, die Sterne. Dort draußen gab es natürlich auch Sterne, aber keine englischen Sterne. Und das Gras — auf jenen weiten Ebenen wuchs, soviel er wußte, kein Gras! Auch die Baumblüte war spät in diesem Jahr — er würde keine mehr erleben vor seiner Abreise! Aber die Würfel waren nun einmal gefallen!
Und das erinnerte ihn daran, daß sein Melker die Kühe nicht richtig behandeln würde, so daß sie die Milch verlören — der Kerl war ein Idiot! Er mußte Annette warnen. Eine Frau schien niemals zu begreifen, daß eine Kuh doch nicht ewig Milch geben könne, wenn man sich nicht darum kümmerte. Wenn er nur auf dem Lande auch einen so verläßlichen Menschen hätte wie den alten Gradman in der Stadt! Hm! Der alte Gradman würde die Augen aufreißen, wenn er diese Neuigkeit hörte! Der war ein Stückchen Alt-England, und lang würde er's nicht mehr machen. Sonderbar, wenn er nun heimkäme und den alten Gradman nicht mehr fände. Eins — zwei — drei — elf! Big Ben! Er hatte ihn schon oft vorher wachgehalten, aber — es war doch eine schöne alte Uhr! Sollte der junge Kerl doch ruhig im Parlament sitzen bleiben. Und war vielleicht etwas dran an den Ideen, die ihn dort festhielten oder war es bloßes Gerede? Na, jedenfalls hatte er doch recht, seiner Sache treuzubleiben. Aber fünf Monate von seiner jungen Frau getrennt — darin lag eine große Gefahr! »Rasch ist die Jugend!« — der alte Shakespeare, ja, der kannte die Welt! Aber Gefahr hin, Gefahr her, es ließ sich nicht mehr ändern. Schließlich hatte Fleur doch einen klugen Kopf und Michael ein gutes Herz. Auch Fleur hatte ein gutes Herz; er würde eine gegenteilige Behauptung nicht zulassen! Sie würde schon sehen, wie schwer ihr der Abschied von dem Baby fallen würde, sobald es dazu käme. Sie konnte es sich nur noch nicht vorstellen. Und Soames fühlte, wie sich in ihm ein seltsamer Konflikt zu regen begann, zwischen der Hoffnung und der Angst, daß am Ende doch aus der Sache nichts werden könnte. Komisch — das! Seine Gewohnheiten, seine Bequemlichkeit, sein Besitz . . . und er, gerade er, ließ alles im Stich! Lächerlich! Und dennoch!

12

Abreise

Von Fleur zumindest fünf Monate getrennt sein!

Soames erstaunliches Verhalten hatte Michael völlig verwirrt. Aber er konnte nicht leugnen, daß es in ihrem Zusammenleben zu einer Krise gekommen war, die um so ernster war, da davon ja ... alltägliche Gefühle betroffen waren. Vielleicht würde sie dort draußen einen weiteren Horizont, so wie er, bekommen und ihre Ansicht loswerden, daß die Welt nur aus etwa fünftausend Leuten mit progressivem Geschmack bestünde, von denen sie höchstens fünfhundert kannte. Sie war es doch gewesen, die ihn ins Parlament gedrängt hatte, und solange er nicht von dort als ein Versager hinausgeflogen war, gingen sie beide zweifellos den gleichen Höhenweg mit weitem Horizont zusammen. Während der vierzehn Tage vor ihrer Abreise litt er schwer und trug dennoch ein Lächeln zur Schau, fast dankbar dafür, daß sie sich »wie ein verhätscheltes Kind« benahm, wie ihr Vater es nannte. Seit dem Herbst schon war sie wegen des verflixten Prozesses äußerst nervös gewesen — was konnte da natürlicher sein als eine solche Reaktion? Endlich empfand sie wieder genug für ihn, um mit ihren Küssen verschwenderisch zu sein — ein großer Trost für Michael, solang es anhielt. Ein- oder zweimal ertappte er sie dabei, wie sie sich mit feuchten Augen über den elften Baronet beugte; ein anderes Mal fand er sie mit feuchtem Gesicht, als er am Morgen erwachte. Diese Zeichen gaben ihm die unschätzbare Gewißheit, daß sie wieder zurückkommen werde. Denn es kamen Augenblicke, da die Möglichkeiten sich zu einem Alptraum zusammenballten. Lächerlich! Sie reiste doch mit ihrem Vater fort, dieser Verkörperung der Vorsicht und der Klugheit! Wer hätte je gedacht, daß der alte Forsyte so seine Wurzeln würde aus dem Boden reißen können? Auch er ließ ja seine Frau zurück, obwohl Michael keine Anzeichen davon merkte. Von den Gefühlen des alten Forsyte wußte man nur wenig, es sei denn, daß sie sich um seine Tochter drehten und daß er sich unausgesetzt wegen der Kofferetiketten und Insekten erkundigte. Und er hatte zwei Schwimmwesten gekauft. Michael führte mit ihm nur ein wichtiges Gespräch.

»Ich möchte, daß du meine Frau im Auge behältst«, sagte Soames, »und dafür sorgst, daß sie mit den Kühen keine Schwierigkeiten hat. Ihre Mutter wird zwar bei ihr wohnen, aber Frauen sind ja so komisch. Mit dem Baby ist sie großartig. Wie steht's mit dem Geld?«

»Ausgezeichnet, Sir.«
»Wenn du etwas für irgendeinen guten Zweck brauchst, so geh zum alten Gradman in die City; vielleicht erinnerst du dich an ihn?«
»Freilich, und ich fürchte, daß er sich auch an mich erinnert.«
»Tut nichts; er ist ein treuer alter Kerl.« Und Michael hörte ihn seufzen. »Ich möchte auch gern, daß du hie und da in die Green Street gehst. Meiner Schwester wird meine Abwesenheit wohl ein wenig nahegehen. Ich werde dir von Zeit zu Zeit Nachricht über Fleur geben — jetzt, wo der Radiodienst so gut funktioniert, wird sie so oft wie möglich etwas von dem Kind hören wollen. Ich nehme eine gute Dosis Chinin mit. Fleur behauptet, daß sie nicht seekrank wird. Wie ich höre, gibt es nichts Besseres als Champagner dagegen. Und was dich betrifft, so weißt du es sicher selbst am besten, aber ich würde die Sache im Parlament nicht zu sehr forcieren; es gehört nicht viel dazu, um die dort zu langweilen, glaub' ich. Wir werden dich Ende August in Vancouver treffen. Bis dahin wird sie vom Herumreisen schon genug haben. Sie freut sich zwar auf Ägypten und Japan, aber warten wir's ab. Mir scheint, wir werden nichts als reisen.«
»Haben Sie genug Tropenanzüge mit, Sir? Sie werden sie zu dieser Jahreszeit im Roten Meer nötig haben; ich würde auch einen Tropenhelm mitnehmen.«
»Ich habe schon einen«, erwiderte Soames; »er ist entsetzlich schwer und groß.« Er sah plötzlich Michael an und fügte hinzu:
»Ich werde schon auf sie achtgeben, und du wirst hoffentlich auf dich achtgeben.«
»Jawohl, Sir. Und ich danke Ihnen herzlich. Es ist wirklich ganz großartig von Ihnen.«
»Wir wollen hoffen, daß es ihr guttun und daß der Kleine sie nicht vermissen wird.«
»Nicht, wenn ich es vermeiden kann.«
Soames, der sich vor dem »Weißen Affen« niedergesetzt hatte, schien tief in Gedanken zu versinken. Endlich kam er in seinem Stuhle wieder zum Leben und sagte: »Der Krieg hat alles auf den Kopf gestellt. Die Leute scheinen zwar bereits wieder an etwas zu glauben, aber *ich* weiß wahrhaftig nicht, woran.«
Michael war außerordentlich interessiert. »Möchten Sie mir vielleicht sagen, Sir, woran Sie selbst glauben?«
»Was gut genug für meine Väter war, ist auch gut genug für mich. Die Menschen von heutzutage erwarten zuviel; man interessiert sich gar nicht dafür, daß man überhaupt lebt.«

»Daß man überhaupt lebt!« Diese Worte sagten eigentlich alles. War dies die Antwort auf alle modernen Zweifel?
Es kam die letzte Nacht, der letzte Kuß und die trübselige Reise zu den Docks in Soames' Auto. Michael allein begleitete sie. Das düstere Dock und die graue Themse; das Durcheinander mit dem Gepäck und die vollgedrängte Fähre zum Schiff. Eine schmerzliche Angelegenheit! Auch für sie, er war sich dessen fast sicher, eine schmerzliche Angelegenheit. Und die langen planlosen Minuten auf dem Schiff, während Soames in dessen eng aneinandergedrängte, glänzende, seltsam riechende Mysterien eingeweiht wurde. Das entsetzliche Lächeln, das man zur Schau tragen, die geistlosen Witze, die man reißen mußte. Und zuletzt der Augenblick, als sie, abseits von den andern, sich an ihn drückte und ihm einen langen Kuß gab.
»Leb wohl, Michael; es ist nicht auf sehr lang.«
»Leb wohl, Liebstes! Gib gut auf dich acht. Du wirst von mir so oft wie möglich hören, und mache dir wegen Kit keine Sorgen.«
Er biß die Zähne zusammen und sah, daß ihre Augen feucht waren. Und dann noch einmal: »Leb wohl!«
»Leb wohl!«
Zurück auf die Fähre; ein Streifen grauen Wassers klaffte, verbreiterte sich zwischen ihm und dem Schiff und jener hohen Linie von Gesichtern über der Reling – Fleurs Gesicht unter dem kleinen rehfarbenen Hut, ihre winkende Hand; und weiter links, gerade noch in seinem Gesichtsfeld, der alte Forsyte, abgesondert von allen – zurückgezogen, damit er ihren Abschied nicht störe – das lange Gesicht mit vorstehendem Kinn, grauem Schnurrbart, ganz regungslos; in Gedanken versunken und vereinsamt, so etwa wie das Gesicht eines Zugvogels, der auf einem unbekannten Ufer landet und nach der heimatlichen Gegend zurückblickt. Kleiner und immer kleiner wurden sie, verschwammen in Nebel, verschwanden.
Während der ganzen Rückfahrt nach Westminster rauchte Michael eine Zigarette um die andere und las immer wieder den gleichen Satz in der gleichen Zeitung, und dieser Satz lautete: »Räuberischer Überfall in Highgate, Fassadenkletterer spurlos entwischt.«
Er ging geradewegs ins Parlament. Und den ganzen Nachmittag horchte er den Reden zu und schnappte ab und zu ein paar Worte einer Debatte über die Schulfrage auf. Welche Aussicht, welche menschenmögliche Aussicht hatte sein weitreichender Ehrgeiz in diesem Hause, wo man noch immer mit kühler Uneinigkeit so daherredete, als befände sich England noch im Jahre 1906, und wo das Urteil über ihn lautete: »Ein

liebenswürdiger, aber recht törichter junger Mann!« Nationale Einheit — nationale Bewegung! Nur keine Angst! England würde es nicht dulden! Jeder sagte, die Tür müsse geöffnet werden; man trommelte dagegen, aber niemand konnte hindurchgehen. Und ein langer Streifen grauen Wassers zwischen ihm und den Rednern wurde immer breiter; das Gesicht unter dem rehfarbenen Hut verwandelte sich in das des Abgeordneten für Washbaston; das Gesicht des alten Forsyte über der Reling tauchte plötzlich zwischen zwei Arbeiterführern auf; und die Linien der Gesichter verblaßten in Nichts auf einem grauen Strom, über dem die Möwen kreisten.

Als er hinausging, kam er an einem Gesicht vorbei, das viel wirklicher war — das MacGowns! Grimmig war kein Wort dafür! Niemand hatte aus dieser Affäre irgendeinen Vorteil gezogen. *Multum ex parvo! Parvum ex multo!* Das war die moderne Komödie! Er begab sich nach Hause, um nach Kit zu schauen und Fleur ein Radiogramm zu senden, und ging an vier Musikanten vorbei, die vier Instrumente geradezu wütend spielten. Ihre kräftigen Körper steckten in schäbigen Kleidern. »Alle Wetter!« dachte Michael, »ich kenne doch das Gesicht dieses Menschen! — er war bestimmt in meiner Kompanie in Frankreich!« Er beobachtete, wie die Wangen des Musikanten wieder einfielen. Ja! Ein tüchtiger Mann! Aber sie waren ja alle tüchtige Männer gewesen. Beim Himmel, sie hatten Wunder vollbracht! Und so standen sie nun da! Und er hatte sie beinahe schon im Stich gelassen! Obgleich ein jeder sein besonderes Geheimheilmittel hatte und eines vielleicht so gut war wie das andere, so konnte man doch nur dem eigenen Lichte folgen! Und wenn auch die Zukunft im Dunkel lag und das Schicksal ihn angrinste, nun, so mochte es grinsen!

Wie leer das Haus doch war! Morgen sollten Kit und der Hund mit dem Auto nach »Haus Zuflucht« gebracht werden, und dann würde es noch leerer sein. Er ging von einem Zimmer ins andere und versuchte Fleurs Bild heraufzubeschwören, ihren Duft noch irgendwo zu finden. Es war zu schmerzlich! Sein Ankleidezimmer, sein Arbeitszimmer waren die für ihn einzig möglichen Räume — dort würde er jetzt wohnen. Er ging zum Kinderzimmer und öffnete leise die Tür. Alles weiß, überall feinster Stoff; der Hund lag auf seinem dicken Silberpelz; die elektrische Heizung im Kamin war eingeschaltet; die Drucke an den weißen Wänden waren sorgfältig für den Augenblick ausgewählt worden, da der elfte Baronet sich für seine Umwelt zu interessieren beginnen würde — Drucke, die ein wenig komisch waren, um jede Andeutung von Lehrhaftigkeit zu vermeiden; vor dem Kamin stand das hohe blanke Schutzgitter —

nicht einmal die elektrisch glühende Kohlenattrappe brauchte man allzu ernst zu nehmen; das Licht strömte zwischen den hellen Kattunvorhängen herein. Ein entzückendes Zimmer! Die Nurse in Blau stand mit dem Rücken zur Tür und sah ihn nicht. Und in seinem kleinen, hohen Kinderstuhl saß der elfte Baronet beim Essen; die Stirn unter den dunklen kastanienbraunen Locken war etwas gerunzelt; und in seiner winzigen Hand hielt er einen silbernen Löffel, mit dem er über der Schale, die vor ihm stand, krampfhaft hin und her fuhr.

Michael hörte die Nurse sagen: »Jetzt, wo die Mutter fort ist, mußt du ein kleiner Mann sein, Kit, und allein mit dem Löffel essen lernen.«

Michael sah, wie sein Sprößling den Löffel in die Schüssel tauchte und etwas von ihrem Inhalt in die Luft schleuderte.

»So macht man es aber nicht!«

Der elfte Baronet wiederholte seine Vorgangsweise und erwartete mit entschlossenem Lächeln Beifall.

»Schlimm bist du!«

»A — a!« schrie der elfte Baronet, mit dem Löffel auf den Brei schlagend, der rundum spritzte.

»O du verwöhntes Kind!«

»England, mein England!« dachte Michael.

Aneinander vorbei

1

In Washington schien die Herbstsonne und ließ im Friedhof von Rock Creek alles erglühen, was nicht Efeu oder Stein war. Vor der »Nirwana-Statue« von Saint Gaudens saß Soames Forsyte auf seinem Überzieher, den Rücken gegen den Stein gelehnt, und freute sich der Abgeschiedenheit und des Streifens Sonnenlicht, der zwischen den Zypressen seinen Weg suchte. Am Nachmittag zuvor war er schon mit seiner Tochter und ihrem Mann hier oben gewesen, und der Platz hatte ihm gleich gefallen. Abgesehen von der immer vorhandenen Anziehungskraft, die ein Friedhof auf ihn ausübte, weckte diese Statue das Interesse des Kenners. Obgleich sie nicht zu erwerben war, handelte es sich doch zweifellos um ein Kunstwerk von frappanter Wirkung. Er konnte sich an kein Denkmal erinnern, das so völlig seinem Geschmack entsprochen hätte. Die große Gestalt einer sitzenden Frau aus grünlicher Bronze, in die Falten ihres weiten Gewandes gehüllt, schien ihm einen Blick in die Tiefen seiner eigenen Seele zu eröffnen. Gestern, in Gegenwart von Fleur, Michael und anderen Leuten, die alle so wie er das Denkmal anstarrten, war ihm mehr die technische Vollendung als der Ausdruck aufgefallen; nun aber, da er allein war, konnte er sich den Luxus eigener Gefühle gönnen. Einige nannten es »Nirwana-Statue«, andere das »Adams-Denkmal«. Jedenfalls war es nach seiner Meinung das Beste, was er in Amerika gesehen hatte, das, was ihn am meisten freute, trotz der Wassermassen des Niagara und der Wolkenkratzer von New York. Dreimal schon hatte er auf der halbkreisförmigen Marmorbank den Platz gewechselt, und jedesmal wechselten auch seine Empfindungen. Von seinem jetzigen Platz aus schien die Frau ihr Leid schon überwunden zu haben. Sie saß in erstarrter Ergebenheit da, die tiefer war als der Tod — höchst sonderbar! Es war doch eine eigene Sache um den Tod! Er erinnerte sich an seinen Vater James, wie er eine Viertelstunde nach seinem Tod ausgesehen hatte, als — als hätte »man ihm endlich alles gesagt«. Vor diesem Denkmal stillzusitzen, war nicht schwer. Ganz Amerika müßte man dazu bringen, einmal in der Woche hier zu sitzen.

Soames erhob sich, ging auf die Statue zu und berührte zögernd eine Falte des grünen Bronzegewandes, als zweifelte er an der Möglichkeit des ewigen Nichts.

»Meine Schwester lebt in Dallas — sie hat als junges Mädchen einen Eisenbahner dort unten geheiratet. Also, Texas ist ein großartiges Land. Meine Schwester lacht alle aus, die behaupten, daß das Klima dort schlecht ist.«

Soames zog seine Hand von der Statue zurück und ging wieder zu seinem Platz. Zwei große, magere, ältliche Gestalten betraten das Heiligtum. Sie kamen bis zur Mitte und blieben schweigend stehen. Einige Zeit darauf sagte die eine: »Na«, und sie entfernten sich wieder auf der anderen Seite. Ein leiser Windhauch bewegte ein paar abgefallene Blätter am Fuße des Denkmals. Soames rückte in die äußerste linke Ecke. Von dort sah die Gestalt wieder einer Frau gleich — sehr edel. Und unbeweglich saß er wie ein Denker da, das Kinn in die Hand gestützt.

Obwohl er braungebrannt war und auffallend gesund aussah, bildete er sich beständig ein, von der langen Reise völlig erschöpft zu sein. Nachdem sie die ganze Welt umschifft hatten, würden sie übermorgen an Bord der *Adelphic* die Heimreise antreten. Diese dreitägige Fahrt nach Washington war schon recht strapaziös gewesen, aber merkwürdig! — er hatte sie doch ziemlich gut ausgehalten. Die Stadt gefiel ihm; sie besaß ein paar schöne Gebäude und sehr viele Bäume voll von herbstlichem Laub. Es herrschte kein solcher Trubel wie in New York, und seiner Ansicht nach gab es Platz genug zum Wohnen. Freilich wimmelte der Ort von Amerikanern, aber das war nur natürlich. Er war auch über Fleur glücklich; sie hatte diese peinliche Ferrar-Geschichte völlig überwunden, schien mit dem jungen Michael ein Herz und eine Seele und freute sich, wieder nach Hause und zu ihrem Kind zu kommen. Soames hatte in der Tat das Gefühl, einen Gipfelpunkt des Lebens erreicht zu haben; tiefer Friede und die Gewißheit belohnter Tugend erfüllten ihn, und darüber hinaus noch der Gedanke, daß er bald wieder den Duft englischen Grases einatmen und seine Kühe am Ufer des Stroms sehen würde. Wahrscheinlich würde sich sogar Annette freuen, ihn wiederzusehen, er hatte ihr in New York ein wirklich hübsches Smaragdarmband gekauft. Und der Anblick dieser »Nirwana-Statue« machte ihn nun restlos zufrieden.

»Da sind wir, Anne.«

Ein englischer Akzent, und dort drüben zwei junge Leute, sie würden wahrscheinlich gleich zu plappern anfangen. Er wollte sich gerade erheben, da hörte er die junge Frau zwar mit amerikanischem Akzent, aber mit sanfter und merkwürdig anheimelnder Stimme sagen: »John, es ist einfach überwältigend. Ich spüre es hier.« An ihrer Handbewegung sah Soames, daß er es so wie sie, ganz am gleichen Fleck, gespürt hatte.

»Ewiges Schweigen. Es bedrückt mich, John.«

Der junge Mann schob seinen Arm in den ihren, und Soames konnte sein Gesicht sehen. In Sekundenschnelle verbarg er sein Gesicht in der Hand. »John?« Sie hatte also »Jon« gemeint. Der junge Jon Forsyte — zweifellos! Und diese junge Dame, seine Frau, war die Schwester des jungen Amerikaners Francis Wilmot! Was für ein unglücklicher Zufall! Er erinnerte sich genau an das Gesicht des Jungen, obgleich er ihn nur das eine Mal in der Galerie in der Cork Street gesehen hatte, danach in der Konditorei und dann an jenem schrecklichen Nachmittag, als er nach Robin Hill hinausgefahren war, um seine geschiedene erste Frau zu bitten, daß *ihr* Sohn *seine* Tochter heiraten möge. Niemals hatte ihn eine Weigerung mehr gefreut! Niemals hatte sich die Gerechtigkeit des Schicksals am Ende klarer erwiesen. Und dennoch brannte der Schmerz, Fleur jene Weigerung mitteilen zu müssen, noch heute wie glühende Kohle in seiner Erinnerung, rot und stechend unter der Asche der Zeit. Soames sah durch Hut und Hand verdeckt die beiden nochmals genau an. Der junge Mann war barhäuptig, wie aus Ehrfurcht vor der Statue. Er sah wie ein Forsyte aus, trotz des Haarschopfs. Ein Dichter — hatte er gehört! Das Gesicht war nicht übel; es hatte einen eigenen Charme; wie sein Großvater, der alte Jolyon, hatte auch er tiefliegende dunkelgraue Augen; der lichte Glanz über seinem Haar kam zweifellos von der Mutter, aber das Kinn war ein Forsyte-Kinn. Soames betrachtete die junge Frau. Nicht groß, blaß, dunkles Haar, dunkle Augen; eine hübsche Art, den Hals zu wenden, auch eine angenehme Haltung, eine kerzengerade, reizende kleine Gestalt! Aber wie hatte sich der junge Mann nur in sie verlieben können — nach Fleur! Dennoch sah sie für eine Amerikanerin sehr weiblich aus, ein wenig erinnerte sie an eine Nymphe, es lag etwas Zurückhaltendes in ihr.

Nichts war Soames in Amerika so sehr aufgefallen wie der Mangel an Zurückhaltung. Wenn man seine Ruhe haben wollte, mußte man das Telefon ausschalten und in die Badewanne steigen — sonst wurde man gerade vor dem Einschlafen angerufen, ob man Mr. und Mrs. Newberg sei. Auch die Häuser waren nicht voneinander getrennt, ja sie standen nicht einmal von der Straße zurück. In den Hotels waren alle Zimmer durch Türen verbunden, und im Vestibül konnte man todsicher alle Banken vertreten finden. Nicht einmal das Essen war individuell; selbst wenn man eingeladen war, blieb es immer gleich: Hummercocktail, Maifisch, Truthahn, Spargel, Salat und Eiscreme — sehr gute Gerichte, zweifellos, man nahm dabei zu, aber individuell waren sie nicht.

Die beiden sprachen miteinander; er erinnerte sich an die Stimme des jungen Mannes.

»Es ist das Größte, was in Amerika geschaffen wurde, Anne. Etwas so Gutes haben wir in England nicht. Es erweckt eine Sehnsucht in mir – wir werden nach Ägypten fahren müssen.«
»Deine Mutter wäre begeistert, Jon; und ich auch.«
»Komm, sehen wir es uns von der anderen Seite an.«
Soames erhob sich rasch und verließ die Nische. Er war bestürzt, obgleich man ihn nicht erkannt hatte. Eine lächerliche, ja eine gefährliche Begegnung! Sechs Monate lang war er umhergereist, damit Fleur ihr seelisches Gleichgewicht wiedergewinne; und nun, da sie endlich ruhig war, durfte sie um keinen Preis durch den plötzlichen Anblick ihres einstigen Geliebten aus der Fassung gebracht werden. Nur zu gut erinnerte er sich, wie der Anblick Irenes i h n aus der Fassung bringen konnte. Aber war es nicht so gut wie sicher, daß auch Irene hier war? Und doch – Washington war ja eine große Stadt. Keine besondere Gefahr. Am Nachmittag würden sie nach Mount Vernon fahren und am nächsten Morgen das Schiff besteigen. Am Ausgang des Friedhofs wartete sein Taxi. Einer der anderen Wagen mußte den beiden jungen Leuten gehören. Und er warf einen verstohlenen Blick auf die Autos. Stieg vielleicht in ihm eine Angst, eine Hoffnung auf, daß er in einem Wagen s i e sehen würde, die er in einem früheren Leben Tag für Tag, Nacht für Nacht gesehen hatte, wie sie auf etwas wartete, das er ihr – so schien es – nicht hatte geben können? Nein, nur die Chauffeure saßen da. Er stieg ein und sagte: »Hotel Pótomac.«
»Hotel Potómac?«
»Wenn Ihnen das besser gefällt.«
Der Lenker grinste und machte den Schlag zu. Das Veteranenheim! Es hieß, daß Veteranen so ziemlich ausgestorben seien. Aber durch den Krieg würde reichlicher Zuwachs gekommen sein. Was bedeuteten übrigens Raum und Geld in Amerika! Sie besaßen ja so viel, daß sie nicht wußten, was sie damit anfangen sollten. Na, ihm konnte es egal sein. Er fuhr ja nun fort. Ihm war alles egal. Allerdings hatte er eine ganze Anzahl von Amerikanern eingeladen, ihn zu besuchen, wenn sie nach England kämen, um seine Bilder anzusehen. Sie waren sehr liebenswürdig, sehr gastfreundlich gewesen, er hatte auch eine Menge sehr schöner Bilder gesehen, sogar einige chinesische, und viele hohe Gebäude. Und das Klima war auch sehr anregend. Für immer würde er nicht hierbleiben wollen, aber es war alles voll Leben und für kurze Zeit ganz gesund. »Ich kann mir nicht vorstellen, daß s i e hier lebt!« dachte er plötzlich. »Niemals habe ich eine zurückhaltendere Natur gesehen!« Die Autos rollten an ihm vorüber oder standen wartend nebeneinander. Ganz

Amerika bestand aus nichts als Autos und Zeitungen! Ein Gedanke beunruhigte ihn plötzlich: Hier meldeten die Zeitungen ja alles! Wie, wenn sein Name unter den neuangekommenen Gästen stünde!
Im Hotel angelangt, ging er sofort zum Kiosk in der Halle, wo man Zeitungen und Zahnpasta zu kaufen bekam, Zuckerwerk, um sich die Zähne zu ruinieren – er würde sich gar nicht wundern, wenn man auch gleich falsche Zähne als Ersatz bekäme. Liste der Angekommenen. Da war sie. »Hotel Potomac: Mr. und Mrs. Carus K. McGunn; Misses Errick; Mr. H. Yellam Roof; Mr. Semmes Forsyth; Mr. und Mrs. Munt.« Da waren sie in Lebensgröße, aber glücklicherweise nicht gut getroffen. Forsyth! Munt! Die Zeitungen konnten doch niemals etwas richtig drucken. Semmes! Hoffentlich erkannte niemand den Namen. Er ging zum Portierbüro und schlug das Gästebuch auf. Jawohl, er hatte die Namen ganz deutlich geschrieben. Das war noch ein Glück, sonst hätte man sie – aus Versehen – richtig gedruckt. Dann blätterte er um und las: »Mr. und Mrs. Jolyon Forsyte.« Hier, in diesem Hotel – die beiden! Einen Tag vor ihm angekommen! Ja, und ganz oben auf der Seite, ein paar Tage früher datiert: »Mrs. Irene Forsyte.« Seine Gedanken arbeiteten mit unglaublicher Schnelligkeit. Er mußte sofort einen Entschluß fassen. Wo waren Fleur und Michael? Gestern hatten sie mit ihm die Freer-Galerie besucht, eine schöne kleine Galerie, er hatte nie eine bessere gesehen, und das Lincoln-Denkmal, und dann diesen riesigen Turm, auf den er nicht hatte hinaufsteigen wollen. Heute morgen wollten sie die Corcoran-Galerie besuchen, in der eine Jubiläumsausstellung zu sehen war. Er wußte wohl, was das bedeutete. Zu seiner Zeit hatte er genug englische Jubiläumsausstellungen gesehen. Alle Maler, die damals modern waren – das Resultat war unbeschreiblich traurig! Er fragte den Angestellten:
»Ist hier in der Nähe ein Restaurant, wo man gut essen kann?«
»Gewiß; Filler führt eine gute Küche.«
»Danke! Wenn meine Tochter und ihr Mann zurückkommen, richten Sie ihnen bitte aus, daß sie mich um ein Uhr bei Filler treffen sollen.«
Er ging zum Kiosk zurück und kaufte Karten für die Oper, so daß sie am Abend nicht im Hotel sein würden, und war in zehn Minuten auf dem Weg zur Corcoran-Galerie. Von Filler aus würden sie sofort nach Mount Vernon fahren; vor der Oper würden sie in einem anderen Hotel dinieren und morgen mit dem ersten Zug abdampfen – er wollte nichts riskieren! Wenn er sie nur in der Corcoran-Galerie abfangen könnte!
In der Galerie kaufte er mechanisch einen Katalog und stieg die Treppe hinauf. Die Säle führten alle ins Foyer hinaus, und er begann mit dem

letzten. Ah, da standen die beiden ja vor dem Bild eines Sonnenuntergangs! Ihrer war er nun sicher, aber nicht seiner selbst – Fleur durchschaute einen gleich –, und er beschäftigte sich angelegentlich mit den Bildern. Modernes Zeug, Nachzügler jener französischen Extravaganzen, die ihm Dumetrius vor sechs Monaten in London gezeigt hatte. Massenware, wie er vermutet hatte, hätten alle vom selben Maler sein können. Er sah, wie Fleur lachte und Michael am Arm berührte. Jammerschade, wenn ihre Ruhe wieder gestört würde! Und wie hübsch sie aussah! Kein Vergleich mit dieser – hm! Na ja. Er trat hinter sie. Was? Diese untergehende Sonne war ein Männergesicht, wirklich? Heutzutage wußte man nie, woran man war!

Er sagte: »Ich wollte auf einen Augenblick hereinschauen. Wir essen bei Filler; es soll dort besser als im Hotel sein, und von dort können wir gleich nach Mount Vernon fahren. Für den Abend habe ich Opernkarten genommen.«

Da er bemerkte, daß Fleur ihn musterte, starrte er das Bild an. Sie konnte ihm natürlich nichts anmerken, aber er fühlte sich nicht allzu behaglich.

»Sind die älteren Bilder besser?« fragte er.

»Also, Sir, Fleur sagte gerade: Wie kann einer heutzutage noch den Mut haben, zu malen?«

»Wie meinst du das?«

»Wenn Sie erst die ganze Galerie gesehen haben, werden Sie dasselbe sagen. Da hängen hundert Jahre Malerei.«

»Die besten Bilder kommen nie in diese Ausstellungen«, erwiderte Soames, »die nehmen einfach alles, was sie bekommen können. Die Amerikaner haben auch einige große Maler gehabt – Ryder, Innes, Whistler, Sargent.«

»Gewiß«, meinte Fleur. »Aber willst du dir wirklich alles ansehen, Vater? Ich bin schrecklich hungrig.«

»Nein«, erwiderte Soames, »nach der Saint-Gaudens-Statue habe ich keine Lust dazu.«

2

Mount Vernon! Was für eine herrliche Lage! Die Bäume in ihrer Farbenpracht, der grasüberwachsene Felsabsturz, und unten der breite blaue Potomac, der – sogar Soames gab das zu – viel imposanter als die

Themse wirkte. Und das niedere weiße Gebäude hier oben, das, abgesehen von den Ausflüglern, würdevoll und von vornehmer Zurückhaltung war und einen fast englisch anmutete, erregte in ihm ein Gefühl, das ihm fremd geworden war, seit er die Heimat verlassen hatte. Er konnte sich wohl vorstellen, daß der gute George Washington diesen Platz sehr gern gehabt hatte. Er hätte sich selbst hier wohl gefühlt. Es erinnerte ihn an das alte Haus Lord John Russels auf dem Hügel von Richmond, nur daß hier natürlich der Fluß breiter war und man in den Vereinigten Staaten und Kanada, soweit er sie gesehen hatte, das Gefühl nicht loswurde, daß es den Menschen nicht gelinge, das Land auszufüllen – ein so ungeheurer Raum, und offenbar keine Zeit, ihn zu besiedeln. Fleur war entzückt, und der junge Michael hatte es »sehr hübsch« genannt. Die Sonne schien warm auf Soames' Gesicht, während er von der großen Eingangspforte noch einmal den Blick umherschweifen ließ, ehe er das Haus betrat. Daran würde er noch denken – nicht alles in Amerika war erst gestern gebaut worden. Er durchschritt das Vestibül und ging langsam und neugierig durch die unteren Zimmer. Wahrhaftig, sie hatten ihre Sache gut gemacht! Nur vortreffliche alte Originalstücke, anderthalb Jahrhunderte alt; sie erinnerten Soames an die Stunden, die er in den Antiquitätenläden von Taunton und Turnbridge Wells verbracht hatte. Etwas zuviel George Washington! George Washingtons Becher, George Washingtons Fußbadewanne, sein Brief an Soundso, sein Spitzenkragen, sein Degen und seine Flinte und alles, was er besessen hatte! Das war jedoch unvermeidlich. Abseits von der Menge ging Soames durch die Räume – die Gewohnheit des Sammlers, sich schweigend sein Urteil zu bilden, schirmte ihn bei solchen Gelegenheiten von der Außenwelt ab; er vertrug es absolut nicht, daß sein Urteil von kritiklosem, blödem Geschwätz gestört wurde. Er hatte das Schlafzimmer oben betreten, in dem George Washington gestorben war, und blickte durch das Gitter, als Stimmen an sein Ohr schlugen, die ihm das Blut gerinnen ließen, dieselben Stimmen, die er heute morgen vor der Saint-Gaudens-Statue vernommen hatte, und dazu Michaels Stimme. Stand auch Fleur dabei? Ein Blick nach hinten beruhigte ihn. Nein, die drei standen oben auf der Haupttreppe und wechselten ein paar Worte wie Fremde, die sich zufällig für dieselbe Sache interessieren. Er hörte Michael sagen: »Damals hat man einen recht guten Geschmack gehabt« und Jon Forsyte erwidern: »Fast alles Handarbeit.«

Soames eilte zur hinteren Stiege, karambolierte mit einer dicken Dame, wich stammelnd zurück und rannte hinunter. Wenn Fleur nicht bei Michael war, so bedeutete das, daß es ihr gelungen war, den Kustos in ein

Gespräch zu verwickeln. Er mußte sie wegbringen, während die drei noch oben waren! Zwei junge Engländer würden sich wohl nicht gleich einander vorstellen, und wenn sie es doch täten, so müßte er Michaels rasch habhaft werden. Aber wie sollte er Fleur von hier wegbringen? Aha, da stand sie ja im Gespräch mit dem Kustos vor George Washingtons Flöte, die auf George Washingtons Spinett im Musikzimmer lag! Soames litt schwer. Es war arg genug, wenn einem übel wurde; um wieviel ärger war es, ein Übelsein nur vorzutäuschen! Und dennoch — was blieb ihm anderes übrig? Er konnte doch nicht auf sie zugehen und erklären: »Ich habe genug. Gehen wir!« Er würgte heftig, faßte sich mit der Hand an den Kopf und ging auf das Spinett zu.

»Fleur!« sagte er, und ohne ihr Zeit zu lassen, ihn zu mustern, fuhr er rasch fort: »Ich fühl' mich nicht ganz wohl. Ich muß gehen.«

Wenn ein so undramatischer Mensch das sagte, so wirkte es zweifellos alarmierend.

»Vater! Was ist denn?«

»Ich weiß nicht«, erwiderte Soames, »es dreht sich alles. Gib mir deinen Arm.«

Die ganze Sache war ihm schrecklich zuwider. Auf dem Weg zum Auto, das vor dem Eingang neben den anderen stand, brachte ihn ihre Besorgnis so in Verlegenheit, daß er fast seine Kriegslist aufgegeben hätte. Dennoch war er imstande zu murmeln: »Ich glaube, ich hab' mir zuviel zugemutet oder es ist das Essen; ich werde mich ins Auto setzen.«

Zu seiner großen Erleichterung setzte sie sich neben ihn, zog ihr Riechfläschchen hervor und schickte den Chauffeur nach Michael. Soames war gerührt, obgleich es ihm lästig war, das scharfe Zeug riechen zu müssen. »So viele Umstände wegen nichts!« murmelte er.

»Wir fahren am besten sofort ins Hotel zurück, Vater, damit du dich niederlegen kannst.«

Nach ein paar Minuten kam Michael herbeigeeilt. Auch er war, wie es Soames schien, aufrichtig bestürzt, und der Wagen fuhr ab. Soames saß zurückgelehnt da, Hand in Hand mit Fleur, Mund und Augen fest geschlossen, und fühlte sich vielleicht wohler als je in seinem Leben. Ehe sie Alexandria erreicht hatten, öffnete er den Mund und erklärte, daß er ihren Ausflug verdorben habe. Sie müßten jetzt über Arlington zurückfahren, wo er im Wagen warten würde, während sie es besichtigten. Fleur war dafür, gleich ins Hotel zu fahren, aber er bestand darauf. Nachdem sie jedoch bei diesem andern »Weißen Haus« angekommen waren, das gleichfalls sehr günstig am Abhang über dem Fluß gelegen war, bekam er fast einen Ohnmachtsanfall, während er im Auto auf sie wartete.

Wenn nun Jon Forsyte die gleiche Idee hätte und plötzlich vorgefahren käme? Er fühlte sich außerordentlich erleichtert, als sie wieder herauskamen und erklärten, daß es hübsch gewesen sei, aber nicht mit Mount Vernon zu vergleichen. Die Säulen der Vorhalle seien zu massiv. Als der Wagen wieder durch die Wälder fuhr, entschloß sich Soames endgültig, die Augen offenzuhalten.

»Jetzt fühle ich mich schon wieder ganz wohl. Es kam wahrscheinlich von der Leber.«

»Du solltest einen Schluck Kognak trinken, Vater. Mit einem ärztlichen Rezept können wir welchen bekommen.«

»Arzt? Unsinn! Wir werden auf unserem Zimmer essen, ich werde mich hinter den Kellner stecken, sie werden sicher Kognak im Hause haben!«

Auf dem Zimmer essen! Ein ausgezeichneter Einfall!

In ihrem Wohnzimmer lag er gerührt und dankbar auf dem Sofa, denn Fleur schob seine Kissen zurecht, blendete das Licht ab und blickte über ihr Buch hinweg zu ihm hin, um zu sehen, wie er sich fühle. Er dachte sogar: »Ab und zu sollte ich ein wenig krank sein!« Aber wenn er zu Hause jemals klagte, daß er sich krank fühle, begann Annette sofort zu klagen, sie fühle sich noch kränker!

Ganz nahe, in dem kleinen Salon gegenüber der Treppe, spielte jemand Klavier.

»Stört dich die Musik, Vater?«

Soames durchfuhr der Gedanke: »Irene!« Wenn sie es wäre und Fleur hinausginge, um sie zu bitten, ihr Spiel einzustellen! Aber dann käme er vom Regen in die Traufe!

»Nein, es gefällt mir sogar ganz gut«, entgegnete er rasch.

»Ein sehr guter Anschlag.«

Irenes Anschlag! Er erinnerte sich, wie June ihren Anschlag lobte, erinnerte sich, wie er jenen Kerl, Bosinney, erwischt hatte, als er ihrem Spiel im kleinen Salon am Montpellier Square zugehört hatte – ein Gesicht wie eine Wildkatze hatte der Kerl immer gehabt! Er erinnerte sich auch, wie sie zu spielen aufgehört hatte, sobald er eingetreten war – aus Rücksicht? Oder aus dem Gefühl heraus, daß es an ihn verschwendet sei? Er war nie dahintergekommen! Nun, das war vorbei und fast vergessen! Er schloß die Augen und sah sofort wieder Irene in ihrem smaragdgrünen Abendkleid in der Halle des Hauses in Park Lane, bei ihrem ersten Besuch nach der Hochzeitsreise, wie sie darauf wartete, daß er ihr den Mantel umhänge. Warum verfolgten einen solche Bilder, wenn man die Augen schloß – Bilder ohne Sinn und Zusammenhang! Irene, wie sie ihr Haar bürstete – das jetzt natürlich grau sein mußte!

Da er siebzig war, mußte sie fast zweiundsechzig sein. Wie die Zeit verging! Haar *feuille morte* — Tante Juley hatte es mit einem gewissen Stolz über den Ausdruck, den sie irgendwo aufgeschnappt hatte, so genannt — und Augen wie von dunklem Samt! Aber schön ist, wer sich schön benimmt! Doch wer konnte das entscheiden? Wenn er es vielleicht besser verstanden hätte, seine Gefühle auszudrücken! Wenn er musikalisch gewesen wäre! Wenn sie nicht so sehr seine Sinne erregt hätte! Vielleicht — ach, zum Teufel mit dem Vielleicht! Dieses Rätsel würde er nie lösen, am wenigsten gerade hier. Vertrackte Geschichte! Konnte man denn nie vergessen?

Fleur ging die Koffer packen und sich umkleiden. Das Dinner wurde heraufgebracht; Michael erzählte, daß er ein interessantes junges Ehepaar in Mount Vernon getroffen habe. Soames stockte der Atem. Einen Engländer! Soames atmete wieder freier, keine Namen. »Er sagte, daß Mount Vernon ihn ganz krank vor Heimweh mache!«

»Wie hieß er denn, Michael?«

»Ich hab' ihn nicht gefragt. Warum?«

»Ach, ich weiß nicht, es wäre doch möglich gewesen.«

Soames wußte es genau. Natürlich! Er hatte doch gesehen, wie Fleur die Ohren spitzte. Wenn man ihr die Gelegenheit gäbe, so würde ihr Gefühl für den Sohn Irenes wieder aufflammen. Das lag im Blut!

»Bright Markland«, sagte Michael, »hat sich endlos über die Zukunft Amerikas ausgelassen — er ist sehr glücklich, weil hier noch so viele Menschen auf dem Land wohnen; aber er hat sich auch über die Zukunft Englands ausgelassen — über die ist er auch glücklich, und dort wohnt doch fast niemand mehr auf dem Land.«

»Wer ist Bright Markland?« murmelte Soames.

»Der Herausgeber des *Examiner*, Sir. Es hat niemals einen optimistischeren Menschen gegeben oder einen, der die Kunst, eine Sache von zwei Seiten zu sehen, besser verstanden hätte.«

»Ich hatte gehofft«, meinte Soames bedrückt, »daß du dein altes Land etwas mehr schätzen gelernt hättest, nachdem du diese neuen Länder gesehen hast.«

Michael lachte. »Das brauchen Sie mir nicht vor Augen zu halten, Sir. Aber ich gehöre ja zu der sogenannten privilegierten Klasse, und ich glaube, Sie auch.«

Soames starrte ihn an. Dieser junge Mann wurde sarkastisch!

»Na, ich werde froh sein, wieder nach Hause zu kommen«, erwiderte er. »Hast du schon gepackt?«

Jawohl, sie waren fertig. Bald darauf telefonierte er um ein Auto, das sie zur Oper führen sollte. Er begleitete sie selbst hinunter, damit sie sich nicht unnötig in der Halle aufhielten. Alles ging glatt, ohne Zwischenfall. Und mit einem tiefen Seufzer der Erleichterung stieg er wieder in den Lift und fuhr auf sein Zimmer.

3

Da stand er nun am Fenster, blickte auf die hohen Häuser hinaus, auf die Lichter, die Wagen, die unten vorüberfuhren, und auf den klaren Sternenhimmel. Er war jetzt wirklich müde; noch ein solcher Tag, und er würde es nicht mehr nötig haben, eine Übelkeit vorzuschützen. Mit knapper Not war er einer ganzen Reihe böser Zufälle entgangen. Wenn er nur schon sicher zu Hause wäre! Mit jener Frau unter demselben Dach zu sein – wie merkwürdig! Seit jenem schrecklichen Tag im November 1887, als er in so tödlicher Verzweiflung immer wieder um den Montpellier Square herumlief und schließlich den jungen Jolyon vor seiner Tür fand, hatte er keine Nacht mehr mit ihr unter demselben Dach verbracht. Der eine Liebhaber tot, und schon stand der andere vor der Tür! In jener Nacht hatte sie sich aus seinem Hause weggestohlen, und bis zur heutigen Nacht waren sie nie wieder zusammen unter einem Dach gewesen. Wieder diese Musik – leise und erregend! War sie es? Um davon loszukommen, ging er in sein Schlafzimmer und packte seine Sachen. Er war bald fertig, denn er hatte nur einen Handkoffer mit. Sollte er zu Bett gehen? Und dort wach liegen? Diese Geschichte hatte ihn ganz aus der Fassung gebracht. Wenn sie es nun war, die da ein paar Schritte von ihm entfernt am Klavier saß, wie würde sie jetzt aussehen? Sieben-, nein, achtmal hatte er sie seit jener Novembernacht gesehen. Zweimal in ihrer Etagenwohnung in Chelsea, dann beim Springbrunnen im Bois de Boulogne, in Robin Hill, als er ihr und dem jungen Jolyon sein Ultimatum stellte, beim Begräbnis der Königin Viktoria, auf Lord's Kricketplatz, noch einmal in Robin Hill, als er für Fleur bitten ging, und in der Goupenor-Galerie, knapp vor ihrer Abreise nach Amerika. Er konnte sich an jede Kleinigkeit eines jeden Zusammentreffens erinnern und auch daran, wie sie zuletzt die behandschuhte Hand gehoben und ganz leise gelächelt hatte.

Soames fröstelte. Diese amerikanischen Zimmer waren zu heiß! Er ging ins Wohnzimmer zurück. Der Tisch war abgeräumt und die Abendzeitung zurechtgelegt; was half ihm das! Die Zeitungen hier in Amerika interessierten ihn gar nicht. Was fühlte er für Irene nach so langen Jahren, durch soviel Raum und Zeit von ihr getrennt? Haß? Der Ausdruck war zu stark. Man haßte Menschen nicht, mit denen man nicht in naher Berührung stand. Und außerdem hatte er sie nie gehaßt! Auch damals nicht, als ihm klarwurde, daß sie ihm untreu war. Verachtung? Nein. Er hatte zu sehr um sie gelitten. Er wußte nicht recht, was er fühlte. Und er begann auf und ab zu gehen und blieb ein- oder zweimal an der Tür stehen, um zu lauschen, wie ein Gefangener in seiner Zelle lauscht. Das war seiner unwürdig! Er ging zum Diwan und streckte sich aus. Er wollte an seine Weltreise denken. Hatte sie ihm Vergnügen gemacht? Ein endloser Wirbel von Dingen und – Wasser. Und dennoch war alles ganz programmgemäß verlaufen bis auf China, dem sie wegen der dortigen Unruhen in möglichst weitem Bogen ausgewichen waren. Die Sphinx und der Tadj Mahal, der Hafen von Vancouver und die Rocky Mountains gingen ihm wie ein Mühlrad im Kopf herum, und nun noch – dieses Spiel! War sie es – sie? Es schien, daß man nur einmal wahre Leidenschaft fühlen konnte. Alles, was nachher kam, war mehr oder weniger lauwarm, und vielleicht war es gut so, sonst müßte der überhitzte Kessel platzen. Wollte er die Gefühle der ersten Jahre, in denen er sie gekannt hatte, nochmals durchleben? Nicht um die Welt! Und dennoch – erhob sich Soames. Unaufhörlich erklang die Musik; aber mit dem Aufhören des Spiels würde – ob sie es nun war oder nicht! – auch der Spieler verschwinden. Warum nicht einmal an dem kleinen Salon vorbeigehen, gerade nur vorbeigehen, und – und einen Blick hineinwerfen? Wenn sie es war – nun, sicher war sie nicht mehr so anziehend wie früher, hatte ihre Schönheit, die ihm so übel mitgespielt hatte, verloren! Er wußte, wo das Klavier stand, ja, die Spielerin mußte ihm das Profil zuwenden. Er öffnete die Tür; die Musik wurde lauter, und er schlich näher. Nur die Breite von Fleurs Zimmer trennte ihn von dem kleinen, offenen Salon der Treppe gegenüber. Niemand befand sich auf dem Gang, nicht einmal ein Boy. Höchstwahrscheinlich war es irgendeine Amerikanerin, vielleicht Jons Frau. Doch nein – es lag etwas – etwas Besonderes im Klang! Er hielt das Abendblatt vor sich und ging langsam weiter. Drei Säulen, in Abständen, trennten den Salon vom Gang, wodurch etwas vermieden wurde, was Soames in Amerika so sehr vermißte – die vierte Wand. Bei der ersten Säule machte er halt. Eine Stehlampe mit orangefarbenem Schirm stand beim Klavier, und ihr Licht fiel auf die Noten, die Tasten und auf Wange und Haar der Spielerin. Sie war es! Obgleich er sich immer vorgestellt hatte, daß ihr Haar jetzt grau sei, berührte ihn doch der Anblick dieses Haars ohne ein Spur des früheren goldenen Schimmers wunderbar. Es bedeckte sie in weichen glänzenden Wellen wie eine silberne Haube. Sie war in Abendtoilette, und er konnte sehen, daß Schultern, Hals und Arme noch immer voll und schön waren. Der ganze Körper von den Hüften an bewegte sich sanft zum Rhythmus des Spiels. Ihr Kleid war graulila. Soames blickte von seinem Platz hinter der Säule hinüber und hielt die Hand vors Gesicht — sie konnte sich ja umwenden. Er wurde sich nicht bewußt, ob er in den folgenden Augenblicken etwas fühlte, der Film der Erinnerungen rollte zu rasch ab: Von dem Tag, da er sie zum erstenmal in einem Salon in Bournemouth erblickt hatte, bis zu dem Tag, als er sie zum letztenmal in der Goupenor-Galerie gesehen hatte, zog die ganze Kette der Ereignisse mit ihrer Leidenschaft und ihrer Kälte und allen bitteren Gefühlen an ihm vorbei; wie seine Sinne gekämpft hatten und sein Geist immer unterlegen war; diese lange, quälende Leidenschaft, und wie sie allmählich stumpf und gleichgültig geworden war. Wie er so dastand, hätte er um keinen Preis gewünscht, mit ihr zu sprechen, und dennoch konnte er seine Augen nicht von ihr abwenden. Da hörte sie zu spielen auf, beugte sich vor, klappte die Noten zu und streckte die Hand aus, um die Lampe auszulöschen. Ihr Gesicht kam in den Bereich des Lichts; Soames sah sie an und fuhr zurück — sie war noch immer schön, vielleicht noch schöner, ein wenig müde, so daß die Augen vielleicht noch dunkler blickten, noch größer, sanfter als früher, unter den noch immer dunklen Brauen. Und wieder hatte er das Gefühl: »Dort sitzt eine Frau, die ich nie gekannt habe.« Fast zornig wich er langsam zurück, bis er nichts mehr von ihr sah. Ah, sie hatte viele Fehler gehabt, aber ihr schlimmster war bis zum heutigen Tag dies verdammte Geheimnisvolle, mit dem sie sich umgab! Und mit leisen Schritten, wie eine Katze, schlich er in das Zimmer zurück.

Er war todmüde, begab sich in sein Schlafzimmer, entkleidete sich rasch und ging zu Bett. Von ganzem Herzen wünschte er, daß er an Bord wäre, unter britischer Flagge. »Ich bin ein alter Mann«, dachte er plötzlich, »alt.« Dieses Amerika war zu jung für ihn, übervoll von Energie, steuerte auf Ziele zu, vor denen er nichts wußte. Die Länder des Ostens waren anders gewesen. Aber schließlich war er erst siebzig Jahre alt. Sein Vater war neunzig geworden — der alte Jolyon fünfundachtzig, Timothy hundert, und auch alle anderen Forsytes hatten ein hohes Alter erreicht. Die hatten mit Siebzig nicht Golf gespielt; und dennoch waren sie jünger gewesen, auf jeden Fall jünger, als er sich heute fühlte. Der Anblick jener Frau hatte — hatte —! Alt!

»Ich werde nicht nach Hause fahren, um den Greis zu spielen«, dachte er. »Wenn ich mich wieder so fühle wie heute, werde ich den Arzt kommen lassen.« Da gab es doch jetzt so ein Affenpräparat, das man injizierte. Damit wollte er nichts zu tun haben. Affen, wahrhaftig! Warum nicht Schweine oder Tiger? Zehn bis fünfzehn Jahre mußte er noch aushalten! Bis dahin würde es sich schon herausgestellt haben, wohin England steuerte. Die blöde Idee einer Vermögenssteuer würde bis dahin schon Bankrott gemacht haben. Er würde wissen, was er Fleur hinterlassen konnte; würde ihr Baby zu einem Jungen heranwachsen sehen, der zur Schule ging – sogar in ein Internat, wenn es sein mußte! Eton? Nein, der junge Jolyon war dort gewesen; Winchester, die Schule der Monts? Nein, die auch nicht, wenn er es verhindern konnte. Harrow lag bequem; oder seine eigene alte Schule, Marlborough? Vielleicht würde er ihn noch bei Lord's Kricket spielen sehen. Noch fünfzehn Jahre, bis Kit auf Lord's Kricketplatz spielen würde! Das war doch etwas, worauf er sich freuen konnte, wofür sich's lohnte auszuhalten. Aber wenn man das nicht hatte, fühlte man sich alt, und wenn man sich alt fühlte, dann war man tatsächlich alt, dann konnte man sich begraben lassen. Wie gut sich diese Frau gehalten hatte! Sie –! Er hatte ja auch noch seine Bilder; er wollte sich ihnen etwas ernstlicher widmen. Die Freer-Galerie! Seine Bilder der Nation hinterlassen, damit der Name weiterlebe – davon hätte er viel! Sie! S i e würde niemals sterben!

Was für ein Lichtstrahl war das an der Wand, nahe der Tür?

»Schläfst du, Vater?«

Fleur hatte also nicht vergessen, noch einmal nach ihm zu sehen!

»Wie geht es dir jetzt?«

»Ganz gut. Nur etwas müde bin ich. Wie war übrigens die Oper?«

»Mittelmäßig.«

»Ich habe angeordnet, daß man uns um sieben weckt. Wir werden im Zug frühstücken.«

Ihre Lippen berührten seine Stirn. Wenn – wenn jene Frau – aber nie – nicht ein einziges Mal! – niemals aus eigenem Antrieb –!

»Gute Nacht!« sagte er. »Schlaf gut.«

Der Lichtstrahl an der Wand erlosch. Fort! Nun war er schläfrig. Aber in diesem Haus – Gestalten – Gestalten! Aus der Vergangenheit – aus der Gegenwart – am Klavier – an seinem Bett – vorbei – an ihm vorbei – und dort, hinter ihnen die große verschleierte Frau aus Bronze, mit geschlossenen Augen, versunken in ewigem . . . tiefem . . . tiefem . . . Und leise schnarchend war er eingeschlafen.

DRITTES BUCH

Schwanengesang

„Wir sind aus gleichem Stoff gemacht wie Träume.
Und dies kleine Leben umfaßt ein Schlaf."

Der Sturm

F. N. Doubleday
zugeeignet

Erster Teil

1

Eröffnung der Kantine

Die moderne Gesellschaft, in der ein Ereignis das andere jagt und eine Sensation die andere ablöst, hat kein gutes Gedächtnis; und so kam es, daß im Frühling 1926 Fleur Monts Auseinandersetzung mit Marjorie Ferrar so gut wie vergessen war. Überdies hütete Fleur sich, das Gedächtnis der Gesellschaft aufzufrischen, denn nach ihrer Weltreise interessierte sie sich für das britische Empire; und das war so unmodern, daß es den ganzen Reiz und die ganze Erregung von etwas Neuem bot und dazu eine gewisse Garantie, sich nicht persönlich zu kompromittieren.
Leute aus den Kolonien, Amerikaner und indische Studenten, die niemand im Verdacht haben konnte, Salonlöwen zu sein, trafen sich jetzt in dem »bimetallischen Empfangszimmer«; Fleur fand sie »sehr interessant«, besonders die indischen Studenten, die so geschmeidig und rätselhaft waren, daß sie niemals wußte, ob sie aus den Studenten Vorteil zog oder die Studenten aus ihr.
Da der Foggartismus nur mühsam weitergebracht werden konnte, hatte sie sich nach einem entsprechenden Ersatz für Michaels parlamentarische Karriere umgesehen, und da sie Indien gut kannte – sie hatte sich auf ihrer Weltreise volle sechs Wochen dort aufgehalten –, glaubte sie diesen Ersatz in der Idee gefunden zu haben, den Indern die Einreise nach Kenia zu gestatten. Aus ihren Gesprächen mit den indischen Studenten hatte sie gelernt, daß man unmöglich eine Richtung einhalten könne, wenn man kein bestimmtes Ziel im Auge hatte. Diese jungen Männer mochten kompliziert und unpraktisch sein, grüblerisch und verschlossen, aber sie schienen wenigstens die Überzeugung zu haben, daß der Organismus als Ganzes wichtiger sei als seine Teile und daß Indiens Schicksal wichtiger sei als ihr eigenes. Fleur war jetzt Menschen begegnet, die einen Glauben besaßen – eine neue, faszinierende Erfahrung. Sie sprach darüber mit Michael.
»Das ist alles schön und gut«, erwiderte er, »aber unsere indischen

Freunde sind nicht wie wir für ihren Glauben vier Jahre lang im Schützengraben gelegen oder haben in der Furcht davor gelebt. In diesem Fall könnten sie unmöglich das Gefühl haben, daß ihre Sache so wichtig ist, wie sie meinen. Ihr guter Wille würde ihnen nichts nützen, denn sie wären abgestumpft. So ist es ja allen Europäern ergangen, die wirklich den Krieg mitgemacht haben.«

»Deshalb ist ein solcher ›Glaube‹ nicht weniger interessant«, sagte Fleur trocken.

»Nun, meine Liebe, die Propheten schmähen uns dafür, daß wir ohne Zweck und Ziel dahinleben, aber kann man zu einer Vorsehung Vertrauen haben, die so unerhört verschwenderisch ist, daß sie Hackfleisch aus uns macht? Ich kann dir nur sagen, das Viktorianische Zeitalter hat viel billigen und oberflächlichen Glauben gezüchtet, und unseren indischen Freunden geht es ebenso. Seit dem Aufstand von 1857 und 58 hat sich in Indien nichts mehr gerührt, und auch der hatte keine nachhaltige Wirkung. Deshalb solltest du die Leute nicht zu ernst nehmen.«

»Das tu' ich auch gar nicht; aber die Art, wie sie Indien zu dienen glauben, gefällt mir.«

Bei seinem Lächeln runzelte sie die Stirn: Er dachte wohl wieder, daß sie nur ihre Sammlung bereichern wolle.

Ihr Schwiegervater, der sich mit Problemen des Ostens tatsächlich beschäftigt hatte, mokierte sich über diese neuen Bekanntschaften. »Mein ältester Freund«, erklärte er am ersten Mai, »ist Richter in Indien. Er lebt schon seit vierzig Jahren dort. Nach zwei Jahren schrieb er mir, er fange an, die Inder zu verstehen. Nach zehn Jahren schrieb er, nun kenne er sie ganz genau. Gestern kam ein Brief von ihm, in dem stand, daß er nach vierzig Jahren nichts von ihnen wüßte. Und sie wissen ebensowenig von uns. Der Osten und der Westen – sie haben nicht den gleichen Blutkreislauf.«

»Haben nicht vielleicht die vierzig Jahre den Blutkreislauf Ihres Freundes verändert?«

»Sicher nicht«, erwiderte Sir Lawrence, »das dauert vierzig Generationen. Bitte, meine Liebe, noch eine Tasse von deinem guten Türkischen. Was sagt denn Michael zum Generalstreik?«

»Daß die Regierung nicht nachgeben wird, ehe die Gewerkschaft ihre Forderungen vorbehaltlos zurückgezogen hat.«

»Das dachte ich mir. Und wenn wir Engländer einen andern Blutkreislauf hätten, dann könnten wir jetzt etwas erleben, wie der alte Forsyte sagen würde.«

»Michael sympathisiert mit den Bergarbeitern.«

»Ich auch, meine Liebe. Ausgezeichnete Burschen, die Bergarbeiter – aber unglücklicherweise mit Führern gestraft. Den Bergwerksbesitzern geht's genauso. Diese sauberen Führer werden das Land noch an den Rand des Abgrunds bringen, bevor sie genug haben. Kohle ist ein unangenehmes Produkt; sie schwärzt das Gesicht, und jetzt wird uns auch noch schwarz vor den Augen werden. Na, leb wohl! Grüße Kit von mir und sage Michael, er soll nicht den Kopf verlieren.«

Michael versuchte dem Rat zu folgen. Bei Ausbruch des Krieges war er wohl alt genug zum Kämpfen gewesen, doch zu jung, um den Fatalismus verstehen zu können, der die menschliche Natur angesichts einer Krise befällt. Jetzt, vor dem Generalstreik, verstand er dies schon recht gut und begriff auch, warum die Menschen einen so besonderen Wert darauf legen, ihr Prestige zu wahren. Er hatte bemerkt, wie beide Seiten ihre Absicht ausdrückten, der andern Partei in jeder Weise entgegenzukommen, natürlich ohne irgendwelche Zugeständnisse zu machen. Und die Parolen: »Längere Arbeitszeit, weniger Bezahlung« und »Keine Minute mehr Arbeit, keinen Heller weniger Lohn« machten sich gegenseitig Verbeugungen, während jeder Annäherungsversuch die Parteien mehr voneinander entfernte. Und nun beobachtete Michael mit der schlechtverhehlten Ungeduld seines lebhaften Temperaments die nüchternen und vorsichtigen Schritte der typischen Briten, in deren Händen alle Möglichkeiten einer Vermittlung lagen. Als an jenem denkwürdigen Montag nicht nur die Herren mit den Parolen, sondern auch die typischen Briten plötzlich vor der Notwendigkeit standen, durch ihren Gesichtsausdruck das Prestige zu wahren, wußte er, daß die Situation nicht mehr zu retten war. Und als er um Mitternacht aus dem Unterhaus zurückkam, betrachtete er seine schlafende Frau. Sollte er Fleur wecken und ihr sagen, daß es mit England nun soweit sei, oder nicht? Warum sie im besten Schlaf stören? Sie würde es früh genug erfahren! Und zudem würde sie es gar nicht ernst nehmen. Er stand am Fenster seines Ankleidezimmers und blickte auf den dunklen Platz hinab. In zwölf Stunden würde der Generalstreik beginnen. Ein Prüfstein für den britischen Charakter. Der britische Charakter? Schon seit Jahren hatte Michael den Verdacht, daß das, was man gewöhnlich davon sah, trügerisch war; daß Parlamentsmitglieder, Theaterbesucher, schicke Dämchen in Kleidern, die den schikken Figuren wie angegossen saßen, beleibte Generäle in Armsesseln, launische, verhätschelte Dichter, Priester auf den Kanzeln, Plakate in den Straßen und vor allem die Presse nicht das nationale Leben repräsentierten. Wenn keine Zeitungen mehr erschienen, hatte man zumindest Aussicht, etwas vom wahren britischen Charakter zu sehen und zu fühlen;

die Zeitungen trugen Schuld daran, daß man ihn während des Krieges niemals so richtig gesehen oder gefühlt hatte, wenigstens nicht in England. Im Schützengraben war es natürlich anders gewesen — dort waren Sentimentalität und Haß, Rhetorik und Gefasel verpönt; und mit grimmigem Humor hatten die Briten einfach immer wieder ihre Pflicht getan, großartig und ohne Pose, in Dreck und Blut, Gestank und Lärm und unter dem unaufhörlichen Alpdruck, ohne Sinn und Verstand plötzlich ins Feuer geschickt zu werden. Der britische Galgenhumor, der um so besser gedieh, je schlimmer die Dinge sich entwickelten, würde, das fühlte er, jetzt wieder eine Chance haben. Er verließ das Fenster, zog sich aus und ging ins Schlafzimmer zurück.

Fleur lag wach. »Nun, Michael?«

»Es kommt zum Streik.«

»Zu dumm!«

»Ja, wir werden uns ein wenig anstrengen müssen.«

»Wozu hat man denn die Kommission ernannt und die Hilfsgelder gezahlt, wenn nicht, um den Streik zu vermeiden?«

»Mein liebes Kind, das war bloß ein Gebot des gesunden Menschenverstandes — und völlig zwecklos.«

»Warum können sie sich denn nicht einigen?«

»Weil sie ihr Prestige wahren müssen. Die Prestigefrage ist eine der stärksten Motivierungen der Menschen.«

»Wie meinst du das?«

»Nun, sie hat den Krieg verschuldet, und jetzt ist sie an dem Streik schuld. Wenn die Prestigefrage nicht wäre, so gäbe es wahrscheinlich heute überhaupt kein Leben mehr auf Erden.«

»Mach dich nicht lächerlich.«

Michael küßte sie.

»Ich glaube, du wirst irgend etwas tun müssen«, sagte sie schlaftrunken. »Im Parlament dürfte im Augenblick nicht viel los sein.«

»Nein, wir werden nur dasitzen, uns gegenseitig angaffen und in festgesetzten Intervallen das Wort ›Formulierung‹ gebrauchen.«

»Ich wünschte, wir hätten einen Mussolini.«

»Ich nicht. Am Ende muß man dafür zahlen. Schau nur Diaz und Mexiko an; oder Lenin und Rußland; oder Napoleon und Frankreich; oder Cromwell und England — je nach Bedarf.«

»Karl der Zweite«, murmelte Fleur in ihr Kissen, »war doch reizend.«

Von dem Kuß erregt, lag Michael noch ein wenig wach, schlief ein wenig und wachte wieder auf. Sein Prestige wahren! Niemand würde jetzt den ersten Schritt tun, weil es eben ums Prestige ging. Fast eine

Stunde lang lag er wach und versuchte einen Weg zu finden, bei dem keiner sein Ansehen einbüßen würde, dann schlief er wieder ein. Um sieben erwachte er mit dem Gefühl, die Zeit vergeudet zu haben. Unter dem Vorwand der Sorge für England und der Versicherung, wie sehr man bemüht sei, eine Formel für die Verständigung zu finden, waren zu viele persönliche Gefühle, Motive und Vorurteile verborgen. Genau wie vor dem Krieg trachtete man vor allem danach, den Gegner zu demütigen und einzuschüchtern; jeder wollte auf Kosten des andern sein eigenes Prestige wahren!

Gleich nach dem Frühstück ging er fort. Menschen und Autos strömten über die Westminster-Brücke in die Stadt; weder Autobusse noch Straßenbahnen verkehrten, nur vollbesetzte oder leere Lastautos rasselten vorbei. Mehrere freiwillige Schutzleute waren schon auf dem Posten, und magere Männer verkauften ein mageres Blatt, die *British Gazette.* Jedes Gesicht trug eine herausfordernd gute Laune zur Schau. Michael ging zum Hydepark weiter. Über Nacht hatte sich ein erstaunliches Durcheinander von Lastwagen, Milchkannen und Zelten angesammelt. Wie wundervoll offenbarte sich hier die praktische und organisatorische Energie inmitten der allgemeinen geistigen Abgestumpftheit, die Schuld an dieser Krise trug! »Da sagt man uns nach, daß wir nicht organisieren können«, dachte Michael; »großartig können wir's, aber erst n a c h dem Unglück.«

Er ging weiter zu einem großen Bahnhof. Streikpatrouillen standen davor, aber es fuhren schon Züge mit freiwilligen Hilfskräften. Er schlenderte umher und sprach hie und da mit einem Freiwilligen. »Himmel!« dachte er plötzlich, »die Leute müssen doch etwas zu essen bekommen! Wie wär's mit einer Kantine?« Und auf der Stelle kehrte er nach dem South Square zurück.

Fleur war zu Hause.

»Willst du mir helfen, für die freiwilligen Eisenbahner eine Kantine zu organisieren?« Er sah einen Ausdruck in ihrem Gesicht, der fragte: »Ist das amüsant?«, und fuhr rasch fort: »Wir werden uns schrecklich plagen und alle nur erdenklichen Leute zu Hilfe holen müssen. Für den Anfang könnte ich wohl Norah Curfew und ihre Leute aus Bethnal Green gewinnen. Aber man braucht deine rasche Auffassung und deine Art, mit den Leuten umzugehen.«

Fleur lächelte. »Na schön«, erklärte sie.

Sie nahmen das Auto, das ihnen Soames nach ihrer Rückkehr von der Weltreise geschenkt hatte, und fuhren umher, lasen Leute auf und setzten sie wieder ab. Sie warben Norah Curfew und ihre Leute in

Bethnal Green an, und bei diesem ersten Zusammentreffen mit der Frau, die Fleur immer ein wenig für ihre Rivalin gehalten hatte, bemerkte Michael, daß sie Norah Curfew in fünf Minuten schon als »zu brav« erkannt hatte, um ihr gefährlich zu werden. Er verließ sie auf dem South Square, kulinarische Einzelheiten besprechend, und machte sich auf den Weg, die natürliche Opposition der offiziellen Stellen zu überwinden. Es kam ihm vor, als müsse er in dunkler Nacht vor einem Angriff den Stacheldraht zerschneiden. Er zerschnitt ziemlich viel und ging dann ins Parlament. Dort summte es von unformulierten Formeln, und im großen ganzen war es der ungemütlichste Ort, den er an diesem Tage besucht hatte. Jedermann redete von der »Bedrohung der Konstitution«. Das lange Gesicht der Regierung war länger denn je, und es hieß, daß man nichts unternehmen dürfe, wenn nicht das Prestige gewahrt bliebe. Die Ausdrücke »Freiheit der Presse« und »die Pistole auf die Brust gesetzt« wurden bis zum Überdruß gebraucht. Er stieß auf Mr. Blythe, der in den Wandelgängen über das temporäre Ableben seiner geliebten Wochenschrift brütete, und nahm ihn um neun Uhr zu einem kleinen Imbiß mit nach Hause. Fleur war zum selben Zweck heimgekommen. Nach Mr. Blythes Meinung lag die Rettung darin, eine Gruppe rechtlich denkender Menschen zu bilden.

»Stimmt, Blythe! Aber was heißt denn im Augenblick ›rechtlich denkend‹?«

»Helfen kann uns ja doch nur der Foggartismus«, behauptete Mr. Blythe.

»Oh!« sagte Fleur, »wenn ihr beide nur diese Sache fallenlassen würdet! Niemand will irgend etwas damit zu tun haben. Genausogut könnte man von den heutigen Menschen verlangen, wie Franz von Assisi zu leben.«

»Meine liebe Dame, wenn der heilige Franziskus so gesprochen hätte, würden wir heute nichts von ihm wissen.«

»Aber was für einen wirklichen Einfluß hat er denn gehabt? Er ist nur ein Kuriosum. Alle diese großen Gestalten sind nur Kuriosa. Denken Sie an Tolstoi oder meinetwegen an Christus.«

»Fleur hat eigentlich recht, Blythe.«

»Blasphemie!« entgegnete Mr. Blythe.

»Ich bin nicht so überzeugt, Blythe; ich habe mir kürzlich die Gossen in den Elendsvierteln angesehen und bin zu dem Schluß gekommen, daß sie den Foggartismus nicht aufkommen lassen werden. Beobachten Sie nur die Kinder dort, und Sie werden sehen, wie anziehend die Gosse ist. Solange ein Kind in der Gosse leben kann, wird es nie herauswollen. Und ich behaupte, Gossen haben einen großen Einfluß auf die Zivilisation. Wir haben mehr Gossen als irgendein anderes Land, und mehr Kinder als anderswo wachsen darin auf; und dabei sind wir das zivilisierteste Volk der Welt. Dieser Streik wird es beweisen. Bei uns wird weniger Blutvergießen und mehr gute Laune herrschen als irgendwo sonst. Das verdanken wir der Gosse.«

»Renegat!« sagte Mr. Blythe.

»Na ja«, erwiderte Michael, »der Foggartismus ist wie alle Religionen eine auf die Spitze getriebene Binsenwahrheit. Wir sind zu sehr aufs große Ganze gegangen, Blythe. Wen haben wir eigentlich überzeugt?«

»Niemanden«, antwortete Mr. Blythe. »Aber wenn wir die Kinder nicht aus der Gosse fortschaffen können, dann ist es mit dem Foggartismus aus.«

Michael wand sich hin und her, Fleur jedoch erklärte schlagfertig: »Was nie gewesen ist, kann auch nicht aus sein. Willst du mit mir die Küchen für unsere Kantine besichtigen, Michael? Sie sind in einem ganz verwahrlosten Zustand zurückgelassen worden. Wie wird man denn nur mit diesen vielen Küchenschaben fertig?«

»Laß einen Ungeziefervertilger kommen — so einen Rattenfänger von Hameln, der sie in ihr Verhängnis lockt.«

Vor dem Lokal für die zukünftige Kantine trafen sie Ruth La Fontaine, eine von Norah Curfews Clique, und stiegen in die dunkle, dumpfe Küche hinab. Michael zündete ein Streichholz an und fand den elektrischen Schalter. Puh! In dem plötzlich aufscheinenden Licht sahen sie einen aufgescheuchten Schwarm von flüchtenden braunschwarzen Käfern auf Boden, Wänden und Tischen. Michael hatte gerade noch genug Selbstbeherrschung, um die Wirkung auf seine Begleiter zu beobachten — Fleurs Schaudern und Stirnrunzeln, Mr. Blythes offenen Mund und das nervöse Lächeln der dunklen und hübschen Ruth La Fontaine. Er fühlte, wie Fleur ihn am Arm packte.

»Wie scheußlich!«

Die aufgestörten Geschöpfe hatten in ihre Löcher zurückgefunden oder die Flucht aufgegeben; da und dort schien ein einzelnes größeres Tier die Eindringlinge zu beobachten.

»Stell dir vor«, rief Fleur, »die ganzen Jahre hindurch ist hier gekocht worden. Hu!«

»Schließlich«, kicherte Ruth La Fontaine und schüttelte sich, »sind sie nicht so schlimm wie W-Wanzen.«

Mr. Blythe sog heftig an seiner Zigarre. Fleur murmelte: »Was soll man da machen, Michael?«

Ihr Gesicht war blaß, ihr Atem ging kurz und stoßweise. Michael dachte:

»Abscheulich! Ich muß sie von hier wegkriegen«, als sie plötzlich einen Besen packte und auf einen großen Käfer an der Wand losfuhr. Im nächsten Augenblick waren alle ihrem Beispiel gefolgt, kehrten und fegten und rissen Türen und Fenster auf.

2

Am Telefon

Winifred Dartie hatte ihre *Morning Post* nicht erhalten. Mit achtundsechzig Jahren hatte sie die Entwicklung der Ereignisse, die zum Generalstreik führten, nicht mehr sehr genau verfolgt – in den Zeitungen wurde so viel zusammengeschrieben, und man wußte nie, wieweit es richtig war; auch mischten sich diese Gewerkschaftsleute in alles ein, da verlor man wirklich die Geduld. Und am Ende unternahm die Regierung ja doch immer irgend etwas. Trotzdem hatte Winifred, dem Rat ihres Bruders Soames folgend, ihren Keller mit Kohle gefüllt und ihre Schränke mit Eßwaren und saß nun am zweiten Streiktag um zehn Uhr morgens gemütlich am Telefon.

»Bist du's, Imogen? Werdet ihr mich heute abend abholen?«

»Nein, Mutter. Jack hat sich natürlich anwerben lassen. Er muß um fünf Uhr seinen Dienst antreten. Es heißt auch, daß die Theater schließen werden. Wir werden ein andermal gehen. Diese Revue ›Frauen, die lieben‹, wird bestimmt noch oft gegeben.«

»Na, auch gut, mein Kind. Was für Zeiten! Wie geht's den Jungen?«

»Ausgezeichnet! Sie wollen beide ›freiwillige Schutzleute‹ sein. Ich habe ihnen winzige Armbinden gemacht. Glaubst du, daß man in der Kinderabteilung bei Harridge kleine Gummiknüttel bekommt?«

»Bestimmt, wenn der Streik weitergeht. Ich werde heute hingehen und es anregen. Sie würden so niedlich aussehen, nicht wahr? Hast du genug Kohle?«

»Aber natürlich. Jack sagt zwar, man dürfe nicht hamstern. Er ist schrecklich patriotisch.«

»Also, dann leb wohl, liebes Kind. Grüß die Jungen!«

Sie überlegte gerade, wen sie als nächsten anrufen sollte, da klingelte das Telefon.

»Ja?«
»Wohnt dort Mr. Val Dartie?«
»Nein. Wer spricht?«
»Mein Name ist Stainford. Ich bin ein alter Schulkollege von ihm. Können Sie mir bitte seine Adresse geben?«
Stainford? Der Name sagte ihr nichts.
»Ich bin seine Mutter. Mein Sohn ist nicht in London; aber ich glaube, er wird bald kommen. Kann ich ihm eine Nachricht weitergeben?«
»Nein, danke. Ich muß ihn persönlich sprechen. Ich werde wieder anrufen oder ihn später einmal aufsuchen. Danke.«
Winifred legte den Hörer zurück. Stainford! Die Stimme klang distinguiert. Hoffentlich handelte es sich nicht um Geld. Merkwürdig, wie oft Distinktion mit Geld zusammenhing! Oder vielmehr mit dem Mangel an Geld. In den alten Zeiten, als sie noch in der Park Lane wohnten, hatten sie so viele elegante Leute gekannt, die alle als Bankrotteure oder mit einer Scheidung endeten. Emily — ihre Mutter — hatte der Distinktion niemals widerstehen können. So hatte die Sache mit Monty begonnen; seine Westen und die Blumen in seinem Knopfloch waren so tadellos gewesen, und er hatte eine so gründliche Kenntnis aller vornehmen Hobbys, daß man sich dem Eindruck, den er machte, unmöglich entziehen konnte. Na ja! Heute bedauerte sie die Ehe mit ihm nicht mehr. Ohne ihn hätte sie niemals Val gehabt, noch die zwei Jungen von Imogen, noch Benedict (beinahe schon Oberst), obgleich sie ihn jetzt selten sah, da er — fern von der Einkommensteuer! — auf der Insel Guernsey lebte und Gurken züchtete. Man mochte über das Zeitalter sagen, was man wollte, aber konnte es wirklich fortschrittlicher sein als die neunziger Jahre und der Anfang des Jahrhunderts, als die Einkommensteuer nur fünf Prozent betrug, und das noch als hoch angesehen wurde? Heutzutage rannten die Leute umher und schwatzten, nur um die Tatsache zu verschleiern, daß sie nicht mehr so schick und modern waren wie früher.
Wieder klingelte das Telefon. »Ein Ferngespräch aus Wansdon . . .«
»Hallo! Bist du es, Mutter?«
»O Val, wie nett! Ist der Streik nicht ein Blödsinn?«
»Dummköpfe! Ich wollte dir sagen, daß wir in die Stadt kommen.«
»Wirklich, lieber Junge? Aber warum denn? Ihr seid auf dem Lande soviel besser aufgehoben.«
»Holly sagt, daß wir mit zugreifen müssen. Rat einmal, wer gestern abend plötzlich aufgetaucht ist! Ihr Bruder, der junge Jon Forsyte. Hat Frau und Mutter in Paris gelassen — er sagt: Wenn er schon den Krieg

versäumt hat, so kann er dies nicht auch noch versäumen. Den ganzen Winter über ist er herumgereist – Ägypten, Italien und so weiter –, hat Amerika satt, vermutlich. Sagt, er möchte gern ›etwas Schmutziges‹ tun – will als Heizer gehn. Heute nachmittag fahren wir ins Hotel Bristol.«

»Warum kommt ihr nicht zu mir, lieber Junge? Ich bin mit allem versorgt.«

»Der junge Jon wird mit sein – ich glaube nicht –«

»Aber er ist doch ein netter Junge, nicht wahr?«

»Onkel Soames ist nicht bei dir, wie?«

»Nein, lieber Junge. Er ist in Mapledurham. Oh! Und was ich dir noch sagen wollte, Val, es hat sich gerade jemand telefonisch nach dir erkundigt – ein Mr. Stainford.«

»Stainford? Was! Aubrey Stainford – seit Oxford hab' ich ihn nicht mehr gesehen.«

»Er sagte, er würde noch einmal anrufen oder dich aufs Geratewohl hier besuchen.«

»Den alten Stainford würde ich schrecklich gern wieder einmal sehn. Nun, wenn du uns aufnehmen willst, Mutter ... Aber der junge Jon muß mitkommen; er und Holly sind trotz sechsjähriger Trennung noch sehr gut miteinander. Vermutlich wird er die ganze Zeit außer Haus sein.«

»Oh, das macht nichts, mein Lieber. Und wie geht es Holly?«

»Ausgezeichnet.«

»Und den Pferden?«

»Auch gut. Ich hab' einen famosen Zweijährigen, er ist nur etwas zurück. Ich werd' ihn erst in Goodwood laufen lassen, aber dann müßte er gewinnen.«

»Das wird wundervoll sein. Also, Liebling, ich erwarte euch. Aber keine Dummheiten, mit deinem Bein.«

»Nein, vielleicht einen Autobus fahren. Die Sache wird sich ja nicht halten. Die Regierung ist vorbereitet. Es wird noch was absetzen. Diesmal werden s i e sich blamieren.«

»Das freut mich. Es wird wirklich gut sein, wenn der Streik vorüber ist. Er verdirbt uns die ganze ›Season‹. Dein Onkel wird sich sehr ärgern.«

Ein undefinierbarer Laut; und dann wieder Vals Stimme: »Noch eins: Holly sagt, sie möchte auch eine Arbeit haben – du könntest den jungen Mont fragen. Er kennt doch alle Welt. Wir sehen uns also bald – leb wohl!«

Winifred legte den Hörer zurück und hatte sich kaum von dem Rosenholzsessel erhoben, da läutete das Telefon schon wieder.

»Mrs. Dartie? ... Bist du's, Winifred? Hier Soames. Hab' ich's dir nicht gesagt?«

»Natürlich; es ist recht ärgerlich, mein Lieber. Aber Val meint, es wird bald vorüber sein.«

»Was versteht denn der davon?«

»Er ist sehr gescheit.«

»Gescheit? Hm! Ich fahre zu Fleur.«

»Aber warum denn, Soames? Ich hätte gedacht ...«

»Ich muß an Ort und Stelle sein, falls etwas Unvorhergesehenes eintritt. Außerdem steht das Auto hier unnütz herum – man könnte es verwenden. Diesem Riggs wird es guttun, auch mitzuhelfen. Wer weiß, was alles noch kommt.«

»Oh, meinst du?«

»Meinen? Das ist kein Spaß. Das kommt davon, wenn man die Unterstützungsgelder so verschleudert.«

»Aber vergangenen Sommer hast du mir doch gesagt –«

»Sie sehen nicht weiter, als ihre Nase reicht. Sie haben ein Spatzengehirn. Annette will nach Frankreich zu ihrer Mutter fahren. Ich werde sie nicht zurückhalten. Solange der Streik dauert, kann sie hier nicht so herumkutschieren. Ich werde sie heute mit dem Auto nach Dover bringen und morgen nach London zurückfahren.«

»Soll man Papiere verkaufen, Soames?«

»Bestimmt nicht.«

»Die Sache scheint alle schrecklich zu beschäftigen. Val will einen Autobus fahren. Oh! Soames – dieser junge Jon Forsyte ist wieder da. Er hat Frau und Mutter in Paris gelassen und ist hergekommen, um Heizer zu werden.«

Ein tiefer Laut. Dann: »Warum? Er hätte lieber nicht nach England kommen sollen.«

»Ja. Ich nehme an, daß Fleur –«

»Setz d u ihr nur keine Flausen in den Kopf!«

»Wo denkst du hin, Soames! Dann werd' ich dich also sehen? Leb wohl.«

Der gute Soames machte sich immer solche Sorgen um seine Tochter. Der junge Jon Forsyte und Fleur – natürlich –, aber das war ja schon eine Ewigkeit her! So eine Jugendliebe. Winifred saß ganz still und lächelte. Dieser Streik machte sich wirklich überall fühlbar. Aber solange sie nicht die Fenster einschlugen – denn die Milchversorgung würde natürlich unterbrochen werden, dafür würde die Regierung schon sorgen; und was die Zeitungen betraf – na, die waren schließlich ein Luxus! Wie nett, Val und Holly wieder einmal da zu haben. Man hatte jetzt wenigstens etwas, worüber man reden konnte; seit dem Krieg hatte man nichts so Spannendes wie diesen Streik erlebt. Und einem unbestimmten Verlangen folgend, auch etwas damit zu tun zu haben, ergriff sie wieder den Hörer. »Westminster 14.000. Ist dort Mrs. Michael Mont? Fleur? Hier Tante Winifred. Wie geht es dir, Kind?«

Eine Stimme antwortete ihr in eiligen, rasch hervorgestoßenen Worten, was Winifred stets amüsant fand; schon in ihrer Jugend hatte sie die gedehnte Sprechweise zur Vollkommenheit entwickelt und sich dadurch alles Hasten und jede überflüssige Gefühlsäußerung abgewöhnt. Heutzutage sprachen alle jungen Damen der Gesellschaft wie Fleur, als fänden sie die alte Art, englisch zu sprechen, fad und umständlich und müßten sie mit kleinen Temperamentausbrüchen würzen.

»Danke, ausgezeichnet. Kann ich dir irgendwie behilflich sein, Tantchen?«

»Ja, Kind – dein Vetter Val und Holly kommen in die Stadt wegen dieses Streiks. Holly will durchaus mithelfen, obgleich ich's für ganz überflüssig halte. Sie dachte, daß vielleicht Michael etwas für sie wüßte.«

»O ja, gewiß, es gibt natürlich eine Menge zu tun. Wir haben eine Kantine für Eisenbahner eröffnet; vielleicht könnte sie dabei helfen.«

»Das wäre riesig nett, mein Kind.«

»Weniger als du glaubst, Tante Winifred, es ist sehr anstrengend.«

»Die Sache kann natürlich nicht lange dauern. Das Parlament wird bestimmt etwas tun. Es muß doch ein großer Trost für dich sein, alle Neuigkeiten aus erster Hand zu haben. Dann kann ich also Holly zu dir schicken?«

»Natürlich. Wir können sie gut brauchen. In ihrem Alter wird es wohl besser sein, wenn sie sich mit dem Lebensmitteleinkauf beschäftigt, anstatt herumzustehen und Essen auszuteilen. Ich vertrage mich ja sehr gut mit ihr. Die Hauptsache ist, Leute zu haben, die sich vertragen und keine Umstände machen. Hast du etwas von Vater gehört?«

»Ja, er kommt morgen zu dir.«

»Oh, aber warum nur?«

»Er sagt, er muß an Ort und Stelle sein, falls –«

»Das ist zu dumm! Macht nichts. Da werden wir wenigstens zwei Autos haben.«

»Auch Holly wird ihr Auto mitbringen. Val sagt, er will einen Autobus fahren. Und – eh – der junge – nun, liebes Kind, das wäre alles! Grüße Kit von mir. Smither sagt, im Hydepark stehen schon eine ungeheure Menge Milchkannen, die die Regierung beschlagnahmt hat. Sie ist heute

früh in die Park Lane gegangen, um es sich anzuschauen. Es ist alles so furchtbar interessant, findest du nicht?«
»Im Parlament glaubt man, daß die Einkommensteuer erhöht wird, ehe der Streik vorüber ist.«
»Ach du meine Güte!«
In diesem Augenblick unterbrach eine Stimme: »Sprechen Sie noch?« Winifred legte den Hörer hin und saß wieder ruhig da. Park Lane! Von dem alten Haus dort, dem Haus ihrer Kindheit, hätte man alles ausgezeichnet überblicken können — ein richtiges Hauptquartier! Aber dem armen alten Papa wäre das sehr nahegegangen. James! Sie schien ihn wieder vor sich zu sehen, den Plaid über die Schultern gehängt, die Nase an eine Fensterscheibe gedrückt und bemüht, mit seinen alten grauen Augen etwas zu erspähen, da doch alle die fatale Gewohnheit hatten, ihm »nichts zu sagen«. Sie bewahrten noch immer einige Flaschen seines Weins auf. Und Warmson, ihr alter Diener, besaß noch immer das Wirtshaus zum »Stolzen Täuberich« an der Themse bei Moulsbridge. Alle Weihnachten sandte er ihr einen Stilton-Käse und gab ihr jedesmal genaue schriftliche Weisung, wieviel von dem alten Portwein aus der Park Lane sie dazugießen müsse. Sein letzter Brief hatte folgendermaßen geendet:

»Ich denke oft an den verstorbenen Herrn und wie gern er durch den Weinkeller gegangen ist bis zu seinem Ende. Was den Wein anbelangt, fürchte ich, daß die gute alte Zeit vorüber ist. Meine Empfehlungen an Mr. Soames und die übrigen. Du lieber Gott, es scheint schon so lange her zu sein, seit ich in der Park Lane in Dienst trat.

Ihr ergebener Diener
George Warmson

PS Ich habe ein oder zwei Pfund auf das junge Pferd, das Mr. Val gezüchtet hat, gewettet, bitte sagen Sie es ihm. Den Gewinn habe ich gut brauchen können.«

Das war noch der gute alte Diener! Und nun hatte sie Smither, die bei Timothy gewesen, zu sich genommen, nachdem die Köchin gestorben war — auf so geheimnisvolle Art, oder wie Smither sagte: »Weil sie für niemanden mehr zu sorgen hatte, Ma'am, ich könnt' drauf schwören, wo uns doch Mr. Timothy so abgegangen ist.« Smither als eine Art Beschließerin — und sie war wirklich sehr verwendbar, trotz ihrer sechzig Jahre und ihres bedenklich krachenden Korsetts. Schließlich war es ein großer Trost für die gute alte Seele, wieder in der Familie zu sein — sie war acht Jahre jünger als Winifred, die als eine echte Forsyte von der Höhe ewiger Jugend auf das Alter der andern herabsah. Und auch für Winifred war es ein Trost, jemanden im Hause zu haben, der sich an Monty in seiner Blütezeit erinnern konnte — Montague Dartie, der bereits so lange tot war, daß er schon einen Heiligenschein bekommen hatte, so gelb, wie oft seine Gesichtsfarbe gewesen war. Der arme gute Monty! War es denn wirklich siebenundvierzig Jahre her, seit sie ihn geheiratet hatte und in die Green Street gezogen war? Wie gut diese Rosenholzstühle mit dem grünen Blumenmuster auf der Lehne sich gehalten hatten — Möbel aus einer Zeit, da man den Siebenstundentag noch nicht kannte und alles, was drum und dran hing! Damals dachten die Leute an ihre Arbeit und nicht ans Kino. Winifred, die nie an eine Arbeit zu denken genötigt war, seufzte. Es war doch alles so amüsant gewesen — und hatte man nur erst diese lächerliche Geschichte überstanden, würde die kommende »Season« ein großer Spaß werden. Fast für alle Veranstaltungen hatte sie schon Karten genommen. Ihre Hand tastete hinunter zu der Polsterung ihres Stuhls. Ja, während der ganzen siebenundvierzig Jahre in der Green Street hatte sie die Stühle nur zweimal überziehen lassen, und sie waren noch immer ganz gut erhalten. Heutzutage benutzte sie natürlich niemand mehr, weil sie steif und ohne Armlehne waren. Heutzutage rekelte sich jeder so unruhig herum, daß es kein Stuhl mehr aushielt. Sie erhob sich, um den Zustand ihres Stuhls zu prüfen, indem sie ihn zur Seite neigte. Im Jahr, als Monty starb, waren die Stühle das letztemal überzogen worden — 1913, gerade vor dem Krieg. Das war wirklich ein wunderbares Stück graugrüner Seide gewesen!

3

Heimkehr

Als Jon Forsyte mit dem letzten Ozeandampfer, der verkehrte, nach fünfeinhalbjähriger Abwesenheit von England in Newhaven landete, überkamen ihn ganz merkwürdige Gefühle. Während der ganzen Autofahrt nach Wansdon am Fuße des Hügellandes von Sussex befand er sich in einem freudig erregten Traumzustand. England! Die leuchtende Kreide, das leuchtende Grün! Und alles, als stünde es schon seit ewigen Zeiten so da. Die Mulden mit den Dörfern, in die man plötzlich hinunterfuhr, die alten Brücken, die Schafe, die Buchengruppen! Und der Kuckuck, den er sechs Jahre lang nicht gehört hatte. Der Dichter, der in letzter Zeit ein wenig geschlummert hatte, regte sich wieder in dem jungen Mann. Was für ein köstliches Land! Anne würde beim Anblick dieser Landschaft närrisch werden – sie war so vollendet schön. Sobald der Generalstreik vorüber war, mußte sie herkommen, und er würde ihr alles zeigen. Inzwischen war sie bei seiner Mutter in Paris gut aufgehoben, und er konnte jede Arbeit nehmen, die sich ihm bieten würde. An dieses Stückchen Land erinnerte er sich, auch an Chanctonburry Ring dort oben und an den Spaziergang von Worthing herüber. Alles fiel ihm wieder ein. Fleur! Als sein Schwager Francis Wilmot aus England zurückkam, hatte er viel von Fleur erzählt, wie modern sie jetzt war, wie anziehend und daß sie einen Jungen hatte. Wie tief eine Liebe sein konnte, und wie man doch völlig darüber hinwegkam. Wenn er daran dachte, mit welchen Gefühlen er früher hier herumgewandert war, so war es angenehm, wenn auch sonderbar, daß er sich jetzt ganz einfach darauf freute, Holly und den alten Val wiederzusehen.

Sein Kommen hatte er nur durch ein Telegramm aus Dieppe angekündigt; aber sie würden sicherlich zu Hause sein, weil ja die Pferde trainiert werden mußten. Er hätte gern einen Blick in Vals Rennstall geworfen und vielleicht einen Ritt über das Hügelgelände gemacht, ehe er eine Streikarbeit annahm. Wenn nur Anne bei ihm wäre und sie diesen Ritt gemeinsam machen könnten! Und Jon dachte an seinen ersten Ritt mit Anne in den Wäldern von Südkarolina, an jenen Ritt, der für sie beide so entscheidende Folgen haben sollte. Da stand es ja, das liebe alte Haus! Und da vor der Tür Holly höchstpersönlich. Beim Anblick seiner Halbschwester, die schlank und dunkelhaarig in einem fliederfarbenen Kleid dastand, überkam Jon die schmerzliche Erinnerung an ihren Vater, wie er an jenem schrecklichen Nachmittag ausgesehen hatte, als er tot in dem alten Lehnstuhl in Robin Hill lag. Der geliebte Vater, der immer so gut zu ihm gewesen war.

»Jon! Was für eine Freude, dich zu sehen!«

Ihre Lippen streiften wie immer seine Augenbraue – Holly hatte sich nicht im geringsten verändert. Wenn man es recht bedachte, war eine Halbschwester viel netter als eine richtige Schwester. Mit einer richtigen Schwester stritt man immer ein wenig.

»Wie schade, daß du nicht Anne und deine Mutter mitbringen konntest! Aber vielleicht ist es besser so, bis alles vorüber ist. Du siehst noch immer ganz englisch aus, Jon, und dein Mund ist so hübsch und groß wie immer. Warum haben Amerikaner und Seeleute einen so kleinen Mund?«

»Pflichtgefühl, glaube ich. Wie geht es Val?«

»Oh, Val ist gesund. Du lächelst noch immer so wie früher. Erinnerst du dich an dein altes Zimmer?«

»Oh, gewiß. Und wie geht es dir, Holly?«

»Soso. Ich bin Schriftstellerin geworden, Jon.«

»Großartig!«

»Durchaus nicht. Mühsame Arbeit und kein Lohn.«

»Oh!«

»Das erste Buch war ein totaler Mißerfolg. Es ist ähnlich wie ›Die Farm in Afrika‹, jedoch ohne die geistreichen Schnörkel – wenn du dich daran erinnerst.«

»Recht gut. Aber die Schnörkel hab' ich immer übersprungen.«

»Unsere Abneigung gegen Schnörkel haben wir vom Vater, Jon. Einmal hat er zu mir gesagt: ›Am Ende werden wir alle Materie Geist nennen oder allen Geist Materie – eines von beiden.‹«

»Bestimmt nicht«, sagte Jon, »die Menschen trennen gern die Dinge voneinander. Ich erinnere mich an jede Kleinigkeit in diesem Zimmer. Was machen die Pferde? Kann ich sie anschauen gehen und morgen ein wenig reiten?«

»Ja, stehen wir früh auf; wir sehen sie uns dann beim Training an. Wir haben nur drei Zweijährige, aber einer davon ist vielversprechend.«

»Ausgezeichnet! Dann muß ich nach London fahren und eine recht schmutzige Arbeit suchen. Ich möchte als Heizer gehen. Ich habe schon immer wissen wollen, wie so ein Heizer sich vorkommt.«

»Wir fahren alle nach London. Wir können bei Vals Mutter wohnen. Fein, daß du da bist, Jon. In einer halben Stunde wird gegessen.«

Jon konnte sich fünf Minuten lang nicht von seinem Fenster trennen. Da stand der Obstgarten in voller Blüte, nicht in Reihen gepflanzte Bäume, wie in seiner kürzlich verkauften Pfirsichplantage in Nordkarolina, sondern ein Obstgarten, den man nicht nach einem Plan angelegt hatte – und so schön wie in jener längst vergangenen Nacht, als er Fleur nachlief, um sie zu fangen. Die Schönheit Englands lag ja gerade darin, daß nichts Planmäßiges an ihr war. Wie oft ihn dort drüben das Heimweh gepackt hatte, ihn und auch seine Mutter. Er würde nie wieder zurückgehen. Wie herrlich dieses Meer von Apfelblüten! Wieder ein Kuckuck! Deshalb allein schon lohnte es sich, heimzukommen. Er wollte ein Gut kaufen – im Westen, in Worcestershire oder Somerset oder hier in der Nähe – und Obst ziehen. Er erinnerte sich, daß man in Worthing

Feigen und alles mögliche züchtete. Er packte seinen Toilettekoffer aus und begann sich umzukleiden. Gerade da, wo er jetzt saß und seine amerikanischen Socken anzog, hatte er gesessen, als Fleur ihm ihr Goya-Kleid zeigte. Wer hätte damals geglaubt, daß er sechs Jahre später Anne und nicht Fleur neben sich auf dieses Bett wünschen würde! Der Gong. Er strich sich durch das glänzende, ungebärdige Haar, rückte die Krawatte zurecht und lief hinunter.

Vals Ansichten über den Streik, Vals Ansichten über alles waren vernünftig und engstirnig wie sein Reitergesicht. Diese Kerle von der Arbeiterpartei hatten sich diesmal gründlich hineingelegt; sie würden noch klein beigeben müssen. Wie Jon die Yankees gefallen hätten? Ob er das berühmte Rennpferd *Man of War* gesehen hätte? Nein? Du lieber Gott! Das Sehenswerteste in ganz Amerika! Ob das Gras in Kentucky wirklich blau sei? Nur von weitem? Aha! Was würden sie dort drüben als nächstes verbieten? Gäbe es dort im Süden nicht einen Ort, wo man nur unter Aufsicht der Stadtwache in wilder Ehe leben dürfe? Das hiesige Parlament wollte jetzt das Wetten besteuern; warum nicht ein für allemal den Totalisator einführen? Ihm persönlich sei es egal, er habe das Wetten aufgegeben. Und er warf Holly einen Blick zu. Auch Jon blickte auf ihre hochgezogenen Augenbrauen und leicht geöffneten Lippen — ein reizendes Gesicht — ironisch und verständnisvoll! Sie lenkte Val mit seidenen Zügeln.

Val fuhr fort: Gut, daß Jon Amerika aufgegeben habe; wenn er schon außerhalb von England Landwirtschaft treiben müsse, warum denn nicht in Südafrika unter der guten alten britischen Flagge? Obgleich man mit den Holländern noch lange nicht fertig war. Ein zähes Pack! Sie waren so frühzeitig ausgewandert, daß sie echte Siedler waren, keine Abenteurer, Bankrotteure, entlassene Sträflinge. Er könne die Kerle nicht leiden, doch müsse er zugeben, daß es kräftige Burschen seien. Ob Jon dauernd in England bleibe? Bravo! Wie wär's, wenn er sich mit ihnen zusammentäte und Rennpferde züchtete?

Nach einem kurzen verlegenen Schweigen bemerkte Holly: »Jon meint, es sei nicht die richtige Beschäftigung für einen Mann.«

»Warum denn nicht?«

»Ein Luxusberuf!«

»Keine Rassen züchten? Wie würden da die Pferde aussehen!«

»Scheint mir verlockend, aber hauptsächlich möchte ich Obst und dergleichen züchten.«

»Auch gut, mein Junge; du kannst Äpfel für den Sonntagsschmaus ziehen.«

»Siehst du«, sagte Holly, »niemand hält viel davon, in England irgend etwas anzubauen. Wir reden immer mehr darüber und tun immer weniger. Kommt dir Jon verändert vor, Val?«
Die Vettern wechselten einen Blick.
»Ein wenig stärker; jedenfalls nicht amerikanisiert.«
»Warum kann man einen Amerikaner sofort erkennen?« murmelte Holly nachdenklich.
»Warum kann man einen Engländer sofort erkennen?« fragte Jon.
»Er hat immer etwas Zurückhaltendes an sich, mein Lieber. Es läßt sich nur sehr schwer sagen, worin eigentlich die nationalen Merkmale bestehen. Jedenfalls kann man den Amerikaner unmöglich verkennen.«
»Ich glaube nicht, daß ihr Anne die Amerikanerin ansehen werdet.«
»Wie sieht sie denn aus, Jon?«
»Wartet, bis ihr sie selber seht.«
Als Val nach dem Dinner seinen letzten Rundgang durch die Ställe machte, fragte Jon: »Siehst du jemals Fleur, Holly?«
»Ich hab' sie vielleicht seit anderthalb Jahren nicht gesehen. Ihren Mann mag ich gern; er ist wirklich ein netter Kerl. Gut, daß du dich von ihr losgemacht hast, Jon. Sie paßt nicht zu dir; sie ist reizend, das muß man ihr lassen, aber sie muß immer und überall im Rampenlicht stehen. Das hast du wahrscheinlich schon damals gewußt.«
Jon blickte sie an, ohne etwas zu erwidern.
»Natürlich«, murmelte Holly, »wenn man verliebt ist, sieht man vieles nicht.«
Als er wieder oben in seinem Zimmer war, schien das Haus von Geistern belebt. Alle seine Erinnerungen erwachten – Fleur, Robin Hill, die alten Bäume seiner Kindheit, die Zigarren seines Vaters, die Musik und die Blumen seiner Mutter; das Kinderzimmer, in dem er gespielt und das vor ihm Holly bewohnt hatte, und das Fenster, von dem man den Uhrturm über den Ställen sah – das Zimmer, wo er in späteren Jahren Verse verbrochen hatte. Durch das offene Schlafzimmerfenster wehte ein süßer Duft – Englands Atem – von der mondbeschienenen Hügelkette, während dieser ersten Nacht daheim nach mehr als zweitausend Nächten. Seit Robin Hill verkauft war, bedeutete ihm dieses Haus noch am ehesten ein Heim in England. Doch nun würden sie sich ein eigenes Heim gründen – er und Anne. Ein Zuhause. Auf dem englischen Ozeandampfer hätte er den Steward und die Stewardess umarmen können, nur weil sie mit englischem Akzent sprachen. Er klang noch immer wie Musik in seinen Ohren. Anne würde ihn jetzt rasch erlernen – sie war sehr anpassungsfähig. Die Amerikaner hatten ihm zwar gefallen, aber er war

doch froh, daß er nichts Amerikanisches angenommen hatte, wie Val behauptete. Eine Eule schrie. Was für einen Schatten die Scheune warf, wie weich die Linie des alten Giebels war. Er ging zu Bett. Rasch einschlafen — wenn er zeitig aufstehen wollte, um die Pferde beim Training zu sehen. Schon einmal war er hier früh aufgestanden — zu einem andern Zweck! Bald schlief er ein; und eine Gestalt — war es Anne, war es Fleur? — huschte durch seine Träume.

4

Soames fährt in die Stadt zurück

Nachdem Soames Forsyte seine Frau an jenem Mittwoch nach Dover gebracht hatte, fuhr er nach London zurück. Während der Fahrt entschloß er sich, einen größeren Umweg zu machen und über Hammersmith und die westlichste Themsebrücke in die Stadt zu fahren. In Zeiten von Arbeiterunruhen bestand für ihn ein fester Zusammenhang zwischen Unannehmlichkeiten und dem Eastend. Und da er wußte, daß er mitten durch eine bedrohliche Volksmenge hindurchfahren würde, falls er einer begegnete, folgte er dem zweiten Instinkt des Forsyteschen Temperaments: er sah sich vor. So kam es, daß sein Wagen auf dem Hammersmith Broadway von der einzigen bedrohlichen Ansammlung an jenem Nachmittag aufgehalten wurde. Eine Anzahl Leute hatte sich zusammengerottet, um einen Verkehr lahmzulegen, der ihnen nicht zu behagen schien. Nachdem er sich vorgebeugt und zu seinem Chauffeur gesagt hatte: »Sie fahren am besten außen herum, Riggs«, tat Soames nichts weiter, als sich wieder ruhig zurückzulehnen. Der Nachmittag war schön und das Auto — ein kleiner Tourenwagen — offen, so daß er sich von der Unmöglichkeit, außen herum zu fahren, recht gut selber überzeugen konnte. Das sah diesem Kerl, dem Riggs, wieder einmal ähnlich, direkt da hineinzufahren! Eine Unmasse Autos, vollgepfropft mit Leuten, die die Stadt verlassen wollten, und nur wenige Wagen halb leer wie sein eigener, die an der Menge vorbei stadtwärts zu kriechen versuchten. Ein Autobus stand quer über der Straße, nicht gerade umgeworfen, aber mit völlig eingeschlagenen Fensterscheiben. Und eine Menschenmenge mit ausdruckslosen Gesichtern wogte vor einer Handvoll Polizisten auf

und ab. Derartigen Vorfällen, das fühlte Soames, sollten die Behörden energischer entgegentreten.
Die Worte »Schaut ihn euch nur an, den protzigen Bourgeois!« drangen an sein Ohr, und als er sich bemühte, den betreffenden Bourgeois zu entdecken, merkte er, daß er selbst damit gemeint war. Diese Attribute waren ganz ungerechtfertigt: seine Kleidung war bescheiden, brauner Überzieher, weicher Filzhut; Riggs sah einfach genug aus, und das Auto war ganz gewöhnlich blau lackiert. Allerdings saß er allein im Wagen, während alle andern überfüllt zu sein schienen; aber er sah keine Möglichkeit, dies zu ändern, da er doch nicht Leute nach London führen konnte, die alle von London fortzukommen trachteten. Den Wagen zu schließen, würde auf jeden Fall unfreundlich aussehen — so blieb ihm nichts anderes übrig, als stillzusitzen und sich um nichts zu kümmern. Für diese Beschäftigung war keiner von Natur aus so geeignet wie Soames, der immer aussah, als fühle er sich über die ganze Schöpfung ein wenig erhaben. Er saß da, blickte weder rechts noch links und sah fast nur seine eigene Nase, während die Sonne auf seinen Hals brannte und die Menge rings um die Polizei wogte. Die Leidenschaft, mit der man die Fenster der Autobusse eingeworfen hatte, war schon verraucht, und das Gedränge machte beinahe den Eindruck, als werde der Prinz von Wales erwartet. Soames beobachtete die Menge, tat jedoch so, als nähme er gar keine Notiz von ihr, um niemanden zu ermutigen. Eine recht stumpfsinnig aussehende Gesellschaft, seiner Meinung nach; weder ihre Augen noch ihre Hände waren mit jener ungeteilten Aufmerksamkeit bei der Sache, die allein revolutionäres Gehaben furchtbar macht. Zum größten Teil gaffende Jugendliche mit Zigaretten im Mundwinkel.
Heutzutage kamen die Menschen schon gaffend zur Welt. Und das war auch gut so! Kinos, billige Zigaretten und Fußballmatches — solange die modern waren, würde keine richtige Revolution ausbrechen; und da es von diesen Dingen mit jedem Jahr mehr und mehr zu geben schien, überlegte er eben, daß die Aussichten nicht gar zu düster seien, als eine junge Person ihren Kopf durchs Wagenfenster steckte.
»Könnten Sie mich in die Stadt mitnehmen?«
Automatisch blickte Soames auf seine Uhr. Die Zeiger standen auf sieben und wiesen ihm nicht den geringsten Ausweg. Eine recht elegant gekleidete junge Dame mit einem leichten Vorstadtakzent und einer gepuderten Nase! Würde dieser Kerl, der Riggs, nicht endlich zu grinsen aufhören? Und doch hatte Soames in der *British Gazette* gelesen, daß jetzt jeder seinen Wagen anderen zur Verfügung stellte. Ziemlich mürrisch sagte er: »Ich denke schon. Wo wollen Sie denn hin?«

»Oh, Leicester Square würde mir am besten passen.«
Allmächtiger! Eine saubere Gegend!
Die junge Dame schien seine Gedanken zu erraten. »Ich muß etwas essen, bevor ich auftrete«, erklärte sie.
Und mir nichts, dir nichts stieg sie in den Wagen! Soames wäre beinahe ausgestiegen. Er nahm sich zusammen und blickte sie von der Seite an: Schauspielerin oder dergleichen – jung – rundes Gesicht, natürlich zurechtgemacht – etwas stumpfe Nase – graue, ziemlich vorstehende Augen – Mund – hm! Hübscher Mund, ein bißchen gewöhnlich. Im Nacken ausrasiert – natürlich!
»Das ist aber reizend von Ihnen!«
»Nichts zu danken«, erwiderte Soames, und der Wagen fuhr weiter.
»Glauben Sie, daß der Streik andauern wird?«
Soames beugte sich vor. »Fahren Sie los, Riggs«, sagte er, »und setzen Sie die junge Dame ab in der – eh – Coventry Street.«
»Das ist alles schrecklich unbequem für uns«, bemerkte die junge Dame. »Ich wäre niemals rechtzeitig hingekommen. Haben Sie schon unsere Revue ›Frauen, die lieben‹ gesehen?«
»Nein.«
»Sie ist recht gut.«
»So!«
»Trotzdem werden wir zusperren müssen, wenn das so weitergeht.«
»Aha!«
Die junge Dame schwieg, da es ihr anscheinend klarwurde, daß sie nicht gerade in Gesellschaft eines Causeurs fuhr.
Soames schlug die Beine wieder übereinander. Es war schon so lange her, daß er mit einer fremden jungen Frauensperson gesprochen hatte – er wußte kaum mehr, wie man das machte. Er wollte sie nicht ermutigen und war sich dennoch bewußt, daß dies sein Auto war. »Bequem?« fragte er plötzlich.
Die junge Dame lächelte. »Und wie«, entgegnete sie, »es ist ein herrlicher Wagen.«
»Ich mag ihn nicht«, erklärte Soames.
Die junge Dame sperrte den Mund auf. »Warum?«
Soames zuckte die Achseln; er hatte nur Konversation machen wollen.
»Es ist eigentlich ganz lustig, finden Sie nicht auch?« sagte die junge Dame. »Das Durchhalten meine ich, wie wir's ja alle tun.«
Der Wagen fuhr jetzt in raschem Tempo, und Soames begann die Minuten zu zählen, die noch verstreichen mußten, ehe er diesem Tête-à-tête ein Ende machen konnte.

Da war schon das Albert-Denkmal; er fühlte fast eine Zuneigung dafür — es stand so unberührt vom Wechsel der Zeiten da!

»Sie m ü s s e n sich unsere Revue ansehen«, erklärte die junge Dame.

Soames überwand sich, ihr ins Gesicht zu blicken. »Was haben Sie denn darin zu tun?« fragte er.

»Singen und tanzen.«

»Aha!«

»Im dritten Akt hab' ich eine recht gute Szene, wo wir alle in entzückenden Nachthemdchen auftreten.«

Soames lächelte matt. »Heutzutage gibt es keine Kate Vaughan mehr«, sagte er.

»Kate Vaughan? Wer war denn das?«

»Wer Kate Vaughan war?« wiederholte Soames. »Die größte Tänzerin, die je in einer Burleske aufgetreten ist. Zu jener Zeit war der Tanz anmutig, heutzutage schmeißt man ja nur die Beine in die Luft. Je schneller man die Beine bewegen kann, um so besser glaubt man zu tanzen.« Und etwas aus der Fassung gebracht durch diesen Ausbruch, der sicher Folgen haben würde, wandte er die Augen ab.

»Sie mögen Jazz nicht?« fragte die junge Dame.

»Nein«, gab Soames zurück.

»Na, aufrichtig gesagt — ich auch nicht; er wird auch schon altmodisch.«

Da war bereits Hydepark Corner! Und das Auto machte gut dreißig Kilometer.

»Mein Gott! Schauen Sie nur die Menge Lastwagen an! Ist das nicht großartig?«

Soames stieß ein zustimmendes Brummen aus. Die junge Dame puderte jetzt ihre Nase und frischte ihre Lippen mit verblüffender Selbstverständlichkeit auf. »Wenn mich jetzt jemand sieht!« dachte Soames. Noch dazu würde er nie erfahren, ob ihn jemand gesehen hatte oder nicht. Er schlug den Kragen seines Überziehers hoch und sagte: »Es zieht in diesem offenen Wagen. Soll ich bei Scotts Restaurant halten lassen?«

»Nein, das ist mir zu teuer, bei Lyons, bitte; ich habe nur gerade noch Zeit für eine Kleinigkeit, um acht muß ich auf der Bühne sein. Es war wirklich reizend von Ihnen! Ich hoffe nur, daß mich jemand nach Hause mitnimmt!« Sie rollte plötzlich die Augen und fügte hinzu: »Hoffentlich verstehen Sie mich richtig.«

»Vollkommen!« entgegnete Soames, mit einem gewissen Takt die Situation erfassend. »Hier sind wir. Halten, Riggs!«

Der Wagen hielt, und die junge Dame streckte Soames die Hand hin. »Guten Abend; und besten Dank!«

»Guten Abend!« sagte Soames. Lächelnd und ihm zunickend, stieg sie aus. »Vorwärts, Riggs, Tempo! South Square.«

Der Wagen fuhr weiter. Soames blickte nicht zurück. So wie eine Blase an die Oberfläche des Wassers steigt, stieg jetzt ein Gedanke in ihm auf: In früheren Zeiten würde mir jede, die so ausgesehen und geredet hätte wie die, ihre Adresse gegeben haben! Doch sie hatte es nicht getan! Er war sich aber nicht klar darüber, ob das auch ein Fortschritt sei. Als er, bei seiner Tochter angelangt, entdeckte, daß Michael und Fleur aus waren, kleidete er sich nicht zum Dinner um, sondern ging ins Kinderzimmer. Sein Enkel, jetzt fast drei Jahre alt, war noch wach und rief: »Hallo!«

»Hallo!« erwiderte Soames und brachte eine Rassel zum Vorschein. Es folgten fünf Minuten schweigender und völliger Vertiefung, die nur ab und zu von den schnarrenden Tönen der Rassel unterbrochen wurden. Dann legte sich sein Enkel wieder in seinem Gitterbett zurück, sah Soames mit seinen blauen Augen an und sagte: »Hallo!«

»Hallo!« erwiderte Soames.

»Ta ta!« sagte sein Enkelkind.

»Ta ta!« sagte Soames, und während er mit dem Rücken zur Tür das Zimmer verließ, wäre er fast über den silbergrauen Hund gestolpert. Damit war das Interview beendet, und Soames ging hinunter. Fleur hatte telefoniert, daß er mit dem Dinner nicht auf sie warten solle. Gegenüber dem Goya setzte er sich nieder. Er konnte nicht einmal sagen, daß er sich an die Chartisten-Aufstände im Achtundvierzigerjahr erinnerte, denn er war erst 1855 zur Welt gekommen; doch er wußte, daß sein Onkel Swithin in jener Zeit »freiwilliger Schutzmann« gewesen war. Dieser Generalstreik gehörte sicherlich zu den ernstesten inneren Unruhen seit damals; und während er seine Suppe löffelte, zerbrach er sich unablässig den Kopf über dessen mögliche Folgen. Der Bolschewismus lauerte vor den Toren – der war das gefährlichste! Der und die festgefahrenen Gedankengänge der Engländer. Weil die Kohle einmal ein gutes Geschäft gewesen war, glaubte man, sie müsse immer ein Geschäft sein. Politische Führer, Gewerkschaftler, Journalisten – sie alle sahen nie weiter als zu ihrer Nasenspitze. Seit vergangenem August hätten sie etwas dagegen tun können, und was hatten sie getan? Einen Bericht verfaßt, den niemand lesen wollte.

»Weißwein, Sir, oder Rotwein?«

»Irgendeinen, der offen ist.« Wenn das jemand in den achtziger oder neunziger Jahren gesagt hätte – sein Vater hätte einen Anfall bekommen. Der Gedanke, Rotwein zu trinken, der schon geöffnet war, grenzte damals fast an Atheismus. Ein Zeichen für den Niedergang der Ideale.

»Was halten denn S i e vom Streik, Coaker?«
Der fast glatzköpfige Mann hielt den Weißwein tiefer. »Wenn Sie mich fragen, Sir: den Leuten fehlt Energie.«
»Warum glauben Sie das?«
»Wenn die Leute Energie hätten, Sir, dann hätten sie schon längst die Gittertore des Hydeparks gestürmt.«
Soames balancierte ein Stückchen Seezunge. »Sollte mich gar nicht wundern, wenn Sie recht hätten«, sagte er fast beifällig.
»Die Leute schlagen einen großen Lärm, aber es steckt nicht viel dahinter. Die Arbeitslosenunterstützung — das war ein geschickter Schachzug, Sir. *Pannus et circesses,* wie Mr. Mont sagt, Sir.«
»Haben Sie schon die neue Kantine gesehen?«
»Nein, Sir; ich glaube, heute abend ist der Insektenvertilger dort. Ich hab' gehört, daß schauderhaft viel Küchenschaben dort sind.«
»Huh!«
»Jawohl, Sir, ekelhafte Biester.«
Nach dem Dinner zündete Soames die zweite seiner beiden täglichen Zigarren an und ergriff die Radiohörer. So lang wie nur möglich hatte er dieser Erfindung widerstanden — aber in solchen Zeiten —! »Hier Radio London!« Jawohl, die Bevölkerung war ganz Ohr! Unruhen in Glasgow? Das war vorauszusehen — die vielen Iren dort. Noch mehr »Freiwillige« nötig? Es würde bald genug geben. Er mußte diesem Kerl, dem Riggs, sagen, daß er sich melden solle. Auch diesen Diener hier könnte man leicht entbehren. Eisenbahnzüge! Es schienen schon wieder viele Züge zu verkehren. Nachdem er mit einiger Aufmerksamkeit dem Minister des Innern zugehört hatte, legte er die Hörer hin und ergriff die *British Gazette.* Zum ersten- und, wie er hoffte, auch zum letztenmal besah er sich ernsthaft dieses klägliche Machwerk; Papier und Druck waren unter aller Kritik. Trotzdem war es vielleicht eine Leistung, daß das Blatt überhaupt erscheinen konnte. Die Freiheit der Presse untergraben wollen! Das würde den Kerlen nicht so leicht gelingen, wie sie glaubten. Sie hatten schon einmal den Versuch gemacht, und das Resultat war eine Presse, die viel entschiedener gegen sie Stellung nahm als vorher die unterdrückte Presse. Dabei hatten sie sich tüchtig die Finger verbrannt! Und ganz unnötigerweise — der Einfluß der Presse, das war ohnehin schon ein veralteter Begriff. Der Krieg hatte ihn erledigt. Ohne Vertrauen zu ihrer Ehrlichkeit gab es keinen Einfluß. Politiker und Presse — wenn man ihnen nicht glauben konnte, zählten sie nicht. Vielleicht würde man das eines Tages wieder entdecken. Inzwischen wirkten die Zeitungen wie ein Cocktail — kitzelten den Appetit und die Nerven. Wie schläfrig er

war! Hoffentlich würde Fleur nicht zu spät nach Hause kommen. Verrückt, dieser Streik, wo jeder etwas tun mußte, woran er nicht gewöhnt war, gerade als die Industrie sich wieder zu erholen begann – oder es wenigstens vorgab. Aber so war es nun einmal. In diesen Zeiten wurde es mit jedem Jahr schwieriger, das auszuführen, was man sich vorgenommen hatte. Immer kam das eine oder das andere dazwischen. Die Welt schien von der Hand in den Mund zu leben, und noch dazu in einem solchen Tempo! Soames lehnte sich in seinen spanischen Sessel zurück, schützte seine Augen vor dem Licht und wurde langsam vom Schlaf überwältigt; Streik oder nicht Streik, die unerbittliche Flut schlug sanft über ihm zusammen.

Etwas kitzelte seine magere braune Hand, die Fransen eines Schals hatten sie gestreift. Was war denn los? Mit Anstrengung befreite er sich von den Fesseln des Traums. Fleur stand neben ihm. Anmutig, strahlend, mit glänzenden Augen; sie sprach rasch – erregt, wie ihm schien.

»Da bist du ja, lieber Vater!« Er fühlte ihre warmen, weichen Lippen auf seiner Stirn; und ihre Augen – was ging nur mit ihr vor? Sie sah so jung aus – so – wie sollte er es nennen?

»Da bist du wieder!« sagte er. »Kit wird ganz gesprächig. Hast du schon etwas gegessen?«

»Eine Menge!«

»Diese Kantine –«

Sie warf ihren Schal ab. »Es macht mir schrecklich viel Spaß.«

Soames bemerkte zu seiner Überraschung, wie rasch ihr Atem ging, als wäre sie gelaufen. Auch ihre Wangen waren zu rot. »Du hast dir doch nicht dort etwas geholt, in diesem – diesem Haus?«

Fleur lachte. Was für ein köstliches Lachen – und ohne jeden Anlaß! »Wie komisch du bist, lieber Papa! Hoffentlich dauert der Streik recht lang.«

»Sei nicht albern!« sagte Soames. »Wo ist Michael?«

»Hinaufgegangen. Er hat mich nach dem Parlament abgeholt. Es ist nichts los dort, sagt er.«

»Wie spät ist es?«

»Zwölf vorbei. Du mußt wirklich gut geschlafen haben.«

»Nur ein wenig eingenickt.«

»Wir haben am Themse-Ufer einen Tank vorüberfahren sehen – nach Osten zu. Er sah so sonderbar aus. Hast du ihn nicht gehört?«

»Nein«, erwiderte Soames.

»Erschrick nicht, wenn du noch einen hörst. Michael sagt, sie fahren zu den Docks.«

»Freut mich — es beweist, daß die Regierung Ernst macht. Aber du mußt jetzt hinaufgehen. Du bist übermüdet.«
Sie blickte ihn über den spanischen Schal auf ihrem Arm hinweg an und pfiff eine Melodie.
»Gute Nacht!« sagte er. »Ich werde gleich hinaufgehen.«
Sie warf ihm eine Kußhand zu, wirbelte herum und verschwand.
»Die Sache gefällt mir nicht«, murmelte Soames vor sich hin. »Ich weiß nicht, warum, die Sache gefällt mir nicht.«
Sie hatte zu jung ausgesehen! War ihr der Streik zu Kopf gestiegen? Er erhob sich, um ein wenig Sodawasser in ein Glas zu spritzen — der kurze Schlaf hatte einen unangenehmen Geschmack in seinem Mund zurückgelassen.
Rum — bum — bum — rum — bum — bum! Ein knirschendes Geräusch. Wieder einer von diesen Tanks? Er hätte gern einmal solch ein großes Ding gesehen. Der Gedanke, daß sie zu den Docks hinunterfuhren, ließ ihn fast frohlocken. Sobald die Tanks zur Stelle waren, war England in Sicherheit. Er nahm Hut und Automantel, verließ das Haus, überquerte den leeren Platz und stand in einer Straße, von der er das Themse-Ufer sehen konnte. Da kam einer! Wie ein großes vorsintflutliches Ungeheuer, im Halbdunkel der Laternen wälzte er sich grollend und knirschend daher, ein riesenhaftes, phantastisches Gehäuse — wie das einer Schildkröte — von unerbittlicher Gewalt. »Das wird ihnen tüchtig auf die Nerven gehen!« dachte Soames, als der Tank grollend davonkroch und verschwand. Er konnte einen andern kommen hören, aber mit dem plötzlichen Gefühl, daß dies schon des Guten zuviel sei, machte er kehrt. Es schien ihm doch etwas übertrieben, Tanks auffahren zu lassen, wenn er an die gaffende Menge von heute nachmittag rings um sein Auto dachte; nirgends war eine Waffe zu sehen gewesen, nicht einmal revolutionäres Feuer in ihren Blicken!
»Den Leuten fehlt die Energie!« Wozu dann diese großen, kriechenden Ungeheuer? Wollte die Regierung so tun, als merke sie das nicht? Den starken Mann spielen! Etwas in Soames revoltierte dagegen. Zum Teufel! Man war doch in England und nicht in Rußland oder Italien! Die Regierung konnte ja recht haben, aber die Sache gefiel ihm nicht. Zu — zu militaristisch! Er steckte den Hausschlüssel ins Türschloß. Rum — bum — bum — rum — bum — bum! Na, wenigstens würden nur wenige Leute sie sehen oder hören, so spät in der Nacht. Vermutlich waren die Tanks vom Land hereingekommen — während eines Spaziergangs draußen auf dem Land in den alten Dörfern und auf den Heckenwegen wäre er ihnen nicht gerne begegnet. Vater-, Mutter- und Babytanks — wie eine Familie von

Mastodons. Die Regierung kannte weder Maß noch Ziel, und Humor hatte sie auch nicht! Er stand lauschend auf der Treppe. Hoffentlich weckten sie das Kind nicht auf.

5

Gefahrenzone

Als Fleur die Reihen der Gesichter an ihrem Kantinentisch musterte und Jon Forsyte sah, spürte sie etwas in ihrem Herzen, als hätte sie mitten im Winter blühende Maiglöckchen gefunden. Nachdem sie sich von dem leichten Schwindelgefühl erholt hatte, beobachtete sie ihn aus einiger Entfernung. Er saß anscheinend gleichgültig da, und auf seinem Gesicht, von Kohlenstaub und Schweiß verschmiert, lag ein Lächeln, wie man es bei Menschen sieht, die einen Berg erklommen haben oder nach einem langen Lauf am Ziel angelangt sind — müde, befriedigt, als hätten sie etwas, das der Mühe wert ist, erreicht. Seine Wimpern — lang und dunkel, wie in ihrer Erinnerung — verbargen seine Augen und kontrastierten mit dem helleren Haar, das kurz und zerrauft war. Während Fleur fortfuhr, Ruth La Fontaine Weisungen zu geben, jagten ihre Gedanken einander. Jon! Er schien direkt vom Himmel in ihre Kantine gefallen; er sah stärker aus, mit kräftigerem Kinn und tiefer liegenden Augen — aber noch immer ganz der alte Jon! Was sollte sie nun tun? Wenn sie nur die Lichter ausdrehen, leise hinter ihn schleichen, sich vorneigen und ihn küssen könnte, gerade auf den Schmutzstreifen über seinem linken Auge! Ja — und was dann? Unsinn! Angenommen, er würde nun aus seiner lächelnden Versunkenheit erwachen und sie bemerken. Es war fast sicher, daß er dann nie mehr wieder in ihre Kantine kommen würde. Sie erinnerte sich an seine strenge Moral und faßte einen raschen Entschluß. Heute abend nicht! Holly würde wissen, wo er wohnte. Zu einer Zeit, die ihr paßte, an einem von ihr gewählten Ort, falls sie — nach nochmaliger Überlegung — sich entschloß, mit dem Feuer zu spielen. Während sie Ruth La Fontaine die Sorge für die kleinen Wecken übertrug, blickte sie noch einmal über die Schulter zurück nach Jons in sich gekehrtem, lächelndem Gesicht und ging in ihr kleines Büro.

Sogleich begann die nochmalige Überlegung. Michael, Kit, ihr Vater; die feste Sicherheit, die Tugend und Besitz verliehen; das seelische Gleichgewicht, das sie seit kurzem erlangt hatte! All das sollte sie aufs Spiel setzen für ein Lächeln oder für den Duft der Maiglöckchen? Nein! Dieses Kapitel ihres Lebens war abgeschlossen. Es fortzusetzen hieße die Vorsehung versuchen. Wenn es jedoch als modern galt, die Vorsehung zu versuchen, so war sie nicht ganz sicher, ob sie modern sei. Wie konnte sie übrigens wissen, ob es ihr überhaupt möglich war, jenes Kapitel ihres Lebens fortzusetzen? Wilde Neugier packte sie, jene Frau zu sehen – den Ersatz für sie. War sie in England? War sie dunkel wie ihr Bruder Francis? Fleur nahm ihre Einkaufsliste für den morgigen Tag zur Hand. Wo sie so viel zu tun hatte, war es blödsinnig, an so etwas auch nur zu denken. Das Telefon! Den ganzen Tag war sie seine Sklavin.

»Ja ...? Hier Mrs. Mont. Wie? Aber ich habe sie doch bestellt ... Oh! Aber ich *muß* den Leuten ganz einfach Eier mit Speck zum Frühstück geben. Kakao allein ist zuwenig; da können sie nicht an die Arbeit gehen ... Wie? Ihre Gesellschaft kann es sich nicht leisten? ... So! Wollen Sie, daß die ›Freiwilligen‹ ihren Dienst ordentlich versehen oder nicht? ... Ich soll hinkommen, um mit Ihnen zu verhandeln? Ich habe wirklich keine Zeit ... Ja, ja ... ach bitte, tun Sie mir persönlich den Gefallen und sagen Sie dem Direktor, daß wir die Leute gut ernähren müssen. Sie sehen alle so müde aus. Er wird es schon verstehen ... Ja ... Danke herzlichst!« Sie hängte das Hörrohr zurück.

Jemand lachte. »Oh! Du bist es, Holly! Kleinlichkeit und Bürokratismus wie gewöhnlich! Das ist heute das vierte Mal. Was liegt daran – wir müssen weiterkommen. Da hast du die Liste der morgigen Bestellungen. Sie ist schrecklich lang, aber es muß sein. Kaufe alles ein. Ich übernehme die Verantwortung, wenn ich dem Direktor auch Honig ums Maul schmieren muß.« Und hinter der ironischen Freundlichkeit auf Hollys Gesicht glaubte sie Jons Lächeln zu sehen. Er sollte gut genährt werden – alle sollten sie's. Ohne ihre Cousine anzuschauen, sagte sie: »Ich habe Jon da drin gesehen. Von wo kommt denn der hereingeschneit?«

»Aus Paris. Er wohnt mit uns in der Green Street.«

Fleur streckte das Kinn vor und lachte kurz auf. »Komisch, ihn wiederzusehen, so verschmiert wie er ist! Hat er seine Frau mit?«

»Noch nicht«, sagte Holly, »sie ist mit seiner Mutter noch in Paris.«

»Oh! Es wäre lustig, ihn einmal wiederzusehen!«

»Er ist Heizer auf einem Lokalzug – geht um sechs Uhr früh weg und kommt erst um Mitternacht nach Hause.«

»Ich meinte später, wenn der Streik einmal vorbei ist.«

Holly nickte. »Seine Frau will herüberkommen und auch mithelfen; möchtest du sie nicht in der Kantine beschäftigen?«

»Wenn sie sich dazu eignet.«
»Jon sagt, sehr.«
»Ich sehe nicht ein, warum eine Amerikanerin sich hier plagen soll. Werden sie dauernd in England bleiben?«
»Ja.«
»So! Na, wir haben ja beide schon die Masern gehabt.«
»Wenn man sie als Erwachsener wieder bekommt, sind sie gefährlich.«
Fleur lachte. »Keine Angst!« Ihre haselnußbraunen, leuchtendklaren Augen hielten dem ruhigen Blick ihrer Cousine stand.
»Michael wartet auf dich mit dem Auto«, sagte Holly.
»Gut. Kannst du bleiben, bis die Leute fertig sind? Norah Curfew hat morgen um fünf Uhr früh Dienst. Ich werde um neun kommen, ehe du zu den Lieferanten fährst. Wenn dir noch etwas einfällt, schreib es auf die Liste — ich werd's schon richten, daß die Leute nachgeben. Gute Nacht, Holly!«
»Gute Nacht, liebes Kind.«
Lag nicht ein Schatten von Mitleid in ihren grauen Augen? Mitleid! Pah!
»Grüße Jon von mir. Ich möchte so gern wissen, wie ihm das Kesselheizen gefällt! Wir brauchen noch ein paar Waschschüsseln.«
Während sie neben Michael im Wagen saß, sah sie in der Windschutzscheibe wieder Jons Lächeln vor sich, und im Dunkeln spitzte sie die Lippen, als käme sie ihm damit näher. Masern — man bekam rote Flecken und Fieber. Wie leer doch die Straßen waren, weil die Taxichauffeure streikten! Michael wandte sich zu ihr.
»Nun, wie geht's?«
»Der Insektenvertilger war ein drolliger Kauz, Michael. Er hatte ein langes, spitzes, verwittertes Gesicht, einen Wust schwarzer Haare und die Augen einer verlorenen Seele; aber er hat schrecklich gut gewirkt.«
»Sieh doch, da ist ein Tank; man hat mir davon erzählt. Sie fahren zu den Docks hinunter. Wirken ziemlich aufreizend. Gut, daß keine Zeitungen herauskommen, die darüber berichten können.«
Fleur lachte.
»Vater wird bei uns sein. Er ist in die Stadt gekommen, um mich zu beschützen. Was er wohl täte, wenn wirklich geschossen würde — seinen Regenschirm aufspannen?«
»Beschützerinstinkt. Und du und Kit? Das ist doch ganz dasselbe.«
Fleur gab keine Antwort. Nachdem sie ihren Vater begrüßt hatte und hinaufgegangen war, blieb sie vor der Kinderzimmertür stehn. Die Melodie, die Soames' Überraschung erregt hatte, hallte leise in dem leeren Gang. *»L'amour est enfant de Bohème; il n'a jamais, jamais connu de*

loi; si tu ne m'aimes pas, je t'aime, et si je t'aime, prends garde à toi.« Spanien und das Herzweh ihrer Flitterwochen! »Ruf in der Nacht!« Die Läden schließen, die Ohren zuhalten – nur nichts hören! Sie betrat ihr Schlafzimmer und drehte die Lichter an. Noch nie war es ihr so hübsch vorgekommen mit seinen vielen Spiegeln, seinem Lila und Grün und dem glänzenden Silber. Sie betrachtete ihr Gesicht, das zwei rote Flecken zeigte, auf jeder Wange einen. Warum war sie nicht wie Norah Curfew – pflichtbewußt, unkompliziert, selbstlos, Norah Curfew, die Jon morgen früh um halb sechs Eier mit Speck servieren würde – einem Jon mit gewaschenem Gesicht! Rasch zog sie sich aus. Konnte es seine Frau nackt mit ihr aufnehmen? Welcher würde er den goldenen Apfel reichen, wenn sie und Anne vor ihm stünden? Die roten Flecken vertieften sich auf ihren Wangen. Übermüdung – sie kannte das Gefühl! Sie würde nicht einschlafen! Doch das Leintuch war kühl. Ja, sie zog das alte, glatte irische Leinen dem neuen rauhen gebleichten Stoff aus Frankreich vor. Ah, da kam Michael zu ihr! Na ja! Es hatte keinen Sinn, unfreundlich zu ihm zu sein – der arme gute Michael! Und in seinen Armen sah sie – Jons Lächeln.

Dieser erste Tag Jons als Lokomotivheizer hätte jedem ein Lächeln entlockt. Ein Lokomotivführer, fast so jung wie er, aber im Privatleben Teilhaber einer Maschinenfabrik, hatte ihn in das Geheimnis, eine gleichmäßige Feuerung zu erzielen, eingeweiht. Eine vertrackte Sache und sehr ermüdend! Die Passagiere hatten sich gut benommen. Einer war sogar nach vorne gekommen und hatte ihnen gedankt. Der Maschinführer hatte auf Jon gezeigt. Es waren ein paar aufregende Augenblicke gewesen. Während er seine Erbsensuppe löffelte, dachte er mit Vergnügen daran. Es hatte ihm viel Spaß gemacht, aber seine Hände und Arme waren wie ausgerenkt. Er solle sie heute abend ölen, hatte ihm der Lokomotivführer geraten.

Eine junge Dame reichte ihm Pellkartoffeln. Sie hatte wunderbar klare Augen, fast wie Anne – nur waren die Augen Annes wie die einer Wassernymphe. Er nahm eine Kartoffel, dankte ihr und kehrte zu dem Traum eines Heizers zurück. Was für eine Freude, gegen eine schwierige Situation ankämpfen zu können, wieder in England zu sein, etwas für England tun zu dürfen! Man mußte sein Heimatland erst verlassen haben, um es richtig zu schätzen. Anne hatte telegraphiert, daß sie herüberkommen und mithelfen wolle. Wenn er zurücktelegraphierte »Nein«, würde sie trotzdem kommen. So gut kannte er sie bereits nach zweijähriger Ehe. Nun, sie würde England in bester Verfassung kennenlernen. Die Amerikaner wußten ja gar nicht, was England wirklich war. Ihr Bruder hatte nur London gesehen und sich verbittert darüber geäußert — Jon nahm an, daß ein Mädchen im Spiel gewesen sei, obgleich man nichts Näheres erfuhr. Die Lücke in Francis Wilmots Geschichte von England ließ weitgehende Schlüsse zu. Aber jedermann fiel über England her, weil es weder sentimental war, noch sein eigenes Lob sang.

»Butter?«

»Danke bestens. Die Kartoffeln schmecken herrlich!«

»Das freut mich.«

»Wer führt diese Kantine?«

»Zum größten Teil Mr. und Mrs. Michael Mont; er ist Abgeordneter.«

Jon ließ seine Kartoffel fallen. »Mrs. Mont? Das ist ja meine Cousine! Ist sie hier?«

»Sie war hier. Gerade weggegangen, glaub' ich.«

Jons weitsichtige Augen wanderten durch den großen, düsteren Raum. Fleur! Das war erstaunlich.

»Sirup-Pudding?«

»Nein, danke. Nichts mehr.«

»Morgen um dreiviertel sechs gibt es Kaffee, Tee oder Kakao mit Eiern und Speck.«

»Ausgezeichnet! Ich finde das großartig.«

»Ja, wirklich, in einer solchen Situation.«

»Vielen Dank. Gute Nacht!«

Jon suchte seinen Mantel. Draußen warteten Val und Holly im Auto.

»Hallo, kleiner Jon! Du schaust gut aus!«

»Was für eine Arbeit hast du denn erwischt, Val?«

»Lastauto fahren. Morgen fang' ich an.«

»Fein!«

»Mit den Rennen ist's für eine Zeitlang vorbei.«

»Aber nicht mit England.«

»Mit England? Nein, gewiß nicht. Wie kommst du überhaupt darauf?«

»Im Ausland hat man's behauptet.«

»Im Ausland!« brummte Val. »Das sieht denen ähnlich.«

Dann herrschte bei fast fünfzig Kilometer die Stunde tiefes Schweigen.

In seiner Schlafzimmertür stehend, sagte Jon zu seiner Schwester: »Ich habe gehört, daß Fleur diese Kantine führt. Ist sie wirklich alt genug dazu?«

»Fleur hat einen klaren Verstand, lieber Jon. Sie hat dich dort gesehen. Gib acht, daß du nicht zum zweitenmal Masern bekommst.«

Jon lachte.
»Tante Winifred«, bemerkte Holly, »wird sich riesig freuen, wenn Anne am Freitag herkommt, das soll ich dir weitersagen.«
»Ausgezeichnet! Das ist sehr lieb von ihr.«
»Na, gute Nacht! Schlaf wohl! Es ist noch heißes Wasser im Badezimmer.«
Regungslos lag Jon im Wasser und genoß sein Bad. Er war erst seit sechzig Stunden von seiner jungen Frau getrennt, und doch sehnte er schon ungeduldig ihre Ankunft am Freitag herbei. Also Fleur führte diese Kantine! Eine elegante junge Dame, gescheit und zweifellos mit modisch geschnittenem Haar; er war sehr neugierig, sie wiederzusehen, doch sonst empfand er nichts. Ein zweites Mal Masern. Ausgeschlossen. Er hatte das erste Mal zu sehr gelitten. Außerdem war er so froh, wieder zu Hause zu sein, die Frucht eines langjährigen, nur halb eingestandenen Heimwehs. Seine Mutter hatte Heimweh nach Europa gehabt, aber *ihm* brachten Frankreich und Italien keine Linderung. Nach England hatte er sich gesehnt. Nach der Art, wie die Leute sich bewegten und redeten, nach dem Duft und dem Aussehen aller Dinge. Es lag etwas so Gutgelauntes, Bedächtiges, Ironisches in der Luft nach der Hast und Anspannung in Amerika, nach dem grellen Italien und dem blendenden Paris. Zum erstenmal seit fünf Jahren fühlten sich seine Nerven beruhigt. Sogar manche Eigenheiten seiner Heimat, die das ästhetische Gefühl beleidigten, wirkten besänftigend auf ihn. Die Fahrt durch die Vorstädte von London, die zahllosen schrecklichen kleinen Häuser aus Ziegeln und Schiefer, die — wie sein Vater ihm erzählt hatte — sein eigener Urgroßvater, der »große Dosset« Forsyte, bauen geholfen; die vielen kleinen neuen Häuser, die zwar besser, aber noch immer ein Kompromiß waren; das vollständige Fehlen jeder Symmetrie und jedes Planes; die häßlichen Bahnhöfe, der Londoner Dialekt, der Mangel an Farbe, Geschmack und Sorgfalt in der Kleidung — das alles wirkte beruhigend, war eine Garantie dafür, daß England immer England bleiben würde.
Also Fleur führte diese Kantine. Er würde sie treffen. Er würde sich freuen, sie zu treffen. Oh, sicherlich.

6

Die Schnupftabaksdose

Im Zimmer nebenan sagte Val zu Holly: »Heute hat mich einer besucht, der mit mir zusammen studiert hat. Wollte Geld geliehen haben. Einmal, als es mir selber elend ging, hab' ich ihm Geld geliehen und es nie zurückbekommen. Er hat immer großen Eindruck auf mich gemacht — so ein schrecklich elegant aussehender, blasierter Kerl. Er war für mich das Höchste an Vornehmheit. Du solltest ihn heute sehen!«

»Ich habe ihn gesehen. Ich kam, als er fortging. Und fragte mich, wer er wohl sei. Noch nie hab' ich einen so bitteren Ausdruck der Verachtung auf einem Gesicht bemerkt. Hast du ihm Geld geliehen?«

»Nur einen Fünfer.«

»Gib ihm lieber nichts mehr.«

»Schwerlich. Weißt du, was er getan hat? Er hat Mutters Louis-Quinze-Schnupftabaksdose mitgehen lassen, die beinahe zweihundert Pfund wert ist. Es war sonst niemand im Zimmer.«

»Du meine Güte!«

»Ja, es ist ein bißchen stark. Als ich an der Universität studierte, gehörte er zu einem überaus flotten und eleganten Kreis — fast alles Spieler. Seit ich in den Burenkrieg gezogen bin, hab' ich nichts mehr von ihm gehört.«

»Ist deine Mutter nicht sehr ärgerlich darüber, Val?«

»Sie will ihn anzeigen — die Dose stammt von meinem Großvater. Aber wie kann man so etwas tun? Ein Studienkollege! Und außerdem würden wir die Dose nicht zurückbekommen.«

Holly hielt im Haarbürsten inne. »Das ist beinahe ein Trost für mich«, bemerkte sie.

»Was denn?«

»Nun, jeder sagt, daß es heutzutage mit der Ehrlichkeit nicht mehr weit her ist. Wie nett, draufzukommen, daß einer von uns Alten noch weniger ehrlich ist!«

»Ein sonderbarer Trost!«

»Die menschliche Natur ändert sich nicht, Val. Ich glaube an die junge Generation. Wir verstehen sie nicht mehr — sind in zu ruhigen Zeiten aufgewachsen.«

»Das mag sein. Mein eigener Vater hat's ja auch nicht gar so genau genommen. Aber was soll ich in diesem Falle tun?«

»Kennst du seine Adresse?«
»Er sagte, daß er im Brummell-Klub bekannt sei — kein sehr großartiges Stammlokal, soweit ich mich erinnere. So auf den Hund zu kommen, daß man stiehlt! Es hat mich ganz aus der Fassung gebracht.«
Holly blickte zu ihm hinüber, wie er auf dem Rücken im Bett lag. Er bemerkte ihren Blick und sagte: »Wenn du nicht gewesen wärst, Schatz, wär' ich vielleicht selbst auf den Hund gekommen.«
»O nein, Val. Du bist ein zu großes Naturkind. Nur die Stubenhocker geraten auf eine falsche Bahn.«
Val grinste.
»Da ist schon was dran — der einzige Sport, den ich den Kerl betreiben sah, war Rudern. Er wettete wie verrückt, aber er konnte ein Pferd nicht von einem Igel unterscheiden. Na ja, Mutter muß sich damit abfinden; da ist nichts zu machen.«
Holly trat zu ihm ans Bett. »Dreh dich um, damit ich dich zudecken kann.«
Nachdem sie selbst im Bett war, lag sie wach und dachte an den Mann, der so auf den Hund gekommen war, an sein hochmütiges Gesicht, die hübschen Züge, dunkel, gefurcht, das vorzeitig ergraute Haar und die vorzeitig verblaßten Ringe um die Iris der Augen, an seine Kleidung, die so unnatürlich geschont war, und an die abgetragene, sorgfältig geknüpfte Krawatte in den Collegefarben. Sie hatte das Gefühl, ihn zu durchschauen. Kein Sinn für Moral und eine eingefleischte Verachtung für Leute, die ihn hatten. Der gute Val! *Sein* Sinn für Moral war nicht so überwältigend, daß man ihn deshalb verachten mußte. Und dennoch —! Trotz seiner vielen nicht ungefährlichen männlichen Instinkte war ihr Val in all den Jahren ein treuer Kamerad gewesen. Wenn auch seine Philosophie und sein ästhetischer Geschmack nicht sehr entwickelt waren, wenn er auch von Pferden mehr verstand als von der Dichtkunst, war er doch deshalb nicht schlechter. Manchmal dachte sie, daß er darum nur um so besser sei. Das Pferd wechselte nicht alle fünf Jahre Form und Farbe und begann auch nicht seine Vorgänger zu schmähen. Das Pferd blieb sich immer gleich, ließ einen nicht zu rasch vorwärtskommen, und man durfte seine Nase streicheln — mehr, als man von einem Dichter sagen konnte. Beide hatten nur eines gemeinsam — die Vorliebe für Zucker.
Seit der Veröffentlichung ihres Romans war Holly Mitglied des »1930er-Klubs« geworden. Fleur hatte sie eingeführt, und sooft Holly in die Stadt kam, studierte sie dort die Moderne. Modern sein bedeutete Tempo. Doch Leute, die das tadelten, hätten genausogut Telefon, Radio, Flugzeuge und Espressolokale tadeln können. Unter dieser Oberfläche

von Hast war die Moderne alt. Als Jane Austen zu schreiben begann, hatten die Frauen weniger angehabt als heute. Höschen, erklärten die Historiker, habe erst das neunzehnte Jahrhundert erfunden. Und was die moderne Sprechweise anbetraf, so war sie nach dem Burenkrieg tatsächlich so schnell geworden, daß es einem manchmal den Atem verschlug. Doch die Gedanken waren eigentlich dieselben, die sie als Mädchen gedacht hatte, nur durch Auto und Telefongeklingel unterbrochen und abgerissen. Auch das moderne Hofmachen führte zu demselben Resultat wie unter Georg dem Zweiten, und durch das Motorrad und den Espresso-Lunch kam man eigentlich nur langsamer ans Ziel. Und schließlich die moderne Philosophie! Die Menschen hatten nicht weniger wahre Philosophie als Martin Tupper oder Isaac Walton; nur hatten sie nicht wie jene alten Berühmtheiten die Muße, sie zu formulieren. Was das zukünftige Leben betraf, so hoffte die Moderne ohne besondere Zuversicht darauf, so wie es jeder seit undenklichen Zeiten gehalten hatte. Wie viele Romanschreiber zog Holly gern voreilige Schlüsse: Wenn man die besten der modernen jungen Leute unter die Lupe nahm, so entpuppten sie sich als Romeo und Julia in Pullover! Ein gleichmäßiges Geräusch unterbrach ihre Gedanken. Val war eingeschlafen. Wie lang und dunkel seine Wimpern noch immer waren; doch sein Mund stand offen.

»Val«, sagte sie leise, »Val! Bitte schnarch nicht so!«

Winifred schätzte die Schnupftabaksdose weniger ihres Alters, des Emails und der kleinen Brillanten wegen, sondern weil sie ihrem Vater gehört hatte. Obgleich sie ihren Besitzinstinkt hinlänglich bewiesen hatte, als sie Montague Dartie auch während vieler schlimmer Jahre nicht freigab, besaß sie nicht den Sammeleifer ihres Bruders Soames. Aber je tiefer ihr Vater James in der Vergangenheit versank – es war ein Vierteljahrhundert seit seinem Tod vergangen –, um so mehr verehrte sie sein Andenken. Wie ein bejahrter General oder Dichter, durch sein Alter vor Konkurrenz geschützt, Jahr für Jahr als Genie gepriesen wird, so ging es auch mit James. Seine Abneigung gegen jeden Wechsel, seine bedingungslose Häuslichkeit, seine Gabe, Geld für die Kinder zurückzulegen, und seine ständige Angst davor, daß ihm »keiner etwas sagte«, wurden für sie mit jedem Jahr, das er unter der Erde zubrachte, durch einen immer größeren Heiligenschein vergoldet. Während ihre gesellschaftlichen Ambitionen mit dem Ansatz von überflüssigem Fett abnahmen, wurde die Vergangenheit für sie zu einem wahren Sternbild leuchtender Erinnerungen. Der Verlust dieser Schnupftabaksdose, die sie so sehr an

James und Emily erinnerte, hatte ihren Gleichmut mehr gestört als irgend etwas in den letzten Jahren. Der Gedanke, daß sie sich von einer distinguierten Stimme am Telefon hatte betören lassen, verursachte ihr absolutes Unbehagen. Bei ihrer Erfahrung mit sogenannten »distinguierten« Menschen hätte sie klüger sein können. Sie gehörte jedoch zu den Frauen, die, wenn etwas geschehen ist, diese Tatsache zugeben und versuchen, es so bald wie möglich wieder ungeschehen zu machen. Da sie bei Val nichts erreichen konnte — er hatte nur gesagt: »Tut mir schrecklich leid, Mutter, aber es ist nicht zu ändern — Pech gehabt!« —, zitierte sie ihren Bruder zu sich.

Soames war wie aus den Wolken gefallen. Er erinnerte sich, wie James die Dose bei Jobson gekauft hatte für kaum mehr als ein Zehntel ihres heutigen Wertes. Alles war sinnlos, wenn man auf solche Art verlieren konnte, was man seit vierzig Jahren gehegt hatte, bis zu einem wahrhaft wundervollen unverdienten Wertzuwachs. Und der Kerl, der die Dose genommen hatte, stammte aus ganz guter Familie, wenigstens behauptete es sein Neffe. Ob die Ehrlichkeit der alten Forsytes, in deren Atmosphäre er aufgewachsen und ins praktische Leben getreten, ererbt oder erworben war, ihnen im Blut lag oder von ihren Banken suggeriert wurde, hatte er niemals überlegt. Sie hatte zu ihnen gehört, wie das Sprichwort »Ehrlichkeit ist die beste Politik« die Grundlage der damaligen Privatbanken war. Manchmal verfiel er in leise Träumerei über das Bankwesen; er konnte sich noch an das Aufsehen erinnern, das der Bankrott von Understart & Darnett hervorgerufen hatte, und wie damals alle diese kleinen Firmen mit den legendären Namen, eine nach der anderen, vom Erdboden verschwanden. Diese großen modernen Gründungen waren günstig für Kredite und ungünstig für Romanschreiber. Ein Run auf eine Bank — etwas Aufregenderes konnte man gar nicht lesen! Diese Monsterkonzerne konnten überhaupt nicht bankrott werden, ganz gleich, was ihre Kunden taten; aber ob sie die Ehrlichkeit des einzelnen förderten, konnte Soames nicht sagen. Die Schnupftabaksdose war jedenfalls fort, und wenn Winifred nicht aufpaßte, würde man sie auch nicht zurückbekommen. Wie sie eigentlich aufpassen sollte, wußte er im Augenblick selber nicht; aber er würde ihr raten, die Sache sofort jemandem zu übergeben.

»Aber wem nur, Soames?«

»Man könnte sich ja an die Polizei wenden«, entgegnete Soames finster. »Aber ich glaube, die richten nur einen Wirbel an und es schaut nichts dabei heraus. Dann käme auch der Detektiv in Betracht, den ich für den Fall Ferrar engagiert hatte. Der verlangt allerdings sehr viel.«

»Es würde mir nicht so viel dranliegen«, sagte Winifred, »wenn sie nicht unserem seligen Vater gehört hätte.«
»Solche Lumpen«, murmelte Soames, »sollte man nicht frei herumlaufen lassen.«
»Und wenn man bedenkt«, meinte Winifred, »daß Val hauptsächlich seinetwegen zu mir kam!«
»So! Wirklich!« bemerkte Soames düster. »Bist du auch ganz sicher, daß der Kerl sie eingesteckt hat?«
»Vollkommen. Gerade eine Viertelstunde vorher hatte ich sie zum Polieren herausgenommen. Nachdem er fort war, bin ich gleich ins Zimmer zurückgegangen, um sie einzuschließen, da war sie verschwunden. Val war die ganze Zeit über im Zimmer.«
Soames zögerte einen Augenblick, wies dann aber den Zweifel an seinem Neffen von sich, denn obzwar dieser mit Montague Dartie, diesem Juwel von einem Vater, blutsverwandt war und obendrein mit Rennpferden zu tun hatte, war er schließlich doch ein halber Forsyte.
»Nun«, sagte er, »soll ich dir diesen Mann schicken? Becroft heißt er, sieht immer so aus, als ob er zu stark rasiert wäre, aber er hat bestimmt Grütze im Kopf. Ich wäre dafür, daß er mit dem Klub dieses Menschen in Fühlung tritt.«
»Aber wenn er die Dose schon verkauft hat?« fragte Winifred.
»Seit gestern nachmittag? Das glaube ich kaum; aber man muß sofort handeln. Auf dem Rückweg werde ich Becroft aufsuchen. Fleur überanstrengt sich in dieser Kantine.«
»Es heißt, daß sie ihre Sache ausgezeichnet macht. Alle jungen Frauen sind so tüchtig.«
»Ja, flink sind sie schon«, brummte Soames, »aber Eile mit Weile.«
Bei dieser Phrase, die die alten Forsytes in ihrer Jugend oft im Mund geführt hatten, blinzelte Winifred mit ihren etwas zu hellen Wimpern.
»Weißt du, Soames, diese Devise war immer ein bißchen langweilig. Und wenn man heutzutage nicht flink ist, hat man überall das Nachsehen.«
Soames nahm seinen Hut. »So wird's uns mit der Schnupftabaksdose gehn, wenn wir nicht aufpassen.«
»Jedenfalls danke ich dir. Ich hoffe zuversichtlich, daß wir sie zurückbekommen. Der liebe Vater war so stolz darauf, und heute ist sie doppelt soviel wert wie bei seinem Tod.«
»Viermal soviel«, erwiderte Soames, und der Gedanke ließ ihn nicht mehr in Ruhe, als er wegging. Welchen Zweck hatte es, ein gutes Urteil zu haben, wenn jeder daherkommen und den Erfolg davon in die eigene Tasche stecken konnte! Heutzutage rümpften die Leute die Nase über

den Besitz; aber Besitz war ein Beweis von guter Urteilskraft – er trug zur Selbstachtung bei. Und er dachte daran, wie Bosinney ihm die Selbstachtung gestohlen hatte in jenen fernen Tagen, die so bitter gewesen waren. Ja sogar eine Ehe war Sache des guten Urteils, ein Messen der Kräfte mit andern. Man machte einen Treffer oder man zog eine Niete – Irene war kein Treffer gewesen, das ließ sich kaum behaupten! Und da hatte er richtig vergessen, Winifred wegen des jungen Jon Forsyte zu fragen, der so plötzlich wieder auf der Bildfläche erschienen war. Doch was die Geschichte mit der Schnupftabaksdose betraf: er hatte gehört, daß dieser Brummell-Klub so eine Art Wettbude war, voll von Spielern und Leuten, die alles mögliche für Provision taten und verkauften. Das war ja das Laster des Tages, das und die Arbeitslosenunterstützung. Arbeiten? Keine Spur! Waren mit Provision verkaufen – Autos zum Beispiel. Der Brummell-Klub! Jawohl! Da war er schon. Jetzt erinnerte er sich, daß der Klub ein Fenster auf die Straße hatte. Es konnte auf keinen Fall schaden, einmal nachzufragen, ob der Kerl dort bekannt war.
Soames trat ein und fragte: »Ist Mr. Stainford hier Mitglied?«
»Ja. Ich weiß nicht, ob er hier ist! Ist Mr. Stainford da, Bob?«
»Gerade gekommen.«
»Oh!« sagte Soames, peinlich überrascht.
»Ein Herr wünscht ihn zu sprechen, Bob.«
Soames war nicht wohl in seiner Haut.
»Folgen Sie mir, Sir.«
Soames atmete tief und bewegte mechanisch die Beine. In einer vom Eingang etwas entfernten Nische sah er, leicht schäbig und zusammengekauert, einen Mann, der aus einer Zigarettenspitze rauchte, in einem alten Lehnstuhl lümmeln. Der Mann hielt ein rotes Büchlein in der einen Hand, einen kleinen Bleistift in der andern und saß so ruhig, als wollte er sich eine Überzeugung notieren, die er nicht hatte. Er trug einen dunklen Anzug mit schmalen Streifen, saß mit gekreuzten Beinen, und Soames bemerkte, daß der eine Fuß, in einem abgetragenen braunen Schuh, sich langsam im Kreis bewegte; dem Schuh sah man an, daß er stets auf den Leisten gespannt und mit rührender Sorgfalt blankgeputzt wurde, damit sein Alter verborgen blieb.
»Der Herr wünscht Sie zu sprechen, Sir.«
Jetzt sah Soames sein Gesicht. Die Augenbrauen waren wie ein umgekehrtes V und die Augen fast völlig von den Lidern verdeckt. Die ganze Erscheinung machte den Eindruck von außerordentlicher Blasiertheit. Das Gesicht war unglaublich mager, oval, blaß, zeigte dunkle Schatten und eine leicht gebogene Nase. Der Fuß war zur Ruhe gekommen, alles an

ihm war vollkommen regungslos. Soames hatte das sonderbare Gefühl, einem herausfordernd arroganten Toten gegenüberzustehen. Ohne sich Zeit zum Überlegen zu lassen, begann er: »Mr. Stainford, vermutlich. Bitte, bleiben Sie ruhig sitzen. Mein Name ist Forsyte. Sie haben gestern nachmittag meine Schwester in der Green Street besucht.«
Die Linien um den schmalen Mund zogen sich ein wenig zusammen, dann sagte er: »Wollen Sie Platz nehmen?«
Er hatte die Augen geöffnet, sie mußten einmal schön gewesen sein. Gleich kniff er sie wieder zusammen, so daß Soames das Gefühl hatte, ihr Eigentümer interessiere sich nur noch für sich selbst. Etwas würgte Soames in der Kehle, er schluckte es hinunter und fuhr fort: »Ich wollte Sie nur etwas fragen. Haben Sie bei Ihrem Besuch vielleicht ganz zufällig eine Louis-Quinze-Schnupftabaksdose auf dem Tisch liegen sehen? Sie ist — eh — verschwunden und wir möchten genau die Zeit des Verlustes feststellen.«
Der Mann im Sessel lächelte, wie vielleicht ein Gespenst lächelt; die Augen verbargen sich noch mehr unter den Lidern.
»Bedaure, nein.«
Mit dem Gedanken »Er hat sie!« fuhr Soames fort: »Es tut mir leid, aber das Ding wurde als Erbstück geschätzt. Offenbar ist es gestohlen worden. Ich möchte alle Punkte präzisieren. Wenn Sie die Dose bemerkt hätten, dann könnten wir die genaue Stunde feststellen — auf dem kleinen Tisch, an dem Sie gesessen sind — blaues Email.«
Die mageren Schultern zuckten ein wenig, als nähmen sie den Versuch, ihnen eine Verantwortung aufzubürden, übel.
»Tut mir leid, daß ich Ihnen nicht gefällig sein kann; ich habe nur die recht gute eingelegte Tischlerarbeit bemerkt.«
»Der kaltblütigste Halunke, den ich je gesehn«, dachte Soames. »Möchte wissen, ob er sie in der Tasche hat.«
»Das Ding ist einzig in seiner Art«, sagte er langsam. »Die Polizei wird keine großen Schwierigkeiten haben. Na, auf jeden fall danke ich Ihnen. Entschuldigen Sie die Störung. Wenn ich nicht irre, kennen Sie meinen Neffen von der Universität her. Guten Morgen!«
»Guten Morgen!«
Von der Tür warf Soames einen heimlichen Blick zurück. Die Gestalt saß vollkommen regungslos, die Beine noch immer gekreuzt; und die blasse Stirn, vom glatten, von grauen Fäden durchzogenen Haar überschattet, beugte sich tief über das rote Büchlein. Daraus konnte man keinerlei Schlüsse ziehen, aber Soames war überzeugt davon, daß der Kerl die Dose hatte.

Mit merkwürdigen Gefühlen verließ er den Klub und ging durch den Green Park. Heimtückischer Dieb! Wie ein Gentleman nur so herunterkommen konnte! Die Elderson-Affäre war schlimm genug gewesen, aber doch nicht so jämmerlich wie diese Geschichte. Die abgeschabten Säume des Anzugs von tadellosem Schnitt, die Falten quer über den einst erstklassigen Schuhen, die verblichene Krawatte, korrekt gebunden, bewiesen, daß er Tag für Tag nur von der Hand in den Mund lebte, um die äußere Form zu wahren. Es tat Soames weh. Diese blasierte Erscheinung! Was aber machte ein Mensch wirklich, wenn er kein Geld mehr hatte und sich nicht dazu aufraffen konnte, sein Leben zu retten? Er besaß kein Schamgefühl mehr — das war klar. Soames wollte noch einmal mit Winifred sprechen. Er machte kehrt und ging in die Green Street zurück.
Als er aus dem Park kam, sah er auf der gegenüberliegenden Seite der Piccadilly die blasierte Erscheinung. Auch sie bewegte sich auf die Green Street zu. Er kreuzte die Straße und folgte ihm. Der Kerl sah nach etwas aus. Er ging wie jemand, der aus einer anderen Zeit in diese Welt gekommen war, aus einer Zeit, in der äußere Form alles bedeutete. Soames hatte die Empfindung, daß dieser Mensch sich eher umbringen ließe, als Interesse an irgend etwas zu zeigen. Äußere Form! Konnte man die Verachtung für Gefühlsregungen so weit treiben, daß man überhaupt nichts mehr fühlte? Konnte einem die hochgezogene Braue wichtiger werden als alle Regungen des Herzens und des Verstandes? Fadenscheinige Pfauenfedern spazierten da vor ihm her, und kein Pfau war drin! Gefühl zu zeigen war vielleicht das einzige, dessen dieser Kerl sich schämen würde. Und ein wenig erstaunt über seine Fähigkeit, Diagnosen zu stellen, folgte ihm Soames erst um eine Ecke, dann um eine andere, bis er tatsächlich in der Green Street war. Herrgott! Der Kerl ging wirklich zu Winifred! »Ich werde ihn überraschen«, dachte Soames. Er beeilte sich und sagte — ziemlich atemlos — gerade auf der Türschwelle seiner Schwester: »Ah! Mr. Stainford! Sie sind wohl gekommen, um die Schnupftabaksdose zurückzugeben?«
Mit einem Seufzer und einem leichten Aufstoßen des Stockes aufs Pflaster wandte sich die Gestalt um. Soames tat es plötzlich leid, ihm war, als hätte er im Dunkeln ein Kind erschreckt. Das unbewegliche Gesicht mit den noch immer hochgezogenen Augenbrauen und gesenkten Lidern war grünlich bleich, als wäre das Herz nicht ganz in Ordnung. Ein mattes Lächeln stahl sich mühsam auf seine Lippen. Eine gute halbe Minute herrschte Schweigen, dann öffneten sich die blassen Lippen.
»Kommt drauf an. Wieviel geben Sie?«
So eine Unverschämtheit! Wieder bewegten sich die Lippen.

»Für zehn Pfund können Sie sie haben.«

»Ich kann sie umsonst haben«, gab Soames zurück, »wenn ich einfach den nächsten Polizisten rufe.«

Wieder lächelte der andere. »Das werden Sie nicht tun.«

»Warum nicht?«

»Das tut man nicht.«

»Tut man nicht!« wiederholte Soames. »Warum denn nicht, zum Kukkuck! Eine solche Unverfrorenheit ist mir noch nicht untergekommen.«

»Zehn Pfund«, murmelten die Lippen. »Ich brauche sie dringend.«

Soames stand wie versteinert. Die Sache war unfaßlich; der Kerl stand so selbstverständlich da, als hätte er um ein Streichholz gebeten. Kein Muskel zuckte in dem Gesicht, das aussah, als könnte es jeden Augenblick einem Toten gehören. Wahrhaftig, ein großer Künstler! Soames sah ein, daß es nicht den geringsten Sinn hätte, Moral zu predigen. Er hatte nur die Wahl, ihm die zehn Pfund zu geben oder einen Polizisten zu rufen. Er blickte die Straße auf und ab.

»Nein — es ist keiner in der Nähe. Ich habe die Dose bei mir — zehn Pfund!«

Soames geriet ins Stottern. Der Kerl begann ihn zu faszinieren. Und plötzlich reizte ihn die Angelegenheit. Sie war nicht alltäglich.

»Da!« sagte er und nahm zwei Fünfpfundnoten heraus. »So was hat die Welt noch nicht gesehn!«

Eine magere Hand entnahm etwas einer Seitentasche.

»Danke bestens. Da ist sie. Guten Morgen!«

Der Mensch ging langsam fort. Er bewegte sich mit derselben unvergleichlichen Blasiertheit und blickte nicht zurück. Soames starrte ihm nach, die Schnupftabaksdose in der Hand.

Laut sagte er: »Ein solches Exemplar bringt die heutige Zeit nicht mehr hervor«, und er läutete bei Winifred an.

7

Michael hat Zweifel

Die beste Erholung für den während des achttägigen Streiks hektisch tätigen Michael bedeuteten die Stunden im Parlament. Man war dort so sehr damit beschäftigt, zu überlegen, was man tun könnte, daß man am Ende gar nichts tat. Er hatte sich seine eigene Meinung darüber gebildet, wie die Sache einzurenken wäre, da jedoch niemand seine Ansicht teilte, kam es zu keinem Resultat. Indessen verfolgte er mit lebhafter Genugtuung, wie der britische Charakter von einem Tag zum andern daheim und im Ausland im Kurse stieg, und stellte mit einiger Unruhe fest, wie die britische Intelligenz immer tiefer notierte und fast unverkäuflich wurde. Mr. Blythes ständige Bemerkung: »Was, in Dreiteufels Namen, wird denn bei der Sache schon herausschauen!« weckte starken Widerhall in seiner Seele. Was würde denn wirklich dabei herausschauen? Er unterhielt sich einmal mit seinem Schwiegervater über dieses Thema.

Über sein Frühstücksei hinweg hatte Soames bemerkt: »Na, das Budget wird ins Wasser fallen.«

Über seine Orangenmarmelade hinweg fragte Michael: »Gab es in Ihren Jugendtagen auch so etwas, Sir?«

»Nein«, erwiderte Soames, »damals war das Gewerkschaftswesen noch nicht der Rede wert.«

»Es heißt, daß dies sein Ende sein wird. Was halten Sie von dem Streik als Waffe, Sir?«

»Für Selbstmordzwecke glänzend geeignet. Es ist ein Wunder, daß man das nicht schon längst herausgefunden hat.«

»Ich bin so ziemlich derselben Meinung, aber was bleibt sonst übrig?«

»Na«, meinte Soames, »die Leute haben doch das Wahlrecht.«

»Ja, das sagt man immer. Aber das Parlament scheint ständig an Bedeutung zu verlieren. Es herrscht jetzt die Tendenz, Fragen in eigener Regie zu lösen, bevor sie im Parlament in Angriff genommen werden. Sehen Sie sich nur den Streik an! Wir sind gänzlich ausgeschaltet.«

»Eine Regierung muß da sein«, erklärte Soames.

»Eine Verwaltung – gewiß. Aber wir können im Parlament nichts anderes tun, als post festum über Verwaltungsmaßnahmen zu diskutieren. Tatsache ist, daß die Dinge heutzutage sich zu rasch ändern.«

»Ihr müßt wissen, was ihr zu tun habt«, sagte Soames. »Das Parlament ist immer eine Tratschbude gewesen.« Und bei diesem unbewußten Zitat aus Carlyle – einem extravaganten Schriftsteller, den er sonderbarerweise mit der Revolution in Zusammenhang brachte – blickte er zu dem Goya auf und fügte hinzu: »Trotzdem möchte ich das Parlament nicht abgeschafft sehen. Hast du je wieder etwas von jenem rothaarigen jungen Frauenzimmer gehört?«

»Marjorie Ferrar? Das trifft sich merkwürdig, gestern habe ich sie in

Whitehall gesehen. Sie sagte mir, daß sie während des Streiks die Autolenkerin des Premierministers geworden sei.«
»Sie hat mit dir gesprochen?«
»Natürlich. Sie trägt nichts nach.«
»Hm!« bemerkte Soames. »Ich verstehe diese Generation nicht. Ist sie verheiratet?«
»Nein.«
»Dieser Kerl, der MacGown, ist noch gut davongekommen — er hat es wirklich nicht verdient. Fleur vermißt doch ihre Abende nicht?«
Michael gab keine Antwort. Er wußte es nicht. Fleur und er kamen so gut miteinander aus, daß der eine die Gedanken des andern eigentlich gar nicht kannte. Da er spürte, daß die grauen Augen seines Schwiegervaters durchbohrend auf ihn gerichtet waren, sagte er hastig: »Fleur ist ganz zufrieden, Sir.«
Soames nickte. »Gib nur acht, daß sie sich in dieser Kantine nicht überanstrengt.«
»Es macht ihr den größten Spaß — ihre Intelligenz kommt dort zur Geltung.«
»Ja«, sagte Soames, »sie hat einen klugen Kopf, wenn sie ihn nicht gerade verliert.« Wieder schien er den Goya zu befragen, ehe er hinzufügte: »Nebenbei bemerkt, der junge Jon Forsyte ist hier, hat man mir gesagt — logiert in der Green Street und heizt eine Lokomotive oder so etwas. Eine Jugendgeschichte, aber ich glaube, du solltest es wissen.«
»Oh!« erwiderte Michael, »danke! Ich hab' es nicht gewußt.«
»Ich glaube, sie weiß noch nicht, daß er hier ist«, sagte Soames vorsichtig; »ich habe Auftrag gegeben, es ihr zu verschweigen. Erinnerst du dich, wie mir in Amerika oben in Mount Vernon plötzlich schlecht wurde?«
»Gewiß, Sir, sehr gut.«
»Nun, mir fehlte gar nichts. Es war so, daß ich diesen jungen Mann und seine Frau mit dir auf der Treppe sprechen sah. Da wollte ich verhindern, daß Fleur ihnen in die Arme liefe. Solche Geschichten sind bloß Dummheiten, aber man kann nie wissen.«
»Allerdings«, entgegnete Michael trocken, »man kann nie wissen. Ich erinnere mich, daß er mir recht gut gefallen hat.«
»Hm!« murmelte Soames, »vermutlich ist er der Sohn seines Vaters.«
Und aus seiner Miene konnte Michael entnehmen, daß dies ein zweifelhafter Vorzug war.
Kein Wort weiter wurde gesprochen, denn Soames war stets überzeugt gewesen, daß man nie mehr als nötig sagen sollte, und Michael wollte

nie ernsthaft über Fleurs Wesen diskutieren, nicht einmal mit ihrem Vater. In der letzten Zeit war sie ihm ganz glücklich vorgekommen. Nach fünfeinhalbjähriger Ehe war es sicher, daß Fleur ihn gern hatte, daß er ihr körperlich nicht widerstrebte und daß es unvernünftig von einem Mann war, mehr zu verlangen. Sie wehrte sich zwar beharrlich gegen ein Duplikat des kleinen Kit, aber nur deshalb, weil sie nicht wieder monatelang außer Aktion gesetzt werden wollte. Je eifriger sie sich betätigen konnte, um so wohler fühlte sie sich — in der Kantine war sie ganz in ihrem Element. Wenn Michael gewußt hätte, daß Jon Forsyte dort verköstigt wurde, wäre er beunruhigt gewesen; so aber machte die Nachricht von dem Wiedererscheinen des jungen Mannes keinen großen Eindruck auf ihn. England nahm in diesen anstrengenden Tagen seine ganze Aufmerksamkeit in Anspruch. Die zahlreichen Beispiele von Patriotismus bereiteten ihm aufrichtige Freude — Studenten als Hafenarbeiter, junge Frauen, die Autos lenkten, Handelsangestellte, die fröhlich zu ihrer Arbeitsstätte gingen, der Schwarm der Freiwilligen, das allgemeine Durchhalten. Sogar die Streikenden waren guter Laune. Seine eigene geheime positive Meinung über England festigte sich von Tag zu Tag, entgegen der Meinung der Pessimisten. Und keine Stätte, so kam ihm vor, war im Augenblick so unenglisch wie das Parlament, wo die Leute nichts anderes taten, als lange Gesichter ziehen und die »Situation« erörtern. Die Nachricht von dem Zusammenbruch des Streiks erreichte ihn auf dem Heimweg, nachdem er Fleur in die Kantine gefahren hatte. Gedränge und Gerüchte in den Straßen, und die mit Kreide an die Straßenecken gekritzelten Worte »Streik vorüber!« gingen den Ausrufen der Zeitungsverkäufer »Ende des Streiks — offizieller Bericht« voraus. Michael hielt seinen Wagen am Randstein an und kaufte eine Extraausgabe. Da stand es! Eine Minute lang saß er regungslos und es würgte ihn im Hals; ähnliches hatte er empfunden, als der Waffenstillstand verkündet wurde. Ein Schwert hatte über Englands Haupt gehangen. Die Quelle der Schadenfreude seiner Feinde war versiegt. Ununterbrochen gingen Leute an ihm vorüber, jeder mit einem Blatt in der Hand oder mit einer Miene der Erleichterung. Sie nahmen es fast so nüchtern auf, wie sie auch den Streik aufgenommen hatten. »Liebes altes England! Wir sind ein großes Volk, wenn wir uns gegen etwas zur Wehr setzen!« dachte er, als er seinen Wagen langsam nach dem Trafalgar Square lenkte. Eine Gruppe von Männern, die offenbar Streikende gewesen waren, lehnten gegen die Steinmauer. Er versuchte, in ihren Gesichtern zu lesen. Waren sie froh, traurig, beschämt, verbittert, erleichtert? Er konnte es, weiß Gott, nicht sagen. Ein Scherz, mit dem sie ihre Lage verteidigen

wollten, schien zwischen ihnen die Runde zu machen. »Kein Wunder, daß wir den Ausländern ein Rätsel sind!« dachte Michael. »Wir sind das wenigst verstandene Volk auf der Welt.« Er fuhr langsam rund um den Platz nach Whitehall. Hier kam es doch zu einzelnen Gefühlsäußerungen. Dicht gedrängt standen die Menschen um das Kriegerdenkmal und am Eingang zur Downing Street; immer wieder ertönten Hochrufe. Ein Freiwilliger half einem lahmen Mann über die Straße. Als er zurückkam, sah Michael sein Gesicht. Das war ja Onkel Hilary, der jüngste Bruder seiner Mutter! Hilary Cherrell, Pfarrer zu St. Augustin »im Grünen«.
»Hallo, Michael!«
»Du ein Freiwilliger, Onkel Hilary? Wo bleibt denn dein Priestergewand?«
»Mein Lieber! Gehörst du auch zu denjenigen, die die Kirche von allen irdischen Freuden ausschließen wollen? Du wirst doch nicht altmodisch werden, Michael?«
Michael grinste. Er hatte Onkel Hilary wirklich gern, wegen seines langen, mageren, von Humor durchsonnten Gesichtes mit den vielen Fältchen, wegen einer Kindheitserinnerung an einen lustigen Onkel, und weil er Hilary Cherrell im Verdacht hatte, daß an ihm ein Polarforscher oder irgendein anderer tollkühner Abenteurer verlorengegangen sei.
»Da fällt mir ein, Michael, wann besuchst du uns denn einmal? Ich habe eine erstklassige Idee, Licht und Luft nach St. Augustin im Grünen zu bringen.«
»Ja, ja«, sagte Michael, »die Übervölkerung ist an allem schuld, sogar an dem Streik.«
»Da hast du recht, mein Sohn. Also laß dich bei uns sehen, sobald du kannst. Ihr Leute im Parlament solltet euch immer mit eigenen Augen von allem überzeugen. Ihr leidet an einer Art Selbstvergiftung. Und nun — bitte weiterfahren, junger Mann. Sie behindern den Verkehr.«
Michael fuhr grinsend weiter. Der gute Onkel Hilary! Er hatte die Religion vermenschlicht und lebte gern gefährlich — die tollsten Gipfel von Europa hatte er erklommen. Er war sich seines eigenen Wertes nicht bewußt und besaß echten Humor; der beste Typus eines Engländers. Man hatte ihn zum Prälaten machen wollen, doch er hatte es abgelehnt. Er war von unverwüstlicher Energie und in seinem Eifer oft erstaunlich vorurteilslos; aber jedermann hatte ihn gern, sogar seine eigene Frau. Einen Augenblick verweilten Michaels Gedanken bei seiner Tante May. Vierzig Jahre alt — so nahm er an — mit drei Kindern und tausenderlei täglichen Pflichten; kurzes Haar, und immer vergnügt. Eine hübsche Frau, Tante May!
Nachdem sein Wagen in der Garage untergebracht war, fiel ihm ein, daß

er noch nicht geluncht hatte. Es war drei Uhr. Er stopfte ein Keks in den Mund, trank ein Glas Sherry und ging ins Parlament. Alles summte durcheinander, da eine Erklärung bevorstand. Er lehnte sich zurück, streckte die Beine aus und empfand Zweifel. Was hatte dieses Haus nicht schon alles geleistet! Die Abschaffung der Sklaverei und der Kinderarbeit, das Gesetz über das Güterrecht der verheirateten Frau, Aufhebung des Getreidezollgesetzes; aber konnte man heute noch etwas Derartiges leisten? Wenn man es jedoch *nicht* konnte, war das dann ein Leben? Er hatte Fleur erklärt, daß man einen zweimaligen Wechsel seiner beruflichen Ambitionen nicht überstehen könne. Aber wollte er ihn denn überstehen? Nachdem der Foggartismus versagt hatte — und dieser hatte nicht nur deshalb versagt, weil er gar nicht ins Werk gesetzt wurde —, woran lag ihm dann eigentlich etwas?

Wollte er eine bessere Welt zurücklassen, als er vorgefunden hatte? Wie er so dasaß, kam ihm die Vagheit eines solchen Vorhabens zum Bewußtsein, selbst wenn es nur England anging. Das war ja die eigentliche Aufgabe des Parlaments, doch schien sie in dem Auf und Ab der Parteien keine großen Fortschritte zu machen. Lieber sollte man sich für irgendeine bestimmte Verwaltungsarbeit entscheiden, dabei bleiben und wirklich etwas leisten. Fleur wünschte, daß er sich auf die Frage konzentriere, ob die ostafrikanische Kolonie Kenia den Indern eröffnet werden solle. Auch das lag ihm ziemlich fern und hatte wenig mit England zu tun. Welche wirkliche Arbeit für England war denn dringend nötig? Jugenderziehung? Da war schon wieder ein Haken. Wie sollte man das beste Erziehungssystem herausfinden? Als die staatlichen Schulen aufkamen, hatte man geglaubt, die Frage sei erledigt. Heutzutage behaupteten die Leute, daß die staatliche Erziehung den Staat ruiniert habe. Auswanderung? Das war verlockend, das Resultat jedoch war negativ. Wiederbelebung der Landwirtschaft? Der Foggartismus war doch eine Kombination dieser beiden Forderungen, und er wußte aus Erfahrung, daß nur die bitterste Not das Volk diese Lektion lehren würde. Man konnte reden, bis man blau wurde, und am Ende war niemand anderer überzeugt als man selbst. Was blieb denn sonst noch?

»Ich habe eine erstklassige Idee, Licht und Luft nach St. Augustin im Grünen zu bringen.« Das war ein Pfarrsprengel in einem der schlimmsten Slums, der Elendsviertel von London. »Mit den Slums aufräumen!« dachte Michael, »das wäre einmal eine praktische Idee!« Man konnte die Elendsviertel riechen und fühlen. Sie stanken und juckten und brüteten Verbrechen aus. Und doch liebten die Bewohner ihre Heimstätte oder zogen sie zumindest andern Slums vor, die sie nicht kannten. Und diese armen Leute waren so gutmütig. Man sollte nicht mit ihnen herumexperimentieren. Er mußte mit Onkel Hilary darüber sprechen. England besaß noch immer viel Vitalität – siehe die Menge rothaariger Kinder. Aber sobald sie heranwuchsen, wurden sie welk und rußig wie Pflanzen in einem Hinterhof. Aufräumen mit den Elendsvierteln, Verhinderung der Rauchentwicklung, industrieller Friede, Auswanderung, Landwirtschaft und Sicherheit vor Luftangriffen! »All das liegt mir am Herzen«, dachte Michael. »Und wem dieses Betätigungsfeld nicht weit genug ist, dem ist nicht zu helfen.«

Er blickte auf, weil der Minister begonnen hatte, die Regierungserklärung zu verlesen, und dachte an die Worte seines Onkels über das Parlament. Befanden sich wirklich alle hier in einem Zustand der Selbstvergiftung, die langsam das ganze Gewebe durchdrang? Alle die Männer, die um ihn herumsaßen, waren überzeugt davon, etwas zu leisten. Er sah sie an. Die meisten kannte er und eine ganze Reihe von ihnen imponierte ihm beträchtlich, doch er konnte nicht leugnen, daß sie als Gesamtheit ein wenig betäubt aussahen. Sein Nachbar zur Rechten zeigte die Zähne, und sein Lächeln war wie festgefroren. »Es ist wirklich heroisch«, dachte er, »wie wir alle Tag für Tag hier sitzen, ohne einzuschlafen.«

8

Geheimnis

Es wäre nicht natürlich gewesen, wenn Fleur sich über den Zusammenbruch des Generalstreiks gefreut hätte. Es lag nicht in ihrem Charakter, in einer solchen Angelegenheit national zu fühlen. Die Führung der Kantine hatte ihr das Vertrauen in ihre sozialen Fähigkeiten, das durch die Marjorie-Ferrar-Angelegenheit so schwer erschüttert worden war, zur Gänze wiedergegeben; und sie fühlte sich ganz in ihrem Element, wenn ihre Zeit mit praktischer Arbeit ausgefüllt war. Norah Curfew, sie selbst, Michael und seine Tante, Lady Alison Cherrell, hatten eine Schar ausgezeichneter Helfer aller Altersstufen angeworben, von denen die meisten der Gesellschaft angehörten. Sie arbeiteten wie die Sklaven, scheuten vor nichts zurück – nicht einmal vor Ungeziefer. Sie standen zu jeder Tageszeit auf und arbeiteten bis in die Nacht hinein. Sie waren immer

fröhlich und nie schlechter Laune. Mit einem Wort, sie schienen von Begeisterung getragen. Die Eisenbahngesellschaft war überrascht von dem Unterschied im Aussehen ihrer Küchen und Speiseräume. Fleur stand die ganze Zeit über selbst auf der Kommandobrücke. Ihre Aufgabe war es, die offiziellen Räder zu schmieren, in zahllosen telefonischen Duellen den Amtsschimmel in flotteren Gang zu bringen und der Leitung der Firma, die die Belieferung der Kantine übernommen hatte, die Stirn zu bieten. Sie hatte sogar ihren Vater veranlaßt, seine Taschen aufzuknöpfen, um ihr Defizit zu decken. Die Freiwilligen wurden bis zum Platzen gefüttert, und auf Michaels Rat hatte sie die Streikposten bestochen, indem sie ihnen hie und da während der ermüdenden Wachezeit verstohlen Kaffee mit ein wenig Rum reichen ließ. Ihr Versorgungsauto, das Holly anvertraut war, durchbrach die Blockade, indem es ganz harmlos davonfuhr und wiederkam, als dächte es an Harridge, den Lebensmittellieferanten, nicht einmal im Traum.
»Wir wollen den Streikenden«, sagte Michael, »jeden nur möglichen Vorwand geben, um ein Auge zuzudrücken.«
Die Kantine war in der Tat ein unbestreitbarer Erfolg. Fleur hatte Jon nicht wiedergesehen, doch sie lebte in jenem sonderbaren Zustand von Furcht und Hoffnung, der wahres Interesse am Leben beweist. Am Freitag kündigte ihr Holly an, daß Jons Frau angekommen sei — ob sie sie am nächsten Morgen mitbringen dürfe?
»O gewiß«, entgegnete Fleur, »wie sieht sie denn aus?«
»Anziehend — mit den Augen einer Wassernymphe, wie Jon meint; aber eine wirklich erstklassige Wassernymphe.«
»Hm!« sagte Fleur.
Sie war am nächsten Tag gerade damit beschäftigt, telefonisch an Hand einer Liste Lebensmittel zu bestellen, als Holly Anne brachte. Ungefähr so groß wie Fleur selbst, schlank und aufrecht, etwas dunkleres Haar, Gesichtsfarbe und Augen von dunklerem Braun (Fleur sah jetzt, was Holly mit »Wassernymphe« gemeint hatte), eine keck vorspringende Nase, spitzes Kinn und sehr weiße Zähne — so stand ihre Nachfolgerin vor ihr. Wußte sie, was einst zwischen ihr und Jon — ?
Fleur streckte die freie Hand aus und sagte: »Riesig nett von Ihnen als Amerikanerin! Wie geht es Ihrem Bruder Francis?«
Die Hand, die sie drückte, war braun, trocken und warm, der Akzent, den sie hörte, nur leicht amerikanisch, als hätte Jon seine Frau schon trainiert.
»Sie waren so außerordentlich gut zu Francis. Er spricht immer von Ihnen. Wenn Sie nicht gewesen wären —«

»Nicht der Rede wert. Entschuldigen Sie . . . Ja-a? . . . Nein! Wenn die Prinzessin kommen will, so soll sie so gut sein und zur Essenszeit hier sein. Ja – ja – danke! Morgen? Gewiß . . . Hatten Sie eine gute Überfahrt?«

»Entsetzlich! Ich war froh, daß Jon nicht dabei war. Es ist mir so zuwider, seekrank zu werden. Ihnen nicht auch?«

»Ich bin es nie«, erwiderte Fleur.

Diese junge Frau hatte Jon, der sich über sie beugen würde, wenn sie seekrank war! Hübsch? Das braune, sehr bewegliche Gesicht erinnerte an Francis Wilmot, aber ihr Blick war viel lebendiger. Was war nur an diesen Augen, das sie so ungewöhnlich anziehend erscheinen ließ? Ganz sicher, es war eine leise Spur von Schielen. Sie hatte auch eine besondere Haltung, eine aparte Wendung des Halses, die Kopfhaltung war wunderschön. Entzückend gekleidet, natürlich. Fleurs Blick überflog rasch Waden und Knöchel. Weder dick noch krumm – kein Glück!

»Ich finde es reizend von Ihnen, mich hier helfen zu lassen.«

»Es ist uns ein Vergnügen. Holly wird Sie einführen. Willst du sie mitnehmen, Einkäufe machen, Holly?«

Als die junge Frau unter Hollys Schutz fortgegangen war, biß sich Fleur auf die Lippen. Aus Annes unbefangenem Blick schloß sie, daß Jon ihr nichts gesagt hatte. Wie schrecklich jung! Fleur schien es plötzlich, als hätte sie nie eine Jugend gehabt. Wenn man ihr nur Jon nicht genommen hätte! Ihre Lippen zitterten, und sie verbarg sie in dem Mundstück des Telefons.

Sooft sie die junge Frau wiedersah – drei- oder viermal, ehe die Kantine geschlossen wurde –, bemühte sie sich, herzlich zu sein. Instinktiv fühlte sie, daß sie sich gerade jetzt keine Möglichkeiten versperren dürfe. Was Jons Wiedererscheinen für sie bedeutete, konnte sie noch nicht sagen; aber diesmal sollte niemand seine Nase in ihre Angelegenheiten stecken. Sie beherrschte jetzt ihren Gesichtsausdruck und ihre Bewegungen so vollkommen wie nie zu der Zeit, als sie und Jon noch praktisch Kinder waren. Mit einer Freude, die eigentlich paradox war, hörte sie Holly sagen: »Anne findet dich wundervoll, Fleur.« Nein, Jon hatte seiner Frau nichts von ihr erzählt. Das sah ihm ähnlich, denn das Geheimnis war ja nicht nur sein eigenes gewesen. Aber wie lange noch würde diese junge Frau in Unwissenheit bleiben? Am Tag, als die Kantine geschlossen wurde, sagte sie zu Holly: »Ich nehme an, daß niemand Jons Frau erzählt hat, daß er und ich einmal ineinander verliebt waren?«

Holly schüttelte den Kopf.

»Dann möchte ich, daß man ihr auch jetzt nichts sagt.«

»Bestimmt nicht, meine Liebe. Ich werde schon dafür sorgen. Ich finde das Kind recht nett.«

»Nett schon«, sagte Fleur, »aber unbedeutend.«

»Man muß in Betracht ziehen, daß ihr hier alles fremd ist. Amerikaner werden meistens ›bedeutend‹, früher oder später.«

»In ihren eigenen Augen«, entgegnete Fleur und bemerkte Hollys Lächeln. Auch sie lachte, denn sie fühlte, daß sie sich ein klein wenig verraten hatte.

»Nun, solange sie miteinander auskommen ... Das tun sie doch, nicht wahr?«

»Meine Liebe, ich habe Jon noch kaum zu Gesicht bekommen, aber ich glaube, seine Ehe ist vollkommen glücklich. Jetzt, da der Streik vorbei ist, kommen sie zu uns nach Wansdon.«

»Schön! Na, jetzt können wir die brave Kantine zusperren. Komm, pudern wir uns die Nasen und verlassen wir dieses Haus. Vater wartet mit dem Auto auf mich. Können wir dich mitnehmen?«

»Nein, danke, ich gehe zu Fuß.«

»Was? Noch immer die alte Verstimmung? Komisch, wie schwer man so etwas vergißt.«

»Ja, wenn man eine Forsyte ist«, sagte Holly leise. »Wir tragen unsere Gefühle nicht zur Schau. Nur wenn man sich Luft macht, wird man ein Gefühl los.«

»Aha!« bemerkte Fleur. »Na, Gott mit dir, wie man zum Abschied sagt, und grüße Jon von mir. Ich möchte sie zum Lunch einladen, aber ihr fahrt ja nach Wansdon.«

»Übermorgen.«

In dem kleinen runden Spiegel sah Fleur, wie ihr Ausdruck noch verschlossener wurde, und wandte sich der Tür zu.

»Vielleicht schau' ich einmal zu Tante Winifred hinein, wenn ich Zeit habe. Leb wohl inzwischen!«

Während sie die Treppe hinunterging, dachte sie: »Also wenn man sich Luft macht, wird man ein Gefühl los!«

Soames saß im Auto und blickte starr auf den Rücken von Riggs. Der Kerl war so dürr wie ein Zaunpfahl!

»Schluß gemacht?« fragte er sie.

»Jawohl, Papa.«

»Gott sei Dank! Du kommst noch ganz herunter.«

»Wirklich? Bin ich denn so mager, Papachen?«

»Nein«, erwiderte Soames, »nein. Das hast du von deiner Mutter. Aber so dürftest du's nicht weitertreiben. Möchtest du nicht ein wenig Luft schnappen? In den Hydepark, Riggs!«

Als sie in jenen Hafen der Ruhe einliefen, murmelte er: »Ich erinnere mich noch, wie deine Großmutter hier, regelmäßig wie ein Uhrwerk, spazierengefahren ist. Damals hatten die Leute noch Gewohnheiten. Sollen wir anhalten und uns dieses Denkmal von Epstein ansehen, von dem man so viel redet?«

»Ich hab' es schon gesehen, Papa.«

»Ich auch«, sagte Soames. »Effekthascherei! Ja, die ›Statue der Trauer‹ in Washington, das ist etwas anderes.« Er blickte Fleur von der Seite an. Gott sei Dank, daß sie nicht wußte, wie er sie damals vor Jon Forsyte bewahrt hatte. Sie mußte schon erfahren haben, daß der Junge wieder in London war und noch dazu bei ihrer Tante wohnte. Jetzt, da der Streik zu Ende war und die Eisenbahnen wieder normal verkehrten, würde Jon hier überflüssig sein. Vielleicht ging er nach Paris zurück; seine Mutter war noch immer dort, wie er gehört hatte. Es lag Soames auf der Zunge, Fragen zu stellen. Sein Instinkt jedoch, der Fleur gegenüber stets wach war, hieß ihn schweigen. Wenn sie den jungen Mann gesehen hatte, würde sie's ihm doch nicht erzählen. Sie sah aus, als verschwiege sie ihm etwas – oder war das nur seine Einbildung?

Nein, er konnte ihre Gedanken nicht lesen. Und vielleicht war das gut so! Wer konnte sich's leisten, daß man seine Gedanken las? Die Schlupfwinkel, Verzweigungen und Ausschweifungen der Gedanken! Nur gesiebt und gesichtet waren sie für die Öffentlichkeit geeignet. Und wieder sah Soames seine Tochter von der Seite an.

Sie dachte tatsächlich an Dinge, die ihn aus der Fassung gebracht hätten. Wie konnte sie Jon allein sehen, ehe er nach Wansdon fuhr? Sie könnte natürlich morgen ganz offen in der Green Street einen Besuch machen und würde ihn dann höchstwahrscheinlich *nicht* zu Gesicht bekommen. Sie könnte ihn zu sich zum Lunch einladen, aber schwerlich ohne seine Frau und ihren eigenen Mann. Es gab wirklich keine Möglichkeit, ihn allein zu sehen, außer zufällig. Und sie begann einen Zufall auszudenken. Als sie fast zu dem Schluß gekommen war, der Zufall bestünde gerade darin, daß man ihn nicht vorausberechnen kann, fiel ihr etwas ein. Sie würde um neun Uhr früh in die Green Street gehen, um mit Holly wegen der Kantinenabrechnung zu verhandeln. Nach so anstrengenden Tagen würden Holly und Anne sicherlich im Bett frühstücken. Val war nach Wansdon zurückgefahren, und Tante Winifred stand nie früh auf. Jon *könnte* allein sein. Und sie wandte sich Soames zu: »Schrecklich nett von dir, Papachen, mich spazierenzufahren.«

»Möchtest du nicht aussteigen und dir die Enten anschauen? Die Schwäne in Mapledurham ziehen heuer wieder eine Brut auf.«
Die Schwäne! Wie gut erinnerte sie sich an die sechs kleinen grauen »Zerstörer«, die den alten Schwänen über das grünlich schimmernde Wasser nachgezogen waren; sechs Jahre waren vergangen seit jenem Sommer ihrer Liebe. Während sie durch das Gras zum Teich ging, durchströmte sie leises Entzücken. Aber niemand, niemand sollte wissen, was eigentlich in ihr vorging. Was immer auch geschehen mochte, und wahrscheinlich würde gar nichts geschehen, diesmal würde sie vollkommen die Haltung wahren – war doch, wie Michael sagte, die Prestigefrage für die Handlungsweise der Menschen bestimmend.
»Dein Großvater pflegte mich hierher zu bringen, als ich noch ein Knirps war«, sagte die Stimme ihres Vaters neben ihr. Aber die Stimme fügte nicht hinzu: »Und ich brachte auch jene Frau her, kurz nachdem wir geheiratet hatten.« Irene! Sie hatte Wasser und Bäume geliebt. Alles, was schön war, hatte sie geliebt, und ihn hatte sie nicht geliebt!
»Etonschüler – kurze Jacke und Zylinder. Vor mehr als sechzig Jahren. Wer hätte das damals gedacht?«
»Wer hätte was gedacht, Papa? Daß man die Etonjacke noch heute tragen würde?«
»Dieser Dichter – Tennyson – hat gesagt: ›Die alte Ordnung weicht und gibt dem Neuen Raum.‹ Dich kann ich mir unmöglich in hohem Halskragen und langen Röcken vorstellen, ganz abgesehen von der Tournure. Die Frauen waren damals bis an die Zähne gewappnet, aber man wußte genausoviel von ihnen wie heute, und das ist verflucht wenig.«
»Wirklich, Papa? Glaubst du, daß die Menschen heute noch so leidenschaftlich fühlen wie früher einmal?«
Den Kopf in die Hand gestützt, saß Soames brütend da. Warum nur hatte sie das gefragt? Einmal hatte er ihr gegenüber geäußert, daß es heutzutage keine große Leidenschaft mehr gäbe, und sie hatte ihm darauf erwidert, daß sie eine habe. Und plötzlich spürte er wieder dunstige Hitze, duftende Erde und sah sich im Glashaus von Mapledurham mit den Pelargonientöpfen, wo er einem Heißwasserrohr einen Fußtritt versetzt hatte. Vielleicht hatte sie damals doch recht gehabt; heftige Gefühle gab es immer und überall.
»Leidenschaft!« sagte er. »Nun, man liest ja noch immer von Leuten, die sich mit Gas vergiften. In früheren Zeiten sind sie ins Wasser gegangen. Wir wollen in dem Pavillon dort Tee trinken.«
Nachdem sie sich gesetzt hatten, betrachtete er sie lange, während die

Tauben seinen Kuchen aufpickten. Sie saß mit gekreuzten Beinen – und was für hübsche Beine sie hatte! In der Haltung ihres Oberkörpers war jenes kleine Etwas, das sie von so vielen jungen Frauen ringsumher unterschied. Sie saß nicht mit rundem Rücken da, sondern so gerade, daß eine leichte Wölbung nach innen entstand; man hatte den Eindruck, daß sie Rückgrat besaß, und sie hielt Hals und Kopf schön im Gleichgewicht. Ihr Haar war im Nacken wieder ausrasiert – diese Mode hatte unerwartet langes Leben –, aber was schadete es, wenn ihr Hals so weiß und wohlgeformt war. Ihr kleines Gesicht mit dem festen, runden Kinn, nur ganz wenig gepudert und ohne Rouge, mit den hellen, dunkel bewimperten Lidern, den haselnußbraunen Augen, der kurzen geraden Nase und der breiten, niedrigen Stirn, mit dem kastanienbraunen Haar über den Ohren und dem zum Küssen einladenden und doch nicht sinnlichen Mund war wirklich etwas, worauf man stolz sein konnte.

»Ich glaube«, sagte er, »du solltest froh sein, wieder mehr Zeit für Kit zu haben. Er ist ein Schlingel. Was, meinst du, hat er gestern von mir verlangt – einen Hammer!«

»Ja, er muß immer irgendwas zerschlagen. Ich hau' ihn so wenig wie möglich, aber manchmal ist es unvermeidlich – niemand sonst darf ihn anrühren. Mutter hat ihn daran gewöhnt, während wir fort waren, so daß er es jetzt als selbstverständlich ansieht.«

»Kinder«, behauptete Soames, »sind komische Geschöpfe. Von uns hat man nicht so viel Aufhebens gemacht, als wir klein waren.«

»Entschuldige, Papa, aber mir kommt vor, daß keiner so viel Wesens mit ihm macht wie du.«

»Was?« fragte Soames. »Ich?«

»Du tust regelmäßig, was er will. Hast du ihm den Hammer gegeben?«

»Ich hatte ja keinen – wozu sollte ich einen Hammer mit mir herumtragen?«

Fleur lachte. »Nein, aber du nimmst ihn so ernst. Michael nimmt ihn ironisch.«

»Der kleine Kerl hat einen Lausbubenblick«, erklärte Soames.

»Gott sei Dank. Hast du mich vielleicht nicht verwöhnt, Papachen?«

Soames starrte eine Taube an. »Ich weiß nicht«, erwiderte er. »Fühlst du dich etwa verwöhnt?«

»Wenn ich etwas will, dann muß ich es haben.«

Das wußte er; aber wenn sie nun etwas Unrechtes wollte?

»Und wenn ich es nicht haben kann, dann bin ich unberechenbar.«

»Wer sagt das?«

»Man hat es mir noch nie gesagt, aber ich weiß es.«

Hm! Was wollte sie denn jetzt haben? Sollte er sie fragen? Er tat, als entfernte er die Krumen von seiner Rockklappe, und sah sie von der Seite an. Ihr Gesicht hatte einen Augenblick lang die Maske fallen lassen, in der Tiefe ihrer Augen lag ein dunkles – er wußte nicht recht, was. Ein Geheimnis! Ja, das war es!

9

Wiedersehen

Die Kantinerechnungen in der Hand, trat Fleur aus ihrem Haus, zwischen die Lorbeerbäume zu beiden Seiten des Eingangs. Die Uhr des Big Ben zeigte ein Viertel vor neun. Gute zwanzig Minuten brauchte sie für den Weg durch den Green Park. Sie hatte ihren Kaffee im Bett getrunken, um Fragen auszuweichen – und natürlich, da drückte ihr Vater seine Nase an die Fensterscheibe des Speisezimmers! Sie schwenkte die Rechnungen in der Luft und sein Gesicht verschwand, als hätten sie ihn getroffen. Er war ja so lieb, aber er sollte sie nicht immer in einem Glasschrank halten wollen – sie war doch keine Porzellanfigur! Sie schlug ein rasches Tempo an. Heute dachte sie nicht an blühende Maiglöckchen, sondern war in tatkräftiger, glänzender Laune. Wenn Jon zurückgekommen war, um sich in England niederzulassen, dann mußte sie sich an den Gedanken gewöhnen, ihm zu begegnen, je eher, desto besser, und ohne viele Umstände. Als sie an den Geranienbeeten vor dem Buckingham-Palast, die gerade hochrot in Blüte standen, vorüberging, fühlte sie eine leichte Erregung. Nicht so rasch gehen, sonst würde sie erhitzt ankommen! Die Bäume wurden schon grün, die Sonne schien im Park, ein leichter Wind ging und es duftete nach Gras und Blättern. Seit Jahren hatte der Frühling nicht so geduftet. Sehnsucht nach dem Land ergriff Fleur. Gras und Bäume und Wasser – alles erinnerte sie an die gemeinsamen Stunden mit Jon, an eine Stunde in diesem Park hier, ehe er sie mit nach Robin Hill genommen hatte. Robin Hill war an einen Adeligen verkauft worden, und sie wünschte ihm viel Glück dazu – sie kannte die unselige Geschichte dieses Hauses. Es hatte ihrem Vater nur Enttäuschungen gebracht und auch Jons Vater, jawohl – und vermutlich auch seinem Großvater, ganz zu schweigen von ihr selber. Doch ein zweites Mal würde sie sich nicht so leicht enttäuschen lassen. Fleur lächelte über die

Naivität ihrer Jugend, während sie in die Piccadilly bog. In den Frühstückszimmern des Klubs, den George Forsyte »Iseeum« getauft hatte, saß noch keiner seiner einstigen Kumpane, hoch über dem wogenden Leben der Straße, aus einem Glas oder einer Tasse schlürfend und seine Gedanken in Rauchwolken vor sich hin paffend. Fleur konnte sich an ihren alten Vetter George Forsyte gerade noch erinnern, der dort hinter den gewölbten Scheiben zu sitzen pflegte, aufgedunsen und mit sardonischem Lächeln, Vetter George, dem früher »Der weiße Affe« in Michaels Arbeitszimmer gehört hatte. Auch an Onkel Montague Dartie erinnerte sie sich, denn er hatte sie hier bei ihrem einzigen Zusammentreffen in den Popo gezwickt und dabei gefragt: »Woraus bestehen eigentlich kleine Mädchen?« Als sie bald danach hörte, er habe sich das Genick gebrochen, hatte sie in die Hände geklatscht; ein abscheulicher Mann mit fetten Wangen und dunklem Schnurrbart, der nach Parfüm und Zigarren roch. Ganz außer Atem bog sie um die letzte Ecke. In den Blumenkasten ihrer Tante standen schon Geranien, aber noch keine Fuchsien. War das Zimmer, in dem sie selbst früher gewohnt hatte, jetzt das Zimmer der beiden? Sie nahm die Hand von der Brust und klingelte.

»Ah, Smither! Ist schon jemand unten?«

»Nur Mr. Jon, Miss Fleur.«

Warum Herzen nur so wild schlagen? Wie lästig, wo man doch ganz kühl war.

»Danke, Smither. Wo ist er?«

»Frühstückt gerade, Miss Fleur.«

»Gut, führen Sie mich hinein. Ich trinke auch ganz gern noch eine Tasse Kaffee.«

Auf dem Weg ins Speisezimmer deklinierte sie unhörbar im Takt der krachenden Fischbeine: »Eine Smither, einer Smither, einer Smither, eine Smither.« Blödsinn!

»Mrs. Michael Mont, Mr. Jon. Soll ich Ihnen frischen Kaffee bringen, Miss Fleur?«

»Nein, danke, Smither.« Die Fischbeine krachten, die Tür wurde geschlossen. Jon stand auf.

»Fleur!«

»Nun, Jon?«

Sie konnte seine Hand halten, ohne zu erröten, obgleich i h m das Blut in die Wangen stieg, die nicht mehr von Ruß verschmiert waren. »Hab' ich dich gut gefüttert?«

»Ausgezeichnet! Wie geht es dir, Fleur? Nicht müde nach diesem Rummel?«

»Nicht ein bißchen. Wie hat dir das Kesselheizen gefallen?«
»Großartig! Mein Lokomotivführer war ein Prachtkerl. Anne wird es sehr leid tun – sie ruht sich noch aus.«
»Sie hat uns brav geholfen. Fast sechs Jahre sind es her, Jon. Du hast dich nicht sehr verändert.«
»Du auch nicht.«
»Oh, i c h schon. Gründlich.«
»Ich sehe nichts davon. Hast du schon gefrühstückt?«
»Ja. Bleib nur sitzen und laß dich nicht stören. Ich wollte nur mit Holly wegen der Rechnungen sprechen. Liegt sie auch noch im Bett?«
»Vermutlich.«
»Dann werde ich später hinaufgehen. Wie fühlst du dich in England, Jon?«
»Wunderbar. Ich werd' auch nicht wieder fortgehen. Anne sagt, sie hat nichts dagegen.«
»Wo werdet ihr wohnen?«
»Irgendwo in der Nähe von Val und Holly, wenn wir ein Gut kaufen können, das sich für die Obstzucht eignet.«
»Du hältst noch immer etwas vom Obstzüchten?«
»Mehr denn je.«
»Und wie steht's mit der Dichtkunst?«
»Miserabel.«
Fleur zitierte:
»Ruf in der Nacht! Tief unten im Dunkel der alten schlafenden spanischen Stadt, unter den weißen Sternen.«
»Du lieber Gott! Daran erinnerst du dich noch?«
»Ja.«
Sein Blick war so ehrlich und seine Wimpern so dunkel wie je.
»Möchtest du Michael kennenlernen, Jon, und meinen kleinen Jungen sehen?«
»Natürlich!«
»Wann fährst du nach Wansdon?«
»Morgen oder übermorgen.«
»Wollt ihr beide morgen zum Lunch kommen?«
»Sehr gerne.«
»Halb zwei. Auch Holly und Tante Winifred. Ist deine Mutter noch immer in Paris?«
»Ja. Sie denkt daran, dort zu bleiben.«
»Ja, ja, Jon – so kommt alles, wie es kommen muß.«
»Da hast du recht.«

»Möchtest du noch Kaffee? Tante Winifred ist sehr stolz auf ihren Kaffee.«

»Fleur, du siehst ausgezeichnet aus!«

»Sehr freundlich. Bist du schon in Robin Hill gewesen?«

»Noch nicht. Irgendein Potentat wohnt ja jetzt dort.«

»Findet deine – unterhält sich Anne hier gut?«

»Alles gefällt ihr hier großartig; sie sagt, wir wären eine Nation von Gentlemen. Hast du das jemals geglaubt?«

»Eigentlich nicht – aber im Vergleich mit anderen, vielleicht.«

»In England riecht alles so gut.«

»Die Nase des Dichters. Erinnerst du dich noch an unseren Spaziergang in Wansdon?«

»Ich erinnere mich an alles, Fleur.«

»Das ist eine ehrliche Antwort. Mir geht es genauso. Es hat einige Zeit gedauert, bis ich so weit war, mir zu sagen, daß ich vergessen habe. Wie lang hat es bei dir gedauert?«

»Ich glaube, noch länger.«

»Michael ist der beste Mann, den ich kenne.«

»Anne ist die beste Frau.«

»Was für ein Glück – nicht wahr? Wie alt ist sie?«

»Einundzwanzig.«

»Gerade richtig für dich. Selbst wenn das Schicksal uns nichts in den Weg gelegt hätte, wäre ich doch immer zu alt für dich gewesen. Du lieber Gott! Wie närrisch wir damals waren!«

»Das finde ich nicht. Es war natürlich – es war wunderschön.«

»Hast du noch immer Ideale? Nimmst du Orangenmarmelade? Sie ist aus Oxford – besonders fein.«

»Ja, nur in Oxford kann man Orangenmarmelade machen.«

»Jon, dein Haar ist so wie früher. Hast du meines bemerkt?«

»Soviel man unter dem Hut davon bemerken kann.«

»Gefällt es dir nicht?«

»Nicht ganz so wie – und doch –«

»Du meinst, unmodern würde ich auf keinen Fall gut aussehen? Du hast es erraten. Offenbar hast du nichts dagegen, daß s i e ausrasiert ist.«

»Anne steht es gut.«

»Hat dir ihr Bruder viel von mir erzählt?«

»Er hat gesagt, daß du ein reizendes Haus hast und ihn wie ein Engel gepflegt hast.«

»Nicht wie ein Engel, wie eine moderne junge Frau. Das ist ein Unterschied.«

»Anne war dir riesig dankbar dafür. Hat sie mit dir darüber gesprochen?«
»Ja. Aber unter uns gesagt, ich fürchte, daß wir Francis als Zyniker nach Haus geschickt haben. Der Zynismus gedeiht bei uns; merkst du das nicht an mir?«
»Ich glaube, du zwingst dich nur dazu.«
»Mein Lieber, ich halte mich zurück, wenn ich mit dir spreche. Du warst immer eine Unschuld. Lächle nicht – du warst es. Deshalb ist es gut, daß du mich losgeworden bist. Ich hätte nie geglaubt, daß ich dich wiedersehen würde.«
»Ich auch nicht. Es tut mir leid, daß Anne noch nicht unten ist.«
»Du hast ihr nie von mir erzählt.«
»Woher weißt du das?«
»Nach der Art, wie sie mich ansieht.«
»Warum sollte ich es ihr sagen?«
»Ist auch absolut nicht nötig. Die Vergangenheit soll begraben sein – aber es ist mir eine große Freude, dich wiederzusehen. Gib mir die Hand. Ich gehe jetzt zu Holly hinauf.«
Ihre Hände trafen sich über der Marmelade auf seinem Teller.
»Wir sind keine Kinder mehr, Jon. Also auf morgen. Mein Haus wird dir gefallen. *A rivederci!*«
Während sie die Treppe hinaufging, bemühte sie sich angestrengt, an nichts zu denken.
»Kann ich hineinkommen, Holly?«
»Fleur! Was gibt's, meine Liebe?«
Hollys mageres, ziemlich blasses Gesicht, das so liebenswürdig intelligent war, lag auf dem erhöhten Kissen. Fleur hatte das Gefühl, als könne man vor keinem Menschen so schwer seine Gedanken verbergen wie vor Holly.
»Es handelt sich um die Rechnungen«, sagte sie. »Ich soll um zehn diesen Esel von einem Vorstand aufsuchen. Hast du wirklich so viele Speckseiten bestellt?«
Die schmale blasse Hand ergriff die Rechnungen, und eine Falte erschien zwischen den großen grauen Augen.
»Neun? Nein – ja; das stimmt. Hast du Jon gesehen?«
»Ja, er ist der einzige Frühaufsteher hier. Wollt ihr alle morgen zu uns zum Lunch kommen?«
»Wenn du es für klug hältst, Fleur.«
»Ich würde es nett finden.«
Mit geheimem Ärger hielt sie dem forschenden Blick der grauen Augen stand. Niemand sollte ihre Gedanken lesen – niemand sollte sich einmischen!

»Also abgemacht. Ich erwarte euch alle vier um halb zwei. Jetzt muß ich aber laufen.«
Sie lief tatsächlich; da sie jedoch in Wirklichkeit gar keine Verabredung mit einem »Esel von Vorstand« hatte, ging sie in den Green Park zurück und setzte sich nieder.
So also sah Jon jetzt aus! Furchtbar ähnlich dem Jon von damals. Der Blick vertieft, das Kinn energischer — das war vielleicht der ganze Unterschied. Er hatte noch immer die sonnigen Augen; er glaubte noch immer an alles mögliche! Und noch immer — bewunderte er sie. Jawohl! Über ihr in den Zweigen flüsterte ein leiser Wind. Der Tag war überraschend schön — der erste wirklich schöne Tag seit Ostern! Was sollte sie ihnen zum Lunch geben? Und was sollte sie mit ihrem Vater anfangen? Er durfte nicht dabei sein. Sich selber vollkommen in der Gewalt haben — das ging noch, aber seinen Vater vollkommen in der Gewalt haben, war nicht so einfach. Ein Ornament von Blättern zeichnete sich auf ihrem kurzen Rock ab, die Sonne wärmte ihre Knie; sie kreuzte die Beine und lehnte sich zurück. Evas erstes Gewand — ein Ornament von Blättern ... Ob es auch klug sei, hatte Holly gefragt. Wer konnte das wissen? Cocktail aus Garnelen? Nein, lieber englische Küche! Pfannkuchen — sehr gut! ... Um Papa loszuwerden, mußte sie ihren und Kits Besuch in Mapledurham für den übernächsten Tag ansagen; dann würde er hinfahren müssen, um alles für sie vorzubereiten. Ihre Mutter war noch in Frankreich. Die anderen würden schon in Wansdon sein. In der Stadt hatte man nichts mehr zu suchen. Die warme Sonne schien angenehm auf ihren Nacken. Ein Duft von Gras — von Maiglöckchen! Ach Gott!

10

Nach dem Lunch

Daß die Mahlzeit die wichtigste Funktion im menschlichen Leben ist, werden alle zugeben, die von dieser immer wiederkehrenden Krise betroffen sind. Die Unmöglichkeit, vom Tisch aufzustehen, macht die Mahlzeit zur furchtbarsten Institution einer Gesellschaft, die so weit zivilisiert ist, nicht nur das Essen, sondern auch die Gefühle hinunterzuschlucken. Zu diesem Schluß kam Fleur wenigstens bei diesem Lunch.

Ihr spanisches Zimmer erinnerte sie daran, daß es nicht Jon gewesen war, mit dem sie die Flitterwochen in Spanien verbracht hatte. Vor dem Lunch war auch so ein merkwürdiger Augenblick gewesen, denn Jons erste Worte bei Michaels Anblick waren: »Hallo, wie sonderbar! War Fleur damals mit Ihnen in Mount Vernon?«

Was sollte das heißen? Hatte man ihr etwas verschwiegen?

Und Michael hatte gesagt: »Du erinnerst dich doch, Fleur, daß ich in Mount Vernon einen jungen Engländer getroffen habe.«

»Schiffe, die sich nachts begegnen«, zitierte Fleur.

Mount Vernon! Also die beiden hatten einander dort getroffen. Und sie hatte Jon nicht gesehen!

»Mount Vernon ist wunderschön. Aber du wolltest Richmond kennenlernen, Anne. Wir könnten nach dem Lunch hinfahren. Tante Winifred, es ist sicher eine Ewigkeit her, seit du in Richmond warst. Auf dem Heimweg könnten wir über Robin Hill fahren, Jon.«

»Dein früheres Heim, Jon? Oh, das wäre fein!«

Jon blickte seine Frau an, deren lebhaftes Gesicht Fleur in diesem Augenblick haßte.

»Ja, aber was ist mit dem Potentaten dort?« fragte er.

»Oh«, erwiderte Fleur rasch, »der ist jetzt in Monte Carlo. Gestern las ich es in der Zeitung. Könntest du mitkommen, Michael?«

»Ich muß leider zu einer Sitzung. Und der Wagen faßt nur fünf.«

»Das wäre hinreißend.«

Oh, dieser amerikanische Enthusiasmus! Es war ein Trost, die gedehnte Stimme ihrer Tante zu hören, die meinte, daß es eine hübsche kleine Spazierfahrt wäre und daß die Kastanien im Richmondpark gewiß schon in Blüte stünden.

Hatte Michael wirklich eine Sitzung? Sie wußte oft, was Michael vorhatte, gewöhnlich wußte sie auch mehr oder weniger, was er dachte, aber jetzt war sie nicht ganz sicher. Als sie ihm am vergangenen Abend von dieser Einladung zum Lunch berichtet hatte, versuchte sie, den Eindruck durch eine wärmere Umarmung als gewöhnlich zu verwischen — er durfte sich Jons wegen keine Dummheiten in den Kopf setzen. Und als sie zu ihrem Vater sagte: »Könnten Kit und ich nicht übermorgen zu dir hinauskommen? Aber ich fürchte, du wirst einen Tag früher dort sein müssen, da Mutter nicht zu Hause ist«, hatte sie gespannt auf den Ton seiner Stimme gelauscht: »Hm! Na ja! Ich werde morgen früh hinfahren.«

Merkte er irgend etwas? Hatte Michael etwas gemerkt? Sie wandte sich zu Jon.

»Wie gefällt dir mein Haus, Jon?«
»Es ist ganz wie du.«
»Ist das ein Kompliment?«
»Für das Haus? Natürlich.«
»Francis hat also nicht übertrieben?«
»Nicht ein bißchen.«
»Du hast Kit noch nicht gesehen. Ich werd' ihn holen lassen. Coaker, bitte, sagen Sie der Nurse, sie soll Kit herunterbringen, wenn er nicht gerade schläft ... Im Juli wird er drei Jahre alt, er marschiert schon ganz tüchtig. Man kommt sich so schrecklich alt vor!«
Als Kit mit seinem silbergrauen Hund hereinkam, ertönten gurrende Laute im Zimmer, die jedoch bald verstummten, denn drei der Frauen waren Forsytes, und die Forsytes gurren nicht. Der Kleine stand da, blau gekleidet, fast wie ein Holländer, mit leicht gerunzelter Stirn und lichtem Haar, und starrte die Gesellschaft an.
»Komm her, mein Sohn. Das ist Jon, dein Cousin zweiten Grades.«
Kit trat näher.
»Soll ich mein Hottopferd l'einbingen?«
»Hereinbringen, Kit. Nein, gib die Hand!«
Die kleine Hand ging in die Höhe; Jon reichte seine Hand hinunter.
»Du hast 'mutzige Nägel.«
Fleur sah, wie Jon rot wurde, hörte Annes Worte: »Wie herzig er ist!« und sagte: »Kit, du bist sehr ungezogen. Wenn du eine Lokomotive geheizt hättest, wären deine Nägel genauso.«
»Jawohl, kleiner Mann, ich habe sie schon unzählige Male gewaschen, aber sie werden nicht sauber.«
»Walum nicht?«
»Es sitzt in der Haut.«
»Zeig her.«
»Gib deiner Großtante die Hand, Kit.«
»Nein.«
»Der liebe kleine Kerl!« sagte Winifred. »Das Handgeben ist so lästig, nicht wahr, Kit?«
»Schön, dann geh wieder hinaus und hol dir bessere Manieren.«
»Auch dut.«
Als sich hinter ihm und seinem silbergrauen Hund die Tür geschlossen hatte, brachen alle in Lachen aus. Fleur sagte leise: »Der kleine Schlingel – armer Jon!« Und durch die Wimpern sah sie, wie Jon ihr einen dankbaren Blick zuwarf ...

Mitte Mai und bei diesem schönen Wetter war die Aussicht von Richmond Hill so reizvoll, daß man begriff, warum so viele Forsytes in Zweispännern und Landauern, in Hansoms und Autos seit undenklichen Zeiten oder wenigstens seit den Tagen Georgs des Vierten hierher gepilgert waren. Tief unten wand sich die Themse mattleuchtend durch die Landschaft; die Bäume der Umgebung hatten schon ein sommerliches Aussehen, obwohl die Eichen noch den goldenen Frühlingsschimmer trugen. Im Juli würden sie wuchtiger in bläulichen Schatten stehen. Erstaunlich wenige Häuser sahen zwischen Bäumen und Feldern hervor, spärliche menschliche Niederlassungen im Umkreis von zwanzig Kilometer von London. Der Geist eines vergangenen England schien Spekulationsbauten aus einer Gegend ferngehalten zu haben, die vier Generationen zu Ausrufen verzückter Bewunderung hingerissen hatte.
Von den fünf Personen auf der Terrasse verlieh Winifred diesem konservativen Geist mit den Worten Ausdruck: »Das ist wirklich eine sehr schöne Aussicht!«
Eine schöne Aussicht – eine wunderschöne Aussicht! Und doch bedeutete eine schöne Aussicht nicht mehr das, was sie damals gewesen, als der alte Jolyon durch die Alpen gewandert war, mit dem viereckigen Tornister aus braunem Leder, den sein Enkel Jon noch heute besaß. Oder als Swithin, über seinen Grauschimmel thronend, sich beharrlich den Hals nach der Dame an seiner Seite verrenkte, mit der Peitsche auf den Fluß wies und mit gespitzten Lippen bemerkte: »Die Aussicht ist gar nicht übel!« Oder als James, nachdem er seine langen Beine mühsam in einer Gondel untergebracht und den Canale Grande in Venedig kritisch gemustert hatte, vor sich hin brummte: »Man hat mir nie gesagt, daß das Wasser eine solche Farbe hat!« Oder als Nicholas, wenn er seinen Verdauungsspaziergang in dem Kurort Matlock machte, der Meinung Ausdruck gab, daß die Schlucht dort die schönste in England sei. Nein, eine schöne Aussicht war heute nicht mehr das gleiche wie früher. George Forsyte und Montague Dartie hatten mit dieser Geringschätzung begonnen, indem sie – mit dem Rücken zur Aussicht – die Dämchen des »Intimen Theaters«, die von ihren Kavalieren hier draußen mit etwas Gutem gefüttert wurden, spöttisch begutachtet hatten. Und die jungen Leute von heutzutage sprachen überhaupt nicht mehr von einer schönen Aussicht, sondern sie riefen nur »Himmelherrgott!« oder etwas Derartiges.
Anne jedoch, als echte Amerikanerin, klatschte natürlich in die Hände und rief aus: »Ist das nicht einfach himmlisch, Jon! So romantisch!«
Und ebenso ging es im Park, wo Winifred beim Anblick der Kastanien

unfehlbar in Entzücken ausbrach und jeder Pfad und jedes farnkrautbestandene Fleckchen, jeder gestürzte Baum in Holly und Jon Erinnerungen an Ausflüge zu Pferd erweckten.

»Sieh nur, Anne, da hab' ich mich als kleiner Junge vom Pony herunterfallen lassen, als ich meine Steigbügel verloren hatte und mir das Stoßen schon zuwider geworden war.«

Oder: »Sieh nur, Jon! Diese Allee hinunter haben Val und ich ein Wettrennen veranstaltet. Und da ist auch noch der Baumstamm, über den wir gesprungen sind. Noch immer da!«

Anne geriet in Ekstase über die Rehe und das Gras, das von den amerikanischen Arten so verschieden war.

Für Fleur war der Richmondpark ohne Bedeutung.

»Jon«, sagte sie plötzlich, »wie willst du es anstellen, daß wir in Robin Hill hineingelassen werden?«

»Ich werde dem Hausverwalter sagen, daß ich meiner Frau das Gut zeigen möchte, auf dem ich als Junge gewohnt habe, und ihm ein Trinkgeld geben. Das Haus selbst mit den neuen Möbeln und allem übrigen mag ich gar nicht sehen.«

»Könnten wir nicht durch das Wäldchen unten hineinkommen?« Und ihre Augen fügten hinzu: »Wie wir es damals taten.«

»Wir könnten jemandem begegnen und hinausgewiesen werden.«

Mit Hilfe des Trinkgelds betraten sie den Besitz durch den Haupteingang; die »Herrschaft« war auf Reisen.

Bosinneys Meisterwerk bot jetzt gerade den vollendetsten Anblick. Die Jalousien waren herabgelassen, denn die Sonne beleuchtete grell die Front, wo der alte Eichenbaum stand, an dem keine Schaukel mehr hing. In Irenes Rosengarten, der die Farnpflanzung des alten Jolyon ersetzte, bildeten sich schon Knospen, doch nur eine Rose war erblüht.

»Rose, die aus Spanien kommt!« Etwas preßte Fleur das Herz zusammen. Welche Erinnerungen bedeuteten diese Worte und sein Stirnrunzeln? An dieser Stelle hatte sie zwischen seinen Eltern gesessen in dem Glauben, daß sie und er hier eines Tages wohnen, daß sie gemeinsam beobachten würden, wie die Rosen erblühten und die alte Eiche ihre Blätter verlor, daß sie gemeinsam zu ihren Gästen sagen könnten: »Sehen Sie nur, dort ist die große Tribüne des Rennplatzes von Epsom — dort — gerade über jenen Pappeln!«

Und jetzt konnte sie nicht einmal neben ihm gehen, weil er jenes junge Ding, seine Frau, herumführte. Statt dessen ging sie neben ihrer Tante. Winifred war besonders neugierig. Zum erstenmal sah sie heute das Heim von außen, das Soames mit dem Gehirn des jungen Bosinney gebaut und das Irene durch »die unglückselige Affäre« zerstört hatte. Dieses Haus, in dem der alte Onkel Jolyon und Vetter Jolyon gestorben waren; und wo Irene wie aus Ironie des Schicksals gelebt und diesen Jungen, Jon, geboren hatte – was für ein netter Junge er doch war ... Dieses Haus des Forsyte-Glücks und -Leids. Es sah sehr vornehm aus und gehörte jetzt einem Adeligen, was ganz in Ordnung schien, da es nicht mehr Familienbesitz war. In dem von einer Mauer umgebenen Obstgarten sagte sie zu Fleur: »Dein Großvater ist einmal hier herausgefahren, um zu sehen, wie der Bau fortschreitet. Ich erinnere mich noch genau, wie er sagte: ›Die Erhaltung wird ein hübsches Stück Geld kosten.‹ Und davon bin ich auch überzeugt. Aber es war doch schade, es zu verkaufen. Irenes Schuld natürlich. Ihr war nie etwas an der Familie gelegen. Wenn nur wenigstens –« Sie hielt inne, als ihr fast die Worte entschlüpften: »– du und Jon ein Paar geworden wäret.«

»Tantchen, was in aller Welt hätte denn Jon mit einem so großen Besitz ganz nahe von London anfangen sollen? Er ist doch ein Dichter.«

»Ja«, murmelte Winifred ein wenig langsam, denn in ihrer Jugend war rasches Reden noch nicht modern gewesen. »Meiner Meinung nach hat das Haus zu viele Fenster.«

Das Wäldchen noch immer dort am Ende des Feldes! Fleur zögerte ein wenig und wartete bei dem auf dem Boden liegenden Baumstamm, bis sie sagen konnte: »Horch! Der Kuckuck, Jon!«

Der Ruf des Kuckucks und die blauen Glockenblumen unter den Lärchen. Jon blieb stehen. Da schien auch der Frühling stillzustehen. Und der Kuckuck rief – wieder und immer wieder.

»Hier trafen wir damals deine Mutter, Jon, und unsere Hoffnungen wurden zerstört. Ach, Jon!«

Konnte ein kurzer Laut so viel bedeuten, so viel verraten, so erschrecken? Sein Gesicht! Sie sprang auf den Baumstamm.

»Keine Geister heraufbeschwören, mein Lieber.«

Jon fuhr zusammen und blickte zu ihr empor.

Sie legte die Hände auf seine Schultern und sprang hinunter. Zwischen den Glockenblumen gingen sie weiter. Der Kuckuck rief ihnen nach.

»Dieser Vogel wiederholt sich«, sagte Fleur.

11

Spaziergang

Ein feiner Instinkt allem gegenüber, was seine Tochter betraf, hatte sich zu einem Teil von Soames' Vorsorge gegen die Tücken des Schicksals entwickelt; dieser Instinkt hatte ihn am Tag vorher gewarnt, daß Fleur irgend etwas im Schilde führe, als sie während seines Frühstücks weggegangen war. Als sie ihm mit ihren Papieren zum Fenster hinaufwinkte, war sie ihm nicht ganz geheuer vorgekommen, oder zumindest so, als hätte sie ihm nicht alles gesagt. Wie ein Hund an dem nicht ganz echten Ton der Stimme seines Herrn errät, daß dieser ohne ihn fortgehen will, so spürte Soames eine Warnung in dem aufdringlichen Winken mit den Rechnungen. Für einen Menschen, der außerordentlich gern Orangenmarmelade aß, beendete er sein Frühstück etwas zu plötzlich und machte sich auf den Weg zur Green Street. Seit der junge Jon dort wohnte, umkreisten seine Gedanken unablässig mit Besorgnis jenes elegante Haus. Überdies, wenn es einen Ort in der Welt gab, wo Soames sein Herz öffnen konnte, so war es das Empfangszimmer seiner Schwester Winifred, das er selbst im Jahre 1879 in einem so ausgeprägten Louis-Quinze-Stil eingerichtet hatte, daß trotz Jazz und Winifreds Versuchen, die schwerfälligen neuen Moden mitzumachen, es doch noch immer von der unverbesserlichen Leichtfertigkeit jenes Monarchen beherrscht war.

Da er nicht den direkten Weg nahm und noch einen Abstecher nach dem Connoisseurs-Klub machte, kam er erst hin, als Fleur schon weg war. Smithers erste Bemerkung bestätigte den Verdacht, der ihn hergetrieben hatte.

»Mr. Soames! O wie schade – Miss Fleur ist gerade fortgegangen. Und es ist noch niemand unten als Mr. Jon.«

»So!« sagte Soames. »Hat sie ihn gesprochen?«

»Jawohl, Sir. Er ist im Speisezimmer, wenn Sie hineingehen wollen.«

Soames schüttelte den Kopf.

»Wie lang bleiben die beiden hier, Smither?«

»Ich habe Mrs. Val sagen hören, daß sie übermorgen alle nach Wansdon zurückfahren. Dann werden wir wieder ganz allein sein, falls Sie bei uns wohnen möchten, Mr. Soames.«

Wieder schüttelte Soames den Kopf. »Zuviel zu tun«, sagte er.

»Was für eine reizende junge Dame Miss Fleur geworden ist, meiner Seel'! Und wie rot ihre Wangen heute morgen waren!«

Soames stieß einen undefinierbaren Laut aus. Diese Neuigkeit gefiel ihm gar nicht, aber er konnte das nicht vor diesem alten Möbel zugeben. Es ließ sich nie sagen, wieviel Smither wußte. Seinerzeit war sie fischbeinkrachend fast durch alle Familiengeheimnisse der Forsytes hindurchgewandelt, seit den Tagen, als seine eigenen ehelichen Beziehungen das Haus Timothy mit mehr Klatsch versorgten, als man dort bewältigen konnte. Ja, und lieferten seine früheren ehelichen Beziehungen, wieder aufgewärmt, nicht immer noch genug Stoff zum Klatsch? Es schien ihm ein schlechtes Vorzeichen, daß der Sohn seines Rivalen Jolyon gerade hier in diesem Hause wohnte, das dem alten Treffpunkt der Forsytes, Timothys Heim in der Bayswater Road, am meisten glich. Wie verdreht doch die Dinge sich manchmal entwickelten. Wieder stieß er den unbestimmbaren Laut aus und bemerkte:
»Was ich noch sagen wollte: dieser Mr. Stainford ist wohl nicht wieder hergekommen?«
»O doch, Mr. Soames; er wollte gestern Mr. Val sprechen, aber Mr. Val war schon fortgefahren.«
»Wirklich – nein so was!« meinte Soames und machte große Augen. »Was hat er denn diesmal mitgehen lassen?«
»Ich war natürlich schon so gescheit, ihn nicht hereinzuführen.«
»Sie haben ihm doch nicht Mr. Vals Adresse auf dem Land gegeben?«
»Gewiß nicht, Sir. Er wußte sie schon.«
»Teufel noch mal!«
»Soll ich Mrs. Dartie melden, daß Sie da sind, Mr. Soames? Sie muß jetzt bald herunterkommen.«
»Nein, stören Sie sie nicht.«
»Das tut mir s o leid, Sir! Sie freut sich immer so sehr über Ihren Besuch.«
Die alte Smither lächelte freundlich. Eine gute Seele! Heutzutage gab es keine solche Dienerschaft mehr. Soames setzte seinen Hut wieder auf, berührte grüßend dessen Rand und murmelte: »Leben Sie wohl, Smither. Grüßen Sie meine Schwester.« Und damit ging er.
»Da hat man's«, dachte er, »Fleur hat den jungen Menschen gesehen.« Jetzt würde die ganze Sache wieder von vorn anfangen. Er hatte es ja gewußt. Ganz langsam, den Hut tief in die Stirn gedrückt, schlug er die Richtung nach dem Hydepark Corner ein. Das war für Soames ein furchtbarer Augenblick; mit unbeugsamer Energie mußte er diese oder jene gefährliche Entscheidung treffen. Da er von seinem Vater James die Neigung geerbt hatte, sich, wann immer sein gesichertes Dasein auch nur im geringsten gefährdet schien, von Katastrophen bedroht zu fühlen, so

sah er auch jetzt bereits den Ruin der Zukunft seiner Tochter vor Augen, deren Glück mit seinem eigenen Glück so eng verbunden war.

»Wie rot ihre Wangen heute früh waren!« Als Fleur ihm mit den Papieren zugewinkt hatte, war sie recht blaß gewesen – zu blaß. Ein verteufelter Zufall. Noch dazu Frühstückszeit – die gefährlichste Tageszeit, weil sie so intim ist. In seinem angeborenen Realismus erfüllte ihn der Gedanke an die Schlüsse, die man aus einem gemeinsamen Frühstück ziehen könnte, mit echter Besorgnis. Sobald zwei allein zusammen frühstücken, liegt der Gedanke nahe, daß sie auch zusammen schlafen. Wenn sie sich etwas in den Kopf setzte! Ja, und heute waren die beiden keine Kinder mehr. Alles hing davon ab, was sie füreinander fühlten, wenn sie überhaupt noch etwas fühlten. Wer sollte das wissen? Wer zum Kuckuck sollte das wissen? Unwillkürlich hatte er begonnen, um das Artilleriedenkmal herumzugehen. Dieses unförmige weiße Dingsda, dessen Sinn er niemals recht begriffen hatte und das ihn auch gar nicht interessierte. Und dennoch steckte viel Sinn für Wirklichkeit darin, es paßte zu seiner gegenwärtigen Stimmung – beschönigte nichts. Nichts Pathetisches war an diesem Geschütz, gedrungen, brutal – man glaubte sein Böllern zu hören; oder an jenen dunklen, erschöpften, in ihr Schicksal ergebenen Gestalten unter den Stahlhelmen. Kein Kitsch war an diesem Denkmal – keine Engelsschwingen. Keine heiligen George mit Drachen, keine sich bäumenden Pferde, kein Pomp und kein Gepränge. Dort stand es – hockte wie eine große weiße Kröte mitten im nationalen Getriebe. Erstarrter Donner und Blitz. Bar jeder Illusion. Man sollte es täglich einmal ansehen, um zu wissen, wovor man sich hüten muß. »Ich möchte gern einmal alle diese Kronprinzen und militärischen Oberbonzen mit der Nase drauf stoßen«, dachte Soames, »diese Kerle mit ihrem frisch-fröhlichen Krieg!« Er kreuzte die sonnbeschienene Straße und ging durch den Hydepark nach Knightsbridge.

Aber wie sollte er sich Fleur gegenüber verhalten? Sollte er den Stier bei den Hörnern packen oder den Dingen ihren Lauf lassen? Er mußte sich für das eine oder das andere entscheiden. Rasch schritt er vorwärts, mit entschlossenem Ausdruck und energischen Bewegungen, als wollte er seine eigenen Gedanken zu einer endgültigen Entscheidung zwingen. Bei Knightsbridge verließ er den Park, und nach einem heimlichen Blick in zwei oder drei kleine Läden, wo er seinerzeit oft einen guten Kauf getätigt hatte, für sich selber oder als Vermittler, ging er langsam am Tattersall vorbei. Der existierte noch immer, dort verkaufte man wohl auch jetzt noch Pferde. Für Pferde hatte er sich nie interessiert, aber er hatte nicht umsonst auf dem Montpellier Square gewohnt und kannte

aus eigener Anschauung die Habitués des Tattersall. Wie alles, was morsch war, würde man wahrscheinlich auch dieses Gebäude demnächst niederreißen und irgendein Automobilgeschäft oder Kino errichten.
Wenn er mit Michael redete? Nein! Das war schlimmer als nutzlos. Aber sonst konnte er mit niemandem über Fleur und diesen Jungen sprechen — es war eine zu umständliche Geschichte damit verbunden, und diese Geschichte war seine eigene. Montpellier Square. Ausgerechnet auf diesen Platz war er geraten, ob mit Absicht, wußte er kaum. Nichts hatte sich hier verändert, doch alles war frisch gestrichen worden, seit er — kurz nach Friedensschluß — das letzte Mal hier gewesen war. Baumeister und Anstreicher mußten in der letzten Zeit gute Geschäfte gemacht haben, sonst wohl niemand.
Er umschritt die rechte Seite des kleinen Platzes, wo er soviel Trauriges erlebt hatte. Dort stand das Haus, fast so wie damals, nicht ganz so gut erhalten und ein wenig mehr aufgeputzt. Warum hatte er nur diese Frau geheiratet? Warum war er so erpicht darauf gewesen? Sie hatte ihr möglichstes getan, ihn davon abzuhalten. Aber mein Gott, wie er sie begehrt hatte! Noch heute war ihm das gegenwärtig. Und zuerst — zuerst hatte er geglaubt, und vielleicht hatte auch sie es geglaubt — aber wer konnte das sagen? — Er am wenigsten. Und dann kam langsam — oder war es rasch? — das Ende. Eine furchtbare Geschichte. Er blieb bei dem Rasengitter stehen und starrte auf die Tür, die einst seine eigene gewesen war, als könnten ihm die grüne Farbe und die Messingnummer raten, wie er in seiner eigenen Tochter die Liebe zu dem Sohn seiner eigenen Frau ersticken sollte — jawohl, ersticken, ehe es zu spät war und sein Kind daran zugrunde ging. Und wie er in den Tagen und Nächten seiner ersten Ehe beim Nachhausekommen stets vergeblich nach einem Mittel gesucht hatte, Liebe zu erwecken, so half ihm auch heute keine Eingebung, wie er Liebe ersticken könne. Finster verließ er den kleinen Platz.
In gewisser Hinsicht war es lächerlich, daß er sich überhaupt Sorgen machte; denn schließlich war Michael ein guter Mensch und seine Ehe durchaus nicht unglücklich, soweit er es beurteilen konnte. Der junge Jon hatte offenbar eine Liebesheirat geschlossen. Es war nach seiner Meinung kein anderer Grund zur Ehe dagewesen; wenn er richtig informiert war, so stellten diese junge Frau und ihr Bruder unverwertbare Ausstellungsobjekte dar — Amerikaner ohne nennenswertes Vermögen. Und dennoch konnte er nicht vergessen, wie Fleur immer gerade den Mond hatte haben wollen! Der Wunsch, etwas zu besitzen, was sie noch nicht besaß, war ihr grundlegender Charakterzug. Er konnte auch nicht von der Erinnerung loskommen, wie sie in jener dunklen Nacht vor sechs

Jahren verloren und vernichtet in der Sofaecke gekauert hatte, als er ihr die Entscheidung von Robin Hill brachte. Wenn Soames alles seither Vorgefallene genau bedachte, so hatte er das sichere, aber beunruhigende Gefühl, daß sie gewissermaßen noch immer auf derselben Stelle stand und daß ihre ganze unruhige Geschäftigkeit, ja selbst Kit nur einen Ersatz bedeutete. Ebenso wie die Zeit, in der sie lebte, war auch sie nie zur Ruhe gekommen, war an kein Ziel gelangt, weil sie überhaupt nicht wußte, wo sie hinauswollte. Und doch, seit sie von ihrer Weltreise zurückgekehrt war, hatte er geglaubt, etwas Solideres und Ruhigeres in ihrem Verhalten zu entdecken, als nähme ihr Lebensplan festere Formen an, als fände sie sich endlich in ihrem Alltag zurecht. Man brauchte nur daran zu denken, wie energisch sie diese Kantineversorgung angepackt hatte. Und während Soames sich heimwärts wandte, sah er im Geist eine Gemeindewiese nicht weit von Mapledurham vor sich, wo irgendein Narr alles Gesträuch verbrannt hatte und wo auf der Brandstätte zwischen der verkohlten Asche das Gras fast unverschämt grün und jung wieder hervorkam. So war es ja jetzt fast in jeder Beziehung: der Krieg hatte alles ausgebrannt, aber man konnte sehen, wie die Dinge und auch die Menschen sich schon ein wenig aufrichteten, als hielten sie es wieder für der Mühe wert. Ja, selbst er spürte wieder den Wunsch der alten Connoisseurs, hübsche Dinge um sich zu haben. Alles hing nur davon ab, wie man in die Zukunft blickte und daß man aß und trank, als ob man n i c h t morgen sterben könnte. Nach der Regelung der Kriegsschuldenfrage, nach Locarno und dem Zusammenbruch des Generalstreiks kam nun vielleicht wieder eine lange Ruhezeit wie die Viktorianische, wo man wieder alles mögliche beginnen konnte. Er war einundsiebzig, doch man konnte sich immer auf Timothy berufen, der hundert Jahre alt geworden war — ein Fixstern am kreisenden Firmament. Und Fleur — erst vierundzwanzig — könnte fast das Jahrhundert überleben, wenn sie oder vielmehr das Jahrhundert ein wenig achtgab und die ungestümen Leidenschaften, die wilden Begierden und das unsinnige Hasten nach diesem und jenem mehr im Zaum hielt. Wenn die Menschen ein gesetzteres Leben führen könnten, so wäre das Goldene Zeitalter wieder da, oder zumindest ein Platinzeitalter. Sogar er konnte es noch erleben, daß die Einkommensteuer wieder auf zwölfeinhalb Prozent sank. »Nein«, dachte er, schon etwas verwirrt durch seine Erwägungen über seine Tochter und das Zeitalter, »sie darf nicht ihre ganze Zukunft zerstören! Das wäre kurzsichtig!« Und da ihn der Spaziergang beruhigt hatte, beschloß er, nicht mit ihr zu sprechen, sondern den Dingen ihren Lauf zu lassen und dem gesunden Menschenverstand zu vertrauen, von dem sie — dessen

war er sicher — eine gute Portion besaß. »Ich werde nur meine Augen offen halten und mit niemandem sprechen«, dachte er, »je weniger darüber geredet wird, desto besser!«
Er war wieder zum Artilleriedenkmal gekommen und ging zum zweitenmal rundherum. Nein! Jetzt erschien es ihm klobig, plump und überdeutlich. Würde dieses große weiße Dingsda zum Steigen der Staatspapiere beitragen? Irgendein Engel wäre vielleicht vorteilhafter gewesen. Etwas, das die Leute dazu ermunterte, Aktien zu kaufen oder als Hausangestellte zu gehen, kurz und gut, das dazu beitragen würde, das Leben angenehmer zu machen, statt einen unablässig daran zu erinnern, daß man schon einmal der Vernichtung preisgegeben war und es wieder werden könnte. Diese Artilleristen, hatte er irgendwo gelesen, liebten ihre Geschütze und wollten eine Erinnerung daran haben. Aber liebte sonst irgend jemand Geschütze und wollte daran erinnert werden? Und gerade die Artilleristen würden sich dieses Denkmal vor dem St.-George-Spital nicht täglich ansehen. »Das ist ein Fehler«, dachte Soames, »und obendrein ein schwerer. Etwas Beruhigenderes, eine antike Götterstatue oder jemanden zu Pferd, das hätte man gebraucht!« Und da ihm George der Dritte zu Pferd einfiel, lächelte er grimmig. Doch nun stand es einmal da und würde auch dableiben müssen. Aber es war höchste Zeit, daß die Künstler zu Nymphen und Delphinen zurückkehrten und zu den übrigen Zeugnissen eines bürgerlichen Lebens.
Als Fleur beim Lunch vorschlug, daß er einen Tag früher nach Mapledurham fahren solle, ehe sie mit Kit hinkäme, fühlte er wieder, daß etwas dahintersteckte; aber froh über ihren Besuch, hütete er sich, an der Sache zu rühren, und erwähnte nicht seinen Besuch in der Green Street.
»Es sieht aus, als würde sich das Wetter halten«, sagte er. »Du brauchst etwas Sonne nach der Kantine. Man redet jetzt soviel von ultravioletten Strahlen. Früher einmal war gewöhnlicher Sonnenschein gut genug. Über kurz oder lang werden die Ärzte ein Ultra-Rosa erfinden. Wenn sie nur die Natur in Ruhe ließen!«
»Aber, liebster Papa, das macht ihnen doch Spaß!«
»Sie entdecken nur, was schon unsere Großmütter so gut kannten, daß wir's bereits wieder vergessen haben, und finden einen neuen Namen dafür. Eine Speise ist doch nicht nahrhafter geworden, weil man heute die Bezeichnung Vitamin erfunden hat. Dein Großvater hat zeit seines Lebens täglich eine Orange gegessen, weil es ihm ein Arzt geraten hat; das war zu Anfang des vorigen Jahrhunderts. Vitamine! Laß nur Kit nicht an seinem Essen herumnörgeln. Er hat noch lange Zeit, bis er zur Schule gehen muß — das ist ein Trost. Diese Internatskost!«

»Hast du denn so schlechtes Essen bekommen, Papa?«
»Schlecht! Ich weiß überhaupt nicht, wie wir aufgewachsen sind. Wir haben unsere Hauptmahlzeit in zwanzig Minuten hinuntergeschlungen und zehn Minuten später schon wieder Fußball gespielt. Kein Mensch hat damals an Verdauung gedacht.«
»Spricht das nicht dafür, daß man j e t z t darüber nachdenken sollte?«
»Eine gute Verdauung«, erklärte Soames, »ist das Geheimnis des Lebens.« Und er blickte seine Tochter an. Gott sei Dank, s i e sah nicht kränklich aus. Soviel er wußte, war ihre Verdauung ausgezeichnet. Sie mochte sich einbilden, verliebt zu sein, solange sie sich aber ihrer Verdauung nicht bewußt wurde, würde sie's überstehen. »Das wichtigste in diesem Zeitalter des Autos ist, soviel wie möglich zu Fuß zu gehen.«
»Ja«, erwiderte Fleur, »ich habe heute früh einen schönen Spaziergang gemacht.«
Forderte sie ihn heraus, während sie gelassen ihre Apfeltorte aß? Wenn dem so war, würde er nicht darauf reagieren.
»Ich auch«, sagte er. »Ich habe einen weiten Weg gemacht. Wir werden draußen ein wenig Golf spielen.«
Einen Augenblick lang sah sie ihn an, dann gab sie eine überraschende Antwort: »Ja, ich glaube, ich bin schon alt genug dazu.«
Was in aller Welt wollte sie nur damit sagen?

12

Privatgefühle

Am Tag der Einladung zum Lunch und des Ausflugs nach Robin Hill hatte Michael tatsächlich eine Komiteesitzung, doch hatte er auch seine privaten Gefühle, mit denen er ins reine kommen wollte. Es gibt Naturen, die sofort ihr unbefangenes Urteil über einen andern verlieren, sobald sie merken, daß er ihr Glück bedroht. Michael gehörte nicht zu ihnen. Der junge Engländer, dem er im Hause jenes alten Amerikaners George Washington begegnet war, hatte ihm sofort gefallen, zum Teil einfach nur weil er Engländer war; und wie er ihn jetzt neben Fleur sitzen sah — als ihren Vetter zweiten Grades und ihre erste Liebe —, vermochte er sein früheres Urteil nicht zu ändern. Der junge Mann hatte ein hübsches

Gesicht und sah besser aus als er selbst; er hatte schönes Haar, ein kräftiges Kinn, einen offenen Blick und ein bescheidenes Wesen; es hatte keinen Sinn, diese Tatsachen zu leugnen. Der Freihandel in der Liebe, der zwischen modernen Menschen blühte, machte es Michael unmöglich, an die primitiveren Grundsätze von Schutzmaßnahmen auch nur zu denken. Glücklicherweise war der junge Mann mit diesem schlanken, anziehenden Geschöpf verheiratet, das – so hatte Mrs. Val es ausgedrückt – den Blick einer garantiert echten Wassernymphe hatte. Michaels Privatgefühle beschäftigten sich deshalb mehr mit Fleur als mit dem jungen Mann. Doch es war schwer, in ihrem Gesicht zu lesen, noch schwerer, ihren verschlungenen Gedankengängen zu folgen und bis zu ihrem Herzen vorzudringen. War Jon Forsyte schuld daran? Er erinnerte sich, wie in der Cork Street die ältliche Halbschwester des jungen Mannes, jene immer geschäftige kleine Dame June Forsyte, mit der Neuigkeit herausgeplatzt war, daß Fleur eigentlich ihren Bruder hätte heiraten sollen – er hörte es damals zum erstenmal. Wie weh hatte es ihm damals getan, daß er im Leben seiner Geliebten nur die zweite Geige spielte. Er erinnerte sich auch an einige vorsichtige und zur Vorsicht mahnende Anspielungen des alten Forsyte. Diese Andeutungen eines Musterbeispiels an Zurückhaltung und unterdrückten Gefühlen hatten auch tiefen und dauernden Eindruck auf Michael gemacht, verstärkt noch durch den Mißerfolg seines Versuches, bis zu Fleurs Herz vorzudringen. Während der Sitzung war er nur mit halbem Ohr bei den öffentlichen Angelegenheiten. Was hatte diese Jugendliebe im Keim erstickt und ihm seine Chance gegeben? Nicht plötzliche Abneigung, nicht Mangel an Geld oder Gesundheit, auch nicht die Verwandtschaft, denn Mrs. Val Dartie hatte offenbar mit jedermanns Zustimmung ihren Cousin geheiratet. Von Soames' Eheaffäre wußte Michael nichts. Die Forsytes, die er kannte, sprachen nie über Familienangelegenheiten und hatten nie etwas davon erwähnt; Fleur hatte nicht einmal von ihrer ersten Liebesgeschichte gesprochen, geschweige denn den Grund angegeben, warum nichts daraus geworden war. Dennoch mußte sie einen Grund gehabt haben, und es war müßig, ihre augenblicklichen Gefühle ergründen zu wollen, wenn man diese Ursache nicht kannte.

Das Komitee, das zum Gesundheitsministerium gehörte, beschäftigte sich mit der Geburtenbeschränkung. Während er Argumente hörte, warum er bei anderen Leuten nicht unterstützen sollte, was er doch selber tat, kam ihm eine Idee. Warum nicht einfach zu June Forsyte gehen und sie fragen? Im Telefonbuch würde er bestimmt ihre Adresse finden – es gab sicher nur eine Person dieses Namens.

»Was sagen Sie dazu, Mont?«
»Nun, Sir, wenn wir nicht Kinder nach den Kolonien schicken oder die Auswanderung irgendwie beschleunigen, so bleibt uns nur die Geburtenbeschränkung. In den oberen und mittleren Klassen üben wir sie ja schon lange und sehen über die moralische Seite der Sache hinweg, wenn es überhaupt eine gibt; ich kann wirklich nicht verstehen, wie wir gerade bei denjenigen auf Moral pochen können, die nicht halb soviel Berechtigung auf einen Haufen Kinder haben wie wir.«
»Mein lieber Mont«, bemerkte der Vorsitzende grinsend, »rütteln Sie da nicht an den Grundfesten aller Privilegien?«
»Schon möglich«, erwiderte Michael und grinste ebenfalls. »Meiner Meinung nach ist natürlich die Kinderauswanderung viel besser, aber ich stehe mit dieser Ansicht offenbar allein da.«
Jedermann wußte, daß die Kinderauswanderung das Steckenpferd des jungen Mont war, doch zeigte man sich wenig geneigt, es anzusporen. Und da niemand besser wußte als Michael selbst, daß er wegen seiner Ansicht, man könne den Kuchen nicht essen und gleichzeitig behalten, als politischer Sonderling galt, schwieg er. Bald darauf entschuldigte er sich und ging weg, weil er ahnte, daß sie nun eine Zeitlang wie die Katze um den heißen Brei herumstreichen würden, um dann abzuwarten, wie die Dinge sich entwickelten.
Er fand die gewünschte Adresse: »Miss June Forsyte, Haus zu den Pappeln, Chiswick« und nahm einen Autobus nach Hammersmith.
Wie rasch doch die Dinge wieder in ihr gewohntes Geleise kamen! Es war ungemein schwierig, etwas so Vielseitiges, Verwickeltes und Elastisches wie das Leben einer Nation zu unterbinden. Zwischen zahllosen Fahrzeugen und Scharen von Fußgängern fuhr der Autobus hindurch, und Michael wurde sich darüber klar, wie fest begründet die beiden Elemente der Stabilität in einem modernen Staate sind: das allgemeine Verlangen nach Essen, Trinken und Von-der-Stelle-Kommen und die Tatsache, daß so viele Leute Autos lenken können. »Revolution«, dachte er, »hat niemals weniger Aussichten gehabt. Die Technik ist unerbittlich dagegen.« Die Technik gehörte nun einmal zu den bestehenden Dingen, und sie gewann jeden Tag mehr an Macht. Die Scharen ungelernter Arbeitskräfte und ihre Führer, jene kommunistischen Phantasten, hatten nur noch dort Möglichkeiten, wo Technik und Verkehrsmittel noch so unentwickelt waren wie in Rußland. Geist, Fähigkeit und technische Gewandtheit standen naturgemäß auf seiten des Kapitals und des individuellen Unternehmens und gewannen immer mehr die Oberhand.
Es dauerte einige Zeit, Junes Heim ausfindig zu machen; es war ein

kleines Häuschen und hatte ein großes Atelier mit Nordlicht. Hoch und schmal stand es da, wie ein weißer Geist hinter zwei Pappeln. Eine Frau, offenbar Ausländerin, öffnete ihm. Jawohl, Miss Forsyte war mit Mr. Blade im Atelier. Michael schickte seine Karte hinauf und fühlte sich außerordentlich unbehaglich, während er in dem zugigen Vorraum wartete; denn nun, da er hier war, begriff er auf einmal nicht mehr, wozu er hergekommen war. Wie er zu der gewünschten Information gelangen sollte, ohne den Anschein zu erwecken, daß er nur zu diesem Zweck gekommen sei; etwas Derartiges ließ sich eigentlich nur durch taktlose Fragen herausbringen.

Nachdem man ihn hinaufgebeten hatte, versuchte er unterwegs seine erste Lüge zu formulieren. Das Atelier war ein großer Raum mit grünbespannten Wänden, dem üblichen Podium, mit halb verhängtem Oberlicht und ein paar Katzen; Bilder hingen an den Wänden oder standen herum — beim Eintreten flirrte ihm etwas vor den Augen. Eine schmächtige kleine Dame in fließendem Grün mit kurzem Silberhaar hatte sich von einem Schemel erhoben und kam auf ihn zu.

»Wie geht es Ihnen? Sie kennen natürlich Harold Blade?«

Der junge Mann, zu dessen Füßen sie gesessen, erhob sich und stand vor Michael, vierschrötig, etwas düster, mit dunklem Teint und großen, starr blickenden Augen.

»Sie müssen doch seine wunderbaren raffaelitischen Werke kennen.«

»O ja«, erwiderte Michael, und sein Gewissen fügte hinzu: »O nein.«

Der junge Mann sagte grimmig: »Kennen? Er kennt mich so gut wie irgendeinen Steinzeitmenschen.«

»Ich kenne Sie wirklich«, murmelte Michael. »Aber erklären Sie mir doch, warum gerade Raffaelit? Das interessiert mich schon seit langem.«

»Warum?« rief June aus. »Weil er der einzige ist, der uns die alten Werte wiedergibt; er hat sie neuentdeckt.«

»Verzeihen Sie, ich bin in Kunstsachen ein solcher Ignorant — ich habe geglaubt, daß die ›Akademiker‹ noch immer mit Perspektive arbeiten.«

»D i e !« schrie June auf, und Michael zuckte zusammen bei diesem Ausbruch der Leidenschaft. »Natürlich — wenn Sie noch an d i e glauben —«

»Aber ich tu's ja gar nicht«, entgegnete Michael.

»Harold ist der erste und einzige Raffaelit! Die Leute schließen sich ihm zwar an, aber er wird auch der letzte sein. So geht es immer. Große Maler machen Schule, aber die Schüler leisten nie etwas Bedeutendes.«

Mit gesteigertem Interesse betrachtete Michael den ersten und letzten Raffaeliten. Das Gesicht gefiel ihm gar nicht, doch zeigte es gewisse epileptische Merkmale.

»Kann ich mich ein wenig umsehen? Kennt mein Schwiegervater Ihre Werke? Er ist ein großer Sammler und immer auf der Suche.«

»Soames!« sagte June, und wieder zuckte Michael zusammen. »Der wird Harold erst sammeln, wenn wir alle schon gestorben sind. Schauen Sie sich das an!«

Michael wandte sich von dem Raffaeliten ab, der mit den schweren Schultern zuckte. Er sah etwas, das zweifellos ein Porträt von June darstellte. Es war sehr ähnlich, sehr glatt gemalt, ganz in Grün und Silber gehalten und ließ die Andeutung eines Heiligenscheins um den Kopf erkennen.

»Rein primäre Linie und Farbe — glauben Sie, daß man d a s in die ›Akademie‹ hängen würde?«

»Es scheint mir gerade dorthin zu gehören«, dachte Michael und bemühte sich, diese Meinung nicht durch seinen Gesichtsausdruck zu verraten.

»Die Andeutung des Heiligenscheins gefällt mir«, murmelte er.

Der Raffaelit stieß ein kurzes, rauhes Lachen aus.

»Ich geh' spazieren«, sagte er, »zum Nachtmahl werd' ich zurück sein. Adieu!«

»Adieu!« erwiderte Michael mit einer gewissen Erleichterung.

»Es ist sonnenklar«, erklärte June, als sie allein waren, »daß er der einzige ist, der Fleur malen könnte. Er würde das Moderne an ihr herrlich herausbringen. Würde sie ihm sitzen? Da jedermann gegen ihn ist, hat er s o schwer zu kämpfen.«

»Ich werde sie fragen. Aber sagen Sie mir doch: warum ist denn jedermann gegen ihn?«

»Weil er all diesen hohlen, modernen Blödsinn mitgemacht hat und zur reinen Form und Farbe zurückgekehrt ist. Man hält ihn für einen Verräter und schimpft ihn ›akademisch‹. So geht es immer, wenn ein Mann den Mut hat, gegen die Mode zu kämpfen und seinem eigenen Genius zu folgen. Ich sehe schon genau, was er aus Fleur machen würde. Es wäre eine Chance für ihn, weil er sehr stolz ist und das ein regelrechter Auftrag von Soames wäre. Natürlich ist das auch für Fleur eine glänzende Gelegenheit. Sie sollte mit beiden Händen zugreifen — in zehn Jahren wird es d e r Maler sein.«

Michael, der zweifelte, ob Fleur mit beiden Händen zugreifen und ob Soames einen Auftrag erteilen würde, erwiderte vorsichtig: »Ich werde es ihr vorschlagen ... Was ich noch sagen wollte: Ihre Schwester Holly und Ihr Bruder Jon mit seiner Frau waren heute zum Lunch bei uns.«

»Oh!« rief June, »ich habe Jon noch nicht gesehen.« Sie blickte Michael

mit ihren blauen Augen gerade ins Gesicht und fügte hinzu: »Was hat Sie zu mir geführt?«
Unter ihrem herausfordernden Blick schwand Michaels ganze Diplomatie.
»Offen gestanden«, erwiderte er, »möchte ich Sie bitten, mir zu erklären, warum Fleur und Jon auseinandergegangen sind.«
»Setzen Sie sich«, sagte June, stützte ihr spitzes Kinn in die Hand und blickte ihn an, wobei ihre Augen ein wenig hin und her wanderten, fast wie die einer Katze.
»Es freut mich, daß Sie mich geradeheraus gefragt haben; ich hasse Leute, die nicht Farbe bekennen. Wissen Sie denn nichts von seiner Mutter? Sie war doch Soames' erste Frau.«
»Oh!« sagte Michael.
»Irene.« Während sie den Namen aussprach, spürte Michael, daß sich in der kleinen Gestalt ein tiefes, elementares Gefühl regte. »Sie war sehr schön – die beiden haben sich nicht vertragen; sie verließ ihn – und viele Jahre später hat sie meinen Vater geheiratet, und Soames ließ sich scheiden. Das heißt, Soames ließ sich scheiden, und sie heiratete meinen Vater. Jon ist ihr Kind. Als dann Jon und Fleur sich ineinander verliebten, waren Irene und mein Vater außer sich, und auch Soames – oder er hätte es zumindest sein sollen.«
»Und dann?« fragte Michael, als sie schwieg.
»Man sagte es den Kindern, und mein Vater starb während der Geschichte; Jon verzichtete und wanderte mit seiner Mutter aus, Fleur heiratete Sie.«
Also das war es. Trotz des kurzen, herben Berichtes konnte er die tiefe Tragik menschlichen Geschehens aus dieser Erzählung herausfühlen. Arme Teufel!
»Ich habe die Sache immer sehr bedauert«, erklärte June plötzlich. »Irene hätte sich damit abfinden müssen. Nur – nur –«, sie starrte Michael an, »– wären die beiden nicht glücklich miteinander geworden. Fleur ist zu egoistisch. Irene hat das wahrscheinlich erkannt.«
Michael wollte entrüstet protestieren.
»Jawohl«, fiel ihm June ins Wort. »Sie sind ein guter Kerl, das weiß ich – viel zu gut für sie.«
»Das ist nicht richtig«, sagte Michael scharf.
»O doch. Sie ist nicht schlecht, aber sie ist eine egoistische kleine Person.«
»Bitte vergessen Sie nicht –«
»Setzen Sie sich. Machen Sie sich nichts draus. Ich spreche ja nur die Wahrheit. Es war natürlich eine schreckliche Geschichte; Soames und mein Vater waren Vettern, und diese beiden Kinder waren so verliebt.«

Wieder spürte Michael, daß sich in dieser kleinen Gestalt ein tiefes, persönliches Gefühl regte, und auch in ihm selbst rührte sich etwas Tiefes, rein Persönliches. »Traurig!« bemerkte er.
»Ich weiß nicht«, stieß June kurz hervor, »ich weiß nicht. Vielleicht war es so am besten. Sie sind doch glücklich, nicht wahr?«
Als ihm so die Pistole auf die Brust gesetzt wurde, ergab er sich. »Ich schon, aber ist *sie* es?«
Die kleine grün-silberne Gestalt richtete sich gerade auf. Sie ergriff seine Hand und drückte sie fest. Es lag etwas erschütternd Herzliches in diesem Händedruck, und Michael war gerührt. Er hatte sie erst zweimal in seinem Leben gesehen.
»Schließlich ist Jon jetzt verheiratet. Wie ist seine Frau?«
»Sie sieht reizend aus — ich glaube, sie ist nett.«
»Eine Amerikanerin!« sagte June vieldeutig. »Ja, und Fleur ist halb französisch. Ich freue mich, daß Sie ein Kind haben.«
Michael kannte niemanden, dessen Worte einem absichtslos soviel Unbehagen bereiten konnten. Warum freute sie sich, daß er ein Kind hatte? Weil es eine Versicherung war — wogegen?
»Nun«, murmelte er, »ich bin froh, endlich Bescheid zu wissen.«
»Man hätte es Ihnen früher sagen sollen; aber auch jetzt können Sie es nicht ganz verstehen. Niemand, der es nicht selbst durchgemacht hat, kann verstehen, wie stark Familienfehden und Gefühle sein können. Ich muß das zugeben, obwohl ich über das Schicksal dieser Kinder ärgerlich war. Sie müssen nämlich wissen, daß ich die erste war, die früher einmal Irene gegen Soames unterstützt hat. Noch ehe es zu irgend etwas gekommen war, wollte ich, daß sie ihn verlassen solle. Es war ganz abscheulich für sie; er ist so ein — so ein schwerfälliger, unangenehmer Geselle; immer pocht er auf Recht und Gesetz und hat keinen richtigen Stolz. Unausdenkbar, sich einer Frau aufzudrängen, die einen nicht mag!«
»Ah!« sagte Michael leise, »so etwas!«
»Die Leute in den achtziger und neunziger Jahren hatten überhaupt keinen Begriff davon, wie abscheulich das ist. Gott sei Dank ist das heute anders!«
»Wirklich?« murmelte Michael; »ich bin nicht so überzeugt davon.«
»Aber natürlich ist das heute anders.«
Michael, also zurechtgewiesen, schwieg.
»Heutzutage sind die Verhältnisse in dieser Hinsicht viel besser, nicht halb so muffig und konventionell. Es wundert mich nur, daß Fleur selbst Ihnen das nicht alles erzählt hat.«
»Sie hat mir nie ein Wort davon gesagt.«

»Oh!«
Dieser Ausruf verursachte das gleiche Unbehagen wie ihre ausführlichen Bemerkungen. Ganz bestimmt dachte sie genau dasselbe wie er: die Sache war Fleur zu nahegegangen, als daß sie darüber hätte sprechen können. Er war nicht einmal sicher, ob Fleur wußte, daß er von ihrer Affäre mit Jon nie gehört hatte.
Plötzlich hatte er Angst, noch mehr unangenehme Ausrufe anhören zu müssen, und stand auf.
»Ich bin Ihnen schrecklich dankbar, daß Sie es mir gesagt haben. Ich muß mich leider auf die Beine machen.«
»Ich werde Fleur besuchen und sie fragen, ob sie Harold sitzen will. Er kann sich diese gute Gelegenheit nicht entgehen lassen. Er muß ganz einfach Aufträge bekommen.«
»Selbstverständlich«, erwiderte Michael, der Fleur die Fähigkeit, etwas abzuschlagen, eher zutraute als sich.
»Also leben Sie wohl!«
Als er sich jedoch an der Tür nach ihr umwandte und sie so allein in dem großen Raum stehen sah, fühlte er Gewissensbisse – sie schien so schmächtig, klein und zerbrechlich, mit dem silbernen Haar und dem kleinen, eifrigen Gesicht, das ihr schlecht angebrachter Enthusiasmus jung erhalten hatte. Auch er hatte etwas aus ihr herausgelockt, ohne ihr etwas zu geben. Er hatte die Erinnerung an vergangenes, eigenes Erleben in ihr geweckt, an ein Gefühl, das stark, vielleicht noch stärker als sein eigenes war.
Sie sah so verdammt einsam aus. Er winkte ihr mit der Hand.
Als Michael nach Hause kam, war Fleur schon zurück. Plötzlich war ihm klar, daß er ihr seinen Besuch bei June Forsyte nicht anders erklären könnte als im Zusammenhang mit ihr und Jon. »Ich muß der kleinen Dame schreiben, daß sie nichts davon erwähnen soll«, dachte er. Es wäre unklug, Fleur wissen zu lassen, daß er sich um ihre Vergangenheit gekümmert hatte.
»War es schön?« fragte er.
»Sehr. Anne erinnert mich an Francis, nur ihre Augen sind anders.«
»Ja, die beiden haben mir gleich gefallen, als ich sie in Mount Vernon sah. Ein sonderbarer Zufall, nicht wahr?«
»An dem Tag, als Vater sich nicht wohl fühlte?«
Er hatte das Gefühl: »Sie weiß, daß man das Zusammentreffen vor ihr geheimgehalten hat.« Wenn er nur offen zu ihr sprechen könnte. Wenn sie nur ihrem Herzen Luft machen wollte.
Doch sie sagte bloß: »Ich fühle mich ganz verloren ohne die Kantine.«

13

Soames wartet

Zu behaupten, daß Soames sich in seinem Haus an der Themse wohler fühlte, wenn seine Frau verreist war, hieße eine heikle Sache in etwas taktloser Weise formulieren. Er war froh, noch immer mit einer so schönen Frau und guten Gastgeberin verheiratet zu sein, die ja wirklich nichts dafür konnte, daß sie Französin und fünfundzwanzig Jahre jünger war als er selbst. Sicher war jedoch, daß er ihre guten Seiten während ihrer Abwesenheit viel besser zu würdigen verstand, als wenn sie zu Hause war. Obwohl sie sich gern in ihrer französischen Art über ihn lustig machte, hatte sie sich nach und nach daran gewöhnt, eine gewisse Rücksicht auf sein Wohl und ihre Stellung als seine Ehefrau zu nehmen. Zuneigung?

Nein, er nahm nicht an, daß sie Zuneigung für ihn empfand, aber ihr lag an ihrem Heim, ihrem Bridge, ihrem Ansehen in der Nachbarschaft und an ihrer Beschäftigung in Haus und Garten. Sie war wie eine Katze. Und einfach bewundernswert konnte sie mit Geld umgehen; bei ihr reichte es länger, und sie bekam mehr dafür als die meisten Leute. Überdies wurde sie langsam älter, so daß er keine wirkliche Angst mehr hatte, sie könnte in dieser oder jener Freundschaft zu weit gehen und es ihm eines Tages beichten. Die Geschichte mit diesem Prosper Profond vor sechs Jahren, die um ein Haar schiefgegangen wäre, hatte sie Vorsicht gelehrt.

Es war wirklich ganz unnötig, daß er einen Tag vor Fleurs Ankunft zurückfuhr; sein Haushalt lief auf gutgeölten Rädern. Auf seinen fünfundzwanzig Morgen mit der neuen Meierei und den Kühen jenseits des Flusses produzierte er nun seinen ganzen Eigenbedarf außer Mehl, Fischen und Fleisch, wovon er nur sehr mäßig aß. Wenn man auch fünfundzwanzig Morgen keinen Landbesitz nennen konnte, so warfen sie doch ein ganz ansehnliches Erträgnis ab. Sein Gut war typisch für die zahllosen Landsitze von Reichen ohne Großgrundbesitz.

Soames hatte Geschmack und Annette noch mehr, besonders was das Essen betraf.

Das Wetter war klar, die Blätter gerade voll entfaltet, die Maiblumen blühten, und es gab auch da und dort noch Tulpen und Hyazinthen, während der Fluß sein Sommerlächeln versuchte — die Schönheit dieser Landschaft war nicht zu verachten. Soames ging ein wenig auf seinem Rasen spazieren und überlegte, warum Gärtner immer unterwegs zu irgendeinem Arbeitsplatz zu sein schienen. Er konnte sich nicht erinnern, einen englischen Gärtner je anders gesehen zu haben als gerade im Begriff, an die Arbeit zu gehen. Deshalb nahmen die Leute wahrscheinlich so oft schottische Gärtner. Fleurs Hund kam heraus und schloß sich ihm an. Der Kerl wurde alt und beschäftigte sich nur noch damit, eingebildete Flöhe zu suchen. Soames war sehr heikel, was Flöhe anlangte, und die Haut des Tieres war vom häufigen Waschen schon ganz dünn geworden — ein goldbrauner Apportierhund von so seltener Rasse, daß man ihn stets für einen Bastard hielt. Der Obergärtner, eine Harke in der Hand, ging vorüber.

»Guten Tag, Sir.«

»Guten Tag. Der Streik ist also vorbei.«

»Ja, Sir. Wenn die Leute sich um ihr Geschäft kümmern wollten, wär's gescheiter.«

»Sehr richtig. Was machen Ihre Spargel?«

»Ich möchte gern ein drittes Beet anlegen, aber ich kann keinen Hilfsarbeiter bekommen.«

Soames starrte seinen Gärtner an, der den Kopf etwas zur Seite neigte, was wohl vom Blumenpflanzen kam. »Was?« sagte er. »Zu einer Zeit, wo fast anderthalb Millionen Arbeitslose herumlaufen?«

»Was die machen, weiß ich nicht«, erwiderte der Gärtner.

»Die meisten von ihnen«, behauptete Soames, »sind jetzt Straßenmusikanten.«

»Das stimmt, Sir — meine Schwester lebt in London. Ich könnte mir ja einen kleinen Jungen aufnehmen, aber auf die ist kein Verlaß.«

»Warum machen Sie es denn nicht selbst?«

»Ja, Sir, es wird mir wohl nichts anderes übrigbleiben; aber ich möcht' den Garten doch nicht vernachlässigen.« Und er hantierte unschlüssig mit der Harke.

»Wozu schleppen Sie das Ding da herum? Es ist doch nirgends ein Unkraut zu sehen.«

Der Gärtner lächelte. »Es ist nicht zu glauben, wie das Unkraut in die Höhe schießt, wenn man nicht dahinter ist.«

»Mrs. Mont wird morgen kommen«, murmelte Soames. »Ich brauche ein paar schöne Blumen fürs Haus.«

»Nicht viel zu machen um diese Jahreszeit, Sir.«
»Ich habe noch nie eine Jahreszeit erlebt, wo viel zu machen gewesen wäre. Sie werden sich wohl in Trab setzen und etwas herbeischaffen müssen.«
»Gewiß, gewiß, Sir«, versprach der Gärtner und entfernte sich.
»Wo mag er jetzt nur hingehen?« dachte Soames. »So ein Kerl ist mir noch nicht vorgekommen. Aber sie sind alle gleich!« Hin und wieder schienen sie ja doch zu arbeiten, vielleicht in aller Herrgottsfrühe, wo sie niemand kontrollieren konnte. Auf jeden Fall mußte er ihnen einen gesalzenen Preis bezahlen. Und da er bemerkte, wie ihn der Hund mit schiefem Kopf von der Seite ansah, sagte er:
»Du möchtest wohl spazierengehen?«
Sie gingen zusammen zur Gartentür hinaus, landeinwärts. Jeder Vogel sang sein Lied, und die Kuckucke lärmten durcheinander.
Sie stiegen zu der kleinen Gemeindewiese hinauf, wo es während des besonders schönen Osterwetters gebrannt hatte. Von hier aus konnte man auf die Themse sehen, die sich zwischen Pappeln und Weiden hindurchwand. Die Aussicht war ungefähr wie jene in der langgestreckten Flußlandschaft von Daubigny, die er in einer amerikanischen Privatsammlung gesehen hatte; eine sehr schöne Landschaft, er konnte sich nicht erinnern, je eine schönere gesehen zu haben.
Er sah den Rauch aus seinem Küchenschornstein aufsteigen und freute sich mehr darüber, als wenn er den Rauch irgendeines anderen Kamins bemerkt hätte. Diesen Anblick hatte er im vergangenen Jahr oft vermißt, als er viele, zumeist heiße Monate hindurch mit Fleur die Welt bereiste, von einem ungemütlichen Ort zum andern. Michaels Auswanderungsmanie fiel ihm ein. Soames war Imperialist genug, um sie in der Theorie ganz in Ordnung zu finden; doch in der Praxis schien ihm jeder Ort außerhalb Englands unzivilisiert oder extravagant. Der Engländer hatte ein Recht auf den Rauch aus seinem eigenen Küchenschornstein. Man brauchte nur an den Ganges zu denken, der so unsinnig breit war im Vergleich zu dem gewundenen Silberband dort unten. Der St.-Lorenz-Strom, der Hudson, der Potomac hatten ihm alle gefallen, aber im Vergleich zur Themse waren es doch nur undisziplinierte Wassermassen. Und die Menschen dort draußen waren auch eine undisziplinierte Masse. Doch das war gar nicht anders möglich in diesen großen Städten.
Von der Gemeindewiese ging er wieder bergab durch ein kleines Wäldchen, wo sich ein Schwarm Krähen in etwas erregter Stimmung befand. Er verstand wenig von den Gewohnheiten der Vögel, da er zuviel an sich selbst dachte, als daß er sich mit Geschöpfen hätte abgeben können,

die zu seiner Person in keinerlei Beziehung standen. Aber er dachte sich, daß sie vermutlich eine Versammlung über Versorgungsfragen abhielten, vielleicht stand ihre Würmerwährung tief, oder es herrschte irgendeine Inflation — jedenfalls schlugen sie ebensoviel Lärm wie die Franzosen über ihren miserablen Franc. Er trat aus dem Wald und befand sich bald vor dem kleinen Haus des Schleusenwärters. Der Geruch des Holzrauchs, der sich aus dem bescheidenen kleinen Schornstein schlängelte, das murmelnde Wehr und der Ruf der Amseln und des Kuckucks schläferten den Besitzerinstinkt in Soames geradezu ein. Er verwandelte seinen Jagdstock in eine Sitzgelegenheit, setzte sich, betrachtete das sumpfige Grün an beiden Seiten der leeren Schleuse und spielte mit der Hand in der Luft. Klug ausgedacht — so eine Schleuse. Warum konnte man nicht im Innern der Männer und Frauen Schleusen errichten, so daß ihre eingedämmten Leidenschaften nur im gegebenen Augenblick funktionierten, um — unter Kontrolle — für den lebenswichtigen Verkehr ausgenützt zu werden, anstatt sich nutzlos über Wehre und Stromschnellen zu ergießen? Fleurs Hund, der seine in der Luft spielende Hand leckte, unterbrach diese philosophischen Erwägungen. Die Tiere von heutzutage stellten zu menschliche Ansprüche, immer sollte man sich mit ihnen abgeben; erst heute nachmittag hatte er gesehen, wie Annettes schwarze Katze zu dem Gipsgesicht seiner Psyche aus Neapel aufblickte und dazu leise miaute — wahrscheinlich wollte sie auf den Schoß genommen werden.

Die Tochter des Schleusenwärters kam heraus, um ein paar Wäschestücke von der Leine zu nehmen. Die Frauen auf dem Land schienen nichts anderes zu tun, als Wäsche auf die Leine zu hängen und sie wieder herunterzunehmen. Soames beobachtete sie: hübsch geformte Hände und Knöchel, ein hübsches Blaudruckkleid und ein Gesicht wie von Botticelli; es gab viele solche Gesichter in England. Wahrscheinlich hatte sie einen Liebhaber, vielleicht auch zwei, und in jenem Wäldchen gingen sie wohl spazieren, setzten sich ins feuchte Gras, und so weiter; wahrscheinlich bildeten sie sich ein, glücklich zu sein; oder das Mädchen setzte sich hinter ihn auf so ein Motorrad und raste im Land herum in einem Kleid, das ihre Knie frei ließ. Wahrscheinlich hieß sie Gladys oder Doris oder so ähnlich. Sie erblickte ihn und lächelte. Ihre vollen Lippen waren hübsch, wenn sie sich zu einem Lächeln verzogen. Soames lüftete ein wenig den Hut. »Schöner Abend«, sagte er.

»Ja, Sir.«

Sehr respektvoll!

»Der Fluß steht noch immer hoch.«

»Ja, Sir.«

Ein recht hübsches Mädchen. Wie, wenn er selbst Schleusenwärter wäre und Fleur, die Tochter des Schleusenwärters, die Wäsche auf die Leine hängte und: »Ja, Sir« sagte? Na, er würde ebenso gern ein Schleusenwärter sein wie irgend etwas anderes, wenn er das bescheidene Leben armer Leute führen müßte; dem Wasser zusehen, wie es steigt und fällt, in dem hübschen Haus wohnen und keine Sorgen haben, ausgenommen — ausgenommen seine Tochter. Er schluckte die Frage hinunter, die ihm auf der Zunge lag: »Bist du eine brave Tochter?« Gab es überhaupt so etwas heutzutage — eine Tochter, die zuerst an ihren Vater dachte und dann erst an sich selbst? »Dieser Kuckuck!« sagte er schwerfällig.

»Ja, Sir.«

Sie nahm jetzt ein etwas diskretes Wäschestück von der Leine, und Soames senkte den Blick, er wollte das Mädchen nicht in Verlegenheit bringen — nicht, daß sie danach ausgesehen hätte, wahrscheinlich konnte man heutzutage ein Mädchen überhaupt nicht mehr in Verlegenheit bringen. Er stand auf und klappte den Griff seines Jagdstockes zusammen.

»Das Wetter wird schön bleiben, es sieht ganz danach aus.«

»Ja, Sir.«

»Guten Abend.«

»Guten Abend, Sir.«

Von dem Hund gefolgt, ging er langsam nach Hause. Als ob sie nicht bis drei zählen könnte! Aber mit ihrem Liebsten würde sie schwatzen! Wie deprimierend, alt zu sein. An einem solchen Abend sollte man wieder jung sein und mit einem Mädchen wie diesem durch den Wald spazieren. Der Faun in ihm spitzte einen Augenblick lang die Ohren und leckte sich die Lippen; doch mit einem Achselzucken und einem leisen Schamgefühl ging er darüber hinweg.

Es war für Soames, dessen Sinnlichkeit nichts zu wünschen übrigließ, seit jeher charakteristisch, daß er diese Tatsache sorgfältig geheimhielt. Wie seine ganze Familie, ausgenommen vielleicht seinen Vetter George und seinen Onkel Swithin, war er in sexuellen Angelegenheiten sehr verschwiegen. Kein Forsyte sprach über Sex oder vertrug es, andere darüber reden zu hören; und wenn der Trieb sich in ihnen meldete, ließen sie sich äußerlich nichts anmerken. Es war nicht Puritanergeist, sondern eine gewisse Feinfühligkeit, die ihnen das Thema verbot, und niemand wußte, wo sie die herhatten.

Nach einem einsamen Dinner zündete er sich eine Zigarre an und schlenderte wieder ins Freie. Es war für einen Maiabend wirklich warm und noch hell genug, daß er seine Kühe auf der Weide am anderen Themse-

ufer sehen konnte. Bald würden sie für die Nacht unter der Hagedornhecke Schutz suchen. Da kamen auch schon die Schwäne mit ihrer grauen Brut im Schlepptau, schöne Vögel, die ihr Nachtquartier auf der Insel bezogen.
Der Fluß wurde fahler; die Dämmerung schien noch in den Bäumen zu hängen; bald würde sie sich ausbreiten und den Himmel einhüllen, an dem eben die letzten Farben des Sonnenuntergangs erloschen waren. Sehr friedlich und ein wenig geheimnisvoll – diese Zwischenstunde. Was für einen Lärm die Stare machten, diese unmanierliche Gesellschaft; bei so kurzen Schwänzen konnte man wahrhaftig keine Selbstachtung haben! Schwalben, die noch als letzten Imbiß eine Mücke oder frühe Motte erhaschen wollten, schossen vorbei. Die Pappeln standen so still, als lauschten sie, daß Soames die Hand emporhielt, um festzustellen, ob sich ein Lüftchen regte. Nicht ein Hauch. Und dann, ganz plötzlich – flogen keine Schwalben mehr, schwiegen die Stare; ein kreidiger Schimmer über Fluß und Himmel. Lichter im Haus leuchteten auf. Ein Nachtkäfer summte an ihm vorbei. Der Tau begann zu fallen, er spürte ihn. Zeit, hineinzugehen. Während er sich rasch umwandte, legte sich weiche Dämmerung über Bäume, Fluß und Himmel. Und Soames dachte: »Ich hoffe zu allen Göttern, daß sie keine Geheimnisse mitbringt, wenn sie morgen kommt. Ich mag keine neuen Sorgen! Nur sie und der kleine Junge. Es könnte so gemütlich sein, wenn diese alte Liebesgeschichte, die tief in der Vergangenheit wurzelt und in der Zukunft noch bittere Früchte tragen mag, keine Schatten auf die Gegenwart würfe ...«
Er schlief gut; doch am nächsten Morgen hielt er es bei keiner Beschäftigung aus und ordnete noch einmal dieselben Dinge an, die er schon gestern angeordnet hatte. Manchmal hielt er mitten in dieser Aufgabe inne, um auf das Auto zu lauschen, um sich vorzunehmen, daß er nichts fragen und keinerlei Unruhe zeigen werde. Zweifellos hatte sie den jungen Jon gestern wiedergesehen, aber fragen durfte er nicht. Er stieg in seine Bildergalerie hinauf und nahm einen kleinen Watteau von der Wand, den sie einmal in seiner Gegenwart bewundert hatte. Er trug ihn hinunter und stellte ihn auf eine Staffelei in ihr Schlafzimmer – ein junger Mann in weitschößigem, pflaumenfarbenem Frack mit Spitzenkrausen, der vor einer tiefdekolletierten jungen Dame in Blau hinter einem Lämmlein Tamburin spielte. Ein entzückendes kleines Bild! Sie konnte es mitnehmen, wenn sie fortging, und es zusammen mit den Fragonards und dem Chardin in ihren Salon hängen. Er stand bei dem Doppelbett, beugte sich nieder und beschnupperte die Bettwäsche. Nicht ganz so duftend, wie sie sein sollte. Diese Mrs. Edger, seine Haushälte-

rin, hatte die »Potpourri-Säckchen« vergessen; er hatte ja gewußt, daß irgend etwas fehlen würde. Er öffnete einen Wandschrank, nahm von einem Brett vier kleine Säckchen mit winzigen malvenfarbenen Schleifen und legte sie in das Bett. Danach inspizierte er das Badezimmer. Ob sie dies Badesalz mochte, wußte er nicht, es war Annettes neueste Spezialität und roch für sein Empfinden zu stark. Sonst schien alles in Ordnung zu sein, die Seife trug die Marke Roger & Gallet, und das Ablaufrohr funktionierte. Bei diesen neuen Erfindungen war das häufig nicht der Fall; es ging doch nichts über den altmodischen Verschluß, den man an einer Kette hochzog. Die Art, sich zu waschen, hatte sich sehr geändert, seit er auf der Welt war. Er konnte sich zwar nicht deutlich an die Zeit erinnern, ehe man Badezimmer hatte, aber er wußte noch genau, wie sein Vater zu sagen pflegte: »Mich hat man nie gebadet, als ich ein Knabe war. Als ich in meinem ersten eigenen Haus ein Badezimmer einrichtete, kamen die Leute und staunten es an – das war im Jahre 1840. Man sagt mir, daß die Ärzte heute gegen das Waschen sind, aber ich weiß nicht recht.« Vor einem Vierteljahrhundert war James gestorben, und seither hatten die Ärzte schon des öfteren ihre Mäntel nach dem Wind gedreht. Tatsache war, daß den Leuten ihr Bad Vergnügen machte; deshalb war es gleichgültig, welchen Standpunkt die Ärzte einnahmen. Kit badete gern – andere Kinder nicht. Er verließ das Badezimmer und betrachtete die Blumen, die der Gärtner gebracht hatte, darunter drei seltene frühe Rosen. Rosen waren die Stärke dieses Menschen, oder vielmehr seine schwache Seite – um nichts sonst kümmerte er sich. Das war das schlimmste an der heutigen Generation: sie spezialisierte sich so sehr, daß die Dinge überhaupt kein rechtes Verhältnis mehr zueinander hatten, obwohl die Relativitätslehre zur Modephilosophie geworden war – das zumindest hatte man ihm gesagt. Er nahm eine Rose und atmete tief ihren Duft ein. Es gab so viele verschiedene Arten heute, er kannte sich gar nicht mehr aus. In seiner Jugend konnte man sie noch unterscheiden: La France, Maréchal Niel und Gloire de Dijon, sonst nichts Nennenswertes; heutzutage waren diese Sorten ganz verschollen. Wie er so über die Veränderlichkeit der Blumen und der Menschen meditierte, wurde ihm ganz schwach zumute. Ein wirkliches Ende der Dinge war nie abzusehen!

Überdies hatte sie sich verspätet. Diesem Riggs – er hatte das Auto für sie in der Stadt gelassen und war selbst mit dem Zug herausgefahren –, diesem Kerl würde natürlich wieder ein Pneu geplatzt sein; regelmäßig platzte ihm etwas, und immer im unpassendsten Moment. Während der nächsten halben Stunde machte sich Soames ruhelos bald hier, bald dort zu schaffen, und als das Auto endlich kam, hörte er es nicht, weil er in seiner Bildergalerie im obersten Stockwerk in irgend etwas vertieft war. Fleurs Stimme scheuchte ihn aus seinen Gedanken über sie auf. »Hallo!« rief er und blickte über die Treppe hinunter, »woher bist du so plötzlich aufgetaucht? Ich hab' dich schon vor einer Stunde erwartet.«

»Ja, Papachen, wir mußten unterwegs noch allerhand einkaufen. Wie herrlich hier alles ist! Kit ist im Garten.«

»Aha!« sagte Soames und kam herunter. »Hast du dich ausgeruht?« Und er pflanzte sich vor ihr auf.

Sie hielt ihm ihr Gesicht zum Küssen hin, und ihre Augen blickten über ihn hinweg. Soames streifte mit den Lippen ihre Wange. Sie war im Geiste weit fort von ihm. Und als seine Lippen ihre weiche Haut berührten, dachte er: »Sie denkt nicht an mich — warum sollte sie auch? Sie ist ja jung.«

Zweiter Teil

1

Der Sohn der Sleeping Dove

Ob es nun zutrifft oder nicht, daß der Charakter des Engländers im allgemeinen auf den Kreidefelsen seiner Küste basiert — der Kalkgehalt im Organismus unserer Jockeis und Trainer läßt sich jedenfalls nicht wegleugnen. Da sie zumeist auf dem Hügelland in der Nähe des Meeres leben, sehr viel Wasser trinken und sich mit den Gelenken der Pferde befassen, haben sie geradezu von Berufs wegen kalkhaltiges Blut und zeichnen sich oft durch eine kräftige Nase und ein kantiges Kinn aus.
Das Kinn des früheren Jockeis Greenwater, der jetzt Val Darties Stall betreute, sprang vor, als hätte es sich in den Jahren seiner zahllosen Rennen vorgestreckt, um die Bemühungen seines Tieres zu unterstützen und das Rennen zu gewinnen. Sein knochiges, maskengleiches Gesicht war von einer schmalen, kühnen Nase beherrscht, das dunkle Haar glatt zurückgekämmt. Er war einen Meter siebzig groß und so lebhaft wie eine Bachstelze; aber die Entbehrungen so mancher langen Rennsaison, während der er sich kaum zu essen traute, hatten seinem Gesicht einen fast asketischen Zug verliehen. Verheiratet und Vater von zwei Kindern, hatte er sich die Liebe seiner Familie durch seine Schweigsamkeit erworben, die das Ergebnis eines fünfunddreißigjährigen Umgangs mit Pferden war. In seinen Mußestunden spielte er Flöte. Kein Mensch in England war zuverlässiger.
Val, der ihn im Jahre 1921 aufgelesen hatte, als er sich vom Jockeiberuf zurückzog, hielt ihn für einen noch besseren Menschen- als Pferdekenner, der nicht mehr zu glauben vermochte, als er mit eigenen Augen sehen konnte, und das war herzlich wenig. Eben jetzt war Vorsicht besonders geboten, denn im Stall stand Rondavel, der Zweijährige, von Kaffir aus Sleeping Dove, von dem man sich so viel erwartete, daß man kein Wort über ihn sprach. Am Montag der Ascot-Woche war Val deshalb sehr erstaunt, seinen Trainer sagen zu hören: »Mr. Dartie, heute morgen hat so ein lausiger Kerl beim Galopp zugeschaut.«

»Der Teufel soll ihn holen!«

»Irgend jemand muß geschwatzt haben. Wenn so ein kleines Gestüt wie dieses beobachtet wird, dann ist was faul. Wenn ich Ihnen raten darf: Schicken Sie den Hengst am Donnerstag nach Ascot, und lassen Sie ihn auf gut Glück laufen – es wird ihm nichts schaden, wenn er zum Rennen riecht. Wir können ihn dann ausruhen lassen und zum Goodwood Meeting wieder herausbringen.«

Val, der Greenwaters Meinung kannte, daß heutzutage das englische Rennpferd ebenso wie der englische Mensch für ein leichtes Training sei, erwiderte: »Haben Sie Angst, zuviel des Guten zu tun?«

»Tatsache ist, daß er jetzt gut in Form ist. Sinnet hat ihm heute früh ein wenig den Kopf freigegeben, und er hat einfach alle hinter sich gelassen. Er läuft mit dem Teufel um die Wette; Sie hätten sich das ansehen sollen!«

»Wirklich!« sagte Val und schloß die Tür zur Box auf. »Nun, mein Schönstes?«

Der Sohn von Sleeping Dove wandte den Kopf und betrachtete seinen Herrn mit leuchtenden, gedankenvollen Augen. Dunkelgrau mit weißen Fesseln und weißem Stern stand er, noch von seiner Morgentoilette glänzend, da. Ein prachtvolles Tier. Die straffen Sehnen und die Schnelligkeit der St.-Simon-Abkömmlinge waren nicht zu verkennen. Weitausgreifender Schritt und eine selten gute Schulter. Nicht gerade das, was man »bildschön« nennen würde – die Linien waren nicht genug harmonisch, aber es war ein rassiges Tier. Klug wie ein Hund und rasch wie ein Wiesel. Val blickte zurück in das gespannte Gesicht des Trainers.

»Gut, Greenwater. Ich werde es meiner Frau sagen, wir werden alle hinkommen. Aber welchen Jockei wollen Sie in der kurzen Zeit auftreiben?«

»Den jungen Lamb.«

»Soso!« sagte Val grinsend, »Sie haben also schon alles organisiert.«

Erst auf dem Heimweg dachte er wieder an die Möglichkeit, daß doch etwas von dem Geheimnis durchgesickert sein könnte ... Drei Tage nach dem Zusammenbruch des Generalstreiks, und ehe Holly, der junge Jon und seine Frau zurückgekommen waren, rauchte er gerade seine zweite Pfeife über seinen Rechnungen, als das Stubenmädchen meldete: »Ein Herr wünscht Sie zu sprechen, Sir.«

»Wie heißt er?«

»Stainford, Sir.«

Die Worte: »Und *den* haben Sie in der Halle gelassen!« lagen ihm auf der Zunge. Er schluckte sie jedoch und ging rasch hinüber.

Sein alter Schulkollege betrachtete gerade einen silbernen Gegenstand.

»Hallo!« sagte Val.
Sein regungsloser Besucher wandte sich um. Er sah nicht so schäbig aus wie in der Green Street, als hätte irgend etwas seinen Kredit wiederhergestellt, aber auf seinem Gesicht mit den Krähenfüßen lag dieselbe verächtliche Ruhe. »Ah, Dartie!« bemerkte er. »Der Buchmacher Joe Lightson hat mir gesagt, daß du einen Rennstall hier in der Gegend hast. Auf meinem Weg nach Brighton wollte ich einen kleinen Abstecher zu dir machen. Wie hat sich der Jährling aus Sleeping Dove entwickelt?«
»Soso!« erwiderte Val.
»Wann wirst du ihn laufen lassen? Ich habe gedacht, du läßt mich vielleicht deine Wetten placieren. Ich könnte das viel besser besorgen als die Professionellen.«
Wahrhaftig, die Unverschämtheit dieses Kerls war unschlagbar!
»Danke bestens, aber ich wette fast nie.«
»Wirklich? Dartie, ich will dich nicht belästigen, aber wenn du mir fünfundzwanzig Pfund geben könntest, so wäre das ein Geschenk des Himmels.«
»Tut mir leid, aber bei mir kugeln die Fünfundzwanziger nicht herum.«
»Vielleicht einen Scheck?«
»Nein«, entgegnete Val fest. »Willst du etwas trinken?«
»Bitte.«
Während Val auf der Anrichte im Eßzimmer einen Drink einschenkte und mit einem Auge nach dem regungslosen Besucher schielte, faßte er einen Entschluß.
»Hör mal, Stainford«, fing er an, war aber sogleich verlegen. »Wie bist du hergekommen?«
»Mit dem Wagen von Horsham. Da fällt mir ein, ich hab' keinen roten Heller, um ihn zu bezahlen.«
Val zuckte zusammen. Die ganze Sache war so unsagbar jämmerlich.
»Also«, sagte er, »hier hast du einen Fünfer, wenn dir das etwas nützt; aber mehr kann ich wirklich nicht tun.« Und plötzlich brach es aus ihm hervor: »Ich habe nicht vergessen, daß ich dir einmal in Oxford, als es mir selbst recht dreckig ging, alles geliehen habe, was ich besaß, und daß du es nie zurückgezahlt hast, obgleich du noch in demselben Semester zu Geld kamst.«
Die wohlgeformte Hand schloß sich um den Fünfer, die schmalen Lippen verzogen sich zu einem bitteren Lächeln.
»Oxford! Mein Gott, wie lange ist das her! Na, leb wohl, Dartie – ich werd' mich schon durchbeißen. Vielen Dank! Hoffentlich wird es eine gute Saison für dich.«

Er hielt seine Hand nicht hin. Val blickte der schlanken, blasierten Gestalt nach, bis sie nicht mehr zu sehen war . . .
Ja, dieser Besuch erklärte alles! Stainford mußte im Dorf irgend etwas aufgeschnappt haben — die Leute konnten doch über einen Nachkommen der Sleeping Dove nicht den Mund halten. Was lag daran, da Holly ihn wahrscheinlich überhaupt nicht wetten lassen würde. Greenwater jedoch mußte gut auf den Hengst aufpassen. Eine Menge anständiger Menschen hielten Rennpferde, aber auch eine Menge Gauner suchten bei diesem Sport ihr Glück. Sonderbar, daß gerade Pferde, die herrlichsten Geschöpfe Gottes, eine solche Anziehungskraft auf Gauner ausübten. Doch so war es nun einmal mit der Schönheit — man brauchte nur an die Lumpen zu denken, die eine schöne Frau umschwärmen. Auf jeden Fall mußte er es Holly erzählen. Sie konnten wie gewöhnlich in Warmsons Gasthaus am Fluß logieren; von dort war es nur eine Fahrt von dreißig Kilometern bis zum Rennplatz . . .
Das Gasthaus »Zum stolzen Täuberich« stand auf der Berkshire-Seite, ein wenig abseits von der Themse, und hatte einen altmodischen Vorgarten mit Rosen, Goldlack, Levkojen, Mohn, Phlox und Federnelken. In dem warmen Juniwetter strömten die Düfte aus dem Garten und von den Kletterrosen, die sich um die Fenster rankten, in das alte, cremefarben gestrichene Ziegelhaus. Warmsons Dienstjahre bei James Forsyte in Park Lane während der spätviktorianischen Epoche sowie seine spätere Heirat mit Emilys Jungfer Fifine hatten ihn tatsächlich zu einem vollendeten Kenner des guten Tons gemacht; kein Gasthaus an der Themse besaß größere Anziehungskraft für Leute, deren Geschmack die Moderne überlebt hatte. Peinlich sauberes Bettzeug, Doppelbetten, in die sogar im Sommer kupferne Wärmflaschen gelegt wurden; selbstgekelterter und in Rumfässern ausgegorener Apfelwein eigener Ernte aus dem großen Obstgarten — dieses Gasthaus war ein regelrechtes Federbett für alle Sinne. Die Wände waren geschmückt mit Stichen wie *Mariage à la Mode,* »Werdegang einer Buhlerin«, »Das Nachthemd-Hürdenrennen«, »Hinter der Meute« und großen Gruppenbildern viktorianischer Berühmtheiten bei offiziellen Feiern, deren Namen daneben auf verkleinerten Schlüsselbildern unter den Gesichtsumrissen verzeichnet standen. Die sanitären Einrichtungen und der Portwein waren ausgezeichnet. Riechsäckchen lagen in jedem Schlafzimmer, alte Zinngeräte standen auf dem Bord im Frühstücksraum, und zu jeder Mahlzeit gab es frische Servietten. Doch Ohrwürmer, Spinnen und nicht ganz einwandfreie Gäste fanden keine freundliche Aufnahme. Warmson, einer jener diskreten, verschlossenen Menschen, die dick und gesprächig werden, wenn sie ein Gasthaus

übernehmen, Warmson mit dem roten Gesicht und den kurzen grauen Bartkoteletten durchleuchtete das Haus wie eine Sonne, die gerade die richtige Wärme spendet.

Für die junge Anne Forsyte war das alles »einfach himmlisch«. Sie, die an ein weites Land gewöhnt war, hatte nie vorher in ihrem kurzen Leben eine so betonte Gemütlichkeit kennengelernt: die friedlich-üppige Flußlandschaft, die Vogelstimmen, der Duft der Blumen, die ländliche Laube, der blaue Himmel, an dem lässig weiße Wölkchen zogen, der gutmütige, dicke Wachtelhund — alles gab einem das Gefühl, daß es morgen und übermorgen und überübermorgen genauso sein würde wie gestern.

»Es ist ein Gedicht, Jon.«

»Ein wenig komisch. Wenn alles ein wenig komisch ist, ermüdet es nicht.«

»Das alles würde mich gewiß niemals ermüden.«

»In England gedeiht keine Tragik, Anne.«

»Warum nicht?«

»Weil Tragik etwas Extremes ist und wir das Extreme nicht lieben. Tragik ist trocken und England ist feucht.«

Sie stützte die Arme auf die Mauer am Ende des Gartens, wandte ein wenig das in der Hand ruhende Kinn und blickte zu ihm auf.

»Fleur Monts Vater lebt am Fluß, nicht wahr? Ist es weit von hier?«

»Mapledurham? Ich glaube, fünfzehn Kilometer.«

»Vielleicht werden wir sie in Ascot treffen. Ich finde sie reizend.«

»Ja«, sagte Jon.

»Es wundert mich wirklich, daß du dich nicht in sie verliebt hast, Jon.«

»Wir waren noch Kinder, als ich sie kannte.«

»Ich glaube, sie war in dich verliebt.«

»Warum?«

»Nach der Art, wie sie dich ansieht . . . In Mr. Mont ist sie nicht verliebt, sie hat ihn nur gern.«

»Oh!« bemerkte Jon.

Seit Fleur in dem Wäldchen von Robin Hill mit so sonderbarer Stimme »Jon!« gesagt hatte, kam er nicht mehr zur Ruhe. In manchem Augenblick schien es ihm möglich, daß er sie einfach hätte auffangen können, wie sie da auf dem Baumstamm balancierte, die Hände auf seinen Schultern, um geradewegs mit ihr in die Vergangenheit zurückzukehren. In anderen Augenblicken wieder verabscheute er solche Regungen. Etwas in ihm wollte ein Gedicht über sie beide schreiben; etwas anderes sagte ihm: »Geh an deine Arbeit und schlag dir die törichten Gedanken aus dem Kopf!« Er war tatsächlich verwirrt. Die Vergangenheit war nicht tot, wie er geglaubt hatte, sondern lebte neben der Gegenwart weiter und wurde manchmal vielleicht zur Zukunft. Lebte man für das, was man nicht erreicht hatte? Er konnte nicht mehr klar denken, und manchmal vermeinte er zu fiebern. Das alles beschwerte sein Gewissen, denn wenn Jon etwas besaß, so war es ein Gewissen.

»Wenn wir unsern eigenen Besitz haben«, sagte er, »werden wir auch alle diese altmodischen Blumen züchten. Sie sind die allerschönsten!«

»Ja, wir wollen ein Haus haben, Jon. Bist du aber auch ganz sicher, daß du seßhaft werden willst? Möchtest du nicht lieber reisen und Gedichte schreiben?«

»Das ist kein Beruf. Und dann sind meine Verse nicht gut genug.«

»Wenn du nur nicht so bescheiden wärst, Jon!«

»Es ist nicht Bescheidenheit, Anne, es ist der Sinn für das Komische.«

»Könnten wir nicht vor dem Dinner noch schwimmen gehen? Das wäre fein.«

»Ich weiß nicht, ob es hier erlaubt ist.«

»Baden wir zuerst und erkundigen wir uns nachher.«

»Gut. Dann geh dich umkleiden. Ich werd' versuchen, das Gatter aufzumachen.«

Ein Fisch schnellte empor. Eine langgestreckte weiße Wolke strich jenseits des Wassers über die Pappeln hin. An einem solchen Abend vor sechs Jahren war er mit Fleur auf dem Uferweg gegangen, hatte sich von ihr getrennt, dann gewartet, um sie zurückblicken und winken zu sehen. Er sah sie noch heute vor sich. Ihre eigenartige Anmut, die jede ihrer Bewegungen unvergeßlich machte. Und nun — war Anne da. Anne im Wasser war ein Traum ...

Über dem Gasthaus »Zum stolzen Täuberich« begann der Himmel zu dunkeln; die Autos waren in den Garagen zur Ruhe gekommen; es fuhren keine Kähne mehr vorüber, nur das Wasser floß dahin, und der Wind flüsterte leise im Schilf und in den Blättern. Im Innern des Hauses war alles behaglich. Warmson und seine Fifine lagen auf dem Rücken und schnarchten ein wenig. Beim Schein eines Nachtlichts las Holly »Die schwierigste Reise der Welt«, und neben ihr träumte Val, daß er die Nase eines Pferdes zu streicheln versuchte, das unter seiner Hand zur Größe eines Leoparden zusammenschrumpfte. Anne schlief, den Kopf an Jons Schulter geborgen, und Jon lag wach und starrte auf die Spalten der Läden, durch die das Mondlicht fiel.

Und in seinem Stall in Ascot dachte der Sohn der Sleeping Dove, der zum erstenmal von zu Hause weg war, über die Veränderlichkeiten eines Pferdelebens nach, klappte die Augen auf und zu und atmete unhörbar in dem strohduftenden Dunkel, neben sich eine schwarze Katze.

2

Soames geht zum Rennen

Der Tag des Ascot Cup, an dem Val Darties Hengst aus Sleeping Dove debütieren sollte, schien Winifred eine günstige Gelegenheit, jene Familienmitglieder um sich zu versammeln, die dank einer angeborenen Besonnenheit jedes Rennen besuchen konnten. Aber sie fiel doch beinahe vom Stuhl, als Fleur telefonierte: »Vater kommt mit; er war zwar noch nie in Ascot und behauptet auch, keine Lust zu haben, aber er wird doch kommen.«

»Oh«, rief sie, »dann wirst du zwei von meinen Arenasitzen brauchen. Jack muß sich selber durchschlagen. Aber was ist mit Michael?«

»Michael kann nicht kommen; er steckt tief in den Elendsvierteln drin – sein neuester Schlachtruf heißt: ›Gesündere Gossen!‹«

»Er ist so ein guter Kerl«, sagte Winifred. »Wir wollen früh genug hinfahren, daß wir vor dem Rennen noch lunchen können. Am besten, wir nehmen ein Auto.«

»Vaters Wagen ist hier – wir holen dich ab.«

»Ausgezeichnet!« erklärte Winifred. »Hat dein Vater einen grauen Zylinder? Nein? Oh, den muß er unbedingt haben. Sie sind heuer sehr in Mode. Sag vorher gar nichts, sondern kauf ihm ganz einfach einen. Er trägt siebendreiviertel; und vergiß nicht, liebes Kind, daß man den Hut bügeln und an beiden Seiten eindrücken soll – sonst ist er immer zu rund für seinen Kopf. Er soll auch nicht zuviel Geld mitnehmen, Jack wird unsere Wetten schon besorgen.«

Fleur dachte, daß ihr Vater schwerlich wetten würde, er hatte gesagt, daß er nur sehen wolle, wie es dort zuginge.

»Er hat so komische Ansichten über Wetten«, sagte Winifred, »wie dein Großvater.«

Bei James war es eigentlich alles andere als komisch gewesen, da er mehr als dreimal die Wettschulden Montague Darties hatte bezahlen müssen. Soames und Winifred saßen im Fond des Wagens, Fleur und Imogen auf den Klappsitzen und Jack Cardigan neben Riggs. Sie machten einen Umweg über Harrow, um dem großen Verkehr auszuweichen, und bogen

gerade dort wieder in die Hauptstraße ein, wo sich die Wagenreihen zum erstenmal stauten. Soames, der seinen grauen Zylinder aufs Knie gelegt hatte, setzte ihn wieder auf und sagte: »Das sieht Riggs ähnlich.«
»Aber nein, Onkel«, sagte Imogen, »Jack ist schuld daran. Wenn er über Eton fahren muß, fährt er zuerst immer gern über Harrow.«
»Soso!« erwiderte Soames, »er ist dort in die Schule gegangen. Ich möchte Kit gern dort einschreiben lassen.«
»Wie nett!« bemerkte Imogen. »Unsere Jungen werden nicht mehr dort sein, wenn er hinkommt. Der Hut steht dir so gut, Onkel!«
Soames nahm ihn sofort wieder ab. »Sinnloses Ding«, erklärte er. »Ich verstehe nicht, was Fleur eingefallen ist, daß sie mir das gekauft hat!«
»Mein Lieber«, entgegnete Winifred, »den kannst du jahrelang tragen. Jack hat seinen schon seit Kriegsende. Hauptsache ist, daß nach der Saison keine Motten hineinkommen. Was für eine Menge Wagen! Ich finde es wunderbar, daß in solchen Zeiten so viele Leute das Geld dazu haben.«
Der Anblick von soviel Reichtum, der von der Stadt herflutete, hätte Soames fröhlicher gestimmt, wenn er sich nicht gefragt hätte, woher soviel Geld eigentlich kam. Bedachte man, daß der Kohlenhandel stillstand und die Fabriken überall sperren mußten, so war diese Schaustellung von Reichtum und Mode, wenn auch beruhigend, doch fast unanständig. Jack Cardigan hatte von seinem Vordersitz aus begonnen, den Totalisator zu erklären. Es schien eine Maschine zu sein, die für einen wettete. Jack Cardigan war ein komischer Kauz, Sport war sein ganzer Lebensinhalt; kein anderes Land hätte ihn hervorbringen können. Soames beugte sich vor und sagte zu Fleur: »Zieht es nicht auf deinem Platz?«
Den ganzen Weg über war sie sehr schweigsam gewesen, und er wußte, warum. Zehn zu eins hätte er wetten können, daß der junge Forsyte auch in Ascot sein würde. Zweimal hatte er in Mapledurham Briefe bemerkt mit der Adresse: »Mrs. Val Dartie, Wansdon, Sussex.« Die ganzen vierzehn Tage hindurch war sie ihm sehr nervös oder sehr gleichgültig erschienen. Einmal, als er mit ihr über Kits Zukunft sprach, hatte sie gesagt: »Ich glaube, es ist ganz gleichgültig, Papa, was für Pläne man macht – er wird das selbst bestimmen; Eltern zählen heutzutage nicht mehr – sieh nur mich an!«
Er hatte sie angeschaut und es dabei bewenden lassen.
Er blickte noch immer nachdenklich auf ihren Hinterkopf, als sie in eine Einfriedung fuhren und er gezwungen war, seinen Hut der Öffentlichkeit zu zeigen. Was für eine Menschenmenge! Hier, am jenseitigen Ende der Rennbahn, standen in dichten Reihen zusammengepfercht die Leute, die nach seiner Meinung nichts sehen und aller Wahrscheinlichkeit nach

heute noch naß werden würden. Wenn das ein Vergnügen war! Er folgte den andern über die Rennbahn vor der großen Tribüne. Also das waren die Buchmacher. Komische Burschen mit auffallenden Firmenbezeichnungen, damit die Leute sie voneinander unterscheiden konnten; und das war gut so, denn sie schienen ihm einer wie der andere, mit dicken Hälsen und roten Gesichtern oder dürren Hälsen und mageren Gesichtern; bei jeder Firma war je einer von jeder Sorte, wie ein Paar Varieté-Komödianten. Ab und zu wurde die dem Rennen vorangehende Stille von einem dieser Menschen durch ein Gebrüll unterbrochen, worauf er mit hungrigen Augen ins Weite starrte. Komische Käuze! Soames war froh, in den Raum vor der Hofloge zu treten, wo die Buchmacher anscheinend nicht zugelassen waren. Dort gab es zahllose graue Zylinder. Dort sollte man — so hatte er sagen hören — schöne Frauen treffen. Er sah sich gerade nach ihnen um, als Winifred seinen Arm drückte.

»Sieh nur, Soames — der Hof kommt!«

Auf Winifreds Aufforderung hin, die königlichen Equipagen anzuschauen, die natürlich jedermann angaffen würde, wandte Soames seine Augen ab und sah, daß Winifred und er allein waren.

»Wo sind denn die anderen hin verschwunden?« fragte er.

»Sie sind wahrscheinlich im Paddock.«

»Wozu?«

»Um die Pferde anzusehen, mein Lieber.«

Die Pferde hatte Soames ganz vergessen. »Was für ein Aufzug, heutzutage!« murmelte er.

»Ich finde es amüsant!« sagte Winifred. »Sollen wir auch in den Paddock gehn?«

Soames, der seine Tochter nicht hatte aus dem Auge verlieren wollen, folgte ihr, was immer auch der Paddock sein mochte.

Es war einer jener Tage, an denen man Regen befürchten mußte, so daß ihn das Aussehen und die Toiletten der Damen enttäuschten. Er sah nichts, was seiner Tochter gleichkam, und wollte gerade eine geringschätzige Bemerkung machen, als eine Stimme hinter ihm sagte: »Sieh nur, Jon! Dort ist Fleur Mont!«

Soames trat Winifred auf den Fuß und blieb stehen. Da stand der junge Mensch, ebenfalls im grauen Zylinder — zwischen seiner Frau und seiner Schwester. Soames überkam plötzlich die Erinnerung an einen Tee in Robin Hill bei seinem Vetter Jolyon, dem Vater dieses Jungen, vor siebenundzwanzig Jahren, und wie damals Holly und Val hereingekommen waren und ihn wie einen seltenen Vogel angestarrt hatten. Die drei traten in einen Kreis von Leuten, die gafften, obgleich es gar nichts zu gaffen gab, soweit er es beurteilen konnte. Und dort, nahe bei ihnen, standen auch die anderen drei: Jack Cardigan, Fleur und Imogen.

»Mein Lieber«, bemerkte Winifred, »du bist mir *ordentlich* auf den Fuß getreten.«

»Unabsichtlich«, murmelte Soames. »Komm hinüber auf die andere Seite — dort ist mehr Platz.«

Anscheinend wurden Pferde herumgeführt; aber er wollte nur über Winifreds Schulter hinweg seine Tochter beobachten. Sie hatte den jungen Mann noch nicht gesehen, suchte ihn aber offenbar, denn die Pferde blickte sie kaum an. Das schien Soames allerdings nicht verwunderlich, denn sie kamen ihm alle gleich vor, glatt und glänzend, ruhig wie die Lämmer, während Stalljungen sie beim Kopf hielten. Ah! Es gab ihm einen Stich. Plötzlich war Leben in sie gekommen, und ebenso plötzlich schien sie ihre Erregung sogar vor sich selber zu verbergen. Wie unbeweglich sie dastand, ganz unbeweglich, und zu dem jungen Mann hinüberblickte, der mit seiner Frau plauderte.

»Das ist der Favorit, Soames. Wenigstens behauptet es Jack. Was hältst du von ihm?«

»Kommt mir genauso vor wie die anderen, hat ebenso vier Beine.«

Winifred lachte. Soames war so amüsant!

»Jack geht weiter. Wenn wir wetten wollen, ist es am besten, zurückzugehen, Lieber. Ich weiß schon, welches Pferd mir gefällt.«

»Mir gefällt keines«, erwiderte Soames. »Ich finde es blödsinnig — als ob man überhaupt ein Pferd vom andern unterscheiden könnte.«

»Oh! Aber du würdest staunen«, sagte Winifred; »Jack muß für dich —«

»Nein, danke.«

Er hatte gesehen, wie Fleur zu den dreien ging. Doch getreu seinem Vorsatz, sich nichts merken zu lassen, kehrte er verdrossen wieder in die Einfriedung zurück. Was für ein schrecklicher Lärm im Wettring nebenan! Und diese Menschenmenge auf der großen Tribüne. Ganz oben gestikulierte ein halbes Dutzend offenbar Verrückter wie besessen — wahrscheinlich gaben sie irgendwelche Signale. Plötzlich sauste an der Innenbahn, am Ende des grünen Rasens, ein farbiger Streifen vorbei. Pferde — eins, zwei, drei; ein Dutzend oder mehr —, alle mit Nummern — und farbige kleine Männer hockten wie Affen auf ihren Hälsen. Sie sausten vorüber — wahrscheinlich würden sie bald zurückkommen, und viel Geld würde den Besitzer wechseln. Und dann würde sich das Spiel wiederholen und das Geld wieder zurückfluten. Was die Leute eigentlich daran fanden, konnte er nicht begreifen. Es gab Männer, die sich ihr ganzes Leben lang damit beschäftigten — Tausende; das Land mußte viel Zeit und Geld übrig haben. Wie hatte doch Timothy immer gesagt: »Die Staatspapiere steigen.« Sie waren nicht gestiegen; im Gegenteil, sie waren mindestens um einen Punkt gefallen und würden noch weiter sinken, ehe der Kohlenstreik vorüber war. Jack Cardigans Stimme sagte ihm ins Ohr: »Welches Pferd willst du wetten, Onkel Soames?«

»Wie soll ich das wissen?«

»Du mußt irgendein Pferd wetten, damit du Interesse am Rennen hast.«

»Setze etwas für Fleur, aber mich laß in Ruhe«, entgegnete Soames. »Ich bin zu alt, um noch damit anzufangen.«

Er öffnete den Griff seines Klappstocks und setzte sich nieder. »Es wird regnen«, fügte er düster hinzu. Er saß allein da; Winifred und Imogen hatten sich Fleur angeschlossen, die mit Holly und deren Gesellschaft unten am Geländer stand — Fleur Seite an Seite mit dem jungen Mann. Und Soames erinnerte sich, daß er damals, als sich Bosinney um Irene herumtrieb, ebenso stumm geblieben war wie jetzt, immer wieder hoffend, daß er auf den Wassern schreiten könne, wenn er nur die Tiefe unter sich ignorierte. Aber das verräterische Wasser hatte ihn nicht getragen und war über ihm zusammengeschlagen. Sollte das nochmals geschehen? Seine Lippen zuckten, und er hob die Hand. Etwas Feuchtes fiel darauf nieder.

»Sie gehen los!«

Gott sei Dank — das Getöse hatte aufgehört. Merkwürdig war der Wechsel vom Lärm zur Stille. Alles war so komisch, die Leute benahmen sich wie große Kinder. Jemand schrie etwas mit gellender Stimme, man lachte, dann schwoll der Lärm auf der Tribüne wieder an; Hälse rings um ihn reckten sich vor. »Der Favorit siegt!« — »Keine Spur!« Noch mehr Lärm; ein dumpfes Getöse — ein Vorbeiflitzen von Farben! »Also das wäre vorüber!« dachte Soames. Vielleicht war überhaupt das ganze Leben nichts anderes; Stille — Getöse — ein Vorbeiflitzen — und wieder Stille! Das ganze Leben: ein Rennen, ein Schauspiel — nur daß man nicht Zuschauer war. Man wagte einen Einsatz, und man mußte voll bezahlen. Unter seinem neuen Hut fuhr er mit der Hand erst über die eine flache Wange und dann über die andere. Voll bezahlen. Es war ihm ganz gleich, wer bezahlte, solange es nicht Fleur war. Doch die Sache hatte einen Haken: Manche Schulden konnte man nicht durch einen Stellvertreter bezahlen lassen. Was hatte die Natur nur vorgehabt, als sie das menschliche Herz schuf?

Der Nachmittag verging, und von seiner Tochter war nichts zu sehen, fast als hätte sie seine Absicht, sie zu überwachen, erraten. Jetzt kam das *Horse of the Century*, das um den Goldpokal lief, und so etwas durfte

er einfach nicht versäumen, hatten sie gesagt. So wurde Soames wieder in die Einfriedung geführt, wo man die Pferde bewegte.
»Meint ihr das Tier dort?« fragte er und wies auf eine hochbeinige Stute, die er von den anderen unterscheiden konnte, weil sie zwei weiße Fesseln hatte. Er bekam keine Antwort und bemerkte, daß er von Winifred und den Cardigans durch drei Personen getrennt war, die ihn mit einer gewissen Neugier betrachteten.
»Da kommt es!« sagte eine von ihnen. Soames wandte den Kopf. Also das war das *Horse of the Century*. Dieser Falbe – mit einem Paar von solcher Farbe waren sie früher in der Park-Lane-Kutsche gefahren. Sein Vater hatte immer Falben gehabt, weil der alte Jolyon mit Braunen fuhr, Nicholas mit Rappen, Swithin mit Schimmeln, und Roger – er erinnerte sich nicht mehr, was Roger für Pferde hatte – wahrscheinlich etwas Exzentrisches, Schecken vermutlich. Manchmal hatten sie über Pferde gesprochen oder vielmehr darüber, was sie dafür bezahlten. Swithin war ein Kenner gewesen, so behauptete er wenigstens – Soames hatte es nie geglaubt, er hatte überhaupt nie an Swithin geglaubt. Aber er konnte sich noch ganz genau erinnern, wie Georges Pony in der Reitallee des Hydepark mit ihm durchgegangen war und ihn in ein Blumenbeet geworfen hatte; niemand wußte recht, wie es zugegangen war, doch es sah George ganz ähnlich bei seiner Vorliebe für das Groteske. Er selber hatte sich nie für Pferde interessiert. Irene dagegen hatte das Reiten geliebt – natürlich! Nach ihrer Heirat war es damit vorbei gewesen ... Eine Stimme sagte: »Nun, was hältst du von ihm, Onkel Soames?«
Es war Val mit seinem verdammten Grinsen; auch Jack Cardigan und ein magerer Mensch mit kräftiger Nase und kräftigem Kinn in dem gebräunten Gesicht standen dabei. Soames sagte vorsichtig: »Ein ganz hübscher Gaul.«
Wenn die glaubten, daß sie ihn lächerlich machen konnten!
»Meinst du, er wird durchhalten, Val? Ein verdammt langes Rennen.«
»Er wird schon durchhalten.«
»Er hat keinen ernstzunehmenden Gegner«, bemerkte der magere, gebräunte Mann.
»Den Franzosen, Greenwater.«
»Keine Klasse, Captain Cardigan. Der Engländer ist zwar nicht das, wofür man ihn hält, aber heute kann er nicht verlieren.«
»Na, Gott gebe, daß er den Franzosen schlägt; einen oder zwei Pokale müssen wir doch im Lande behalten.«
Etwas in Soames' Herzen stimmte dem zu. Wenn es gegen einen Franzosen ging, würde er nach besten Kräften mithelfen.

»Setze für mich fünf Pfund auf ihn«, sagte er plötzlich zu Jack Cardigan. »So ist's recht, Onkel Soames. Sie werden ungefähr *pari* starten. Sieh dir nur den Kopf und die Schultern an und wie er dasteht — er muß ein guter Steher sein. Nicht so gut in der Hinterhand, aber trotzdem ein hervorragendes Pferd, glaube ich.«
»Welcher ist der Franzose?« fragte Soames. »Der da? Aha! Der gefällt mir gar nicht. Dieses Rennen muß ich mir ansehen.«
Jack Cardigan packte ihn am Arm — der Bursche hatte Finger wie Stahl. »Du kommst mit mir«, erklärte er. Soames ging mit; er wurde noch höher oben untergebracht als vorher, bekam Imogens Feldstecher in die Hand, den er ihr selbst geschenkt hatte, und blieb allein. Er war überrascht, wie gut und weit er sehen konnte. »Was für eine Menge Autos und so viele Menschen. »Der nationale Zeitvertreib« — hieß es nicht so? Jetzt kamen die Pferde vorbei, jedes von einem Mann geführt. Eigentlich waren es doch schöne Geschöpfe. Ein englisches Pferd gegen ein französisches Pferd — da hatte die Geschichte einen Sinn. Er war froh, daß Annette noch immer bei ihrer Mutter in Frankreich war, sonst wäre sie heute mit ihm hier. Jetzt kamen sie in kurzem Galopp vorüber. Soames bemühte sich ernsthaft, eines vom andern zu unterscheiden, aber bis auf die Nummern sahen sie einander verflucht ähnlich. »Nein«, sagte er zu sich, »ich werde nur auf diese beiden achtgeben und auf jenes große Pferd«, dessen Name, *Pons Asinorum,* es ihm angetan hatte. Mühsam lernte er die Farben der drei auswendig und richtete den Feldstecher auf den wimmelnden Haufen beim Start. Sobald sie jedoch losgingen, war alles, was er sah, daß ein Pferd den andern voraus war. Warum hatte er sich bemüht, die Farben zu lernen? Weiter, immer weiter verfolgte er sie, bekümmert, weil er sich nicht auskannte. Jetzt bogen sie in die gerade Bahn ein. »Der Favorit holt auf!« — »Schau den Franzosen an!« Jetzt konnte Soames die Farben sehen. Da, jene beiden! Seine Hand zitterte ein wenig, und er ließ den Feldstecher sinken. Hier kamen sie — Kopf an Kopf. Zum Teufel, *Horse of the Century* blieb zurück — England blieb zurück! Jawohl. Nein. Ja. Zu seinem Ärger schlug sein Herz heftig. »Lachhaft!« dachte er. »Der Franzose!« — »Nein, der Favorit siegt! Er siegt!« Fast ihm gegenüber schoß das Pferd durchs Ziel. Braves Tier! Hurra! Es lebe England! Soames hielt sich gerade noch rechtzeitig den Mund zu, sonst wären ihm diese Worte entschlüpft. Jemand sagte etwas zu ihm. Er hörte nicht hin, steckte sorgfältig Imogens Glas wieder ins Futteral, nahm seinen grauen Zylinder ab und blickte angelegentlich hinein. Es gab nichts zu sehen, außer einer leichten Verfärbung des gelbbraunen Leders, wo er geschwitzt hatte.

3

Die Zweijährigen

In den weniger besuchten Teilen des Paddocks wurde die Toilette der Zweijährigen vorgenommen.

»Komm, Jon, wir wollen zusehen, wie Rondavel gesattelt wird«, sagte Fleur.

Und als er sich umsah, lachte sie.

»Nein, Anne hast du ja Tag und Nacht. Komm zur Abwechslung mit mir.«

Am andern Ende des Paddocks stand der Sohn der Sleeping Dove, hielt seinen intelligenten Kopf hoch, und sein Gebiß klirrte leise, während Greenwater eigenhändig den Sattel festschnallte.

»Keinem Geschöpf auf Erden geht es so gut wie einem Rennpferd«, hörte sie Jon sagen. »Sieh nur sein Auge an – klug, überlegt und gar nicht gelangweilt. Zugpferde haben einen zynischen, schwermütigen Dulderblick, ein Rennpferd nie. Es liebt seine Arbeit, das erhält seinen Geist frisch.«

»Red nicht wie ein Buch, Jon. Hast du erwartet, mich hier zu treffen?«

»Ja.«

»Und du bist trotzdem hergekommen? Wie tapfer.«

»Mußt du solche Sachen sagen?«

»Was sonst? Du siehst, Jon, daß ein Rennpferd niemals knieweich steht; natürlich, weil es noch zu jung ist. Nebenbei bemerkt haben sie einen Fehler, der die Freude an ihnen trübt. Sie sind nicht ihr eigener Herr.«

»Das ist niemand.«

Wie starr und eigensinnig sein Gesicht aussah.

»Sehen wir zu, wie es bewegt wird.«

Sie schlossen sich Val an, der mit düsterer Miene fragte:

»Wollt ihr etwas setzen?«

»Willst d u , Jon?« erkundigte sich Fleur.

»Ja, einen Zehner.«

»Dann werde ich genausoviel setzen. Zwanzig Pfund für uns beide, Val.«

Val seufzte.
»Seht ihn euch an. Habt ihr je einen Zweijährigen mit größerer Selbstbeherrschung gesehen? Ich sage euch, dieses Tier wird sich bewähren. Und ich darf nur jämmerliche fünfundzwanzig setzen. Verflucht!«
Er ließ sie stehen und sprach mit Greenwater.
»Selbstbeherrschung«, bemerkte Fleur. »Nicht gerade eine moderne Eigenschaft, was meinst du, Jon?«
»Vielleicht doch, aber nicht an der Oberfläche.«
»Oh, du hast zu lang im Urwald gelebt. Auch Francis war so wunderbar primitiv; wahrscheinlich ist Anne genauso. Du hättest es einmal mit New York versuchen sollen, nach seiner Literatur zu urteilen.«
»Ich urteile nie nach der Literatur; ich glaube nicht, daß zwischen ihr und dem wirklichen Leben ein Zusammenhang besteht.«
»Hoffentlich nicht. Von wo aus sollen wir uns das Rennen ansehen?«
»Von der Einfriedung aus. Ich bin bloß am Endspurt interessiert. Ich sehe Anne nicht.«
Fleur schloß plötzlich fest die Lippen, ehe ihr die Worte: »Zum Teufel mit Anne!« entschlüpft waren.
»Wir können nicht auf die anderen warten«, sagte sie, »an der Einfriedung ist bald kein Platz mehr frei.«
Sie fanden einen Platz fast gegenüber dem Ziel und standen schweigend dort, sonderbar feindselig gestimmt — so schien es wenigstens Fleur.
»Da kommen sie.«
Viel zu rasch und zu dicht beieinander, als daß man sie hätte leicht unterscheiden können, kamen die Zweijährigen in kurzem Galopp vorbei.
»Rondavel läuft gut«, erklärte Jon. »Und der Braune dort gefällt mir auch.«
Fleur war nur halb bei der Sache, da sie ganz in dem Gefühl aufging, mit ihm allein zu sein — wirklich allein; die Masse fremder Menschen um sie herum schützte sie vor unerwünschten Blicken. Dieses Alleinsein von wenigen Minuten auszukosten, nahm sie völlig in Anspruch. Sie hängte sich leicht in ihn ein und sagte:
»Ich bin so aufgeregt, Jon! Er muß ganz einfach gewinnen.«
War er sich bewußt, daß er ihre Hand losließ, während er sein Rennglas einzustellen versuchte?
»Ich kann sie von hier aus nicht erkennen.« Dann drückte sein Arm ihre Hand wieder an sich. Bewußt? Wessen bewußt?
»Jetzt sind sie losgegangen.«
Fleur schmiegte sich enger an ihn.
Schweigen — Lärm — Stimmen, die diesen oder jenen Namen riefen.

Doch für Fleur bedeutete das Ganze nur, eng an ihn geschmiegt zu stehen. Da kamen sie vorbei, ein blendender Farbenblitz; sie merkte nichts davon, denn ihre Augen waren geschlossen.

»Herrgott!« hörte sie ihn sagen, »er hat gesiegt!«

»O Jon!«

»Ich bin neugierig, was wir gewonnen haben.«

Fleur sah ihn mit ganz klaren Augen an; auf ihren blassen Wangen brannte ein roter Fleck.

»Gewonnen? Geht es dir wirklich darum, Jon?«

Und obgleich er auf dem Weg zum Paddock hinter ihr her kam, spürte sie, wie seine Augen an ihr hingen, und wußte, daß es ihm nicht darum ging.

Sie fanden die ganze Gesellschaft versammelt, nur Soames fehlte. Jack Cardigan erklärte eben, daß der errungene Preis unerklärlich gering sei, da der Stall nichts Nennenswertes auf das Pferd gesetzt hatte; irgend jemand mußte etwas gewußt haben; er schien das für besonders tadelnswert zu halten.

»Hoffentlich hat Onkel Soames nicht ein Vermögen darauf gesetzt«, sagte er. »Seit dem ›Goldpokal‹ hat ihn niemand mehr gesehen. Wäre es nicht ein Heidenspaß, wenn ihn der Teufel geritten hätte, fünfhundert Pfund zu setzen?«

Fleur sagte beunruhigt: »Wahrscheinlich ist Vater müde geworden und zum Auto gegangen. Gehen wir lieber auch hin, Tante, damit wir noch vor dem großen Gedränge fortkommen.«

Sie wandte sich Anne zu. »Wann werden wir Sie wiedersehen?« Sie sah, wie die junge Frau Jon anblickte, und hörte ihn verdrossen sagen: »Oh, bald einmal.«

»Ja, wir werden etwas verabreden. Auf Wiedersehen, meine Liebe. Leb wohl, Jon. Sag Val, daß ich mich sehr freue.« Sie nickte ihnen zu und ging den übrigen voran. Ihren Ärger ließ sie sich nicht anmerken, sondern war bemüht, ihrem Vater beherrscht und ruhig wie immer zu begegnen.

Soames saß tatsächlich im Wagen. Er hatte sich – völlig gegen seine Grundsätze – über den »Goldpokal« so aufgeregt, daß er sich auf der Tribüne hatte niedersetzen müssen. Und so war er während der nächsten zwei Rennen sitzen geblieben, beobachtete gemächlich die Menge unten und die Pferde, die rasch verschwanden und noch rascher wiederkamen. Derart isoliert, wie es seinem Temperament entsprach, konnte er in Ruhe eine ihm völlig ungewohnte Szene wenn auch nicht genießen, so doch in sich aufnehmen. Der nationale Zeitvertreib – er wußte, daß heutzutage jeder irgend etwas setzte. Auf eine Person, die zum Rennen ging, kamen, so schien es, zwanzig, die nicht gingen und doch genug davon verstanden, um ihr Geld loszuwerden. Man konnte weder eine Zeitung kaufen noch sich das Haar schneiden lassen, ohne darauf aufmerksam zu werden. In ganz London, in Süd- und Mittelengland und im Norden des Königreiches wurde gespielt, die Angehörigen aller Klassen setzten ihre Shillings, Dollars und Sovereigns auf Pferde. Vermutlich hatten die meisten von ihnen nie in ihrem Leben ein Rennpferd gesehen, ja überhaupt kaum ein Pferd. Der Rennsport, so schien es ihm, war eine Art Religion, und nun, da man ihn besteuern wollte, eine orthodoxe Religion. Soames, der niemals ein Konformist gewesen war, erschauerte bei dem Gedanken. Er empfand natürlich keinerlei Sympathie für jene Kerle dort unten mit den ledernen Lungen, sonderbaren Zylinderhüten und Regenschirmen; doch der Gedanke, daß der moderne Staat, in dem die Sozialisten das Himmelreich erblickten, so mit ihnen umspringen wollte, verdroß ihn. Es war beinahe, als wollte England endlich der Wirklichkeit ins Gesicht blicken — sehr gefährlich! Als nächste würden sie die Prostitution gesetzlich gestatten. Wenn man die sogenannten Laster besteuerte, gab man damit zu, daß sie ein Teil der menschlichen Natur seien. Und obwohl er als Forsyte schon längst wußte, daß dem so war, hatte er das Gefühl, daß es denn doch zu französisch-frivol wäre, dies zuzugeben. Die Grenzen der menschlichen Natur anzuerkennen, bedeutete eine Art Kapitulation; fing man einmal damit an, so ließ sich das Ende nicht voraussagen. Trotzdem würde die Steuer ein hübsches Stück Geld einbringen, und Geld wurde dringend benötigt; daher war seine Meinung nicht ganz eindeutig. Er selber hätte es nicht getan, aber er war nicht bereit, die Regierung zu stürzen, weil sie es getan hatte. Auch die Regierung hatte zweifellos, wie er, erkannt, daß das Wetten das stärkste Gegengewicht gegen die Revolution bildete. Solange ein Mensch wetten kann, hat er die Möglichkeit, etwas für nichts zu bekommen, und dieser Wunsch ist die eigentliche Triebkraft bei jedem Umsturzversuch. Überdies mußte man mit der Zeit Schritt halten, bergauf oder bergab, und es war nicht leicht, das eine vom andern zu unterscheiden. Die Hauptsache war, Extreme zu vermeiden.

Aus diesen maßvollen Überlegungen wurde er abrupt herausgerissen und von unwägbaren Gefühlen übermannt. Fleur und jener junge Mensch gingen dort zusammen über den Rasen der Einfriedung. Unter seinem grauen Zylinder hervor beobachtete er sie sorgenvoll und gestand sich nur widerstrebend ein, daß sie ein auffallend hübsches Paar waren. Am Geländer blieben sie stehen, ohne zu sprechen; Soames, der immer besonders schweigsam war, wenn ihn etwas bewegte, hielt dies für ein schlechtes Zeichen. Würde es also doch schiefgehen? Wuchs hier in aller Stille eine Leidenschaft heran, die eines Tages einem Schmetterling gleich zu kurzem Leben erwachen würde? Was bedeutete das Schweigen jener beiden? Jetzt kamen die Pferde vorbei und der Schimmel, hieß es, gehörte seinem Neffen. Wozu hielt der Kerl Pferde? Er hatte ja gewußt, wie es kommen würde, als Fleur ihm sagte, daß sie nach Ascot fahre. Es tat ihm jetzt leid, hergekommen zu sein. Nein, doch nicht. Es war besser, er wußte Bescheid. In dem Gedränge der Leute gegen das Geländer konnte er nur noch den grauen Zylinder des jungen Mannes erkennen und den schwarz-weißen Hut seiner Tochter. Einen Augenblick lang lenkte ihn das Rennen ab, er konnte ebensogut zusehen, wie Vals Pferd besiegt wurde. Man hatte ihm gesagt, daß Val große Stücke darauf halte, und deshalb traute Soames der Sache noch weniger. Da kamen sie vorbei, alle in einem Knäuel, eine gewaltige Schar, und der Schimmel — eine praktische Farbe — war nicht zu verkennen.

Was war das — er gewann! Teufel — er hatte tatsächlich gewonnen!

»Hm!« sagte er laut, »das Pferd gehört meinem Neffen!«

Da niemand Antwort gab, hoffte er, daß man ihn nicht verstanden hatte. Und wieder schweifte sein Blick zum Geländer zurück. Schweigend kamen die beiden daher, Fleur ein wenig voraus. Vielleicht — vielleicht — vertrugen sie sich gar nicht mehr. Man mußte das Beste hoffen. Himmel, wie müde er sich fühlte. Er wollte zum Auto gehen und warten.

Im Halbdunkel saß er dort, bis sie alle schwatzend und ausgelassen ankamen — Leute, die Geld gewonnen hatten, machten einen so kindischen Eindruck. Offenbar hatten sie alle gewonnen.

»Du hast wirklich nicht auf ihn gesetzt, Onkel Soames?«

»Ich hatte an anderes zu denken«, entgegnete Soames und blickte auf seine Tochter.

»Wir machten dich verantwortlich für den jämmerlich geringen Gewinn.«

»So!« sagte Soames düster. »Habt ihr etwa geglaubt, daß ich gegen ihn wetten würde?«

Jack Cardigan warf den Kopf zurück und lachte.

»Mir kommt das gar nicht so komisch vor«, murmelte Soames.

»Mir auch nicht, Jack«, bemerkte Fleur. »Warum sollte Vater etwas vom Rennen verstehen?«

»Ich bitte um Entschuldigung, Sir, ich werde Ihnen alles erklären.«

»Gott behüte!« erwiderte Soames.

»Es ist jedenfalls etwas Merkwürdiges daran. Erinnern Sie sich an Stainford, der Mutters Schnupftabaksdose mitgehen ließ?«

»Jawohl.«

»Na, der Mensch scheint Val in Wansdon besucht zu haben, und Val glaubt, daß er dort Rondavels Chancen erkannt hat. Vorigen Montag hat jemand dem Training zugeschaut. Deshalb hat man den Hengst schon heute laufen lassen. Eigentlich wollte man bis zum Goodwood Meeting warten. Jetzt ist es zu spät; irgend jemand hat einen Haufen Geld dabei gewonnen. Wir haben nur vier zu eins bekommen.«

Das alles war spanisch für Soames; er verstand nur, daß Stainford, dieser blasierte Lump, irgendwie zum zweitenmal die Verantwortung dafür trug, daß Fleur und Jon sich getroffen hatten; wußte er doch von Winifred, daß Val mit seiner Frau und seinem Gast während des Streiks in die Green Street übersiedelt war und Stainford dort empfangen hatte. Hätte er damals nur einen Schutzmann gerufen und den Kerl verhaften lassen!

Es dauerte lange, bis sie aus dem Gedränge herauskamen – natürlich war wieder dieser verdrehte Riggs dran schuld –, und so trafen sie erst um sieben Uhr auf dem South Square ein. Dort erwartete sie die Nachricht, daß Kit Fieber habe und Mr. Mont bei ihm sei. Fleur flog die Treppe hinauf. Nachdem Soames die Ereignisse des Tages abgewaschen hatte, wartete er unruhig im Empfangszimmer auf Nachricht. Fleur hatte als Kind hie und da Fieber gehabt, und häufig war daraus etwas entstanden. Wenn Kit nicht ernstlich erkrankte, könnte die Sache gut für sie sein – ihre Gedanken wären zu Hause beschäftigt. Er lehnte sich in seinem Sessel zurück, gerade gegenüber dem Fragonard – eine feine Arbeit, aber seelenlos wie alle Werke jener Zeit –, und wunderte sich, warum Fleur den chinesischen Stil des Zimmers in Louis Quinze umgewandelt hatte. Vermutlich nur der Abwechslung wegen. Diese jungen Leute hatten überhaupt keine Beständigkeit; es mußte ein verheerender Bazillus im Blut sein – bei den nichtarbeitenden Reichen ebenso wie bei den nichtarbeitenden Armen und allen übrigen, soweit er es beurteilen konnte. Die Leute fanden nirgends Ruhe, nicht einmal im Grab, nach all den Séancen zu schließen. Wenn sie nur ruhig ihren Geschäften nachgehen und eines Tages ruhig tot bleiben würden! Alle waren so lebenshungrig, daß sie gar nicht zum Leben kamen. Ein staubglitzernder Sonnenstrahl fiel schräg herein und tanzte auf der Wand gegenüber. Hübsch war so ein Sonnenstrahl, doch er zeigte erst, wieviel Staub es sogar in einem so peinlich sauberen Zimmer wie diesem gab. Und sich vorzustellen, daß etwas, das noch kleiner war als diese Sonnenstäubchen, bei einem Kind Fieber verursachen konnte. Er hoffte, daß Kit nichts Ansteckendes hatte. In Gedanken zählte er die Kinderkrankheiten auf: Mumps, Masern, Schafblattern, Keuchhusten. Fleur hatte sie alle gehabt, nur

Scharlach nicht. Soames wurde unruhig. Ganz gewiß war Kit noch zu jung für Scharlach. Aber man konnte nie wissen, Kinderpflegerinnen waren so unachtsam. Und plötzlich wünschte er Annette herbei. Was machte sie nur so lang in Frankreich? Bei einer Krankheit konnte man sich auf sie verlassen; sie kannte auch gute Rezepte. Das mußte man den Franzosen zugestehen — ihre Ärzte waren tüchtig, sobald sie sich für einen Fall interessierten. Das Zeug, das sie ihm gegen seinen Hexenschuß in Deauville gegeben hatten, war erstklassig gewesen. Nur sprachen sie nie etwas anderes als ihre eigene verwünschte Sprache und sahen bekümmert drein, wenn der Patient sie nicht sprechen konnte.

Man ließ ihn lange warten, bis Michael endlich hereinkam.

»Nun?«

»Na, Sir, es sieht ganz nach Masern aus.«

»Hm! Wie in aller Welt hat er sich das geholt?«

»Die Nurse hat keine Ahnung. Kit ist so gesellig; wenn ein anderes Kind ihm nur in die Nähe kommt, geht er ihm schon entgegen.«

»Schlimm«, sagte Soames. »Hinter eurem Haus liegt ein Armenviertel.«

»Ja«, erwiderte Michael, »wir sind von allen Seiten von Armenvierteln umgeben — es ist nicht weiter zu verwundern.«

Soames starrte ihn an. »Zum Glück sind sie nicht anzeigepflichtig«, sagte er.

»Die Armenviertel?«

»Nein, die Masern.« Vor nichts graute Soames so sehr wie vor einer anzeigepflichtigen Krankheit; da steckten dann die Behörden ihre Nase hinein, und man konnte Gift darauf nehmen, daß sie die verrücktesten Desinfektionsmaßnahmen trafen. »Wie geht's dem kleinen Kerl?«

»Er tut sich schrecklich leid.«

»Meiner Meinung nach«, erklärte Soames, »sind Flöhe viel gefährlicher, als man ahnt. Sein Hund kann einen Masernfloh erwischt haben. Ich kann nicht begreifen, daß die Ärzte Flöhe nicht ernster nehmen.«

»Ich kann nur nicht begreifen, daß man die Armenviertel nicht ernster nimmt«, gab Michael zurück; »von dort kommen die Flöhe.«

Wieder starrte Soames ihn an. Waren die Armenviertel die neueste Schrulle seines Schwiegersohns? Die Art, wie er seinen Gemeinsinn zur Geltung brachte, war stets beunruhigend. Er war vielleicht in diesen Gegenden herumgestiegen und hatte selbst den Floh oder irgendeine Infektion mitgebracht.

»Habt ihr schon einen Arzt gerufen?«

»Ja, er muß gleich da sein.«

»Ist er etwas wert oder nur so ein gewöhnlicher Quacksalber?«

»Derselbe, den wir für Fleur hatten.«
»Oh! Aha! Ich erinnere mich — ein Wichtigtuer, aber klug. Diese Ärzte!«
Im Zimmer herrschte Schweigen, während sie auf das Läuten der Glocke warteten. Soames saß brütend da. Sollte er Michael von heute nachmittag erzählen? Einmal öffnete er schon den Mund, sagte jedoch nichts. Immer wieder hatten ihn die Ansichten seines Schwiegersohns überrascht. So starrte er nur zu Michael hinüber, der zum Fenster hinaussah — ein sonderbares Gesicht hatte dieser junge Mensch, unschön und doch anziehend, mit den spitzen Ohren und den links und rechts nach oben verlaufenden Brauen. Wenigstens dachte er nicht fortwährend an sich selbst, wie hübsche junge Leute es zu tun schienen. Hübsche Männer waren immer egoistisch; wahrscheinlich wurden sie verwöhnt. Er würde etwas darum geben, jetzt die Gedanken des jungen Menschen lesen zu können.
»Da ist er!« rief Michael und sprang auf.
Soames war wieder allein. Wie lange er allein blieb, wußte er nicht, denn er war müde, und trotz seiner Unruhe schlummerte er leicht. Das Öffnen der Tür ermunterte ihn rechtzeitig, um eine besorgte Miene aufzusetzen, ehe Fleur vor ihm stand.
»Es sind fast bestimmt die Masern, Vater.«
»Oh!« sagte Soames geistesabwesend. »Wer wird ihn pflegen?«
»Die Nurse und ich natürlich.«
»Das heißt, daß du ans Haus gebunden sein wirst.«
»Und bist du nicht froh darüber?« schien ihr Gesicht zu fragen. Wie sie seine Gedanken lesen konnte!
Gott war sein Zeuge, daß er über nichts froh war, was ihr Kummer machte — und doch.
»Armer kleiner Kerl!« bemerkte er ausweichend. »Deine Mutter muß zurückkommen. Ich werde mir etwas für ihn ausdenken, das ihn ablenkt.«
»Bemüh dich nicht, Papa. Der arme Kerl fiebert zu sehr. Das Dinner ist fertig. Ich werde oben essen.«
Soames erhob sich und trat auf sie zu.
»Kränke dich nur nicht«, bat er. »Alle Kinder —«
Fleur streckte abwehrend den Arm aus.
»Komm mir nicht zu nahe, Papa. Nein, ich werde mich nicht kränken.«
»Grüße ihn von mir«, sagte Soames, »obwohl er vermutlich wenig Wert darauf legt.«
Fleur blickte ihn an. Ein ganz klein wenig lächelte sie. Zweimal zwinkerte sie ihm zu. Als sie sich umwandte und hinausging, dachte Soames:
»Sie . . . armes kleines Ding! Und ich kann gar nichts tun!« Seine Gedanken kreisten um sie, nicht um seinen Enkel.

4

St. Augustin im Grünen

St. Augustin im Grünen war zweifellos einmal mit Blumen besät gewesen, und Bürgerinnen waren des Sonntags dort gewandelt, um sommerliche Sträuße zu pflücken. Die einzigen Blumen, die man jetzt dort finden konnte, lagen auf dem Altar der Kirche des Reverend Hilary, oder sie standen auf Mrs. Hilarys Eßtisch. Die übrigen zahlreichen Bewohner des Viertels kannten diese unnatürlichen Gewächse nur vom Hörensagen, und wenn sie gelegentlich welche in Körben zu sehen bekamen, riefen sie aus: »Ach, was für schöne Blumen!«

Als Michael seinem Versprechen gemäß am Tag des Ascot-Rennens seinen Onkel besuchte, befand er sich plötzlich in Gegenwart von zwanzig kleinen »Augustinern«, die gerade in ein gedecktes Lastauto verstaut wurden, um vierzehn Tage zwischen Blumen in der freien Natur zu verbringen. Seine Tante May stand unter ihnen. Sie war eine hochgewachsene Frau, deren glänzendes braunes kurzes Haar grau zu werden begann. Ihr Gesicht zeigte immer den Ausdruck leisen Entzückens, den man bei Menschen findet, die schöner Musik zuhören. Wenn sie lächelte und wie erstaunt die zarten Brauen hochzog, als wollte sie freundlich fragen: »Was ist denn jetzt wieder los?«, fand jeder sie unwiderstehlich. Sie stammte aus einem Pfarrhaus in Huntingdonshire, und als sie Hilary zu Anfang des neuen Jahrhunderts geheiratet hatte, war sie zwanzig Jahre alt gewesen. Er hatte seither dafür gesorgt, daß sie nie ohne Beschäftigung blieb. Ihre Söhne und eine Tochter waren jetzt in der Schule, und so bestand ihre Familie während des Schuljahrs bloß aus ein paar hundert »Augustinern«. Hilary pflegte zu sagen: »May ist ein Wunder. Seit sie ihr Haar schneiden ließ, bleibt ihr so viel freie Zeit, daß wir sogar dran denken, Meerschweinchen zu züchten. Wenn sie mich einen Bart tragen ließe, würden wir noch viel schneller vorwärtskommen.«

Sie grüßte Michael mit einem Nicken und einem Hochziehen der Brauen. »Das junge London, mein Lieber«, sagte sie, »fährt gerade nach Leatherhead. Sind die Kleinen nicht lieb?«

Michael war tatsächlich überrascht, wie nett und ordentlich die zwanzig jungen »Augustiner« waren. Wenn man an die Straßen dachte, aus denen sie kamen, und ihre Mütter ansah, die sie begleitet hatten, so schien es, daß die Familien bis an die Grenzen ihrer Leistungsfähigkeit gegangen waren, um ihre Kinder für Leatherhead auszurüsten.

Er grinste liebenswürdig und sah zu, wie die Kinder auf das glühende Pflaster hinauskomplimentiert wurden, wo Mütter und Schwestern in Rufe der Bewunderung ausbrachen. Dann wurden die Kleinen mit vier jungen Aufsichtsdamen in das Lastauto hineingepfercht, das nur hinten offen war.

»Vierundzwanzig Amseln im Pastetenteig«, zitierte Michael aus einem alten Kinderlied.

Seine Tante lachte. »Ja, die armen kleinen Dinger werden schwitzen! Aber sind sie nicht brav?« Sie senkte ihre Stimme. »Und weißt du, was sie sagen werden, wenn sie nach vierzehn Tagen zurückkommen? ›O ja, danke, es war alles ganz hübsch, aber es war ziemlich langweilig. Auf der Straße ist es lustiger.‹ Es ist jedes Jahr dasselbe.«

»Warum schickt man sie dann fort, Tante May?«

»Es ist gut für ihre körperliche Entwicklung; sie sehen zwar robust aus, sind aber in Wirklichkeit nicht kräftig. Und dann kommt es einem so schrecklich vor, daß sie niemals aufs Land gehen sollen. Wir natürlich, die wir auf dem Land aufgewachsen sind, Michael, können nie begreifen, was die Londoner Straßen den Kindern bedeuten — beinahe den Himmel.«

Unter schrillen Lebewohlrufen und dem Schwenken von Taschentüchern setzte sich das Lastauto in Bewegung.

»Die Mütter sind stolz darauf, wenn ihre Kinder fortkommen«, erklärte seine Tante, »es gilt als vornehm. So, das wäre erledigt. Was möchtest du nun sehen? Die Straße, die wir gerade gekauft haben, um sie gründlich zu säubern und zu renovieren? Hilary wird mit dem Architekten dort sein.«

»Wem hat denn die Straße früher gehört?« fragte Michael.

»Der Mann lebte in Capri. Ich glaube, er hat sie nie gesehen. Unlängst ist er gestorben, und wir haben sie recht günstig erworben, wenn man die zentrale Lage bedenkt. Die Lage ist wertvoll.«

»Habt ihr schon gezahlt?«

»Ach nein.« Ihre Augenbrauen zuckten. »Wir haben einen Scheck auf die Vorsehung ausgestellt.«

»Du meine Güte!«

»Wir mußten die Straße ganz einfach haben. Es war eine gute Chance. Wir haben eine Anzahlung gemacht und müssen erst im September den Rest erlegen.«

»Wieviel?« fragte Michael.
»Zweiunddreißigtausend Pfund.«
Michael versagte die Stimme.
»Oh, wir werden sie schon zusammenbringen, mein Lieber. In dieser Hinsicht leistet Hilary Erstaunliches. Da ist die Straße.«
Michael ging langsam durch die gewundene Straße, in der ihm jedes Haus noch verfallener vorkam als das vorherige. Schmutzig und verwahrlost standen sie da, der Verputz bröckelte ab, Geländer und Fenster waren zerbrochen – ein jämmerlicher Anblick; die ganze Straße sah aus, als hätte man sie ihrem Schicksal überlassen wie ein halb ausgebranntes Schiff.
»Was für Leute wohnen denn hier, Tante May?«
»Alle möglichen, drei oder vier Familien in jedem Haus. Markthelfer, Straßenverkäufer, Fabriksmädchen, Arbeitslose und ähnliches. Von dem unaussprechlichen Insekt wimmelt es nur so. Die Mädchen sind bewundernswert, sie heben ihre Kleider in Papiersäcken auf. Manche richten sich ganz nett her. Täten sie es nicht, so würde man sie natürlich hinauswerfen, die armen Dinger.«
»Aber wie ist es möglich«, fragte Michael, »daß Menschen hier weiterleben w o l l e n?«
Tante May zog die Augenbrauen vielsagend hoch. »Das hängt nicht von ihrem Wollen ab, mein Lieber. Das ist einfach eine wirtschaftliche Frage. Wo sonst könnten sie so billig wohnen? Mehr noch, wo sonst könnten sie überhaupt hingehen, wenn sie gekündigt werden? Kürzlich haben die Behörden eine Straße dort drüben demoliert und jene große Mietskaserne für Arbeiter gebaut, aber die Miete war unerschwinglich für die Leute, die in der Straße gewohnt hatten; sie verloren sich ganz einfach in andere Elendsviertel. Außerdem mußt du wissen, daß sie diese kasernenartigen Mietwohnungen nicht leiden können, was ich ihnen gut nachfühlen kann. Sie möchten viel lieber ein kleines Haus haben, wenn es möglich ist, oder wenn das nicht geht, ein Stockwerk eines Hauses. Oder einfach nur ein Zimmer. So sind nun einmal die Engländer und werden es bleiben, bis man bessere Unterkünfte für Arbeiter baut. Die Engländer wohnen gern dicht über dem Boden, wahrscheinlich weil sie es immer so gewohnt waren. Oh, da ist ja Hilary!«
Hilary Cherrell stand in einem dunkelgrauen Norfolkanzug, mit offenem Umlegkragen und ohne Hut in einer Haustür und sprach mit einem andern mageren Mann, dessen schmales Gesicht Michael gut gefiel.
»Also, Michael, mein Junge, was hältst du von der Slant Street? Jedes dieser Häuser wird gründlich gesäubert und blitzblank wie ein Schmuckkästchen hergerichtet werden.«

»Wie lang werden sie blitzblank bleiben, Onkel Hilary?«
»Oh, das macht uns keine Sorge«, entgegnete Hilary, »nach unseren bisherigen Versuchen zu urteilen. Wenn man den Leuten eine Chance gibt, so sind sie gern bereit, ihre Häuser reinzuhalten. Es ist erstaunlich, was sie sogar bei den jetzigen Zuständen leisten. Komm herein und sieh es dir selber an, aber berühre die Wände nicht. May, bleib du hier und sprich mit James. Hier wohnt eine Irin; wir haben nicht viele. Darf ich eintreten, Mrs. Corrigan?«
»Aber ganz gewiß. Is mir eine Ehre, Hochwürden zu sehn, wenn auch heute früh noch nicht aufgeräumt is.«
Eine dicke Frau mit angegrautem schwarzem Haar und muskulösen Armen unterbrach ihre Aufräumearbeit in einem unglaublich vollgestopften Zimmer. Drei Personen schliefen offenbar in dem großen Bett und eine in einem Kinderbett. Zu kochen schienen die Leute auf dem gewöhnlichen kleinen schwarzen Herd, über dem auf einem Wandbrett die Trophäen eines Lebens standen. Ein paar Wäschestücke hingen auf einer Leine. An den fleckigen und fettigen Wänden gab es keine Bilder.
»Mein Neffe, Mr. Michael Mont, Mrs. Corrigan; er ist Abgeordneter.«
Die Dame stemmte die Arme in die Seiten. »Ah, was Sie nicht sagen! Wirklich?«
Sie sprach die Worte in so grenzenlos nachsichtigem Ton, daß es Michael direkt zu Herzen ging. »Is es wahr, daß Hochwürden die ganze Straße gekauft haben? Was werden Sie denn mit uns machen? Ich kann nicht glauben, daß Sie uns hinausschmeißen wollen.«
»Um nichts in der Welt, Mrs. Corrigan.«
»Na, das hab' ich ja gewußt. Ich hab' den Leuten gesagt: ›Vielleicht, daß er uns innen reinmachen wird, aber vor die Tür setzen wird er uns gewiß nicht.‹«
»Wenn dieses Haus an die Reihe kommt, Mrs. Corrigan — hoffentlich bald —, dann werden wir Ihnen ein anständiges Quartier verschaffen, bis Sie wieder hierher zurückkommen können und alles anders vorfinden werden: neue Wände, Fußböden und Decken, einen guten Kochherd, eine ordentliche Waschgelegenheit und keine Wanzen.«
»Meiner Seel', d e n Tag möcht' ich erleben!«
»Sie werden ihn sehr bald erleben. Sieh nur, Michael, wenn ich meinen Finger da hineinstecke, dann kommen auch schon die gewissen Tierchen herausgekrochen. Bei Ihnen kann man doch auch keine Löcher in die Wand schlagen, nicht wahr, Mrs. Corrigan?«
»Das is die heilige Wahrheit«, erwiderte Mrs. Corrigan. »Wie Corrigan

neulich einen Haken eingeschlagen hat — was da drin herumgekrabbelt is, das war schrecklich!«

»Mrs. Corrigan, ich freue mich wirklich, daß Sie so gut aussehen. Guten Morgen! Und sagen Sie Corrigan, daß in unserer Koppel Platz genug ist, wenn sein Esel Erholung braucht. Helfen Sie heuer wieder bei der Hopfenernte?«

»Gewiß«, erwiderte Mrs. Corrigan. »Guten Tag, Hochwürden! Guten Tag, Sir!«

Auf dem kahlen, baufälligen Treppenabsatz bemerkte Hilary Cherrell: »Das Salz der Erde, Michael. Aber stell dir nur vor, in dieser Atmosphäre zu leben! Zum Glück haben sie alle keine Nasen.«

»Wie?« sagte Michael und atmete tief die hier etwas weniger geruchsschwangere Luft ein.

»Sie haben praktisch keinen Geruchssinn. Uns fehlt das richtige Wort dafür. Man sagt taub, blind, stumm — warum gibt es dafür keinen Ausdruck?«

»Wie lange wird es deiner Schätzung nach dauern, Onkel Hilary, bis du diese Straße verändert hast?«

»Ungefähr drei Jahre.«

»Und wie wirst du das Geld dazu auftreiben?«

»Verdienen, erbetteln, Himmel und Hölle in Bewegung setzen. Hier drinnen wohnen drei Mädchen, die im Kaufhaus Petter & Poplin arbeiten. Sie sind jetzt natürlich nicht zu Hause. Sauber, nicht wahr? Dort hängen die bewußten Papiersäcke.«

»Sag, Onkel, würdest du ein Mädchen tadeln, wenn es auf jede Weise trachtet, aus diesem Haus herauszukommen?«

»Nein«, entgegnete Reverend Hilary, »das würde ich nicht tun; das ist die heilige Wahrheit.«

»Darum hab' ich dich so gern, Onkel Hilary. Du gibst mir den Glauben an die Kirche wieder.«

»Mein lieber Junge«, sagte Hilary, »die einstige Reformation ist nichts gegen das, was jetzt in der Kirche vor sich geht. Warte nur ein bißchen! Obgleich ich zugeben muß, daß eine stärkere Trennung von Kirche und Staat uns allen zuträglich wäre. Komm und iß bei uns, dann wollen wir über mein Projekt der Slumsanierung weitersprechen. Wir werden James mitnehmen.«

»Viele Leute«, bemerkte er zusammenfassend, als sie im Speisezimmer des Pfarrhauses saßen, »wären bereit, einen kleinen Teil ihres Vermögens zu zwei Prozent anzulegen, mit der Aussicht, nach einiger Zeit vier zu bekommen, wenn dadurch die Slums für immer aus der Welt geschafft würden. Unsere Versuche haben bewiesen, daß wir die Häuser dieser Viertel bei einer geringfügigen Erhöhung der alten Mieten in menschliche Behausungen verwandeln könnten, wobei wir zwei Prozent für das Kapital zahlen. Wenn wir das h i e r tun können, dann ist es auch in allen übrigen Elendsvierteln möglich; private Gesellschaften zur Umwandlung solcher Slums könnten so wie wir nach dem Prinzip vorgehen, daß die dort wohnende Bevölkerung nicht vertrieben werden darf. Aber dafür braucht man natürlich Geld — einen Fonds zur Sanierung aller Elendsviertel, zweiprozentige Obligationen mit Prämien, rückzahlbar in zwanzig Jahren, und aus diesem Fonds könnten die Gesellschaften das Kapital erhalten, um Häuser zu kaufen und herzurichten.«

»Und wie wirst du die Obligationen in zwanzig Jahren zurückzahlen?«

»Oh! Geradeso wie die Regierung, indem man neue ausgibt.«

»Aber«, wandte Michael ein, »die lokalen Behörden haben viel mehr Macht und viel größere Möglichkeiten, Geld zu bekommen.«

Hilary schüttelte den Kopf.

»Mehr Macht schon, aber sie sind langsam, Michael. Eine Schnecke kommt rascher ans Ziel als die Behörden! Und außerdem vertreiben sie die Leute bloß, weil die Miete, die sie verlangen, zu hoch ist. Ihre Art sagt auch dem englischen Charakter nicht zu, mein Lieber. Etwas in uns wehrt sich dagegen, von Beamten bevormundet zu werden oder ihnen verantwortlich zu sein. Es ist natürlich genügend Spielraum vorhanden, daß sich auch die Gemeindevertretungen mit dem Problem beschäftigen, aber allein werden sie das Übel nie eindämmen können. Man braucht die menschliche Note, man braucht Sinn für Humor und den Glauben an die Sache. Hier muß in jeder Stadt mit Elendsvierteln die private Hilfe einsetzen.«

»Und wer wird diesen Fonds begründen?« fragte Michael und blickte auf die Augenbrauen seiner Tante, die wieder zu zucken begannen.

»Nun ja«, entgegnete Hilary zwinkernd, »ich dachte mir, daß d u diese Sache in die Hand nehmen wirst. Deshalb hab' ich dich heute hergebeten.«

»Alle Wetter!« rief Michael und fuhr von dem Irish Stew auf seinem Teller in die Höhe.

»Ganz richtig!« bemerkte sein Onkel; »aber könntest du nicht ein Komitee aus Mitgliedern beider Häuser zusammentrommeln, um einen Aufruf zu veröffentlichen? James kann dir genaue Daten über die Arbeit geben, die wir geleistet haben. Die Leute könnten sich selbst davon überzeugen, was hier geschehen ist. Es muß doch zehn gerechte Männer geben, die man veranlassen könnte, eine solche Sache in Angriff zu nehmen.«

»Zehn Apostel«, sagte Michael mit schwacher Stimme.
»Vielleicht, aber Christus braucht man da nicht unbedingt hereinzuziehen – es ist nichts Sentimentales oder Weltfremdes dabei. Du könntest die Leute von jedem Gesichtspunkt aus bearbeiten. Der alte Sir Timothy Fanfield zum Beispiel würde sich für sein Leben gern einmal als Hausbesitzer in den Slums versuchen. Wir haben bis jetzt die Küchen elektrifiziert und werden es auch weiterhin tun – damit könnte man den alten Shropshire packen. Natürlich muß das Komitee nicht auf das Parlament beschränkt bleiben. Sir Thomas Morsell oder sonst einer der großen Ärzte würde sich wahrscheinlich interessieren. Man könnte auch ein paar Bankiers mit Quäkergeist auftreiben. Und dann laufen immer eine Menge pensionierter Generalgouverneure herum, die nichts zu tun haben. Wenn man dann noch ein Mitglied der königlichen Familie überreden könnte, das Protektorat zu übernehmen, hätten wir gewonnenes Spiel.«
»Der arme Michael!« sagte die sanfte Stimme seiner Tante. »Laß ihn doch erst sein Stew essen, Hilary.«
Aber Michael war der Appetit endgültig vergangen, er sah sich bereits in der Klemme.
»Die Gesellschaft zur Sanierung der Slums«, fuhr Hilary fort, »soll jede gleichartige Vereinigung, die schon besteht oder erst gegründet wird, in sich aufnehmen, solange das Prinzip gewahrt bleibt, die gegenwärtigen Bewohner nicht zu vertreiben. Siehst du denn nicht, was für Einflußmöglichkeiten wir dadurch bei der Bevölkerung gewinnen? Wir verhelfen ihnen zu einem guten Start und passen auf, daß sie ihre Häuser nicht wieder verschlampen.«
»Aber könnt ihr denn das?« fragte Michael.
»Ja, du hast sicherlich auch die Geschichten gehört, wonach die Leute in den Badewannen Kohle, Gemüse und dergleichen aufbewahren. Glaub mir, Michael, das ist übertrieben. Auf jeden Fall haben wir privaten Arbeiter hier mehr Aussicht auf Erfolg als die Behörden. Sie müssen antreiben, wir versuchen zu führen.«
»Mein Lieber, laß mich dein Stew aufwärmen«, sagte seine Tante.
Michael lehnte ab. Ihm war auch so schon warm genug. Ein neuer Kreuzzug. Sein Onkel Hilary hatte ihn immer fasziniert, er hatte Kreuzfahrerblut in sich. Zur Zeit der Kreuzzüge hatte sein Name Kéroual gelautet, und heute sprach man ihn Cherrell aus, nach dem guten englischen Brauch, die Ausländer durch die völlige Regellosigkeit der Aussprache zu irritieren.
»Ich habe mich nicht an dich gewandt, Michael, damit du dir mit dieser Sache einen Namen machst, denn schließlich bist du ein Ehrenmann.«

»Sehr freundlich!« murmelte Michael. »Ich bin für Anerkennung jederzeit dankbar.«
»Ich finde, daß du in Anbetracht deiner günstigen Lebensumstände etwas tun müßtest.«
»Ganz meine Meinung«, entgegnete Michael bescheiden. »Die Frage ist nur: Ist dies das Etwas?«
»Zweifellos«, sagte sein Onkel und schwenkte einen Salzlöffel, auf dem das Cherrell-Wappen eingraviert war. »Was sonst sollte es sein?«
»Hast du niemals vom Foggartismus gehört, Onkel Hilary?«
»Nein, was ist denn das?«
»Du lieber Gott!« rief Michael.
»Ein wenig Pudding, mein Lieber?«
»Nein, danke, Tante May. Aber hast du wirklich nie davon gehört, Onkel Hilary?«
»Foggartismus? Ist es das Projekt, den ›Fog‹, unsern Londoner Nebel, zu vertreiben? Man liest soviel darüber.«
»Es ist etwas anderes«, erwiderte Michael. »Ihr steckt hier natürlich tief in Elend und Sünde. Aber das ist fast zu arg. Du hast doch davon gehört, Tante May?«
Die Brauen seiner Tante begannen wieder zu zucken. »Ich glaube«, sagte sie, »gehört zu haben, daß jemand die Sache einen Stumpfsinn nannte.«
Michael stöhnte. »Und Sie, Mr. James?«
»Es hat etwas mit der Währung zu tun, nicht wahr?«
»Und da haben wir nun«, erklärte Michael, »drei intelligente, um das öffentliche Wohl besorgte Menschen, die nie etwas vom Foggartismus gehört haben, und ich habe über ein Jahr lang von nichts anderem gehört.«
»Hast du vielleicht etwas von meinem Projekt zur Umwandlung der Slums gewußt?« fragte Hilary.
»Natürlich nicht.«
»Ich glaube«, bemerkte seine Tante, »ihr solltet lieber rauchen, während ich den Kaffee richte. Jetzt fällt mir auch ein, Michael, daß deine Mutter mir einmal sagte, sie wäre froh, wenn du darüber hinwegkämst. Ich hatte nur den Namen vergessen. Handelt es sich nicht darum, Stadtkinder von ihren Eltern wegzunehmen?«
»Zum Teil«, erwiderte Michael düster.
»Du darfst nicht vergessen, mein Lieber, daß die Leute um so stärker an ihren Kindern hängen, je ärmer sie sind.«
»Es bedeutet ihre einzige Freude im Leben«, warf Hilary ein.
»Und je ärmer die Kinder sind, um so stärker hängen sie an der Gosse.«

Michael vergrub die Hände in den Taschen. »Ich bin nichts wert«, erklärte er tonlos. »Du hast eine Niete gezogen, Onkel Hilary.«
Hilary und seine Frau standen rasch auf und legten ihm jeder eine Hand auf die Schulter.
»Mein lieber Junge!« rief Hilary. »Nimm dir lieber eine Zigarette.«
»Schön«, erwiderte Michael grinsend, »das tut wohl.«
Ob er nun damit die Zigarette gemeint hatte oder nicht, er nahm sich eine und brannte sie an der seines Onkels an.
»Tante May, was ist der jammervollste Anblick auf der Welt, abgesehen von einem Paar, das Charleston tanzt?«
»Der jammervollste Anblick«, wiederholte seine Tante verträumt. »Oh, ich glaube, ein reicher Mann, der einem schlechten Grammophon zuhört.«
»Falsch!« sagte Michael. »Ein Politiker, der auf der richtigen Fährte ist; er ist in der gleichen Situation wie ein Jagdhund, der den Baum verbellt, auf dem der Fasan sitzt. Seht her! So!« Und er nahm die entsprechende Pose an.
»Paß auf, May! Der Kaffee kocht. Sie macht sehr guten Kaffee, Michael — Kaffee ist das Allerbeste gegen schlechte Laune. Trink eine Tasse, und dann wollen James und ich dir die Häuser zeigen, die wir bereits hergerichtet haben. James, kommen Sie einen Augenblick mit mir.«
»Bekannt wegen seiner Hartnäckigkeit«, murmelte Michael, als sie verschwanden.
»Nicht nur bekannt, Michael, gefürchtet.«
»Na, ich möchte immer noch lieber Onkel Hilary sein als sonst irgend jemand, den ich kenne.«
»Er ist wirklich ein lieber Kerl«, murmelte seine Tante.
»Woran glaubt er denn eigentlich, Tante May?«
»Er kommt gar nicht dazu, darüber nachzudenken.«
»Aha! Das ist die neue Hoffnung der Kirche. Alles übrige ist nur ein Versuch, die Mathematik zu erweitern, so wie Einsteins Theorie. Die orthodoxe Religion war für das Kloster gedacht, Tante May, und heute gibt es bei uns keine Klöster mehr.«
»Die Religion«, bemerkte seine Tante nachdenklich, »hat viele Ketzer verbrannt, Michael, und zwar außerhalb der Klöster.«
»Richtig, als die Religion die Klöster verließ, wurde sie zu weißglühender Politik; dann wurde sie zum Kastengeist, und heute ist sie ein Kreuzworträtsel — d a s löst man doch nicht mit dem Gefühl.«
Seine Tante lächelte. »Du hast eine schauderhafte Art, über die Dinge zu sprechen, Michael.«

»In unseren Kreisen, Tante May, tun wir nichts anderes, als über die Dinge zu sprechen – das zerstört jede Initiative. Aber um auf euer Projekt zurückzukommen: Rätst du mir wirklich, es zu versuchen?«
»Nicht, wenn du dir ein ruhiges Leben wünschst.«
»Ich glaube, das wünsche ich mir nicht. Nach dem Krieg war ich sehr ruhebedürftig, aber jetzt ist das vorbei. Ich hab' es mit dem Foggartismus versucht, doch die Menschen denken viel zu nüchtern, um sich damit abzugeben. Einen zweiten ›Versager‹ kann ich mir unmöglich leisten. Glaubst du, wir haben eine Chance, eine nationale Bewegung daraus zu machen?«
»Eine Chance wohl, aber keine Gewißheit, mein Lieber.«
»Würdest du es versuchen, wenn du an meiner Stelle wärst?«
»Lieber Michael, ich bin zu sehr Partei – Hilary hat sein ganzes Herz daran gehängt; jedenfalls, wenn ich schon scheitern sollte, so am liebsten an dieser Aufgabe. Natürlich ist das nicht wörtlich zu nehmen, aber es ist wirklich das Allerwichtigste, unserer Stadtbevölkerung anständige Lebensbedingungen zu schaffen.«
»Es ist für mich fast so, als liefe ich zum Feind über«, murmelte Michael. »Unsere Zukunft sollte nicht so eng mit der Großstadt verknüpft sein.«
»Das wird so bleiben, was immer man auch tut. ›Ein Sperling in der Hand‹, und noch dazu ein so großer Sperling, Michael. Ah, da kommt Hilary!«
Hilary und sein Architekt nahmen Michael wieder mit ins »Grüne«. Der Nachmittag war regnerisch geworden, so daß der trübselige Charakter dieser blumenlosen Gegend mehr denn je hervortrat. Straßauf, straßab erging sich Hilary in Lobeshymnen über die Tugenden seiner Pfarrkinder. Sie tranken wohl, aber nicht halb soviel, wie unter diesen Umständen natürlich gewesen wäre; sie waren schmutzig, aber er wäre unter den gleichen Verhältnissen noch viel schmutziger gewesen. Sie kamen nicht in die Kirche, aber wer in aller Welt konnte das auch erwarten? Sie prügelten ihre Frauen nur ganz selten; zu ihren Kindern waren sie außerordentlich gut und höchst unvernünftig. Sie besaßen die erstaunliche Fähigkeit, von einem Lohn zu leben, der zum Leben nicht ausreichte. Sie halfen einander viel wirksamer als diejenigen, die es sich leisten konnten; legten keinen Heller zurück, da sie einfach keinen übrig hatten; und an ein Morgen, das noch schlechter sein könnte als das Heute, dachten sie überhaupt nicht. Sie haßten jegliche Art von Institution. Sie waren nicht moralischer, als es bei ihren überfüllten Wohnungen natürlich war. Philosophie besaßen sie genügend, ihre Religion war nicht der Rede wert. Ihre Vergnügungen waren Kinos, die Straße, billige Zigaretten,

Wirtshäuser und die Sonntagsblätter. Sie liebten Musik und tanzten gern, wenn sich eine Gelegenheit bot. Sie hatten ihren eigenen Ehrenkodex, der ein besonderes Studium erforderte. Unglücklich? Nicht gerade, da sie auf jede Zukunft in diesem wie in jenem Leben verzichtet hatten — Realisten bis in ihre schmutzigen Fingernägel hinein. Lauter Engländer? Ja, fast durchwegs, und zumeist gebürtige Londoner. Ein paar waren jung vom Land hereingekommen und würden als alte Leute nicht wieder wegziehen. »Du würdest sie gern haben, Michael; jeder, der sie wirklich kennt, muß sie gern haben. Und jetzt leb wohl, mein lieber Junge, und überleg es dir. Ihr jungen Männer seid die Hoffnung Englands. Gott mit dir!«

Diese Worte im Ohr, fuhr Michael nach Hause, wo er seinen kleinen Sohn an Masern erkrankt vorfand.

5

Masern

Die Diagnose von Kits Krankheit bestätigte sich bald, und Fleur schloß sich von aller Welt ab. Fast jeden Tag traf ein Beweis von Soames' Bemühungen ein, seinen Enkel zu zerstreuen. Der eine hatte Kaninchenohren und ein Hundegesicht, ein anderer einen abnehmbaren Maultierschweif an einem Löwenkörper, der dritte summte wie ein Bienenschwarm, der vierte lief auf Rädern und konnte mit dem Kopf wackeln. Seine Vormittage in der Stadt waren damit ausgefüllt, diese Raritäten zu erwerben, dazu noch die feinsten Mandarinen, Muskatellertrauben und Honig, der mehr war als nur »garantiert« rein. Er wohnte in der Green Street — man hatte Annette klugerweise telegrafiert, und sie war bereits eingetroffen. Soames, der noch nicht ganz auf alle irdischen Freuden verzichtet hatte, war ehrlich froh, sie wiederzusehen. Aber nach einer Nacht spürte er, daß Fleur sie nötiger hatte als er. Es war ihm eine Beruhigung, die Mutter bei der Tochter zu wissen. Jener junge Mensch würde vielleicht außer Reichweite sein, bis Fleur wieder aus ihrer Abgeschlossenheit heraustreten konnte. Immerhin war es auch möglich, daß sie ihn über diese häusliche Krise ganz vergaß. Soames war nicht Philosoph genug, die Sehnsucht seiner Tochter restlos zu begreifen. Jemandem, der im Jahre 1855 geboren war, bedeutete Liebe nur die Leidenschaft für eine einzelne Person oder sollte es wenigstens bedeuten. Es kam ihm nicht in den Sinn, daß Fleurs Sehnsucht nach Jon auch das Verlangen ihres Blutes nach Leben, nach den Tiefen des Lebens, nach Leben schlechthin symbolisieren könne; daß die damalige Geschichte mit Jon ihre erste ernstliche Niederlage in dem Kampf um restlose Erfüllung des Lebens gewesen war, eine Niederlage, die man noch immer wettmachen konnte.

Die moderne Seele mit ihrer komplizierten Sophistik war für Soames wenn auch kein versiegeltes Buch, so doch eines, dessen Blätter er noch nicht aufgeschnitten hatte. »Nach dem Mond verlangen« war erst zum allgemeinen Prinzip geworden, als er für Prinzipien schon zu alt war. Es lag ihm im Blut, die Grenzen des menschlichen Strebens nach Glück anzuerkennen, und darin war er auch durch alle seine Erfahrungen bestärkt worden. Zwar sah er das Leben nicht gerade von dem Gesichtspunkt aus, daß man gute Miene zum bösen Spiel machen müsse; er hielt es durchaus für ratsam, mehr zu verlangen, auch wenn man schon fast alles besaß; dennoch hätte er geltend gemacht, daß man nicht die Fassung verlieren dürfe, falls man es nicht bekam. Das Virus einer überholten Religion, das die wahrhaft irreligiösen alten Forsytes veranlaßt hatte, bis zu ihrem Tod zu beten, in der vagen Annahme, daß sie nach ihrem Tod etwas dafür bekämen, wirkte noch immer hemmend im Blut ihres zum Beten unfähigen Abkömmlings Soames; und so glaubte er doch, obwohl er fast überzeugt war, daß er nach dem Tod nichts mehr zu erwarten habe, er würde auch vor dem Tod nicht alles bekommen. Mit einem Wort, er war hinter dem Glauben des neuen Jahrhunderts zurückgeblieben, in dem für Resignation kein Platz war. Dieses Jahrhundert glaubte entweder mit dem Spiritismus, daß noch viele Chancen bestünden, auch nach dem Tode verschiedenes zu bekommen; oder aber es glaubte, daß der Tod etwas Endgültiges sei und man deshalb dazusehen müsse, alles im Leben zu erreichen. Resignation! Soames hätte natürlich geleugnet, daß er an etwas Derartiges glaube, und ganz gewiß war ihm nichts zu gut für seine Tochter. Dennoch fühlte er im tiefsten Herzen, daß es eine Grenze gab. Fleur jedoch fühlte es nicht. Dieser kleine Unterschied zwischen ihnen, auf die Verschiedenheit seiner und ihrer Epoche zurückzuführen, erklärte seine Unfähigkeit, ihr ruheloses Suchen zu begreifen.

Sogar im Kinderzimmer, wo sie bekümmert und besorgt bei ihrem fiebernden Sohn saß, hörte sie nicht zu suchen auf. Während sie neben dem Bettchen saß, in dem das Kind sich herumwarf, phantasierte und klagte, ihm sei *so* heiß, war auch sie voll Unruhe und wirrer Vorstellungen, und auch sie hätte gern geklagt. Abgesehen von dem einstündigen täglichen Spaziergang auf Befehl des Arztes, nachdem sie gebadet und die Kleider gewechselt hatte, stand sie mit der Welt in keinerlei Verbindung; für ihr wehes Herz gab es kein anderes Betäubungsmittel, als auf Kit achtzugeben und ihn zu pflegen. Michael war »schrecklich lieb« zu ihr, und aus ihrem Benehmen hätte man niemals schließen können, daß sie einen andern an seine Stelle wünschte. Ihr Entschluß, sich nichts merken zu lassen, war so fest wie je, aber es war ihr eine wirkliche Erleichterung, nicht der bohrenden Zärtlichkeit in den Blicken ihres Vaters ausgesetzt zu sein. Sie schrieb niemandem, doch von Jon erhielt sie ein Kondolenzbrieflein.

Wansdon, 22. Juni

Liebe Fleur!

Es tut uns so leid, daß Kit krank ist. Es muß abscheulich für Dich sein. Wir hoffen zuversichtlich, daß der arme kleine Kerl nun über das Ärgste hinaus ist. Ich erinnere mich, bei meinen Masern zwei ekelhafte Tage mitgemacht zu haben, und dann gab's eine Menge Dinge, die beruhigend wirkten und angenehm zum Hinunterschlucken waren. Aber ich glaube, daß er noch zu jung ist, um irgend etwas anderes zu empfinden als ein lästiges Unbehagen.

Wie ich höre, ist Rondavel sein Rennen gut bekommen. Es war nett, daß wir es zusammen sehen konnten.

Leb wohl, Fleur! Mit aufrichtiger Teilnahme

Dein treuer Freund
Jon

Sie bewahrte das Brieflein auf, wie sie seine früheren Briefe aufbewahrt hatte, trug es jedoch nicht wie damals bei sich herum; der »treue Freund« war ein wenig verwischt, es sah aus, als wäre eine Träne darauf gefallen; überdies konnte Michael sie in jedem Stadium ihrer Toilette sehen. So verwahrte sie es in ihrem Schmuckkästchen, zu dem sie allein den Schlüssel besaß.

In dieser Zeit las sie Kit ziemlich viel vor, aber noch mehr las sie für sich, denn sie wußte, daß sie die neueste Literatur in der letzten Zeit nicht mehr verfolgt hatte; nun fand sie in dem Bemühen, wieder auf dem laufenden zu sein, mehr Zerstreuung als an der Darstellung von Charakteren, die zu lebendig waren, um wirklich zu leben. Sie besaßen so viel Seele und waren so verdreht, daß es ihr nicht einmal der Mühe wert schien, herauszufinden, warum sie nicht lebten. Michael brachte ihr ein Buch nach dem andern mit den Worten: »Das soll sehr gut sein«;

oder: »Hier ist der letzte Nazing«; oder: »Wieder unser alter Freund Calvin – diesmal ist er nicht ganz so unanständig, aber es genügt noch immer.« Sie saß da mit den Büchern im Schoß und fühlte allmählich, daß sie genug wußte, um erklären zu können: »Oh, natürlich, ›Die Gorgonen‹ hab' ich gelesen, erstaunlich im Stil Prousts gehalten.« Oder: ›Liebe – das Chamäleon‹? Na, es ist besser als ihre ›Grüne Grotte‹, aber es reicht nicht an die ›Hüllenlosen Seelen‹ heran.« Oder: »Meine Liebe, Sie m ü s s e n ›Das Karussell‹ lesen, es dreht sich auf ganz geniale Art im Kreis und kommt an kein Ziel.«

Mit Annette hatte sie einige Gespräche, bei denen vorsichtig die Grenzen gewahrt wurden, die sich für Mutter und Tochter in einem gewissen Alter ziemen. Beide versuchten nur modische Themen anzuschlagen. Nach Annettes Meinung war die Zukunft dunkel. Ob die Röcke bis zum Herbst kürzer oder länger würden? Wenn kürzer, dann würde sie sich nicht darum kümmern. Bei Fleur liege der Fall natürlich anders, aber sie selber konnte schon nicht mehr mittun – in ihrem Alter würde sie keinesfalls kniefrei gehen. Was die Größe der Hüte betraf, wußte man wieder nichts Bestimmtes. Man erzählte sich, daß die vornehmste Kokotte von Paris größere Hüte bevorzuge, doch geheime Kräfte arbeiteten gegen sie – der Autosport und Madame de Michel-Ange –, *»qui est toute pour la vieille cloche«*. Fleur wollte wissen, ob sie etwas Neues über den kurzen Haarschnitt gehört habe. Annette, die noch kein kurzes Haar trug, deren Hals jedoch lange auf dem Block gezittert hatte, bekannte sich als *»désesperée«*. Jetzt hing alles von der »Baskenmütze« ab. Wenn die Frauen an ihr Gefallen fänden, so würde der kurze Haarschnitt bleiben, wenn nicht, würde man sich das Haar vielleicht wieder wachsen lassen. Auf jeden Fall würde die neue Farbe goldblond sein. *»Et ça sera impossible. Ton père aurait une apoplexie. En tout cas, chérie, je crains que je sois condamnée aux cheveux longs jusqu'au jugement dernier. Eh bien, peut-être, on me donnera une bonne petite marque à cause de cela.«*

»Wenn du Lust hast, dir das Haar schneiden zu lassen, Mutter, dann würde ich dir dazu raten. Vater ist einfach konservativ, in Wirklichkeit weiß er gar nicht, was ihm gefällt. Es wäre einmal etwas Neues für ihn.« Annette schnitt eine Grimasse. *»Ma chère, je n'en sais rien, ton père est capable de tout.«*

Der Mann, der zu allem fähig war, kam jeden Nachmittag für eine halbe Stunde, saß vor dem Fragonard, unterzog Michael oder Annette einem Verhör und sagte dann ziemlich plötzlich: »Na, ich lasse Fleur schön grüßen; es freut mich, daß es dem kleinen Kerl bessergeht.« Oder: »Das, was ihm weh tut, werden nur Blähungen sein. Aber ich würde einmal den Wie-heißt-er-nur herbestellen. Ich lasse Fleur schön grüßen.« Und in der Halle pflegte er dann einen Augenblick bei dem mottensicheren Marmorsarkophag stehenzubleiben und zu lauschen. Hierauf rückte er seinen Hut zurecht, murmelte etwas, das klang wie: »Na, da kann man nichts machen!« oder: »Sie kommt nicht genug an die Luft«, und entfernte sich.

Vom Kinderzimmerfenster aus konnte Fleur ihn sehen, wie er mit seinem steifen, gemessenen Gang davonschritt, und sie schämte sich ihrer Erleichterung. Der gute alte Papa! Es war nicht seine Schuld, daß er ihr gerade jetzt wie das Symbol des steifen, gemessenen Schrittes häuslicher Tugend vorkam. Soames' Hoffnung, daß die aufgezwungene Häuslichkeit sie heilen würde, hatte sich nicht erfüllt. Nach den ersten zwei oder drei aufregenden Tagen, an denen Kit noch hohes Fieber hatte, übte die Klausur gerade die entgegengesetzte Wirkung auf sie aus. Ihr Gefühl für Jon, bei dem — anders als vor ihrer Ehe — jetzt auch sexuelle Wünsche mitzuspielen begannen, wuchs, wie das immer der Fall ist, wenn der Körper keine Luft und Bewegung hat und der Geist unbeschäftigt bleibt. Es schoß empor wie eine Pflanze, die man ins Treibhaus gestellt hat. Ein Gefühl, betrogen worden zu sein, gärte in ihrer Seele. Sollte sie niemals von dem goldenen Apfel kosten — sie und Jon? Sollte er ewig unerreichbar vor ihnen in dem dunklen, glänzenden Laube hängen, das dem Laub eines Apfelbaumes so gar nicht glich? Sie holte ihren alten Farbenkasten hervor — wie lang schon hatte sie ihn nicht benützt — und malte mit Wasserfarben einen phantastischen Baum mit großen goldenen Früchten.

Michael überraschte sie bei der Arbeit. »Wirklich gut!« sagte er. »Du solltest deine Aquarellmalerei nicht so vernachlässigen, mein Schatz.« Als hörte sie eine Anspielung aus den Worten heraus, erwiderte Fleur steif: »Bloße Langeweile.«

»Was für eine Frucht ist das eigentlich?«

Fleur lachte. »Eine berechtigte Frage. Aber das ist die Seele eines Obstbaumes, nicht sein Körper, Michael.«

»Das hätte ich eigentlich merken müssen«, erwiderte Michael reuig. »Kann ich es für mein Arbeitszimmer haben, wenn es fertig ist? Es liegt echtes Gefühl darin.«

Fleur empfand eine merkwürdige Dankbarkeit. »Soll ich das Bild ›Die uneßbare Frucht‹ nennen?«

»Nein, keineswegs — sie sieht sehr saftig aus; man müßte sie wie eine Mangofrucht über einer Schüssel essen.«

Wieder lachte Fleur und hielt Michael die Wange hin, der sich niederbeugte, um sie zu küssen. Er wenigstens sollte nichts von ihren Gefühlen erraten. Ihr französisches Blut blieb niemals kalt einem Manne gegenüber, den sie gern hatte, auch wenn sie ihn nicht liebte; und das scharfe Gewürz, das dem Blut der meisten Forsytes beigemengt war, bewirkte, daß sie den Blick für das Komische der Situation nicht verlor. Sie war noch immer die durchaus nicht unglückliche Frau eines braven Mannes und guten Kameraden, der sich nie unfair oder gemein benehmen würde, was immer sie auch täte. Überempfindliches Zurückweichen vor dem ungeliebten Mann, worüber man in altmodischen Romanen las und dessen sich, wie sie wußte, die erste Frau ihres Vaters schuldig gemacht hatte, kam ihr beinahe lächerlich vor. Die Polygamie lag in der Luft; eine geistige Treue von derartiger Konsequenz, daß sie sich auch auf alle Regungen des Körpers erstreckte, war vorsintflutlich oder zumindest viktorianisch und bürgerlich. Auf dieser Basis konnte man nie das ganze Leben ausschöpfen. Und doch war auch das unverhüllte Heidentum, das gewisse englische und französische Literaturgrößen propagierten, für Fleur nicht annehmbar, wegen seiner streng logischen Forderung, keine Halbheiten zu dulden. Dieses Virus fehlte in ihrem Blut; Fleur war nicht sexbesessen. Bis zum heutigen Tag hatte sie eigentlich keine echte Leidenschaft gekannt. Aber nun – ihr Gefühl für Jon war neu und doch das alte, und die Tage vergingen im Pläneschmieden, wie sie ihn wiedersehen könnte, wenn sie frei wäre, und seine Stimme hören und ihn berühren könnte, so wie sie ihn beim Rennen berührt hatte, als die Pferde vorbeirasten.

6

Ein Komitee wird gebildet

Indessen war Michael gar nicht so ahnungslos, wie sie glaubte, denn wenn zwei Menschen zusammen leben, von denen der eine noch immer verliebt ist, so fühlt er eine Veränderung, wie ein Springbock Trockenheit wittert. Die Erinnerung an jenen Lunch und seinen Besuch bei June war noch immer unangenehm lebendig. Er suchte Ablenkung in seiner öffentlichen Tätigkeit, diesem ausgezeichneten Betäubungsmittel für private Sorgen, und beschloß, sie mit seiner ganzen Kraft für das Projekt seines Onkels Hilary zur Sanierung der Slums einzusetzen. Nachdem er die notwendige Literatur angehäuft hatte, begann er zu überlegen, wen er zuerst aufsuchen solle; er wußte, daß öffentliche Körperschaften einen Mittelpunkt haben müssen. Um welchen hervorragenden Mann des öffentlichen Lebens sollte sein Komitee sich scharen? Sir Timothy Fanfield und der Marquis von Shropshire würden später noch immer gute Dienste leisten, denn sie hatten, obgleich wegen ihrer Liebhabereien bekannt, beim großen Publikum keine Zugkraft. Ein gewisses Charisma war erforderlich. Aber keiner der Bankiers, die er kannte, besaß es, noch weniger ein Jurist oder Geistlicher, und ein sich für Reformen einsetzender Militär mußte in Mißkredit kommen, ehe seine Reformen durchgeführt waren, und bis dahin konnte er längst gestorben sein. Ein Admiral wäre ihm recht gewesen, aber die waren alle unerreichbar. Nach früheren Premierministern herrschte zu lebhafte Nachfrage; außerdem waren sie durch ihre Parteizugehörigkeit gezeichnet. Literarische Abgötter wieder waren zu alt, zu sehr mit sich selbst beschäftigt, zu faul oder zu exzentrisch. Blieben noch Ärzte, Geschäftsleute, Generalgouverneure, Herzöge und Zeitungsbesitzer. Schließlich fragte er seinen Vater um Rat in dieser Angelegenheit.

Sir Lawrence, der während Kits Krankheit ebenfalls fast täglich in das Haus auf dem South Square kam, besah sich prüfend das Problem durch sein Monokel und sprach zwei Minuten lang kein Wort.

»Was verstehst du unter Charisma, Michael? Die Strahlen einer untergehenden oder einer aufgehenden Sonne?«

»Womöglich beides, Papa.«

»Schwere Sache«, sagte sein Erzeuger, »sehr schwer. Eines ist sicher: geistreiche Leute kommen nicht in Betracht.«

»Warum nicht?«

»Die Öffentlichkeit hat schon zuviel unter ihnen gelitten. Und im übrigen haben wir in diesem Lande eigentlich kein rechtes Verständnis dafür, Michael. Charakter, mein Lieber, darauf kommt es bei uns an.«

Michael stöhnte.

»Ja, ich weiß«, sagte Sir Lawrence, »ganz aus der Mode bei euch jungen Leuten.« Dann zog er seine bewegliche Augenbraue so plötzlich in die Höhe, daß sein Monokel auf das Problem fiel, und rief: »Heureka! Wilfred Bentworth, ›der Squire‹. Das ist der richtige Mann – der ›letzte Gutsherr‹, der die Elendsviertel reformieren will. Er wäre eine Akquisition.«

»Der alte Bentworth?« wiederholte Michael.

»Er ist nicht älter als ich, achtundsechzig, und hat nichts mit Politik zu tun.«

»Aber ist er nicht ein Dummkopf?«

»Aus dir spricht die moderne Zeit. Er ist ziemlich korpulent, schaut ein wenig wie ein Kammerdiener mit einem Schnurrbart aus, aber – dumm? Nein. Er hat dreimal die Pairswürde abgelehnt. Stell dir vor, was für einen Eindruck das auf das große Publikum macht.«

»Wilfred Bentworth? Auf den wäre ich nie gekommen – ich habe ihn immer für den berufsmäßig ehrlichen Mann gehalten«, murmelte Michael.

»Er ist auch ein ehrlicher Mann.«

»Gewiß, aber wenn er spricht, betont er es immer.«

»Stimmt«, erwiderte Sir Lawrence, »aber einen Fehler muß der Mensch haben. Er hat zwanzigtausend Morgen Grundbesitz und versteht sich auf das Züchten von Mastvieh. Er ist im Aufsichtsrat einer Eisenbahngesellschaft, das Paradepferd der Kricketspieler seiner Grafschaft und Präsident eines großen Spitals. Jeder kennt ihn. Der Hof besucht seine Jagden; sein Stammbaum reicht bis zu den Angelsachsen zurück, und wenn es noch so etwas wie einen John Bull gibt, so ist er es. In jedem andern Land wäre ein Projekt mit ihm an der Spitze von vornherein zum Tod verurteilt, aber in England – nun, wenn du ihn gewinnen kannst, Michael, dann hast du schon halb gewonnen.«

Michael blickte seinen Vater etwas spöttisch an. Hatte er das richtige Verständnis für das England von heute? Im Geiste überflog sein Blick alle Gebiete des öffentlichen Lebens. Bei Gott, sein Vater hatte recht!

»Wie soll ich mich bei ihm einführen, Vater? Willst du auch dem Komitee beitreten? Du kennst ihn, könnten wir nicht zusammen hingehen?«

»Wenn du mich wirklich dabei haben möchtest«, bemerkte Sir Lawrence fast sehnsüchtig, »dann trete ich bei. Es ist Zeit, daß ich wieder etwas arbeite.«

»Ausgezeichnet! Ich glaube, ich begreife jetzt, was du mit Bentworth bezweckst. Er ist über jeden Verdacht erhaben – hat schon so viel Geld, daß er nichts mehr herausschlagen will, und ist nicht klug genug, jemanden hinters Licht zu führen, auch wenn er es wollte.«

Sir Lawrence nickte. »Dazu kommt noch seine Erscheinung; die fällt schwer ins Gewicht bei einem Volk, das die Landwirtschaft als ein schlechtes Geschäft an den Nagel gehängt hat. Wir denken noch immer gern an Beefsteaks. Recht viele unserer modernen Führer verdanken ihr Amt diesem Umstand. Ein Volk, das nicht mehr auf seinem Grund und Boden sitzt und irgendeinem nebelhaften Ziel entgegentreibt, das sucht Biederkeit, Beefsteaks und Bier – wenn auch nur Dünnbier – bei seinen Führern. Es liegt etwas Ergreifendes darin, Michael. Was haben wir heute? Donnerstag? Heute wird Bentworth seine Aufsichtsratssitzungen haben. Wollen wir das Eisen schmieden, solang es heiß ist? Wahrscheinlich treffen wir ihn im Burton-Klub.«

»Gut!« sagte Michael, und sie brachen auf.

»Dieser Klub«, murmelte Sir Lawrence, als sie die Stufen zum Burton-Klub hinaufstiegen, »ist nur für Weitgereiste bestimmt, und ich glaube nicht, daß Bentworth je auch nur einen Kilometer gereist ist. Das beweist, wie sehr man ihn respektiert. Nein, da tue ich ihm unrecht. Es fällt mir ein, daß er im Burenkrieg eine Gaumannschaft befehligte. Ist der ›Squire‹ im Klub, Smileman?«

»Jawohl, Sir Lawrence, gerade gekommen.«

»Der letzte Squire« stand vor dem Schwarzen Brett. Mit seinem rosigen Gesicht, dem gestutzten weißen Schnurrbart und dem steifen, kurzen weißen Backenbart stand er in einer Haltung da, als wären die Neuigkeiten zu ihm gekommen und nicht er zu den Neuigkeiten. Banken mochten zugrunde gehen und Regierungen stürzen, Kriege ausbrechen und Streiks mißlingen, doch diese beträchtliche Leibesfülle würde niemals zusammenschrumpfen, nie würde der feste Blick dieser blauen Augen mit den nach oben verlaufenden Brauen unruhig flackern. Ziemlich kahl, mit bescheidenen Resten exakt geschnittenen Haares, war er tadellos rasiert, und das stets gut gelaunte, von der Luft gerötete Gesicht gewann durch den Schnurrbart, der genau dort zu Ende ging, wo die Lippen endeten, einen Ausdruck besonderer Willenskraft.

Als Michael von ihm auf seinen eigenen Vater blickte – mager, rasch, dunkel, gelenkig und voll witziger Einfälle –, war er beeindruckt. Für Wilfred Bentworth war ein launiger Einfall allerdings etwas Unbekanntes. »Wie er's angestellt hat, nicht in die Politik hineinzugeraten«, dachte Michael, »begreife ich nicht.«

»Mein Sohn, Squire, ein angehender Staatsmann. Wir möchten Sie zum Anführer einer verzweifelten Sache machen. Lächeln Sie nicht! Sie sind uns verfallen, wie es in den Filmaufschriften dieses Kinozeitalters heißt. Sie sollen für uns in die Bresche springen. Es handelt sich um die Elendsviertel. Aber leg d u los, Michael.«

Michael legte los. Nachdem er die These seines Onkels entwickelt und gewisse Zahlen angeführt hatte, schmückte er sie mit allen malerischen Einzelheiten aus, die ihm gerade einfielen. Er kam sich fast vor wie eine Fliege, die einen Angriff auf die Flanke eines Ochsen unternimmt und dabei dessen Schwanz im Auge behält.

»Wenn man einen Nagel in die Wand schlägt, Sir, dann kommen die gewissen kleinen Tiere heraus.«

»O du guter Gott!« rief der Gutsherr plötzlich. »Guter Gott!«

»Das Gute muß man in diesem Falle bezweifeln«, warf Sir Lawrence ein.

Der Gutsherr machte große Augen. »Gottloser Wicht!« erwiderte er. »Ich kenne Cherrell nicht, aber es heißt, er hat einen Spleen.«

»Das gerade nicht«, murmelte Sir Lawrence, »er ist nur etwas ungewöhnlich, wie die meisten Mitglieder wirklich alter Familien.«

Das Exemplar echt angelsächsischer Herkunft vor ihm im Sessel zwinkerte mit den Augen.

»Die Cherrells, müssen Sie nämlich wissen«, fuhr Sir Lawrence fort, »waren schon ein altes Geschlecht, als dieser Schuft von einem Rechtsgelehrten, der erste Mont, unter Jakob dem Ersten unsere Familie begründete.«

»Oho!« sagte der Gutsherr. »Sind Sie vielleicht aus dieser netten Sippschaft hervorgegangen? Das hab' ich gar nicht gewußt.«

»Sie kennen doch die Slums nicht näher, Sir?« fragte Michael, der fand, daß man sich nicht in das Labyrinth der Abstammung verlieren dürfe.

»Wie? Nein. Ich sollte sie eigentlich kennen. Arme Teufel, die Leute dort!«

»Die menschliche Seite«, bemerkte Michael schlau, »gibt nicht einmal zu so ernsten Bedenken Anlaß wie die Verschlechterung der Rasse.«

»Hm!« brummte der Gutsherr. »Verstehen Sie etwas von Rassezüchtung?«

Michael schüttelte den Kopf.

»Na, dann lassen Sie sich gesagt sein, daß fast alles auf Vererbung beruht. Man könnte eine solche Bevölkerung wohl auffüttern, ihren Charakter aber kann man nicht ändern.«

»Ich glaube nicht, daß an ihrem Charakter viel verdorben sein kann«, entgegnete Michael. »Die Kinder sind vorwiegend blond, was vermutlich bedeutet, daß sie noch immer die angelsächsischen Tugenden besitzen.«

Sein Vater zwinkerte ihm zu. »Ein ganzer Diplomat!« schien er zu sagen.

»Wer soll denn in dieses Komitee kommen?« fragte der Gutsherr kurz.

»Mein Vater«, erwiderte Michael, »und dann haben wir an den Marquis von Shropshire gedacht —«

»Ah, dieser Jubelgreis!«

»Aber noch sehr lebendig«, sagte Sir Lawrence. »Der elektrifiziert noch die ganze Welt.«

»Wer noch?«

»Sir Timothy Fanfield —«

»Dieser alte Renommist! Weiter!«

»Sir Thomas Morsell —«

»Hm!«
»Oder irgendeine andere medizinische Kapazität, die Sie für besser halten, Sir«, fügte Michael rasch hinzu.
»Es gibt keine. Sind Sie ganz sicher, daß Wanzen dort sind?«
»Absolut.«
»Na, ich müßte mit Cherrell sprechen. Man hat mir gesagt, er kann einem ein Loch in den Bauch reden.«
»Hilary ist ein guter Kerl«, warf Sir Lawrence ein, »ein wirklich guter Kerl, Squire.«
»Gut, Mont; wenn er mir gefällt, nehme ich an. Ich kann Ungeziefer nicht leiden.«
»Eine große nationale Bewegung, Sir«, begann Michael wieder, »und niemand —«
Der Gutsherr schüttelte den Kopf.
»Machen Sie sich nichts vor«, erwiderte er. »Sie werden vielleicht ein paar Pfund auftreiben, ein paar Wanzen vertilgen; aber eine nationale Bewegung, das gibt's in diesem Lande nicht ...«
»Ein wackerer Bursche«, erklärte Sir Lawrence, als sie wieder die Treppe hinuntergingen, »der ist noch nie in seinem Leben enthusiastisch gewesen. Er wird einen prächtigen Vorsitzenden abgeben. Ich glaube, den haben wir gekapert, Michael. Du hast deine Wanzen gut ins Treffen geführt. Nehmen wir jetzt den Marquis vor. Sogar Herzöge sind bereit, unter Bentworth zu dienen; sie wissen, daß seine Familie noch älter ist als die ihrigen, und dann hat er ein gewisses Etwas.«
»Ja, aber was ist dieses Etwas eigentlich?«
»Ganz einfach: Er denkt nie über sich selber nach — er will nicht hoch hinaus, und er schert sich den Teufel um irgendwen oder irgendwas.«
»Es muß noch mehr an ihm sein«, sagte Michael.
»Ja, stimmt. Tatsächlich denkt er, wie England wirklich denkt, und nicht, wie es zu denken glaubt.«
»Herrgott!« rief Michael, »eine glänzende Diagnose. Wollen wir jetzt dinieren, Vater?«
»Ja, gehen wir ins Parthenäum. Als man mich dort zum Mitglied machte, war ich der Meinung, daß ich den Klub nie besuchen würde, aber ich komme häufig hin. Es geht dort östlicher zu als sonstwo in London. Ein Jogi könnte sich nichts Besseres wünschen. Ich trete ein und sitze in einem Trancezustand, bis es für mich Zeit ist, wieder wegzugehen. Man hört keinen Laut, niemand kommt mir in die Nähe. Dort gibt es keine vulgäre materielle Behaglichkeit. Die vorherrschende Farbe ist die des Ganges. Und in den Gemächern herrscht mehr unzugängliche Weisheit

als irgendwo sonst im Westen. Wir werden das Klub-Menü nehmen. Es ist so zusammengestellt, daß es jede Begeisterung dämpft. Man darf natürlich nicht dort lunchen, wenn man einen Freund mithat. Irgendwo müssen der Gastfreundschaft Grenzen gesetzt sein.«

Nachdem sie ihre Begeisterung hinreichend gedämpft hatten, sagte er: »Nun wollen wir den Marquis aufsuchen! Seit der Marjorie-Ferrar-Affäre hab' ich den alten Knaben nicht gesehen. Hoffentlich plagt ihn nicht die Gicht ...«

Sie kamen in der Curzon Street an, als der Marquis gerade diniert hatte und in sein Arbeitszimmer zurückgekehrt war.

»Wecken Sie ihn nicht auf, wenn er schläft«, sagte Sir Lawrence.

»Der Marquis schläft niemals, Sir Lawrence.«

Als sie hineingeführt wurden, schrieb er und blickte sie über den Schreibtisch an.

»Ah, der junge Mont!« rief er. »Wie nett!« Dann machte er eine kleine Pause. »Es hat doch hoffentlich nichts mit meiner Enkelin zu tun?«

»Weit davon entfernt, Marquis. Wir brauchen nur Ihre Hilfe in einer öffentlichen Angelegenheit zugunsten der Armen. Es handelt sich um die Slums.«

Der Marquis schüttelte den Kopf.

»Ich mische mich nicht gern in solche Sachen ein; je ärmer die Leute sind, um so mehr Rücksicht sollte man auf ihre Gefühle nehmen.«

»Wir sind ganz Ihrer Meinung, Sir; aber erlauben Sie meinem Sohn zu erklären, worum es sich handelt.«

»Dann nehmen Sie bitte Platz.« Und der Marquis erhob sich, stellte einen Fuß auf den Sessel, stützte den Ellbogen aufs Knie und legte den Kopf ein wenig zur Seite. Zum zweitenmal an diesem Abend gab Michael seine Erklärungen zum besten.

»Bentworth!« sagte der Marquis. »Seine Durham-Rinder sind eine ausgezeichnete Rasse. Ein verläßlicher Mensch, aber hinter der Zeit zurück.«

»Ebendeshalb brauchen wir ja S i e, Marquis.«

»Mein lieber junger Mont, ich bin zu alt.«

»Gerade weil Sie noch so jung sind, kommen wir zu Ihnen.«

»Um ganz offen zu sein, Sir«, bemerkte Michael, »wir dachten, daß Sie vielleicht als Komiteemitglied einen Aufruf mitunterzeichnen möchten, da mein Onkel die Elektrifizierung aller Küchen vorgesehen hat. Wir brauchen jemanden, der eine Autorität auf diesem Gebiet ist.«

»Aha!« sagte der Marquis. »Hilary Cherrell – ich habe ihn einmal in der St.-Pauls-Kathedrale predigen hören – es war sehr unterhaltend. Was sagen denn die Bewohner der Slums zur Elektrifizierung?«

»Natürlich gar nichts, bis sie durchgeführt ist, aber dann werden sie von nichts anderem mehr sprechen.«

»Hm!« bemerkte der Marquis. »Hm! Ihr Onkel scheint ein tüchtiger Mensch zu sein.«

»Wir hoffen«, fuhr Michael fort, »daß die Elektrifizierung sich in jeder Hinsicht bewähren wird.«

Der Marquis nickte. »An diesem Ende muß man es anpacken. Ich werde es mir überlegen. Meine einzige Sorge ist, daß ich kein Geld habe, und ich wende mich nicht gern an andere, ohne selbst eine nennenswerte Summe beizutragen.«

Die beiden Monts blickten einander an; diese stichhaltige Entschuldigung hatten sie nicht vorausgesehen.

»Sie kennen wohl niemanden«, fuhr der Marquis fort, »der Spitzen kaufen würde? Echte venezianische Spitzen, etwas wirklich Gutes. Oder«, fügte er hinzu, »da hab' ich einen Morland —«

»Wirklich?« rief Michael aus. »Erst kürzlich hat mein Schwiegervater gesagt, er möchte einen Morland kaufen.«

»Hat er einen guten Platz zum Hängen?« fragte der Marquis nachdenklich. »Es ist ein weißes Pony.«

»Bestimmt, Sir; er ist ein echter Sammler.«

»Besteht eine Aussicht, daß es einmal an den Staat fällt?«

»Eine recht günstige Aussicht, glaub' ich.«

»Gut, vielleicht könnte er herkommen und es sich ansehen. Es hat bis jetzt den Besitzer noch nicht gewechselt. Wenn er mir den Marktpreis zahlt, wie immer der heute ist, so wäre das Problem gelöst.«

»Das ist zu gütig von Ihnen, Sir.«

»Durchaus nicht«, erwiderte der Marquis. »Ich glaube an die Elektrizität, und ich verabscheue den Rauch. Das scheint mir gerade die richtige Bewegung zu sein. Es handelt sich um einen Mr. Forsyte, nicht wahr? Da war dieser Prozeß — mit meiner Enkelin, aber das gehört der Vergangenheit an. Ich hoffe, daß Sie wieder Freunde sind?«

»Ja, Sir; vor vierzehn Tagen hab' ich sie getroffen, und es war alles in Ordnung.«

»Bei euch modernen jungen Leuten hat nichts Bestand«, bemerkte der Marquis; »die jüngere Generation scheint den Krieg schon vergessen zu haben. Fragt sich, ob das gut ist. Was sagen Sie dazu, Mont?«

»*›Tout casse, tout passe‹*, Marquis.«

»Oh, ich beklage mich gar nicht darüber«, entgegnete der Marquis, »im Gegenteil. Was ich noch sagen wollte — in diesem Komitee brauchen Sie einen von den Neureichen mit viel Geld.«

»Könnten Sie uns einen vorschlagen, Sir?«

»Mein unmittelbarer Nachbar, ein Mann namens Montross — ich glaube, sein wirklicher Name lautet anders —, käme vielleicht in Betracht. Soviel ich weiß, hat er mit Strumpfbandgummi Millionen gemacht, er scheint ein Patent darauf zu haben, daß die Strumpfbänder nicht zu lange halten. Ich bemerke manchmal, wie er mich sehnsüchtig anblickt — ich trage sie nämlich nicht. Vielleicht erwähnen Sie meinen Namen. Er hat eine Frau und bis jetzt noch keinen Titel. Es ist anzunehmen, daß er eine öffentliche Tätigkeit sucht.«

»Das wäre gerade der Mann, den wir brauchen«, meinte Sir Lawrence. »Glauben Sie, daß wir es jetzt versuchen könnten?«

»Versuchen Sie's nur!« erwiderte der Marquis. »Versuchen Sie's nur! Wie ich höre, hat er Sinn für Häuslichkeit. Es wäre zwecklos, die Sache nur halb zu tun. Eine Riesensumme Geld wird nötig sein, wenn wir eine größere Anzahl Küchen elektrifizieren wollen. Ein Mann, der beträchtlich dazu beiträgt, würde sich den Adel auf eine bessere Art verdienen als viele andere.«

»Da muß ich Ihnen recht geben«, pflichtete Sir Lawrence bei, »damit wäre wirklich der Allgemeinheit ein Dienst geleistet. Die Aussicht auf den Adel dürfen wir wohl nicht als Köder benützen?«

Der Marquis schüttelte den Kopf, den er auf die Hand gestützt hielt. »In solchen Zeiten nicht«, entgegnete er. »Erwähnen Sie nur die Namen seiner Kollegen im Komitee. Wir können nicht annehmen, daß ihn die Sache an sich interessieren wird.«

»Jedenfalls danken wir Ihnen sehr, Sir. Wir werden Sie wissen lassen, ob Wilfrid Bentworth den Vorsitz übernehmen wird und wie es im allgemeinen vorwärtsgeht.«

Der Marquis stellte seinen Fuß auf den Boden zurück und neigte den Kopf zu Michael hin.

»Ich sehe es gern, wenn junge Politiker sich für die Zukunft Englands interessieren, denn noch soviel Politik wird nicht verhindern können, daß es eine Zukunft hat. Was ich noch fragen wollte: Haben Sie selbst eine elektrifizierte Küche?«

»Meine Frau und ich denken ernstlich daran, Sir.«

»Lieber nicht denken«, sagte der Marquis, »sondern handeln!«

»Ja, das werden wir.«

»Wir müssen die Gelegenheit beim Schopf packen, solang der Kohlenstreik dauert«, erklärte der Marquis. »Ich kenne nichts Kürzeres als das Gedächtnis des Publikums.«

»Uff!« sagte Sir Lawrence vor der nächsten Haustür. »Der alte Kerl ist lebendiger denn je. Es ist anzunehmen, daß der Name hier ursprünglich Moses gelautet hat. Wenn das stimmt, bleibt die Frage: Sind wir dieser Aufgabe gewachsen?«

Zögernd musterten sie das Gebäude, vor dem sie standen.

»Am besten, wir gehen direkt auf unser Ziel los«, erklärte Michael. »Schildern wir ihm die Slums, erwähnen wir die Namen der Männer, die wir zu gewinnen hoffen, und überlassen wir ihm das übrige.«

»Ich glaube«, bemerkte sein Vater, »wir sollten lieber sagen, daß wir sie gewonnen haben, nicht daß wir sie zu gewinnen hoffen.«

»In dem Augenblick, wo wir die Namen erwähnen, wird er wissen, daß wir es auf seine Moneten abgesehen haben.«

»Das wird er auf jeden Fall wissen, mein Junge.«

»Ich hoffe, diese Moneten existieren auch wirklich!«

»Montross Ltd.! Sie fabrizieren nicht nur Strumpfbandgummi.«

»Am liebsten möchte ich ganz offen an seine Großmut appellieren; diese Rasse besitzt viel Großmut.«

»Wir können nicht hier stehenbleiben, Michael, um über die Eigenschaften des auserwählten Volks zu diskutieren, läut an!«

Michael läutete.

»Ist Mr. Montross zu Hause? Aha! Wollen Sie ihm diese Karten geben und fragen, ob wir ihn einen Augenblick sprechen können.«

Das Zimmer, in das sie geführt wurden, war offenbar für solche Zwecke bestimmt, denn während sich nichts darin befand, was man hätte mitnehmen können, waren recht bequeme Stühle vorhanden und einige wertvolle, aber sehr große Bilder und Büsten.

Sir Lawrence studierte gerade eine Büste und Michael ein Bild, als die Tür aufging und eine Stimme sagte: »Bitte, meine Herren?«

Mr. Montross war von kleiner Statur, etwa so wie ein mageres Walroß, das einst dunkel gewesen und nun ergraut war. Er hatte eine leicht gebogene Nase, melancholische braune Augen, einen buschigen angegrauten Hängeschnurrbart und ebensolche Brauen.

»Ihr Nachbar, der Marquis von Shropshire, hat uns geraten, Sie aufzusuchen, Sir«, begann Michael sofort. »Wir wollen ein Komitee bilden, um einen Aufruf zur Gründung eines Nationalfonds zu erlassen: Er soll zur Sanierung der Slums dienen.« Und zum drittenmal erging sich Michael in Einzelheiten.

»Und warum kommen Sie gerade zu m i r, meine Herren?« fragte Mr. Montross, als Michael geendet hatte.

Michael bemühte sich, nicht zu stottern. »Weil Sie vermögend sind, Sir«, erwiderte er einfach.

»Gut!« sagte Mr. Montross. »Sehen Sie, ich habe in den Armenvierteln begonnen. Mr. Mont – nicht wahr? Ja, Mr. Mont, ich habe dort begonnen; ich weiß sehr viel von diesen Leuten, verstehen Sie. Ich dachte, daß Sie vielleicht deshalb zu mir gekommen sind.«

»Ausgezeichnet, Sir«, entgegnete Michael, »aber davon hatten wir natürlich keine Ahnung.«

»Diese Leute kommen auf die Welt, ohne eine Zukunft zu haben, Mr. Mont.«

»Das wollen wir ja ändern, Sir.«

»Wenn man sie aus ihren Straßen nimmt und in ein neues Land bringt – dann vielleicht; aber sie in ihren Straßen lassen –« Mr. Montross schüttelte den Kopf. »Sehen Sie, Mr. Mont, ich kenne diese Leute; wenn sie an die Zukunft dächten, so könnten sie überhaupt nicht weiterleben. Und wenn man nicht an seine Zukunft denkt, so kann man auch keine haben.«

»Aber wie war es denn mit Ihnen?« fragte Sir Lawrence.

Mr. Montross wandte den Blick von Michael zu den Karten in seiner Hand, dann sahen seine melancholischen Augen wieder auf.

»Sir Lawrence Mont, nicht wahr? Ich bin Jude – das ist etwas anderes. Ein Jude arbeitet sich aus jedem Anfang empor, wenn er ein echter Jude ist. Den Grund, warum polnische und russische Juden sich nicht so leicht emporarbeiten, kann man an ihren Gesichtern erkennen – zuviel slawisches oder mongolisches Blut. Ein reinrassiger Jude wie ich arbeitet sich empor.«

Sir Lawrence und Michael tauschten einen Blick. »Der Kerl gefällt uns«, schien er zu sagen.

»Ich war ein armer Junge in einem der schlimmsten Slums«, fuhr Mr. Montross, den Blick bemerkend, fort, »und jetzt bin ich – nun, ein Millionär; aber Sie müssen bedenken, daß ich das nicht geworden bin, indem ich mein Geld hinauswarf. Ich helfe gern Leuten, die sich selber helfen.«

»Dann sagt Ihnen«, bemerkte Michael seufzend, »das Projekt also in keiner Weise zu?«

»Ich werde meine Frau fragen«, erwiderte Mr. Montross, ebenfalls seufzend. »Guten Abend, meine Herren! Ich werde mir erlauben, Ihnen schriftlich Bescheid zu geben.«

Im abendlichen Zwielicht gingen die beiden Monts langsam in Richtung Mount Street.

»Nun?« fragte Michael.

Sir Lawrence zog die Brauen hoch. »Ein ehrlicher Mensch«, sagte er; »ein Glück für uns, daß er eine Frau hat.«

»Du meinst —?«
»Die zukünftige Lady Montross wird ihn schon dazu bringen. Aus welchem anderen Grund hätte er sie sonst fragen wollen? Das macht vier, und Sir Timothy ist uns sicher; die Hausbesitzer in den Slums sind ihm ein Dorn im Auge. Dann brauchen wir nur noch drei. Einen Bischof kann man immer bekommen, im Augenblick fällt mir allerdings nicht der richtige ein; wir müssen einen bekannten Arzt haben, und wir sollten auch einen Bankier auffordern; doch vielleicht geht es mit deinem Onkel Lionel Cherrell, der vom Gericht her alle Schattenseiten der Finanzwirtschaft kennt, und auch Alison könnten wir als Arbeitskraft gewinnen. Aber nun gute Nacht, mein Lieber! Ich war schon lange nicht so müde.«
An der Ecke trennten sie sich, und Michael ging gegen Westminster zu. Er ging durch die eiserne Gittertür der Anlagen vor dem Buckingham-Palast und an den Ställen entlang zur Victoria Street. Dieser ganze Stadtteil hatte einige zünftige Elendsviertel, obgleich er wußte, daß die Behörden kürzlich begonnen hatten, dort »Ordnung zu schaffen«. Er passierte eine Gegend, wo diese »Ordnung« so weit vorgeschritten war, daß man einen Haufen alter Häuser niedergerissen hatte. Michael starrte zu den stehengebliebenen Mauerresten empor, an denen noch ein Mosaik zerfetzter Tapeten hing. Was war aus den Leuten geworden, die man aus diesen Ruinen vertrieben hatte? Wo fristeten sie nun ihr tragisches Leben, aus dem sie eine so heitere Komödie zu machen verstanden? Er kam zu dem breiten Strom der Victoria Street und kreuzte ihn. Da er einen Weg einschlug, den man für gewöhnlich vermied, befand er sich bald in Gassen, wo verhutzelte alte Weiber auf den Türstufen saßen, um ein wenig Luft zu schnappen, und schmale Gäßchen in unerforschte Tiefen führten. Michael erforschte sie in der Phantasie, nicht in der Wirklichkeit. Eine ganze Weile stand er an der Ecke eines solchen Gäßchens und versuchte sich vorzustellen, wie man dort lebte. Da es ihm nicht gelang, ging er rasch weiter, bis er zu dem Platz kam, wo er wohnte, und zu seiner eigenen Behausung mit den Lorbeerbäumen in Kübeln, dem dänischen Dach und der fast hoffnungslosen Reinlichkeit. Er litt unter dem Gefühl, das sensitive Menschen überfällt, wenn sie an ihr sorgloses Leben denken.
»Fleur würde sagen«, dachte er, während er sich auf die Marmortruhe setzte, denn auch er war müde, »daß diese Leute, die weder durch ästhetisches Empfinden noch durch eine Tradition der Reinlichkeit beschwert sind, sich zumindest so glücklich fühlen wie wir. Sie würde behaupten, daß es ihnen genausoviel Vergnügen macht, von der Hand

in den Mund zu leben (wobei der Mund allerdings schlecht wegkommt), wie uns Bad, Jazz, Poesie und Cocktails; und sie hat gewöhnlich recht.« Wenn dem wirklich so war, zu welchem Zweck drehten sie sich dann alle im Kreis? Wenn ein Leben mit Wanzen und Fliegen genauso gut war wie ein Leben ohne Wanzen und Fliegen, wozu dann Insektenpulver und die hochfliegenden Ideen der Dichter? Die Voraussetzung für Blakes »Neues Jerusalem« war sicherlich Insektenpulver, und die Voraussetzung für Insektenpulver war eine empfindliche Haut. Wenn man also behauptete, daß die Zivilisation nicht unter die Haut gehe, so war das durchaus nicht zynisch. Daß die Menschen Seelen haben, ist möglich, daß sie eine Haut haben, ist sicher; und ein wirklicher Fortschritt läßt sich nur dann konstatieren, wenn man die Empfindlichkeit der Haut als Gradmesser benützt. Solche Gedanken gingen Michael durch den Kopf, während er auf der Marmortruhe saß; während er an Fleurs Haut dachte, die so frisch und glatt war, stieg er die Treppe hinauf.

Sie hatte gerade ihr Abendbad genommen und stand am Fenster ihres Schlafzimmers. Woran dachte sie? An den Mond über dem Platz?

»Arme Gefangene!« sagte er und legte seinen Arm um sie.

»Was für ein sonderbares Geräusch bei Nacht in der Stadt laut wird, Michael. Wenn man bedenkt, daß es sich aus sieben Millionen einzelner Geräusche zusammensetzt, daß es von sieben Millionen Menschen herrührt, die alle ihren eigenen Weg gehen.«

»Und doch schlagen alle nur einen einzigen Weg ein.«

»Wir schlagen überhaupt keinen Weg ein«, erwiderte Fleur, »wir machen nur Schritte.«

»Es muß doch alles ein unbewußtes Ziel haben, mein Schatz.«

»O ja, gewiß. Veränderung!«

»Zum Guten oder zum Schlimmen; das ist ja an sich schon ein Ziel.«

»Ja, aber es ist nur der Abgrund, in den wir uns dann stürzen.«

»Wie die vom Teufel Besessenen in der Bibel, die blind in ihr Verderben rasen.«

»Nun, warum auch nicht?«

»Ich gebe zu«, sagte Michael niedergeschlagen, »daß alles oft nur an einem Faden hängt; aber wozu hat man seinen gesunden Menschenverstand!«

»Gesunder Menschenverstand – wo es sich um die Leidenschaft handelt.«

Michael lockerte seine Umarmung. »Ich habe immer geglaubt, daß du für den gesunden Menschenverstand bist. Leidenschaft? Die Leidenschaft, zu besitzen? Oder die Leidenschaft, zu erkennen?«

»Beides«, gab Fleur zurück. »Das ist die heutige Zeit, und ich bin ein Kind dieser Zeit. Du bist es nicht, Michael. Das weißt du doch!«
»Das bezweifle ich!« erwiderte Michael und ließ ihre Taille los. »Aber wenn du etwas Besonderes besitzen oder erkennen möchtest, Fleur, dann sag es lieber.«
Ein Augenblick des Schweigens folgte, dann fühlte er ihren Arm durch den seinen gleiten und ihre Lippen an seinem Ohr.
»Nur den Mond, mein Lieber. Gehen wir schlafen.«

7

Zwei Besuche

Am selben Tag, an dem Fleurs Klausur zu Ende ging, erhielt sie einen Besuch, den sie am allerwenigsten erwartet hatte. Wenn sie auch nicht völlig die Existenz dieser Person vergessen konnte, die so unauslöschlich mit ihrem Hochzeitstag verknüpft war, so hatte sie doch kaum erwartet, sie je wiederzusehen. Die Meldung: »Miss June Forsyte, Ma'am« und die Tatsache, die Betreffende vor dem Fragonard zu finden, erschütterten sie wie ein gelindes Erdbeben.
Die silbrige kleine Gestalt hatte sich bei ihrem Eintritt umgewandt und hielt ihr eine Hand im Zwirnhandschuh hin.
»Das da ist eine seichte Richtung«, sagte sie und wies mit dem Kinn nach dem Fragonard; »aber dein Zimmer gefällt mir. Harold Blades Bilder würden sich hier wundervoll ausnehmen. Kennst du seine Arbeiten?«
Fleur schüttelte den Kopf.
»Oh! Ich hätte gedacht, daß jeder —« Die kleine Dame hielt inne, als hätte sich plötzlich ein Abgrund vor ihr aufgetan.
»Willst du dich nicht setzen?« fragte Fleur. »Hast du noch immer deine Galerie dort bei der Cork Street?«
»Die? Ach nein! Das war eine hoffnungslose Angelegenheit. Ich hab' sie für die Hälfte dessen verkauft, was mein Vater dafür bezahlt hat.«
»Und was ist aus diesem amerikanischen Polen Boris Strumo — oder wie er sonst heißt — geworden, für den du dich so interessiert hast?«
»Der! Oh! Total gescheitert. Verheiratet — und arbeitet nur noch für Geld.

Er bekommt horrende Preise für seine Sachen – absolut nichts wert. Also Jon und seine Frau –« Wieder hielt sie inne, und Fleur bemühte sich, die gefährliche Stelle zu erkennen, von der June ihren Fuß zurückgezogen hatte.

»Ja«, erwiderte sie und blickte June fest in die Augen, die unruhig hin und her wanderten. »Jon scheint Amerika endgültig verlassen zu haben. Ich kann nicht glauben, daß seine Frau sich hier wohl fühlen wird.«

»Ah!« sagte June; »Holly hat mir erzählt, daß du selber in Amerika warst. Hast du Jon dort getroffen?«

»Ja und nein.«

»Hat dir Amerika gefallen?«

»Es ist sehr anregend.«

June schnupperte.

»Kauft man dort Bilder? Ich meine, glaubst du, daß Harold Blades Bilder dort eine Chance hätten?«

»Ohne seine Sachen zu kennen –«

»Natürlich, das hatte ich vergessen; es klingt kaum glaublich, daß du sie nicht kennst.«

Sie beugte sich zu Fleur hinüber, und ihre Augen leuchteten. »Weißt du, ich möchte so gern, daß du ihm sitzt; er könnte ein so herrliches Bild von dir malen. Dein Vater muß das einfach arrangieren. Bei deiner Stellung in der Gesellschaft, Fleur, besonders nach jenem Prozeß im vorigen Jahr« – Fleur zuckte fast unmerklich zusammen –, »wäre der arme Harold ein gemachter Mann. Er ist so ein Genie«, fügte sie stirnrunzelnd hinzu, »du m u ß t seine Sachen kennenlernen.«

»Recht gern«, sagte Fleur. »Hast du Jon schon gesehen?«

»Nein. Sie kommen am Freitag. Ich hoffe, daß sie mir gefällt. Für gewöhnlich gefallen mir alle Ausländer bis auf Amerikaner und Franzosen. Ich meine – mit Ausnahmen selbstredend.«

»Natürlich«, stimmte Fleur zu. »Um welche Zeit bist du gewöhnlich zu Hause?«

»Jeden Nachmittag zwischen fünf und sieben geht Harold aus – er benützt mein Atelier, mußt du wissen. Ich kann dir seine Arbeiten besser zeigen, wenn er nicht dabei ist; er ist zu empfindlich – alle wahren Genies sind das. Ich will, daß er auch Jons Frau malt. Er trifft Frauen ganz hervorragend.«

»Dann würde ich vorschlagen, daß Jon ihn und seine Arbeiten zuerst kennenlernt.«

June starrte sie einen Augenblick an und betrachtete dann wieder den Fragonard. »Wann kommt dein Vater?« fragte sie.

»Es wird vielleicht am besten sein, wenn ich vorher zu dir komme.«

»Ja, Soames interessiert sich natürlich immer für das Verkehrte«, erklärt June nachdenklich; »aber wenn du ihm sagst, daß du gemalt werden willst, dann gibt er gewiß nach — er hat dich ja immer verwöhnt —«

Fleur lächelte. »Nun, ich werde dich besuchen. Diese Woche vielleicht noch nicht.« Und in Gedanken fügte sie hinzu: »Und vielleicht doch — am Freitag.«

June stand auf. »Dein Haus gefällt mir und dein Mann auch. Wo ist er?«

»Michael? Wahrscheinlich in den Slums. Er steckt bis über die Ohren in Plänen zu ihrer Sanierung.«

»Das ist ja prachtvoll! Kann ich deinen Jungen sehen?«

»Leider nicht, er hat gerade die Masern gehabt.«

June seufzte. »Es scheint schon lange her, seit ich die Masern hatte. Ich erinnere mich noch so gut an Jons Masern. Ich habe ihm damals die ersten Abenteuerromane gebracht.« Plötzlich blickte sie zu Fleur auf. »Gefällt dir seine Frau? Ich finde es lächerlich, daß er so jung geheiratet hat. Harold sage ich immer, daß er nie heiraten soll; es ist das Ende aller Abenteuer.« Ihre Augen bewegten sich hin und her, als fügte sie im stillen hinzu: »Oder ihr Anfang, und ich bin nie dazugekommen.« Plötzlich streckte sie beide Hände aus.

»Ich werde dich also erwarten. Ich weiß nicht, ob ihm dein Haar gefallen wird.«

Fleur lächelte. »Ich fürchte, ich kann es mir nicht ihm zuliebe nachwachsen lassen. Oh, da kommt gerade mein Vater!« Sie hatte Soames am Fenster vorbeigehen sehen.

»Ich habe eigentlich keine Lust, ihn zu treffen, wenn es nicht sein muß«, erklärte June.

»Ich glaube, er teilt deine Gefühle. Wenn du einfach hinausgehst, wird er dich nicht beachten.«

»Oh!« sagte June, und schon war sie draußen.

Durch das Fenster sah Fleur, wie sie davonstürmte, als hätte sie nicht Zeit, den Boden zu berühren.

Einen Augenblick später kam Soames herein. »Was hat dieses Weibsbild hier zu suchen?« fragte er. »Sie fliegt dahin wie ein Sturmvogel.«

»Nichts Besonderes, Vater; sie hat einen neuen Maler, dem sie auf die Beine helfen will.«

»Wieder eine von ihren lahmen Enten! Die sind ja schon immer ihre Spezialität gewesen — seit —« Er hielt inne, beinahe wäre ihm Bosinneys Name entschlüpft. »Sie geht nirgends hin, ohne etwas zu wollen«, fügte er hinzu. »Hat sie es bekommen?«

»Genausowenig wie ich, mein Lieber.«
Soames schwieg, da er das unbestimmte Gefühl hatte, daß jeder vor seiner eigenen Tür kehren solle. Wozu auch irgendwohin gehen, wenn man nichts wollte? Das war doch ein Grundprinzip des Lebens.
»Ich habe mir den Morland angesehen«, sagte er; »er ist echt. Ich habe ihn gekauft.« Und er versank in Träumerei . . .
Als Michael ihm mitgeteilt hatte, daß der Marquis von Shropshire einen Morland zu verkaufen habe, hatte Soames sofort bemerkt: »Ich weiß wirklich nicht, ob ich einen kaufen will.«
»Ich dachte, Sie hatten die Absicht, Sir. Es ist ein weißes Pony.«
»Das ist natürlich etwas anderes«, erwiderte Soames. »Was verlangt er dafür?«
»Den Marktpreis, glaub' ich.«
»So etwas gibt es nicht. Ist er echt?«
»Er soll bis jetzt den Besitzer noch nicht gewechselt haben, behauptet der Marquis.«
Soames brütete laut vor sich hin. »Der Marquis von Shropshire — das ist doch der Großvater dieses rothaarigen Frauenzimmers, nicht wahr?«
»Stimmt, aber ein sehr umgänglicher Herr. Er möchte gern, daß Sie das Bild anschauen.«
»Das glaub' ich schon«, sagte Soames — und kein Wort weiter . . .
»Wo ist dieser Morland?« fragte er ein paar Tage später.
»In Shropshires Haus in der Curzon Street, Sir.«
»So! Aha! Na, ich werd' ihn mir einmal ansehen.«
Er nahm den Lunch in der Green Street, wo er noch immer wohnte; dann machte er sich auf den Weg, und nachdem er um ein paar Ecken gebogen war, sandte er seine Karte hinein, auf die er mit Bleistift die Worte geschrieben hatte: »Mein Schwiegersohn, Michael Mont, teilte mir mit, daß Sie mir Ihren Morland zeigen möchten.«
Der Diener kam zurück, öffnete eine Tür und sagte: »Bitte hier einzutreten, Sir. Der Morland hängt über der Anrichte.«
In dem geräumigen Speisezimmer, wo sogar große Möbel klein aussahen, wirkte der Morland zwischen zwei Stilleben, die ihrem Format und Stil nach holländische Malerei waren, noch kleiner. Ein einfacher Vorwurf: weißes Pony im Stall, Tauben, die ein paar Körner aufpicken, und ein kleiner Junge auf einem umgedrehten Korb, einen Apfel essend. Auf den ersten Blick sah Soames, daß das Bild echt war, nicht einmal restauriert — das Helldunkel war bemerkenswert. Er stand mit dem Rücken zum Licht und betrachtete es aufmerksam. Morland war zur Zeit nicht so begehrt wie früher; andererseits hatten seine Bilder Eigenart

und ein handliches Format. Wenn man nicht viel Platz hatte und jene Periode repräsentiert sehen wollte, so war er nach Constable der Beste — gute Old Cromes zum Beispiel waren überaus selten. Ein Morland war ein Morland, so wie ein Millet ein Millet war, und würde nie etwas anderes sein. Wie alle Sammler in einer Epoche der Experimente wollte auch Soames nicht nur etwas kaufen, das in der Gegenwart galt, sondern etwas, das auch in Zukunft gelten würde. Nach seiner Meinung würden die modernen Maler, die dies moderne Zeug zusammenpinselten, bald aus der Mode kommen. Außerdem gefiel ihm das Zeug nicht, wenn er sich auch noch so große Mühe gab. Jene unter den modernen Malern, die wie die meisten Akademiker nach alten Vorwürfen arbeiteten, waren zweifellos vorsichtige Menschen, doch wer konnte sagen, ob irgendeiner von ihnen überleben würde? Nein, das einzig Sichere war, Tote zu kaufen, und zwar solche, die weiterleben würden. Auf diese Art — denn so wie Soames dachten viele andere — war für ein frühes Ende der meisten lebenden Maler gesorgt. Sie behaupteten, daß kaum einer von ihnen — weder für Geld noch für gute Worte — ein Bild verkaufen könne.
Er betrachtete gerade das Pony durch den gekrümmten Daumen und Zeigefinger, als er ein leichtes Geräusch vernahm. Soames wandte sich um und sah einen kleinen alten Herrn in einem Anzug von grobem Wollstoff, der ihn offenbar auf genau dieselbe Art betrachtete.
Während Soames die Hand sinken ließ, entschied er sich, nicht »Euer Gnaden« oder etwas dergleichen zu sagen, sondern murmelte: »Ich habe mir gerade den Schweif angesehen — er ist sehr gut gemalt.«
Auch der Marquis hatte die Hand sinken lassen und studierte die Visitenkarte zwischen Daumen und Zeigefinger der andern Hand.
»Mr. Forsyte, nicht wahr? Mein Großvater hat es dem Maler selbst abgekauft. Auf der Rückseite steht ein Vermerk. Ich würde mich nicht davon trennen, aber die Zeiten sind schlecht. Möchten Sie die Rückseite sehen?«
»Bitte«, sagte Soames, »ich schaue mir alle Bilder von der Rückseite an.«
»Manchmal«, erwiderte der Marquis, wobei er den Morland mit einiger Anstrengung von der Wand nahm, »das Schönste an einem Bild.«
Soames verzog die Mundhälfte, die der Marquis nicht sehen konnte, zu einem Lächeln. Der Alte sollte von ihm nicht den Eindruck der Unterwürfigkeit bekommen.
»Es ist schon etwas dran an dem Prinzip, daß man Erbstücke nicht verkaufen soll, Mr. Forsyte«, fuhr der Marquis, den Kopf auf die Seite geneigt, fort, »das merkt man erst, wenn es dazu kommt.«
»Oh! Ich sehe schon, daß es echt ist, ohne daß ich die Rückseite prüfe«, entgegnete Soames.

»Wenn Sie also kaufen wollen, so wird es eine einfache Transaktion zwischen Gentlemen sein. Wie ich höre, kennen Sie die Preise.«

Soames wandte den Kopf nach der andern Seite und betrachtete den Rücken des Bildes. Die Worte dieses alten Burschen waren so entwaffnend, daß er nicht recht wußte, ob er sich entwaffnen lassen sollte oder nicht.

»Für Lord George Ferrar gemalt von George Morland«, las er, »gegen die Summe von £ 80. 1797.«

»Er erhielt erst später den Titel«, erklärte der Marquis. »Ich bin froh, daß Morland sein Geld bekam – lockere Vögel, unsere Großväter, Mr. Forsyte; das war eine leichtlebige Zeit damals.«

Soames wurde förmlich dick bei dem schmeichelhaften Gedanken, daß auch der »Freisasse Forsyte« ein lockerer Vogel gewesen sein mochte.

»Ein lockerer Vogel, der Morland«, sagte er; »aber damals gab es wirkliche Maler, die Leute konnten beruhigt kaufen – heute geht das nicht mehr.«

»Ich bin nicht so sicher«, meinte der Marquis, »ich bin nicht so sicher. Die Elektrifizierung der Kunst mag ein notwendiger Vorgang sein. Wir sind alle in der Entwicklung begriffen, Mr. Forsyte.«

»Ja«, erwiderte Soames düster, »aber in diesem Tempo kann's nicht weitergehen, es ist unnatürlich. In kurzer Zeit werden wir wieder stillstehen.«

»Sehr fraglich; wir müssen dem Neuen zugänglich sein, nicht wahr?«

»Auf das Tempo kommt es nicht so sehr an«, sagte Soames, über sich selbst erstaunt, »solang es nur irgendwohin führt.«

Der Marquis ließ das Bild auf der Anrichte zurück, stellte seinen Fuß auf einen Stuhl und stützte den Ellbogen aufs Knie.

»Hat Ihr Schwiegersohn Ihnen gesagt, wofür ich das Geld brauche? Er hat ein Projekt für die Elektrifizierung der Küchen in den Slums. Schließlich sind wir ja doch sauberer und humaner als unsere Großväter, Mr. Forsyte. Also welchen Preis halten Sie für angemessen?«

»Warum nicht Dumetrius um seine Meinung fragen?«

»Den Händler von Haymarket? Ist seine Meinung maßgebender als die Ihrige?«

»Das weiß ich nicht«, antwortete Soames ehrlich. »Aber wenn Sie meinen Namen erwähnen, würde er das Bild mit fünf Guineen bewerten und Ihnen dann vielleicht selbst ein Anbot machen.«

»Ich möchte nicht bekanntwerden lassen, daß ich Bilder verkaufe.«

»Nun ja«, sagte Soames. »Ich will nicht, daß Sie weniger dafür bekommen, als Sie anderswo erzielen können. Aber wenn ich Dumetrius den

Auftrag erteile, mir einen Morland zu kaufen, wäre fünfhundert mein Limit. Wenn ich Ihnen nun sechs biete?«

Der Marquis hob das Kinn so plötzlich, daß sein Bart in die Höhe fuhr. »Das wäre vielleicht zu großzügig. Sagen wir fünfhundertfünfzig.«

Soames schüttelte den Kopf. »Wir wollen nicht handeln«, erwiderte er, »sechshundert. Sie können den Scheck sofort haben, ich nehme das Bild selbst mit. Es wird in meiner Galerie in Mapledurham hängen.«

Der Marquis stellte den Fuß herunter und seufzte. »Ich bin Ihnen wirklich sehr verbunden. Und es freut mich ungemein, daß es ein gutes Heim haben wird.«

»Wenn Sie es einmal ansehen kommen wollen —« Soames verschluckte den Rest. So ein alter Kerl, der mit einem Fuß im Oberhaus stand und mit dem andern bereits im Grab — zwischen beiden war eigentlich kein nennenswerter Unterschied —, würde der überhaupt kommen wollen?

»Das wäre reizend«, bemerkte der Marquis, während seine Augen zerstreut umherwanderten. »Haben Sie Ihre eigene elektrische Anlage dort?«

»Ja.« Soames griff nach seinem Scheckbuch. »Können Sie mir ein Taxi rufen lassen? Wenn Sie die Stilleben ein wenig dichter zusammenhängen, wird man den Morland gar nicht vermissen.«

Jenen zweifelhaften Ausspruch noch im Ohr, tauschten sie ihre Güter aus, und Soames kehrte in einem Taxi mit dem Morland in die Green Street zurück. Unterwegs fragte er sich mit leisem Zweifel, ob der Marquis ihn nicht hineingelegt habe, als er von einer Transaktion zwischen Gentlemen sprach. Ein netter alter Knabe in seiner Art, aber gewitzigt, wie er so zwischen Daumen und Zeigefinger hindurchgeschaut hatte! . . .

Im Empfangszimmer seiner Tochter fragte er: »Was hat Michael mit der Elektrifizierung in den Slums zu tun?«

Fleur lächelte, doch Soames gefiel die Ironie dabei nicht.

»Michael! Ja, er steckt bis über die Ohren —«

»In Schulden?«

»Ach nein. Er hat sich jetzt in ein Projekt für die Slums eingelassen, genauso wie damals mit dem Foggartismus. Ich bekomme ihn kaum zu Gesicht.«

Soames brummte innerlich. Der junge Jon Forsyte stand nun im Hintergrund aller seiner Gedanken über sie. War ihr Michaels gänzliches Aufgehen im öffentlichen Leben wirklich nicht recht, oder gab es ihr einen willkommenen Vorwand, ihr eigenes Privatleben zu führen?

»Um die Slums muß man sich kümmern, zweifellos«, erklärte er, »und etwas muß er doch tun.«

Fleur zuckte die Achseln. »Michael ist zu gut für diese Welt.«

»Das weiß ich nicht«, entgegnete Soames. »Aber er ist – eh – recht vertrauensselig.«
»Was du nicht von dir behaupten kannst, nicht wahr, Papachen? Du hast nicht das geringste Vertrauen zu mir.«
»Kein Vertrauen zu dir?« wehrte sich Soames. »Warum denn nicht?«
»Schon gut.«
Soames nahm Zuflucht zum Fragonard. Vorsicht. Sie hatte ihn durchschaut.
»Diese June will wahrscheinlich, daß ich ein Bild kaufen soll«, sagte er.
»Sie will, daß du mich malen läßt.«
»So? Wie heißt denn ihre gegenwärtige lahme Ente?«
»Blade, glaub' ich.«
»Mir unbekannt!«
»Das wird sich gewiß noch ändern.«
»Ja«, murmelte Soames, »sie ist wie eine Klette. Das scheint im Blute zu liegen.«
»Im Blut der Forsytes? Dann trifft es auch auf dich und mich zu.«
Soames wandte sich von dem Fragonard ab und sah sie scharf an.
»Ja, auch auf dich und mich.«
»Ist das nicht amüsant?« sagte Fleur.

8

Ein komischer Zufall

Soames' Zweifel daran, daß Fleur Michaels neues Steckenpferd tatsächlich mißbilligte, trafen beinahe ins Schwarze. Es kam ihr durchaus gelegen; denn es lenkte Michaels Aufmerksamkeit von ihr ab und bewahrte ihn davor, die Frage der Geburtenbeschränkung aufzugreifen, für die nach ihrem Gefühl das Land noch nicht reif war. Außerdem hatte das neue Projekt im Gegensatz zum Foggartismus mehr Aussicht, populär zu werden. Die Elendsviertel hatte man direkt vor der Nase, und mit einer Sache, die so direkt vor der Nase lag, konnte man sogar die Aufmerksamkeit der Parteipolitiker erregen. Da es sich um städtische Verhältnisse handelte, ging der Vorschlag sechs Siebentel der Wähler an. Der Foggartismus – er basierte auf dem Landleben, das als nationale

Kraftquelle und für die Lebensmittelproduktion in England und den Kolonien notwendig war — ging die ganze Bevölkerung an, doch er interessierte nur ein Siebentel der Wähler. Fleur, diese ausgesprochene Realistin, hatte schon längst erfaßt, daß sich die Haupttätigkeit der Politiker darauf richtete, immer wieder gewählt zu werden. Die Stimmen der Wähler waren ein Magnet von stärkster Anziehungskraft und lenkten unbewußt jedes politische Urteil und jeden Ehrgeiz; das war schließlich auch richtig, denn lag darin nicht das Wesen der Demokratie? Gleichzeitig sah sie in dem Komitee, das Michael bilden wollte, den größten gesellschaftlichen Fortschritt, der für sie erreichbar war.
»Wenn ihr ein Versammlungszimmer braucht«, hatte sie gesagt, »warum nicht hier?«
»Ausgezeichnet!« antwortete Michael. »Sehr bequem gelegen, in der Nähe des Parlaments und der Klubs. Besten Dank, Liebste!«
Fleur hatte ehrlich hinzugefügt: »Oh! Es wird auch für mich angenehm sein. Sobald ich mit Kit ans Meer gehe, könnt ihr anfangen. Norah Curfew vermietet mir für drei Wochen ihr Sommerhäuschen in Loring.«
Sie fügte nicht hinzu: »Und es ist nur acht Kilometer von Wansdon.«
Am Freitag nach dem Lunch rief sie June an:
»Montag fahre ich an die See — heute nachmittag könnte ich kommen, aber hast du nicht gesagt, daß Jon kommt? Ja? Denn wenn er —«
»Er kommt um halb fünf, muß aber mit dem Zug um sechs Uhr zwanzig zurückfahren.«
»Wird seine Frau mit sein?«
»Nein, er will sich nur Harolds Bild ansehen.«
»Oh — dann ist es, glaub' ich, besser, ich komme Sonntag.«
»Ja, Sonntag paßt sehr gut; da wird Harold zu Hause sein. An Sonntagen geht er niemals aus. Die Straßen am Sonntag sind ihm so zuwider.«
Fleur hängte ab und griff nach dem Fahrplan. Ja, da war der Zug. Welch ein Zufall, wenn sie denselben Zug nahm, um Norah Curfews Häuschen noch vor der Übersiedlung zu besichtigen! Bestimmt würde nicht einmal June ihr Telefongespräch erwähnen.
Beim Lunch sagte sie Michael nichts von ihrer Absicht — er hätte vielleicht mitfahren oder sie wenigstens zur Bahn begleiten wollen. Sie wußte, daß er am Nachmittag im Parlament war; sie würde einfach ein paar Zeilen zurücklassen, sie sei fortgefahren, um sich zu vergewissern, ob das Häuschen für Montag in Ordnung sei. Nach dem Lunch beugte sie sich über ihn und küßte ihn zwischen die Augen, ohne das geringste Gefühl, ihn zu verraten. Sie hatte Anspruch darauf, Jon einmal wiederzusehen nach diesen trübseligen Wochen.

Während sie gegen Nachmittag ihre Nachtsachen in den Toilettekoffer packte, erschien ein roter Fleck auf jeder Wange; ihre Gedanken wanderten hierhin und dorthin, sie konnte keine Ruhe finden. Nachdem sie Tee getrunken und einen Zettel mit ihrer Adresse — einem Hotel in Nettlefold — zurückgelassen hatte, ging sie zeitig zum Victoria-Bahnhof. Sie gab dem Schaffner ein Trinkgeld, um sich ein leeres Abteil zu sichern, stellte ihren Toilettekoffer auf einen Ecksitz und pflanzte sich vor dem Bücherkiosk auf, wo Jon mit seiner Fahrkarte vorbeikommen mußte. Während sie die neuesten Produkte dichterischer Phantasie zu prüfen schien, beschäftigte sie sich ausschließlich mit der Wirklichkeit. Nach all der Oberflächlichkeit und Leere dieses Daseins lagen nun anderthalb Stunden wirklichen Lebens vor ihr. Wer konnte sie dafür tadeln, daß sie zurückstahl, was die Vorsehung ihr gestohlen hatte? Und wenn es jemand tat, ihr war das gleichgültig. Die Zeiger der Bahnhofsuhr rückten vor, Fleur betrachtete einen Roman nach dem andern, alle von jungen Frauen in schwierigen Situationen, und sie fragte sich im stillen, ob diese Situationen noch schwieriger wären als ihre eigene. Nur noch drei Minuten! Kam er am Ende gar nicht? Hatte diese abscheuliche June ihn über Nacht zurückgehalten? Schließlich ergriff sie verzweifelt einen dicken Band, betitelt *Violin Obligato,* und bezahlte; dieses Buch würde wenigstens modern sein. Und da, gerade als man ihr den Rest herausgab, sah sie ihn kommen. Sich umwendend, ging sie rasch durch die Sperre, sie wußte ja, daß er noch rascher ging. Er sollte sie zuerst sehen.

»Fleur!«

»Jon! Wohin fährst du?«

»Nach Wansdon.«

»Oh! Und ich fahre nach Nettlefold, um in Loring ein Häuschen für meinen Kleinen zu besichtigen. Mein Koffer ist da drin — schnell! Wir fahren schon!«

Die Tür wurde zugeschlagen, und sie streckte ihm beide Hände entgegen.

»Ist das nicht merkwürdig und nett?«

Jon ergriff ihre Hände und ließ sie ziemlich plötzlich wieder los.

»Ich komme gerade von June. Sie ist noch ganz die alte — Gott segne sie!«

»Ja, sie ist unlängst zu mir gekommen; ich soll mich von ihrem augenblicklichen Liebling malen lassen.«

»Du hättest an einen noch schlechteren geraten können. Er soll Anne malen.«

»Wirklich? Ist er auch gut genug für s i e ?«

Sofort tat es ihr leid; so hatte sie nicht anfangen wollen. Trotzdem —

irgendwie mußte sie beginnen — mußte ihre Lippen beschäftigen, die sonst vielleicht seine Augen, sein Haar, s e i n e Lippen suchen würden. Ihre Worte überstürzten sich: Kits Masern, Michaels Komitee, *Violin Obligato* und die Proustische Schule; Vals Pferde, Jons Gedichte, Englands Duft, der für einen Dichter so viel bedeutete — dies und jenes in wirrem Durcheinander.

»Versteh mich richtig, Jon, ich m u ß ganz einfach sprechen; ich war ja einen Monat lang eingesperrt.« Und die ganze Zeit über fühlte sie, daß sie Minuten vergeudete, die man schweigend hätte verbringen können, in denen nur die Herzen sprachen. Wie eine Biene nach Honig sucht, so suchte sie die ganze Zeit nach der Würze und Süßigkeit seiner Gefühle. War etwas für sie geblieben, oder gehörte jetzt alles jener abscheulichen jungen Amerikanerin, die er daheim gelassen hatte und zu der er — leider — zurückkehrte? Doch Jon gab ihr kein Zeichen. So verschieden von dem alten impulsiven Jon, hatte er Zurückhaltung gelernt. Durch eine Laune der Erinnerung, deren Wege so unerforschlich sind, fiel ihr ein, wie man sie als ganz kleines Mädchen zu Timothy in die Bayswater Road mitgenommen hatte — zu ihrer Großtante Hester, einer stillen alten Dame in schwarzer viktorianischer Spitze mit Jett, in einem viktorianischen Lehnstuhl, die mit ruhiger, müder Stimme zu ihrem Vater gesagt hatte: »O ja, mein Lieber; dein Onkel Jolyon war, bevor er heiratete, sehr verliebt in unsere gute Freundin Alice Read; aber sie war lungenkrank, weißt du, und natürlich sah er ein, daß er sie nicht heiraten konnte — es wäre nicht klug gewesen, dachte er sich, wegen der Kinder. Dann starb sie, und er heiratete Edith Moor.« Komisch, wie das in ihrem zehnjährigen Gehirn haftengeblieben war. Sie starrte Jon an. Der alte Jolyon, wie er in der Familie genannt wurde, war sein Großvater. Sie hatte seine Fotografie in Hollys Album gesehen — ein gewölbter Schädel, ein weißer Schnurrbart und unter den Brauen tiefliegende Augen wie die Jons. »Es wäre nicht klug gewesen!« Wie viktorianisch! War auch Jon viktorianisch? Sie hatte das Gefühl, sie würde Jon niemals wirklich kennen. Und plötzlich wurde sie vorsichtig. Einen einzigen Schritt zu früh oder zu weit vorgewagt, und er konnte für immer verloren sein. Er war nicht — nein, er war nicht modern. Soviel sie sehen konnte, lag in seinem Wesen etwas Absolutes, nichts Relatives, und für Fleur war das Absolute seltsam, fast erschreckend. Aber sie hatte nicht sechs Jahre im Dienste der Gesellschaft verbracht, ohne gelernt zu haben, wie man einen raschen Rollenwechsel vornimmt.

Sie sprach nun in einem ruhigeren Ton, fast absichtlich gedehnt; die Augen blickten kühl und spöttisch. Wie dachte Jon über die Erziehung von Söhnen? Natürlich würde er, ehe er sich's versah, selber einen haben. Es tat ihr weh, das zu sagen, und während sie es sagte, forschte sie in seinem Gesicht; doch es verriet ihr nichts.

»Wir haben Kit für Winchester vormerken lassen. Hältst du etwas von unseren Privatschulen, Jon? Oder glaubst du, sie sind altmodisch?«

»Ja, und das ist auch gut so.«

»Wie meinst du das?«

»Ich will damit sagen, daß ich ihn hinschicken würde.«

»Aha«, erwiderte Fleur. »Weißt du, Jon, du hast dich wirklich verändert. Vor sechs Jahren hättest du das bestimmt nicht gesagt.«

»Vielleicht nicht. Aber wenn man von England fort ist, erkennt man die Notwendigkeit gewisser Einschränkungen. Man kann nicht allen Ideen freien Lauf lassen. In England tut man das nicht, und das ist gerade das Schöne.«

»Mir ist es ganz egal, was mit den Ideen geschieht«, entgegnete Fleur, »aber Dummheit ist mir zuwider. Die Privatschulen —«

»O nein, das scheint nur so. Gewisse Dinge werden dort natürlich zur Schablone, aber das soll auch so sein.«

Fleur beugte sich vor und fragte mit einem Anflug von Bosheit: »Bist du ein Moralprediger geworden, mein Lieber?«

Jon entgegnete mürrisch: »Wieso denn? Nicht mehr, als vernünftig ist.«

»Erinnerst du dich an unsern Spaziergang am Fluß?«

»Ich habe dir schon einmal gesagt, daß ich mich an alles erinnere.«

Fleurs Herz machte einen kleinen Freudensprung.

»Wir stritten damals beinahe, weil ich erklärte, daß ich die Menschen wegen ihrer stupiden Grausamkeit hasse, und wünschte, daß sie alle in ihrem eigenen Saft schmoren sollten.«

»Ja, und ich sagte, daß sie mir leid täten. Nun?«

»Es ist unsinnig, Gefühle zu unterdrücken, das weißt du, Jon.« Und instinktiv fügte sie hinzu: »Deshalb zweifle ich auch an der Güte der Privatschulen; dort lehrt man es.«

»Sie sind nützlich in gesellschaftlicher Hinsicht, Fleur«, und er zwinkerte mit den Augen.

Fleur schürzte die Lippen. Sie war nicht beleidigt. Aber diese Bemerkung sollte ihm noch leid tun, denn seine Reue würde ein Trumpf in ihrer Hand sein.

»Ich weiß sehr gut«, sagte sie, »daß ich ein Snob bin — man hat mich ja öffentlich so genannt.«

»Was!«

»Ja, wirklich; es ist sogar zu einem Prozeß gekommen.«

»Wer hat das gewagt?«
»Aber, mein Lieber, das ist doch eine alte Geschichte. Du hast es natürlich schon gehört — Francis Wilmot muß es dir ja —«
Jon fuhr entsetzt auf. »Fleur, du wirst doch nicht glauben, daß ich —«
»Gewiß glaub' ich das. Warum denn nicht?« Ein guter Trumpf!
Jon ergriff ihre Hand. »Fleur, sag sofort, du wußtest, daß ich keine Ahnung —«
Fleur zuckte die Achseln. »Mein Lieber, du hast zu lange unter primitiven Menschen gelebt. Hier stoßen wir einander täglich Dolche in den Rücken, und es tut nichts.«
Er ließ ihre Hand los, und sie warf ihm unter gesenkten Lidern einen Blick zu.
»Ich wollte dich nur ein wenig ärgern, Jon. So primitive Gemüter muß man hie und da ein bißchen zum Narren halten. *Parlons d'autre chose.* Hast du schon ein Gut gefunden, wo du Obst züchten kannst?«
»Eigentlich ja.«
»Wo denn?«
»Ungefähr sechs Kilometer von Wansdon auf der Südseite des Hügellandes — Green Hill Farm. Obst — mehrere Treibhäuser und etwas Ackerland.«
»Das muß ja ganz in der Nähe des Ortes sein, wo ich mit Kit hingehe. Er liegt am Meer und nur acht Kilometer von Wansdon. Keine Angst, Jon; wir werden höchstens drei Wochen dort bleiben.«
»Angst! Das ist doch sehr nett. Wir werden dich dort besuchen. Vielleicht werden wir uns dann bei den Goodwood-Rennen treffen.«
»Ich habe darüber nachgedacht —« Fleur hielt inne und warf ihm wieder einen verstohlenen Blick zu. »Wir k ö n n e n doch gute Freunde sein, nicht wahr, Jon?«
Ohne aufzublicken, entgegnete Jon: »Hoffentlich.«
Wenn sein Gesicht sich erhellt und seine Stimme herzlicher geklungen hätte, wie anders — um wieviel langsamer hätte ihr Herz geschlagen!
»Das ist also in Ordnung«, murmelte sie. »Schon seit Ascot wollte ich dir das sagen. So stehen die Dinge, und so soll es bleiben — alles andere wäre dumm, nicht wahr? Wir leben nicht mehr im Zeitalter der Romantik.«
»Hm!«
»Was soll dieser unangenehme Laut?«
»Ich halte es für einen Stumpfsinn, über diesen oder jenen Zeitgeist zu reden. Die menschlichen Gefühle bleiben immer dieselben.«
»Glaubst du das wirklich? Unsere Art zu leben beeinflußt sie. Keine

Sache ist wert, daß man ihr mehr als eine oder zwei Tränen nachweint, Jon. Das hab' ich schon herausgefunden. Aber ich habe ganz vergessen — du haßt ja Zynismus. Erzähle mir von Anne. Gefällt ihr England noch immer?«

»Sie liebt es. Sie kommt aus dem Süden der Vereinigten Staaten, und der Süden ist in gewisser Hinsicht noch altmodisch. Was ihr hier so gut gefällt, sind die Vögel, das Gras, die Dörfer. Sie hat kein Heimweh. Und das Reiten macht ihr natürlich große Freude.«

»Vermutlich lernt sie auch rasch Englisch?«

Er war betroffen, doch sie bemühte sich, ein harmloses Gesicht zu machen.

»Ich möchte, daß du sie liebgewinnst«, sagte er nachdenklich.

»O gewiß, wenn ich sie erst näher kenne.«

Doch eine kleine Welle zorniger Verachtung stieg in ihr auf. Was mutete er ihr eigentlich zu? Sie liebgewinnen! Eine Frau, die in seinen Armen lag und die Mutter seiner Kinder sein würde! Sie liebgewinnen! Sie begann darüber zu plaudern, daß Box Hill, ein Aussichtspunkt des Hügellandes, nun doch nicht verbaut werden sollte. Die ganze Zeit, bis Jon in Pulborough ausstieg, war sie wachsamer als eine Katze — gleichgültig und freundlich; mit klarem, aufrichtigem Blick, und sie sah mit leisem Beben zu ihm auf, als sie sagte: »Also, auf Wiedersehen in Goodwood, wenn nicht vorher! Das war ein komischer Zufall.«

Während sie jedoch in einem Einspänner ins Hotel fuhr, durch Gassen, in denen es nach Austern roch, biß sie sich auf die Lippen, und ihre Augen unter den zusammengezogenen Brauen wurden feucht.

9

Doch – Jon

Doch Jon, der ungefähr sieben Kilometer zu gehen hatte, marschierte zu den Worten eines altenglischen Liedes und schlug auf einer unsichtbaren Trommel den Takt dazu:

> »Ach, wie glücklich könnt' ich sein mit jeder,
> Wär' die andre liebe Zauberin nicht da.«

Ganz gegen seine Absicht, aber von seiner loyalen Veranlagung getrieben, war er in diese Verwirrung geraten. Fleur war seine erste Liebe gewesen, Anne seine zweite. Anne jedoch war seine Frau und Fleur die Frau eines andern. Ein Mann konnte nicht zwei Frauen gleichzeitig lieben, deshalb war Jon versucht, zu glauben, daß er keine von beiden liebe. Warum dann diese sonderbare Unruhe in seinem Inneren? War der Volksglaube, daß Herzklopfen auf Liebe zurückzuführen sei, falsch? Seine Lage auf französische oder altenglische Art zu betrachten, kam ihm nicht in den Sinn. Er hatte Anne geheiratet, er liebte Anne — sie war ein süßes Geschöpf. Und da war er auch schon mit seinem Latein zu Ende. Warum dachte er dann fast ausschließlich an Fleur, während er längs des schmalen Grasstreifens neben der Landstraße marschierte? Wie zynisch, gleichgültig oder auch nur freundschaftlich sie scheinen mochte, sie führte ihn doch nicht mehr hinters Licht, als sie innerlich wünschte. Er wußte, daß sie die alten Gefühle für ihn hegte, geradeso wie er sie noch — wenigstens zum Teil — für Fleur empfand. Aber er liebte eben auch eine andere. Jon war keineswegs dümmer als andere Männer, und Selbstbetrug lag ihm fern. Wie andere Männer vor ihm nahm er sich vor, allem Kommenden ruhig ins Gesicht zu sehen und das zu tun, was er für recht hielt, oder vielmehr, nicht zu tun, was er für unrecht hielt. Er wußte auch ganz genau, was unrecht war. Sein Konflikt war sehr einfach und bestand darin, daß auch er keine größere Kontrolle über seine Gedanken und Gefühle hatte als jeder andere Mann. Schließlich war es weder seine Schuld, daß er sich einmal sehr in Fleur verliebt, noch daß sie sich sehr in ihn verliebt hatte; noch, daß er sie wieder getroffen hatte und sie ihn noch liebte. Es war auch nicht seine Schuld, daß er sein Heimatland liebte und genug von einem Leben in der Fremde hatte. Es war nicht seine Schuld, daß er sich ein zweites Mal verliebt und das Objekt seiner Zuneigung geheiratet hatte. Soweit er es beurteilen konnte, war es auch nicht seine Schuld, daß der Anblick, der Duft, die Stimme und Berührung Fleurs etwas von seinen früheren Gefühlen wiederaufleben ließen. Trotzdem war er ärgerlich über sein großes Herz, und er ging bald rasch, bald langsam, während die Strahlen der sinkenden Sonne seinen Nacken beschienen, der seit dem leichten Sonnenstich in Granada empfindlich war. Plötzlich blieb er stehen und beugte sich über eine Zauntür. Er war noch nicht lange genug wieder in England, um an einem herrlichen Tag achtlos an seiner Schönheit vorbeizugehen. Immer blieb er irgendwo stehen und beugte sich über eine Zauntür, oder — wie Val es nannte — er versank in Träumerei.

Obwohl das Eton- und Harrow-Match, das sein Vater so pietätvoll zu besuchen pflegte, bereits begonnen hatte, war die Heuernte kaum vorüber, und der Duft des aufgeschichteten Heus lag noch in der Luft. Vor ihm, nach Süden zu, breitete sich das Hügelland aus, dessen nördliche Hänge in Abendlicht getaucht waren. Unter ein paar Bäumen, dicht an der Zauntür, standen rote Sussex-Rinder; langsam schlugen sie mit den Schwänzen, während ihnen der Speichel aus dem Maul tropfte. Und in einiger Entfernung dort drüben waren noch andere zu sehen, die am Abhang grasten. Tiefer Friede lag über dem Land. Das Korn im benachbarten Feld hatte unter den schrägen Sonnenstrahlen eine ganz unirdische Tönung, weder grün noch golden. Die friedliche Schönheit des Abends machte Jon das Zerstörende der Liebe erst richtig bewußt, dieses süßen Gefühls, das einen so erfüllte, daß daneben die Farben der Natur verblaßten und ihr Friede verlorenging; dieses Gefühls, das jene, die darunter leiden, zu einer Last für ihre Umgebung macht und unbrauchbar für das tägliche Leben. An die Arbeit gehen, die Natur in ihrer ganzen Vielfalt beobachten – warum gelang ihm das nicht? Warum konnte er nicht von den Frauen loskommen? Warum konnte er nicht wie das Fabriksmädel in Hollys Geschichte, das bei seiner Ferienreise von der Familie an die Bahn gebracht wurde, einfach auf und davon gehen und sagen: »Gott sei Dank, jetzt bin ich sie los!«

Die Mücken stachen, und er ging weiter. Sollte er Anne erzählen, daß er mit Fleur hergefahren war? Ihr nichts zu sagen, hieße die Wichtigkeit des Falles übertreiben; aber irgendwie war es ihm doch unangenehm, es zu sagen. Und dann traf er Anne, die ohne Hut auf einer Zauntür saß, die Hände in den Taschen ihres Pullovers. Wie schlank und geschmeidig sie war! »Heb mich hinunter, Jon!«

Er hob sie umständlich herunter und sagte fast gleich danach: »Mit wem, glaubst du, bin ich gefahren? Mit Fleur Mont. Auf dem Victoria-Bahnhof sind wir einander fast in die Arme gelaufen. Sie geht nächste Woche mit ihrem Jungen zur Erholung nach Loring.«

»Oh, das tut mir leid.«

»Warum?«

»Weil ich dich liebe, Jon.« Sie streckte das Kinn vor, so daß ihre gerade, gutgeformte Nase noch ein wenig kecker aussah.

»Ich verstehe nicht –«, begann Jon.

»Sie ist eben auch eine Frau. Das habe ich in Ascot gesehen. Vermutlich bin ich altmodisch, Jon.«

»Das ist gut, ich bin es auch.«

Sie blickte ihn an – noch nicht ganz englische Lady, nicht mehr ganz wilde Amerikanerin – und legte ihren Arm um seine Taille.

»Rondavel frißt nicht mehr. Greenwater ist außer sich darüber.«
»Anne, du dehnst die Worte wieder echt amerikanisch.«
»Dir würde es ebensowenig gelingen, gedehnt zu sprechen, wie mir, es zu vermeiden.«
»Entschuldige. Aber du wolltest ja, daß ich dich aufmerksam mache. Aber . . . warum sollst du nicht mit amerikanischem Akzent sprechen?«
»Weil ich sprechen will wie du.«
»Dann wiederhole diesen Satz *nicht* durch die Nase.«
»Zum Kuckuck!«
»Mach dir nichts draus, Liebling. Aber ist deine Art zu sprechen nicht ebensogut wie unsere?«
Anne machte ihren Arm los.
»Nein, das glaubst du selbst nicht. Du bist schrecklich froh, den amerikanischen Akzent nicht mehr hören zu müssen — ja, das *bist* du, Jon.«
»Es ist ganz natürlich, daß einem die Aussprache des eigenen Landes am liebsten ist.«
»Also ich werde wirklich — das war doch jetzt nicht gedehnt? — mit englischem Akzent sprechen. Ich bin jetzt nach dem Gesetz Engländerin und bin es auch der Abstammung nach, bis auf eine französische Urgroßmutter. Wenn wir Kinder haben, werden sie Engländer sein, und wir werden in England leben. Wirst du die Green-Hill-Farm kaufen?«
»Ja, und ich werde damit auch Ernst machen. Zweimal hab' ich gespielt, aber diesmal mach' ich Ernst.«
»Du hast doch in Nordkarolina nicht gespielt?«
»Nicht wirklich. Aber jetzt ist es anders. Dort war es ganz gleichgültig — Pfirsiche sind nicht so wichtig. Doch hier — hier ist es wichtig. Und es soll sich auch bezahlt machen.«
»Großartig!« sagte Anne. »Ich hätte nie geglaubt, daß du so sprechen würdest.«
»Ein Betrieb muß sich rentieren, sonst ist er sinnlos. Ich werde Tomaten, Zwiebeln, Spargel und Feigen züchten, und ich will aus dem Ackerland herausholen, was nur zu holen ist; wenn ich mir noch mehr Grund verschaffen kann, so kauf' ich ihn.«
»Jon, woher diese Energie?« Und sie packte ihn beim Kinn.
»Schon gut!« erwiderte Jon grimmig. »Du wirst schon sehen, daß es mir Ernst ist.«
»Und das Haus wirst du mir überlassen? Ich werde es bezaubernd einrichten!«
»Abgemacht.«
»Dann gib mir einen Kuß!«

Ihre Lippen waren geöffnet, ihre Augen blickten in die seinen mit jener ganz leisen Andeutung des Schielens, das sie so verführerisch machte, und Jon dachte: »Alles ist ganz einfach. Das andere ist absurd. Natürlich.« Er küßte ihre Stirn und ihre Lippen, doch während er es tat, schien er Fleur zu sehen, wie sie bebend zu ihm aufblickte, und hörte ihre Worte: »Auf Wiedersehen! Das war ein komischer Zufall.«

»Wir wollen Rondavel einen Besuch machen«, sagte er.

Als die beiden in die Box traten, stand der Schimmelhengst an der Wand und betrachtete gelangweilt eine gelbe Rübe in Greenwaters Hand.

»Total erledigt!« sagte der Trainer über die Schulter hinweg. »Das heißt: adieu, Goodwood! Das Tier ist krank.«

Was hatte nur Fleur gesagt: »Auf Wiedersehen in Goodwood, wenn nicht früher!«

»Vielleicht ist es nur eine kleine Indisposition, Greenwater«, bemerkte Anne.

»Nein, Ma'am, das Pferd hat Fieber. Macht nichts, wir werden mit ihm doch noch den Middle-Park-Preis gewinnen!«

Jon fuhr mit der Hand über die Kruppe des Pferdes. »Armer Kerl! Komisch! Man kann es an seiner Haut fühlen, daß er nicht gesund ist.«

»Ja, das kann man«, erwiderte Greenwater. »Aber wo hat er das nur her? In der ganzen Umgebung ist kein krankes Pferd. Gibt es noch irgend etwas so Verdrehtes in der Welt wie Pferde! Wir haben ihn nicht für Ascot trainiert, und er geht hin und siegt. Wir wollen ihn in Goodwood laufen lassen, und er wird krank. Mr. Dartie will, daß ich ihm so'n südafrikanisches Zeug geben soll, von dem ich noch nie gehört hab'.«

»Es gibt viele Pferdekrankheiten dort drüben«, erklärte Jon.

»Sehn Sie«, sagte der Trainer und befühlte mit der Hand die Ohren des Pferdes, »er ist gar nicht in Ordnung. Es sieht aus wie ein Katarrh! Komisch — jetzt im Frühjahr. Ich gäbe was drum, zu wissen, wo er sich das geholt hat.«

Die beiden jungen Leute traten aus der Box, und er blieb bei dem Pferd stehen, das mutlos den Kopf hängenließ; Greenwater mit seinem dunklen, raubvogelartigen Gesicht beugte sich zu seinem Liebling hin, als versuchte er zu erraten, was in ihm vorging.

Als Jon an jenem Abend hinaufging, brummte ihm der Schädel von Vals Ansichten über Kommunismus, die Arbeiterpartei, die ererbten Eigenschaften des Nachkommen der Sleeping Dove, nebst einer Abhandlung über Pferdekrankheiten in Südafrika. Er betrat das dunkle Schlafzimmer. Eine weiße Gestalt stand am Fenster. Als er näher kam, wandte sie sich um und schlang die Arme um ihn.

»Jon, du darfst nicht aufhören, mich zu lieben.«
»Warum sollte ich das?«
»Weil das so ist bei den Männern. Außerdem ist es nicht modern, treu zu sein.«
»Unsinn!« sagte Jon sanft, »es ist genauso modern wie eh und je.«
»Ich bin froh, daß wir nicht nach Goodwood gehen. Ich fürchte mich vor ihr. Sie ist so klug.«
»Fleur?«
»Du hast sie doch einmal geliebt, Jon; ich fühle es in meinem Innern. Hättest du es mir doch gesagt!«
Jon lehnte neben ihr am Fenster.
»Warum?« fragte er dumpf.
Sie gab keine Antwort. Seite an Seite standen sie in der drückenden Schwüle, Motten flogen an ihren Gesichtern vorbei, eine Nachtschwalbe zirpte in dem Schweigen, und ab und zu erscholl von den Ställen das Stampfen eines schlaflosen Pferdes. Plötzlich streckte sie die Hand aus.
»Dort drüben — irgendwo — liegt sie wach und verlangt nach dir. Ich bin nicht glücklich, Jon.«
»Bilde dir doch so etwas nicht ein, Liebling!«
»Aber ich bin wirklich nicht glücklich, Jon.«
Sie war wie ein großes Kind — schlank in seinen Armen, ihre Wange gegen seine gepreßt, während die dunkle Locke über ihrem Ohr seinen Hals kitzelte. Und plötzlich drückte sie ihre Lippen heftig auf die seinen.
»Hab mich lieb!«
Doch als sie schon schlief, lag Jon noch wach. Das Mondlicht hatte sich hereingestohlen, und ein Geist war im Zimmer — ein Geist in einem Goya-Kleid, der herumwirbelte, die Röcke faßte, ihm mit den Augen winkte, während die Lippen zu flüstern schienen: »Mich auch! Mich auch!«
Er stützte sich auf den Ellbogen und blickte entschlossen auf den dunklen Kopf an seiner Seite. Nein — niemand anderer war da, niemand anderer sollte in diesem Zimmer sein. Nur die Wirklichkeit — die lebendige Wirklichkeit!

10

Dies und jenes

Am folgenden Morgen beim Frühstück sagte Val zu Holly:
»Hör dir das an:

Lieber Dartie!
Ich glaube, ich kann Dir einen Gefallen erweisen. Ich habe Informationen über den Nachkommen der Sleeping Dove und über Deinen Stall im allgemeinen, die viel mehr wert sind als die fünfzig Pfund, die Du hoffentlich dafür zahlen wirst. Kommst Du Ende dieser Woche in die Stadt? Kann ich Dich in diesem Fall im Brummell-Klub sehen? Oder ist es Dir lieber, wenn ich in die Green Street komme? Es ist außerordentlich wichtig.

Dein aufrichtiger
Aubrey Stainford

Schon wieder dieser Kerl!«
»Kümmere dich nicht darum, Val.«
»Ich weiß wirklich nicht«, erwiderte Val düster. »Irgendeine Bande interessiert sich zu sehr für das Pferd. Greenwater ist sehr beunruhigt. Ich möchte der Sache recht gern auf den Grund gehen, wenn das möglich ist.«
»Dann berate dich doch zuerst mit deinem Onkel. Er wohnt noch immer bei deiner Mutter.«
Val verzog das Gesicht.
»Jawohl«, sagte Holly, »aber er wird dir raten können, was du tun und was du lassen sollst. Mit einem solchen Menschen darfst du auf keinen Fall allein verhandeln.«
»Na gut. Ich bin überzeugt, daß jemand die Hand im Spiel hat. Schon in Ascot hat man genau über das Pferd Bescheid gewußt.«
Er nahm den Frühzug nach London und kam zur Lunchzeit bei seiner Mutter an. Sie und Annette speisten auswärts, Soames jedoch lunchte zu Hause und reichte Val seine kalte Hand.
»Logiert der junge Mann mit seiner Frau noch immer bei euch?«
»Ja«, erwiderte Val.
»Wird er denn nie in seinem Leben etwas Ordentliches arbeiten?«
Nachdem er gehört hatte, daß Jon im Begriff sei, mit einer ordentlichen Arbeit zu beginnen, brummte Soames:

»Landwirtschaft — in England? Was für einen Sinn soll denn das haben? Er wird nur sein Geld hinausschmeißen. Viel gescheiter, er ginge nach Amerika zurück oder nach irgendeinem anderen neuen Land. Warum probiert er's nicht mit Südafrika? Sein Stiefbruder ist dort draußen gestorben.«

»Er will nicht fort von England, Onkel Soames, scheint die alte Heimat recht liebgewonnen zu haben.«

Soames kaute. »Lauter Dilettanten, diese jungen Forsytes«, bemerkte er. »Wieviel hat er denn im Jahr?«

»So viel wie Holly und ihre Halbschwester — ungefähr zweitausend, solang seine Mutter am Leben ist.«

Soames blickte in sein Weinglas und fischte ein winziges Stückchen Kork heraus. Jons Mutter. Sie war wieder in Paris, wie er gehört hatte. S i e mußte jetzt wenigstens dreitausend im Jahr haben. Er erinnerte sich, daß sie einmal nichts als die Bagatelle von fünfzig Pfund im Jahr hatte, und diese fünfzig Pfund waren noch zuviel, weil sie ihr diesen Unabhängigkeitswahn in den Kopf setzten. Wieder in Paris. Der Bois de Boulogne und die grüne, tränenüberströmte Niobe dort — er erinnerte sich noch immer an sie und die Szene zwischen ihnen.

»Wozu bist du eigentlich hergekommen?« fragte er Val.

»Deswegen, Onkel Soames.«

Soames setzte die Brille auf die Nase, die er seit kurzem zum Lesen benötigte. Dann las er den Brief und gab ihn seinem Neffen zurück. »Ich habe in meinem Leben schon unverschämte Menschen gekannt, aber das übersteigt —!«

»Was soll ich deiner Meinung nach tun?«

»Schmeiß das Zeug in den Papierkorb.«

Val schüttelte den Kopf.

»Stainford tauchte eines Tages bei mir in Wansdon auf. Ich habe ihm nichts gesagt; aber du wirst dich erinnern, daß wir in Ascot nur vierfachen Einsatz bekamen, und es war Rondavels erstes Rennen. Und nun ist das Pferd gerade vor Goodwood erkrankt; irgend etwas stimmt da nicht.«

»Was willst du tun?«

»Ich möchte ihn gern treffen, aber vielleicht könntest du dabeisein, damit ich keine Dummheit mache.«

»Da ist schon etwas dran«, bemerkte Soames. »Dieser Kerl ist der kaltblütigste Schurke, der mir je untergekommen ist.«

»Er hat einen Stammbaum, Onkel Soames. Die Herkunft läßt sich nicht verleugnen.«

»Hm!« murmelte Soames. »Wir werden ihn kommen lassen, wenn du ihn sprechen mußt, aber räume erst alles im Zimmer weg und sag Smither, sie soll die Regenschirme in Sicherheit bringen.«

An jenem Vormittag hatte er Fleur und seinen Enkel, die an die See fuhren, zur Bahn begleitet, und jetzt fühlte er sich niedergeschlagen, denn er hatte aus der Karte von Sussex ersehen, daß Fleur ziemlich nahe von Wansdon und jenem jungen Mann sein würde, der immer wieder in seinen Gedanken auftauchte. Die Aussicht, sich an diesem Schurken Stainford revanchieren zu können, war ihm daher eine willkommene Ablenkung. Sobald der Bote fort war, setzte er sich in einen Sessel, von dem aus er die Straße übersehen konnte. Nach nochmaliger Überlegung hatte er doch keinen Auftrag wegen der Regenschirme gegeben — es vertrug sich nicht ganz mit seiner Würde; aber er hatte sie gezählt. Der Tag war warm und regnerisch, und durch das offene Fenster des Speisezimmers im Parterre drang die feuchte Luft der Green Street, die einen leichten Geruch von dem Mittagessen der Dienerschaft hereintrug.

»Da kommt er«, sagte er plötzlich, »der blasierte Lump!«

Val kam von der Anrichte herüber und stellte sich hinter den Stuhl seines Onkels. Soames rutschte unbehaglich hin und her. Dieser Kerl und sein Neffe waren zusammen auf der Universität gewesen und hatten Gott weiß was für andere gemeinsame Laster.

»Heiliger Strohsack!« hörte er Val murmeln, »er sieht aus wie der Tod.«

Der »blasierte Lump« trug denselben dunklen Anzug und Hut und zeigte dieselbe nachlässige Eleganz, die Soames schon das erstemal an ihm bemerkt hatte. Die hochgezogene Braue und die halbgeschlossenen Lider schienen wie immer das erschöpfte Aussehen seines verbitterten, durchfurchten Gesichtes zu ignorieren. Und jener undefinierbare Blick einer verdammten Seele, in dem nichts mehr lebendig ist als Verachtung für jegliches Gefühl, erweckte in Soames, wie schon vorher, eine seltsame leise Anwandlung von Mitleid.

»Man sollte ihm etwas zu trinken geben«, sagte er.

Val wandte sich zur Anrichte.

Es klingelte, man hörte Stimmen in der Halle; dann erschien Smither rot, atemlos, entrüstet.

»Wollen Sie diesen Herrn empfangen, Sir, der die – Sie wissen schon, was – genommen hat?«

»Führen Sie ihn herein, Smither.«

Val ging zur Tür. Soames blieb sitzen.

Der »blasierte Lump« trat ein, nickte Val zu und grüßte durch ein Hochziehen der Brauen Soames, der sagte: »Guten Tag, Mr. Stainford.«

»Mr. Forsyte, wenn ich nicht irre?«
»Whisky oder Kognak, Stainford?«
»Bitte Kognak.«
»Willst du nicht rauchen? Du hast mich sprechen wollen. Mein Onkel hier ist mein Anwalt.«
Soames sah Stainford lächeln. Es war, als hätte er gesagt: »Wahrhaftig! Was für superkluge Leute ihr doch seid!« Er zündete die angebotene Zigarre an, dann herrschte Schweigen.
»Nun?« fragte Val schließlich.
»Es tut mir leid, daß dein Hengst aus Sleeping Dove krank geworden ist, Dartie.«
»Woher weißt du das?«
»Das ist eben der springende Punkt. Aber ehe ich es dir sage, hätte ich gerne fünfzig Pfund auf den Tisch und dein Wort, daß mein Name nicht erwähnt wird.«
Soames und sein Neffe starrten schweigend vor sich hin. Endlich sagte Val:
»Was für eine Garantie habe ich, daß deine Information fünfzig Pfund wert ist oder auch nur fünf?«
»Die Tatsache, daß ich wußte, daß dein Hengst nicht in Ordnung ist.«
Wenn Soames auch wenig vom Turf verstand, so begriff er doch, daß der Kerl jetzt gewonnenes Spiel hatte.
»Du willst sagen, du weißt, wo die Sache faul ist?«
Stainford nickte.
»Wir waren zusammen auf der Universität«, bemerkte Val. »Was würdest du von mir erwarten, wenn ich etwas Derartiges von deinem Stall wüßte?«
»Mein lieber Dartie, das läßt sich nicht vergleichen. Du bist ein reicher Mann, ich nicht.«
Allerhand Gemeinplätze drängten sich Soames auf die Zunge. Er schluckte sie hinunter. Was für einen Sinn hatte es, mit einem solchen Kerl überhaupt zu reden?
»Fünfzig Pfund ist ein Haufen Geld«, sagte Val. »Ist deine Information wirklich etwas wert?«
»Ja, auf Ehrenwort.«
Soames brummte hörbar.
»Kannst du mir garantieren, daß es nicht zu neuen Schwierigkeiten kommt, wenn ich dir dieses Geheimnis abkaufe?« fragte Val.
»Es ist sehr unwahrscheinlich, daß z w e i Röhren in deinem Stall undicht sind.«

»Es fällt mir schwer, an eine solche zu glauben.«
»Nun, es ist aber eine vorhanden.«
Soames sah, wie sein Neffe an den Tisch trat und ein Bündel Banknoten zu zählen begann.
»Sag mir zuerst, was du weißt, und wenn deine Information glaubhaft ist, gebe ich es dir. Deinen Namen werd' ich nicht erwähnen.«
Soames sah, wie die Augenbrauen sich blasiert emporzogen. »Ich bin nicht so mißtrauisch wie du, Dartie. Du hast einen Burschen, der Sinnet heißt, schick ihn fort. Der ist das Leck in deinem Stall.«
»Sinnet?« sagte Val, »mein tüchtigster Bursche? Wie kannst du das beweisen?«
Stainford zog ein schmutziges Stück Briefpapier hervor und hielt es in die Höhe. Val las laut vor:
»›Der Schimmelhengst ist richtig krank – wird für Goodwood nicht zu brauchen sein.‹ Richtig?« wiederholte er. »Heißt das, daß Sinnet die Sache gedeichselt hat?«
Stainford zuckte die Achseln.
»Kann ich dieses Stück Papier behalten?« fragte Val.
»Wenn du versprichst, es ihm nicht zu zeigen.«
Val nickte und nahm das Papier.
»Das ist eine anrüchige Geschichte«, sagte Soames. »Kennst du seine Handschrift?«
»Noch nicht«, erwiderte Val und legte zu Soames' Entsetzen die Noten in die ausgestreckte Hand. Der leichte Seufzer, der dem Kerl entschlüpfte, war deutlich hörbar. Plötzlich fragte Val:
»Hast du dich an ihn herangemacht an dem Tag, als du bei mir warst?«
Stainford lächelte matt, zuckte wieder die Achseln und wandte sich zur Tür. »Leb wohl, Dartie«, sagte er.
Soames riß den Mund auf. Die Revanchepartie war zu Ende. Der Kerl war fort.
»Halt!« rief Soames. »Laß ihn nicht fortgehen! Es ist unerhört!«
»Verflucht komisch«, erklärte Val plötzlich und brach in Lachen aus. »O Gott, ist das komisch!«
»Komisch!« murrte Soames. »Ich verstehe die Welt nicht mehr!«
»Macht nichts, Onkel Soames. Er hat mir fünfzig gute Pfund weggenommen, aber es war den Spaß wert. Sinnet, mein tüchtigster Bursche.«
Soames murrte weiter: »Einen deiner Leute zu bestechen und sich noch dafür bezahlen zu lassen, das ist wirklich der Gipfel.«
»Das amüsiert mich ja gerade so, Onkel Soames. Na, ich will jetzt nach Wansdon zurückfahren und diesen jungen Schurken hinausschmeißen.«

»Ich würde mir an deiner Stelle gar keine Skrupel machen, ihm ganz genau zu sagen, wie du von der Sache erfahren hast.«
»Nun, ich weiß nicht. Stainford pfeift schon aus dem letzten Loch. Ich bin kein Moralist, doch ich glaube, ich werde mein Wort halten.«
Einen Augenblick lang antwortete Soames nicht, dann meinte er mit einem Seitenblick auf seinen Neffen: »Na, vielleicht hast du recht. Aber eingesperrt sollte er werden.«
Mit diesen Worten ging er in die Halle und zählte die Regenschirme nach. Die Zahl stimmte. Er nahm einen und ging hinaus. Er hatte Bedürfnis nach frischer Luft. Mit Ausnahme jener Elderson-Affäre hatte er es höchst selten mit offenkundiger Unehrlichkeit zu tun gehabt, und dann auch nur in Verbindung mit den unteren Klassen. Einem armen Teufel von Vagabunden konnte man verzeihen oder sogar einem Kanzlisten oder Hausbediensteten. Sie waren Versuchungen ausgesetzt und hatten keine Tradition, an die sie sich halten konnten. Was aber sollte aus der Welt werden, wenn man sich in einer so einfachen Sache wie Ehrlichkeit nicht mehr darauf verlassen durfte, daß der andere ein Gentleman war! Jeden Tag las man von derartigen Fällen, und vermutlich kam auf jeden, der vor Gericht verhandelt wurde, ein Dutzend, von denen man nichts erfuhr. Wenn man dann noch an alle die lichtscheuen Geschäfte in der City dachte, an die fragwürdigen Provisionen, die Bestechung der Polizei, an den Handel mit Auszeichnungen — obgleich er glaubte, daß man dem schon ein Ende gemacht hatte —, an all den Hokuspokus bei Kontraktabschlüssen, mußte einem wirklich das Haar zu Berge stehen. Man mochte über die Vergangenheit die Nase rümpfen, und zweifellos gab es in der Gegenwart mehr Versuchungen, aber das Einfache, Gerade schien aus dem modernen Leben verschwunden zu sein. Die Menschen wollten um jeden Preis ihr Glück erzwingen; sie hatten keine Geduld mehr, zu warten, bis es zu ihnen kam. Jedermann war in schrecklicher Eile, zum Erfolg zu gelangen; um jeden Preis Geld machen — man brauchte sich nur die Quacksalber-Medizinen anzusehen, die verkauft, und die Bücher, die heutzutage veröffentlicht wurden, ohne Rücksicht auf Wahrheit, Anstand oder irgend etwas. Und die Reklame! Du lieber Gott!
In solch düstere Betrachtungen versunken, war er nach Westminster gekommen. Da könnte er gleich nach dem South Square gehen und fragen, ob Fleur ihre Ankunft am Meer telefonisch mitgeteilt hatte. In der Halle lagen acht Hüte von verschiedener Form und Farbe auf dem Marmorsarkophag. Was, zum Teufel, ging da vor? Aus dem Speisezimmer drang Lärm von Stimmen und dann ein eintöniges Geräusch — jemand

schien eine Rede zu halten. Michael hielt wahrscheinlich eine Sitzung ab, und es waren doch gerade erst die Masern im Haus gewesen!

»Was ist da los?« fragte er Coaker.

»Ich glaube, es hat etwas mit den Slums zu tun, Sir. Sie wollen sie reformieren, ich hab' Mr. Mont darüber sprechen hören.«

»Legen Sie meinen Hut nicht zu denen da«, sagte Soames. »Hat meine Tochter schon telefoniert?«

»Jawohl, Sir. Sie haben eine gute Fahrt gehabt. Der kleine Hund hat erbrochen, glaube ich. Er ist sehr eigenwillig.«

»Na, dann will ich hinaufgehen«, erklärte Soames, »und im Arbeitszimmer warten.«

Oben angelangt, bemerkte er eine Aquarellskizze auf dem Schreibtisch seines Schwiegersohns: ein Baum mit großen dunkelgrünen Blättern und runden goldenen Früchten gegen einen silbrigen Hintergrund – eine sonderbare Arbeit, dilettantisch, aber irgendwie ansprechend. Darunter erkannte er die Handschrift seiner Tochter: *Der goldene Apfel. F. M. 1926.* Er hatte gar nicht gewußt, daß sie so hübsch aquarellieren konnte. Eine geschickte kleine Person. Er hielt die Zeichnung hoch, um sie besser zu sehen. Äpfel? Er hätte sie für Passionsfrüchte von übertriebener Größe gehalten. Gänzlich uneßbar – sie leuchteten wie Laternen. Verbotene Früchte. Eva mochte sie Adam gegeben haben. Sollte das symbolisch sein? Hatte Fleur spielerisch ihre Gedanken enthüllt? Vor dem Bilde sitzend, brütete er düster vor sich hin, als die Tür aufging und Michael eintrat.

»Guten Tag, Sir!«

»Guten Tag!« erwiderte Soames. »Was hat das Bild da zu bedeuten?«

11

Umwandlung der Slums

In einer Zeit, die fast ausschließlich von Komitees regiert wurde, wußte Michael ziemlich genau Bescheid, wie Komitees zu regieren waren. Ein Komitee durfte nicht zu bald nach einer Mahlzeit zusammentreten, denn dann konnten die Mitglieder einschlafen; aber auch nicht gerade vor einer Mahlzeit, weil dann die Mitglieder leicht reizbar waren. Die

Komiteemitglieder sollten zwanglos sagen dürfen, was ihnen beliebte, bis jeder es müde war, den andern so daherreden zu hören. Aber einer mußte anwesend sein, am besten der Vorsitzende, der wenig sprach, desto mehr dachte und der zuverlässig wach war, wenn der Augenblick kam, da er bei den ermatteten Zuhörern eine Kompromiß-Politik durchsetzen konnte. Nachdem Michael sich eines Bischofs und des Lungenspezialisten Sir Godfrey Bedwin versichert hatte und bei seinem Onkel Lionel Cherrell durchgefallen war, setzte er die erste Zusammenkunft in seinem Hause für drei Uhr am Tage von Fleurs Abreise fest. Hilary war anwesend und eine junge Dame, die das Protokoll aufnehmen sollte. Die erste Überraschung ließ nicht lange auf sich warten. Alle waren erschienen und saßen bald in eifriger Unterhaltung um den spanischen Tisch herum. Es wurde Michael klar, daß sowohl der Bischof wie auch Sir Timothy Fanfield den Vorsitz haben wollten. Und er stieß seinen Vater unter dem Tisch, denn er fürchtete, daß einer den andern vorschlagen könnte in der Hoffnung, daß der andere dann ihn vorschlüge. Sir Lawrence sagte leise: »Mein Lieber, das war mein Schienbein.«
»Ich weiß«, flüsterte Michael, »aber wie sollen wir weiterkommen?«
Sir Lawrence ließ sein Monokel fallen und sagte hastig: »Ganz richtig! Meine Herren, ich schlage vor, daß der Squire den Vorsitz übernimmt. Unterstützen Sie meinen Antrag, Marquis?«
Der Marquis nickte.
Die Enttäuschung wurde mit guter Miene aufgenommen, und der Squire trat an das obere Ende des Tisches. Er begann folgendermaßen: »Ich werde direkt auf mein Ziel losgehen. Sie alle wissen soviel von der Sache wie ich, was herzlich wenig ist. Die ganze Idee stammt von Mr. Hilary Cherrell hier, den ich deshalb bitte, das Notwendigste zu erklären. Die Slums sind die Brutstätten der Militärdienstuntauglichen und obendrein voll Ungeziefer, und ich meinerseits würde mich glücklich schätzen, alles zu tun, um diesen Unfug aus der Welt zu schaffen. Wollen Sie das Wort ergreifen, Mr. Cherrell?«
Hilary begann sofort mit einer warmherzigen, witzigen und gründlichen Darstellung seiner Ansichten und legte besonderen Nachdruck auf den sozialen Charakter eines Problems, dessen sich bisher fast ausschließlich Gemeinderäte, Frömmler und Blaubücher angenommen hatten. Das sofort eintretende Stimmengewirr bewies, daß seine Worte nicht ohne Wirkung geblieben waren. Der Squire saß mit erhobenem Kopf da, die Absätze auf den Boden gestemmt, mit auseinandergespreizten Knien und angedrückten Ellbogen, und murmelte: »Nun sollen die anderen reden! Dürfen wir rauchen, Mont?« Er schlug die Zigarren und Zigaretten, die

Michael ihm anbot, aus, stopfte seine Pfeife und rauchte schweigend mehrere Minuten lang.
»So sind wir alle einer Meinung«, sagte er plötzlich, »daß wir nun darangehen müssen, diesen Fonds zu gründen.«
Da noch niemand bis jetzt eine derartige Meinung ausgesprochen hatte, pflichteten alle um so bereitwilliger bei.
»Dann gehen wir am besten an die Arbeit und verfassen unseren Aufruf.« Mit der Pfeife auf Sir Lawrence weisend, fügte er hinzu: »Sie verstehen es doch, die Feder zu führen, Mont. Wie wär's, wenn Sie, der Bischof und Cherrell in ein anderes Zimmer gingen, um einen Entwurf auszuarbeiten? Machen Sie es eindrucksvoll, aber ohne Sentimentalität.«
Als die drei Bezeichneten sich zurückgezogen hatten, begann die Unterhaltung von neuem. Michael konnte hören, wie der Squire und Sir Godfrey über Staupe redeten und der Marquis mit Mr. Montross die Elektrifizierung von dessen Küche besprach. Sir Timothy Fanfield starrte den Goya an. Er war ein großer Mann von ungefähr siebzig mit schmaler Hakennase, braunem Gesicht und langem weißem Schnurrbart, er hatte in der Gardekavallerie gedient.
Michael, der ein Urteil über den Goya fürchtete, sagte rasch:
»Was sagen Sie dazu, Sir Timothy, daß der Kohlenstreik kein Ende nehmen will?«
»Natürlich nicht, man sollte die Kerle alle niederknallen. Ich bin ganz für die Arbeiter, aber ihre Führer würde ich samt und sonders morgen erschießen.«
»Und wie steht's mit den Grubenbesitzern?« fragte Michael.
»Ihre Führer würde ich auch niederknallen! Wir werden niemals zum Wirtschaftsfrieden kommen, solange wir nicht jemanden niederknallen. Tatsache ist, daß wir während des Krieges viel zuwenig Leute erschossen haben. Kriegsdienstverweigerer und Kommunisten und Schieber – ich würde sie allesamt an die Wand stellen.«
»Ich bin sehr froh, daß Sie in unserem Komitee sind, Sir«, murmelte Michael, »wir brauchen einen Mann von ausgeprägten Ansichten.«
»Ah!« meinte Sir Timothy und senkte die Stimme, während er mit dem Kinn nach dem oberen Ende des Tisches wies: »Unter uns gesagt – etwas zu bescheiden, dieser Squire. Man muß die Schurken an der Gurgel packen! Ich kannte so einen Kerl, dem ein halber Slum gehörte und der die Frechheit hatte, mich zu ersuchen, für einen Missionsfonds in China zu zeichnen. Ich habe dem Kerl gesagt, man sollte ihn erschießen. Er war darüber noch beleidigt.«
»Wirklich?« bemerkte Michael, und in diesem Augenblick zog ihn die junge Dame am Ärmel. Ob sie etwas notieren solle?

»Im Augenblick nicht«, dachte Michael.
Sir Timothy starrte wieder den Goya an. »Familienporträt?« fragte er.
»Nein«, erwiderte Michael, »das ist Goya.«
»Donnerwetter! Ist Goy nicht der jüdische Ausdruck für Christ? Goya ist also Christin – wie?«
»Nein, Sir, es ist der Name eines spanischen Malers.«
»Hatte keine Ahnung, daß es außer Murillo und Velazquez noch andere gibt – heutzutage sieht man solche Maler nicht mehr. Diese Modernen, wissen Sie, sollte man verbrennen! Hören Sie«, und wieder senkte er die Stimme, »ein Bischof! So was! Die kochen immer ihre Suppe auf anderen Feuern. Bekämpfung der Geburtenbeschränkung, ihre blödsinnigen Missionen. Wir müssen diese dienstuntaugliche Bevölkerung mit der Wurzel ausrotten. Man muß um jeden Preis verhindern, daß die Leute bis ins unendliche Kinder bekommen, und gleichzeitig muß man ein oder zwei von diesen Hausbesitzern niederknallen, denen ganze Straßen in den Slums gehören – so packt man die Sache an beiden Enden an. Aber davor wird man zurückschrecken, passen Sie nur auf. Wissen Sie etwas über Ameisen?«
»Nur, daß sie sehr geschäftig sind«, erwiderte Michael.
»Ich habe sie studiert. Besuchen Sie mich in Hampshire, ich werde Ihnen meine Diapositive zeigen – die interessantesten Insekten der Welt.« Wieder senkte er die Stimme: »Wer ist das, der da mit dem alten Marquis spricht? Wie? Der Gummimann? Jude, nicht wahr? Was für ein Schäfchen will denn der dabei ins trockene bringen? Die Zusammensetzung dieses Komitees ist ganz verkehrt, Mr. Mont. Der alte Shropshire ist ein reizender alter Herr, aber« – Sir Timothy tippte sich auf die Stirn – »total verrückt mit seiner Elektrifizierung. Einen Arzt haben Sie auch! Die Ärzte sprechen sich nicht offen genug aus. Wir brauchen ein Komitee, das diesen Schurken auf den Leib rückt. Wie, Tee? Den trink' ich nie. Den Kerl, der den Tee erfunden hat, hätte man aufknüpfen sollen.«
Da in diesem Augenblick das Subkomitee ins Zimmer zurückkam, erhob sich Michael nicht ohne Erleichterung.
»Hallo!« hörte er den Squire sagen. »Das war rasche Arbeit.«
Der bescheidene Ausdruck von Wichtigkeit, der auf den Gesichtern der Subkomitee-Mitglieder lag, machte auf Michael keinen allzu großen Eindruck, da er wußte, daß sein Onkel den Aufruf schon in seiner Rocktasche mitgebracht hatte. Er wurde dem Squire übergeben, der eine Hornbrille aufsetzte und laut vorzulesen begann, als handelte es sich um eine Eintragung ins Hundezuchtbuch oder um das Rennreglement. Michael

fand, daß es dem Aufruf nicht sonderlich schadete — der Squire und Pathos, das paßte einfach nicht zusammen. Als der Squire mit dem Vorlesen fertig war, erklärte er: »Wir können die Sache jetzt Punkt für Punkt erörtern. Aber es wird spät, meine Herren. Ich persönlich glaube, daß der Aufruf ungefähr dem Zweck entspricht. Was meinen Sie, Marquis?«
Der Marquis beugte sich vor und griff nach seinem Bart. »Ein ausgezeichneter Entwurf, bis auf einen Punkt. Es ist nicht genügend Nachdruck auf die Elektrifizierung der Küchen gelegt worden. Sir Godfrey wird es mir bestätigen. Man darf von diesen armen Leuten nicht erwarten, daß sie ihre Häuser sauberhalten, wenn man Rauch, Gerüche und Fliegen nicht loswerden kann.«
»Wir können ja etwas mehr darüber sagen, wenn Sie uns die Formulierung angeben, Marquis.«
Der Marquis begann zu schreiben. Michael sah, wie Sir Timothy seinen Schnurrbart zwirbelte.
»Ich bin nicht zufrieden«, begann er schroff. »Es muß etwas hineinkommen, das den Hausbesitzern Angst macht. Wir sind hier, um ihnen tüchtig einzuheizen. Der Aufruf ist viel zu mild.«
»Hm!« sagte der Squire, »was schlagen Sie vor, Fanfield?«
Sir Timothy las von seiner Manschette ab: »Wir fassen unsere Meinung dahin zusammen, daß jeder, der Häuserbesitz in den Slums hat, erschossen werden sollte. Derartige Gentlemen —«
»D a s geht nicht«, erwiderte der Squire.
»Warum nicht?«
»Alle möglichen achtbaren Leute besitzen Häuser in den Slums — Witwen, Syndikate, Herzöge und Gott weiß wer noch. Wir können sie nicht Gentlemen nennen und verlangen, daß sie erschossen werden. Das g e h t nicht.«
Der Bischof beugte sich vor.
»Könnten wir es nicht folgendermaßen formulieren: ›Die Unterzeichneten bedauern sehr, daß jene Personen, die Häuser in den Slums besitzen, sich ihrer Verantwortung der Gesellschaft gegenüber nicht stärker bewußt sind.‹«
»Grundgütiger!« stieß Sir Timothy hervor.
»Ich glaube, wir könnten uns etwas kräftiger ausdrücken, Bischof«, bemerkte Sir Lawrence, »aber wir sollten einen Rechtsanwalt hier haben, der uns ganz genau angibt, wie weit wir gehen dürfen.«
Michael wandte sich an den Vorsitzenden: »Ich habe einen im Haus, Sir. Mein Schwiegervater — ich hab' ihn gerade kommen sehen. Ich glaube, daß er uns beraten würde.«

»Der alte Forsyte«, sagte Sir Lawrence, »das ist der richtige Mann! Er sollte im Komitee sein, Squire. Er kennt sich in Verleumdungsfällen gründlich aus.«
»Ah!« bemerkte der Marquis, »Mr. Forsyte! Unbedingt – ein besonnener Mann.«
»Dann wollen wir ihn kooptieren«, erklärte der Squire, »einen Rechtsanwalt kann man immer brauchen.«
Michael ging hinaus. Da er das Empfangszimmer leer fand, ging er in sein Arbeitszimmer, wo Soames ihn mit den Worten begrüßte: »Was hat das Bild da zu bedeuten?«
»Gar nicht übel, Sir, nicht wahr? Fleur hat es gemacht – es liegt Gefühl drin.«
»Ja«, brummte Soames, »zuviel, scheint mir.«
»Sie haben gewiß die Hüte in der Halle gesehn. Mein Komitee zur Umwandlung der Slums verfaßt gerade seinen Aufruf, und man wäre Ihnen sehr verbunden, Sir, wenn Sie herunterkommen und als Rechtsanwalt einige Anspielungen auf Häuserbesitzer in den Slums begutachten wollten. Man will an die Grenze des Erlaubten gehen. Und wenn es Ihnen nicht gar zu langweilig ist, möchte man Sie in das Komitee wählen.«
»So! Möchte man das?« fragte Soames. »Und wer ist denn eigentlich ›man‹?«
Michael zählte die Namen auf.
Soames rümpfte die Nase. »Eine Menge Titel. Ist das nicht eine etwas phantastische Angelegenheit?«
»Keineswegs, Sir. Unser Wunsch, Sie dabeizuhaben, ist doch eine Garantie dagegen. Außerdem hat unser Vorsitzender Wilfred Bentworth dreimal einen Titel abgelehnt.«
»Na, ich weiß noch nicht«, erklärte Soames. »Ich werde mir die Leute einmal ansehen.«
»Das ist sehr freundlich von Ihnen. Ich glaube, daß Sie sie durchaus respektabel finden werden«, und Michael ging ihm voran die Treppe hinunter.
»Mit solchen Dingen habe ich mich noch nie abgegeben«, sagte Soames auf der Schwelle. Er wurde mit stummen kleinen Verbeugungen und Kopfnicken begrüßt. Es schien Unstimmigkeiten gegeben zu haben.
»Mr. – Mr. Forsyte«, sagte einer, wahrscheinlich dieser Bentworth, »wir bitten Sie, als Rechtsanwalt unserem Komitee beizutreten, um – eh – darauf zu achten, daß wir nicht über die Schnur hauen, und auch um unsere Feuerfresser zu bändigen, zum Beispiel Fanfield dort – wenn Sie wissen, was ich meine«; und er blickte über seine schildkrotgeränderte

Brille nach Sir Timothy. »Wollen Sie die Güte haben, das hier durchzusehen.« Er reichte Soames ein Blatt Papier; dieser setzte sich auf einem Sessel, den die junge Dame ihm hingeschoben hatte.
Soames las: »Obwohl wir annehmen, daß es Umstände geben mag, die den Häuserbesitz in den Slums rechtfertigen, so bedauern wir nichtsdestoweniger tief die offenbare Gleichgültigkeit der meisten Hausbesitzer gegenüber diesem nationalen Übel. Mit kräftiger Unterstützung der Hausbesitzer ließe sich viel tun, was augenblicklich nicht geschehen kann. Wir wollen sie nicht an den Pranger stellen, aber sie sollen sich darüber klar werden, daß sie zumindest mitarbeiten müssen, um diesen Schandfleck unserer Zivilisation zu beseitigen.«
Er las es zweimal, wobei er seine Nasenspitze zwischen Daumen und Zeigefinger hielt. Dann sagte er: »›Wir wollen sie nicht an den Pranger stellen.‹ Wenn Sie's nicht wollen, dann wollen Sie's eben nicht; wozu dann darüber sprechen? ›Pranger‹! Hm!«
»Ganz richtig!« sagte der Vorsitzende. »Es ist sehr wertvoll, Sie im Komitee zu haben, Mr. Forsyte.«
»Durchaus nicht«, erwiderte Soames und blickte prüfend um sich. »Ich weiß noch gar nicht, ob ich beitrete.«
»Ich will Ihnen etwas sagen, Sir!« Und Soames sah einen Kerl, der dem General aus einem Lesebuch glich, sich herüberbeugen. »Sie wollen behaupten, daß wir nicht einmal ein harmloses Wort wie ›Pranger‹ gebrauchen können, wo wir doch wissen, daß diese Kerle erschossen gehören?«
Soames lächelte matt; wenn er etwas nicht ausstehen konnte, so war es Militarismus.
»Wenn Sie wollen, können Sie es ja gebrauchen«, entgegnete er, »aber nicht, wenn ich oder irgendein urteilsfähiger Mensch im Komitee sitzen soll.«
Wenigstens vier Mitglieder des Komitees begannen hierauf eifrig zu sprechen. Hatte er sich zu drastisch ausgedrückt?
»Dann lassen wir also diese Worte weg«, sagte der Vorsitzende. »Und nun zu Ihren Bemerkungen über die Küchen, Marquis. Das ist wichtig.«
Der Marquis begann vorzulesen. Soames blickte ihn fast mit Wohlwollen an. Sie hatten sich in der Morland-Angelegenheit sehr gut verständigt. Niemand erhob Einspruch gegen den Zusatz, und er wurde angenommen.
»Das wäre also erledigt. Ich glaube, sonst liegt nichts vor. Ich möchte nun gehen.«
»Einen Augenblick, Herr Vorsitzender.« Soames sah, daß diese Worte hinter einem Walroßschnurrbart hervorkamen. »Ich weiß mehr von diesen

Leuten als irgend jemand der Anwesenden. Ich habe mein Leben in den Slums begonnen, und ich möchte Sie auf etwas aufmerksam machen. Angenommen, Sie erhalten Geld, angenommen, Sie verändern einige Straßen, werden Sie auch die Menschen verändern? Nein, meine Herren, das werden Sie nicht.«

»Aber die Kinder der Leute, Mr. Montross, ihre Kinder«, sagte ein Mann, den Soames als den Geistlichen erkannte, der Michael und seine Tochter getraut hatte.

»Ich bin nicht gegen den Aufruf, Mr. Cherrell, aber ich bin ein Selfmademan und ein Realist und ich weiß genau, wogegen wir anzukämpfen haben. Ich werde Geld in die Sache stecken, meine Herren, aber Sie sollen wissen, daß ich es mit offenen Augen tue.«

Soames sah die braunen, melancholischen Augen auf sich gerichtet und hatte den dringenden Wunsch zu sagen: »Davon bin ich überzeugt.« Als er jedoch Sir Lawrence anblickte, merkte er, daß der alte Mont denselben Wunsch empfand, und schloß fest die Lippen.

»Ausgezeichnet!« erklärte der Vorsitzende. »Nun, Mr. Forsyte, treten Sie dem Komitee bei?«

Soames blickte im Kreis herum.

»Ich werde mir die Sache überlegen«, erwiderte er, »und es Sie wissen lassen.«

Fast gleichzeitig erhoben sich alle, eilten zu ihren Hüten, und Soames blieb mit dem Marquis allein, dem Goya gegenüber.

»Ein Goya, nicht wahr, Mr. Forsyte, und ein guter. Irre ich mich, oder hat er nicht einmal Burlingford gehört?«

»Jawohl«, antwortete Soames erstaunt. »Ich erwarb ihn, als Lord Burlingford im Jahre 1910 seine Bilder verkaufte.«

»Das dachte ich mir. Der arme Burlingford. Das Oberhaus und die damalige politische Lage hatten ihm, wie ich mich erinnere, Angst eingejagt. Aber wie Sie sehen, ist seither nichts geschehen. Wie echt englisch das alles war.«

»Im Oberhaus wird alles verschleppt«, murmelte Soames, der sich nur dunkel an die politischen Begebenheiten jener Zeit erinnerte.

»Vielleicht ist das ein Glück«, meinte der Marquis, »zur Reue hat man immer noch Zeit genug.«

»Ich kann Ihnen hier noch ein oder zwei Bilder zeigen, wenn Sie Interesse dafür haben«, bemerkte Soames.

»Ich bitte darum«, erwiderte der Marquis, und Soames führte ihn durch die Halle, aus der jetzt die Hüte verschwunden waren.

»Watteau, Fragonard, Pater, Chardin«, erklärte Soames.

Den Kopf ein wenig seitlich geneigt, betrachtete der Marquis Bild für Bild. »Reizend!« sagte er. »Was für eine angenehme und was für eine leichtsinnige Zeit das war! Schließlich sind die Franzosen die einzigen, die das Laster anziehend machen können; vielleicht konnten es auch die Japaner, ehe sie verdorben wurden. Sagen Sie mir, Mr. Forsyte, kennen Sie einen Engländer, der das zustande gebracht hätte?«
Soames hatte diese Frage nie studiert und war unsicher, weil er nicht wußte, ob ihm das an einem Engländer auch gefallen hätte; so zögerte er noch, als der Marquis hinzufügte: »Und doch gibt es kein häuslicheres Volk als die Franzosen.«
»Meine Frau ist Französin«, bemerkte Soames und schielte zu ihm hinüber.
»Wirklich!« sagte der Marquis. »Wie angenehm.«
Soames wollte gerade antworten, als der Marquis fortfuhr: »Wenn man sie so am Sonntag einen Ausflug machen sieht – die ganze Familie, mit Brot und Käse, Wurst und Wein. Ein bemerkenswertes Volk!«
»Ich ziehe das unsere vor«, erklärte Soames unumwunden. »Vielleicht nicht so dekorativ, aber –« Im Begriff, über die Tugenden seiner Landsleute zu sprechen, hielt er plötzlich inne.
»Der erste meiner Vorfahren, Mr. Forsyte, war zweifellos ein Franzose – nicht einmal ein normannischer Franzose. Es wird erzählt, daß ihm auferlegt wurde, das Haar des William Rufus rot zu erhalten, als es sich zu verfärben begann. Man hat ihm Land geschenkt, also muß er Erfolg gehabt haben. Seit der Zeit haben wir einen roten Einschlag in unserer Familie. Meine Enkelin« – er blickte Soames mit Vogelaugen an –, »doch sie und Ihre Tochter haben sich nicht recht vertragen, fällt mir ein.«
»Ja«, sagte Soames grimmig, »sie haben sich nicht recht vertragen.«
»Wie ich höre, haben sie sich ausgesöhnt.«
»Das glaube ich nicht«, erwiderte Soames, »aber das sind alte Geschichten.«
Verglichen mit seinen jetzigen Sorgen, kam ihm diese Geschichte ganz unwichtig vor.
»Mr. Forsyte, es war mir eine große Freude, diese Bilder zu sehen. Ihr Schwiegersohn sagte mir, daß er seine Küche hier elektrifizieren wird. Glauben Sie mir, nichts ist einem schwachen Magen zuträglicher als eine Köchin, die sich nicht zu erhitzen braucht. Sagen Sie das Ihrer Frau Gemahlin!«
»Das werde ich tun«, versprach Soames, »aber die Franzosen sind konservativ.«

»Beklagenswert konservativ«, erklärte der Marquis und streckte ihm die Hand entgegen. »Leben Sie wohl!«
»Leben Sie wohl!« sagte Soames und sah vom Fenster aus der kleinen raschen Gestalt im Anzug aus graugrünem Wollstoff nach. Er hatte das Gefühl, leicht elektrisiert zu sein.

12

Eine köstliche Nacht

Fleur saß in Loring am Strand. Das Meer gehörte zu den Dingen, die sie am wenigsten vertrug. Es lag ihr nicht. Dieses blaue, feuchte, ewig brandende Meer, von dem es heißt, es habe niemals die gleiche Stimmung, schien ihr von erdrückender Monotonie. Und obgleich sie das Gesicht dem Meer zukehrte, wandte sie ihm im Geist den Rücken. Eine Woche war sie schon hier, ohne Jon wiedergesehen zu haben. Man wußte, wo sie war, doch nur Holly hatte sie besucht. Ihr rascher Instinkt erriet auch die Ursache: Anne mußte Lunte gerochen haben. Und nach dem, was Holly ihr gesagt hatte, konnte sie sich nicht einmal mehr auf Goodwood freuen. Überall legte man ihr Hindernisse in den Weg, und sie war zutiefst empört darüber. Sie befand sich in einem jämmerlichen Zustand der Unentschlossenheit. Wenn es ihr klar gewesen wäre, wo sie eigentlich hinauswollte, hätte sie sich gedulden können, aber es war ihr keineswegs klar. Nicht einmal die Sorge um Kit war als Ablenkung zu gebrauchen. Er war wieder ebenso robust wie früher und den ganzen Tag mit Spaten und Eimer beschäftigt.
»Das halte ich nicht mehr aus«, dachte sie. »Ich werde in die Stadt fahren. Michael wird sich freuen.«
Nach einem frühen Lunch fuhr sie nach London und las im Zug ein Memoirenwerk, das verschiedene tote Persönlichkeiten um ihren guten Ruf brachte. Die ganz moderne Behandlung des Themas lenkte ihre Gedanken mehr ab, als sie nach dem Titel erwartet hätte. Und je schwächer der Austerngeruch draußen wurde, desto besser wurde ihre Laune. In ihrer Handtasche waren Briefe von ihrem Vater und Michael, die sie herausnahm, um sie noch einmal zu lesen.

Liebes Herz! (begann Michael — ja, sie war wohl noch immer sein liebes Herz)

Ich hoffe, daß dieser Brief Dich und Kit ebenso wohl antrifft, wie er mich — in diesem Augenblick — verläßt. Aber Du fehlst mir schrecklich wie immer, und ich werde Dich bald besuchen, außer Du besuchst mich zuerst. Vielleicht hast Du unsern Aufruf in den Montagsblättern gelesen. Die Leute beginnen schon, Anteilscheine zu nehmen. Das Komitee hatte einen guten Start: Das Walroß zeichnete fünf gute Tausender, der Marquis sandte den Scheck Deines Vaters für den Morland über sechshundert, Dein und mein Vater zeichneten je zweihundertfünfzig. Der Squire gab fünfhundert, Bedwin und Sir Timothy jeder einen Hunderter, und der Bischof gab uns zwanzig und seinen Segen dazu. So hat das Komitee allein die Liste mit sechstausendachthundertundzwanzig Pfund eröffnet — durchaus nicht schäbig. Ich glaube, daß sich die Sache machen wird. Der Aufruf ist vervielfältigt worden und wird jedem zugesandt, der irgendwann irgend etwas gespendet hat. Abgesehen von anderer Propaganda, haben wir das »Polytheum« dafür gewonnen, einen Slumfilm vorzuführen, wenn wir einen drehen lassen können. Onkel Hilary ist in gehobener Stimmung. Komisch war es, Deinen Vater zu beobachten — er hat es sich lange Zeit hin und her überlegt und ist tatsächlich in die Slums gegangen, um sich mit eigenen Augen zu überzeugen. Als er zurückkam, sagte er, er wisse nicht recht — die Umgebung sei baufällig, er glaube nicht, daß man mit fünfhundert pro Haus auskäme. An demselben Abend habe ich meinen Onkel zu ihm gebeten, und er ist Hilarys Charme erlegen. Am nächsten Morgen war er jedoch recht übel gelaunt — sagte, sein Name würde unter dem Aufruf in den Zeitungen stehen, und schien der Meinung, daß es ihm schaden könnte. »Man wird glauben, daß ich nicht bei Trost bin« — so drückte er sich aus. Nichtsdestoweniger ist er nun einmal im Komitee, und mit der Zeit wird er sich daran gewöhnen. Es ist eine bunt zusammengewürfelte Gesellschaft, und nur das Vorhandensein der Wanzen hält sie zusammen. Heute hatten wir eine zweite Sitzung. Der alte Blythe fühlt sich verraten und verkauft; er sagt, ich habe ihn und den Foggartismus verleugnet. Das habe ich natürlich nicht getan — aber, zum Teufel, man muß doch etwas Wirkliches zu tun haben!

Alles Liebe Dir und Kit
Michael

Dein Bild habe ich einrahmen lassen und über meinen Schreibtisch gehängt; es macht sich dort sehr gut. Dein Vater war ganz überrascht. M.

Über seinen Schreibtisch — die goldenen Äpfel! Welche Ironie. Armer Michael — wenn er wüßte!
Ihres Vaters Brief war kurz — nie noch hatte sie einen langen von ihm erhalten.

Mein liebes Kind!
Deine Mutter ist nach ›Haus Zuflucht‹ zurückgekehrt, aber ich bleibe noch in der Green Street wegen dieses Projekts von Michael. Ich weiß wahrhaftig nicht, ob etwas dran ist. Es wird viel über die Slums zusammengeschwätzt, trotzdem ist sein Onkel Hilary, obzwar Geistlicher, ein recht liebenswürdiger Mensch, und es sind auch ein paar gute Namen im Komitee. Wir werden ja sehen.
Ich hatte keine Ahnung, daß Du noch immer aquarellierst. Das Bild hat beachtenswerte Vorzüge, obgleich mir sein Sinn nicht ganz klar ist. Die Früchte sehen für Äpfel zu weich und saftig aus, aber Du wirst ja wissen, was Du damit beabsichtigt hast. Es freut mich, daß es Kit so gut geht und daß Dir die Seeluft gut tut.

Stets Dein Dich liebender Vater
S. F.

Was sie damit beabsichtigte? Wenn sie das nur wüßte! Und wenn er es nur *nicht* wüßte! Das waren die Zweifel, die sie beunruhigten, während sie den Brief zerriß und zum Fenster hinaus über Surrey flattern ließ. Er beobachtete sie wie ein Luchs — wie ein Liebhaber, und gerade jetzt wollte sie nicht beobachtet sein.
Sie hatte kein Gepäck und nahm in Victoria einen Wagen nach Chiswick. June würde etwas über jene beiden wissen; ob sie noch immer in Wansdon waren oder wo sie sich sonst aufhielten.
Wie gut sie sich noch an das kleine Haus erinnerte von ihrem einzigen Besuch her — in den Tagen, als sie und Jon —!
June stand in der Halle, im Begriff auszugehen.
»Oh, du bist es!« sagte sie. »Du bist damals am Sonntag nicht gekommen!«
»Nein, ich hatte vor meiner Abreise zuviel zu tun.«
»Jon und Anne wohnen jetzt hier. Harold malt ein herrliches Bild von ihr. Es wird einzigartig. Sie ist ein liebes kleines Ding, scheint mir« (in Fleurs Erinnerung war sie ein gutes Stück größer als June), »und hübsch. Ich gehe gerade aus, um für ihn etwas einzukaufen, das er dringend benötigt, aber ich werde kaum eine Viertelstunde brauchen. Wenn du im Speisezimmer warten willst, bis ich zurückkomme, werde ich dich

mit hinaufnehmen, damit er dich sieht. Er ist der einzige, der heutzutage wirklich etwas leistet.«
»Es ist nett, daß es einen solchen Menschen überhaupt noch gibt«, bemerkte Fleur.
»Hier ist ein Album von Reproduktionen seiner Bilder.« June öffnete ein großes Buch auf einem kleinen Eßtisch. »Ist das nicht herrlich? Seine ganze Arbeit zeigt Qualität. Schau dir alles an. Ich bin gleich wieder da.« Sie kniff Fleur ein wenig in die Schulter und lief fort.
Fleur sah nicht ins Album, sie sah durchs Fenster und blickte sich im Zimmer um. Wie gut sie sich an alles erinnerte, und auch an jenen runden, trüben Spiegel von sehr altem Glas, in dem sie sich betrachtet hatte, während sie auf Jon wartete. Auch an den stürmischen Auftritt erinnerte sie sich, der sich vor sieben Jahren in diesem Zimmer abgespielt hatte, das für Stürme eigentlich zu klein war. Also Jon wohnte hier! Ihr Herz klopfte, und sie starrte wieder ihr eigenes Spiegelbild in dem trüben Glas an. Sie sah nicht schlechter aus als damals. Nein, eher besser. Ihr Gesicht hatte jetzt mehr Charakter, die jugendlich weichen Züge hatten sich vertieft. Konnte sie ihn nicht wissen lassen, daß sie hier war? Konnte sie ihn nicht auf irgendeine Weise für eine Minute allein sehen? Diese kleine Fanatikerin mit ihrer fixen Idee — so nannte sie June in Gedanken — würde gleich wieder zurück sein. Rasch faßte sie einen Entschluß. Wenn Jon zu Hause war, würde sie ihn finden. Ein Griff links und rechts an das Haar, an die Perlen um ihren Hals, und mit einer fast puderlosen Quaste schnell noch einmal über die Nase gefahren, ehe sie in die Halle hinausging und horchte. Kein Laut. Langsam stieg sie die Treppe hinauf. Er mußte in seinem Schlafzimmer sein oder im Atelier — einen anderen Raum gab es hier nicht. Auf dem ersten Treppenabsatz ein Schlafzimmer zur Rechten, eines zur Linken, das Badezimmer vor ihr — alle Türen offen. Alles leer. Auch in ihrem Herzen war Leere. Oben lag nur noch das Atelier. Und dort würden Jon, der Maler und die junge Frau sein. War es der Mühe wert? Sie ging zwei Stufen hinunter und dann wieder zurück. Ja, es war der Mühe wert. Langsam und sehr leise stieg sie hinauf. Die Ateliertür mußte offenstehen, sie konnte ein vertrautes Geräusch vernehmen — die raschen Schritte eines Malers, die sich der Leinwand nähern und wieder von ihr entfernen.
Einen Augenblick schloß sie die Augen, dann ging sie weiter. Auf dem Treppenabsatz dicht vor der offenen Tür hielt sie wieder inne. Sie brauchte gar nicht weiterzugehen. Denn gerade ihr gegenüber befand sich in dem Zimmer ein langer, breiter Spiegel, in dem sie alles sehen konnte, ohne selbst gesehen zu werden. Jon saß am Ende eines niedrigen Diwans, die

kalte Pfeife in der Hand, und starrte vor sich hin. Auf dem Podium stand jene junge Frau in einem weißen Kleid; in den Händen hielt sie eine langstielige Lilie, deren Blüte fast ihr Kinn berührte. Oh, sie war hübsch – hübsch und dunkel, mit den braunen Augen und dem von dunklem Haar umrahmten Gesicht. Doch Jons Ausdruck – unergründlich wie eine Maske, wie der Blick seiner tiefliegenden Augen. Sie hatte diesen Blick bei Löwenjungen beobachtet, ein Blick, der nichts in der Nähe bemerkt, sondern etwas in weiter Ferne sieht – was nur? Die Augen jener jungen Frau – wie hatte Holly sie genannt? –, die einer »richtigen Wassernymphe«, sahen suchend zu ihm hinüber, und sogleich kehrte sein Blick aus der Ferne zurück, und er lächelte ihr zu. Da wandte sich Fleur um, eilte die Treppe hinunter und zum Haus hinaus. Auf June warten – ihre Lobreden anhören – dem Maler vorgestellt werden – ihre Miene in Gegenwart dieser jungen Frau beherrschen müssen. Nein! Als sie gerade auf das Deck eines Autobusses stieg, sah sie June um die Ecke eilen und dachte mit boshaftem Vergnügen an ihre Enttäuschung – wenn man gekränkt worden ist, kränkt man gern einen andern. Der Autobus trug sie die King's Road hinunter, durch Hammersmith, und in der Nachmittagssonne schwitzend, fuhr er in die Riesenstadt hinein mit ihren Myriaden von Leben und Interessen, in die Stadt, die so unerschütterlich und gleichgültig war wie das Schicksal.

Beim Kensington-Park stieg sie aus. Vielleicht würde der Schmerz in ihrem Innern aufhören, wenn sie sich die Beine müde lief. Rasch ging sie an Blumen und Kindermädchen vorbei, an alten Damen und alten Herren. Doch sie hatte kräftige Beine, und Hydepark Corner kam zu früh für sie, nicht jedoch für einen alten Herrn, der versucht hatte, mit ihr Schritt zu halten, weil es ihm in seinem Alter guttat, von jemandem angespornt zu werden. Sie ging zum Greenpark hinüber und blieb bei ihrem Tempo. Und sie verachtete sich, während sie so dahinlief. Ja, sie verachtete sich. Sie, für die Herzenssachen so unmodern waren, sie, die glaubte, gelernt zu haben, Gefühle zu beherrschen oder ihnen zuvorzukommen.

Sie kam nach Hause und es war niemand da – Michael war ausgegangen. Sie ging hinauf, bestellte sich einen Türkischen, nahm ein heißes Bad und lag zigarettenrauchend im Wasser. Sie fühlte sich etwas erleichtert. Dies war ein unter ihren Bekannten altbewährtes Rezept. Als sie lange genug gebadet hatte, zog sie einen Schlafrock an und ging in Michaels Arbeitszimmer. Dort hing ihr Bild – sehr hübsch eingerahmt. In diesem Augenblick kamen ihr die Früchte gänzlich ungenießbar vor. Dieses Lächeln in Jons Augen, als er das Lächeln seiner Frau erwiderte! Das, was eine andere für sie übrigließ. Eine solche Frucht war nicht wert, gegessen zu werden. Bittere Äpfel — bittere Äpfel! Sogar der weiße Affe würde solche Früchte verschmähen. Einen Moment lang starrte sie in die Augen des Affen auf dem chinesischen Bild — in jene fast menschlichen Augen, die dennoch nicht menschlich waren, weil das Tier kein Gefühl für Beständigkeit besaß. Ein moderner Maler hätte nie solche Augen malen können. Dem chinesischen Künstler, der vor vielen Jahrhunderten gelebt hatte, lagen Beständigkeit und Tradition im Blut; er hatte die Ruhelosigkeit des Geschöpfes schärfer erfaßt, als die Menschen sie heutzutage zu sehen vermochten, und für immer hier verewigt.

Fleur, die in ihrem jadegrünen Schlafrock reizend aussah, grub die Zähne in die Lippe und ging in ihr Zimmer zurück, um ihre Toilette zu beenden. Sie zog ihr hübschestes Kleid an. Wenn ihr die Erfüllung ihres heißen Wunsches versagt blieb — eine Erfüllung, die ihr Ruhe und Beständigkeit geschenkt hätte —, so wollte sie wenigstens Vergnügen haben, Zerstreuung, wollte mit beiden Händen danach greifen, voll Genuß die Frucht verspeisen. Sie setzte sich vor den Spiegel, um sich so schön wie möglich zu machen. Sie manikürte ihre Hände, frisierte ihr Haar, bespritzte die Augenbrauen mit Parfüm, glättete die Lippen, legte kein Rouge auf und bloß einen Hauch von Puder; nur dort, wo die Sonne ihren Hals gebräunt hatte, verstärkte sie die Puderschicht.

So fand Michael seine Frau, ein modernes Meisterwerk, fast zu vollkommen, um berührt zu werden.

»Fleur!« sagte er und nichts weiter; aber ein Wort mehr hätte den Eindruck zerstört.

»Ich glaube, ich habe es verdient, einmal auszugehen. Zieh dich rasch um, Michael, und gehen wir irgendwohin dinieren, wo's amüsant ist, und dann in ein Theater und in einen Tanzklub. Heute abend brauchst du doch nicht ins Parlament zu gehen, nicht wahr?«

Er hatte vorgehabt, hinzugehen, doch lag etwas in ihrer Stimme, das ihn sogar von noch ernsthafteren Geschäften abgehalten hätte.

Ihren Duft einatmend, sagte er: »Köstlich! Ich komme aus den Slums. Im Handumdrehen bin ich wieder da«, und er eilte hinaus.

Während des »Handumdrehens« dachte sie an ihn und wie gut er war; und während sie an ihn dachte, sah sie im Geist die Augen, das Haar und das Lächeln Jons.

Das »amüsante« Lokal war ein kleines Restaurant voll von Theaterleuten. Fleur und Michael kannten viele von ihnen; als sie aufbrachen, um in ihre Theater zu gehen, blieben sie bei den beiden stehen, sagten: »Wie reizend, Sie hier zu treffen!« und sahen aus, als meinten sie's ehrlich —

ganz merkwürdig. Aber so waren nun einmal Theaterleute. Sie konnten so leicht überzeugende Gesichter machen. Und sie fragten immer wieder: »Haben Sie schon unsere Aufführung gesehen? Oh, da müssen Sie hingehen. Ganz außergewöhnlich!« Oder: »Es ist ein großartiges Stück!« Und dann sahen sie über die Schulter jemand andern und riefen: »Ah, wie reizend, Sie hier zu treffen!« Es war nichts von langweiliger Beständigkeit an ihnen zu bemerken. Fleur trank einen Cocktail und zwei Gläser Champagner. Mit leicht geröteten Wangen verließ sie das Lokal. Die Revue »Frauen, die lieben« hatte schon vor einer halben Stunde begonnen; doch das schien nichts auszumachen, denn was es zu sehen gab, machte nicht mehr Eindruck auf sie als das, was sie nicht gesehen hatten. Das Haus war überfüllt, und die Leute meinten, daß die Revue jahrelang gehen würde. Es gab darin eine Melodie, die London im Sturm erobert hatte, einen Tänzer, dessen Beine die spitzesten Winkel bilden konnten, und absolut keine Beständigkeit. Michael und Fleur gingen, die Melodie summend, hinaus und nahmen ein Auto zu dem Tanzklub, den sie mehr der Mode wegen aufsuchten als aus dem Bedürfnis zu tanzen. Es war ein vornehmer Klub, dem ein Minister angehörte, der es für seine Pflicht gehalten hatte, beizutreten. Man tanzte gerade Charleston, sieben Paare schwankten knieweich in den Ecken des Raumes.

»Heiliger Strohsack!« rief Michael, »etwas Hohleres kann es wirklich nicht mehr geben! Was finden die Leute nur daran?«

»Hohlheit, mein Lieber. Es ist eben eine hohle Zeit — weißt du das nicht?«

»Gibt es denn keine Grenze?«

»Eine Grenze«, erwiderte Fleur, »ist etwas, worüber du nicht hinausgehen kannst; aber man kann immer noch hohler werden.«

Die Worte überraschten ihn nicht, denn Zynismus war schließlich modern, doch der Tonfall machte Michael Angst, es schwang etwas Persönliches mit. Empfand sie ihr Leben als so hohl? Und wenn ja, warum nur?

»Ich habe gehört«, sagte Fleur, »daß ein neuer amerikanischer Tanz aufkommt, *The White Beam*, da soll noch weniger dran sein.«

»Nicht möglich«, murmelte Michael. »An angeborenem Idiotismus kann das hier nicht überboten werden. Schau dir nur diese beiden an!«

Die beiden schwankten mit so hektischen Kniebewegungen auf sie zu, als wären alle ihre Emotionen in die Beine gerutscht. In ihren Augen, die Fleur und Michael anstarrten, lag nicht mehr Ausdruck als in vier bunten Glaskugeln. Der Körper von der Taille abwärts strahlte einen sonderbaren Ernst aus, doch oberhalb dieser Grenze schienen sie nicht mehr zu existieren. Die Musik hörte plötzlich auf, und auch die sieben Paare hielten

inne und begannen in die Hände zu klatschen, die sie tief hielten, als fürchteten sie, die hohle Gedankenlosigkeit der oberen Region zu unterbrechen.
»Ich lehne ab, es zu glauben«, erklärte Michael plötzlich.
»Was denn?«
»Daß dies unser Zeitalter repräsentiert — keine Schönheit, keine Freude, keine Geschicklichkeit, nicht einmal etwas Dämonisches — nur wie ein Narr mit schlotternden Knien dastehen.«
»Du bist eben nicht dazu imstande, daran liegt es.«
»Willst du damit sagen, daß du dazu imstande bist?«
»Natürlich«, entgegnete Fleur, »man muß doch mit der Zeit gehen.«
»Dann verschone mich bitte mit dem Anblick.«
Gerade da hörten die sieben Paare auf, in die Hände zu klatschen — die Kapelle spielte jetzt ein Lied, zu dem man die Knie nicht biegen konnte. Michael und Fleur begannen zu tanzen. Sie tanzten zusammen zwei Shimmys und einen Walzer. Dann gingen sie.
»Eines kann man nicht leugnen«, bemerkte Fleur im Auto, »daß man beim Tanzen sich selbst vergißt. Das war das Gute an der Kantine. Such mir eine neue Beschäftigung, Michael; in etwa einer Woche kann ich Kit zurückbringen.«
»Wie wär's, wenn du mit mir im Sekretariat des Slum-Fonds arbeiten würdest? Du wärst unbezahlbar im Arrangieren von Bällen, Basaren und Matinees.«
»Gern. Ich glaube, es ist der Mühe wert, die Slums zu verändern.«
»Ich jedenfalls glaube es auch. Du kennst Hilary noch nicht; ich werde ihn und Tante May zum Lunch einladen. Dann kannst du selbst urteilen.«
Er schob seine Hand unter ihren bloßen Arm und fügte hinzu: »Fleur, du hast es doch nicht schon satt, nicht wahr?«
Der Ton seiner Stimme, demütig und ein wenig ängstlich, rührte sie, und sie drückte seine Hand mit ihrem Arm. »Ich werde nie genug von dir haben, Michael.«
»Du meinst, ein so ausgeprägtes Gefühl könntest du mir gegenüber niemals aufbringen.«
Gerade das hatte sie gemeint, und daher beeilte sie sich, es zu leugnen. »Nein, lieber Junge, ich weiß die guten Dinge und auch einen guten Menschen zu schätzen, wenn er mir gehört.«
Michael seufzte, nahm ihre Hand und führte sie an seine Lippen.
»Ach, wenn man doch nicht so kompliziert wäre«, rief Fleur. »Du hast Glück, daß du so einfach bist. Das ist die größte Gabe. Nur darfst du niemals die Dinge ernst nehmen, Michael. Das wäre ein Unglück.«

»Ja, schließlich ist die Komödie das einzig Richtige.«
»Hoffentlich«, sagte Fleur, wie das Auto anhielt. »Eine köstliche Nacht!« Nachdem Michael den Chauffeur bezahlt hatte, sah er sie an, wie sie in der offenen Tür stand. Eine köstliche Nacht – ja, für ihn.

13

»Ewig dein«

Als Michael am folgenden Montag verkündete, daß Fleur am nächsten Vormittag Kit zurückbringen würde, meinte Soames: »Ich möchte mir diese Gegend einmal anschauen. Ich werde heute nachmittag mit dem Auto hinfahren und sie morgen herbringen. Sage Fleur nichts davon. Ich werde sie benachrichtigen, wenn ich in Nettlefold bin. Man hat mir gesagt, daß es dort ein Hotel gibt.«
»Ein ganz gutes«, erwiderte Michael. »Aber es wird wegen des Goodwood-Meetings voll sein.«
»Ich werde telefonieren. Es muß sich ein Zimmer für mich finden.«
Er telefonierte, und es fand sich ein Zimmer für ihn, um das ein anderer kam. Um fünf Uhr fuhr er ab, da Riggs ihm gesagt hatte, daß sie zweieinhalb Stunden brauchen würden. Der Tag hatte mit typisch englischem Wetter begonnen, doch als sie Dorking erreichten, hatte es sich so weit aufgehellt, daß man zufrieden sein konnte. Seit vielen Jahren hatte er wenig von jenem England gesehen, das jenseits der Linie zwischen seinem Haus am Fluß und Südwest-London lag; an diesem Spätnachmittag, an dem er weniger von seinen Gedanken in Anspruch genommen war als gewöhnlich, konnte er die Gegend in Ruhe betrachten. Es war ein abwechslungsreiches, hügeliges Land, unverbesserlich grün und ganz anders als Indien, Kanada oder Japan. Es hieß, daß vor kaum fünfzehnhundert Jahren dies alles hier noch Urwald, Heide und Sumpf gewesen war. Wie würde es nach fünfzehnhundert Jahren aussehen? Wieder Urwald, Heide und Sumpf, oder eine einzige Riesenvorstadt – wer konnte das wissen? Irgendwo hatte er gelesen, daß die Leute in der Zukunft unter der Erde wohnen und nur sonntags herauskommen würden, um in ihren Flugzeugen nach Luft zu schnappen. Das hielt er für unwahrscheinlich. Die Engländer würden immer offene Fenster wünschen und ordentliche Zugluft;

soweit er die Sache beurteilen konnte, würde die Luft unter der Erde zu stickig sein, um mit einem Ball zu spielen, und oben in der Luft konnte man unmöglich mit einem Ball spielen. Diese Leute, die prophetische Bücher und Artikel schrieben, vergaßen, daß die Menschen Leidenschaften hatten. Er wollte jede Wette eingehen, daß im Jahre 3400 nach Christi Geburt die Leidenschaften der Engländer noch immer dieselben sein würden: Golf spielen, das Wetter verwünschen, in der Zugluft sitzen und das Gebetbuch revidieren.

Da fiel ihm ein, daß der alte Gradman sehr alt wurde; er mußte sich nach jemandem umsehen, der ihn ersetzen konnte. Die Verwaltung der Familienvermögen stellte jetzt keinerlei besondere Anforderungen – man brauchte nur einen absolut ehrlichen Menschen. Wo aber sollte er den hernehmen? Selbst wenn es einen solchen gab, so müßte sich seine Ehrlichkeit erst in einer längeren Probezeit bewähren. Es müßte auch ein jüngerer Mensch sein, denn er selbst konnte nicht mehr lang mitmachen. Während er so im Sechzigkilometertempo die Straße nach Billingshurst dahinfuhr, erinnerte er sich daran, wie ihn vor mehr als sechzig Jahren der alte Gradman vom Paddington-Bahnhof abgeholt hatte, in einer Kutsche, die mit neun Kilometer Geschwindigkeit fuhr und deren Boden mit nassem Stroh belegt war; der alte Gradman selbst war damals ein Junge von zwanzig Jahren gewesen, der versuchte, sich einen Backenbart wachsen zu lassen, und den ganzen Tag Rundschrift übte.

»Fünf Eichen« stand auf einem Wegweiser, doch er konnte keine Eichen sehen. Wie schnell dieser Riggs fuhr! Früher oder später würde er noch umschmeißen, und dann würde es ihm leid tun. Aber es war gegen seine Würde, Riggs wegen des Tempos zurechtzuweisen, wenn keine Dame im Wagen war; Soames saß ganz still, mit einem etwas verächtlichen Ausdruck, als eine Art Versicherung gegen seine eigenen Gefühle. Durch Pulborough, in Serpentinen einen Hügel hinunter, über eine kleine Brücke und einen schmalen Fluß kamen sie in eine ganz andere Gegend, die ihm neu war; überall ebene Wiesen – bestimmt würden sie im Winter sumpfig sein –, auf denen große rotbraune, schwarzweiße und rötlichgraue Kühe weideten; und weiter im Süden sah man Hügel von einem einzigartig kühlen Grün, als wären sie innen weiß. Kreide kam hie und da zum Vorschein, und dort oben auf den Hügeln grasten zweifellos Schafe – sein Vater hatte immer auf das Hammelfleisch von der Südküste geschworen. Eine hübsche Beleuchtung, ein silbriger Schimmer, überhaupt eine nette Aussicht, bei deren Anblick man sich leichter und freier fühlte. Also in einer solchen Gegend hatten sich sein Neffe und dieser junge Mensch, Jon Forsyte, angesiedelt. Na, sie hätten etwas

Schlechteres finden können — er erinnerte sich an nichts, was so eigenartig gewesen wäre. Etwas wie ein widerstrebendes Gerechtigkeitsgefühl, das in Soames' Natur lag, konnte ihnen seinen Beifall nicht versagen. Wie dieser Riggs den Hügel hinaufraste — noch dazu so einen verdammten Hügel, an Kreide- und Kiesgruben vorbei, an grasbewachsenen Dünen und bewaldeten Hängen, am Torhüterhaus eines Parks vorüber in einen großen Buchenwald hinein. Hübsch, sehr ruhig — nichts Lebendiges außer den Bäumen, weitverzweigten Bäumen, sehr kühl und sehr grün. Jetzt kam er an einem großen kirchenähnlichen Bau vorbei, mit vielen hohen Wällen und Türmen — vermutlich Schloß Arundel; ein riesiges Gebäude, von weitem würde es wahrscheinlich besser aussehen; dann ging's wieder über einen Fluß und einen andern Hügel hinauf, und dann rasten sie in die Stadt Nettlefold hinein und hielten vor dem Hotel, gerade dem Meer gegenüber.

Soames stieg aus. »Um welche Zeit wird diniert?«

»Man hat gerade begonnen, Sir.«

»Ist Abendanzug nötig?«

»Jawohl, Sir. Es ist heute abend Kostümball, Sir, zur Feier des Goodwood-Meetings.«

»Was für eine Idee! Reservieren Sie mir einen Tisch; ich werde gleich unten sein.«

Er hatte einmal in einem viktorianischen Roman gelesen, der Gentleman sei daran zu erkennen, daß er sich in zehn Minuten zum Dinner umkleiden könne, auch wenn er einen Selbstbinder trägt. Das hatte er nie vergessen. In zwölf Minuten war er unten. Die meisten Leute waren beinahe fertig, doch er sah niemanden in Kostüm. Soames aß gemächlich und betrachtete den Garten, hinter dem das Meer lag. Er hatte, zum Unterschied von Fleur, keine Abneigung gegen die See — er hatte sieben Jahre in Brighton verbracht und war täglich zu seiner Arbeit in die Stadt gefahren und wieder zurück. Das war in jener Zeit, als er, nachdem seine erste Frau ihn verlassen hatte, über diese Schande hinwegzukommen versuchte. Merkwürdig, daß der geschädigte Teil auch noch die Schande zu tragen hatte. Die Menschen bewunderten die Unmoral, wenn sie auch noch so sehr beteuerten, daß dies nicht der Fall sei. Der verlassene Gatte, die verlassene Frau galten als armselige Geschöpfe. War das auf etwas Ungezähmtes in der menschlichen Natur zurückzuführen oder bloß die Reaktion gegen die bezahlte Moral von Richtern, Pfaffen und ähnlichen Leuten? Moral konnte man respektieren, bezahlte Moral nicht. Er hatte es in den Blicken der anderen gesehen nach seinem eigenen Unglück; er hatte es auch nach dem Marjorie-Ferrar-Prozeß bemerkt. Tatsache war, daß die

Leute den Schutz des Gesetzes in Anspruch nahmen, es aber innerlich nicht leiden konnten, gerade weil es Schutz gewährte — ebenso wie die Steuern; man war von ihrer Notwendigkeit überzeugt, doch wenn möglich, zahlte man keine.

Nach dem Dinner saß er mit seiner Zigarre in einem ziemlich leeren Salon und blätterte in Zeitschriften, voll von Damen mit Kindern oder Hunden, bekleideten Damen in verführerischen Posen und unbekleideten Damen in noch verführerischeren Posen; Männern mit Titeln, Männern in Flugzeugen, Staatsmännern in Nöten, Rennpferden, großen Gebäuden, vor denen Reihen von Menschen standen, deren Namen alle gut leserlich darunter gedruckt waren, und ähnlichen charakteristischen Zeitbildern. Er nahm an, daß sich die übrigen Gäste für diesen Ball »aufdonnerten«, wie Michael es ausgedrückt hätte — sich in *dem* Alter noch zu kostümieren! Aber die Leute waren nun einmal Schwachköpfe, das stand fest. Fleur würde überrascht sein, wenn er morgen zeitig bei ihr hereinschneite. Bald würde sie zu ihm an die Themse kommen — der Fluß war um diese Jahreszeit am schönsten —, und vielleicht konnte er sie dann im Auto irgendwohin nach Westengland mitnehmen; das würde möglicherweise ihre Gedanken von dieser Gegend und diesem jungen Mann ablenken. Schon oft hatte er sich vorgenommen, die Heimat der alten Forsytes zu besuchen; nur fürchtete er, daß es Fleur nicht interessieren würde, sich etwas so Ländliches wie einfache Äcker und Wiesen anzusehen. Die Zeitschrift fiel ihm aus der Hand, und er starrte aus den großen Fenstern hinaus auf die Blumen, die gerade einschlafen wollten. Sehr viele Jahre würde er nun wohl kaum noch leben. Es hieß, daß die Menschen heutzutage länger lebten als früher, doch wie er die alten Forsytes überleben sollte, wußte er nicht — alle zehn waren durchschnittlich siebenundachtzig geworden, ein ungewöhnliches Alter. Und doch kam es ihm keineswegs natürlich vor, daß er schon in sechzehn Jahren sterben sollte, während die Blumen so blühten wie die dort draußen und sein Enkel erst richtig heranwuchs. Wenn man alt wurde, litt man unter dem Gefühl, daß man sich mehr an den Dingen hätte freuen können. An den Kühen zum Beispiel und an den Krähen und an den guten Gerüchen. Seltsam, wie einem das Land immer mehr ans Herz wuchs, je älter man wurde. Und doch konnte er sich nicht vorstellen, daß er jemals Fleur ans Herz wachsen würde — sie brauchte Menschen um sich; aber vielleicht verlor sich das, wenn sie endgültig herausfand, wie wenig an ihnen war. Das Tageslicht verblaßte über dem Garten und Soames' Träumereien. Eine Menge Leute waren draußen am Strand, und eine Kapelle hatte zu spielen begonnen. Auch hinter ihm, irgendwo im Hotel, spielte eine Kapelle.

Dort wurde wohl getanzt. Er wollte ein wenig zusehen, ehe er schlafen ging. Auf seiner Weltreise an Bord hatte er oft verstohlen dem Tanz auf Deck zugesehen, eine komische Tanzerei heutzutage – diese Shimmys und Blues und wie man es sonst nannte – abscheulich! Er erinnerte sich an die Tanzakademie, wo man ihm als kleinem Jungen Polka, Mazurka, Anstandslehre und Gymnastik beigebracht hatte. Ein schwaches Grinsen erhellte sein Gesicht – die kleine alte Miss Shears, die ihn und Winifred tanzen gelehrt hatte, würde wohl der Schlag gerührt haben, wenn sie diese modernen Tänze noch erlebt hätte! Die Leute verachteten die alten Tänze, und wenn er ehrlich sein wollte, so hatte er sie selbst verachtet, aber verglichen mit diesem modernen Herumgehen und Knieschlottern waren es wenigstens noch Tänze gewesen. Man brauchte nur an den Schottischen zu denken, wo man sich fortwährend im Kreis drehte, und an den alten Galopp zu der Melodie *D'ye ken John Peel* – da war Temperament drin. Man mußte sich nachher einen frischen Kragen umlegen. Heutzutage brauchte man nicht den Kragen zu wechseln, man schlenderte nur dahin. Man rühmte sich heute, das Leben zu genießen, aber wie seltsam war dieser Genuß! Es fiel ihm ein, wie er einmal vor seiner ersten Heirat – zufällig – in einen jener alten Tanzklubs, »Die Athener«, geraten war und sah, wie George Forsyte und seine Kumpane dort Walzer tanzten und ihre Mädchen im Kreis herumwirbelten, bis ihnen fast die Füße abfielen. Die Mädchen in jenen Klubs waren damals alle berufsmäßige Kokotten. Heute sei das ganz anders, hatte man ihm erzählt. Aber so war es nun einmal – heutzutage posierten die Menschen, sie gefielen sich in der Pose des Lebemanns und dergleichen, aber sie lebten gar nicht, sie dachten viel zuviel darüber nach, wie sie leben sollten.
Die Musik – nur Jazz – verklang hinter ihm und begann von neuem. Er stand auf; er wollte nur einen Blick hineinwerfen und dann zu Bett gehen. Der Ballsaal lag ein wenig abgesondert, und Soames ging einen Korridor entlang. An seinem Ende geriet er in einen Wirbel von Farben und Tönen. Es ging dort hoch her, alle waren kostümiert; es gab Mephistos, Spanierinnen, italienische Bauern, Pierrots. Seine verwirrten Augen sahen nur undeutlich die schreitende und sich drehende Menge. Seine verwirrten Ohren stellten fest, daß die Melodie sich bemühte, ein Walzer zu sein. Er erinnerte sich, daß ein Walzer im Dreivierteltakt ging, erinnerte sich an den Walzer aus der guten alten Zeit – nur zu gut erinnerte er sich jenes Balls bei Roger, und wie Irene, seine eigene Frau, in den Armen des jungen Bosinney Walzer getanzt hatte. Heute noch sah er den Ausdruck ihres Gesichts vor sich, das Heben und Senken ihrer Brust, erinnerte sich an den Duft ihrer Gardenien und an das Ge-

sicht jenes Menschen, als ihre dunklen Augen zu ihm aufsahen. Alles um sie her war versunken, für sie gab es nur eines: die sträfliche Freude des Beisammenseins; er erinnerte sich an den Balkon, auf den er vor jenem Anblick flüchtete, an den Schutzmann unten auf dem roten Teppichstreifen, der vom Haus zur Straße führte.

»›Ewig dein‹ — hübsche Melodie«, sagte jemand hinter ihm.

Nicht übel, nein — sie hatte etwas Zärtliches. Wieder ließ er seine Augen über die Tänzer schweifen; er blickte einer dicken Dame über die Schulter, die eine Elfe vorstellen wollte. Was! Dort drüben! Fleur! Fleur in ihrem traubenfarbenen Goya-Kleid — *La Vendimia,* die Weinlese —, das sich glockenförmig um sie breitete, ihr Gesicht dicht am Gesicht eines Scheichs. Fleur. Und dieser Scheich, dieser Maure in dem weißen, fließenden Gewand — Soames versuchte ein Stöhnen hinter einem Husten zu verbergen. *Die beiden.* So nahe beisammen — so — so versunken — schien es ihm. Wie Irene mit Bosinney — sie mit dem jungen Jon. Sie tanzten vorüber und bemerkten ihn nicht hinter der fülligen Elfe. Soames verfolgte sie mit den Augen durch die sich schiebende, hin und her wogende Menge. Wieder kamen sie vorbei — Fleurs Augen beinahe ganz geschlossen, so daß er sie kaum erkannte; und über ihr Schultertuch blickten die tiefliegenden Augen des jungen Jon mit eigentümlich starrem Ausdruck. Wo war nur seine Frau? Da sah er sie gerade, ebenfalls tanzend, aber zu den beiden zurückblickend, eine Nymphe mit grünen, flutenden Schleiern, mit erstaunten, eifersüchtigen Augen. Kein Wunder, wenn gerade vor ihr Fleurs schwingende Röcke flogen, ihre Brust sich hob und senkte und ihre Augen voll Sehnsucht waren. »Ewig dein!« Würde denn diese verwünschte Melodie nie enden, würden die beiden, die sich mit jedem Takt enger aneinander zu schmiegen schienen, nie aufhören? Und da er fürchtete, gesehen zu werden, wandte er sich um und stieg langsam zu seinem Zimmer hinauf. Er hatte genug gesehen.

Die Kapelle am Strand hatte aufgehört zu spielen, die Leute zerstreuten sich, die Lichter erloschen; nach dem Geräusch dort draußen zu schließen, stieg die Flut. Soames legte die Hand auf die Stelle, die unter der gestärkten Hemdbrust schmerzte, und rührte sich nicht. »Ewig dein!« Gedanken an unabsehbare Folgen überfluteten sein Bewußtsein wie die rauschenden Wellen den Strand dort draußen. Seine Tochter in Acht und Bann, der Enkel für ihn verloren, Erinnerungen entweiht, Hoffnungen zu Staub geworden. »Ewig dein!« Nein. Nicht, solang er es verhindern konnte. Seine ganze eiserne Selbstbeherrschung, die nur zwei- oder dreimal in seinem Leben versagt hatte, und dann stets mit verheerenden Folgen, verließ ihn wieder für einen Augenblick, so daß er jedem Menschen, der ihn in dem halbdunklen nüchternen Hotelzimmer gesehen hätte, wie ein Wahnsinniger vorgekommen wäre. Der Anfall ging vorüber. Sinnlos, zu wüten. Schlimmer als sinnlos – weit schlimmer; das würde ihn nur krank machen, und jetzt würde er seine ganze Kraft brauchen. Wofür? Um stillzusitzen, um nichts zu tun, um abzuwarten. Venus! Man durfte der Göttin nicht zu nahe kommen, der glühenden, der eifersüchtigen, mit dem entrückten dunklen Blick. Einmal in seinem Leben war er ihr zu nahe gekommen, und sie hatte ihn fortgestoßen. Nicht nahe kommen. Das angsterfüllte Herz zur Ruhe mahnen. Abwarten, was die Zukunft brachte.

Dritter Teil

1

Soames gibt einen Rat

Als Fleur nach der in der Stadt verbrachten Nacht nach Nettlefold zurückkehrte, gab sie sich »beim traurigen Rauschen der Wogen« neuerlich ihrem Kummer hin; denn weder Jon noch seine Frau hatten sie bisher besucht. Offenbar trug sie die Etikette »Gift«. Zweimal war sie in der Erwartung eines abermaligen »seltsamen Zufalls« nach Green Hill Farm hinübergegangen. Sie fand dort, zwischen Hügeln eingebettet, ein freundliches altes Haus, mit altertümlichen Wirtschaftsgebäuden und einer weiten Aussicht gegen das Meer. Der Besitz, ruhig, weitläufig und anheimelnd, weckte in ihr bloß feindselige Gefühle. Niemals konnte er *ihr* Heim werden und war daher ein Teil der gegen sie gerichteten feindlichen Kräfte. Alles, was in Jons Leben nicht gefestigt war, mußte ihr zustatten kommen. Die Bewirtschaftung dieser ruhigen Felder würde ihn fester an seine Frau binden, ihn ihr, Fleur, wieder entreißen, und diesmal für immer – ein zweimal gebranntes Kind. Trotz ihres Kummers wußte sie selbst nicht genau, was sie eigentlich wollte. Da sie keinen Entschluß fassen mußte, erschienen ihr Dinge möglich, von denen sie zuinnerst wußte, daß sie nicht möglich waren. Sogar der Gedanke, alle Rücksicht fallenzulassen, erschien ihr nicht wie absoluter Wahnsinn. Spanien neu entdecken – mit Jon. Ihre Hände ballten sich, und ihre Lippen lösten sich bei dem Gedanken – eine gemeinsame Odyssee, bis die raschlebige, tolerante Welt von heute alles vergessen, wenn nicht vergeben hatte! Jede Form eines gemeinsamen Lebens mit ihm malte sie sich aus: von der ehrbaren platonischen Freundschaft bis zum »Für-die-Welt-Verlorensein«. Von einer sündigen, geheimen Liaison bis zu ehrbaren öffentlichen Begegnungen in nicht allzu langen Abständen. Je nach dem Auf und Ab ihrer Stimmungen erschien ihr alles möglich, wenn auch nicht gerade wahrscheinlich, solang sie ihn nur nicht ganz verlor.
Diesem ruhelosen Kreisen ihrer Gedanken gab ein Brief ihrer Tante Winifred einen Anker: »Val schreibt mir, daß sie nun doch nicht zu dem

Goodwood-Meeting gehen werden – ihr hübscher Zweijähriger ist nicht in Form. Zu dumm! Es ist das netteste Rennen im Jahr. Sie scheinen mit dem Landgut, das Jon Forsyte kaufen wird, sehr viel zu tun zu haben. Für Val und Holly wird es angenehm sein, daß sie so nahe sind, nur wird, wie ich fürchte, die kleine Amerikanerin sich langweilen. Holly schreibt, daß sie zu einem lustigen kleinen Kostümball im Hotel von Nettlefold gehen werden. Anne geht als Wassernymphe – sie wird gut aussehen mit ihren hübschen, geraden Beinen. Holly wird Madame Vigée-Lebrun sein; Val sagt, er ginge entweder als Tipster oder überhaupt nicht. Hoffentlich wird er sich nicht seine Nase rot färben. Der junge Jon Forsyte hat ein Araberkostüm, das er aus Ägypten mitgebracht hat.«

»Und ich«, dachte Fleur, »habe das Kleid, das ich in jener Nacht in Wansdon trug, als ich in sein Zimmer kam.« Wie sehr sie wünschte, sie hätte sich ihm damals hingegeben; dann hätte nichts mehr sie trennen können. Aber damals waren sie ja beide so unschuldig gewesen!

Sie hatte sogleich beschlossen, diesen Ball ebenfalls zu besuchen. Sie war vor den anderen dort, und mit boshaftem Vergnügen beobachtete sie die Gesichter Jons und seiner Frau, als sie ihnen beim Saaleingang begegnete. Das traubenfarbene Kleid! Sie bemerkte, daß Jon sich daran erinnerte, und begann sogleich Annes Kostüm zu loben. Eine echte Wassernymphe! Und Jon brauchte nur noch ein oder zwei Frauen, um vollkommen zu wirken. Bis zum Walzer war sie die Zurückhaltung selbst, und auch dann bemühte sie sich, allen gegenüber zurückhaltend zu sein, mit Ausnahme von Jon. Nur an ihn schmiegte sie sich zärtlich beim Tanzen, nur ihm galt das Sehnen in ihren Augen; in diesen wenigen Minuten ließ sie ihn mit Sicherheit erkennen, daß sie von Liebe zu ihm erfüllt war.

»›Ewig dein‹«, war alles, was sie sagte, als sie endlich innehielten.

Dann stahl sie sich fort; sie konnte es nicht ertragen, ihn mit seiner Wassernymphe tanzen zu sehen. Zitternd schlich sie in ihr kleines Schlafzimmer hinauf, warf sich aufs Bett und wurde von lautlosem Schluchzen geschüttelt. Und das gebräunte Gesicht der Wassernymphe, ihre Augen, ihre Beine schwirrten quälend durch die verworrenen Bilder von Fleurs Phantasie. Endlich beruhigte sie sich. Einige Minuten zumindest hatte sie ihn für sich allein gehabt, Herz an Herz. Das war wenigstens etwas.

Sie stand spät auf, blaß und wieder gefaßt. Aber erst als um zehn Uhr ihr Vater unerwartet vorfuhr, wurde ihre Maske perfekt. Sie begrüßte ihn mit überschwenglichem Dank, den sie in Wirklichkeit gar nicht empfand.

»Papa, wie nett! Woher kommst du?«
»Aus Nettlefold. Ich habe die Nacht dort verbracht.«
»Im Hotel?«
»Ja.«
»Was du nicht sagst! Ich war gestern abend auch dort bei einem Ball!«
»Oh!« sagte Soames. »Dieser Kostümball – man hat mir davon erzählt. War es hübsch?«
»Nicht übermäßig, ich bin zeitig weggegangen. Wenn ich gewußt hätte, daß du dort warst! Warum hast du mir nicht gesagt, daß du uns abholen kommen wirst?«
»Es ist mir durch den Kopf gegangen, daß die Fahrt im Auto für den Jungen besser sein wird als in der Eisenbahn.«
Und Fleur wußte nicht, was er gesehen oder ob er überhaupt etwas gesehen hatte.
Glücklicherweise hatte Kit während der Rückfahrt viel zu erzählen, und Soames, ermüdet von den Sorgen, der Unentschlossenheit und Schlaflosigkeit der vergangenen Nacht, schlief ein. Der Anblick des Hauses auf dem South Square, so erlesen und kultiviert, und die warme Begrüßung Michaels, die Fleur anmutig erwiderte, stellten seinen Gleichmut einigermaßen wieder her. Dieses Heim war jedenfalls kein unglückliches, und das war ihm wertvoll für die Beurteilung einer Zukunft, die er sich nicht mehr vorstellen konnte.
Nach dem Lunch ging er in Michaels Arbeitszimmer, um mit ihm über die Sanierung der Slums zu reden. Als Soames während des Gesprächs Fleurs Aquarell erblickte, kam ihm neuerlich zum Bewußtsein, um wieviel interessanter Individuen sind als ihre Gesamtheit, der Staat. Nicht die nationale Wohlfahrt, sondern die Malerin dieser Früchte lag ihm am Herzen. Wie konnte man sie hindern, davon zu naschen?
»Ja, Sir. Das Bild ist wirklich ganz gut, nicht wahr? Fleur sollte sich ernstlich mit Aquarellmalerei beschäftigen.«
Soames stutzte. »Fleur sollte sich mit was immer ernstlich beschäftigen, um ihre Gedanken abzulenken.«
Michael sah ihn an. »Beinahe wie ein Hund, der sich bemüht, einen zu verstehen«, dachte Soames. Plötzlich merkte er, wie der junge Mann seine Lippen befeuchtete.
»Ich glaube, Sie wollen mir etwas sagen, Sir. Ich habe das, was Sie mir vor einigen Wochen mitteilten, nicht vergessen. Hat es etwas mit dieser Sache zu tun?«
»Ja«, entgegnete Soames, ihn beobachtend. »Nimm es dir nicht zu sehr zu Herzen, aber ich habe Grund zu der Annahme, daß sie dieses Gefühl

nie ganz überwunden hat. Ich weiß nicht, was du von dieser Jugendliebelei gehört hast.«
»Ich denke, so ziemlich alles.« Wieder befeuchtete Michael seine Lippen.
»Oh!« sagte Soames. »Von Fleur?«
»Nein, sie hat niemals darüber gesprochen. Von Miss June Forsyte.«
»Dieses Weibsbild! Die muß natürlich alles ausschwatzen! Aber Fleur hat dich sehr gern.«
»Ich gehöre ganz ihr.«
Es schien Soames eine seltsame Ausdrucksweise, fast rührend.
»Nun«, sagte er, »ich habe mir nichts anmerken lassen. Vielleicht möchtest du wissen, wie ich zu meiner Ansicht gekommen bin?«
»Nein, Sir.«
Soames warf ihm einen raschen Blick zu und sah wieder weg. Es war zweifellos ein bitterer Augenblick für Michael. Beschleunigte man eine Krise, wenn man im Unterbewußtsein fühlte, daß sie erreicht und überwunden werden mußte? Soames selbst verstand ja zu warten; konnte es auch dieser moderne junge Mann in seiner Leichtfertigkeit und Zerstreutheit? Aber schließlich war er ein Gentleman. Davon wenigstens war Soames jetzt fest überzeugt. Und das war ihm ein Trost, während er den weißen Affen an der Wand ansah, der nur wenig Anspruch auf jene Bezeichnung erheben konnte.
»Das einzige, was man tun kann«, murmelte er, »ist abwarten —«
»Aber nicht zusehen, Sir. Alles, nur das nicht. Ich kann abwarten, aber nicht zusehen; oder ich kann eine Sache austragen.«
»Nein«, entgegnete Soames mit Nachdruck, »trag diese Sache nicht aus! Vielleicht irre ich mich. Alles spricht dagegen; sie weiß sehr gut, wo ihr Vorteil liegt.«
»Sagen Sie das nicht!« rief Michael und stand auf.
»Aber, aber!« murmelte Soames. »Ich habe dich aufgeregt. Alles hängt davon ab, daß man Ruhe bewahrt.«
Michael stieß ein kurzes, verstörtes Lachen aus.
»*Sie* können nicht wieder eine Reise um die Welt machen. Vielleicht ist es besser, wenn ich sie diesmal mache, und zwar allein.«
Soames sah ihn an. »So geht das nicht«, erklärte er. »Sie hat dich wirklich lieb; es ist nur ihre fieberhafte Unruhe, wenn es überhaupt etwas ist. Trag es wie ein Mann und bleib ruhig.« Er sprach jetzt zu dem Rücken des jungen Mannes, und das fiel ihm leichter. »Sie war eben immer ein verwöhntes Kind; und verwöhnte Kinder reden sich Dinge ein, aber das hat nichts zu sagen. Kannst du sie nicht für diese Elendsviertel interessieren?«

Michael drehte sich um. »Wie weit sind die beiden gegangen?«
»Da hat man's!« sagte Soames. »Noch gar nicht, soviel ich weiß. Ich habe sie bloß zufällig gestern abend im Hotel mit ihm tanzen sehen, und ihr — ihr Gesichtsausdruck ist mir aufgefallen.«
Das Wort »Augen« kam ihm übertrieben vor.
»Schließlich ist ja seine Frau da«, fügte er rasch hinzu, »sie ist eine anziehende kleine Person; er will hier Landwirtschaft betreiben, wie ich höre. Das wird ihn vollauf in Anspruch nehmen. Was hältst du davon, wenn ich Fleur für August und September nach Schottland nähme? Infolge dieses Streiks werden noch Häuser zu mieten sein.«
»Nein, Sir. Das hieße nur den Tag der Entscheidung hinausschieben. Die Sache muß ein Ende nehmen, so oder so.«
Soames schwieg eine Weile. Endlich sagte er: »Es ist niemals klug, Unannehmlichkeiten heraufzubeschwören. Ihr jungen Leute habt es immer eilig. Geschehen ist bald etwas, aber ungeschehen läßt sich eine Sache nie mehr machen. Es ist ja auch nichts geschehen«, fuhr er verlegen fort, »eine alte, unglückselige Geschichte ist für einen Augenblick wieder erwacht; sie wird ebenso vorübergehen wie das erste Mal, wenn man den Dingen ihren Lauf läßt. Sieh zu, daß sie viel Bewegung macht und daß ihre Gedanken abgelenkt werden.«
Das Gesicht des jungen Mannes zeigte einen seltsamen Ausdruck. »Haben Sie dieses Mittel in Ihrem Leben erfolgreich gefunden, Sir?« schien er zu fragen. Dieses Weibsbild June hatte gewiß über seine Vergangenheit geschwatzt.
»Versprich mir für alle Fälle, die Sache für dich zu behalten und nichts Unüberlegtes zu tun.«
Michael schüttelte den Kopf. »Ich kann gar nichts versprechen, das hängt von den Ereignissen ab; aber ich werde Ihren Rat nicht vergessen, Sir.«
Damit mußte Soames sich zufriedengeben. Aus einem Instinkt heraus, der in seiner Liebe wurzelte und sein Verhältnis zu Fleur bestimmte, verabschiedete er sich beinahe flüchtig von ihr und kehrte am nächsten Tag nach Mapledurham zurück. Er berichtete Annette ausführlich alles Unwichtige, denn ihr das zu erzählen, was ihm wichtig schien, war gänzlich ausgeschlossen. In diesen letzten Julitagen war sein Heim sehr angenehm; bald nach seiner Ankunft ging er in seinem Boot fischen. Hier draußen, in Betrachtung der Angel und des fließenden, grünspiegelnden Wassers versunken, fühlte er sich ausgeruht. Binsen, Wasserlilien, Libellen, die Kühe drüben auf seinen Feldern, das unaufhörliche Gurren der Ringeltauben, von ferne das Summen der Mähmaschine aus seinem Garten, das Aufklatschen einer Wasserratte, die Schatten der Pappeln und

Weiden, der Duft des Grases und der schimmernden Holunderblüten am Ufer, die langsam dahintreibenden weißen Wölkchen – friedlich – sehr friedlich. Etwas von der Ruhe der Natur ging auf ihn über, so daß das Verschwinden des Korkpfropfens an seiner Angel ihn mit einem Ruck zur Wirklichkeit erweckte. »Gewiß nichts Eßbares«, dachte er, während er seine Angel einzog.

2

Erwägungen

Sollte Komödie wirklich das einzig Richtige sein? Diese Frage beschäftigte Michael unablässig. Als er Soames gesagt hatte, er könne nicht abwarten und zusehen, hatte er einen sehr begreiflichen Widerwillen zum Ausdruck gebracht. Beobachten, spionieren, abwägen – unmöglich. Er wäre gern zu Fleur gegangen und hätte sie gebeten, offen über ihre Gefühle zu sprechen. Doch er wußte um die tiefe Zuneigung und die Besorgnis seines Schwiegervaters, er kannte auch dessen Klugheit, und so zögerte er, ehe er das Glück des alten Forsyte gefährdete, das genauso auf dem Spiel stand wie das seine. Es war so anständig gewesen von dem Alten, sich selbst zu entwurzeln und mit Fleur um die Welt zu reisen, daß er wirklich jede Rücksichtnahme verdiente. Es blieb also nur eines übrig: abwarten und sich bemühen, nichts zu sehen – die schwerste Rolle, weil man dabei passiv bleiben mußte. »Sieh zu, daß ihre Gedanken abgelenkt werden.« Wie einfach! Wenn er sich an die eigenen Gefühle vor seiner Heirat erinnerte, konnte er sich nicht vorstellen, wie man das zustande brachte. Und Fleurs Gedanken waren ganz besonders schwer abzulenken, wenn sie sich einmal etwas in den Kopf gesetzt hatte. Die Elendsviertel? Nein. Sie hatte eine jener überaus gesunden Naturen, die soziale Probleme als fruchtlos und unberechenbar ablehnen. Eine sofort durchzuführende Arbeit wie die in der Kantine, bei der sie sich auch ein wenig hervortun konnte, das machte sie ausgezeichnet. Niemals aber würde sie für ein fernliegendes Ziel arbeiten, ohne eine Gelegenheit, sich hervorzutun. Er sah sie mit demselben klaren Blick die Slums beurteilen, mit dem sie den Foggartismus und sein Experiment mit den Arbeitslosen beurteilt hatte. Er könnte sie zu Hilary und Tante May mitnehmen, doch am Ende wäre auch das nutzlos. Mit der Nacht kamen die ersten schmerzlichen Zweifel. Wie sollte er sich zu ihr verhalten, wenn ihre Gefühle wirklich jemand anderem gehörten? Abwarten und nichts sehen hieße das Eheleben weiterführen. Er hatte Soames im Verdacht, daß er ihm diesen Rat hatte geben wollen. Von Verlangen gequält, gepeinigt und halb betäubt von einer Eifersucht, die er nicht zeigen durfte, und bemüht, Fleur nicht zu verletzen, wartete er auf ein Zeichen von ihr; dabei hatte er das Gefühl, daß sie wissen müsse, warum er wartete. Er erhielt das Zeichen, war froh darüber, aber es überzeugte ihn nicht. Und doch.

Er erwachte in viel besserer Stimmung. Beim Frühstück fragte er sie, was sie jetzt nach ihrer Rückkehr und nach Schluß der *season* beginnen wolle. Würde ihr dieses Projekt der Umwandlung der Slums vielleicht Spaß machen? Wenn ja, so gäbe es eine ganze Menge zu tun, und sie würde sehen, daß man mit Hilary und May glänzend auskommen könne.

»Gerne! Wenn es nur nützliche Arbeit ist, Michael!«

Er nahm sie mit nach St. Augustin im Grünen. Der Erfolg war größer, als er gehofft hatte. Sein Onkel und seine Tante waren so menschlich »gebaut«, wie Fleur es noch nicht erlebt hatte – von ausgeprägtem Stil, wetterfest durch Tradition, aber reichlich Luft und Sonne ausgesetzt, mit geschmackvoller Fassade und freundlich blinkenden Fenstern. Michael hatte etwas von ihrer Art, jedoch weder ihr Gleichgewicht noch ihre tatkräftige Sicherheit. Fleur erkannte sofort, daß die beiden in einer Harmonie lebten, wie sie sie noch nie gesehen hatte, als wären sie während der mehr als zwanzig Jahre ihres Zusammenlebens zu einem einzigen Werkzeug einer neuen Idee verschmolzen – der Idee des Tages, der so sehr von Arbeit für andere ausgefüllt war, daß sie sich selbst vergaßen. Sie waren nicht dumm, aber Klugheit schien in ihrer Gegenwart unwesentlich und ohne Beziehung zur Wirklichkeit. Beide, insbesondere Hilary, verstanden viel von Blumenzucht, Buchdruckerei, Architektur, Touristik, Elektrizität, Kosten der Lebenshaltung und italienischen Städten; sie wußten, wie man Hundekrankheiten behandelt, spielten einige Instrumente, konnten Erste, ja sogar Zweite Hilfe leisten, Kinder amüsieren und alte Leute zum Lachen bringen. Sie konnten über alles mögliche, von der Religion bis zur Moral, fließend und mit jener Toleranz sprechen, die sich aus dem Wissen um die Leiden anderer und dem Vergessen der eigenen ergibt. Fleur, mit ihrer natürlichen Intelligenz, bewunderte sie. Sie waren gut und doch nicht langweilig – merkwürdig. Da sie sie bewunderte, zeigte sie es ihnen auch. Sie erkannte, daß die Lebensauffassung der beiden ihrer eigenen überlegen war, und war bereit, dies anzuerkennen. Aber Anerkennung machte den beiden keinen großen Eindruck. Die ganze Arbeitskraft, Verstand und Herz in den Dienst der

Sache zu stellen galt dort als selbstverständlich. Sie übernahm die ihr zugeteilte Arbeit, um ihre Gedanken abzulenken. Dann aber begannen die Schwierigkeiten. Es waren nicht ihre eigenen Angelegenheiten, und man konnte dabei nicht glänzen. Sosehr sie sich auch bemühte, vermochte sie nicht, sich mit den Slumbewohnern zu identifizieren. Die Mädchen, die bei Petter & Poplin und in anderen großen Warenhäusern angestellt waren und ihre Kleider in Papiersäcken aufbewahrten, langweilten sie, ob sie gesprächig waren oder nicht. Jeder neue Typus interessierte sie einen Tag lang und schien ihr dann nur unerquicklich. Sie tat jedoch ihr möglichstes um ihrer selbst willen und auch um Michael zu täuschen. Länger als eine Woche beschäftigte sie sich damit, dann hatte sie eine Idee.

»Weißt du, Michael, ich glaube, die Sache wäre für mich viel interessanter, wenn ich ein Heim auf dem Lande einrichtete – so eine Art Erholungsheim, wo ich es jungen Mädchen, die frische Luft und Ruhe brauchen, angenehm machen könnte.«

Michael, der sich an die Kantine erinnerte, hielt es wirklich für eine gute Idee. Für Fleur bedeutete es mehr – eine »Bindung und Lösung« hätte es ihr Vater genannt. Ihr unaufhörlich Pläne schmiedender Geist sah hier Möglichkeiten. Sie würde, unbehindert und ohne gefragt zu werden, kommen und gehen können, und niemand würde wissen, was sie mit ihrer Zeit anfing. Um eine wenn auch noch so unschuldige Beziehung mit Jon aufrechtzuerhalten, mußte sie ein Hauptquartier und volle Deckung haben. Sofort begann sie Fahrstunden zu nehmen, denn das Erholungsheim durfte nicht so nahe von seinem Besitz liegen, daß die Sache Verdacht erregen konnte. Sie wandte sich an ihren Vater wegen der Finanzierung des Projekts. Soames gab seine Zustimmung zuerst zögernd, schließlich aber fast mit Wärme. Wenn er die Miete und die Abgaben für das Haus bezahlen wollte, so würde sie für den Rest aus eigener Tasche aufkommen. Sie hätte, um ihn davon zu überzeugen, daß ihr Interesse an der Sache echt sei, keinen besseren Weg einschlagen können, denn er mißtraute jedem Interesse der Leute an etwas, das nicht Geld kostete. Ein sorgfältiges Studium der Landkarte ließ ihr die Umgebung von Dorking als geeignet erscheinen. Der Ort Box Hill war wegen seiner schönen Lage und guten Luft bekannt, und Wansdon konnte von dort bei schneller Fahrt in einer Stunde erreicht werden. Während der nächsten drei Wochen machte sie ein etwas verwahrlostes, billiges Haus ausfindig und möblierte es; das weitläufige Gebäude lag dicht an der Straße, an der London zugekehrten Seite von Box Hill, hatte einen großen Garten und Stallungen, die leicht für einen anderen Zweck hergerichtet werden konnten. Sie beendete ihren Fahrkurs und nahm ein Ehepaar auf, dem man das Haus ohne Sorge anvertrauen konnte. Sie holte sich häufig Rat bei Michael und den Hilarys. Und wie eine Katze sich bemüht, die Hausbewohner darüber zu täuschen, wo sie ihre Jungen hinlegt, so verbarg Fleur durch die Art ihrer Vorbereitungen ihre geheimen Absichten. Das »Erholungsheim von St. Augustin«, wie man es nannte, wurde Ende August eröffnet.

Während dieser ganzen Zeit faßte sie sich in Geduld und begnügte sich mit den spärlichsten Nachrichten über Jon. Aus einem Brief von Holly erfuhr sie, daß die Verhandlungen über den Preis der Green Hill Farm sich in die Länge zogen, obzwar Jon von dem Gut mehr und mehr begeistert war, und auch daß Anne sich täglich besser in das Landleben hineinfand und immer englischer wurde. Rondavel war wieder in ausgezeichneter Form, und man erwartete, daß er das Doncaster-Rennen gewinnen würde. Val hatte für das nächstjährige Derby schon hohe Wetten auf ihn abgeschlossen.

Fleurs Antwort auf diesen Brief war so abgefaßt, als hätte sie augenblicklich für nichts auf der Welt Interesse als für ihren neuen Plan. Sie alle müßten kommen und sehen, ob ihr »Erholungsheim« nicht die Kantine noch weit übertreffe. Die Leute seien alle so nett — und das Ganze »riesig amüsant«. Sie wollte den Eindruck erwecken, daß sie keinen Zweifel an sich selbst hegte, bei dem Gedanken an Jon keine Beunruhigung fühlte und daß es ihr mit ihrer Arbeit Ernst war. Michael, der die Naivität eines geraden Charakters nie ganz verlieren konnte, ließ sich immer mehr täuschen. Ihm schien es, als wären ihre Gedanken vollauf in Anspruch genommen; jedenfalls war sie es körperlich, denn sie kam von Dorking fast täglich in die Stadt und verbrachte das Wochenende mit ihm entweder in Haus Zuflucht, wo Kit bei seinen Großeltern untergebracht war, oder in Lippinghall, wo man immer viel Aufhebens von Fleur machte. Wenn Michael mit ihr bei schönem Wetter auf der Themse ruderte, hatte er wieder ein Gefühl der Sicherheit. Dem alten Forsyte war offenbar seine Phantasie durchgegangen; wenn es sich um Fleur handelte, war der Alte wahrhaftig wie eine Gluckhenne, die alles, was ihr nahe kam, mit erregtem Gackern und zornigem Blick empfing.

Die Parlamentssession war zu Ende, und er war jetzt ausschließlich mit der Verbesserung der Slums beschäftigt. Die Tage am Fluß, die ihn irgendwie an die Zeit seiner Werbung erinnerten, waren die glücklichsten, die er seit Beginn des Streiks verbracht hatte — des Streiks, der sich in eingeschränktem Maß mühselig weiterschleppte, so daß die Leute bei dem herrschenden warmen Wetter nicht mehr darüber sprachen. Und

Soames? Die ruhige Liebenswürdigkeit seiner Tochter beruhigte auch ihn. Er pflegte Michael anzusehen, ohne etwas zu sagen, wie es der besten englischen Tradition und seiner eigenen Würde entsprach. Er war es, der die Idee, Fleur von Junes »lahmer Ente« malen zu lassen, wieder aufgriff. Auch das würde ihre Gedanken ablenken, fand er. Er wollte sich jedoch die Arbeit jenes Burschen zuerst einmal ansehen, obwohl er wußte, daß das einen Besuch bei June voraussetzte.

»Wenn ich wüßte, daß ich sie nicht zu Hause treffe, würde ich mir ganz gern ihr Atelier anschauen«, sagte er zu Fleur.

»Soll ich das arrangieren, Papa?«

»Nicht zu auffallend«, erwiderte Soames, »sonst bekommt sie einen Anfall.«

Ende der nächsten Woche sagte Fleur: »Wenn du mit mir Montag in die Stadt fährst, Papa, können wir hingehen. Der Raffaelit wird dort sein, aber June nicht. Sie mag dich ebensowenig sehen wie du sie.«

»Hm«, bemerkte Soames, »sie hat sich nie ein Blatt vor den Mund genommen.«

Sie fuhren in seinem Auto hin. Nachdem sich Soames ein Urteil gebildet hatte, wollte er wieder heimkehren und Fleur sollte direkt nach Hause fahren. Der Raffaelit empfing sie oben auf dem Treppenabsatz. Soames erschien der Mann wie ein Stierkämpfer (obwohl er nie einen in Wirklichkeit gesehen hatte), mit seinen kurzen Koteletten und dem breiten, blassen Gesicht, das zu sagen schien: »Wenn Sie sich einbilden, mein Werk richtig würdigen zu können, so sind Sie im Irrtum.« Soames' Gesicht dagegen schien zu sagen: »Wenn Sie sich einbilden, daß ich Ihre Sachen würdigen will, so sind Sie es erst recht.« Er überließ ihn Fleur und begann sich umzusehen. Sein Eindruck war nicht ungünstig. Der Maler hatte sich von der Moderne abgewandt. Die Flächen der Bilder waren glatt, die Zeichnung perspektivisch und das Kolorit satt. Er bemerkte eine neue Note oder vielmehr das deutliche Wiederaufleben einer alten. Der Kerl hatte unzweifelhaft Talent; ob es in dieser Zeit auch einschlagen würde, ließ sich nicht sagen, aber die Bilder gefielen ihm besser als alle anderen, die er in der letzten Zeit gesehen hatte. Als er zu Junes Porträt kam, blieb er, den Kopf zur Seite geneigt, eine Minute stehen und sagte dann mit leisem Lächeln: »Sie haben sie zum Sprechen ähnlich getroffen.« Der Gedanke, daß June offenbar nicht das in dem Bild gesehen hatte, was er darin sah, machte ihm Vergnügen. Als jedoch sein Blick auf das Bild von Anne fiel, sank seine Stimmung, und er blickte rasch zu Fleur hinüber, die fragte: »Nun, Papa? Was sagst du dazu?«

Der Gedanke durchfuhr Soames: »Will sie sich deshalb malen lassen, um mit ihm in Berührung zu kommen?«

»Ist es fertig?« fragte er.

Der Raffaelit erwiderte: »Ja. Es wird morgen abgeliefert.«

Soames' Stimmung hob sich wieder. Da war also nichts zu befürchten.

»Nicht übel!« murmelte er. »Die Lilie ist ausgezeichnet.« Und er ging weiter zu einer Studie der Frau, die ihnen die Tür geöffnet hatte.

»Sie ist zu erkennen! Wirklich nicht schlecht.«

Durch seine Bemerkungen gab er zu verstehen, daß er, obwohl ihm das Gesehene im allgemeinen gut gefiel, nicht gesonnen war, einen übermäßigen Preis zu bezahlen. Er ergriff die Gelegenheit, als Fleur sich außer Hörweite befand, und fragte:

»Sie wollen also meine Tochter malen? Was ist Ihr Preis?«

»Hundertfünfzig.«

»Ziemlich hoch heutzutage – Sie sind noch jung. Aber schließlich – wenn Sie etwas Gutes daraus machen!«

Der Raffaelit verbeugte sich ironisch.

»Ja«, bemerkte Soames, »ich weiß, daß Sie sich für unübertrefflich halten – ich bin noch nie einem Maler begegnet, der das nicht getan hätte. Sie werden meine Tochter hoffentlich nicht lange zu den Sitzungen brauchen – sie hat viel zu tun. Das ist also abgemacht. Adieu. Bemühen Sie sich nicht, bleiben Sie oben.«

Als sie hinuntergingen, sagte er zu Fleur: »Ich habe die Sache mit ihm vereinbart. Du kannst mit den Sitzungen beginnen, wann es dir paßt. Seine Arbeit ist besser, als man meinen würde. Wirklich ein arroganter Kerl.«

»Ein Maler muß arrogant sein, Papa, sonst glaubt man, daß er nur seine Sachen anbringen will.«

»Das hat etwas für sich«, erwiderte Soames. »Ich werde jetzt heimfahren, da du nicht willst, daß ich dich nach Hause bringe. Leb wohl! Paß gut auf dich auf und übertreibe die Sache nicht.« Er küßte sie und stieg in sein Auto.

Während sein Wagen sich nach Westen entfernte, ging sie zum Autobus, der nach Osten fuhr; so merkte Soames nicht, daß sie stehenblieb, wartete, bis er außer Sehweite war, und dann wieder zu June zurückging.

3

Sich in Geduld fassen

Wie man in einer alten Kulturwelt niemals Dinge oder Menschen von reiner Abstammung findet, so verhält es sich auch mit den menschlichen Handlungen; und der Psychologe, der sie auf ein einziges Motiv zurückführen möchte, gleicht Soames, der glaubte, seine Tochter wolle sich malen lassen, nur um ihr Bild hängen zu sehen. Alle Leute, die er kannte, hatten früher oder später – meist jedoch früher – ihr Bild an die Wand hängen lassen. Doch Fleur war – obwohl keineswegs abgeneigt, sich an der Wand zu sehen – von Motiven geleitet, die man kaum als eindeutig bezeichnen konnte. Und nach dem Gesetz der Vielheit der Motive kehrte sie wieder zu June zurück. Die kleine Dame, die sich in ihrem Schlafzimmer verborgen hatte, um ihrem Verwandten nicht zu begegnen, war in gehobener Stimmung.

»Der Preis ist natürlich ganz unangemessen«, sagte sie, »Harold sollte für seine Porträts nicht einen Heller weniger bekommen als unsere besten Maler. Aber es ist so wichtig für ihn, etwas zu verdienen, bis er den ihm gebührenden Platz einnehmen kann. Warum bist du zurückgekommen?«

»Teils um das Vergnügen zu haben, dich zu sehen«, erwiderte Fleur, »und teils, weil wir vergaßen, die Zeit für die erste Sitzung zu bestimmen. Mir wäre es am liebsten um drei Uhr.«

»Ja«, murmelte June zweifelnd, nicht so sehr, weil sie wirklich Zweifel hegte, sondern weil der Vorschlag nicht von ihr gekommen war. »Ich glaube, das wird Harold möglich sein. Sind seine Arbeiten nicht herrlich?«

»Mir gefällt das Bild von Anne ganz besonders. Wie ich höre, sollen sie es morgen bekommen.«

»Ja, Jon wird es abholen.«

Fleur warf einen hastigen Blick in den kleinen, angelaufenen Spiegel, um sich zu vergewissern, daß ihr Gesichtsausdruck unverändert blieb.

»Was, meinst du, soll ich anziehen?«

Junes Blick überflog ihre Gestalt.

»Oh! Vermutlich hat er vor, ein stilisiertes Bild von dir zu machen.«

»Sicher. Aber in welcher Farbe? Man muß doch etwas anhaben.«

»Wir können hinaufgehen und ihn fragen.«

Der Raffaelit stand vor dem Bild von Anne. Er wandte sich um, blickte die beiden an, als wollte er sagen: »Allmächtiger! Diese Weiber!«, und nickte düster zu Fleurs Vorschlag, um drei Uhr zu kommen.

»Was soll sie anziehen?« fragte June.

Der Raffaelit starrte Fleur an, als wollte er erforschen, wo ihre Rippen endeten und ihre Hüftknochen begannen. »Gold und Silber«, sagte er endlich.

June schlug die Hände zusammen.

»Ist das nicht unglaublich? Er hat dich sofort durchschaut. Dein Gold- und Silberzimmer. Harold, wie haben Sie das nur angestellt?«

»Ich habe zufällig noch ein altes Narrenkostüm«, meinte Fleur, »Silber und Gold mit Glöckchen, das ich seit meiner Heirat nicht mehr getragen habe.«

»Ein Narrenkostüm!« rief June. »Das ist das richtige. Wenn es hübsch ist. Manche sind einfach scheußlich.«

»Oh, es ist reizend, und die Glöckchen klingeln so hübsch.«

»Das kann er nicht malen«, erwiderte June. Dann fügte sie träumerisch hinzu: »Aber Sie könnten es andeuten, Harold — wie Leonardo.«

»Leonardo!«

»O natürlich, ich weiß ja, er war nicht —«

Der Raffaelit unterbrach sie. »Ohne Schminke, bitte!« sagte er zu Fleur.

»Ja«, murmelte Fleur. »June, das Bild von Anne gefällt mir ausnehmend gut. Sicherlich wird sie von Jon ein Bild haben wollen?«

»Natürlich, er muß mir versprechen, sich malen zu lassen, wenn er morgen kommt.«

»Du weißt doch, daß er jetzt mit den Arbeiten auf seinem Gut beginnt; das wird er als Ausrede gebrauchen. Männer hassen es, sich malen zu lassen.«

»Ach, Unsinn!« entgegnete June. »Früher einmal haben sie es sehr gerne gehabt. Auf alle Fälle: Jon muß für das Bild sitzen, ehe er zu arbeiten anfängt. Die beiden werden ein sehr schönes Paar abgeben.«

Fleur, die hinter dem Raffaeliten stand, biß sich auf die Lippen.

»Er muß ein Hemd mit Umlegkragen tragen. Blau — meinen Sie nicht, Harold? Das paßt zu seinem Haar.«

»Rosa mit grünen Tupfen«, knurrte der Raffaelit.

»Also morgen um drei Uhr?« fragte Fleur rasch.

June nickte. »Jon ist zum Lunch bei mir, so daß er schon weg sein wird, bis du kommst.«

»Also gut. *Au revoir!*«

Sie reichte dem Raffaeliten die Hand, der überrascht schien.

»Adieu, June!«

Plötzlich trat June auf sie zu und küßte sie aufs Kinn. Das Gesicht der kleinen Dame sah in diesem Augenblick sanft und rosig aus, und auch ihre Augen waren sanft; ihre Lippen waren warm, als wäre sie durch und durch erwärmt.

Fleur ging fort und dachte: »Hätte ich sie bitten sollen, Jon nicht zu sagen, daß ich gemalt werde?« Aber sicher würde die warmherzige, eifrige June Jon nichts sagen, was ihn abhalten könnte, ihrem Raffaeliten nützlich zu sein. Sie blieb stehen, um sich über die geographische Lage des kleinen Hauses zwischen den Pappeln zu orientieren. Es gab nur einen Weg zu diesem abgelegenen Platz; da, wo sie stand, würde sie von dem Häuschen aus nicht gesehen werden, konnte jedoch Jon sehen, wenn er nach dem Lunch wegging, welche Richtung er auch einschlagen mochte. Aber er würde wegen dieses Bildes ein Auto benötigen. Voll Bitterkeit dachte Fleur, daß sie, seine erste Liebe, zu solchen Mitteln Zuflucht nehmen mußte, um ihn zu sehen. Tat sie es aber nicht, so würde sie ihn überhaupt nicht zu sehen bekommen. Was für ein Dummkopf war sie doch damals in Wansdon gewesen, als sie Tür an Tür mit ihm wohnte! Ein kleiner Schritt, und nichts hätte ihn von ihr trennen können, weder seine Mutter noch die alte Fehde, auch ihr Vater nicht, gar nichts. Damals hatte weder sie noch er einer andern Person die Treue geschworen; es gab noch keinen Michael, keinen Kit, kein Mädchen mit Nymphenaugen, die sich zwischen sie stellten, nichts als Jugend und Unschuld. Und sie fand, daß Jugend und Unschuld überschätzt wurden.

Sie sah keine Möglichkeit, ihn zu treffen, ohne zu verraten, daß sie die Begegnung geplant hatte. Ein wenig mußte sie noch Geduld haben. Hatte er einmal seinen Kopf in des Malers Schlinge gesteckt, so gab es nicht bloß eine Möglichkeit, sondern viele.

Sie kam um drei Uhr mit ihrem Narrenkostüm und wurde gleich in Junes Schlafzimmer geführt, um es anzuziehen.

»Gerade das richtige«, erklärte June, »reizend stilisiert. Harold liebt so etwas.«

»Glaubst du?« erwiderte Fleur. Das Temperament des Raffaeliten war ihr bisher nicht als besonders liebevoll aufgefallen. Sie gingen zum Atelier hinauf, ohne Jon erwähnt zu haben.

Annes Bild war weg. Als June den Raum verließ, um etwas Passendes für den Hintergrund zu holen, fragte Fleur rasch: »Werden Sie meinen Vetter Jon malen?«

Der Raffaelit nickte.

»Er wollte zuerst nicht, aber *sie* hat ihn überredet.«

»Wann beginnen Sie?«

»Morgen«, erwiderte der Raffaelit. »Eine Woche lang wird er jeden Vormittag kommen. Aber was fange ich mit nur einer Woche an?«
»Wenn er nur eine Woche Zeit hat, wäre es doch besser, er bliebe hier.«
»Das will er nicht ohne seine Frau, und seine Frau ist erkältet.«
»Oh!« sagte Fleur, und ihre Gedanken jagten einander. »Wäre es da nicht bequemer, wenn er zeitig nachmittags sitzen würde? Ich könnte vormittags kommen; es wäre mir sogar lieber – man ist frischer. June könnte ihn telefonisch verständigen.«
Der Raffaelit gab einen Laut von sich, den sie für Zustimmung hielt. Als sie wegging, bemerkte sie zu June: »Ich möchte jeden Vormittag um zehn Uhr kommen, damit ich meine Nachmittage für das Erholungsheim in Dorking freihalte. Kannst du Jon veranlassen, daß er an meiner Stelle nachmittags kommt? Das wird ihm besser passen. Aber sag ihm nicht, daß ich gemalt werde – mein Bild wird mindestens eine Woche lang noch nicht zu erkennen sein.«
»Oh!« meinte June, »da irrst du dich. Harold bekommt immer gleich eine unverkennbare Ähnlichkeit heraus. Aber er wird das Bild natürlich mit dem Gesicht zur Wand stellen; das tut er immer, solange er an etwas arbeitet.«
»Schön! Er hat sehr gut begonnen. Wenn du also Jon telefonieren willst, so komm' ich morgen um zehn.« Und noch einen weiteren Tag faßte sie sich in Geduld. Am nächsten Tag wies sie mit einer Kopfbewegung nach einer Leinwand, deren Bildfläche der Wand zugekehrt war.
»Ist mein Vetter ein gutes Modell?«
»Nein«, erwiderte der Raffaelit, »er ist uninteressiert. Ich glaube, irgend etwas beschäftigt ihn.«
»Er ist ein Dichter«, sagte Fleur.
Der Raffaelit sah sie mit wirrem Blick an. »Dichter! Sein Schädel hat die unrichtige Form – zu stark entwickeltes Kinn und zu tief liegende Augen.«
»Aber sein Haar! Finden Sie nicht, daß er auf einen Maler sehr anziehend wirkt?«
»Anziehend!« entgegnete der Raffaelit. »Ich male alles, egal, ob es schön ist oder häßlich wie die Nacht. Denken Sie an Raffaels Papst – haben Sie je ein besseres Porträt und einen häßlicheren Mann gesehen? Häßlichkeit ist nicht anziehend, aber sie ist nun einmal vorhanden.«
»Das läßt sich nicht bestreiten«, sagte Fleur.
»Ich konstatiere das Selbstverständliche. Das einzige wirklich Neue sind heutzutage Platitüden. Darum ist meine Arbeit wichtig und scheint neu. Die Menschen haben sich vom Selbstverständlichen so weit entfernt,

daß nur das Selbstverständliche sie verblüfft und sonst nichts. Ich empfehle Ihnen, darüber nachzudenken.«

»Ich bin überzeugt, daß es viel für sich hat«, gab Fleur zurück.

»Natürlich muß eine Platitüde mit Kraft und Klarheit vorgebracht werden«, erklärte der Raffaelit. »Wer das nicht kann, der soll lieber herumklecksen und sich aufspielen wie die Dadaisten. Arme Tröpfe, die beweisen möchten, daß ein Cocktail besser ist als alter Kognak. Gestern abend hat mir ein Mann erzählt, daß er vier Jahre lang an zweiundzwanzig Zeilen eines Gedichtes schrieb, das kein Mensch versteht. Wenn das keine Schmockerei ist! Aber es wird ihn berühmt machen, und er wird es bleiben, bis jemand fünf Jahre an dreiundzwanzig noch unverständlicheren Zeilen schreiben wird. Halten Sie den Kopf höher ... Ihr Vetter ist ein schweigsamer Geselle.«

»Schweigsamkeit ist eine lobenswerte Eigenschaft«, erwiderte Fleur.

Der Raffaelit grinste. »Mir scheint, Sie sind der Ansicht, daß sie mir abgeht. Da irren Sie sich aber, Madam. Vor kurzem hab' ich während vierzehn Tagen meinen Mund nur geöffnet, um zu essen und ja oder nein zu sagen. S i e war schon ganz besorgt.«

»Ich finde, daß Sie nicht nett zu ihr sind«, bemerkte Fleur.

»Nein, gar nicht. Sie hat's auf meine Seele abgesehen. Das ist das Schlimmste an den Frauen — Anwesende natürlich ausgenommen —, daß sie an ihrer eigenen Seele nicht genug haben.«

»Vielleicht haben sie keine«, sagte Fleur.

»Ja, der mohammedanische Standpunkt hat entschieden etwas für sich. Eine Frau hat es immer auf die Seele eines Mannes, eines Kindes oder eines Hundes abgesehen. Der Mann begnügt sich damit, einen Körper zu begehren.«

»Ich finde Ihre Platitüden-Theorie entschieden interessanter, Mr. Blade.«

»Können Sie es sich nicht leisten, für die andere Interesse zu zeigen? Aha! Getroffen? Wenden Sie Ihre Schulter ein wenig, ja? Nein, nach links ... Nun, es ist eine Platitüde, daß eine Frau immer eine andere Seele begehrt — man hat es nur vergessen. Denken Sie an die Sixtinische Madonna. Das Kind hat seine eigene Seele, und die Seele der Madonna schwebt über der des Kindes. Das ist es, was das Bild so bedeutend macht, abgesehen von Linienführung und Farbe. Es verkörpert eine große Platitüde, nur merkt das heute niemand. Zumindest keiner von den Kennern — die sind zu weit darüber hinaus.«

»Was für eine Platitüde werden Sie in meinem Bild verkörpern?«

»Machen Sie sich nur keine Sorgen«, entgegnete der Raffaelit. »Wenn es fertig ist, wird sicher eine dasein, obwohl ich nicht weiß, welche, solange ich daran arbeite. Der Charakter muß zum Vorschein kommen. Wollen Sie ausruhen?«

»Gern. Welche Platitüde haben Sie in dem Porträt von der Frau meines Vetters zum Ausdruck gebracht?«

»Gott steh mir bei!« rief der Raffaelit. »Ein Verhör!«

»Sie haben doch sicher bei diesem Bild nicht versagt? Enthält es keine Platitüde?«

»O doch! Ich habe die junge Frau ganz richtig herausgebracht. Sie ist keine wirkliche Amerikanerin.«

»Wieso?«

»Ein alter Einschlag — irisch vielleicht, oder bretonisch. Sie hat etwas von einer Nymphe an sich.«

»Ich glaube, sie ist im Urwald aufgewachsen«, bemerkte Fleur spitz.

Der Raffaelit sah sie an.

»Sie mögen die Dame nicht?«

»O doch, aber haben Sie nicht bemerkt, daß malerische Leute im allgemeinen langweilig sind? Und mein Vetter — welche Platitüde wird der verkörpern?«

»Das Gewissen«, gab der Raffaelit zurück. »Dieser junge Mann wird den steinigen Pfad der Tugend nie verlassen. Er hat Skrupel.«

Eine plötzliche Bewegung ließ die Silberglöckchen an Fleurs Kleid erklingen.

»Welch eine schreckliche Prophezeiung! Wollen Sie wieder anfangen?«

4

Gespräch im Auto

Noch einen Tag faßte sich Fleur in Geduld; dann vergaß sie zufällig bei der Sitzung am Vormittag ihre Handtasche im Atelier. Am selben Nachmittag kam sie zurück, um sie zu holen. Jon war noch da. Er hatte sich gerade von dem für das Modell bestimmten Stuhl erhoben, streckte sich und gähnte.

»Laß dich nicht stören, Jon! Jeden Morgen wünsch' ich mir deinen Mund zum Gähnen. Mr. Blade, ich hab' meine Handtasche hier vergessen; mein Scheckbuch ist drin und ich brauch' es heute abend in Dorking.

Übrigens fürchte ich, daß ich morgen eine halbe Stunde zu spät zur Sitzung kommen werde. Hast du gewußt, Jon, daß ich deine Schicksalsgenossin bin? Wir sind wie die Figuren in einem Wetterhäuschen. Wie geht's dir? Ich höre, Anne ist erkältet. Ich lasse ihr gute Besserung wünschen. Wird das Bild gut? Darf ich es anschauen, Mr. Blade, um zu sehen, ob die Platitüde sich schon zeigt? Oh! Es wird ausgezeichnet! Ich kann den Charakter schon ganz gut erkennen.«

»Wirklich?« bemerkte der Raffaelit. »Ich nicht.«

»Hier ist diese verflixte Tasche! Wenn du fertig bist, Jon, kann ich dich in meinem Wagen bis Dorking mitnehmen; dann würdest du einen früheren Zug erreichen. Komm mit und unterhalte mich ein bißchen unterwegs. Ich hab' dich schon eine Ewigkeit nicht gesehen.«

Während Fleur das Auto über die Hammersmith-Brücke lenkte, gewann sie wieder ihre Selbstbeherrschung, die ihr scheinbar keinen Augenblick abhanden gekommen war. Sie sagte Unwichtiges über unwichtige Dinge und wartete, bis Jon sich an ihre Nähe gewöhnt hatte.

»Ich fahre jeden Tag um diese Zeit hinunter, um nach meiner Arbeit zu sehen, und komme frühmorgens wieder zurück. Ich kann dich also jeden beliebigen Nachmittag bis Dorking bringen. Warum sollen wir nicht wie gute Freunde hie und da zusammenkommen, Jon?«

»Es scheint nicht zu unserm Glück beizutragen, wenn wir uns treffen, Fleur.«

»Mein lieber Junge, was ist Glück? Man soll doch das Leben auf harmlose Weise so intensiv wie möglich genießen.«

»Harmlos!«

»Der Raffaelit behauptet, daß du schrecklich gewissenhaft bist, Jon.«

»Der Raffaelit ist ein Lümmel.«

»Ja, aber ein kluger. Du *hast* dich geändert, diese Linie zwischen den Augen hast du früher nicht gehabt, und dein Kinn wird schon zu energisch. Wir wollen Freunde sein, wie man zu sagen pflegt, lieber Jon, und keinen andern Gedanken aufkommen lassen. Die Wimbledon-Heide gefällt mir seit jeher – sie ist noch unberührt. Hast du das Gut gekauft?«

»Noch nicht endgültig.«

»Sollen wir an Robin Hill vorbeifahren und es uns durch die Bäume ansehen? Vielleicht animiert es dich zu einem Gedicht.«

»Ich werde nie wieder Verse schreiben. Das ist vorbei.«

»Unsinn, Jon! Du mußt nur aufgerüttelt werden. Chauffiere ich nicht gut, wenn man bedenkt, daß ich erst seit fünf Wochen fahre?«

»Du machst alles gut, Fleur.«

»Du sagst das wie einen Tadel. Weißt du, daß wir vor diesem Abend in Nettlefold noch nie miteinander getanzt haben? Ob wir wohl wieder zusammen tanzen werden?«

»Wahrscheinlich nicht.«

»Jon, der Optimist! So ist es recht — lach nur! Sieh doch, ist das nicht die Kirche, in der du getauft wurdest?«

»Ich bin nicht getauft worden.«

»Ach, richtig! Zu jener Zeit nahm man ja solche Sachen ernst. Ich glaube, mich hat man zweimal drangenommen — römisch-katholisch und anglikanisch. Deshalb bin ich nicht so religiös wie du, Jon.«

»Religiös? Ich bin nicht religiös.«

»Ich glaube doch. Jedenfalls hast du ein moralisches Rückgrat.«

»Wirklich?«

»Jon, du erinnerst mich an die Warnungstafeln vor den amerikanischen Besitzungen: ›Halt! — Achtung! — Vorsicht! — Nicht betreten!‹ Ich glaube, du hältst mich für einen leichtfertigen Schmetterling.«

»Nein, Fleur, weit entfernt davon. Ein Schmetterling weiß nichts von einer Geraden zwischen zwei Punkten.«

»Was soll das wieder heißen?«

»Daß du genau weißt, was du willst.«

»Hat dir das der Raffaelit gesagt?«

»Nein, aber er hat es bestätigt.«

»So — wirklich? Dieser junge Mann spricht zuviel. Hat er dir auch seine Theorie entwickelt, wonach eine Frau die Seele eines andern besitzen will und der Mann sich mit dem Körper begnügt?«

»Ja.«

»Hat er damit recht?«

»Ich stimme ihm nur äußerst ungern zu, aber ich glaube, daß er in gewisser Hinsicht recht hat.«

»Na, da kann ich dir nur sagen, daß es jetzt genug Frauen gibt, die ihre eigene Seele bewahren und sich mit dem Körper von anderen begnügen.«

»Gehörst du zu ihnen, Fleur?«

»Du bist sehr neugierig. Aber da ist ja schon Robin Hill!«

Das Haus des Forsyte-Glücks und -Leids stand grau und imposant zwischen den Bäumen, die Strahlen der untergehenden Sonne fielen schräg auf seine Front mit den noch geschlossenen grünen Jalousien.

Jon seufzte. »Hier hab' ich eine schöne Zeit verlebt.«

»Bis ich kam und alles zerstörte.«

»Nein, das ist Blasphemie.«

Fleur berührte seinen Arm. »Das ist nett von dir, lieber Jon. Du bist immer nett gewesen, und ich werde dich immer liebhaben — auf harm-

lose Art. Das Wäldchen sieht reizend aus. Gott hatte einen guten Einfall, als er die Lärchen schuf.«
»Ja, Holly sagt, daß das Wäldchen der Lieblingsplatz meines Großvaters war.«
»Der alte Jolyon — der seine Liebste nicht heiraten wollte, weil sie lungenkrank war?«
»Das hab' ich nie gehört. Aber er war ein prachtvoller alter Herr, mein Vater und meine Mutter haben ihn angebetet.«
»Ich habe Fotografien von ihm gesehen — sieh zu, daß du nicht ein Kinn wie er bekommst, Jon. Alle Forsytes haben ein solches Kinn. Das von June erschreckt mich förmlich.«
»June ist eine der besten Frauen, die es gibt.«
»O Jon, du bist entsetzlich loyal.«
»Ist das ein Fehler?«
»Es macht alles so schrecklich ernst in dieser Welt, die nicht wert ist, ernst genommen zu werden. Wirst du Anne beim Nachhausekommen sagen, daß du mit mir gefahren bist?«
»Warum nicht?«
»Sie ist ohnehin meinetwegen beunruhigt, nicht wahr? Du brauchst nicht zu antworten, Jon. Aber ich finde, es ist nicht fair von ihr. Was ich will, ist so wenig, und du bist so sicher.«
»Sicher?« Fleur schien es, als bisse er nach diesem Wort die Zähne zusammen, und einen Augenblick lang war sie glücklich.
»Jetzt siehst du wieder wie ein Löwenjunges aus. Hat ein Löwenjunges ein Gewissen? Diese Frage wird den Raffaeliten interessieren. Aber ich glaube wirklich, dein Gewissen müßte dich nicht dazu zwingen, Anne von der Fahrt zu erzählen. Wozu sie quälen, wenn sie ein Talent dafür hat, sich zu beunruhigen?«
Sein Schweigen zeigte ihr, daß sie einen Fehler gemacht hatte.
»Jetzt muß ich mich auf die Kupplung konzentrieren«, sagte sie, während sie den Wagen wieder anließ. Schweigend fuhren sie durch Epsom und Leatherhead.
»Liebst du England noch immer so wie früher, Jon?«
»Noch mehr.«
»Es ist ein prachtvolles Land.«
»Die letzte Bezeichnung, die ich dafür gebraucht hätte — ein großes und schönes Land.«
»Michael sagt, seine Seele sei das Gras.«
»Ja, und wenn ich mein Gut bekomme, werd' ich es in Ackerland verwandeln.«

»Ich kann mir dich nicht als richtigen Landwirt vorstellen.«
»Du kannst dir wahrscheinlich überhaupt nicht vorstellen, daß ich irgend etwas Ordentliches bin — bloß ein Dilettant.«
»Sei nicht abscheulich! Ich wollte damit sagen, daß du für einen Landwirt zu feinfühlig bist.«
»Nein. Ich will zur Scholle zurückkehren, und ich werde es.«
»Das muß Atavismus sein, Jon. Die ersten Forsytes waren Landwirte. Mein Vater möchte mit mir in den Ort fahren, wo sie gelebt haben.«
»Interessierst du dich dafür?«
»Ich bin nicht sentimental, hast du das noch nicht begriffen? Ich möchte wissen, ob du mich überhaupt begreifst.« Und über ihr Lenkrad gebeugt, sagte sie leise: »Oh, es ist traurig, daß wir so miteinander reden müssen!«
»Ich hab' dir gesagt, es geht nicht«, sagte Jon.
»Nein, du mußt mir Gelegenheit geben, dich manchmal zu treffen, Jon. Das ist doch gewiß harmlos. Ich muß und werde dich hie und da sehen. Das kann ich verlangen!«
Tränen standen in ihren Augen und rollten langsam herab. Sie fühlte, wie Jon ihren Arm berührte.
»Fleur, nicht!«
»Ich werde dich jetzt in Nord-Dorking absetzen, du kannst gerade noch den Zug um 17 Uhr 46 erreichen. Hier ist mein Haus. Nächstes Mal muß ich es dir zeigen. Ich bemühe mich ja, brav zu sein, Jon, und du mußt mir dabei helfen ... So, hier sind wir. Leb wohl, mein Lieber; und beunruhige Anne nicht meinetwegen, ich beschwöre dich.«
Ein fester Händedruck, und er war fort. Fleur drehte um und fuhr langsam die Landstraße zurück.
Sie stellte das Auto ein und betrat ihr »Erholungsheim«. Es war voll besetzt, denn die Ferien waren noch nicht zu Ende; sieben junge Mädchen ruhten ihre Glieder von den Strapazen bei Petter & Poplin und ähnlichen Firmen aus.
Sie waren beim Abendessen, und fröhliches Summen schlug an Fleurs Ohr. Diese Mädchen besaßen nichts, und sie hatte alles — mit Ausnahme des einen, das sie sich vor allem anderen wünschte. Einen Augenblick schämte sie sich, während sie dem Gespräch und Gelächter lauschte. Nein. Sie mochte nicht mit ihnen tauschen, und doch meinte sie, ohne dieses eine nicht leben zu können. Und während sie im Haus umherging, Blumen ordnete, Anordnungen für den nächsten Tag traf und die Schlafräume inspizierte, drang das fröhliche, ungezwungene Lachen zu ihr herauf, als wollte es sie verhöhnen.

5

Noch ein Gespräch im Auto

Jon hatte zuwenig Selbstgefühl, um die gleichzeitige Liebe von zwei hübschen und reizvollen Frauen genießen zu können. Von Pulborough, wo er jetzt täglich Vals Auto einstellte, fuhr er mit wundem Herzen und wirren Gedanken nach Hause. Sechsmal hatte er Fleur seit seiner Rückkehr nach England in einer Art von schmerzlichem Crescendo gesehen. Der Tanz damals hatte ihm deutlich ihre Gefühle gezeigt, trotzdem kam er nicht auf den Gedanken, daß sie die Begegnungen mit ihm absichtlich herbeiführte. Und sosehr er sich auch bemühte, es gelang ihm nicht, sich über seine eigenen Gefühle klarzuwerden. Sollte er Anne von dem heutigen Zusammentreffen erzählen? Auf diese und jene Art hatte sie gezeigt, daß sie Fleur fürchtete. Warum diese Furcht ohne eigentlichen Grund verschärfen? Die Idee, sein Porträt malen zu lassen, ging ja nicht von ihm aus, und nur noch ein paar Tage bestand die Möglichkeit eines Zusammentreffens mit Fleur. Nachher würden sie sich vielleicht zwei-, dreimal im Jahr sehen. »Sag Anne nichts — ich beschwöre dich!« Konnte er ihr da noch etwas erzählen? Sicherlich war er Fleur diese Rücksicht schuldig. Sie hatte ja niemals eingewilligt, auf ihn zu verzichten; sie hatte sich nicht in Michael verliebt, so wie er in Anne. Noch immer unentschlossen, kam er nach Wansdon. Seine Mutter hatte ihm einmal gesagt: »Du darfst nie eine Lüge sagen, Jon, dein Gesicht verrät dich.« Und obwohl er nicht darüber sprach, bemerkte Anne, deren Blicke ihm folgten, daß er ihr etwas verbarg. Ihre Erkältung hatte die Bronchien angegriffen, sie mußte im Bett bleiben, und der Mangel an Beschäftigung machte sie nervös. Bald nach dem Dinner kam Jon wieder zu ihr herauf, um ihr vorzulesen. Er las das Buch »Die schwierigste Reise der Welt«; auf der Seite liegend, die Wange auf den Arm gestützt, beobachtete sie ihn. Der Rauch der brennenden Holzscheite, der aromatische Duft der Heilmittel, der Klang seiner eigenen Stimme, die die abenteuerliche Geschichte vom Ei eines Pinguins vortrug, schläferten ihn ein, und das Buch entfiel seiner Hand.

»Schlaf ein wenig, Jon, du bist müde.« Jon lehnte sich zwar zurück, doch er schlief nicht. Statt dessen überlegte er. Er wußte, daß seine junge Frau »ein ganzer Kerl« war, nach den Worten ihres Bruders Francis Wilmot. Sie verstand es, ruhig zu bleiben, auch wenn ihr etwas Sorgen machte. Er hatte beobachtet, wie sie sich darüber klarzuwerden versuchte, daß ihr Gefahr drohte; nun schien sie den richtigen Augenblick abzuwarten, um zu handeln. Anne wußte stets, was sie wollte. Ihr Zielbewußtsein war nicht wie bei Fleur durch moderne Einflüsse in Verwirrung geraten, sie kannte kein Schwanken. In Südkarolina war sie einfach und selbständig aufgewachsen, und im Gegensatz zu den meisten amerikanischen Mädchen war es ihr nicht allzu gut ergangen. Er wußte, welchen Schlag es für sie bedeutet hatte, zu erfahren, daß sie nicht seine erste Liebe war und daß seine erste Liebe ihn noch immer liebte. Anne hatte ihre Unruhe von Anfang an nicht verbergen können; jetzt, das fühlte er, war sie auf ihrer Hut. Er wußte, daß sie ihn trotz zweijähriger Ehe noch immer heiß und innig liebte. Er hatte oft gehört, daß junge Amerikanerinnen nur selten den Mann, den sie heiraten, auch wirklich kennen; doch manchmal schien es ihm, daß Anne ihn besser kannte als er sich selbst. Was wußte sie von ihm? Was war er eigentlich? Er wollte ein nützliches Leben führen, er wollte gut zu ihr sein, ihr treu sein. Sollte das nur ein Vorsatz bleiben? War er ein Scharlatan? Nicht das, wofür sie ihn hielt? Alles in ihm war verworren, war dumpf wie die Luft im Zimmer. Wie nutzlos, sich Gedanken zu machen. Lieber schlafen — schlafen, wie Anne gesagt hatte. Er erwachte und fragte: »Hallo! Hab' ich geschnarcht?«

»Nein, Jon, aber du hast gezuckt wie ein Hund im Schlaf.«

Jon stand auf und trat ans Fenster. »Ich habe geträumt. Was für eine wundervolle Nacht. Ein schöner September ist doch der Höhepunkt des Jahres.«

»Ja, ich liebe den Herbst. Kommt deine Mutter bald, Jon?«

»Nicht ehe wir uns hier häuslich eingerichtet haben. Sie will uns vermutlich nicht stören.«

»Ich glaube, deine Mutter hat immer vorzeitig das Gefühl, überflüssig zu sein.«

»Das ist jedenfalls das Richtige.«

»Ja. Ich möchte wissen, ob ich das auch könnte.«

Jon wandte sich um. Sie saß aufrecht im Bett und starrte stirnrunzelnd vor sich hin. Er ging zu ihr und küßte sie.

»Gib acht auf deine Erkältung, Liebling«, und er zog die Decke hoch.

Sie legte sich zurück und sah zu ihm auf. Wieder fragte er sich, was sie wohl sehen mochte ...

Am nächsten Tag hielt ihm June vor: »Fleur war gestern hier und hat dich in ihrem Wagen mitgenommen. Ich habe ihr heute vormittag meine Meinung gesagt.«

»Was war deine Meinung?« fragte Jon.

»Daß diese Geschichte nicht wieder anfangen darf. Sie ist ein verhätscheltes Kind — dem man nicht trauen kann.«

Jon sagte zornig: »Du tätest besser, Fleur in Ruhe zu lassen.«

»Ich lasse die Leute immer in Ruhe«, gab June zurück, »aber das ist mein Haus, und ich mußte ihr die Wahrheit sagen.«

»Es wird besser sein, wenn ich nicht mehr zu den Sitzungen komme.«

»Sei nicht dumm, Jon. Du darfst natürlich die Sitzungen nicht unterbrechen — weder du noch sie. Harold wäre furchtbar böse.«

»Zum Teufel mit Harold!«

June packte ihn am Rockschoß. »Das ist ganz gegen meine Absicht. Die Bilder werden ausgezeichnet sein. Ich wollte nur, daß ihr euch hier nicht trefft.«

»Hast du das Fleur gesagt?«

»Ja.«

Jon lachte auf — das Lachen klang hart.

»Wir sind keine Kinder, June.«

»Hast du Anne davon erzählt?«

»Nein.«

»Siehst du.«

»Was?«

Sein Gesicht nahm einen eigensinnigen und zornigen Ausdruck an.

»Du bist ganz wie dein Vater und Großvater, Jon — sie konnten auch nie vertragen, daß man ihnen etwas sagte.«

»Kannst d u das?«

»Natürlich, wenn es nötig ist.«

»Dann misch dich, bitte, nicht in fremde Angelegenheiten.«

Das Blut schoß ihr in die Wangen, ihre Augen füllten sich mit Tränen; sie drängte sie zurück, gab sich einen Ruck und sagte kühl: »Das tu' ich nie.«

»Wirklich nicht?«

Sie wurde noch röter, dann streichelte sie unvermittelt seinen Arm. Das rührte Jon und er lächelte.

Diesen ganzen Nachmittag »saß« er unruhig, während der Raffaelit malte und June sich bald böse, bald mitleidig im Atelier zu schaffen machte. Er überlegte, was er tun sollte, wenn Fleur ihn wieder abholen würde. Doch Fleur kam nicht, und er kehrte allein nach Hause zurück.

Der nächste Tag war ein Sonntag, und er fuhr nicht in die Stadt. Als er jedoch Montag nach der Sitzung aus dem kleinen Haus trat, sah er Fleurs Auto am Rand des Gehwegs stehen.
»Ich möchte dir heute so gern mein Haus zeigen. June hat gewiß mit dir über mich gesprochen, aber ich bin vollkommen bekehrt, Jon. Steig ein!«
Jon stieg ein.
Der Tag war trüb, weder die Beleuchtung noch der Schauplatz waren für eine sentimentale Szene geeignet, und die »Bekehrte« spielte ihre Rolle ausgezeichnet. Nicht ein Wort wies darauf hin, daß ihre Beziehungen anders sein könnten als rein freundschaftlich. Sie plauderte über Amerika, seine Sprache und Literatur. Jon vertrat die Ansicht, daß Amerika in seinen Unterdrückungsmethoden gewaltsam sei und ebenso in der Auflehnung dagegen.
»Mit einem Wort: es ist jung«, sagte Fleur.
»Ja, aber soviel ich sehe, wird es mit jedem Jahr jünger.«
»Mir hat es gefallen.«
»Oh, mir auch. Ich habe, als ich meine Obstplantage verkaufte, ganz schön verdient.«
»Eigentlich merkwürdig, Jon, daß du zurückgekommen bist. Tatsache ist — du bist altmodisch.«
»Wieso?«
»Zum Beispiel: sexuelle Fragen — mit dir könnte ich darüber nicht sprechen.«
»Kannst du das mit anderen?«
»Oh, fast mit jedem. Mach kein so böses Gesicht. Du wärst in London oder New York in dieser Hinsicht schrecklich unmodern, mein Lieber.«
»Ich hasse leichtfertige Gespräche über sexuelle Fragen«, entgegnete Jon unwirsch. »Die Franzosen sind die einzigen, die das können. Über dieses Thema dürfte nicht so gesprochen werden wie hier oder in Amerika; Amerika ist so real und handgreiflich.«
Fleur blickte ihn verstohlen an.
»Dann lassen wir dieses heikle Thema. Ich weiß nicht einmal, ob ich mit dir über Kunst sprechen könnte.«
»Hast du die ›Nirwana-Statue‹ in Washington gesehen?«
»Ja, aber das ist doch heutzutage *vieux jeu.*«
»So?« brummte Jon. »Was will man also jetzt haben?«
»Das weißt du ebensogut wie ich.«
»Du meinst, es muß unverständlich sein?«
»Nenn es so, wenn du willst. Der springende Punkt ist, daß heutzutage die Kunst nur ein Konversationsthema bedeutet; und alles, was auf den

ersten Blick verständlich scheint, ist nicht der Mühe wert, besprochen zu werden.«
»Das finde ich albern.«
»Möglich; aber amüsant.«
»Wie kann dich das amüsieren, wenn du es durchschaust?«
»Wieder ein heikles Thema! Versuchen wir etwas anderes. Ich möchte wetten, daß du mit der heutigen weiblichen Mode nicht einverstanden bist.«
»Warum nicht? Sie ist ganz vernünftig.«
»Sieh da! Endlich etwas, worüber wir uns verständigen können!«
»Natürlich — ohne Hüte würdet ihr besser aussehen. Ihr könnt euch jetzt doch leichter den Kopf waschen.«
»Ach, nimm uns nur nicht unsere Hüte. Unser ganzer Stoizismus wäre beim Teufel. Wenn wir nicht Hüte auszusuchen hätten, die uns stehen, wäre das Leben zu einfach.«
»Aber sie stehen euch gar nicht.«
»Das stimmt, mein Lieber. Doch ich kenne den weiblichen Charakter besser als du. Man muß kleinen Kindern immer etwas geben, woran sie ihre Zähne erproben können.«
»Fleur, du bist viel zu intelligent, um in London zu leben.«
»Mein lieber Junge, die moderne Frau lebt an keinem bestimmten Ort. Sie schwebt in ihrer eigenen Atmosphäre.«
»Aber vermutlich berührt sie hie und da doch die Erde.«
Fleur schwieg eine Minute, blickte ihn an und sagte:
»Ja, Jon, hie und da berührt sie die Erde.« Wieder schien dieser Blick zu sagen: »Wie traurig, daß wir miteinander so reden müssen!«
Sie führte ihn durch das Haus, um ihm zu zeigen, wie erfolgreich sie um das Wohl anderer besorgt sei. Auch ihre kurzen Gespräche mit den Bewohnerinnen verfolgten den gleichen Zweck. Als Jon wegging, fühlte er ein Prickeln in der Hand, die er gedrückt hatte, und dachte: »Sie gibt sich gern für leichtfertig aus, doch im Grunde —!« Die Erinnerung an ihre klaren, lächelnden Augen, an das halb drollige Zucken ihrer Lippen, als sie ihm »Leb wohl, Gott mit dir!« gesagt hatte, ließ ihn auf der Heimfahrt die Landschaft von Sussex nur verschwommen sehen. Und wer kann sagen, ob damit nicht Fleurs Absicht erfüllt war?
Holly kam ihm mit einem Mietauto entgegen.
»Es tut mir leid, Jon«, erklärte sie, »Val hat den Wagen. Er wird dich morgen nicht wie verabredet nach London und wieder zurückbringen können. Er mußte heute hineinfahren. Und wenn er seine Angelegenheit in der Stadt erledigen kann, fährt er Mittwoch weiter nach Newmarket.

Etwas sehr Unangenehmes ist geschehen. Ein alter Schulfreund hat seinen Namen auf einem Scheck über hundert Pfund gefälscht; Val war immer besonders nett zu ihm.«
»Ein triftiger Grund«, sagte Jon. »Was wird Val tun?«
»Er weiß es noch nicht; aber es ist bereits das dritte Mal, daß dieser Mensch Val einen schmutzigen Streich spielt.«
»Ist er es auch sicher?«
»Wie ihn die Bank beschrieben hat, besteht kein Zweifel. Er scheint zu glauben, daß Val sich alles gefallen läßt. Aber man kann es nicht so weitergehen lassen.«
»Natürlich nicht.«
»Ja, lieber Junge, aber was soll man tun? Einen alten Schulfreund anzeigen? Val hat das sonderbare Gefühl, er habe es nur einem Zufall zu verdanken, daß er selbst auf dem geraden Weg geblieben ist.«
Jon starrte vor sich hin. Konnte es ein Zufall sein, wenn man auf dem geraden Weg blieb?
»Hat der Kerl den Krieg mitgemacht?« fragte er.
»Ich glaube kaum. Er scheint total verkommen zu sein. Ich hab' ihn einmal gesehen — faul und egoistisch bis in die Knochen.«
»Abscheulich für Val!« sagte Jon.
»Er will seinen Onkel, Fleurs Vater, zu Rate ziehen. Hast du übrigens Fleur in der letzten Zeit gesehen?«
»Ja, heute. Sie hat mich bis Dorking mitgenommen und mir dort ihr Haus gezeigt.«
Der Ausdruck von Hollys Gesicht, die nachdenkliche Falte zwischen ihren Augen verfehlten ihre Wirkung nicht.
»Ist etwas dagegen einzuwenden, daß ich sie sehe?« fragte er schroff.
»Das kannst nur du wissen, lieber Junge.«
Jon gab keine Antwort, doch sowie er zu Anne kam, erzählte er ihr davon. Weder ihr Gesicht noch ihre Stimme verrieten etwas; sie erkundigte sich bloß, wie es Fleur gehe und wie ihm das Haus gefallen habe. In der Nacht, während sie zu schlafen schien, lag er von Zweifeln gequält wach. War es wirklich nur Zufall, wenn man auf dem geraden Weg blieb?

6

Soames hat Ideen

Die erste Frage, die Soames seinem Neffen in der Green Street stellte, war: »Wie ist er zu dem Scheckformular gekommen? Läßt du deine Scheckbücher so herumliegen?«

»Ich fürchte schon, auf dem Land draußen, Onkel Soames.«

»Hm, dann geschieht dir ganz recht«, erklärte Soames. »Wie kommt er zu deiner Unterschrift?«

»Er schrieb von Brighton, ob er mich besuchen könne.«

»Du hättest die Antwort von deiner Frau unterschreiben lassen sollen.«

Val brummte ärgerlich: »Ich habe doch nicht geglaubt, daß er sich bis zu einer Fälschung versteigen wird.«

»Wer einmal so weit ist, versteigt sich zu allem. Nachdem du ihm ›nein‹ geantwortet hattest, ist er wahrscheinlich doch von Brighton zu dir gekommen?«

»Ja; aber ich war nicht zu Hause.«

»Natürlich, und bei dieser Gelegenheit hat er ein Formular gestohlen. Nun, wenn du in Zukunft Ruhe haben willst, wirst du wohl die Anzeige machen müssen. Dafür kriegt er drei Jahre.«

»Das würde ihn umbringen, nach seinem Aussehen zu urteilen«, sagte Val.

Soames schüttelte den Kopf. »Dürfte seiner Gesundheit sogar sehr zuträglich sein. Ist er schon einmal gesessen?«

»Soviel ich weiß, nicht.«

»Hm!«

Schweigen folgte dieser inhaltsschweren Bemerkung.

»Ich kann ihn nicht verklagen«, erklärte Val plötzlich, »einen Schulkameraden. Und überdies, wenn mich nicht Gott und sonst noch alles mögliche bewahrt hätte, wer weiß, ob ich nicht auch verkommen wäre.«

Soames starrte ihn an.

»Ja«, entgegnete er, »das ist schon möglich. Dein Vater war immer in irgendeiner Patsche.«

Val runzelte die Stirn. Plötzlich fiel ihm ein Abend ein, an dem er in Gesellschaft eines Studiengenossen im »Pandämonium« gewesen war und seinen Vater betrunken gesehen hatte.

»Aber irgend etwas muß geschehen, damit er das nicht wieder tut«, sagte er. »Würde er nicht so jammervoll aussehen, so könnte man ihn verprügeln.«

Soames schüttelte den Kopf. »Tätliche Beleidigung – übrigens dürfte er England schon verlassen haben.«
»Nein, ich hab' in seinen Klub geschaut – er ist ruhig in London geblieben.«
»Du hast ihn nicht gestellt?«
»Nein, ich wollte dich zuerst sprechen.«
Gegen seine Absicht geschmeichelt, bemerkte Soames spöttisch: »Ob er wohl noch ein ›besseres Ich‹ hat?«
»Bei Gott, Onkel Soames, ich glaube, das ist eine Idee!«
Soames schüttelte den Kopf. »Er sieht nicht danach aus.«
»Ich weiß nicht«, erwiderte Val. »Schließlich ist er doch als Gentleman zur Welt gekommen.«
»Das hat heutzutage nichts zu bedeuten. Übrigens, bevor ich es vergesse: erinnerst du dich an einen jungen Menschen namens Butterfield in der Elderson-Affäre? Nein, natürlich nicht. Nun, ich möchte, daß er aus der Verlagsgesellschaft, bei der er arbeitet, austritt und will ihn zum alten Gradman geben, damit er sich mit der Verwaltung des Vermögens deiner Mutter und der anderen Familienmitglieder vertraut macht. Mit dem alten Gradman geht es bergab, und der junge Mann kann sein Nachfolger werden – er wird damit eine fixe Stellung haben und besser bezahlt sein als in seiner jetzigen. Ich kann mich auf ihn verlassen, und das bedeutet heute viel. Das wollte ich dir sagen.«
»Eine ausgezeichnete Idee, Onkel Soames! Aber was die erste anbelangt: könntest du mit Stainford sprechen und dich um die Sache kümmern?«
»Warum soll i c h mit ihm sprechen?«
»Das macht um so viel mehr Eindruck, als wenn ich es tue.«
»Hm! Mir scheint, daß ich immer nur die unangenehmen Dinge zu erledigen habe. Aber vielleicht ist es wirklich besser, als wenn du mit ihm sprichst.«
Val grinste. »Mir wird viel wohler sein, wenn du es tust.«
»Mir nicht«, gab Soames zurück. »Hat sich der Kassier in der Bank sicher nicht geirrt?«
»Wer könnte Stainford verkennen!«
»Niemand«, sagte Soames. »Also wenn du keine Anzeige machen willst, dann ist es gescheiter, du überläßt die Sache mir.«
Als Val fort war, blieb Soames in Gedanken zurück. So hielt er also noch immer die Familienangelegenheiten in Ordnung. Was sie wohl einmal ohne ihn anfangen würden? Der junge Butterfield mochte zwar eine gute Idee sein, aber wer konnte das sicher wissen – immerhin war ihm der Bursche mit den Hundeaugen zugetan, wenn auch auf eine ganz

eigene Art. Er mußte die Sache gleich in die Hand nehmen, bevor der alte Gradman zusammenbrach. Dem alten Gradman mußte man ein Stück Tafelsilber mit seinem eingravierten Namen geben, solang er noch etwas davon hatte. Die meisten Leute bekamen das erst dann zum Geschenk, wenn sie schon tot oder senil waren. Der junge Butterfield kannte auch Michael, und das würde ihn veranlassen, sich der Angelegenheiten Fleurs besonders anzunehmen.

Aber was diesen verdammten Stainford betraf – wie sollte er die Sache anpacken? Es würde besser sein, ihn herkommen zu lassen, als ihn in seinem Klub aufzusuchen. Wenn er unverschämt genug war, nach dieser gemeinen Fälschung noch in England zu bleiben, dann würde er auch so unverschämt sein herzukommen, um zu sehen, was sich noch herausschlagen ließe. Mit säuerlichem Lächeln ging Soames zum Telefon.

»Mr. Stainford im Klub? Sagen Sie ihm, er möchte so gut sein, gleich zu Mr. Forsyte in die Green Street herüberzukommen.«

Nachdem er sich durch einen Blick überzeugt hatte, daß keine Wertobjekte herumlagen, setzte er sich ins Speisezimmer und klingelte nach Smither.

»Smither, ich erwarte diesen Mr. Stainford. Wenn ich läuten sollte, während er hier ist, laufen Sie und holen Sie einen Polizisten.«

Als er Smithers Gesichtsausdruck sah, fügte er hinzu: »Ich weiß nicht, ob es so weit kommt, aber man kann nie wissen.«

»Ich hoffe, es besteht keine Gefahr, Mr. Soames?«

»Gar keine, Smither. Vielleicht lasse ich ihn verhaften – das ist alles.«

»Glauben Sie, Sir, daß er wieder etwas mitgehen lassen will?«

Soames wies lächelnd auf den Mangel eines erreichbaren Wertobjektes hin. »Sehr leicht möglich, daß er überhaupt nicht kommt; sollte er aber kommen, dann führen Sie ihn hier herein.«

Als sie draußen war, setzte er sich zu der Stehuhr – eine holländische Arbeit und zu schwer, um weggetragen zu werden. James hatte sie irgendwo aufgelesen, sie schlug pflichtgetreu alle Viertelstunden, und auf dem Zifferblatt waren der Mond und eine Menge Sterne zu sehen. Er fühlte sich nicht wohl in seiner Haut vor der dritten Begegnung mit diesem Burschen. Zweimal schon waren dem Kerl seine Streiche gelungen, und da sich Val weigerte, ihn anzuzeigen, würden sie ihm wahrscheinlich noch ein drittes Mal gelingen. Und doch hatte es einen eigenen Reiz für Soames, mit jemandem zu tun zu haben, der wirklich »der Gipfel« war und ein gewisses Etwas besaß, das ihn fast romantisch erscheinen ließ. Es war, als würde der erhabene Grundsatz seiner eigenen Jugend »Nur kein Gefühl zeigen« und die ganze Vornehmheit, die das Haus in Park Lane unter seiner Mutter Emily hatte, in der Gestalt dieses blasierten

Schwächlings wiederkehren. Wahrscheinlich würde der Bursche gar nicht kommen.

»Mr. Stainford, Sir.«

Als Smither sich mit rotem Kopf zurückgezogen hatte, wußte Soames nicht recht, wie er beginnen sollte. Das bleiche Gesicht des Mannes sah aus, als wäre er dem Grab entstiegen. Endlich sagte Soames: »Ich wollte Sie wegen eines Schecks sprechen. Die Unterschrift meines Neffen ist gefälscht worden.«

Die Augenbrauen hoben sich, die Lider senkten sich noch tiefer über die Augen. »Jawohl. Dartie wird keine Anzeige erstatten.«

Soames fühlte sich angewidert. »Sie scheinen Ihrer Sache sehr sicher«, bemerkte er, »aber mein Neffe hat sich noch keineswegs entschieden.«

»Wir haben zusammen die Universität besucht, Mr. Forsyte.«

»Und das beuten Sie aus, nicht wahr? Aber alles hat seine Grenzen, Mr. Stainford. Für eine erste Fälschung war das sehr geschickt gemacht.«

Keine Antwort, nur ein leichtes Zucken des Gesichtes. Soames zog den gefälschten Scheck aus der Tasche. Natürlich war er ungenügend gedeckt, nicht einmal gekreuzt, wie es doch selbstverständlich gewesen wäre. Vals Schecks mußten in Hinkunft den Aufdruck erhalten: »Nur zur Verrechnung.« Aber was sollte er machen, um dem Burschen einen tüchtigen Schreck einzujagen?

»Ein Detektiv ist draußen«, sagte er, »der nur darauf wartet, daß ich läute. Diese Sachen müssen ein Ende nehmen. Da Sie das anscheinend nicht verstehen wollen –«, und er trat auf die Klingel zu.

Ein mattes, bitteres Lächeln verzog die blassen Lippen.

»Sie waren vermutlich noch nie ganz auf dem Hund, Mr. Forsyte?«

»Nein«, erwiderte Soames mit Widerwillen.

»Ich bin es immer. Es nimmt einen her.«

»Dann wird das Gefängnis eine Erholung für Sie sein«, meinte Soames. Aber noch während er sprach, schienen ihm die Worte zwecklos und ein wenig brutal. Der Kerl war überhaupt kein Mensch – er war ein Schatten, ein blasierter, verbitterter Schatten. Es war, als wollte man ein Gespenst einschüchtern.

»Hören Sie!« sagte er. »Geben Sie mir Ihr Wort als Gentleman, der Sie Ihrer Herkunft nach sind, daß Sie etwas Derartiges nie wieder bei meinem Neffen oder irgendeinem andern Mitglied meiner Familie versuchen werden; dann werde ich nicht klingeln.«

»Gut, Sie haben mein Wort – soweit es etwas wert ist.«

»Lassen wir es also dabei bewenden«, erklärte Soames. »Aber das ist das letzte Mal. Ich werde es mir gut merken.«

»Man muß leben, Mr. Forsyte.«
»Ich bin nicht Ihrer Meinung«, erwiderte Soames.
Der »Schatten« gab einen eigentümlichen Laut von sich — vermutlich ein Lachen, und Soames war wieder allein. Hastig ging er zur Tür und sah dem Burschen nach, bis er auf der Straße war. Leben? Mußte man das? Wäre es für einen solchen Burschen nicht besser, tot zu sein? Wäre es für die meisten Menschen nicht besser, tot zu sein? Selbst erstaunt über diesen verstiegenen Gedanken, ging er in den Salon hinauf. Vor fünfundvierzig Jahren hatte er ihn eingerichtet, und er war noch ebenso angeräumt mit eingelegten Möbeln wie damals. Auf dem Kamin stand eine kleine alte Daguerreotypie seines Großvaters, des »Freisassen Forsyte«, mit rosaroten Wangen, in einem tiefen Emailrahmen. Soames blieb nachdenklich davor stehen. Behaglich eingebettet zwischen den weit auseinanderstehenden Spitzen des altmodischen Kragens, lag das Kinn des Begründers des Forsytestammes. Die Augen mit den verdickten unteren Lidern blickten hell, verschmitzt, fast spöttisch; der Backenbart war grau; der Mund sah aus, als ginge viel hinein; der altmodische Bratenrock war aus feinem Tuch; die Hände die eines Geschäftsmannes. Ein stämmiger alter Knabe voll Kraft und Charakter. Fast hundert Jahre war das Bild alt. Es war eine Wohltat, nach diesem blasierten, verkümmerten Individuum einen Charakter vor sich zu haben. Es würde ihn interessieren, den Ort zu sehen, wo dieser Mann zur Welt gekommen und aufgewachsen war, ehe er am Ende des achtzehnten Jahrhunderts auftauchte und den Grundstein zum Haus der Forsytes legte. Er wollte mit Riggs hinfahren, und wenn Fleur keine Lust hatte mitzukommen, war es vielleicht besser. Es wäre langweilig für sie. Den jungen Leuten bedeuteten die Wurzeln nichts, aus denen der Stamm gewachsen war. Ja, er würde hinfahren, um diese Wurzeln zu besehen, solange das Wetter noch schön war. Aber erst mußte die Sache mit dem alten Gradman geordnet werden. Es würde ihm wohltun, nach diesem Erlebnis den alten Mann zu sehen — er verließ das Büro nie vor halb sechs.
Nachdem er das Bild auf seinen Platz zurückgestellt hatte, nahm er ein Auto und fuhr in die Poultry. Unterwegs überlegte er, wie schwierig es war, für die erforderliche Sicherheit zu sorgen, wenn Kerle wie Elderson und Stainford fortwährend auf der Lauer lagen. Und auch England — kaum war es aus einer Patsche heraus, so steckte es schon wieder in einer andern drin; der Kohlenstreik würde aufhören, sobald die Leute die Not des Winters zu fühlen bekämen, aber dafür würde sich irgend etwas anderes ereignen, ein Krieg oder Unruhen oder sonst etwas. Und Fleur — sie hatte fünfzigtausend Pfund eigenes Vermögen. War es ein Fehler von

ihm gewesen, sie so unabhängig zu machen? Der Gedanke, sie durch Geld zu beherrschen, war ihm stets widerwärtig erschienen. Was sie auch tun mochte — sie war sein einziges Kind, man konnte beinahe sagen: seine einzige Liebe. Wenn sie nicht aus Liebe zu ihrem Kind und zu ihm — von ihrem Mann ganz zu schweigen — auf dem geraden Weg bleiben wollte, dann würde die Drohung, sie zu enterben oder dergleichen, auch nichts nützen. Jedenfalls schien sie jetzt ruhiger geworden zu sein; vielleicht hatte er sich geirrt.

In der City begann sich eben der Strom des täglichen Lebens in Bewegung zu setzen. Ihre Bewohner schwärmten hervor wie die Kaninchen; er hätte wetten mögen, daß sie es nicht eilig hatten — heutzutage waren alle arbeitsscheu. Man begann um zehn, statt wie früher um neun, und man schloß um fünf, statt wie früher um sechs. Aber mit Hilfe des Telefons und dieser und jener Neuerung leistete man vielleicht doch soviel wie früher, trank weniger Bier und Sherry und aß nicht so viele Koteletts — alles in allem genommen dennoch eine armselige Rasse, verglichen mit dem Alten, dessen Bild er gerade vorhin betrachtet hatte. Es waren schattenhafte, engstirnige Menschen, die nervös und ängstlich dreinsahen, als hätten sie ihr Vermögen im Leben investiert und fänden nun die Aktien im Sinken. Und nicht ein einziger Gehrock oder Zylinder war zu sehen. Er rückte den seinen zurecht, stieg bei der altvertrauten Seitengasse der Poultry aus und betrat die Büros von Cuthcott, Kingson & Forsyte.

Der alte Gradman war noch da, er hatte gerade den Arbeitsrock abgelegt, sein breiter, gebeugter Rücken war Soames zugekehrt.

»Ah, Mr. Soames! Ich war eben im Begriff zu gehen. Entschuldigen Sie, ich ziehe nur meinen Rock an.«

Ein Gehrock aus dem Jahre 1901, nach dem Schnitt zu urteilen.

»Ich gehe jetzt immer um halb sechs fort. Gewöhnlich ist nicht viel zu tun. Ich mache gern noch ein Schläfchen vor dem Abendessen. Es ist ein Vergnügen, Sie wieder einmal zu sehen; Sie lassen sich ja gar nicht mehr blicken.«

»Ja«, sagte Soames, »ich komme zwar nicht häufig her, aber ich lasse mir doch die Angelegenheiten durch den Kopf gehen. Wenn einem von uns oder uns beiden etwas zustoßen sollte, Gradman, dann wären die Dinge hier bald in einem traurigen Zustand.«

»Oh! Daran wollen wir lieber nicht denken!«

»Das müssen wir aber; wir sind beide nicht mehr jung.«

»Nun ja, ich bin kein Jüngling mehr; aber S i e, Mr. Soames — das ist doch kein Alter.«

»Einundsiebzig.«

»Du meine Güte! Es scheint mir wie gestern, daß ich Sie nach Slough zur Schule gebracht habe. Ich erinnere mich an diese Zeit besser als an den gestrigen Tag.«

»Auch ich, Gradman; und das ist ein Zeichen des Alters. Erinnern Sie sich an den jungen Menschen, der herkam und mir von Elderson erzählte?«

»O ja, netter junger Kerl. Hieß Buttermilk oder so ähnlich.«

»Butterfield. Ich will ihn hier unter Ihnen arbeiten lassen und möchte, daß Sie ihn in alles einweihen.«

Der alte Mann blieb unbeweglich stehen; das Gesicht in seiner Umrahmung von grauem Bart und Haar war ganz ausdruckslos. Soames sagte eilig: »Es ist nur eine Vorsichtsmaßnahme. Sie werden sich ja einmal zurückziehen wollen.«

Gradman hob schwerfällig die Hand. »Ich hoffe, ich werde an meinem Schreibtisch sterben«, sagte er.

»Das können Sie halten, wie Sie wollen, Gradman. Sie werden hier immer das bleiben, was Sie sind, und die volle Oberaufsicht behalten; aber Sie werden jemanden haben, auf den Sie sich verlassen können, wenn Sie sich nicht wohl fühlen oder auf Urlaub gehen wollen oder sonst etwas los ist.«

»Ich möchte doch lieber nicht, Mr. Soames. Einen jungen Mann hier herumsitzen sehen –«

»Ein braver junger Mann, Gradman, der mir und meinem Schwiegersohn aus einem bestimmten Grunde dankbar ist. Er wird Ihnen keine Ungelegenheiten machen. Niemand von uns lebt ewig.«

Das Gesicht des alten Mannes legte sich in sonderbare Falten, seine Stimme knarrte mehr denn je.

»Ich glaube, das hieße Ungelegenheiten heraufbeschwören. Ich kann die Arbeit ganz gut allein bewältigen, Mr. Soames.«

»Ich weiß, wie Ihnen zumute ist«, erwiderte Soames. »Mir selbst geht es ja ähnlich; aber die Zeit steht für niemanden still, und wir müssen an die Zukunft denken.«

Ein Seufzer kam aus dem grauen Gestrüpp von Gradmans Bart. »Nun, Mr. Soames, wenn Sie fest entschlossen sind, wollen wir nicht weiter darüber reden; aber die Sache gefällt mir nicht.«

»Ich nehme Sie im Auto bis zu Ihrer Station mit.«

»Danke, ich möchte lieber gehen; die Luft tut mir gut. Ich will nur noch alles verschließen.«

Soames verstand, daß nicht nur Schubladen zu verschließen waren, sondern auch Gefühle, und ging.

Ein treuer alter Kerl. Jetzt könnte man zu Polkingford gehen und sich wegen des Stücks Tafelsilber umsehen.
In diesem großen Geschäftslokal, das mit Gold und Silber so angefüllt war, daß man meinte, es sei noch nie ein Stück verkauft worden, stand Soames und überlegte. Es mußte etwas Massives sein — nichts Künstlerisches oder Elegantes. Der Alte trank wahrscheinlich keinen Punsch — ein Kirchgänger! Wie wäre es mit diesen vergoldeten Silberkamelen, aus deren Höckern Kerzen wuchsen? Und zwischen den Höckern »Joseph Gradman, in Dankbarkeit von der Familie Forsyte« eingraviert? Gradman wohnte doch irgendwo in der Nähe des Zoologischen Gartens. Hm. Kamele? Nein, doch lieber eine Bowle. Wenn er nicht Punsch daraus trinken wollte, so konnte er Rosenblätter oder Blumen hineintun. »Ich möchte eine Bowle«, sagte er, »etwas wirklich Gediegenes.«
»Gewiß, Sir, wir haben genau das, was Sie wünschen.«
Die Leute hatten immer genau das, was man wünschte.
»Wie finden Sie das hier, Sir? Massives Silber — eine sehr vornehme Arbeit.«
»Vornehm!« bemerkte Soames. »Ich möchte sie nicht geschenkt nehmen.«
»Sie haben recht, Sir, es ist vielleicht nicht g a n z das, was Sie wünschen. Aber das ist eine hübsche kleine Bowle.«
»Nein, nein, etwas Einfaches, Solides, das ungefähr fünf Liter faßt.«
»Mr. Bankwait — kommen Sie einen Augenblick her. Der Herr wünscht eine altmodische Bowle.«
»Gewiß, Sir, wir haben genau das, was Sie wünschen.«
Soames gab einen undefinierbaren Laut von sich.
»Es herrscht keine große Nachfrage nach altmodischen Bowlen; aber wir haben eine sehr schöne gebrauchte, die aus der Familie Rexborough stammt.«
»Ist ein Wappen drauf?« fragte Soames. »Dann geht es nicht. Sie muß neu sein oder zumindest ohne Wappen.«
»Das hier ist genau das Richtige für Sie, Sir.«
»Grundgütiger!« rief Soames und wies dann mit seinem Regenschirm nach der andern Seite. »Was ist das dort drüben?«
Mit etwas beleidigter Miene nahm der Angestellte den Gegenstand aus dem Fach.
Aus einem schlanken Fuß mit gewölbtem Sockel wuchs eine stattlich gerundete silberne Bowle. Soames klopfte mit dem Finger daran.
»Echtes Silber, Sir, und — wie Sie sehen — ein sehr zartes Randmuster, nicht zu bacchantisch in der Zeichnung, die beste Innenvergoldung. Ich glaube, ganz das, was Sie wünschen.«

»Es ginge eventuell. Was kostet sie?«
Der Angestellte studierte ein kabbalistisches Zeichen. »Fünfunddreißig Pfund, Sir.«
»Gerade genug«, meinte Soames. Ob sie dem alten Gradman gefallen würde, wußte er nicht, doch das Ding war geschmackvoll und würde der Familie keine Schande machen. »Ich nehme sie«, sagte er. »Gravieren Sie diese Worte ein« — er schrieb sie auf —, »und senden Sie die Bowle an diese Adresse; die Rechnung schicken Sie mir; und beeilen Sie sich damit.«
»Zuverlässig, Sir. Wünschen Sie nicht auch diese Becher? Sie sind in ihrer Art vollkommen.«
»Nein, danke«, erwiderte Soames. »Guten Abend!« Er gab dem Angestellten seine Karte, warf einen gleichgültigen Blick in die Runde und verließ den Laden. So, das war erledigt.
Die Septembersonne strahlte, als er westwärts, die Piccadilly entlang, zum Green Park ging. Diese milden Herbsttage waren angenehm. Es war ihm weder zu heiß noch zu kalt. Die Platanen sahen besonders schön aus mit ihrem Laub, das sich eben zu verfärben begann; schöne, stattliche Bäume. Soames war fast milde gestimmt, als er die Rasenplätze überquerte. Auf einmal wurde er sich eiliger Schritte bewußt, die hinter ihm herkamen. Eine Stimme sagte: »Ah, Forsyte! Müssen Sie auch zur Sitzung bei Michael erscheinen? Könnten wir zusammen gehen?«
Der alte Mont war es, munter und geschwätzig wie immer. Sofort legte er los. »Was halten Sie von all diesen Veränderungen in London, Forsyte? Erinnern Sie sich an die oben weiten, unten engen Hosen und die Krinolinen — an den Karikaturisten Leech in seiner Blütezeit — an den alten Palmerston zu Pferd? Der September frischt Erinnerungen auf.«
»Alle diese Veränderungen sind nur äußerlich«, erklärte Soames.
»Äußerlich? Das glaub' ich manchmal auch. Aber eines hat sich wirklich geändert. Denken Sie nur an den Unterschied zwischen einem Roman der Austin oder der Trollope und dieser modernen Burschen. Es gibt keine bürgerlichen Grundsätze mehr. Klassenunterschiede? Ja, aber von den Menschen und nicht von Gott geschaffene wie in den Tagen der Trollope.«
Soames schnupperte. Der Kerl hatte eine Art, die Dinge darzustellen ... »Wenn wir in diesem Tempo fortmachen, wird es bald überhaupt keine Klassenunterschiede mehr geben«, sagte er.
»Ich glaube, da irren Sie sich, Forsyte. Es sollte mich gar nicht wundern, wenn wir nach dem Zeitalter der Maschine wieder zum Pferd zurückkehrten.«

»Zum Pferd?« murmelte Soames. »Was hat das damit zu tun?«

»Wir müssen auf das Tausendjährige Reich warten«, erklärte Sir Lawrence, indem er seinen Spazierstock schwenkte. »Dann werden sich wieder Individualitäten entwickeln. Und wir sind beinahe schon soweit.«

»Ich kann Sie absolut nicht verstehen«, sagte Soames.

»Bildung ist allen zugänglich; die Frauen haben das Stimmrecht; sogar der Arbeiter hat sein Auto oder wird es bald haben; die Elendsviertel sind dem Untergang geweiht — dank Ihnen, Forsyte; Unterhaltung und Nachrichten dringen in jedes Heim; die Liberalen haben abgewirtschaftet; der Freihandel ist ein dehnbarer Begriff geworden; man kann alle Arten Sport für wenig Geld betreiben; die Dogmen haben den Todesstoß bekommen; der Generalstreik desgleichen; die Pfadfinderbewegung nimmt rapid zu; die Kleidung ist bequem, das Haar ist kurz — alles weist auf das Tausendjährige Reich hin.«

»Was hat das alles mit dem Pferd zu tun?«

»Ein Symbol, mein lieber Forsyte. Es ist unmöglich, das Pferd als Norm einer besseren Lebenshaltung zu leugnen oder es gar zu sozialisieren. Wir beginnen uns gegen die Gleichstellung zu wehren. Noch ein wenig mehr vom Tausendjährigen Reich, und wir werden wieder um unsere Seelen besorgt sein und Tandem fahren.«

»Was für ein Lärm ist das?« fragte Soames. »Es klingt, als ob jemand in Not wäre.«

Sir Lawrence zog die Augenbraue hoch. »Das ist der Staubsauger im Buckingham-Palast. Diese Dinger bringen ganz menschliche Laute hervor.«

Soames knurrte — der Kerl konnte doch nie ernst bleiben. Nun, binnen kurzem würde er es vielleicht lernen. Wenn Fleur —! Aber er wollte an dieses »Wenn« gar nicht denken.

»Das, was ich am Engländer bewundere, ist sein evolutionärer Charakter«, sagte Sir Lawrence plötzlich. »Er hat Flut und Ebbe und wieder Flut. Die Ausländer glauben vielleicht, daß er steckenbleibt, aber er hat Beharrlichkeit — eine vortreffliche Eigenschaft, Forsyte. Was wollen Sie mit Ihren Bildern anfangen, wenn Sie die große Überfahrt machen? Sie dem Staat hinterlassen?«

»Das hängt davon ab, wie man mich behandelt. Wenn man mir noch mehr Erbschaftssteuer aufpelzt, widerruf' ich meine Schenkung.«

»Der Grundsatz unserer Ahnen, nicht wahr? Freiwilliger Dienst oder überhaupt keiner. Tüchtige Kerle, unsere Ahnen!«

»Von den Ihren weiß ich nichts«, bemerkte Soames, »die meinen waren bloß Freisassen. Ich werde ihnen morgen einen Besuch abstatten«, fügte er herausfordernd hinzu.

»Großartig! Hoffentlich finden Sie sie zu Hause.«

»Wir haben uns verspätet«, sagte Soames und sah durch das Speisezimmerfenster hinein, während die Komiteemitglieder herausblickten. »Halb sieben! Wie komisch die Leute aussehen.«

»Wir erscheinen allen Leuten komisch, nur uns selbst nicht«, bemerkte Sir Lawrence und folgte ihm ins Haus. »Das ist das erste, was man sich fürs Leben merken muß, Forsyte.«

7

Am nächsten Tag

Fleur kam ihnen in der Halle entgegen. Nachdem sie Jon in Dorking abgesetzt hatte, war sie, die zulässige Geschwindigkeit überschreitend, nach Hause gefahren, um den Anschein zu erwecken, daß sie nur an das Gedeihen der Elendsviertel denke. Da der Squire bei seinen Rebhühnern war, führte der Bischof den Vorsitz. Während Michael das Protokoll zur Verlesung brachte, ging Fleur zur Anrichte, um den Tee einzuschenken. Der Bischof, Sir Godfrey Bedwin, Mr. Montross, ihr Schwiegervater und sie selbst tranken chinesischen Tee; Sir Timothy einen Whisky mit Soda; Michael nichts; der Marquis, Hilary und ihr Vater indischen Tee; und jeder von ihnen war der Ansicht, daß die andern ihre Verdauung schädigten. Ihr Vater pflegte immer zu sagen, daß sie den chinesischen Tee nur deshalb trinke, weil er in Mode sei — sie könne ihn doch unmöglich gut finden. Während sie die verschiedenen Getränke einschenkte, überlegte sie, was die Leute hier wohl sagen würden, wenn sie wüßten, was außer dem Tee ihre Gedanken beschäftigte. Morgen hatte Jon die letzte Sitzung, und sie würde den entscheidenden Schritt tun. Morgen um diese Zeit würde die ganze Geduldprobe der beiden letzten Monate, die sie seit dem Tanz mit Jon in Nettlefold durchmachte, überstanden sein. Morgen um diese Zeit wollte sie ihr Eigentum fordern. Der Umstand, daß zu jeder menschlichen Beziehung zwei gehören, machte ihr kein Kopfzerbrechen. Sie hatte die Sicherheit einer verliebten schönen Frau. Ihr Wille würde geschehen, aber niemand sollte es erfahren. Und während sie die Teetassen herumreichte, lächelte sie und bedauerte diese weisen alten Männer wegen ihrer Ahnungslosigkeit. Weder sie noch sonst irgend jemand sollten etwas erfahren, am wenigsten der junge Mann, der sie gestern nacht in seinen Armen gehalten hatte. Und in Gedanken an den, der sie bisher noch nie so gehalten hatte, setzte sie sich mit ihrem Tee und Notizblock zum Kamin, während ihr Herz stürmisch klopfte und ihre halbgeschlossenen Augen Jons Gesicht sahen, das sich ihr beim Bahnhofseingang zuwandte. Die Erfüllung. Gleich Jakob hatte sie sieben Jahre gedient — um die Erfüllung ihrer Liebe — sieben lange, lange Jahre! Sie saß da und lauschte dem monotonen Dröhnen der Stimmen des Bischofs und Sir Godfreys, den gelegentlichen Zwischenrufen Sir Timothys, den kurzen vorsichtigen Bemerkungen ihres Vaters; währenddessen vollendete jenes klare, präzise, zielstrebige Etwas — der französische Einschlag in ihrem Naturell — in aller Stille den Plan zu dem Doppelleben, das morgen, nachdem sie und Jon von der verbotenen Frucht genascht hatten, beginnen sollte. Ein Doppelleben war ein sicheres Leben, solange es kein feiges Zögern, kein Bedenken und keine Reue gab. Sie fühlte das so deutlich, als hätte sie schon ein Dutzend solcher Doppelleben hinter sich. Sie würde alles allein ordnen — Jon mußte von allem verschont bleiben. Und niemand durfte etwas erfahren.

»Willst du das notieren, Fleur?«

»Ja.«

Und auf ihren Notizblock schrieb sie: »Michael fragen, was ich hätte notieren sollen.«

»Mrs. Mont!«

»Ja, Sir Timothy?«

»Könnten Sie nicht so eine dieser — wie nennt man sie nur? — für uns arrangieren?«

»Matineen?«

»Nein, nein — ich glaube Wohltätigkeitsbasars — so heißt das doch.«

»Gewiß.«

Je mehr sie für die Leute arrangierte, desto unantastbarer war ihr Ruf, desto größer ihre Freiheit und desto mehr würde sie ihr Doppelleben verdienen und es voll Ironie genießen.

Jetzt sprach Hilary. Was er sich wohl denken würde, wenn er es wüßte? »Ich glaube, Fleur, daß wir doch eine Matinee veranstalten sollten. Die Leute sind ja so gut; sie sind immer bereit, eine Guinee zu zahlen, um zu so etwas zu gehen, obwohl die meisten von ihnen gerne eine Guinee zahlen würden, um davon verschont zu bleiben. Was meinen Sie, Bischof?«

»Eine Matinee — unbedingt!«

»Schrecklich — diese Matineen!«

»Nicht, wenn wir ein nettes Stück bekämen — ein wenig altmodisch könnte es sein — eines von L. S. D. Es würde für uns Reklame machen. Was meinen Sie, Marquis?«

»Meine Enkelin Marjorie könnte Ihnen eine Matinee arrangieren. Das würde ihr guttun.«

»Hm! Wenn sie es macht, wird es nicht altmodisch sein.« Fleur merkte, daß ihr Vater ihr das Gesicht zuwandte, während er sprach. Wenn er bloß wüßte, wie unendlich weit sie über all das hinaus war.

»Mr. Montross, haben Sie ein Theater zur Verfügung?«

»Ich kann Ihnen eines verschaffen, Mr. Cherrell.«

»Glänzend! Also wollen Sie, der Marquis und mein Neffe hier dieses Projekt unter Ihre Fittiche nehmen? Fleur, erzähle uns doch, wie es mit deinem Erholungsheim steht.«

»Ausgezeichnet, Onkel Hilary. Es ist voll besetzt. Die Mädchen sind reizend.«

»Eine wilde Bande vermutlich — nicht wahr?«

»O nein, Sir Timothy, sie benehmen sich musterhaft.«

Wenn der alte Herr über seinen Schnurrbart hinweg nur in diese musterhafte junge Dame hätte hineinblicken können, die die Mädchen beaufsichtigte!

»Na gut, das wäre in Ordnung. Wenn es nichts mehr zu erledigen gibt, wollen Sie mich entschuldigen, Herr Vorsitzender? Ich muß heute noch mit einem Amerikaner über Ameisen sprechen. Nach meiner Ansicht gehen wir nicht genug energisch gegen diese Hausbesitzer vor. Gute Nacht allerseits.«

Fleur machte Michael ein Zeichen zurückzubleiben und stand auf, um Sir Timothy hinauszubegleiten.

»Welcher Regenschirm gehört Ihnen, Sir Timothy?«

»Ich weiß nicht; der da sieht am besten aus. Ich wollte, Sie könnten bei Ihrem Basar den Bischof mitverkaufen, Mrs. Mont. Leute, die so sprechen, als hätten sie einen Kloß im Mund, kann ich nicht vertragen, besonders nicht als Vorsitzende.«

Fleur lächelte, und der »alte Knabe« winkte ihr mit dem Hut zu. Alle winkten ihr wohlwollend zu, und das war nett. Würden sie es auch tun, wenn sie wüßten . . .? Dämmerung hing über den Bäumen im Garten; auf dem Platz blitzten gerade die Lichter auf. Welch ein Glück, daß das Wetter so warm und trocken war. Sie stand beim Eingang und holte tief Atem. Morgen um diese Zeit würde sie schon eine treulose Frau sein. Aber ihre Untreue würde eigentlich nicht größer sein als bisher in ihren geheimen Wünschen.

»Ich bin froh, daß Kit in Haus Zuflucht ist«, dachte sie. Er sollte es nie erfahren, niemand soll es je erfahren. Nichts würde sich ändern – nichts würde anders werden, nur sie und Jon. Der Lebenstrieb würde einen kleinen, versteckten Bach zum Überfließen bringen. Welchen Lauf würde er nehmen? Und was lag daran?

»Mein lieber Mont, vom materialistischen Standpunkt aus war Ehrlichkeit nie die beste Politik. Sie gehört in die Viktorianische Zeit. Damals hat man gern das Unmögliche versucht.«

»Ganz meine Meinung, Marquis, ganz meine Meinung; sie wußten, was sie wollten. In fetten Jahren ist das leicht.«

Die beiden standen in der Halle hinter ihr – welk und vertrocknet. Fleur wandte sich lächelnd um.

»Liebe junge Frau – die Abendluft! Werden Sie sich nicht erkälten?«

»O nein, mir ist ganz warm.«

»Wie angenehm das ist.«

»Kann ich Sie in meinem Wagen mitnehmen, Marquis?«

»Danke, ja, Mr. Montross. Ich wollte, ich könnte mir auch einen Wagen leisten. Haben Sie denselben Weg wie wir, Mont? Kennen Sie das Lied, Mr. Montross: ›Jetzt wollen wir alle zu Polly gehn?‹ Mein Milchjunge ist ganz versessen darauf. Ich frage mich oft, wer diese Polly sein mag. Ich habe sie im Verdacht, daß sie nicht ganz *comme il faut* ist. Gute Nacht, Mrs. Mont. Sie haben es hier wirklich reizend!«

»Gute Nacht, Sir.« Sie reichte ihm die Hand, dann dem »Walroß« und ihrem Schwiegervater.

»Geht es Kit gut, Fleur?«

»Ausgezeichnet.«

»Gute Nacht, mein liebes Kind.«

Sein liebes Kind – die Mutter seines Enkels. Morgen – und morgen – und wieder morgen!

Die Wagendecke wurde um die bejahrte Fracht gehüllt, die Tür geschlossen – wie glatt und ruhig das Auto fuhr. Wieder Stimmen: »Willst du ein Taxi haben, Onkel Hilary?«

»Nein, danke, Michael, der Bischof und ich gehen zu Fuß.«

»Dann begleite ich euch bis zur Ecke. Kommen Sie, Sir Godfrey? Adieu, Liebling! Dein Papa bleibt zum Dinner. Ich gehe zu dem alten Blythe und werde gegen zehn zurück sein.«

Zu vier und vier trotteten sie aus dem Haus.

»Bleib nicht stehen, du wirst dich erkälten.« Die Stimme ihres Vaters. Der einzige, dessen Augen sie fürchtete. Jetzt durfte sie die Maske nicht ablegen.

»Nun, Papa, was hast du heute gemacht? Komm ins Empfangszimmer — wir werden gleich essen.«
»Wie wird dein Bild? Gibt der Kerl acht, daß er nicht übertreibt? Ich sollte es mir eigentlich ansehen.«
»Wart noch ein wenig, Papa. Er ist ein sehr empfindlicher Herr.«
»So sind sie alle. Ich habe die Absicht, morgen den Ort aufzusuchen, aus dem die Forsytes stammen. Du kannst wohl nicht ausspannen und mitkommen?«
Fleur ließ sich ihre Erleichterung nicht anmerken.
»Wie lange willst du wegbleiben, Papa?«
»In drei Tagen werde ich zurück sein. Es sind nicht ganz dreihundert Kilometer.«
»Ich fürchte, das würde den Herrn Maler verstimmen.«
»Ich habe mir gleich gedacht, daß dir nichts daran liegen wird. Dort sind keine Lorbeeren zu holen. Aber ich habe schon seit langem die Absicht, und das Wetter ist schön.«
»Es wird sicher riesig interessant sein, Papa; du mußt mir viel davon erzählen. Aber mit diesem Porträt und dem Erholungsheim bin ich im Augenblick sehr angehängt.«
»Also gut, ich werd' mich am Wochenende bei dir melden. Deine Mutter ist zu Besuch bei Freunden — sie spielen den ganzen Tag Bridge. Sie bleibt bis Montag weg. Ich brauche dich immer, das weißt du ja«, fügte er einfach hinzu. Sie erhob sich, um seinem Blick auszuweichen.
»Ich will nur hinaufgehen und mich umkleiden, Papa. Nach diesen Komiteesitzungen für die Elendsviertel fühl' ich mich immer so schmutzig. Ich weiß selbst nicht, warum.«
»Nichts als Zeitvergeudung«, bemerkte Soames. »Elendsviertel wird es immer geben. Aber ihr beide habt wenigstens etwas zu tun.«
»Ja, Michael ist ganz glücklich darüber.«
»Dieser alte Narr Sir Timothy!« Soames trat auf den Fragonard zu. »Ich habe den Morland jetzt gehängt. Der Marquis ist ein liebenswürdiger alter Herr. Du wirst ja wissen, daß ich meine Bilder dem Staat vermache. Du könntest nichts mit ihnen anfangen. Du wirst einmal in Lippinghall leben müssen, und dort haben die Bilder keinen Sinn. Ahnen, Geweihe und Pferde — die sind dort am Platz.«
Ein Doppelleben und Lippinghall. Hoffentlich würde es noch lange, lange nicht dazu kommen.
»Oh, Bart wird ewig leben, Papa!«
»Hm ja! Er ist noch sehr rüstig. Also, lauf jetzt hinauf.«
Während Fleur die Puderschicht abwusch und frisch auflegte, dachte sie: »Der liebe Papa! Gott sei Dank, er wird weit weg sein!«

Nun, da sie fest entschlossen war, fiel es ihr leichter, sich zu verstellen, und ihr frisch gepudertes Gesicht erschien unverändert lächelnd und gelassen über dem Chelsea-Porzellan, mit dem der Tisch gedeckt war.

»Wo wirst du das Porträt hinhängen?« fragte Soames.

»Es wird ja dir gehören, Papa.«

»Mir? Nun ja, aber es wird bei euch hängen; Michael wird es haben wollen.«

Michael — der nichts ahnte. Es gab ihr einen Stich.

Sie würde nachher ebenso lieb zu ihm sein wie früher. Nur keine altmodischen Gewissensbisse!

»Danke, lieber Papa. Ich glaube, er wird es im Empfangszimmer haben wollen. Es ist doch in Silber und Gold gehalten — mein Narrenkostüm.«

»Ich erinnere mich daran«, sagte Soames, »so etwas mit Glöckchen.«

»Ich glaube, d e r Teil des Bildes ist sehr gut.«

»Wie? Hat er dein Gesicht nicht getroffen?«

»Vielleicht — aber ich bin nicht übermäßig entzückt davon.« Nach der heutigen Sitzung war sie nachdenklich geworden. In ihr Gesicht war ein gieriger Zug getreten, als hätte der Raffaelit den sich festigenden Entschluß in ihr gefühlt.

»Wenn du nicht gut getroffen bist, nehme ich das Bild nicht«, erklärte Soames.

Fleur lächelte. Der Raffaelit würde dazu wohl einiges zu bemerken haben.

»Oh, es wird schon gut werden. Ich glaube, das eigene Porträt gefällt einem nie besonders.«

»Das weiß ich nicht«, erwiderte Soames, »ich bin nie gemalt worden.«

»Du solltest dich malen lassen, Papa.«

»Zeitvergeudung. Hat er das Bild dieser jungen Frau schon weggeschickt?«

Fleur zuckte nicht mit der Wimper.

»Jon Forsytes Frau? O ja, schon lange.«

Sie erwartete, daß er fragen würde: »Hast du jemanden von ihnen gesehen?« Aber die Frage kam nicht, und das beunruhigte sie.

»Dein Vetter Val hat mich heute aufgesucht.«

Fleur blieb das Herz stehen. Hatten sie darüber gesprochen?

»Sein Name ist auf einem Scheck gefälscht worden.«

Gott sei Dank!

»Es gibt Leute, die überhaupt keinen Moralbegriff haben«, fuhr Soames fort. Unwillkürlich zuckten ihre weißen Schultern. Er sah sie jedoch nicht an. »Schlichte Ehrlichkeit ist wirklich nirgends mehr zu finden.«

»Ich hörte heute den Marquis sagen, daß die Redensart ›Ehrlichkeit ist die beste Politik‹ nur ein Produkt des Viktorianischen Zeitalters war, Papa.«

»Er ist allerdings zehn Jahre älter als ich, aber ich weiß nicht, wie er zu einer solchen Behauptung kommt. Heutzutage ist alles auf den Kopf gestellt.«

»Aber wenn es die beste Politik ist, dann war es ja nie ein besonderes Verdienst, ehrlich zu sein, nicht wahr?«

Soames warf einen forschenden Blick auf ihr lächelndes Gesicht. »Warum nicht?«

»Ach, ich weiß nicht. Diese Rebhühner sind aus Lippinghall, Papa.«

Soames schnupperte.

»Nicht genug abgelegen. Ein Rebhuhn müßte unbedingt *haut goût* haben.«

»Ja, ich habe es auch der Köchin gesagt, aber sie hat ihre eigenen Ansichten.«

»Und die Brotsauce sollte eine Spur mehr nach Zwiebeln schmecken. Viktorianisch, sagte er. Vermutlich würde er mich viktorianisch nennen.«

»Bist du denn das nicht, Papa? Du hast sechsundvierzig Jahre unter Königin Viktoria gelebt.«

»Ich habe fünfundzwanzig Jahre ohne sie gelebt und hoffe, noch einige weitere zu erleben.«

»Viele, viele«, sagte Fleur leise.

»Das ist nicht anzunehmen.«

»O doch. Aber ich bin froh, daß du dich nicht für einen Viktorianer hältst. Die Leute waren mir nie sympathisch. Sie haben zu viele Kleider angehabt.«

»Nun, gar so viele . . .«

»Na, morgen wirst du für alle Fälle unter deinen Georgianischen Vorfahren weilen.«

»Ja«, sagte Soames. »Wie ich höre, ist ein Friedhof dort. Das erinnert mich – ich habe eine Ecke im Friedhof von Mapledurham gekauft. Die wird mir ebenso genügen wie irgendeine andere. Deine Mutter wird wahrscheinlich lieber in Frankreich begraben sein wollen.«

»Servieren Sie Mr. Forsyte den Sherry, Coaker.«

Soames zog den Duft ein. »Der stammt von deinem Großvater. Er ist neunzig Jahre alt geworden.«

Wenn sie und Jon neunzig werden sollten – würde auch dann niemand etwas wissen? . . . Um zehn Uhr verabschiedete sie sich von ihrem Vater und streifte seine Nase mit ihren Lippen.

»Ich bin müde, Papa; und du hast morgen einen anstrengenden Tag vor dir. Gute Nacht, Papa.«

Gott sei Dank, morgen würde er bei seinen Vorfahren sein.

8

Verbotene Frucht

Fleur hielt den Wagen plötzlich auf dem Seitenweg zwischen Gages Farm und dem Wäldchen bei Robin Hill an und sagte: »Jon, ich habe eine Idee. Steigen wir aus, und gehen wir hinein. Der Potentat ist in Schottland.«

Er rührte sich nicht, und sie fuhr fort: »Jetzt, wo dein Bild fertig ist, werd' ich dich lange nicht wiedersehen.«

Jon stieg aus, und sie öffnete das Gatter zum Fußweg. Eine Minute lang blieben sie stehen und horchten, ob jemand käme, der sie am Betreten hindern würde. Der schöne Septembernachmittag ging rasch zu Ende. Die letzte Sitzung hatte lang gedauert, und es war spät; in dem Lärchen- und Birkenwäldchen vertiefte sich die Dämmerung. Fleur schob ihre Hand durch seinen Arm.

»Horch einmal! Wie still es ist! Es ist, als wären die sieben Jahre nie gewesen. Würdest du das wollen? Daß wir wieder ›die Kinder im Walde‹ wären?«

Er entgegnete unwirsch: »Es hat keinen Sinn, zurückzuschauen — alles kommt, wie es kommen muß.«

»Die Vögel gehen schlafen. Hat es hier einmal Eulen gegeben?«

»Ja; ich glaube, wir werden bald eine hören.«

»Wie gut es hier riecht.«

»Nach Bäumen und Kuhstall.«

»Nach Vanille und Heu, wie der Dichter sagt. Sind die Kuhställe in der Nähe?«

»Ja.«

»Dann gehen wir lieber nicht weiter.«

»Hier ist der alte Baumstamm«, sagte Jon. »Wir könnten uns niedersetzen, vielleicht hören wir eine Eule.«

Sie setzten sich nebeneinander auf den alten Baumstamm.

»Kein Tau«, bemerkte Fleur. »Das Wetter wird sich bald ändern, glaub' ich. Ich liebe diesen Geruch der Trockenheit.«

»Ich liebe den Geruch des Regens.«

»Du und ich, Jon, wir lieben nie die gleichen Dinge. Und doch – haben wir einander geliebt.« Sie glaubte das Zittern seines Armes zu spüren.

»Da schlägt die alte Uhr. Es ist schrecklich spät geworden, Fleur. Gib acht, eine Eule!«

Durch das zarte Geäst der Bäume klang der Ruf erschreckend nahe. Fleur stand auf. »Versuchen wir, sie zu finden.«

Sie trat von dem alten Baumstamm zurück.

»Kommst du nicht? Komm ein wenig weiter, Jon.«

Jon stand auf und ging unter den Lärchen neben ihr her.

»Dieser Weg war es – nicht wahr? Wie schnell es dunkel geworden ist. Sieh nur, wie hell die Birken sind. Ich habe Birken so gern.« Sie legte ihre Hand auf einen der blassen Stämme. »Wie glatt das ist, Jon! Wie eine feine Haut.« Sie beugte sich vor und lehnte ihre Wange an den Birkenstamm. »Da, fühle meine Wange und dann die Rinde; bemerkst du einen Unterschied, bis auf die Wärme?«

Jon hob die Hand. Fleur wandte den Kopf und berührte sie mit den Lippen.

»Jon – küß mich nur ein einziges Mal.«

»Du weißt, Fleur, daß ich dich nicht ›nur ein einziges Mal‹ küssen könnte.«

»Dann küsse mich immer, Jon.«

»Nein, nein! Nein, nein!«

»Alles kommt, wie es kommen muß – du hast es selbst gesagt.«

»Fleur – nicht. Das halt' ich nicht aus.«

Sie lachte – weich und leise.

»Du sollst es auch nicht aushalten. Ich habe sieben Jahre darauf gewartet. Nein. Versteck nicht dein Gesicht, schau mich an. Ich nehme alles auf mich. Das ›Weib‹ hat dich verführt. Aber du hast immer mir gehört, Jon. So, das ist besser. So kann ich deine Augen sehen. Armer Jon. Jetzt küß mich.« In dem langen Kuß schienen ihr die Sinne zu schwinden. Sie wußte nicht, ob seine Augen geöffnet waren oder geschlossen wie die ihren. Wieder schrie die Eule.

Jon löste mit einem Ruck seine Lippen von ihrem Mund. Sie hielt ihn umschlungen, und er stand zitternd wie ein erschrecktes Pferd.

Ihre Lippen an seinem Ohr, flüsterte sie: »Es kommt niemand, Jon, niemand.« Sie hörte, wie er den Atem anhielt, und ihre warmen Lippen flüsterten weiter: »Nimm mich in deine Arme, Jon, halte mich.« Es war ganz dunkel geworden. Die Sterne schimmerten durch das schwarze Blattwerk der Bäume und tief unten, wo das Wäldchen gegen Osten anstieg, schien der zitternde Schein des aufgehenden Mondes langsam durch

das Gehölz näherzurücken. Ein leises Rascheln unterbrach die Stille, setzte aus und begann wieder. Enger, immer enger schmiegte sich Fleur an ihn.
»Nicht hier, Fleur, nicht hier! Ich kann nicht – ich will nicht.«
»Doch, Jon, hier – jetzt! Du gehörst mir.«

Der Mond schien durch die Bäume herab, als sie wieder nebeneinander auf dem Baumstamm saßen.
Jon hielt die Hände an die Stirn gepreßt, und sie konnte seine Augen nicht sehen.
»Niemand soll es je erfahren, Jon.«
Er ließ die Hände sinken und blickte sie an.
»Ich muß es ihr sagen.«
»Jon!«
»Ich muß!«
»Du kannst es ihr nicht sagen, wenn ich es nicht zulasse, und ich lasse es nicht zu.«
»Was haben wir getan? O Fleur, was haben wir getan!«
»Es war Bestimmung. Wann seh' ich dich wieder, Jon?«
Er sprang auf. »Nie mehr, wenn ich es ihr nicht sagen kann. Nie mehr, Fleur – nie mehr! Ich kann es nicht länger vor ihr geheimhalten!«
Fleur war ebenso rasch aufgesprungen. Sie standen sich gegenüber und hielten wie im Kampf einander an den Armen fest. Dann riß Jon sich los, und wie ein Wahnsinniger stürzte er in das Gehölz zurück.
Bebend stand sie da und wagte nicht zu rufen. Sie wartete fassungslos darauf, daß er zu ihr zurückkäme, aber er kam nicht.
Plötzlich stöhnte sie und sank in die Knie; wieder stöhnte sie. Er mußte sie hören und zurückkommen! Er konnte sie doch nicht in einem solchen Augenblick verlassen haben – das konnte er doch nicht!
»Jon!« Tiefe Stille. Sie stand auf und spähte in das jetzt erhellte Dunkel. Die Eule schrie; erschreckt sah sie zum Mond auf, der ihr in den Baumwipfeln wie ein lebendes Wesen zuzusehen schien. Ein zitterndes Schluchzen würgte sie und wurde zum leisen Weinen eines Kindes, das sich weh getan hat. Sie stand und horchte ängstlich. Kein Geräusch, kein Schritt, kein Eulenschrei – kein Laut, bloß aus der Ferne das Surren vorbeifahrender Autos auf der Straße nach London. War er zum Wagen gegangen, oder versteckte er sich vor ihr im Wäldchen, das jetzt voll von unheimlichen Schatten war? »Jon! Jon!« Keine Antwort. Sie lief zum Gatter. Da stand der Wagen – leer! Sie stieg ein und lehnte sich über das Steuer-

rad mit einem Gefühl der Starre in den Gliedern. Was sollte das bedeuten? Sollte sie unterlegen sein — in der Stunde des Sieges? Er konnte nicht — nein, er konnte sie doch jetzt nicht so verlassen. Mechanisch drehte sie die Lichter des Wagens an. Ein Pärchen zu Fuß und ein Radfahrer kamen vorüber. Immer noch saß Fleur starr da. War das Erfüllung? Die Erfüllung, von der sie geträumt hatte? Ein paar Augenblicke hastiger, wahnwitziger Leidenschaft — und dann das. Zu ihrem Kummer und ihrer Bestürzung kam noch das Gefühl der Demütigung, daß er in einem solchen Augenblick vor ihr hatte fliehen können, und die Furcht, daß sie ihn mit dem errungenen Sieg verloren hatte.

Endlich ließ sie den Motor an, und ihre Blicke suchten die Straße ab, in der verzweifelten Hoffnung, ihn doch noch zu finden. Sie fuhr ganz langsam, und erst als sie die Straße nach Dorking erreicht hatte, gab sie die Hoffnung auf. Wie sie das Auto nach Hause lenkte, wußte sie kaum. Das Leben schien plötzlich erloschen zu sein.

9

Nachher

Als Jon in das Gehölz zurückgelaufen war, wandte er sich nach links, verließ das Wäldchen wieder beim Teich und lief durch das Feld dem Hause zu, als gehörte es noch ihm. Gänzlich unbeleuchtet erhob es sich über Terrasse und Wiesen, ein gespenstischer Anblick in dem flutenden Mondlicht. Hinter den Rhododendrenbüschen, wo er als kleiner Junge Verstecken gespielt und mit seinem Pfeil und Bogen Hirschkäfer gejagt hatte, ließ er sich fallen, als trügen ihn seine Füße nicht länger, und preßte die Fäuste gegen die brennenden Wangen. Er hatte es gewußt und doch auch nicht gewußt, hatte davon geträumt und es sich doch nicht träumen lassen. Überwältigend, plötzlich, unbarmherzig war es gekommen. »Es ist Bestimmung!« hatte sie gesagt. Für sie mochte es viele Rechtfertigungsgründe geben, aber wie konnte er sich rechtfertigen? Er fand keine Antwort darauf, als er hinter den mondbestrahlten Rhododendren lag. Aber es war geschehen. Wem gehörte er nun? Er erhob sich und blickte auf das Haus, in dem er zur Welt gekommen und sorgenlos herangewachsen war, als erwarte er von ihm eine Antwort. Weiß und lichtlos stand es da, wie ein Geist, der ein Geheimnis hütet. »Ich lasse es nicht zu, daß du es ihr sagst! . . . Wann seh' ich dich wieder?« Das hieß, daß sie ein heimliches Verhältnis haben wollte – unmöglich. Das einzige, was ganz unmöglich war. Er würde der einen oder der anderen gehören – nicht beiden. Zerrissen bis in die letzte Faser seines Wesens, klammerte er sich daran wie an etwas Unverrückbares. Geduckt schlich er hinter den Rhododendren den Rasenplatz entlang, bis er die Mauer des Grundstücks erreichte, die er als Knabe so oft erklettert hatte; er zog sich daran empor und sprang auf die Landstraße. Niemand hatte ihn gesehen, und rasch ging er weiter. Ein dumpfes, unklares Verlangen, nach Wansdon zurückzukehren, erfüllte ihn, obwohl er eigentlich nicht wußte, was er dann beginnen sollte. Er ging auf Kingston zu.

Während der ganzen zweistündigen Fahrt in einem Mietauto überlegte Jon unaufhörlich. Was immer er tat – gegen die eine oder die andere mußte er illoyal handeln. Aufgewühlt von den eben erlebten Augenblicken der Leidenschaft, war er außerstande, seine Situation zu erfassen. Aber er mußte sich klarwerden. Er erreichte Wansdon um elf Uhr, und nachdem er den Wagen auf der Landstraße weggeschickt hatte, ging er zu Fuß nach Hause. Alle waren schon zu Bett; offenbar hatte man angenommen, daß er bei June übernachtete, um am nächsten Tag noch einmal für das Porträt sitzen zu können. Das Schlafzimmer, das er mit Anne teilte, war noch beleuchtet, und bei diesem Anblick kam ihm das Schmähliche seiner Handlungsweise zum Bewußtsein. Er konnte sich nicht entschließen, sie zu rufen, und so schlich er ums Haus, um herauszufinden, wie er ungesehen hineingelangen könnte. Endlich sah er das halboffene Fenster eines Gastzimmers. Er holte eine Leiter, kletterte hinauf und stieg durch das Fenster. Dieser Einbruch stellte sein Selbstgefühl einigermaßen wieder her. Er ging in die Halle hinunter, verließ das Haus, stellte die Leiter an ihren Platz zurück, ging wieder ins Haus und leise die Treppen hinauf. Vor der Schlafzimmertür blieb er stehen. Unter dem Türspalt drang kein Lichtschein mehr hervor. Sie mußte schon im Bett sein. Und plötzlich konnte er es nicht über sich bringen, zu ihr zu gehen. Wie Judas würde er sich vorkommen, wenn er sie jetzt küßte. Er zog seine Schuhe aus und schlich leise wieder hinunter ins Speisezimmer. Da er seit dem Lunch nichts als eine Tasse Tee zu sich genommen hatte, holte er sich ein paar Kekse und etwas zum Trinken. Allmählich besserte sich seine Stimmung. Kein Mann hätte Fleurs Küssen in diesem mondbeschienenen Wäldchen widerstehen können. Mußte er einer von beiden einen so furchtbaren Schmerz zufügen? Warum nicht so handeln, wie Fleur es wollte? Warum keine Heimlichkeit? Wenn er im geheimen Fleurs Geliebter bliebe, brauchte er ihr nicht weh zu tun; und er brauchte Anne nicht weh zu tun, wenn er ihr nichts davon sagte. Wie ein gefangener Tiger ging er im Zimmer auf und ab. Seine Anständigkeit und seine ganze Vernunft wehrten sich dagegen. Wie konnte man gleichzeitig der Mann zweier Frauen sein, wenn eine von ihnen davon wußte? Würde Fleur das lange ertragen? Und Lügen, Ausflüchte! Und — Michael Mont! Ein anständiger Kerl, dem er ohnehin schon genug angetan hatte. Nein. Reinen Tisch machen, so oder so. Er blieb beim Kamin stehen und stützte seine Arme auf das steinerne Sims. Wie still es war. Nur die alte Stehuhr, die noch seinem Großvater gehört hatte, begleitete die Zeit mit ihrem Ticken — die Zeit, die alles heilt, der alle unsere Konflikte nichtig erscheinen und die die Menschen und Dinge ihrem vorausbestimmten Ende immer näher bringt. Vor ihm auf dem Kamin stand ein Bild seines Großvaters, des alten Jolyon; er war damals in den Achtzigern gewesen — die letzte Aufnahme dieses alten Gesichts mit der breiten Stirn, dem weißen Schnurrbart, den eingefallenen Wangen, den tiefliegenden, ruhigen Augen und dem kräftigen Kinn. Jon blickte es lange an. »Entscheide dich für einen Weg und gehe ihn!« schien das Gesicht, das ihn so ernst anblickte, zu sagen. Er ging zum Schreibtisch und begann zu schreiben.

Es tut mir leid, daß ich heute abend weggelaufen bin, aber es war besser so. Ich mußte nachdenken, und ich habe nachgedacht. Vorläufig weiß ich nur eines mit Sicherheit: die Sache heimlich fortzusetzen ist unmöglich. Ich werde natürlich kein Wort darüber sagen, wenn Du es nicht willst. Aber wenn ich nichts erzählen darf, muß es zu Ende sein, Fleur. Auch Du würdest es nicht anders wollen, nicht wahr? Bitte, antworte mir nach Nettlefold, postlagernd.

Jon

Er siegelte das Kuvert, adressierte es nach Dorking, und nachdem er seine Schuhe angezogen hatte, schlich er wieder hinaus und gab den Brief auf. Als er zurückkam, war er so müde, daß er, in einen alten Rock gehüllt, im Lehnstuhl einschlief. Das Mondlicht spielte auf den halbgeschlossenen Vorhängen, die alte Uhr tickte, doch Jon schlief traumlos.

Er erwachte bei Tagesanbruch, schlich ins Badezimmer, wusch und rasierte sich geräuschlos und stieg durch ein Fenster ins Freie, um die Haustür nicht unverriegelt zu lassen. Er ging durch die Schlucht an der alten Kreidegrube vorbei zu dem Hügelgelände, denselben Weg, den er vor sieben Jahren mit Fleur gegangen war. Ehe er nicht Nachricht von ihr hatte, wußte er nicht, was er tun sollte; und er fürchtete Annes Augen, solange seine Gedanken in solcher Verwirrung waren. Er ging gegen Chanctonbury Ring. Es war starker Tau gefallen, der wie Spinnweben über dem kurzgemähten Rasen lag. Alles war unendlich schön, weltfern und ruhig in der aufgehenden Sonne. Diese Schönheit tat ihm fast weh. Er hatte das Hügelgelände lieben gelernt — er fand es reizvoller als alles, was er bisher gesehen hatte. Mußte er das jetzt verlassen, England wieder verlassen — alles verlassen und zu Fleur stehen? Wenn sie Anspruch auf ihn erhob, wenn sie sich entschloß, ihre Tat einzubekennen, dann mußte er es wohl. Jon ging weiter, so verstört und verwirrt, wie er es nie für möglich gehalten hätte. Er schlug einen Seitenweg ein und vermied es, den Pferden beim Morgentraining zu begegnen. Und dieses erste Ausweichen stellte ihn vor eine sofortige Entscheidung. Was tun, ehe er Nachricht von Fleur erhielt? Ihr Brief konnte erst abends, vielleicht erst am nächsten Morgen in Nettlefold eintreffen. Schweren Herzens entschloß er sich, zum Frühstück heimzugehen und zu sagen, daß er seinen Zug versäumt und sich in der Nacht ins Haus eingeschlichen habe, um niemanden zu stören.

Dieser Tag voll Angst und Selbstbeobachtung war einer der schlimmsten, die er je erlebt hatte; und dabei konnte er das Gefühl nicht loswerden, daß Anne seine Gedanken las. Es war, als ob einer den andern den ganzen Tag heimlich beobachtete — fast unerträglich. Nachmittags ließ er sein Pferd satteln, um nach Green Hill Farm zu reiten, und sagte, er würde spät zurück sein. Er ritt nach Nettlefold und ging aufs Postamt. Es war ein Telegramm für ihn da: »Muß dich sprechen. Werde morgen mittag in Green Hill sein. Sei bestimmt dort. F.« Jon zerriß es und ritt nach Hause. Noch achtzehn solche Stunden voll Elend und Aufregung. Gab es etwas Ärgeres in der Welt als Unentschlossenheit? Er ritt langsam, um so wenig Zeit wie möglich zu Hause zu verbringen, er fürchtete sich vor der Nacht. Er aß in einem Gasthaus an der Landstraße und ritt über Green Hill Farm nach Hause, um wenigstens den Schein gewahrt zu haben. Es war fast zehn und alles lag in hellem Mondlicht, als er nach Hause kam.

»Eine wundervolle Nacht«, sagte er, als er ins Wohnzimmer trat. »Der Mond ist einfach herrlich.« Es war Holly, die geantwortet hatte. Anne saß beim Fenster und blickte nicht einmal auf. »Sie weiß etwas«, dachte Jon, »sie weiß etwas.« Bald nachher sagte sie, daß sie schläfrig sei, und ging hinauf. Jon blieb und plauderte mit Holly. Val war von London nach Newmarket gefahren und würde erst Freitag wieder zurück sein. Sie saßen vor dem Kamin. Jon sah das reizende, nachdenkliche Gesicht seiner Schwester an und war versucht, ihr alles zu sagen. Sie war klug und teilnahmsvoll. Es wäre eine Erleichterung gewesen. Fleurs Befehl jedoch hielt ihn davon ab — es war nicht sein Geheimnis.

»Nun, Jon, wie steht's mit der Farm, hast du schon abgeschlossen?

»Ich habe einige neue Aufstellungen bekommen, die ich noch heute prüfen will.«

»Wenn die Angelegenheit nur schon erledigt wäre und wir endlich bestimmt wüßten, daß ihr in der Nähe bleibt. Es wäre eine große Enttäuschung für mich, wenn es nicht klappt.«

»Ja, aber diesmal muß ich meiner Sache sicher sein.«

»Annes Herz hängt sehr daran. Sie spricht nicht viel, aber sie wünscht es sich sehr. Es ist ein so reizender alter Besitz.«

»Ich wünsche mir nichts Besseres, aber es muß sich rentieren.«

»Ist das der wahre Grund, Jon?«

»Warum nicht?«

»Ich dachte, daß du vielleicht im geheimen Angst hast, dich wieder niederzulassen. Aber du bist doch das Familienoberhaupt, Jon — du mußt endlich festen Fuß fassen.«

»Familienoberhaupt!«

»Ja, der einzige Sohn des einzigen Sohnes des ältesten Sohnes bis zum Ur-Jolyon zurück.«

»Schönes Oberhaupt!« sagte Jon bitter.

»Ja — ein schönes Oberhaupt.« Und Holly erhob sich plötzlich, beugte sich über ihn und küßte ihn auf den Scheitel.

»Leb wohl! Bleib nicht zu lange auf. Anne ist recht niedergedrückt.«

Jon drehte das Licht ab und blieb zusammengekauert in seinem Stuhl vor dem Feuer sitzen. Familienoberhaupt! Er hatte ihnen Ehre gemacht. Und wenn —! Das würde erst rühmlich sein! Was würde der alte Mann, dessen Bild er gestern nacht angesehen hatte, sagen, wenn er es wüßte? Warum war er in diese Verstrickung geraten? In seinem Innersten war er sich bewußt, daß Anne weit eher seine Gefährtin war, als Fleur es ihm je sein konnte, daß sie es war, mit der er leben, bei der er arbeiten und sich entfalten konnte. Es war Wahnsinn gewesen, momentaner Wahnsinn, der aus der Vergangenheit über ihn gekommen war, und die Kraft ihres Willens, ihn zu besitzen und festzuhalten. Er stand auf und zog die Vorhänge auseinander. Da draußen zwischen den Ulmen leuchtete der Mond geheimnisvoll und mächtig, und die ganze Landschaft bis zu den Hügelkämmen hinauf schien in seinem Licht zu vibrieren. Wie schön, wie still! Er öffnete die Glastür und ging ins Freie. Als hätte sich eine dunkle Flüssigkeit auf den schimmernden Rasen ergossen, so zog sich der zerklüftete Schatten einer Ulme fast bis zu seinen Füßen hin. Aus dem Fenster oben schien ein Licht. Er mußte hinaufgehen und Anne gegenübertreten. Er war noch nicht mit ihr allein gewesen, seit —! Wenn er nur sicher wüßte, welchen Weg er wählen würde. Es war ihm jetzt klar, daß es falsch gewesen war, seinem Impuls zu folgen und von Fleur wegzulaufen; er hätte bleiben und die Sache an Ort und Stelle austragen müssen. Aber wer hätte klug und vernünftig handeln können, der so empfand wie er? Er ging zur Glastür zurück und blieb erschrocken stehen. Da, zwischen dem Schein des Feuers und des Mondlichts stand Anne! Ihre schlanke Gestalt war eng in einen leichten Schlafrock gehüllt, sie blickte zu ihm hinüber. Jon schloß die Tür und zog die Vorhänge zu.

»Verzeih, daß ich offenließ, Liebling, du wirst dich noch erkälten — aber das Mondlicht hatte mir's angetan.« Sie trat zur andern Seite des Kamins und blickte ihn an.

»Jon, ich werde ein Kind haben.«

»Du —!«

»Ja. Ich hab' es dir vorigen Monat nicht gesagt, weil ich erst sicher sein wollte.«

»Anne!«

Sie hob die Hand.

»Wart einen Augenblick!«

Jon umklammerte die Lehne eines Stuhles, er wußte, was nun kommen würde.

»Zwischen dir und Fleur ist etwas vorgefallen.«

Jon starrte sie an; ihre dunklen, weit aufgerissenen Augen blickten ihm unverwandt ins Gesicht.

»Es ist zum Äußersten gekommen, nicht wahr?«

Jon ließ den Kopf sinken.

»Gestern? Erkläre mir nichts, entschuldige weder dich noch sie. Nur — was soll jetzt geschehen?«

Ohne den Kopf zu heben, erwiderte Jon: »Das hängt von dir ab.«

»Von mir?«

»Nach dem, was du mir soeben gesagt hast, ja. Ach, Anne, warum hast du es mir nicht früher gesagt?«

»Ja, ich hab' es zu lang geheimgehalten.«

Er begriff, was sie meinte — sie hatte sich ihr Geheimnis als Waffe gegen Fleur aufgespart. Und mit dem Gefühl, daß ihm nicht verziehen werden könne, bat er: »Verzeih mir, Anne — verzeih mir!«

»Ach, Jon, ich weiß nicht —«

»Ich schwöre dir, daß ich sie nicht mehr sehen werde.«

Er blickte auf und sah, daß sie am Feuer in die Knie gesunken war und die Hand hinhielt, als fröre sie. Er fiel neben ihr auf die Knie.
»Ich glaube, Liebe ist das Grausamste, was es auf der Welt gibt«, sagte er.
»Ja.«
Sie hatte die Augen mit der Hand bedeckt, und es schienen Stunden zu vergehen, während er neben ihr kniete und auf eine Bewegung, ein Zeichen, ein Wort von ihr harrte. Endlich ließ sie die Hand sinken.
»Es ist vorüber, Jon. Aber küß mich nicht – noch nicht.«

10

Bitternis

In Fleur erwachte erst wieder Leben, als sie am nächsten Morgen ihrer Arbeit nachging. Während sie im Garten ihres »Erholungsheims« vor ihren sonnbeschienenen Stockrosen und Sonnenblumen stand, ließ sie mit fieberhaftem Eifer Bilder aus der Vergangenheit und Zukunft an sich vorbeiziehen. Natürlich war Jon außer sich. Sie hatte ihn im Sturm erobert. Er war altmodisch, gewissenhaft; er konnte die Dinge nicht leichtnehmen. Aber da er nun einmal an seinem Gewissen Verrat geübt hatte, würde er auch einsehen, daß das, was bereits geschehen war, mehr in die Waagschale fiel als alles, was noch geschehen konnte. Bloß der erste Schritt war schwer. Und sie waren füreinander bestimmt. Sie fühlte keine Reue; warum sollte e r dann bereuen – jetzt, da aller Zwiespalt ein Ende hatte? Es war vielleicht ganz gut, daß er gestern geflohen war, um sich über das Unabänderliche seiner Lage klarzuwerden. Ihr Plan war durch die gestrige Erregung keineswegs erschüttert worden. Jon gehörte jetzt ihr, und er konnte ihr gemeinsames Geheimnis nicht preisgeben, wenn sie es nicht erlaubte. Er mußte und würde den einzig möglichen Weg gehen – den der Heimlichkeit. Der Betrug war geschehen – ob einmal oder öfters, das blieb sich gleich. Sie würde ihn mit ihrer Liebe und ihrer Klugheit für den Verlust an Selbstachtung entschädigen. Sie würde ihn zum Erfolg führen. Trotz dieser kleinen unbedeutenden Amerikanerin mußte er mit seiner Landwirtschaft Erfolg haben, in seiner Provinz, ja vielleicht in ganz England Ansehen gewinnen. Sie würde über alle Maßen

vorsichtig sein — um seinetwillen, aber auch um ihrer selbst, um Kits und ihres Vaters willen.
Mit einem großen Strauß Herbstblumen, an denen noch eine Biene hing und mit denen sie ihre Vasen füllen wollte, ging sie ins Haus zurück. Auf dem Tisch in der Halle lagen mehrere kleine, mit einem Pulver gefüllte Säckchen; die Frau des Hauswarts hatte sie gegen die vielen Motten vorbereitet, die überall in dem seit einem Jahr verlassenen Haus zu finden waren. Geschäftig verteilte Fleur die Säckchen in die verschiedenen Schubladen. Mit der zweiten Post kam Jons Brief. Auf ihren Wangen blieben brennendrote Flecken, nachdem sie ihn gelesen hatte. Er hatte den Brief geschrieben, bevor er schlafengegangen war, bloß seine Verwirrung trug Schuld daran. Aber sie mußte ihn sofort sprechen — sofort. Sie nahm den Wagen aus der Garage, fuhr in ein Dorf, in dem sie niemand kannte, und telegrafierte ihm an das Postamt in Nettlefold. Schrecklich, bis zum nächsten Tag warten zu müssen. Doch sie wußte, daß er das Telegramm kaum vor Abend, vielleicht erst am nächsten Morgen beheben konnte.
Noch nie war ihr die Zeit so langsam vergangen, denn jetzt hatte sie die Erregung wieder gepackt. Überschätzte sie nicht ihre Macht, verließ sie sich nicht zu sehr auf den in einem Augenblick der Leidenschaft errungenen Sieg? Unterschätzte sie nicht Jons Kraft, einen einmal gefaßten Entschluß auch durchzuführen? Sie erinnerte sich, wie es ihr in früheren Tagen mißlungen war, ihn von seinem Verzicht abzubringen. Nicht imstande, länger stillzusitzen, ging sie einsam weiter auf den Box Hill, und erst als die Sonne im Untergehen war und sie sich müde gelaufen hatte, kehrte sie von ihrer Wanderung unter den Eiben und den Sträuchern mit den roten Pfaffenhütchen zurück. Mit einbrechender Dämmerung überkam sie da draußen ein erdrückendes Gefühl der Einsamkeit, denn sie liebte die Natur nicht wirklich, und einem sorgenerfüllten Herzen bietet die Natur nur wenig Trost. Sie war froh, wieder daheim zu sein und dem Geplauder der Mädchen zuzuhören, die gerade beim Abendessen waren. Das, was sie sagten, interessierte sie nicht, aber hier herrschte wenigstens keine melancholische Stimmung so wie draußen in der weiten Landschaft mit den dunklen Schatten. Plötzlich erinnerte sie sich, daß sie die »Sitzung« versäumt hatte, ohne abgesagt zu haben. Der Raffaelit würde schäumen; vielleicht hatte er ihr Phantasiekleid einer Puppe angezogen, um den Klang der Silberglöckchen zu malen. Glöckchen! Michael! Armer Michael! Aber war er denn zu bedauern, er, der sie viele Jahre besessen hatte, während ihr Herz einem andern gehörte? Sie ging zeitig zu Bett. Wenn sie nur schlafen könnte, bis es Zeit zum Aufbruch sein würde. Was war das für eine Kraft, die mit dem Herzen

spielte, es aufwühlte und zuckend zurückließ — die zu Sehnsucht und Schmerz verurteilte. Ob das Mädchen aus der Viktorianischen Zeit, das man neuerdings als Muster hinzustellen pflegte, je das hatte leiden müssen, was sie gelitten hatte, seit sie in der Cork-Street-Galerie neben dieser grotesken Juno — oder war es eine Venus gewesen? — ihrem Schicksal gegenüberstand? Das züchtige junge Mädchen der Viktorianischen Zeit! Zugegeben — sie, Fleur Mont, war nicht züchtig und beherrscht; doch schließlich hatte sie ihren Schmerz nicht zur Schau getragen, sie hatte nicht gestrampelt und geschrien. Sicher verdiente auch sie eine kurze Zeit des Glücks. Nicht mehr als eine Spanne Zeit — mehr wollte sie nicht verlangen. Alles erschöpfte sich, Herzen erschöpften sich. Doch dieses Herz an dem ihren zu fühlen, so wie gestern abend, und es dann gleich zu verlieren — das durfte nicht sein. Endlich schlief sie ein. Der Mond, der gestern ihrem Sieg zugesehen hatte, kam vorbei, lugte durch die Spalten des Vorhangs und ließ sie träumen.

Sie erwachte und begann mit jener außerordentlichen Intensität, deren man nur am frühen Morgen fähig ist, gleich wieder nachzudenken. Man würde sie verurteilen, wenn es bekannt wurde. Und war es wirklich denkbar, daß niemand etwas erfuhr? Und wenn Jon nicht zu bewegen wäre, es geheimzuhalten? Was dann? War sie bereit, alles aufzugeben und ihm zu folgen? Das würde viel mehr bedeuten als in jedem gewöhnlichen Fall. Alle — alle würden sich zurückziehen. Denn im Hintergrund stand immer noch das Gespenst der alten Familienfehde, ihr Vater und seine Mutter und der auf beiden Seiten bestehende Abscheu vor einer Verbindung zwischen ihr und Jon. Fleur mit ihrer ganzen Weltklugheit stand in diesem Augenblick der unerbittlichen Wirklichkeit gegenüber, vor der sie schaudernd zurückschrak. Geld. Oh, daran würde es ihnen nicht fehlen. Aber Ansehen, Beifall, Würdigung — wie sollten sie das alles je wieder gewinnen? Und Kit? Er wäre für sie verloren. Die Monts würden ihn für sich beanspruchen. Sie setzte sich im Bett auf, und in das Dunkel starrend, sah sie zum erstenmal die Wahrheit, die sie bis jetzt nicht begriffen hatte: daß ein Sieg nur durch ein Opfer zu erringen ist.

Dann aber bäumte sich etwas in ihr auf. Nein! Jon würde vernünftig sein, Jon mußte sich überzeugen lassen. Im geheimen würden sie, mußten sie glücklich werden, oder wenn das nicht möglich war, würden sie wenigstens nicht darben. Sie würde ihn nicht allein besitzen und er sie nicht; doch sie beide würden wissen, daß sie nur scheinbar anderen gehörten. Würde es bei ihm aber wirklich nur Schein bedeuten? Gehörte er denn ihr allein? Gehörte er nicht mindestens ebenso seiner Frau? Das Gesicht der jungen Frau mit dem sonderbaren und so anziehenden Etwas in dem

Schnitt ihrer dunklen, lebhaften Augen erschien ihr mit erschreckender Deutlichkeit. Nein. Sie wollte nicht an sie denken. Es schwächte nur ihre Kraft, die sie so nötig brauchte, um Jon völlig zu gewinnen. Die Dämmerung schlug die müden Augen auf. Ein Vogel piepste, das Tageslicht stahl sich ins Zimmer. Fleur legte sich in die Kissen zurück und ergab sich wieder dem dumpfen Schmerz des Wartens. Unausgeruht stand sie auf.

Ein schöner, trockener Morgen war angebrochen, nur das Gras war feucht von Tau. Um zehn Uhr wollte sie sich auf den Weg machen. Die Bewegung würde ihr das Warten erleichtern, selbst wenn sie ganz langsam fahren mußte. Sie traf ihre häuslichen Anordnungen, nahm den Wagen aus der Garage und fuhr ab. Sie fuhr nach der Uhr, damit sie ihr Ziel erst gegen Mittag erreiche. Die Blätter verfärbten sich bereits, es würde einen frühen Herbst geben. Ob sie das richtige Kleid angezogen hatte? Ob ihm dieses matte Rostbraun, die Farbe überreifer Äpfel, gefallen würde? Das rote Kleid war hübscher, aber Rot war zu auffallend, und etwas Auffallendes mußte sie heute vermeiden. Sie fuhr die letzten zwei Kilometer ganz langsam und hielt den Wagen auf dem Heckenweg an, dort, wo der Garten der Green Hill Farm als Obstgarten endete und die Felder begannen. In dem kleinen Spiegel, den sie ihrem Täschchen entnommen hatte, musterte sie kritisch ihr Gesicht. Wo hatte sie nur gelesen, daß man im Spiegel immer am unvorteilhaftesten aussieht? Hoffentlich stimmte das. Sie erinnerte sich, daß Jon einmal gesagt hatte, er könne gefärbte Lippen nicht leiden; ohne den Lippenstift zu gebrauchen, steckte sie den Spiegel wieder ins Täschchen und stieg aus. Langsam ging sie auf die Gartentür zu. Ein Weg trennte das Haus von den am Abhang gelegenen Heuböden und Wirtschaftsgebäuden. In dem hellen Herbstsonnenschein wirkten sie imposant, aber öde und verlassen – kein Vieh, nicht einmal ein Schwein oder ein Huhn. Sogar Fleur in ihrer Unerfahrenheit begriff, wie schwer die Arbeit für jenen wäre, der dieses Gut übernehmen würde. Sie hatte Michael oft sagen hören, daß die Landwirtschaft einen tüchtigeren Mann erfordere als jede andere Arbeit im heutigen England. Sie würde ihn die Farm übernehmen lassen, damit er sein lästiges Gewissen wenigstens in diesem einen Punkt beruhige. Sie ging durch die Gartentür und stand nun vor dem giebeligen alten Haus, das von leuchtendrotem wildem Wein überwachsen war. Es hatte gerade zwölf geschlagen, als sie durch das Dorf fuhr. Er konnte sie doch nicht sitzenlassen. Sie wartete fünf Minuten, die ihr wie fünf Stunden erschienen. Dann ging sie mit klopfendem Herzen zur Tür und zog die Glocke, deren Klang in dem leeren Haus widerhallte. Schritte, die einer Frau.

»Ma'am wünschen?«
»Ich soll Mr. Forsyte hier um die Mittagszeit treffen.«
»Ja, Ma'am. Mr. Forsyte war schon da. Es hat ihm sehr leid getan, daß er nicht warten konnte. Er hat diesen Brief für Sie dagelassen.«
»Er kommt nicht zurück?«
»Nein, Ma'am, es tut ihm sehr leid, aber er kann heute nicht mehr kommen.«
»Danke.«
Fleur ging zur Gartentür zurück. Dort blieb sie stehen und drehte den Brief um und wieder um. Plötzlich riß sie ihn auf und las:

»Gestern abend sagte mir Anne von selbst, daß sie wisse, was vorgefallen ist. Sie sagte mir auch, daß sie ein Kind erwarte. Ich habe ihr versprochen, daß ich Dich nicht mehr treffen werde. Vergib mir und vergiß mich, so wie auch ich Dich vergessen muß.

Jon«

Langsam, fast unbewußt zerriß sie das Blatt Papier und das Kuvert in kleine Stücke und begrub sie in der Hecke. Dann ging sie zu ihrem Wagen und stieg ein. Wie erstarrt saß sie da; die Sonne beschien ihren Nacken, der Geruch des im Grase faulenden Fallobstes kam aus dem Obstgarten herübergeweht. Seit vier Monaten, seit dem Tag, als sie in der Kantine Jons müdes Lächeln erblickt hatte, war er ihr einziger Gedanke gewesen. Und das war das Ende. Ach, nur fort — nur fort von hier.
Sie setzte das Auto in Bewegung, und als sie die Landstraße erreicht hatte, fuhr sie in schnellem Tempo. Wenn sie sich den Hals bräche — um so besser! Doch die gütige Vorsehung, die sich der Trunkenen und Verzweifelten annimmt, schützte sie auf ihren Wegen, und sie brach sich nicht den Hals. Mehr als zwei Stunden fuhr sie so, fast ohne zu wissen, wohin. Um drei Uhr nachmittags hatte sie die erste gesunde Regung: das Verlangen zu rauchen und den Wunsch, Tee zu trinken. Sie verschaffte sich beides in einem Gasthaus und lenkte ihren Wagen nach Dorking. Sie fuhr jetzt langsamer und kam zwischen vier und fünf Uhr an. Fast sechs Stunden hatte sie am Lenkrad gesessen. Das erste, was sie vor dem Erholungsheim erblickte, war das Auto ihres Vaters. Auch das noch! Wozu war er gekommen? Warum ließ man sie nicht in Ruhe? Sie war im Begriff, wieder fortzufahren, als sie ihren Vater aus der Tür treten und die Straße hinauf und hinab blicken sah. Etwas Tastendes in diesen Blicken ging ihr zu Herzen; sie stieg aus und ging auf ihn zu.

11

»Der große Forsyte«

Am Tage nach der Komiteesitzung zur Umwandlung der Slums brach Soames zeitig morgens auf. Er hatte die Absicht, irgendwo »dort unten« zu übernachten, am nächsten Morgen die Wurzeln seines Stammes zu besichtigen und einen Teil des Heimwegs im Auto zurückzulegen. Am übernächsten Tag wollte er wieder in der Stadt sein und versuchen, Fleur zu einem längeren Wochenendaufenthalt in Mapledurham zu bewegen. Gegen sechs Uhr stieg er in einem Gasthaus eines Seebades ab, sechzehn Kilometer von seinem Bestimmungsort entfernt, verzehrte ein Dinner, das nach Meerwasser schmeckte, rauchte eine mitgebrachte Zigarre und legte sich ins Bett, auf das er vorher zur Sicherheit seinen Kamelhaarschal ausgebreitet hatte. Er hatte sich einen ganzen Feldzugsplan zurechtgelegt und eine große Generalstabskarte mitgenommen. Seine Nachforschungen wollte er mit der Kirche beginnen. Er hatte wenige Anhaltspunkte und konnte sich nur erinnern, daß sein Vater James einmal unten gewesen war und bei seiner Rückkehr von einer Kirche am Meer gesprochen und vermutet hatte, daß es »möglicherweise Eintragungen im Kirchenregister oder dergleichen gäbe, daß es aber schon lange her sei und er nichts Sicheres wisse«.

Nach einem zeitigen Frühstück am nächsten Morgen befahl er Riggs, zur Kirche zu fahren. Sie stand, wie es James geschildert hatte, ganz nahe am Meer; das Tor war offen, und Soames trat ein. Es war ein altersgraues Kirchlein mit merkwürdigen Kirchenstühlen und einem modrigen Geruch. Vermutlich würde er hier keine Gedenktafeln finden, die seinen Namen trugen. Es waren tatsächlich keine vorhanden, und er ging wieder ins Freie, um zwischen den Grabsteinen umherzuwandern. Ein Gefühl der Unwirklichkeit überkam ihn – alle die Menschen unter der Erde und alle die Grabsteine, deren Aufschriften man nicht entziffern konnte, stammten aus dem vorigen Jahrhundert. Er war im Begriff wieder umzukehren, als er stolperte. Mißbilligend blickte er auf einen flachen Steinblock zu seinen Füßen und bemerkte auf dessen verwitterter, moosbewachsener Fläche ein großes F. Eine Minute blieb er forschend stehen, dann ließ er sich mit klopfendem Herzen auf die Knie nieder. Zwei Namen – der erste begann zweifellos mit einem J, dann war ein y und ein n zu erkennen; der zweite Name fing mit einem F an, hatte in der Mitte einen Buchstaben, der einem s ähnlich sah, und als vorletzten

Buchstaben die Spuren eines langen Zeichens! Ein Datum? Bei Gott – das Datum war leserlich! 1777. Ein vorsichtiges Kratzen am ersten Namen brachte ein o zutage. Vier Buchstaben von den sechs des Namens Jolyon und drei Buchstaben des Namens Forsyte. Kein Zweifel, er war über das Grab seines Urgroßvaters gestolpert! Wenn der alte Bursche das bei einem Forsyte übliche Alter erreicht hatte, so mußte er zu Anfang des achtzehnten Jahrhunderts zur Welt gekommen sein. Der scharfe Blick seiner grauen Augen bohrte sich in den Stein, als wollte er bis zu dem Skelett darunter dringen, dessen Knochen sicher schon längst gebleicht waren. Dann erhob er sich und staubte seine Knie ab. Jetzt war er im Besitze eines Datums. Seltsam gefestigt, verließ er den Kirchhof und warf einen argwöhnischen Blick auf Riggs. Hatte er ihn knien sehen? Doch der Bursche kehrte wie gewöhnlich aller Welt den Rücken und saß mit der unvermeidlichen Zigarette im Munde da. Soames stieg in den Wagen.

»Ich will ins Pfarrhaus oder was es sonst hier gibt.«

»Jawohl, Sir.«

Immer sagte er »Jawohl, Sir«, ohne eine Ahnung zu haben, wie man zu dem betreffenden Ort gelangte.

»Sie sollten fragen«, bemerkte Soames, während der Wagen sich die ausgefahrene Straße entlangbewegte. Aber ehe er fragte, würde der Bursche lieber bis London zurückfahren. Allerdings war niemand da, den man hätte fragen können. Die völlige Menschenleere dieses Ortes, wo die Wurzeln seines Stammes lagen, machte Eindruck auf Soames. Das Land war hügelig und streckte sich weithin mit seinen großen Feldern, der bewaldeten Talmulde zur Linken und einem Boden, der nicht ganz zuverlässig schien – weder rot noch weiß, und eigentlich auch nicht braun. Doch das Meer war blau und die Felsen am Strand, soweit er sie sehen konnte, farbig gestreift. Die Straße bog nach rechts ab und führte an einer Schmiede vorbei.

»He!« rief Soames, »halten!« Er stieg selbst aus, um sich zu erkundigen. Der Bursche wurde nie klug aus dem, was man ihm sagte.

Der Schmied hämmerte an einem Rad, und Soames stand wartend da, bis man ihn bemerkte.

»Wo ist das Pfarrhaus?«

»Die Straße hinauf, das dritte Haus rechts.«

»Danke«, erwiderte Soames. Dann fügte er, den Mann argwöhnisch anblickend, hinzu:

»Ist der Name Forsyte hier in der Gegend jetzt noch bekannt?«

»Was ist das?«

»Haben Sie den Namen Forsyte je gehört?«

»Forsit? Nein.«
Enttäuscht, aber zugleich erleichtert, stieg Soames wieder ein. Wie wäre es gewesen, wenn der Mann gesagt hätte: »Ja, so heiße ich?«
Das Schmiedehandwerk war gewiß eine sehr ehrsame Beschäftigung, aber er glaubte es in seiner Familie entbehren zu können. Der Wagen fuhr weiter.
Das Pfarrhaus war von Schlinggewächsen überwuchert. Wie würde erst der Pfarrer aussehen! Soames zog die verrostete Glocke und wartete. Ein rotbäckiges Mädchen öffnete die Tür. Es war alles überaus ländlich.
»Ich möchte den Pfarrer sprechen«, sagte Soames. »Ist er zu Hause?«
»Ja, Sir. Wen kann ich melden?«
Doch in diesem Augenblick erschien ein dünner Mann mit dünnem Rock und dünnem Bart in der Tür und fragte: »Wünscht mich jemand, Mary?«
»Ja«, erwiderte Soames, »hier ist meine Karte.«
Er hatte das Gefühl, daß man sich nach seinen Vorvätern auf eine würdevolle Art erkundigen müsse; da ihm aber nichts einfiel, sagte er einfach: »Meine Familie ist vor mehreren Generationen von hier ausgewandert. Ich möchte mir gern den Ort ansehen und einige Fragen stellen.«
»Forsyte?« fragte der Pfarrer, indem er auf die Karte blickte. »Ich kenne den Namen zwar nicht, aber wir werden schon etwas finden.«
Seine Kleider waren äußerst abgetragen, und Soames hatte den Eindruck, daß seine Augen erfreut dreingeschaut hätten, wäre es ihnen möglich gewesen. »Er wittert ein Honorar«, dachte er; »armer Teufel!«
»Wollen Sie eintreten?« sagte der Pfarrer. »Ich habe einige Register und eine alte Karte der kirchensteuerpflichtigen Grundstücke. Wir könnten beides durchsehen. Die Register reichen bis zum Jahre 1580 zurück. Ich könnte für Sie heraussuchen, was Sie wünschen.«
»Ich weiß nicht, ob sich die Mühe lohnt«, erklärte Soames, während er dem Pfarrer in ein Zimmer folgte, das ihm überaus trübselig erschien.
»Bitte, nehmen Sie doch Platz«, bat der Pfarrer. »Ich werde die Karte holen. Forsyte! Mir scheint, ich erinnere mich jetzt an den Namen.«
Der Mann war liebenswürdig und sah aus, als könnte er einen ehrlich verdienten Groschen brauchen.
»Ich war in der Kirche«, sagte Soames, »sie liegt sehr nah am Meer.«
»Ja; ich fürchte, die Kanzel ist früher einmal dazu benützt worden, um geschmuggelten Branntwein darin zu verstecken.«
»Auf dem Kirchhof habe ich eine Jahreszahl gefunden — 1777; die Grabsteine sind sehr verwittert.«
»Ja«, bemerkte der Pfarrer, der in einem Schrank herumstöberte, »das macht die Seeluft. Hier ist die Karte, von der ich sprach.« Er rollte eine

große, schmutzige Karte auf, legte sie auf den Tisch und beschwerte die Ecken mit einer Tabaksbüchse, einem Tintenfaß, einem Gebetbuch und einer Hundepeitsche; die Peitsche war nicht schwer genug, und während die Karte sich langsam einrollte, entfernte sie sich von Soames.

»Manchmal geben diese alten Karten sehr nützliche Aufschlüsse«, erklärte der Pfarrer, bog die eingerollte Ecke wieder zurecht und blickte suchend nach einem geeigneten Gegenstand, um sie zu beschweren.

»Ich werde sie niederhalten«, sagte Soames und beugte sich über die Karte. »Wahrscheinlich kommen eine Menge Amerikaner her, die nach Vorfahren angeln?«

»Eine Menge gerade nicht«, entgegnete der Pfarrer mit einem Seitenblick, der Soames nicht gefiel. »Ich kann mich an zwei erinnern. Ah, hier«, und er wies mit dem Finger auf eine Stelle. »Ich dachte gleich, daß ich mich an den Namen erinnere – er ist nicht gewöhnlich. Sehen Sie doch! Dieses Feld dicht am Meer trägt die Bezeichnung ›Der große Forsyte‹.«

Wieder spürte Soames, wie ihm das Herz klopfte. »Wie groß ist das Feld?«

»Vierundzwanzig Morgen. Ich erinnere mich, daß an dieser Stelle die Überreste eines alten, verfallenen Hauses gestanden haben. Während des Kriegs hat man die Steine für unseren Schießstand gebraucht. ›Der große Forsyte‹ – das ist doch interessant!«

»Für mich wäre es noch viel interessanter«, erwiderte Soames, »wenn man die Steine stehengelassen hätte.«

»Die Stelle ist noch durch ein altes Kreuz bezeichnet – die Kühe reiben sich immer daran. Es ist dicht an der Hecke, rechts von der Talmulde.«

»Kann ich mit meinem Wagen hinfahren?«

»O ja, wenn Sie um die Talmulde herumfahren. Wünschen Sie, daß ich mitkomme?«

»Nein, danke«, entgegnete Soames. Die Vorstellung, beobachtet zu werden, während er seine »Wurzeln« besah, war ihm peinlich. »Wenn Sie aber so freundlich wären, in der Zwischenzeit im Register nachzusehen, könnte ich nach dem Lunch wiederkommen und mich nach dem Resultat erkundigen. Mein Urgroßvater, Jolyon Forsyte, starb in Studmouth. Der Stein, den ich gefunden habe, trug die Aufschrift ›Jolyon Forsyte, gestorben 1777‹ – das wird zweifellos mein Ururgroßvater gewesen sein. Sie werden vielleicht sein Geburtsdatum herausfinden können und möglicherweise auch das s e i n e s Vaters – die Leute waren, glaube ich, sehr langlebig. Für den Namen Jolyon scheinen sie eine besondere Vorliebe gehabt zu haben.«

»Ich könnte sofort danach suchen. Es wird einige Stunden in Anspruch nehmen. Was halten Sie für angemessen?«
»Fünf Guineen?« fragte Soames auf gut Glück.
»Oh, das wäre sehr großzügig. Ich werde gründlich nachsuchen. Nun möchte ich Ihnen zeigen, wie Sie am besten hinkommen.« Soames folgte ihm, etwas peinlich berührt — ein Gentleman, dessen Hosen spiegelten. »Sie gehen diese Straße hinauf, bis sie sich gabelt, biegen dann links ab, gehen am Postamt vorbei und geradeaus weiter am Rand der Talmulde, wobei Sie sich immer links halten, bis Sie an einer Farm namens ›Uphays‹ vorbeikommen. Dann weiter, bis die Straße abwärts führt; dort werden Sie rechts eine Zauntür sehen. Wenn Sie durch diese Tür gehen, stehen Sie am Ende des Feldes und haben das Meer vor sich. Ich freue mich sehr, etwas gefunden zu haben. Wollen Sie nicht einen kleinen Imbiß mit uns nehmen, wenn Sie zurückkommen?«
»Danke«, sagte Soames, »sehr freundlich von Ihnen, aber ich habe meinen Lunch mitgenommen.« Und gleich darauf schämte er sich seines Gedankens: »Glaubt er vielleicht, ich werde ihm durchbrennen, ohne zu zahlen?« Er lüftete seinen Hut ein wenig und stieg ein; den Regenschirm behielt er in der Hand, um Riggs einen Rippenstoß zu geben, falls der Kerl einen falschen Weg einschlug.
Zufrieden saß er da, und nur gelegentlich machte er von seinem Regenschirm behutsam Gebrauch. So! Um sich taufen oder begraben zu lassen, mußten die Forsytes also diese Talmulde durchqueren.
Vierundzwanzig Morgen waren ein ganz respektables Feld. »Der große Forsyte«! Zweifellos hatte es auch »kleine Forsytes« gegeben. Die Farm, die der Pfarrer erwähnt hatte, war ein weitläufiger Besitz mit alten Gebäuden, Schweinen und Geflügel.
»Geradeaus weiter, bis der Weg abwärts führt«, sagte er zu Riggs, »und fahren Sie langsam, ich suche eine Zauntür auf der rechten Seite.«
Der Kerl fuhr drauflos wie gewöhnlich, und dabei ging der Weg schon bergab.
»Halt! Da ist es!« Der Wagen hielt an einer ziemlich unangenehmen Kurve.
»Sie sind schon darüber hinaus gefahren!« bemerkte Soames und stieg aus. »Warten Sie hier. Es kann eine Zeitlang dauern.«
Er nahm seinen Überrock ab, legte ihn über den Arm, ging zur Zauntür zurück und öffnete sie; er stand jetzt auf einer grasbewachsenen Fläche. Abwärts gehend, gelangte er an eine Hecke zur Linken, schritt sie entlang, und plötzlich kam das Meer in Sicht; hell, friedlich, im Nebel verschwimmend, lag es da, in weiter Ferne zog eine lange Rauchfahne dahin. Eine

frische Brise wehte von der See her und verbreitete kräftigen Salzgeruch. Ganz so wie zur Zeit seiner Vorväter. Soames tat ein paar tiefe Atemzüge, er schlürfte die Luft wie alten Wein. Diese Frische, so gesättigt mit Ozon und Jod, oder wie man das sonst heutzutage nannte, stieg ihm ein wenig zu Kopf.

Und dann erblickte er weiter unten, vielleicht hundert Schritt entfernt, in einer Vertiefung des Bodens neben der Hecke den Stein und wieder fühlte er, wie sein Herz schneller klopfte. Er wandte sich um. Nein, man konnte ihn vom Weg aus nicht sehen, er war allein mit seinen Gefühlen. Er ging zu dem Stein und blickte in die Vertiefung, die nun zwischen ihm und der Hecke lag. Von hier senkte sich das Feld allmählich zum Strand, und eine kaum wahrnehmbare Spur, der Schatten eines früheren Weges, führte von der Talmulde bis zu der Vertiefung an der Hecke. In dieser Vertiefung also hatte das Haus gestanden, und hier hatten sie gelebt, die alten Forsytes, viele Generationen, gebeizt von dieser Luft; und weit und breit kein anderes Haus in Sicht — nichts als diese Grasfläche und darüber hinaus die See und die Möwen auf jenem Felsen und die Wogen, die dagegen brandeten. Hier hatten sie gelebt und das Land bebaut, hier hatten sie sich ihren Rheumatismus geholt, und von hier aus hatten sie das Tal durchquert, um zur Kirche zu gehen, vielleicht auch, um ihren Branntwein zu schmuggeln. Er trat näher und besah den Stein — ein aufrechter Block und quer darüber ein anderer gelegt, vielleicht der Türrahmen einer Scheune, weiter nichts. Er stieg in die Vertiefung und stocherte mit seinem Schirm darin herum. Während des Krieges war die Ruine abgetragen worden, hatte der Pfarrer gesagt.

Bloß zwölf Jahre war es her, und doch war keine Spur mehr davon da. Alles war von Gras überwuchert, nicht einmal der Grundriß zu erkennen. Er untersuchte den Boden bis zur Hecke. Sie hatten gründlich aufgeräumt, nichts mehr war da als Gras und Gestrüpp von Farnkraut und Stechginster, so wie es häufig in Bodensenken wuchert. Und auf seinem Überrock sitzend, den Rücken an den Stein gelehnt, grübelte Soames. Ob seine Vorfahren das Haus an dieser einsamen Stelle selbst erbaut hatten, ob sie die ersten gewesen waren, die auf diesem vom Wind umbrausten Boden sich angesiedelt hatten? Er war seltsam bewegt, als erfüllte ihn die gesunde Unabhängigkeit dieses einsamen Erdenwinkels noch ganz. Der alte Jolyon und Soames' Vater und dessen Brüder — kein Wunder, daß sie unabhängig waren, mit dieser Salzluft und dieser Einsamkeit in ihrem Blut, daß sie, durch diese Beize herb und hart geworden, nichts aufgeben, nicht lockerlassen, nicht sterben konnten. In diesem Augenblick schien er sogar sich selbst zu verstehen. Südlich die Erde, südlich der ganze

Charakter, nichts von der Rauheit Nordenglands, sondern Freiheit, Salzluft und Einsamkeit von Sonnenaufgang bis Sonnenuntergang, jahraus, jahrein das gleiche, so wie der einsame Fels drüben mit seinen Möwen in aller Ewigkeit stehen würde. Er sog die Luft tief in seine Lungen ein und dachte: »Kein Wunder, daß der alte Timothy hundert Jahre wurde!« Lange saß er so da, von Heimatgefühl durchdrungen, und verspürte seltsamerweise gar keine Lust weiterzugehen. Noch nie hatte er solch eine Luft eingeatmet, so schien es ihm zumindest. Das war noch die gute alte Zeit gewesen, als die Forsytes hier lebten — das England der Saumpferde, das England ohne Rauch; damals gab es Torf- und Holzfeuer und Frauen, die ihre Männer niemals verließen, vermutlich weil sie keine Möglichkeit dazu hatten. Ein geruhsames England, in dem man sein Feld bebaute und seine Leinwand webte, wo das Kirchspiel die Welt bedeutete und man Kirchenvorsteher wurde, ehe man sich's versah. Sein eigener Großvater war hier — keine zwanzig Schritt von der Stelle, wo er saß, vor 156 Jahren ehelich gezeugt und geboren worden. Wie hatte sich alles seither geändert! Zum Besseren? Wer wußte die Antwort? Aber hier waren noch immer Gras und Fels und Meer und Seeluft und Möwen und die alte Kirche jenseits des Tals, genauso wie einst, nur noch einsamer. Wenn dieses Feld zu haben wäre, würde er es der Kuriosität halber ganz gerne kaufen. Nur würde dann niemand herkommen, um hier zu wohnen. Sicher würde man einen Golfplatz oder etwas Ähnliches daraus machen wollen. Er schämte sich ein wenig dieser sentimentalen Anwandlungen, tastete mit der Hand nach dem Boden und befühlte das Gras. Es war nicht feucht, und er konnte kaum mit gutem Gewissen behaupten, daß er sich hier einen Rheumatismus holen würde. So blieb er sitzen, während die Sonne ihm warm ins Gesicht schien, und sah aufs Meer hinaus. Weit draußen tauchten Schiffe auf und verschwanden — Dampfer. Heutzutage gab es keine Schmugglerboote mehr, und man hatte für seinen Branntwein einen verteufelt hohen Preis zu bezahlen. In den alten Tagen, als es noch keine Zeitungen und keine Verbindung mit der Welt gab, mußte man hier aufgewachsen sein, ohne zu spüren, daß man in einem Staat oder dergleichen lebte. Da hatten die Leute vermutlich nichts als die Kirche und ihre Bibel und den nächsten Marktflecken, und das Leben bestand aus Arbeit, Essen und Schlafen; sie atmeten diese Luft, tranken ihren Apfelwein, zeugten Kinder und sahen sie heranwachsen — jahraus, jahrein. Und es war gut so. Was konnte man denn heute anderes tun, das einem wirklich Befriedigung verschaffte? »Alle Veränderungen sind nur äußerlich«, dachte Soames, »die Wurzeln sind dieselben geblieben. Über die kommt man nicht hinaus — was immer man tut!«

Fortschritt, Zivilisation — wozu waren sie eigentlich da? Nur damit man seine Steckenpferde reiten konnte, Bilder sammeln und dergleichen? Die alten Burschen hier dürften wohl kaum Steckenpferde gehabt haben — außer vielleicht die Bienenzucht. Steckenpferde? Liebhabereien? War die Zivilisation nur vorhanden, um den Menschen Gelegenheit zu Liebhabereien zu geben? Die seine hatte ihm viel Vergnügen bereitet, und ohne den Fortschritt der Welt wäre er wohl nie dazu gekommen. Nein, dann würde er vielleicht jetzt noch hier sitzen, seine Schafe scheren und hinter seinem Pflug schreiten, und seine Tochter wäre ein Mädchen mit plumpen Knöcheln und einem einzigen guten Hut. Vielleicht war es doch ganz gut, daß man die Zeit nicht zum Stillstand bringen konnte. Na, jetzt würde er endlich zum Wagen gehen müssen, ehe der Kerl kam, um nach ihm zu sehen.

Soames stand auf und stieg noch einmal in die Vertiefung. Diesmal sah er dicht an der Hecke einen alten Stiefel — so alt war er, daß man ihn kaum noch als solchen erkennen konnte. Seine Lippen verzogen sich zu einem matten Lächeln. Ihm war, als hörte er seinen verstorbenen Vetter George mit dem trockenen Humor der Forsytes kichern: »Seht den Stiefel unserer Ahnen an! Seht ihn nur an, ihr alle, und verhüllt das Haupt in Ehrfurcht!« Ja, seine Familie würde ihn auslachen, wenn sie erführe, daß er seinen »Wurzeln« nachgeforscht hatte. Er wollte ihnen nichts davon erzählen. Und unvermittelt trat er auf den Stiefel zu, spießte die noch vorhandenen Reste der Kappe auf seinen Regenschirm auf und schleuderte ihn ärgerlich über die Hecke. Der Stiefel entweihte diese Einsamkeit — dieses Gefühl, das ihn durchdrungen hatte, als er die Luft hier einsog. Ganz langsam, um sich nicht zu erhitzen und dann verschwitzt im Wagen zu sitzen, stieg Soames wieder zum Heckenweg hinauf. Vor der Zauntür jedoch blieb er wie festgenagelt stehen. Was sollte das heißen? Zwei große zottige Pferde waren, eines vor das andere, mit Seilen an die Rückseite seines Autos gespannt, und daneben standen drei Männer, von denen einer Riggs war, und zwei Hunde, von denen einer hinkte. Soames begriff sofort, daß an allem »dieser Kerl« Schuld trug. Beim Versuch, den Hügel, den er überhaupt nicht hätte hinunterfahren dürfen, wieder rückwärts hinaufzusteuern, hatte er den Wagen festgerannt. Immer stellte er irgend etwas an. Jetzt stieg der Kerl in den Wagen und drehte das Lenkrad, während einer der Männer mit der Peitsche knallte. »Hüh!« Die zottigen Pferde zogen an. Etwas an dieser langsamen, starken Bewegung machte Eindruck auf Soames. Der Fortschritt. Man hatte Pferde herbeiholen müssen, um den Fortschritt den Hügel heraufzuschleppen!

»Ein tüchtiges Pferd!« bemerkte er, indem er auf das größere wies.

»Das will ich meinen! Wir nennen ihn den Löwen – der kann ziehen! Hüh!«

Das Auto stand wieder auf ebenem Boden, und die Pferde wurden ausgespannt. Soames ging auf den Mann zu, der »hüh« gerufen hatte.

»Gehören Sie zu dem Gehöft dort hinten?«

»Ja.«

»Ist dieses Feld Ihr Eigentum?«

»Ich bewirtschaft' es.«

»Wie wird das Feld genannt?«

»Wie man's nennt? Das große Feld.«

»Auf der Kirchensteuerkarte ist es mit ›Der große Forsyte‹ bezeichnet. Kennen Sie diesen Namen?«

»Farsyt? Jetzt gibt's niemanden hier, der so heißt. Meine Großmutter hieß Farsyt.«

»Wirklich?« fragte Soames. Und wieder fühlte er sein Herz klopfen.

»Ja«, erwiderte der Bauer.

Soames meisterte seine Erregung. »Und wie heißen S i e, wenn ich fragen darf?«

»Bier.«

Soames betrachtete den Mann mit einem langen Blick und zog seine Brieftasche hervor.

»Gestatten Sie«, sagte er, »für Ihre Pferde und Ihre Mühe.« Und er bot ihm eine Pfundnote. Der Bauer schüttelte den Kopf.

»Das ist nicht nötig«, erklärte er, »es ist gern geschehn. Wir ziehn die Autos immer über diesen Hügel herauf.«

»Ich kann das wirklich nicht umsonst annehmen«, entgegnete Soames. »Tun Sie mir den Gefallen!«

»Also, ich dank' Ihnen«, sagte der Bauer und nahm die Banknote. »Hüh!«

Die ausgespannten Pferde setzten sich in Bewegung, die Männer und Hunde folgten ihnen. Soames stieg in den Wagen, öffnete das Paket mit den belegten Brötchen und begann zu essen.

»Fahren Sie ins Pfarrhaus zurück – aber langsam.« Und während des Essens überlegte er, warum bei der Entdeckung, daß etwas von seinem eigenen Blut in diesem wetterfesten Burschen namens Bier war – falls er wirklich so hieß –, sein Herz stärker geklopft hatte.

Es war zwei Uhr, als er das Pfarrhaus wieder erreichte und der Pfarrer ihm kauend entgegenkam.

»Ich habe eine Menge Eintragungen gefunden, Mr. Forsyte; der Name geht bis auf die Anfänge des Registers zurück. Es wird eine Zeitlang dauern, bis ich alles herausgeschrieben habe. Dieser Jolyon wurde anscheinend 1710 geboren und war der Sohn von Jolyon und Mary; im Jahre 1757 hat er seine Kirchensteuer nicht bezahlt. Es gab noch einen anderen Jolyon, der 1680 geboren wurde – offenbar sein Vater; vom Jahre 1715 an war er Kirchenvorsteher; er wird als ›Freisasse von Hays‹ bezeichnet. Er heiratete eine Frau namens Bier.«

Soames blickte ihn an und zog sein Notizbuch hervor. »Wie schreibt man den Namen?« fragte er.

»B-e-r-e.«

»Ah! Der Bauer dort drüben sagte mir, daß er auch so heiße. Ich dachte, er hielte mich zum besten. Anscheinend hat seine Großmutter Forsyte geheißen, und sie war die Letzte dieses Namens hier. Vielleicht könnten Sie mir für sieben Guineen im ganzen auch die Eintragungen über den Namen Bere senden?«

»Oh! Sechs ist vollkommen ausreichend.«

»Nein, bleiben wir bei sieben. Sie haben ja meine Karte. Ich habe den Stein gesehen. Ein gesunder Platz und ganz abseits gelegen.« Er legte den Betrag auf den Tisch und wieder hatte er den Eindruck, daß die Augen freudig blickten. »Ich muß jetzt nach London zurückfahren. Guten Tag!«

»Guten Tag, Mr. Forsyte! Ich werde mich bemühen, Ihnen alles zu schicken, was ich ausfindig mache.«

Soames schüttelte ihm die Hand und kehrte mit der Überzeugung zu seinem Auto zurück, daß man seine »Wurzeln« gewissenhaft ausgraben würde. Es war doch etwas wert, mit einem Pfarrer zu tun zu haben.

»Vorwärts!« sagte er zu Riggs, »wir können heute noch den größten Teil des Rückwegs erledigen.«

Ermüdet lehnte er sich im Wagen zurück und überlegte. Der große Forsyte! Nun, er freute sich, daß er hergekommen war.

12

Nur weiterfahren

Soames verbrachte die Nacht in Winchester, einem Ort, von dem er oft gehört, den er aber noch nie gesehen hatte. Die Monts hatten hier das College besucht, und Kits Name war automatisch vorgemerkt worden.

Er selbst hätte sein eigenes College oder Harrow vorgezogen, eine jener Schulen, die ihre Kricketwettkämpfe alljährlich in London abhielten — nur nicht Eton, wo seinerzeit der junge Jolyon gewesen war. Aber schließlich würde er es nicht mehr erleben, Kit spielen zu sehen, und so war es einerlei.

Es schien eine alte Stadt zu sein. In der Kathedrale sollte es etwas zu sehen geben; er ging nach dem Frühstück hin. Auf der Kanzel war etwas los — eine Chorprobe oder etwas Ähnliches. Er trat geräuschlos ein — seine Schuhe waren gegen die Feuchtigkeit mit Gummisohlen versehen — und ließ sich im Mittelschiff nieder. Das Kinn emporgereckt, betrachtete er die Bogen und Fensterscheiben. Die Kirche war ziemlich dunkel, doch sehr reich ausgestattet — so reichhaltig wie ein Weihnachtspudding. Diese alten Bauten machten wirklich Eindruck. Auch in der St.-Pauls-Kathedrale war es ihm immer so ergangen. Zumindest mußte man zugeben, daß sich auf diesem Gebiet eine Konsequenz der Absicht feststellen ließ. Bis zu einem gewissen Grade wenigstens — darüber hinaus konnte man nichts mit Bestimmtheit sagen. Da stand etwas so Großartiges wie dieser Bau, etwas fast Vollkommenes. Und dann kam ein Erdbeben oder ein Luftangriff — und er lag in Trümmern! Nirgends etwas Bleibendes, nicht einmal unter diesen besten Beweisen von Erfindungsgabe und Schönheitssinn. Genauso wie in der Natur. Da lebte man nun in einem Land, so lieblich wie ein Garten — und plötzlich rückte wieder einmal eine Eiszeit heran. Wohl gab es eine Kontinuität, aber sie befand sich in ständigem Wechsel. Deshalb erschien es ihm auch äußerst unwahrscheinlich, daß es ein Leben nach dem Tode geben sollte. Irgendwo — nicht in der *Times* — hatte er gelesen, daß alles Lebendige nur belebte Form sei und daß, wenn diese Form zerstört würde, das Leben aufhöre. Der Tod zerbrach die Form, und dann war man vermutlich fertig. Die Menschen wagten es nur nicht, sich über ihr Ende klarzuwerden, und versuchten lieber, sich hinter leerem Geschwätz zu verschanzen. Sie waren eben schwachmütig. Soames senkte das Kinn. Oben auf der Kanzel waren einige Kerzen angezündet worden, deren Schein sich im Tageslicht verlor. Man würde sie bald wieder auslöschen. Da hatte man's wieder — alles wurde früher oder später ausgelöscht, und es hatte keinen Sinn, sich etwas anderes vorzumachen. Unlängst hatte er gelesen, daß die Welt im Jahre 1928 untergehen müsse, wenn die Erde sich zwischen Mond und Sonne befinde; man habe diese Weissagung in den Pyramiden gefunden — irgendein gelehrter Humbug. Nun, sollte es tatsächlich dazu kommen, er für sein Teil hätte nichts dagegen. Die ganze Sache war nie ein wirklicher Erfolg gewesen, und wenn es mit einem Schlag damit vorbei sein sollte, würde jedenfalls nichts zurückbleiben. Gegen den Tod hatte er nur einzuwenden, daß man alles, was man liebte, zurücklassen mußte. Übrigens würde die Welt, sowie sie zu bestehen aufhörte, gewiß in irgendeiner anderen Form wieder beginnen – zweifellos sprach man deshalb von einer »Welt in aller Ewigkeit«.

Ah, jetzt begannen sie zu singen! Manchmal wünschte er sich, musikalisch zu sein. Obwohl er es nicht war, empfand er, daß gut gesungen wurde. Knabenstimmen und Psalmen, deren Worte er kannte. Seltsam – seit fünfzig Jahren war er nicht mehr in die Kirche gegangen, und doch erinnerte er sich an die Worte, als wäre es gestern gewesen. »Du lässest Brunnen quellen in den Gründen, daß die Wasser zwischen den Bergen hinfließen.« »Daß alle Tiere aus dem Felde trinken, und die wilden Esel ihren Durst löschen.« »An denselben sitzen die Vögel des Himmels und singen unter den Zweigen.« Wie ein Ball flogen die Verse hinüber und herüber, von einer Seite des Chors zur andern. Die Sprache klang kraftvoll und lebendig. »Das Meer, das so groß und weit ist, da wimmelt's ohne Zahl, große und kleine Tiere.« »Daselbst gehen die Schiffe; da ist der Leviathan, den Du gemacht hast, daß der drinnen spielt.« Leviathan! Er erinnerte sich, daß ihm dieses Wort immer gefallen hatte. »So gehet dann der Mensch aus an seine Arbeit und an sein Ackerwerk bis an den Abend.« Aus ging er wohl, aber ob er auch seine Arbeit, sein Ackerwerk verrichtete, war heutzutage eine Frage. »Ich will dem Herrn singen mein Leben lang und meinen Gott loben, solange ich bin.« Tat er das? Er war nicht so überzeugt davon. »Lobe den Herrn, meine Seele! Halleluja!« Der Gesang verstummte, und Soames reckte wieder das Kinn empor. Er saß jetzt ganz still, ohne zu denken, wie versunken in den Anblick der Bogen im Halbdunkel dort oben. Er hatte ein ganz eigenartiges, keineswegs unangenehmes Gefühl. Es war, als säße man in einem etwas parfümierten, juwelenbesetzten Schmuckkasten. Draußen mochte die Welt brüllend, übelriechend und geschwätzig ihren Lauf nehmen, mißtönend und roh, kindisch und sensationslüstern, schlüpfrig und gemein – nichts als Jazz und ordinäre Redeweise! Hier aber hörte und fühlte man nichts von alledem. Dieser Schmuckkasten – »Schmuckkasten Gottes« würden ihn die Amerikaner nennen – war Jahrhunderte vor der Industrialisierung der Welt entstanden; er gehörte nicht zur modernen Welt. Hier sprach und sang jedermann eine reine, unverdorbene Sprache, es roch leicht nach Weihrauch und Alter, und nichts wirkte unharmonisch. Der Ort war eine Zufluchtsstätte.

Ein Kirchendiener ging vorbei und sah ihn neugierig an, als wäre ein emporgerecktes Kinn ein ungewohnter Anblick; dicht hinter ihm blieb er stehen und rasselte ein wenig mit den Schlüsseln. Soames nieste, griff nach seinem Hut und stand auf. Er hatte nicht die Absicht, sich von dem Burschen herumführen und für ein paar Shilling Sachen zeigen zu lassen, die ihn nicht interessierten. Mit einem kurzen »Nein, danke, heute nicht« ging er an dem Kirchendiener vorbei ins Freie.

»Sie hätten sich das ansehen sollen«, sagte er zu Riggs, »hier hat man früher die Könige von England gekrönt. Jetzt fahren wir nach London.«

Das offene Auto fuhr rasch im hellen Sonnenlicht dahin, und erst als es in die neue Straße einbog, die den Weg nach Chiswick abkürzte, fiel es Soames ein zu sagen: »Halten Sie bei dem Haus ›Zu den Pappeln‹, wo wir unlängst waren.«

Es war noch nicht Mittag, und aller Wahrscheinlichkeit nach würde Fleur für ihr Porträt sitzen; da konnte er sie gleich zum Wochenende mitnehmen. Kleider hatte sie ja in Haus Zuflucht, so würde sie einige Stunden länger in der frischen Luft sein können. Doch die Ausländerin, die ihm die Tür öffnete, sagte ihm, daß die Dame weder gestern noch heute bei der Sitzung gewesen sei.

»Oh! Wie kommt das?« fragte Soames.

»Niemand weiß, Sir. Sie hat keine Nachricht gegeben. Mr. Blade ist voll Zorn.«

Soames überlegte eine Weile. »Ist Miss Forsyte zu Hause?«

»Ja, Sir.«

»Dann fragen Sie sie, bitte, ob sie mich empfangen will. Mr. Soames Forsyte.«

»Wollen Sie warten im Speisezimmer, Sir.«

Soames wartete mit Unbehagen in dem überaus kleinen Raum. Fleur hatte gesagt, daß sie wegen der Sitzungen nicht mit ihm fahren könne; und nun war sie gar nicht hier gewesen. War sie vielleicht krank?

Unruhig betrachtete er die Pappeln vor dem Fenster, als ihn die Worte aufscheuchten:

»Oh, du bist es? Es ist mir gar nicht so unerwünscht, daß du kommst.«

Die Herzlichkeit dieser Begrüßung steigerte sein Unbehagen. Mit ausgestreckter Hand sagte er: »Wie geht es dir, June? Ich wollte Fleur abholen. Wann war sie das letztemal hier?«

»Am Dienstag vormittag. Ich sah sie dann noch Dienstag spät nachmittags draußen in ihrem Auto —« Soames bemerkte, daß ihre Augen unruhig im Zimmer umherblickten, und wußte, daß sie gleich etwas Unangenehmes sagen würde. »Sie hat Jon mitgenommen.«

Soames war es, als hätte er einen Stoß in die Magengrube bekommen. Er rief: »Was? Deinen jungen Bruder? Was hatte d e r hier zu tun?«

»Er saß für sein Porträt.«
»Eine Sitzung? Wozu —« Er unterdrückte die Worte »hatte er zu sitzen« und starrte seine Cousine an, die tief errötend erwiderte:
»Ich habe ihr gesagt, daß sie ihn hier nicht treffen dürfe, und ich habe Jon das gleiche gesagt.«
»Dann hatte sie ihn also schon vorher getroffen?«
»Ja, zweimal. Du weißt ja, wie eigensinnig sie ist.«
»Ah!« Die zur Wirklichkeit gewordene Gefahr entwaffnete ihn. Unmittelbar vor eine Katastrophe gestellt, konnte er sich keine Feindseligkeit leisten.
»Wo ist sie?«
»Dienstag vormittag sagte sie, daß sie nach Dorking fahren wolle.«
»Und sie hat ihn mitgenommen?« wiederholte Soames.
June nickte. »Ja, nach seiner Sitzung. Sein Bild ist fertig. Wenn du glaubst, daß etwa ich den Wunsch habe, daß die beiden —«
»Niemand, der bei Verstand ist, kann wünschen, daß die beiden —«, erwiderte Soames kalt. »Aber warum hast du zugegeben, daß er gemalt wurde, solange sie herkam?«
June errötete noch mehr. »Du verstehst natürlich nicht, wie schwer es wirkliche Künstler haben. Ich mußte an Harold denken. Wenn ich Jon nicht dazu gekriegt hätte, bevor er mit der Landwirtschaft beginnt —«
»Landwirtschaft!« sagte Soames. »Wie kann man wissen, ob die beiden nicht —« Wieder unterdrückte er seine Worte. »Ich habe schon die ganze Zeit etwas Derartiges erwartet, seit ich hörte, daß er zurück ist. Nun, es wird besser sein, wenn ich gleich nach Dorking fahre. Weißt du, wo seine Mutter ist?«
»In Paris.«
Ah! Diesmal würde er es nicht nötig haben, diese Frau zu bitten, daß ihr Sohn seiner Tochter gehören dürfe. Im Gegenteil! Wenn er sich überhaupt an sie wandte, so mußte er sie bitten, ihn davon abzuhalten.
»Adieu!« sagte er.
»Soames«, bat June plötzlich, »laß Fleur nicht — sie ist es, die —«
»Ich will kein Wort gegen sie hören«, gab Soames zurück.
June preßte die geballten Hände gegen ihre flache Brust.
»Das gefällt mir an dir«, erklärte sie; »es tut mir leid, wenn —«
»Schon gut«, murmelte Soames.
»Adieu!« sagte June. »Gib mir die Hand!«
Soames legte seine kalte Hand in die ihre; sie drückte sie krampfhaft und ließ sie dann unvermittelt los.
»Nach Dorking!« sagte er zu Riggs, als er wieder zum Wagen kam.

Während der Fahrt über die Hammersmith-Brücke verfolgte ihn die Erinnerung an Fleurs Gesicht, wie er es an jenem Abend in Nettlefold gesehen hatte, so nahe dem Gesicht des jungen Mannes und mit einem Ausdruck, wie er ihn noch nie an ihr beobachtet hatte. Was für ein halsstarriges Geschöpf sie war. Wenn – wenn sie nun die Brücken hinter sich abgebrochen hatte? Wenn vielleicht das Ärgste geschehen war? Allmächtiger Gott! Was sollte – was k o n n t e er dann tun? Diese berechnende Hartnäckigkeit in ihrer Leidenschaft für den jungen Mann – die Art, wie sie die Sache vor ihm, vor jedermann, geheimgehalten, oder doch versucht hatte, geheimzuhalten. Etwas Verderbliches lag darin und doch etwas, das ihn fast rührte, das die Erinnerung in ihm wachrief, wie er die Mutter dieses jungen Mannes mit seinem Werben verfolgt hatte – die Erinnerung an eine Leidenschaft, die das Ersehnte nicht loslassen wollte und konnte, die zwar ihr Ziel erreichte, doch mit dem Sieg alles zerstörte. Oft hatte er geglaubt, daß Fleur unbeständig sei, daß sie wie alle diese modernen jungen Frauen ohne eigentlichen Zweck, ohne Ziel umherflatterte. Doch plötzlich kam ihm zum Bewußtsein – und darin lag die Ironie dieses Augenblicks –, daß sie, wenn sie wußte, was sie wollte, ebensoviel zähe Willenskraft besaß wie er selbst und seine Generation.

Es ging also doch nicht an, nach dem Schein zu urteilen. Unter der Oberfläche schlummerten die Leidenschaften genauso wie einst, und sobald sie erwachten und sich zu regen begannen, lastete in den zugigen Gängen und Räumen der Menschen von heute die alte drückende Schwüle ...

Ausgerechnet über Kingston mußte der Kerl fahren! Gleich würden sie an Robin Hill vorbeikommen. Wie sich diese Gegend verändert hatte, seit er mit Bosinney hier gewesen war, um den Bauplatz auszusuchen. Nur vierzig Jahre – aber wie verändert alles! »*Plus ça change!*« Annette würde ergänzen: »*Plus c'est la même chose!*« Liebe und Haß – die zumindest würden nie aufhören. Der Pulsschlag des Lebens ging unverändert weiter unter dem Rollen und Brausen des Verkehrs und der schrillen Musik der Jazzkapellen. Rührte das Schicksal seine Trommel, oder war es nur das Pochen des menschlichen Herzens? Gott allein wußte es. Gott? Ein bequemes Wort. Was verstand man eigentlich darunter? Er wußte es nicht und würde es niemals wissen. An diesem Morgen in der Kathedrale schien es ihm, als ob – und dann war der Kirchendiener gekommen. Dort waren die Pappeln, der Uhrturm über den Stallungen, sonst konnte er von dem Haus, das er erbaut und niemals bewohnt hatte, von dieser Stelle aus nichts sehen. Hätte er damals gewußt, welcher

Strom von Autos tagaus, tagein, kaum fünfhundert Schritt von hier entfernt, vorbeifluten würde, hätte er es nie gebaut, und diese ganze Tragödie wäre vielleicht niemals ... Und doch, kam es darauf an, was man tat? Irgendwie, irgendwann bemächtigte sich das Schicksal des Menschen und verfuhr mit ihm nach Belieben. Er beugte sich vor und berührte den Rücken des Chauffeurs.

»Welchen Weg fahren Sie?«

»Durch Esher, Sir, und dann bieg' ich links ab.«

»Gut«, bemerkte Soames, »mir ist es gleich.«

Die Mittagszeit war schon vorüber, doch er hatte keinen Hunger. Er würde auch keinen Hunger verspüren, ehe er nicht das Schlimmste erfahren hatte. Aber der Bursche würde vermutlich etwas essen wollen.

»Halten Sie lieber irgendwo«, sagte er, »essen Sie etwas und rauchen Sie eine Zigarette.«

»Jawohl, Sir.«

Schon nach kurzer Zeit hielt er an. Soames blieb im Wagen sitzen und starrte müßig auf das Wirtshausschild – ein »Roter Löwe«. Rote Löwen, Engel und weiße Rosse waren nicht auszurotten. Es sollte ihn nicht wundern, wenn man über kurz oder lang versuchte, das Alkoholverbot hier einzuführen. Aber damit würde man in England kein Glück haben – das ginge zuweit. Dadurch, daß man die Leute wie Kinder behandelte, machte man sie nicht zu Erwachsenen: als ob sie nicht ohnehin kindisch genug wären. Zum Beispiel dieser Kohlenstreik, der immer noch weiterging – einfach kindisch, ein Schaden für jedermann und für niemanden von Nutzen. Blödsinnig! Betrachtungen über den Stumpfsinn seiner Mitbürger anzustellen, wirkte beruhigend auf Soames, der sich einer vielleicht unheilvollen Zukunft gegenübersah. Wenn er an Fleurs Besessenheit dachte, konnte es nur eine Katastrophe bedeuten, daß sie diesen jungen Mann in ihrem Auto herumführte. Wie lange Riggs brauchte! Soames stieg aus und ging auf und ab. Nicht etwa daß er glaubte, etwas tun zu können, wenn er hinkam. Wie sehr man auch einen Menschen liebte und wie sehr man sich auch um ihn sorgte, man hatte keine Macht über ihn – vielleicht um so weniger Macht, je mehr man ihn liebte. Aber er mußte endlich sprechen, sobald sich eine Gelegenheit bot. Er konnte sie nicht ins Verderben rennen lassen, ohne eine Hand zu rühren. Die Sonne brannte ihm ins Gesicht, und ein wenig geblendet, hob er den Kopf, als wäre er für die Wärme dankbar. Natürlich war es Unsinn, über das Ende der Welt zu reden, er jedoch würde es begrüßen – besser, als vor Gram zu sterben. Mit erschreckender Klarheit erkannte er, wie vollkommen der Zusammenbruch sein würde. Wenn

Fleur durchbrannte, würde ihm nichts bleiben, woran ihm wirklich gelegen war, denn die Monts würden Kit zu sich nehmen. Für den Rest seines Lebens bliebe er ein Schiffbrüchiger mitten unter seinen Bildern und Kühen, die für ihn jedes Interesse verloren hätten. »Ich werde es nicht zulassen«, dachte er. »Wenn es noch nicht geschehen ist, werde ich es nicht zulassen.« Ja, aber wie es verhindern? Und in klarer Erkenntnis der Nutzlosigkeit seines Entschlusses ging er zum Auto zurück. Da war endlich dieser Bursche und rauchte seine Zigarette.

»Vorwärts!« sagte er. »Fahren Sie schnell!«

Als er um drei Uhr ankam, erfuhr er, daß Fleur um zehn Dorking in ihrem Wagen verlassen hatte. Er war überaus erleichtert, zu hören, daß sie wenigstens über Nacht hier gewesen war. Und sofort begann er nach allen Richtungen zu telefonieren. Seine Unruhe wuchs wieder. Sie war nicht zu Hause und auch nicht bei June. Wo konnte sie sein, wenn nicht bei dem jungen Mann? Doch sie hatte wenigstens nichts von ihren Sachen mitgenommen — das hatte er festgestellt, und das gab ihm die Kraft, zu warten und Tee zu trinken. Zum viertenmal schon war er auf die Straße gegangen, um nach ihr Ausschau zu halten, als er sie endlich auf sich zukommen sah.

Der Ausdruck ihres Gesichtes — hungrig, hart, fiebrig — hatte eine seltsame Wirkung auf Soames; das Herz tat ihm weh, und zugleich fühlte er sich wie von einer Last befreit. Das war nicht das Gesicht triumphierender Leidenschaft. Es war von tiefem Unglück geprägt. Jeder Zug schien schärfer geworden, seit er sie zuletzt gesehen hatte. Instinktiv schwieg er und näherte sein Gesicht dem ihren, um sich küssen zu lassen. Sie tat es — mit harten, trockenen Lippen.

»Du bist also zurück«, sagte sie.

»Ja; und wenn du Tee getrunken hast, möchte ich dich gleich nach Haus Zuflucht mitnehmen — Riggs wird deinen Wagen einstellen.«

Sie zuckte die Achseln und ging an ihm vorbei ins Haus. Es schien ihm, daß es ihr gleichgültig war, was er ihr anmerkte oder was er von ihr dachte. Und das war bei Fleur so ungewöhnlich, daß er ganz bestürzt war. Hatte sie einen Versuch gemacht, der mißglückt war? Konnte die Sache so günstig stehen? Er versuchte sich ins Gedächtnis zurückzurufen, wie sie vor sieben Jahren ausgesehen hatte, als er mit der Nachricht von seinem Mißerfolg heimkam. Ja! Nur daß sie damals jung aussah und das Gesicht noch rund war — nicht hart und scharf wie jetzt — und ohne den Ausdruck verzehrender Leidenschaft, der ihn erschreckte. Man mußte sie zu Kit bringen. So schnell wie möglich. Und mit dem richtigen Instinkt, der ihn nie verließ, wenn es sich um Fleur handelte, rief er Riggs.

Sie war in ihr Zimmer hinaufgegangen. Kurz darauf ließ er ihr sagen, daß der Wagen bereitstehe, und sie kam herunter. Sie hatte ihr Gesicht stark gepudert und die Lippen gefärbt; wieder erschrak Soames vor dieser weißen Maske, mit dem zu einer roten Linie zusammengepreßten Mund und den glühenden, gepeinigten Augen. Doch er sprach auch jetzt nicht und zog eine Landkarte hervor.

»Wenn ich nicht vorne sitze, fährt der Kerl wieder falsch. Die Wege gehen kreuz und quer.« Er setzte sich neben den Chauffeur. Er wußte, daß sie nicht sprechen konnte und daß er es nicht ertragen würde, ihr Gesicht zu sehen. So fuhren sie ab. Ihm schien, daß sie unendlich lange unterwegs waren. Nur ein- oder zweimal blickte er sich um und sah, daß sie bleich und regungslos wie eine Tote dasaß. Wieder kämpften in ihm Mitleid und Erleichterung. Gewiß war alles zu Ende — sie hatte ihren Trumpf ausgespielt und verloren! Wie, wann und wo — das würde er wohl nie erfahren. Aber sie hatte verloren. Armes kleines Ding. Es war ja nicht ihre Schuld, daß sie diesen Jungen liebte, daß sie sich ihn nicht aus dem Kopf schlagen konnte — ebensowenig wie es seine Schuld gewesen war, daß er die Mutter des Jungen geliebt hatte. Nur das Unglück war es — das Unglück aller Menschen. Es schien, als stimmte diese Leidenschaft, die eine unheilvolle Begegnung vor sechsundvierzig Jahren bei einer Gesellschaft in Bournemouth in ihm wachgerufen hatte und die auf sie übergegangen war, ihren Schwanengesang durch die schweigenden roten Lippen der bleichen Frau hinter ihm an. »Lobe den Herrn, du meine Seele! Lobe den Herrn!« Hm! Wie konnte man das! Bei Staines übersetzten sie die Themse — von hier aus kannte der Bursche den Weg. Wie sollte er in dieses Gesicht wieder Leben bringen, wenn sie nach Hause kamen? Ein Glück, daß ihre Mutter nicht da war. Kit würde sicher nützlich sein. Und vielleicht auch ihr alter Hund. Obgleich er von der dreitägigen Fahrt erschöpft war, fürchtete Soames den Augenblick, da der Wagen halten würde. Vielleicht wäre es das richtige für sie, immer weiter und weiter zu fahren. Vielleicht auch für die ganze Welt, so wie sie jetzt beschaffen war. Nur loskommen wollte man von etwas, das man doch nie loswerden konnte, die ganzen Jahre seit dem Krieg schon wollte man weiterfahren, immer weiter! Wenn man das, was man ersehnte, nicht erreichen und doch auch nicht darauf verzichten konnte, hieß es weiterfahren, immer weiter, um den Schmerz zu betäuben. Die Resignation war eine abhanden gekommene Kunst — ebenso wie die Malerei; so schien es wenigstens Soames, während sie am Kirchhof vorbeifuhren, auf dem er einmal begraben sein wollte.

Gleich würden sie zu Hause sein, und was sollte er ihr dann sagen?

Worte waren so nutzlos. Er steckte den Kopf zum Fenster hinaus und sog mit tiefen Atemzügen die Luft ein. Ihm schien sie hier an der Themse besser als irgendwo sonst, als wären die Bäume frischer und das Gras duftender. Freilich war sie nicht so kräftig wie die Luft beim »großen Forsyte«, doch sie roch mehr nach Erde und war weicher. Jetzt wurden die Giebel und die Pappeln sichtbar, der Rauch des Holzfeuers war zu spüren, die Tauben machten ihren Abendflug — sie waren angekommen. Mit einem tiefen Seufzer stieg er aus.

»Du hast dir zuviel zugemutet«, sagte er, als er die Tür öffnete. »Möchtest du nicht gleich zu Bett gehen, nachdem du Kit gesehen hast? Ich werde dir das Essen hinaufschicken.«

»Danke, Papa. Ich möchte bloß ein wenig Suppe. Ich glaube, ich habe mich erkältet.«

Soames sah ihr einen Augenblick tief in die Augen und schüttelte den Kopf; dann strich er ihr mit einem Finger leicht über die bleiche Wange und wandte sich ab.

Er ging zu den Ställen und ließ ihren alten Hund heraus. Vielleicht wollte das Tier herumlaufen, ehe es ins Haus zurück mußte, und er nahm es zum Fluß hinunter. Es war noch dämmerig, obwohl die Sonne schon vor einiger Zeit untergegangen war; während der Hund im Gebüsch umherlief, stand Soames still und blickte aufs Wasser. Die Schwäne zogen eben nach ihrer Insel. Die Jungen wuchsen heran — bald würden sie ganz weiß sein. Beinahe gespenstisch sah es aus, als die Flottille anmutig und gelassen in der Dämmerung vorbeizog. Er hatte schon öfters daran gedacht, ein paar Pfauen anzuschaffen, sie verliehen einem Garten erst die letzte Vollendung; aber sie machten zuviel Lärm. Nie konnte er jenen frühen Morgen auf dem Montpellier Square vergessen, als er ihren Schrei, wie den erstickter Leidenschaft, vom Hydepark herüberhörte. Nein! Schwäne waren besser, ebenso hoheitsvoll und dabei ruhig. Dieser Hund ruinierte seine Erdbeerstauden!

»Komm zu deiner Herrin!« sagte er und kehrte zu dem erleuchteten Haus zurück. Er ging in die Bildergalerie hinauf. Auf dem Schreibtisch lagen einige Briefe und sonstiges, das erledigt werden mußte. Eine halbe Stunde beschäftigte er sich damit. Noch nie hatte er zufriedener ein Blatt nach dem andern zerrissen. Dann ertönte die Glocke, und er ging hinunter, in der Erwartung, den Abend einsam zu verbringen.

13
Feuer

Fleur jedoch kam herunter. Und für Soames begann der verwirrendste Abend, den er je erlebt hatte. Denn in seinem Herzen war Freude und Mitleid, und weder das eine noch das andere durfte er zeigen. Er bedauerte jetzt, daß er sich bei June nicht länger aufgehalten hatte, um Fleurs Porträt zu sehen; dann hätte er ein Gesprächsthema gehabt. So begann er zögernd von dem Haus in Dorking zu sprechen.
»Das Heim scheint sich zu bewähren«, sagte er. »Die Mädchen —«
»Ich habe immer das Gefühl, daß sie mich hassen. Es wäre auch ganz natürlich. Sie haben nichts und ich alles.«
Ihr Lachen schnitt ihm ins Herz.
Sie tat auch nur so, als äße sie; aber er wagte nicht, sie zu fragen, ob sie ihre Temperatur gemessen habe. Sie würde nur wieder lachen. Statt dessen begann er zu erzählen, wie er das Feld am Meer gefunden hatte mit den Überresten des Hauses der ersten Forsytes, und wie er in der Kathedrale von Winchester gewesen war. Und während er unaufhörlich weitersprach, dachte er: »Nicht ein Wort hat sie gehört.«
Der Gedanke, daß sie zu Bett gehen würde, verzehrt von diesem schwelenden Feuer, dem er nicht beikommen konnte, beunruhigte und schmerzte ihn tief. Sie sah aus, als — als könnte sie sich etwas antun! Er hoffte nur, daß sie kein Veronal oder dergleichen hatte. Und unaufhörlich überlegte er, was vorgefallen sein mochte. Wenn der Ausgang noch zweifelhaft wäre — wenn sie noch wartete, dann würde sie zwar unruhig und fiebrig sein, aber gewiß nicht so aussehen wie jetzt. Nein. Sie war unterlegen. Doch wie nur? Und war sie endgültig unterlegen, war er von der nagenden Angst dieser letzten Monate für immer befreit? Seine Augen durchforschten unablässig ihr Gesicht, das die fieberhafte Unruhe durch die Puderschicht erkennen ließ. Der hoffnungslose Ausdruck ihrer Züge tat ihm weh. Wenn sie nur weinen und sich alles vom Herzen reden würde! Doch es war ihm klar, daß sie durch ihr Erscheinen bei Tisch, dadurch, daß sie ihm gegenübersaß, sagen wollte: »N i c h t s ist vorgefallen!« Und er preßte die Lippen zusammen. Wie stumm doch Liebe war — sie ließ sich nicht in Worte fassen. Je mehr er empfand, desto schweigsamer war er immer gewesen. Jene geschwätzigen Menschen, die ihre innersten Gefühle preisgaben und so mit ihnen fertig wurden — er konnte nicht begreifen, wie sie es anstellten.

Das Dinner ging langsam seinem Ende zu, während Fleur hin und wieder hastig zu sprechen begann und in das Lachen ausbrach, das ihm so weh tat; endlich gingen sie in den Salon.
»Es ist heiß heute«, sagte sie und öffnete die Glastür. Weit unten, hinter dem Gebüsch am Fluß, ging der Mond auf, und eine Welle von Licht ergoß sich über das Wasser.
»Ja, es ist warm«, bemerkte Soames, »aber du solltest nicht im Freien bleiben, wenn du erkältet bist.«
Er faßte sie am Arm und führte sie hinein. Er hatte Angst, sie heute nacht am Wasser umherstreifen zu lassen.
Sie trat ans Klavier. »Stört es dich, wenn ich klimpere, Papa?«
»Nicht im geringsten. Deine Mutter hat ein paar französische Lieder hier.« Ihm war es gleich, was immer sie tat, wenn nur ihr Gesicht nicht diesen Ausdruck behielt. Doch Musik war sentimentales Zeug, und französische Lieder handelten immer nur von Liebe! Hoffentlich würde sie nicht gerade auf das Lied stoßen, das Annette stets sang.

»Auprès de ma blonde, il fait bon — fait bon — fait bon
Auprès de ma blonde, il fait bon dormir.«

Das Haar des jungen Mannes! Damals, als er neben seiner Mutter stand. Und ihr Haar! Dieses helleuchtende Haar und die dunklen Augen! Plötzlich schien es ihm, daß nicht Fleur, sondern Irene dort drüben am Klavier saß. Musik! Ein Rätsel, wie sie jemandem so viel bedeuten konnte wie ihr. Ja. Mehr als die Männer, mehr als Geld — war ihr Musik. Etwas, das nie Eindruck auf ihn gemacht hatte, das er nicht verstand. Wie traurig. Dort saß sie am Klavier, wie er sie stets in dem kleinen Salon auf dem Montpellier Square gesehen, saß am Klavier wie damals, als er sie zum letztenmal erblickt hatte in jenem Hotel in Washington. So würde sie wohl bis zu ihrem Tode sitzen, gewiß auch dann noch schön. Musik!
Er kehrte in die Wirklichkeit zurück.
Fleurs dünne Stakkatostimme drang an sein Ohr, während er in den Rauch seiner Zigarre gehüllt dasaß. Quälend. Sie kämpfte tapfer. Er wünschte, daß sie zusammenbrechen möge, und wollte es doch wieder nicht. Denn wenn sie zusammenbrach, wußte er nicht, was er anfangen würde.
Mitten in einem Lied hielt sie inne und schloß das Klavier. Beinahe alt sah sie aus — so würde sie vielleicht mit vierzig Jahren sein. Dann setzte sie sich auf der anderen Seite des Kamins nieder. Sie trug ein rotes

Kleid; er wollte, sie hätte ein anderes gewählt – die Farbe verstärkte das Gefühl in ihm, daß sie in Flammen stand unter dieser Maske von Puder auf Gesicht und Nacken. Sie saß ganz ruhig und schien zu lesen. Er hielt die *Times* in der Hand und versuchte, nichts zu bemerken. Gab es nichts, womit er sie hätte ablenken können? Vielleicht die Bilder? Welches – fragte er – sei ihr Lieblingsbild? Das von Constable, von Stevens, der Corot oder der Daumier?

»Ich hinterlasse sie alle dem Staat«, sagte er. »Aber ich möchte, daß du dir vier oder fünf auswählst. Und natürlich gehört diese Kopie von Goyas ›Vendimia‹ auch dir.« Dann erinnerte er sich, daß sie das »Vendimia«-Kleid auf dem Ball in Nettlefold angehabt hatte, und rasch sprach er weiter:

»Bei der jetzigen modernen Richtung wird der Staat die Bilder vielleicht gar nicht haben wollen; in diesem Fall weiß ich nicht, was damit geschehen wird. Dumetrius könnte sie dir abkaufen; er hat ohnehin an den meisten schon ein gutes Geschäft gemacht. Wenn man die richtige Zeit wählt, in der es keine Streiks oder dergleichen gibt, muß sich bei einem Verkauf ganz gut daran verdienen lassen. Sie haben mich mehr als siebzigtausend Pfund gekostet – sie müßten also wenigstens hunderttausend Pfund bringen.«

Sie schien zuzuhören, doch er war nicht sicher.

Mit verzweifelter Anstrengung fuhr er fort: »Meiner Meinung nach wird nach zehn Jahren von dieser ganzen modernen Richtung nichts mehr übrig sein – die Leute können einem ja nicht dauernd einen blauen Dunst vormachen. Bis dahin werden sie das Experimentieren satt haben, außer wir bekommen einen neuen Krieg.«

»Der Krieg war es nicht.«

»Wie meinst du das – nicht der Krieg? Der Krieg hat Häßlichkeit und Hast in unser Leben gebracht. Du kannst dich ja an die Zeit vor dem Krieg gar nicht erinnern.«

Sie zuckte die Achseln.

»Ich will nicht behaupten, daß es nicht schon vorher begonnen hatte«, fuhr er fort. »Ich erinnere mich an die ersten Londoner Ausstellungen dieser Nach-Impressionisten und Früh-Kubisten. Während des Krieges wurden sie zu üppig und jagten Dingen nach, die sie nicht erreichen konnten.«

Er hielt inne. Genau dasselbe, was sie –!

»Ich glaube, ich gehe jetzt zu Bett, Papa.«

»Schön«, sagte Soames, »und nimm ein Aspirin. Mit einer Erkältung darf man nicht spaßen.«

Eine Erkältung. Wenn es nur das wäre! Er trat wieder ans offene Fenster und sah in die mondbeschienene Nacht hinaus. Aus den Räumen der Dienerschaft ertönte ein Grammophon. Wie die Leute diese Katzenmusik oder den Lautsprecher liebten. Er wußte wirklich nicht, welches von beiden ihm unangenehmer war.

Er ging auf die Veranda und streckte die Hand aus. Kein Tau, vollkommen trocken – ein ganz außergewöhnliches Wetter. Jenseits des Flusses heulte ein Hund. Sicher gab es Leute, die das für ein böses Omen hielten. Je besser er die Menschen kennenlernte, desto schwachsinniger erschienen sie ihm; immer waren sie auf der Suche nach Sensationen, für alles andere hatten sie weder Aug noch Ohr. Schön sah der Garten im Mondlicht aus – schön und unwirklich. Diese Einfassung von Sonnenblumen und Astern und die Spätrosen in den kleinen runden Beeten und die niedrige Mauer aus ganz alten Ziegeln – es hatte ihn nicht wenig Mühe gekostet, diese Ziegel zu beschaffen –, alles, sogar das Gras, sah im Mondlicht wie eine Bühnendekoration aus. Nur die Pappeln, die sich dunkel und scharf vom mondbeschienenen Hintergrund abhoben, fügten sich nicht in diese traumhafte Umgebung ein. Soames ging auf die Wiese hinaus. Auch das Haus, weiß und von Schlinggewächs umsponnen, mit dem Lichtschein, der aus Fleurs Fenster fiel, sah unwirklich aus und wie von Puder bestaubt. Seit zweiunddreißig Jahren lebte er hier. Er hatte den Besitz liebgewonnen, besonders seitdem er den Grund jenseits des Flusses gekauft hatte, so daß dort niemand je bauen und ihn beobachten konnte. Beobachtet zu werden, körperlich oder seelisch, das – so hoffte er zumindest – hatte er sein Leben lang vermieden.

Er rauchte seine Zigarette im Freien zu Ende und warf den Stummel weg. Gern hätte er Fleurs Licht verlöschen sehen, ehe er zu Bett ging, um zu wissen, daß sie schlief, so wie einst, wenn sie als kleines Ding sich mit Zahnschmerzen niedergelegt hatte. Aber er war sehr müde. Autofahrten waren nicht gut für die Leber. Nun, er wollte jetzt ins Haus gehen und zusperren. Was nützte es, wenn er draußen blieb? Was konnte er überhaupt nützen? Die Alten konnten den Jungen nicht helfen – am Ende konnte keiner dem andern helfen, wenn es darauf ankam, am wenigsten in Herzensangelegenheiten. Seltsame Einrichtung – das Herz. Und wenn man bedachte, daß jeder eines hatte! Das hätte eigentlich ein Trost sein sollen, und war doch keiner. Als er Tag und Nacht um die Mutter dieses jungen Mannes gelitten hatte, war es ihm kein Trost gewesen, zu wissen, daß auch sie litt. Und für Fleur konnte es keine Genugtuung sein, daß wahrscheinlich Jon und dessen Frau auch litten. Soames schloß das Fenster und ging hinauf. Er horchte an der Tür, doch

alles blieb still. Er entkleidete sich, nahm Vasaris »Leben der Maler« und begann, gegen die Polster gelehnt, zu lesen. Zwei Seiten dieses Buches genügten, um ihn einzuschläfern, und zumeist waren es die gleichen, denn er kannte es so genau, daß er sich nie erinnerte, wo er stehengeblieben war.
Bald darauf weckte ihn etwas, er wußte nicht, was es war, und lag lauschend still. Im Haus schien sich etwas zu rühren. Wenn er jedoch aufstand, um nachzusehen, würde er gewiß wieder beginnen, sich Sorgen zu machen, und das wollte er nicht. Überdies könnte er Fleur wecken, wenn er nachsah, ob sie noch wach sei. Er drehte sich auf die andere Seite und schlummerte ein, doch wieder fuhr er auf, und im Halbschlaf dachte er: »Ich schlafe nicht gut — ich sollte mehr Bewegung machen.« Der Mond schien durch die nicht ganz zugezogenen Vorhänge.
Plötzlich zuckten seine Nasenflügel. Brandgeruch, ganz sicher! Er setzte sich auf und schnupperte. Tatsächlich. War ein Kurzschluß eingetreten, oder hatte das Strohdach des Taubenhauses Feuer gefangen? Er sprang aus dem Bett, schlüpfte in Schlafrock und Pantoffeln und trat ans Fenster. Ein unruhiges rötliches Licht schien aus einem Fenster über ihm. Allmächtiger Gott! Seine Bildergalerie! Er rannte zur Treppe, die hinaufführte. Ein leises, unheimliches Geräusch und der Brandgeruch, der hier viel deutlicher zu spüren war, machten ihn taumeln. Er rannte die Stufen empor und riß die Tür auf. O Gott! Das andere Ende der Galerie an der linken Ecke des Hauses brannte. Kleine rote Flammen züngelten an der Täfelung; die Vorhänge des gegenüberliegenden Fensters waren schon eine schwärzliche Masse und der Papierkorb zwischen dem Fenster und seinem Schreibtisch ein verkohltes Wrack. Auf dem Parkettboden sah er Zigarettenasche. Jemand hatte hier oben geraucht! Die Flammen knisterten, während er entsetzt dort stand. Er stürzte hinunter und riß die Tür zu Fleurs Zimmer auf. Sie lag völlig angekleidet schlafend auf ihrem Bett. Völlig angekleidet? War es —? Hatte sie —? Sie öffnete die Augen und starrte ihn an.
»Steh auf!« rief er. »Die Bildergalerie brennt. Schaff Kit und die Dienerschaft sofort hinaus — sofort! Schick nach Riggs! Telefoniere nach Reading um die Feuerwehr — schnell! Schick alle Leute aus dem Haus!« Er wartete nur so lange, bis sie auf den Beinen war, rannte wieder zur Treppe, die in die Galerie hinaufführte, und packte einen Löschapparat. Er schleppte das große, schwere Ding hinauf. Er hatte die unbestimmte Erinnerung, daß man den Knopf am Fußboden aufstoßen und die Flammen mit dem Inhalt bespritzen mußte. Durch den offenen Gang sah er, daß sich das Feuer stark ausgebreitet hatte. Allmächtiger! Jetzt züngelte

es an seinem Fred Walker und den beiden Bildern von David Cox empor. Jetzt hatte es auch den Balken erfaßt, der um die ganze Galerie lief und die obere Reihe der Bilder von der unteren trennte; da — auch der obere Balken hatte schon Feuer gefangen. Der Constable! Einen Augenblick zögerte er. Sollte er nicht hinstürzen und ihn auf jeden Fall retten? Der Löschapparat könnte versagen! Er ließ ihn fallen, rannte durch die ganze Galerie und riß den Constable an sich, gerade als die Flammen die darüberliegende Täfelung erreicht hatten. Die Hitze versengte sein Gesicht, während er das Bild von der Wand riß; er rannte zurück, stieß das der Tür gegenüberliegende Fenster auf und stellte das Bild auf die Fensterbank. Dann packte er wieder den Feuerlöscher und stieß ihn mit dem nach unten gerichteten Knopf gegen den Boden. Irgend etwas sprühte hervor; er ergriff den Apparat und richtete den Strahl gegen die Flammen. Der ganze Raum war jetzt voll Rauch, und er fühlte sich schwindlig. Das Zeug taugte etwas, er sah erleichtert, daß es den Flammen nicht behagte; es machte unbedingt Eindruck auf sie. Doch der Walker war hin — und die Bilder von Cox! Er hatte das Feuer bis zur Fensterwand zurückgedrängt, als der Strom versiegte und er sah, daß das Gebälk jenseits der Stelle, an der er mit dem Zerstäuben begonnen hatte, brannte. Auch der Schreibtisch stand jetzt in Flammen — die Papiere hatten Feuer gefangen. Sollte er hinunterlaufen und noch einen Apparat holen, den weiten Weg bis zur Halle? Wo nur dieser Riggs steckte! Der Alfred Stevens! Himmel! Den Stevens gab er nicht preis, und auch nicht die Gauguins und nicht die Corots!

Eine Art Dämon erfaßte Soames. Diese Zeugen seines Geschmacks, alle seine Mühe, sein Geld und sein Stolz — all das sollte vernichtet werden? Nein, bei Gott! Und wieder stürzte er durch den Rauch ans andere Ende der Galerie. Die Flammen leckten an seinem Ärmel, als er den Stevens herunterriß; er konnte den versengten Stoff riechen, während er das Bild ins Fenster neben den Constable stellte. Eine Flamme schlug über den Daubigny, und klirrend zerbrach das Glas — das Bild war dem Feuer ausgesetzt, das herangekrochen kam und darüber hinwegloderte. Er stürzte zurück und griff nach dem Gauguin — die nackte Gestalt einer Südsee-Insulanerin. Sie wollte nicht von der Wand herunter; er faßte den Draht, der das Bild festhielt, ließ jedoch gleich wieder los — er war glühend heiß. Soames packte den Rahmen und riß daran; das Bild löste sich, und er fiel rücklings hin. Aber sein Lieblings-Gauguin war gerettet. Er lehnte das Bild gegen die anderen und rannte zu dem Corot zurück, der den Flammen am nächsten hing. Das silbrige, kühle Bild fühlte sich heiß an, doch auch dieses brachte er in Sicherheit. Jetzt den

Monet. Die Feuerwehr würde zumindest zwanzig Minuten brauchen. Wenn dieser Riggs nicht bald kam —! Sie mußten vor dem Fenster eine Decke ausbreiten, und er würde die Bilder hinunterwerfen. Und dann stöhnte er auf. Das Feuer hatte den zweiten Corot ergriffen. Das arme Bild! Er riß den Monet herunter und rannte zur Treppe. Zwei erschreckte Mädchen, mit bloßem Hals, die Mäntel über das Nachthemd geworfen, kamen herauf.

»Hier!« schrie er. »Nehmt dieses Bild. Nicht den Kopf verlieren. Ist Miss Fleur mit dem Kind draußen?«

»Ja, Sir.«

»Hat man telefoniert?«

»Ja, Sir.«

»Holt mir einen Löschapparat! Und hier unter diesem Fenster soll man eine Decke spannen, um die Bilder aufzufangen, wenn ich sie hinunterwerfe. Seid nicht albern – es besteht keine Gefahr! Wo steckt Riggs?«

Er ging in die Galerie zurück. Sein kostbarer kleiner Degas war verbrannt! Von Wut erfüllt, rannte Soames zur Wand und packte den zweiten Gauguin. Wenn es ihm je gelungen war, Dumetrius im Preis zu drücken, so war es beim Kauf dieser höchst farbenprächtigen Angelegenheit gewesen. Das Bild ließ sich von seinen versengten, zitternden Händen leicht abnehmen, als wäre es ihm für die Rettung dankbar. Er lehnte es gegen die anderen und blieb einen Augenblick halb erstickt und atemlos stehen. Solange er imstande war, hier oben in dem Zug zwischen der offenen Tür und dem Fenster zu atmen, mußte er fortfahren, Bilder von den Wänden zu nehmen.

Es würde nicht viel Zeit kosten, sie hinunterzuwerfen. Jetzt den Bonnington und den Turner – dieser Turner würde die Flammen des Sonnenuntergangs nicht so geliebt haben, wenn er gewußt hätte, wie Flammen in Wirklichkeit waren. Sooft er jetzt zur Wand ging, schien es ihm, daß seine Lungen den Weg nicht noch einmal aushalten würden. Doch sie mußten es!

»Papa!«

Da stand Fleur mit einem Löschapparat.

»Geh hinunter! Hinaus!« schrie er. »Hörst du? Geh aus dem Haus! Laß die Decke ausbreiten und sieh zu, daß man sie festhält.«

»Papa! Laß mich! Ich muß!«

»Geh hinunter!« schrie Soames wieder und drängte sie zur Treppe. Er wartete, bis sie unten war, dann stieß er den Knopf des Feuerlöschers auf den Boden und richtete den Apparat gegen die Flammen. Er erstickte das Feuer auf dem Schreibtisch und machte einen Angriff auf die

Flammen an der gegenüberliegenden Wand. Er konnte den schweren Apparat fast nicht mehr halten, und als dieser geleert war, vermochte er kaum noch zu sehen. Aber wieder hatte er über das Feuer gesiegt. Wenn er nur weiter aushielt!

Und dann sah er, daß sein Harpignies verloren war — so ein Prachtstück! Diese sinnlose Zerstörung gab ihm Kraft. Und auf die Wand zustürzend — diesmal die Längswand —, löste er ein Bild nach dem anderen. Doch die Flammen krochen wieder zurück, beharrlich wie die Hölle. Den Sisley und den Picasso, beide hoch oben in der Ecke, konnte er nicht erreichen, er konnte dem Feuer nicht so nahe kommen, denn wenn er ausglitt und gegen die Wand fiel, war es aus mit ihm. Die beiden mußte er preisgeben. Aber den Daumier würde er sich holen. Sein Lieblingsbild — ihm vielleicht das liebste von allen. Gerettet! Keuchend und die frische Luft am Fenster gierig einatmend, sah er, daß sie unten die Decke gespannt hatten; vier Mädchen hielten sie an den Ecken.

»Festhalten!« schrie er und stieß den Daumier vom Fenster. Er sah das Bild fallen. Daß man so mit einem Kunstwerk umgehen mußte! Die Decke wurde durch die Last hinuntergedrückt, doch sie hielt aus.

»Fester halten!« schrie er. »Aufpassen!« Und Gauguins Südsee-Insulanerin flog hinaus. Ein Bild nach dem andern stieß er von der Fensterbank hinunter, und ein Bild nach dem andern wurde aus der Decke genommen und auf den Rasen gelegt. Als alle draußen waren, wandte er sich zurück, um die Lage zu überblicken. In der Ecke hatte das Feuer jetzt den Fußboden ergriffen und breitete sich auch das Gebälk entlang rasch aus.

Die Feuerwehr würde noch zur Zeit kommen, um die rechte Wand zu retten. Die linke Wand war so gut wie verloren, von dort jedoch hatte er die meisten Bilder gerettet. Die Flammen ergriffen jetzt die Längswand; hier mußte er etwas unternehmen. Er rannte so nah wie möglich zu der Ecke zu und packte den Morland. Das Bild fühlte sich heiß an, aber nun hatte er es doch — sechshundert Pfund steckten in diesem weißen Pony. Er hatte ihm ein gutes Heim versprochen! Jetzt stieß er es zum Fenster hinaus und sah, wie es kopfüber in die Decke fiel.

»Du meine Güte!«

Hinter ihm, in der Tür, stand endlich dieser Riggs in Hemd und Hose, mit zwei Feuerlöschern und offenem Mund!

»Mund zu!« keuchte Soames. »Bespritzen Sie diese Wand!«

Er sah, wie der Strahl aus dem Apparat stäubte und die Flammen vor ihm wichen. Wie er diese unerbittlichen roten Zungen haßte! Ah! Das hielt sie zurück!

»Jetzt den andern! Retten Sie den Courbet! Schnell!«

Wieder sprühte der Strahl, und die Flammen gingen zurück. Soames stürzte auf den Courbet zu. Das Glas war zerbrochen, doch das Bild noch nicht beschädigt; er riß es herunter.

»Das ist der letzte von diesen verflixten Löschern, Sir«, hörte er Riggs sagen.

»Also hierher! Die Bilder von der Wand und eines nach dem andern zum Fenster hinaus! Achtgeben, daß Sie in die Ecke treffen. Rasch.«

Auch er beeilte sich, als er sah, wie das kaum abgewehrte Feuer den verlorenen Boden wiedergewann. Beide liefen atemlos zur Wand, rissen die Bilder herunter, rannten zum Fenster, und wieder zur Wand zurück – und dabei breitete sich das Feuer unaufhörlich aus.

»Das dort oben«, rief Soames, »das muß ich haben! Steigen Sie auf den Stuhl. Rasch! Nein, ich werd' es holen. Heben Sie mich – ich erreich' es nicht!«

Von »diesem Kerl« gepackt und in die Höhe gehoben, löste Soames den James Maris von der Wand, den er an dem Tag, als der große Weltbrand ausbrach, erstanden hatte. »Der Erzherzog ermordet!« Er hörte noch die Stimmen gellen. Es war ein schöner Tag gewesen, die Sonne schien durch das Fenster seiner Droschke, und leichten Herzens hielt er das vorteilhaft erworbene Bild auf den Knien. Und jetzt wurde es hinuntergeworfen! Wie schrecklich, Bilder so zu behandeln!

»Vorwärts!« keuchte er.

»Gehen Sie lieber hinunter, Sir! Jetzt wird es zu arg.«

»Nein!« rief Soames. »Vorwärts!«

Wieder drei Bilder gerettet!

»Wenn Sie nicht hinuntergehen, Sir, werd' ich Sie tragen müssen – Sie sind schon zu lang hier.«

»Unsinn!« keuchte Soames. »Vorwärts!«

»Hurra! Die Feuerwehr!«

Soames blieb stehen. Außer dem Pochen seines Herzen und dem Keuchen seiner Lungen vernahm er jetzt noch ein anderes Geräusch. Riggs packte seinen Arm.

»Kommen Sie, Sir! Wenn die zu arbeiten beginnen, wird's zum Ersticken sein.«

Soames wies in den Rauch.

»Dieses muß ich noch haben!« keuchte er. »Helfen Sie mir! Es ist schwer.«

Die Kopie der »Vendimia« stand auf einer Staffelei. Soames taumelte darauf zu. Halb trug und halb schleppte er das spanische Ebenbild Fleurs zum Fenster.

»Jetzt heben!« Sie hoben das Bild, so daß es auf der Fensterbank balancierte.
»Weg von dort!« rief eine Stimme an der Tür.
»Hinunter damit!« keuchte Soames. Aber er wurde aufgehoben und halb bewußtlos zur Tür, über die Treppen ins Freie getragen. In einem Stuhl auf der Veranda kam er zu sich. Er konnte die Helme der Feuerwehrleute sehen und hörte ein zischendes Geräusch. Das Atmen tat ihm weh, die Augen schmerzten ihn furchtbar, und seine Hände waren versengt; doch trotz des Brennens und Schmerzens fühlte er sich trunken und betäubt und wie ein Sieger.
Das Gras, die Bäume, der kühle, mondbeschienene Fluß! Was war das doch für ein Angsttraum gewesen dort oben unter seinen Bildern — seinen armen Bildern! Aber er hatte sie gerettet. Die Zigarettenasche! Der Papierkorb! Fleur! Kein Zweifel über die Ursache. Was, zum Kuckuck, hatte ihn auch veranlaßt, gerade an dem Abend, als sie nicht wußte, was sie tat, von seinen Bildern zu sprechen. Ein Verhängnis. Sie durfte es nicht erfahren — außer —, außer sie wußte es schon. Aber der Schock! Vielleicht tat er ihr gut. Sein Degas! Der Harpignies! Er schloß die Augen und lauschte dem Zischen des Wassers. Wie gut. Das Geräusch tat ihm wohl. Sie würden die übrigen Bilder retten. Es hätte ärger ausgehen können. Etwas Kaltes berührte seine herabhängende Hand. Eine Hundeschnauze. Man hätte den Hund nicht herauslassen sollen. Und plötzlich fiel Soames ein, daß er sich wieder um die Sache kümmern müsse. Sie würden mit soviel Wasser nur Schaden anrichten. Taumelnd erhob er sich. Jetzt konnte er schon besser sehen. Fleur? Ah, da stand sie, abseits von den anderen — zu nah beim Haus! Und was für ein Wirrwarr auf dem Rasen — Feuerwehrleute — Spritzen — Stubenmädchen, dieser Riggs — und die Schläuche, die zum Fluß gelegt waren — jedenfalls war genügend Wasser da! Aber die Bilder durften nicht durch das Wasser beschädigt werden. Solche Narren! Er hatte es sich ja gleich gedacht: Jetzt richteten sie den Wasserstrahl gegen die unbeschädigte Wand! Durch beide Fenster spritzten sie. Das war doch überflüssig! Das rechte Fenster bloß — bloß das rechte! Er taumelte auf den Feuerwehrmann zu.
»Nicht diese Wand! Nicht diese! Dort ist alles in Ordnung. Ihr verderbt meine Bilder! Spritzt in die Mitte!« Der Mann machte eine Wendung mit dem Arm, und Soames sah, wie der Wasserstrahl die rechte Ecke der Fensterbank traf. Die Vendimia! Jetzt löste sich das kostbare Bild. Durch den Wasserstrahl zur Seite geschoben, kam es ins Schwanken. Und Fleur! Allmächtiger Gott! Sie stand gerade darunter und blickte

hinauf. Sie mußte es sehen und rührte sich nicht! Der Gedanke durchfuhr ihn, daß sie den Tod suchte.

»Es fällt!« schrie er. »Paß auf! Paß auf!« Und als sähe er Fleur im Begriff, sich unter ein Auto zu werfen, stürzte er auf sie zu, stieß sie mit ausgestrecktem Arm zur Seite und schlug hin.

Das Bild hatte ihn getroffen.

14

Stille

Von der Poultry kommend, hatte sich der alte Gradman eben zu seinem täglichen Hammelkotelett gesetzt und nach dem Nachmittagsblatt gegriffen, das man ihm mit dem Essen gebracht hatte. Da las er:

»Brand in einer Bildergalerie

Bekannter Sammler schwer verletzt

Gestern nacht ist aus unbekannten Ursachen in der Bildergalerie des Hauses von Mr. Soames Forsyte in Mapledurham ein Brand ausgebrochen, der durch die Feuerwehr von Reading gelöscht wurde. Der größte Teil der kostbaren Bilder konnte gerettet werden. Mr. Forsyte, der sich gerade in seinem Hause befand, kämpfte allein gegen das Feuer an, bis die Feuerwehr eintraf, und brachte viele Bilder in Sicherheit, indem er sie durch das Fenster der Galerie in eine unten ausgespannte Decke warf. Unglücklicherweise wurde er nach Ankunft der Feuerwehr von dem Rahmen eines Bildes getroffen, das aus einem Fenster der im zweiten Stock des Hauses gelegenen Galerie fiel, so daß er bewußtlos zusammenbrach. Angesichts seines hohen Alters und der übermäßigen Anstrengungen, denen er bei dem Brande ausgesetzt war, muß an seinem Aufkommen gezweifelt werden. Außer ihm wurde bei dem Brande niemand verletzt und kein anderer Teil des Hauses vom Feuer ergriffen.«

Der alte Gradman legte die Gabel hin und fuhr sich mit der Serviette über die Stirn. Dann schob er den Teller weg und nahm wieder die Zeitung zur Hand. Man wußte heutzutage nie, was man glauben sollte, aber der Bericht war ungewöhnlich sachlich gehalten; er ließ das Blatt mit einer Bewegung sinken, die aussah, als ringe er die Hände.

»Mr. Soames«, dachte er. »Mr. Soames!« Seine beiden Frauen, seine Tochter, sein Enkel, die Familie Forsyte, er selbst! Er stand auf und umklammerte den Tisch. Durch einen solchen Zufall! Mr. Soames! Er war doch noch ein junger Mann — verhältnismäßig. Aber vielleicht handelte es sich um einen Irrtum. Mechanisch ging er zum Telefon und fand mühsam die Nummer, denn sein Blick war getrübt.
»Spreche ich mit Mrs. Dartie? Hier Gradman. Ist es wahr, gnädige Frau? . . . Aber doch nicht hoffnungslos? Oh! Er hat Miss Fleur das Leben gerettet? Das ist doch nicht möglich! Sie fahren hin? Ich glaube, das sollte ich auch. Es ist zwar alles in Ordnung, aber vielleicht braucht er etwas, wenn er zum Bewußtsein . . . Nein, so etwas! Ach, aber bestimmt . . . Wie schrecklich — wie schrecklich!« Er hängte den Hörer auf und blieb regungslos stehen. Wer würde sich jetzt um alles kümmern? Niemand in der Familie hatte so viel Geschäftssinn wie Mr. Soames, keiner von ihnen erinnerte sich an die alten Tage oder kannte sich so mit Häusern aus wie die Leute früher einmal. Nein, er konnte sein Kotelett nicht fertigessen, auf keinen Fall! Miss Fleur! Er hatte ihr das Leben gerettet? Nein, so etwas! Sie war ihm immer das Wichtigste gewesen. Wie ihr wohl zumute war? Er erinnerte sich an Fleur als kleines Mädchen; ja, und dann bei ihrer Hochzeit. Nein, so etwas! Jetzt würde sie eine reiche Frau werden. Er nahm seinen Hut. Er mußte zuerst nach Hause gehen und ein paar Sachen einpacken — vielleicht würde er tagelang dort warten müssen. Aber volle drei Minuten blieb er unbeweglich stehen, wie betäubt — eine untersetzte Gestalt mit einem Mopsgesicht und grauem Bart —, als wollte er sich über seinen Kummer klarwerden. Wenn die Bank von England zugrunde gegangen wäre, hätte es ihn nicht tiefer treffen können. Wirklich nicht.
Es war fast sechs Uhr, als er mit seiner Reisetasche, die mit Nachtzeug und Akten angefüllt war, Haus Zuflucht erreichte — in einem beim Bahnhof gemieteten Einspänner. In der Halle kam ihm dieser Mr. Michael Mont entgegen — in seiner Erinnerung war er ein junger Mann, der Späße über ernste Dinge machte; hoffentlich würde er das jetzt unterlassen.
»Ah, Mr. Gradman! Wie freundlich von Ihnen, zu kommen! Nein, man glaubt nicht, daß er wieder das Bewußtsein erlangen wird; es war ein furchtbarer Schlag. Aber wenn er zu sich kommt, wird er Sie sicher sehen wollen, auch wenn er nicht sprechen kann. Ihr Zimmer ist bereit. Möchten Sie nicht eine Tasse Tee trinken?«
Ja, eine Tasse Tee würde ihm guttun — sicherlich! »Miss Fleur?«
Der junge Mann schüttelte den Kopf, seine Augen blickten verstört.

»Er hat ihr das Leben gerettet.«

Gradman nickte. »Das habe ich gehört. Wenn man bedenkt, daß er —! Sein Vater ist neunzig geworden, und Mr. Soames hat doch immer so vorsichtig gelebt. Wie schrecklich!«

Er hatte eben eine gute, heiße Tasse Tee getrunken, als er eine Gestalt eintreten sah — Miss Fleur selbst. Nein, was für ein Gesicht! Sie kam auf ihn zu und ergriff seine Hand. Beinahe ohne zu wissen, was er tat, nahm er ihre andere Hand und hielt ihre Hände zwischen den seinen.

»Mein liebes Kind«, sagte er, »ich fühle mit Ihnen. Ich erinnere mich an Sie, wie Sie noch ein kleines Mädchen waren.«

Sie erwiderte nur: »Ja, Mr. Gradman«, was ihm komisch vorkam. Sie führte ihn auf sein Zimmer und ließ ihn allein. Noch nie hatte er so ein hübsches Schlafzimmer gehabt, Blumen auf dem Tisch und ein angenehmer Geruch und ein eigenes Badezimmer — wirklich ganz überflüssig. Zu denken, daß Mr. Soames zwei Zimmer weiter lag, so, als wäre er schon gestorben!

»Er atmet noch«, hatte sie gesagt, als sie an der Tür vorbeikamen. »Man will keine Operation wagen. Meine Mutter ist bei ihm.«

Wie sie nur aussah — so bleich, so leidend —, armes junges Ding. Er stand am offenen Fenster und blickte hinaus. Es war warm — sehr warm für Ende September. Angenehme Luft und der Geruch von Gras. Das dort unten mußte die Themse sein. Friedlich — und zu denken, daß —! Tränen verwischten das Bild des Flusses; er zerdrückte sie. Erst unlängst hatten sie darüber gesprochen, daß einem etwas zustoßen könnte, und nun war nicht ihm etwas zugestoßen, sondern Mr. Soames selbst. Die Wege des Herrn. Um Jesu Christi willen — Nein, so etwas. Jetzt würde man erst sehen, wie reich er war, reicher als sein Vater. Dort auf dem Wasser schwammen irgendwelche Vögel — Gänse oder Schwäne oder so etwas — ja doch, Schwäne! Was für eine Menge! In einer Reihe schwammen sie. Er hatte keinen Schwan mehr gesehen, seit er mit Mrs. Gradman ein Jahr nach dem Krieg in den Golder's Hill Park gegangen war. Und man sagte, es bestehe keine Hoffnung mehr! Furchtbar war das — so plötzlich, daß man nicht einmal mehr Zeit hatte, sein Gebet zu sagen. Zum Glück gab's an dem Testament nichts zu deuteln. Eine Rente für Mrs. Forsyte, der Rest für seine Tochter auf Lebenszeit, und was diese hinterließ, sollte zu gleichen Teilen auf die Kinder übergehen. Bis jetzt war nur das eine Kind da, aber es würden sicher noch welche kommen bei soviel Geld. Lieber Himmel! Was für ein Haufen Geld doch in der Familie gewesen war, und dennoch war von der jetzigen Generation Mr. Soames der einzige schwerreiche Mann. Das ganze Geld war aufgeteilt, und keiner von den jungen Leuten schien etwas zu verdienen. Er würde den Gesamtbesitz fest zusammenhalten müssen, sonst würden sie ihr Kapital heraushaben wollen, und damit wäre Mr. Soames nicht einverstanden gewesen. Daß er Mr. Soames überleben sollte! Und die unvergängliche Treue, die in dem Mopsgesicht und der untersetzten Gestalt zum Ausdruck kam, diese Treue, die ihn zwei Generationen hindurch dienen und niemals mehr dafür erwarten ließ, als er erhielt, übermannte den alten Gradman, so daß er mit den Worten: »Ich bin ganz außer Fassung!« auf den Fenstersitz sank.

Noch immer saß er dort, den Kopf auf die Hand gestützt, während es draußen dunkler wurde, als es an seine Tür klopfte und der junge Mann fragte: »Mr. Gradman, wollen Sie zum Dinner hinunterkommen, oder möchten Sie es lieber hier oben nehmen?«

»Hier oben, wenn es Ihnen recht ist. Ein Stückchen kaltes Fleisch mit Essiggurken, oder was sonst gerade da ist, und ein Glas dunkles Bier, wenn es keine Mühe macht.«

Der junge Mann trat näher.

»Es muß furchtbar für Sie sein, Mr. Gradman, Sie haben ihn so lang gekannt. Es ist sicher nicht leicht gewesen, ihm näherzukommen, aber man fühlte —«

Etwas in Gradman löste sich, und er sagte: »Ah! Ich kenne ihn von klein auf — ich hab' ihn das erstemal in die Schule gebracht — hab' ihn gelehrt, wie man einen Mietvertrag aufsetzt — nie, solang ich ihn kenne, hat er anders als ehrenhaft gehandelt; ein sehr verschlossener Mensch ist Mr. Soames, aber niemand hat mehr von Vermögensanlagen verstanden, außer sein Onkel Nicholas. Er hat seine Sorgen gehabt, aber nie hat er davon gesprochen; seinem Vater ein guter Sohn, seinen Schwestern ein guter Bruder — seinem Kind ein guter Vater, wie Sie wohl wissen, junger Mann.«

»Ja, das ist er immer gewesen! Und auch zu mir sehr gut!«

»Kein sehr eifriger Kirchenbesucher, fürcht' ich, aber ein durch und durch rechtschaffener Mann. Er hat seine Gefühle nie zur Schau getragen, und manchmal war er vielleicht ein wenig unbequem, aber verlassen konnte man sich auf ihn. Ihre junge Frau tut mir leid, junger Mann — sehr leid! Wie ist es eigentlich geschehen?«

»Sie stand unter dem Fenster, als das Bild herabfiel, und schien die Gefahr nicht zu erkennen. Er stieß sie zur Seite, und statt ihrer traf es ihn.«

»Was für ein Unglück!«

»Ja. Sie kommt nicht darüber hinweg.«

Gradman blickte in das Gesicht des jungen Mannes im Zwielicht.
»Sie dürfen den Mut nicht verlieren«, sagte er, »die Zeit wird helfen. Gegen ein Unglück ist man machtlos. Die Familie ist doch verständigt worden, nicht wahr? Nur eines noch, Mr. Michael — seine erste Frau, Mrs. Irene, die später Mr. Jolyon geheiratet hat; wie ich höre, lebt sie noch —, vielleicht wird sie eine Botschaft schicken wollen, daß alles vergeben und vergessen ist — für den Fall, daß er noch zu sich kommt.«
»Ich weiß nicht, Mr. Gradman, ich weiß wirklich nicht.«
»Und vergib uns unsere Schuld, wie auch wir vergeben unseren Schuldigern — er hat sie einmal sehr geliebt.«
»Das glaub' ich schon, aber es gibt Dinge, die . . . Übrigens, Mrs. Dartie kennt ihre Adresse, Sie können sie danach fragen. Sie ist ja hier.«
»Ich werd' es mir überlegen. Ich erinnere mich noch an die Hochzeit von Mrs. Irene — sie war sehr blaß, eine wunderschöne junge Frau.«
»Ja, das hab' ich gehört.«
»Die jetzige ist eine Französin, die wird wohl ihre Gefühle zeigen. Aber — wenn er bewußtlos ist —« Gradman schien es, als nähme das Gesicht des jungen Mannes einen merkwürdigen Ausdruck an, und er fügte hinzu: »Ich weiß nicht viel von ihr. Er hat kein Glück mit seinen beiden Frauen gehabt, fürcht' ich.«
»Manche Männer haben eben kein Glück, Mr. Gradman. Vielleicht sind Eheleute zuviel beisammen.«
»Na«, meinte Gradman, »irgend etwas muß wohl dran schuld sein. Mrs. Gradman und ich haben nie eine Differenz miteinander gehabt — keine von Bedeutung wenigstens — während zweiundfünfzig Jahren, und das ist eine schöne Zeit, wie man so sagt. Nun, ich will Sie nicht so lang von Miss Fleur fernhalten. Sie wird jetzt viel Zärtlichkeit brauchen. Nur ein Stückchen kaltes Fleisch und eine Essiggurke. Sie werden mich rufen lassen, wenn man mich benötigt, ja? — wann immer, bei Tag oder bei Nacht. Und wenn mich Mrs. Dartie sprechen will, steh' ich ihr zu Diensten.«
Das Gespräch hatte ihm gutgetan. Der junge Mann war netter, als er geglaubt hatte. Eine Essiggurke würde ihm jetzt beinahe schmecken. Nachdem er sie verspeist hatte, kam ein Stubenmädchen: Ob er so freundlich sein wolle, zu Mrs. Dartie in den Salon zu kommen?
»Warten Sie auf mich, meine Liebe«, sagte er zu dem Stubenmädchen. »Ich bin fremd hier.«
Nachdem er sich die Hände gewaschen und mit dem Handtuch über das Gesicht gefahren war, folgte er ihr durch das stille Haus, die Treppe hinunter. Welch ein Zimmer! Ziemlich leer, aber tipptopp dabei, mit

der cremefarbenen Täfelung, dem Porzellan und dem großen Flügel. Winifred Dartie saß auf einem Sofa am Kamin. Bei seinem Eintreten erhob sie sich und reichte ihm die Hand.

»Es ist ein wahrer Trost, Sie zu sehen, Gradman«, sagte sie. »Sie sind der älteste Freund, den wir haben.«

Ihr Gesicht hatte einen seltsamen Ausdruck, als wollte sie weinen und hätte vergessen, wie man das macht. Er hatte sie als Kind gekannt, dann als elegante junge Frau, hatte dabei geholfen, ihren Ehevertrag aufzusetzen, und hatte oft und oft über ihren Gatten sorgenvoll den Kopf geschüttelt. Und dann diese Schwierigkeiten, bis er genau herausgefunden hatte, auf wieviel die Schulden dieses Herrn sich eigentlich beliefen, nachdem er in Paris die Treppe hinuntergestürzt war und sich dabei das Genick brach. Auch heute noch faßte er jedes Jahr ihr Steuerbekenntnis ab.

»Es wird Ihnen guttun, wenn Sie sich ordentlich ausweinen«, meinte er, »niemand könnte Ihnen das verargen. Aber man darf die Hoffnung nicht verlieren. Mr. Soames hat eine gesunde Konstitution, er ist auch kein Trinker; vielleicht wird er sich doch noch herausreißen.«

Sie schüttelte den Kopf. Ihr Gesicht sah hart und kantig aus und erinnerte ihn an ihre alte Tante Ann. Trotz ihrer scheinbar gleichgültigen Eleganz hatte sie in ihrem Leben viel durchgemacht – wenn man es recht bedachte.

»Hier hat es ihn getroffen«, zeigte sie, »schräg oben auf die rechte Kopfseite. Ich werde ihn furchtbar vermissen; er war der einzige –«

Gradman tätschelte ihre Hand.

»Ja–a, ja–a! Aber man muß immer das Beste hoffen. Wenn er zu sich kommt, werde ich dasein.« Er hätte kaum zu sagen vermocht, warum das ein Trost für sie sein sollte. »Ich hab' mir schon überlegt, ob es ihm nicht recht wäre, wenn man Mrs. Irene verständigen würde. Es gefällt mir gar nicht, daß er mit einem Groll im Herzen fort soll. Freilich, es ist eine alte Geschichte, aber am Tage des Gerichts –«

Ein mattes Lächeln verlor sich in den scharfen Linien um Winifreds Mund.

»Deswegen brauchen wir uns keine Sorgen zu machen, Gradman; das ist aus der Mode.«

Gradman gab einen Laut von sich, als wären sein Glaube und der Respekt vor der Familie, der er seit sechzig Jahren diente, aufeinandergeprallt.

»Nun, Sie müssen es am besten wissen«, erwiderte er, »aber ich möchte nicht, daß er etwas auf dem Gewissen hat, wenn er von uns geht.«

»Daß sie etwas auf dem Gewissen hat, Gradman.«
Gradman starrte auf eine Schäferin aus Meißener Porzellan.
»Wenn es sich um Verzeihen handelt, weiß man das nie so ganz sicher. Ich hätte auch gerne noch mit ihm über seine Stahl-Aktien gesprochen; sie stehen nicht so, wie sie sollten. Aber wir können nichts tun, als warten, glaub' ich. Ich bin froh, daß Ihr Vater das nicht erlebt hat; Mr. James wäre außer sich gewesen! Es wird nicht mehr dieselbe Welt sein, wenn Mr. Soames –«
Sie drückte die Hand auf den Mund und wandte sich ab. Alle Eleganz schien von ihrer rundlichen Gestalt gewichen zu sein. Ergriffen wandte sich Gradman zur Tür.
»Ich bleibe angezogen, für den Fall, daß ich gebraucht werden sollte. Gute Nacht!«
Er ging wieder hinauf, schlich auf den Zehenspitzen an jener Tür vorbei, trat in sein Zimmer und drehte das Licht an. Man hatte die Essiggurken abgeräumt, das Bett aufgemacht und sein Flanellnachthemd bereitgelegt. Man machte so viele Umstände. Kniend murmelte er mit gedämpfter Stimme sein Gebet, dessen üblichen Wortlaut er änderte, und schloß mit den Worten: »Und was Mr. Soames betrifft, empfehle ich ihn Dir, o Herr, ganz besonders, seinen Leib und seine Seele. Vergib ihm seine Schuld und befreie sein Herz von allen Härten und Fehlern, ehe er von hinnen geht, und mache ihn wieder zu einem Lämmlein, damit er Gnade findet vor Deinem Angesicht. Dein getreuer Diener. Amen.«
Nachdem er geendet hatte, kniete er noch eine ganze Weile auf dem weichen Teppich und sog den vertrauten Geruch des Flanells ein, der ihn stets an die alten Zeiten erinnerte. Etwas erleichtert stand er auf. Nachdem er seine breiten Schnürschuhe und den alten Gehrock abgelegt hatte, zog er sein Jaegerhemd an und schloß das Fenster, um sich vor der Nachtluft zu schützen. Dann nahm er das Federbett, stülpte ein großes Taschentuch über den kahlen Kopf, drehte das Licht ab und setzte sich mit dem über die Knie gebreiteten Federbett in den Lehnstuhl.
Was für eine Stille nach dem Trubel in London, so still, daß man sich fast denken hörte. Aus einem ihm unbewußten Grund dachte er an das erste Jubiläum der Königin Viktoria, als er noch ein junger Mensch von vierzig gewesen war und Mr. James ihm und Mrs. Gradman zwei Sitze zur Feier geschenkt hatte. Alles hatten sie gesehen – ganz erstklassig –, die Garde und den Festzug, die Wagen, die Pferde, die Königin und die königliche Familie. Ein schöner Sommertag – ein wirklicher Sommer war das; nicht so wie diese Sommer jetzt. Und alles war so, als würde es immer so bleiben, der Zinsfuß betrug drei Prozent, und die Staats-

papiere standen fast alle *pari*, wenn er sich recht erinnerte, und alle Leute gingen regelmäßig in die Kirche. Noch im selben Jahr, ein wenig später, traf Mr. Soames sein erstes Unglück. Und dann stieg eine andere Erinnerung in ihm auf. Seltsam, daß ihm das gerade heute einfiel, während Mr. Soames dort lag — es mußte auch ganz kurze Zeit nach dem Jubiläum gewesen sein. Er war mit einem Vertrag, der gleich erledigt werden mußte, zu Mr. Soames auf den Montpellier Square gegangen, war in das Speisezimmer geführt worden, und da hörte er jemanden singen und auf dem Klavier spielen. Er hatte die Tür geöffnet, um zu lauschen. Ja — er konnte sich jetzt noch an die Worte des Liedes erinnern! So ähnlich wie »Auf dem Rasen liegend«, »Ich sterbe, ich vergehe«, »die duftenden Wiesen« und etwas von »auf deiner Wange« und »so blaß«. Wie merkwürdig! Und dann ging plötzlich die Tür auf, und sie trat ein — Mrs. Irene — in einem Kleid — ah!

»Warten Sie auf Mr. Forsyte? Wollen Sie nicht hereinkommen und eine Tasse Tee trinken?« Und er war hineingegangen und hatte Tee getrunken, während er auf der Kante eines Stuhles saß, der nicht übermäßig fest aussah, ganz vergoldet und spindelbeinig. Und sie auf dem Sofa, in diesem Kleid, wie sie den Tee einschenkte und sagte:

»Haben Sie denn Musik gern, Mr. Gradman?« Sanft, so sanft sah sie aus mit ihren dunklen Augen und ihrem Haar — nicht rot und auch nicht goldblond — wie verfärbtes Laub —, eine schöne junge Frau mit einem traurigen und mitfühlenden Gesicht. Er hatte oft an sie gedacht — er sah sie jetzt noch vor sich! Dann war Mr. Soames eingetreten, und ihr Gesicht verschloß sich, wie — wie wenn man ein Buch zuklappt. Seltsam, daß er sich gerade heute daran erinnerte . . . Du liebe Zeit . . . Wie finster und still es war. Dieses arme junge Ding, seine Tochter, um ihretwillen war das alles geschehen. Hoffentlich schlief sie! Ja—a! Und was würde Mrs. Gradman sagen, wenn sie ihn so im Lehnstuhl sitzen sähe, mit dem Gebiß im Mund bei Nacht! Nun — sie hatte Mr. Soames nie gekannt, die Familie nie gesehen —, Maria kannte sie alle nicht! Was für eine Stille. Und langsam, aber sicher öffnete sich der Mund des alten Gradman, und er unterbrach die Stille.

Vor dem geschlossenen Fenster stieg der Mond auf, voll und leuchtend, so daß sich das schweigende, dunkle Land in Schatten und Formen löste; die Eule schrie, und in weiter Ferne bellte ein Hund; jede Blume im Garten war ein kleiner Gast bei dem nächtlichen lautlosen Fest; und auf jedem Blatt, das auf dem glitzernden Fluß trieb, wiegte sich ein Mondstrahl, während hoch oben die Wipfel der Bäume ragten, ruhig, ernst und leuchtend, so ruhig wie das Firmament, denn es ging kein Wind.

15

Soames macht die Überfahrt

Nur noch ein Lebensfunken glomm in Soames. Seit zwei Tagen und zwei Nächten warteten sie alle und ließen den unbeweglichen, verbundenen Kopf nicht aus den Augen. Spezialisten waren gekommen, hatten ihr Urteil abgegeben: »Eine Operation kann hier nicht helfen«, und waren wieder gegangen. Der Arzt, der bei Fleurs Geburt gewesen war, hatte die Behandlung übernommen. Obwohl Soames ihm die damals verursachte Angst nie ganz vergeben konnte, hatte »der Kerl« doch nicht lockergelassen und behandelte seither die Familie. Nach seiner Weisung mußten die Augen des Patienten ständig beobachtet werden, und bei der geringsten Veränderung sollte man ihn sofort rufen.

Michael, für den Fleur während dieser Tage hoffnungslos verloren schien, widmete sich Kit; er ging mit ihm spazieren, erzählte ihm Geschichten und versuchte, die Ereignisse von dem Kind fernzuhalten. Er trat nicht in das Zimmer, wo die unbewegliche Gestalt lag, nicht aus Gleichgültigkeit, sondern weil er sich wie ein Eindringling vorgekommen wäre. Er hatte die restlichen Bilder aus der Galerie entfernt, sie mit jenen, die Soames aus dem Fenster geworfen hatte, zusammen aufbewahrt und eine genaue Liste angelegt. Von den vierundachtzig Bildern waren elf dem Feuer zum Opfer gefallen.

Annette hatte geweint und fühlte sich jetzt erleichtert. Der Gedanke, ein Leben ohne Soames zu führen, erschien ihr seltsam — doch keineswegs unmöglich; genaugenommen eigentlich ebenso wie der Gedanke an ein Leben mit ihm. Natürlich wünschte sie seine Genesung; wenn aber nicht, würde sie in Frankreich leben.

Winifred, die abwechselnd mit den anderen bei Soames saß, beschäftigte sich viel und voll Wehmut mit der Vergangenheit. In den vierunddreißig durch Montague Dartie beschwerten Jahren war Soames ihr Rückhalt gewesen, und er war es in den folgenden dreizehn von Montague Dartie unbeschwerten Jahren geblieben. Sie konnte sich nicht vorstellen, daß das Leben je wieder warm und behaglich werden könnte. Sie war nicht herzlos, und sooft sie die unbewegliche Gestalt ansah, versuchte sie sich zu erinnern, wie man weint. Von ihrer Familie liefen Briefe ein, die Schrecken und Erstaunen ausdrückten, daß Soames so etwas hatte zustoßen können.

Gradman, der gebadet und eine schwarze Hose angezogen hatte, war in Berechnungen und Korrespondenzen mit der Versicherungsgesellschaft vertieft. Er ging auch im Küchengarten spazieren, wo man ihn vom Haus aus nicht sehen konnte; denn darüber kam er nicht hinweg, daß Mr. James neunzig und Mr. Timothy hundert Jahre erlebt hatten, von allen anderen ganz zu schweigen. Immer wieder blieb er trauernd und kopfschüttelnd vor den Spargelbeeten oder den Kohlsprossen stehen.

Smither war gekommen, um bei Winifred zu sein; ihre Hilfe beschränkte sich jedoch hauptsächlich darauf, zu sagen: »Armer Mr. Soames! Armer, lieber Mr. Soames! Es ist nicht auszudenken. Und gerade er, der auf sich und alle anderen immer so achtgegeben hat!«

Denn das war das Merkwürdigste. Sie alle wußten nichts von dem langsamen, unaufhaltsamen Weg der Leidenschaft und von dem Zustand, in den Fleur durch sie geraten war; wußten nicht, daß Soames Fleur heimlich beobachtet hatte und zusehen mußte, wie dieser geliebte Teil seiner selbst Schiffbruch erlitt und knapp vor dem Abgrund stand; sie wußten nichts von Fleurs rücksichtsloser Verzweiflung, als sie unter dem Bild stand, und daß ihr Vater sie durchschaut hatte – sie alle empfanden den Unglücksfall als ein Unrecht. Es schien ihnen, daß ein Blitz aus heiterem Himmel gerade den Mann getroffen hatte, bei dem ein Unfall am allerwenigsten vorauszusehen war; und nicht, daß eine Geschichte, die vor langer, langer Zeit begonnen, jetzt ihren geheimen und unerbittlichen Höhepunkt erreicht hatte. Wie konnten sie ahnen, daß das alles gar nicht so zufällig war.

Fleur jedoch wußte genau, daß ihr Vater an ihrer hemmungslosen Verzweiflung zugrunde ging; es war genauso, als hätte sie sich in den Fluß gestürzt, und er wäre bei dem Versuch, sie zu retten, ertrunken. Sie wußte nur zu gut, daß sie in jener Nacht fähig gewesen wäre, sich in den Fluß fallen zu lassen oder sich vor ein in voller Fahrt befindliches Auto zu stellen oder sonst etwas zu tun, wenn es nur nicht zuviel Überlegung und Initiative erforderte und sie damit ihrem Schmerz und Elend ein Ende machen konnte. Sie wußte ganz genau, daß ihr Verhalten seinen Rettungsversuch ausgelöst hatte. Und jetzt, durch den Schock bis ins Innerste ernüchtert, konnte sie sich selber nicht verzeihen. Mit ihrer Mutter, ihrer Tante und zwei Pflegerinnen teilte sie sich in die Überwachung des Kranken, so daß immer mindestens zwei Personen an seinem Lager in Annettes Schlafzimmer saßen, und zumeist war sie eine von diesen beiden. Stundenlang saß sie dort, beinahe so reglos wie ihr Vater, die dunkelumrandeten Augen sehnsüchtig auf sein Gesicht geheftet. Das Fieber der Leidenschaft war ganz in ihr erstorben. Es war, als hätte Soames mit dem unfehlbaren Instinkt, der ihm eigen war, wenn es sich um sie handelte, den einzigen Schritt getan, der sie von diesem verzehrenden Feuer erretten konnte. Jon war ganz fern von ihr in diesem Zimmer mit den geschlossenen Jalousien, das ihre Gewissensqualen ihr noch dunkler erscheinen ließen.

Ja, sie hatte gewollt, daß das herabfallende Bild sie töte, und wie Ironie schien es, daß es gerade dieses Mädchen von Goya war, dessen Kleid sie getragen hatte, als sie Jon in Wansdon in seinem Zimmer besuchte und als sie mit ihm in Nettlefold getanzt hatte. Sie war in jener schrecklichen Nacht völlig verstört gewesen; so kam es ihr auch jetzt noch nicht zum Bewußtsein, daß sie das Feuer durch eine noch brennend weggeworfene Zigarette verursacht, ja, daß sie überhaupt dort oben geraucht hatte. Aber nur zu gut wußte sie, daß, weil sie hatte sterben wollen und ihr ein plötzlicher Tod willkommen gewesen, jetzt ihr Vater hier lag, als wäre er schon tot. Wie gütig er doch immer zu ihr gewesen war. Unfaßbar, daß er sterben und ihr diese Güte für immer entziehen sollte, daß sie nie wieder seine klanglose Stimme hören oder seinen Schnurrbart auf Stirn und Wangen fühlen sollte. Unfaßbar, daß sie nie wieder Gelegenheit haben sollte, ihm zu zeigen, daß sie ihn wirklich liebte — ja wirklich, trotz der übertriebenen Rolle, die ihre kleinlichen Sorgen und ihre eigene Person in ihrem Leben spielten. Während sie ihn jetzt ansah, erinnerte sie sich eher seiner vielen kleinen Liebesbeweise als der großen. Wie er mit einer neuen Puppe in ihr Kinderzimmer kam und sagte: »Da, ich weiß nicht, ob sie dir gefallen wird; ich hab' sie jedenfalls mitgebracht.« Wie er einmal, nachdem ihre Mutter sie geschlagen hatte, zu ihr kam, sie bei der Hand nahm und sagte: »Na, na! Komm, wir wollen unten nachsehen, ob es schon Himbeeren gibt.« Wie er nach ihrer Hochzeit in der Green Street blaß und anspruchslos oben auf der Treppe stand, über die in der Halle gedrängten Gäste hinweg zu ihr blickte und darauf wartete, daß sie den Kopf wandte und ihn noch einmal ansah. Anspruchslos. Das war das Wort — immer anspruchslos! Wenn er jetzt von ihr ginge, würde es kein Bild von ihm geben — kaum eine Fotografie, als Erinnerung an ihn. Nur eine als kleines Kind, auf dem Arm seiner Mutter; eine als kleiner Junge, der skeptisch seine samtene Kniehose betrachtete; eine aus dem Jahre 1876, die ihn als jungen Mann im Gehrock und mit kurzem Backenbart zeigte; und ein oder zwei unbeobachtet aufgenommene Schnappschüsse. Gab es jemanden, der seltener fotografiert worden wäre? Er schien niemals den Wunsch nach Beifall gehabt zu haben oder auch nur das Verlangen, daß man sich seiner erinnere. Fleur, die so beifallshungrig war, fand das seltsam und unbegreiflich. Welche geheime Kraft in dieser hageren, unbeweglichen Gestalt hatte solche Selbstgenügsamkeit bewirkt? Er war im gleichen Wohlstand aufgewachsen wie sie selbst, hatte nie Mangel kennengelernt oder es nötig gehabt, sich besonders anzustrengen. Und doch hatte er sich eine Art stoischer Unabhängigkeit gegenüber anderen Menschen und ihrer Meinung über ihn bewahrt. Dabei – und das wußte niemand besser als sie selbst – hatte er sich nach Liebe gesehnt. Das schmerzte sie am tiefsten, während sie an seinem Bett saß. Er hatte sich nach ihrer Liebe gesehnt, und sie hatte ihm nicht genug gegeben. Doch sie hatte sie empfunden – wirklich immer empfunden. Irgend etwas an ihm hatte Gefühlsäußerungen zurückgewiesen, Zärtlichkeiten nicht aufkommen lassen. Von seinem Wesen war nichts Magnetisches ausgegangen. Sie schlich zum Bett – dem Bett ihrer Mutter, in dem sie gezeugt und geboren worden war – und stand neben dem fast leblosen Körper mit dem eingefallenen, fahlen Gesicht, und es war ihr so jammervoll und elend zumute, daß sie kaum imstande war, sich zu beherrschen.

So vergingen Tage und Nächte. Am dritten Tag gegen drei Uhr, während sie neben ihm stand, sah sie, wie sich die Augen öffneten – es war eigentlich eher, als würden die Lider emporgezogen und nicht, als öffneten sie sich –, und der Blick war leer. Aber ihr Herz begann stürmisch zu klopfen. Die Pflegerin, durch einen Wink herbeigerufen, kam, sah den Kranken an und ging schnell zum Telefon. Fleur stand da, und ihre ganze Seele, die die seine zu rufen schien, blickte aus ihren Augen. Sie mühte sich vergebens, die Lider schlossen sich wieder. Sie zog einen Stuhl heran und setzte sich, ohne ihren Blick von seinem Gesicht zu lösen. Die Pflegerin kam und sagte, daß der Arzt eben seine Krankenbesuche mache; sobald er nach Hause käme, würde man ihn sofort herschicken. Ihr Vater würde gesagt haben: »Natürlich, wenn der Kerl gebraucht wird, ist er nicht da!« Doch es machte nichts, sie wußten, was sie zu tun hatten. Es war fast vier Uhr, als sich die Lider wieder hoben, und diesmal blickten die Augen klarer. Fleur war nicht sicher, ob er etwas Bestimmtes sah, ob er sie oder irgendeinen Gegenstand erkannte, aber etwas war vorhanden, ein flackerndes Licht, das sich zu konzentrieren versuchte. Langsam nahm es zu, dann erlosch es wieder unter den Lidern. Man gab ihm ein Anregungsmittel. Sie setzte sich und wartete. Nach einer halben Stunde öffneten sich die Augen wieder. Diesmal sah er! Qualvolle Minuten lang beobachtete Fleur, wie ein Wesen sich bemühte, zu sein, wie ein Geist danach rang, dem Befehl einer instinktiven Willenskraft zu folgen. Während sie sich über ihn beugte, damit diesen Augen, die sie offenbar jetzt erkannten, jede Anstrengung erspart bliebe, wartete sie, und ihre Lippen bebten wie unter einem Kuß. Die außerordentliche Hartnäckigkeit dieses Kampfes um das Bewußtsein entsetzte sie. Er w o l l t e wissen, hören, sprechen. Es war, als müsse ihn die bloße Anstrengung töten. Flüsternd sprach sie zu ihm. Sie schob ihre Finger unter seine kalte Hand, so daß sie auch den leisesten Druck fühlen mußte. Verzweifelt blickte sie auf seine Lippen. Endlich hörte dieser Kampf, sich zurückzufinden, auf, der halb ausdruckslose, halb zornige Blick machte etwas Tieferem Platz, die Lippen bewegten sich. Sie vermochten nicht zu sprechen, doch sie bewegten sich, und ein kaum wahrnehmbares Beben ging von seinen Fingern auf die ihren über.

»Erkennst du mich, Liebling?«

Seine Augen sagten: »Ja.«

»Du erinnerst dich?«

Wieder sagten seine Augen: »Ja.«

Seine Lippen zuckten unaufhörlich, als wollten sie sich im Sprechen üben, und der Blick in seinen Augen vertiefte sich. Sie sah, wie er die Brauen kaum merkbar zusammenzog, als wäre ihm ihr Gesicht zu nahe; sie wich ein wenig zurück, und die Falte glättete sich.

»Liebling, du wirst wieder gesund werden.«

Seine Augen sagten: »Nein«, und seine Lippen bewegten sich, aber sie verstand die Laute nicht. Einen Augenblick verlor sie ihre Selbstbeherrschung und sagte schluchzend:

»Papa, verzeih mir!«

Seine Augen blickten sanfter; und diesmal hörte sie etwas, das klang wie: »Verzeihen? Unsinn!«

»Ich hab' dich so lieb.«

Er schien jeden weiteren Versuch, zu sprechen, aufzugeben und sammelte alles Leben, das ihm noch geblieben war, in seinen Augen. Sie vertieften sich immer mehr und mehr in Farbe und Ausdruck, als wollten sie ihr etwas abringen. Plötzlich sagte sie wie ein kleines Mädchen:

»Ja, Papa; ich w e r d e brav sein.«

Ein Beben seiner Finger zitterte über ihre Handfläche, seine Lippen schienen lächeln zu wollen, sein Kopf bewegte sich, als wollte er ihr zunicken, und immer noch vertiefte sich der Blick in seinen Augen.

»Gradman ist da, Liebling, und Mutter und Tante Winifred und Kit und Michael. Möchtest du einen von ihnen sehen?«

Seine Lippen formten die Worte: »Nein – dich!«

»Ich bin die ganze Zeit bei dir.« Wieder fühlte sie das Beben seiner Finger und sah, wie seine Lippen flüsterten: »Das ist alles.«
Und plötzlich erloschen seine Augen, der Blick war geschwunden. Er atmete noch eine Weile, aber bevor »dieser Kerl« kam, war das Leben ihm entglitten — er war hinüber.

16

Schlußakkord

Das Begräbnis verlief, so wie es Soames' Wesen entsprach, ohne viel Aufhebens. Er war ja schon seit langem der einzige in der Familie gewesen, der sich für Trauerfeierlichkeiten interessiert hatte.
So war es eine ganz stille Beerdigung, der nur Männer beiwohnten.
Sir Lawrence war gekommen, ernster, als Michael ihn je gesehen hatte.
»Ich habe den alten Forsyte sehr geschätzt«, sagte er zu seinem Sohn, als sie vom Friedhof heimgingen, wo Soames nun in der selbstgewählten Ecke unter einem Apfelbaum lag. »Er gehörte einer andern Zeit an und konnte sich nicht verständlich machen; aber nichts Unechtes war an ihm — ein rechtschaffener Mann. Wie trägt es Fleur?«
Michael schüttelte den Kopf. »Es ist furchtbar für sie, sich zu sagen, daß er —«
»Mein lieber Junge, es gibt keinen schöneren Tod, als sterbend den Menschen zu retten, den man am meisten liebt. Sobald du kannst, bring Fleur zu uns nach Lippinghall, wo weder ihr Vater noch sonst jemand von ihrer Familie je zu Besuch war. Ich werde Hilary und seine Frau bitten, auch zu kommen — d i e hat sie gern.«
»Ich mache mir große Sorgen ihretwegen — es ist, als wäre etwas in ihr zerbrochen.«
»Das passiert den meisten Menschen, bevor sie noch dreißig sind. Die eine oder andere Feder geht kaputt, aber nach und nach kommt man wieder auf die Beine. Genauso ist es mit der heutigen Zeit — irgend etwas ist zerbrochen, und es ist noch nicht wieder auf die Beine gekommen. Aber es wird sich schon erholen, ebenso wie Fleur. Was für einen Stein wollt ihr setzen lassen?«
»Ich glaube, ein Kreuz.«

»Sicher hätte er lieber einen flachen Stein, den Apfelbaum zu Häupten und rundherum Eiben, damit man nicht zu ihm hinsehen kann. Nichts von ›unser geliebter‹ oder ›tiefbetrauerter‹. Hat er diese Ecke für immer gekauft? Er würde sicher wünschen, daß seine Nachkommen seine Überreste bis in alle Ewigkeit bewahren. In uns allen steckt mehr von den Chinesen, als man glauben würde, nur ist es bei ihnen umgekehrt: sie sind Eigentum ihrer Ahnen. Wer war der Alte, der in seinen Hut hineinweinte?«

»Der alte Gradman — so etwas wie eine Kinderfrau der Familie in Geschäftsangelegenheiten.«

»Treuer Alter! Ich muß sagen, ich hätte nicht gedacht, daß Forsyte noch vor mir die Überfahrt antreten würde. Er sah aus, als sollte er ewig leben. Aber diese Welt ist voll Ironie. Kann ich für dich oder Fleur etwas tun? Soll ich mich wegen der Bilder an die Regierung wenden? Der Marquis und ich könnten das für euch erledigen. Er hatte eine Schwäche für den alten Forsyte, und sein Morland ist gerettet. Übrigens, der Kampf, den er oben ganz allein gegen das Feuer geführt hat, ist gewiß keine Kleinigkeit gewesen. So etwas hätte man ihm doch nie zugetraut.«

»Ja«, pflichtete Michael bei. »Ich habe mit Riggs gesprochen. Er denkt an nichts anderes.«

»Er war dabei?«

Michael nickte. »Da kommt er!«

Sie verlangsamten ihren Schritt, und der Chauffeur ging, seinen Hut berührend, an ihnen vorbei.

»Ah, Riggs!« sagte Sir Lawrence. »Ich höre, daß Sie beim Brand oben in der Galerie waren.«

»Ja, Sir Lawrence. Mr. Forsyte war einfach großartig — er ging drauflos wie ein Zwanzigjähriger; wir mußten ihn förmlich wegtragen. Er war doch gewöhnlich so darauf bedacht, seinen Anzug nicht naß zu machen oder nicht im Zug zu sitzen, aber wie er das ausgehalten hat — in seinem Alter . . . ›Vorwärts!‹ sagte er mir in einem fort, mitten im Rauch — wirklich ein Held. In meinem ganzen Leben war ich nicht so erstaunt, Sir Lawrence — so ein nervöser Herr wie er. Und was für ein Pech! Wenn er nicht darauf bestanden hätte, dieses letzte Bild zu retten, wäre es nie herabgefallen und hätte ihn nicht erwischt.«

»Wie ist das Feuer entstanden?«

»Das weiß man nicht, Sir Lawrence; vielleicht wußte es Mr. Forsyte, aber er hat kein Wort darüber gesagt. Ich wollte, ich hätte früher oben sein können, aber ich mußte erst das Benzin in Sicherheit bringen. Was der alte Herr allein dort oben geleistet hat, und noch dazu nach einem solchen Tag! Wir fuhren ja am gleichen Vormittag von Winchester nach London, von dort nach Dorking, wo wir Mrs. Mont abholten, und dann weiter hierher. Und jetzt wird er mir nie wieder sagen, daß ich falsch gefahren bin.«

Er verzog sein mageres Gesicht, in das die stete Spannung und Konzentration seines Berufs Furchen und Schatten gezeichnet hatte, berührte den Hut und verließ Michael und Sir Lawrence beim Hauseingang.

»Wirklich ein Held«, wiederholte Sir Lawrence leise. »Das könnte man beinahe auf seinen Stein setzen. Ja, diese Welt ist voller Ironie.«

Sie trennten sich in der Halle, denn Sir Lawrence fuhr im Auto in die Stadt zurück. Er nahm Gradman mit, nachdem die Testamentseröffnung in aller Stille stattgefunden hatte. Michael traf Smither weinend an, sie war damit beschäftigt, die Jalousien hinaufzuschieben; und in der Bibliothek beantworteten Winifred und Val, der mit Holly zur Beerdigung gekommen war, die Kondolenzen. Annette war bei Kit im Kinderzimmer. Michael ging zu Fleur hinauf, in das Zimmer, das sie als kleines Mädchen bewohnt hatte – es stand nur ein Bett darin, so daß er anderswo hatte schlafen müssen.

Sie lag auf ihrem Bett, anmutig, doch wie leblos. Der Blick, mit dem sie Michael ansah, war so ausdruckslos wie der, mit dem sie zur Decke emporgestarrt hatte. Ihre Gedanken schienen nicht weit fort zu sein, es schien eher, als hätten diese Gedanken gar kein Ziel mehr. Michael trat ans Bett und legte seine Hand auf die ihre. »Liebstes!«

Fleur wandte ihm wieder die Augen zu, aber er konnte aus ihrem Ausdruck nicht klug werden.

»Sobald du wünschst, Liebling, wollen wir Kit nach Hause bringen.«

»Wann immer, Michael.«

»Ich weiß genau, wie dir zumute ist«, sagte Michael, obzwar er genau wußte, daß dies nicht der Fall war. »Riggs hat uns erzählt, wie wundervoll dein Vater dort oben gegen das Feuer gekämpft hat.«

»Bitte nicht!«

Etwas in ihrem Gesicht verwirrte ihn vollkommen – etwas Unnatürliches, wie sehr sie auch um ihren Vater trauern mochte. Plötzlich sagte sie: »Hab Geduld, Michael. Mit der Zeit, glaub' ich, stumpft man gegen alles ab. Mach dir meinetwegen keine Sorgen – ich bin es nicht wert.«

Mehr als je in seinem Leben davon überzeugt, daß Worte nutzlos seien, berührte er nur mit seinen Lippen ihre Stirn und ließ sie allein. Er ging zum Fluß hinunter und sah zu, wie in dem goldenen Herbstwetter, das nun schon so lange anhielt, die Wellen ruhig und glänzend dahinflossen. Soames' Kühe grasten am anderen Ufer. Sie würden jetzt versteigert werden; alles, was ihm gehört hatte, würde vermutlich versteigert werden. Annette würde zu ihrer Mutter nach Frankreich ziehen, und Fleur wollte den Besitz nicht behalten. Er blickte zum Haus zurück, das noch die Spuren von Feuer und Wasser zeigte. Traurigkeit erfüllte sein Herz; es war, als stünde der Geist des früheren Besitzers, dürr und grau, neben ihm, um mitanzusehen, wie sein Besitz, alles, an das er so viel Zeit und Mühe gewandt hatte, dahinschwand. »Alles ändert sich«, dachte Michael, »ein ewiger Wechsel. Der ist das einzige Beständige. Wer zöge nicht einen Fluß einem Teich vor!« Er trat zu den Blumenbeeten an der Mauer des Küchengartens. Die Stockrosen und Sonnenblumen standen in Blüte, und er wandte sich ihnen zu, als könnten sie Wärme geben. In der Laube an der Gartenecke sah er jemanden sitzen. Es war Mrs. Val Dartie. Holly — eine liebe Frau. Michael, noch unter dem Eindruck der Ratlosigkeit, die er Fleur gegenüber gefühlt, hatte plötzlich das Verlangen, eine Frage an Holly zu stellen; schüchtern und befangen regte sich dieser Wunsch in ihm, kühner dann und unabweisbar. Er ging auf sie zu. Sie hielt ein Buch in der Hand, doch sie las nicht.

»Wie geht es Fleur?« fragte sie.

Michael schüttelte den Kopf und setzte sich nieder.

»Ich möchte Sie etwas fragen. Antworten Sie mir nicht, wenn Sie nicht wollen; aber ich fühle, daß ich Ihnen diese Frage stellen muß. Können Sie, wollen Sie mir sagen, wie die Dinge zwischen Ihrem Bruder und ihr stehen? Ich weiß, was früher einmal war. Ist jetzt etwas zwischen ihnen? Ich frage um Fleurs, nicht um meinetwillen. Was immer Sie mir sagen, sie wird nicht darunter zu leiden haben.«

Sie sah ihm gerade in die Augen, und Michael blickte forschend in ihr Gesicht. Es lag etwas darin, das ihm die Gewißheit gab, was immer sie sagte — falls sie sich zu sprechen entschloß —, würde die Wahrheit sein.

»Was es auch zwischen den beiden gab«, erwiderte sie endlich, »— und es *hat* etwas zwischen ihnen gegeben seit seiner Rückkehr —, ist für immer vorbei. Ich weiß das bestimmt. Am Tage vor dem Brand war alles zu Ende.«

»Ich verstehe«, sagte Michael sehr ruhig. »Warum meinen Sie, daß es *für immer* vorbei ist?«

»Weil ich meinen Bruder kenne. Er hat seiner Frau das Ehrenwort gegeben, Fleur nie mehr wiederzusehen. Er muß sich irgendwie verrannt haben; ich weiß, daß es zu einer Krise gekommen ist. Aber wenn Jon einmal sein Wort gegeben hat, dann kann nichts — *nichts* mehr etwas daran ändern. Was auch geschehen ist, es ist für immer vorbei, und Fleur weiß das.«

Wieder sagte Michael: »Ich verstehe.« Und dann, wie zu sich selbst: »Was auch geschehen ist.«
Sie streckte die Hand aus und legte sie auf die seine.
»Schon gut«, erklärte er, »ich werde bald wieder in Ordnung sein. Sie brauchen auch nicht zu fürchten, daß ich mein Wort zurücknehme. Ich weiß, daß ich immer nur die zweite Geige gespielt habe. Sie wird nicht darunter zu leiden haben.«
Der Druck ihrer Hand wurde fester, und aufblickend sah er, daß Tränen in ihren Augen standen.
»Ich danke Ihnen vielmals«, sagte er, »jetzt verstehe ich alles. Nur solange man nichts versteht, kommt man sich so dumm und überflüssig vor. Ich danke Ihnen vielmals.«
Vorsichtig zog er seine Hand zurück und stand auf. Als er auf sie hinabblickte und sie noch immer mit Tränen in den Augen dasitzen sah, lächelte er.
»Es fällt einem manchmal schwer, sich daran zu erinnern, daß das Leben eine Komödie ist; aber schließlich kommt man doch soweit.«
»Viel Glück!« sagte Holly. Und Michael antwortete: »Viel Glück uns allen!...«
Als an diesem Abend alle Läden des Hauses geschlossen waren, zündete er seine Pfeife an und schlich nochmals hinaus. Ja, er war wieder auf den Beinen. Ob ihm dies gelungen wäre, wenn Soames noch gelebt hätte, vermochte er nicht zu sagen. Es war, als beschützte der alte Forsyte, der dort in der schattigen Ecke unter einem Apfelbaum lag, noch immer sein geliebtes Kind. Michael fühlte nichts als Mitleid. Der Vogel war zweimal getroffen worden und lebte noch immer; niemand, der sportliches Empfinden hatte, konnte ihm noch ein Leid zufügen. Es blieb nichts anderes übrig, als ihn aufzulesen und seine Flügel zu heilen, so gut es eben ging. Ein starkes Gefühl in Michael, von dessen Existenz er bisher nichts gewußt hatte, kam ihm zu Hilfe. Der sportliche Ehrenkodex, Ritterlichkeit? Nein. Es ließ sich nicht in Worte fassen, es war ein Instinkt, ein Gefühl dafür, daß es außerhalb des eigenen Ich etwas gab, auf das man Rücksicht nehmen mußte, auch wenn das eigene Ich verletzt und gedemütigt war. Seit jeher hatte er jenen Egoismus verabscheut, der sich in einer Aufwallung zum Verbrechen aus Leidenschaft versteigt, er hatte für den gekränkten Ehegatten, seine Ehre, seine Rache, für »diesen ganzen Stumpfsinn und die nackte Barbarei« nie etwas übrig gehabt. Konnte man je der Verpflichtung enthoben werden, sich wie ein Gentleman zu benehmen? Nein. Dieser Verpflichtung war man nie enthoben. Sonst wäre man um nichts weiter als in der Rentierzeit, bei

der primitiven Tragödie des Urzeitjägers, ehe die Zivilisation und damit die Komödie begann.
Was immer es zwischen den beiden gegeben hatte — und er fühlte, daß es bis zum Äußersten gekommen war —, es war alles vorbei, und Fleur war »geschlagen«. Jetzt mußte er ihr zur Seite stehen und schweigen. Wenn er das nicht über sich bringen konnte, so hätte er sie, von der er wußte, daß sie nur mit lauen Gefühlen in die Ehe getreten war, niemals heiraten dürfen. Er ging durch den dunklen Garten zum Fluß hinunter.
Der Himmel war ausgestirnt, die erste Kälte machte sich fühlbar, und ein leichter Nebel stieg auf, der das dunkle Wasser in einen Schleier hüllte, hinter dem es sich kaum zu bewegen schien. Dann und wann vernahm er in der herrschenden Stille aus der Ferne das Geräusch eines vorbeifahrenden Wagens und von irgendwo den Ruf eines Tieres. Das Sternenlicht und der Duft von Erde und Gebüsch, der Schrei einer Eule, vorbeihuschender Fledermäuse und die hohen Pappeln, dunkler noch als die Dunkelheit selbst — konnte es für seine Stimmung einen passenderen Rahmen geben?
Eine Welt voll Ironie, hatte sein Vater gesagt! Ja, seltsam ironisch, eine Welt, in der die Formen ineinanderflossen, nirgends etwas Bleibendes war, nur vielleicht das Sternenlicht und der Instinkt, der allem Lebenden innewohnte und gebot: »Vorwärts!«
Vom Flusse kamen Klänge herübergeweht. In einem Haus in der Nähe war offenbar eine Gesellschaft. Wahrscheinlich tanzten sie, so wie heute nachmittag die Mücken getanzt hatten. Und dann schien plötzlich etwas aus der Dunkelheit ihn im Innersten zu berühren. Mein Gott! Es war schön, war überwältigend! So viele Billionen Wesen, wie es da oben Sterne gab, atmeten in der Dunkelheit, in allen war Leben, und alle waren voneinander verschieden. Welch eine Welt! Die ewig schaffende Kraft an der Arbeit. Und wenn man starb, so wie der Alte, und für immer unter einem Apfelbaum lag, dann war es diese Kraft, die einen Augenblick in der stillen Hülle ruhte — nein, auch dann ruhte sie nicht, auch dann bewegte sie sich weiter in dem geheimnisvollen Rhythmus, den wir Leben nennen. Wer vermochte diese Kraft auf ihrem Wege aufzuhalten — wer würde es wollen? Und wenn ein Besitzhungriger wie dieser arme alte Kerl es auch versucht und einen Augenblick lang erreicht hatte, dann blinkten die Sterne dort oben bloß ein wenig heller, nachdem er gegangen war. Besitzen und behalten. Als ob es das gäbe!
Michael holte tief Atem. Etwas wie ferner Gesang kam vom Wasser herüber, ein hoher, süßer Ton. Es war, als hätte ein Schwan gesungen.

Inhalt

ZWEITES BUCH

Der silberne Löffel

Erster Teil

Zweiter Teil

Dritter Teil

DRITTES BUCH

Schwanengesang

Erster Teil

Zweiter Teil

Dritter Teil

Die Forsytes

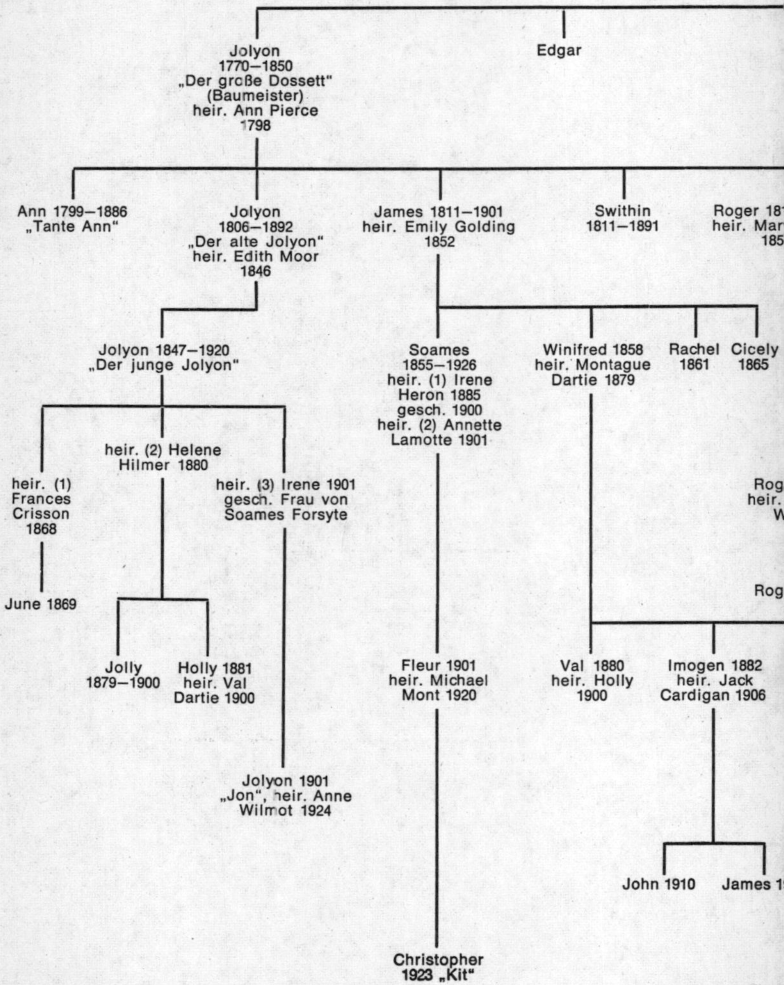

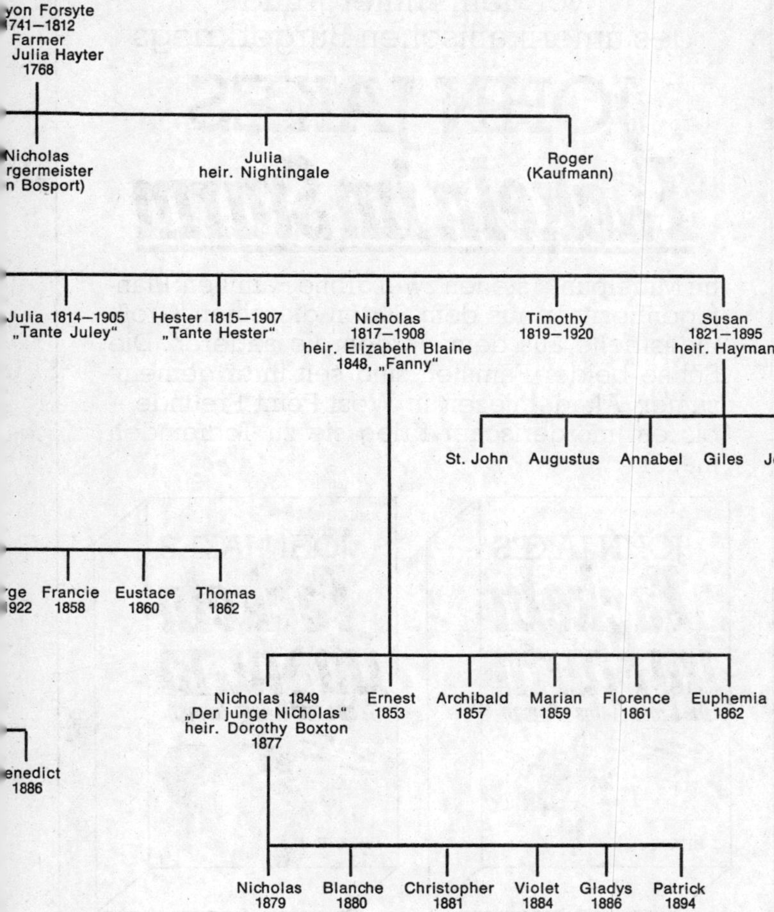

yon Forsyte
741–1812
Farmer
Julia Hayter
1768
Nicholas
rgermeister
n Bosport)
Julia
heir. Nightingale
Roger
(Kaufmann)
Julia 1814–1905
„Tante Juley“
Hester 1815–1907
„Tante Hester“
Nicholas
1817–1908
heir. Elizabeth Blaine
1848, „Fanny“
Timothy
1819–1920
Susan
1821–1895
heir. Hayman
St. John
Augustus
Annabel
Giles
Jesse
rge
922
Francie
1858
Eustace
1860
Thomas
1862
Nicholas 1849
„Der junge Nicholas“
heir. Dorothy Boxton
1877
Ernest
1853
Archibald
1857
Marian
1859
Florence
1861
Euphemia
1862
enedict
1886
Nicholas
1879
Blanche
1880
Christopher
1881
Violet
1884
Gladys
1886
Patrick
1894